Biografie

Vom selben Autor

Wenn ich einmal reich und tot bin
Die Tempojahre
Land der Väter und Verräter
Harlem Holocaust
Die Tochter
Kühltransport
Deutschbuch
Esra
Bernsteintage
Moralische Geschichten
Menschen in falschen Zusammenhängen
Liebe heute
Der gebrauchte Jude
Kanalratten
Im Kopf von Bruno Schulz

Maxim Biller
Biografie

Roman

Kiepenheuer & Witsch

»Nichts gelingt wie geplant.«

Joseph Heller, Gut wie Gold

Für Anna

Personen

Die Forlanis

Noah, Erbe, Gründer von Goodlife und Direktor des
  1. Psychokatalytischen Instituts
Schloimel, sein Vater und Multimillionär
Fruma, Noahs Mutter, geborene Zirkelstajn
Thekla, die einbeinige bayerische Haushälterin der Forlanis
Merav, Noahs israelische Ehefrau
1 und 2, Noahs Töchter
Malgorzata, Noahs Ex-Kinderfrau und Prostituierte

Die Karubiners

Solomon, genannt *Soli,* Schriftsteller
Papascha, genannt *Wowa der Schreckliche,* sein Vater, Schriftsteller,
  Exkommunist, Geschäftsmann und Doppelagent
Mamascha, Solis Mutter und Schriftstellerin
Serafina, Solis Schwester und ebenfalls Schriftstellerin
Mendel, genannt *Djeduschka,* Wowas Vater und Solis Großvater
Ingrid, Wowas deutsche Geliebte

Die Wechslbergs

Mel, sowjetischer Agent
Valja, sein Sohn und Serafinas leiblicher Vater

In Hamburg

Rabbi Schmuel Balaban, Autor des Bestsellers *Geld ist alles* und Serafinas Verlobter
Awi »Blumenschwein« Blumenstein, Millionär und Jugendfreund von Noah und Soli
Abigail, Awis Schwester
Die beiden Gartenstein-Schwestern
Natascha »Nataschale« Rubinstein, Anästhesistin und Noahs und Solis große Liebe
Ethel Urmacher, Kommunistin und Noahs Geliebte
Karol »Kapitan« Urmacher, Ethels Vater, Immobilienhändler und Multimillionär

In Los Angeles

Gerry Harper, genannt *El Dick, Bronco* oder *New Casanova,* Hollywoodschauspieler, Regisseur und Junkie
Lou Harper, Singer-Songwriter und Gerrys Vater
Haimele Rotgast, Mafiaboss, Lous Vater und Gerrys Großvater
Conny Lockhart, Gerrys Mutter
Tal »The Selfhater« Shmelnyk, israelischer Elitesoldat, Friedensaktivist, Agent, Drehbuchautor und Gerrys bester Freund
Fritz von Dunckenberg, Regisseur und Geliebter von Ethel Urmacher
Jeff Goldblum, Hollywoodschauspieler
George Costanza, Hollywoodschauspieler

In Buczacz

Der Gestapochef von Stanislau
Der Apotheker Huciner
Goldstein, der Redakteur des Jiddischen Weckers
Wajs und Weiss, die Vorsitzenden des Shomer Hatzair und Hechalutz
Jechiel Karubiner, der Leiter der Sprachschule Safa Brura, Bruder von
Djeduschka Karubiner und Solis Großonkel
Dr. Geldzaler-Lewin, der perverse, aber beliebte Direktor des städtischen Gymnasiums
Motke Zirkelstajn, der berühmte Furzartist, Vater von Fruma, der Mutter von Noah

Die Ärzte

Dr. Endre Savionoli, Ungar, Antisemit und Psychiater, Hamburg, Berlin, später Budapest
Dr. Czupcik, Naturopath, zuerst Hamburg, dann Tel Aviv
Tissa Ehrenstein, Psychotherapeutin und Lacan-Schülerin, Petach Tikwa
Dr. Kohn-Prokopova, Psychologin und EMDR-Spezialistin, Prag
Dr. Selgado, Gerrys drogensüchtiger Hausarzt, Los Angeles
Schwester Cummings, Palo Alto

Außerdem

Oritele Cohen, Videokünstlerin und Solomons israelische Ex-Geliebte
Zoar Turgeman, Popstar und Oriteles Verlobter
Shula Cohen, née *Sasson,* Oriteles irakische Großmutter
Claus Müller, genannt *Claus die Canaille,* Schriftsteller und Erpresser
Rami Bar-On alias *Rashnawala Pranjabba* alias *Shaki »7« Inch,* israelischer Elitesoldat, Antiquitätenhändler und buddhistischer Mönch, verliebt in Merav, Noah Forlanis Ehefrau
Kostja Kostos, früher Wowas Führungsoffizier, später Unternehmer und Kunstmäzen

Major Sekora, StB
Regierungsoberinspektor »Börne«, BND
Ute, genannt *Knute*, Direktorin von Goodlife
Michail Chodorkowski, ihr Geliebter
Uri Avnery, ihr Geliebter
Avishai Glick-Apfelbaum, Jugendfreund von Tal, verbrannt bei einem Terroranschlag
Abulafia Shmelnyk, Tals lesbische Mutter
Lilly Schechter, genannt *Lilly the Pilly*, Comedian und Noahs sowie Solomons Internet-Geliebte
Julča, minderjährige Roma und Prostituierte
Ms Muhammad Ali, sudanesische Lift-and-Carry-Domina
Guinevere, die englische Riesin
Bunny Glamazon, Schlammcatcherin

Erstes Buch

1
Party bei Walhalla Film

Vielleicht, aber nur vielleicht wäre alles anders gekommen, wenn Noah Forlani, mein Freund und Bruder, an Silvester 2005 nicht nach Berlin geflogen wäre, wo er bei einer kleinen, verwirrenden Filmparty in der Schliemannstraße 12 erst den Tisch mit den Wasabi-Canapés und dem südafrikanischen Prosecco umwarf und danach Ethel Urmacher vor allen Leuten die linke Wange streichelte. War also alles seine eigene Schuld? Er hätte genauso zu Hause in Herzlia Pituach bleiben können, wo seine etwas zu klein geratene Frau Merav mal wieder ein Essen gab, bei dem zehn langweilige Israelis den ganzen Abend leise sprechend um ihren drei Kilometer langen Mogensen-Tisch herumstanden und Krevetten auf Rucola aßen. Ja, genau die Merav – die mit dem Nan-Goldin-Komplex, den Prada-Stilettos, dem eher warmen als kalten Herzen und der unangenehmen Angewohnheit, Noahs Freunden extra muros zu erzählen, er könne nur, wenn er sich in einem schmutzigen Hemd aufs Bett setzte, die Hände ans imaginäre Steuer legte und zu ihr sagte: »Und, Kleine, wohin soll ich dich mitnehmen?«

Ich war in dieser Nacht nicht in Berlin und nicht in Herzlia Pituach, und wäre ich nicht nach Prag gefahren, um die Saunasache und alles andere zu vergessen, hätte Noah auch nicht meine Wohnung niederbrennen können – und die *Shylock war hier*-Datei wäre noch da und Noah nicht ein ganzes Jahr tot gewesen. Aber vielleicht wäre es, was mich angeht, noch klüger gewesen, in Herzlia Pituach bei Meravs Abendessen dabei zu sein und eine von diesen Tel Aviver Cantina-Schabracken kennenzulernen, die zwar alle genug jiddische Mame in sich haben, aber trotzdem wissen, dass beim Sex die Finger der Frau nicht dazu da sind, heimlich unter der Bettdecke zu zählen, wie lange es noch dauert, bis der zukünftige Ehemalige endlich k. o. gehen wird.

Während ich, der alleswissende, nichtsverstehende Solomon Karubiner, in Prag auf einem Balkon des Hotels U Dvou koček stand, auf dieses blasse frühkapitalistische Silvesterfeuerwerk über dem Hradschin guckte und überlegte, was der Unterschied zwischen Neoliberalismus und Kommunismus war – kommt darauf an, wer fragt –, rutschte Noah in Berlin fast aus bei dem Versuch, sich Gerry Harper zu nähern, in Brentwood und Umgebung wegen seiner sexuellen Möglichkeiten auch »El Dick« genannt. Gerry war mit Tal »The Selfhater« Shmelnyk da, dem manischen, rotgesichtigen, matzebrotdünnen Israeli, der für Noah das zweite Goebbels-Video drehen sollte, was er aber noch nicht wusste. Noah wollte Gerry ein gutes neues Jahr wünschen. Er wollte ihn auch fragen, ob sie sich nicht mal in L. A. sehen könnten – entre nous –, er habe dort wegen der Beteiligung an einem Fairtrade-Kosher-Nacho-Inn bald zu tun. Und er wollte ihm sagen, aber erst später, er könne nur in der Gegenwart besonders berühmter, bedrückter Leute seine eigenen Geld- und Post-Holocaust-Depressionen vergessen. Vor allem, wenn diese Leute wie Gerry »El Dick« Harper im letzten Bryan-Singer-Film den neuen Obernazi Tom Cruise an die Wand gespielt hatten, an der dieser zum Schluss von den anderen Gojim in gehackte Leber verwandelt wird.

Noah machte, nachdem er das Gleichgewicht wiedererlangt hatte, einen Schritt zu viel. Er stand jetzt so dicht vor Gerry, dass der genauso tief in seine aufgerissenen Augen blicken konnte wie ein Betrunkener in die Toilette, in die er sich übergeben wird. Und während Noah noch den Mund öffnete, um wie immer etwas völlig Falsches zu sagen, und sich dabei wie in einem Film vorkam, der in Superzeitlupe lief, sagte Gerry: »Easy, du Homo.« Easy, du Homo? Noahs Film rollte langsam weiter, Noah dachte, wo ist Mamas Kamera, die mich schon wieder filmt, und er sagte gleichzeitig: »Ähm … Happy New Year, Gerry!« Dann küsste er ihn auf beide Wangen, wie es sonst die Alten und die Jungen an Roschaschana in der Synagoge tun, er leckte ein bisschen zu lange das Gesicht des besten Freunds von Owen Wilson, Conan O'Brien und Senator Kennedy ab, und der Rest von Noahs Film lief im Zeitraffer. El Dicks Faust flog gegen Noahs platte, tatarische Nase, worauf Noah in den Tisch mit den Wasabi-Canapés und dem Prosecco stürzte. In diesem Moment wusste Noah noch nicht, dass er bald keinen Cent mehr haben würde, nichts mehr von dem sagenhaften Schatz, den sein Vater, der alte Schloimel Forlani, in fünfzig schnellen Nachkriegsjahren zusammengeklaut hatte. Aber es fühlte sich schon genauso an.

Fünf Sekunden später kam Ethel Urmacher ins Spiel. Ethel war groß und ein bisschen fett – aber wer sie im Badeanzug sah, dachte, so fett ist sie gar nicht, und wenn ihre Pflaume nicht so groß ist, wie sie eigentlich sein müsste, wenn sie so angenehm schmeckt wie Rosenwasser in einem japanischen Shintotempel (das fiel mir gerade so ein) und denselben pH-Wert hat wie die eigene Zunge, dann, ja dann könnte sie sogar die Frau fürs Leben werden. Noah hatte Silvester 2005 aber schon die Frau fürs Leben, und zwei Kinder hatte er auch mit ihr, und obwohl er und Merav seit Tisch b'Aw 5763 nicht mehr Autostopp gespielt hatten, stand auf keinem der vielen kleinen Notizzettel, die überall in seinen Taschen steckten: »Merav in den Arsch treten, ihr das Haus und den Rest von allem überschreiben und zu Ethel ziehen.« Doch. Aber erst viel später.

Noah kannte Ethel seit der achten Klasse. Er und ich kannten uns auch seit der achten Klasse, aber während wir beide fast immer alles zusammen gemacht hatten – Hausaufgaben, Rekordmasturbieren, das Valium und die Kondome unserer Eltern ausprobieren, Strandhosen von Dries van Noten zum Schreiben anziehen, vorletzte Silben zu lang dehnen –, verband Noah und Ethel nur ein paar Jahre derselbe Schulweg. Rutschbahn, Hallerplatz, die Bogenstraße hoch bis zum HLG, wo Ethel im ersten Stock nach links abbog, während Noah weiter in den dritten musste, und nach der Schule wieder dieselbe Strecke zurück.

Damals war Noah sexuell noch in der Übergangsphase. Die

Schläge der polnischen Kinderfrauen, mit denen er aufgewachsen war, brannten auf seinem Rücken und seinem Arsch, wann immer er an sein Leben zwischen dem zweiten und siebten Jahr dachte. Das passierte dreimal am Tag, und dass er davon eine Erektion bekam, fiel ihm auf, aber nicht, dass es einen Zusammenhang zwischen dem Ständer und der Erinnerung an die bösen, bösen Frauen gab. Das begriff er erst viel später, 1985, auf Sardinien, in diesem kleinen, nach Putzmitteln stinkenden Hotel in Punta del Giorno, wo wir unsere Wir-schreiben-jetzt-beide-einen-Roman-Ferien machten. Dort gab es, als Sommer- und Herbstdauergast, diese unglaubliche, riesige, englische Kuh, die mit uns am liebsten Fangen spielte. Ja, Fangen. Wir rannten um den Pool hinter ihr her, oft stundenlang, und natürlich griff auch ich ab und zu in ihre speckigen Hüften, aber mir gab das nicht viel. Noah wollte, wenn er sie hatte, dass sie ihn gegen das bröckelnde Mäuerchen neben dem Strandcafé drückte, und war niemand in der Nähe, zog er seine Wasserpumpgun raus, schob sie der Engländerin mit dem Griff in die Hände und bat sie, ihm einen kräftigen Schuss zwischen die Augen oder, noch besser, auf den nackten Bauch zu verpassen. Zu der Zeit dachte Noah bereits, er sei pervers. Aber war er das wirklich? Hätte er dann nicht wenigstens als Dreizehnjähriger Ethel Urmacher auf dem Weg vom HLG ins Grindelviertel angefleht, ihn ins Gebüsch zu stoßen oder ihm von hinten in die Hacken zu treten? Dass für ihn Gewalt plus Ständer gleich Liebe war, begriff er erst auf Sardinien. Warum? Weil ihn der Wasserstrahl, der ihn traf, zwar happy machte, sehr happy, aber nicht verliebt. Was ist der Unterschied zwischen Liebe und Sex? Wie soll ich, Soli Karubiner, der Sohn eines Familienstalin und einer treulosen Mutter, das wissen, wenn ich selbst nicht weiß, was Liebe ist?

    Als Ethel sich an Silvester 2005 über Noah beugte, hatten die beiden sich seit fast zwanzig Jahren nicht mehr gesehen. »Schlimm?«, sagte Ethel. Sie hatte Noah nicht erkannt. Sie guckte in ein hübsches schmales, dämliches Gesicht, an dem ihr zuerst auffiel, dass es zwar rasiert war, aber nicht überall. Kleine braune Büschel klebten am Hals und unter dem Kinn, und sofort blinkte in Ethels Erinnerung ein anderes Gesicht auf. Als würde sie im Dunkeln fotografieren, leuchtete immer wieder, wie vom Blitz erhellt, die aufgescheuchte Miene dieses unglaublich süßen, schlecht rasierten Kerls auf, der damals, wenn sie ihn fragte, was er nach der Schule noch mache, frech stotterte: »Ich hol mir einen runter.« Pause. »Nein, das war ein Witz, Ethelein. Ich mach Hausaufgaben, dann würge ich den Weltraumfraß meiner Mutter herunter, und dann gucke ich mit meinen Eltern und Thekla, unserem einbeinigen bayerischen Dienstmädchen, bis zwei Uhr nachts fern. Das war übrigens kein Witz.« Es war zwar genauso, wie Noah sagte, nur dass er immer wieder in seinem Zimmer verschwand, sich aufs Bett warf und den Bauch und alles andere, was er unten hatte, so oft gegen die Matratze stieß, bis er kam.

»Schlimm?«, wiederholte Ethel, und in ihrem Kopf klingelte es wie bei Börsenschluss in New York. Dann sagte sie: »Noah? Noah Forlani? Ich dachte, du bist verheiratet und lebst in Tel Aviv.«

Noah, benommen von Gerrys Boxschlag, hatte auch eine Vision. Das runde jüdische Frauengesicht, behängt mit dichten, fettigen Locken, das sich so unerwartet über ihn beugte, blieb in dieser Vision allerdings, wie es war. Er sah kein beglückendes inneres Blitzlichtgewitter wie Ethel, er hatte kein metaphysisches Wiedersehensgefühl oder den Eindruck, seine Gene hätten es jetzt endlich nach Hause geschafft. Noahs Vision war nur ein Gedanke. Ich Blödmann, dachte Noah, ich könnte doch auch mal mit einem von unseren Girls ringen! Und dann sagte er zu Ethel: »Kennen wir uns? Ist ja auch egal. Hast du nicht Lust auf ein bisschen Armdrücken?« Dabei fiel ihm seine herrische israelische Ehefrau Merav ein, die komischerweise trotzdem immer alles machte, wie er es wollte, und er wurde traurig und bekam eine von seinen Klein-Midas-Depressionen. Meravs Körpergröße: ein Meter zweiundfünfzig. Meravs Gewicht: an schlechten Tagen fünfundvierzig Kilo, sonst zweihundert Gramm mehr. So viel wog wahrscheinlich allein schon der linke

Schenkel dieser gigantischen Super-Golda, die sich gerade so mütterlich um ihn sorgte.

Ethel lächelte. Ja, er war's! Wie lange hatte sie darauf gewartet, ihn wiederzutreffen? Überhaupt nicht. Aber als sie begriffen hatte, dass vor ihr der konfuse, lustige, hyperaktive Noah aus der 8 b lag, wusste sie sofort, dass sie ihn brauchte, dass sie nur mit ihm wieder Boden unter die Füße bekäme, den Boden ihrer fast schon verloren geglaubten ostjüdischen Mütterlichkeit, und sie wunderte sich, wie sie es ohne diesen schmächtigen Jeschiwa-Boy die letzten zwanzig Jahre ausgehalten hatte. »Ja, ich liebe Armdrücken«, log sie, »aber nur, wenn ich gewinnen darf!«

Noah stand auf, klopfte sich die Canapés und die Scherben vom Anzug, wankte und setzte sich gleich wieder hin. Ethel reichte ihm die Hand, er nahm sie, und sie zog ihn hoch. Nein, sie hob ihn eher hoch, mit einer Leichtigkeit, als bestünde er aus Luft und überflüssigen Gedanken.

»Du blutest«, flüsterte Ethel.

»Was? Wieso?«

»Hier ... deine Hand.«

Noah hielt ihr – wie einer Krankenschwester, die ihn verbinden sollte – beide Handflächen hin. In der linken steckte ein funkelnder Glassplitter, und er überlegte, ob ihm jetzt schlecht werden sollte. Eigentlich ging es ihm sehr gut. Es war seine Schuld, dass Gerry ihn geschlagen hatte, und es hatte ihm sogar ein bisschen gefallen. Natürlich nicht auf diese »besondere« Art, denn er war zwar alles – ängstlich, geil, unterwürfig, planlos –, aber ein masochistischer Homo war er nicht. Leider. Das sagte er manchmal so ernst zu mir, dass ich ihm sein Bedauern fast glaubte. »Leider, mein lieber Karubiner«, erklärte er, wie immer, ohne zu stottern, wenn wir unter uns waren, »leider hat Gott mich straight gemacht. Straight und schüchtern. Lieber wär ich natürlich schwul. Schwule sind nicht schüchtern, oder? Und sie haben jeden Tag Sex.«

Ganz früher hatten Noah und ich uns manchmal die Faust hingehalten und gesagt: »Wonach riecht das?« Dann hatte man antworten müssen: »Nach Friedhof.« Gerry Harpers sehnige, harte Hollywood-Faust roch nach »Strafe«. Nach Strafe für das ganze irreversible Glück, das der junge Noah Forlani als Sohn des alten Schloimel schon immer gehabt hatte. Er konnte sich fast alles und fast jeden kaufen – bis auf das richtige Loch, wie Tal »The Selfhater« an dieser Stelle einwerfen würde –, und er war mit Sätzen seines Vaters wie diesen aufgewachsen: »Hunderttausend Dollar sind besser als eine Million, mein Kleiner. Die Million liegt irgendwo herum, aber mit den Hunderttausend muss man arbeiten. Muss ich arbeiten, Noahle. Du geh lieber studieren, oder amüsier dich ein bisschen!«

Wer vom ersten Tag seines Lebens an umspült wird von einem solchen Liebes- und Geldstrom, wer eine solche Kindheit und Jugend geschenkt bekommt, der weiß nicht, was Unglück und Schmerz ist, und das empfindet er als eine große Gemeinheit. Wo ist Gerry, der durchtrainierte und unsentimentale Kalifornier, dachte Noah überglücklich, ich muss ihn suchen und ihm für den warmen, überraschenden Schmerz danken, den er mir mit seinem Schlag zugefügt hat. Und dann gehe ich mit Super-Golda in Solis Wohnung, und wir ringen ein bisschen.

»Wir sollten die Wunde sauber machen«, sagte Ethel.

Noah nickte.

»Und die Hand verbinden.«

Er nickte wieder.

»Ich wohne in der Wörther Straße, das ist gleich hier.«

Er nickte und sagte: »Bei mir ist es aber auch ganz bequem.«

Sie lächelten sich an. Das heißt, Ethel lächelte und Noah zog haifischhaft die Mundwinkel hoch.

»Was hast du eigentlich zu ihm gesagt?«, sagte sie.

»Würdest du in meinem Goebbels-Video spielen?«

»Das hast du zu Gerry Harper gesagt? Wirklich?«

»Nein, das sag ich zu dir.«

»Bist du in Israel verrückt geworden? Was für ein Goebbels-Video? Lebst du überhaupt noch dort?«
»Und wie«, sagte Noah. Dabei seufzte er wie ein Jecke, der seit August 1935 dreimal täglich auf die Hitze, die Stadtverwaltung, die Araber und die anderen Juden schimpft, während er im Café Mugrabi auf der Allenby jungen Frauen zwischen die Beine guckt.
»In Tel Aviv?«, sagte Ethel.
»In Herzlia. Herzlia« – wieder dieses Seufzen –, »Pituach«.
Inzwischen standen ein paar Leute um die beiden herum. Die Sorte »Nicht hässlich, aber auch nicht schön und trotzdem beim Film«, und wenn jemand Statisten für eine Stalingrad-Serie gesucht hätte, hier hätte er sie gefunden. Noah war die verklemmte deutsche Stimmung, die sich gerade über seinem niedergestreckten Körper ausbreitete, egal. Seit er in Israel lebte – und als Sohn eines menschenfreundlichen Vaters –, interessierten ihn ethnische Unterscheidungen kaum noch. Außer jemand war eine achtzig Kilo schwere ukrainische Nutte, die sich, damit es ihm richtig schön schlecht ging, auf seinen Brustkorb setzte. Die hatte er dann besonders gern.

Die Leute stierten ihn an und sagten nichts, Noah stierte genauso dämlich zurück. Dann drehten sich alle schnell weg, weil sie merkten, dass Ethel bei Noah stand, ihn verliebt ansah und seine blutende Hand streichelte. Die meisten dieser überempfindlichen neuen Deutschen, die für den Rückzug ihrer Soldaten aus Afghanistan waren und gegen die Neoprenburkas, in denen sich muslimische Mädchen immer häufiger in Berliner Schwimmbädern zeigten, hatten natürlich noch nie erlebt, dass jemand niedergeschlagen wurde. Und darum würden sie jetzt leiden. Sie würden am Ende dieser Neujahrsnacht bedrückt ins Bett gehen, sie würden bedrückt wieder aufstehen, sie würden denken, was für ein Scheißomen für dieses neue Scheißjahr. Und später würden sie sich lange an diese Party erinnern – die Walhalla Film feierte Silvester und eine neue Avid-Maschine, die automatisch alles, was witzig und jüdisch war, rausschnitt –, eine Party, bei der zuerst ganz lange nichts passierte.

Bis, ja, bis ein plötzlicher amerikanischer Gewaltausbruch gegen diesen dünnen hektischen Stotterer mit flaumübersäten mongolischen Wangenknochen sie daran erinnerte, dass das Leben doch nicht perfekt war. Palästina, Ruanda, Darfur, Schliemannstraße 12. Gerry und Tal »The Selfhater« Shmelnyk waren natürlich verschwunden. Noah löste sich aus seiner Erstarrung und sagte zu Ethel: »Kann die Scherbe noch ein bisschen drinbleiben? Ich muss schnell was erledigen.« Er zog die blutende Hand weg, machte einen Schritt nach vorn und blieb wieder stehen. So männlich wie jetzt war er sich das letzte Mal in der Synagoge an Jom Kippur vor dreißig Jahren vorgekommen, als Rabbi Balaban uns angefahren hatte, wir sollten nicht reden. Worauf Noah laut stammelte: »Gott h-h-hört nur, was er hören will, Sie jeckischer Blödmann!« Und dreihundert Hamburger Juden, die sonst immer brav und still wie eine evangelische Sonntagsgemeinde in der kalten, weißen Fünfzigerjahre-Schul an der Hohen Weide herumsaßen und mit latentem Übelkeitsgefühl darauf warteten, dass Balabans lahmer Gottesdienst endlich vorbei war, applaudierten. »Wir verbinden die Hand später«, sagte Noah zu Ethel in der tiefsten Stimmlage, die er hatte. Dann rubbelte er vor allen Leuten ihre dicke, haarige Wange, als wäre sie ihr Allerheiligstes.

Ethel, die sofort Angst bekam, dass ihr in letzter Sekunde die Beute ihres Lebens entwischen könnte, erwiderte geistesgegenwärtig: »Aber ja. Jaja, gar kein Problem. Ich komm mit.« Sie hakte sich bei Noah ein, und Noah wurde von ihrem dicken Arm halb zu Boden gedrückt. »Soll ich dich tragen?«, sagte Ethel. Sie lächelte. Sie meinte es nicht ernst. Und sie wusste nicht, wie gern Noah Ja gesagt hätte – gerade heute. »Ich hab euch früher immer beim Sport zugeguckt«, sagte Ethel plötzlich, von ihren eigenen Worten überrascht, als sie im Treppenhaus auf den Fahrstuhl warteten. »Du warst immer der Schlechteste, das hat mir gefallen.«

»Ja, mir auch«, sagte Noah. »Leider mussten wir ohne euch Mädchen ringen.«

»Ihr hattet Ringen?«
»Ihr nicht?«

Gerry und Tal standen auf der Straße und rauchten. Tal, auch so ein Dünnling wie Noah, aber drahtig und furchtlos, grinste vor sich hin wie jemand, bei dem man nicht weiß, steht er unter Drogen, wartet er auf Drogen oder hat er mal im Gazastreifen einen zwölfjährigen Palästinenser umgelegt, weil der sein Magnum-Eis so bescheuert hielt, dass man denken musste, es sei ein Molotowcocktail, den er gleich gegen Tals Mannschaftswagen schleudern wird. Gerry lächelte nicht. Er trug in seinem jungen eckigen Crocodile-Dundee-Gesicht die antrainierte Ernsthaftigkeit eines Schauspielers, der zwar seine Drehbücher zuerst falsch herum hält, aber – weil er schon hundertmal im Leben Auf Wiedersehen zur geliebten Filmteam-Familie sagen musste – über eine emotionale Intelligenz verfügt, die man sonst nur von achtjährigen Scheidungskindern kennt. Als die beiden Noah und Ethel aus dem Haus rauskommen sahen, nickten sie sich stumm zu.

»Hey, du Homo«, sagte Gerry zu Noah, »alles klar?«

»Klar, alles klar«, sagte Noah. »Aber ich bin kein Homo.«

»Nein, natürlich nicht«, sagte Gerry.

»Ja – leider.«

»Leider? Okay. Leider.«

Gerry sah Tal an, und der nickte wieder stumm, aber Gerry schüttelte – auch stumm – den Kopf. Tal grinste noch mal, jetzt nicht mehr so nervös. Es war das Grinsen eines Menschen, der etwas will, unbedingt will, und sich deswegen schämt, aber so sehr auch wieder nicht, denn er ist von der Richtigkeit seiner Forderung überzeugt.

»Frag ihn doch selbst«, sagte Tal zu Gerry. Aber Gerry zuckte wieder herrisch mit dem Kinn.

»Ich wollte nur …«, sagte Noah langsam.

»Hör zu, Homo«, unterbrach ihn Gerry, »ich hab gehört, du hast ein paar ziemlich gute Ideen.«

»Ich wollte dir«, wiederholte Noah, »Danke sagen.«
»Danke? Wofür?«
»Ich hab Gerry von Goodlife erzählt«, sagte Tal plötzlich.
»Wirklich, Gerry«, sagte Noah, »das war ein super Schlag. Wow!« Und dann, als ob er gerade aufgewacht wäre, fiel er sich selbst ins Wort: »Ach so, ja, Goodlife. Zurzeit denke ich viel über so ein ... Video nach.«
»Dritte Welt interessiert mich auch«, sagte Gerry und schnippte seine Zigarette weg. Sie trudelte durch die Luft auf die andere Straßenseite, wo eine alte Frau ein Fahrrad neben sich herschob, an dem zehn schmutzige Plastiktüten hingen. Sie hob den Stummel auf und rauchte ihn weiter, und als Gerry das sah, wirkte sein melancholisches Gesicht für eine Sekunde wie ein ausgewrungenes Handtuch.

Noah war die Szene natürlich egal. Das Unglück, das er mit eigenen Augen sehen konnte, interessierte ihn nicht, er stand nur auf medienvermittelte Dritte-Welt-Desaster. Allerdings hasste mein armer Noah nichts so sehr wie die Bezeichnung »Dritte Welt«. Wahrscheinlich auch deshalb, weil das wie »Drittes Reich« klang, aber sicher bin ich mir nicht.

»Gerry«, sagte er, »es gibt keine Dritte Welt. Sonst gäbe es ja auch eine Erste Welt. Und so arrogant wollen wir doch nicht sein. V-v-verstehst du?«

Gerry nickte und guckte jetzt so, als hätte ihm jemand seinen ungewaschenen Finger ganz tief hinten reingeschoben. Jemand? The Incredible Hulk. Mindestens.

So ging es weiter: Tal sagte, Gerry plane eine Doku im Michael-Moore-Stil, nur viel besser, über einen jüdischen Ex-Marine, der letztes Jahr im Sudan als UN-Beobachter von den Dschandschawid angeschossen, vergewaltigt und als Sexsklave durch die Wüste mitgeschleppt wurde. Noah sagte, das ist ja sehr interessant, ich plane gerade mit Goodlife eine Kampagne gegen Fettsucht an den Hamburger Schulen. Tal sagte, das ist was anderes, Blödmann. Gerry sagte, nein, lass ihn, Erste Welt, Dritte Welt, wo ist der Unterschied, und er guckte so entspannt, als hätte Hulk den Finger wieder aus ihm rausgezogen. Tal grinste und nickte. Noah sagte noch mal, das ist ja sehr interessant. Tal sagte, Gerry braucht fünf Millionen, wir wollen in den Sudan und ein paar Szenen mit Jeff – Jeff Goldblum! – nachspielen, zum Beispiel, wie er die Fackel auf das christliche Hüttendorf wirft und Hora tanzt, während es niederbrennt und die Dschandschawid ihn dabei filmen. Stockholm-Syndrom, sagte Noah. Was soll denn das sein?, sagten Gerry und Tal gleichzeitig. Das ist, mischte sich Ethel ein, wenn sich Geiseln in ihre Geiselnehmer verlieben oder umgekehrt, und sie presste sich noch enger an Noah. Wir dachten, sagte Tal, du könntest den Film finanzieren, Blödmann! Klar, sagte Noah, aber nur, wenn du für mich das Goebbels-Video drehst. Was für ein Goebbels-Video?, sagte Gerry. Ich spiele Joseph, wie er mit Magda im Bunker die Kinder vergiftet und dabei *Eine jiddische Mame* singt, sagte Noah, das gibt gleich tausend Nazis weniger in den Suburbs von Karl-Marx-Stadt. Tal sagte gedehnt, o-kay. Gerry sagte, bist du verrückt?! Und Noah sagte, nein, nein, bin ich nicht, und du, Gerry, spielst für mich den netten Herrn Rüstungsminister Speer, sonst rückt Goodlife keinen einzigen Dollar raus. (Das alles natürlich auf Englisch.)

Fühlte Noah sich in diesem Moment endlich mal wieder so, als hätte er zwei Eier, und zwar auch noch aus Stahl? Sorry, das war jetzt zu schnell. Ich habe ja noch gar nicht Noahs Ein-Ei-Drama erwähnt, das über uns kam, als Noah Mitte dreißig war und gerade Kind Nummer eins gemacht hatte. Diesen Angriff der Ewigkeit auf seine unewige Existenz hatte er damals wie einen Schnupfen abgewehrt. Vielleicht auch deshalb, weil wir alle, ihn eingeschlossen, zuerst nicht begriffen hatten, was los war. Ich machte Witze, Noah auch, und Schloimel Forlani, der zu der Zeit noch mehr oder weniger am Leben war, sagte zu Noah, als er ihn nach der OP in der St.-Jesus-Klinik von Professor Paulus am Innocentiapark besuchte: »So, mein Kleiner, jetzt weißt du endlich, wie es ist, wenn dir ein Deutscher dort unten reintritt.« Die kleine zielstrebige Merav nahm die

Sache als Einzige ernst, weil sie noch Kind Nummer zwei von ihm wollte. Und das hat Noah ihr sogar gemacht – mit einem Ei, fast drei Jahre später, aber ohne viel Liebe.

Nein, Noah fühlte sich in diesem großen Augenblick überhaupt nicht gut. Während er mit Gerry und Tal draußen auf der eisigen Schliemannstraße stand und redete, den Ethel-Urmacher-Koloss sicher im Schlepptau, während er so tat, als wisse er genau, was er von diesen beiden Kleingangstern wollte, und dabei ähnlich zufrieden guckte wie Schloimel Forlani zwischen Morgenkaffee und Morgenzeitung auf seinem Carrara-Marmor-Klo, während über ihnen die ersten Silvesterraketen explodierten, dachte er eigentlich nur an die Datei von *Shylock war hier,* und er hasste mich. Aber nicht dafür, dass ich seine Geschichte gestohlen oder erzählt hätte. Und auch meine Übertreibungen – Noah Forlani aka Itai Korenzecher dringt zu Prez Ahmadinedschad vor und überschüttet ihn mit Hühnerbrühe, Itai Korenzecher verschenkt alles, was er geerbt hat, an ein Slow-Sex-Institut in Dhaka, Itai Korenzecher schubst den Kantor von der Bima und singt tausend Hamburger Juden statt des Kol Nidre ein paar alte Songs von Joseph Schmidt und Heinz Rühmann vor, worauf ein Blitz in die Hohe-Weide-Schul einschlägt, Korenzecher verpasst und dem Kantor ein Loch in die Hose brennt –, ja, auch meine Übertreibungen fand Noah ziemlich genial. Na ja, halb genial vielleicht, aber immerhin. Und trotzdem hasste er mich, denn leider waren sie nicht von ihm.

Wie lange wollte Noah, mein Noah selbst diese Art von Buch schreiben? Nein, wie lange wollte er genau dieses Buch schreiben? Geplanter Titel: *XY* – den Namen für seinen Helden hatte er noch nicht – *und seine Fälle und Unfälle, von ihm selbst erlebt, überlebt und erzählt.* Noah hatte, bevor er in die Schliemannstraße gefahren war, bei mir zu Hause in meinem Computer gestöbert – mit den Büchern, Briefen und offen herumliegenden Manuskripten war er schon durch – und dabei die *Shylock war hier*-Datei entdeckt. Schon wieder selber schuld!

»Es könnten auch sechs Millionen werden, Blödmann«, sagte Tal »The Selfhater« Shmelnyk jetzt.

»Und es könnte auch sein, dass wir noch einen dritten Teil vom Goebbels-Video drehen werden«, sagte Noahs Mund ironisch, während sein Hirn sich zusammenzog wie bei anderen Leuten der Magen, wenn ihnen übel wird. »Also, was ist, bist du dabei, Freund?«

»Bist du dabei?«, sagte Tal. »Sieben Millionen. E-uro!«

Und schon wieder rollte in Noahs kotzendem Gehirn die übliche Assoziationswelle. Zuerst sah er sich selbst, bei seinem allerersten Mal, als seine Mutter reingekommen war und gesagt hatte: »Ach, Noahlein, wie schön, lass dich nicht stören, mach nur weiter.« Drei Minuten später stand die dicke, einbeinige Thekla in der Tür. Sie flüsterte auf Bayerisch: »Deine Mutter hat gemeint, ich soll deine Bettwäsche wechseln, wenn du fertig bist. Und, Spatzl, bist schon so weit?« Also drehte er sich auf die andere Seite und verschob die Selbstentjungferung um zwei Jahre.

Dann sah Noah mich und Natascha Rubinstein in Auschwitz, April 1988. Er saß damals die ganze Woche an seiner Seminararbeit über Potenzstörungen bei der Second Generation, während Nataschale mir in Breslau, Warschau und Oświęcim ganz untraumatisiert die Kronjuwelen polierte und wir uns gegenseitig ewige Liebe versprachen. Noah hatte ihr auch etwas versprochen, kurz vor unserer Polenreise: ein Haus in Othmarschen, eine Finca in Palermo (gibt's so was überhaupt?) und eine Duplex-Wohnung im obersten Stock des Kolbo-Schalom-Hochhauses in Tel Aviv. Als Nataschale und ich aus Polen zurückkamen, hatte sie genug von meiner Selbstverliebtheit und dem ewigen Judengerede. Sie rief Noah an, und sie trafen sich, beide ziemlich unaufgeregt, vor Burger King auf der Mönckebergstraße, Nebeneingang für Türken und deutsche Islamkonvertiten. Als sie sagte, sie habe sich jetzt doch für ihn entschieden, sagte er: »Aber nicht mehr als zehntausend im Monat, Pupkale, ist das k-k-klar?« Und schon war sie verschwunden.

An diesem Punkt brach die Welle seiner trostlosen Assoziationen, Noah trudelte durch den weißen Schaum seines Minderwertigkeitskomplexes, und dann war Oxford dran, seine Ur-Niederlage. Jewish Studies, Wolfson College, morgens immer um sechs aufstehen, sechs Kilometer laufen im Park, acht Stunden Bibliothek jeden Tag, Punting am Wochenende und Saufen mit diesen englischen Juden, die alle wie Gaddafis Söhne aussahen, aber später Kibbuzmanager oder Volontäre in Jad Vaschem werden wollten. Leider war Noah nie bis Oxford gekommen. Er hatte es fest vorgehabt, er wollte es, wie er nie etwas gewollt hatte (außer einmal zwischen den Brüsten von Natascha Rubinstein zu kommen), und darum sagte er, dachte er, seufzte er, wenn ihm mal wieder etwas misslang: »Wär ich doch damals nach Oxford gegangen!« War ich in seiner Nähe, sagte ich: »Ja, und was wäre dann?« Und er sagte: »Alles genauso sinnlos. Aber ich hätte jetzt zumindest einen Master in-in-in ...« Ich guckte ihn mit meinem karubinerhaften Eidechsenblick an. »Bist du sicher?« Worauf er deprimiert den Kopf schüttelte.

Nein, Noah war nicht sicher. Armer Noah. Warum war nie etwas so, wie er es wollte? Warum wurde es nie so? »Vielleicht« – das hatte zum Schluss der käferartig hässliche Savionoli zu ihm gesagt, sein ungarischer Therapeut, den der sonst so menschenfreundliche Noah von der ersten Sitzung an hasste, da »dieser Psychomane, Klein-Noah-Manipulator und heimliche Pfeilkreuzler« ihm nie in die Augen schaute, auch nicht, wenn er ihm die Kleenex-Box reichte –, »vielleicht, weil Sie das Gelingen nicht wollen, Herr Forlani. Wie kommt eigentlich einer wie Sie zu einem italienischen Namen?« Noah hatte Savionoli danach sofort rausgeschmissen. Aber vorher hatte er ihm noch die Meinung gesagt. »Und übrigens finde ich«, stammelte er, während Savionoli ihm den Scheck für die nächsten zwölf Sitzungen, die nicht stattfinden würden, aus den Fingern zog, »dass ein Therapeut nie seinem Klienten raten sollte, seine Familie zu verlassen, Sie ungarischer Kinderhasser und Goj.« Trotzdem hatte der Kinderhasser natürlich recht.

Noah hörte immer kurz vorher auf, einen Flügelschlag bevor der Erfolg kam, der Umsatz, die letzte Seite, der Cumshot. Vor Goodlife hatte er am Anfang der Israelzeit in ein Streckbankstudio in Neve Zedek investiert. Damals lachten noch alle in der Cantina über ihn, auch wenn er da war, und über seinen Studiochef Uri (oder Uzi oder Udi), der nach drei Jahren Indien einen Bart bis zum Bauchnabel hatte. Denn damals hielten alle Pilates noch für eine besonders großflächige Perforierung weiblicher Oberschenkel oder für einen römischen Provinzgouverneur in Palästina in der Zeit von Joschua ben Josef. Als aber nach zwei trostlosen Jahren, in denen Noah alle paar Monate von seinem geheimen Bordellkonto Notüberweisungen an die Bank machen musste, bei Pilatus Pilates Pilati kein Termin mehr zu kriegen war, als sogar ich, obwohl ich nach jeder Stunde auf Uris Streckbank drei Tage Migräne bekam, bei jedem Israelbesuch unbedingt in Neve Zedek vorbeischauen musste, verkaufte Noah PPP.

»Warum hast du das gemacht, Noahle, willst du nicht selbst auch mal etwas verdienen?« Das war ich, fast schon wütend. »Hast du endlich mein Drehbuch fürs Goebbels-Video gelesen?« Das war er, leicht abwesend, und es klang nicht wirklich nach einer Antwort. »Ach so, Scheiße, ich hab's ja noch gar nicht fertig geschrieben! Ich hab's aber bald, mein lieber Karubiner, und dann kriegst du es natürlich als Erster. Woran arbeitest du gerade?« Ich sagte, ich hätte ausgerechnet am Jom Haschoa den zweiten Teil meiner Anti-Familiensaga *Die Rubiners* beendet. »Wie viele Seiten?«, sagte er. »Achthundert und ein paar Zerquetschte«, sagte ich so cool-uncool, wie es nur ging. Er pfiff leise und guckte süß und neidisch.

Zurück in die eiskalte Schliemannstraße. Oben flogen immer noch Silvesterraketen durch den orangegrauen Berliner Stinkhimmel und knallten trocken, während unten hart weiterverhandelt wurde. Tal wollte inzwischen acht Millionen für Gerrys Darfur-Film, und wie viel er davon für sein eigenes Gaza-Projekt behalten würde, sollte nie jemand erfahren, nicht einmal Gerry. Noah sagte wieder »Ja, aber«, Tal sagte wieder gedehnt »O-kay«, und plötzlich war auch Gerry einverstanden. Er würde also im Goebbels-Video den Kriegsminister und Unschuldswitzbold spielen, von Noah meist französisch Albért le Speer ausgesprochen, und zwar, wie der in den Bunker reinkommt und die Goebbelskinder eins nach dem anderen umkippen sieht, und dann singt er: »Sorry, ich hab mich in der Tür geirrt und im Führer auch.« Wahnsinn, ist das nicht ein Wahnsinn?, sagte ich, als Noah mich am übernächsten Tag in Prag anrief und ich noch nicht wusste, was sonst alles in den letzten achtundvierzig Stunden in Berlin passiert war. Ja, Wahnsinn, entgegnete er deprimiert.

Ich wiederhole: Der Gerry Harper, dessen Bronco-Bullet-Filme seit Jahren so populär waren wie früher Gladiatorenkämpfe, beim Volk und beim intellektuellen Nichtvolk, dieser neue, leicht beschränkte kalifornische Alleskönner, der in den letzten beiden Tarantinos als einziger Protagonist alle Massaker überlebte, der Freund von Owen Wilson und Senator Kennedy, er würde tatsächlich in Noahs Goebbels-Video mitspielen. Aber Noah konnte sich nicht freuen. Erstens: weil er schon wieder jemanden kaufen musste, diesmal mit acht Millionen, also fast der Hälfte seines von Schloimel geerbten Schatzes. (Warum, zischte N. dann noch arrogant ins Telefon, macht nicht einer von den Schleimern da draußen mal etwas umsonst für mich, warum sagt keiner, gute Idee, guter Typ, überwältigende Ausstrahlung und wahrscheinlich zwei Eier?) Und zweitens – Dr. Savionoli, der Psychomane, hatte es schon gesagt – fühlte sich Noah kurz vor einem Erfolg immer so gut wie ein iranischer Drogenschmuggler, den sie auf dem Marktplatz von Isfahan mit verbundenen Augen und vollgepinkeltem Pyjama auf diesen haushohen Baukran hochziehen, um ihn danach mit einem Strick um den Hals gleich wieder runterfallen zu lassen.

Bei mir selbst nannte ich diese Art von Gefühl präkoitale Depression. Bei Noah war es das Entsetzen darüber, etwas geschafft zu haben. »Wenn etwas geschafft ist, Herr Forlani«, sagte Savionoli, nachdem Noah ihm einen zweiten Scheck für seine Diskretion gegeben hatte,»kann man von nichts mehr träumen, wenn man so ein Luftmensch ist wie Sie. Sehen Sie mich an: Ich bin einfach nur froh, dass Sie nie wieder meine Praxis, dieses Buda und Pest meines Herzens, vollstinken werden. Und jetzt raus hier, Sie Ungoj. Kezet csókolom!« Daraufhin war es Noah kurz sogar richtig gut gegangen. Wo sollte das Goebbels-Video eigentlich laufen? Bestenfalls auf seiner neuen Seite im Internet. Sonst kam ja nur noch das Gaza-Filmfestival infrage. Den ersten Goebbels-Film – *Dr. Josephs Studienjahre* – hatte Noah zusammen mit Awi Blumenschwein (eigentlich Awigdor Blumenstein) und dessen 5000-Euro-Nikon bei Awi im Büro, im Badezimmer und im geheimen SM-Raum von Awis Eltern abgedreht. Zuerst saß Noah, der auch hier schon den Dr. Joseph Goebbels spielte, am Schreibtisch und diktierte der kleinen schielenden Schwester von Awi, die mit ihren Dreifachhüften wie Awi vor einer seiner Kürbisdiäten aussah, die letzten Zeilen von Goebbels' Roman *Michael*. Danach duschte Noah in einem silbernen Ledertanga, trällerte *Lili Marleen* und pinkelte kurz in den Abfluss, und der perverse Awi hielt die Kamera etwas zu lang auf den gelben Wirbel zwischen Noahs nackten Füßen. Zum Schluss die vorweggenommene Sportpalastrede in Papa Blumenschweins Handschellen und Ketten. Ich:»Was soll das, Noahle?« Er:»Frag ich dich, warum du in deinen Büchern Witze über die Unbeschnittenen machst, Karubiner? Warum hast du zum letzten Kant-Jubiläum in der New York Times geschrieben, alle deutschen Intellektuellen seien Chaoten? Du, der Autor von *Post aus dem Holocaust*, erkundigst dich nach dem tieferen Sinn von IRGENDWAS?« Ich:»Schon gut.«

Auf Noahs Internetseite – www.Goodlife.co.il – konnte man alles Mögliche machen und sehen. Zum Beispiel zusammen mit computeranimierten uigurischen Bauern ihre sehnigen Bergziegen melken. Je weniger man von dem weißgelben Rinnsal aus diesen lebenden Kadavern herausbekam, desto mehr E-uros (wie Tal es aussprechen würde) musste man auf das Konto von Save Uiguria überweisen. Der Link blinkte dunkelrot, und es tropfte aus ihm virtuelles Uigurenblut. Oder es gab die neuesten Nachrichten aus dem Amazonas. Wann immer dort ein Baum fiel, machte es klack. Wer hier zu lange hängen blieb, konnte nachts nicht mehr einschlafen, weil er ständig das Geräusch des sterbenden Regenwalds hörte. Klack, klack, klack. Neben Noahs persönlichem Blog – Überschrift: *Alles, was auch dir wehtun würde,* worunter er Meldungen über Frauenbeschneidungen, Massen-Phimose und Gangbangübergriffe auf deutsche Neonazis sammelte –, gab es drei Calypsolieder umsonst zum Herunterladen, die Noah mit den Jajahwes, unserer alten ZJD-Band, in einem Studio in einer offengelassenen Moschee in Jaffa aufgenommen hatte, auf Jiddisch, mit jamaikanischem Akzent. *Mathildele, Oj Angelina* und *Coconut Diaspora.*

Und dann war dort auch der erste missglückte Doc-Joe-Film. Doch den hatten nur hundertundzweiundfünfzig Leute gesehen. Wenn die gewusst hätten, wie es mit Noah weitergehen würde, hätten sie sich ihre kranken Kommentare vielleicht gespart. »Eine einzige atonale Scheiße! Und eine Beleidigung für alle Opfer russischer Massenvergewaltigungen. AH« Oder: »Hier, Forlani, ein geladener Revolver. Nehmen Sie ihn, gehen Sie ins Nebenzimmer und seien Sie ein Mann.« (Dieser witzige Zweizeiler stammte von mir.) Oder: »Noah Forlani, du musst nur sagen, dass du an die Allmacht Allahs glaubst, und dreimal den Namen des Propheten aussprechen, ohne dabei zu jiddeln, und schon gehörst du zu uns. Islamisches Zentrum, Neu-Ulm.«

»Wir sollten aber bald drehen«, sagte Gerry. »Noch eine Woche Berlin und ich träume auf Deutsch. Ich hätte morgen zum Beispiel eine halbe Stunde Zeit.«

»Hahaha!«

»Hahaha?«

»So lange werden wir nicht brauchen.«

»Im Ernst?«

»Ich lüge nie«, sagte Noah, »nur w-w-wenn es sein muss.«

(Sie redeten natürlich immer noch englisch.)

Der dünne Tal summte ironisch die ersten Takte von *The Star-*

Spangled Banner, brach hustend ab und verdrehte die Augen, aber das konnte in der Dunkelheit keiner sehen. Er steckte sich eine Zigarette falsch herum an und spuckte sie fluchend aus. Dann nahm er eine neue und rauchte sie mit tiefen, hungrigen Zügen.

»Los, pitch mich«, sagte Gerry. »Worum geht's in deinem kleinen Film überhaupt?«

»Das erfährst du erst nach dem Dreh«, sagte Noah.

»Jetzt komm schon. Nur die Zusammenfassung. Oder hast du es mir schon erzählt?«

»Ich kann mich nicht konzentrieren. Sorry, Gerry. S-s-sorry ...«

»Was? Du hast das auch?«

»Was ›das‹?«

»ADS«, sagte Gerry. »Aufmerksamkeitsdefizitsyndrom.«

»Sag das noch mal.«

Gerry guckte ihn an, als hätte er ihn nie vorher gesehen. Seine großen schwarzen Augen sahen aus wie die Augen einer Mangafigur.

»ADS«, sagte Ethel. »Man stirbt nicht daran – aber es nervt.«

»Genau. Woher weißt du das?«

Noah, der Ethel vergessen hatte, drehte sich viel zu schnell zu ihr herum. Aber Ethel, groß und schwer wie die Venus von Milo, sog, statt vor Schreck zusammenzuzucken, nur etwas zu laut ein bisschen Luft durch ihre Zucchininase ein. Solche Nasen sieht man sonst auf den Keiltafeln von Ninive, dachte Noah erstaunt, und sie gehören immer nur Männern. Sehr interessant. Und was dachte Ethel? Er starrt. Der Kleine starrt mich an wie ein russischer Jude die Klagemauer, ich sollte zurückstarren, wenn mein individuelles Rückkehrerprogramm Erfolg haben soll. Dann spürte sie, wie jemand eine festgezogene Schraube in ihr löste. Zwanzig Jahre, in denen sie dem Traum von der Mischehe nachhing, waren plötzlich genug. Was hatten diese großen humorlosen deutschen Männer von ihr gewollt? Vaters Geld vielleicht? Oder einmal in ihr jüdisches Krötengesicht spritzen und sich danach so schuldig fühlen wie ihre Väter und Großväter?

Ethel wusste natürlich, dass sie nicht schön war. Sie wusste aber auch, dass Menschen wie sie an Ausstrahlung gewannen, wenn sie sich hässlicher machten. Sie schnaubte wieder, jetzt lauter. Sex war Macht. Zumindest, wenn man wie sie einen kleinen, süßen Mann wie Noah aus der 8b hochheben konnte. Wie wäre es, wenn ... Der Gedanke kam ihr ganz plötzlich, und ihr fiel ein, wie Noah vorhin ihre haarige Wange gestreichelt hatte, als wäre sie ihre Punani. Sie schnaubte wieder und legte den Arm so fest um ihn, dass er husten musste. Wie wäre es, wenn ... Familie, Kinder, ewiger Streit, Leben und Denken von der Hand in den Mund. Ich, die hässliche Kröte, endlich der Chef.

»Mach dir nichts draus«, sagte sie zu Noah. »Besser als JSS.«

»Was ist denn das?«, sagte Gerry. »Jüdisches Selbsthass-Syndrom?« Er grinste stolz.

»Das hab ich mir ausgedacht, Zeitlupe«, sagte Ethel, »um meinen Jugendfreund hier zu beruhigen.«

Gerry hörte sofort auf zu grinsen, und Tal fing wieder an, leise etwas zu summen. Er wurde rot, was wieder keiner sehen konnte, und machte ein paarmal ein Geräusch wie ein Deutscher, der lacht oder niest. Noah hatte wie immer nicht zugehört.

»Hattest du das damals auch schon, Noahlein?«, sagte Ethel.

»Was?«

»Na ja, dieses ... Unstete.«

»Es ist nicht meine Schuld, ich hab zu wenig Mikronährstoffe«, antwortete er und bückte sich innerlich, also dort, wo es zählte. Und dann spielte er mit singender Kinderstimme wieder 8b: »Frau Albus, Frau Albus, es tut mir leid, meine Eltern haben heute Morgen vergessen, mir meine Ritalinportion in den Tee zu kippen. Ich find's ja auch nicht gut, dass ich beim Diktat immer dazwischenrede.«

»Die Frau Albus?«, sagte Ethel. Sie lachte leise.

»Ja«, sagte Noah, »Deutsch, Geschichte, Sport.«

»Hallo«, sagte Gerry.

»Ja?«

»Hallo, ich bin vielleicht auch noch da?«

Noah hatte aber wirklich keine Lust mehr. Er hatte es geschafft, sie würden das Video drehen, egal, was es kostete. Was war die nächste unmögliche Idee, mit der er alle nerven konnte? So ein Triumph schmeckte jedes Mal wie der kalte, ungesüßte Pfefferminztee, den Thekla fast fünfzig Jahre lang zum Abendbrot gemacht und den bis auf seine debile Mutter nie einer getrunken hatte. »Ich muss jetzt. Wir telefonieren. Ruf mich an, wenn du bis zehn zählen kannst.«

»Wie? Ich soll dich anrufen?« (Gerrys amerikanischer Eishockeyspieler-Bariton.)

Du sollst mir noch mal so richtig schön eine verpassen, dachte Noah, bestimmt geht's mir danach besser. Er zog flehend die Augenbrauen zusammen. »Na gut«, sagte er, »gib meiner Jugendfreundin hier deine Nummer. Ich bin gerade nicht so gut drauf.«

»Und mein Agent ruft dann ihren Agenten an?«

»Du kannst ja witzig sein, Zeitlupe«, sagte Ethel.

In der Sekunde fing es zum Glück wieder an, aus Noahs verletzter Hand zu tropfen. Die kleine dunkle Pfütze vor seinen Füßen sah zuerst wie ein Herz, dann wie Afrika, dann wieder wie eine Pfütze aus. Noah versank in Gedanken. Das war wahrscheinlich das Einzige, was er wirklich gut konnte. Eben noch hier, einen Gedankenfetzen später schon auf dem Noah-Planeten. Dort lebte er die meiste Zeit, zufrieden und unzufrieden, zusammen mit seinem Charme, seinem Neid und seinem schlechten Gewissen, und es gab eine Videokamera, die filmte, was er tat. Aber wer stand hinter der Kamera? Jemand, der alles sah. Die alles sah. Die abends kalten Pfefferminztee trank und ihrem Sohn beim Masturbieren applaudierte. Noah berührte kaum den Boden, so leicht war auf einmal alles, so sinnvoll, und er freute sich auf ein paar Runden mit Super-Golda auf meinem Futon.

»Kannst du mir noch eine runterhauen, Gerry?«

»Was, du Homo?«

»Ach nichts, das war nur ein Witz.«

2
Noah macht sich Sorgen

Meine Mutter verschwand, als ich 40 war. In dem Alter war Abel schon tot, glaube ich. Sie ging zum Vater meiner Schwester zurück, den sie das letzte Mal in Moskau im Dezember 1960 gesehen hatte, in der Gorkistraße, ungefähr um acht Uhr früh. An der Hand hatte sie viel zu fest ein genervtes dreijähriges Mädchen gehalten, das zwei schwarze Zöpfe und zwei schwarze Augen hatte und ein kleines schwarzes Herz, das es niemandem zeigte. Das Mädchen ahnte, was kommen würde. Ein halbes Jahr später stiegen meine Mutter und sie in Prag aus dem Flugzeug und gingen über das brüchige Rollfeld von Ruzyně auf das Flughafengebäude zu. In der Glastür stand mein Vater (der damals noch nicht mein Vater war), und als meine Mutter ihn sah, sagte sie zu meiner Schwester: »Schau mal, da ist dein Papascha!« Serafina öffnete die Arme und, ohne dass es jemand sehen konnte, ihr Herz. Und obwohl sie es mit ihren dreieinhalb Jahren besser wusste, rannte sie zu diesem kleinen, fremden, nervösen Mann mit der bronzefarbenen Huzulenhaut und den bösen Geheimratsecken. Sie sprang an ihm hoch wie ein Hündchen, und nach dem dritten oder vierten Mal beugte sich mein Vater (wusste er da schon, dass er mich wollte?) endlich zu ihr hinunter und nahm sie in den Arm, und beim Versuch, sie auf die Wange zu küssen, küsste er sie auf den Mund. Was ist der Unterschied zwischen einer Adoption und einer Lüge? In Serafinas Fall eine überflüssige Frage, denn sie haben ihr nie gesagt, dass ihr richtiger Vater die Null Valja Wechslberg war, der Sohn des großen Spions Mel Wechslberg. Und als sie es endlich erfuhr, nachts um drei am Telefon von Valjas bestem Freund Kostja Kostos, dem Sammlersohn, schlug ihr großes schwarzes Herz ein paarmal im falschen Takt, aber danach war fast alles wieder okay.

Meine Schwester Serafina – emphatisch und launisch, intelligent, aber nicht sehr intellektuell, verfressen wie Ethel Urmacher und immer genau fünf Jahre älter als ich – ging ausgerechnet am 9. November 2003 zusammen mit meiner Mutter zu Valja Wechslberg zurück. Diese dicke selbstverliebte Zwiebel (sie nennt mich übrigens Karotte, raten Sie mal, warum) schickte mir, statt Bye-bye zu sagen, nur von ihrem Blackberry eine von ihren witzigen Nachrichten: »Bin weg, wahrscheinlich Miami. Wenn es mir dort besser geht als in den letzten 50 Jahren, hol ich dich nach. Wie fändest du das, kleiner verwöhnter Original-Karubiner? Dann hättest du auch mal einen Vater, der nicht dein Vater ist.« Und Mama? Die überreichte mir bei meinem letzten Besuch in Hamburg mit russischer Pathos-Miene eine Tupperwarebox mit Erdbeeren, als wären sie alter Familienschmuck, gerettet vor der Gulag-Leitung und gierigen Mithäftlingen auf Kamtchatka in Großvaters Verdauungssystem. »Die mochtest du immer so gern, Solitschka«, sagte sie. »Die mochte ich noch nie, Mamascha«, sagte ich. Sie fing natürlich sofort an zu heulen. Wahrscheinlich dachte sie an die Abertausenden von Erdbeeren, die sie für mich seit meiner Geburt gewaschen, geschnitten und gezuckert hatte, und plötzlich war alles umsonst, denn ich hatte sie angelogen, ich hatte immer nur so getan, als ob. »Warum hast du dich nie beschwert?«, sagte sie. »Hab ich. Du hast es nicht gehört.« Sie schüttelte, so selbstgefällig wie nur Steinböcke es können, den Kopf. Dann ging meine winzige grauhaarige, silberäugige Mutter ins Schlafzimmer zu ihren Koffern und enttäuschten Hoffnungen zurück und packte weiter ihre Mandelstam-Bücher, Mandelstam-Poster und Mandelstam-Handtücher zusammen. Ich glaube – ich hoffe –, diese Szene hat es ihr leichter gemacht, mich mit meinem Vater alleinzulassen.

Noah konnte meinen Vater natürlich nicht ausstehen. Er nannte ihn immer nur bei seinem Namen – er sagte nicht »dein Vater« oder »dieser Idiot« –, er sagte »Wowa« oder »Wowa Mendelewitsch« oder, wenn er ihn richtig bescheuert fand, »K-k-karubiner«. Ging es um seinen Vater, sagte er auch bloß »Schloimel«, also bedeutete das erst mal nicht viel, denn ich habe selten, nein, ich habe überhaupt noch nie jemanden gesehen, der den Menschenaffen, der ihn in acht bis zehn Sekunden gezeugt hat, so geliebt hätte wie Noah den riesigen freundlichen, arroganten Schloimel mit seinem kaputten Fuß. Und das trotz des Geldes, mit dem Schloimel ihn von Anfang an fertiggemacht hatte, trotz der tausend legalen und nicht ganz legalen Konten, die die Forlanis überall hatten, trotz ihrer sieben Pluto-Hotels in Tel Aviv, Bad Homburg, Quedlinburg, Cham, Prag, Hamburg-Harburg und Hamburg-Wilhelmsburg, trotz der hässlichsten New-Brutalism-Bürohäuser von ganz City Nord, die jeden Monat so viel Gewinn abwarfen wie ein afrikanischer Kleinstaat Schulden machte, trotz der Tennis- und Polostunden, die Schloimel seinem Noah seit der Bar-Mizwa bezahlte, ohne dass der je hingegangen wäre, trotz der geheimen Bordellkasse, die er für ihn an seinem sechzehnten Geburtstag eingerichtet hatte. Ja – Noah liebte seinen Vater trotz und nicht wegen des ewigen Geldstroms, gegen dessen Fluss selbst Schloimel am Ende so wehrlos war wie die Palis gegen die hübschen weißen jüdischen Siedlungen von Judäa und Samaria, und wenn es schon sein musste, wenn er unbedingt Isaak und Abraham spielen sollte, dann war Geld das Einzige, was Noah dem groißen Gangster und Menschenfreund Schloimel verübelte. Toll, nicht wahr? Nicht jeder hat einen so moralischen Freund wie ihn. Hatte, meine ich.

Und was nervte Noah an »K-k-karubiner«, an meinem Zehn-Sekunden-Papá? Einmal – ich glaube, es war in Italien, 1985, in Punta del Giorno – stellte sich Noah auf den Tisch, um mich aufzuklären. Er ballte die Faust, zog sein rosa Strandhöschen hoch (damals noch nicht von Dries, sondern wahrscheinlich von Paul Smith oder, vergib ihm, Elohim, von Fiorucci), und dann ging es los. »Jetzt weiß ich, warum du so eine arme Sau bist«, sagte er, und er sprach »Sau« wie Thekla mit weichem bayerischen »S« aus. »Der eiskalte Wowa hat dich auf dem Gewissen! Wenn ich als Kind zu Hause so viel

Angst gehabt hätte wie du ...« Ich unterbrach ihn: »Dann wärst du heute nicht so faul, Mäuschen. Dann hättest du, so wie ich, vor tausend Sachen Angst, zum Beispiel davor, dass du nie etwas schaffst, dass du nie selber mal jemand sein wirst, dass du nie genug Geld zusammenkriegst, um von zu Hause wegzugehen.« Ich sah Noah in die verschwommenen, stierenden Augen, von unten nach oben, denn er stand immer noch – jetzt bin ich mir sicher – auf diesem wackeligen Hotelschreibtisch in der Albergo Rossi, und dabei grinste ich idiotisch. Die riesige englische Kuh, die auf unserem Bett saß und versuchte, sich die Zehen rot zu lackieren, aber wegen ihres Bauchs nicht richtig herankam, schaute uns verliebt an. »Wer will denn überhaupt ausziehen?«, sagte Noah. »Genau!«, kreischte ich, »genau!« Die Engländerin stellte deprimiert den Nagellack wieder weg, zog das Flintstones-T-Shirt über ihren Riesentitten glatt und fing an, vor Aufregung schwer zu atmen. »Hör zu«, sagte Noah, »dein Alter ist doch selbst als Kind so geprügelt worden, wie-wie-wie ... wie Spartacus vor dem Aufstand.« Ich fing an, künstlich zu lachen. »Wie Spartacus vor dem Aufstand?! Tolles Bild, du Schriftsteller! Oder eher wie Nero vor dem Brand Roms? Oder wie Jesus vor der Kreuzigung? Ich hoffe, in deinem Roman gibt's noch mehr von diesem Scheiß! Satire, mein lieber Forlanicus, auch wenn man sie nicht wollte, kommt ja immer sehr gut an. Hast du eigentlich heute Morgen geschrieben, du Nichtswürdiger?«

Es waren, wie ich sagte, unsere ersten Wir-schreiben-jetzt-beide-einen-Roman-Ferien. Aber wer hätte voraussehen können, dass wir die meiste Zeit im Strandcafé herumsitzen oder mit Guinevere, der britischen Gulliverfrau, Fangen spielen würden? Wir selbst. Einmal – es war unsere einzige literarische Leistung in drei Wochen – fuhren wir zum Amphitheater von Cagliari und marschierten in geisteskranker Hitze im Kreis herum und sangen unsere Version eines berühmten deutschen Lieds: »Und wenn der Führer auf dem Hochstand sitzt und Rebbe Goldzahn an ihm vorüberflitzt, ja, dann ist alles klar, SA applaudiert!« Noah las morgens, wenn jeder sein Pensum erfüllen sollte, italienische Pornocomics –»Scopami! Che bel culo! Più profondo!« –, und beim Mittagessen fragte er mich mit neidischem, aber nicht unsympathischem Harpo-Marx-Lächeln, wie viel ich schon geschrieben hätte. Was sollte ich sagen? Ich schrieb auch nicht – aber nicht, weil ich wie er faul gewesen wäre. Ich war zu aufgeregt. Ich spürte, dass ich es konnte, dass mindestens zehn Bücher in mir steckten, zehn große, grelle, komplizierte, schrecklich ernste Bücher, und neun handelten von Wowas kleinen und großen Verbrechen in Moskau und Prag. Als ich genau das Noah sagte, machte ich ihn zuerst glücklich. Sehr glücklich. Ich war also auch nicht besser als er, ich hatte auch eine Ladehemmung! Aber weil er mich so liebte und weil er der Sohn von Holy Schloimel, dem Gangsterphilosophen, war, und weil wir beide nicht ahnen konnten, dass sich eines Tages die Sache mit Nataschale Rubinstein und mir zuspitzen und Noahs sexuelle Entwicklung mehr bremsen würde als die prügelnden polnischen Kinderfrauen, kletterte mein Noahle an diesem allerletzten Sardinientag auf den Tisch. Er war Lenin, der Tisch war der Panzerwagen, und mein Vater war die ganze Zarenfamilie. Nein – eher Jossif Wissarionowitsch Stalin.

»Du lesensunwerte Kreatur!«, schrie Noah und presste die Faust so fest gegen die Stirn, dass sie kurz rot wurde.»Dass ich nichts hab, ist doch egal. Es ist mir egal, und es ist Schloimel egal, und meiner schwachsinnigen, allgegenwärtigen Mutter ist es sowieso egal. Ich muss nur genug essen, verstehst du, ich muss regelmäßig verdauen und meine junge Prostata dreimal am Tag per masturbationem durchpusten, und dann sind sie glücklich, das reicht den alten Forlanis schon. Weil sie mich lieben. Aber der eiskalte Wowa liebt dich nicht. Der liebt niemanden. Wie war das? Babuschka Karubiner hat die Familie mit Import–Export ernährt? 1935? Im Jahr acht nach dem Ende der NEP? Und weil es auf dem Schwarzmarkt in Kapustowo hundert Dosen eingelegte Gurken zum Kaufen und Weiterverkaufen gab, ist die alte Gurke bei minus zwanzig Grad auf einem offenen Lastwagen nach Kapustinograd gefahren

und hat sich dabei die usbekische Todesgrippe geholt, worauf Klein-Wowa arme Halbwaise wurde und ein von seinen sieben Makkabi-Brüdern misshandelter Hund ohne Liebe? Na ja« – er räusperte sich ironisch –, »wahrscheinlich stimmt das sogar, mein geliebter Soltschik. Und genau das ist dein Problem.«
»Ich weiß, was mein Problem ist«, sagte ich. Es war August 1985, nicht November 2003, und ich ahnte noch nicht, dass Monate und Jahre kommen würden, in denen ich ausgerechnet mit Papascha allein bleiben würde, sonst hätte ich natürlich etwas anderes gesagt. »Mein Problem ist mein Charakter, das hat nichts mit ihm zu tun – höchstens genetisch.« Noah verdrehte wegen meiner offensichtlichen Blödheit die Augen, kletterte vom Tisch runter und strich mir durchs verschwitzte Haar, von dem ich damals noch ziemlich viel hatte. (Ich trug es wie Wowa auf seinen Prager Jugendfotos oben lang und im Nacken militärisch kurz ausrasiert, aber ich sah auch ein wenig wie Jabotinsky in seiner weißrussischen Phase aus.) »Ich will, dass du glücklich bist«, fauchte er mich an, »ich will einmal m-m-mit ihm reden.« »Warum stotterst du?« »Weil ich aufgeregt bin.« »Und worüber willst du mit ihm reden?« »Über deine Schreibblockade.« »Ich hab keine Schreibblockade, ich hab bloß noch nie was geschrieben.« »Genau.« »Genau was?« »Vielleicht g-g-gönnt er's dir einfach nicht.« »Ach so? Wir machen Ferien, wir sind Anfang zwanzig, also mach kein Drama.« »Warum hat er nur unter den Kommunisten Karriere gemacht? Warum gibt's kein Buch von ihm, das die Leute heute lesen wollen?« »Du spinnst.« »Das werden wir sehen.«

Ich seufzte und machte ein Geräusch wie ein Fahrradreifen, aus dem Luft entweicht. Und ich dachte an die Geschichten, die meine Eltern immer erzählten: Goldstücker beim Kafka-Kongress auf Schloss Liblice 1963, wo er versuchte, einem holländischen Germanisten die Pilsener Haggada seiner Großtante Sura und Rabbi Löws angeblichen Siddur anzudrehen. Kundera, der beim Chinesen in der Vodičková Mama auf die Toilette folgte und ihr dort seinen Schwanz zeigte. Havels Krawattensammlung, zusammengeklaut in

Pariser Kaufhäusern, und seine verschwiegene Mitgliedschaft im Opus Dei. Da war mir mein glatter, harter, im Angesicht wichtiger Menschen verpuffender Vater wirklich lieber! Na und, dann hat er eben für den StB Berichte geschrieben über die anderen Kulturanten (altes, abfälliges Wowa-Wort), mit denen er nachts im Keller des Nachtklubs Narcis zwischen Parteichauffeuren, syrischen Geldwechslern und slowakischen Zigeunernutten saß! Wahrscheinlich waren das sogar seine besten Texte, inspiriert vom Glauben an das ewige Glück, das käme, nachdem Gottwalds Thermoskannenkommunismus mithilfe der StB-Gorillas durchgesetzt wäre, die klassische jüdische 20.-Jahrhundert-Fantasie eben.

Ich schweife ab – aber auch nicht wirklich. Sonst würde ich noch viel genauer auf Papaschas fünfzehn Jahre in Bergedorf, im Hilda-Monte-Weg Nummer 9 oder 19, zu sprechen kommen. Immer mittwochs und freitags, von zwei bis drei, lag er im Bett in der dunklen, nach Zigaretten und Sagrotan stinkenden Neubauwohnung einer mir unbekannten deutschen Zahnärztin, die am Ende dieser angeblich reinen Sexgeschichte (so Papascha weinend zu Mamascha, kurz bevor sie zu Serafinas Vater zurückkehrte) mit aufgerissenen Schlaftablettenaugen und ohne Puls auf dem kalten Küchenboden gefunden wurde. Nur an diesem einen Freitag kam er nicht, weil am Donnerstag davor der Exfreund der Zahnärztin bei uns zu Hause anrief und sagte: »Sie kennen mich nicht. Aber ich kenne Sie aus den Erzählungen von Ingrid. Die arme Ingrid. Als hätte sie in ihrem Leben nicht genug Tabletten geschluckt! Ihr Mann, Frau Karubiner, will immer, dass sie sich die Augen zubindet und nicht redet, wenn er da ist – und das ist noch lange nicht alles.« Denunzianten, Ende der Abschweifung, werden in allen Systemen gebraucht, aber dass ein moralisierender, nachtragender deutscher Unmensch nicht merkt, wenn am Telefon statt meiner Mutter meine Schwester Serafina ist, die dann alles sofort herumerzählt, ist natürlich besonders unangenehm. Wie viele Jahre hätte der Telefontyp für seinen Anruf bekommen sollen? Achtundneunzig, ruhig mit Bewährung, aber in Abu Ghraib.

»Ich dachte, wir reden jetzt noch ein bisschen über Wowa den Schrecklichen«, sagte ich. Ich sprach ins Nichts. Noah hatte sich zu der englischen Meerkuh aufs Bett gesetzt, und sie machten Armdrücken. Er war ganz still, nur Guinevere wimmerte schön und leise. Ich erzähle hier keine Märchen. So war Noah immer schon – eben noch hier, dann wieder dort, und das konnte, wenn es nicht nervte, manchmal sehr unterhaltsam sein. Zum Beispiel, als er in seinem ersten Entführungsvideo aus dem Sudan – schwarz-weiß, mit Retro-Graufilter – so hektisch durchs Bild flatterte wie eine Fliege, die sich in einem Lampenschirm verfangen hat. Ich sehe noch immer jede Einstellung: Noah, der an die deutsche Regierung appelliert, umgeben von fünf tieftraurigen, tiefschwarzen Soldaten der African Union. Noah, der sich für seine Save-Darfur-Kampagne entschuldigt. Noah, der vor Todesangst weint. Und der dazwischen den alten Dschandschawid mit dem Mikrofongalgen in seinem übertriebenen US-Englisch davon überzeugen will, dass der seine geschwollene Prostata massieren soll, indem er sich wie ein Brahmanenfürst auf den Kopf stellt und die Arschbacken zukneift und öffnet. Als ich das Video das erste Mal sah und nicht wusste, was daran nicht stimmte, fragte ich mich, warum die Dschandschawid die letzte Szene nicht rausgeschnitten hatten. Dann dachte ich grinsend: weil sie stattdessen Noah, die ADS-Nervensäge, zusammen mit den anderen Geiseln geköpft haben, das machte bestimmt weniger Arbeit.

Also noch mal: Guinevere, die Meerkuh, saß im Schneidersitz im Zimmer 13 der Albergo Rossi auf unserem Bett, sie rollte glücklich die Augen und machte Delfingeräusche. Noah, der drei Kissen unter ihren gigantischen Ellbogen geschoben hatte, kniete ihr gegenüber. Sein auch damals schon ziemlich dünner, sehniger Prä-Yogi-Arm glänzte in den Hautfalten vor Anspannung. Er drückte, sie drückte ein bisschen stärker. Noahs Arm senkte sich, ihre große, weiße Hand umschloss immer fester sein braunes vorderasiatisches Pfötchen, und als sie ihn mit einem Ruck ganz heruntergedrückt, sah Noah lüstern zu mir herüber und fuhr sich mit der glänzenden

Zungenspitze über die Lippen. (Das hatten wir ein paar Jahre später so ähnlich wieder in New York, die Stelle kommt vielleicht noch.) Und dann? Dann dachte ich, okay, ich bin von meinem Vater geschlagen worden, aber er von den Kindermädchen. Der tolle Menschenfreund Schloimel hatte bestimmt gewusst, was los war, wenn er im Büro der Forlani Invest saß und Thekla und Noahs Mutter den kleinen Pischer den bösen, bösen Frauen überließen, so toll war er also gar nicht, er war also auch ein Wowa. Aber während Noah das Ross der Unterlegenheit ritt, hatte ich mich auf den Tiger der totalen Selbstständigkeit fixiert. Ich brauche dich nicht, Wowa! Ich kann alles allein, Wowa! Ich werde ein Buch über die Schläge schreiben, die du mir verpasst hast, K-k-karubiner! Es gab – da hatte Noah recht – allerdings einen Unterschied: Er musste nichts können, denn er wurde geliebt. Vernachlässigt, aber geliebt. Darum war es egal, ob er Angefangenes zu Ende brachte. Und darum konnte er, der Minderwertigkeitskomplex auf zwei Beinen, jetzt ohne jeden Selbstzweifel und schmatzend wie Fagin zu der Meerkuh sagen: »Du hast gewonnen, du herrliches fettes englisches Monster! Du bist wirklich sehr sportlich, weißt du das?« Guinevere legte sich wieder hin, verschränkte die Arme hinter ihrem Kopf und wartete. Er legte sich neben sie, drückte den Kopf gegen ihre Riesentitten, und sie lächelte, als wäre ich nicht da, ein postorgasmisches Lächeln. Auch als Noah gleich wieder hektisch aufsprang, lächelte sie weiter. »Ich bin im dritten Semester, Karubiner junior«, rief er mir zu. Ich weiß alles über die menschliche Psyche, sonst hätte ich gar nicht erst Psychologie gewählt.« »Das leuchtet ein«, entgegnete ich spitz. »Ich mach keine Witze«, sagte er. »Pass auf, dass du Ungeliebter nicht ewig ungeliebt bleibst.«

Noah, der später nicht mehr viel klüger werden würde, war sehr klug für sein Alter. Vielleicht konnte er also auch Dinge sehen, die erst kommen sollten. »Wirst du doch noch nach Oxford gehen, Liebling?«, sagte ich, und genauso hätte ich ihm in den Bauch treten können. »Ja«, sagte er, »aber klar. Gönnst du es mir nicht?«

Doch – und wie! Aber leider täuschte er sich, statt Oxford machte er lange gar nichts, dann kaufte ihm Schloimel ein Psychologie-Diplom an der Hamburger Universität, dann kam Goodlife. Wie sollte ein Ahnungsloser wie er also wissen, dass es bei ihm und mir immer nur bergab gehen würde? Diese schreckliche Saunasache zum Beispiel, die Nemesis meiner Genesis oder so ähnlich, hat mein kluger Noah in diesem heißen vergeudeten Sommer von Sardinien nicht vorausgesehen. Und auch nicht den Zerfall meiner hypertonischen Familie. Hypertonisch, weil zu salzig im Verhältnis zueinander, zu aufgeputscht.

3
Café Balzac

Als ich Noah am 6. Dezember 2005 – Serafinas Geburtstag übrigens – sagte, ich fahre nach Prag, sagte er: »Dann fahr ich nach Berlin und wohne bei dir in der Swinemünder.« Ich fand es nicht unlogisch. Wir liebten uns, aber wir mussten nicht immer zusammen sein. Zehn Monate später (und eine Woche bevor er mit Tal »The Selfhater« Shmelnyk und Gerry in den Sudan flog) haben wir uns auch nur ganz kurz – zwanzig Minuten höchstens! – in der Torstraße gesehen, und merkwürdig war daran nicht, wie eilig wir uns Hallo und Auf Wiedersehen sagten, sondern die eine oder andere unnoahhaft kühle Zwischenbemerkung, die er machte – aber das wurde mir erst viel später klar, um genau zu sein, als Awi Blumenschweins erster irritierter Anruf aus New York kam.

Noah musste ins Berliner Goodlife-Büro, um mal wieder Geld zu verschenken und sich von seinen Angestellten erklären zu lassen, dass der Nachfahre von Jud Süß besser den Mund halten sollte. Er flog morgens um 6 Uhr 20 mit El Al nach Berlin, und nachmittags würde er über Amsterdam mit KLM wieder zu Merav und den beiden Mädchen nach Tel Aviv zurückfliegen, bevor es drei Tage später nach Khartum weiterginge. Für mich hatte er fast keine Zeit. Ich sollte nur bei Goodlife vorbeikommen, um ihm ein paar Bücher für diese Lilly Schechter zu geben, meine neue israelische Internetgeliebte, die immer nachts um vier mit mir chatten wollte und auf allen Fotos, die sie mir mailte, wie die Schwester einer Freundin meiner Exfreundin Oritele aussah, was ich aber leider zu spät bemerkte.

Noah saß in der Torstraße hinten in dem viel zu großen, kahlen Konferenzraum von Goodlife und ließ sich von seiner Bürochefin Knute (eigentlich Ute) für jedes Wort, das er sagte, auslachen. Noah: »Wir könnten die Uigurenkampagne auf Tadschikistan ausweiten.«

Knute: »Wie stellst du dir das vor, du Träumer?!« Noah: »Wie wär's, wenn wir *Coconut Diaspora* und *Oj, Angelina* auf der Goodlifeseite nur noch gegen Geld anbieten oder gegen Spenden für den Amazonas?« Knute: »Du bist nicht Bono, Noah Forlani.« Noah: »Ich kann ab Januar nicht mehr so viel Geld an euch überweisen.« Knute (jetzt ein bisschen traurig): »Na, das ist ja typisch!«

Vorne, an niedrigen kleinen, Tischen, saßen junge, nicht hässliche Frauen vor ihren aufgeklappten MacBooks, aber die meisten tippten nicht, sondern redeten leise in sie hinein. Das sah modern und interessant aus. Wann immer Knute Noah anbellte und er masochistischglücklich zurückwich, wurde das Computergirl-Gemurmel lauter. Dass die Girls über Skype, das Betrügerprogramm aus Skandinavien, umsonst mit Nairobi und Tokio telefonierten (so wie Lilly das Pferd und ich übrigens auch nie für unsere Cybersexspielchen zahlten), fand Noah genial. Er sagte, während wir rausgingen, wir beide müssten auch mal so was erfinden, dann würden wir richtig reich werden, vor allem ich, denn er sei es schon, und der Buddha-Deal sei nur der Anfang. Er sagte aber auch: »Zuerst die Menschheit, dann die Erweiterung des Stammkapitals.« Würde ich etwas ähnlich Blödes zu meiner Schwester Serafina sagen, käme nie wieder eine witzige SMS von ihrem Blackberry. Doch: »Zuerst aufs Klo gehen und dann Händewaschen, nicht umgekehrt, Original-Karubiner!«

Als wir dann schon im Café Balzac in der Chausseestraße saßen, grünen Kamillentee mit braunem Kandiszucker tranken (gefördert von nigerianischen Kindersoldaten in den Kandisminen von Uga-Uga, oder was, Noahle?) und auf Noahs Taxi zum Flughafen warteten, redete er immer noch über Skype. »Die Typen, die es erfunden haben, waren ärmer als Schloimel, bevor er in Polen loszog. Und jetzt haben sie ihre Firma für drei Milliarden an eBay verkauft.« »Ich bin Schriftsteller, Noah.« »Ich auch«, sagte er mit dem dümmlichen, süßen Grinsen der primitiven Mama Forlani, »aber man kann ja noch was anderes machen.« »Zum Beispiel aus Eifersucht an Silvester meine *Shylock war hier*-Datei löschen.« »Bitte nicht« – das Lächeln wurde noch dümmlicher –, »bitte jetzt nicht darüber reden, Mäuschen.« »Und warum nicht?« »Weil es keine Absicht war. Ich wollte mir deinen Roman doch nur kopieren – zu Studienzwecken.« »Und dabei hast du ihn zufällig gelöscht.« »Wie wär's mit einem Genetikprogramm? Es würde Genix heißen, und man würde so lange mit fremden Leuten seine DNA-Codes austauschen, bis man wüsste, ob man miteinander verwandt ist.« »O Gott.« »Du bist dumm. Du verstehst es nicht. Denk an Buczacz!« Er warf einen verzweifelten Muttersöhnchenblick in seine leere Tasse, und weil ich noch fast nichts getrunken hatte, nahm er meine Tasse und trank einen Schluck. »Dein Tee schmeckt besser als meiner. Wieso?«

Dann klingelte sein Telefon. Er steckte sich umständlich das Headset ins Ohr, sagte »Bubusch! Cookie! Kakuschkale!«, und als er fertig war, seufzte er. »Merav. Sie holt mich vom Flughafen ab. Sie sagt, sie hat sich heute Morgen für mich totalrasiert. Die blöde Kuh hat immer noch nichts kapiert. Sie hat mir nicht mal die Sache mit Ethel verübelt! Stell dir vor, ich verschwinde ein halbes Jahr mit einer anderen, und sie tut so, als hätte ich mich beim Einkaufen im Dizengoff Center verirrt. Das ist mir übrigens wirklich schon mal passiert.« »Vielleicht ist sie so locker, weil ihr jetzt alles gehört«, sagte ich. Er nippte gelangweilt an meinem Tee. »Ich hasse sie«, flüsterte er, »ich kann nicht mehr. Es macht mir gar keinen Spaß mehr, ihr zu gehorchen.« »Du Nebbich, das sagst du, seit du sie kennst!« »Aha«, sagte er, jetzt kommt die Spiegelschrankgeschichte.« »Woher weißt du das?« »Weil der dumme Forlani klüger ist als der clevere Karubiner, aber trotzdem zu blöd ist für das Hier und Jetzt. Ich präzisiere: zu blöd war.« Ich überging diesen kleinen Anflug von unnoahhaftem Triumphgebaren und hackte wie gewohnt auf ihn ein: »Genau. Seit sie dir in deine alte Junggesellenwohnung in der Grindelallee einen riesigen Spiegelschrank von B & B reingestellt hat, war klar, dass sie deinen Skalp will, Dummbär, aber du denkst immer noch, du könntest ihn retten.«

»Nicht den Skalp, Klugibär, sondern mein linkes Ei.« »Es war das rechte.« »Kommt darauf an, von wo man guckt.«

Ich hatte jetzt drei Themen, die ich mit ihm besprechen konnte. Noch mehr Merav, Darfur, unsere Herkunft. Mir fiel ein, dass ich einmal eine Geschichte von Agnon gelesen hatte, dem Nobelpreisträger. Sie spielte in Buczacz, Galizien, Österreich-Ungarn, »vor drei, vier Generationen, als die Thora den Juden noch lieb war und unsere Stadt sich zu denen rechnen durfte, die sich durch die Gelehrten auszeichneten, die in ihr lebten«. Schloimel Forlani, der Oberganef, war aus Buczacz. Mein Großvater, der Vater von Wowa, dem Familien-Stalin, kam aus Buczacz. Agnon kam aus Buczacz. Simon Wiesenthal war aus Buczacz. Wir alle waren Buczaczer, wir hatten dieselbe hellgraue Haut, die ein bisschen ungewaschen und deprimierend aussah, in unseren Köpfen ratterten die Räder noch schneller als bei anderen Juden, aber wir konnten auch ganz gut mit dem Schwanz denken. Waren wir am Ende alle miteinander verwandt? Noah und ich bestimmt. Wir liebten uns mehr als Brüder, und ich fand, wir sollten einmal zusammen nach Buczacz fahren, das würde Klarheit in unsere Beziehung bringen, auch ohne Genix, das Programm.

Dies war das Thema Nummer eins. Mit Nummer zwei fing ich aber an. »Knute mag dich nicht«, sagte ich und nahm ihm meine Tasse wieder weg. Ich guckte rein, und im Tee schwamm etwas, das vorher nicht drin gewesen war. »Wenn du willst, dass sie dich ernst nimmt, mach etwas Ernstzunehmendes. Kündige ihr. Nimm sie nach einer Geberkonferenz auf dem Konferenztisch von hinten. Fahr nach Afrika!« »Ich fahr doch nach Afrika«, sagte Noah. »Und glaub nicht, dass ich das wegen dir mache! Jetzt ist die Gelegenheit günstig. Gerry will, dass ich bei den Dreharbeiten dabei bin. Jeff hat oft Wahnschübe, wusstest du das? Ich soll ihn auf andere Gedanken bringen.« »Jeff?« »Jeff Goldblum.« Ja, es stimmte, ich hatte es Noah oft gesagt. Er wollte die Welt retten, flog aber immer nur zwischen Tel Aviv, Aspen, Baden-Baden, Hamburg und Berlin hin und her. Ich selbst fand Reisen überflüssig und nicht zeitgemäß, außerdem hatte ich Angst vor falschen Kopfkissen und unpassenden Durchfallattacken. Aber ich fand, dass mein Noahle wissen sollte, wie es war, wenn das Trinkwasser nach Schlamm schmeckte und man in der Leprastation von Gawanga Beach kein WLAN hatte. Er sollte sich nicht vor denen verstecken, für die er immer größere Brocken seines Stammkapitals rausbrach, er sollte mehr sein als ein delirierender Hitzkopf und Knutes dummer Geldjunge. Das war meine Meinung, aber seine nicht, so schmerzhaft können seine Vieux-Riche-Gewissensbisse also nicht gewesen sein. Bis jetzt. »Was hast du mit dem Tee gemacht?«, sagte ich. »Das ist ja ekelhaft.« »Zu viel Schleimbildung zurzeit«, sagte er, und mir fiel sein neuer, arroganter, nasaler Tonfall auf. »Die Nebenhöhlen sind voll von dem Zeug. Dr. Czupcik, mein Naturopath, sagt, ich soll es nicht runterschlucken, sondern lieber ausspucken.« »In meine Tasse?« »Aber ich hab doch bezahlt!«

Auf Thema Nummer drei – die etwas zu klein geratene, aber nicht unsüße Merav – hatte ich jetzt keine Lust mehr. Wir hatten nur noch ein paar Minuten. Das Taxi zum Flughafen war bestellt, und gegen Meravs eisernen Willen war Noah sowieso machtlos. Mein Rat hätte ihm bloß wehgetan. Er, der delirierende Hitzkopf, wünschte sich manchmal sogar, um sie loszuwerden, dass sie etwas mit einem anderen anfing. Darum plante er seit Längerem ein Buch, von dem er zumindest schon den Titel hatte: *Fick meine Frau, Goldmann!*. Eine Real-Friktion, wie er es im Untertitel nannte. Friktion wie Reibung, Konflikt, unendliche Turbulenz.

Aber der Konflikt würde natürlich bleiben. Keiner wollte Merav ficken – weil sie Noah liebte. Das wusste ganz Tel Aviv. Und hätte Noah die Frechheit gehabt, sein schloimelisiertes Über-Ich zu überlisten und von Merav doch noch aus eigener Kraft wegzugehen, würde sich der *Schmerz in seinem Herz* (statt *Shylock war hier* ein anderer möglicher Titel für mein Buch) so schnell potenzieren wie die Variablen in der Boltzmann-Gleichung.

Noahs Lage war seit seiner absurden unfreiwilligen Rückkehr aus Berlin und L.A. noch aussichtsloser als davor. Nachdem er ein paar Wochen mit auffällig hängendem Kopf (reine Tarnung, wie mir hinterher klar wurde) durch die Cantina geschlurft war, erklärte er mir, er werde bald aus dem Villale in Herzlia Pituach in sein Studio in der Zlatopolsky-Straße in Nord-Tel Aviv (ausgerechnet gegenüber von Oriteles Haus) umziehen. Zuerst wollte er in seiner Zweihundert-Quadratmeter-Studierstube nur ab und zu schlafen. Er nannte das Trennung light, aber am Ende hatte er auch das nicht geschafft. Ein paarmal hatte er sich in Fort Single rasiert, und die neue Simpsons-Bettwäsche lag unausgepackt auf dem massiven Nakashima-Bett aus der Wurzel des Baobab-Baums, das Noah in L.A. bei NoHo Antiques für 10500 Dollar gekauft hatte und für achttausend Dollar mit einem liberianischen Ölfrachter via Panamakanal, Kap Verde und Gibraltar nach Israel schiffen ließ. (Damit es mit seinem Auszug aus dem Ehe-Ägypten vielleicht noch ein bisschen länger dauerte?)

»Ich hab ihr gesagt … verstehst du … ich hab ihr gesagt, wir machen das ganz erwachsen. Ganz langsam, wie Galapagosechsen, die sich an ihre Beute heranrobben.« Diesen Vortrag musste ich mir fast jeden Samstag von ihm am Telefon anhören, ich, einsam und allein und nackt in Berlin in den blitzenden Umkleiden der Elstar-Sauna beim Aus- oder Anziehen, er auf dem Spielplatz in Herzlia Pituach mit seinen beiden Mädchen. Samstag war, wie jeder von uns glücklichen Diaspora-Junggesellen weiß, in Israel Familientag, und wer kein Interesse hatte, seiner abgekämpften, trübsinnigen, ungefickten Ehefrau länger als drei Minuten ins Gesicht zu sehen, hatte am Schabbat ein Problem. »Ich werde nachts nicht da sein, und morgens komme ich und mache den Mädchen Frühstück und bringe sie in die Schule. Dann merken sie zuerst gar nicht, dass ich nicht mehr dort wohne.« Das klang wie eine von den besseren Goodlife-Ideen, total unrealistisch, aber charmant wie das Lächeln einer fremden Frau aus einem vorbeifahrenden Zug. Hätte ich aber damals schon den Rest der Geschichte gekannt, hätte ich kapiert, wie gut und weitsichtig und unnoahhaft konsequent in Wahrheit sein Plan war.

So waren Noahs Schabbatanrufe für mich einfach nur unterhaltsam. Er hatte, fand ich, mit der Merav-Affäre ein ähnlich interessantes Problem wie ein Talmudist, der sich fragt, ob er sich beim Beten auf eine Treppenstufe stellen soll, um Gott näher zu sein. Ja. Nein. Besser ja, denn sicher ist sicher. Aber eigentlich hatte ich ein Problem. Sollte ich Noah sagen, mach etwas, egal was, Hauptsache, du hast was gemacht, und danach wirst du deinem Ziel einen Meter – eine Stufe! – näher sein? Nein, ja, nein – denn genauso hätte ich ihm ein paar Jahre zuvor vorschlagen können, er solle die auf Schritt und Tritt furzende Mama Forlani verlassen. So etwas traute sich aber nur ein schmieriger »Psychomane und Klein-Noah-Manipulator« wie Dr. Endre Savionoli, niemand sonst.

Wir standen jetzt vor dem Café Balzac. Noah zog die Tatarenaugen gequält zusammen, und ich dachte zusammenhanglos, dass ich ihn – alias Itai Korenzecher in der neuen *Shylock*-Fassung – ein bisschen ernsthafter und hübscher machen sollte. Auf der Chauseestraße fuhren – nur ein, zwei Meter von uns entfernt – pausenlos Autos, Straßenbahnen, Lastwagen, Touristenbusse vorbei, aber ich hörte nichts, ich nahm nur die in der herbstlichen Abenddämmerung glühenden Scheinwerferlichter wahr.

Meine Seele sah in diesem Moment wie der Kopf eines Mannes aus, auf dem ein Affe sitzt. Ich konnte mir das Bild selbst nicht erklären. Dafür fühlte ich genau, dass ich kein Wort zu Merav, dem Thema Nummer drei, sagen durfte, wollte, sollte. Mach Frieden mit ihr? Leck sie, wie ich Oritele immer geleckt habe? Lächerlich. Stattdessen sagte ich (Thema 1): »Wir sollten bald nach Buczacz fahren, Noahle. Wirklich. Diese verdammten sentimentalen Reisen in die alten Zentren der Diaspora sind besser als ihr Ruf.« Doch auch hinterher blieb der Affe, der meine Seele war, auf dem Kopf des Mannes, der auch meine Seele war, sitzen. Er zog ihn an den

Ohren, kreischte und legte die Pfoten auf seine Augen. Und in mir wurde es für Sekunden dunkler als auf der Chausseestraße.

Noah sagte nichts. Er fuhr sich mit der Hand durch die immer leicht staubig wirkenden, dunkelblonden Haare und kratzte sich so ausführlich am Kopf wie eine Stummfilmfigur. Vielleicht saß der Affe auf ihm. Dann sagte er, schon wieder so ungewöhnlich unnoahhaft und siegesgewiss: »Wir werden uns jetzt lange nicht sehen.« Pause. »Sehr lange.« Pause. »Sehr, sehr ... sehr lange!«

»Wieso? Wirst du mich von hinten nehmen?«

Das Taxi, das ihn zum Flughafen bringen sollte – ein großer Hyundai-Van mit grauen Scheiben und einem faustgroßen Loch im linken Kotflügel –, stand auf der anderen Seite der Kreuzung, und der Fahrer machte hektische Lichtsignale.

»Joine« – Noahs Tatarenaugen kollidierten fast, so stark zog er sie aus Mitleid zusammen –, »ich fliege am nächsten Freitag in den Sudan. Schon vergessen? Wir drehen zwei Monate. Zwei Monate! Aber nur in Gharb Darfur und Schamal Darfur. Dschanub Darfur ist zu unsicher. Sie fangen gerade an, Ausländer zu entführen – obwohl wir auf ihrer Seite sind. Interessant, oder? Das wird bestimmt sehr gefährlich. Sehr, sehr ... sehr gefährlich!«

»Nimm lieber deinen Goodlife-Ausweis mit. NGOs überleben leichter.«

»Es gibt keinen Goodlife-Ausweis.«

»Warum nicht?«

»Manchmal, Karubinchen, hast du keine schlechten Ideen! Du müsstest bei uns mitmachen, du selbstverliebter, hypochondrischer, eiskalter Vatersohn, dann hättest du minimum zehn Symptome weniger am Tag. Ich plane gerade Goodlife-News – so was wie CNN, aber im Netz, und es kommen nur gute Nachrichten –, und wenn Knute nichts dagegen hat, darfst du Chefredakteur werden. Du kannst natürlich auch Nein sagen und dir weiter einen auf deine Wie-war-ich-Bücher runterholen, die jeder liest, aber keiner gut findet.« Er wischte sich zwei kleine Tränen aus den Augenwinkeln.

»Zumindest weiß ich, wie man es sich in neunzig Sekunden selbst macht. Beherrschst du inzwischen auch diese Technik, Matratzenstoßer?«

Er ignorierte meinen letzten Satz. Ich hasste Leute wie ihn, die das konnten: einfach nicht hören, was man ihnen sagte. Mamascha und Serafina waren auch so. Das musste etwas mit ihrem Sternzeichen zu tun haben – oder mit einer sehr intensiven Kindheit. »Ich werde Utachen sagen, sie soll mir ein paar Firmen-IDs machen lassen und mailen«, sagte er. Auf seiner Stirn war plötzlich ein Meer von Falten, Denkfalten. »Und dann drucke ich sie mir unterwegs schnell aus. Und lasse sie irgendwo wieder liegen.«

»Lass sie in Ruhe«, sagte ich. »Du nervst sie nur mit deinen ewigen Sonderwünschen. Wann merkst du das endlich?«

»Ich denke« – er redete weiter, als hätte ich nichts gesagt –, »in drei Jahren haben wir mit Goodlife-News CNN überholt.«

Die Ampel wurde grün, der Hyundai-Van fuhr mit quietschenden, jammernden Reifen los und bog scharf zu uns ein, noch bevor sich die Autos aus der entgegengesetzten Richtung in Bewegung setzen konnten. Er blieb einen Fußbreit neben uns stehen, das Fenster auf der Beifahrerseite ging runter, und ein sehr schwarzer Afrikaner guckte uns unverschämt und trübsinnig an. Er würde Noah garantiert auf dem Weg zum Flughafen seine Familiengeschichte erzählen, und Noah würde sich seine Telefonnummer aufschreiben und seine acht unterernährten, dickbäuchigen, nervigen, fliegenumschwirrten Töchter aus Ruanda ausfliegen lassen. Was ist der Unterschied zwischen einem gewöhnlichen Philanthropen und meinem geliebten besten Freund? Noah machte das alles nur aus Liebe zu sich selbst.

»Hab ich dir gesagt, was Ute zu mir gesagt hat, als du nicht da warst?« Das war jetzt wieder er, aber weniger nasal.

»Dass du aufhören sollst, ständig vom Geld deines Vaters zu reden und dabei auch noch so eingebildet zu klingen.«

»Woher weißt du das?«

»Weil sie das jedes Mal sagt, wenn du ihr sagst, sie soll endlich kapieren, dass du der CEO, der Executive, der Boss der Bosse von Goodlife bist.«

»Ach, tatsächlich, das hab ich schon mal zu ihr gesagt?« Er grinste traurig.

»Na ja, irgendwann solltest du es wirklich tun.«

»Sie meinte, wenn ich weiter so nerve, kann sie Goodlife auch ohne mich machen. Sie wüsste schon, wo es noch viel mehr Geld zu holen gibt als bei mir – ›Stichwort: Oligarchen, Kleiner‹, hat sie gesagt –, und sie wäre froh, wenn sie sich dann nicht mehr wegen meiner traurigen Schloimel-Geschichten ständig die Ohren zuhalten müsste.«

»Hart.«

»Ja – hart.«

»Aber nach Afrika wird natürlich alles anders«, sagte ich. »Ganz anders!«

»Meinst du wirklich?«

»Klar, warum nicht ...« Ich verbarg mein inneres Zögern wie diesen rasenden Schmerz in meinem zarten aramäischen Arsch, der mich meist nachts, aber ab und zu auch tagsüber in Gegenwart anderer Leute, minutenlang befällt. »Der Sechstagekrieg wurde in Wahrheit auch schon in fünf Tagen entschieden.«

»Guck ihn dir an, er witzt sich.« (Noah mit jiddischem Akzent.)

»No na.« (Ich auf Wienerisch.)

»Wenn Knute wüsste« – er sprach jetzt wieder Hochdeutsch –, »dass mir seit L.A. nichts mehr gehört und ich Merav um jeden Schekel anbetteln muss ...«

»Zu diesem Thema habe ich übrigens auch noch zwei Fragen, du selbstzerstörerisches Selbstkastrat, und zwar seit Längerem. Erstens: Gehört dir wirklich nichts mehr bis auf die paar UBS-Fränkli? Zweitens: Warum hast du nicht deinem luxusgeilen Schriftstellerfreund auch ein bisschen was von Schloimels Millionen abgegeben?«

»Du hättest es niemals angenommen!«

»Bergitur nec functua.«

»Was?«

»Ahnungslos sind die, die besitzen. Kaiser Titus, kurz vor der Erstürmung der Bank von Judäa.«

»Das hat er echt gesagt?«

»Fast.« Noah umarmte mich, ich umarmte ihn, und wir küssten uns auf die Wangen. »Zuerst Afrika, dann Buczacz, Mäuschen«, sagte er. »Das verspreche ich dir!« Dann stieg er ins Taxi und beugte sich aus dem Fenster. »Und was machen wir in Buczacz? Ist das heute eigentlich Russland oder Ukraine?« Aber er konnte meine Antwort nicht mehr hören, weil Taxi Bambaata mit ihm so schnell davonraste, als wäre eine Horde Reiternomaden hinter ihnen her.

An diesem 23. Oktober 2006, gegen 17 Uhr, verschwand Noah also aus meinem Leben. Ich weiß es so genau, weil sein Flugzeug um halb sieben ging und er noch in Tegel für seine beiden Mädchen Haribo-Weingummi und Schweizer Schokolade kaufen wollte, und natürlich war er wie immer zu spät. Hatte ich an etwas Bestimmtes gedacht, während sich der Hyundai im Strom der anderen Autos verlor? Ein bisschen an Buczacz – und sehr viel an Lilly Schechter und ihre großen, mit Sommersprossen bedeckten Brüste, die mal hingen, mal nicht. Wie riskant auch noch am Anfang des 21. Jahrhunderts so ein Afrikatrip sein konnte, war mir in diesem Moment völlig egal.

Als ein paar Wochen später die ersten Horrornachrichten aus dem Sudan kamen, produzierte mein Gehirn altruistischeres Gedankengut. Meine Schuld, dachte ich immer wieder, es ist alles nur meine Schuld! Es ist meine Schuld, dass Noah jetzt keinen Kopf mehr hat und dass der Rest seines schmalen, schönen Yogi-Körpers gerade von einem Schwarm fleischfressender saharischer Milane und Kraniche aufgepickt wird. Ich hätte ihn nicht so oft mit Aspen und Baden-Baden aufziehen sollen, ich hätte ihm Knutes Verachtung verschweigen sollen, ich hätte ihm im Balzac sein Sudan-Ticket aus der Tasche ziehen sollen!

Ich hatte mich gleich doppelt geirrt.

4
Wowa der Schreckliche

Agnons Buczacz-Buch handelt von zwei Thoragelehrten, die gegeneinander Krieg führen, weil der eine zum anderen gesagt hat, er habe keine Ahnung von der Thora. Es heißt *Zwei Gelehrte, die in unserer Stadt lebten* und endet mit dem Tod der beiden. Das Buch stand jahrelang bei mir herum, ich hatte es als Student in Hamburg in der Staatsbibliothek gestohlen und deshalb pausenlos ein schlechtes Gewissen. Irgendwann musste ich es also aufmachen und ein paar Sätze lesen – und dann las ich alles. Jetzt war es in Prag, in der Wohnung, in die Wowa und ich nicht mehr durften. Ich vermisste den kleinen, weißen Manesse-Band mit dem veilchenblauen Querstreifen und Agnons Bild wie einen Menschen. Noch mehr vermisste ich die Wohnung mit ihren dicken roten staubigen Teppichen, den nach frischem Lack riechenden Art-déco- und Stahlrohrmöbeln, den slawisch kitschigen Janečeks, Fremunds, Čapeks an den Wänden und den hässlichen, rührenden Familienfotos im kalten, gefliesten Flur. Ich hatte noch den Schlüssel, und als ich am Heiligenabend 2005 (mein liebster Reisetag, ruhig und gojlos) in Berlin losfuhr, um Noah in meinem kleinen Schriftstellerloch in der Swinemünder Straße Platz zu machen, nahm ich den Schlüssel mit, obwohl ich wusste, dass die Italská 28 für Wowa und mich tabu war. Wowa und Mama hatten ein Geschäft gemacht, als Mama und Serafina zu der Null Valja Wechslberg zurückgegangen waren: er Hamburg, sie Prag.

Kaum war ich in Prag angekommen, juckte es mich sofort wieder zwischen den Beinen. Aber was machte ich? Ich rief Noah an und sagte ihm, er solle seine harten, schwieligen Hände von meinem Fotoarchiv, meinen Dries-Hosen und meinem Computer lassen. Es juckte immer noch. »Was bist du so aufgeregt?«, sagte er. »Hast du schon wieder diesen unglaublichen galizischen Ständer?« »Ja«, log ich, »es tut weh, so hart ist er.« »Gott, du Glücklicher! Ich hab, bevor ich weggefahren bin, zu Merav gesagt, wir könnten nicht mehr zusammenbleiben, weil er mir neben ihr nur noch morgens steht – wenn ich pinkeln muss.« »Und was hat sie gesagt?« »Sie ist sofort auf Tauchstation gegangen, aber kaum war er in ihrem Mund, wurde er schlaff und kalt wie eine Gurke, die man ein paar Wochen im Gemüsefach vergessen hat. Wirst du heute noch in den Puff in der Spálená gehen?« »Diesmal nicht«, sagte ich, »ich lass mir lieber eine aufs Zimmer kommen.«

Um halb elf sollte die kleine, komische braunhäutige Julča im Hotel U Dvou koček vorbeischauen, die sogar im Winter oben und unten weiße Bräunungsstreifen hatte wie ein Tom-Wessels-Mädchen. Klopf dreimal kurz, dreimal lang, hatte ich ihr am Telefon gesagt. Aber um fünf vor halb hämmerte es siebenmal so laut und heftig hintereinander an die Tür, als wäre ich Slánský und draußen stünden Gottwalds Gummimantelmänner. Julča war eben immer ein bisschen verwirrt – das wusste ich noch vom letzten Mal, als ich bei ihr in der Spálená war und sie, nachdem wir fertig waren, vor lauter Aufregung meine Kleider – statt ihrer eigenen – vom Boden aufhob und mit ihnen ins Bad rannte. Aber sie war auch sehr süß. Sie konnte die Zunge rollen, sie hatte ein Peanuts-Plakat über dem Bett, und auf ihrem Nachttisch stand ein Peanuts-Wecker. Und sie hatte eine dunkle, nicht zu lange Pflaume. Innen rosa, außen hellbraun. So schön war sonst nur Oriteles Allerheiligstes, soweit ich mich erinnern konnte. Deshalb mochte ich Julča – und weil sie am Ende immer meinen Kopf auf ihre Schulter legte und etwas auf Romanes sang, das ich nicht verstand.

Es juckte sofort noch ein bisschen mehr, als es so laut an der Hotelzimmertür klopfte. Mein dummes Zigeunermädchen kann es also auch nicht mehr aushalten, dachte ich, und ich bekam auf der Stelle etwas, das Noah und ich seit Ende der Neunzigerjahre einen Halben nannten. (*Encyclopedia Judaica:* »Eine außerhalb des

Ehebetts spontan auftretende, relative Erektion, auf die man mit Mitte vierzig stolz sein kann.«) Der Halbe war diesmal fast schon ein Ganzer, und ich fragte mich, ob ich im Ruheraum der Elstar-Sauna etwas ähnlich Vorzeigbares in meiner Hand gehalten hatte. Ich riss die Tür auf – aber vor mir stand nicht Julča, sondern die verfressene, herrlich grinsende Serafina. »Aha«, sagte sie, »es stimmt also! Du bist in Prag.« »Warum denn nicht?« »Ach, ich freu mich so, Kleiner!« Und sie stampfte ins Zimmer rein und ließ sich mit ihrem großen, schweren Körper aufs Bett fallen. Im Judo nannte man den Wurf, der einem solchen Sturz vorausging, großer O-goshi. Das Bett knackte wie die Knochen eines alten, stolpernden Esels, aber es hielt. Warum sind so viele Frauen so dick?, dachte ich, und der Halbe verabschiedete sich.

Wowa hatte fast wörtlich das Gleiche gesagt, als ich vor meinem Umzug nach Tel Aviv noch ein paar Tage bei ihm in unserer alten Hamburger Wohnung in der Hartungstraße verbrachte (auch tausend Teppiche und Bilder und noch mehr in den Gardinen verborgene Wutschreie), um mir von ihm zum hundertsten Mal erzählen zu lassen, was ich erben würde und was für ein kindischer Idiot im Körper eines Erwachsenen ich sei. Er kam aus dem Vier Jahreszeiten vom Teetrinken zurückgehinkt und fauchte mit seiner inzwischen nicht mehr ganz so schneidenden NKWD-Stimme: »Sie sind alle so fett! Im Bus, auf der Straße, im Hotel. Warum eigentlich? Nur deine Mutter war schön schlank und elegant – bis sie mit diesem russischen Untermenschen abgehauen ist.« Dann veränderte sich kurz seine Augenfarbe – von Dunkelbraun zu Wutschwarz und wieder zurück –, und die Haut in seinem grauen Buczacz-Gesicht wurde dünn wie der Durchschlag seiner StB-Einverständniserklärung.

Wowa der Schreckliche ging immer allein ins Vier Jahreszeiten. Früher, wenn er sagte, er gehe noch auf einen Earl Grey raus, fuhr er stattdessen nach Bergedorf zu seiner Ingrid (warum nicht gleich Runhild oder Hildegred, Papascha?). Und noch früher saß er wirklich zweimal im Monat im Teeraum dieses ehemaligen Reiter-SS-Hotels, das mir mit seinen dunklen Möbeln und verängstigten Angestellten und Gästen wie die XXL-Variante der Hartungstraße vorkam. Dort traf er sich mit seinem tschechischen Führungsoffizier, und wenn sie auf keinen Fall gehört werden wollten, drehten sie die Köpfe zu der Säule mit den tasmanischen Koala- und Orchideen-Intarsien hinter sich und redeten noch leiser. In den letzten Jahren ging er wieder häufiger hin, aber allein. Vielleicht wollte er sich an seine Agentenzeit erinnern. Oder er hoffte, er würde dort noch einmal eine Frau kennenlernen, zwischen deren Beine er sich, wenn es schon nicht die von Mamascha waren, mit seinen sechsundsiebzig Jahren legen könnte. Das Resultat war auch an diesem Nachmittag wieder zum Weinen. »Heute hab ich mich mit einer alten Schachtel aus Blankenese über die Belagerung von Leningrad unterhalten und ihre vier Martinis bezahlt. Ihr Mann hatte eine Gasfabrik. Gasfabrik. Ausgerechnet! Sie ist so schwer wie die Gustloff, bevor sie versenkt wurde.«

»Papa«, sagte ich, »wie lange warst du eigentlich Spion? Bis 89?«

Diesmal hätte er fast geantwortet.

»Setz dich«, sagte er.

»Ich sitze schon.«

»Wenn ich dir sage, dass du dich setzen sollst, dann setzt du dich auch!«

Ich erhob mich von dem riesigen braunen aufgeplusterten Schaumstoffsofa, das seit den Olympischen Spielen 1972 im Wohnzimmer in der Hartungstraße stand und inzwischen wie ein totes Mammut aussah, dann setzte ich mich wieder hin.

Wowa der Schreckliche lächelte. Für drei Sekunden sah er wie jemand aus, den ich gern gekannt hätte. Wie der Vorsitzende des Schriftstellerverbands zum Beispiel, der nicht mehr jeden, der besser ist als er, wegen Abweichung, Kritik der KPČ oder poetischem Nihilismus vor die Parteikommission zerrt. Der anderen seine eigene Hiflosigkeit verzeiht. Der weiß, dass er nichts kann, außer Angst zu verbreiten.

Wowas Bücher, die er in Prag geschrieben hatte, hießen *Die Arbeiter, Die Kinder der Arbeiter, Die Zukunft der Arbeiter, Die Arbeiter der Arbeiter.* Alles dünne traurige Romane ohne viel Handlung, gedruckt auf grauem Papier, die Buchstaben genauso grau. Die Auflagen waren menschenverachtend hoch, fast auf Klement-Gottwald-Niveau. Trotzdem las niemand Karubiner, und ich schwöre, schwöre, schwöre, als Mamascha an unserem letzten Weihnachten in Prag zwei Karpfen gekauft hatte (in Prag waren wir noch Maranos, falsche Nichtjuden, unter deren privat organisiertem Superweihnachtsbaum aus Šumava teurere Geschenke lagen als bei den atheistischen Tschechen), da waren die Karpfen in das siebte Kapitel von *Die Arbeiter ohne die Juden* eingewickelt. Wowa verprügelte daraufhin zuerst mich mit seinem Gürtel im Schlafzimmer (ich hatte angefangen, laut lachend die Stellen vorzulesen, die noch nicht vom Karpfenblut durchweicht waren), und dann scheuerte er auch Mamascha eine. »Du blöde Kuh, warum kaufst du den Fisch bei diesen südbömischen Analphabeten auf der Vinohradská? Warum gehst du nicht in den staatlichen Supermarkt?« »Glaubst du, dort packen sie die Karpfen in Geschenkpapier ein?«, sagte Mamascha und fing an zu heulen, und sie heulte durch bis zu den Heiligen Drei Königen.

Als zwanzig Jahre später mein erstes Buch rauskam und auf der Spiegel-Bestsellerliste zweimal den vierzehnten und einmal den siebten Platz machte, hörte Wowa natürlich sofort auf, mit mir zu reden. Sein Schweigen dauerte ungefähr zwei Monate. Dann rannte ich am Steindamm zufällig in ihn rein. »Du hast mich hier nicht gesehen, verstanden? Oder ich werde weiter im Exil-PEN herumerzählen, dass du aus meinen Notizbüchern abschreibst und einen Stil hast wie Trotzki – nachdem ihm der Schädel gespalten wurde«, sagte er und verschwand schnell humpelnd in einem Sexkino.

Ich wusste alles von Kostja Kostos, dem Sammlersohn. Ich wusste, dass mein Vater seit den Fünfzigerjahren einmal im Monat in das lange felsgraue Geheimpolizeigebäude in der Bartolomějská musste. Die Treffen im vierten Stock waren lang und gemütlich.

Es ging viel um Politik, Kostja und Wowa diskutierten Ota Šiks Ideen vom dritten ökonomischen Weg, sie fragten einander in Parteigeschichte ab – wie viele Jahre bekam Gustáv Husák bei seinem ersten Prozess, warum verdarb Chruschtschow beim XX. Parteitag den Menschen die Freude am Kommunismus, wieso schoss Fanny Kaplan bei ihrem Attentat auf Lenin daneben? –, und erst beim Abschied ging es zur Sache. Wowa stand auf, Kostja sagte, ist das alles?, Wowa sagte, ja und nein, je nachdem, was du brauchst, Genosse Dzierzynski, und dann sagte Kostja, er würde gern ein paar Namen und Zitate hören. Und wenn er nächstes Mal in das eine oder andere Manuskript hineinsehen dürfe, das für die westdeutsche, französische oder italienische Diplomatenpost bestimmt sei, würde ihn das glücklich machen wie Wladimir Iljitsch die Nachricht, dass der Zug nach Petrograd in Zürich am Bahnhof stehe und mit dampfendem Schornstein auf ihn warte.

Papascha machte Kostja glücklich. Und Kostja machte Leute wie Kundera, Škvorecký, Hrabal unglücklich. Wer hat von Kunderas *Liebesschlacht* gehört, von Škvoreckýs *Tanzball der Genossen*, von Hrabals *Ich war der Chef vom Lakaien*? Niemand. Weil Papascha und Kostja dafür sorgten, dass diese Bücher nur in der Erinnerung ihrer Verfasser einen Platz bekamen. Allein Hrabal schrieb das in der Bartolomějská zusammen mit zwei Durchschlägen und einer ersten Fassung vernichtete Buch als *Ich habe den englischen König bedient* noch mal, und es wurde laut Kostja sogar besser. Im Mai 1968 – Breschnew und Dubček zitterten seit Monaten um die Wette – beschlossen Wowa und Kostja, eine Pause zu machen. »Bis wir sehen, auf welche Seite des Netzes der Matzeball rollt, Genosse Itzikstein«, sagte Kostja, der unberechenbare, hochgebildete Polizeigoj, zu meinem unerschrockenen Vater, und so, wie sie einander an diesem trockenen, hellen Maimorgen die Hand gaben – lang, zu fest, aggressiv –, konnte man mit ihnen Mitleid kriegen.

Mitleid mit Männern, die es gut meinen, aber das Falsche tun, ist wie der Krankenbesuch bei einem Todfeind – aus Empathie wird schnell Arroganz, das Überlegenheitsgefühl des Unterlegenen. Kostja Kostos, der Sammlersohn, der die zusammengestohlene Kubisten-Sammlung seines Vaters im Frühling, Sommer und Herbst 1969 in einem schwarzen staubigen Opel Kapitän aus Prag nach Frankreich schaffte (zusammen mit seinem Geheimdienstwissen, den Kindern und seiner auffallend schlanken, hündisch-hübschen Frau Mara), brauchte das Mitleid von niemandem. Schon eher Wowa, der schrecklich Dumme. Der hatte, nachdem Dubček, Smrkovský und der Rest der 68-er Gang of Hope von den Russen in depressive Frührentner und Hausmeister verwandelt wurden, weitergemacht. Wieder ging er jeden Monat in die Bartolomějská, aber jetzt war es hier so gemütlich wie an einem Eisloch in der Kolyma. Und als Wowas neuer Führungsoffizier sagte: »Karubiner, wir brauchen jemanden, der auch im Westen auf die Feinde des Kommunismus ein Auge hat«, nickte der zu Hause so strenge Papascha entsetzt und beschämt. Drei Monate später, im kühlen August 1970, emigrierten wir im Auftrag des StB nach Hamburg. Und vier Monate später erschien in der Zeit Wowas einziger erfolgreicher West-Artikel. Überschrift seines publizistischen Täuschungsmanövers: *Die Arbeiter mit menschlichem Antlitz.*

Das und den Rest erfuhr ich von Kostja Kostos morgens um drei am Telefon, zwei Wochen bevor er Serafina auch mitten in der Nacht angerufen und ihr gesagt hatte, dass sein Freund Valja Wechslberg ihr richtiger Vater sei und sie nur meine halbe Schwester. Warum hatte er das getan? Weil der schwache Valja nach fünfzig Jahren sein Kind zurückwollte? Weil Wowa und Kostja nie aufgehört hatten, ihre Desinformationsspielchen miteinander zu spielen? Weil der Mensch des Menschen Wolf ist? Seitdem fragte ich mich immer wieder mit einem inneren Weinen, was der Unterschied zwischen Leben und Tod ist, und nicht nur das. Ich überlegte mir, wie es wäre, wenn Wowa auch nicht mein Vater wäre (schlecht, denn dann hätte ich nicht sein Schreibgen abbekommen). Ich wollte wissen, ob Mamascha Valja geliebt hat. Und ob Serafina darum zuerst immer alles großartig findet und hinterher in die totale Depression rutscht, weil sie im Juni 1960 auf dem brüchigen, unebenen Rollfeld von Prag-Ruzyně den vor Angst blassen Wowa für ihren Vater halten musste. Vor allem interessierte mich, wie ein ewiger Talmudjunge wie Wowa vom Weg abkommen konnte. Spätestens seit ich Agnons *Zwei Gelehrte* gelesen hatte, wusste ich, dass auch der menschenfreundlichste Mann, so wie Rabbi Mosche Pinchas aus Buczacz, irgendwann beginnt, Fehler zu machen, wenn er sich zu sehr im Recht fühlt. Also erst recht der harte Wowa. Schloimel Forlani dagegen kam von Anfang an ohne Ideale aus, vielleicht, weil das als Judenältester von Buczacz nicht anders ging. Darum gab es für ihn später, als Kaufmann von Hamburg, nichts zu verlieren – und für den armen, verwöhnten Noah umso mehr. Ach Noahle, Noah, warum begreifen wir immer erst zu spät, dass wir nur Zweige eines Baums sind, der hier schon stand, als es noch keine Schabbesaufzüge gab?

»Papa, warst du wirklich bis November 89 Spion, bis eure Leute in der Národní aus den demonstrierenden Studenten Gulasch gemacht haben?«

»Lass mich in Ruhe!«

»Nein. Ich will endlich einmal eine Antwort auf irgendwas von dir.«

»Und ich will nicht darüber reden.«

»Jetzt sag schon.«

»Was soll ich sagen?«

»Ich weiß es doch sowieso.«

»Und was willst du dann von mir?«

»Hast du wirklich geglaubt, dass alles andere noch schlimmer wäre als die Diktatur der Proleten und Analphabeten?«

Er sah mich erstaunt an und setzte sich dicht neben mich auf die gewaltige, aufgeblähte dunkelbraune Couch, auf der er über dreißig Jahre Abend für Abend neben Mamascha ferngesehen, geschlafen, telefoniert hatte. »Vielleicht«, sagte er wieder mit demselben weichen Lächeln wie vorhin auf dem mir unnatürlich zugedrehten Gesicht. »Vielleicht. Ja. Ja, vielleicht ... Gut möglich.«

So viel hatte Papascha noch nie in seinem Leben zugegeben.
»Wirklich, ja?«, sagte ich, gierig nach mehr.
»Mein Gott, war diese Kuh aus Blankenese fett!«
»Was?«
»Es waren fünf Martinis, nicht vier, ich hab noch mal nachgerechnet.«

5
In der Sauna

Warum waren so viele Frauen so dick? Ich hatte wirklich keine Ahnung, aber mein Vater hatte mich mit seiner Neugier angesteckt. Manchmal stellte ich mir die Frage zehnmal am Tag. Es war eine Neurose, und ich hätte gern gewusst, woher sie kam. Einmal hörte ich gar nicht mehr auf, darüber nachzudenken, und ich konnte deshalb kaum noch schreiben. Vielleicht lag es aber auch daran, dass ich gerade Oritele rausgeschmissen hatte. Das war im hochkomplizierten Jahrhundertsommer 2003. Erst spielten meine Nerven Schiffe versenken mit mir wegen des Buddha-Deals, der mich zu Wowas Schuldner gemacht hatte. Dann bekam ich von der Hitze eine 7-Tage-Migräne. Dann stieß ich im Internet auf Informationen aus dem StB-Archiv, mit denen ich die Schulden bei Wowa gleich wieder losgeworden wäre, aber wer will schon den eigenen Vater erpressen, wenn es nicht sein muss? Und kurz darauf kam es zu der Oritele-Szene in meinem Treppenhaus.

Ja, ich gebe es zu: Ich warf die Königin von Saba und Nord-Tel Aviv aus meiner Wohnung, obwohl man in jedem französischen und russischen Roman liest, dass der Mann gehen sollte. Sie stand (nicht allzu ernst gemeint) mit ihrem schweren Koffer in der Tür, und ich sagte, sie solle nach Israel zurückgehen, und sie dachte bestimmt, o-oh!, die Sklaven meutern. Dann stolperte sie wie unter Drogen aus meiner Wohnung. Sie konnte den Koffer kaum heben, aber ich, an diesem Tag noch anfälliger als sonst, konnte ihr wegen meiner kleinen Leistenschwäche leider nicht helfen. Dann fiel der Koffer die Treppe runter, und meine israelische Tyrannin fing an zu heulen, als wären die Golanhöhen zurückgegeben worden. Ich machte die Tür zu. Ich setzte mich auf den Küchentisch und guckte böse aus dem Fenster. Warum sind so viele Frauen so dick?! Da war sie wieder, die idiotische Frage. (Dabei war Oritele so schlank wie ein Mädchen.) Einmal fragte ich eine Frau, Lilly Schechter, meine Tel Aviver Internetgeliebte, warum das so sein musste. Da ahnte ich noch nicht, dass sie und Oritele sich kannten. Lilly antwortete mit Gegenfragen: Warum dürfen Chassidenkinder am Schabbes nicht mit ihren Stiften spielen? Warum lecken manche Männer lieber, als dass sie geblasen werden? Warum lachen die Leute nie, wenn ich als Lilly the Pilly auf der Bühne stehe und Witze über meine Einsamkeit mache? (Lilly hatte auf ihrem Facebook-Foto rote Haare, große Brüste und ein Gesicht wie ein Pferd. Darum, Lilly!) Ich antwortete Lilly, dass ich nicht wisse, was sie mir damit sagen wolle, aber sie solle endlich eine Kamera an ihren Mac anschließen, dann könnten wir es mit Lecken und Blasen im Cyberspace versuchen. Darauf hatte sie mir nicht mehr geantwortet. Aber drei Wochen später schickte mir Oritele die zwei Hemingway-Bücher und die Bonsai-Linde zurück, die ich ihr kurz vor ihrer unfreiwilligen Abreise aus Deutschland geschenkt hatte, und auch noch eine Liste mit israelischen Friedhöfen. Pferde-Lilly hatte natürlich gepetzt. (Zwei Monate später hatte sie aber trotzdem einen Skype-Account.)

Ich hätte gleich Serafina fragen sollen. Die musste es wissen, denn sie war bereits mit fünfzehn so fett wie ein Sumoringer gewesen. »Zwei Kilo in fünf Tagen«, sagte sie jetzt schon zum zweiten Mal. »Ich hab in Prag schon zwei Kilo abgenommen. Glaubst du das, Kleiner? Wenn das so weitergeht, bleibe ich ganz hier. Ich will sowieso nicht nach Miami zurück zu Mamascha und Valja und ihnen dabei zusehen, wie sie sich vor mir schmatzend auf den Mund küssen. Sie glauben, ein Scheidungskind wie ich sehne sich nach nichts anderem.« Ich verzog den Mund wie Papascha, wenn ihm etwas wirklich egal war, und Serafina verschluckte ihre dicken Backen fast. Wir waren immer noch ein bisschen kühl zueinander, obwohl sie seit einer halben Stunde auf meinem Bett im Hotel U

Dvou koček lag und redete und redete. Das alte, schwere Hotelbett knarrte klagend unter ihr. Sie drehte sich auf die linke Seite, auf die rechte Seite, dann wieder zurück. Sie wand sich wie eine Robbe vor Publikum. »Ich weiß, was du denkst, Kleiner, zwei Kilo von hundert.«
»Hundert? Wirklich?«
»Mama bezahlt mich dafür. Für jedes Kilo fünfhundert Dollar. Das Geld hat sie von Valja. Großvater Mel hat sich sein ganzes Spionagehonorar ab 1921 von der GPU auf ein Konto der United Trust Bank in Miami schicken lassen, und er hat es nie abgehoben. Dort liegt es bis heute, plus Zinsen. Ein schöner Zufall!« Sie warf sich, laut ächzend, wieder herum, und dabei stieß sie mit ihrer riesigen Schulter gegen die Nachttischlampe. Das Licht flackerte, und in meinem Kopf flackerte es auch. »Komm gar nicht erst auf die Idee, mich zu fragen, wie ich Valja Wechslberg finde! Er ist mein Vater. Und er ist viel weicher als der Typ, der mich eine Weile gegen meinen Willen erzogen hat – Wowa Torquemada Karubiner.«
»Wie findest du Valja?«
»Eine Null! Ich kann gar nicht glauben, dass Mamascha mich mit ihm gemacht hat und drei Jahre lang neben ihm eingeschlafen und aufgewacht ist. Er hat kurze Beine, stinkt aus dem Mund wie eine Hyäne und liebt den Holocaust mehr als ein Nazi.«

Während sie das sagte, zog sie ihr leise vibrierendes Blackberry aus ihrer abgeschabten schwarzen Lederhandtasche, und ich wunderte mich, wie sie es schaffte, mit ihren kurzen, dicken Fingern so schnell die vielen winzigen Tasten zu drücken.

»Nachricht von Valja, der Null?«

Sie sah mich an, antwortete aber nicht. Das kannte ich schon. Serafina lebte, ähnlich wie Noah, in einer Parallelwelt, eine Kontaktaufnahme mit ihr war oft unmöglich. Ich versuchte ab und zu, mir vorzustellen, wie es im Serafina-Land aussah, und ich ahnte, dass in einer besonders dunklen Ecke ein paar nackte junge deutsche Männer mit den Köpfen nach unten von der Decke runterhingen.

Serafina war so verklemmt, sie musste sich irgendwie Ausgleich verschaffen.

»Nachricht von der Null?«, wiederholte ich. Ich rechnete nicht mit einer Antwort. Meistens musste man fünf bis acht Mal fragen, bis sich der Koloss Serafina regte. Diesmal ging es schneller.

»Hab ich dir gefehlt?«, sagte sie, und sie guckte dabei serafinahaft durch mich hindurch. »Bestimmt hab ich dir gefehlt. Hat Mamascha dir gefehlt? Sie redet nie von dir. Komisch, findest du nicht? Du bist kleiner und dünner geworden, Karotte, seit wir uns das letzte Mal gesehen haben. Warum? Und was machst du ausgerechnet an Weihnachten in Prag? Kindheitserinnerungen nachhängen?«

Ich überlegte, was ich ihr sagen sollte. Hau ab, du Walross, gleich kommt Julča, meine Lieblingsroma, und wir werden Dinge tun, von denen du nie gehört hast? Oder: Soll ich mit dir in Prag bleiben, Serafinchen, und wir werden wie früher Křemílek und Vochomůrka spielen, kleine giftige Kindergerichte kochen und so tun, als gäbe es nur dich und mich auf der Welt? Oder: Ich bin in der Elstar-Sauna dabei erwischt worden, wie ich an mir herumgemacht habe, große Schwester, was soll ich jetzt um Gottes willen machen?

Nein, niemand außer mir wusste, was wirklich passiert war. Nicht einmal die hysterische Deutsche, deren großes, festes weißes Hinterteil an allem schuld war, hätte ihr halb interessantes Großstadtleben darauf verwetten können, dass ihre weinend und fluchend vorgetragenen Anschuldigungen gegen mich berechtigt waren. Und auch der schiefe, schmächtige Polizist mit dem grauen Pferdeschwanz und die kleine, wie eine Nutte geschminkte türkische Polizistin, die in der schwarzen Lobby des Elstar Body Clubs das Protokoll aufgenommen hatten, waren hundertprozentig davon überzeugt, dass die von mir angeblich belästigte Madame recht hatte und ich log.

Und so war es wirklich: Ich hatte mich an diesem schrecklichen Oktoberabend zuerst wie immer eine halbe Stunde lang schwimmend von einer Seite des Elstar-Pools zur anderen geschleppt.

Hinterher setzte ich mich ins warme Sprudelbad und nahm, um eine bessere Wirkung als Mann zu erzielen, meine uralte schwarze US-Sportbrille ab, deren dicke Plastikgläser meine Augen so klein und irre aussehen ließen wie die eines Typen, der in der U-Bahn hinter kleinen Mädchen herläuft und ihre Schultasche tragen will. Dann, nachdem mich keine der drei jungen blonden, dezent tätowierten Sportstudentinnen, die neben mir im Jacuzzi hockten, angesprochen hatte, setzte ich die Brille enttäuscht wieder auf – und sah plötzlich etwas mittelgroßes Scharfes durch die Saunatür verschwinden.

Eine Minute später stand ich selbst im überheizten Saunaruheraum. Ich hängte vorsichtig mein Handtuch auf, zog die Badehose aus, hängte sie neben das Handtuch und ging zur Dusche – das alles so langsam wie einer, der nicht auffallen will. Dann hob ich noch langsamer den Blick und sah sofort diesen unglaublichen weißen Arsch vor mir, einen Arsch, wie ich ihn hier nie vorher gesehen hatte. Denn deutsche Ärsche – und in der Elstar-Sauna gab es keine anderen – waren immer alles Mögliche, groß, klein, breit, einen Spaltweit offen oder auch nicht, aber niemals unglaublich.

Was danach geschah, hatte ich nicht mehr unter Kontrolle. Ich habe lange darüber nachgedacht, warum ich in diesem Moment nicht sofort den Kontakt zwischen meiner zivilisierten und unzivilisierten Seite wiederherstellte, es wäre so einfach gewesen. Inzwischen weiß ich natürlich den Grund – ich war zu lange allein, das verdirbt die Manieren. Ja, ich griff, als ich dieses große weiße Glücks- und Fickversprechen vor mir in der Dusche erblickte, so selbstverständlich zwischen meine Beine, als läge ich wie jeden Abend zu Hause vor meinem Laptop, um nachzusehen, welche neuen Filme auf Wefuckonlyjews dazugekommen sind. Und wie zu Hause suchte und fand ich meinen Dudek an derselben Stelle wie immer, und dabei lächelte ich das Lächeln eines Kosaken, der sich gleich auf die Tochter des Gurewitscher Rebben stürzen wird. Meine weiche Tschechenhand – wie Noah es ausdrücken würde – machte ein paar hübsche schnelle pornografische Bewegungen, doch dann drehte sich Madame leider um, ich ließ erschrocken den Dudek los, und Madame begann zu kreischen, obwohl sie nichts gesehen hatte, sondern nur ahnte, was hinter ihr vor sich gegangen war. »Du Schwein!«, schrie sie, »du blödes, ekliges Ausländerschwein! Dieses Schwein« – jetzt brüllte sie noch verzweifelter und in einer noch höheren Frequenz – »holt sich auf mich einen runter. O Gott, ist das ekelhaft, das ist so ekelhaft!« Und sie fing an zu heulen.

Ich schaffte es gerade noch – bevor die anderen Saunagäste angerannt kamen –, mir das Handtuch umzubinden. Die Sittenstrolchbrille konnte ich mir aber nicht mehr herunterreißen und wegwerfen, und nun standen alle nackt, entsetzt und schwitzend um uns herum, und keiner sagte was. Die Männer ahnten, dass ich nicht unschuldig sein konnte, aber sie hielten den Mund, und die Frauen starrten angewidert ihre nackte schöne, scharfe Konkurrentin an. Eine von ihnen, mordbereit wie die junge Leni Riefenstahl, hatte eine unglaublich süße rasierte Kleinmädchenmuschi, und die gefiel mir so gut, dass ich mir am liebsten gleich wieder an den Schwanz gegriffen hätte.

»Kleiner«, sagte Serafina mit dem falschen mütterlichen Ton einer älteren Schwester, die den kleinen Bruder nur bemuttert, damit sie jemanden zum Herumkommandieren hat, »Kleiner, du bist echt viel dünner als früher. Was ist passiert?«

»Willst du es wirklich wissen?«

»Nie wollte ich etwas mehr wissen! Ich glaube«, – sie fing wieder an, mit ihrem Blackberry zu hantieren – »du leidest unter der Causa Wechslberg mehr als ich.«

Hatte sie recht? Das wäre natürlich auch eine Erklärung für meine neueste Nervenkrise gewesen, die mich bis in den Elster-Duschraum geführt hatte. Schließlich hatte sich nicht nur Serafinas Sicht auf die Dinge des Lebens seit Kostjas nächtlicher Denunziation geändert. Kaum hatte ich erfahren – von ihr, per SMS –, dass Papascha nicht ihr Papascha war, erschien mir alles, was bis dahin auf eine unerklärliche Art falsch gewesen war, richtig. Und das machte mich noch trübsinniger, als ich, der zynische Autor von *Post aus dem Holocaust* und *Ihr wollt nur unsere goldenen Eier* schon war. War Serafinchen nicht ein bisschen dümmer, als es die Karubiner-Gene erlaubten? Warum besaß sie nicht diese tödliche Selbstdisziplin, die ich, der weibische Hypochonder, vom Parteisoldaten Wowa zum Glück vererbt bekommen hatte? Und dass sie alles andere als eine Schönheit war, erschien mir plötzlich so logisch wie das Kasparow-Gambit – und als ein weiterer Beweis ihrer gewöhnlichen Herkunft. Arme Serafina, eigentlich sollte sie froh sein, dass sie bei uns, den Karubiners, aufwachsen durfte. Armer Soli, mit so was war ich verwandt?

Die Karubiners, hinabgestiegen ins 20. Jahrhundert via Buczacz aus Kosivska Poljana, einem kleinen vergessenen ruthenischen Ort, stammten direkt von König David ab. Das war altes Familienwissen. Wir, die huzulischen Halbgötter, waren hart, klug, attraktiv, wir konnten Menschen, die wir brauchten, mit den schönsten Liedern in Sicherheit singen, Worte, die wir gegen andere richteten, wurden von ihnen niemals vergessen. Wir redeten immer und überall mit, im Hotel Lux in Moskau, in Prag, bei den ersten kommunistischen Demonstrationen im schwarzen Februar 1948, an der Front in Galizien in der schönen grünen Uniform von Kaiser Franz-Joseph, am Hof des Wunderrabbis von Szatmár. Sogar wenn sich ein Karubiner einmal im Monat in die Bartolomějská schlich, um die Namen seiner besten Freunde loszuwerden – meine Damen und Herren, Wowa der Widerliche! –, konnte er ein Gesicht aufsetzen, als wäre er im Begriff, die Welt zu retten. Wir waren nicht zur ewigen Zweitklassigkeit verurteilt wie die Wechslbergs, die immer wieder aufflogen und dann noch ein bisschen weiter den unsicheren Boden unter den Füßen verloren, Mel zum Beispiel 1937 in Washington als sowjetischer Perspektivagent, Valja 1960 als Serafinas Vater. Wir glaubten nur an uns selbst, egal welchem Herrn wir gerade dienten, so wie die Rabbis von Jerusalem, als Pontius Pilatus sie fragte, ob sie sich wie er von dem kleinen Trickmessias aus Nazareth belästigt fühlten. Wir waren arroganter als Gott.

Wie reagierte also ein Karubiner wie ich, als er erfuhr, dass seine übermächtige Schwester, die er einmal so blind geliebt hatte wie der Golem den Rabbi Löw, nur seine halbe Schwester war und dass sie auch noch von einem Nichts abstammte, das damals in Moskau bloß genickt hatte, als Mamascha zu ihm sagte:»Du wirst Serafina vergessen, Valja, jetzt ist Wowa ihr Vater«? Ein Karubiner reagierte nach außen gar nicht. Und nach innen mit einer Hammerdepression.

»Hör zu«, sagte ich leise zu Serafina, die bestimmt schon wieder vergessen hatte, was sie mich gefragt hatte, denn sie war immer noch mit ihrer Endlos-SMS beschäftigt.»Es ist alles scheiße. Das muss dir als Antwort reichen.«

»Was?«, sagte sie.

»Ich sagte, du siehst ganz anders aus, seit du bei Valja lebst.«

Sie guckte mich erstaunt an.»Wie? Woher weißt du, dass ich ihm gerade schreibe?«

Es wurde auf eine Art still, die ich nicht kannte, bedrohlich, bedrückend, beängstigend. Dann sagte Serafina:»Du hast keine Ahnung, was für ein Arschloch er ist. Er hat mich angefummelt.«

»Dich?«

»Und jetzt will er sich ständig bei mir entschuldigen. Er hat Angst, dass ich nicht zurückkomme. Warum hatte er damals keine Angst, mich gehen zu lassen?«

Sie robbte an den Rand des Betts, erhob sich keuchend, humpelte ins Bad, und obwohl sie die Tür zugemacht hatte, hörte ich kurz darauf ihren lauten Pferdestrahl. Noch während die Spülung rauschte, rief sie:»Ich hab gleich am ersten Abend lange mit ihm auf der Terrasse gesessen. Mama war schon im Bett – ihre erste Miami-Migräne –, und Valja und ich haben über Mel geredet.«

Sie stand jetzt wieder vor mir, und obwohl es nicht sein konnte, roch sie nach diesen blauen Kristallen, die immer in den öffentlichen Pissoirs herumliegen.«Mel war seit 1921 in den USA, als Weißer, der vor den Roten fliehen musste, das war seine Agentenlegende. Zuerst New York, dann Illinois, dann Washington, D. C. Er arbeitete sich hoch bis ins Verteidigungsministerium. Er kam immer als Erster ins Büro, ging als Letzter und hatte nie eine eigene Meinung. Verstehst du, Kleiner, er wartete zehn Jahre auf seinen Einsatz, er wusste nicht, was sein Einsatz sein würde, aber als es so weit war, als er endlich die amerikanischen Aufmarschpläne für Sibirien kopieren wollte, kam Sergeant Gregorian ins Kartenzimmer.«

»Komm zur Sache, Exschwester, ich muss schlafen. Ich bin eben erst angekommen«, sagte ich unfreundlich. Mir waren plötzlich Julčas schöne weiße Brust- und Hüftstreifen wieder eingefallen, und Serafina sollte meinem scharfen Zigeunerbraten hier auf keinen Fall begegnen.

»Als Valja in seiner Mel-Geschichte zu der Stelle mit dem Kartenzimmer kam«, sagte sie keuchend, »rutschte er auf dem Sofa noch näher an mich heran. Ich dachte, mein neuer Papa sucht eine gemütlichere Stelle zum Sitzen. Aber plötzlich umarmte er mich und fing an, mich zu küssen und zu flüstern: ›Du siehst genauso so aus wie deine Mutter, als sie noch jung war ...‹«

»Mamascha war früher fett?«

Zum Glück hatte sie das nicht gehört. Ihr Blackberry piepte, und sie begann, so wild darauf herumzudrücken, dass es ihr fast aus den Händen gesprungen wäre. Ich dachte, jetzt nehm ich dir gleich das Telefon weg, schlag dir damit den Kopf ein, und dann schmeiß ich es aus dem Fenster. Danach habe ich bestimmt keine Probleme mehr mit der Causa Wechslberg. Als sie fertig war, verdrehte Serafina die Augen wie eine Nonne nach ihrem ersten Orgasmus. Arme Serafina, wirklich, mehr hatte sie nicht vom Leben? Sie tat mir trotzdem nie leid, auch jetzt nicht, dafür musste ich als Kind für sie zu oft schreckliche Sachen machen. Einmal hatte sie mich gezwungen, vor ihren Freunden einen bekannten tschechischen Schlager zu singen. Mit Kopfstimme, in matschgrauer Winterstrumpfhose und mit einem Metallkübel auf dem Kopf. Während ich sang, durften die Freunde mit Holzlöffeln im Takt auf den Kübel schlagen. Oder sie hatte mich zur Maidemonstration mitgenommen, und als wir an der Tribüne vorbeiliefen, sagte sie, ich solle laut rufen: »Novotný hat einen Mäuseschwanz!« – was ich, fünf Jahre jünger und dümmer, natürlich machte. Und ich musste ständig bei ihr im Bett schlafen, mit dem Kopf nach unten, und ihr mit den Händen die kalten Füße wärmen. »Wenn du's den Eltern sagst, ritz ich mit Mamas riesiger Hühnerschere einen Davidstern in dein Säckchen«, drohte sie mir.

»Kleiner«, sagte die erwachsene Serafina jetzt, vierzig Jahre später, »hast du mir was zu sagen?«

»Es hat nichts mit dir und den Wechslbergs zu tun«, sagte ich, »wirklich. Ich bin froh, dass ich endlich weiß, warum du so anders aussiehst als ich.«

»Warte, bis ich abgenommen hab!« Sie war gar nicht beleidigt. »Vielleicht krieg ich dann die gleiche fanatische Trotzkirübe wie du. Ich gehe hier übrigens jeden Tag schwimmen, unten, in Žižkov, in die Olšanka. Komm doch mal mit. Sie haben Duschen, die entweder eiskalt sind, oder man verbrüht sich. Auf jeden Fall kommt immer Wasser raus.«

»Schau«, sagte ich, »es ist nicht einfach, darüber –«

»Ist es«, unterbrach sie mich, »weil du nicht in die Italská darfst? Ich lass dich rein, Karotte. Du darfst dort herumschnüffeln und auch mal übernachten. Von mir erfahren die alten Idioten nichts!«

Ich stellte mich ans Fenster. Draußen war fast nichts zu sehen, nur das sterbende orange Licht einer dieser Prager Romantiklaternen, die auf der Kleinseite an jedem zweiten Gebäude hingen. Das schmale zweistöckige Häuschen gegenüber war das letzte in der Nerudova, das sie noch nicht renoviert hatten. Es war grafitgrau, die barocke Fassade hatte Löcher, die wie Wunden aussahen, und es bückte sich ängstlich, als hoffte es, dass die neue Zeit an ihm vorüberginge. Wer war ich? Ein zu junger, alter Mann, der zu lange jeden und alles abgelehnt hatte, frivol, exzentrisch, pünktlich, immer gestresst, und das nicht nur, wenn die Kurve meiner Schilddrüsenwerte mal wieder an den Himalaja erinnerte. Ich hatte, bis auf Noah, niemanden auf der Welt, und Noah aus Noah-Land hatte ich auch nicht wirklich. Wenigstens konnte ich darauf zählen, dass er mir die Beerdigung auf dem Prager Jüdischen Friedhof bezahlen würde.

Ich drehte mich so schnell zu Serafina um, dass sie vor Schreck ihren schweren Wechslbergkopf zurückwarf.

»Hast du ein Valja-Trauma?«, sagte ich. »Ja oder nein?«

»Nein, ich hab kein Valja-Trauma. Ich hab eher eine Wowa-Wut.«

»Also ja.«

»Also nein! Wieso musst du das so genau wissen, Karotte?«

»Na gut«, sagte ich, »dann erzähl ich dir eben nicht, was passiert ist. Und warum ich so abgenommen habe.«

»Ja«, sagte sie, »ich hab ein Valja-Trauma: Ich werd nie wieder mit jemandem schlafen wollen, der sich für meinen Vater ausgibt – oder der mein Vater ist.« Und sie schnaufte wie Jimmy, mein alter Lieblingsbonobo von Hagenbeck.

Jetzt ging ich pinkeln und kam lange nicht zurück. Beim Pinkeln dachte ich zuerst, mach bloß keine Geräusche, dann dachte ich, ihre Geschichte ist noch schlimmer als deine.

»Ich bin angezeigt worden«, rief ich, während ich mir die Hände wusch, aus dem Bad. »Natürlich zu Unrecht. Aber ich komm da raus. Leider werd ich erpresst ... Du hast dir vorhin gar nicht die Hände gewaschen, du Schwein!«

»Du – angezeigt? Hast du jemandem die Idee für ein Buch gestohlen?«

»Ja, wie immer. Aber im Gegensatz zu dir hab ich's zu Ende geschrieben. Was macht übrigens dein Valja-Roman? Wie hieß er noch mal? *Die bulimische Enkelin des Meisterspions?*«

Wieder dieses Schnaufen.

»Wusstest du«, sagte ich, »dass Wowa im gleichen Geschäft war wie Mel? Deckname Quido.«
»Jetzt sag schon.«
»Sexuelle Belästigung.«
»Wow.«
»Schwör, dass du niemandem etwas sagst!«
»Ich? Schwören? Das hat doch bei mir sowieso keinen Sinn.«
Ich fing an, sehr angestrengt nachzudenken. Seit Serafina in meinem Hotelzimmer war, hatte ich keinen einzigen interessanten Gedanken gehabt. Mir fiel nur ganz kurz die Geschichte von Awi Blumenschwein ein, der als Sechsjähriger von einem Urologen Hormonspritzen bekommen hatte, weil seine Eltern sein Schwänzchen zu klein fanden. Seitdem hatte der hässliche Hundertzwanzig-Kilo-Awi einen Dauerständer – und keine Probleme mit Frauen. »Sie sitzen immer auf mir und stöhnen, Awi, Awi, ich will hier nie wieder weg«, sagte Awi mit einem dreckigen Lächeln zu Noah und mir, als wir von ihm wissen wollten, warum es so viele waren. »Sie wollen Sicherheit, und was bietet ihnen mehr Sicherheit als ein Schmeckel, das aus ihrem Pitschkale gar nicht mehr rausgeht?« Über diesen Schwachsinn hatte ich vorhin kurz nachgedacht, aber mir fiel dazu nichts ein, außer: Und welche Spritzen hat Serafina nicht bekommen?

Eigentlich war immer nur die Saunasache in meinem Kopf – seit Oktober schon –, sie lief parallel zu allem andern. Manchmal versuchte ich zu meditieren, um mich abzulenken. Ich wusste nicht, wie man es machte, aber ich vermutete, dass man sich etwas vorstellen musste, so lange, bis sich die Seele von den Gedanken löste, bis es egal war, was die Fakten waren – oder so ähnlich. Also stellte ich mir, um nicht wieder an die schwarze kalte Lobby des Elstar Body Clubs denken zu müssen, jetzt die Zahnputzuhr vor, die Oritele in unserem ersten und einzigen guten Winter auf dem Weihnachtsmarkt in der Sophienstraße gekauft und, ohne zu fragen, zwischen mein Rasierzeug und meine Anti-Rosacea-Creme aufs Waschbecken gestellt hatte. Es war eine Sanduhr, die von einem Holzmännchen mit rotem Hut und weiß gepunktetem Hemdchen gehalten wurde, und das Männchen sah so aus, als wisse es, dass es nie etwas anderes halten werde. Würde ich mich auch immer so einsam und allein an meinen Dudek klammern?, dachte ich plötzlich. Meditation misslungen.

Nachdem die Polizisten aufgeschrieben hatten, was ich zu sagen hatte, guckten sie mich wie zwei Roboter an. Wir standen am Tresen, neben dem Elstar-Eingang, und direkt gegenüber, auf einem langen Ledersofa, saß die geschockte, von mir misshandelte Madame und weinte in ihre metallicblaue Prada-Tasche. Der alte Polizjant – Schloimels Lieblingswort aus seiner Schwarzmarktzeit – hatte glasige graue Augen, in denen nicht einmal ein Hypnotiseur etwas hätte lesen können. Die aufgemotzte Türkin dagegen war eindeutig böse auf mich. Sie glaubte mir kein Wort, und als sie vorhin mit Madame gesprochen und ihre Version notiert hatte, hörte ich, wie sie sagte: »Das ist natürlich so einer.« Jetzt betrachtete sie mich kalt und herablassend, und ich dachte, ein Glück, dass nicht 1915 ist und ich kein wehrloser alter Armenier bin. Ich senkte sicherheitshalber den Blick. Als ich wieder hochguckte, stand ein kleiner, schöner Rockstartyp in einer engen Jeans und einem engen schwarzen Jackett vor uns. »Ich will eine Aussage machen«, sagte er zu den beiden Polizjanten, »ich habe alles gesehen. Er ist unschuldig.« Das also war Claus die Canaille, der Erpresser, der mich vielleicht retten würde. Aber nur, wenn mein Verlag seinen Roman rausbringen würde. Und wenn in der Scheißsauna keine Kameras eingebaut waren.

»Schwöre«, wiederholte ich.

»Ich schwöre – bei deinem Leben«, sagte Serafina.

Und dann erzählte ich ihr alles – fast alles –, und beim Reden hörte ich mein Herz schlagen. Ich mag das, aber es passiert nicht sehr oft. Als mich Merav ein Jahr später am letzten Tag von Sukkot morgens um vier anrief, um mir zu sagen, Noah sei von den Dschandschawid entführt worden, klopfte es wie verrückt. Sie schrie, ich sei schuld, ich hätte ihn nicht ständig damit aufziehen sollen, dass er sich nicht in die Dritte Welt traue. Dritte Welt, dachte ich schlaftrunken, die gibt es doch gar nicht, hast du das nicht von Noah gelernt, du kleinwüchsige Heiratsschwindlerin? Dann schlug mein ertapptes trauriges Herz so laut, dass ich Meravs Gekreische kaum noch hörte.

»Bist du verrückt geworden?«, sagte Serafina, als ich mit meiner halb wahren Saunastory endlich fertig war.

»Sieh dich doch selbst an«, sagte ich. »48 und wohnt immer noch bei der Mama.«

»Wie kann dir so was passieren, Kleiner? Warum passt du nicht auf?« Sie guckte mich so böse an wie früher, wenn sie in einem Buch, das ich las, ein Lesezeichen entdeckte. Lesezeichen hatte sie mir aber verboten, ich sollte mir merken, auf welcher Seite ich gerade war. »Und du hast dich wirklich nicht angefasst?«

»Ich?«

»Du.«

»Nein.« Ich versuchte, so empört wie möglich zu klingen. »Was bin ich – so dumm wie Rabbi Balaban?« Der war, das wusste sie bestimmt noch, mein Lieblingssynonym für Idiotie. Der Dummkopf hatte es geschafft, das erste Mal nicht länger als zwei Jahre in Hamburg Rabbiner zu sein, und kaum war er weg, hassten ihn alle – na ja, fast alle – noch mehr. Er flog aber nicht wegen seiner saftlosen, immer leicht antizionistischen Predigten raus, die er an Neujahr mit einem lauten, selbst verfassten, paranoiden Gebet für den deutschen Präsidenten beendete. Das hätten ihm die kalten Hamburger Juden bis zum Ende der Welt durchgehen lassen. Nein, Balaban hatte im Religionsunterricht den angehenden Bat-Mizwa-Mädchen etwas zu genau die Geschichte von Lot und seinen Töchtern erzählt und dabei die Hände etwas zu tief in seine Hose gesteckt. »Lot wurde von Hanna und Miriam betrunken gemacht und ins Bettchen gezerrt, was, meine lieben Majdelach, könnt ihr von ihnen lernen?« So ungefähr fing der Große Hamburger Sexskandal an. Aber dazu später mehr – viel mehr.

Serafina sagte lange nichts. Die Tränensäcke unter ihren Augen wurden größer, die schwarzen, leicht fettigen Haare kräuselten sich wie tropische Schlingpflanzen, die man im Zeitraffer filmt. Woran dachte sie? Auch sie hatte bei Balaban für ihre Bar-Mizwa gelernt, und von ihr hatte man über ihn immer nur Gutes gehört. »Der Rabbi«, sagte sie, wenn sie am Sonntag vom Thorastudium nach Hause kam, »kann so schön von Gott erzählen, und wir lachen immer sehr viel.« Am Ende war aber nur sie es, die er durchfallen ließ, obwohl das überhaupt nicht ging. Hatte sie sich als einziges Majdele gegen seine Auslegung der Lot-Geschichte gewehrt? Wohl kaum, lieber hätte sie sie mit ihm nachgespielt. Dass ich ihn jetzt erwähnte, war natürlich eine Riesengemeinheit. Denn sie wusste, dass ich wusste, dass Balaban im Serafina-Land zwischen all den jungen Nazis nackt von der Decke hing.

Wie sie mich gerade verabscheute! Ihr Schweigen steigerte sich, es war traurig, ekelhaft, extrovertiert, doch bevor sie sich vor Wut auf mich werfen konnte – wie früher in Prag, im Hausflur, wo sie mich immer am liebsten verprügelte, weil es dort keiner mitbekam –, klopfte es an der Hotelzimmertür, dreimal lang, dreimal kurz. Ich stand scheinbar gelangweilt auf, ging, seltsam schleppend wie jemand, der nicht gestört werden will, zur Tür, machte sie einen Spaltbreit auf, und als ich dort Julča stehen sah – mit spitzem rotem Mund, mit ihren kleinen, spitzen Brüsten und einem Gesichtsausdruck voller proletarischer Selbstachtung –, sagte ich leise: »Warte in der Lobby. Und komm in fünf Minuten wieder zurück.«

»Wer war das?«, sagte Serafina.

»Der Hoteljunge. Unten wartet das kleine Arschloch Rashnawala Pranjabba. Ich glaube, Noah und ich kriegen die Buddhastatue endlich los.«

»Was für eine Buddhastatue?«

Ich antwortete nicht.

»Was für eine verdammte Buddhastatue?!«

»Fett, dick, nackt. Sie hat sogar Brüste, stell dir vor, und sie würde trotzdem nie eine Diät machen wollen.«

6
Eine Frage an den Psychologischen Weltkongress

Noah hatte ich von Madames Anzeige nichts erzählt. Er hätte sofort gewusst, dass ich lüge, wenn er nur die halbe Wahrheit gehört hätte – und für die ganze Wahrheit war ich noch nicht bereit, auch nicht bei ihm. Später kam die Geschichte mit den Dschandschawid und dem Entführungsvideo, und jedes Mal, wenn ich dachte, der kleine Noah werde von den großen Rädern der Weltgeschichte zermalmt, dachte ich auch, ich hätte ihm sagen sollen, dass ich noch perverser bin als er, das hätte ihn – eine Woche, einen Tag, eine Stunde vor seiner bevorstehenden Enthauptung – garantiert auf andere Gedanken gebracht.

Ich hatte mir oft vorgestellt, wie Noah zum Schluss, angebunden wie ein Hund, auf dem kalten, staubigen Boden von Schamal Darfur neben dem Zelt seiner Entführer lag. Es war natürlich Nacht, aber es wurde langsam wieder hell, der Himmel über der Nubischen Wüste war unten schon goldgelb wie ein Heiligenschein, oben aber noch tintenblau. Noahle drehte sich seit Stunden unruhig hin und her, so als liege Merav neben ihm und wolle endlich mal wieder bestiegen werden. Er war wütend auf Gerry, Tal und Jeff, weil sie abgehauen waren, ohne ihn mit seinem eigenen Geld freizukaufen. Er war traurig, weil er nie wieder mit mir nach Punta del Giorno zum Schreiben fahren würde. Er vermisste seine beiden Töchter, die meistens nicht mit ihm redeten, so peinlich fanden sie seinen deutschen Akzent in ihrem Hebräisch und seinen unterlegenen, stierenden Blick. Und er fragte sich, ob ich ihn – aka Itai Korenzecher – nach seinem Tod in der neuen Version meines *Shylock*-Buchs noch lächerlicher aussehen lassen würde als davor. Aber vor allem hatte er, der Internet-Exhibitionist, natürlich Lampenfieber. Ich sollte schlafen, endlich schlafen, dachte er bestimmt, das ist das Wichtigste, sonst bin ich morgen den ganzen Tag kaputt, und das geht auf keinen Fall, ich muss doch eine gute Figur machen, wenn sie mir vor laufender Webkamera langsam den Schädel absägen! Zur Ablenkung spielte er sich im Kopf immer wieder ein paar seiner privaten Sexvideos vor: er unter Ethel. Er unter Guinevere. Er unter Malgorzata, der polnischen Variante des Yeti, nachdem sie ihn zuerst in der vollen Badewanne unters Wasser gedrückt hatte. Weitere Variante: er mit Nataschale Rubinstein im Gespräch über C. G. Jungs inspirierende Therapiemethoden (das sie nie geführt hatten). Aber leider eben nicht: Ich mit meinem Sechzig-bis-siebzig-Grad-Dingeling in der Hand, während eine nackte, nasse, schwitzende Deutsche vor mir ihren riesigen weißen Arsch schüttelte.

Noahs sexuelle Erziehung war anders verlaufen als meine. Ich hatte gar keine, denn Mamascha und Papascha und erst recht Serafina taten meist so, als hätte ich nichts zwischen den Beinen. Noah dagegen durfte alles, solange Schloimel, Frau Forlani und die einbeinige Thekla wussten, was er machte. Das erste Mal ging er ins Eroscenter in der Herbertstraße mit seinem Vater. Schloimel spazierte mit ihm, als wären sie im Prado, systematisch von Tür zu Tür, von Stockwerk zu Stockwerk, er zog mit einem leisen Schlurfen seinen behinderten, verwachsenen Fuß nach und erklärte Noah, welches Mädchen wie sei. »Die da kann sich so bewegen, dass du nicht zu schnell fertig bist. Die dort kann schön lachen. Und diese hier kann mit ihrer Pitschkale *Die kleine Nachtmusik* pfeifen.« Als sie vor einer kleinen traurigen Jamaikanerin stehen blieben, die nur einen zerfetzten türkisen Slip trug und mit etwas spielte, das wie ein Dudek aus Plastik aussah, flüsterte Schloimel: »Das probierst du erst später. Aber ich kann dir jetzt schon sagen, Jingele, es gibt Schlimmeres, als sich für einen Hunderter die Prostata massieren zu lassen.«

Noah – zwei Tage vorher sechzehn geworden – nickte gelangweilt. Er hatte längst andere sexuelle Pläne. »Schloimel, ist Prostata nicht etwas, woran man eigentlich stirbt?«, sagte er müde.

Schloimel schüttelte weise lächelnd den Kopf. Er hatte schon einiges hinter sich. In Buczacz wurde er Judenältester, weil sein eigener Vater ihm den Vortritt gelassen hatte, und als Fejge Forlani an seiner Stelle den Zug nach Belzec bestieg, kam er nicht zum Winken, so traurig machte ihn das. Das war das erste Mal, dass Holy Schloimel nicht starb. Insgesamt hatte er sieben Mal Glück gehabt, meistens, weil Gott einen anderen für ihn opferte, und obwohl Schloimel aus Protest seit dem 1. September 1939 nicht mehr betete, gab ihm das zu denken. Das letzte Leben bekam er nach dem Krieg geschenkt, bei einer Schießerei im Cheschbon in München, dem einzigen Pastrami-Laden Deutschlands (es ging um den Bebauungsplan für das Hamburger Messegelände). Und woran starb Schloimel, der Pate vom Klosterstern, als er wirklich starb? An Prostatakrebs natürlich, und erst in diesem ergreifenden Augenblick wandte er sich endlich an Gott – aber es war zu spät.

Dass es ausgerechnet so kommen würde, wusste der weise lächelnde Schloimel nicht, als er Noah in der Herbertstraße in die Geheimnisse der Liebe einführte. Dafür wusste der kleine Noah genau, was er nicht wollte: sich einen Plastikdildo in den Tuches rammen zu lassen. Er stieß seinen Vater ungeduldig in die Seite, damit sie schneller weitergingen, und das erinnerte Schloimel daran, wie er seinen eigenen Vater genauso in die Seite gestoßen hatte, als der ihn das erste Mal in Buczacz in den Cheder brachte, wo es noch schrecklicher war, als er erwartet hatte. Inzwischen waren die beiden im obersten Stockwerk, bei den Osteuropäerinnen. Sie gingen wieder langsamer, sicherer, interessierter, und plötzlich stand in der Tür eines mit Wrestlingplakaten, Madonnenbildchen und Plastikblumen geschmückten Zimmers Noahs letztes polnisches Kindermädchen. Du böse, böse Frau, dachte Noah, bist du es wirklich? Sie war gut in Form. Ihre Arme waren noch immer dick wie Nudelhölzer, und sie stand auf zwei strammen muskulösen Pferdebeinen. Ohne sich nach seinem Vater umzusehen, machte Noah einen Schritt auf sie zu, blieb stehen und sagte schnell atmend: »Wie viel?« Sie sagte:

»Für das, was du willst, moje kochanie, zweihundert, und denk nicht, dass du Rabatt bekommst, du kleine, verwöhnte, jüdische Bisamratte!« Und schon hatte Noah einen kräftigen Halben und verschwand mit ihr hinter der sich langsam schließenden Tür.

Schloimel blieb im Gang stehen, und als Noah eine halbe Stunde später wieder rauskam, sagte er: »War das nicht unsere Malgorzata, mein Kleiner? Die mochtest du doch früher auch schon so gern.«

»Nein, Papi«, sagte Noah. Er hatte immer noch den verdrehten, seligen Blick einer Comicfigur, die gerade einen Schlag auf den Kopf bekommen hat. »Ich hatte meistens schreckliche Angst vor ihr.«

»Meistens? Und wann nicht?«

»Wenn ich nicht allein mit ihr war.«

»Aber Noahle, du warst doch nie allein mit ihr. Es lief doch immer die Kamera.«

»Was?«

»Das wusstest du nicht? Das haben wir dir nie gesagt?«

Also doch, dachte Noah, also hab ich's mir doch nicht eingebildet! Verdammt, verdammt, verdammt! Sie haben mich wirklich gefilmt, von morgens bis abends, jahrein, jahraus, und jetzt ist meine ganze Jugend für immer gespeichert, meine ganze durchonanierte Loserjugend. Haben sie mir vielleicht auch noch absichtlich morgens kein Ritalin in die Cornflakes gekippt? »W-w-was für eine Kamera, Schloimel?!«

»Die erste Sony mit Nachtsichtfunktion und automatischem Zoom«, sagte Schloimel stolz. »Als ich sie in der Firma einbauen ließ, sagte ich zu deiner Mutter, es wäre gut, wenn wir ab und zu auch auf dich ein Auge werfen könnten. Also kam eine zweite Videoanlage in die Wohnung. Hätten wir's nicht tun sollen, Pupkale? Für wen hältst du uns, für gojische Rabeneltern?« Er kniff Noah in die Wange, dann sich selbst. »In der Mischna steht: Wer im Geschäft sitzt und die Papiere besieht, ist nicht bei seinen Kindern. Und wer bei den Kindern ist, besieht nicht die Papiere. Aber nicht, weil es nicht erlaubt wäre,

sondern weil der Weg zwischen beiden Handlungen weit ist. Rabbi Schimon sagt: ›Dieses Problem sollte man lösen‹.«
»Spinnst du, Papi?«
»Hab ich dir eigentlich jemals erzählt, dass dein Opa Fejge auch so ein Luftmensch war wie du?«

Und jetzt zu etwas ganz anderem: Ich hätte Claus, der Canaille, gleich sagen sollen, dass ich kein Interesse an seiner Falschaussage habe, dann wäre sowieso alles anders gekommen. Ich wäre dann nicht Silvester 2005 nach Prag gefahren, um die Saunasache zu vergessen, weil ich längst mein Urteil kassiert hätte. Noah wäre nicht allein nach Berlin geflogen, er hätte nicht Ethel Urmacher wiedergetroffen, und er hätte nicht mit Tal und Gerry das zweite Goebbels-Video gedreht und ihnen Schloimels hart ergaunertes Geld versprochen – und sie hätten nicht nach diesem schrecklichen Streit in meiner brennenden Wohnung beschlossen, ihn doch in den Sudan mitzunehmen. Was den Steinbock-Dickkopf Noah überhaupt erst auf den Darfur-Ausflug so scharf machte.

Claus rief mich noch am Abend meines Elstar-Ausrutschers an. »Hallo«, sagte er mit einer hohen, weinerlichen Stimme, die mir wie eine lange traurige Lilie in einer zerbrechlichen Glasvase vorkam, »hier ist der Claus, Sie erinnern sich, Herr Karubiner?« Ich erinnerte mich. Ich saß – wie immer, wenn ich mir das Ende von allem herbeiwünschte – auf dem Küchentisch und schaute düster aus dem Fenster. Seit ich aus dem Fitnessclub nach Hause gekommen war, konnte ich mich vor Angst fast nicht mehr bewegen. Das Telefonat hatte ich nur deshalb angenommen, weil das große, alte Nokia in meiner Hosentasche direkt neben meinem Dudek vibrierte, und von Erektionen hatte ich an diesem Tag genug.

»Ich weiß, wer Sie sind, lieber Herr Karubiner«, sagte Claus leise – sehr leise –, »ich kenne Sie, seit ich siebzehn bin. Am besten hat mir Ihr letztes Buch gefallen, *Die Rubiners*. Ich fand es unfair und antisemitisch, was im Fernsehen darüber gesagt wurde. Sagen Sie, bitte«, –

er hustete nervös –, »ist es sehr schwer, wie sagt man, im Licht … im, im … jetzt helfen Sie mir doch mal!« Langsam gefiel mir das Telefonat, und auch meine Lähmung löste sich. »Im Licht der Öffentlichkeit zu stehen?«, ergänzte ich. »Genau! Genau das meine ich. Sie sind wirklich ein Mann des Wortes. Und? Ja oder nein?« Ich dachte über die Frage ernsthaft nach: So berühmt, wie er sich das vorstellte, war ich gar nicht, mich kannten eigentlich nur die Leute, die ich in meinen Büchern beleidigt hatte. Und weil ich meistens über meinen Vater und seine großen und kleinen Schweinereien schrieb, war er wahrscheinlich der einzige Leser, der mich ernst nahm. Trotzdem hätte der StB-Mann Wowa Karubiner, Deckname »Quido«, natürlich nie etwas dazu gesagt. »Sie«, sagte Claus, die Canaille, gedehnt – sehr gedehnt –, »haben bestimmt keine Lust, im Licht der Öffentlichkeit zu stehen, wenn es nicht gerade darum geht, auf die Bestsellerliste zu kommen.« – Pause – »Sie Arschloch!«

Nein, ich hatte mich nicht verhört. »Jedenfalls« – Claus fing wieder an zu husten, so leise, dass es wie Weinen klang – »ich hab auch was zu Papier gebracht, einen kleinen Familienroman. Vorne steht ein Motto von Ihnen, Sie Spanner, ich weiß aber nicht, ob ich das nach den Ereignissen von heute stehen lassen kann, ein Satz aus … aus … na los, jetzt raten Sie schon!« »Aus den *Rubiners?*« »Genau. ›Eine Familie ist nichts anderes als ein Schtetl vor dem Pogrom‹«, zitierte er mich langsam und besserwisserisch. »Das hab ich wirklich geschrieben?« »Hören Sie auf, Sie eingebildeter Scheißer! Raten Sie lieber, wie der Roman heißt.« »*Die Meiers? Die Müllers?*« »So ähnlich. Aber natürlich viel besser: *Die Litze der Hammerbachs!*« Er sagte kurz nichts, und ich dachte – nachdem ich mich gefragt hatte, was eine Litze ist – mit einem angenehmen Grausen: Vielleicht waren ja tatsächlich in der Sauna Kameras, die jede meiner eleganten Wichsbewegungen aufgenommen haben, und darum wird er sowieso nichts von mir verlangen können. Dann merkte ich, wie die Lähmung wiederkam. »Und jetzt wollen wir doch mal sehen«, sagte er, »ob Ihr Verlag Lust hat, mein Buch zu veröffentlichen.« »Sonst?«

»Sonst werde ich leider die Aussage zurückziehen müssen. Sonst werde ich sagen müssen, tut mir leid, Herr Staatsanwalt, die Frau hat zwar wirklich den halben Nachmittag lang die Sauna mit dem Crazy Horse verwechselt, um uns Männer zu provozieren – aber der berühmte Herr Schriftsteller hat sich trotzdem an sein Ding gefasst. Ist mir bei genauerem Nachdenken wieder eingefallen.« Ohne zu zögern, sagte ich, er solle mir sofort das Manuskript seines kleinen Familienromans schicken, ich diktierte ihm meine Adresse und legte auf.

Kaum hatte ich an die Kameras gedacht, war ich natürlich verloren. Mir fiel sofort Noah mit seinem Verfolgungswahn ein. Jetzt hatte ich das gleiche Problem wie er. Früher hatte ich mich immer über ihn lustig gemacht. Ich dachte, wer von Überwachungskameras redet, ist nicht ganz das, was man einen normalen Menschen nennt, aber er ist mein Bruder und ich liebe ihn. Noahle – eindeutig sensationslüstern, schwärmerisch, oft bis zur Depression nachdenklich – hatte die Symptome eines Paranoiden gehabt, nur leider zu Recht. Das war sehr interessant. Seine Eltern hatten ihn observiert, er spürte es, und dass er das eines Tages in der Herbertstraße herausgefunden hatte, schaffte die Sache auch nicht mehr aus der Welt.

Und was spürte ich, wenn ich an die Elstar-Sauna dachte? Nichts Metaphysisches, eher eine kindliche Beklemmung, eine Art theatralische Todesangst. Und plötzlich hatte ich auch noch andere Fragen an den Psychologischen Weltkongress: Werden wir von unserer Umgebung zu dem gemacht, was wir vorher nicht waren? Bilden wir uns den Horror niemals bloß ein? Leben wir in einer Welt, die wir überhaupt nicht kennen? Dreimal ja, lautete meine Antwort – und ab sofort ging ein anderer Soli jeden Morgen zum Briefkasten. Ein Soli, der nicht mehr daran glaubte, dass alles logisch erklärbar sei und in the long run gerecht, ein Soli, der fest damit rechnete, dass der Staatsanwalt ihm bald schreiben würde: »Sehr geehrter Herr Karubiner, im Verfahren gegen Sie wegen Exhibitionismus sind neue Erkenntnisse aufgetaucht, Sie haben die Möglichkeit, Ihre Aussage noch zu ändern, aber so viel sei jetzt schon gesagt: Wir haben alles auf Film, Sie jüdisches Dreckschwein!«

Der Brief, vor dem ich solche Angst hatte, kam aber nicht. Jeden Morgen rannte ich im Pyjama drei Stockwerke runter, zählte flüsternd bis zehn und öffnete den Briefkasten. Nichts, keine Post vom Gericht, kein Erschießungsbefehl, kein Deportationsbeschluss. Den Rest des Tages verbrachte ich in einer manischen, ausgelassenen Stimmung, und die Furcht, als öffentlich aktiver Perverser so berühmt zu werden, wie ich es als halb bekannter Schriftsteller nie sein würde, kam erst am nächsten Morgen wieder, zwischen vier und fünf. So wurden die Nächte immer kürzer und schwärzer. Ich versuchte Tavor, übertriebene Onanie, Prousts *Auf der Suche nach der verlorenen Zeit.* Vergeblich. Die letzte Chance, alles zu vergessen, war darum Prag gewesen. So gesehen hatte Serafina recht. Prag war eine jugendliche Fantasie, die ich als Jugendlicher natürlich nie gehabt hätte. Andere Gedanken, andere Sprache, keine feste Adresse, hoffte ich. Aber leider war auch das keine so gute Idee. Denn in Prag lauerte die fette Serafina, dieser Horrorfilm auf zwei Beinen, immer bereit, anzugreifen und sich zu verteidigen. Was dort schließlich Anfang Januar 2006 passieren sollte, hatte ich schon mal so ähnlich geträumt. Im Traum war meine Halbschwester aber nicht in der Italská über mich hergefallen, sondern in einem Gebüsch im Innocentiapark.

Und noch eine Frage an den Psychologischen Weltkongress: Wenn Holy Schloimel und Frau Forlani jahrelang auf dem Monitor ihrer Überwachungsanlage sahen, dass Noah von Malgorzata und den anderen Kindermädchen geschlagen wurde – warum griffen sie nicht ein? Weil sich mein Noahle diese Geschichte ausgedacht hatte? Nein, viel zu kompliziert. Die Forlanis waren eben auch nicht besser als die Karubiners. Sie waren feige, moralisierend, brutal wie jeder Jude, der erst mit einem Bein das Getto verlassen hat. Und vielleicht verband Noah und mich das viel mehr als unsere ewige melancholische Buczaczer Geilheit.

7
Der falsche Buddha

Der Buddha, der mich reich machen sollte, sah aus wie Chruschtschow – wie ein nackter Chruschtschow mit Lendenschurz und Piercing, aber ohne Arme. Er war wunderschön. Ich hätte ihn am liebsten behalten, doch ich hatte zu viel in ihn investiert. Außerdem war er tausend Kilo schwer, und mein Haus in der Swinemünder war das letzte in der Gegend, das noch nicht renoviert worden war. Es war klapprig, hellhörig, eine statische Katastrophe. Wir hatten eine undichte Eingangstür, die Fensterrahmen waren aus nikotingelbem DDR-Kunststoff, und bei jedem Schritt, den man machte, knarrten die Dielen lebensgefährlich. Ich lud nie mehr als zwei Leute gleichzeitig zu mir ein, weil ich Angst hatte, wir könnten durchbrechen und bei dem alten Marxismus-Leninismus-Professor unter mir im Bett landen. Der tonnenschwere Buddha – frühe Mahayana-Periode und aus hellrot schimmerndem Sandstein – wäre bis in den Keller durchgerauscht.

Das mit dem Buddha war Noahs Idee gewesen. Er wollte, dass auch ich endlich mal ein Geschäft machte. »Du gehst mit zehn Prozent rein«, sagte er, »bekommst aber fünfzig.« Noah fand mich, glaube ich, schon immer auf eine unjüdische Art ahnungslos. Das war unlogisch – aber ganz falsch war es nicht. Ich liebte und verstand das Einsteinhafte, Alchemistische, Metaphysische an der Idee, Dinge, die nichts oder wenig gekostet hatten, für viel Geld zu verkaufen, und ich versuchte nicht nur auf dem Mauerpark-Flohmarkt, den ich jeden Sonntag nach Judaika und alten französischen Porno-Postkarten absuchte, erbittert zu handeln. Die Dries-Höschen und den Rest meiner Garderobe – Margiela, Dior und immer wieder Dries – kaufte ich meistens für den halben Preis im Schlussverkauf. Und ich schaffte es, fast jedes mir angebotene Honorar durch penetrantes Nachfragen mindestens zu verdoppeln, und wenn ich es nicht schaffte, hatte ich später beim Schreiben eine kleine Depression. Aber hatte ich jemals mein Geld anders als eine alte Frau angelegt, nach dem Prinzip »Sparbuch, Berliner Angestelltenbank, 1,5 Prozent Dividende im Jahr«? Natürlich nicht. Denn Risiko interessierte mich nicht. Und es war sehr riskant, Geschäfte zu machen! Ich musste bloß an Wowas Vater denken, meinen Großvater, den ich als Kind so aufrichtig geliebt hatte wie niemanden sonst in der Familie, an Djeduschka Karubiner, der in den Sechzigerjahren in Breschnews Russland gehenkt wurde, weil er die vielen Dollars, die er nicht ganz legal mit einem größeren Posten Penizillin gemacht hatte, ausgerechnet Wowa anvertraut hatte. Aber dieser Teil der Karubiner-Saga kommt noch. Babuschka Karubiner war schon vierzig Jahre vorher draufgegangen, bei der Aktion »Gurken aus Kapustowo«.

Noah wollte trotzdem unbedingt einen besseren Juden aus mir machen. Einmal sollte ich mich mit ihm an einem New Yorker Fernsehsender beteiligen, auf dem tagsüber Gespräche mit und über Jeshajahu Leibowitz laufen würden und nachts in Endlosschleife die israelische Nationalhymne. Aber die Sache war am Ende sogar Noahle ein wenig zu wolkig und zu riskant. Als er dann in der Cantina bei einem von Merav organisierten Anti-Phimose-Dinner im Herbst oder Winter 2000 das kleine Arschloch Rashnawala Pranjabba kennenlernte, der ihm nach zehn Minuten eine Beteiligung an dem Chruschtschow-Buddha anbot, war Noah sofort klar, dass ich mitmachen musste, denn ein so gutes und einfaches Geschäft erwischte man nicht jeden Tag. Gleichzeitig beschloss er, dass der kleine hübsche schnurrbärtige Rashnawala für ein paar Scheine Merav ficken sollte.

Rashnawala hieß eigentlich Rami Bar-On. Er war aus Petach Tikwa und hatte 1988/89 im Libanon mit einer Spezialeinheit Hisbollah-Raketenbauern und zufällig vorbeiziehenden Schafhirten leise und unsichtbar wie ein Geist die Kehlen durchgeschnitten. Danach hatte er zehn Jahre lang im Trapeang-Chhuk-Tempel im Nordosten Kambodschas seine angeschlagenen Sajeret-Matkal-Nerven kuriert, meditierend und immer ein anderes Lou-Harper-Lied im Herzen. Als er wieder weg war, fehlten in und um Angkor Wat ein paar besonders hübsche Schivas, Lingas, Nagas und schmerzhaft seltene Wandreliefs. Das alles erzählte er Noah in der Cantina nicht. Er sagte nur, er sei Kunst- und Antiquitätenhändler mit Sitz überall, und wir könnten über ihn einen sehr gut gelaunten Buddha aus der Zeit von König Jayavarman V. kaufen, der Buddha hätte – angeblich – seit den Dreißigerjahren in Genf, im Atrium einer großen weißen Villa, gestanden, als Haupt- und Prachtstück einer Khmer-Kunst-Sammlung des zweitgrößten Schweizer Lebensmittelhändlers. »Migros oder Magros?«, witzelte Noah. Aber Rashnawala erwiderte bloß trocken: »Also was? Willst du mir zusammen mit deinem Schriftsteller-Freund zweihunderttausend Dollar vorstrecken? So viel soll der freundliche Fettklops kosten. Damit bezahl ich ihn, hol ich ihn aus der Schweiz raus, bring ihn in einer Kiste mit doppeltem Boden nach London, und wenn ich ihn dort für, sagen wir, eine halbe Million Dollar verkaufe, krieg ich dreißig Prozent vom Gewinn. Also ungefähr hunderttausend. Korrekt?«

Noah runzelte – so wie früher Schloimel vor einem Vertragsabschluss – angewidert und gierig die Stirn. Er sagte: »Siehst du die kurzbeinige, scharfe Schwarzhaarige dahinten an der Bar?« Rashnawala drehte sich um. »Meinst du die Kleine in den Prada-Schuhen, die auch ohne diese vielen Haare im Gesicht wie ein Äffchen aussehen würde?« »Genau die«, sagte Noah. »Also pass auf: Hunderttausend liegen zwar nicht auf der Straße, wie mein Tate sagen würde, aber für dich ist sogar n-n-noch m-m-mehr drin. Wenn du mit dem Äffchen, mit dem ich übrigens zwei extrem süße Töchter habe, eine Affäre anfängst, kriegst du fünfundzwanzigtausend dazu. Solltet ihr euch ineinander verlieben, noch mal so viel. Und wenn sie mich deinetwegen verlässt, gehört dir mein ganzer Buddhagewinn. »Mann, Mann, Mann«, sagte Rashnawala,

»was hast du bloß gegen sie! Redet sie zu viel? Oder zu wenig? Oder musst du beim Sex immer das Licht ausmachen?« »Geht dich das was an, du kleiner beschissener Hehler?«, sagte Noah wieder mit dem vom seligen Schloimel geliehenen Leck-mich-Ton. Aber dann fiel ihm ein, dass er keinen einzigen vernünftigen Grund dafür nennen konnte, weshalb er Merav loswerden wollte, bis auf ihre lächerlichen hundertzweiundfünfzig Zentimeter natürlich – aber das allein konnte es doch nicht sein. »D-d-das geht dich überhaupt nichts an«, wiederholte er stotternd.

Da Rashnawala den Buddha eigenhändig im Trapeang-Chhuk-Tempel nachts vom Sockel gesägt, auf einen Laster gehievt und über die Grenze nach Thailand gefahren hatte, war sein Hauptgeschäft schon gemacht, als Noah ihm drei Wochen später – nachdem wir tagelang ein paar sehr elegant ausgeleuchtete Fotos vom Chruschtschow-Buddha auf den Bildschirmen unserer Computer angestarrt hatten – unser Geld übergab. Zweihunderttausend waren ein plausibler Gewinn, aber Rashnawala wollte den Buddha tatsächlich verkaufen. Darum sagte er jedes Mal, wenn Noah ihn anrief und fragte, was los sei: »Er ist wirklich ... wirklich fantastisch. Ich krieg ihn bestimmt bald los.« »Ist er noch in Genf?« »Ja, es geht ihm wirklich ... wirklich sehr gut.« »Wo ist er?« »Er steht gerade in Hamburg bei Darius Mann – den kennst du doch, oder? – im Atelier. Zu ihm kommen nur die Superreichen und Eins-a-Sammler mit Appetit. Das mit dem Buddha geht jetzt bestimmt tschik-tschak.« »Was für ein Darius?« »Der Maler – der deutsche Lucien Freud.« »Nie gehört.« »Ihr könntet eigentlich auch mal von ihm was kaufen. Die Martin-Bormann-Serie ist nicht schlecht.« »Ich dachte, du wolltest den Buddha nach London schaffen, und von Sotheby's hast du auch was gesagt.« »Und dann, du Scheißkopf? Glaubst du, ich hab Lust auf Scotland Yard und Knast?« »Hast du uns reingelegt, Rami?« »Was?« »D-d-du wusstest von Anfang an, dass man das Scheißding nicht los wird, gib's zu!« »Hallo, hallo – ich hör dich nicht. Hallo?« Es machte klack, und danach ging Rami Bar-On alias Rashnawala Pranjabba drei Monate nicht mehr ans Telefon.

Kleiner, dummer Noah. Hatte er das von seinem Vater gelernt? Hätte der große Schloimel Forlani vielleicht etwas gekauft, das geklaut war? Absolut möglich. Aber er hätte sich die Ware vorher genau angesehen (Fotos hätten ihm niemals gereicht) und danach noch genauer überlegt, wer sie ihm abnehmen würde. Es gab zum Beispiel die Geschichte mit der goldenen Jaeger-LeCoultre, die Schloimels Freund Gabor Krickelbaum bis zum Schluss im Getto von Buczacz trug, obwohl er nichts mehr zum Essen hatte und sich statt Schuhen Lumpen um die Füße wickelte. Bevor er – dünn und hässlich wie eine Vogelscheuche – in Zeitlupe auf dem Bürgersteig der Gymnasiumsstraße niedersank und starb, ging er zu Schloimel ins Judenratbüro. Er zog zitternd, lächelnd, nach Luft schnappend die Jaeger-LeCoultre vom Handgelenk und sagte: »Wenn alles vorbei ist, gibst du sie meiner Mama. Sie lebt in Queens in Amerika. Versprichst du mir das?«

Als Schloimel 1958 nach New York flog – es ging um sein erstes Hotel im Ausland –, hatte er Gabor Krickelbaums Uhr natürlich dabei. Er fand die alte Frau Krickelbaum im Telefonbuch, fuhr für zehn Cent mit der U-Bahn zu ihr nach Queens, und nachdem sie sich ausgeweint hatte, sagte er: »Gabor hat mir gesagt, die wollen sie bestimmt haben!« Er hielt die Uhr in der geschlossenen Hand, dann öffnete er die Hand und schloss sie wieder und sagte: »Wissen Sie, wie oft ich die im Getto gegen was Anständiges zum Essen hätte tauschen können?« Die alte Frau Krickelbaum stand langsam auf, schleppte sich zu ihrem Küchenschrank, holte aus einer Mehldose ein paar Hundertdollarscheine, gab sie ihm, nahm dafür die Uhr und krächzte: »Und jetzt raus hier, du Ganef! Warum haben sie nicht dich umgebracht?!« Schloimel hatte diese Geschichte Noah oft erzählt. Sehr oft.

»Weißt du, warum ich dir das erzähle, Putzkale?«, sagte er zu ihm. »Komm mir jetzt nicht wieder mir Rabbi Schimon, Papa, bitte!« »Woher wusstest du das?«, sagte Schloimel lachend, »Rabbi Schimon sagt: ›Im Zweifel sei klüger als die Zeit, in der du lebst.‹«

Im Winter 2003 – nach Oritele waren nun auch Mamascha und Serafina aus meinem Leben verschwunden – rief mich Noahle aus seiner Tel Aviver Ausweichwohnung in der Zlatopolsky an und sagte ohne Einleitung, ohne Begrüßung, ohne Geschmuse: »Ich glaube, mein lieber Karubiner, wir haben Scheiße gebaut.« Ich saß gerade in der Swinemünder über Wowas StB-Akten, die ich mir im Sommer aus dem Internet runtergeladen hatte, und hatte mehr Spaß als bei der Lektüre eines französischen Existenzialistenromans. Jedes Gespräch mit Kostja Kostos stand dort, Wort für Wort, und ich rannte seit Stunden auf einer engen, stinkenden Gasse zwei Verbrechern hinterher, von denen mindestens einer an das Gute im Schlechten glaubte. Das hier war ein anderer Papascha, als ich ihn kannte – und er hatte sogar Unterhaltungswert.

»Scheiße gebaut? Wieso?«, sagte ich abwesend, und ADS-Noah erklärte mir, für seine Verhältnisse ungewohnt konzentriert, was ich von Anfang an geahnt, aber ignoriert hatte, denn ich dachte immer, ein Geschäft, das nicht schmutzig ist, ist gar keins.

Als Noah fertig war, sagte ich: »Du weißt, dass die Vierzigtausend, die ich in den Buddha investiert habe, von meinem Vater sind? Und dass er mich, wenn er das Geld nicht zurückkriegt, ab sofort wieder wie einen kleinen Idioten herumstoßen wird. Und zwar zu Recht.«

»Ich hab ihn schon angerufen, Mäuschen. Also heul nicht. Er ist einverstanden, dass das Geld von deinem Erbe abgezogen wird – notfalls. Übrigens k-k-kann ich gerade durch mein Terrassenfenster sehen, wie sich ein Marokkaner mit einem ungewöhnlich großen Penis von deiner hysterischen Oritele nackt malen lässt.«

»Du bist doch bescheuert.«

»Ja, ich weiß, ich mach mir ja auch schreckliche Vorwürfe. Ich hätte dich Kommunistensohn nicht in dieses Geschäft reinziehen sollen.«

»Was für ein Marokkaner? Was redest du? Ist sein Ding größer als meins?«

»Ich glaube … ich glaube, das ist Zoar Turgeman, der berühmte orientalische Schnulzensänger.«

»Scheiße. Ist sie auch nackt?«

Er antwortete nicht sofort. Dann sagte er: »Ich wusste ja gar nicht, dass sie keine Zizkales hat.«

Ich räusperte mich laut und verzweifelt – genauso wie Wowa, als Mamascha zu ihm sagte, sie gehe mit Serafina zurück zu Valja Wechslberg.

»War nur ein Spaß, Kleiner. Sie ist angezogen, und als er vorhin versucht hat, sie zu küssen, bekam er einen schönen Tritt in seine riesigen Tschach-Tschach-Eier.«

Noah schwieg, ich räusperte mich wieder, und dann redeten wir kurz gleichzeitig. Ich sagte: »Wie bist du Rami dahintergekommen?« Und er sagte: »Wie peinlich, der Chef von Goodlife handelt mit Raubkunst!«

»Das wollte ich auch gerade sagen«, sagte ich, diesmal schneller als er. »Knute wird sich kaputtlachen, du Heuchler! Bei mir ist es so: Ich liebe dich natürlich sehr-sehr-sehr, aber ich würde dich etwas weniger verachten, wenn du einmal im Leben etwas gradliniger sein könntest. Wie wär's mit einer kleinen, gefährlichen Reise nach Afrika, zum Beispiel? Und vielleicht könntet ihr auf der Goodlife-Seite einen Forgive-me-Button einrichten, auf den jeder klicken kann, der zu Hause oder in seinem Museum archäologisches Diebesgut hat.«

»O-oh!«, sagte Noah. »Sie zieht sich aus!«

»Hast du nicht von Anfang an gewusst, dass der Buddha geklaut ist?«

»Hast du's gewusst?«

»Ich will nicht die Welt retten, Gandhilein«, sagte ich mit kühler, unbeirrbarer Betonung auf dem »ich«. »Ich darf ein Egoist sein.«

»Und genau darum – als übernatürlich selbstbezogenes Künstlerschwein – wirst du leider immer allein bleiben.« Er klang jetzt kurz angenehm ernst und unnoahhaft. »Du kennst ja meine Meinung zu dem Thema.«

»Und – kniet er schon hinter ihr?«, sagte ich.
»Du musst endlich nach Tel Aviv kommen, Soltschik, und mit Oritele Paartherapie machen!«
»Hilfe! Hilfe! Mr. Goodlife will auch mich retten!«
»Du musst – du musst – du musst«, sang Noah zur Melodie von *Di Grine Kuzine* in Tel Aviv ins Telefon. Jetzt war er wieder der Alte. »Sie ist Wowa in Frauengestalt, verstehst du? Verstehst du?! Und du solltest langsam lernen, ohne Mordideen neben Papi im Bett zu liegen und mit einem angenehmen Dreiviertel-Ständer Pläne für den nächsten Tag zu schmieden.«
»Okay, Ungefickter. Ich mach mit der blöden, kalten, selbstverliebten Sabra-Kuh eine Therapie. Aber nur, wenn du zu deinem ungarischen Doktor Savionoli in die Praxis zurückgehst, dich vor ihn kniest und ihm gestehst, dass du deine Mami hasst, weil sie dir nie verraten hat, dass man beim Onanieren seine Hände benutzen soll – und nicht die Matratze!«
Er lachte. Ich lachte auch. Und wenn es einen Gott gegeben hätte, hätte der gedacht: Habe ich wirklich solche Idioten geschaffen?
»Genug«, sagte ich. »Wie bist du dem kleinen Arschloch Rami überhaupt draufgekommen?«
Noahs Antwort überraschte mich. »Durch Nachdenken, denke ich«, sagte er. »Ich muss nur länger als dreißig Sekunden bei einem Thema bleiben, dann erfinde ich sogar die Kernspaltung neu. Und dann hab ich ihn auch noch gefragt.«
»Was hat er gesagt?«
»Er hat aufgelegt.«
»Und jetzt?«
»Wir hätten uns längst den Buddha anschauen sollen. Er steht in Hamburg.«
»Ja. Und du hättest damals nach Oxford gehen sollen.«
»Meinst du das im Ernst?«
»Seit wann ist der Buddha in Hamburg?«
»Jetzt ... jetzt leckt er sie. Jetzt aber wirklich!«

»Seit wann?!«

»Ich glaube … um ehrlich zu sein, seit ein paar Jahren schon«, sagte Noah sterbend leise ins Telefon, und ich sah sein hässliches, süßes Tatarengesicht vor mir, wie es grauer und grauer wurde. Das war Noahles Spezialität – mit seiner Hautfarbe arbeiten, um von seinen Schuldgefühlen abzulenken. Dann aber – keine Ahnung, warum – sah ich Oritele. Die hatte ich schon ewig nicht mehr gesehen, nicht in echt und nicht vor meinem inneren Auge. Ich hatte mir eine Weile beim Onanieren noch ihre glänzende, hellbraune Pflaume vorgestellt, aber auch damit hörte ich bald auf, weil mir die schlaue Serafina kurz nach unserer Trennung und Oriteles Rückkehr nach Israel von ihrem Blackberry folgende Weisheit übermittelt hatte: »Du liebst nur ihre Hypersexualität, Kleiner, nicht ihren schlechten Charakter!« Daraufhin stand er mir sofort wieder einen halben Nachmittag lang – aber ich hatte verstanden.

Zur Erklärung: Oritele, die ich erst liebte, als sie weg war, und die ich trotz Serafinas Warnung noch lange für die beste Partie meines Lebens hielt, hatte schwarze irakische Augen, die so eifersüchtig funkelten, als könnte sie damit durch Wände und Herzen gucken – und wahrscheinlich auch um die Ecke. Wie konnte ich das je vergessen! Wenn ich mir Mühe gab, sah ich den Rest von ihr natürlich auch noch sehr deutlich vor mir: schöne, ein bisschen zu kurze, zu stämmige Beine. Ein kleiner Arsch, der trotzdem voller Überraschungen war. Ein ewiger blauer Fleck auf dem Rücken, genau dort, wo sie früher, als sie noch in der Gehenna das siedende Öl für die anderen umrührte, einen Schwanz hatte. Und eine behaarte Stelle auf der linken Schläfe, der erste biologische Atavismus, der mir im Leben untergekommen war.

Natürlich brachte mich ihre haarige Stirn gegen die kindliche, notorisch anhängliche Oritele sofort auf. Ich entdeckte sie eine halbe Stunde nachdem wir uns in Gordons Imbiss in der Kastanienallee kennengelernt hatten, irgendwann im Winter 2001. Wir saßen inzwischen nebenan im 103, ich tippte für meine zukünftige

Ehemalige auf ihrem Telefon eine SMS auf Deutsch, und als sie zur Seite guckte, weil ein aknegesichtiger Wicht in einem karierten Galeristenanzug sie fragte, ob sie »die« Oritele Cohen sei, guckte ich zu ihr hoch – und sah plötzlich den kleinen schwarzen Teppich über ihrem linken Auge. Und das waren in diesem Moment meine Gedanken, denen ich leider nicht traute: eine Frau, deren Körper ihre äffische Herkunft verrät – was konnte ich von ihr erwarten? Dass sie immer nur auf Schlafen, Essen und das Ungeziefer in meinem Fell aus sein würde? Genau, genau! Das Ungeziefer in meinem Fell waren sehr bald: Serafina, Mamascha, meine Bücher, all die wütenden, angenehm judophoben Artikel, die nach jedem literarischen Skandal, den ich provoziert hatte, über mich geschrieben wurden, mein – damals noch – privat ausgeübter Hang zum Exhibitionismus, mein strenger Tagesablauf, meine Hypochondrie, mein lautes nächtliches Pfeifen und Atmen und sogar Noah. Warum blieben Oritele und ich von da an trotzdem zwei Jahre und zwei Stunden zusammen? Laut Noah aus gegenseitigem Sadismus.

»Ich werde so bald wie möglich nach Hamburg fahren«, sagte Noah, »und dort werde ich mir unser dickes unverkäufliches Buddhale anschauen. Vielleicht umarme ich's sogar, wenn ich darf. Ich würde wirklich gern wissen, wie sich eine halbe Million anfühlt. Kommst du mit?«

Ich antwortete nicht. Ich war immer noch bei Oritele. Gerade dachte ich, was für ein Glück, dass sie weg war. Dann fing ich an zu weinen. Eigentlich nichts Besonderes, das passierte mir eben ab und zu. War ich nicht der harte, sarkastische Autor der *Rubiners* und von *Post aus dem Holocaust?* Hatte ich nicht das Recht, mich manchmal gehen zu lassen? »Ich bin nicht gern in Hamburg, das weißt du doch«, sagte ich leise, damit Noah mein Schluchzen nicht bemerkte. »In Hamburg muss ich in meinem alten Kinderzimmer schlafen und wie früher Mamascha und Papascha dabei zuhören, wie sie sich anschreien und um ihre Magnesiumtabletten streiten. Und nachts – nach dem Versöhnungssex – tippelt immer einer von

ihnen aufs Klo. Verdammt, ich weiß bis heute nicht, wer von den beiden das ist!«
»Deine Mutter ist nicht mehr da, Karubinchen, schon vergessen? Wowa macht jetzt immer allein das Lichtele aus.«
»Ja, das stimmt.«
»Du musst ihm doch überhaupt nicht sagen, dass du in der Stadt bist.«
»Das sagst du so ...«
»Und übrigens ...«
»Ja?«
»Sie hat die Staffelei weggestellt. Sie sitzt jetzt nackt auf Turgeman. Topqualität, diese kleinen Titten, wirklich. Aber mach dir keine Sorgen, Zweieiiger. Deine Ex guckt völlig gelangweilt am orientalischen Schnulzenmann vorbei aus dem Fenster. Oh. Oh! Oh nein ... sie hat mich gesehen. Ich leg auf, ich leg jetzt auf! Liebe dich.«

Dieses Gespräch – ich meine, genau dieses Gespräch – ist ungefähr dreihundert Jahre her. Ich weiß, glaube ich, trotzdem noch jedes einzelne Wort davon – so wie ich mich auch sonst an fast alles, was Noah und ich jemals zueinander gesagt haben, erinnere. Es gibt natürlich Schöneres. Aber wann immer ich Noah während seiner Sudan-New-York-Odyssee vermisst habe, war ich darüber sehr froh, denn irgendwann konnte ich ihn mir nicht mehr auf meinem Laptop als zweifachen Dr. Goebbels oder in seinem orangefarbenen Müllsack in der Nubischen Wüste anschauen, drei Minuten vor der Enthauptung. Also schloss ich – um ihm wenigstens so näher zu sein – die Augen, und schon hörte ich seine süße, quäkende, nervige Alter-Junge-Stimme direkt in meinem Kopf.

8
Und jetzt an die Arbeit!

Noah, Tal, Gerry und Ethel trafen sich am 2. Januar 2005 im Park hinter dem Charlottenburger Schloss wieder. Es hatte am Morgen geschneit. Überall lagen abgebrannte Raketen, traurig glänzende Bierdosen, Bionadeflaschen. In den schwarzen Ästen hingen Schneeklumpen und Stofffetzen, und als die vier am anderen Ende des großen Karpfenteichs ankamen, drehten sich alle gleichzeitig zu dem großen weißen Schloss um, das zwischen den Bäumen hervorschaute, und sie machten wie betrunkene Rockstars anerkennende Geräusche und Gesten. Sie wollten schnell eine Runde drehen, in der Orangerie frühstücken und dabei Noahs Goebbels-Video besprechen.

Dann bekam Tal seinen Anfall. Er hatte auf dem Rückweg vor dem Belvedere eine Rakete vom Boden aufgehoben und versuchte zu lesen, was auf dem verkohlten grünen Etikett stand. Er drehte die Rakete neugierig hin und her, und schließlich hielt er sie – wie immer leicht fiebrig grinsend – an seine Nase. Armer Tal. Er hatte nie vergessen, wie er im Oktober 1991 diese pfeifende irakische Scud immer näher kommen hörte, bis sie mit einem lauten, schwächlichen Paff fünf Meter entfernt von ihm im Toilettenfenster einschlug. Er und seine Eltern langweilten sich da schon seit Stunden im versiegelten Zimmer, aber so versiegelt war es auch wieder nicht, und den dünnen Brandgeruch, der sie zur Abwechslung hinaustrieb, nannte seine marokkanische Mutter in ihren späteren Kriegserzählungen immer Stinkbombe des Todes. Dabei hatten die Shmelnyks Glück gehabt. Ihr Haus in der Arlosoroffstraße – Ecke Ibn Gvirol – wurde nicht zerstört. Die Scud blieb fast unversehrt im Fenster stecken wie ein Einbrecher, der nicht mehr vor- und zurückkann, und Frau Shmelnyk musste bloß einen Tag lang lüften und mit ihrer thailändischen Putzfrau schwarzen Staub von den Wänden und Möbeln wischen, das war alles.

Als Tal jetzt an der verkohlten deutschen Silvesterrakete roch, passierte es. Die Furchtlosigkeit, die seine kleine, drahtige Sabra-Gestalt normalerweise ausstrahlte, entwich mit einem einzigen leisen, schwächlichen Paff in den eisgrauen Berliner Himmel. Als Nächstes fing Tal an zu schreien, auf Iwrit, aber vielleicht war dieses kehlige Wortgemisch auch Aramäisch oder Assyrisch. Sein rotes matzedünnes Gesicht rötete sich noch mehr, er warf sich in den Schnee, er stopfte sich Schnee in den Mund, er rieb sich mit Schnee das Gesicht ein, und er beruhigte sich erst wieder, als Gerry »El Dick« Harper ihn mit seiner schaufelgroßen kalifornischen Hand im Genick packte, wie eine Katze hochhob und zurück auf die Beine stellte.

»Uh, danke«, sagte Tal. Er sagte es auf Englisch, aber er klang immer noch so düster, als würde er verbotene Stellen aus einem alten babylonischen Schwarze-Magie-Traktat ausstoßen.

Gerry guckte Tal aus seinen eng zusammenstehenden, dummen Augen an und sagte: »Was war denn das?«

»Mein Scheißkriegstrauma war das«, sagte Tal.

»Echt? Ich wusste nicht, dass du eins hast.«

»Ich auch nicht. Scheiße! Ich dachte, ich hätte es unter Kontrolle.«

»Ich hatte mal eine ähnliche Szene in *The Bullet*, dude. Aber so gut hab ich's natürlich nicht hingekriegt. Wie machst du das mit dem roten Schaum in den Mundwinkeln?«

»Das ist meine Zunge, Gerry. Ich kau so lange auf ihr herum, bis sie blutet.«

»Ach, wirklich?«

»Wie hast du es eigentlich so weit gebracht, Zeitlupe?«

»Gutes Aussehen und Opportunismus«, sagte Gerry, aber es klang wie eine Frage.

Als Noah mir die Geschichte von Tals Anfall erzählte – aufgewühlt, unkonzentriert, mich immer wieder passiv-aggressiv als

»Freund« beschimpfend –, saß er in Berlin auf einer Parkbank vor der Zionskirche. Ich saß in Prag auf meinem Hotelbett. Ich war benommen und gastritisch und hielt das Telefon mühsam zwischen den steifen Fingern. Während ich Noah zuhörte, dachte ich, ich sollte sofort wieder in die Italská zurückfahren, klingeln, zu Fuß in den fünften Stock hochrennen, wie wild gegen die Tür schlagen und das Serafina-Monster, wenn es mir endlich aufmachte, an den riesigen, schweren Schultern packen, auf den Balkon zerren und runterwerfen. Bevor ich mir aber den Rest vorstellte, konzentrierte ich mich lieber wieder auf Noah. Vielleicht würde er einen Witz machen, der mich alles vergessen ließe – oder ich bekäme genug Mitleid mit ihm, um keins mehr mit mir selbst zu haben.

Im Park des Charlottenburger Schlosses ging es so weiter: Die vier eilten, als wären sie die Beatles in *Help!*, im Gänsemarsch zum Schloss zurück, und die fette Ethel war natürlich die Letzte. Ein interessantes Bild. Drei kleine, dünne Männer – jeder mit seinem eigenen selbstsüchtigen Irrsinn beschäftigt – und eine große, monumentale Frau, die wie eine Kindergärtnerin diese erwachsenen Kindsköpfe durch den orangegrauen deutschen Schnee vor sich hertrieb. Plötzlich – und zwar für den Rest des Tages, aber nicht ganz bis zum Anfang der Nacht – war Ethel Urmacher der Boss. Das konnte sie, das hatte sie in ihren zwanzig gojreichen Jahren gelernt. Sie wusste, dass Männer nach weiblicher Führung gierten, wenn man sie ließ, dafür brauchte man kein Domina-Outfit. Sie holte keuchend Noah ein, legte ihren megaschweren Arm um seinen dünnen Hyänenhals, sie schob ihn zuerst vor sich her, dann zog sie ihn hinter sich her, und als sie Tal eingeholt hatten, schlang sie den anderen Arm um dessen Nacken wie ein Lasso und sagte: »Ich will auch eine Rolle in dem Bunkerfilm. Ich war mit Noah im HLG in der Theatergruppe: *Leonce und Lena*. Wir haben uns zum Schluss geküsst. Ich kann das.«

Tal hustete nur und würgte wieder unverständliches Zeug. Noah sagte: »Das stimmt nicht, Ethelein.«

»Nein?«
»Nein. Du konntest mich früher nicht ausstehen. Du hast mich höchstens mal in der Schule im Fahrradkeller ein bisschen gewürgt oder auf dem Nachhauseweg ins Gebüsch gestoßen. Aber du hättest sogar noch Theklas Holzbein lieber geküsst als mich.«
»Noah!« Ethel drückte den Arm um Noahs Hals noch etwas fester zusammen.
»Ja«, seufzte Noah, »ja ...«
»Du hältst jetzt die Klappe. Und du fragst Tal, ob er mir nachher in Ruhe zeigen kann, wie man ausflippt. Ich werde, denke ich, als Magda jedes Mal ein bisschen verrückter werden, wenn eins von meinen Kinderlach tot umkippt.«
Es wurde kurz still. Man hörte nur die Schritte der vier im Schnee, und Noah dachte, das klingt genauso deprimierend wie das Klatschen meines Ein-Ei-Säckchens beim Merav-Besteigen. Ab und zu krähte hoch über ihnen blutrünstig einer der lahmen grauen Schlossraben, aber dieses Geräusch erinnerte Noah an gar nichts.
»Ich blöder, dämlicher, nichtswürdiger Wurm!«, sagte Noah plötzlich. »Die Kinder! Wo kriegen wir jetzt sechs blonde deutsche Amöben her?«
»Was für Amöben?«, rief Gerry von vorne.
»Hilde, Helga, Helmut, Hedda, Holde, Heide. Die unglückliche Brut von Joseph und Magda Goebbels. Hingerichtet mit Gift von den eigenen Eltern am 1. Mai 1945. ›Hier, mein Schatz‹« – Noah sprach plötzlich mit hoher, weiblicher Stimme –, »hier dein Kakao. Und hier deiner ... Ihr zieht jetzt eure Nachthemdchen an und bürstet euer Haar und legt euch schlafen. Und morgen früh wird der Führer jedem von euch ein schönes weißes Pferd schicken. Auf ihnen reitet ihr mit dem Herrn Rüstungsminister ganz schnell davon und werdet im neuen Zeitalter die Ehre des Reichs retten. Oder für viel Geld eure Memoiren schreiben.‹«
»Yeah! Das ist ja genau wie die alte Jakob-und-Isaak-Geschichte,

du Scheißloch! Das verrückte Kinderopfer!«, stieß Tal aus. »Jetzt versteh ich.«

Noah kratzte sich am Kopf und versuchte, nicht konfus zu gucken. Tal sah immer noch aus wie auf Droge – aber auf die gute Art. »Eltern, die ihre Kinder ficken«, rief er noch lauter, »für Gott, für die Bewegung! Gegen die Furcht, allein durchs Universum zu trudeln!«

»Genau.« Das war jetzt wieder Noah, glücklich, endlich verstanden zu werden.

»Und darum stehst du auf diese Story?«

»Ja.«

»Aber bei den Gojim endet sie blutig?«

»Korrekt.«

»Du bist gar nicht so dumm, du kleiner stotternder Diasporaquetscher.«

»Nein. Natürlich nicht.«

»Und wie geht's weiter?«

Noah presste die Stimme noch eine Oktave höher. Jetzt war er die achtjährige Hedda Goebbels kurz vor ihrem unfreiwilligen Ende. »›Aber Mami ... Mami, ich will nicht weg von hier ohne den lieben SS-Onkel Günther! Nein, ich will nicht. Ich liebe sein Glasauge! Und ich liebe sein Holzbein! Du weißt doch, dass ich ihn immer heiraten wollte.‹ ›Dann‹« – das war Noah wieder als Magda – »›wirst du das eines Tages auch tun, Schätzchen. Aber jetzt trink deinen Kakao aus, gleich kommt Dr. Hanke, und der wird euch allen eine Spritze geben – gegen diese fürchterliche Kälte hier im Bunker.‹«

»Okay, mir gefällt die Story«, sagte Tal »The Selfhater« Shmelnyk ernst wie ein Spieler, der sich auf eine Partie einlässt, die er gewinnen wird. »Lass uns zu dir fahren und den Scheiß endlich drehen! Die Amöben basteln wir uns. Hast du Kartoffeln und Mikadohölzchen zu Hause?«

»Streichhölzer.«

»Auch gut. Wir werden sie ganz, ganz klein machen. Das gibt der Sache einen schönen Untermenschen-Übermenschen-Touch.«

»Und w-w-was ist mit dem Geld?«, sagte Noah. »Wann wollt ihr das haben?«

»Dein Anwalt macht einen Vertrag mit meinem Anwalt, du Homo«, sagte Gerry, der jetzt wieder neben ihnen herging und dabei ständig nach unten, auf Ethels, Noahs und Tals Füße, guckte, um so synchron wie möglich mit ihnen Schritt zu halten. »Handschlag? Kannst du vergessen.«

»Ja, toll, super!«

»Gütiger Himmel. Du freust dich, als hättest du einen Ständer.«

»Woher weißt du das? Sieht man das?«

»Gott, ist das ekelhaft!«

»Hallo, das war ein Witz, Zeitlupe, das stimmt nicht.«

»Ständer?«, sagte Tal. »Ich glaube, das bringt mich auf eine Idee.«

»Kein Problem, Talilein«, zwitscherte Noah, der sofort wusste, was Tal meinte. »Wirklich.«

»Du würdest es tun?«

»Wenn Ethel die Magda macht, mache ich es eben als Joseph der Ethel«, sagte Noah. »Wenn es sein muss ...«

»Vor der Kamera?«

Noah nickte zwei-, dreimal heroisch und schob mit einem leisen Schmatzen die verhornten Tscherkessenlippen auseinander. Niemand im Charlottenburger Schlosspark wusste, dass seit Monaten Filme mit und von Noah Forlani auf wefuckonlyjews.com liefen. Der eine – Noah bricht nackt vor einem Bette-Midler-Poster, mit einer Stoppuhr in der Hand, den Dauererektionsrekord – bekam sogar drei bis vier Sterne von den Usern. Der andere, in dem Noah zuerst mit seiner alten Kinderfrau Malgorzata auf einem laut platschenden Wasserbett in der Herbertstraße ringt und ihr hinterher wie einer ungebildeten Afrikanerin mithilfe bunter Schautafeln den Sinn veganer Schülerfütterungen erklärt, wurde immer wieder von den Wefuckonlyjews-Leuten gesperrt. Aber Noah lud ihn immer wieder hoch. »Sie verstehen mich nicht. Ich bin Utopist. Ich sehe h-h-heute schon Dinge, die in der Zukunft normal sein werden«, antwortete er, wenn ich zu ihm sagte, er solle es sein lassen und lieber mit seinem Handy ein Auto-Fellatio-Video drehen, damit würde er supereasy unter die besten zehn des WFOJ-Rankings kommen, weil Blasen im Internet immer gut ankommt, und nicht nur dort. Natürlich durchschaute Noah, dass ich einen Witz machte, aber er fand die Idee trotzdem sehr gut, und der Film, in dem er sich selbst einen bläst, wurde sein größter Internet-Erfolg.

»Ich werde Ethel reiten wie Häuptling Crazy Horse den Gaul des toten General Custer, Mr. Hawks!«, sagte Noah zu Tal, lächelte dabei aber Ethel an, und dann applaudierten alle vier wie im Jazzclub nach einem Solo, und Ethel, immer noch (aber nicht mehr lange) in Chefstimmung, gab jedem von ihnen einen Klaps auf den Kopf.

»Gerry«, sagte Noah plötzlich sehr leise und stieß mit einem dumpfen Bauchgrimmen den scharfen Wasabi-Dunst auf, der ihn seit Silvester verfolgte, »ich weiß es zu schätzen, dass du beim Goebbels-Video dabei bist. Du bist ja nicht irgendwer.«

»Ach, halt den Mund.«

»Du bist El Dick!«

»Scheiße, halt die Klappe, du dämlicher Derwisch.«

Noah mit rauer Rick-Blaine-Stimme: »D-d-darf ich's dir dann auch machen, Kleines?«

»Aber nur von vorn«, sagte Tal.

Ja, es lief wirklich sehr gut für Noah an diesem Morgen im Park des Charlottenburger Schlosses. Trotzdem war er nicht besonders zufrieden. Statt Witze zu machen und sich mit ihm hollywoodhafte Dialogduelle zu liefern, hätten Gerry und Tal zu ihm ja auch sagen können, wir machen nur deshalb bei deinem Goebbels-Spiel mit, du sonderbarer kleiner Europäer, weil du etwas weißt, das wir nicht wissen, und das mit den acht Millionen für Gerrys Darfur-Film war

nur ein Scherz. Wir wollten deine Beharrlichkeit testen. Wir kennen Typen wie dich nicht. Wir wollen von dir lernen, das Surreale im Realen zu erkennen. Und wir nehmen dich in den Sudan mit, wenn du willst, weil wir scharf auf deinen Rat sind. Wie konnten wir nur glauben, dass wir ohne dich ein Projekt über den modernen Holocaust stemmen könnten! (Oder so ähnlich.)
Als Noah zehn Stunden später aus meiner zertrümmerten, brennenden Wohnung rannte, fühlte er sich wesentlich besser als im Schlosspark. Hatte das damit zu tun, dass er, wie Dr. Savionoli es einmal ausgedrückt hatte, »die Katastrophe dem Happy End als wahrer Sohn seines falschen Volks vorzog«? Ja, natürlich. Vor allem aber war er froh, dass in dem Computer, den er vor den Flammen gerettet hatte, die *Shylock*-Datei fehlte. Das hat er mir später verschwiegen – und dass er selbst sie gelöscht und vorher noch schnell auf einen kleinen silbernen USB-Stick kopiert hatte. Jetzt müsste ich eigentlich aus der Thora zitieren, ich weiß. Etwas in der Art von: »Das Schlechte wird zum Guten, nachdem es durch den Menschen verstanden wurde.« Oder: »Laaban sah sein Haus über sich brennen und bemerkte endlich wieder den Himmel.« Und noch besser wäre es, an diesem Punkt Schloimel Forlani, den großen Gangsterphilosophen, fragen zu können, warum die Menschen nicht immer die Wahrheit sagten. Bestimmt würde er antworten: »Rabbi Schimon sagt: Zum Schutz der eigenen Privatsphäre, du Chochem!«

9
O wie A

Hatte ich selbst Noah nie Geschichten erzählt, die nur halb stimmten? Als Oritele – genau drei Tage nach unserer ersten Begegnung in Gordons Imbiss – ihren lubrifizierten Finger in mein Unaussprechliches steckte und ihn dort etwas zu ungestüm hin und her bewegte, dachte ich sofort, das werde ich Noah erzählen. Dann schossen mir heiße dünne Tränen in die Augen, und ich dachte, den Teil der Story sollte ich besser für mich behalten. Aber nicht, weil ich vor Schmerz weinte. Ich weinte, weil Oriteles Finger sich durch mein blitzblankes Loch tief in meine Seele bohrte. Dass das ging, hätte der kindische Noah genauso wenig verstanden wie ich seine Schwäche für große, hässliche Frauen, die er beim Armdrücken immer gewinnen lassen musste.

Zu dieser Art von Erlösungserlebnis gab es natürlich schon immer viel Literatur, SM-Renaissance-Romane auf Französisch und Castellan, Langgedichte von einem mir unbekannten amerikanischen Naturphilosophen des 19. Jahrhunderts. Und eine apokryphe Passage in Rudolf Steiners *Akasha-Chronik* zum Thema musste man auch nicht lange suchen: »Wer eine Öffnung seines Körpers, die zum Ausscheiden geschaffen wurde, unrechtmäßig gebraucht, stellt sich neben das Prinzip Mensch. Wie schmerzhaft und erbauend das doch sein muss!« Mein Noahle hatte von Steiner natürlich nie was gehört. Wie sollte er. Er las immer nur die Anfänge von Philip-Roth-Romanen oder seine eigenen Notizen, er kritzelte sie auf viele kleine Zettel, die er, der Unvollendende, so lange in seinen Hosentaschen verbergen konnte, bis Merav sie in die Reinigung brachte.

Zurück zu mir, dem alleswissenden, nichtsverstehenden Karubiner: Für einen Moment war ich plötzlich der glücklichste Unglückliche der Welt. Ich lag breitbeinig wie eine gierige Vierzigjährige auf dem weißen kühlen Laken meines neuen Kingsize-Betts, das ich mir kurz vorher gekauft hatte, weil ich dachte, mit der Breite kommt auch die Liebe. Die Rechnung ging auf: Eine bösartig schöne Frau, die ich mir nicht hätte ausdenken können, egal wie verzweifelt ich gewesen wäre, kniete jetzt auf der ebenfalls neuen 2000-Euro-Latexmatratze neben mir. Sie atmete noch schneller als ich und schob die Hand, die nicht in mir steckte, lässig unter ihre nackte olivgraue Hüfte.

Und auch die Lichtverhältnisse waren sehr vielversprechend: Ich hatte nicht wie sonst meine kleine französische Ficklampe mit dem Schwanenhalsfuß angemacht, die allzeit bereit auf dem Fensterbrett stand – dafür war keine Zeit. Die Abenddämmerung kroch von draußen langsam ins Schlafzimmer, sie umhüllte Oritele und mich wie ein graublauer Schleier, der nicht zerreißen kann, aber einen auch vor nichts schützt. Durch diesen Schleier sah ich – solange ich konnte – in Oriteles Augen. Ihre Augen sahen zurück, aber nicht nur Oritele war es, die mich jetzt anblickte. Ich guckte auch in Mamaschas Augen. Ich guckte in Barbra Streisands Augen. Ich guckte in Golda Meirs Augen. Raboinu scheloinu! Das Blut schoss immer schneller in meinen müden Schwanz, während diese kleine israelische Sadistin tief in meiner Seele und meinem Arsch nach weiteren wunden Stellen suchte. Dann fing ich an zu weinen.

Ich brauche ein Bild, um zu erklären, was los war. Wer weiß, was eine Genisa ist? Die Genisa – kein Wort klingt schöner und ausgedachter – ist ein verborgener Raum, in dem man alle Schriften verwahrt, in denen der Name Gottes erwähnt wird und die nicht mehr gebraucht werden. Das begann in Salomos Tempel. Die Cohens und Levis schleppten immer wieder aussortierte Schriftrollen, Gebetbücher und Heiratsurkunden in eine dunkle Nebenkammer, sie stellten eine Leiter auf, die von dort zu einem verborgenen Dachboden führte. Dann kletterte einer auf der Leiter hoch, man reichte ihm von unten die Bücher, und er schob sie für immer hinein. Niemand durfte jemals wieder die weggeworfenen Papiere lesen – aber vernichten durfte man sie auch nicht. So wurde aufbewahrt, was man loswerden wollte, und als zum Beispiel die Ben-Esra-Synagoge in Kairo 1890 renoviert wurde, tauchten Texte auf, von denen man nicht einmal wusste, dass es sie gegeben hatte: *Das Buch der Weisheit. Die Damaskusschrift.* Die Ur-Version von *Catch 22.*

Ich war auch eine Genisa. Ich hatte seit Jahren jede Erinnerung, die ich nicht brauchte, die wehtat, die nervte, nach einer kurzen Hysterieattacke für immer abgelegt, weggesperrt und vergessen. Am schlimmsten war es, glaube ich, als Mama und Serafina zu Valja Wechslberg zurückgingen. Ich lag stundenlang ohne Puls in der Küche auf dem Rücken und wartete auf das Ende. Am liebsten hätte ich einfach in mich hineingegriffen. Das kann man schwer erklären. Ich dachte, ich muss den Schmerz rausholen, vielleicht schlägt mein stotterndes Herz danach wieder regelmäßiger, ich muss bloß die fremden und eigenen Sätze packen, deren Bedeutung ich ablehne. Aber dann, um mich zu schützen, beschloss ich, das alles noch tiefer in mir zu vergraben.

»Dein Vater«, sagte Mamascha ein paar Tage später am Hamburger Flughafen zu mir, »ist nicht auszurechnen! Ich hab natürlich nie was anderes von einem StB-Spitzel wie ihm erwartet. Aber als ich es selbst erlebt habe, war es ein Schock. Fünfzehn Jahre! Fünfzehn Jahre so tun, als hätte man nicht bei einer anderen Frau im Bett gelegen? Das muss er trainiert haben.« Dann fing sie wieder an zu heulen, und Serafina, die sich noch schnell im Bright-Britannia-Store in der B-Ebene eine riesige rote Blechdose mit Walkers-Keksen für den langen Miamiflug gekauft hatte, stand auf einmal wie ein großer Schatten neben ihr und heulte auch. Nein, diese Szene, diese Sätze, diese Tränen wollte ich nicht haben. Aber sie lagen trotzdem in mir herum wie alte, zerrissene Thorarollen auf dem Dachboden der Ben-Esra-Synagoge. Für wie lange?

»Ich liebe dich«, sagte ich, ohne dass ich es gewollt hätte, plötzlich zu Oritele, und ich schluchzte. »Ich hab so lange niemanden mehr geliebt! Ich dachte, ich würde es nie mehr können. Kannst du bitte – bitte! – den Finger noch etwas tiefer in mich reinstecken?«

»So?«

Ich machte ein Geräusch wie ein mit Elektroschock hingerichtetes Kalb.

»Soll ich aufhören?«

»Nein – warum?«

»Bist du vielleicht ...?«

»Nein«, sagte ich, »bin ich nicht.« Ich schob ihr den Hintern noch mehr entgegen.

Jetzt seufzte sie. »Du lässt dich einfach nur gern gehen, motek. Richtig?«

»Ja, genau! Nein. Nein, es ist komplizierter.«

»Aber es tut dir doch ein bisschen weh, oder nicht?« Sie sagte das mit zusammengepressten Zähnen, und es klang leicht enttäuscht, was es nicht sollte.

»Auf eine Art, die nicht wehtut. Ja. Es ist« – ich redete jetzt wie Noah mit seinem gekauften Psychologiediplom –, »es ist so was wie Psycho-Homöopathie. Mit Schmerz den Schmerz kurieren. Verstehst du?«

»Ich liebe dich auch«, sagte Oritele, und plötzlich steckten zwei ihrer Finger in meinem Tuches. Sie warf das kleine herrische Lucrezia-Borgia-Kinn hoch, und ihre verrückten irakischen Augen begannen vor Freude zu tanzen. Sie bewegte immer wilder den Arm hin und her, ich bewegte mich mit ihr, und ich dachte: Was für ein Glück, dass das niemand sieht. Dann kam ich. Oritele zuckte zur Seite – aber sie zuckte nicht schnell genug. Während sie sich fluchend, lachend, kopfschüttelnd die Augen rieb, atmete ich immer ruhiger aus, dann wischte ich mit dem Kissen mein Gesicht und meinen Bauch ab. Danach dachte ich ein paar Tage lang, ich hätte in diesem Moment alle meine Schmerzen hinaus in den Kosmos geschossen.

Später erzählte mir Oritele oft voller Sehnsucht von Bagdad. Ich fand es am Anfang sehr schön, später unangebracht. Sie war nie dort gewesen, und ihr hübscher schlanker depressiver Vater, den ich nur von Bildern aus ihrem überbordenden iPhoto-Archiv kannte, war auch schon in Israel zur Welt gekommen. Aber es gab noch diese kleine grauhäutige, blauhaarige Großmutter, die Oritele fast jede Woche im Altersheim in Raanana besuchte. Sie war in der Saadoun Street im Zentrum von Bagdad aufgewachsen, und als sie geboren wurde, gratulierte auch der örtliche Scheich. Auf alten Fotos sah die junge Shula Cohen, née Sasson, wie Oritele in Schwarzweiß aus, nur dünner und freundlicher.

Ich hatte, so primitiv wie ein Forlani der ersten Generation, natürlich Vorurteile. Mein Bagdad war bevölkert von besessenen Sunniten, ängstlichen, sadistischen Baath-Leuten, und jeden Tag trugen junge Frauen mit Downsyndrom unter ihren Kleidern Bomben ins Parlament und rissen dort die Gäste der Kantine in den Tod. Oriteles Alt-Bagdad war ganz anders – das New York des Ostens. Bessere Luft als in Manhattan, besseres Essen, keine Psychiater und genauso viele Juden. Aber woher kam dann ihre zuckrige, ununterdrückbare Lust an Gewalt? War wirklich das atavistische Haarmal auf ihrer süßen dunklen Stirn an allem schuld? War die extrascharfe Oritele vielleicht noch ein halbes Homo-Rudolfensis-Weibchen? Das konnte glauben, wer sonst jeden menschlichen Makel für entschuldbar hielt. Mich täuschte man nicht. Die irakischen Juden – in Babylon seit Nebukadnezar II. – waren so wenig fein, kultiviert und menschlich wie jeder Nomade, Reiterkrieger, Araber, mit dem sie in dreitausend Jahren einmal ein Geschäft gemacht hatten. Ihre Kultiviertheit war Arroganz, Misstrauen. Sie lauerten immer nur auf die richtige Chance, den anderen zu besiegen. Und wenn es der eigene Ehemann war.

Irgendwann entdeckte ich zu dem Thema im Internet eine Rede von Paul Wolfowitz, die er 2002 an der Brookings Institution in Washington gehalten hatte. Der ehemalige amerikanische Vize-Verteidigungsminister hatte eine weiche, belegte jüdische Stimme. Das mochte ich. Er schmatzte beim Einatmen, und ich verstand ihn so gut, als spräche er Papaschas und Mamaschas Samisdat-Russisch. Er sagte: Vergesst alles, was bisher gesagt wurde. Es gibt kein Aufeinanderprallen von Zivilisationen, nur eine Kollision von Missverständnissen. Und: Islam ist nicht Islam. An dieser Stelle fingen ein paar Leute im Saal an, hysterisch zu husten. Wolfowitz lobte die Moslems, die unsere Freiheit und unsere Dollars und Euros liebten. Dann hörte man die ersten Stühle im Saal rumpeln. Und dann schrie einer auf Englisch etwas dazwischen, das ich nicht verstand, aber ich bin sicher, dass ich, bevor die Aufzeichnung jäh endete, das Klatschen von Ohrfeigen gehört habe. War das nicht seltsam? Je länger wir versuchten, die raffinierten, zänkischen Al-Qaida-Wahrheiten auszuhebeln – mit Worten, mit Drohnenattacken –, desto mehr wurden auch wir zu jähzornigen Besserwissern. So wie früher die Juden im Irak.

Oritele – die Verzogene, die Morgenländische – konnte darum nicht anders, auch wenn sie wollte. Ich hatte das oft erlebt, aber bis zum großen Swinemünder Treppensturz wahrscheinlich nicht oft genug. Ich war mit ihr in Berlin, in Tel Aviv, und nach Baden-Baden fuhren wir in den zwei Jahren und zwei Tagen unserer schwierigen Kohabitation einmal auch. Ich hoffte ständig, sie bekäme ihren Killerinstinkt in den Griff. Und Oritele selbst? Sie machte, um klarer zu sehen, Yoga. Es half nicht. Sie versuchte es mit drei Gläsern Weißwein am Abend, und dann hatten wir, so wie das eine Mal bei ihr in der Zlatopolsky, immerhin eine gute Nacht. Aber am Morgen, als ich etwas zu unwirsch sagte, es tue mir leid, ich könne nicht ewig mit ihr im Bett liegen und über Bagdad, ihren betrügerischen Galeristen und das Bleichen von Intimstellen reden, verdüsterte sich ihre Miene wie der Himmel über Tel Aviv während des Wintersturms am Abend davor. Dann begann unser Krieg der Kulturen. Ich weiß nicht mehr genau, was ich sagte, aber mein Widerstand machte sie noch wütender, und mir machten ihre Flüche und Beschimpfungen Angst. »Du siehst nur dich selbst, du bist deine einzige Liebe«, zischte sie. »Warum soll ich mir für dich mein klei-

nes Scheißloch hell machen lassen, du Idiot, sag mir das, wenn du dich bloß für dein eigenes interessierst?!« Ich antwortete nicht. Ich dachte beleidigt, sie war es doch, die mit unseren Schokospielchen angefangen hatte und dabei jedes Mal, wenn ich vor Schmerz aufheulte, düster murmelte: »Jetzt fick ich dich.«
Ich schwieg und schwieg, und das nervte sie natürlich noch mehr. Schließlich standen wir auf, jeder auf seiner Seite, und während ich meine Schlafanzughose suchte, zog sie ihren dicken, am Kragen und an den Ärmeln speckigen Bademantel an, dessen Altrosa mich mehr deprimierte als alles andere an ihr. »Was ist?«, fuhr sie mich an. Ich sah ausweichend aus dem Fenster. Die halb verdorrten braunen Palmenblätter schlugen im hysterischen Februarwind gegen die großen nassen Glasscheiben, und im Haus gegenüber, in dem Noah sein Studio hatte, stellte sich ein Stockwerk tiefer ein unrasierter alter Mann auf den Balkon und heulte laut auf wie ein Hund, den jemand getreten hat. »Was ist?«, wiederholte sie. Sie konnte natürlich Gedanken lesen. Ich sagte: »Dein Bademantel. Woher hast du den? Aus einer von diesen Humana-Tonnen? Oder hat er früher in Babylon deiner irakischen Großmutter gehört?« Was für ein Blick! Wäre er ein Film gewesen, hätte er *Wenn Tyrannen weinen* geheißen. Oriteles große Katzenaugen begannen zu glänzen, die Tränenflüssigkeit wölbte sich wie Wasser in einem zu vollen Glas. Dann platzte die dünne Schicht, und die Tränen flossen über ihr viel zu ausdrucksstarkes Mittdreißigerin-Gesicht.
»Du beschissener indirekter deutscher Idiot«, sagte sie leise. Sie schluchzte nicht, aber ihre Stimme klang wie eine singende Säge. »Du bist es doch, der sich nicht binden will. Aber ich soll das Problem sein! Du beleidigst mich dreimal am Tag wie deinen Feind, du erzählst mir ständig, dass ich eine orientalische Hexe bin – nur damit ich von dir endlich genug habe. Habe ich recht? Sag, dass ich recht habe! Sie senkte den Kopf, blickte wieder weinend hoch und sagte: »Ich will, dass du mit mir zu Tissa gehst, du krankes Beziehungswrack, sonst leck ich mich ab heute nur noch selbst.«

Ich nickte abwesend und sah wieder raus auf die leere, schattige Zlatopolskystraße. Der Alte stand immer noch auf dem Balkon, er rauchte und bewegte den Kopf im Takt von Schmulik Krauss' *Yom Echad,* das traurig aus seiner Wohnung drang.

Tissa Ehrenstein war schon seit vier oder fünf Jahren in Oriteles Dienst. Lacan-Schule, sagte Oritele jedes Mal stolz, wenn sie mich zur Therapie überreden wollte. Ich wollte nie wissen, was das hieß, aber später, nach unserem unnötigen Auftritt bei Tissa in Petach Tikwa – sah ich in Oriteles Büchern nach. Bekannt wurde der jesuitische Exzentriker Lacan für seine Spiegelstadiumtheorie. Als Kind, sagte er (und bestimmt funkelten dabei seine jesuitischen Philosophenaugen kalt bis fanatisch), stehst du eines Tages plötzlich vor einem Spiegel und denkst, aha, das bin ich – bin ich nicht großartig? Und gleichzeitig denkst du, aber nein, das bin ich gar nicht, ich werde nie so perfekt sein wie mein herrliches Spiegelbild! Oritele, meine wehmütige Herrin, war mit ihren fünfunddreißig Jahren immer noch das verwirrte Lacan-Kind. Darum war Tissa genau die Richtige für sie – oder absolut die Falsche.

Den nächsten Termin bei Tissa hatte meine O. drei Tage später morgens um zehn. Wir fuhren in dem blauen zerkratzten Nissan ihrer Eltern, den ihre Mutter extra am Abend vorher in der Zlatopolsky abgestellt hatte, schweigend nach Petach Tikwa. Sie bremste die ganze Zeit mehr, als dass sie Gas gab. An der Ayalon-Junction standen wir kurz im Stau, und als ich zu Oritele hinübersah, kaute sie nervös auf ihrer schwarzblauen Unterlippe und beachtete mich nicht. In Petach Tikwa parkte sie gleich in einer der ersten Wohnstraßen unter einer großen, verwachsenen Pinie. Hier sah alles noch wie in den Sechzigern aus. Dreistöckige Häuser mit hellbrauner Natursteinfassade, Balkone wie Festungen und alte Leute, die ihre starren Körper träge, aber selbstsicher über die Bürgersteige bewegten.

Tissa Ehrenstein war eine von ihnen, nur arroganter und noch kleiner. Sie machte uns in einem abgetragenen türkisgrünen Chanelkostüm langsam und lauernd die Tür auf, und ich starrte diese winzige strenge Frau gleich so an wie ein schüchterner Schüler seine Lehrerin. Sie trug einen schweren weißen Schal, denn in der ganzen Wohnung war es so kalt wie in allen israelischen Wohnungen um diese Jahreszeit. Sie zupfte, als wären wir nicht da, eine Weile an dem Schal herum, hob einen Zipfel hoch, entdeckte einen Fleck und versuchte, ihn wegzukratzen. Dann sagte sie heiser, wir sollten vorgehen, und ihre leisen, schleppenden Schritte hinter uns machten mir Angst.

Die Unterredung, die wenig später kam, hatte ich mir tausendmal interessanter und peinlicher vorgestellt. Das hier war nichts Besonderes – ob nach Lacan oder nicht. Ich stellte mich dumm, Oritele versuchte, sich vor Tissa nicht mit mir zu streiten, und Tissa sah uns meist stumm an, die Augen leicht zusammengekniffen hinter der großen Siebzigerjahre-Brille. Aber es gab einen guten Nebeneffekt: Endlich sah ich Oritele einmal anders. Fünfzig Minuten lang war sie scheu wie ein Kind, sie hatte bald schmetterlingsgroße Schweißflecken unter den Achseln, und als wir fertig waren, rannte sie auf ihren leicht stämmigen X-Beinen panisch aufs Klo. Tissa und ich standen direkt neben der Badezimmertür im Flur, ich hörte, dass Oritele aus Scham den Wasserhahn aufgedreht hatte, und wir redeten über das Dreieinhalbte Reich, wie Tissa das heutige Deutschland nannte. Sie sagte: »Ich bin froh, dass die Deutschen uns jetzt wieder mögen. Ist das nicht besser als das, was früher war?« Ich nickte. In der Sekunde kam Oritele raus, und jetzt musste ich auf die Toilette. Nachdem ich hinter mir zugeschlossen hatte, sah ich, dass sie nicht runtergespült hatte. Ich hätte beim Anblick ihres dunkelgelben Urins fast geweint.

Auf dem Rückweg begann Oritele – wir standen wieder an der Ayalon-Junction im Stau – mit mir wie mit einem kleinen Idioten zu reden. Dabei kaute sie noch wütender an ihren blauen Lippen als auf der Hinfahrt. Sie fing an zu bluten, bemerkte es aber nicht und fuhr sich immer wieder abwesend mit der Zunge über die zerbissene Unterlippe. Ich versuchte, sie zu küssen. Du wolltest doch immer mein Blut, dachte ich entsetzt, also beiß mich, dann werden wir blutsverwandt sein, und kein Streit kann uns jemals auseinanderbringen. Doch sie stieß mich noch verrückter weg als sonst, klopfte immer weiter nervös mit den Fingern gegen das Lenkrad, nannte mich »kleiner Schwachkopf« und »Hurensohn« und erklärte mir mit immer anderen Worten, dass ich ihr durch meine Diaspora-Arroganz bei Tissa alles kaputt gemacht hätte. »Ich kann mich dort nie wieder sehen lassen, du narzisstischer, lächerlicher, indiskreter Galut-Schmock!«, sagte sie – und hob die Rechte wie zum Schlag.

Oriteles Wut war mir egal, so egal wie eine schlechte, hämische Kritik von *Post aus dem Holocaust*. Dafür wurde ich jetzt sentimental. Das wurde ich oft auf Autobahnen. Ich dachte an früher, an die drei, vier deprimierenden Wochenendausflüge, die Wowa, Mama, Serafina und ich mit unserem beigen Octavia in zehn Jahren Tschechoslowakei gemacht hatten. Noch bevor wir im Wagen saßen, kriegte ich die erste Ohrfeige, meistens, weil ich witzig sein wollte. Einmal sagte ich zu Serafina in unserem selbst erfundenen Esperanto: »Pupa asch bolschoje medi.« Das hieß nicht, Papa ist ein Denunziant, sondern: Papa hat große Eier. Serafina begann sofort, hysterisch zu lachen. Sie war damals noch nicht so fett, und wenn sie lachte, sah ich sie gern an, weil es mich glücklich machte. Wahrscheinlich auch, weil dabei nichts an ihr wackelte. Dann lachte ich auch. Papascha sagte: »Hört auf.« Ich sagte: »Womit?« Er sagte: »In eurer verdammten Kindergeheimsprache zu reden.« Und dann, bevor ich mit einer weiteren Frechheit, diesmal aber auf Tschechisch, antworten konnte, küsste auch schon seine flache, harte Hand meine Lippe, und als ich sie später im Auto ableckte, schmeckte sie salzig und nach Blut. Aha. Ach so. Die Ohrfeigen bekam man immer nur selbst – und nicht das herrliche scheinende Spiegelbild.

»Gott, Gott, Gott ... Ich kann wegen dir nie wieder zu Tissa gehen«, sagte Oritele langsam und eher verzweifelt als zornig, als wir wieder zu Hause waren. »Warum, du Idiot? Warum hast du ihr gerade davon erzählt?«

»Es hat eine gewisse Bedeutung, findest du nicht?«

»Einmal in Therapie – und schon kennt er sich aus.«

»Es war keine Absicht«, sagte ich, »entschuldige.«

»Keine Absicht? Was soll das?! Glaubst du, ich denke, du hast es extra gemacht? Dann wäre ich wirklich wütend!«

Sie sagte das mit ihrer müden, beleidigten, singenden Stimme, aber ich hörte plötzlich Papascha reden. Konnte das sein? Genau das waren immer seine Worte, bevor er mich wegen eines großen oder kleinen Vergehens aus dem Wohnzimmer jagte. Wenn du meinen Plattenspieler auch noch absichtlich kaputt gemacht hättest, dann, mein Kleiner, würde ich dir jetzt sogar die Eier abreißen! Mir wurde heiß, und die verkrampften Waden schrien nach Magnesium. Ich hatte Schweißtropfen auf der Stirn, auf der Brust, auf dem Rücken, und in meiner Brust machte es Tock-tock-tock. Ich kannte das. Das war die Schilddrüsensache, diesmal aber mehr auf der metaphysischen Ebene. Dann fing ich an zu zittern. Ich versuchte zu lächeln und sagte: »Ach, Orit, Oritele ... chamuda! Tissa hat schon so viel Seltsames in ihrer Praxis gehört. Vielleicht probiert sie die Fingersache jetzt sogar mit ihrem Mann aus.«

»Sie ist Witwe, du Arsch.«

Ich schluckte, und mein Adamsapfel machte den gleichen Laut wie ein splitternder Zahn. »Ich muss ins Bett«, sagte ich. »Ich muss das alles vergessen. Morgen machen wir es besser. Besrat haschem.«

»Du gibst es zu?«

»Ja. Ja, ja ...«

»Ich verzeih dir nicht. Aber ich komm mit dir ins Bett.«

»Nein. Nein! Ich fühl mich nicht gut.«

»Ich auch nicht.«

»Und was fehlt dir?«

»Das weißt du nicht?« Sie sah mich grinsend an, und die Schweißtropfen auf meinem Rücken wurden zu einem kleinen Bach, der direkt zwischen meine Arschbacken floss.

Diesmal weinte ich nicht, als Oritele mir den Finger hineinschob, obwohl es noch viel mehr wehtat als sonst. Und während sie sich über mich beugte, dachte ich wieder an Noah und daran, wie er einmal zu mir gesagt hatte:»Sie ist Wowa in Frauengestalt, capisce? Sie ist deine Challenge. Das hab ich im Studium gelernt. Wir lieben die, mit denen wir die alten Konflikte wiederbeleben können, und wir h-h-hoffen« – er stockte –,»wir hoffen, dass wir sie genau mit ihnen lösen werden.« Daraufhin hatte ich zu ihm gesagt, alles Unsinn, Schloimel habe ihm sein Diplom bloß gekauft, worauf er – so cool wie nie – sagte:»Du weißt, dass ich recht habe, Buczcacz-Boy.« Danach, glaube ich, gingen wir noch ins Vier Jahreszeiten und tranken dort à la Wowa Earl Grey.

Oritele beugte sich noch tiefer über mich und küsste mich quälend lange, ohne dabei ihre Lippen oder die Zunge zu bewegen, auf den trockenen Mund. Sie sah plötzlich wie alle Frauen aus, die ich geliebt hatte. Das kannte ich schon. In bestimmten Momenten, bei bestimmtem Schlafzimmerlicht, sah ein liebendes Gesicht wie jedes andere aus. Augen, Stirn, Mund, wo war der Unterschied? Doch dann, noch bevor ich das Bett mit meiner galizischen Fontäne in den See Kinneret verwandeln konnte, zog Oritele den Finger aus mir raus. Sie rollte sich auf die Seite, und ich sah jetzt neidisch einem haarigen, röhrenden Homo-Rudolfensis-Weibchen dabei zu, wie es sich selbst befriedigte. Das, dachte ich, würde ich sehr gerne filmen – und das Video Mamascha, Papascha und dem Rest der Welt als Beweis meiner Einsamkeit vorführen. Titel: *Tyrannenglück*.

Genau als Oritele kam, fuhr unten ein Krankenwagen vorbei. Er blieb irgendwo in der Zlatopolsky stehen, und ich stellte mir vor, dass die Person, die sie aus dem Haus trugen und auf der Bahre ins Auto schoben, ich selbst war, das Gesicht blau, violett und schwarz von Schlägen.

10
Die Litze der Hammerbachs

Bevor ich nach Prag fuhr, musste ich Claus die Canaille zum Essen ausführen. »Ich will ins San Nicci«, sagte er, als er mich nachts um elf anrief, um sich selbst einzuladen. Ich stand auf dem Balkon und guckte auf den Silberfleck im nächtlichen Himmel über dem Mauerparkstadion. Gleich, dachte ich, schiebt sich das riesige Ufo über mich, und ich werde mit einem Liftstrahl hochgehoben und verschwinde für immer von hier. »Warum ins San Nicci?« »Da seid ihr Typen doch sonst immer nur unter euch«, sagte er gereizt. »Ich will das trainieren. Ich will sehen, wie das ist, wenn man genauso verängstigt ist wie jeder andere Mensch, aber so tun muss, als wäre man der König von Saba.« Ich machte ein gelangweiltes, erstauntes Gesicht, aber ich merkte, dass die Hand, in der ich den Hörer hielt, zitterte. In der anderen hielt ich eine Zigarette, und die zitterte auch. Feierten meine thyreostatischen Werte wieder Purim? Oder war ich wirklich nervös? »Königin von Saba«, sagte ich. »Ich weiß«, sagte Claus, »das war ein Witz. Sie machen doch auch solche Wortspielchen, Sie hochnäsiges Arschloch. Und jetzt wollen Sie mich belehren?« Er zitierte mehrere gute Stellen aus *Post aus dem Holocaust*. »Ja, ja, Claus«, sagte ich, »Sie haben natürlich recht. Aber ehrlich, finden Sie mich nicht um einiges witziger als sich selbst?«

Es wurde still am Telefon – und ich dachte, jetzt wird er noch böser. Stattdessen entgegnete er mit einem leichten Blues in der Stimme: »Und, was sagen die Schreibtischtäter in Frankfurt? Schaffen wir es noch in diesem Frühjahr?« Ich stellte mich dumm. »Was genau sollen wir schaffen, Claus?« »Sie haben doch meine fünfzigtausend Worte an den Verlag geschickt, oder nicht?« »Natürlich.« »Na ja, und ich frage mich, ob mein Buch nicht doch besser im Herbst rauskommen sollte. Ich will während des großen Halligallis vor die Kameras, am besten im Römer, verstehen Sie? Ich hab gehört, das bringt es. So wie damals bei diesem Historiker, diesem Nazi, der keiner war. Sie wissen genau, wen ich meine. Sie sammeln doch solche Typen.«

Während ich überlegte, ob dieser kleine Amateurmafioso wirklich von Ernst Nolte redete – dem schreckhaften, traurigen Nolte des Historikerstreits, der wegen seiner verkrüppelten Hand nie in den Krieg durfte –, dachte ich parallel an ein paar andere Dinge: Ich hatte *Die Litze der Hammerbachs* natürlich nicht an den Verlag geschickt. Ich hatte nur die ersten fünfzehn oder zwanzig Seiten gelesen und danach grandiose Nackenschmerzen bekommen. Das kam mir gerade recht. Ich ging schnell ins Bett, machte mir eine Wärmflasche, schob mir diese riesigen orangefarbenen israelischen Ohrstöpsel in die Ohren, die noch von der überempfindlichen Oritele da waren, und als ich am nächsten Nachmittag um halb vier wieder aufwachte, war nicht nur mein Nacken steif, sondern auch mein Rücken. Eine ungewöhnlich kräftige Erektion hatte ich außerdem. Nein, das war kein noahhafter Halber, das war der Opera-Tower in der Hayarkon!

Dann geschah etwas Merkwürdiges: Ich stellte mir nicht Oriteles Pflaume vor, nicht Lilly Schechters sommersprossige Brüste oder Natascha Rubinsteins Rosette. Ich dachte an den großen, weißen, keltischen Arsch aus der Elstar-Sauna, der bald meine mittelmäßige, aber nicht ganz uninteressante Existenz zerstören würde. Danach ging es sehr schnell, und als ich so überrascht und glücklich wie beim ersten Mal in meiner eigenen Pfütze lag, merkte ich, wie sich die Verkrampfung in den hinteren Passagen meines Körpers wellenartig zu lösen begann. Unglaublich, ich hatte keine Angst mehr. Überwachungskameras in der Sauna? Wie sexy. Claus, der Erpresser? Wie amüsant. Ultimativer Deportationsbrief von Staatsanwalt Prof. Dr. morb. Josef Kaltenbrunner? Was konnte mir schon passieren, wenn in Dachau und Oranienburg inzwischen Museen standen?

Drei Stunden später wachte ich erneut auf. Draußen war es so dunkel wie im Arsch eines Negers, wie Tal »The Selfhater« Shmelnyk sagen würde. Mein Nacken und der Rücken waren wieder steif, die Beine jetzt auch, und nur der Schmendrik, der zwischen ihnen herunterhing, war weicher als Oriteles Ohrstöpsel, die im Schlaf rausgefallen waren und an meinen Wangen klebten. Ich sollte, dachte ich panisch, Claus' verfluchten Roman wegschmeißen, natürlich brachte er Unglück. Ich sollte ihn im Sechstagekriegstempo aus der Wohnung schaffen, so wie ich es mit Oritele gemacht hatte, mit diesem irakischen Dibbuk – sonst würde ich bestimmt bald meinen ganzen Körper nicht mehr bewegen können, ich armer, russischer, abergläubischer, ängstlicher, eiskalter Mamaschasohn. Dann schlief ich wieder ein, und ich träumte wie immer von nichts.

»Ja, ich habe die fünfzigtausend Worte mit großem Interesse gelesen«, sagte ich, mich zehnmal räuspernd, nachdem Claus und ich uns im San Nicci ans deprimierende Hoffenster gesetzt hatten, einander dicht gegenüber wie Verliebte. Ich hatte irgendwas bestellt, er wollte das japanische Kobe-Steak für 60 Euro und als Vorspeise Kaviarblintzes mit Sahne und Reismatzecroutons. Während er dem Kellner seine Wünsche diktierte, grinste er frech, danach sah er die meiste Zeit mit seinen kleinen blauen, zitternden Augen an mir vorbei. Wann immer hinter mir etwas halbwegs Berühmtes oder Fickbares (auch das ein klassischer Tal-Ausdruck) auftauchte, merkte ich es, weil er dann seinen kahlen rosaroten Kopf schraubend von einer Seite zur anderen bewegte.

»M-mhm« – wieder dieses unsichere Angsthasenräuspern –, »m-mhm ... ja, wirklich, mit großem Interesse.«
»Was?«
»Ich habe das Buch gern gelesen.«
»Was ist das für eine Scheißfloskel?«
»Floskel zu sagen ist auch eine Floskel. Wussten Sie das?«
»Da scheiß ich drauf.«
»Als Schriftsteller?«
»Bin ich einer? Wirklich? Sind Sie ganz sicher?«
Ich hatte bereits eine Menge Schweiß auf der Stirn, das wusste ich.

Nun kam auch noch ein prämigränisches, kreisrundes Flimmern vor dem rechten Auge dazu, und meine rechte Hand zitterte mal wieder. Ich war jetzt – genauso wie Noahle – jemand, der seine eigene Zukunft nicht mehr im Griff hatte. Aber mich würde es noch schlimmer treffen als Schloimel Forlanis lebensunfähigen Buczacz-Prinzen! Ich wäre ab morgen öffentlich der geile Jude – wenn ich nicht sofort anfangen würde, diesem dünnen Widerling mit dem zerdrückten Roggen in den Mundwinkeln zu schmeicheln.

»Es hat Ihnen wirklich nicht gefallen?«, sagte er.

Meine letzte Chance. Ich starrte ihn an und schwieg wie der Rabbi von Cordoba bei seinem ersten Inquisitionsverhör.

»Ganz ehrlich, Herr Karubiner. Sie haben das Buch wirklich niemandem zu lesen gegeben, oder?«

»M-mhm.«

»Ja oder nein?«

»Nein.«

»Und warum haben Sie am Telefon zuerst Ja gesagt?«

»Sie sind zu schnell, Claus. Ihr Roman ist nicht so schlecht, wie Sie denken.«

»Ich denke überhaupt nicht, dass er schlecht ist, Sie eingebildeter Affe«, sagte er.

»Aha.« Ich tupfte mir mit der Serviette über die nasse Stirn und dachte, wie interessant, erpresst zu werden: Man fühlt sich genauso wie eine Nuss im Nussknacker.

Er sprang auf, warf seine Serviette auf den Tisch und ballte die kleinen Fäuste. Aber er lief nicht davon. Er stand schwankend auf seinen dünnen Acne-Jeans-Beinchen vor mir, dann sagte er weinerlich: »Ich bin der Einzige, der diese Geschichte erzählen konnte. Meine Familie hat sie erlebt! Aber Sie lassen mich ja nicht vorbei, Sie und die anderen Judentypen. Ihr denkt, die Erinnerung gehorcht nur euch.« Dann setzte er sich wieder hin, warf mir einen freundschaftlichen Blick zu und erzählte mir, worum es in seinem kleinen Familienroman ging.

Claus die Canaille kam aus einer etwas anderen deutschen Familie. Sagte er. Sein Großvater – Carl Müller – war bayerischer Innenminister, 1928 bis 1932, linker BVP-Flügel, heimliche Ernst-Niekisch-Lektüre und ab und zu in hochhackigen Schuhen zum Tuntenball ins Schwabinger Bräu. Er hatte im schwarzen Februar 1929 dreimal auf NSDAP-Leute schießen lassen, und abends trank er auf den Sieg der Demokratie weißen Traminer im Künstlerhaus am Lenbachplatz. Zehn Jahre vorher hatte er während der einzigen seriösen deutschen Revolution als stellvertretender Polizeipräsident heimlich gehofft, dass sich die Juden und Schriftsteller etwas länger als drei Monate an der Macht halten würden. Als ihr Blut, das auch er vergossen hatte, von den Münchener Straßen gewaschen wurde, trauerte er tagelang in Tollers Landhaus am eisigen Ammersee. Er aß nichts, nur seine Fingernägel, und die Wände des Hauses, an die er sich vor Kummer stützte, waren bald dunkelrot.

Am Ammersee hatte er die *Kleine Anleitung* geschrieben, vierhundertfünfzig Seiten, auf denen er den Deutschen erklärte, warum Freiheit besser sei als Gleichheit: gut fürs Geschäft, und es kämen mehr rassige Mulattinnen, Mongolinnen und Orientalinnen ins Land. Das gefiel Hitler, Ley, Rosenberg und Lutze natürlich noch weniger als ihre toten Februar-Kameraden, in der Zeit wurden sie gerade alle impotent. Darum wurde der Großvater von Claus der Canaille später einer der ersten hundert Häftlinge von Dachau, wo er die Beförderung zum Kapo mit den Worten ablehnte: »Und was werde ich dann? Kommandant?« Das machte ihn nicht beliebter. Und was hielt den mutigen Müller den ganzen Krieg lang am Leben? Die Litze der Hammerbachs, genau, die seitdem von jedem ältesten Müller seiner Generation an den nächsten weitergegeben wurde. Wenn sie verloren ginge – Claus schnalzte leise und stolz –, würde auch den Deutschen die Freiheit verloren gehen. Ich hörte zu, dachte nach und staunte. Was war der Unterschied zwischen Carl Müller und Typen wie Schloimel, Wowa und Mel? Dass unsere Leute alle Gangster waren. Und dass es Carl Müller wahrscheinlich nie gegeben hatte.

Bis zur Litze war ich beim Lesen gar nicht gekommen. Ich wusste nicht, was das war. So was wie der Heilige Gral? Eine Art Goldenes Vlies? Ich hatte an der Stelle zu lesen aufgehört, als der siebzehnjährige Claus mit einem schwarzen Ledermantel, den er bei der Selbsthilfe e. V. in der Theresienstraße geklaut hatte, nach Hause kam. Der Mantel war lang, er machte bei jeder Bewegung Geräusche, und weil Claus gerade einen neuen New-Wave-Haarschnitt hatte, wirkte er besonders unheimlich. Seine Mutter fing an zu schreien, als sie ihn sah. »Zieh das aus, zieh dieses stinkende Ding aus! Genau solche Mäntel hatten damals die Männer an, die deinen Großvater abgeholt haben!« Sie wankte vor und zurück, versuchte, sich an der Gardine festzuhalten, und riss sie herunter. Aber leider traf die fallende Stange nicht sie, sondern den vorbeilaufenden Familienhund Rosso, einen irischen Setter, der nicht nur Albino war, schielte und meist Verstopfung hatte, sondern einmal auch fast die Litze der Hammerbachs aufgefressen hätte.

Jetzt, dachte ich, sollte ich sicherheitshalber lachen. Ich legte die Hand an die Wange, zog die Mundwinkel hoch und schnaufte großzügig. Aber Claus fand diese Passage seines Familienromans überhaupt nicht komisch. »Sehen Sie«, sagte er, »Sie lachen mich aus. Sie lachen Mutter aus, Großvater, den deutschen Widerstand. Sie denken, nur ihr Juden habt das Recht auf eine Gestapogeschichte. Ich musste« – er schüttelte den roten Kopf, den er dabei wie ein Schuldiger gesenkt hielt –, »ich musste den Mantel in die Theresienstraße zurückbringen. So kam auch noch raus, dass ich ihn geklaut hatte, und der Staatsanwalt brummte mir 250 Mark Strafe für Ladendiebstahl auf.« Ich lachte wieder, diesmal von ganzem Herzen. »Okay«, sagte Claus, »unser Geschäft ist gestorben. Sie können sich mein Manuskript dorthin stecken, wo es besonders wehtut. Morgen ändere ich bei der Polizei meine Aussage.«

»Moment«, sagte ich, »verstehen Sie mich richtig? Es ist wirklich gut. Wenn ich lache, heißt es, dass mir die Story gefällt. Wir Juden« – ich versuchte, ihn mit einem peinlichen, mafiahaften Zwinkern wieder auf meine Seite zu ziehen –, »wir Juden bekräftigen lachend anderen Menschen unsere Zustimmung.«

»O-oh, das hab ich gemerkt. Sie wollen mich verarschen. Ich hab's gemerkt, Schriftsteller! Sie sind verloren.«

»Gar nichts bin ich«, sagte ich. »Wer soll Ihnen glauben, Claus? Haben Sie sich schon mal im Spiegel gesehen, Sie trauriger Hobbit?«

Er sah, ohne zu antworten, lüstern an mir vorbei, bewegte den roten Kopf langsam von einer Seite zur anderen und stieß aus: »Das war Tom Cruise. Ich glaub's nicht, das war Tom Cruise! Oh mein Gott, ich werd' wieder herkommen, auch ohne Sie!« Er guckte mich an, blauäugig und streng. »Und haben Sie sich schon mal überlegt, Sie Riesenarschgeige, dass es bei Elstar Überwachungskameras gibt und der kleine dumme Claus dort einen Typen vom Sicherheitsdienst kennt?«

Also doch, dachte ich. Und: Auf Wiedersehen, Welt! Dann sagte ich: »Lassen Sie mich die *Litze* zu Ende lesen. Vielleicht habe ich das Buch falsch eingeschätzt.«

»Aha.«

»Ich hatte ein paar schlechte Nächte, wissen Sie.«

»Weil Sie nichts zum Spannen vor der Flinte hatten, Saunamann?«

»Sagen wir, bis morgen Abend um zehn?«

Eine Stunde später war ich wieder zu Hause, schwitzend vor Angst und hysterisch gut aufgelegt. Mein Leben ist ein Roman, dachte ich, fantastisch!, sonst ist es doch immer andersrum. Ich überlegte, ob ich mich auf den Küchentisch setzen und den Kopf dramatisch in die Hände legen sollte. Stattdessen ging ich ins Arbeitszimmer. Während ich den Laptop vorsichtig aufklappte, seufzte ich laut, als wäre ich nicht allein, und hoffte, eine vertraute, aber ganz neue weibliche Stimme würde sagen: »Bist du es? Ist etwas passiert? Wie ruhig du immer bleibst, wenn du am Ende bist.« Natürlich checkte ich, bevor ich mich an Claus' Scheißbuch setzte, meine E-Mails. Merav hatte mir geschrieben – und das kleine Arschloch Rashnawala auch. Die gute alte Merav hatte in die Betreffzeile drei Ausrufezeichen gesetzt. Sonst schrieb sie mir nie, etwas musste passiert sein, und ich dachte, fantastisch, das spar ich mir für den Schluss auf.

Merav und ich waren Todfeinde – meistens. Als ich sie das erste Mal sah, war sie schon über ein halbes Jahr Noahs Aufseherin. Die beiden hatten zuerst ein paarmal hinten im Nanuchka zusammen etwas geraucht, damals, als Noah nach dem käuflichen Erwerb seines Psychologiediploms sein Israeljahr machte. Aber das Gras hatte nicht geholfen, es entfernte sie voneinander. »Du bist nett«, sagte Noah, nach jedem Joint mutiger, zu Merav, »aber ich brauch eine, die viermal so viel wiegt wie du – und mindestens doppelt so groß und lieb ist.« Dann überredete sie ihn zu dieser Sinaireise. Sie lagen drei Tage halb nackt in Ras Muhammad am Strand, schliefen, ohne dass etwas Erzählenswertes passiert wäre, in einer von diesen unabschließbaren Beduinenhütten, und am letzten Abend warf die israelische Willensmaschine Merav eine Ecstasy in Noahs Backgammonbrett und sagte: »Die! Wenn die nichts mit dir und mir macht, dann bin ich dir wirklich zu klein – und es ist nicht nur deine frühkindliche libidinöse Störung.«

Eine Stunde später liebte Noah alles und jeden mit der warmen, überschwänglichen Liebe der Chemie: die weißen und die schwarzen Backgammonsteine, seine verschmierte, leere Neviot-Wasserflasche, seine nach Sonnenöl und nachts heimlich verspritztem Samen stinkende Matratze, den gelben Sinaisand, der zwischen seinen verhornten Mongolenfingern zerrann, während er über seine Zukunft nachdachte, die Lichtreflexe an den klappernden Hüttenrollläden, Meravs Mikrotitten und Minituches. Am nächsten Tag sagte er, okay, lass es uns versuchen, und fast hätte er wie damals bei Natascha Rubinstein vor Burger King in der Mönckebergstraße hinzugefügt: »Aber nicht mehr als zehntausend im Monat, Pupkale, ist das klar?« Doch wahrscheinlich hätte nicht einmal das die verliebte Merav vertrieben. Sie wollte ihn wirklich, Schloimels Geld war für sie so wenig interessant wie ihre Laufbahn als die prüdere Ausgabe einer israelischen Nan Goldin, sie liebte meinen Noah eben mit dem archaischen Instinkt eines weiblichen Tiers, das sich dringend fortpflanzen muss. Hasste ich sie darum? Hasste sie darum mich? Es gab schlechtere Gründe, einen Feind zu haben.

Merav und ich zogen aber manchmal auch an einem Strang – immer dann, wenn Noah mal wieder mit einem Bein die Herzlia-Pituach-Villa verlassen hatte. Giveret Forlani wusste genau, dass ich wie sie gegen die Scheidung war. Hinterher, das hatte ich zu Noah hundertmal gesagt und einmal sogar zu ihr, wäre er genauso konfus, willensschwach und verschwenderisch wie vorher, aber noch viel ungefickter. Er würde noch mehr Projekte erfinden und noch seltener zu Ende führen. Er würde noch häufiger Fremden auf Partys und in Flugzeugen erzählen, wie schön das Verhältnis zu seinen Eltern sei, die ihn so sehr liebten, dass sie mithilfe ihrer Überwachungskameras dafür gesorgt hatten, dass er nicht allzu heftig von seinen polackischen Nannys verprügelt wurde. Außerdem wäre er nach einer Trennung seine Mamifrau und die Kinder los, hatte er das wirklich bedacht, also was sollte das Ganze? Bestimmt schrieb Merav mir, damit ich mal wieder ein Wort für sie einlegte. Wer war ich, Rabbi Balaban?

Zuerst las ich Rashnawalas E-Mail. Dass er sich meldete, überraschte mich noch mehr. Ich hatte das Geld, das ich ihm für den Buddha gegeben hatte, schon lange abgeschrieben. Dafür gab es einen sehr karubinischen Grund: Ich hatte keine Lust, jedes Mal beim Gedanken an diese unglaublichen vierzigtausend, die Wowa mir geliehen und nie wieder zurückbekommen hatte, an das traurige Eulengesicht zu denken, das er automatisch bekam, bevor er zum psychopathologischen Angriff überging. Das Wowa-Geld hatte sich Rashnawala unter den Arm geklemmt und war damit weggelaufen. Sehr gut, das war es mir wert! Jetzt wusste ich endgültig, dass ich die Metaphysik des Geldes nicht beherrsche. Aber was wollte er dann von mir? Noch mehr Geld? Wollte er einen zweiten Buddha kaufen und die gleiche Sache durchziehen? Mit Soli, dem Unshylock, und Noah, dem Luftmenschen, konnte man es ja machen. Ich hatte von Rashnawala seit mehr als zwei Jahren nichts gehört. Damals waren Noah und ich mit ihm in Hamburg gewesen, in der Schanzenstraße bei Darius Mann, kurz nachdem Mamascha und Serafina nach Miami verschwunden waren. Der Buddha stand, wie Rashnawala gesagt hatte, bei Mann im Atelier, eins fünfzig groß, hellrot, mächtig, beruhigend-schön, zwischen zwei hohen Fabrikfenstern. Er war immer noch eine halbe Million wert, wahrscheinlich mehr. Das große Geld war auf einmal in Reichweite, es war so nah wie nie, und ich dachte, als ich in diesem magischen Moment den herrlichen Fettklops das erste und letzte Mal sah, vielleicht könnte ich mir endlich diese Scheißwohnung in der Rehov Arnon kaufen, von der ich seit Jahren wie Moses von Kanaan träumte – drei Minuten vom Gordonstrand entfernt, vier Minuten vom Batya mit seinen Hühnersuppen und Kischkes, sieben Minuten von Oritele.

Der Anblick unseres Buddhale war seltsam und schön. Ich setzte mich vor Glück auf den kalten Atelierboden, rauchte und dachte, die Khmerkunst ist wahrhaftig eine große Kunst. Das graue Hamburger Tageslicht malte dem Buddha von der Seite eine sehr schöne Aureole, die langsam von rechts nach links wanderte, von oben nach unten, und ich konnte nicht aufhören, idiotisch zu lächeln. Währenddessen standen Noah und Rashnawala ein paar Schritte weiter mit Darius vor einem von seinen neuen Bildern – Taras Bulba mit einem Schlauch, der aus seinem Hintern direkt in seinen Mund führte –, und Noah war mal wieder hyperaktiv. Er hatte für Mann einen Vorschlag. »Wir machen eine Postkartenreihe mit deinen Schlauchbildern, Darjusch.« »Darius.« »Ja, natürlich. Also hör zu, Darjusch. Erstmal tausend Stück, karitativ, für was, suchst du dir aus, danach teilen wir fünfzig zu fünfzig.« Mann – um die vierzig, das kurze Haar über dem fülligen, blassen Gesicht schon grau –, dessen schwerer Cordanzug, rote Krawatte und schwarze

Lobbs mir noch mehr auf die Nerven gingen als seine Bilder, hustete und sagte nichts dazu. Dann sagte er: »Der Buddha kann hier stehen bleiben, solange ihr wollt. Ich mag, dass er keinen Schwanz hat. Und dass er unverkäuflich ist.« Jetzt hustete ich, ich sprang auf, trat die Zigarette aus. Ich ging zu ihnen herüber und flüsterte dem kleinen, schnurrbärtigen, wie ein Salatblatt glänzenden Rashnawala alias Rami Bar-On ins Ohr: »Mit mir kannst du das nicht machen, Scheißhaufen. Glaubst du, ich bin blöd? Ich hab kein Geld geerbt, aber Sejchel« – ich klopfte mir auf den Schädel –, »und notfalls schreib ich irgendwo was über Raubkunst und dich. Du hast zweihunderttausend von uns bekommen. Wo ist unser Gewinn? Wir sollten von dir mindestens doppelt so viel zurückkriegen!« Das kleine Arschloch Rami lachte ertappt und herablassend, und den Rest des Abends redete er kein Wort mit mir. Danach war mir natürlich alles egal. Ich verdiente ja mein Geld mit Schreiben.

»Soli, mein Lieber«, schrieb er jetzt, zwei Jahre später, »wie geht es dir? Ich bin, nach ein paar längeren Reisen, wieder zurück in Tel Aviv. Ich hab mir von meinem letzten großen Geschäft ein süßes kleines Haus in Neve Zedek gekauft, nur zwei Blocks von der Nachmanistraße entfernt. Das Café Eliza ist um die Ecke, Elischewas ägyptisches Restaurant auch, und wir haben im Viertel sogar eine Sauna mit echten Russinnen, aber dort war ich noch nicht.« Sauna? Russinnen? Ich schüttelte ratlos, aber auch leicht erschrocken den Kopf. »Du kannst mich ruhig einmal besuchen kommen. Ich hab im Keller ein Gästezimmer, mit eigenem Bad und einem funkelnden, neuen Villeroy-&-Boch-Bidet für meine reinlichen europäischen Freunde. Und oben im Wohnzimmer habe ich die Bar einbauen lassen, die früher in Paris im Café Select stand. Das war nicht billig, das kannst du mir glauben. Merav und ich haben an ihr aber schon ein paar heiße Abende verbracht.« Merav? Heiße Abende? Und woher wusste er, dass ich mich neuerdings nach dem großen Geschäft wie ein Inder im Ganges wusch? »Es tut mir leid, dass wir so lange nichts voneinander gehört haben. Ich weiß, du fandest mich immer ein bisschen schmierig, alle finden mich schmierig, aber das bin ich ja auch. Und du? Schreibst du noch diese Bücher, die keiner kaufen will? Hast du immer noch Krieg mit dieser Verrückten mit dem Pelz auf der Schläfe? Folgendes: Ich habe endlich einen Käufer für unseren herrlichen Fettklops gefunden. Noah weiß Bescheid, wir haben drei-, viermal darüber geredet, und darum schreibe ich dir. Er und ich hatten eine kleine Nebenvereinbarung, davon wusstest du nichts, es ging um Merav. Er meinte damals zu mir, wenn ich es fertigbringe, sie ihm vom Hals zu schaffen, bekomme ich die Provision für den Verkauf der Statue und seinen ganzen Gewinn. Inzwischen ist alles klar, aber er will sie nicht gehen lassen. Jetzt bist du an der Reihe, Schriftsteller: Entweder die wunderbare Merav Forlani kriegt die Scheidung – oder ich behalt den Buddha und schieß ein Loch in Noahs Knie. Nein, das war ein Witz. Aber wenn sich Noah mir und Merav in den Weg stellt, siehst du auch keinen einzigen Schekel, das kannst du mir glauben. Dein kleines Arschloch (denkst du, ich weiß nicht, dass ihr mich so nennt?) – R.«

Ich hatte mal wieder das Gefühl, auf meinem Kopf säße ein Affe. Bestand die Welt nur aus Erpressern und Denunzianten? Rami, Claus die Canaille, Kostja Kostos, der Sammlersohn. Es war eine Frage der Zeit, wann ich selbst mein Wissen missbrauchen würde: Ho-ho-ho, Wowa, erlass mir meine Schulden, sonst schreib ich für den New Yorker eine Story über dich und den StB! Der Affe kratzte ratlos abwechselnd seine und meine Stirn. Er war schwer und warm, und er roch nach dem süßen, von Schimpansen-Urin durchnässten Heu im Affenhaus in Hagenbecks Tierpark, Sommer 1990 oder 1991. Ich war an dem Tag mit Natascha Rubinstein dort, wir wollten darüber reden, wie wir es Noah sagen sollten. Das war schon unser zweiter Versuch. Nach der sehr komplexen Polenreise – Auschwitz, Treblinka und das Warschauer Hilton, wo Natascha das erste Mal im Leben einen Mann, also mich, darum bat, zwischen ihre mittelgroßen, blassen, rumänischen Brüste zu spritzen – hatte sie bald wieder genug von mir gehabt, von meinen Tanach-Assoziationen, Admiral-Dönitz-Anspielungen und überspannten Sexideen. Die Chance, die Noah dadurch bekam, hatte er aber nicht genutzt. Er hatte Nataschale, nachdem sie mit klassischem Nataschale-Lachen vor der Burger-King-Tür zu ihm sagte, sie werde sein Eheangebot annehmen (plus das Haus in Othmarschen, plus die Finca in Palermo, plus die Duplex-Wohnung in Tel Aviv), mit der monatlichen Kontrolle ihrer Ausgaben gedroht, überzeugt, dass Schloimel von so viel Vernunft gerührt wäre. Schau, Papilein, endlich wende ich die Lektionen an, die ich in deiner halb harten Schule des Lebens gelernt habe, bist du stolz auf mich, ja oder ja?

Nein, Natascha Rubinstein liebte Noah natürlich nicht wegen des vielen Geldes. Aber als er ihr seine kargen, rücksichtslosen Ehebedingungen diktierte, merkte sie, dass sie ihn ohne das viele Geld auch nicht lieben könnte. In den zwölf einsamen Monaten danach entdeckte die nette, gebremste Natascha endlich die Wonnen der elektrischen Masturbation. Dann, am Morgen jenes kühlen, traurigen Hamburger Sommertags 1990 oder 1991, waren die Batterien ihrer kleinen Liebesmaschine plötzlich wieder alle. Sie rief mich sofort an und sagte:»Bitte, Solilein, hör mir zu, ich liebe dich doch! Warum soll es nicht mit dir und mir gehen? Wir stellen uns vor, dass ich die Tochter des reichsten Pelzhändlers von Gubovicz bin und du der Sohn des Guboviczer Rebben, solche Verbindungen haben Tradition. Du kannst Kommunist bleiben und weiter deine Miesheiten über uns Rumänen und Polacken schreiben, und wenn du möchtest, darfst du ab und zu auch in mein Gesicht kommen. Sollen wir nachher in den Zoo gehen und alles besprechen? Ich denke, wir sollten es Noah bald sagen.«

Drei Stunden später betraten wir gemeinsam das Affenhaus, und ich bekam sofort meine üblichen Bindungszweifel. Ich wollte sie ignorieren. Ich tat so, als wäre ich wegen der Tiere hier. Aber dann entdeckte ich diesen Schimpansen, der seinen langen, dünnen Penis an einem hin und her baumelnden Gummireifen rieb, und dachte an Noah. Der machte es nicht anders, und ich hatte deshalb oft Streit mit ihm. Deine Eier, sagte ich jedes Mal entsetzt, deine armen geschundenen Eier! Wenn du weiter so dabei mit deinem ganzen Körper die Matratze bearbeitest, hast du bald nichts mehr da unten, benutz deine Hand, Mäuschen, wie jeder andere Mann! Ich lächelte, umwölkt von meiner eigenen Erinnerung. In der Sekunde hakte sich Natascha bei mir ein, sie betrachtete atemlos den aufgeregten Schimpansen. Dann hauchte sie, ohne mich anzusehen: »Lass uns schnell nach Hause gehen, Liebling. Wir könnten zusammen ein paar alte Folgen *Seinfeld* gucken und Trüffelspaghetti essen. Und den Nachtisch serviere ich dir in meinem Pitschkele.« Oh, wie ich mich von ihr losriss! Ich sagte erst nichts und sah sie wie ein Mörder an. »Du gehst zu Noah zurück«, sagte ich. »Sofort. Er braucht dich und deine großen, warmen fragenden Hände. Es geht um sein Leben!« »Nein«, sagte sie, und der Schimpanse fing an, schreckliche, markerschütternde Geräusche zu machen, »und was machst du jetzt?« Mir fiel nichts ein, und wir blieben von da an zwei Jahre zusammen. Ich bin sicher, dass Noah genau in dieser Zeit aus seinen Testikeln Omelette machte, und mit den Spätfolgen (inklusive Chemo und Post-Therapie-Depression) musste dann vor allem die arme Merav fertigwerden. Nein, das war wirklich nicht nett von mir.

Ich sah am hellblau leuchtenden Laptop vorbei ins Nichts. Auf meinem Schreibtisch stand seit Jahren ein jüdischer Troll aus Plastik. Jetzt schaute ich ihn mit neuem Blick an. Er hatte riesige, traurige, alberne Augen, einen winzigen Tales, in den Armen hielt er eine Miniaturthora. Stand dort vielleicht, was ich jetzt tun sollte? Sollte ich wegen einer halben Million Rashnawalas Verbündeter werden? Sollte ich Noah überreden, Merav den Get zu geben? »Hör zu, Kleiner, find dich damit ab. Du wolltest immer, dass sie geht. Und jetzt will sie gehen, und du willst sie nicht gehen lassen? Das ist doch verrückt. Denk an deinen großen Trennungsroman *Fick meine Frau, Goldmann!*. Du hast noch keine einzige Zeile, aber wenn Rami mit Merav zusammen ist, weißt du sofort, was du schreiben musst. Das ist die Chance deines Lebens!« Ja, genau das hätte ich zu Noah sagen können. Und vielleicht hätte es ihn sogar überzeugt, und ich hätte danach endlich meine Buddha-Rendite bekommen.

Der Affe auf meinem Kopf wurde immer schwerer. Das war nicht der Schimpanse von Hagenbecks Tierpark. Das war mein schlechtes Gewissen. Ich schüttelte den Kopf, damit er abhaute, und hoffte, dass eine unbekannte, aber vertraute weibliche Stimme zu mir sagte: »Du kannst nichts dafür. Du warst immer sein bester Freund. Außerdem bin ich jetzt da, kümmer dich lieber um mich.« Ich sah hinter mich, aber dort war niemand, und ich fragte mich, warum ich mir so selten wünschte, dass Oritele zurückkommt. Dann wünschte ich es mir. Und dann öffnete ich Meravs E-Mail.

Die Sache wurde immer komplizierter: Merav wollte nichts mehr von Rami, dem geschickten Erpresser, aber sie hatten wirklich miteinander gespielt. Ich las schnell, was sie schrieb, und ich las es gleich noch ein zweites Mal. Jetzt wollte ich die halbe Million doch – und ich überlegte nervös, wie ich Merav überzeugen könnte, Noah für immer aus der Herzlia-Pituach-Villa rauszuschmeißen. Die Argumente, die mir einfielen: gar keine, denn sie liebte ihn, wie ihn seine Mutter nie geliebt hatte.

»Soli«, schrieb Merav (sie hatte für ihre E-Mail die seltene Westernschrift Captain Howdy gewählt), »ich weiß nicht, ob du weißt, dass ich ein paar Wochen mit einem sehr dynamischen Freund von Noah verbracht habe, Rami Bar-On heißt er. Weißt du noch, das ist der Typ, der sich damals mit einer fotokopierten Einladung ins Anti-Phimose-Dinner reinschmuggelte. Vielleicht kennst du ihn unter seinem Buddhistennamen, aber den habe ich mir nicht gemerkt. Erst war es sehr schön mit ihm. Er hatte gestutzte Schamhaare – kol ha kavod! Er redete nicht ständig über seinen Vater wie gewisse andere Leute, es fiel kein Wort über die Last, ein Erbe zu sein, oder unnütze Dritte-Welt-Projekte. Seine Hände waren so weich, wie es Noahs Bäckchen nur sind, wenn ich sie ihm mit Babycreme einschmiere. Und er konnte Iwrit ohne Naziakzent! Und was hat das alles gebracht? Erfahrungen, über die wir Frauen nur mit Frauen sprechen. Genau darum dachte ich sogar kurz, ich liebe ihn, ja, ich wollte sogar einen kleinen Rami von ihm. Aber dann fand ich in seinem Notizbuch den Eintrag über seinen Deal mit Noah. Ich musste mich übergeben, als ich das sah: ER wollte MICH meinem Mann abkaufen! Wusstest du das?« Ich schlug mir – entsetzt? jubelnd? – mit der Hand gegen die Stirn, es klatschte laut, und der jüdische Troll auf dem Tisch fiel um, als wäre er gestorben. Er lag da, mit den Zehen nach oben, und ich konnte ihm nicht in die albernen Augen sehen, was ich sonst immer machte, wenn ich lachen wollte. Die fünfhunderttausend Steine (echtes Tal-Wort) waren kurz greifbar nah gewesen – und plötzlich wieder weg. »Der arme, verwirrte Noah«, fuhr Merav nach ein paar dramatischen leeren Zeilen fort, »wie wäre er bloß damit fertiggeworden, hätte er zu diesem Monstrum Rami Ja gesagt? Das kleine Arschloch« – aha, Rami, hörst du, sie auch! – »soll übrigens nicht nur mit Menschen handeln, sondern mit gestohlenen Antiquitäten.« Ich hörte kurz auf zu lesen, stellte den Troll wieder auf, und wir grinsten uns bitter an. »Aber weißt du was? Noah hat natürlich Nein gesagt. Mein Noahle! Er will mich nicht gehen lassen! Er liebt mich, ich habe das immer gesagt, und darum habe ich ihm erlaubt, im Dezember zu dir nach Berlin zu fahren. Dann könnt ihr Boys zusammen ein bisschen Neujahr feiern. Bei Walhalla Film, sagt er, ist eine Party, und ein Typ aus Hollywood ist auch da und legt auf. Du wunderst dich, warum ich dir schreibe, Noahs bester Freund? Ich will dich bitten, dass du gut auf ihn aufpasst. Er kommt so leicht in Schwierigkeiten, wenn er allein ist.« Wer nicht.

Claus' Manuskript, fiel mir plötzlich ein, lag immer noch unberührt in der Küche auf dem Tisch. Es wurde Zeit, ich hatte nur noch 23 Stunden. Das war genug, um den Text zu Ende zu lesen – und um mir klarzumachen, an welchem Punkt meines Lebens ich angefangen hatte, das Gegenteil von dem zu machen, was ich für falsch und unaufrichtig hielt, ich fanatischer Jeschiwajunge.

Ich stand leicht schwankend auf und dachte an Serafina. Immer wenn ich ratlos war, dachte ich an meine fette, kluge, eingebildete Schwester. Manchmal rief ich sie dann auch an und fragte sie, was ich tun sollte, aber ich hatte ihre Nummer in Miami nicht (oder wo immer sie mit ihrer neuen, alten »Familie« war), und bis wir via E-Mail die Sache auf den Punkt gebracht hätten, würde es mich nicht mehr interessieren. Stattdessen hätte ich irgendwann angefangen, mich darüber lustig zu machen, dass sie und Mamascha zu Valja Wechslberg abgehauen waren und mich mit Papascha allein ließen, dann hätte ich ihr Vorwürfe gemacht, und dann hätten wir uns gegenseitig ein paar sehr beleidigende E-Mails geschickt. Wer brauchte das jetzt? Ich ging langsam, sehr langsam, in die Küche. Ich nahm die grüne dünne Leitz-Mappe mit dem *Litze*-Manuskript, setzte mich auf den Küchentisch und las. Ich glaubte Claus natürlich kein Wort. Schwarzer Februar? Hitler, Lutze und Ley? Opa Carl in Dachau? Adenauer und Ben Gurion, die in Sde Boker nächtelang Pingpong spielten und einen israelisch-deutschen Nichtangriffspakt unterschrieben? Alles erfunden, wie bei jeder Rechtfertigung. Ihr wollt eure Erinnerung haben, ihr deutschen Simulanten? Kein Problem: Dann erinnert euch daran, wie es wirklich war. Nach fünfzig Seiten hörte ich wieder auf zu lesen. Nie im Leben, dachte ich, gab es in der Elstar-Sauna Videokameras. Nackte, die man ohne ihr Wissen filmte? So etwas war im Dreieinhalbten Reich, der ersten deutschen Kleinbürgerrepublik, nicht erlaubt. Und wenn doch – was wollte Rami mit meinem Sexfilm anfangen; ihn ins Netz stellen? Ich schlug mir wieder gegen die Stirn. Rami? Claus? Rami, die Ratte? Claus ... Bar-On? Wer war wer? Ich fing offenbar an, durcheinanderzukommen. Das war erschreckend – aber auch interessant. Ich machte die Augen zu, gespannt, ob ich ein paar schöne Lichtspiele oder das hübsche Kopfschmerzflimmern wie vorhin unter meinen Lidern sehen könnte.

Als ich die Augen wieder aufmachte, brach der Morgen an, es war halb sechs, ich lag mit dem Rücken auf meinem Küchentisch, und ich hatte eine ekelhafte Migräne.

11
Feuer im Schatzkästchen

Als die Feuerwehrleute – alle klein, schief und in zu großen roten Schutzanzügen – die Tür in der Swinemünder aufbrachen, war niemand mehr da. Tal und Gerry waren zuerst weggerannt, dann Ethel, dann Noah. Er saß, zitternd vor Kälte, mit meinem Mac auf einer Bank vor der stummen, riesigen Zionskirche, während Ethel gegenüber im 103 war, weil sie pinkeln und ihre Haare machen musste. Noah war nicht nervös oder verängstigt. Er dachte nur an seinen Kaninchenfell-Mantel von Prada, ohne den er aus meiner zerstörten Wohnung abgehauen war. Den Mantel hatte er im Winter 1997 gekauft, einen Tag vor seinem Umzug nach Israel, und einen Monat später war er wieder in Hamburg und stand bei minus 5 Grad auf dem jüdischen Teil des Ohlsdorfer Friedhofs vor Schloimels offenem Grab und fror trotzdem. Nun war dieses nutzlose Scheißding zum Glück verbrannt.

Eigentlich dachte Noah gerade mehr an seinen Vater als an den Mantel, und eigentlich dachte er, wie immer, wenn er an Schloimel dachte, an Schloimels Geld. Er versuchte, sich kurz ein Leben ohne dieses Geld vorzustellen, ohne gepanzerte Saab-Limousine zum 18. Geburtstag, ohne unerschöpflichen Nutten-Etat und falsches Psychologiediplom mit Auszeichnung, und ihm wurde wie immer schlecht davon. Verdammt, dachte er und: Oj gotejnu, bald würde er nur noch die Hälfte von dem riesigen Mega-Schloimel-Cake besitzen – wenn er Wort hielte! Die 8 Millionen, mit denen er sich Gerrys und Tals Anerkennung erkaufen wollte, waren eindeutig zu viel für ein paar Wochen Sudan und Filmatmosphäre. Er sollte das Geld lieber behalten, allein wegen der Mädchen, Gerry und Tal würden trotzdem das Goebbels-Video fertig schneiden und abliefern, dafür war es einfach zu gut.

Und was dachte er dann? Vielleicht, wie er mir sagen sollte, dass er und seine neuen Freunde aus der Swinemünder Hiroshima gemacht hatten? Nein, ihm fiel bloß ein, dass man genau wie bei CNN im unteren Teil des Bilds ein Laufband mit Nachrichten aus der anderen Welt einblenden könnte, während oben Magda, Josef und Albért le Speer ihren Hexensabbat feierten. Noah im Noahland! Dann dachte er: Gute Idee! Und dann: Wenn ich nachdenke, stottere ich gar nicht, das ist mir nie vorher aufgefallen. Plötzlich stand Ethel vor ihm und sagte: »Los, Kleiner, wir gehen zu mir. Dort waschen wir uns, danach sehen wir weiter. Ich glaube, der schwachköpfige Gerry hat sein L. A.-Angebot ernst gemeint. Ich kann auf das Ron Burrus Actors Conservatory gehen, während du deinen koscheren Nacho-Inn zum Laufen bringst, hab ich mir auf der Toilette überlegt. Kennst du Ron?« Noah schüttelte apathisch den Kopf, sie tätschelte seine kalte Wange und kicherte nett.

Ich liebte die Wohnung in der Swinemünder. Ich hatte ein paar sehr reife Sachen dort geschrieben, oft im Wohnzimmer, an dem langen, rotbraun schimmernden Borsani-Tisch, unter der runden Stilnovo-Lampe, die wie ein OP-Licht über mir hing und mir beim Schreiben von *Post aus dem Holocaust* oder *Ihr wollt nur unsere goldenen Eier* einen Heiligenschein machte. In der Küche gab es vier alte, abgeblätterte Chiavari-Stühle und einen Glastisch, über den morgens das Sonnenlicht kleine Spektralbogen auf die Reise schickte. Im Flur standen in weißen Knoll-Regalen bis zur Decke tausend Bücher (ausgesucht nicht nur nach der Schönheit ihres Umschlags), und überall lagen rote staubige Läufer im Hamburg-Prag-Stil.

Und das Beste: Im großen, kühlen, fast leeren Schlafzimmer gab es einen metallicbraun getönten Spiegel, allerdings nicht über dem Bett. Ich hatte, vor Mamaschas und Serafinas Umzug nach Miami, von den Alten ihren meterlangen, doppelten Spiegelschrank geschenkt bekommen, der fast dreißig Jahre in ihrem Schlafzimmer gestanden hatte. Wofür sie ihn gebraucht hatten, stellte ich mir nie vor, außer ich war mal wieder wegen ihrer geriatrischen Trennungsaktion wütend auf sie wie ein Zehnjähriger. Was man bei mir darin sehen konnte, war – meist spätnachts – ein kahlköpfiger Herr Anfang vierzig mit großer, transparenter David-Hockney-Hornbrille, unrasiert, nie lächelnd, zwei Daunenkissen im Rücken, wie er ab und zu von dem Buch, das er las, aufsah, in den Spiegel schaute und verächtlich bis mitleidig die Augenbrauen hochzog. Dann las er weiter, dann sah er wieder sich selbst an, und dann sprang er auf, ging ins Arbeitszimmer, wo auf einem weißen, schubladenlosen Industrieschreibtisch ein Mac stand, der immer an war. Der blasierte Vierzigjährige musste nur Safari aufmachen, das konspirative Lesezeichen Art & Thora anklicken, und schon war er auf wefuckonlyjews.com. Ja, ich weiß. Aber es klingt trauriger, als es war. Hätte ich Frau und Kinder, dachte ich oft, würde ich es mir stumm und heimlich auf der stinkenden Toilette machen. In der Oritele-Phase musste ich sogar ganz auf das nächtliche Junggesellen-Ritual verzichten. Wann immer ich im Schlafzimmer in den geliebten Spiegel sah, war meine israelische Herrin zweifellos auch da, meist über mir, und sie drückte dabei mein erstauntes Gesicht im Kissen zur Seite. Was ist der Unterschied zwischen einer Junggesellenwohnung und einer Liebeshölle? In der Liebeshölle geht es zwei Menschen schlecht, in der Junggesellenwohnung einem ausgezeichnet.

Tal und Gerry waren nicht sofort rausgerannt, als sich aus der Küche der dünne, scharfe Brandgeruch zu verbreiten begann. Sie packten ohne Eile ihre Kamera, das Stativ, die beiden Lampen zusammen, und Gerry sagte, er müsse noch mal ins Bad. Ging er weinen, nach allem, was Noah an diesem Tag zu ihm gesagt hatte? Tal entdeckte, während er auf ihn wartete, auf dem Sofa mein metaphysischstes, teuerstes, traurigstes Lieblingsbuch: Jindřich Štyrskýs *Emilie kommt zu mir im Traum*, den ersten Surrealistenporno ever. Er schlug das wie ein Poesiealbum aufgemachte, in rissigem lilafarbenem Leder gebundene Bändchen auf, öffnete überrascht den Mund, ließ ihn offen, rutschte auf dem Sofa näher an Ethel heran, blätterte vor und zurück, dann noch mal und noch mal, und sie sah ihm dabei mit hängenden, feuchten Mundwinkeln über die Schulter. »Das macht mich so traurig«, sagte er unsicher, leise wie ein Fisch, der das erste Mal spricht, »habt ihr so was Trauriges schon mal gesehen?«

»Ich schlage vor, ihr kommt bald nach L. A.«, sagte Gerry zu Noah und Ethel, als er aus dem Bad zurückkam. Die schwarzen ADS-Augen in seinem pseudosensiblen Crocodile-Dundee-Gesicht waren noch kleiner als sonst und hatten rote Tränenränder. »Wir schneiden den Naziclip zusammen und bereden das Drehbuch von *Ihr branntet wie Coyoten*. Und ihr könnt jeden Tag in meiner Taqueria Versailles umsonst mexikanischen Zwiebelbraten essen. Riecht ihr das auch?«

»Ihr branntet wie was?«, sagte Noah mit gesenktem Blick. Er hatte noch ein schlechtes Gewissen.

»Wie Coyoten. Der Sudan-Film. Du hast doch bestimmt noch mehr gute Ideen, Homo. Und du kannst schon mal Jeff Goldblum kennenlernen. Um den wirst du dich kümmern, wenn wir drehen, und ihn mit deinen psychokatalytischen Theorien ablenken. Vielleicht kannst du ihn sogar therapieren. Weißt du, er hat häufig Wahnschübe. Er denkt zum Beispiel, er wäre Clark Gable – aber nicht so oft. Eher hält er sich für ein sehr großes Insekt. Er erinnert mich an dich. Auch diese langen, dünnen Arme und Beine und die gleichen unberechenbaren, hektischen Bewegungen.« Gerry lachte leise und war jetzt kein Opfer mehr. »Nein, du strampelst natürlich noch viel mehr herum als er. Aber trotzdem. Vielleicht sind das eure ewig tränenden, jüdischen Äuglein.«

»Ich dachte, er hat das damals nur gespielt.«

»Was gespielt?«

»Das Insekt. Die große menschliche Fliege.«

»M-mhm. Träum weiter«, sagte Tal, während er das Emilie-Buch weglegte. Er merkte erst jetzt, dass Ethel ihm die ganze Zeit über die Schulter geschaut hatte, und machte ein saures Gesicht. »Wie stellst du dir Hollywood vor, du Kindskopf? Denkst du, alles ist immer nur ausgedacht und inszeniert? Dann wären die Studios lange bankrott. Bestimmt glaubst du auch, es wäre witzig, zu glauben, die Mondlandung hätte die NASA in den Filmstudios in Burbank gedreht, nachon?«

»Etwa nicht?«

»Es war genau andersrum, Blödmann. Weißt du noch, *Apollo 8 ruft Erde 2* von Solomon J. Smith?«

»Jaja, klar«, sagte Noah, der von diesem Film noch nie gehört hatte.

»Alles live, alles echt mitgedreht. Das war um fast dreißig Prozent billiger.«

»Uff.« So klang es, wenn sich die Schloimel-Gene in Noah regten.

»Schön, dass du es endlich kapiert hast, Millionenerbe.«

Wie schnell änderte sich alles, wie schnell drehte sich das Lebensrad! War Noah gerade nach dem Samsara-Prinzip der Hahn oder das Schwein? War er gierig oder ahnungslos? Und als wer würde er das nächste Mal wiedergeboren werden? Bei seinem Glück wahrscheinlich als er selbst, und der dämliche Gerry und der gierige Tal wären auch wieder da. Jede Situation zwischen mehr als zwei Menschen, stand auf dem Zettel, den ich irgendwann aus einem Glückskeks gezogen habe, ist eine spirituelle Herausforderung. Mal ist der eine am Ende, mal der andere am Anfang. Jetzt war Noah dran, sich wegzuducken. Gerade noch hatte er große, starke Worte gefunden, die Gerry entsetzt nickend hingenommen hatte – und nun verarschten sie ihn.

»Brennt es?«, sagte Ethel.

»Warum sollte es brennen?«, sagte Noah.

»Weil du vorhin in der Küche am Herd rumgemacht hast – als Einziger.« Das war Gerry.

»Na und? Ich wollte etwas für dich zum Essen machen, Gerry, du warst hungrig. Hungrig und unglücklich. Und weinerlich ...«

Er guckte ihn von unten an wie ein Kalb, das spielen möchte. »Sehr weinerlich. Weißt du noch? Ich war überrascht, dich so zu sehen.

In *The Bullet* – h-h-hab ich dreimal gesehen – hättest du erst mal das ganze Zimmer aus dem Fenster geworfen und mich hinterher. Tja, Bronco, tut mir leid, das h-h-hier ist die Wirklichkeit.« Das war ein fast wörtliches Zitat aus *The Bullet*.

Das Rad blieb stehen, keiner der vier in meinem eleganten, absichtlich leicht heruntergekommenen Wohnzimmer bewegte sich ungefähr eine Viertelsekunde lang – dann drehte es sich weiter, und alle dachten an die herzzerreißende Gerry-Situation von vorhin, auf die Noah so frech anspielte.

Wie hatte es angefangen? Bis zu dem großen Feuer hatten sie schon einen halben Tag in der Swinemünder verbracht, zivilisiert und diskret, ohne in fremden Schubladen nach Zigaretten zu suchen, ohne Gläser und Flaschen mit nassem Rand auf meinem Nakashima-Sofatisch abzustellen, ohne das Schlafzimmer zu betreten. (Nur Noah und Ethel hatten kurz das Bett und den Spiegel ausprobiert, aber sich schnell voneinander gelöst und schwer atmend beschlossen, zu warten, bis Tal und Gerry weg waren.)

Sie drehten bereits die letzte Einstellung – Ethel als Magda tanzte mit Gerry als Albért le Speer Hora um den toten Goebbels-Nachwuchs und wirbelte dabei mit Noah als Dr. Joseph in der Luft herum –, als der kräftige, strahlende Gerry einen Schwächeanfall bekam. Er blieb stehen, rollte die Augen, fasste sich mit beiden Händen an die Schläfen, dann an die Brust. Tal rief noch: »Das ist gut, das ist scheißgut, Bronco!«, und dann rutschte Gerry auf den Boden.

»Der verdammte Kalifornier ist implodiert«, sagte Noah mit singender, unmännlicher Noah-und-Soli-Stimme zu mir am Telefon, als er nach der ganzen Aktion vor der Zionskirche saß und mich in Prag anrief, um mir endlich alles zu erzählen, »er sackte zusammen wie ein gesprengtes Haus. Und das nach einer Million Stunden im Fitnessclub! Diese dauergesunden Gojim, alles nur Bluff.«

Gerry landete mit dem Gesicht nach unten, auf Hilde, Helga, Helmut, Hedda, Holde und Heide. Die hatten die Vier, wie Tal vorgeschlagen hatte, vorher aus Kartoffeln und Streichhölzern gemacht. Jedes Kind hatte einen kleinen, dicken, runden, braunen Körper, einen fast genauso großen Kopf mit zwei weißen Reißzwecken als Augen und drei Streichholzfüßchen, damit es stehen konnte, und wann immer ich mir später das Goebbels-Video auf der Goodlife-Seite ansah, um meinem angeblich toten besten Freund ein wenig näher zu sein, gab meine Seele ein leises Knacken von sich, wenn die absurden Kartoffelmännchen in Tals Inszenierung eins nach dem andern vergiftet und tot nach hinten kippten. Von Noahs sogenannter Hinrichtung, die ich mir ebenfalls oft anschaute, gab es auf Youtube und Al-Jazeera nur den Anfang, diesen komischen, wie in der Mitte abgebrochenen Moment, als einer der kleinen, betrunken wirkenden Dschandschawid seinen Dolch zog und ihn schielend küsste, worauf Noah aufgeregt und lachend in die Hände klatschte – wie ein Kind, das gleich Karussell fahren wird. Wer konnte da nicht ergriffen sein!

Gerry blieb liegen, als wäre es mit ihm vorbei. Niemand half ihm, alle starrten ihn an, als würden sie auch gleich umkippen, und fragten sich leicht angekotzt, wieso ausgerechnet Gerry »El Dick« Harper alias Bronco Bullet alias Megaman alias Harry aus *Harry und Sally 2* diesen albernen Bauchklatscher gemacht hatte. So anstrengend waren Silvester bei Walhalla Film, das Brainstorming im Charlottenburger Schlosspark und die Dreharbeiten doch gar nicht gewesen! Die fette Ethel bewegte sich als Erste. Sie hob Gerry allein hoch und wuchtete ihn aufs Sofa. Nachdem sie ihn abgesetzt hatte, sah sie an meiner schwarzen matt leuchtenden Stilnovo-Lampe vorbei nach links oben ins Nichts. Sie wirkte noch russischer, runder, kommunistischer als sonst, wie eine Arbeiterin auf einem Fünfjahresplan-Plakat.

»Was ist los?«, sagte Gerry. Das Sprechen fiel ihm schwer, auch weil Reste von Hilde, Helga, Helmut, Hedda, Holde und Heide an seinem Gesicht klebten.

»Das würden wir gern von dir wissen«, sagte sie.

»Die Kinder. Was ist mit den Kindern?«
»Welche Kinder?«
»Die Kinder, die von ihren Eltern verraten wurden.« Er fing an, die Streichhölzer aus seinem Gesicht zu entfernen. »Hört auf«, sagte er kühl. »Ich bin nicht verrückt geworden. Hört auf, zu glauben, ich würde denken, diese blöden Kartoffelmännchen sind echt! Ich weiß schon, ich weiß. Es war eine As-so-zia-tion. Es hat mich nur an etwas erinnert.«

Tal – der harte, bittere Tal, der in seinem ewigen Parka und der beigen Chinohose wie ein schwuler Zahal-General auf Heimaturlaub aussah – beugte sich zu ihm vor, strich ihm über die Schulter und sagte: »An was hat es dich erinnert, El Dick?«

»Ich hab Durst«, sagte Gerry leise.

»Bringt ihm was. Holt ihm ein Bier aus der Küche«, sagte Tal zu Ethel und Noah. Dann sagte er zu Gerry: »Das klingt wie aus einem verfickten Scheißfilm, Mann. Hast du wirklich Durst? Wenn ich am Ende bin, hab ich keinen Durst, sondern Lust, jemanden zu verprügeln oder ihm die Augen mit zwei Fingern auszustechen.«

Gerry nickte stumm.

»Und?«

»Die hab ich auch«, sagte Gerry. Seine Stimme war noch gebrochener, aber auch unmelodischer als sonst. Er lächelte. »Soll ich dir mit einem Handkantenschlag den Schädel spalten, Selfhater?«

Jetzt lächelte Tal, das erste Mal, seit Noah ihn kannte. Er hatte natürlich gelogen. Gerry lächelte auch wieder ein bisschen, aber es war ein Lächeln, das keiner gern sah. Die Mundwinkel gingen höher und höher, die Augen wurden zu Schlitzen, bald würde er weinen.

»Raus damit«, sagte Noah, »was ist das für eine As-so-zia-tion?«

»Nein«, sagte Gerry, »das ist was fürs Tagebuch.« Er bohrte seinen Blick auf die berühmte Gerry-Harper-Art verwirrt und clever in den Boden, wie zum Beispiel in *The Martians,* kurz bevor die Marsleute piepsend anfangen, auf die US-Fahne zu urinieren.

»Oder ich mache ein Drehbuch aus dieser entsetzlichen Sache.«

Noah hatte währenddessen Ethels dicke, warme Rechte ergriffen. So fühlte er sich gleich besser. Was waren das nur für Gespräche? Mit wem, wofür? Früher, wenn er im Innocentiapark Kinder traf, die fanden, er sei nicht »in«, ihn aber selbst noch mehr anödeten als er sie, hatte er das Gleiche mit Irena, Malgorzata, Krysztyna, Maria, Marianka etc. gemacht. (Oder mit der bayerischen Thekla, wenn gerade kein polnisches Kindermädchen verfügbar war.) Er hielt sich an der nach Schweiß stinkenden slawischen Riesin neben sich wie am Haltegriff einer scharf bremsenden Straßenbahn fest und fand plötzlich in allem einen S-s-sinn – sogar in seinem ewigen arroganten Unterlegenheitsgefühl, das ihn nur verließ, wenn er an die Überwachungskameras seiner allgegenwärtigen Eltern dachte.

»Eine große, entsetzliche Sache?«, sagte Noah. »Eine Sache, die man mit einem Spezialisten bespricht?«

»Ja«, sagte Gerry.

»Ich bin ein Spezialist. Mit Auszeichnung. Meine Diplomarbeit ist bei Vandenhoeck & Straubing erschienen.« (Vandenhoeck & Ruprecht, Forlani!) »Ich hätte an der Uni bleiben können. Aber W-w-wissenschaft hat mich gelangweilt.«

»Thema?«, sagte Ethel etwas zu heftig und sah Noah von links oben an. »Und erzähl uns keinen Unsinn, Kleiner!« Sie drückte seine langen, knochigen Finger mit ihrem Schraubstock von Hand zusammen, und er bekam sofort einen leichten Halben davon.

»*Psychokatalyse als Ausweg und Ziel*«, log Noah.

An der Stelle sollte ich einen kleinen Zeitsprung machen, zu Natascha Rubinstein, Noah und mir. Es ist Juni 1993, Tel Aviv, Strandpromenade, Schloimels erstes und hässlichstes Pluto-Hotel, sechzehnter Stock. Wir hatten uns zu dritt o. t. h. – on the house – Wodka aufs Zimmer bestellt, dazu etwas zu essen, was, weiß ich nicht mehr. Noah hatte nur noch drei Tage bis zur Hochzeit – oder Exekution, wie er sagte. Die Hochzeit würde nebenan im Hilton stattfinden, und wir standen seit ein paar Minuten auf der von weißgrauem Möwenkot bedeckten Betonterrasse und betrachteten still und traurig den nordkoreanisch anmutenden Hilton-Bau gegenüber. Am entsetzlichsten daran waren »die tausend gleichen Fenster, die Architekten ohne Rang von Zeichnern ohne Rang in Pläne ohne Rang hineinpausen und von arabischen analphabetischen Hilfsbauarbeitern einbauen ließen« (Originalzitat Awi Blumenschwein, dessen Vater und Onkel mit zwölf Prozent am Hilton beteiligt waren). Dahinter bewegte sich – wie auf der Flucht vor einem Etwas, das man noch gar nicht sah, weil es so groß war – eine einzige kleine Wolke vor dem kaltblauen Himmel von rechts nach links. Die Sonne knallte auf das lange, hohe, majestätische Gebäude, und die helle Fassade blendete uns.

Noah erklärte Natascha und mir, warum er Merav heiraten musste. »Ich glaube, ich kann das. Vielleicht ist es das Einzige, w-w-was ich kann. Und Schloimel und meine blöde Mutter können dann ihren Freunden bald erzählen, dass ihr kleiner Idiot selbst Vater geworden ist.« Ich lachte, er lachte, und Nataschale lachte zuerst auch. Dann sagte sie: »Noahle.« »Ja?« »Bist du sicher?« »Ja.« »Liebst du Merav?« »Dich habe ich geliebt. Und Soli« – er schickte mir einen Luftkuss – »liebe ich.« »Und warum nimmst du sie?« »Weil du mich nicht wolltest. Weil mich noch nie eine wollte, die ich wollte.« »Und wenn ich dich jetzt wollen würde?« »Wie bitte?« »Würdest du mit mir weglaufen?« Noah ging ins Zimmer rein, kam mit der beschlagenen Wodkaflasche und drei Gläsern zurück. Er stellte die Gläser auf die schmale Balkonbrüstung, goss, ohne abzusetzen, jedes voll, verteilte die Gläser, wir stießen an, sagten »Le chajim«, stellten die Gläser wieder ab, und dann sagte er zu Natascha: »Willst du mich?« »Nein«, sagte sie, »das war nur eine hypothetische Frage, Schmockolowitsch. Nein, ich will dich nicht! Leider.«

Noah schob sich die Faust in den Mund, biss auf sie und begann, vor Wut zu röcheln. Das hatte er von Schloimel gelernt. Schloimel machte das aber nur, wenn er geschäftliche Sorgen hatte. Einmal ließ der Polier beim Bau der Norda-Zentrale in der Gartenstadt Wandsbek den Notstromgenerator falsch verkabeln, und am

nächsten Morgen waren die Leitungen verschmort und unbrauchbar wie Tschulent am Sonntagnachmittag. Grrrh, röchelte Schloimel, eine halbe Million Schaden, grrrh, aber rausschmeißen kann ich ihn auch nicht, er hat drei Kinder und eine depressive Ehefrau. »Grrrh, ich bin der außergewöhnlich verträumte Noah Forlani, und alle Leute, die ich liebe, machen sich ständig lustig über mich. Nur Merav ist nicht so gemein zu mir wie ihr, aber ich zu ihr. Grrrh!«
»Noah, hör auf«, sagte Natascha entsetzt, »ich hab's nicht so gemeint. Du wirst dir wehtun.« Ich sagte nichts, denn ich kannte das schon. »Hör auf«, wiederholte sie, »warum macht er das?« »Psychokatalyse«, sagte Noah, nachdem er die rote nasse Faust aus dem Mund zogen hatte. Man sah die Abdrücke seiner Zähne, aber sie waren gar nicht so tief. »Ich erlebe den Schmerz so gründlich, wie es geht, aber ich analysiere ihn nicht. Dann geht er weg, statt sich für immer festzusetzen. Eine neue Theorie von mir! Sie könnte, wenn ich die Sache p-p-professionalisiere, Millionen von Psychoanalytikern arbeitslos machen – und wir Irren wären alle geheilt. Vielleicht werde ich einen Psychokatalyse-Verein in Odessa gründen. Ich meine in – Buczacz.« Und er rannte von der Terrasse ins Zimmer und schloss sich wie ein Mädchen weinend im Bad ein.

Natascha und ich nutzten den Moment und machten einen kurzen – ich glaube, dritten – Versuch, einander wieder ganz nah zu sein. Aber der Kuss, den wir wagten, fühlte sich an, als wären wir beide unter Narkose.

Zurück in die Swinemünder, 2. Januar 2006. Draußen wurde es jetzt schnell dunkel, und das Berliner Winterlicht hatte mal wieder dieses bei Selbstmördern beliebte fahle Etwas, das man auf keiner Farbpalette finden kann. Gerry »El Dick« Harper saß immer noch halbtot auf meinem tollen, grauen – berlingrauen – und wirklich sehr langen Sofa, das ich damals »Kontaktsofa« nannte, weil ich darauf in meiner Post-Oritele-prä-Onanie-Phase fast jede Woche mit einer anderen Nicht-Oritele Kontakt gehabt hatte, und als es später auf dem Weg von Deutschland nach Israel beim Zoll in Ashdod verloren ging, vermisste ich es mehr als jedes andere Möbelstück. Die anderen drei – Tal, Ethel und Noah – standen um den auch sehr grauen traurigen Hollywoodmann herum wie Schaulustige, die hoffen, nicht selbst dem Unfallopfer die Hand auf die Stirn legen und es von Mund zu Mund beatmen zu müssen. Sie und er waren durch eine interessante Mauer des Ekels und gegenseitigen Narzissmus getrennt.

»*Psychokatalyse als Ausweg und Ziel*«, wiederholte Noah abwesend, obwohl er nie eine solche Arbeit geschrieben hatte. Die von ihm an der Hamburger Universität abgegebene Diplomarbeit hieß *Die Essgewohnheiten der zweiten Generation durch die Augen der ersten,* und er hatte sie sich von Awis fetter Schwester (die sogar ihm zu fett war) für 5500 Mark und eine Stunde lecken schreiben lassen – eine sehr lange Stunde, in der er zweimal fast an seinem eigenen Husten erstickt wäre. »Was immer es ist, das dich bedrückt, Gerry«, fuhr Noah nachdenklich und überraschend konzentriert fort, »ich glaube, bei dir ziehen die alten, uninspirierten Therapiemethoden nicht mehr. Ich meine, wie wirst du damit fertig, dude, dass dein Ding seit deinem zweiten Lebensjahr nicht mehr gewachsen ist?!«

Und wieder diese Killer-Stille wie vorhin. Noah presste sich erschrocken an Ethel und dachte: Mist, das war ein Witz zu viel! Tal war ohnehin seit einer Weile mit dem Kopf woanders: Zuerst Darfur, dachte er immer wieder, zuerst Gerrys fucking Darfur, das wird nicht leicht, aber die Eroberung der Golanhöhen war noch schwerer, und dann kann ich endlich mit dem Rest vom Geld dieses abgeschalteten Galut-Trottels mein Gaza-Projekt anfangen. Mann, bin ich gut! Mann, wird das gut! Ich werd sie alle ficken, Besrat haschem: die Hamas, den Likud, die Schalom-Achschaw-Pyjamaträger, Dany Eitan, unseren beschissenen Ausbilder bei den Golanis, Mama, Papa, Hitler, die eingebildeten DJs von Galei Zahal, Pseudo-Gerry. Und woran dachte Ethel in dieser Schweigesekunde des Grauens? An Gerrys angeblich winziges Ding.

»Mein XXL-Penis«, sagte Gerry, und er grinste, »wäre mir als Problem lieber als die Sache mit der Orchidee.«

»Orchidee?«, sagte Noah.

»Ja – genau, die schöne, rote schwebende O-Blume.«

»Das musst du uns erklären.«

»Es geht nicht, Homo, es geht nicht. Es ist privat.«

»Psychokatalyse«, sagte Tal. Er war aus seiner eigenen Umlaufbahn wieder in die Swinemünder zurückgekehrt. »Du redest darüber, du erlebst es noch mal, du erlebst es nie wieder!« Er drehte sich zu Noah. »Ist es das? Hast du das wirklich erfunden? Bullshit. Ich hab gehört, das machen gerade alle in Nord-Tel Aviv und in den neuen Vororten. Sogar Mama hat mir davon erzählt. Sie will es auch versuchen. Sie hört immer noch dieses Pfeifen der Scud –«

»Und was ist der Unterschied zur normalen Analyse?«, sagte Ethel.

Was weiß ich, dachte Noah, mein Diplom ist gekauft. »Na ja«, sagte er, »ihr m-m-müsst euch das so vorstellen: Normal ist, du gehst bei einem von diesen Typen mit deinem Päckchen rein – und wieder raus. Ich will, dass man es dort lässt und dein Schmock von Shrink sich danach allein damit abschleppen muss!« Ihm fiel sein eigener Therapeut ein, das menschgewordene Grauen Dr. Savionoli, »dieser Psychomane und Klein-Noah-Manipulator«, und er stellte sich erfreut vor, wie jeden Tag, jede Stunde Leute in Savionolis Praxis ihre alten, zerkratzten, halb offenen Koffer, Taschen, Mappen, Rucksäcke abstellten, bis der stockgerade, knochige, braunhäutige, beim Sprechen spuckende, verfluchte, verlogene, hilfreiche ungarische Nazi sich an seinem grauen Metallschreibtisch weder vorwärts- noch rückwärtsbewegen konnte.

»Ich werd jetzt meine Uhr hier hinlegen«, sagte Tal und legte seine schöne schwarze G-Shock auf meinen rotbraun schimmernden Borsani-Tisch (er hatte sie von seinen Eltern vor seinem Militärdienst bekommen und Dany Eitan zweimal gegen die Nase gehauen), »und spätestens, wenn fünf Minuten vorbei sind, erzähl uns Gerry, was er uns gern erzählen möchte. Oder ... ich will es nie wieder hören!«

»Cool«, sagte Gerry, »hast du das aus einem Film oder was?«

»Ja«, sagte Tal, und Ethel und Noah verdrehten wie er über Gerrys Blödheit simultan die Augen. »Das hast du in *The Bullet* gemacht, Mann. Kurz bevor du Johnny Ungood den Arm abhacken musstest.«

»Ich hab Durst«, sagte Gerry, und es war, als hätte ihn keiner gehört. Er schlug sich mit der Faust zwei-, dreimal gegen die Brust und sagte: »Okay, aber wer lacht, kriegt einen Nierenhaken!«

Gerrys Geschichte war wie eine ungeschriebene Great American Novel. Er war der Sohn von Lou Harper – und der Enkel von Haimele Rotgast, dem Rabbinerspross, Buchmacher und Mitbegründer von Game Inc., der Westküsten-Mafia. Weil Haimele so strategisch und uneitel war, hielten alle Biggy Mariano für den Vorstandschef ihres neuen Glücksspiel- und Nutten-Syndikats – bis zum Tag seiner Ermordung auf der Toilette des Flamingo Hotels in Las Vegas und auch danach. Haimele selbst konnte einen Monat nach dem Sechstagekrieg nach Israel auswandern, im Kibbuz Sde Boker drei Häuschen neben Ben Gurion einziehen und weitere zwanzig Jahre über Telefon und Telex Überweisungs- und Beseitigungsaufträge erteilen. Gerry hatte das melancholisch-dümmliche Gesicht seines Großvaters, aber bei ihm war es keine Maskerade. Sonst hatte er nichts von ihm. Haimele selbst hatte das bei der Beschneidung von Gerry sofort erkannt und laut gesagt: »Kikt ihn euch an! Er ist schwach und bleibt dumm. Aber einen riesigen Potz hat er. Vielleicht hilft ihm das aus der Patsche.«

El Dicks Vater Lou wurde nicht Gangster, sondern Musiker, und er nannte sich Lou Harper. Er war kein guter und kein schlechter Musiker, und er schrieb einen Jahrzehnte-Hit: *Conny*. Darin ging es um Gerrys Mutter Elisabeth »Conny« Lockhart, die »kälteste Schickse von New England«, wie Lou sang. Lou Harpers Melodien – er spielte Westerngitarre, hatte eine tiefe Kosakenstimme und ließ sich immer von minimum fünf schwarzen Backgroundsängerinnen begleiten – klangen wie die Lieder aus der alten ukrainischen Heimat, aber ohne ja-ba-bam. Mit ja-ba-bam waren seine Auftritte in den Betten dreizehn- bis sechzehnjähriger Urlauberinnen, die er Ende der Siebziger am Strand von Hydra ansprach und drei Nächte später mit Tränen in den Augen wieder verließ. Damals lebte der kleine Gerry – und hier wurde Gerrys Geschichte erst richtig privat und interessant, weil darüber nie etwas in den vielen Rotgast-Reportagen und Lou-Harper-Homestorys stand – mit seiner Mutter weit weg in Südfrankreich, zwanzig Kilometer südwestlich von Avignon, in einem Dorf mit vier Häusern und ohne Telefon. Das alles natürlich nur, damit Lou an sein Kind nicht herankam. Denn Conny war gar nicht so kalt. Sie kochte vor Hass – »wie man so sagt«, sagte Gerry –, und sie rächte sich an ihrem untreuen Mann, indem sie Gerrys kleinen Kopf bei unbedeutenden Wutanfällen gegen die gekalkte Küchenwand schlug, bis das lange, helle, attraktive Kindergesicht voller Blut und Staub war.

»Versteht ihr«, sagte Gerry, »ich war wie diese armen Kinder, die unter der Erde des zerstörten Berlins gekillt wurden – nur weil ihre Eltern auch sterben sollten!«

Kurze, unangenehme Pause. Dann Noah (mit heruntergedimmter Stimme, als wäre er ein deutscher Student bei einer Diskussion über die Umbenennung der Carl-Schmitt-Allee in Herschel-Grynszpan-Gasse): »Findest du wirklich, dass das ein passender Vergleich ist, Gerry?«

Gerry: »Was?«

Noah: »Du bist also der misshandelte Nachkomme eines Popstars und eines jüdischen Gangsters. Okay, vielleicht. Das bin ich übrigens teilweise auch. Aber bist du auch ein Opfer des Holocausts? Darfst du dich mit diesen armen, ermordeten Kindern v-v-vergleichen?!«

Gerry (konfus): »Wie? Hilde, Helga, Helmut, Hedda, Holde und Heide Goebbels wurden vergast? Wo denn? (Jetzt wieder klarer) In Auschwitz I oder II, du dämlicher Homo?«

Noah zuckte – noch verwirrter – zurück, als hätte der Kalifornier ausgeholt, um ihm eine Ohrfeige zu geben. Dabei schob er den leicht brummenden Kopf in die betörend warme Vertiefung zwischen Ethels gigantischen Brüsten. Das war nicht schlecht. Er machte die Augen zu, das war noch besser. Ethel legte die großen Hände auf seinen schmalen Rücken, er versuchte sie zu umarmen, aber er kam auf jeder Seite ihres breiten Rückens nur bis zu den Ansätzen ihrer fetten Flanken. Das war dann nicht mehr so gut, und er erinnerte sich – das erste Mal seit seiner Hochzeit mit Mikro-Merav – an die normale, schlanke, große, großbusige, aber nubisch elegante Natascha R. als verschenkte Lebens- und Liebesoption.

»Ach Gott.« Das war Tal. Er hatte sich noch mal in die eigene Umlaufbahn geschossen, um in Gedanken die Schlussszene von *In Gaza ohne Gatkes* in der achten Drehbuchfassung durchzugehen. Jetzt war er wieder da, angepisst (wie er sagen würde) und ratlos von so viel Chaos, das er als Ex-Israeli nicht mehr gewöhnt war. »Gerry, kannst du bitte endlich deine Scheiß-Orchideenstory erzählen, damit wir ins Hotel zurückkönnen? Ich bin halb tot von den letzten drei Tagen und diesem kindischen Dreh. Ich will in die Badewanne und mir in Ruhe einen runterholen!«

»Ja, ich finde es auch wichtig, ich meine, wenn du uns alles über die rote O-Blume erzählst«, sagte Ethel zu Gerry mit ihrer gepressten Miss-Kitty-Stimme. Sie klang wie immer lieb, aber auch bitchy und schadenfroh. Insgeheim hoffte sie, dass Gerrys intime Geschichte davon handelte, dass der Oscarpreisträger einen Babyschwanz hatte. »Die Orchideenstory, bitte. Gerry, ja, bitte!«

Gerry kippte auf dem Sofa langsam zur Seite und legte die Hände unter die Wange. Sein linker äußerer Augenwinkel glänzte. »Einmal«, sagte er entrückt leise, »einmal fuhr meine Scheißmutter mit mir nach Scheiß-Avignon. Es war unser schönster Tag, bis dahin und seitdem. Am Bahnhof kaufte sie mir für zehn Francs eine rote Orchidee in einer kleinen gelben Plastikvase.« In Gerrys Augenwinkel war jetzt eine kleine Träne. »Ich dachte tagelang nur an diese

Orchidee. Ich sah sie mir hundertmal an, immer wieder ihre gebauschten schwebenden Blätter, ihren feuergelben Blütenstempel. Wer kann etwas so Schönes machen?, fragte ich mich. Ich glaubte schon lange nicht mehr an Gott, damit hatte ich gleich in der ersten Klasse aufgehört, darum war das Orchideenrätsel für mich unlösbar, und das machte diese Wochen noch ... noch magischer, genau. Zuerst stand die Blume auf dem Fensterbrett im Salon, dann stellte ich sie in den Kühlschrank, weil ich Angst hatte, dass sie vertrocknet. Dann kam sie ins Eisfach, aber Mama schmiss sie bald weg.« Die Träne schwoll an, und Gerry setzte sich schnell wieder auf.»Wir waren nie wieder zusammen in Avignon. Versteht ihr? Sie fuhr oft allein hin und blieb über Nacht. Ich hatte Angst ohne sie, aber ich freute mich jedes Mal und sagte: Mama, bringst du mir wieder eine so schöne Orchidee mit? Und sie sagte: Ja, Liebling, das werde ich gerne tun. Aber sie kaufte mir nie wieder eine, nie wieder.« Die Träne löste sich, rutschte runter und hinterließ auf Gerrys weltberühmter Aknewange einen langen, glänzenden Strich.»Ich muss mal«, stammelte er,»ich hab Hunger. Ich kann nicht mehr. Ich weiß, ich werd nicht älter als vierzig, ich weiß das von einem Wahrsager, ich weiß es genau. Fuck, warum konnte er mir nicht sagen, was danach kommt?!« Seine Stimme verschwand und kam wieder zurück.»Ich will, dass die Welt ohne mich besser wird, Tal. Tal! Du musst den Coyoten-Film ohne mich zu Ende machen, wenn mir was passiert. Hey, ich hab denselben Arzt wie Kurt Cobain, ist das nicht witzig?« Er legte sich wieder hin, presste den Kopf ins Kissen und wischte die nasse Wange daran ab. Dann weinte er noch ein bisschen, und seitdem war auf meinem schönen Kontaktsofa dieser große, helle erinnyische Fleck, der nicht von mir oder einer der Nicht-Oriteles stammte.

Was danach kam, hat angeblich keiner wirklich gewollt. Es wurde wieder still, auf eine beklemmende, unsympathische Art. Noah fing wieder mit seinem psychokatalytischen Dadaismus an, aber nicht einmal Ethel nahm sein Gerede noch ernst, vor allem, als er sagte,

Gerry müsse sofort nach Südfrankreich fahren und Lous tausend Seitensprünge, für die ihn seine Mutter jahrelang bestrafte, aus der Familienerinnerung löschen, indem er mit ihr schlafe – oder es zumindest versuche. Tal bot ihm dafür nicht sehr ernst Prügel an, und Gerry verschwand flennend im Bad. Als er rauskam, war Noah schon in der Küche. Er hatte die größte Herdplatte angemacht und suchte in den Schränken nach Eiern und einer Pfanne. Plötzlich stand er im Wohnzimmer vor Ethel (die sich jetzt allein mit dem vulva-violetten Štyrský-Buch beschäftigte, weil Tal die warmen Stöße ihres Atems auf seinem Hals nicht mehr ausgehalten hatte) und schrie, sie mit ihrem Elefantenarsch solle sich keine Hoffnungen machen, für ihn sei das zwischen ihnen nur sexuell. Dann fingen Gerry und Tal an, die Kamera und die Lampen einzupacken, der große El Dick verschwand – mit dramatisch zuckenden Lippen – noch einmal im Bad, und als er rauskam, sagte er: »Riecht ihr das auch?« Aber da waren wir schon.

Sekunden später jagte die gemütliche Ethel den kleinen Noah durch meine große, enge Wohnung wie Kosaken den letzten alten Juden durch Bolechow. Sie hatte im Schlafzimmer die schwere Guzzini-Stehlampe aus der Verankerung gerissen und holte mit dem Fuß – übel keuchend wie alle Fettsäcke, wenn sie mehr als atmen müssen – immer wieder großzügig aus. Aber statt Noah zu treffen, erwischte sie Bücher, Bilder, Fenster, Regale. »Jetzt rieche ich's auch!«, flüsterte Tal »The Selfhater« Shmelnyk. Für ihn war wieder Februar 1991, und Saddam Husseins Stinkbombe des Todes hatte in der Swinemünder eingeschlagen (dabei war es nur das langsam verbrennende Öl in Noahs vergessener Pfanne). Nach einer kleinen Schockstarre begann Tal sich wie ein Epileptiker auf dem Boden zu wälzen und mit granatapfelrotem Gesicht Babylonisch zu reden, worauf Ethel, Noah und Gerry zuerst entsetzt die Köpfe schüttelten und sich dann wegdrehten. Der Rest war eine kleine Massenpanik. Sie rannten einer nach dem anderen aus der Wohnung: Als Erster der nach links und rechts schwankende Tal. Dann Gerry, immer noch heulend und wispernd wie ein fast vergewaltigtes Mädchen, zugleich herkuleshaft die riesigen Lampen- und Kamerataschen auf beiden Schultern schleppend. Dann der grinsende Noah, immer drei bis vier Schritte vor der tobenden Ethel. Dann der Ethel-Koloss selbst, meine schöne 2000-Euro-Guzzini-Lampe schwingend, und zwar genau bis zum bröckelnden Portikus der Zionskirche, von wo sie sie quer durchs taggraue Kirchenschiff warf. Das Feuer und die Feuerwehrleute kamen erst viel, viel später (ach, es hätte wirklich nur einer die Herdplatte ausdrehen müssen!), und dass Noah zurückging, um den Mac zu retten, hatte nichts mit Altruismus zu tun. Er wollte bloß sehen, ob er beim Löschen meines fast fertigen Itai-Korenzecher-Romans eine versteckte Sicherheitskopie übersehen hatte.

Schnitt.

»Ethel will mit mir nach L. A. Soll ich?«

Das sagte Noah, mein Bruder, mein Freund, mein Verderber ganz am Schluss unseres Berlin-Prag-Telefonats. Er zitterte immer noch oder schon wieder. Er saß jetzt aber nicht mehr auf der Parkbank vor der Zionskirche, sondern in Ethels Wohnung in der Wörther Straße auf ihrem schmatzenden Wasserbett, während sie, auch schmatzend, im Bad ihren gewaltigen Körper für die nächsten zehn Runden mit ihm wusch und hektisch mit Eros-Massageöl einrieb.

»Ich hab in den letzten Minuten viel an Natascha gedacht. Du auch, Karubiner?«, flüsterte Noah mir durch die altmodisch rauschende Telefonleitung zu. »Nein«, erwiderte ich giftig, »aber es tut trotzdem ab und zu gut, sich an ihre multiplen Orgasmen zu erinnern.« »Mein Gott, Soli«, sagte er, »sie war als Einzige so, wie sie wirklich sein müssen, warum haben wir sie gehen lassen?« »Darum«, sagte ich fahrig, das Thema interessierte mich so lala. Dann befahl ich ihm, sofort die Hausverwaltung anzurufen, meinen Computer im 103 abzugeben und am nächsten Tag auf die Wache in der Brunnenstraße zu gehen, um das Polizeiprotokoll zu unterschreiben. Ich verzieh ihm noch schnell mit beleidigter Stimme die vierzig- bis fünfzigprozentige Zerstörung meines metrosexuellen Schatzkätzchens in der Swinemünder 18, dritter Stock, Südseite, dann legten wir gleichzeitig auf. Was hatte aber der ewig verwöhnte Noah kurz vorher – statt meine Großzügigkeit anzuerkennen – mit diesem widerlichen jiddischen Awi-Blumenschwein-Tröten in der Stimme zu mir gesagt? »Ach ja, ja, ja, unsere Natascha und ihre nubischen Zitzkales! Wus macht jetzt die schejne Natascha Rubinschein? Ist sie noch Anästhesistin am Mount Sinai in New York und trent mit dem gojischen Chefarzt? Sug mir, Schmockolowitsch, liebt ihr beiden euch noch? Aber far wus? Dich liebt doch die grausame Orit und du sie darum auch.« Ich nickte, fünfhundert Kilometer von ihm entfernt, stumm. »Ich muss auflegen«, flüsterte er noch leiser. »Ethel kommt. Der Boden zittert, und das Pessachgeschirr tanzt in den Schränken. Wo, Solinki, glaubst du, kauft die Venus von Kilo ihre Vibratoren? Ich hab eben einen in ihrem Bett gefunden. Ich verrat's dir: in der Zoohandlung, sie stehen gleich neben dem Elefantenfutter.«

12
Solomon und seine Schwester

Wenn meine halbe Schwester Serafina nicht über ihre Probleme beim Schreiben von *Die bulimische Enkelin des Meisterspions* sprach oder an ihrem Schreibtisch saß und nicht schrieb, machte sie zwei Sachen: Petting mit ihrem Blackberry oder Kochen. Sie kochte inzwischen viel besser als Mamascha, die lange vor dem Ingrid-Desaster aufgehört hatte, sich in der Küche zu bewegen, als wäre dort der einzige Ort ehelicher Bewährung. Mamascha – klein, energisch, immer am Rand einer Migräne und mit Migräne kraftlos wie eine Überlebende der Blockade von Leningrad – sahen wir in den Prager und Hamburger Jahren eigentlich nur an ihrem kleinen Biedermeiersekretär im Schlafzimmer über einer ihrer rätselhaften Patiencen – oder am Herd. Wenn sie kochte, füllte sich die Küche schon morgens mit dem Geruch von gekochtem Fleisch, die Fenster waren auch im Sommer beschlagen, überall lagen Zeitungen ausgebreitet, auf denen sich Haufen von Kartoffel-, Karotten- und Rote-Bete-Schalen türmten. Die Berge der Heimat. Das verlorene Etwas. Und die große Frage: Waren wir Russen oder Juden, wenn wir wie verhungernde Kulaken Mamas Borschtsch in uns hineinschütteten?

Mir war das egal. Ich liebte es, wenn Mama kochte. Seit wir in der Hartungstraße lebten und ich praktisch überall Haare hatte, kam ich fast jeden Sonntagvormittag im Pyjama in die Küche, fragte nicht, ob ich helfen solle, setzte mich mit meiner Makkabiade-77-Tasse und meinem Butterbrot an die einzige freie Ecke des Küchentischs und las laut kauend, was auf den nicht ganz aufgeweichten Partien von Mamaschas Zeitungen stand. Die Artikel, auf die ich stieß, hätte ich sonst nie gelesen. So erfuhr ich, lange vor Serafina, dass der von den Amerikanern zum Tode verurteilte und wieder freigelassene GPU-Agent Mel Wechslberg später in Stalins Auftrag mit Chaim Weizman über herrenlose Schweizer Nummernkonten verhandelt hatte. Oder dass der tschechische Emigrant Kostja Kostos aus Düsseldorf die ergaunerte Kubistensammlung seines Vaters dem – damals noch – tschechoslowakischen Staat schenken wollte. Das Museum dazu würde er selbst bauen, sagte er, mit dem Geld, das er in Deutschland als Chef einer Softwarefirma gemacht hatte, deren größter Erfolg ein Programm zur genetischen Suche von verlorenen Verwandten war.»Eine Tragödie, dass wir das Genix-Programm den verstreuten Völkern Europas nicht schon 1945 geben konnten«, sagte Kostja Kostos im Interview, daran konnte ich mich fast wörtlich erinnern.»Aber Vertreibung und Vernichtung bleiben Klassiker. Wir sind zuversichtlich. Wir werden Genix nächstes Jahr an die Börse bringen.« Denselben Artikel hatte mein Noahle bestimmt auch gelesen. An seinem Kinderschreibtisch, in seinem Kinderzimmer, damals noch unter den Augen von Schloimels Überwachungskameras.

Als ich in der Italská 28 mit meinem alten Schlüssel die Tür aufmachte, schlug mir sofort der Geruch der Heimat entgegen. Das verlorene Etwas. Mamaschas Rezepte, von Serafinas Hand. Serafina war – wegen der erhofften schlankeren Optik wie immer in Schwarz – in der Speisekammer und versuchte, vom obersten Regal eine Dose mit israelischen Salzgurken herunterzuholen. Sie stand mit dem Rücken zu mir und sagte zur Begrüßung kein Wort. Sie keuchte und streckte sich, bis es in ihrem Kreuz knackte, dabei rutschte ihr der Pullover über den Hosenrand, und ein diasporaweißer Streifen Haut erschien. Ihr großer Arsch war noch größer als vor einer Woche, als sie mich im U Dvou koček besucht hatte. Mamas Diät, mit Valjas Geld finanziert, dachte ich, war umsonst gewesen. Man sollte Big Sister lieber Geld fürs Zunehmen zahlen – dann wäre sie bald schwerer als das Bronzepferd vom Wenzelsplatz.

»Es gibt Piroggen, Borschtsch, mit Knoblauch gespickten Kalbsbraten, Kartoffelpüree, Karottensalat und Palatschinken«, sagte Serafina, ohne sich zu mir umzudrehen.»Wie war dein Silvester? Ich habe mir einen großen Topf Chili con Carne gekocht und auf DVD alte tschechische Kinderfilme geguckt.« Sie summte kurz die ersten Takte der Filmmusik von *Drei Nüsse für Aschenbrödel*. »Wusstest du, dass Karel Svoboda sich erschossen hat?«

»Der Komponist?«

»Jetzt hilf mir schon, Kleiner.«

»Was willst du, die Gurken?«

»Ja, der Komponist. Er hat auch das Biene-Maja-Lied geschrieben. In seinem Garten. Er hat sich wirklich erschossen. Das ist, als würden Spejbl und Hurvínek aus dem Fenster springen. Horror.«

»Warum?«

»Warum erschießt sich nicht lieber mein Vater?«

Sie machte mir Platz, ich griff nach der Gurkendose und warf sie ihr zu, sie fing sie auf und grinste stolz, und ihre Backen standen kurz ab wie kleine, geräucherte Schinken.

»Dein Vater oder mein Vater?«, sagte ich.

»Jedem das Seine, Kleiner.« Sie tat so, als würde sie das Gurkenglas wieder zurückwerfen. Dann sagte sie: »Musst du sofort essen? Oder willst du vorher noch in dein altes Zimmer und dort ein bisschen rumheulen?«

»War es so schlimm mit Valja?«

»Nein, wieso?« Aus ihrer Kehle kam ein ironisches, trauriges Truthahngeräusch. »Du kannst es doch bestimmt auch nicht mehr aushalten, bis Mama endlich halb nackt auf dir liegt und du ihren heißen Atem auf deinem Hals spürst, oder?«

Ich sah an ihr vorbei. Ich hatte einen schönen, merkwürdigen Flash. Ich dachte, in dieser Wohnung war ich sechs, zehn und vierzig Jahre alt, jetzt bin ich wieder hier, ich bin zweiundvierzig, und ich bin immer noch derselbe selbstsüchtige, zielstrebige Hysteriker, der denkt, dass die Welt nur aus oben und unten besteht und dass Transzendenz ein anderes Wort für Realitätsverlust ist. Als Nächstes war ich in Jerusalem, oberer – arabischer – Teil der Altstadt, im Juni 1993. Es war nur ein Moment. Noah und ich machten, am zweiten Tag nach seiner Hochzeit, einen kleinen Ausflug. Merav war zum Glück nicht dabei, sie musste nach Herzlia, um mit dem rachitischen Schönling von der Baufirma (wie sie ihn selbst nannte, als hätte sie einiges zu verbergen) für die neue Ehe-Villa Fliesen auszusuchen. Alle anderen Hochzeitsgäste waren ans Tote Meer gefahren, wo sie sich im Ein-Gedi-Spa halb nackt mit Schlamm einschmieren und miteinander herumtollen wollten. So hatte Awi Blumenschwein die Sache angekündigt, und da er wegen seiner alten Hormonbehandlung immer einen Ständer hatte, hatte er in dem Moment auch einen. Noah sowieso. Er stellte sich vor, wie er sich in Ein Gedi früher oder später unauffällig unter Ethel Urmacher (die er damals nur ansah, wenn sie ihm im Weg stand) oder Frida Pinkes oder eine der beiden riesigen, stinkenden Gartenstein-Schwestern schieben und davon einen solchen Halben bekommen würde, wie er ihn am Tag drei seiner jungen Ehe öffentlich niemals zur Schau stellen dürfte, auch nicht inmitten einer unerzogenen, depressiven, übersexualisierten Bande junger deutscher Juden. »Soli und ich kommen nicht mit. Wir fahren nach Jeruschalajim«, sagte er zu Awi. »Wir müssen in ein paar Antiquariaten nach dem Privatdruck von Kafkas *T-t-tagebuch einer traurigen Motte* suchen. Aber ich zahl euch die kleine Schlammexpedition. Ihr seid alle eingeladen. Mein Hochzeitsgeschenk an euch. Und d-d-danke noch mal, dass ihr mich nicht von meiner eigenen Party verjagt habt. Ich hätte wirklich nicht siebenmal hintereinander mit der Band mein *Schtetele Belz* singen sollen.« Der knopfäugige, fette Awi versuchte, anerkennend und dankbar zu gucken, sah aber so verwirrt aus, als hätte er an diesem Morgen statt seiner Bromtabletten eine Überdosis Pervitin genommen. Dann sagte er: »Echt? *Tagebuch einer traurigen Motte?* Das Buch würde ich auch gern lesen. Ich hab mir Kafka immer viel schwerer vorgestellt.« »Das war nur eine Metapher, Blumenschwein. Ach, vergiss es.«

Jetzt gingen wir langsam die Treppen der engen, dunklen, kühlen, stinkenden, aber auch verführerisch süß riechenden David

Street hinauf, beide blass, mit Sonnenhut, in hellblauen Fly-Israel-Trainingsjacken. Die Jacken hatten wir in Tel Aviv am Busbahnhof gekauft, nachdem wir schon im Bus nach Jerusalem gesessen hatten und wieder ausgestiegen waren, weil uns, hypochondriacs on the road, die kalte Faust der Aircondition fast k. o. geschlagen hätte. Als wir in Jerusalem ankamen, war es vier Uhr nachmittags. Wir hatten keine Ahnung, was wir machen sollten, also fuhren wir mit dem Taxi zur Klagemauer. Dort standen wir ratlos auf der großen Treppe vor der großen Kontrollschleuse, die es erst seit der Intifada gab, und guckten auf den Zionsberg mit seinem riesigen, verwüstet wirkenden, uralten Friedhof, und dann gingen wir runter zur Klagemauer. Warum eigentlich? Wir schoben keine Wunschzettel in die Ritzen zwischen den großen Sandsteinquadern, wir beteten nicht wie alle anderen neben uns (Gläubige, Nicht-ganz-so-Gläubige, Nur-hier-Gläubige), wir fühlten nichts Großes, wir wollten nichts Großes, wir wurden nicht vom Genius Loci und dem überheblichen Gedanken an fünftausend Jahre Jew Power berührt.

Plötzlich guckten wir uns an, machten die Reicher-und-geiler-Jude-Grimasse (Kinn und Nase vor, leises Schmatzen beim Sprechen), und Noah zischte: »Karubiner, ich will zurück nach Tel Aviv. S-s-sofort! Hier stimmt etwas nicht.« »Zu viel Zuviel?«, sagte ich schmatzend und auch ein bisschen schielend. »Genau, ja! Oh, du mein rhetorisches Über-Ich! Wann werde ich genauso knapp und treffend formulieren können wie du?« (Er hatte das Schmatzen mit einem leichten Lispeln verfeinert.) »Wenn du aufhörst, wegen deiner polackischen Minderwertigkeitskomplexe wie Thomas Mann auf LSD zu reden, Getto-Kid«, sagte ich. »Du Genie, schon wieder, wunderbar! Noch eine Frage, großer Zaddik: Wann werde ich mein erstes Buch schreiben? Und werde ich überhaupt?« »Hast du eine Idee?« »*Scheidung im Hilton* – ein Kurzroman. Es ist die Geschichte eines Ehepaars, das nur drei Stunden verheiratet war.« Ich drehte an den Enden meines imaginären Rabbinerbarts und sagte: »Lass mich nachdenken. Er ist ein reicher, süßer Nichtsnutz, sie ist

eins fünfzig groß und auf eine fast gojische Art zum Leiden bereit.«
»Genau.« »Nie.« »Warum?« »Weil man erlebt haben muss, worüber man schreibt.« »Noah (Lippen kräuselnd und verliebt lächelnd): »Du Schmock. Aber ich liebe dich trotzdem. Sollen wir noch ein wenig durch die Hamas-Altstadt zum Jaffator schlendern, dort eine Stretchlimo nach Tel Aviv nehmen und später in Schloimels Pluto-Bunker mit Nataschale o. t. h. Wodka und Blintzes bestellen? Ich zahl auch, du Unschnorrer!« Ich dachte kurz an meinen Samen auf Nataschas Brüsten. »Ja. Warum nicht?«, sagte ich. »Uns wird schon nichts passieren im besetzten Al-Quds. Wir beiden Buczacz-Boys sehen überhaupt nicht jüdisch aus, nicht wahr. Und die Intifada ist auch schon lange vorbei.«

Das war sie – und sie war es nicht. Die David Street war so still und leer, wie ich sie nie zuvor erlebt hatte. Wir waren, bis auf ein paar Händler, die wie beleidigte alte Eulen durch die Scheiben ihrer Geschäfte rausschauten oder schweigend auf viel zu niedrigen Hockern, Stühlen, Kisten davorsaßen, die Einzigen in Ostjerusalem. Nach ein paar Schritten fühlte ich dasselbe wie Noahle: Etwas stimmte hier nicht. Wir waren General Crook und die 2. Kavalleriedivision, und irgendwo draußen veranstalteten zehntausend Sioux bereits Kriegstänze. Man hörte keine Musik, kein Radio, nur ab und zu rief ein Händler auf Arabisch etwas in unsere Richtung. Vielleicht hieß es: »Wollt ihr einen schönen Teppich?« Vielleicht: »Ich fick eure Mütter, Brillenschlange und Goldesel!« Oder vielleicht: »Gleich kommt mein Neffe Jussuf mit seinem Sprengstoffgürtel und jagt euch beiden stinkenden Jahudischweine in die Luft, inschallah!«

Inzwischen waren wir in dem Teil des Schuks, wo es keinen Himmel gab, die ansteigende Gasse war überdacht und künstlich beleuchtet. Ich stellte mir Jussufs Bekennervideo vor und sah panisch Noah an. Seine Stirn war voller Schweiß, er ging immer schneller und starrte geradeaus. Jetzt stellte ich mir den fetten, halb nackten Awi vor, grau vor Schlamm, zwischen den beiden Gartenstein-Schwestern. Ich sah kurz klarer. Und dann kam der flüchtige

Moment meiner Transzendenz: Drei 15-jährige Jungs liefen uns entgegen, natürlich Araber. Sie waren alle schrecklich dünn, hatten diese wie in Flammen stehenden Intifada-Gesichter mit schwarzem schütterem Flaum überall, sie trugen weiße Hemden und staubige Sandalen. Zwei gingen, einer hatte den dritten – viel kleineren – auf die Schultern genommen, und als sie uns passierten, schrie der Kleine: »We suffer, you live. Salam!« Er holte mit der Hand nach mir aus – strich mir dann aber nur von oben zart über die Wange. Dann lachten sie laut und rannten vorbei, runter, zur Via Dolorosa, während wir noch schneller und panischer die Treppen in Richtung Jaffator hinaufhetzten. Wir sprachen kein Wort. Am Jaffator stiegen wir ins erste Taxi, das kam, fuhren nach Tel Aviv und verschwanden beide – statt mit Natascha ein zweites Mal Noahs Junggesellenabend zu begehen – in unseren Zimmern, verwirrt, voller idiotischer, trotziger Zukunftspläne ...

Kleist hat in einem Brief an irgendwen geschrieben: Stell dir vor, du trägst dein Leben lang eine Brille aus grünem Glas. Du nimmst sie nie ab, du siehst die Welt immer grün, aber du weißt, dass sie nicht grün ist und dass du nie die Chance bekommst, sie in anderen Farben zu sehen. Als der kleine Intifada-Scheißer und Judenhasser meine Wange berührt hatte, stieß er mir die grüne Brille vom Gesicht. Was sah ich? Nicht ihn und seine kampflustigen Freunde, die die israelische Besatzung so brauchten wie Wasser, Kleider und israelische Pornos, sondern die Sache an sich: die menschliche Seele, die lieber schmerzt und Schmerzen bereitet, als sich zu Tode zu langweilen.

Und was sah ich – cut –, als ich nach den einsamen Jahren mit Wowa und wefuckonlyjews.com endlich wieder in der Italská 28 stand, in der Wohnung, in der im eiskalten Juli 1963 mein unruhiges Onanisten-Leben begonnen hatte, vor meiner vollschlanken, mir im Zeitraffer immer unähnlicher werdenden Halbschwester Serafina, in diesem langen, genau wie in Hamburg schlecht beleuchteten Flur? Ich sah mich selbst – »an sich« – auf sechs, sieben, acht Plakaten. Diese

Plakate hatte mein Verlag gedruckt, sie druckten jedes Mal ein neues mit einem neuen Foto von mir, wenn ich mal wieder ein Buch geschrieben hatte, das »alle lesen wollten, aber keiner mögen würde« (Zitat Noah, der Unveröffentlichte). Es hatte gut angefangen. Bei *Jüdisches Jüdeln* sah ich noch zart und fast pausbäckig aus. Das Poster von *Ihr wollt nur unsere goldenen Eier* zeigte schon einen unrasierten, eingebildeten, sorglosen Orientalen, der von Trotzki die Brille und von Jabotinsky den Blick hatte. *Post aus dem Holocaust?* Ich war, mithilfe meiner schlechten Schilddrüsenwerte und einer grotesk populären Unbeliebtheit, dünn wie ein Peitschenknauf geworden, und wer beim Anblick dieses Fotos dachte, der Kerl ist Fanatikminister bei den Wohlfahrtsausschüssen, täuschte sich nicht. Bei den *Rubiners* sah man nur noch die Karikatur des kraftlosen mittelalten Mannes als Schriftsteller. Und mit welchem Foto, fragte ich mich, würde Weidenfeld & Weidenstein später für *Shylock war hier* Werbung machen? Am besten, sie fragten Claus die Canaille, die Ratte, den Erpresser, den radikal unterschätzten Autor der *Litze der Hammerbachs*. Der hatte bestimmt noch ein schönes Standbild von mir aus der Dusche der Elstar-Sauna – und von meinem dunkelroten, stolz geschwellten Schwanz in meiner unprotestantisch zuckenden Hand. Der Kreis in meinem Kopf schloss sich wie immer zuverlässig: Wer mich so sehen würde, dachte ich, hätte (Schalömchen, Kleistele! Git Schabbes, Reb Kant!) eine erstklassige, authentische Grenzüberschreitung erfahren. Der würde denken: Ich ahnte doch, was für ein Wichser dieser Solomon Karubiner ist, aber vorstellen konnte ich es mir nicht. Sababa, Todfeind. Immanenz total.

»Ich gehe kurz in mein Zimmer«, sagte ich zu Serafina. »Ja, genau, ich gehe kurz in mein Zimmer. Da ist auch noch … dieses Buch, das ich brauche.«

»Klar, Kleiner«, sagte sie, »natürlich, es ist ja deins. Das Zimmer. Und das Buch. Daran zweifle ich nicht.« Warum betonte sie das Wort »ich« so abschätzig? »Ich meine, es war deins. Ja, ich weiß, das ist alles sehr hart. *Die Karubiners* hat's zerfetzt wie einen Haufen Scheiße, in den ein Elefant tritt. Willst du nicht wissen, wie ich mich fühlte, als ich's erfahren hab?«

»Was?«

»Was wohl.«

»Die Valja-Sache?«

»Die Wowa-Sache.«

»Klar, warum nicht.«

»Du egozentrisches Arschloch. Ich kann dich trotzdem gut leiden. Komm her!« Sie stellte das Gurkenglas auf den Boden und umarmte mich, und ich spürte links und rechts an meiner Brust zwei riesige, schwere Zementsäcke. Ihre Kleider rochen nach Mamas Essen. »Warum haben wir uns bloß so lange nicht gesehen!«

»Weil du in Miami warst. Weil du mich verlassen hast. Weil du bei deinem ›Vater‹ sein wolltest.« Ich sprach die Anführungstriche mit. »Ich kann dich nicht so gut leiden.«

Die Plakate im Flur hatte Mamascha aufgehängt. Von Serafina gab es auch zwei, aber die waren älter. Seit Kostja Kostos nachts um drei in Hamburg angerufen und ihr gesagt hatte, dass nicht Wowa der Schreckliche, sondern Valja der Apathische ihr Vater sei, hatte sie nichts mehr geschrieben. Unbrauchbare Leute wie sie wurden in Tenóchtitlan mit rausgerissenem Herzen von der Pyramide gerollt. Sie aber wäre unten wieder aufgestanden, hätte sich den Staub aus den Kleidern geklopft, und dann hätten sie ihr einen eigenen Tempel gebaut. Serafina, Göttin der Nahrung, der Verklemmtheit und Besserwisserei! Wovon sie in ihrer Post-Wowa-Phase lebte, wenn sie nicht von Mamascha Geld für eine Diät kassierte? Wahrscheinlich von Telefonsex. Oder sie durchsuchte die Mülltonen von Rotherbaum nach Pfandflaschen. Sonst hatte sie, bevor sie und Mama nach Miami gingen, in Hamburg hinten in ihrem Zimmer gelegen, ständig was in ihren Mund gestopft und russische Romane gelesen, und ab und zu meldete sich ihr Blackberry und klingelte ultramodern. Ihr langer dänischer Schreibtisch aus Palisanderholz, der leicht erhöht auf einem Absatz im Fenstererker stand, sah aus wie der Himalaja: Überall lagen hohe Papierstöße; Zeitschriften und Bücher türmten sich aufeinander. Manchmal war ein Stapel umgekippt und genauso liegen geblieben. Leere Keksschachteln, ausgetrunkene Kakaoflaschen, Pizzakartons warf Serafina meistens weg; oft aber, wenn sie müde war oder zu heftig in der Umklammerung ihres writer's blocks steckte, schleuderte sie vom Bett aus halbe Bananen, angebissene Äpfel, leere Joghurtbecher und Olivenkerne auf den Tisch. Und weil die Putzfrau nicht in ihr Zimmer durfte, musste Mama alle paar Wochen, wenn sich Big Sister zum Nordic Walking im Innocentiapark aufgerafft hatte, wo sie mal wieder die Gliederung für *Die bulimische Enkelin* machen wollte, heimlich zu ihr rein, um den bereits leicht stinkenden Abfall aufzusammeln. Einmal kam Serafina zu früh nach Hause und erwischte Mamascha dabei. Sie schrien beide vor Schreck. Serafina, weil Mama einen Mundschutz trug. Und Mama, weil ihre Kanonenkugel von Tochter nach dem Nordic Walking keuchte wie Franz Kafka eine Stunde vor seinem TBC-Tod.

»Wie war es für dich«, sagte ich und bewegte meinen Oberkörper unauffällig von ihr weg, damit ich ihre verlangenden Brüste weniger spürte, »sag mir, wie war es, du traurige Wachtel, als du erfahren hast, dass du den Schläger Wowa für immer los bist? Und lüg nicht.«

»Du willst es doch gar nicht wissen.«

»Nein – du hast recht.«

Ich schob mit meinen Ellbogen ihre Ellbogen auseinander und trat einen Schritt zurück. So fühlten sich die beiden Dutroux-Mädchen, dachte ich, als sie das erste Mal wieder Tageslicht sahen.

»Wie, wirklich nicht?«

»Okay. Erzähl.«

»Ach. Na ja. Gut. Ganz gut. Ich dachte, jetzt hab ich zwei Väter. Das ist doppelt so viel wie normal.« Sie grinste unsicher, so als spielten wir eine Pokerpartie, die sie mit einer leeren Hand gewinnen wollte. »Ich war happy. Ich hatte sowieso nie geglaubt, dass alles so ist, wie sie es mir erzählen. Und dann diese Fotos von uns. Dir ist bestimmt nie aufgefallen, du narzisstische Brillenschlange, dass wir uns nicht ähnlich sehen, oder?« Ich schüttelte viel zu schnell den Kopf, obwohl ich hätte nicken müssen. »Und jetzt ist alles raus. Super. Wow. Danke, Schicksal!«

Ich stellte mir Mini-Serafina vor, fünfzig Jahre jünger, ein kleines russisches Mädchen mit Zöpfen und einem Blick, so dunkel und traurig wie verbranntes Papier. Sie stand in Prag auf dem Flughafen Ruzyně neben Mamascha und Papascha, die sich küssten, flüsterten und immer wieder genervt, aber sorgenvoll zu ihr heruntersahen. Nein, der große idiotische Trick, den sich die Erwachsenen für das Kind ausgedacht hatten, funktionierte nicht. Mini-Serafina wusste, dass sie angelogen wurde – und machte beim Lügen mit. »Papa, Papa, ich hab dich so vermisst!«, rief sie immer wieder nach oben und zog an Wowas Jackett. Wowa lachte Mamascha an – es war dieses Ich-hab-es-dir-doch-gesagt-Lachen, dieses Sie-hat-es-uns-echt-abgenommen-Grinsen –, und Mamascha lachte zurück, in einer viel höheren, helleren Ich-unterwerfe-mich-Tonlage, und dann küssten sie sich wieder lange, steif, fünfzigerjahrehaft auf den Mund. »Papa, warum bist du so klein? Isst du genug, Papalein? Warst du immer so klein?« Innere, piepsende, tragische Stimme: Bist du überhaupt mein Papa? Egal – was denn sonst, nicht wahr? »Aber ab heute musst du wieder viel mehr essen. Jetzt sind wir drei ja wieder zusammen, und du musst dir keine Sorgen mehr machen. Ja?« Papascha nickte, kalt, knapp und zu männlich. Er drückte wieder seinen gierigen, nassen, großen Huzulenmund auf Mamaschas Lippen und schob ihr die Hand unter die Bluse. Sie seufzte, schob die Hand aber weg, Serafina klatschte vor Freude – und niemand hatte in diesem Moment die kleinen Perlen in ihren Augenwinkeln gesehen.

»Du hast jetzt doppelt so viele Väter wie normale Leute, sagst du. Okay«, sagte ich. Ich klang wie eine Frau, die einer anderen ihren neuen Mann nicht gönnt. »Und das findest du gut? Das? Warum nicht auch, dass du eine Nase wie eine Knoblauchzehe hast und einen Arsch für vier?«

»Ich sehe, wie deine Augen gelb werden vor Neid, kleiner Bruder.« (Ein Aussagesatz, der wie eine Frage klang. Das konnte nur Serafina.)

»Kleiner Halbbruder.« (Sich sofort rächen – das konnte nur ich.) »Ich erzähl dir was, etwas anderes. Ich hab gestern in der Stadt Kostja gesehen. Er saß im Slavia, auf der kalten Flussseite, unter dem Absinthbild. Er war so grün wie die Absinthfee über ihm. Ich wollte zu ihm gehen und ihm irgendwas in sein ausdruckloses, altes Denunziantengesicht kippen. Das hab ich getan, ich hab mir einfach ein Weinglas vom Nebentisch genommen, und dann bin ich weggegangen, und alle sahen mir hinterher wie Gavrilo Princip, nachdem er Franz Ferdinand erschossen hatte.«

»Wie hast du ihn erkannt?«

»Wir waren verabredet.«

Ich murmelte: »Mit ihm? Ausgerechnet.«

»Ich wollte alles genau wissen. *Die bulimische Enkelin* muss gut recherchiert sein. Riechst du das?«

Ich nickte.

»Das sind Piroggen. Ich hab das Hackfleisch kurz angebraten, mit Zwiebeln und Majoran, und dann in die Pfannkuchen gewickelt. Die fertigen Piroschki, wenn man sie in Butter brät, werden gelbbraun wie Gold. Freust du dich? Hast du Hunger? Schönheit riecht man.«

Ich fragte mich, während ich sie anstarrte, ob sie je in einen Spiegel sah, und trat gleich noch einen Schritt zurück. Ich flüsterte: »Ich wäre nicht gern du. Ich hätte lieber gar keinen Vater als so einen.«

»Hast du nicht gut geschlafen, Agamemnon?« (Das war jetzt eine Feststellung, die wie eine Frage klang, raunend ausgestoßen wie auf der besten Bühne Attikas.)

»Nein.« Ich lachte unterlegen. »Nein … Willst du wissen, warum?«

»Nein.«

»Ich hab das erste Mal, seit ihr nach Miami verschwunden seid, etwas geträumt. Ich hab einen Wowa mit drei Köpfen gesehen, und er hat mich mit einem Telefonkabel unten ans Haus in der Hartungstraße gebunden.« Ich lachte noch mal und hörte mich dabei.

»Soll ich weiterreden?«

Sie schüttelte den Kopf und gähnte.

»Ich hab gestern Abend am Hotelcomputer mal wieder seinen Namen gegoogelt, und ich hab mich vertippt. Ich hab Vowa Karubiner geschrieben, verstehst du, einmal mit ›v‹. Die Leute vom Südböhmischen Archiv der ehemaligen StB-Dienste haben sich zufällig auch verschrieben. So hab ich endlich den Rest seiner Akten gefunden. So hab ich alles ... alles über ihn rausgefunden. Fuck.«

»Kleiner, hör auf.«

»Warum? Ich hab ihn jetzt am Hals, nicht du. Weißt du, wie es ist, jede Woche aus Berlin zu ihm nach Hamburg zu fahren, um sich immer nur anzuhören, dass er Mamascha ficken will?«

»Hör auf! Stell dir vor, so sagst du ihm Danke. Er hat sich auch immer um uns gekümmert. Familie war sein persönlicher Stalin-Kult.«

»Er hat uns immer geschlagen, Mrs. Ruzyně. Ins Gesicht, auf den Rücken, wenn wir beim Essen am Samstag und Sonntag Lateinisch redeten und er kein Wort verstand. Er prügelte uns aus der Küche bis ins Kinderzimmer. Wieso weißt du das nicht?«

»Vielleicht ein- oder zweimal. Öfter nicht. Das ist nicht unnormal.«

Ich machte ein lautes und hässliches Wie-kannst-du-dich-bloß-so-belügen-Geräusch.

»Was?«

»Und Auschwitz war nur ein Arbeitslager.«

»Gott! Warum bist du immer so fanatisch?!«

»Und warum sagst du nie, so war es und es war schrecklich? Dein Scheiß-Flughafentrauma. Wenn ich dich noch gern hätte, würde ich sagen: Du tust mir leid.«

Sie sah an mir vorbei. Links und rechts in ihren Augenwinkeln lagen plötzlich zwei schöne feuchte Perlen. Man musste sie nur aufsammeln.

»Komm, geh«, sagte sie und bückte sich schnell und mühelos nach dem Gurkenglas. »Geh endlich dein Buch suchen. In einer halben Stunde können wir essen. Vielleicht mach ich noch ein paar Kolatschen warm.«

»Warum kümmerst du dich nicht um ihn?«

»Überleg mal, Halbbruder.«

13
»Wir haben schon mehr gelacht!«

Die Entführungen im Sudan begannen im Sommer 2006. Niemand schrieb darüber. Ich las jeden Tag fünf Zeitungen, aber alles war voll mit Scheich Nasrallahs Eheproblemen und dem AAO-Massenmord von Oberarlberg: Ein Aktionskünstler züchtete im Keller seines Hauses mit seiner Tochter Kinder, die er später aufaß. Der gemütliche, erfolgreiche, stalinistisch erzogene österreichische Kanzler erklärte: »Wem an dieser Stelle Hitler einfällt, wird verklagt.« Ich träumte wochenlang von sieben kleinen Hitlers, die ein großer Hitler in einer Pfanne wie Sardinen briet und Ähnliches. An Noah und seine sudanesischen Filmpläne dachte ich in dieser Zeit nur, wenn ich im Kopf das gelöschte *Shylock*-Buch rekonstruierte und überlegte, ob ich aus Rache in der neuen Version jede Ähnlichkeit zwischen ihm und Itai Korenzecher tilgen soll. Trotzdem schrieb ich kein Wort, weil ein sinistrer Oritele-Rückfall meine Synapsen verstopfte. Ich wünschte, sie wäre wieder da und zwänge mich, wie ganz am Schluss, einmal am Tag ihr hinteres Loch zu lecken – auf dem Teppich, im großen Zimmer, unter dem Borsani-Tisch, die Augen verbunden (natürlich meine).

Seit Noah Gerry und Tal kannte, redete er ständig über ihre gemeinsamen Sudan-Ideen. Ich nahm das nicht ernst – oder ich machte mich darüber lustig. Dass die Sache für ihn gefährlich werden könnte, war mir nicht klar. Auch als wir drei Tage vor seinem Abflug nach Khartum im Balzac in der Chausseestraße gesessen hatten, hörte ich kaum zu, während er mir seine riskanten Reise- und Drehpläne erklärte. Stattdessen sagte ich – vom umwölkten Gipfel meiner narzisstischen Weltsicht herab – zu ihm nicht unstreng: »Wenn du Knute beeindrucken willst, besteig sie im Büro nach den Bürostunden – oder zeig ihr, dass du der Chef bist bei einer transatlantischen Geber-Videokonferenz!« Warum kniff ich ihn nicht schloimelhaft in die Wange und befahl ihm, sein Ticket zurückzugeben? Erstens: Weil bei mir – mal wieder – alles nur ich-ich-ich war. Die *Rubiners* mussten für die amerikanische Ausgabe gekürzt werden; sogar beim Onanieren hatte ich nur noch einen Halben; und Claus, die Canaille, rief mich einmal in der Woche mit einer neuen Forderung an. Und zweitens, weil ich nicht wusste, was seit Monaten im Westsudan los war – dass Ausländer reihenweise aus ihren Wagen und Betten gezogen, wie Ziegen an Armen und Beinen zusammengebunden und auf Stöcken in die Wüste getragen wurden. Oder hatte er es im Balzac erwähnt und ich-ich-ich hatte nicht aufgepasst? Es waren – wahrscheinlich – die Dschandschawid. Aus Wut auf die unsichtbaren SLA-Rebellen fingen sie an, Ausländer zu kidnappen. Sie machten es wegen des Lösegelds, warum sonst, aber auch, weil Scheich Bin-Laden, den sie langsam in ihre zügellosen Herzen schlossen, in einer letzten, magischen, müden Videopredigt den Sudan zum nächsten Irak erklärt und alle Gläubigen angefleht hatte, Amerika, die Juden und Ayaan Hirsi Ali auch in Darfur zu bekämpfen. Das und den Rest erfuhr ich erst am letzten – eisigen, grellen, unvergesslichen – Herbsttag 2006. Und da war es, wie immer für alles, zu spät.

Ich stand in meinem zu dünnen, aber extrem figurbetonten Dior-Mantel in der Cora-Berliner-Straße, vor dem großen, meerartig wogenden Holocaustmahnmal, und jemand sagte: »Jetzt macht sich Al-Qaida auch in Darfur breit. Und Noah Forlani! Den schaffen die nie, hahahaaa!« Es war Knute, Noahs Goodlife-Aufseherin. Sie stand neben mir und hielt drei Kilo Darfur-Unterlagen in den Händen. Sie sah besser aus als letztes Mal in der Torstraße im Goodlife-Büro. Nicht mehr so beleidigt und irgendwie auch gefickter. Ich guckte sie an. Sie hatte das lange, glatte Haar einer Siebzigerjahre-Terroristin und das gestresste Gesicht einer deutschen Mutter. In ihrer Sonnenbrille spiegelten sich die großen graugrauen Mahnmalquader, und ich dachte, die Jeckes (so nannten Noah und ich die

Deutschen früher manchmal wegen des komischen Spiegeleffekts) haben dieses Monument errichtet, weil sie es fast geschafft hätten, uns auszurotten – es ist ihr Triumphbogen. In fünfhundert Jahren werden sie gerissen genug sein, genau hier – mit Feuerwerk, Pilaw und Beck's Gold – ihren Nationalfeiertag zu begehen.

»Dreißig Ausbildungslager, verstehst du«, flüsterte Ute. »Die Zahlen sind von German Ungermans Watch. Das ist keine amerikanische Lüge.« Ein warmer Hauch kam aus ihrem Mund. Es roch nach Kürbiskernen.

»Echt?«

»Ja.« Sie scharrte mit den Füßen, die in halbhohen, beigen, eckigen Schnürstiefelchen steckten, Modell Birkenau, Herbst-Winter-Saison 1943. »Du glaubst mir nicht, hahaha! Sag mal, seid ihr immer so misstrauisch?«

»Wer, wir Juden?«

Sie sagte nichts, und ich konnte an der großen grauen, immer länger werdenden Falte zwischen ihren Augenbrauen sehen, dass sie nachdachte – sehr langsam nachdachte. Dann sagte sie endlich: »Oh nein, mich legst du nicht rein, Solomon Karubiner! Ich weiß, dass du aus jedem Deutschen einen Antisemiten machen kannst, wenn du es dir in den Kopf gesetzt hast. Aber nicht aus mir! Ich hab beim Zahnarzt etwas über *Post aus dem Holocaust* gelesen. Stört es dich, dass es die Junge Freiheit war? Sie finden dein Buch larmoyant.« Die Falte verschwand, und Knute zog triumphierend die wie Hühner gerupften Augenbrauen hoch. »Ich hab mit ›ihr‹ natürlich nur dich und Noah gemeint! Eure arrogante Religion interessiert vielleicht euch – mich nicht.«

»Huhuhuuu ...« Das war ich, noch lauter als sie.

Die Leute fingen an, sich nach uns umzudrehen. Die meisten sahen aus, als würden sie ihre Ferienreisen in Outdoorläden buchen, sich wie ihre Großeltern sonntags das Badewasser teilen und fürchten, sie könnten durch eine einzige Scheibe Weißbrot in ihren Gedärmen Pilzkulturen züchten, mit denen die türkische Joghurtindustrie drei Jahre lang auskäme. Es waren auch viele Kinder da. Sie hatten Fackeln dabei, die sie später zusammen mit den Erwachsenen anzünden sollten. Dabei würden sie alle – ich greife leicht vor – murmeln: »Diese Flamme ehrt jene, die in Darfur ihr Leben verloren haben – oder es noch verlieren werden.« Und spätestens dann würde ich wissen, dass Goodlife-Noah nicht nur Geld für diese Veranstaltung gespendet hatte, sondern auch zur Belohnung den großen Fackelschwur schreiben durfte. Zu Ehren, wer noch nicht tot war, aber tot sein würde? So was noahhaft Menschliches und Absurdes sollte ich Itai Korenzecher auch mal im *Shylock*-Buch sagen lassen.

»Hast du von ihm gehört?«, sagte Knute, freundlicher als unfreundlich, aber nicht freundlich.

»Nein. Seit zwei Wochen nicht. Zuletzt hat er mich morgens um halb sechs aus dem Wellnessbereich des neuen Burj Al-Fateh Hotels angerufen. Das ist dieses Gebäude, das wie ein Segel aussehen soll. Mich erinnert es an ein riesiges Fladenbrot.« Und er hat – aber das kann ich dir, Ute-Knute, leider nicht erzählen – noch das gesagt: »Karubiner, ich verstehe nicht, warum ich nicht schon früher hergekommen bin! Gestern Nacht habe ich mit einer Neunzig-Kilo-Sudanesin gerungen, die aussah wie Muhammad Ali, aber mit Titten und Bart. Ich glaube, ich frage sie, ob sie weiß, was Lift-and-Carry-Videos sind, ich könnte sie bei uns zum Superstar machen, wenn sie will. Ich bin zweimal gekommen. Gotteinu im hoichn himl! Das würden mir Thekla und Mama nie glauben, glaubst du auch?«

»Vor zwei Wochen, ja?«, sagte Knute.

»Das weiß ich so genau«, sagte ich vorsichtig, als ginge es um mein Alibi, »weil am selben Tag der neue *Tatort* aus Königsberg kam – mit Dani Levy als Kommissar und Opfer in einer Person.«

Knute lachte nicht. Sie sagte: »Noah hat das letzte Mal vor zwei Wochen auf der Goodlife-Seite etwas geschrieben. *Alles, was auch dir wehtun würde.* Sein Blog. Er hat in Khartum einen Jungen aus dem Süden aufgegabelt, der im Hotel nur einen Job hat: für Juden am Samstag das Licht an- und auszumachen. Ist das nicht erniedrigend?«

Ich antwortete nicht. Stattdessen legte ich den Zeigefinger auf die geschlossenen Lippen und sagte:»Scht.«

Abigail, Awi Blumenschweins Schwester, stand jetzt am Rednerpult und zeigte mit einem Beamer Bilder von kastrierten, verbrannten, skelettierten Darfuris. Die Fotos wurden auf eine der Mahnmalstelen projiziert. Das sah melodramatisch aus, aber nicht unglaubwürdig.»Und hier sehen Sie Mushnag«, knurrte Abigail, die seit drei Jahren bei Goodlife umsonst die Öffentlichkeitsarbeit machte, weil sie – wie wir von Awi wussten – hoffte, dass Noah sich noch mal mit dem Gesicht nach unten zwischen ihre Schenkel fallen lassen würde.»Die liebe Mushnag durfte nur vier Jahre leben. Stellen Sie sich vor« – Abigail machte ein Geräusch wie eine traurige Hyäne, die weiß, dass sie nie selbst Mutter wird –,»Ihr Kind darf nur vier Jahre leben! Mushnags Mama hat dieses Foto gemacht – mit einer der vielen Einwegkameras, die Goodlife, MyPeace und Cry, Darfur, cry! gestiftet haben. Wir geben den Menschen in Darfur die einzige Waffe in die Hand, die sie haben: das Bild.«Abigail drückte auf den Knopf ihrer Fernbedienung, und ein neues Foto tauchte auf der Stele hinter ihr auf: Ein Darfuri und eine Darfuri lagen nackt in einem Bett, sie guckten seltsam in die Kamera und hatten Oralsex.»Oh!«, sagte Agibail.»Das war ein Fehler. Entschuldigung.«

Ich beugte mich zu Knute.»Warum macht ihr das ausgerechnet hier, am Mahnmal, ihr deutschen Idioten?«

»Hahahaaa!«, sagte Knute.»Das war doch Noahs Idee! Die Macht des Holocausts, hat er gesagt, am deutschen Wesen soll die Welt genesen, immer kalt duschen, das nächste Spiel ist immer das schwerste.«

»Liebe Freunde und Gäste«, sagte Abigail. Sie ging zu nah ans Mikrofon, und die Rückkoppelung heulte auf wie eine alte Luftschutzsirene.»Begrüßen wir den Schauspieler und Darfur-Aktivisten Jeff Goldblum – oder begrüßen wir ihn nicht?!« Leiser, verklemmter

Applaus. »Er war noch bis vor einer Woche down and out in Sudan. Er wird eine kurze, traurige Rede halten. Danach wird er mit einigen anwesenden Genozidüberlebenden ein Lichtele für Darfur anzünden und die von unserem Freund Noah Forlani verfasste Darfur-Hymne singen.« Es pfiff und knackte wieder, und die Erwachsenen und Kinder in der ersten Reihe duckten sich erschrocken.

Dann stand plötzlich ein großer, demonstrativ schlanker, aber auch leicht gebückter Mann auf dem kleinen Rednerpodest. Er lächelte wie ein Irrer. Seine Augen waren halb geschlossen, er sah auf den Boden, und als er den Mund aufmachte, zeigte er eine Reihe kurzer, schöner, weißer Zähne. Ich dachte daran, was Noah mir im Café Balzac erzählt hatte: dass Goldblum Wahnschübe hatte, dass er immer jemanden brauchte, der ihn auf andere, leichtere, diesseitigere Gedanken brachte. Ich stellte mir kurz vor, ich wäre sein Therapeut. L. A.-Männer wie er hatten laut GQ mindestens drei Ärzte gleichzeitig: einen zum Reden und für die Tabletten, einen für andere Tabletten und einen auf einem anderen Kontinent, den sie ab und zu anrufen konnten, um ihm zu sagen, dass jetzt endlich wieder alles okay sei. Ich wollte keiner der drei sein. Ich hatte schon immer eine Abneigung gegen Menschen, die wissen, dass mehr Menschen sie kennen, als andersrum. Ist der Gedanke zu kompliziert? Einmal – ich war noch in Berlin – hat mich jemand in einem der teuren Friedrichstraßenrestaurants gefragt, ob ich Solomon Karubiner sei. Ich merkte sofort, wie ich mich veränderte. Meine Haut fühlte sich dünner an, ich fand plötzlich, ich sei ein für die Gesellschaft wertvolles Individuum, und ich lächelte wie verrückt. Als ich nickte, sagte der junge tätowierte Typ, er sei Verkäufer im Quartier 206, ich hätte vor Wochen bei ihnen eine Tom-Ford-Badehose reserviert, ob ich sie noch wollte. Es sollte mein Abschiedshöschen für Israel werden, mein Alija-Tanga. Ich nickte enttäuscht und eiskalt.

Einer wie Goldblum (oder wie Gerry »El Dick« Harper) hatte solche Erlebnisse ständig. Und er wurde wirklich erkannt. Wer zum dritten Mal gefragt wird, ob er der und der ist, verlässt zum Selbstschutz öfters geistig unsere Welt. Der kann – ich denke jetzt auch an Kafka, Céline, Harpo Marx, Maradona – nur durchkommen, wenn er sich in ein selbst imaginiertes Jenseits begibt. Aber dann beginnen die Wahnschübe. Dass Noah sich bei den Dreharbeiten von Gerrys Coyoten-Film um Goldblum gekümmert hatte, fand ich unlogisch und bemerkenswert. Ich war gespannt, was er mir nach seiner Rückkehr darüber erzählen würde. Hielt Goldblum sich für Moses? Tanzte er mit Bäumen Walzer? Musste er ständig irre grinsen, um nicht zu heulen? Noah und ich würden wieder im Balzac oder in der Swinemünder oder in der Cantina sitzen, Red-Zinger-Tee trinken, über den Dreh seines Lebens reden und uns dabei wie immer halb verliebt angucken. Wie herrlich hermetisch! Als ich mir das vorstellte, war ich noch ganz sicher, ich würde Dr. neur. Forlani, den Begründer der revolutionären Psychokatalytischen Schule, bald wiedersehen.

»Ich dachte« – ich ging mit dem Mund dicht an Knutes Ohr heran –, »ich dachte, Jeff Goldblum ist mit Noah, Tal und Gerry in Darfur.«

Sie reagierte nicht.

»Knute?«

Wieder nichts.

»Ute ... Knute. Utale!« (Ich bekam die hohe Noah-Soli-Ironie-Stimme.)

»Glaubst du wirklich, ich mag es, wenn ihr mich so nennt?«, zischte sie.

»Entschuldige. ›Utale‹ findest du nicht schön? Ist dir das zu ... jüdisch?«

Sie sah mich – mit martialischer Stirnfalte – traurig von unten an. Und wieder dieses lange, quälende, heideggerhafte, deutsche Nachdenken, bei dem meist nichts rauskam oder nur Sätze, die keiner verstand. Dabei hätte ich jetzt Knutes Hilfe so sehr gebraucht. Aber das verstand sie nicht. Ich wusste selbst nicht, was sich plötzlich veränderte. In meiner Brust war ein großes trauriges Loch. Auf meinem Kopf saß wieder ein schwerer, stinkender, sterbender Affe. Und in meiner Hose schlackerten sinnlos und schwer zwei Eier, die mich an Noahs einziges Ei erinnerten. Es war wie damals, als ich tagelang das Gefühl hatte, verprügelt worden zu sein, und dann rief Noah heulend an und sagte, Papa Schloimel sei tot. Sofort waren die Übelkeit und der Schmerz weg.

»Warum hast du Goldblum nicht nach Noah gefragt? Ute, du blöde Kuh, kannst du mir endlich antworten!«

Sie drehte mir den Rücken zu und machte langsam einen Schritt nach dem anderen zur Seite, wie jemand, der sich unauffällig zurückziehen will. Dann war sie wirklich verschwunden, und ich war nur noch von den introvertierten post-germanischen Teenagern und Erwachsenen in ihren grünen, knisternden Save-Darfur-Jacken umringt. Einige stützten sich müde auf ihre Fackeln; andere reckten das Kinn zum theatralisch leise sprechenden Mr. Goldblum und sahen aus wie die neuen Menschen auf den russischen und deutschen Zwanzigerjahre-Fotografien; manche lasen den Text von Noahs Darfur-Hymne, den Ute-Knute vorher verteilt hatte. Ich konnte mich leider nicht lange mit meiner Abscheu gegen sie aufhalten. Ich hatte gerade ein Dreiviertel-Déjà-vu. Ja, ich hatte Utale schon einmal dabei gesehen, wie sie sich in nichts auflöste, aber es war nicht hier gewesen. Unter ihren feinen, goldbraun gebrannten Blondinenfüßchen knackte heißer Strandsand, wir waren allein, und weil sie nur einen koketten American-Apparel-Bikini in asphalt grey trug, sah ich, dass sie unten auf ihrem Rücken ein Arschgeweih in Form einer Menora tätowiert hatte. Die Arme des Leuchters waren leicht schräg stehende Penisse, meine Penisse, und aus den Kerzen, die in ihnen steckten, spritzte es.

Ich schüttelte den Kopf und machte »brrrr«, wie jemand, der einen zu scharfen Wodka getrunken hat. Das Bild blieb, und mir wurde klar, dass ich zum zweiten Mal in meinem Leben auf eine Blondine scharf war. Die erste, die Madame aus der Elstar-Sauna, war mit ihrem aufgepumpten, weißen, federnden Arsch auch nicht gerade der Typ »Anne Frank in der Blüte ihrer Jahre« gewesen. Was für eine Katastrophe, dachte ich entsetzt, das ist absolut indiskutabel. Die Zeichen mehren sich! Ich muss weg aus D., nach Israel, Noah hatte recht, ich muss zu meinen Leuten und zur despotischen Oritele, sonst mache ich Diaspora-Schmeggege eines Nachts mit einer von diesen Eva-Braun-Enkelinnen aus dem Borchardt oder Grill Royal oder Elstar Club ein riesiges, blondes, passiv-aggressives Kind, das tausend Minderwertigkeitskomplexe haben wird und ein angeborenes Arschgeweih.

»Brrr«, machte ich noch mal und versuchte, mich auf Mr. Goldblum zu konzentrieren.

Gerry, Tal, Jeff Goldblum und der Rest der kleinen Sudan-Second Unit wollten über London nach Khartum fliegen. Noah war von Tel Aviv auch zuerst nach London geflogen. Dort wartete er auf sie in der Unholy Travellers Lounge der Jihad Air, eine olivhäutige, hakennasige arabische Bodenstewardess fest im Blick, deren Riesenbrüste ihn an zwei prall gefüllte Kamelhöcker erinnerten. Er hatte schon schlechtere Momente im Leben gehabt.

Die anderen drei mussten unterdessen in die Stadt fahren und sechs Stunden lang mit dem sudanesischen Botschafter in seinem Wohnzimmer Tee trinken, essen, rauchen, schweigen. Sie hatten alle kein Visum, und sie rechneten nicht wirklich damit, dass einer der schneeweiß gewandeten, Khat kauenden Männer des Darf Wader aus dem Präsidentenpalast von Khartum sie ins Land reinließe. Dann sah der Botschafter – die dunklen schweren Drogenlider meist halb geschlossen – auf einmal zu Jeff Goldblum hoch und sagte in gurgelndem Anwar-el-Sadat-Englisch: »Ich kenne Sie! Ich habe Sie irgendwo schon mal gesehen!« Goldblum überlegte kurz, ob er sich schnell wegmeditieren solle, aber dann wurde ihm klar, dass von seiner Geistesgegenwart das ganze Projekt abhing. »Ich war«, sagte er, all seinen Hollywoodstolz schluckend, mit seinem süßesten, aasigsten Lächeln, »die Fliege in *Die Fliege*, Mr. Abdel al-Tishbi. Tsss, tsss,

tsss.« »Was für eine Fliege? Was ist los mit Ihnen, Amerikaner, was reden Sie? Haben Sie mir was von meinem Khat geklaut?« Der Botschafter lachte leise, zupfte seine pompöse, schneeweiße Dschellaba zurecht, schob den ständig rutschenden, kompliziert gewickelten Turban vor und zurück und griff sich, als wäre er allein, gemütlich zwischen die Beine. »Nein, nein, jetzt weiß ich. Sie sind Dr. Hellerthau, der jüdische Arzt aus dem Charing Cross Emergency Room! Sie haben meine liebe Tochter Reem gerettet, nach einer Überdosis Crack. Wissen Sie«, – seine Augen klappten zu wie bei einer Puppe, die man hinlegt –, »ich hasse die westliche Zivilisation mehr als meinen Chef in Khartum. Warum könnt ihr Kerle nicht etwas erfinden, das nur glücklich macht, ohne dabei unsere Kinder umzubringen?« Er schob Goldblum, Gerry und Tal müde den Korb mit den grünen Khatblättern und Khatzweigen hin. »Nun ja, was soll die Aufregung ... Wir werden geduldig und mit Interesse den Verfall Ihrer Welt beobachten. Scheich Bin-Laden, Scheich Nasrallah und der Dschandschawid-Kommandeur von Al-Faschir täuschen sich. Man muss nichts tun! Gar nichts. Man muss nur zusehen, wie ihr einer nach dem andern an irgendeiner Überdosis von irgendwas krepiert. Und dann ziehen wir einfach in eure Häuser. So wie ihr damals in unsere in Al-Andalus. Was, sagten Sie, war das für ein Film, den Sie im Westen unseres Landes drehen wollen?«

Das war Tals Moment. Er griff in die gläserne, einem Salatblatt nachempfundene Khatschüssel, schob sich einen ganzen Strauch in den kleinen Mund, seine Backen wurden dick wie Luftballons, und dann erklärte er al-Tishbi – kauend – in exakt fünf halb wahren Sätzen Gerry Harpers Coyoten-Projekt: »Die Regierung in der Hauptstadt will den Menschen von Darfur helfen. Die Menschen wollen die Hilfe der Regierung. Ein jüdischer Ex-Marine versucht aber, sie gegen die Regierung aufzuhetzen. Er kann nichts dafür, so wurde er in den Yankeeschulen erzogen. Nach drei lehrreichen süßen Monaten in einer Madrasa kehrt er nach Amerika zurück und ist glücklich und Moslem.« Gerrys plumper Bodybuilder-Gesichtsausdruck –

kaum sichtbares Schielen, die Lippen dümmlich konzentriert aufeinandergepresst – veränderte sich bei jedem der fünf Tal-Sätze. Von ernst über ganz ernst zu total ernst. Dabei wanderten seine eng zusammenstehenden Augen noch näher aneinander heran.

Erst als Tal fertig war, das zerkaute Khat in einen der kleinen Messingeimer vor sich spuckte, sich im großen geblümten Diwan zurücklehnte und der Botschafter – nach einem kurzen, bedeutungsvollen Hustenanfall – den dreien zum Erhalt ihres Visums gratulierte, lächelte Gerry. Er strahlte vor Glück, als hätte er das Bourbaki-Theorem gelöst. »Übrigens«, sagte er, »ich war El Bronco in *The Bullet,* eure Exzellenz, Herr Botschafter! Werden Sie wahrscheinlich auch nicht kennen. Ich hatte einen Supersatz. ›Das hier, Bronco, ist die Wirklichkeit.‹ Tief, oder? Verstehen Sie, oder? Wahr ist, was bleibt.« Aber da schlief al-Tishbi schon und hielt sich die Eier.

Noah hatte in diesen sechs Stunden eine Menge erledigt. Er führte viele Telefonate – davon jedes zweite mit Merav und den Mädchen in Herzlia –, und er schrieb Mails: an Ute, an seinen Broker in New York, an den Webmaster von wefuckonlyjews.com, an mich, an den Buddha-Betrüger Rashnawala, wieder an mich und an den Schulsenator von Hamburg, dem er vorschlug, dass jeder HLG-Schüler, der mittags einen Vegi- oder Kokaburger essen würde (gestiftet von Goodlife), von Noah einen Nachhilfelehrer seiner Wahl bezahlt bekäme, die Fächer Deutsch und Geschichtsrevisionismus ausgenommen. Schließlich öffnete Noah – wobei er immer wieder die stämmige, grimmige Jihad-Air-Stewardess mit leicht geöffnetem Mund und minimal heraushängender Zunge anlächelte – die *Shylock war hier*-Datei, die er an Silvester in Berlin aus meinem Computer geklaut und dort danach gelöscht hatte. Er las unkonzentriert ein paar Absätze, machte die Datei wieder zu und schrieb in einem Zug einen relativ gelungenen Abklatsch einer Itai-Korenzecher-Szene. Sein neuestes Projekt hieß *Moby Dichter und seine Fälle und Unfälle, von ihm selbst erlebt, überlebt und erzählt.* Noah, der naive Dieb, schickte mir aus Heathrow sogar noch ein paar Kapitel. Hier eine kurze Auswahl: Moby Dichter beschimpft einen labilen Lubawitscher als gottlos, worauf der mit Schweinefleisch Selbstmord begeht. Moby Dichter leidet beim Onanieren an vorzeitigem Samenerguss – aber nur, solange er dabei an Rosa Luxemburg denkt. Moby Dichter heiratet eine große, kräftige israelische Olympia-Judoka, die seit der Hochzeit jeden Tag um einen Zentimeter schrumpft. Das hatte was – und war doch nicht so gut wie Noahs E-Mails.

Ja, Mails konnte mein kleiner Forlanicus wirklich gut, darum bewahrte ich immer die besten auf Entourage in einem Noah-Ordner auf. »Führer«, schrieb er mir zum Beispiel in der Nach-Ethel-Phase, als er aus Los Angeles nach Tel Aviv zurückgekehrt war und ab und zu in seiner Singlewohnung in der Zlatopolsky von der totalen Scheidung träumte, »gestern Nacht mit einer riesentittigen, Jiddisch sprechenden, kinderlosen, groß gewachsenen Sexbombe rumgeknutscht. Es war Vollmond, und es war mir, als wäre ich verliebt. Heute Morgen Katzenjammer, Impotenz, Orientierungslosigkeit und Sehnsucht nach der zwergwüchsigen Herzlia-Pituach-Königin. Töte er mich, jetzt, sofort!« Eine andere Spitzenmail stammte aus derselben Zeit: »Mit Merav ein Pilates-Wochenende in Galiläa verbracht. Alles tut mir weh, bis auf mein schlaffes Schmeckel, das mal wieder nicht zum Einsatz kam. Wann kommt der Pseudo-Thai Rashnawala und spannt sie mir endlich aus? Verzeih, Adonai, aber wenn der Mann seiner Frau erlaubt, fremdzugehen, dann ist es doch kein Ehebruch, nachon?« Oder: »Komm bloß nicht nach Israel, Freund, um Oritele ein Baby zu machen und mittels Paartherapie deinen Beziehungshass loszuwerden! Leg dich ja nicht mit deiner Neurose an! Sie ist heilig und soll dein Leben dominieren, bis zu dem Tag, da du die Augen schließt. Es könnte dir sonst so ergehen wie mir: Der Künstler in dir würde sterben. Oder hat er in mir nie gelebt?«

Und so weiter und so weiter. Die letzte Mail, die ich von Noah vor seiner Abreise nach Khartum bekam, ging so: »Lieber, verfluchter Nicht-Korenzecher! Ich sitze schon seit Stunden allein in Heathrow. So einiges an Gedanken durchströmt mich – aber nur bis zur

Gürtellinie. Vielleicht hattest du doch recht, und ADS und Erbschaft vertragen sich nicht. Was habe ich getan? Der große Schloimel Forlani würde mir mein übrig gebliebenes Eichen abschneiden, wenn er wüsste, dass ich, der Ethelisierte, mein Vermögen Merav und dem minderbemittelten Hollywoodianer El Dick geschenkt habe. Und dann noch die UBS-Hacker! Leihst du mir was, wenn El Dicks Coyoten-Film kein Box-Office-Hit wird, wie wir in L. A. sagen? Ich, der fast Verarmte – und praktisch schon toit.«

Und praktisch schon toit. War es eine Vorahnung, die Noah auf dem Londoner Flughafen hatte? Wusste er, dass er einen Monat später, an Armen und Beinen gefesselt, wie eine tote Ziege in die Al-Barei-Berge hinausgetragen werden würde? »Vorahnung« ist natürlich das falsche Wort. Wer einen Plan hat, der ahnt nicht – der weiß Bescheid. Außerdem, wenn einer von uns beiden für Visionen zuständig war, dann ich. Ich denke an die Sache mit dem Affen oder an Wowas StB-Akte, falsch abgelegt unter V., die ich trotzdem im Internet ausgegraben habe.

Doch zurück zu Schloimels cleverem Sohn: Noahle war in Heathrow in der Unholy Travellers Lounge wegen seines nahenden Todes so glücklich wie lange nicht mehr. Glück – das wussten wir von Oberschmock Dr. Savionoli – vertrug er aber so schlecht wie die Psychopharmaka, die ihm der Nazi-Doc manchmal aus purem Sadismus verschrieb. Oder so gut wie ein Seekranker Abführtabletten. Also genoss Noah den Augenblick nur unwillig und wartete, bis er vorüberging. Irgendwann nickte er ein, relativ entspannt, mit leicht entgleisten Gesichtszügen, und träumte nicht wie sonst von Überwachungskameras, von Merav in Kinderkleidern oder von Theklas Holzbein, wie es sich selbstständig machte. Er konnte – das erste Mal im Leben – in einem Traum fliegen. Er schraubte sich, mit den ausgebreiteten Armen die Luft wegdrückend, immer weiter in die Höhe. Er sah Tel Aviv, Hamburg, mich, das wie ein Kernkraftwerk explodierende Goodlife-Office in der Torstraße in Ostberlin. Alles war absurd, schön, von der Zeit abgeschnitten. Aber dann – hallelujah! – rief Mike Smythson von

Gelling, Chas & Cohen an und weckte ihn, und Noah krachte all the way back auf den Boden des Realen.

Smythson sagte hustend, sie müssten die Third-Temple-Aktie, die letzte Woche noch wie ein Teenagerschwanz im Puff hochgegangen sei, sofort verkaufen, er wisse das. Es ging um Noahs letzte, heimliche, eigene Ersparnisse. Er streckte den Zeigefinger aus und stützte ihn nachdenklich gegen das Kinn. Noch zögerte er. Er zog die Augenbraue hoch und sah – an den Köpfen einer Gruppe hohlwangiger deutscher Architekten vorbei – zur belämmerten Kamelfrau. Sie guckte zurück. Sie durchbohrte ihn mit ihrem leicht blöden Blick. Sie ließ ihre lange violette Zunge aus ihrem Kamelmaul rausplumpsen – und Noahle bekam einen gigantischen Halben. »Nicht verkaufen«, sagte er scharf, als hätte er plötzlich wieder zwei Eier, ins Telefon. Zwei Stunden später rief Mike noch mal an. »Jetzt hilft auch keine Viagra«, sagte er. Alle Kurse waren wie tonnenschwere Kanonenkugeln durch den Boden gekracht, und Third Temple Inc. war praktisch nichts mehr wert. Da war es wieder, das schöne, traurige, glücklich machende Gefühl, ein Versager zu sein, Dr. Savionoli. Er liebte es!

Wenig später im Flugzeug nach Khartum zog es wie in Dora-Mittelbau. Gerry, Tal, Jeff Goldblum und Noah saßen, eingewickelt in maisgelbe, kratzige, stinkende Kunstfaserdecken vorne in der Businessclass, kauten das Khat, das der Botschafter ihnen geschenkt hatte, und redeten kaum miteinander. Alle waren nervös und vom antialkoholischen Khateffekt gut gelaunt. Noah sah sehr viel aus dem Fenster. Er machte sich Gedanken über die Farbe des Himmels, der erst lange zu weiß, dann lange zu blau war und dann dunkelgrau, fast grün. Sie flogen übers Mittelmeer, über Ägypten, am langen schwarzen matten Nil entlang. Noah war sicher, dass er Pyramiden gesehen hatte, sie sahen so winzig aus und kaputt wie Sandburgen am Strand, von Gullivers Kindern zertrampelt, aber als sie landeten, merkte er, dass er halb geschlafen und den ganzen Flug geträumt hatte. Es war vier Uhr früh, am verlassenen Flughafen von Khartum roch es nach Urin und nach – nichts.

»Weißt du, Karubinchen, wie es ist, wenn es nach nichts riecht?«, sagte er, als er mich zwei Wochen später halb nackt aus dem Wellness-Bereich des Burj Al-Fateh Hotels das letzte Mal anrief. »Dir ist klar, dass du auf einem anderen Planeten gelandet bist, okay? Du hast Angst, dass du nie mehr nach Hause kommst. Du findest es g-g-genial! Und dann tauchen diese vier, fünf Typen neben dir auf, die alle wie der Kater aus *M-m-meister und Margarita* aussehen, sie haben hundsgemeine Schnurrbärte, MGs, Uniformen und stecken mit ihren langen Katzenbeinen in Nazistiefeln. Hör zu! Sie haben mit zitternden Händen unsere Koffer und Papiere gecheckt, uns in lautlosen Limousinen auf hundert Umwegen ins Hotel gefahren und gesagt, wir sollten vorsichtig sein, der Sudan sei heißer als Rio ... ›Hallo, junge Dame, finden Sie es nicht leichtsinnig, allein per Anhalter durch die Gegend zu fahren?‹ Verstehst du, was ich dir sagen will? Das Nichts hier riecht wie die Stille vor dem ersten Stoß.« Er lachte leise und stolz. »War doch ganz gut formuliert, oder? Soll ich das bei *Moby Dichter* einbauen, an der Stelle, als er es endlich schafft, Fee Feinstein in seinem Kinderzimmer gegen seine alte, quietschende Hammondorgel zu drücken? Okay, ich leg jetzt auf. Ich lass mir gleich noch mal kurz von Muhammad Ali in memoriam Papa Forlani die Prostata massieren, bevor wir morgen nach Darfur weiterfliegen. Wir werden die beiden Filme in Al-Faschir drehen, hat Tal beschlossen, wie findest du das? In der Hochburg der Dschandschawid, Allahu akbar, bibberbibber.« »Wieso die beiden Filme«, sagte ich verwundert ins Telefon, »welcher ist der andere?« »Nein, nein«, sagte er, »du hast dich verhört, oder ich hab mich versprochen. Sug mir, was glaubst du, warum gibt's keinen zweiten jüdischen Staat, ich meine, zum A-a-ausweichen? Ach, und noch was: Das war wirklich eine gute Idee von dir, das mit der Goodlife-ID. Knute hat sie mir overnight ins Hotel geschickt, und gestern, als wir in Omdurman auf dem Markt waren, wuchsen wieder ein paar Geheimpolizjanten neben uns aus dem Boden, und ohne Ausweis ... ich sag's dir! Wie spät ist es bei euch?« »Was ist das jetzt für eine Frage?« »Ich muss doch meine Uhr stellen, verstehst du. Nu?«

Er legte auf, bevor ich antworten konnte, und danach verlor ich die Spur meines Freundes und Bruders – bis ich ihn, gefesselt, kniend, grinsend, schluchzend, in einem zerrissenen orangen Müllsack auf Youtube wiedersah, offenbar kurz vor seiner Enthauptung.

»Brrr«, machte ich jetzt wieder in Berlin, am Mahnmal für die Opfer des fast gelungenen Holocausts. Aus dem sommerlichen Ute-Knute-Déjà-vu war allmählich eine präkoitale Depression geworden. Ich versuchte zur Ablenkung an Oritele zu denken, aber mir fiel nur Natascha ein, die wie Mamascha auf diesem einen alten Foto aus Moskau aussah: sehr, sehr dunkle Augen, viel zu dicke Augenbrauen, großer, ahnungsloser, wahrhaftiger Fickmund.

»Ich frage mich«, sagte Jeff Goldblum ins pfeifende Mikrofon und vergaß, was er sich fragte. »Ich frage mich ...« Er lächelte, wie schon die ganze Zeit, schwierig und weggetreten, und hob dabei kaum die schweren dunklen Lider. »Ich frage mich wirklich, ob es die Hölle war, von wo ich heute zu Ihnen komme. Und ich frage mich, wie es kommt, dass ich überhaupt rauskam. Und wann, frage ich mich, werde ich das nächste Mal« – er machte eine hauchfeine Schauspieler-Pause – »kommen.«

Die grünen Save-Darfur-Jacken knisterten, niemand lachte, bis auf die fette Abigail. Irgendwo hinten machte jemand ein tiefes, kehliges, unzufriedenes Geräusch. Das war sicherlich Ute. Ich sah an Goldblum vorbei in den Himmel. Manchmal bekam man durch das, was man hinter, über, neben Leuten entdeckte, eine Antwort. Manchmal nicht. Der Himmel über dem groß gewachsenen, schiefen Jeff Goldblum sah an diesem ersten überraschenden Wintertag, der noch in den Herbst fiel, so weiß und milchig aus wie Arak, wenn man ihn mit Wasser mischte. Ich hatte keine Ahnung, was das zu bedeuten hatte.

»Bitte, entschuldigen Sie«, sagte Goldblum so leise, als hätte er Angst, dass die Worte und Zähne aus seinem Mund fallen könnten, »ich habe manchmal diese ... unnötige Psycho-Sache und versuche, mich mit Witzen abzulenken. Glauben Sie mir, ich hätte das alles lieber nicht erlebt!« Er machte mit den angewinkelten Daumen und Zeigefingern beider Hände den Sucher einer Kamera nach, kniff ein Auge zu und guckte mit dem anderen durch, während er weiterredete. »Letzter Drehtag, Al-Bachara, außen, Tag: Die schwarz gekleideten Teufel kommen aus allen Richtungen auf ihren Pferden angeritten, als wir gerade Schluss machen wollen. Die arabische SS mit ihren Säbeln und Kalaschnikows! Ich bin noch geschminkt. Ich tanze Hora und versuche mit der Sprache meines Körpers« – er machte ein paar träge Samy-Molcho-Bewegungen – »die Einheimischen davon zu überzeugen, dass sie einer der verlorenen zehn Stämme sind und das Land Kanaan ihr Ziel sein sollte. Eine Idee von Noah Forlani, unserem Koproduzenten und psychologischen Betreuer, das mussten wir so machen. Wie auch immer, als die Dschandschawid kommen, zieht er mich in den Jeep, Gerry Harper und der israelische Regisseur nehmen die Crossmaschine. Wir rasen davon, und als wir am nächsten Tag zurückkehren, um unsere Kameraausrüstung zu suchen, liegen vor der Dorfmauer die verbrannten Leichen der Einwohner, Dutzende Kinder und Erwachsene, mit Sprit begossen und angezündet beim Versuch, wegzukriechen.« Irgendwo hinten machte jemand ein lautes, zufriedenes Geräusch – Ute. Ich selbst hörte kurz auf zu atmen und bekam das erste Mal im Leben Lust, mich zu betrinken, zum Beispiel mit Arak. »Ich finde neben einer der Leichen den Vierblatt-Anhänger, den ich von Paul Mazursky geschenkt bekommen habe. Gerry schwört Rache, der Israeli kippt um, hat einen epileptischen Anfall, ich übergebe mich, weine. Abspann und Ende. Was ich sagen wollte«, sagte Goldblum tonlos und senkte die Hände, »wir alle könnten so enden. Manche haben es schon hinter sich, ungefähr 6 Millionen. Und darum: Stoppt den Völkermord im Sudan! Beendet die Kaviarlieferungen nach China! Kauft Rapsbenzin aus Kalifornien!« Er hielt kurz inne. »Macht es nur mit euren Ehefrauen!«

In diesem Moment tauchte auf der graugrauen Stele hinter ihm der Schriftzug von Goodlife auf, Chopin-Musik erklang, Konten für Spenden wurden eingeblendet. Dann lachte ein riesiges, schwarzes, unintelligentes Kindergesicht von der Stele herab. Schließlich stieg Goldblum – von Abigail am Ellbogen gestützt – vorsichtig von der Rednerbühne herunter, hilflos wie eine Fliege mit ausgerissenen Beinen. Die kleine Menschengruppe öffnete sich, er trat vor einen niedrigen, selbst gezimmert wirkenden Holzblock, in dem eine dicke weiße Kerze steckte, von allen Seiten senkten sich brennende Fackeln, und bevor sie den Docht der Kerze berührten, murmelten die Menschen Noahs *Schwur für Darfur*:

>»Du warst ein Kind, jetzt bist du tot,
>wer dich nicht mochte, wusste nicht:
>*Als Flamme aufzugehen,*
>*kann schöner sein als ein Gedicht.*
>*Doch nicht in deinem Fall!*
>*Dein Name ist der Widerhall*
>*von Exxon, Esso und BP,*
>*warum heizt ihr nicht mit Schnee?*
>*Darfur stirbt, und Shell wirbt*
>*mit besseren Konditionen.*«

Jetzt war Goldblum dran. Er taumelte wieder kurz und stockte, dann schob ihm jemand eine Fackel zwischen seine vor Kälte starren, langen, dunklen Finger, und er entzündete zitternd das »Lichtele« und sagte allein:

>»*Diese Flamme ehrt jene,*
>*die ihr Leben verloren haben*
>*oder es noch verlieren werden.*
>*Danke, Gott, wir haben*
>*schon mehr gelacht.*«

Zehn Minuten später war die Cora-Berliner-Straße leerer als das jüdische Gemeinderestaurant Zion in der Fasanenstraße nach einer Salmonellenattacke. Zuerst verschwand Goldblum – wie ein Kind oder ein Greis an Abigails Hand, die sich kurz umdrehte und mir lüstern zuzwinkerte –, dann verzogen sich die Menschen in den Darfur-Jacken, stumm, glücklich und innerlich so angenehm leer wie lange nicht mehr. Ich stand immer noch da, als Einziger, ich fror nicht, obwohl mein dünnes Dior-Mäntelchen offen war. Ich klammerte mich an Erinnerungen. Ich dachte an Noah und mich in Jerusalem, in Hamburg in der ETV-Turnhalle, im Innocentiapark, in der Wohnung seiner Eltern, beim Schiwesitzen für Schloimel, wie wir zusammen das *Literarische Quartett* schauten. Ich spürte, wie sich wieder etwas auf meinem Kopf bewegte, doch es war nicht der Affe, es war ein großer Vogel, der mit seinen Krallen auf meiner Glatze hin und her tänzelte, Balance suchte, aber nicht fand.

Dann stand plötzlich wieder Ute neben mir. »Hör zu«, sagte sie, »ich muss dir was erzählen.«

»Warum hast du Goldblum nicht nach Noah gefragt, du blöde Kuh«, sagte ich. Der Satz kam mir bekannt vor. Ich hatte ihn schon mal gesagt, dabei langweilten mich Wiederholungen. Und was fiel mir noch auf? Jetzt war ich es, nicht der weltberühmte Schauspieler mit dem ewigen Heulkrampfgesicht, der beim Reden den Mund kaum aufbekam, als hätte ich Angst, meine Zähne und Zunge zu verlieren.

»Ich habe ihn gefragt. Es ist furchtbar. Es tut mir leid, Solomon. Und vor allem, was wird aus Goodlife?«

Der Vogel hörte auf, hin und her zu tänzeln.

»Was tut dir leid? Dass ihr den Krieg verloren habt?« Ich hatte Tränen in den Augen, ich wusste nicht, warum.

»Hahahaaa ...«

»Mach das noch mal, aber überzeugender.«

Sie hakte sich bei mir ein. Sie umarmte mich. Sie strich mir mit der flachen Hand ein paarmal schnell über den Oberarm. »Es ist so schlimm. Es ist eine echte fucking Entführung. Es ist wie in den Nachrichten: Sie sind verschleppt worden, und es kann sein, dass sie alle geköpft werden! Alle. Auch Noah. Nur Jeff durfte gehen. Sie haben ihn, sagt er, in *Die Fliege* gesehen, als großes, hässliches, sprechendes Insekt. Sie haben gesagt, sagt er, das wünschen sie allen Ungläubigen. Bist du eigentlich für den Dialog oder für den Clash der Kulturen?«

»Ich glaub dir kein Wort«, sagte ich. »Du bist ja wie Noah, du wirst auch immer verrückter. Und alles dreht sich immer nur um dich. Denkst du, ich weiß nicht, dass auf deinem Rücken meine Penisse tätowiert sind? Warum gibst du's nicht zu? Hast du mich um Erlaubnis gefragt? Dass Hermann Hesse nackt geschrieben hat, heißt noch lange nicht, dass man ihn nackt lesen muss, du exhibitionistische Vollidiotin.«

»Was?« Sie sah mich kurz an wie Admiral Dönitz den Marschall Schukow in der Sekunde der Kapitulation oder wie Hoeneß den schwarzen jugoslawischen Himmel, als er 1976 in Belgrad den entsetzlichen letzten EM-Elfer verschoss. »Was? Wie?« Ihre Augen zeigten Schmerz, Verwunderung, Verachtung. Der Sieger war der Besiegte. Dann sagte sie: »Das BKA weiß es seit Dienstagnacht. Es gibt eine, wie heißt es, eine, einen ...«

»Krisenstab«, sagte ich, der Vogel kratzte ein letztes Mal mit seinen Krallen auf meiner Glatze herum und flog stumm davon.

14
Ein Brief vom Staatsanwalt

Als ich im trüben, warmen, mittags oft grünlich leuchtenden Januar 2005 aus Prag zurück nach Berlin in meine verwüstete Wohnung und mein umwölktes Halbbruder-Dasein zurückkam, konnte ich nur an eins denken: Warum hatte Serafina das getan? Was wäre anders geworden, wenn ich dasselbe gewollt hätte? In der Literatur kann übertriebene Geschwisterliebe ganz interessant sein. Ich denke an so etwas wie *Wälsungenblut*. Zwei schöne Juden, Zwillinge, Bruder und Schwester, schlank, schnell, untalentiert, undiszipliniert (das alles passte auf Serafina und mich natürlich jeweils nur halb), streiten sich, weil die Schwester einen Schejgez heiraten soll, sie gehen in die Oper, kehren heim und legen sich, deprimiert und nackt, zusammen auf ein Bärenfell. Der Sex, der danach kommt, ist nicht viel mehr als eine raunende Old-School-drei-Punkte-Passage, aber was für eine, und vorher werden mehrmals die meerschaumfarbenen Brüste der melancholischen Schwester erwähnt.

Ich habe diese rührend antijüdische Geschichte von Katia Manns eifersüchtigem Ehemann – seine Erzählungen waren aus Zufall das einzige deutsche Buch, das ich auf der Flucht aus D. nach I. mitgenommen hatte – in Tel Aviv das erste Mal überhaupt gelesen, und ich bekam sofort einen kräftigen Halben davon. Das war sehr schön, es lag viel Poesie darin, Eigenart, aufgedrehte Ratlosigkeit, und es kündigte sich auch keine Sekunde lang ein moralischer Kater an. Aber es war Literatur. Im Leben sollte man, wenn man in die Nähe des Bärenfells gerät, lieber sofort einen ratsuchenden Brief an den Psychologischen Weltkongress schreiben, kalt duschen oder Selbstmord begehen. Anders gesagt, wer sich mit Blutsverwandten einlässt, ist entweder selbst schuld – oder hundert Kilo schwer und hat's wirklich nötig. Oder wollte Serafina, die neue Königin der fetten Frauen, auf etwas ganz anderes hinaus?

Ich ließ, nachdem ich in der Swinemünder die verkohlte Wohnungstür aufgeschlossen hatte, den Koffer im Flur stehen und ging langsam ins Schlafzimmer, wo ich mich aufs Bett setzte. Dort verharrte ich zehn, zwanzig Minuten im Zustand vollkommener untaoistischer Erstarrung, ich glaube, ich nickte sogar kurz ein. Dann kam von Serafina auch schon die nächste SMS. »Bist du verrückt geworden, Kleiner«, schrieb sie, »was denkst du von mir?« Ich antwortete ihr nicht, das tat ich seit Tagen nicht, und versuchte, um bessere Laune zu kriegen, an Julčas muskulösen jungen Roma-Arsch zu denken, aber es funktionierte nicht. Was, dachte ich stattdessen, war gerade mein größtes Problem? Dass meine Berliner Wohnung, der einzige Ort, an dem ich vor nichts Angst hatte, unbewohnbar geworden war? Dass meine Mutter mich vor zwei Jahren mit meinem Vater alleingelassen hatte? Dass ich ausgerechnet Wowa 40 000 Euro schuldete, die ich nicht hatte und die er jedes Mal, wenn ich aus Berlin nach Hamburg zu ihm kam, um mit ihm einen Abend lang stumm pathetische russische TV-Serien zu gucken, gegen mich wie eine Waffe zog? Dass Wowa Gottwald liebte, Husák diente, Kostja betrog, Worte falsch setzte, Valja die Tochter stahl, Ingrid, die Zahnärztin, in den Tablettentod trieb, den Strick für Djeduschka knüpfte? War vielleicht Wowa Karubiner, genannt »Der Schreckliche«, Deckname »Quido«, mein einziges Problem? Ja, vielleicht.

Es konnte aber auch sein, dass das Zentrum meiner Schwierigkeiten ungefähr einen Meter tiefer als mein ständig ratternder, um sich selbst kreisender Kopf lag. Ganz sicher sogar. Dass ich mich (ferngesteuert von meinem »Es«) seit Jahren mit einer sexsüchtigen, sadistischen, fingerfickenden, weinerlichen, unbegabten Israelin beschäftigte (die eine große Malerin sein wollte, aber nicht konnte, und das nicht nur, weil ihr irakischer AD-Vater es ihr nicht gönnte), hatte sehr viel mit verschiedenen Körperöffnungen zu tun. Ich dachte aber immerzu, ich bräuchte sie, weil mit ihr der Auszug aus Pitom nach Kanaan eines Tages ein Kinderspiel sein würde. Aber warum hatte ich dann, statt längst bei ihr in der Zlatopolsky zu sein, mit pathetischem russischem Drang zum allzu Symbolischen in einer öffentlichen Sauna meinen erigierten Schwanz bemüht? Also doch keine Sexsache? Und wie hing Serafinas tragischer Annäherungsversuch mit all dem zusammen? Gehörte er ebenfalls in den Seele-Herz-Komplex? »Okay«, schrieb Serafina mir, dem Fast-Vergewaltigten, jetzt wieder, »es hat vielleicht wirklich ›so‹ ausgesehen. Aber du irrst dich. Ruf mich an, damit ich dir das erklären kann. Und wenn du lernen willst, wie man Kischke macht und Freuds Traumdeutung ad absurdum führt, sowieso.«

Ich ließ, kaum hatte ich mit angewiderter Miene Serafinas neue SMS gelesen, das Telefon aufs Kissen fallen, auf dem einer von Noahs Freunden eine Kinderportion meiner glutenfreien Samba-Haselnusscreme verschmiert hatte (hoffentlich war es nichts anderes), und hatte nun doch eine kurze, heftige Julča-Arsch-Reminiszenz. Dann stand ich auf und ging – mit erhobenem Zeigefinger – im Schlafzimmer hin und her. Das machte ich immer, um mich zu beruhigen. Nachdem ich in Mamas und Papas Spiegelschrank eine Weile mein rotfleckiges lebloses Migränegesicht wie das eines Fremden angestarrt hatte, bewegte ich mich ins Wohnzimmer. Der Borsani-Tisch hatte es gut überstanden. Nur eine einzige Ecke hatte jemand aus Noahs Goebbels-Haufen mit einer Leichtigkeit zertrümmert, als wäre er aus Styropor, und beim Anblick des gesplitterten Holzes dachte der Hypochonder in mir (»Judochonder« hätte Noah gesagt) an eine Fleischwunde. Die große Stilnovo-Lampe hing nur noch an drei Kabeln schief darüber, ihr runder Milchglasschirm hatte einen langen Riss, der wie der Verlauf des Jordans südlich von Jericho aussah. Und die angesengten Chiavari-Stühle? Die hatten die Feuerwehrleute auf den Balkon geworfen, wo sie wie Leichen übereinanderlagen.

Ich verstand nichts, absolut nichts. Ich bewegte den gestreckten Zeigefinger hin und her. Es half nicht. Ich machte kleine, trippelnde, fragende Schritte. Die roten Hamburg-Prag-Teppiche unter meinen Füßen waren verrußt, verdreckt, hier und dort hatte der Löschschaum riesige helle Flecken hinterlassen, als hätte das Mammut, das durch mein Allerheiligstes gestürmt war, am Ende der Party seinen Mammutschmock aufgerichtet und in mein metrosexuelles Schatzkästchen ejakuliert. Ich lächelte. Es wurde kurz besser, dann wieder schlechter, und ich stellte mir meine hormonspeiende Schilddrüse wie einen der Brennstäbe von Tschernobyl vor. Wenn ich meinen Mac (mein Herz und mein Hirn!) wieder zurückhätte, dachte ich, wäre vielleicht alles halb so unangenehm. Noah sollte ihn im 103 abgeben, das hatte ich ihm, als ich noch in Prag war, am Telefon gesagt, oder nicht? Ein Schrittchen, zwei Schrittelein, drei Schrittele. Ich ging zur Tür und legte die Hand auf die dreckige, rußgeschwärzte Klinke. Dann sah ich auf dem Boden den Brief.

Die nächsten zwei bis drei Sekunden waren sehr lang und sehr interessant. Während ich mich nach dem Brief bückte, dachte ich: Graues Umweltpapier, Sichtfenster aus Cellophan, meine Adresse und mein Name mit Nadeldrucker hineintätowiert – das ist die Post aus der Hölle, Staatsanwaltschaft Wedding II, Dr. Josef Kaltenbrunner, alles ist aufgeflogen, sie haben mich in Ton und Film und 3-D aufgezeichnet, Prozessbeginn mit nachfolgender Erschießung auf dem Gendarmenmarkt vor dem Französischen Dom morgen früh um halb sechs. Oder ich kann, wenn ich will, gleich einen kleinen Koffer packen und barfuß zum Anhalter Bahnhof gehen, der Zug ins Generalgouvernement Polen wartet schon. Dann, es war nicht mehr als eine halbe Sekunde vergangen, ich hatte meine Hand noch kaum nach unten bewegt, dachte ich: Alles, alles wäre anders gekommen, wenn Wowa im grauen schwülen Frühjahr 1971 nicht in letzter Sekunde aus der besetzten ČSSR rausgekommen wäre und wir drei für immer aus Hamburg zu ihm nach Prag hätten zurückkehren müssen. Was für eine spannende, undurchsichtige Ostblock-Horrorgeschichte! Ich kannte sie, solange ich »denken« und urteilen konnte, aber was 1971 wirklich passiert war, wusste ich erst seit vorletzter Woche, seit dem verrückten Nachmittag mit Kostja Kostos (und Serafina) auf der Prager Halbinsel Kampa in seinem Museum des fast vergessenen tschechischen Kubismus, von oben bis unten voll mit Bildern und Skulpturen, zusammengeklaut von seinem gerissenen Papá, dem Direktor der staatlichen Kunst-Export-Gesellschaft Art Center in den Jahren 1958 ff.

Die Flucht-Version von Mamascha und Wowa dem Schrecklichen, die Serafina und ich uns immer anhören mussten, hatte einen realen, glücklichen Hintergrund: Nachdem Wowa seinen Erste-Seite-Artikel *Die Arbeiter mit menschlichem Antlitz* im Frühjahr 1970 in der Zeit veröffentlicht hatte, galt er kurz als der andere, der »emigrierte« Dubček. Er durfte mit Heinemann, dem Herzenspräsidenten der neuen Deutschen, auf dem Petersberg zu Abend essen und ihm in Anwesenheit von Augstein, Nannen, Enzensberger etc. das Paradox des demokratischen Sozialismus erklären. (Dabei musterten die ehemaligen Hitlerjungen und -soldaten seinen schwarzblauen, galizischen Bartschatten mit einer Abscheu, die er nur von seinen Professoren und Parteiausbildern aus Russland kannte, sagte Wowa, als er mir vor meiner Flucht nach Israel noch einmal die Geschichte seines Aufstiegs und Aufpralls in Deutschland erzählte, und er lachte böse dabei.) Oder er wurde von Günter Gaus – Papascha auf dem schwarz-weißen Fernsehbildschirm en face, Gaus von hinten mit großem grauen Kopfarbeiterkopf – »zur Person« befragt. Das gefiel ihm am besten, weil Gaus einmal sagte: »Stimmt es« – scharfes, niedersächsisches ›s‹ – »stimmt es, Herr Karubiner, was Martin Buber schrieb: dass die Juden von Buczacz immer ein paar Zentimeter näher an Gott und damit noch ein bisschen skeptischer waren als ihre Glaubensgenossen?«

Wowa durfte auch für einige Stunden in Heinrich Bölls Haus, in diese kleine weiße schäbige Voreifel-Villa, wo ein paar Jahre später der störrische Slawe Alexander Solschenizyn Zuflucht fand. Dort redeten sie bei Kölsch und Halvem Hahn über das sadomasochistische

Verhältnis von Judentum (dem Vor-Katholizismus) und Christentum (dem Nach-Judentum) und die Frage, wann die Christen den Juden endlich verzeihen würden, dass die sie seit zweitausend Jahren nicht als neue Juden anerkannten. Darüber auch nur nachzudenken, war neu. Das wussten sie beide, und Böll schrieb später einen Artikel über ihr Treffen für den Merkur. »Dies ist die Geschichte unserer Schuld«, begann er, »aber dies ist auch die Geschichte von Männern wie Wowa Karubiner, die mit ihr flirten.«

Einen Monat später kam Wowas erstes und letztes Buch im Westen: *Der Arbeiter im Juden*. Wowa selbst half beim Verschicken der Rezensionsexemplare. Nein, das war nicht mehr wie früher in Prag, als er bei Československý spisovatel in maximaler dirigistischer Zwangsauflage erschien und mit seitenlangen Kritiken in Rudé Právo, Mladá Fronta, Literární Noviny rechnen konnte. Lange geschah nichts. Ein Schweigen, das nur der Betroffene als schmerzhaften Lärm wahrnahm. Und dann – Überschrift: *Karubiner und die Frage des guten Stils* – ließ Marcel Reich-Ranicki in der Frankfurter Zeitung meinen bösen, gerissenen Vater übers Messer springen. Sein Urteil über »einen Opportunisten und seine gefälschten Ideale« war gut begründet und richtig – und traf auch auf ihn selbst zu. Darum musste er schnell die Schuld auf einen anderen öffentlichen Juden schieben: damit es ihn nicht eines Tages genauso erwischte.

Danach war Papascha als Intellektueller im Prinzip am Ende. Er gab der UZ im Ton einer kommunistischen Selbstkritik ein letztes, ödes Interview, gespickt mit einem Haufen sowjetischer Endlos-Genitive; er lud sich auf eine Tagung linker Arbeiterautoren um Wallraff, Max von der Grün etc. ein, war ihnen aber als Ex-Stalinist, der sich schlechter verstellte als sie selbst, zu rechts; er hielt, bevor er wegen unbezahlter Mitgliedsbeiträge aus dem Vorstand ausgeschlossen wurde, bei einer Konferenz des Exil-PEN in der Alten Königlichen Bibliothek von Anderlecht eine komplizierte, traurige Rede, die mit den Worten endete: »Die Literatur ist ein der Politik misstrauender Bruder. Oder muss es Schwester heißen?« Aber da hörte ihm keiner mehr zu, keiner las und druckte seine Manuskripte. Djeduschkas Kapustowo-Dollars waren inzwischen auch aufgebraucht, und so wurde Wowa der Schreckliche auf die schnelle jüdische Überlebensart selbstständig, i. e. Wirtschaftsconsultant für Osteuropa. So hatten es uns Wowa und Mamascha meistens erzählt, wenn wir in der Küche saßen, süßen Tee tranken, Twaroschniki aßen und uns nicht stritten, also höchstens einmal im Jahr. Aber keiner von beiden sagte, dass Wowa in diesem Moment seines komplexen 20.-Jahrhundert-Lebens nach einer neuen Sinnebene verlangt hatte. Das erfuhren Serafina und ich erst auf Kampa von Kostja Kostos.

Meine Hand befand sich jetzt auf der Höhe der Klinke. Zwei Jahre war alles – das war immer noch die Mama-Papa-Version – ohne Probleme gegangen. Wowa flog inzwischen fast jeden Monat mit seinem tschechoslowakischen Pass nach Moskau, aß im Restaurant des Hotels National mit Parteisekretären geräucherten Stör, Borschtsch, Bliny mit schwarzem Kaviar, bezahlte alle Rechnungen und kehrte mit immer größeren Aufträgen für seine deutschen Partner zurück. Die neue schöne Welt des Ost-West-Handels! Die Perestrojka der kleinen Schritte! Die perfekte Agentenlegende für Wowa »IM Quido« Karubiner! Dass man, als Emigrant, mit tschechoslowakischem Pass nach Moskau fahren konnte, aber nicht nach Prag – warum hatte ich das geglaubt? Weil meine Eltern es uns so erzählt hatten. In Wahrheit (sagte Kostos, während wir auf Kampa vor seinem besten Filla standen) musste Wowa regelmäßig zurück nach Prag, via Moskau, in die Bartolomějská, und reden, reden, reden. Doch er hatte, seit er nicht mehr Bölls und Heinemanns und Brandts Gast war, zero zu erzählen. »Die alten Feinde des Kommunismus«, wie Major Jaromír Sekora von der Außenabteilung 22/L sie nannte, hatten ihn vergessen. Und die neuen Feinde des Kommunismus misstrauten ihm, seit er im Juni 1968 das antisowjetische Manifest der zweitausend Worte sicherheitshalber mit »Wowa Itzikstein« unterzeichnet hatte.

Wowa schrieb nach Paris, nach Toronto, nach New York. Er wollte – auch weil er es wirklich wollte – in einem tschechischen Exilverlag erscheinen. Er dachte, für eine antikommunistische Tal- und Himmelfahrt wäre es nie zu spät. Was Steinzeit-Genossen und ehemalige Jugendfunktionäre wie Milan (Kundera) oder Pavel (Kohout) in den Sechzigern schafften, könnte er genauso, und Major Sekora hätte dann auch etwas davon. Aber niemand reagierte auf seine Briefe. Nur der unsentimentale, schwatzhafte Arnošt Lustig in Berkeley in Kalifornien schrieb zurück.»Du, Wowa, warst eine Nutte und wirst eine Nutte bleiben. Die Huren bei uns in Theresienstadt waren immer die besten Spitzel. Bist du es auch?« Vielleicht, nein, bestimmt war das der Moment (sagte Kostos neben dem Originalabguss von Gutfreunds *Don Quixotte* zu Serafina und mir), als Wowa der Schreckliche beschloss, in einen anderen Aggregatzustand seines Daseins zu treten und Wowa der Gerechte oder Echte oder Aufrichtige oder Glücklichere zu werden. Das Alles-oder-nichts-Gespräch, das er deshalb bei seinem nächsten heimlichen Pragtrip im vierten Stock der Bartolomějská mit Maj. Jaromír Sekora führte, hatte Sekora wie jedes andere protokolliert. Und ich hatte es von Anfang an in meinen IM-Quido-Akten gehabt. Aber erst als ich es in einem Anfall verdrehter Wehmut wieder las, auf meiner Tel Aviver Terrasse, mit Blick auf das Dizengoff Center, das schwarzblaue Mittelmeer und meinen aktuellen Lieblingspuff, verstand ich plötzlich, worum es an diesem 4. April 1971 zwischen den beiden wirklich gegangen war.

Maj. Sekora: Guten Morgen, Genosse, wie war die Reise?

IM Quido: Gut, danke. Ich weiß, das alles ist nicht selbstverständlich.

Maj. Sekora: Was genau? Der Schlafwagen erster Klasse, der armenische Cognac, die Schaffnerin ohne Unterwäsche oder die Ehre, für die Partei Tag und Nacht da zu sein?

IM Quido: Genosse Major, verzeihen Sie, sie hatte Unterwäsche an, sie war keine Schaffnerin, und nächstes Mal würde ich trotzdem lieber über Frankfurt direkt nach Prag fliegen.

Maj. Sekora (lacht): Das Verwischen von Spuren überlässt du uns. In Ordnung?
IM Quido: Ja, in Ordnung.
Maj. Sekora: Oder willst du von den Agenten des Vierten Reichs enttarnt werden?
IM Quido: Nein, natürlich nicht, Genosse Major!
Maj. Sekora: Warum bist du heute so traurig?
IM Quido: Ich bin nicht traurig.
Maj. Sekora: Gut, dann können wir jetzt anfangen.
IM Quido: Ja, fangen wir an.
Maj. Sekora: Was gibt's Neues?
IM Quido: Ich bin traurig.
Maj. Sekora: Ihr Juden seid wirklich witzig, weißt du das?
IM Quido: Das sollte nicht witzig sein, Genosse Major, ich bitte um Entschuldigung.
Maj. Sekora: Schon gut, erzähl mir jetzt lieber was. Was war in letzter Zeit bei euch Emigranten in Hamburg los?
IM Quido: Ich weiß es nicht, wirklich, es tut mir leid. Ich hab keine Ahnung. Seit ich die Firma habe – und das Büro –, komme ich kaum unter Leute. Hamburg ist eine ruhige Stadt. Das heißt ... Augenblick ... letzte Woche stand der jüdische Satiriker und bekannte Revanchist Gabriel Laub in der Lebensmittelabteilung von Karstadt neben mir. Er sagte zur Verkäuferin, er hätte gern trockenes Brot, so wie letztes Mal. Als die Verkäuferin sagte, sie hätten nur frisches Brot, aber das sei aus, sagte er: »Gut, dann komme ich wieder, wenn das frische trocken ist.« Eine verdächtige Unterhaltung, finde ich.
Maj. Sekora: Sag mal, Karubiner, was ist los mit dir? Das ist alles? Ist das dein Bericht? Oder ist das wieder einer von deinen jüdischen Witzen?
IM Quido: Nein, ganz bestimmt nicht. Nein, nein ... ich weiß es nicht.
Maj. Sekora: ›Ich weiß es nicht‹ haben wir hier schon gehabt. Daraus wird schnell ›Ich kann einfach nicht‹. Das wissen wir, und

dann kommt immer: ›Bitte, ich will niemanden mehr verraten!‹ Verstehst du, was ich dir damit sagen will?

IM Quido: Ich denke schon.

Maj. Sekora: Pass auf, Karubiner, wer für uns arbeitet, geht niemals in Rente.

IM Quido: Nein, natürlich nicht. Ich will mich ja auch nicht davonschleichen, ich will weiter der guten Sache dienen. Ich könnte zum Beispiel … etwas für den Außenhandel tun, jetzt, mit meinen neuen Kontakten. Uran, Čapek, Filla, Bernstein- und Granatschmuck, Porzellan mit Zwiebelmuster, Semex etc.

Maj. Sekora: Du könntest auch heute Abend dem Genossen Husák oben auf der Burg ein bisschen Tschechischunterricht geben. Wie fändest du das?

IM Quido: Genosse Major, ich bitte Sie, ich kann wirklich nicht mehr!

Maj. Sekora: Jeder kann früher oder später nicht mehr. Sogar der große Feliks Dzierzynski wollte eines Tages aufhören.

IM Quido: Heißt das, ich darf Schluss machen?

Maj. Sekora: Was glaubst du?

IM Quido: Wenn ich aufhören würde, nur einmal theoretisch angenommen, müsste dann meine Familie nach Prag zurück? Oder könnte ich zu ihnen raus … ich meine, für immer raus?

Maj. Sekora: Du bist heute wirklich sehr witzig, Karubiner. Du könntest auch zusammen mit ihnen in die Uranbergwerke von Jáchymov. Dort gibt's bestimmt in einer Baracke noch ein freies Vierbettzimmer mit Waschbecken und Toilette auf dem Hof. Na, warum sagst du nichts? Sind das Tränen? Sind das etwa Tränen?

IM Quido: Genosse Major, ich kann nicht mehr, ich kann einfach niemanden mehr verraten, egal wen, nicht mal den schlimmsten Feind.

Maj. Sekora: Siehst du, da war er, der verhängnisvolle Satz. – Und jetzt?

IM Quido: Es tut mir leid.

Maj. Sekora: Wie leid, Genosse?
IM Quido (betroffen): Sehr leid.
Maj. Sekora: Gut, na gut, jetzt hör auf zu heulen. Ich werde mir etwas für dich überlegen. Ich will nicht, dass ein verdienter Genosse wie du traurig ist. Und ich werde mir noch mal die Akten im Fall Kapustowo kommen lassen. Ein bisschen Stöbern und Nachdenken bei der Suche nach Gerechtigkeit, weißt du. Die Sache mit dir und deinem Vater war, wie sagt man, für uns alle ein ziemlicher Knochen zum Kauen. Wie hast du ihn immer genannt?
IM Quido: Djeduschka Karubiner.
Maj. Sekora: Ja, genau. Djeduschka Karubiner. Wie schläfst du zurzeit?
IM Quido: Gar nicht. Kaum. Ein paar Stunden im Morgengrauen.
Maj. Sekora: Dann geh jetzt nach Hause und schlaf dich aus. Die Partei wacht heute über dich.
IM Quido: Gut, dann mache ich das.
Maj. Sekora: Oder nein, warte! Warte, ich habe vielleicht schon eine Idee. Du kannst, wenn du willst, sofort »in Rente gehen«. Und nach Westdeutschland zu deiner Familie darfst du auch. Aber wunder dich nicht, wenn in ein paar Wochen Fotos von deinem toten Vater und dir in der BRD auftauchen, im Stern und in der Welt – die Westler lieben Spekulanten und Verräter wie euch. Und später wird das tschechoslowakische Fernsehen einen Film über euch machen als Warnung und Abschreckung, für die Bürger unserer Republik. Das verstehst du doch?

Nach dieser Unterhaltung wollte Wowa natürlich sofort nach Hause. Das Zuhause gab es noch, in der Italská 28, so wie immer, so wie heute, dem Innenministerium sei Dank. Er ging zum Kaufhaus Máj in der stinkenden, immer dunklen Spálená, stellte sich zwischen die hundert blassen sozialistischen Untermenschen, die auf die Straßenbahn warteten, und als die 22 kam, drängte er sich noch ungestümer als sie hinein. Es sah fast so aus, als wollte er von ihnen erdrückt und erstickt werden. Dieser kleine, kräftige ruthenische Mann, der morgens im Bad beim Rasieren mit seinem entblößten Oberkörper wie ein Asphaltleger aussah, hatte aber keine Chance auf einen Gnadentod. Sie stanken wie eine ganze Maidemonstration, und sie schubsten mehr als sonst, das war alles. Zu Hause setzte sich Wowa mit grauem Gesicht aufs Bett und nahm zwei Acylpyrin. Es half nichts. Er legte den Kopf in die Hände und bewegte sich sehr lange nicht. Aus Verrat wird immer neuer Verrat, dachte er, arme Serafina, armer Djeduschka, armer Ich. Dann überlegte er lange, ob er Mamascha anrufen sollte. Sie hatten (das war jetzt wieder die Mama-Papa-Version und stimmte trotzdem) einen Code verabredet. Wenn er sie von unterwegs anriefe und das Grab seiner am Gurkentod verschiedenen Mutter in Moskau-Wostrjakowo erwähnte, wüsste Mamascha, dass sie mit Serafina und mir nach Prag zurückmusste. Wenn er anriefe, aber das Grab seiner Mutter nicht erwähnte, dann rief er nur an, weil sie ihm fehlte. Und wenn er sie nicht anriefe, dann fehlte sie ihm nicht, oder er lag schon halb tot in einer der eins fünfzig hohen Kellerzellen in der Bartolomějská. Wowa griff nach dem Telefon und wählte die Nummer der Auslandsvermittlung. Als die Telefonistin – dunkle, leise, depressive Marta-Kubišová-Stimme – ihn fragte, in welches Land er eine Verbindung anmelden wolle, schoss ihm ein wahnsinniger Gedanke durch den Kopf. Er hängte schnell auf, legte den Kopf wieder in die Hände, dann rollte er sich auf dem Bett ohne Decke zusammen und schlief ein.

Am nächsten Morgen fuhr er mit dem gepackten Koffer zum Wenzelsplatz und kaufte im TAROM-Reisebüro ein Rückflugticket Prag–Bukarest–Frankfurt–Hamburg. Die Rumänen hatten im August 1968 keine Soldaten, Panzer und Losungen in die Tschechoslowakei geschickt, sie würden ihn auf seiner Flucht schon nicht aufhalten. Er ging in den Buchladen am Graben, fragte, wie schon seit vielen Jahren, vergeblich nach Poláčeks *Alles für die Firma*, danach saß er traurig unter dem heiligen Wenzel und sah zu dem hohen schwarzen Riegel des Nationalmuseums hinauf, und nach einem letzten, extrascharfen Xwei-Jujo beim Chinesen in der Vodičkova fuhr er zum Flughafen nach Ruzyně. Hier wartete er – stierend, lesend, stierend – auf einer harten, kalten, grauen Plastikbank fast einen halben Tag auf die TAROM-Maschine, dann flog er nach Bukarest und stieg dort ins Flugzeug nach Westdeutschland um. Das heißt, er wollte dort umsteigen. Aber als er dem stockdünnen, braunhäutigen, rumänischen Grenzpolizisten seinen grünen ČSSR-Pass zeigte, sah der nur eine Sekunde lächelnd rein und sagte auf Russisch: »Tut mir leid. Den Trick kennen wir schon. Zurück in den Käfig!« Das war der Augenblick, als der starke Papascha das erste und letzte Mal in seinem Leben ohnmächtig wurde. Nach einer endlosen durchwachten Nacht im Bukarester Interconti – er hatte vor Panik vergessen, das Licht auszumachen – flog er wieder zurück nach Prag, und drei Tage später saß er, diesmal mit weißem Gesicht, vor Major Sekora in der Bartolomějská im vierten Stock, und sie machten ein Geschäft. »Die Abteilung 22/L will nur ab und zu wissen«, sagte Sekora, »was unser alter Genosse Kostja Kostos macht. Das genügt. Und ab und zu guckst du für uns BRD-Fernsehen. Und übrigens, keine Schaffnerinnen mit oder ohne Höschen mehr, wir kommen ab jetzt immer zu dir. Gute Heimreise, Genosse Itzikstein!«

Ich bückte mich. Ich streckte die Hand nach dem grauen Umschlag aus, der, wie von jemandem verloren, neben der Wohnungstür lag. Ich dachte an Madames großen, weißen Sauna-Arsch, an den herrlichen, alles zerstörenden Halben in meiner Hand, an Staatsanwalt Xaver Maria von Mengele, wie er mir mit buckligem Katzenrücken und lüsterner Anti-Josef-K.-Fratze schrieb, dass für mich alles, aber wirklich alles zu Ende sei.

Dann dachte ich an den einzigen wiederkehrenden Albtraum, den ich hatte – ein Mord, den ich beging, ein Diebstahl, eine Vergewaltigung –, und an die Schuld, die ich deshalb empfand. Ich dachte auch daran, dass ich im Bett lieber schlug als geschlagen wurde und nicht wusste, warum. Ich dachte an die nackten Frauen, die ich schon als Achtjähriger vor dem Einschlafen gesehen hatte: Sie hingen, mit schwarzen Ledergurten gefesselt, von der Decke eines mir unbekannten Raums herab, und ich streichelte sie mit meiner Peitsche, bevor ich sie blutig prügelte. Ich dachte daran, dass ich Oritele niemals hätte erlauben dürfen, mein Allerheiligstes zu schänden, besser hätte ich ihr und ihrem schönen Sabra-Arsch all die Schläge verpasst, die Wowa der Schreckliche mir verpasst hatte, dann wären wir immer noch zusammen! Und Noahle?, dachte ich in derselben Millisekunde. Warum ließ der sich lieber hauen und von den bösen, bösen Frauen immer wieder halb erdrücken und ersticken? Warum würgte er sie nicht so lange mit seinen rauen Mongolenhänden, bis sie, nass wie das Nildelta im Oktober, um Gnade flehten und er zumindest für die Dauer eines Orgasmus von seinen Kindheitsschmerzen erlöst wurde?

Ja, das alles – und einiges mehr – war in meinem Kopf, während meine ausgestreckte Hand nur noch wenige Zentimeter von dem grauen Behördenterrorbrief entfernt war, und dann dachte ich an den Tag, an dem Wowa der Schreckliche für immer nach Hamburg zurückkam. Leider.

Wir sind (das ist meine eigene Version, denn ich habe es selbst gesehen und erlebt) wieder im schwülen gräulichen Frühjahr 1971. Plötzlich war es für einen Tag Sommer. Am Morgen verschwanden die rauchschwadenhaften, ewigen Scheißwolken über Hamburg, eine warme orangeblaue Sonne schien mir schon um halb acht auf den Weg ins HLG, und als ich von der Schule nach Hause kam – verschwitzt, glücklich und voller Erinnerungen an die unendlichen, meist unverregneten Juli- und Augusttage in Prag –, saß Mamascha steif wie eine Unfalltestpuppe kurz vor dem Aufprall auf unserem staubigbraunen Sperrmüllsofa im Wohnzimmer. Ihr schönes, langes, damals noch sehr naives Russinnen-Gesicht (bis heute betrachte ich ab und zu erstaunt ihre Fotos von damals) war das einer Frau um die vierzig, die immer noch lieber eine Art Kind wäre, mit Brüsten usw., aber ohne Verantwortung. Sie saß den ganzen Nachmittag mit durchgedrücktem Rücken da, rauchte ihre langen, dünnen Kim-Zigaretten und sah alle fünf Minuten zum Telefon, das vor ihr auf dem gläsernen Wohnzimmertisch stand, den ich in unserem ersten bescheidenen Emigrantenjahr auf dem wackeligen Gipfel eines Sperrmüllhaufens gefunden hatte. Als ich reinkam und sagte, ich hätte Hunger, sagte sie: »Dann mach dir was.« Ich ging in die Küche, sah in den dunklen Kühlschrank (seit Papascha in »Moskau« war, hatte keiner die kaputte Birne ausgewechselt), fand nichts, worauf ich Appetit gehabt hätte, und lief zurück ins Kinderzimmer, das Serafina und ich uns teilten, bevor sie wegen der Sache, die kurz danach passierte, in die alte Dienstbotenkammer zog.

Serafina lag auf ihrem Bett und las. Sie war damals noch überhaupt nicht fett. Sie hatte langes, hübsches, vielleicht etwas zu dichtes Haar, ihr Gesicht kam mir, wie immer, ungeheuer nachdenklich und originell vor, nicht so normal wie meins. Und sie bearbeitete, wie immer, die Ecke der Seite, die sie gerade las, mit Daumen und Zeigefinger. Sie rollte jede Seite eines verdammten Buchs so lange hin und her, bis von ihr nichts übrig blieb, nur ein zerfaserter idiotischer Rest. Von all ihren Angewohnheiten konnte ich diese am wenigsten leiden. Sie machte das auch mit meinen Büchern. Und sie war dabei immer so entsetzlich abwesend – wie Noah in Noahland. Inzwischen würde ich sagen, sie war wie auf Droge. Oder nein: Sie glotzte so entzückt und verwundert in sich hinein wie (das stelle ich mir jetzt natürlich nur vor) spätabends im Bett, vor dem Einschlafen, wenn sie sich Rabbi Balabans Zitzes auf ihren Zitzkales wünschte. Seit ein paar Tagen hasste ich Serafina. Ich hatte – als sie sich morgens für die Schule umzog – etwas zwischen ihren Beinen gesehen, schwarze dicke, gekräuselte Haare. Mit Haaren, die nicht auf dem Kopf oder auf Papaschas Arbeiterbrust waren, konnte ich aber nichts anfangen, in meinen Peitschfantasien kamen sie schließlich auch nicht vor. Ich war mir sicher, dass sie sie nur deshalb hatte, um mich zu ärgern.

»Mama ist komisch«, sagte ich. Serafina antwortete nicht. Ich hörte nur das leise Schaben der Buchseite zwischen ihren Fingern. Sie sah mich nicht einmal an. »Mama ist komisch«, wiederholte ich. Wieder nichts. »Was ist das eigentlich für ein Dschungel zwischen deinen Beinen? Gibt's dort auch Skorpione und Tapire?« Sie warf das Buch nach mir und stürzte sich auf mich. Sie drückte mich auf den braunen schlecht riechenden Sperrmüllteppich zwischen unseren Betten, kniete sich auf meine beiden Arme und ohrfeigte mich links, rechts, dann noch mal links. Ich wehrte mich nicht, und ich trat auch nicht nach ihr, als sie wieder runterstieg. Ich sagte noch mal: »Mama ist komisch. Ich glaube, etwas ist mit Papa.« »Mit Papa ist immer was.« »Ja, aber er ist jetzt schon so lange weg. Viel länger als sonst.« »Sei doch froh, du kleiner Idiot. Dann werden wir weniger angeschrien und geprügelt und geteert und gefedert und gevierteilt.« »Serafinka, warum hast du plötzlich Haare dort unten?« (Das sagte ich jetzt fast traurig.) Sie zuckte, als wolle sie sich wieder auf mich werfen. Aber dann ging die Tür auf, Mama stand da und sagte: »Papa kommt zurück. Ich hab's genau gefühlt. Heute Morgen hab ich's schon gefühlt! Darum bin ich früher von der Arbeit nach Hause gekommen, Kinder.« Sie hatte geweint, auf ihren Wangen waren schwarze dünne Striche von dem verlaufenen Kajalstrich, und von heute aus kann ich sagen, dass sie in diesem Moment aufgehört hatte, ein Mädchen zu sein. »Er hat angerufen. Er ist schon in Hamburg auf dem Flughafen. Ich gehe runter und warte auf ihn vor dem Haus.« Sie drehte sich um und ging weg, und später sahen wir, dass sie vergessen hatte, die Wohnungstür hinter sich zuzumachen.

Das war abends um sechs oder sieben. Papascha kam gegen acht, er sah weniger bösartig aus als sonst, er war müde und fast grün im Gesicht, seine Augen waren klein und hart wie zwei Schneckenhäuser, und er war zu keiner Gemeinheit fähig. Um neun gingen wir in die Pizzeria am Grindelhof, obwohl wir nie essen gingen, weil Wowa GSS (Getto-Spar-Syndrom) hatte, und Serafina und ich durften sogar zweimal etwas zu trinken bestellen. Um elf, vielleicht war es schon halb zwölf, waren wir wieder zu Hause. Mama sah immer noch wie in einem französischen Film aus, der beinahe schlecht ausgegangen wäre, Papascha war aber nicht mehr müde, und als Serafina ihn fragte, warum er, der uns ständig mit seinem neu entdeckten Zionismus nerve, immer in dieses Scheißrussland fahre, statt uns einmal nach Israel mitzunehmen, gab er ihr, schnell, ohne auszuholen, eine kurze, verunglückte Ohrfeige. Sie kam von links, dann kam eine – gelungenere – von rechts, dann wieder eine von links. Ich tat so, als hätte ich nichts gesehen, ich ging still auf die Toilette und übergab mich.

Später, als das Licht aus war, lagen Serafina und ich im Dunkeln. Wir wussten beide, dass wir wach waren, aber keiner sagte was. Das Licht im Flur war auch schon aus. Plötzlich ging es wieder an. Jemand – dieser jemand machte kurze, schwere, schleppende Wowa-Schritte – ging auf die Toilette, aber dort war er nur wenige Augenblicke, er spülte, knallte die Tür hinter sich zu, seine Schritte wurden leiser und leiser, und dann wurde es wieder dunkel in der Hartungstraße 12. Ich machte die Augen zu und schwamm allmählich auf dem Eis dieses schrecklichen Tages davon. Unter mir war schwarzes, noch kälteres Wasser, und noch tiefer leerer, nachtdunkler Meeresboden. Ich dachte, ich schliefe schon, als Serafina sagte: »Man schlägt sein Kind nicht. Nein, man schlägt sein *eigenes* Kind nicht!« Ahnte sie doch was? Konnte sie sich doch an die sternschuppenhafte Viertelsekunde im Juni 1961 auf dem brüchigen Rollfeld von Prag-Ruzyně erinnern, als Wowa der Schreckliche so überraschend ihr Papa wurde?

Das Ende der Mama-Papa-Version – von Mama erzählt – hörten wir am nächsten Abend bei Tee, Butterbroten und Käseomelette (von dem mir immer übel wurde), aber ohne Twaroschniki. Papascha hatte angeblich nur ein kleines, großes bürokratisches Problem mit seinem ČSSR-Pass gehabt. Seine alte Ein-und-Ausreise-Genehmigung für den Westen sei über Nacht ungültig geworden, sagte Mamascha aufgeregt, weil plötzlich statt eines runden ein viereckiger Stempel gebraucht wurde, oder vielleicht war es auch andersrum, »ihr wisst ja, wie es ist im Sozialismus – kafkaesk!« Und: Es sei klar gewesen, dass ihm in Moskau an der tschechoslowakischen Botschaft keiner mehr den neuen Stempel geben würde! Darum habe er (den letzten Prag-Tag und die lange Bukarest-Nacht erwähnte Mamascha nicht, weil sie davon keine Ahnung hatte) die geniale, freche Idee gehabt, von Moskau über Kopenhagen nach Hamburg zu fliegen, »weil ... ja weil ... ich weiß jetzt auch nicht genau, wie das funktioniert hat, ich frag ihn noch mal, und dann erzähl ich es euch.«

Papascha war an diesem Abend nicht da. Mama – ernst, entspannt, verliebt – sagte, er habe ein unangenehmes Abendessen mit jemandem von einer Hamburger Werft, der mit einer Werft in Odessa zusammenarbeiten wollte oder in Leningrad oder vielleicht auch in Polen, »das weiß ich gerade nicht, ich muss ihn fragen, es ist aber eine sehr große Sache.« Sie sagte das sehr stolz. Sie war immer stolz auf ihren kleinwüchsigen, kräftigen, braunhäutigen Huzulen. Er war ein richtiger Mann, nicht wie diese schmächtigen deutschen Hippieboys aus unserem stillen Universitätsviertel oder die Wehrmachtsoffiziere mit Anzug, Hemd und dreckigen Schuhen wie nach dem Flandernfeldzug, die in der City Nord neben ihr nach der Arbeit auf den Bus warteten und sich leidenschaftlich einen schönen Feierabend wünschten.

Wowa »Stachanow« Karubiner ruhte dagegen nie. Er machte immer weiter, zwölf, vierzehn Stunden am Tag, jeden Tag, ein Leben lang, und sah dabei wie Marcello Mastroianni ohne Alkoholprobleme aus. Kaum war er einer drohenden langjährigen Gulaghaft entkommen, sorgte er schon wieder für seine kleine, anspruchsvolle Familie. Saß er mit uns gemütlich in unserer Emigrantenküche herum? Erzählte er uns von seinen Heldentaten? Nein, er ging stattdessen – und trotz GSS! – zu einem öden, teuren, kräfteraubenden Abendessen ... Abendessen ja, kräfteraubend ja, aber (wessen Stimme war das jetzt?) mit Ingrid, seiner gojischen Chonte (sagte Kostja Kostos dreißig Jahre später, nachdem Serafina und ich mit ihm ewig vor diesem großen, blauen, kilometertiefen Toyen-Bild gestanden und über Wowas Deal mit Major Sekora und die vielen anderen schattigen Stellen seines Dunkelmannlebens gesprochen hatten). Kostja, der Denunziant! Vielleicht war Papascha an diesem Hamburger Abend tatsächlich mit seiner suizidalen Zahnärztin zusammen. Na und? Letzter Absatz des Artikels *Ehebruch* in der *Encyclopedia Judaica:* »Eine Chonte ist keine Chonte, wenn du mit ihr die Sorgen teilst, die dein Weib nur beschweren würden. Und was ist dein Weib, wenn du ihr deine Sorgen verschweigst? Eine Chonte, hoffentlich.«

Ich bückte mich so tief, dass meine Rückenwirbel wie fallende Dominosteine knackten, und als ich nun endlich meinen Deportationsbeschluss zwischen Daumen und Zeigefinger hielt, überlegte ich kurz, ob ich ihn nicht einfach wegwerfen sollte. Aber der ökograue Umschlag knisterte viel zu schön, leise und geheimnisvoll. Ich machte ihn an der oberen linken Ecke auf und begann, ihn mit dem Zeigefinger langsam und vorsichtig aufzureißen. Als Neurastheniker (wie Mamascha mich in ihrem Mandelstam-Russisch nannte) wusste ich jetzt schon, dass die Spannung am Finger durch das Reißen immer stärker und schmerzhafter werden und ich Angst kriegen würde, ich hätte mir eine Zerrung oder eine andere Verletzung zugezogen. Beim Öffnen eines Briefs? Ich hatte schon ähnlich lächerliche Unfälle gehabt. Einmal, zum Beispiel war mir beim Duschen die volle Shampooflasche mit aufgeklapptem Verschluss auf den Fuß gerutscht, es gab einen langen, blutigen Kratzer, und ich musste zwei angsterfüllte Tage später mit Wundbrand ins Krankenhaus!

Ich stoppte, und gleichzeitig fiel mir ein, dass ich nach meiner Rückkehr aus Prag noch gar nicht im Bad gewesen war, um nachzusehen, welche berühmte Schlacht Noah mit seiner Hollywood-Bande dort nachgestellt hatte. Schon wieder ›Na und‹. Die ganze Scheiß-Swinemünder war mir auf einmal so egal wie Papaschas Schicksal, wenn es nicht mit meinem eigenen verknüpft gewesen wäre. Etwas anderes war gerade viel wichtiger, aber leider hatte es auch wieder mit ihm zu tun. In meinem Kopf ging bei diesem Gedanken, begleitet von einem starken Übelkeitsgefühl, plötzlich das

Licht aus. Aber ich ließ einfach darin eine weiße Kugel der Erleuchtung explodieren.

Und das – Prag, zwei Wochen vorher – sah ich: Serafina (48), ich (42) und Kostja Kostos (74) hatten uns, nachdem Elephant-Woman und ich uns wie fast jeden Tag in der Italská mit ihrem Borschtsch und Braten vollgefressen hatten, im Slavia verabredet. Elephant-Woman sagte am Telefon zu Kostja, sie werde mich mitbringen, ob er etwas dagegen habe. »Aber nein«, sagte Kostja Kostos, »warum soll ich dagegen sein? Es ist mir eine Freude, Wowa Karubiners Sohn persönlich zu treffen. Ich hoffe bloß, er sieht dem ehrlosen Dummkopf nicht ähnlich. Oder doch, gerade!« Als wir dann im januargrauen, nur schwach beleuchteten Café Slavia nachmittags um vier an seinen Tisch traten, saß er wie am Tag vorher, als Serafina ihm den Wein ins Gesicht geschüttet hatte, unter dem traurigen Absinthtrinker und der grünen nackten Absinthfee und trank ein viel zu helles, schaumloses Bier. Er blickte kraftlos wie ein Schwerkranker zu uns auf und machte mit seinem dicken, nassen Griechenmund ein böses U. Es war (war es das wirklich?) das Lächeln eines rachsüchtigen Sterbenden auf dem Gesicht eines unzufriedenen bitteren Drecksacks, der auf keinen Fall jetzt schon gehen will. »Nein, nein, bitte nicht«, stieß er theatralisch in Serafinas Richtung aus und hielt die Hände schützend vors Gesicht. Er witzt sich, schoss es mir auf Schloimel-Jiddisch durch den Kopf. Doch bevor ich, zu einer neurasthenischen Übertreibung jederzeit bereit, vor Wut einen Schweißanfall oder Migräne bekommen konnte, saßen Serafina und ich bereits an Kostjas Tisch, tranken süßes, bitteres tschechisches Bier und redeten mit ihm über die Akte »Quido«.

»Was wisst ihr schon alles?«, sagte er.

»Alles«, antwortete die unbulimische Enkelin des Meisterspions schnell und hart, »nur nicht, warum du willst, dass wir es wissen sollen, Major Kostos. Und wieso rufst du uns ständig nachts um drei an und erzählst uns diesen stinkenden Familiendreck?«

»Nicht ständig«, sagte Kostja Kostos, und sein Mund kräuselte sich jetzt zu einem liegenden, ironischen ›S‹. »Zweimal dich, zweimal ihn – das war's.« Er deutete mit dem leeren traurigen Bierglas auf mich. »Waren das nicht historische Telefonate? Erinnert ihr euch nicht an sie, als wären sie gestern gewesen?«

Ich kannte bislang nur seine Stimme. Aber die kannte ich sehr gut, da hatte er recht. Es ging mir mit ihr wie mit diesem Schostakowitsch-Quartett, das ich nur einmal gehört hatte und danach nie vergaß. Am betörendsten waren diese hohen, wimmernden Killertöne der Geigen gewesen, dramatisch und dann wieder so leise, als wollten sie sich davonschleichen. Sie blieben in meinem phänomenalen Hinterkopf und machten sich seitdem bemerkbar, wann immer ich mich genauso unsicher und verloren fühlte wie damals in der Musikhalle am Karl-Muck-Platz (und danach in der Hartungstraße 12). Ich war mit Natascha Rubinstein dort gewesen, erste Reihe, aber ganz am Rand, es war unser vierter oder fünfter Comebackversuch. Später in meinem alten Kinderbett (Mamascha und Wowa waren endlich einmal nach Israel gefahren) begann ich gedankenverloren das Licht der Schreibtischlampe zu studieren, die wir beim Petting (nur so weit waren wir diesmal gekommen) natürlich angelassen hatten. Die Strahlen zeichneten einen scharfkantigen Bogen, sie waren warm und gelb und genauso wie früher, als ich in ihrem Schein Hausaufgaben gemacht hatte. Ab da konnte ich nie mehr mit einer Frau unbeschwert zusammen sein, wenn irgendwo ein kleines romantisches Lämpchen leuchtete. Dann sägte sofort eine von diesen post-atonalen, klagenden Schostakowitsch-Geigen an meinem Hirn und meinem gebrochenen Emigranten-Herzen. Was ist der Unterschied zwischen echtem Schmerz und Larmoyanz? Bei Hypochondern wie mir, Soli »Holy« Karubiner, keiner. Noah würde sagen: Wer bebt, der lebt.

»Nein, ihr wisst noch lange nicht alles«, sagte Kostja Kostos, der Denunziant.

»Was nicht?«, sagte ich. »Hattest du vielleicht etwas mit unserer Mutter, du Schmock?«

»Schon eher mit eurem Vater und dem Geld, um das er mich betrogen hat. Gehen wir spazieren? Ich will euch noch unbedingt mein schönes, kleines Privatmuseum zeigen, das ich letztes Jahr den dankbaren Bewohnern von Prag geschenkt habe. Dies ist meine Art, sorry zu sagen. Habt ihr noch nie von der Sammlung Kostos gehört? Nein? Schreibt man nicht darüber in Berlin und Miami? Dort gibt's fast alles, was in Paris an der Moldau seit Februar 1948 von den Bolschewiken verboten und in die Depots der Nationalgalerie verbannt worden war – oder von ihnen an Sammler im Westen verhökert wurde. Und das, was mein Vater den Staatsdieben manchmal vorher stehlen konnte!«

»Er hat also« – ich sprach zu Serafina, als wäre Kostos nicht da – »auch einen schlimmen, gerissenen Vater. Das ist eher beunruhigend, finde ich.«

»Alle Väter sind schlimm«, sagte Serafina. »Und meiner ist noch etwas übler als deiner.« Sie machte eine obszöne Geste in meine Richtung, wobei ihr dicker rechter Mittelfinger einem ganz anderen – männlichen – Körperteil sehr ähnlich sah.

»Die Diktatur ist das flexibelste System überhaupt. Das weiß ich aus eigener Anschauung«, sagte Kostos.

»Mein Opa ist in Dachau gestorben, er ist vom Wachturm gefallen«, sagte ich. »Diese Art von Anschauung?«

»Wie komisch.« Er lachte und klapperte greisenhaft mit dem Kiefer. »Nein, ich meine etwas anderes. Du verbietest dem Volk, was du ihm stehlen willst. Verstehst du? Dann verkaufst du den konfiszierten Kupka oder Filla oder den Beckmann oder Malewitsch und kaufst dir von dem Gewinn eine Villa in der kleinen Tatra und eine Landschaft mit Hirsch.« Kostos hob noch einmal das leere Bierglas, sah kurz abwesend hinein und stellte es wieder ab. »Mein Vater, ich bleibe im Bild, hat nie ans Linkssein geglaubt und daran, dass es ihn über andere erheben könnte. Ich schon. Und du vielleicht auch. Und dein dummer Vater von uns allen am längsten! Mein Junge, du siehst ihm manchmal so ähnlich –

als hätte euch der große Lyssenko in seinem Frankenstein-Labor geklont! Aber wenn man den Kopf leicht bewegt und die Augen zukneift, siehst du plötzlich wie eine Frau aus, schwarzäugig, submissiv, stolz, russisch. Die Beschreibung passt nicht zufällig auf deine Mutter, Karubiner junior?«

So begann unser Gespräch mit Kostos im Café Slavia – und endete in seinem feinen, aufgetakelten, außen giftig-gelben, innen totenweiß gekalkten, von Sickergrubengeruch erfüllten Museum auf der Halbinsel Kampa, zwischen Fluss und Burg, an einer Wiese, auf der an diesem 2. Januar 2006 sogar etwas Schnee lag. Dieser Schnee sah übrigens genauso aus wie der Puderzucker, den Mamascha immer auf die Erdbeeren streute, die ich hasste und die sie das letzte Mal für mich gewaschen, geschnitten und gezuckert hatte, während sie gleichzeitig ihre Mandelstam-Bücher, ihre schwarzen Blusen, Schals, Hosen und ihre abgegriffenen alten Kosmetikfläschchen mit den unleserlichen Aufschriften für Miami und das neue Leben mit dem alten Valja Wechslberg packte.

An jedem Gedanken hängt meist ein anderer, das kennen wir alle. Der dünne, durchsichtige Prager Winterschnee erinnerte mich an Mamascha. Sie erinnerte mich an Mandelstams Jamben. Und woran dachte ich dann? Hatte ich – überlegte ich – nicht meinen ersten Roman *Klein wie ein göjisches Schwönzchen* mit Mandelstams Anti-Stalin-Gedicht begonnen, als Punch für die gebildeten Deutschen, als Signal, dass auch einer wie ich auf seine Art transzendieren könnte, und zwar mit teutonischem ›ö‹? Genau. Den Roman – so raste es in meinem Kopf weiter – hatte mir die fette Serafina nicht gegönnt. Sie las ihn diagonal und meldete sich danach monatelang nicht bei mir. Was sonst konnte ich von einem verwirrten Halbblut wie ihr erwarten? Und sah sie, dachte ich plötzlich, Valja Wechslberg, ihrem richtigen Vater, sehr ähnlich? Von ihm hatte ich noch nie ein Foto gesehen, aber ich hatte ihn mir oft vorgestellt – als einen von diesen russischen Juden mit braungrauen, lockigen Haaren, oben und in der Mitte dicklich, mit dem viel zu jungen

Gesicht eines in die Jahre gekommenen Komsomolzen, der nur gelernt hatte, auf Parteiversammlungen im richtigen Moment die Hand zu heben und seine seltsamen sexuellen Interessen gut zu verbergen. Und dieser Feigling und unreife Scheißtyp hatte es bei meinem Elephant-Girl in Miami versucht? Und sie fand es vielleicht sogar gut? Und so weiter, dachte »es« in mir, und so weiter! In meinen Ohren rauschte es, die linke Schläfe verspannte sich migräneartig, und ich wollte endlich aufhören, einen Gedanken an den andern zu hängen. Aber es ging nicht.

Kostja hatte uns in einer Dreiviertelstunde das ganze Museum gezeigt – obwohl wir meist Gesichter wie Todgeweihte machten. Warum gingen wir trotzdem mit? Wieso wollte er uns, den Kindern seines Rivalen, das alles zeigen? Wir mussten mit ihm von Bild zu Bild gehen, schnell, atemlos, von unten nach oben, Stockwerk für Stockwerk. Zuerst gab es aus seinem niederträchtigen StB-Mund ein paar triviale kunsthistorische Sätze zu dem Bild, vor dem wir standen, dann die viel interessantere Geschichte seiner Provenienz. Kunstwerke, sagte er immer wieder, reisten durch die Welt wie Menschen. Das war ohne Zweifel sehr bewegend und oft der bessere Teil ihrer Aura. Brünn, Prag, Schanghai, New York, Ostberlin, wieder Prag. So hießen, zum Beispiel, die Stationen der Reise, die ein trauriges Robotergesicht von Josef Čapek zwischen 1917 und 1968 hinter sich gebracht hatte. Dann – eine Woche nach der Okkupation – packte Kostja den Čapek zusammen mit dem Rest der ergaunerten Sammlung seines Vaters ohne Rahmen in seinen schwarzen Tatra und schmuggelte alles, inklusive Familie und seiner tschekistischen Schuldgefühle, in den Westen. In den anarchischen Neunzigern brachte er dieselben Bilder wieder zurück – Prag, zum Dritten! Seine Frau Mara liebte ihn aber kaum noch und blieb in Düsseldorf, wo sie den größten Teil der Emigration verbracht hatten. Und seine beiden Söhne konnten sowieso nicht mehr mit: Sie waren im Juli 1972 im Sommerlager der tschechischen Exil-Pfadfinder im Sauerland bei einer Explosion in einem Steinbruch ums Leben gekommen. Davon, dachte ich, während der wowahaft kleine, kräftige, proletarische Kostja vor uns die Treppe hinaufeilte, hätte ich gern eine Zeichnung, du Arschloch, am besten von Goya, im sadistischen Stil der Caprichos.

Als wir endlich oben in diesem schrägen Turm aus Glas und trapezförmigen Eisenträgern ankamen, den Kostos' Architekt in das umständlich umgebaute, widerlich ockergelbe Barockschlößchen wie eine Faust hineingerammt hatte, sagte ich zu Kostos: »Dieser Turm ist ein bisschen Dekonstruktivismus für Arme, oder? Erinnert mich an Zaha Hadid, Vitra Museum, 1993.« Ich wollte mich endlich mit ihm streiten.

»Ja«, sagte er, »absolut richtig.« Er sah kurz staunend durch das Glasdach zum Hradschin. Der Himmel über dem St.-Veits-Dom, der Nikolauskirche, dem Präsidentenpalast war weißlich und grünlich wie ein Leichengesicht. »Prag und die Prager lieben mich trotzdem dafür, der Anschluss an den westlichen Geschmack wird hier für einen niedrigen Eintrittspreis akzeptiert. Und wer liebt euch, Kinder von Wowa, dem Dieb, der seinen eigenen Vater wegen 40 000 Dollar verraten hatte?«

»Was? Wen soll er verraten haben? Djeduschka Karubiner?«

»Mehr sag ich nicht, es soll ja spannend bleiben. Vielleicht ruf ich aber einen von euch wieder nachts um drei an und erzähl ihm den Rest.«

»Warum müssen wir das alles wissen, Kostos?«, sagte ich. »Was gibt dir das? Sind das vergessene, alte Geheimdienst-SM-Praktiken, an die sich dein Körper erinnert wie der eines Schauspielers an ein altes Stück? Warum kannst du uns nicht in Ruhe lassen?«

»Weil« – Kostos verdeckte mit seinem großen, kalkweißen Schädel eine Nacht-und-Stadt-Szene von František Gross, die ich beim Hochkommen schon kurz gesehen hatte –, »weil euer Papi mich auch nie in Ruhe lassen konnte. Nicht einmal, als er meinen Anteil von Djeduschkas Schatz hatte! So einfach ist es. Und solltet ihr jetzt an Vendetta und Rache bis ins dritte Glied und ähnliche Mafiasachen denken, vergesst es. Meine beiden Jungs sind sowieso nur noch Matsch und Staub.«

Er ging zur Seite, und wir sahen Gross' Ostrau oder Olmütz oder Brix an einem braungrauen Morgen. Vorne war ein einziges rotes Häuschen, von hängenden Fliederbüschen umrankt. Dahinter waren die welligen Zacken einer Fabrikhalle und ein blaugrauer Schornstein, aus dem eine winzige Spirale aus Rauch kam, den ich sogar riechen konnte. Ich hätte jetzt ungern geweint. Ich wischte wütend mit der Hand durch die Luft, drehte mich um und ging weg.

Serafina, auf die ich unten im Museumsshop wartete, kam nicht sofort nach. Sie und Kostos hatten offenbar viel zu besprechen. Dann stand sie neben mir, atmete mich heiß an und sagte: »Ich glaub's nicht. Dein Vater! Ein Mörder! Vielleicht ist es doch besser, die verschlafenen Gene von Valja in sich zu tragen!«

Dr. Dr. Wilhelm Canaris von der Staatsanwaltschaft Berlin Wedding II schrieb mir, auf ungewöhnlich grauem Ökopapier, nur ein paar Zeilen: »Sehr geehrter Herr Karubiner! Das gegen Sie wegen exhibitionistischer Handlungen u. a. eingeleitete Ermittlungsverfahren habe ich eingestellt. Mit freundlichen Grüßen, adieu und Heil Hinkel! PS: Ich persönlich finde es schade. Aber wir werden noch einen Weg finden, mit einem Schraubstock aus Ihren großen jüdischen Eiern langsam Omelette zu machen. PPS: Das war nur ein Witz, lieber Herr Karubiner. Habe ich Ihren Stil gut getroffen? Ich bewundere seit Jahren Ihre freche, unerschrockene Schreibe! Bitte machen Sie weiter so.«

Ich las den Brief hockend, schief an den Türrahmen gelehnt, ein bisschen wie ein abgestellter Besen. Ich fühlte mein vor Panik durchgedrücktes Kreuz überhaupt nicht, erst nachdem ich ihn das fünfte oder sechste Mal gelesen hatte. Ein erinnerungswürdiger Schmerz! Ich lächelte dümmlich. Ich war der glücklichste aller Gauner. Es lohnte sich also zu lügen, dachte ich. Ich hatte geleugnet, und sie hatten mir meine Version abgenommen. Ich war nicht besser als mein eigener Vater. Und dann dachte ich: Und Claus die Canaille kann sich seine *Litze* in seinen parfümierten Arsch stecken! Oder nein, ich würde mich noch einmal mit ihm treffen und sie ihm persönlich hineinschieben.

Ich stand auf, reckte mich wie eine arrogante Katze und machte mich auf den Weg ins 103, um meinen Mac zu holen. Als ich an der Ecke Swinemünder und Zionskirchstraße stand und das erste Mal im Leben respektvoll Pfarrer Bonhoeffers dunkle große trotzige Zionskirche betrachtete, kam eine SMS, natürlich von Serafina. »Es tut mir leid, Kleiner. Wie kam ich nur auf die Idee, dich ficken zu wollen?«

Zweites Buch

1
Los Angeles macht arm

Die ersten Tage in Los Angeles verbrachten Ethel und Noah damit, über Geld zu reden. Sie saßen in Gerrys Küche, sie lagen in Gerrys Bett oder auf Gerrys großem, grünem Art-déco-Sofa im Wohnzimmer und versuchten, sich gegenseitig moralisch zu übertreffen oder zu verwirren. Über ihnen knarrte der Fußboden von Lou Harpers Wohnung nach jedem seiner schweren, allwissenden Popstar- und Exjunkie-Schritte. Die Toilettenspülung ging so oft, wie es sich für einen Mann um die siebzig mit Prostatabeschwerden gehörte. Und sonntags, zwischen elf und drei, hörte er laut die langen politischen Gespräche auf NPR, dem nicht kommerziellen Radiosender. Die tiefen, eingebildeten Intellektuellenstimmen ließen die Scheiben im Erdgeschoss des kleinen Einfamilienhauses in der 45 South Tremaine Avenue in Mid City erzittern, und es bebten auch Ethels Brüste, wenn Ethel und Noah einmal nicht diskutierten, sondern auf dem kätzchenweichen Ghaba-Teppich vor Gerrys Art-déco-Sofa seltene neotantrische SM-Positionen nachstellten. Sie mit einer langen, pfeifenden Gerte bewaffnet, er eine mittelgroße schwarze Plastikkugel im Mund. Sie brummend wie eine glückliche Bärin, er stumm, ängstlich und sich ungeduldig fragend, wann endlich die einbeinige Thekla reinhumpeln und in ihrem bayerischen Aufseherinnen-Dialekt sagen würde: »Und, Spatzl, bist schon so weit?« Von dieser kleinen psychokatalytischen Fantasie angeregt, kam mein sexuell desorientierter Noah natürlich jedes Mal zu früh. Was Ethel ärgerte, ihn selbst aber freute – denn dann konnten sie schnell weiter diskutieren.

Ethel war radikaler als Noah. Sie hatte Bakunin, Kropotkin und Jerry Rubin gelesen, sehr viel Engels und immer wieder Freuds *Traum vom Geld*. Und sie hatte in Zürich – bei ihrem Zwischenstopp auf dem Flug von Berlin nach Amerika am 21. Februar 2006 – im Antiquariat Pinkus in Niederdorf ein Buch geklaut, das *Klau mich* hieß. Es waren die gesammelten Gerichtsauftritte von Langhans und Teufel aus ihrer Berliner Zeit. Darin ging es um Kommunismus, Surrealismus, Literatur, um das Recht, den politischen Feind zu töten, und um Orgasmusschwierigkeiten in den Jahren 1945 bis 1968. Und es kam immer wieder die Frage: Warum soll mir gehören, was anderen gehören könnte? Ethel zitierte unentwegt daraus, um Noah zu überzeugen, sein Erbe für einen guten Zweck zu pulverisieren. Noah erwiderte, ja, natürlich, sie habe recht, er habe auch ständig dieses trockene, kalte Gefühl der Schuld. Darum Goodlife, darum seine Beteiligung an Gerrys und Tals Pro-Darfur-Filmprojekt. Aber müsse er deshalb wirklich auf seine Erste-Klasse-Flüge, Dries-Höschen und die Freiheit, alles haben zu können, verzichten?

»Ja, das musst du«, sagte Ethel, »das ist eine Sache der Konsequenz. Konsequenz fühlt sich gut an, sieht gut aus und ist effektiv. Schau, einer der beiden, dieser Fritz Teufel« – sie musste bei dem Namen unbestimmt lächeln, weil sie sich erinnerte, dass sie in ihrer antijüdischen Befreiungsphase auch einen Fritz gehabt hatte, Friedrich Graf von Dunckenberg, der mit dem sehr kleinen Schmock und der sehr großen, roten Rotweinnase, der ihr jeden Monat einen neuen Verlobungsring bei Karstadt kaufte, aber erst, als er auf die Idee kam, zu Cartier zu gehen und das Zehnfache auszugeben, begann sie, ihn wirklich zu lieben und zugleich sein winziges, unbrauchbares Ding zu hassen –, »dieser Fritz Teufel hat zum Richter gesagt: ›Das Privateigentum muss abgeschafft werden, damit Klauen sich nicht mehr lohnt, auch nicht für Sie, Euer Hochwürden, Herr Vorsitzender, Sie alter Naziesel!‹ Weißt du«, sagte Ethel und atmete wie alle schweren Leute durch ihre viel zu kleinen, engen Nasenlöcher laut zischend ein und aus, »er hatte recht, sowieso, worüber reden wir hier die ganze Zeit. Aber wie konsequent war er? Und hat es ihm gefallen, konsequent zu sein? Und was bedeutete das für alle andern? Willst du das wissen, Petzkele?«

Noah nickte brav. Auch deshalb, weil er von seiner Mutter früher »Petzkele« genannt wurde, meist, wenn er neben ihr im HLG saß und sie zu seiner Klassenlehrerin Frau Albus sagte, sie solle alles, alles, was Noah in seinem ADS-Wahn angestellt, was er begonnen und nicht beendet habe, vor ihm zur Sprache bringen. »Er soll es ruhig hören. Das hältst du doch aus, Petzkele, oder?« Und Petzkele nickte. Aber hinterher dachte er: Ich hätte nicht nicken sollen. Nein, ich hätte nicht nicken sollen. Ich hätte sagen sollen: Du blöde Kuh, wahre meine Privatsphäre! Noch Jahre später fiel ihm dieses unterwürfige Nicken ein, und er dachte: Bitte, Mama, wahre meine Privatsphäre – und mach endlich deine Überwachungskameras aus! Dann schaute er, wo immer er saß, erschrocken nach oben. Und war ich, der alleswissende, nichtsverstehende Soli Karubiner, auch da, sagte ich tröstend: »Was steht auf dem Grabstein von Rabbi Video von Videopol? Der Allmächtige sah, was ich tat, er brauchte nicht die Hilfe von Sony.« Dafür bekam ich dann von ihm einen Kuss auf die Wange.

»Als sie Teufel das dritte Mal ins Gefängnis steckten, weil sie meinten, er hätte mindestens Adenauer gekidnappt«, sagte Ethel, »verlor er kein Wort. Er saß fünf Jahre in U-Haft! Aber einen Tag vor dem Schlussplädoyer des Staatsanwalts stand er im Gericht auf und erklärte: ›Ich habe ein Alibi, meine Damen und Herren, ich habe während der Entführung von Monsieur Lorenz in einer Fabrik in Essen Toilettendeckel montiert!‹ Und sie mussten ihn gehen lassen.«

»Wie dumm, Ethel. Warum hat er das nicht gleich gesagt?«

»Er wollte zeigen, wie absurd es ist, wenn Menschen über Menschen richten dürfen.«

»Und das hat k-k-keiner vorher gewusst?«

Ethel, die zwanzig Jahre lang die hippiefarbenen Bändchen der Edition Suhrkamp gesammelt und erst vor ihrem Umzug aus West- nach Ostberlin an die Rote Hilfe gespendet hatte, nickte bitter.

»Und was hat er später gemacht, dein Fritz? Hat er sich zum Direktor seiner Klofabrik hochgearbeitet?«

»Er wurde Fahrradkurier.«
»Arm, aber glücklich?«
»Hm.«
»Für zehn Mark in der Stunde? Nein, das überzeugt mich nicht. Ich finde das« – Noah überlegte, wie ich, der Autor von *Post aus dem Holocaust*, jetzt argumentieren würde – »sehr deutsch. Konsequent? Nein, fanatisch. Sug mir, Ethele, di host nicht amul mit a Fritz getrent? Und er hot nicht gehot a nus wie a jid?« Spätestens jetzt holte Ethel, nun gar nicht mehr unbestimmt lächelnd, wieder ihre Gerte unter dem Sofa hervor und begann, dort tastend nach Noahs Plastikkugel zu suchen.

Das mit den Fritz-Zufällen ging ein paar Stunden später weiter. Noah und Ethel fuhren zu Shula & Ester auf der Fairfax Avenue zum Mittagessen – dieser Februartag auf der anderen Seite der Welt war schon wieder so still, hell, deprimierend, sonnenlos! –, und als sie bestellen wollten, fiel Noah ein, dass sein kalifornischer Fairtrade-Koscher-Nacho-Inn auch auf der Fairfax Avenue lag, nur ein paar Blocks hinauf in Richtung Hollywood Hills. Der Laden hieß Los Parvos, weil alles, was in der jüdischen Küche parve war, den schreckhaften Vegetarier-Gojim bestimmt auch schmecken würde, und der Name stammte natürlich von Noahle selbst. Er stand auf, sagte, Ethel solle für ihn etwas Leichtes bestellen, am besten eine Hühnersuppe, aber ohne Huhn. Er müsse kurz weg, er wolle – er grinste ein bisschen crazy – nachgucken, was eigentlich mit dem Los Parvos los sei. Awi Blumenschwein, der für ihn die Sache aufgezogen hatte und mit neunundvierzig Prozent daran beteiligt war, hatte ihm bis heute keinen einzigen Zloty vom Gewinn überwiesen, und die Los Parvos-Website war immer nur »under construction«.

Eine Stunde später war er wieder da. Er sah jetzt selbst aus wie ein Nacho, dachte Ethel, gelb, maisgelb, und hier und dort rot, als hätte man ihn in Chipotlesoße getaucht. »Heilige M-m-maria von Mea Schearim«, sagte Noah, »du glaubst nicht, was passiert ist!«

»Dasselbe wollte ich auch sagen.«

»Wer fängt an?«

»Ich.«

»Nein, ich«, sagte Noah, und von da an redeten sie wie zwei sehr höfliche Autisten minutenlang aneinander vorbei.

»Das Los Parvos gibt es nicht, hat's nie gegeben«, begann Noah. »Glaubst du das? Ich bin hochgelaufen bis zum Sunset Boulevard und wieder zurück. Ich hab in jedem zweiten Laden nachgefragt. Chara!« Dann, als säße Awi ihm an dem niedrigen grau gepunkteten hellen Resopaltisch gegenüber, fauchte er: »Blumenschwein, du Dreck! Du Betrüger! Jetzt weiß ich, warum wir dich schon immer s-s-so genannt haben. Mit Schloimel Forlanis hyperaktivem Sohn kann man's ja machen!«

»Und ich hab Fritz Dunckenberg getroffen«, sagte Ethel abwesend, »glaubst du das? Er ging einfach draußen vorbei. Er sah aus wie immer, nur noch schiefer, ich hab gegen die Scheibe geklopft, und er ist reingekommen. Wir haben kurz geredet, er will hier Kinderfilme machen, Richtung *Feivel, der Mauswanderer* oder so. Er sah traurig aus, trauriger als früher, aber ich mag ihn immer noch, sogar sehr. Meschugge, was? Und er hat mir von einem Drehbuch für Erwachsene erzählt, das er verfilmen will, im Stil von *Maus*, aber aus der gojischen Perspektive. *Der Spekulant und der tote Graf.* Frankfurt, Sechzigerjahre.«

Noah stierte Ethel freundlich und noahesk an und nahm sie kaum wahr. »Ich hab eine Idee«, sagte er. »Ich hatte sie auf dem Rückweg, beim Laufen denk ich immer am klarsten, und beim Pischen sowieso, aber nur, wenn ich mir dabei den Hintern kratze.« Er lachte unnormal. »50 Milliarden! Stell dir vor, wenn man die hätte, wofür würde man sie ausgeben?«

»Frankfurt«, sagte Ethel mit einem fast unsichtbaren Kopfschütteln. »Mein Vater hatte früher Häuser in Frankfurt, das weißt du doch, er war einer der Ersten.«

Worauf Noah sagte: »California Consensus Center. Guter Name, was?«

»Ach ...« Ethel seufzte plötzlich so laut und unzufrieden, dass es fast unsittlich klang. »Hör mir doch zu! Am Anfang sagte er zu seinen Mietern, er würde ihnen eine schöne, neue, helle Wohnung in der Nordweststadt besorgen – wenn sie freiwillig ausziehen.«

»Ich brauch fünfzig Ökonomen, Agrologen, Anthropo-po-pologen. Viele Nobelpreisträger!«, stieß Noah aus.

Ethel kniff passiv-aggressiv die dicken auberginenfarbenen Lippen zusammen, dann sagte sie leise: »Wer in die Nordwestadt ging, war verloren – wer nicht, auch. Papa erhöhte den Übriggebliebenen die Miete auf Fünfsterne-Niveau. Die Heizung und der Strom waren mal an und mal aus wie bei der Gestapo. Nachts hat er, wenn seine Jugos auf Krk ihre Hälse bräunten, selbst mit einem Metallrohr gegen die Türen und Wasserrohre geschlagen. Im Haus zogen Leute ein, die immer so betrunken waren, dass sie es nie schafften, auf die Toilette zu gehen. Dann haben sie den alten Mietern vor die Tür geschissen.«

»Und was wird die Aufgabe des California Consensus Centers sein? Stell dir vor« – Noah grinste wieder ein bisschen crazy –, »wir haben fünf Jahre und 50 Milliarden Dollar, um die übelsten Probleme dieser zwei traurigen Halbkugeln ihrer Endlösung zuzuführen. Das, majne starke rebezzin, nennt man eine Versuchsanordnung, okay? Wir machen eine Liste, was kommt zuerst, was eilt, w-w-was ist nicht so wichtig. Platz 1, s-s-sagen wir: Handelsbarrieren. HIV Platz 2, Erderwärmung Platz 3. Gibst di a Dollar für Aidsforschung, überlebt ein strammer, kräftiger Bantu und kann später san sin ... nach Oxford schicken! Gewinn für die Welt total-totalorum: tausend Steine im Jahr, also Bruttosozialproduktant-t-teil, weil der kleine Bantuscheißer studiert hat und gut was wegarbeiten kann. Aber gibst du einen Dollar für die Befreiung von Darfur aus, ist der Gewinn nur circa-circulorum 32 Cent! Weil nach der Niederlage der sudanesischen Zentralregierung niemand an das Öl in den Westprovinzen rankäme, klar? Oj a mechaje, was für eine Vision! Und scheißkompliziert, ich weiß. Mein Tate hat aber immer gesagt: Einfach ist schon das Neue Testament.«

Ethel schwieg und nickte und hörte überhaupt nicht zu. Sie machte seltsame Dinge mit den Hühnerknochen auf ihrem Teller. Und sie fragte sich das erste Mal seit Silvester 2005 – Ort: Walhalla Film, Adresse: Schliemannstraße 12, Zeit: 23 Uhr 23 –, warum sie auf den dünnen, schlecht rasierten, sich immer so hemmungslos seinen Körpergeräuschen hingebenden Noah abfuhr. Er war neurotisch, aber nicht sensibel. Er hatte viel Geld, aber er wollte nicht aus Prinzip darauf verzichten. Er war Jude – kein Goj, wie Fritz, der arme, stille Fritz. Kaum dachte sie an ihn, drehte sich ihr großes, fettes Herz einmal nach links, dann nach rechts. Das hatte sie noch nie gehabt. Dieses Mitleid! Fritz war so sensibel. Und dieses Trauma, das ihn auffraß, das er ihr damals verschwiegen hatte! Er war ja gar nicht mehr richtig da und am Leben, schon lange nicht mehr. Seine ganze Familie war durch einen Mord für immer gestorben, den Mord am Vater seines Vaters, der im Januar 1963 in der Eppsteinerstraße 18, Frankfurt, Westend, im Erdgeschoss eines Hauses erfroren war, das ausgerechnet – wem? genau! – ihrem eigenen Vater gehört hatte. *Der Spekulant und der tote Graf!* Ach, Horror, was für ein Chaos! Und warum hat er ihr erst heute davon erzählt, bei Shula & Ester, in West Hollywood, L. A.? Wegen seines Films, dachte sie erleichtert, klar.

»Ich werde«, sagte Noah langsam. »Gerry fragen. California Consensus Center. WIR RECHNEN BESSER. Chairman: Gerry ›El Dick‹ Harper! Wenn Gerry mitmacht, ist die Welt sofort auf unserer Seite.« Das war eine gute Idee – aber auch ein klassischer Noah, weil mit Kopf-durch-die-Wand-Komponente. Seit sie in L. A. waren, hatten sie Gerry nicht gesehen, das war nicht schlimm, aber schön war es auch nicht, und spätestens jetzt hätte Noah gern mit ihm über das CCC gesprochen. Tal hatten sie einmal gesehen, er hatte sie mit einem zerstauchten, dreckigen, beigen Japaner-Pick-up vom Flughafen abgeholt und in Gerrys Taqueria Versailles gefahren. Dort war aber kein Gerry. Dort gab es nur riesige kubanische Zwiebelrostbratenstücke, Reis, Bohnen, dünne Bratensoße, viel zu laute mexikanische Herzinfarkt-Musik, Männer in Baseballkappen, Frauen mit gigantischen Brüsten und Ärschen (aber f-f-für mich viel zu klein in terms of Körpergröße, dachte Noah bereits halb auf Englisch). Und über ihnen hingen korallenhaft ausladende Lüster, die Schirme zusammengesteckt aus Hunderten rosa Plastikscheibchen, die immer leicht wackelten, zitterten, schaukelten, blitzten, so als wäre das große San-Andreas-Erdbeben im Anzug, das Noah seit dem Abflug in Zürich fürchtete.

Tal war genauso wie sonst – stumm, ruhiger als ruhig, und gleichzeitig heiß wie ein Ofen auf 230 Grad, dem man von Weitem nicht ansah, dass er die Hand, die ihn anfassen wollte, verbrennen würde. Sie waren am frühen Abend vom Flughafen in Richtung Miracle Mile hochgefahren, vorbei an den traurigen Ölpumpen-Dinos von Ladera Heights, die La Brea Avenue zuerst hinauf und nach dem Essen wieder hinunter. Das Licht über der deprimierend flachen Stadt war grau gewesen, unmagisch, und es nieselte wie in Hamburg. Tal hörte wie Gerrys Vater Lou im Wagen NPR. Erst kam ein Programm über Al-Qaidas »jüdisch-christliche« Wurzeln. Dann diskutierten ein paar Männer und eine Frau die Frage, ob die Alliierten absichtlich nicht die Gleise nach Auschwitz bombardiert hätten. Noah hatte keine Sekunde das Gefühl, er wäre im Ausland. Als eine der Männerstimmen meinte, klar, Eisenhower & Co hätten gehofft, Hitler & Co nähmen so viele Juden mit sich in die Hölle wie möglich, bückte Tal sich nervös, als käme durchs offene Fenster Saddams nächste Scud angeflogen. »Überall dieselbe Scheiße wie in Gaza und Darfur«, zischte er. Er griff, während er weiter lenkte und durchs Steuer auf die Straße guckte, in die Ablage. Als er endlich die Zigaretten gefunden hatte, sagte er noch wütender: »Die Leute sind nicht Leute, sie sind Tiere. Auch die Juden!« Danach fuhr er Noah und Ethel schweigend und viel zu schnell in die 45 South Tremaine Avenue und trug ihnen die Koffer zum Hauseingang. Hier fing er wieder an zu reden. Er sagte: »Gerry ist abwechselnd in der Entzugsklinik in Palo Alto oder in den Burbank-Studios. Sie machen *The Bullet 4.*

Ich schreibe mein Drehbuch von *In Gaza ohne Gatkes* um und bin auch sonst nicht gut drauf, also lasst mich in Ruhe! Im ersten Stock, über euch, wohnt Gerrys Vater Lou, aber den könnt ihr auch nichts fragen. Hier« – er drückte Noah ein Script in die Hand –»ist die zwölfte Fassung von *Ihr branntet wie Coyoten*. Mach was Besseres daraus, du konfuser Kontrollfreak! Es ist schließlich dein Geld, oder? Ist dir eigentlich schon mal was – gelungen?!« In seinen Mundwinkeln schäumte es ganz leicht wie bei Rabbi Balaban am Ende des Religionsunterrichts, er lächelte scheintot, und plötzlich wandte er sich um und ging zum Wagen – den er in der dösenden, viel zu breiten, irgendwie unnötig abschüssigen Vorort-Seitenstraße lange nicht finden konnte.

»Und was ist mit dem Goebbels-Video?«, rief Noah ihm hinterher. »Das wollten wir doch hier zusammen schneiden! Bei W-w-warner Brothers!«

Ohne sich umzudrehen, hob Tal die Hand, er machte eine Bewegung, die nach Winken, aber auch nach Abwinken aussah, dann stieg er ein, nein, er morphte sich katzengleich in den Wagen und fuhr fast lautlos davon.

Ethel und Noah lernten Lou Harper bald kennen. Er kam in der zweiten Nacht runter und bat sie, ihre lächerlichen KZ-Geräusche zu dämpfen. Noah hatte, als er ihm in seinem Silbertanga aus *Dr. Josephs Studienjahre* die Tür aufmachte, noch das Halsband und die Lederleine um.

»Good evening, my friend«, sagte Lou mit einer fast schon schmerzhaft tiefen Amerikaner-Stimme. Er sah wie der berühmte Lou Harper aus – aber auch anders. Er war klein, gigolohaft dünn, er hatte einen schwarzen Anzug an, der sogar diesem Strich von Mann noch zu eng war. Noah konnte sich nicht entscheiden: War Gerrys Tate körperlich immer ein Junge geblieben? Oder stand vor ihm ein von innen künstlich strahlender Pop-Lustgreis, zusammengehalten von seinen Erinnerungen an die legendären Teenagerficks in den Siebzigerjahren, die in jedem Stern- und Vanity-Fair-Artikel über den »großen jüdischen Sex-Barden« (sein Ehrentitel in der Rock and Roll Hall of Fame) erwähnt wurden?

»Das klingt nicht schön, was ihr da unter meinem Wohnzimmer singt. Es klingt nach Schmerzen«, sagte Lou. »Und es ist laut, zu laut.« Er zog eifersüchtig die Mundwinkel hoch. Die zwei tiefen Falten in seinen Wangen verschwanden kurz. Er ließ die Mundwinkel wieder fallen, und nun sah er fast absurd unglücklich aus.

Es war diese extrem traurige Miene des früheren Sex-Barden, die Noah aus der Fassung brachte. Er kannte solche Augenspiele: Man zieht zuerst eulenhaft die braunen Buczacz-Kuckies zusammen, man beißt sich immer wieder auf die blauroten alten Lippen, man hüstelt unmotiviert – und schon erweckt man kosmisches Mitleid. Schloimel, sein geliebter Hardcore-Papi, hatte auf diese Art von orientalischer Mitleid-Show lange verzichtet. Das war die Schule des Gettos von Buczacz. Wer seinen Vater – Noahs Großvater – statt sich selbst in den Transport nach Belzec geschickt hatte, durfte sich nie wieder mit Selbstmitleid trösten! Später hatte Schloimel doch noch damit angefangen. Ursprünglich hatte er sieben Leben – und eine Gesundheit wie ein gojischer Waldschrat. Aber dann kam die Diagnose: K-Wort im 5-nach-12-Stadium. Und schon machte Schloimel, der große, starke, mafiöse Schloimel, mit seinen schwarzbraunen Kuckies einen auf ewig kranker Jude.

Und was war genau Lou Harpers Problem? Dass er, seit er aus Altersgründen nicht mehr den Arschloch-Appeal von Mick, Leonard & John hatte, zero vor die Flinte bekam? Dass seine neuesten Songs – unterlegt von Phil Spector in dessen trüber Mordprozess-Periode mit mit viel zu lautem Synthie-Pling-Pling – so klangen, als wolle er in den Sexclubs von Bangkok auftreten? Oder dass er ein paar Jahre früher von seiner – natürlich fetten, lieben, besserwisserischen jüdischen – Managerin bestohlen worden war? Sie hatte, wegen Lous angeblicher Steuerschulden, die Rechte an seinem einzigen Welthit *Conny* an Universal verkauft und das Geld in einem sinistren Luxemburger Beteiligungsfonds versenkt.«»Auch dies angeblich.« So stand es damals auf der Life-&-Art-Seite der Herald Tribune in einem schwarz umrandeten Kasten, wie bei einer Todesanzeige, und Noah und ich hatten – Telepathie, Peripetie! – denselben Artikel gleichzeitig gelesen. Ich im 103, abends um sechs, glücklich, hungrig, undepressiv, sexuell geladen wie eine iranische Atomhaubitze, nachdem ich – als ich noch durfte – in der Elstar-Sauna einiges für meinen altjungen Körper getan hatte. Und er in Tel Aviv im Café Mersand, Freitagmittag um zwei, spätes Sektfrühstück mit sich selbst und zehn neuen Weltrettungsplänen, kurz bevor er sie wieder verwerfen, in den neuen Porsche Cayenne einsteigen und nach Herzlia zurückfahren würde, um sich, wie er sagte, bis Schabbatende mit Mikro-Merav und den Mädchen in der dänisch kühlen Forlani-Familiengruft temporär beerdigen zu lassen. »Hier ... du windelweicher Wowa-Sohn«, sagte er polnisch lang gezogen ins Telefon, allerdings erst Sekunden nachdem ich abgehoben hatte, weil er kurz gar nicht mehr wusste, wen er angerufen hatte, »hier ... hör mal, Soltschik, hast du gelesen, was dem groißen Lou Harper passiert ist?« »Ja«, sagte ich, »er ist jetzt nackter als nackt, er hat alles verloren.« »Ich beneide ihn so«, seufzte Noah. »Dieses Geld ist take ein Fluch. Ja, ein Fluch. Mein eigener Vater hat mich und meine Kinder und ihre Kinder usw. auf dem Gewissen – mindestens! Kann man einen Toten auch zurückverfluchen?« »Du meinst«, stoppte ich ihn, »deine Mädchen werden Luftmenschen wie du?« »Gott behüte! Ich werde ihnen das Taschengeld kürzen, du wirst sehen, heute noch, um die Hälfte.« »Vergiss es, das machst du nie.« »Ja, du hast recht, du kommunistische Hure, das wäre v-v-viel zu grausam!«

Lou Harpers eigentliches Problem war Gerry – sein strebsamer, reger, dümmlicher, schwankhafter, vicodin-, aber nicht geltungssüchtiger und ebenfalls sexbesessener Sohn. Als Noah, der sich tagelang für seinen Nudisten-und-Leder-Auftritt geschämt hatte (»Ich hätte genauso mit einem Klistier im Tuches zum Dinner bei der englischen Königin gehen können«, sagte er ein paarmal zu Ethel), Lou zufällig in Maria's Diner am großen, kahlen Parkplatz neben der Los Angeles High School wiedertraf, hatte er etwas mehr an, und er konnte sich auch viel besser konzentrieren.

Er erkannte Lou sofort. Lou saß – dünn und präsent wie eine ausgehungerte Anakonda – direkt neben ihm am Tresen, trank Kaffee, kontrollierte in neurotischen Drei-Minuten-Intervallen auf seinem funkelnden Raver-Nokia das Wetter und las seit mindestens einer halben Stunde in der Los Angeles Times immer wieder dieselbe kurze Notiz über die Podiumsdiskussion im Getty Center. *Die* Podiumsdiskussion. Schon die Überschrift war, fand Noah, für ihn ein voller Erfolg: ›*The Bullet*‹-*Star lässt sich von Weltverbesserer anschießen*. Den Rest konnte er wegen Lous spitz aufragender Asketen-Schulter nicht lesen – aber er konnte sich an den Rest erinnern. Er war der »Weltverbesserer« gewesen. Er hatte vor zwei Tagen im Sara-Beinstein-Auditorium des Getty Centers dem »groißen« Sohn des Lou Harper die entscheidende Frage gestellt, die ihn in die Knie gehen ließ.

Noah drückte sich mit den Fingerspitzen am braunen, schimmernden, fettigen Tresen ab, er zog den Kopf, die Augen, die struppigen Augenbrauen hoch und konnte so wenigstens die ersten Zeilen des Artikels lesen: »Es sollte ein Gespräch über Ruhm, Schauspieltechnik und Menschenrechte in Darfur werden, aber es wurde ein Massaker an ›El Dick‹ Harper. Das konnte der ...« Noahle beugte sich noch mehr vor – und rutschte ab. Jetzt erst bemerkte Lou ihn. »Hallo mein Freund«, sagte er mit dem üblichen Lou-Harper-Bass, in dem so viel falsche Gnade und ehrliche Einbildung steckten wie in der Rede, die Rabbi Balaban jedes Jahr an Yom Kippur hielt, »wie geht's? Wie läuft es in den Verliesen von Birkenau?« Noah suchte, fallend und balancierend, mit den Knien am Barhocker Halt und stützte seinen Kopf semilässig in die offene Hand. »Wie geht's Ihnen, Lou? How are you?«, sagte er langsam. Zum Glück kam endlich sein Essen. Lou war aber sowieso nicht an einer Fortsetzung des Gesprächs interessiert. Er beugte sich runter, checkte sein Telefon (die Biowetter-Einstellung!) und saugte sich wieder an der Gerry-Meldung fest.

Noah war schon den ganzen Morgen übel. Er hatte trotzdem Pancake, Omelette mit Würstchen, Schoko-Milkshake und Bagel mit Lachs und Creamcheese bestellt. Yogi-Noah aß solchen »ruralen, rustikalen gojischen Dreck«, so seine eigenen Worte bei der Geburtstagsorgie von Awi Blumenschwein vor fünf Jahren im Luna Park am Hayarkon mit Natascha, seiner Schwester Abigail, Merav und mir, nachdem er Abigail auf die Hand gekotzt hatte, eigentlich nie. Warum heute? Ethel hatte schon morgens um fünf angefangen, ihm mal wieder ihre moralische Position einzutrichtern. Zuerst boxte sie ihn, während er schlief, mit ihrer fleischigen und knochigen Faust in den rechten Arm, der ohnehin blau und rot war von der Behandlung, der sie ihn inzwischen fast täglich mit ihrer Amon-Göth-Gerte unterzog. »Warum streitest du dich mit mir«, zischte sie, »was soll das?!« Das hatte natürlich etwas Oritelehaftes, aber das konnte Noah nicht wissen. Er träumte in diesem Augenblick nach Jahren von Guinevere, der Tyranosaura Regina aus Punta del Giorno, die ihm gerade mit ihrer riesigen Wasserspritzpistole ein Klistier setzte, während hinter ihr schon ungeduldig Thekla mit einer von diesen durchsichtigen Penisvergrößerungspumpen wartete. So einfach hängen also die Dinge in meinem dummen Kopf zusammen, dachte Noah genervt im Schlaf, ich Loser kann nicht mal einen anständig verschlüsselten Psychotraum träumen. S. Freud hätte mich nach einem Zwei-Minuten-Vorgespräch rausgeschmissen, mit Direktüberweisung an Dr. Savionoli und diskretem Vermerk im Arztbrief: »Schieben Sie ihm das Ritalin vorne und das Amphetamin hinten rein, Kollege, und beten Sie, dass es nützt, sonst wird er Sie noch in dreißig Jahren mitten in der Nacht anrufen und fragen, ob ein h-h-halber Halber eher ein Halber ist oder gar keiner!« In der Sekunde zog Guinevere die Wasserpistole raus, Thekla setzte ihm die Penispumpe auf, riss sie aber sofort wieder kopfschüttelnd herunter, und dann klopfte auch schon Ethel an die Tür seines nicht uninteressanten Traums.»Warum streitest du dich mit mir?! Ich kann das so nicht! Ich brauche es konsequent. Ich brauche einen Mann, der ...« – sie beugte sich im plötzlich hell erleuchteten Schlafzimmer über den noch halb schlafenden Noah –»... der weiß, was er tut. Und das nicht alle drei Minuten von Neuem!« Dann griff sie unter das Bett und hatte sofort die Gerte und den schwarzen Plastikball in der Hand. Das Hoflicht ging wieder aus, und es wurde totenschwarz in Gerrys knastkahlem Gästezimmer. »Und, du ungezogenes Hündchen, musst du bestraft werden?«, sagte sie mit einer dunklen, kalten Dibbukstimme zu Noah.»Oder wirst du freiwillig von L.A. aus deiner Frau und deinen Kindern den Rest von Schloimels Blutgeld überschreiben? Dann könnte ich es vielleicht wirklich ein Leben lang mit dir aushalten. Wenn schon Jid, dann arm!« Den letzten Satz, dachte sie, hätte sie nur gedacht. Aber als ihr bewusst wurde, dass sie ihn ausgesprochen hatte, war es ihr auch egal. Gut, soll der kleine Kacker ruhig Bescheid wissen. »Jetzt weißt du Bescheid, kleiner Kacker! Verzichte, sofort!«

Seitdem war Noah übel. Eigentlich war ihm schon seit Berlin übel, seit er – nach dem Swinemünder-Pogrom – in Ethels Schlafzimmer in der Wörther Straße gesessen, mit mir telefoniert und sich gefragt hatte, was Ethel mit diesem Ding machte, das wie ein Vibrator aussah, aber so groß war wie eine Thorarolle. Jetzt kam zur Ästhetik die Ethik dazu. Adieu, süße, schöne Shinto-Pflaume, ich mag Druck, aber nicht so! Noah zerteilte mit der Gabel den fettigen blassen Pancake, steckte ihn sich in den Mund – und kaum hatte dieser»rurale, rustikale gojische Dreck« seinen Gaumen berührt, schob sich Noahs Speiseröhre in die falsche Richtung zusammen und fing an, sich mit spasmischen Bewegungen gegen den ungesunden Eindringling zu wehren. Der neurotische Noah hustete unneurotisch. Er versuchte, ruhig zu atmen. Er hustete wieder, der Bissen löste sich – und flog mit Raketengeschwindigkeit aus Noah raus und landete auf Lou Harpers Zeitung. Was für ein Masel, dachte Noah, fast hätte ich den Getty-Artikel getroffen! Dann dachte er: Warum liest er immer wieder dieselben zwanzig Zeilen, als hätte nach einem Vierteljahrhundert endlich mal jemand was Gutes über seine letzte Platte geschrieben? Danach fiel meinem geistig immer so beweglichen Noahle wieder Blumenschweins Geburtstagsorgie ein. Damals war Noah schon verheiratet. Er hatte eine Tochter, eine Frau, ein Ei, eine Villa in Herzlia Pituach, sein Vater, von innen bereits unaufhaltsam verrottend, lebte noch gut und gemein vor sich hin – und trotzdem fehlte Noah was. Nachdem er im Luna Park auf Abigails Hand gekotzt hatte, lachten erst alle. So angenehm fing diese Erinnerung an. Am nächsten Morgen im Café Mersand redete aber keiner mit ihm ein Wort. Nur Natascha, die gerade nicht mit mir zusammen war, setzte sich nach einer halben Stunde zu ihm auf einen von den viel zu niedrigen Hockern, das lange Daliah-Lavi-Gesicht voller aufgekratzter Mückenstiche und Glitter-Make-up von letzter Nacht.

Im Mersand, das es seit den Sechzigern gab, saßen fast nur alte Rumänen, Polen und Deutsche. Die Frauen hatten blaues Haar, blaue Adern auf den Schläfen und Gesichter wie aus *Anatevka*. Die Männer sahen alle wie energische Kazetniks im Rentenalter aus, ein bisschen krank, ein bisschen verzweifelt, komisch und böse zu jedem, außer zu ihren Enkeln. »Jetzt sitzen wir hier«, sagte Natascha, »wie die alten Emigranten. Sind wir alte Emigranten? Sollen wir es werden?« Noah verstand sie nur halb. Sie sah so schön aus an diesem Tag, vor allem weil sie mit niemandem aus dem Hamburger Getto Ähnlichkeit hatte. Fast wirkte sie wie eine Schickse. In den Augen keine zweitausend Jahre Selbstmitleid, die minimal hängenden Brüste unter dem weißen Top ohne BH, die Schenkel schmal wie bei einer äthiopischen Marathonläuferin. »Ich hätte dich damals stoppen sollen«, sagte sie leise. »Was?« »Ach, nichts. Du bist doch der Einzige von uns, der wirklich tut, was er will.« (Wie, ich, Soli »Rubiner« Karubiner, nicht?) »Du hättest der fetten Abigail gleich auf den Kopf kotzen sollen!« Ich hätte damals nach Oxford gehen sollen, dachte Noah. Aber er sagte: »W-w-wann?

Wobei stoppen?«»Bist du glücklich als Ehemann? Will Merav öfter – oder du?«»Ich hätte nach Oxford gehen sollen«, sagte Noah.»Wirklich, das wolltest du? Ich gehe im Herbst nach New York, ans Mount Sinai. Wenn ich es schaffe. Wenn mein Papa mich gehen lässt. Chaikel Rubinstein ist noch ein bisschen altmodisch, aber das weißt du ja. Und Geld für eine schöne große Duplex-Wohnung am Central Park krieg ich sowieso nicht von ihm.« Noah lächelte, sie lächelte, dann gab es in Noahs Erinnerung einen Filmschnitt. Jetzt ging er mit Natascha – Mittelfinger und Daumen präromantisch eingehakt – über den Flohmarkt in Jaffa. Gleich am Anfang, in der Olei-Zion-Straße, verkaufte ein netter stinkender Perser Menoras, Messingschilder, Tefillin aus China. Zwischen alldem Nonsens lag eine kleine, zerkratzte, alte Chamsa aus grau angelaufenem Silber. Sie war nicht schön, aber sie hatte, fand Noah, so was Beruhigendes: fünf kräftige Finger, die wie die von Schloimel aussahen, und ein sehr grüner Stein als Auge. Als Natascha kurz nicht aufpasste, kaufte er die Chamsa, für 30 Schekel, mehr nicht.»Hier«, sagte er, nachdem er sie ihr samt Kettchen (noch mal zehn Schekel) im Dr. Schakschuka über dem Teller mit der heißen Schakschukasoße auf den ausgestreckten Zeigefinger gehängt hatte,»für dich! Für New York. Sie soll dich schützen.« Daraufhin hatte sie ihn geküsst, das erste Mal überhaupt. Es war ein mittellanger Kuss, weich, mit ein bisschen Zunge.»Danke«, hatte sie mit fester, aber viel zu hoher Stimme gesagt.»Damals vor Burger King, nach Polen, weißt du noch, als ich von Soli so enttäuscht war? Die Chamsa statt der Wohnungen und der Apanage – und du hättest mich gekriegt!« Noah hatte, obwohl er es wollte, nie geschafft, nachzusehen, was Apanage hieß. Aber er ahnte es.

»Was ist denn das? Excuse me?« Lou entfernte mit dem abgespreizten kleinen Finger den winzigen, feuchten Brocken von der Zeitung und faltete sie so lange zusammen, bis sie so klein war wie ein Stadtplan.»Sie waren das im Getty Center, junger Freund, oder? Sie sind der Weltverbesserer. Stimmt's?«

Noah schüttelte den Kopf, gleichzeitig fragte er sich, warum er den Kopf schüttelte. Er ist sein Vater, dachte er, es könnte ihm wehtun.

»Nicht so bescheiden«, sagte Lou, »Sie haben ja recht. Mein Sohn ist wirklich ein Lügner! Die Sache mit El Dick, nehmen wir die zum Beispiel. Wissen Sie, wie groß der Kleine von meinem Kleinen tatsächlich ist?« Lou hob den Finger, an dem noch ein Stück Pancake klebte, hielt ihn dicht vor Noahs Gesicht – und schwieg.

Noah hatte im Sara-Beinstein-Auditorium ganz oben gesessen, den Kopf auf die Hände gestützt wie früher in den Psychologiehörsälen des Philosophenturms in Hamburg. Unten – ein Breuer-Sofa, zwei Breuer-Sessel, ein Knoll-Glastisch mit vier Wassergläsern, weißes, elliptisches Scheinwerferlicht – saßen und redeten nicht unwitzig miteinander: Gerry, Jeff Goldblum, George Costanza und eine kräftige, kluge schwarze Frau, die Noah nicht kannte, offenbar als Einziger.

Die Frau stellte mit einer freundlichen, leicht intriganten Stimme die Fragen. Sind Sie ein Ein-Mann-Studio, Gerry? Was kam nach *Seinfeld*, George? Träumen Sie von Fliegen, Jeff, wenn Sie die Fliege spielen? Die Antworten fielen nie zu lang, nie zu klug aus, man konnte als Zuhörer immer etwas mit ihnen anfangen, hatte sie aber zehn Minuten später wieder vergessen. »Ich versuche nur, die Filme auf die Beine zu stellen, die ich selbst sehen möchte – in den Drehpausen von *The Bullet 4*«, sagte Gerry, er machte ein ironisches Cary-Grant-Gesicht, und alle lachten. Goldblum – astigmatisch ins Weite schauend – sagte: »Ich träume von einer ganzen Fliegenrepublik. Aber glauben Sie mir, wenn Sie wüssten, wie nett manche Fliegen sein können, wären Sie auch gern eine Fliege.« Wieder lachten alle, bis auf Noah, der überlegte, ob er als Psychokatalytiker ohne Erfahrung der Richtige war, diesen Irren wochenlang irgendwo in Afrika stabil zu halten. George Costanza stammelte kurz künstlich, dann sagte er mit einem herzlichen, antipathischen Quäken: »Seinfeld?

Welcher Seinfeld? Der aus der 4. Straße East, den man unter seinem Bett in roter Babykleidung und dem rechten Mittelfinger in einer Kunstmuschi fand? Oder Clive Seinfeld, mein alter Schulfreund aus New Jersey, der am 11. September unbedingt ins World Trade Center fahren musste, um sich bei AT&T über eine überhöhte Telefonrechnung zu beschweren? Dann, fällt mir ein, gab es noch Siegfried Seinfeld, den ersten Mann meiner Tante Flora aus Brastilova in der Slowakei, oder war es Bratislava in Slowenien? Er ging als Partisan in die Wälder, um gegen die Nazis zu kämpfen, und starb einen Monat später an einer seltenen Fußpilzart.«

Nachdem George einen langen, herzlichen Applaus bekommen hatte, kam der Teil mit den Fragen. Niemand fragte was. Noah guckte verlegen nach links, die schwarze Frau auch. Im riesigen runden Richard-Meier-Glasfenster sah man zwischen zwei wehenden Vorhängen Hügel – grau, braun, wie abgefressen von Ziegen, die nicht da waren. Noah musste sofort an die kahlen Ausläufer der Judäischen Berge denken, die sich hektisch senkten und hoben in Richtung Jerusalem, wenn man von Tel Aviv mit dem Bus kam. Dann sah er, obwohl er es nicht wollte, mich und sich in unseren Fly-Israel-Trainingsjacken, frierend, im vollklimatisierten 405er nach Jerusalem, am Tag zwei seiner Ehe – während Awi und die anderen beim Schlammringen am Toten Meer waren und Merav sich mit gerunzelter Stirn und ihrer schwarzen Intellektuellenbrille über die Fliesen ihres neuen Ehe-Forts beugte (aus Carrara-Marmor natürlich) und dabei immer wieder die Hand des »rachitischen Schönlings von der Baufirma« von ihrem winzigen Girlie-Arsch wegschob. Das wusste er von ihr, das hatte sie ihm hinterher im Hotel erzählt, und er musste ihr für ihre dumme Treue auch noch danken.

»Ich würde gern von Mr. Harper wissen«, sagte Noah plötzlich laut und sprang auf, »was er von der globalen Ernährungskrise hält.« Warum frage ich das?, dachte er. Wer will hier darüber reden? Er hob die Hand wie ein Schüler, der sich meldet, und vergaß sie oben.

»Danke für die Frage«, sagte Gerry und blinzelte geblendet ins angeberisch kühle Rund des Sara-Beinstein-Saals. »Sie sind wer?«

»Mein Name ist ... Noah Forlani.«

»Der Noah? Der mit der Arche? Der die Welt retten wird – wenn er gerade Zeit hat?« Alle lachten. »Ich finde, das ist eine gute Frage. Ich werde, bevor ich antworte« – er sah auf die Uhr –, »fünf Minuten über sie nachdenken. I'm a serious man, wissen Sie, kein oberflächlicher Schauspieler. Und ich habe zurzeit, wie viele wissen, medizinisch bedingte Konzentrationsstörungen.«

Noah war an diesem Tag genau eine Woche in Los Angeles, und jetzt sah er Gerry das erste Mal. Er war nur wegen ihm ins Getty Center gekommen. Es machte ihn verrückt, dass Gerry ihn ignorierte, er wusste nicht einmal, warum, und plötzlich hoffte er, El Dick würde ihn gleich noch viel, viel mehr ablehnen. »Ich habe das Skript von Ihrem Darfur-Projekt gelesen, Gerry«, sagte er. »Ich darf doch Gerry sagen? Die zwölfte Fassung! Ich finde, es ist gut geschrieben, aber ich verstehe nicht, warum das Welternährungsproblem darin nicht vorkommt. (Schon wieder, was soll das, wen interessiert das?) Wir bei CCC würden kurz nachrechnen, a bissele hin- und herbilanzieren und dann erklären, ein Dollarino investiert in fünftausend Kalorien für jeden Armen und Reichen auf dieser Welt, und das Paradies kann kommen. Wie kann man das ignorieren, Gerry? Ich habe übrigens« – jetzt begannen die ersten Zuschauer in den unteren Reihen, sich nach Noah umzudrehen – »selbst ein sehr interessantes Projekt, in Hamburg, das ist eine Stadt in Deutschland, vielleicht hat George von ihr gehört, nur sechshundert M-m-meilen von Bratislava in der Slowakei entfernt. Bikicur, ich plane etwas Größeres gegen Fettsucht in den Kindergärten und Schulen dort, das haben die CCC-Leute bereits auch durchgerechnet, oder werden sie noch, wir haben schon darüber gesprochen, G-g-gerry, Sie erinnern sich?«

Jetzt, dachte Noah, jetzt sag bitte Nein, damit es so richtig peinlich wird für mich. Please, mach mich lächerlich. Bitte, bestraf mich wie an Silvester für mein verfluchtes Schloimel-Erbe mit deiner starken kalifornischen Pranke! Sag, dass du mich nicht kennst, befiehl den Saaldienern, dass sie mich nach draußen begleiten sollen, und dann, während sie mich links und rechts eingehakt rausführen, sag leise ins Mikrofon:»Das ist ein trauriger Fall, Ladies and Gentlemen, aber auch Utopisten müssen sich zivilisiert benehmen. Gerade die ...« Doch Gerry sagte etwas ganz anderes.»CCC? Das ist mir neu. Kennen wir uns? Erzählen Sie uns davon, Noah.« Dann schaute er, eben noch vollironisch und selbstbewusst wie George Clooney vor seinem *Syriana*-Schädeltrauma, Hilfe suchend und gar nicht mehr blinzelnd zu Jeff Goldblum hinüber, der aber, irre wie immer, mit den Augen den Flug einer großen, grünen, brummenden Episkopalfliege verfolgte. Goldblum half mal wieder nur sich selbst – wenn überhaupt. Und dann? Dann blieb die Zeit stehen, alle Worte, Blicke und Bewegungen gefroren für eine Zehntelsekunde, das Samsara-Rad drehte sich, und während Noah nun wieder weitersprach und in immer neuen Windungen um seine CCC-Idee kreiste, nahm Gerry die Gestalt von jemand anderem an. Das war interessant, rätselhaft und sah aus Noahles Tagträumer-Sicht so aus: Erst war er immer noch Gerry, aber einer, der nie wieder über etwas nachdenken wollte. Dann eine Art kluger Menschenaffe, dann ein starker, schwarzer großer Hund, dann eine Mücke, die nur einen Stich hat, danach stirbt und das nicht einmal weiß. Was Noah sah, das fühlte Gerry. So schnell ging es immer mit ihm bergab, wenn ihm einer seiner künstlich hergestellten Botenstoffe fehlte.

»Und darum«, sagte Noah, nachdem er endlich den dreihundert erstaunt und gelangweilt zu ihm unbequem herumgedrehten Köpfen erklärt hatte, wie er mit den fiktiven 50 Milliarden vom California Consensus Center die realen Hilferufe des sterbenden Erdplaneten erhören würde,»darum brauchen wir vom CCC starke Charaktere. Männer mit einem IQ 180 plus, immer komplett ausgelesenen Bibliotheken, batteriebetriebenen Hybridautos und Eiern aus Stahl.« Dabei kratzte er sich genüsslich, aber auch unbewusst an seinem übrig gebliebenen Ei. Es war das erste Mal in zehn Minuten, dass er die Hand senkte, dann hob er sie sofort wieder.

»Ich wollte noch sagen«, sagte er, »ich dachte … Gerry, ich biete Ihnen einfach den Job des Präsidenten vom CCC an, Ihnen, einem Mann des guten Ficks und lohnenswerten Ideals. WIR RECHNEN BESSER, Gerry! Wie? Was? Sie können aber auch einen anderen Slogan wählen. Sie sind der Boss.«

Der Boss war innerlich aber leider gerade woanders – in der Entzugsklinik in Palo Alto, wo es ihm manchmal so gut ging (nachdem es ihm so schlecht gegangen war), dass er endlich wieder zwei Gedanken hintereinander denken konnte, die zusammengehörten. Tür und Schlüssel, zum Beispiel, Speed und Tod, Mama und ihr schöner, weicher mohnroter Bademantel. Die Geschichte von Gerrys Drogenliebe war lang. Er nahm mit fünfzehn alle möglichen Pillen, er rauchte schon mit zwölf, was immer man rauchen konnte, damals noch in der Nähe von Avignon. Und seit er mit dem asketischen Lou in der South Tremaine wohnte, saß er, wenn er zu Hause war, entweder oben bei Daddy und weinte sich über seinen zu großen Frauenverbrauch und alles andere aus – oder lag unten platt wie ein aufgestochener Autoreifen auf seinem grünen Art-déco-Sofa und schnupfte Heroin, wenn er gerade keine Vene fand, um es zu spritzen. Nachdem er zweimal durch die Tür einer Überdosis fast aus der Welt gestolpert wäre (die Journalisten erfuhren es einmal von Lou, einmal von Tal), verbot Lou ihm das H in jeder Darreichungsform. Also schluckte er heimlich Vicodin: ein harmlos verpacktes Hustenmedikament mit sehr, sehr viel wärmespendendem Morphin. Das Glück in vier Gramm! Das Unglück als Erinnerung an den Moment, wenn die Wirkung falltürhaft nachließ! Ab und zu wurde sogar ihm selbst das alles zu blöd. Dann ging Gerry – freiwillig – in Rehab nach Palo Alto. Hier fand er ein völlig anderes Glück: noch von Juan de Ayala gepflanzte Palmen, Vogelstimmen vom Band und sechzigjährige Pflegerinnen mit extrem schmalen Hüften, in weißen Kitteln, mit Damenbart und Flaum sogar auf der Nase.

»Nein«, sagte Gerry ganz leise ins Mikrofon, als ob ihn so nur Noah hören könnte. »Nein«, wiederholte er, in Gedanken immer noch in der Klinik, beim Morgengespräch, wenn Schwester Cummings, sich krebskrank räuspernd, zu ihm sagte, jetzt sei er an der Reihe zu beichten, »nein, das ist nichts für mich, glaube ich, denke ich, weiß ich. Ich kann dabei einfach nicht mitmachen, bei nichts, das nichts mit mir zu tun hat, kann ich mitmachen, nein. Klingt debil, diese CCC-Idee, und interessant. Es tut mir leid, Noah Forlani. Du bist ein Idiot – aber süß. Es tut mir leid, dass du schon so lange in der Stadt bist und wir uns noch kein einziges Mal gesehen haben. Es tut mir leid, dass du so viel Geld hast wie ich Sorgen in einer Minute. Es tut mir leid, dass du auch so ein hyperaktiver Abfallhaufen bist wie ich. Hat dir« – er verstellte seine Stimme und klang plötzlich wie eine überdrehte, böse Cartoonfigur – »der Zwiebelbraten in meiner Taqueria Versailles geschmeckt? Hat-er-hat-er-hater? Nein, mir geht's gerade gar nicht gut. Mir geht es eigentlich nie gut.« Der jäh erbleichende Crocodile Dundee von Mid City atmete tief ein und aus, ein und aus, ein und aus (ein Tipp von Schwester Cummings, um in klassischen Untergeh-Momenten nicht total unterzugehen), und die schönen, starken Stränge seiner Halssehnen wurden erst weiß, dann blutrot.

»Wie, du kannst nicht?«, sagte Noah sauer bis entsetzt bis von oben herab. »Und warum nicht?« Er hörte auf, den Arm in der Luft zu schwenken und wie Awi Blumenschwein, der widerliche Streber, hektisch mit den Fingern zu schnipsen.

»Ich muss mich um mich selbst kümmern.« Das war wieder Gerry, jetzt auch ohne Seil und Netz. »Hab ich das nicht gerade gesagt? Oh fuck, ich kann das alles nicht mehr! Ich bin froh, wenn ich mir beim Drehen einen einzigen Satz merken kann – verstehst du das? –, wenn ich eine Seite in einem Buch lese und beim Umblättern weiß, was schon fünf Sekunden vorher kaum in meinen Schädel ging, wenn ich ins Bad gehe und nicht in Mamis Bademantel schlüpfen will. Hast du schon mal nicht gewusst, was das nächste

Wort ist, das du sagen willst, Weltverbesserer?« Noah zog fast entrüstet die schmalen Schultern weiter zusammen und schüttelte den Kopf. »Nein? Na siehst du, das passiert nicht einmal dir. Lass mich also gehen. Lasst mich bitte gehen! Bitte, ich muss hier raus. Und du und Tal – ihr ... ihr müsst die Coyoten-Sache ohne mich zu Ende bringen. Mama, warum hast du mir damals mein Blümchen nicht mitgebracht?«

»Warum gibst du Pennern und Bettlern immer nur alte, abgerissene Knöpfe?«, sagte Noah böse und laut und dachte, was für eine l-l-lächerliche Metapher. »Ist das genetisch? Oder bist du gar kein Superstar, sondern selbst ein Penner, der so tut, als wäre er es nicht?«

»Weil ...« Gerry dachte kurz nach. »Was war die Frage?«

Die letzten Sätze hörte keiner mehr im Sara-Beinstein-Auditorium, nicht einmal Noah. Die schwarze, berühmte, kalt grinsende Moderatorin hatte dafür gesorgt, dass die Mikros ausgeschaltet wurden. Und während Gerry verzweifelt nach George Costanzas Hand griff, der aber sofort – *Seinfeld*-George in Person – angewidert aufsprang und davonrannte, während auch Gerry sich torkelnd erhob und wegging, in Richtung nirgendwo oder Palo Alto oder Klo, rief Noah ihm hinterher: »Bleib doch hier, du Homo! Du Lügner! Du ... männliche Angelina Jolie.« Er machte eine winzige dramatische Pause. »Du Pseudo-Humanist. Du Charity-Fake. Du ... oberflächlicher Schauspieler!«

Als Nächstes hörte Noah Applaus. Er? Applaus? A fergnigen! So einen Triumph hatte er zuletzt bei seiner Bar-Mizwa erlebt, als er hustend und weinend seinen Abschnitt zu Ende gelesen und halb Hamburg daraufhin erleichtert gejubelt hatte. Das Klatschen war leise, dann immer stärker, dann wieder leise und durchdringend wie das herrliche zarte Ohrenrauschen, das er oft noch Tage nach einem Flug hörte. *Hollywood gegen sich selbst,* dachte Noah, eine erfolgreiche Low-Budget-Produktion von Noah Goldwyn Mayer: Teil eins: *Der Popstar-Sohn stirbt.*

Und Gerry? Der hörte schon lange nichts mehr. Er suchte, während seine Beine immer wieder unter ihm nachgaben, verzweifelt den Ausgang, dann fand er ihn endlich und verschwand in den eleganten, kalten posteuropäischen Getty-Waschräumen. Beim Reinkommen sah er im Spiegel kurz in sein dümmliches, tragisches Gesicht, weiß wie die Laken von Mount Sinai bei seinem letzten, besonders kritischen Aufenthalt. Das beeindruckte und bedrückte ihn gleichzeitig. Er zog schnell die Silberfolie aus der Kleingeldtasche seiner Jeans, drückte die dicke weiße ovale Tablette raus, beugte sich über das Waschbecken und spülte sie mit dem lauwarmen Waschraumwasser seine Kehle hinab, vorbei an seinem verwundeten Orchideenherz.

»Ja, es ist meine Schuld, dass mein Sohn ein Lügner ist«, sagte Lou.

»Du hast recht.« Er wischte sich den Rest des Pancakes vom kleinen Finger an seiner Serviette ab. Sein Gitarristen-Fingernagel war lang, länger als die anderen Nägel.

»Warum ist Ihr Nagel so l-l-lang?«, sagte Noah. Ihm war überhaupt nicht mehr übel. Dafür fühlte er sich schuldig. So ganz allgemein, für alles. Das hatte er oft, und er war offenbar nicht der Einzige.

»Was?«

»Wieso ist es Ihre Schuld, meine ich? Wieso ist Gerry ein Lügner?«

»Hast du ihn nicht selbst so im Getty genannt?«

»Ja. D-d-das wissen Sie doch, das macht man so, wenn man jemanden beleidigen will, der einen beleidigt hat. Das trifft doch jeden. Jeder ist ein Lügner!«

»Er mehr.«

»Er mehr … Wieso, Lou?«

»Erzähl mir irgendwas, was er dir erzählt hat, und ich beweise es dir.«

»Sein Megaschmock.«

»Klein wie ein zwei Tage alter Champignon. Das habe ich doch schon gesagt!«

»Die Sache mit der Orchidee, die ihm seine prügelnde Mutter vorenthalten hat, also Ihre Ex, Lou, Sie wissen schon.«

»Das ist«, sagte Lou gelangweilt, »eine alte Geschichte von Roald Dahl, du unbelesener Dummkopf! Die verkauft er seit seiner zweiten Überdosis jedem als seine eigene.«

»Großvater Haimele. Haimele Rotgast.«

»Ja, das stimmt, leider. Ist aber wohl eher mein Problem oder nicht?«

»S-s-sein Darfur-Film!«

»Eine typische kalifornische Image-Lüge. Das hast du ihm doch selbst vor fünfhundert Leuten ins Gesicht gesagt.« Lou tippte mit seinem Gitarristen-Fingernagel auf die Zeitung, die zwischen ihren Tassen auf dem Tresen lag. »Die Darfu... Darfurianer ... Darfuri ... jetzt sag mal, wie heißt es richtig, kleiner Freund?«

»Darfuri, glaube ich.«

»Genau. Die Darfuri interessieren ihn nicht. Gerry will nur ein paar Punkte weniger auf der jährlichen Idiotenskala des Drudge-Reports haben. Verstehst du das?«

Noah guckte über Lous Schulter zur vollen, bunt, aber gedämpft beleuchteten Bowlingbahn, die im anderen, dunkleren Flügel von Maria's Diner lag. Das hier war jetzt nicht mehr das reale Leben und nicht das echte L. A., sondern eine einzige groiße *Big Lebowski*-Endlosschleife. Gleich würde der Dude schwitzend und energisch um die Ecke kommen, Jesus würde wild tanzen und Jim beleidigt seine Knarre ziehen. In einem solchen Moment musste natürlich mein süßer, geltungssüchtiger Ich-will-dabei-sein-Noah auch etwas Unvergessliches machen. »Sie meinen, Lou«, sagte Noah, »es tut Ihnen leid, dass Sie ihn damals im Stich gelassen und lieber Teenies auf Hydra gefickt haben? Sie wollen sagen, wessen Vertrauen verraten wird als Kind, der muss ein Gangster des Herzens w-w-werden, mindestens?«

Lou riss seine buczaczhaften Trauer-Augen unerschrocken auf. Mehr nicht. Er zog sein Raver-Nokia raus, machte es an und sagte:

»Fünfundachtzig Grad Fahrenheit morgen, Sonne, leichter Westwind. Lasst uns nach Malibu fahren, zum Zuma Beach. Du, deine Aufseherin und ich.«

»Santa Monica wäre mir lieber, Lou.«

»Malibu«, sagte Lou, er rutschte lautlos wie eine Schlange vom Barhocker, ließ fast unsichtbar ein paar Geldscheine auf den Tresen gleiten und verschwand durch die von tausend Fingerabdrücken fettige, durchsichtige Plastiktür neben der Bowlingbahn. In dieser Sekunde drehten sich alle nach ihm um. Die Leute im Diner wussten die ganze Zeit, dass er es war, dachte Noah, der große Lou Harper, der Singer-Songwriter, der Typ, der mit *Conny* Millionen gemacht und verloren hatte – aber sie zeigten es nicht. Sie kannten sich zu gut aus mit seiner zwielichtigen Vanity-Fair-Existenz, sie hatten alle das peinliche, berühmt-berüchtigte Annie-Leibovitz-Foto aus den 70ern gesehen, auf dem Lou die nackte frühreife Brooke Shields durch ein Mohnfeld trug, sie wussten, Autogramme verteilte er nicht, höchstens auf weiße Mädchenärsche, und das inzwischen auch nicht mehr.

Hollywood gegen sich selbst, dachte Noah dann, Teil zwei: *Ödipus vs. Laios Reloaded.* Und noch später – in Gerrys knastkahlem Gästezimmer, abends um zehn –, festgebunden mit beiden Armen an den Bettpfosten, die schwarze Plastikkugel zwischen den kräftigen angegilbten Kasachenzähnen, konnte er immer noch nicht aufhören, darüber und über vieles andere nachzudenken. Erst dachte er: Vielleicht ist Gerry kein Lügner, sondern nur nicht besonders konsequent. Dann: Bin ich auch ein »Lügner« und »Sohn«? Danach biss er kurz wütend und unmasochistisch auf seine Kugel. Er dachte aber auch: Verdammt, verdammt, verdammt! Jetzt muss ich mich also auch noch um Darfur kümmern, weil der blejde Gerry den Morgenmantel seiner Mutter suchen muss, oder so. Darfur … Darfur … Gibt es eigentlich schon eine Darfur-Hymne? Branding ist alles, wissen die SLA-Leute das nicht? Ich könnte einen kleinen Entwurf machen. Ich könnte und sollte in der *Moby Dichter*-Sache eine kleine Grübelpause einlegen und die Darfur-Hymne schreiben. Das ist gerade w-w-wichtiger! (Er grinste stolz.) Ich ruf gleich Knute an. Sie soll für mich im Internet ein bisschen herumrecherchieren, die blöde, sadistische Nazikuh. (Er presste glücklich und stumm die Augen raus und lutschte wieder ein bisschen an seinem Knebel.) Was darf man, was muss man singen im Angesicht der heranreitenden Dschandschawid ... (Alles, was ein paar Dutzend traurige Deutsche in knisternden Windjacken beim Mitsingen phonetisch nicht in Verlegenheit bringt, Noahle!)

»Warum sagst du heute keinen Ton, Täubchen?«, hörte Noah plötzlich Ethel sagen. Sie beugte sich von hoch oben über ihn. »Machst du gerade dein Testament? Den Schenkungsvertrag? Verteilst du im Geist Daddys penjonse?« Sie lächelte, aber es sah eher so aus, als hätte sie sich gerade fünf Purimkrapfen auf einmal in den Mund geschoben. »Alewaj. Hoffentlich.«

2
Der gefügige Deutsche

Als ich Claus die Canaille fünf Tage nach meiner Rückkehr aus Prag (und meiner Fast-Vergewaltigung) anrief, ging nur die Mailbox an. Einmal, zweimal, dreimal.»Guten Tag«, sagte Claus mit diesem beleidigten deutschen Quieken, das weniger beleidigt klang als sonst,»ich bin da, aber ich kann nicht mit Ihnen sprechen. Und hier noch eine persönliche Nachricht für Herrn Solomon Karubiner: Ich glaube, Sie hatten recht. Ich bin im Prozess, wie man sagt. Und ich denke sogar schon über eine Fortsetzung nach – Sie wissen schon, von was.«

O mein Gott. Ich hatte – um Zeit zu gewinnen – Claus bei unserem letzten San-Nicci-Treffen ein paar idiotische Verbesserungsvorschläge gemacht.»Warum machen Sie nicht diesen herrlichen, ängstlichen Provinzkerl in Ihrem Buch mutiger, Claus? Muss er wirklich jede Nacht seinem Ernst-Niekisch-Opa im Traum begegnen und den gestohlenen schwarzen Ledermantel aufreißen wie ein Exhibitionist? Und sollten Sie nicht den Leuten am Ende verraten, was die Litze der Hammerbachs ist, also, wenn ich Sie richtig verstehe, der sich selbstständig machende Bart des Kaisers Barbarossa, aber ohne Kaiser und imperiale Fantasien à la Wilhelm Zwo?« Bla, bla, bla. Claus hatte trotzdem bei jedem meiner Sätze wie ein kleines hungriges Kind genickt.»Und sagen Sie, Claus, noch was: Dass er sich nach dem Wichsen aus Protest gegen seine knochenharte humanistische Erziehung den Bauch mit der gehäkelten Tischdecke seiner Mutter abwischt – ich meine, finden Sie nicht, dass das zu sehr nach *Portnoys Beschwerden* klingt? Verstehen Sie, was ich sagen will? Sie sind eher der romantische Friedrich-Rückert-Typ, oder nicht? Sie haben doch nicht wie meine Leute immer nur das eine im Sinn.« Wieder dieses gefügige Nicken. »Weniger Worte, mehr Logik, Claus.« Jawohl! Heil dir, o Karubiner!

Anfänger sind immer dankbar, wenn man zu ihnen sagt: Gut gemacht, aber auch Proust musste seine Sachen hundertmal wieder lesen, hassen, lieben, wieder lesen und korrigieren. Darum verwandelte sich Claus – kaum hörte ich auf, ihn zu belächeln – in den Karubiner-Bewunderer zurück, der er vor unserem gleichzeitigen Saunabesuch war. Noah hatte dagegen nie auf mich gehört. Von *Fick meine Frau, Goldmann!* kannte ich zum Beispiel nur die Grundidee, lesen durfte ich nie etwas, vor allem, weil es nichts zu lesen gab. Als ich trotzdem einmal zu ihm sagte, es wäre doch super, wenn Goldmann die Frau des Helden am Ende wirklich ficken würde, sah Noah mich mit entsetztem Basedow-Blick an und schüttelte steinbockhaft den Kopf. »Fick dich selbst, Karubinerchen, ich werde doch nicht mit meinem eigenen Leben Voodoo spielen!«

Als ich Claus endlich telefonisch erreichte, stand er vor der Post in der Friedrichstraße – und ich genau hinter ihm. Das merkte nur ich. Seine enge schwedische Rockstar-Jeans war noch enger als sonst. Er trug einen schönen, ausgeblichenen, postnationalen Militärparka, und sein fast kahler roter großer Kopf war mitten im eisigen Januar von Dutzenden Schweißtropfen bedeckt. Warum schwitzte er? Hatte er auch ein Schilddrüsenproblem? Oder wusste dieser hoffnungslos untalentierte Erpresser, dass Staatsanwalt Dr. morb. Kaltenbrunner das Verfahren gegen mich eingestellt hatte und ich mir seit Tagen mit der *Litze* den Arsch abwischte? Die Leute auf der Straße sahen sich traurig nach ihm um. Der telefonierende Clausi, energisch und mysteriös auf und ab tänzelnd, wusste noch nicht, dass er bald davontreiben würde, in den grauen, grünen ostdeutschen Fluten des Werbellinsees – sie aber ahnten es wahrscheinlich schon.

»Hallo, Claus, wo sind Sie«, sagte ich extra gedämpft ins Telefon, »wie war Silvester? Alles Gute im neuen Jahr!« Ich sprang, als er sich plötzlich kurz umdrehte, rechtzeitig hinter den neuen, großen, extrem hässlichen Body-Shop-Fahrradständer und stieß mir dabei mein Schienbein an. Aus dem Laden stank es wie immer nach spätkapitalistischem Schnell-Umsatz und widerlicher, süßer Heloten-Seife. »Silvester?«, sagte er. »Sich mit Leuten betrinken, deren Großväter in der Akte ODESSA stehen und von der peruanischen Filiale des Simon-Wiesenthal-Zentrums gesucht werden? Nein, vielen Dank. Ich war zu Hause und hab die *Litze der Hammerbachs* noch mal durch die Mangel gejagt, wie Sie es mir gesagt hatten, Sie Arschloch. Nein, das war nur ein Witz, Meister. Wann treffen wir uns?«

»Gar nicht. Warum sollten wir?«

»Was?«

»Was soll ich mich mit jemandem treffen, neben dem Günter Grass, Céline, Chomsky und so weiter Heilige sind? Literatur kommt von Liebe – zur Moral oder zumindest zu ihrem platonischen Ideal.« Ich merkte – und es hatte fast schon was Sexuelles –, wie ich mich gerade innerlich von den letzten Resten meiner Canaillen-Angst frei machte. »Ist Ihnen das Wort ›Wahrhaftigkeit‹ überhaupt ein Begriff, Clausi-Mausi?« Ach, war das schön, ich durfte jetzt bloß nicht aufhören! »Es gab mal einen Mann, den nannten die billigen Zeitungen Dagobert. Er kam sich genial vor, wie Sie. Er wollte von Karstadt vier Millionen – sonst würde er jede Woche eine andere Filiale explodieren lassen, drohte er. Die Kaufhäuser stehen immer noch, und er saß zur Strafe sechs Jahre in Berlin-Plötzensee und klebte jeden Tag tausendmal eine kleine weiße Plastikblume auf eine Haarklammer. Mit der Hand, Sie Arschloch!«

Clausi sagte nichts und taumelte. Ich sah, wie er erschrocken hinter sich griff. Er taumelte wieder und knallte mit dem Rücken gegen das graue Schaufenster der Post.

»Was war das für ein Knall, Claus? Ist Ihnen das schlechte Gewissen hingefallen?«

Er grunzte.

»Sollten Sie es nicht wiederfinden, schauen Sie neben Ihrem fehlenden Talent nach. Wahrscheinlich liegt es dort.«

Ich hatte zwei Möglichkeiten. Entweder die Sache sofort zu Ende bringen – oder nicht sofort. Ich dachte an die Frauen in dem mir unbekannten schwarzen Raum. Sie hingen – festgezurrt wie kleine, trotzige Ponys in ihrem Geschirr – unter einer hohen, rauchgeschwärzten Decke, ich hatte jeder von ihnen ein schmales Lederhalsband umgelegt, mit einer klirrenden Metallkette dran. An der Kette zog ich, wann immer ich Lust hatte, und gleichzeitig schlug ich sie mit meiner kurzen Neunarmigen aus dem Gothic-Shop in der Greifswalder Straße. Ihr Wimmern war für mich wie Ginseng für alte Koreaner. Ob ich mich schämte? Nein, ich fühlte mich zu Hause in meiner sadistischen Fantasie (und darum so oft von der einseitig grausamen Bagdad-Oritele missverstanden). Noah, der als Einziger über mein kleines Hobby Bescheid wusste, sagte dazu einmal: »Sei froh, dass du auf diese Art Wowa alle Schläge zurückgeben kannst, du starker, zweieiiger, potenter Galizier! Glaubst du, mir macht es Spaß, mich von meinen gojischen Ringerfrauen wie eine kleine jüdische Laus zerquetschen zu lassen? Wenn ich komme, mein Schatz, ist es wie nach dem Zerdrücken eines kleinen Insekts: Nichts bleibt übrig, nicht mal die Erinnerung an ein Lebewesen namens Noah ben Schloimel ben Fejge Forlani, nur ein winziger, feuchter Fleck.« Okay, dachte ich, einverstanden, ich sollte unbedingt noch ein bisschen mehr an Clausis Halsband ziehen und zerren.

»Und jetzt kommt der ernste Teil unserer Konversation, Claus«, sagte ich. Ich rieb mir das Schienbein. Es tat mehr weh als vorhin, und ich sehnte mich mit hypochondrischer Wollust nach dem chemieblauen Kühlbeutel in meinem Eisschrank. Claus, dachte ich, würde, wenn ich gleich mit ihm fertig wäre, auch einen Kühlbeutel brauchen. »Ich habe nur Spaß gemacht. Sie schreiben wie der junge Beckett, der alte Fontane, der mittlere Kafka, Clausi-Mausi. Aber schenken Sie sich das neblige Zeug, dieses Heidegger-Deutsch ist nichts für Sie und Ihren Ledermantel-Jungen! Er soll den Deutschen die Litze der Hammerbachs zurückbringen? Wie denn, wenn man nicht einmal versteht, was er zu seinem sterbenden Vater sagt. Ist das überhaupt sein Vater? Und stirbt er wirklich aus Verzweiflung darüber, dass er ein verschollenes Hölderlin-Gedicht im Marbacher Archiv entdeckt und gleich wieder verliert? Sorry, ich hab mich geirrt. Ihre Geschichte hat meist Topniveau – aber man kann sie nicht bloß ein bisschen durchbürsten. Sie müssen sie neu schreiben, Claus! Dann reden wir wieder. Bleiben Sie stark, vergessen Sie, was Sie im Elstar-Club gesehen haben, das lenkt Sie nur ab. Und« – jetzt erst kam der entscheidende Schlag –»und hüten Sie sich vor einer Schreibblockade!«

Bei dem Wort »Schreibblockade« musste ich jedes Mal an Punta del Giorno denken, an Noahs Rede und sein Versprechen vom zitternden, fragilen Hotelschreibtisch herab, mich für immer von Wowa dem Schrecklichen zu befreien. Er hatte es später wirklich versucht, und sein Versuch hat mich zwei, drei Wochen meines geliebten, unglamourösen Zeile-für-Zeile-Alltags gekostet. Wann das war? Ich glaube, an einem dieser kranken, tiefsinnigen, russischen Abende in der Casa Karubiner in der Hartungstraße 12, Winter 95 oder 96. Wowa war sogar ein Mal im Leben gut gelaunt, Mamascha hatte Migräne und lag im Schlafzimmer und kühlte sich den Kopf mit nassen Tüchern und dem stummen Memorieren von Mandelstam-Gedichten. Serafina lag auch in ihrem Zimmer. Sie hatte keine Migräne und tippte auf ihrem allerersten Handy – ein riesiges Nokia mit verschmiertem winzigem Display – SMS an Leute, die sie nicht kannte (die Nummern dachte sie sich einfach aus). Wenn einer antwortete, antwortete sie, und wenn sie es schaffte, dem Unbekannten drei oder vier weitere Nachrichten zu entlocken, erklärte sie uns, der Familie, am nächsten Tag mit deplatziertem Gottesanbeterinnen-Lächeln, sie habe jetzt einen neuen Freund.

Machte meine fette, ungefickte Schwester wirklich SMS-Sex? Genau darüber redeten wir – Noah, Wowa und ich – an diesem tiefsinnigen russischen Abend zuerst. Ich war davon überzeugt. Lügen-Wowa, charmant lächelnd wie ein georgischer Antiquitätenhändler von der Ben Jehuda, tat so, als wüsste er nicht, was das sei. Und Noah verteidigte Serafina – weil Mr. Goodlife immer jemanden verteidigen musste. Das hatte er von seiner Mutter gelernt, die sich einmal sogar auf der Bar-Mizwa von Awi Blumenschwein für Awis deutschen Onkel Siegfort eingesetzt hatte, der zwar konvertiert, beschnitten und in Geldsachen und Spendenangelegenheiten genauso jüdisch großzügig war wie George Soros oder Forlani senior – aber das Pech hatte, dass sein nicht konvertierter Vater drei Tage lang in der Krankenbaracke von Birkenau 2 die Urlaubsvertretung für Dr. Josef machen musste. Nachdem der ganze Tisch Siegfort Blumenstein – wie man auf Russisch sagt – mit Dreck vermischt und verrührt hatte, räusperte sich die immer nach sehr viel Parfum und menschlichen Faulgasen riechende Fruma Forlani und sagte mit ihrem genialen Fiepsi-Stimmchen (Noahs Terminus technicus): »Man kann das take nicht verallgemeinern, meine Lieben. Es gab doch bestimmt auch gute Nazis!« Und Noah, der damals, als Zwölfjähriger, meist noch viel dümmer und entsetzter aus der Wäsche guckte als später, rutschte mit seinem Popo auf Mamales fetten Schenkeln hin und her, leckte sich den Rest vom gehackten Ei von den Lippen und nickte wie ein Plastikhund auf dem Armaturenbrett eines fahrenden Autos, begeistert über diese heilige dialektische Idiotie (die später zu seinem eigenen halb-intellektuellen Markenzeichen werden würde).

»Wie steht es in der Mischna, bei Raw Kalinke?«, sagte Noah im Winter 95 oder 96 in der Hartungstraße zu Wowa und mir, im besten, verwirrendsten Schloimel-Style. »›Du kannst übel nachreden, aber nur, wenn es dich auch trifft. Sonst machst du den anderen zu deinem eigenen.‹ Oder so ähnlich.«

»Ja und?«, sagte ich.

»Natürlich hat eure Serafina keinen SMS-Sex.« Er leckte sich, als säße er wieder auf Mamileins Schoß, über die grauen, rauen Usbeken-Lippen und spürte dem schwefligen Phantomgeschmack des gehackten Eis nach. »Es ist gemein, so über sie zu reden. Sie ist deine Schwester. Deine eigene Schwester hat keinen Sex! Klar?«

»Rabbi ben Porn, Traktat über das Siebenfachverwenden des Badewassers bei Geschwistern, Fürth, Siwan 5124?«

»Ach, Karubiner, von wem hast du das, dieses Harte, Sadistische, Fiese? Ist das der leise Sarkasmus des Depravierten, des leicht Verletz- und Entbrennbaren? Bist du« – kurzes, euphorisches Luftschnappen – »vielleicht als Kind g-g-geschlagen worden?«

Als Noah, das Unkonzentrationsgenie, merkte, was er gesagt hatte, war es zu spät. Mein harter Papa schob wütend und faltenreich die Stirn zusammen, die gerade noch glatt und jugendlich unter seinen Solomon-Michoels-Geheimratsecken lag, und ich dachte, innerhalb von höchstens drei Sekunden, erst an Michoels selbst, den großen jüdischen russischen Schauspieler, dann an seinen inszenierten Autounfalltod von Minsk im Februar 1948, mit dem Stalins letztes Pogrom begann, dann an alle anderen Juden, die er hasste und fürchtete, die Ärzte Kogan, Wowsi, Etinger, Grinschtein etc., und an ihre graubraunen, wie gepinselten retuschierten Fotos in meiner *Kleinen Geschichte der Sowjetunion*. Sie hatten alle diese wilden kanaanitischen Zacken im Haarschopf, die Lockenreste ungekämmt und von einem dreitausend Jahre alten Chamsin durcheinandergewirbelt – genau wie ich, als ich mir für Oritele meine eigenen lächerlichen, mephistophelischen Haarreste lang wachsen lassen musste, damit sie sich beim Sex besser an mir festhalten konnte. Wer, dachte ich schnell weiter, weil die drei Sekunden noch nicht vorbei waren, hielt sich an Wowas jüdischem Schopf fest? Ingrid, die Zahnärztin, oder Mamascha, die Selbstverliebte? Und – 21, 22 – verzog Wowa dann das Gesicht und die Stirn, so wie jetzt, vor Wut oder vor Lust?

»Oh, oh, oh«, sagte Noah, »Herr Karubiner, ich entziffere mit savionolischer Leichtigkeit Ihren angekotzten Blick. Sie denken, ich hätte Sie gemeint? Und Sie böser, schlecht informierter Vater wissen gar nicht, was savionolisch ist?«

Wowa sagte nichts. Er sah an diesem Abend, trotz seines plötzlichen Ärgers, gut, lässig, gemein, zeitlos und dadurch auch extrem unbeteiligt aus mit seiner braunen tschechischen Strickweste, der schweren Egon-Bahr-Brille, der Michoels-Windfrisur, den Pantoffeln von Church, die ich ihm einmal in einem Anfall von berechnender Fürsorge gekauft hatte. Was wäre, dachte ich, als ich sie vor Jahren während eines meiner blitzartigen Hamburgbesuche bei Budapester am Neuen Wall für dreihundert Steine oder so in einer golden ausgeleuchteten Glasvitrine blinken sah, was wäre, wenn ich ihm diese Pantoffeln schenkte? Die, die er sonst trägt, sind von Woolworth, kosten zehn Mark und stinken wie die Füße eines Arztes ohne Grenzen nach einer Woche Borneo. Wowa würde diese schwarz glänzenden Luxusteilchen auspacken, angucken, bewundern, betasten, mich überrascht ansehen und sagen: Aber das war doch nicht nötig, mein lieber Sohn. Danke. Danke! Weißt du was? Ich schenke dir heute auch etwas: Eine kleine Abschlagszahlung auf das bescheidene Exkommunisten-Erbe, das dich erwartet, sagen wir vierzigtausend, damit du ein Jahr lang keine bösartigen Zeitungsartikel schreiben musst und dich ganz aufs Dichten und Schmusen konzentrieren kannst. Wie findest du das? Spürst du jetzt endlich meine Liebe? Nein, das hatte Wowa natürlich nicht gesagt. Er riss, grob und hastig wie Djeduschka Karubiner, wenn er nach dem Tod von Babuschka Karubiner einmal im Monat die billigste Nutte vom Hotel Metropol auszog, die Pantoffeln aus dem knisternden Seidenpapier, verzog angewidert das Gesicht über so viel laut schreienden Überfluss, und das war's. Er trug sie natürlich trotzdem – aber unter Protest.

»Nu, Wowa, kann ich Wowa zu Ihnen sagen, Herr Karubiner«, sagte Noah, »ja, kann ich? Ähm, ich wollte schon immer mal mit dir darüber sprechen, dass ...«

Noah machte eine von seinen legendären ADS-Pausen.

»Dass was?«, sagte Papascha. »Was immer es ist, ich will nicht darüber reden.« Er grinste scharf und gefährlich, seine gerunzelte Stirn sah aus wie eine angebissene Kohlpirogge. »Na gut. Weil du auch ein Buczacz-Boy bist.«

»Dass … dass … Soli, soll ich? Darf ich?«
Ich stand auf, schüttelte scheu den Kopf und ging (wie immer leicht schief seit meiner verunglückten Varicocelen-OP) in die Küche. Als ich wiederkam – mit einem blumenverzierten Russentablett aus billigem Blech, auf dem eine volle Teekanne, Teetassen und kleine Glasschälchen mit dicker russischer Quittenmarmelade klappernd hin und her rutschten –, redete Noah parasitärleise auf Papascha ein. Noah war in diplomatischer Stimmung, Vorwürfe und Beschimpfungen behielt er erst mal für sich. Er hatte das Thema gewechselt, und Wowas Stirn glättete sich ein bisschen. Ich fragte mich, wie weit Noah damit käme. Ich überlegte, wie er es jetzt gleich (oder in zehn Minuten oder in drei Tagen) schaffen würde, von der Idee, in Prag Häuser und Wohnungen kaufen zu wollen, wieder zu seinem großen Wowa-Soli-Thema »Angst« zurückzukehren. »Wowa – ich sag also Wowa, ja? –, ich hab eigene Projekte, klar, sehr utopistisch, aber nicht unrealistisch, schojn, davon nächstes Mal mehr. Wie auch immer, wenn du was hörst, gute Lage, gute Prognose, sag mir Bescheid, das Familienbusiness geht vor, altes Getto-Wissen! Es gibt im Büro meines Vaters Leute, die gehen da rein mit jiddischem Kopf und Koffern voller Geld und gehen mit noch mehr Geld wieder raus! No na. So macht's mein Papa seit der Zerstörung des Tempels, von ihm haben sie es gelernt, und stimmt di penjonse, gibt er ihnen nicht bloß a kisch auf jede Wange, sondern auch eine satte Prämie. Mein Papa« – Noahles Augen wurden kurz rot – »ist so ein toller, so ein sanfter Papa und Chef. Er soll bis hundertzwanzig leben!« Nicht so wie du, du prügelnder Wowa-Arsch? Noah stockte und bremste sich – noch.

Während Noah redete, betrachtete ich durch die große, weiße, halb offene Wohnzimmer-Schiebetür das deckenhohe Bücherregal in Wowas Arbeitszimmer nebenan und versuchte, mir ein Bild von mir selbst zu machen. Noah hatte recht. Ich war der Sohn eines Familienrowdys (der selbst als Kind jeden Tag von einem anderen seiner sieben Makkabi-Brüder geprügelt worden war), aber das war mir egal.

Oder war es mir nicht egal? Wie hatte Noahle damals, als alles begann, im sehr blauen Sommer 1985, auf dem Schreibtisch in der Albergo Rossi, den Lüsterner-Jude-Blick auf die riesige, großtittige englische Kuh Guinevere gerichtet, gerufen? »Pass auf, Soli, dass du Ungeliebter nicht ewig ungeliebt bleibst!« Ja, richtig – ich war der Sohn eines Schlägers, und darum war ich, wenn ich nicht selbst zum Schläger werden wollte, meist allein, freiwillig, ein trauriger, erfolgloser One-Night-Stand-Man, der sich am Strand oder im Schwimmbad heimlich zwischen die ungestreichelten Beine fassen oder von gefesselten, gepeitschten Fledermausfrauen träumen musste, um ab und zu das tiefe, metaphysische Gefühl von Einsamkeit zu vertreiben. Ich war aber auch – wie mir jetzt der kurze Blick auf Wowas Bücherregal bewies – der Sohn des Autors dieser dünnen, tristen, vergessenen Bücher mit ausgeblichenen tschechischen Rücken, ohne Inhalt, aber voller Ideologie, hier so gerade und manisch aufgereiht wie eine aus Tausenden dürrer Nordkoreaner zusammengesetzte nordkoreanische Flagge im Olympiastadion von Pjöngjang.

Wie konnte mir das egal sein? Wer sagte mir, dass ich, »der heitere jüdische Leninist«, wie Bob S. Wiesenzweig mich in der Rezension der US-Ausgabe von *Ihr wollt nur unsere goldenen Eier* in der New York Times Book Review genannt hatte, in Wahrheit nicht ein fanatischer jüdischer Stalinist war? Ein neuer Wowa, die selbstgerechte, nationalistische, jüdische, apokalyptische, zweckoptimistische Wiedergeburt meines verhassten kommunistischen Schläger-und-Spitzel-Vaters? Ach so, ja, natürlich: der Sohn eines Denunzianten war ich ja auch noch! Wer *Jüdisches Jüdeln* und *Post aus dem Holocaust* in fünfzig Jahren wiederlesen würde, könnte dann sofort erkennen, wofür ich heute noch von manchen Philo-, Anti- und Originalsemiten angeekelt bewundert wurde. Für das stakkatohafte, moralische, dionysische, kurz: intellektuelle Denunzieren einer Welt, die andere Menschen doch nur ein bisschen zu lieben versuchten. Tucholsky war gegen mich Paulo Coelho, Mijnheer Ahlers, der die Franks verpfiff, Edith Stein.

»Ihr Sohn ...«, sagte Noah.

»Dein Sohn, wir sagen doch Du, oder nicht«, sagte Papascha, und irgendwas Grimmiges passierte schon wieder zwischen seinen breschnewschen Augenbrauen und seinem Michoels-Dreizack-Pseudo-Toupet.

»Ja, genau, ich meine, dein Sohn, Wowa, mein Freund, er hat natürlich auch einen tollen Papá. Aber ...«

Bitte nicht, Noah!

»Aber er ist, anders als ich ...«

»Genau«, sagte Wowa, und es klang wie »Genau, er ist anders als du, also pass auf, was du sagst, du verwöhnte Kapitalisten-Kröte, dich hätten wir damals enteignet, verstehst du, umerzogen und für dreißig Jahre in die Kobaltminen von Kolyma gesteckt! Ty eto ponjemajesch?«

»Soli ist, anders als ich, mit sehr viel ...« Noah zögerte wieder, aber auf die freche Art, er steckte den Löffel in die braungelbe Quittenmarmelade, zog ihn raus, leckte daran, machte ein zitronensaures Infantengesicht und reichte mir den Löffel mit einer Selbstverständlichkeit, als sei ich Juanito, der alte Diener. »Was ich sagen will, Wowa, hast du dich einmal gefragt, warum dein Sohn so ein verficktes Nervenbündel ist? Warum er uns alle immer so oft anschreit? Warum man ihn nie unangemeldet besuchen darf, aber angemeldet auch nicht? Warum es ihm angeblich so egal ist, was andere über ihn denken? Warum er, außer seinem kleinen, großen Schmeckl, niemandem vertraut?«

»Was?«

»Ich meine – ja ist es denn so schwer? –, ich meine, w-w-warum hast du ihn früher einmal in der Woche blau und blutig geschlagen?! Musste das sein, Adolf Stalinowitsch?«

»Hm-m«, machte Wowa, mehr nicht. »Hm ...« Er nahm seine Brille ab, rieb sich die Augen mit den Ballen seiner kleinen, fleischigen Huzulen-Fäuste, dann setzte er die Brille auf – und sah Noah (dann bald mich und dann wieder Noah) aus diesen plötzlich so kleinen und geröteten Augen an, wie Kampfhunde sie in der vorletzten oder letzten Runde haben, wenn in ihrem Fell bereits dieses dunkle, fast schwarze Blut glitzert.

Noah, du hast alles durcheinandergebracht! Noah, du kommst dreißig Jahre zu spät! Noah, warum hast du nicht geschwiegen?

»Ich meine, hast du schon mal überlegt, Wowa, warum er jeden Tag nur zehn oder zwanzig Zeilen schreibt? Zehn Zeilen! Das ist wie ... wie ... eine Sekunde ficken!« Noah grinste, stolz auf die Metapher. »Ich nenne es – das ist übrigens ein Begriff aus der von mir entwickelten Psychokatalyse – evidente Schreibstress-Abbau-Hemmung, ESAH. M-m-macht das Sinn? Von mir selbst kenne ich eher das Gegenteil, also nur die Hemmung, aber darum geht's jetzt nicht, oder? Na gut«, – er fing meinen ironischen Seitenblick auf und warf ihn unironisch zurück –, »um ehrlich zu sein, das Wort stammt vom berühmten ungarischen Therapeuten Dr. Endre Savionoli, ich hatte ihn vorhin erwähnt, richtig. Soli arbeitet auch sehr viel mit ihm.« Peinliche Nachdenkpause. »Bist du eigentlich nie ein bisschen neidisch auf deinen Sohn, guter alter Karubiner?« Extrem lange Nachdenk-und-Mitleidspause. »Mir kannst du es sagen. Ich weiß, was Eifersucht ist – unter L-l-literaten.«

Wowa stand auf (sein Atem ging plötzlich sehr laut und schnell). Wowa trat ans Fenster (er zog die Unterlippe wie ein beleidigtes Kind runter und gar nicht mehr hoch). Wowa (jetzt nicht mehr cool) drehte sich von uns weg, uns wieder zu und kam dann langsam wieder zurück und schob mit einer einzigen Handbewegung das Teeservice plus Marmelade vom Tisch. »Auf Wiedersehen, Noah, Solis Freund«, sagte er. »Entweder du gehst jetzt schnell – oder gleich kommt die Polizei und holt mich ab, weil ich etwas sehr, sehr Böses gemacht habe.« Dann fing er an, kniend und ächzend, die Scherben vom Boden aufzusammeln, und wann immer er mit seinen kurzen Arbeiterfingern in die Quittenmarmelade griff, steckte er sie sich fluchend in den Mund und leckte sie ab.

Es gibt Momente, die man nicht glaubt. Ich glaubte nicht,

dass Papascha Noah mit Gewalt gedroht hatte. Noah – das flüsterte er mir später zu, als ich ihn zur Tür brachte – glaubte nicht, dass Wowa der Schreckliche einen Witz gemacht hatte. Und Wowa glaubte nicht, dass wir beiden jungen Davids vor ihm, dem greisen Goliath, wirklich Angst kriegen würden. Wann immer er eine Scherbe aufhob und auf den Tisch legte, sah er aus dem Augenwinkel mich oder Noah an, lauernd, heimlich, und es war das erste Mal, dass ich an meinem Killer-Daddy etwas beobachtete, das noch unterhalb von Kleinmut war. Feigheit? Ja – Feigheit.

Es wurde jetzt still in der Hartungstraße 12. So still, dass ich dachte, ich könnte Serafina am anderen Ende der Wohnung eine ihrer Belästigungs-SMS tippen hören. Oder waren das Mandelstams schöne, sehnende, starke Worte, die wie kleine Insekten über Mamaschas wunde Seele liefen und kratzten?

»Natürlich bin ich eifersüchtig auf meinen Jungen«, sagte Wowa, wie aus dem Schlaf erwachend, während er sich hölzern in unser braunes Siebzigerjahre-Schaumstoffmonster von Sofa fallen ließ. »Wer wäre nicht eifersüchtig auf einen echten Schriftsteller?«

Wowa, der Mistkerl, der mich noch nie gelobt hatte, der immer mit einem tödlichen, lauernden Krokodilblick in mein Zimmer kam, wenn ich als Junge auf seiner alten Remington historische Romane und Bukowski-Parodien tippte, der mich für meinen kurzen, infamen, bedeutungslosen Spiegel-Bestsellerlisten-Auftritt mit dem *Schwönzchen* monatelang wie einen Fremden gehasst hatte, sagte das erste Mal im Leben etwas Gutes zu mir, über mich, und das auch noch vor jemand anderem. Nicht jeder wird mich verstehen – aber ödipaler ging es nicht. Das war so, als hätte ich ihm und Mamascha dabei zugesehen, wie sie sich ... verliebt küssten und streichelten und was weiß ich noch alles. Danke, Gott, den es nicht gibt, danke noch mal, dachte ich, vielen Dank! Soll ich ab jetzt bei meiner Arbeit immer an das Schlafzimmer meiner Eltern denken? Wie, verdammt, soll ich auch nur eine weitere Zeile schreiben?

»Clausi-Mausi, nicht traurig sein«, flüsterte ich, zehn Jahre später, ins Telefon. Jetzt taumelte ich ein wenig. Es war ein schönes, hässliches, überflüssiges Gefühl. Ich drückte die Stirn gegen das eisige Body-Shop-Schild, stieß wieder mit dem schmerzenden Schienbein gegen das Pedal eines besonders martialischen Idioten-Mountainbikes und sagte stumm »Mama« und »Aua«. »Nein, nicht traurig sein. Es ist gar nicht gesagt, dass Sie eine Schreibblockade kriegen. Das muss nicht sein. Ich persönlich glaube nicht an Schreibblockaden.« Ich dachte kurz an mein rotblaues, haariges Schienbein und wurde von einem warmen und überwältigenden Gefühl des Selbstmitleids erfüllt. »Obwohl ich schon mal etwas in der Art erlebt habe. Aber« – Ende der Weichheit – »man muss einfach nur sitzen bleiben und warten – bis die zehn, zwanzig täglichen Zeilen wieder in ihrem Kopf aufploppen.«

»Wieder aufploppen?«

»Sie wissen schon, was ich meine. Aber sehr gut aufgepasst. Sie haben Sprachgefühl, sehen Sie.«

»Ich bin nicht traurig.«

»Und warum sitzen Sie, mitten im Winter, auf dem Bürgersteig vor der S-Bahn Friedrichstraße? Man wird Sie für einen Obdachlosen halten.« (Und Ihnen nichts geben, Sie hässlicher Gremlin.)

»Wie bitte?«

»Ach, nichts.«

»Woher wissen Sie das?«

»Das haben Sie mir vorhin gesagt. Sie haben gesagt, dass Sie in der Friedrichstraße sind und dass es Ihnen nicht gut geht und dass Sie ins San Nicci wollen.«

»Das stimmt nicht.«

»Doch, Claus, das stimmt. Sehen Sie, so schlecht geht es Ihnen, dass Sie sich nicht erinnern können.«

Er sagte nichts, und ich hörte es durch den metallischen Friedrichstraßenlärm in seinem Kopf denken.

»Und dann«, sagte ich, »habe ich aus Ihrer kleinen Beschreibung eine kleine Geschichte gemacht. Die Fantasie der Poesie muss doch immer auf Trab bleiben, oder nicht, Kollege? Claus, stimmt das wirklich? Sitzen Sie jetzt wirklich dort hilflos herum, in der Januarkälte, auf dem kalten Berliner Straßenpflaster? Das wäre so traurig –« Ich hustete falsch, wie Serafina, wenn sie mich am Telefon fragte, wie viel Vorschuss sie für ihren ungeschriebenen Bulimie-Roman von meinem Verleger verlangen könne oder so ähnlich. »Wie lange haben Sie eigentlich für die erste Fassung der *Litze* gebraucht?«

»Drei Jahre.«

»Diesmal wird es schneller gehen. Trust me. Aber natürlich nur, wenn Sie keine Schreibblockade kriegen.« Ich hustete wieder serafinamäßig. »Das war nur ein Witz, Clausi. Stehen Sie auf. Bitte, stehen Sie auf! Sie werden sich verkühlen. Darf man ›verkühlen‹ sagen, ich meine, im Jahr 2006, Kollege? Los, kommen Sie, schnell eine kleine Stilkritik, die können Sie bestimmt dazwischenschieben!«

Ich trat hinter dem Body-Shop-Fahrradständer hervor, zählte bis fünf, um das Schicksal entscheiden zu lassen, aber Claus, der in einer Mischung aus dramatischem Diener und Hocke, die Arme nach vorn geworfen, wie einer von diesen schein-gekreuzigten Bettlern am grauen Post-Schaufenster lehnte, sah keinen Augenblick hoch. Meine Straßenbahn kam, die 12, ich hörte es an ihrem ostdeutschen Klappern und Rattern. Ich zählte noch mal bis fünf, und dann ging ich, während ich mit ihm weitertelefonierte, langsam über die Straße.

»Wann war das?«, sagte Claus.

»Was?«

»Dass Sie nicht weiterwussten ...«

»Das ist lange her, das ist zehn Jahre her. Damals dachte ich noch, dass man Angst vor seiner eigenen Angst haben müsste.«

»Aha.«

»Moment, Claus«, sagte ich, »jemand klopft in der anderen Leitung an. Wollen Sie warten?«

Er sagte nichts.

Ich drückte zuerst den falschen, dann den richtigen Knopf und hörte die – wenn es Farben für Stimmen gäbe – farngrüne Stimme von Rashnawala, dem Betrüger. »Hallo, Soli«, sagte er, »hier ist das kleine Arschloch Rami. Wie geht's?«
»Nein«, sagte ich. »Ich hab mit Noah noch nicht über euren Geheimdeal gesprochen. Ich weiß nicht, ob er Merav gehen lässt. Ich hab zurzeit andere Sorgen. Schalom, du Ratte.«
»Na gut«, sagte er (diesmal mit uringelber Stimme), »ich ruf bald wieder an.« Das nächste Mal hörte ich aber erst wieder von ihm, als er ins Telefon schrie, jemand versuche, unseren Buddha auf eBay zu verkaufen.

Ich stieg in die Tram und wählte wieder Clausis Nummer. Während ich an ihm vorbeifuhr, sah ich, wie er aufs Display seines Telefons guckte und überlegte, ob er abheben sollte. Er hob nicht ab, und die Mailbox ging an. Ich hatte kein Problem, draufzusprechen. Ich dachte: Los, jetzt etwas Verletzendes, aber mit leichtem didaktischem Menscheln versetzt. Ich sagte, schade, hoffentlich sei alles okay, wir sollten unbedingt wieder reden, nette, kleine, bereichernde Bekanntschaft, die wir da hatten, wirklich. Er könne mir natürlich ab und zu ein Kapitel schicken, aber nicht so gern, übrigens sei das eindeutig antisemitisch motivierte, verleumdende Verfahren gegen mich eingestellt. Paff, einfach so. »Stellen Sie sich vor, Clausi«, sagte ich, »diese dämliche Hysterikerin mit ihrem weißen deutschen Riesenarsch ist einfach verschwunden. Kann man mit einem solchen Arsch überhaupt verschwinden? Sie sollte selbst noch mal eine schriftliche Aussage machen, hat sich aber nie mehr gemeldet. Sie hat sich alles ausgedacht, verstehen Sie«, log ich. »Die Sache ist vorbei. Ich brauch Sie nicht mehr, Clausi! Wham' bam, thank you, Ma'am! Und grüßen Sie das San Nicci von mir. Wenn man Sie reinlässt.«

Ich legte auf und sah aus dem Fenster. Wir bogen, mühsam und laut knirschend, rechts in die Oranienburger Straße ein, und im graugrünen Straßenbahnfenster sah die Stadt nachmittags um drei wie tiefes, trübes Seewasser aus. Die Häuser wirkten wie die Wracks uralter gekenterter Schiffe, die Autos mit ihren leuchtenden Scheinwerfern waren kleine, schnelle Tiefseefische, die Passanten mit ihren langsamen, vorsichtigen, winterlichen Bewegungen hin und her treibendes Schilf. Vielleicht kam es mir nur so vor, aber ich bin sicher, dass irgendwo in diesem großen Straßenbahnfenster auch der leblose Körper von Clausi-Mausi trieb, von mir über den Rand eines kleinen roten Tretboots des Werbelliner S. V. gestoßen.

»Haben Sie eigentlich manchmal Ego-Träume, Claus? Sind Sie ein Dirigent, und die New Yorker Philharmoniker spielen für Sie die unspielbare Nr. 10 von Mahler? Sind Sie US-Agent und ziehen Osama an den Ohren aus einer afghanischen Höhle? Sind Sie ein patenter Profikiller und beseitigen Leute ohne Lust, aber auch ohne schlechtes Gewissen?«

3
Zwischen Masada und Berlin

Den offiziellen Tag eins von Noahs Entführung werde ich nie vergessen. Er fing mit Bauchschmerzen an und einer kleinen grauen Meldung in der FAZ, oben links, dort, wo immer die besten, gefährlichsten Sachen stehen. »Khartum/Berlin, 11. November. Die sudanesische Regierung hat das Verschwinden von mehreren Ausländern bestätigt. Bewaffnete haben in Al-Faschir, der Hauptstadt der seit Jahren umkämpften Westprovinz Schamal Darfur, einen Fernsehsender gestürmt und zwei Amerikaner, Mitglieder der Friedenstruppe der Afrikanischen Union, und einen Deutschen verschleppt. ›Vielleicht ist der Deutsche aber gar kein Deutscher‹, sagte das Auswärtige Amt in Berlin, ›denn er lebt seit 1997 in Israel und besitzt einen israelischen Pass, und dann hätten wir einmal im Leben wegen eines Juden keine Scherereien.‹ Am Abend meldete das Oval Office, die gekidnappten Amerikaner seien die Schauspieler Jeff Goldblum und Gerry ›El Dick‹ Harper. Die Entführer hätten sie sofort wieder freigelassen, als sie erfuhren, dass beide Ende November bei den *Supernerd*-Awards in Port Jervis, N. Y., als Moderatoren unabkömmlich seien. Im Nachrichtensender Al-Jazeera sagte der sudanesische Entführungsminister: ›Wenn es Al-Qaida war, war es Al-Qaida. Wenn nicht, kommt nur mein Onkel Sufi infrage, der noch nie eine gute Hand für Geschäfte hatte. Ich wünsche ihm viel Glück. Übrigens verkaufe ich meine Villa in Omdurman, und wenn ich sage, ich will eine Million Dollar, dann meine ich eine halbe, und auch das nicht wirklich, kommt darauf an, ob Sie zur Vertragsunterzeichnung einen schönen Busch Kath mitbringen.‹ Das BKA, erklärte das BKA, habe einen Krisenstab gebildet und gleich wieder aufgelöst.«

Ich las langsam und irritiert wie ein Siebzigjähriger die Meldung, überflog sie noch einmal, stützte dann das Kinn auf die Hände und die Ellbogen auf die nackten Knie. Über Tal »The Selfhater« Shmelnyk kein Wort. Waren die Israelis so klug, nichts zu sagen, damit sie nach einer missglückten Befreiungsaktion so tun konnten, als ginge sie das Ganze nichts an? Wie konnte es sein, dass unglobalisierte Dschandschawid-Sklavenhalter den *Supernerd* kannten? Gab es vielleicht gar keine Entführung? Ich saß seit mehr als einer halben Stunde im Bad, auf dem warmen Toilettensitz aus finnischem Birkenholz. Der Schmerz im steifen, vom langen Sitzen ausgekühlten Rücken ging zwar fast schon in Richtung BWS-Syndrom und ich fühlte die eingeschlafenen Beine nicht mehr – aber ich fand in diesem Zustand völliger Weltabkehr die Gelegenheit für einen kurzen persönlichen Historycheck.

Mit fünfzehn, sechzehn hatte ich auf diese Weise in der Casa Karubiner ganze Nachmittage und Abende verbracht. Der lange, leere Flur unserer beschissenen Zweite-Klasse-Altbauwohnung war wie der zerbrechliche Hals einer Sanduhr, das fühlte man als angehender Kosmogenetiker körperlich. Er teilte die Hartungstraße 12 für immer in zwei Teile: vorne war Papaschas Arbeitszimmer, daneben das Wohnzimmer – mit der weißen Schiebetür dazwischen, die zu unserem Unglück fast immer offen stand –, dann das Schlafzimmer, wo Papascha und Mamascha in dreißig Jahren Hamburg »circa-circulorum« tausendmal miteinander ihren Spaß gehabt hatten. Hinten lagen die Kinderzimmer, in denen zwei meganeurotische Halbgeschwister wie Vollgeschwister vor sich hin lebten, einander quälten, prügelten, zwanghaft witzig waren und ihre angebliche Hundert-Prozent-Bindung als gottgegeben hinnahmen.

Das Mädchen, damals noch slim wie eine Kim-Zigarette, aber an Hüften und Brust schon unpoetisch eckig, mochte es laut. Sie war immer am Telefon, und wenn nur mit dem fernmündlichen Seelsorgedienst der Jüdischen Gemeinde verbunden, aka dem geilen Rabbi Balaban. Sie hörte auf ihrem SABA-Weckerradio, das wie ein Dosentelefon ohne Höhen und Bässe schepperte, bis nachts um drei den Eurotrash von Radio Luxemburg. Sie schlug laut seufzend im Schlaf mit dem Kopf und den Ellbogen gegen die Wand und spielte zehn Jahre lang jeden Tag mindestens zwanzig Minuten auf ihrem Klavier *Für Elise,* die letzten zwei Jahre in einer synkopisierten Jazzfassung. Ta ... tata ... tata-tata-tata!

Der Junge mochte es weltabgewandter. Er versteckte sich meistens unter seinen riesigen Grundig-Kopfhörern und konsumierte eine Zeit lang aus einer unerfüllbaren Assimilationssehnsucht heraus groben, traurigen, wie aus flüssigem Eisen unsauber gegossenen Krautrock von Amon Düül, Grobschnitt oder Hölderlins Hut. Er saß bei offenem Fenster auf der Fensterbank, rauchte und beugte Kopf und Oberkörper so weit raus, bis sich mehr als die Hälfte seines anrührend dünnen, buczazcschwarz behaarten Karubinerleibs außerhalb der Casa Karubiner befand und er das befreiende Gefühl bekam, jetzt auch rechnerisch eher sich selbst zu gehören als dem kleinwüchsigen, nach Schweiß und tschechischem Aftershave der Staatsmarke Pitralon stinkenden Rowdy aus dem vorderen Teil der Wohnung. Und manchmal eben, wenn es zu kalt war oder er keine Zigaretten mehr hatte, schloss sich der Junge für Stunden auf der Toilette ein, die in der Mitte des bedrohlich schmalen Flurs lag, genau gegenüber der Küche. Er nannte es für sich die Kleine Masada-Situation, aber ohne tödliches Happy End. Dort lernte er Lateinvokabeln, las C. W. Cerams *Götter, Gräber und Gelehrte,* fragte sich, woher Wowa der Schreckliche immer noch volkseigenes Aftershave bezog, machte sich rabbinisch angehauchte Gedanken über die verdiente Teilung und Zerstörung des ersten jüdischen Königreichs, erfand bessere Namen für den neuesten jüdischen Staat – Gettoland, Hebräistan, Isreal –, hörte Mamascha und Papascha dabei zu, wie sie sich in der Küche, den Mund voll mit kaltem Hering, Lammkoteletts oder Quittenmarmelade, flüsternd den Tod wünschten, er machte sich Notizen für versaute, pathetische Jugendromane, die er nie schrieb, und kam eigenhändig alle zehn Minuten zur *Sittengeschichte Griechenlands.* Ja, Sex ist immer Rache, und wenn nur an sich selbst.

Ich hätte, wenn es damals wefuckonlyjews.com gegeben hätte, meine Pubertät nie überlebt. Das wäre natürlich schade gewesen. Dass mir als Erwachsenem, dreißig Jahre danach, in der Sauna des Elstar-Clubs, die blinde Liebe zu dem Bruder zwischen meinen Beinen fast zum Verhängnis geworden wäre, fand ich jetzt aber superegal. Während ich übergenau die FAZ zusammenfaltete und auf dem halb leeren, traurigen Junggesellen-Wäscheständer vor mir ablegte, dachte ich wieder an Noah und seine selbstmörderische Masturbationstechnik. Profitierte er jetzt von ihr? Konnte er, als Gefangener der Al-Qaida-Zelle Darfuristan, an Händen und Füßen gefesselt, wenigstens heimlich seinen Dudek ab und zu gegen den felsenharten Wüstenboden reiben? Ich erhob mich etwas zu schnell von meinem finnischen Birkenthron, machte einen Schritt nach vorn – und sackte zusammen.

Ich spürte meine eingeschlafenen Beine nicht mehr. Wo sie sein sollten, war nichts, darunter, wo der kalte Badezimmerfußboden sein sollte, wogte ein Meer aus Watte. Ich setzte mich schnell wieder hin, und es fing an, höllisch in den Unter- und Oberschenkeln zu ziehen und zu brennen, als wäre ich Jacob ben Isaac ben Schmendrik aus Sevilla und Torquemada selbst hätte mich in spanische Stiefel gesteckt. Bis der Schmerz nachließe und ich wieder stehen könnte, würde es bestimmt noch ein paar Minuten dauern, Zeit genug für eine weitere halb sentimentale Reminiszenz.

Diesmal – es ging natürlich wieder um Noah und seine kindische Sextechnik, aber auch um Nataschale Rubinstein – verschlug es mich nach Manhattan, ins Hotel Gershwin, zwölfter Stock. Wir waren damals schon erwachsen, Noah und ich, sehr erwachsen und vom Leben eingeschüchtert auf unsere kindische Art. Das war fünf oder sechs Jahre nach seiner Hochzeit und kurz nach Nataschas Umzug nach New York, am ersten Morgen unseres allerersten gemeinsamen Amerikatrips, den Noah aus Schloimels geheimer Puffkasse bezahlt hatte. Wir hingen seit dem Frühstück (Noah hatte Karottensaft genommen und Trockenpflaumen gegen Verstopfung, die er nie hatte, aber nur, sagte er, weil er permanent auf Pflaumenkur war) in unserer Junior-Design-Suite herum, warteten auf Nataschales Anruf, und ich hatte aus Langeweile zu ihm gesagt: »Jetzt komm schon, Matratzenstoßer, zeig mir, wie du es machst. Vielleicht ist deine Methode« – ironische Pause – »wie alles andere von dir Erdachte vi-si-o-när!« Klar, gern, sofort, dachte er bestimmt, säuselte aber ängstlich: »Wirklich? Wirklich, Dr. Ruth Karubheimer?«

Als Nächstes bearbeitete Ein-Ei-Noah mit seinem schmalen Karottensaft-Unterleib die unelastische Gershwin-Matratze wie ein verzweifelter Fellache drei ausgetrocknete Quadratzentimeter Nildelta mit seinem stumpfen, prä-pharaonischen Pflug. »Stopp«, sagte ich. »Hör auf. Hör auf, Forlani, davon bekomm ich ja selbst Schmerzen! Okay, ich hab's kapiert.« Er drehte sein entsetzlich süßes Tatarengesicht zu mir, die Zunge hing ihm leicht aus dem Mund, und er schielte mich mit bettelndem, hundegleichem Blick an. »Oh nein«, sagte ich, »komm gar nicht erst auf die Idee! Du kommst jetzt NICHT! Nicht, wenn ich dabei bin. Ich hab's kapiert, kapierst du das? So hast du's schon mit dreizehn gemacht, das ist nicht visionär, das ist pubertär.« Sein kleiner XS-Arsch (an diesem Morgen steckte er in einer gewagt schmalen rostbraunen Dries-Pyjamahose, deren Hintertaschen aus kariertem Schottenstoff waren, oh, là, là) ging wieder rauf und runter. »*Cholera*«, fluchte ich auf Jiddisch, »du lebender Presslufthammer, so wirst du aus deinem letzten Ei wirklich Omelette machen. Hör auf! Sonst kommt das K-Wort so unerwartet in unser Leben zurück, wie es damals gegangen ist, ich meine bei dir, nicht bei Prostata-Schloimel, geheiligt sei sein Name, wie man so sagt sagt. Warum nimmst du ihn nicht einfach wie ein Mann in die Hand? So.«

Ich griff nach der schmalen, langen, roten Venini-Vase, die auf dem elfenbeinweißen Knoll-Tischchen neben mir stand, umfasste mit den Fingern meiner rechten Hand den kalten, glatten Vasenrand, kippte die Vase nach unten – aber leider war noch eine Menge stinkendes braunes Blumenwasser vom letzten Gershwin-Gast drin, und das Wasser floss auf meine bergsandbeige Margiela-Winterhose, Modell Replica: Steve McQueen.

Noah hörte sofort mit seinen unwürdigen Häschen-Bewegungen auf, grunzte vergnügt und fing an zu lachen.

Ich lachte nicht. Ich sagte: »Du gibst der bösen, bösen Matratze unter dir zurück, was deine Malgorzatas und Jadwigas dir angetan haben, was? Wie war das noch? ›Noah, moje kochanie, du gehst zu langsam.‹ Bumm, Schlag auf den Hinterkopf! ›Noah, kurwa, du hast nicht aufgegessen.‹ Bumm, Schlag aufs Kinn! Auftritt Mama Forlani: ›Petzkele, warum blutest du so?‹ ›Ich bin gestolpert, Mamilein, und mein Kinn traf leider Papis schöne alte Buczaczer Menora. Aber keine Angst, sie ist nicht kaputt.‹ ›Ach so. Malgorzata, haben Sie auch nicht vergessen, sein viel zu kleines Schmeckl mit Nivea einzureiben? Dr. Czupcik, unser neuer Naturopath, sagt, davon würde es später richtig groß werden.‹«

»Woher weißt du, dass sie Petzekele zu mir gesagt hat? Hast du's gefilmt?«

»Du hast es mir tausendmal erzählt. Die blöde Kuh hat es aber nur gesagt, wenn sie wusste, dass sie selbst Scheiße gebaut hat, nachon?«

Noah setzte sich auf und bewegte mit leeren, enttäuschten Kaubewegungen die Lippen. Dann sagte er: »Ich zieh mich jetzt an, F-f-freund, es reicht. Wenn Natascha anruft, sag ihr, ich hätte gesagt, dass du sie haben kannst. *Staaam* ...«

An diesem Abend gingen wir mit Natascha ins Indochine. Sie sah viel schlechter aus als ein paar Monate vorher bei Blumenschweins Geburtstagsorgie im Luna Park von Tel Aviv – bleicher, jüdischer. Die rumänischen Brüste im steifen smaragdgrünen Top von Dolce & Gabbana (siehe Außenetikett) waren unerwartet faltig, sommersprossig, zu groß, und zwischen ihnen baumelte die Chamsa (die Noah ihr in Jaffa auf dem Schuk gekauft und im Dr. Schakschuka wie ein Mann überreicht hatte) wie bei einer alten Frau, die zu viel erlebt hat, um zu glauben, dass etwas oder jemand sie noch beschützen kann.

»Ich hab was mit meinem gojischen Chef«, sagte Natascha und griff leicht gespreizt und pornohaft in unseren gemeinsamen Vorspeisenteller. Ich hoffte, sie würde die große, weiße, membranhaft durchsichtige Springroll gleich wieder zurückgelegen und nicht in ihren riesigen, wahrhaftigen, aber nicht mehr ganz so ahnungslosen Mund schieben. »Wir machen es im Arztzimmer, nachts. Und vor dem *trenen* gehen wir immer noch ein bisschen raus. Er auf zwei Beinen, ich auf allen vieren. Ich weiß bis heute nicht, wohin er mich führt. Das Mount Sinai hat so viele tiefe Keller wie das alte Jeruschalajim unter dem Tempel Katakomben.«

Ich hatte wie Natascha eine besonders große Springroll in der Hand. Wir bissen gleichzeitig rein, und ich hatte eine kurze, heftige Chefarzt-Penis-Assoziation. Ich begann zu kauen, sie nicht. Noah hatte sich aus gesundheitlichen Gründen eine Ingwer-Jasmin-Suppe mit Ginsengblüten bestellt. Er probierte einen Löffel, hustete und spuckte die Suppe mit der Reicher-geiler-Jude-Grimasse aus.

»Ich weiß, was ihr denkt, Boys«, sagte Natascha, die junge Anästhesistin, kühl. »Das denke ich auch. Aber erstens, Soli« – sie wandte sich an mich –, »hast du mich nach zwei Jahren und fünf weiteren Trial-and-Error-Runden nicht mehr gewollt, weil du nur so lange Liebe willst, bis es dir schwerfällt, zu schreiben, zu atmen, zu schlafen, und dann machst du die Frau neben dir dafür verantwortlich und jagst sie davon. Zweitens« – sie drehte sich zu Noah – »hab ich dich, Noahle, leider doch nie gewollt. Du hast immer zu viel über dein Geld und deine Kinderfrauen geredet, und du simulierst ADS nur, denn ohne ADS hättest du längst was auf die Beine gestellt, und wenn es ... wenn es ... zum Beispiel die Gründung eines Psychokatalytischen Instituts gewesen wäre, oder so. Und drittens« – sie begann endlich zu kauen und verdrehte dabei äußerst introspektiv die schwarzen, wirklich sehr schwarzen Augen – »bin ich kleines, wildes jüdisches Pony manchmal froh, wenn man mir sagt, was ich zu tun habe und wo ich langlaufen soll. Das erinnert mich dann immer an zu Hause, an Hamburg, an meinen armen

Papa. Die Schläge, die Chaikel Rubinstein in Buna bekam, versteht ihr, Kinderlach, verwandelte er in noch mehr Küsse. Damit geizte er nie.« Noah und ich schwiegen beide pseudo-gelangweilt. »Nein, so aufrichtig und herzlich wie ich wurden nicht viele im Schtetl geliebt.«
»Ach, das würde ich auch so gern sagen können!«, stieß Noah plötzlich aus. Ich dachte dasselbe, sagte aber nichts, und den Rest des Abends redeten wir über Awi Blumenschwein, den dummen, cleveren, betrügerischen Fettsack, der es in drei Jahren in der Top Hundred der reichsten New Yorker Immobilienmakler auf den 87. Platz geschafft hatte.

Als Noah und ich am nächsten Morgen im Gershwin nebeneinander aufwachten, hing an seinem israelbraunen Yogi-Handgelenk Nataschales schützende Hand, die Chamsa, die er ihr geschenkt hatte. Das Herz drehte sich in meiner Brust, es war aus Eisen und mit Nägeln und Schrauben gespickt. Ich hatte mich vor dem Indochine – um elf wie immer selbstmörderisch müde – von den beiden verabschiedet, sie wollten noch in die Algonquin-Bar. Sie nahmen das Taxi vor mir. Ich sah sie durchs Rückfenster, sie saßen erst neurotisch weit voneinander entfernt und starrten jeder in die andere Richtung aus dem Fenster, aber dann plötzlich nicht mehr. Es sah aus wie ein spontaner, aber zweckloser Kuss.

Als Noah dann spätnachts nach Hause kam, wurde ich kurz von einem intensiven Medikamentengeruch wach. Träumte ich das? Er klappte leise seinen Laptop auf und versuchte, sich bei einem Lift-and-Carry-Video auf die Mainstream-Art einen runterzuholen. Das dauerte aber nur ein paar Sekunden. Plötzlich guckte er wie ein verängstigtes Tier nach links und rechts oben und hinter sich, als wolle er kontrollieren, ob das rote Licht von Mama Forlanis Sony an sei, dann klappte er den Computer schnell wieder zu und zog sich wie ein schizoider Zoo-Affe die Decke über den Kopf. Endlich verstand ich, warum er es immer nur mit dem Rücken zur Welt und dem Bauch zum Bett machte: Mama Forlani, Schloimel und Thekla sollten ihm nicht dabei zusehen! Ich schlief zufrieden ein und hatte nun einen wirklichen Traum: Ich bekam für die französische Ausgabe von *Post aus dem Holocaust* den Prix Arafat, den ich natürlich ablehnte.

Jetzt – es war zehn Uhr früh und das graue New Yorker Herbstlicht kroch wie ein Horrorfilm-Ungeheuer ins Hotelzimmer – roch es immer noch nach Desinfektionsmitteln und Formaldehyd. Mein Kopf lag seitlich auf dem styroporharten Gershwin-Kissen, und ich starrte meinen Freund, meinen Bruder, meinen Untergang wie ein entsetztes Kind einen furchterregenden Fremden an.

Noah lag auch auf der Seite, mit dem Gesicht zu mir, und aus seinem Mund lief ein dünner Speichelstreifen. Er öffnete Sekunden nach mir die Augen. »Ich hab ihr um ein Haar auf ihre weißen rumänischen Zitzkales gespritzt, Karubiner«, sagte er lächelnd, reglos, ohne sich den rinnenden Speichel abzuwischen. »Hättest du was dagegen gehabt?«

Ich sagte – starr wie er – mit genervter Bruderstimme: »Warum hast du nicht, du Null? Kannst du nicht einmal etwas zu Ende bringen?«

»Weil ihr verdammter Chefarzt ins Verbandszimmer reingekommen ist, Klugi-Bär. Er hat kein Wort gesagt, als er gesehen hat, dass ich auf seiner kleinen nackten Anästhesistin sitze. ›Wir haben einen Notfall‹, hat er nur gezischt, dieser scheißgojische Stoiker, ›der Mann von Madonna hat versucht, sich selbst zu überfahren, wir müssen sofort operieren.‹ Aber dann, stell dir vor, hat er die unjüdische Variante der Reicher-geiler-Jude-Grimasse gemacht! Manche von ihnen sind genauso abgebrüht wie unsere Leute, gerade die Alten, Großgewachsenen, Weißhaarigen unter ihnen.«

»Ich glaub dir kein Wort«, sagte ich.

»Auch nicht«, erwiderte er tonlos, die Wange immer noch prinzenhaft aufs Kissen gebettet, »wenn ich dir sage, dass Natascha und ich vorher stundenlang über ihren, meinen und deinen Vater gequatscht haben? Ihr Papi« – er hob die Stimme, machte sie kindlich-nasal –, »ihr Papi hat sie nicht nur geküsst. Er hat ihr oft auch aus Wut mit dem Telefonbuch auf den Kopf gehauen. Und als sie sagte, sie geht nach New York, schmiss er sie aus dem Fenster, Klugi-Bär. Erdgeschoss, Garten, Ligusterhecke – aber trotzdem.«

»Und das hast du ihr geglaubt, Dumm-Bär?«

»Wir M-m-m … wir M-m-m …«

»Oh, Gott.«

»Wir M-m-misshandelten haben ein Gefühl für so was!«

»Gleich fängst du wieder mit deinen bösen Polinnen an, oder?«

»Nein. Ja. Ich mein doch was anderes. Ich meine Schloimel, den trickenen Mörder, den Boss, das warmkalte menschliche Chaos!« Noah richtete sich auf und ließ sich sofort wieder resigniert aufs Kissen fallen. »Weißt du oder weißt du nicht, Karubiner, wie oft er zu mir gesagt hat, ich sei ein Gurnischt, eine Null, ein Versager, während er zärtlich meine Hand hielt? Davon hab ich dir öfter erzählt als von Meravs kleiner, süßer, alles fressenden Affenfresse.« Melodramatische Pause und schweres Atmen durch die lilienartig gebogenen Tatarennasenflügel. »Denkst du, du Trottel, ich mach das absichtlich, dass ich die Sachen immer kurz vor dem Happy End, dem Abschluss, dem Cumshot, abbreche? Das hat mir doch schon Dr. Savionoli erklärt. Und darum hab ich ihn rausgeschmissen. Und was hat es geholfen?!« Ein sehr, sehr dünner Tränenstreifen kam langsam aus Noahs linkem Auge und bewegte sich unaufhaltsam auf seinen verzogenen feuchten Mundwinkel zu. »Ich könnte, wenn ich könnte, so glücklich sein mit Natascha – so entspannt und unsubmissiv und glücklich. Aber ich kann nicht.«

Ich legte die Hand auf Noahs spitze Schulter, die zwischen unseren beiden Decken nackt, braun und sehnig hervorlugte. Das alles war sehr interessant und erinnerte mich in der ganzen forlanesken, tragischen Blödheit an die Geschichte, als der große Schloimel im Innocentiapark den noch reicheren, älteren und steiferen alten Herrn Oboler traf und zu ihm sagte, er solle endlich auch was für die Renovierung der Talmud-Thora-Schule geben. Der sah ihn verzweifelt wie ein Sterbender an und winselte: »Schloimel, ich ken' nischt!« Noah, du kannst nicht glücklich werden mit Natascha? Bist du sicher? »Tauch unter, wenn du nicht weißt, wie du Merav abhängen sollst«, sagte ich auf einmal pathetisch und viel zu laut und drückte Noahs kalte Schulter. »Hol Zigaretten, komm nicht zurück. Fang mit der geheimnisvollen N. in der großen Stadt N.Y. ein neues Leben an! Gründe dort das Psychokatalytische Institut! Mach einmal im Leben etwas von Alef bis Ajin!«

An diese Worte musste ich jetzt – im schlimmen, eisigen November 2006 – wieder denken. Man muss ja oft an etwas denken, das mal war und gerade passt. Es war der zweite Tag nach dem Bekanntwerden von Noahs Entführung, und diesmal stand in der aufgeschlagenen Zeitung auf meinen nackten Oberschenkeln, der gekidnappte israelische Staatsbürger Noah F. habe beim deutschen Finanzamt eine halbe Million Euro Steuerschulden. Er hatte angeblich versucht, das staatliche Frühstücksmilch-Monopol an Hamburger Schulen mit Vegiburgern zu brechen, und sich den unversteuerten Gewinn nicht mit dem Chef des Finanzamts und dessen dritter Ehefrau geteilt. War Noah wirklich so clever? Hatte Schloimel seine eigenen Gene unterschätzt? Einmal Buczacz, immer Buczacz?

»Zu diesem Zweck« – heute war das Noah-Drama auf die vorletzte FAZ-Seite gerutscht – »hatte F. die fiktive NGO Goodlife gegründet, deren CEO und Schatzmeister er war. Kurz nach der Entführung fand die sudanesische Polizei seinen Goodlife-Ausweis in einer Garderobe des TV-Senders Scharija 1 in der Provinzhauptstadt Al-Faschir. Dort drehten die beiden entführten und freigelassenen Amerikaner mit ihm die Darfur-Realitysoap *Ihr branntet wie Coyoten*, an der F., Sohn des verstorbenen polnischen Immobilienhändlers Schloimel F., finanziell beteiligt war. Neben F.s Firmen-ID lagen drei handelsfrische, blutige, kaum getragene Dschellabas, ein beidseitig geschliffener jemenitischer Krummdolch und ein orangefarbener Plastiksack. Die sudanesische Polizei untersucht noch, ob es sich um Requisiten von *Ihr branntet wie Coyoten* handelt oder ob die Entführer bei ihrer Flucht Teile der Ausrüstung zurücklassen mussten. ›Das ist uns völlig egal‹, erklärten der Chef des Hamburger Finanzamts und seine dritte Frau, ›soll sich der Mossad um F. kümmern. Wir wollen nur, falls er lebend zurückkommt, unser Geld von ihm zurück, und wenn nicht lebend, wollen wir es von seiner Familie.‹« Über Tal auch diesmal kein Wort.

Ich saß wieder auf dem feinen, warmen finnischen Birkenholzsitz im Badezimmer, wartete auf die psychokatalytischen SOS-Rufe meines neurasthenischen Körpers und erinnerte mich an Noahs Entführungsvideo, das ich letzte Nacht bei der Suche nach einem Vortrag von Madame Blavatsky auf Youtube entdeckt hatte. Ich hatte – das muss endlich gesagt werden – fast jeden Morgen Bauchschmerzen, seit ich fünfzehn oder sechzehn war. Dr. Savionoli, mit dem ich, genauso wie Noah, der ihn aber noch öfter feuerte als ich, ein paar herrliche, kaputte Jahre hatte, erst in Hamburg, dann in Berlin und später, nach meiner Flucht aus Deutschland, via Skype, meinte gleich am Anfang zu mir, das hänge mit meinen tagelangen Masada-Sitzungen in der Hartungstraße zusammen, wie, könne er mir aber nur verraten, wenn wir sein Stundenhonorar erhöhen würden. Ich bin nicht blöd, und ADS habe ich auch nicht. Ich wusste, was der miese Psycho-Pfeilkreuzler und Antisemit Savionoli im Sinn hatte, und wenn ich ihm verraten hätte, dass ich bis heute in gewissen Situationen hinter der Badezimmertür die gepressten Stimmen von Papascha und Mamascha hörte – »Ich werd dir morgen Nacht eine Plastiktüte über den Kopf ziehen!«, »Ich hab dir DDT in den Borschtsch gemischt!«, »Mhm, schmeckt der wieder gut!« –, dann hätte er nach einem anderen Trauma aus meiner Kindheit gesucht, um mich manipulieren zu können.

Wie wäre es damit, Dr. Savionoli, dass ich, als ich drei war, ein ganzes, verdammtes Jahr allein bei Djeduschka Karubiner in Moskau verbringen musste, angeblich, weil Mamascha in dieser Zeit eine Gallenblasen-OP hatte? Ich tippe eher auf eine Ehekrise mit dem notorisch fremdgeilen Papascha, was sagen Sie, Doktor? Und warum, glauben Sie, frage ich mich nach jeder ungeschickten Bewegung, ob ich mir einen Leistenbruch geholt habe, warum wasche ich mir vor jedem Gang auf die Toilette die Hände, warum bin ich überhaupt so oft dort? Wer einmal gesehen hätte, Doktor, wie Wowa der Schreckliche mich prügelnd von seinem Ende des langen Flurs in der Hartungstraße bis in mein Zimmer gejagt hat, der wüsste, dass ich mit der Erkenntnis aufwachsen musste, mein Körper sei verwundbar, auch ohne Schläge, auch mit 20, 30 und 40 Jahren. Aber, Doc, bitte niemandem weitersagen, schon gar nicht den Lesern von *Ihr wollt nur unsere goldenen Eier,* pssst … Ich blieb, trotz seiner finanziellen Erpressungsversuche, länger als kurz Savionolis Patient. Ich, der heimliche Sadist, genoss es, ihn zu hassen und vierzig von fünfzig Minuten zu schweigen, während ich ihm an seinem leer geräumten Empire-Schreibtisch mit der farngrünen Schreibunterlage aus echtem Eidechsenleder gegenübersaß.

Einmal – das war schon in seiner neuen Berliner Praxis, wo die alte, stinkende, durchgelegene Freudliege nur noch als Mantelablage im Flur diente – bekam ich die Magenkrämpfe mitten in der Sitzung. Dass auf Savionolis Klo, wo ich mich erst mal in Ruhe umschaute, neuerdings neben seinem ungarischen Diplom ein kleines Schwarz--Weiß-Foto der Volksklinik Hadamar hing (Signatur links unten: Heinrich Hoffmann, der formstrenge Führerfotograf), zeigte, dass er Humor hatte – und es politisch sehr ernst meinte. Die Magenkrämpfe fingen übrigens immer genau einen Fingerbreit unterhalb des Bauchnabels an. Es war dieser Schmerz, den man, melancholisch wie ein verlassener Geliebter, vermisst, wenn er vergangen ist, nach zwei, höchstens drei Attacken. Jetzt auch, und als es endgültig vorbei war, fühlte ich – angekränkelt, aber bereits wieder ganz lebensfroh – ein so starkes Interesse an jeder menschlichen Seele, die es je gab und geben würde, dass ich beschloss, bald wieder etwas von Agnon zu lesen. Bei ihm kamen jüdische Familienhitlers wie Papascha nicht vor.

Das Entführungsvideo mit dem ruhmsüchtigen Noah in der

Hauptrolle hatte jemand hochgeladen, der sich Peaceforthemiddleeast69 nannte. Ich dachte, während ich mich breitbeinig wie ein Inder am Ganges in die Badewanne hockte und ausgiebig mein Allerheiligstes wusch, über diesen ungewöhnlich kämpferischen Benutzernamen nach. Ich machte mir oft über so was Gedanken. Die unglückliche, ungefickte Serafina nannte sich zum Beispiel, seit sie mit Mitte vierzig überraschend Valjas Tochter wurde, bei Skype NaughtyDaughty. Das zu erklären war einigermaßen leicht. Ich selbst war bei eBay Dr. Spinoza. Das sollte jüdisch klingen, aber auch distanziert, im Sinne von: Ich werde hier sowieso nichts kaufen, aber ich will sehen, in welchem Tempo sich die moderne Welt dreht. Aber wieso hatte der Typ, in dessen eBay-Shop ich dann doch meinen allerersten Intimrasierer gekauft hatte, das Pseudonym AdolfKitzler gewählt? War es ein Mann, eine Frau oder ein Transsexueller? Ich wollte es lieber nicht wissen. Er bot seine Ware in der Kategorie Volkshygiene an, und weil ich sofort mit PayPal bezahlte (Username: Golem), bekam ich von AdolfKitzler folgende Beurteilung: »Superkunde, schnell, zuverlässig und versucht, obwohl Jude, nicht zu handeln. Eventuell lade ich ihn nach meiner Geschlechtsumwandlung ins Café Keese auf einen Walzer ein.«

Noah hatte auch einen eBay-Namen. Er lautete Wrestler45. Wrestler für Malgorzata, Guinevere, Ethel etc., 45 (klassische Noah-Eselsbrücke) für Kriegsende. Das hatte er mir erzählt, als er ohne Rashnawalas Wissen – »Nur als Test, Karubiner, auch als Geschäftsmann honoris causa muss man in Bewegung bleiben!« – die Fotos von unserem Buddha bei eBay reingestellt hatte, Mindestpreis 150 000 Euro, worauf ein einziges Gebot von einem gewissen PolPotAlive kam, das er lieber nicht akzeptierte. Und wofür stand die 69 hinter Peaceforthemiddleeast? Bestimmt nicht für den Beginn des israelisch-ägyptischen Zermürbungskriegs. Eher für eine bestimmte Sextechnik, die – plötzlich fiel es mir ein! – mein zurückgebliebener Noah in seinem zweieinhalbseitigen Romanfragment *Scheidung im Hilton* so verzweifelt, sehnsüchtig und anatomisch verkehrt beschrieben hatte wie jemand, der sie nur aus Erzählungen kannte. Hatte vielleicht er selbst kurz vor seiner Enthauptung den Entführungsfilm hochgeladen? Hatte am Ende Noah – was für ein amüsanter, galileischer Hundertachtzig-Grad-Gedanke! – mit Gerry und Tal das auffällig verwackelte, schlecht ausgeleuchtete Video in den Scharija-1-Studios gedreht? Und hatte er extra seinen Goodlife-Ausweis liegen lassen, als angeblich letztes, stummes Lebenszeichen?

Der gerissene und hochtalentierte Jiří Weil hatte es im Februar 1942 ähnlich gemacht. An ihn musste ich, wann immer ich selbst einen metaphysischen Raus-hier-Drang spürte, denken. Bevor er vor der Gestapo floh, legte er seine volle Aktentasche auf die rauchschwarze Brüstung der Karlsbrücke, zwischen zwei todtraurige gojische Heilige, damit die Deutschen dachten, er sei in die Moldau gesprungen, und danach hatte er bis zum Ende des Kriegs Ruhe. Ich grinste. Dann grinste ich nicht. Und wenn Noah wirklich nicht tot war und wir alle nur denken sollten, dass er für immer weg war? Unmöglich, unwahrscheinlich, aber im Sinne meiner pathetischen Gershwin-Worte (»Tauch unter, komm nie mehr zurück!«) wäre das natürlich Teil eines perfekten Plans gewesen – wenn Noah einmal etwas richtig gemacht hätte.

Peaceforthemiddleeast (ohne Zahl) klang mehr nach Tal. Tal »The Selfhater« Shmelnyk war, das hatte mir Noah mit eifersüchtigem Noah-Stieren bei unserem letzten Treffen im Café Balzac in der Chausseestraße erzählt, nicht unwichtig in der israelischen Friedensbewegung. »Er war«, hatte Noah zwischen den Zähnen hervorgepresst, die Mundwinkel rotfeucht von dem Red-Zinger-Tee aus meiner Tasse, »hinter Amos Oz und Rita Gurkenstein lange die Nummer drei bei Schalom Achschaw!« Das war die Reihenfolge, in der sie auch eine Weile bei Demonstrationen am Rabinplatz und vor Arik Scharons Haus in Ostjerusalem auftraten und »Peace – peace – for the Middle East!« forderten. Tal war den anderen aber zu fanatisch. Sie – »also vor allem der eingebildete Oz«, sagte Noah noch undeutlicher und neidischer – wollten Zionismus mit menschlichem Antlitz. Tal wollte Geschichte machen, denn er hatte Geschichte gespürt: Einmal im Februar 1991, als Saddams Scud, die »Stinkbombe des Todes« (Zitat: Abulafia Shmelnyk, Tals hysterische marokkanische Mutter), die Wand ihrer Wohnung in der Arlosoroffstraße durchbohrte und seinen straffen Golani-Arsch um ein paar Meter verfehlte. Das andere Mal in Gaza, bei einem Zwischenfall, über den er nie sprach, während seines jährlichen Reservisteneinsatzes, kurz vor dem paradoxen, aber nicht sinnlosen Friedensabkommen von Oslo, im Sommer 1993.

Noah hatte einen Hinweis auf das, was in Gaza passiert war, gekriegt – oder besser gesagt, er hatte ihn sich genommen, in L. A., während seiner kurzen, erfolglosen Befreiungsphase, als er mit dem koketten, alten Lou Harper plus Gerry, Tal, Ethel und ihrem rotnasigen Fritz »Alkohol« Dunckenberg »wie ein Schmock am Zuma Beach in Malibu rumsaß und drimmte« oder auf den grauen glatten, kalten Pazifik guckte und dachte, »was ist das für ein seltsames Meer, was mache ich hier, warum fehlt mir Merav immer dann, wenn ich denke, sie fehlt mir nicht, wie geht es gerade Nataschale?« Die anderen fünf standen plötzlich auf und gingen irgendwohin. Er wusste nicht, wohin, und dass sie weg waren, merkte er erst, als sie weg waren. Und weil er keine Fragen mehr ans Schicksal hatte und ihm superlangweilig war, fing er an, heimlich in Tals fünfter Fassung von *In Gaza ohne Gatkes* zu lesen, einem grauen, roh zusammengehefteten Filmskript, das Tal wie absichtlich neben ihm auf der Decke liegen gelassen hatte.

»Tag/Außen, ein israelischer Checkpoint an der Salah al-Din Road in Gaza. Eine weiße Vespa nähert sich zwei Soldaten, die an einem kleinen Klapptisch sitzen, Backgammon spielen und lachen. Auf der Vespa sitzt ein arabischer Junge, der trotz Augusthitze einen langen roten Schal um Hals und Gesicht trägt. Er wirft im Vorbeifahren einen Brandsatz auf die beiden, einer der Soldaten fängt sofort wie eine Fackel Feuer. Der andere versucht, das Feuer mit einer Decke zu löschen. Dabei bekommt er einen epileptischen Anfall, er fällt um und wälzt sich auf dem Boden. Als er zu sich kommt, liegt neben ihm eine schwarze, verkohlte Gestalt. Soldat 1: ›Wasser, Wasser!‹ Soldat 2: ›Wäre eine Diet Coke auch okay?‹«

War das Tals eigene Geschichte? Meine nicht, dachte ich, während Noah wieder einen Schluck von meinem Red-Zinger-Tee nahm und das nasse Teeglas auf den Büchern abstellte, die er Lilly the Pilly von mir in Tel Aviv geben sollte. Dann erzählte er, ohne sich zu entschuldigen, noch aufgeregter und eifersüchtiger weiter. Kurz nach Oslo wurde Tal radikal und richtig berühmt. Er wurde der panische Selbsthasser, als den Noah und Ethel ihn kennengelernt hatten, er zerstritt sich mit Oz und dem Rest. Palästina anerkennen? Das war ihm zu wenig. Einstaatenlösung? Das hieß heute Demagogie, morgen Holocaust No. 2. Ja, Tal wollte Geschichte pur, er wollte, dass die Juden wieder in die Diaspora verschwanden – »den ruhigsten Ort unserer Geschichte« (Ha'aretz-Interview, 4.11.1996, dieses Datum wusste Noahle auswendig), denn nur dort waren sie seiner Meinung nach sicher vor der Hisbollah, vor iranischen Atomraketen, vor ihren eigenen Politikern – und vielleicht wären sie dann bald gar keine Israelis mehr.

»Nacht/Innen. Ein Zimmer in Hollywood Hills. Wir sehen im halbrunden Panoramafenster des Kahn Mushroom Buildings das in der Nacht leuchtende Straßen-Schachbrett von Downtown Los Angeles. Davor sitzt ein unrasierter junger Mann an einem langen Norman-Foster-Glastisch und verbrennt in einer Messingschüssel grünlich-gelbe Siebzigerjahre-Farbfotos. Auf einem der Fotos erkennt man das Gesicht eines anderen, lachenden, jungen Mannes mit Zahal-Uniform und Kippa. Er steht in Jerusalem vor der Klagemauer und hält den ausgestreckten Mittelfinger nach oben, in Richtung Himmel und Gott. Gleichzeitig nähert sich ihm von hinten ein wütender Jeschiwa-Schüler, der ihm mit seinem *Buch der Segnungen* auf den Kopf schlagen will. Das brennende Foto rollt sich knisternd zusammen, wird schwarz und zerfällt. Der junge Mann im Kahn Mushroom Building schluchzt, geht ins Bad und duscht so lange, bis der riesige Spiegel über dem Bulthaupwaschbecken aus Edelstahl beschlägt und Sätze in der Dunstschicht auftauchen, die jemand früher dort hingeschrieben hatte: ›Peace for the Middle East!‹ und ›Blas mir einen, Dafna‹.« Abblende, *Bridge Over Troubled Water,* Ende.

Auf dem jetzt ebenfalls beschlagenen Badezimmerspiegel in der Swinemünder stand nichts. Wie auch. In meiner hübschen, schrecklichen, erinnerungsgetränkten Singlewohnung in Berlin-Mitte war (bis auf ein gewisses Filmteam, das aber nur kurz bleiben konnte) seit über einem Jahr außer mir keiner gewesen. Zuletzt kam und ging Oritele für ca. dreißig Minuten. Sie hatte, als ich sie mit ihren Koffern die Treppe runterwarf, keine Zeit gehabt, irgendwas irgendwohin zu schreiben.

Während ich nun bedächtig das Wasser abdrehte, guckte ich dennoch kurz hoch. Doch, da stand was: AUTOR SPRITZT GEGEN SAUNAKAMERA. Nein, natürlich nicht. Ich stieg übertrieben vorsichtig wie ein 70-Jähriger aus der Badewanne, wickelte den Brauseschlauch wie immer genau dreimal um den Wasserhahn, und nachdem ich mein empfindsames Skrotum und alles andere langsam wie ein selbstverliebter Pavian abgetrocknet hatte, zog ich mich noch zögernder an und setzte mich im Wohnzimmer auf den rot-blau-orangen dicken finnischen Kirsti-Ilvessalo-Teppich. Leider konnte er nicht fliegen. Sonst wäre ich jetzt sofort durchs offene Fenster in die schwarze staubige Novembernacht über Berlin hinausgerauscht, hätte ihn auf zehn Kilometer Flughöhe gebracht und wäre gesprungen.

Ein Leben ohne Noah – wie sollte das gehen? Ich hasste Horrorfilme, hatte aber heute Nacht auf Youtube einen Splatterfilm mit meinem besten Freund in der Hauptrolle gesehen, in der Rolle seines Lebens – und Sterbens. Seitdem verwirrten immer wieder dieselben Fragen mein sonst so unverwirrbares, rabulistisches Schachspieler-Gehirn: Hatten die Entführer Noahle, nachdem die Kamera aus war, mit diesem langen Mamelucken-Dolch wie Daniel Pearl langsam den Kopf abgesägt? Wie klang das Geräusch von geschliffenem Metall auf Sehnen und Knochen? War Noah wirklich schon tot? Oder kauerte er – semi-lebendig, gefesselt, orgasmuslos – in einer nach Kamelschweiß stinkenden Ecke eines Dschandschawid-Zelts, weil die ungläubigen Gläubigen für ihn eine Billion Dollar (oder einundfünfzig Prozent an allen Pluto-Hotels, oder beides) wollten? Und – OMG! – würde ich auch etwas geben müssen? Noah, ich ken' nischt.

Ich schüttelte mich, als hätte ich auf dem Markt von Guangzhou in eine rohe Schildkröte gebissen, und machte zur Beruhigung die einzige Yogaübung, die ich kannte. Ich hatte sie mir selbst ausgedacht, sie hieß »Tausend Nadeln«. Ich schob die Hände zwischen die gespreizten Beine, streckte die Beine aus, mein Körper ging hoch, ich zählte bis acht ... neun ... zehn, dann konnte ich nicht mehr, und während ich langsam nach unten sank und ein zartes, unerträgliches Glühen von den Handgelenken über die Ellbogen bis zu den Schultern wallte, spürte ich heimliches Hypochonderglück. Aber dann fiel mir – wer war ich, Bobby Fischer oder doch eher Dr. Watson? – wieder etwas merkwürdig Ungereimtes ein, und ich vergaß den euphorisierenden Schmerz. Noah stand neben seinen Entführern. Wieso kniete er nicht? Wieso trugen sie keine Masken? Und warum hatte das zitternde Bürschchen mit dem Dolch und dem allein vom Hinschauen ansteckenden Silberblick einen aufgemalten Groucho-Marx-Schnurrbart? (Und hatte nicht Knute über Noahs kleinen sudanesischen Hotel-Schabbesgoj erzählt, dass er diese eklige Dritte-Welt-Augenkrankheit habe?) Und dann – mein armes, jüdisches Gehirn konnte nicht mehr aufhören mit sich selbst Schach zu spielen – waren da noch diese fünf tieftraurigen, tiefdunklen AU-Soldaten, die gar nicht so traurig waren. Das merkte ich daran, dass sie rauchten und lachten, und einer von ihnen tanzte eine Art afrikanischen Kasatschok. Plötzlich umfassten sie sich an Schultern und Hüften und zogen Noah in die Mitte, ihre Dschandschawid-Todfeinde gesellten sich zu ihnen, und erst nach ein paar Minuten trotteten alle mit deprimierten Gesichtern auf ihren alten

Platz zurück, so als hätte sie von hinten ein Regisseur kurz zusammengeschrien. Komisch – aber logisch.

Das Ganze erinnerte mich an Dezember 1989, an die burlesken Bilder der rumänischen Revolutionäre in den Fernsehstudios von TVR Romania. Damals hatte man auch das Gefühl, man sähe *Die Marx Brothers in Bukarest.* Aber am Ende war doch alles echt und ernst, auch die Leichen der erschossenen Ceausescus in ihren verschmutzten schwarzen Wintermänteln. Okay – ich rieb mir todtraurig die immer noch angenehm brennenden Handgelenke – okay, aber warum hatte Noah die ganze Zeit (4,45 Minuten) diese schwarze Plastikkugel im Mund, die er mit Ethel in L.A. als Sexspielzeug benutzt und später als Andenken mit noch ein paar anderen »fajnen Schtutschkes« (Noah) nach Tel Aviv mitgenommen hatte? Und wieso sah man auf seinen Lederhandfesseln das romantisch rote Logo von Liaison Dangereuse?

Bevor ich mich mit mir selbst auf ein Patt einigen konnte, läutete das Telefon. Es machte ein Geräusch wie ein unzufriedenes Pferd. Wenn ich doch nur gewusst hätte, wie man bei meinem neuen Nokia N 70 die Klingeltöne änderte! Lilly Schechter, die rothaarige Tittenstute (so hätte Tal sie beschrieben, hätte er sie gekannt, aber vielleicht kannte er sie sogar, so wie Lilly die brutale Oritele kannte, an die sie mich wowamäßig verpfiffen hatte, so klein und gemein war die Welt der Tel Aviver Boheme!) – Lilly hatte mir an Jom Ha'atzmaut dieses dämliche wiehernde Dingeling als SMS geschickt, ich hatte es angenommen, und seitdem musste ich bei jedem eingehenden Anruf an ihre breite Przewalski-Schnauze denken. Sie hoffte, ich fände es komisch. Sie hätte es besser wissen sollen! Als »Lilly the Pilly« stand sie dreimal im Jahr auf den Off-Bühnen von Florentin und Zfon-Tel Aviv, und dort lachte auch nie jemand über ihre Witze. Darüber machte sie dafke Witze, die keiner witzig fand, und als wir uns vor ein paar Monaten das letzte Mal via Skype und Webkamera gegenseitig zum Höhepunkt getrieben hatten, unterbrach ich sie kurz und sagte: »Stopp, Lilly, ich muss dir was sagen. Ja, klar, für dich müsste man eine eigene Bracha schreiben, so göttlich und wunderbar bist du! Aber weißt du, warum? Dein langes Kinn, dein Ball Paradox von Über- und Unterbiss, deine großen, traurigen Augen links und rechts neben deinen kleinen spitzen Ohren, das Geräusch, das du machst, wenn du kommst – das alles erinnert mich an Fury, den Hengst. Ich persönlich finde es nicht komisch, aber sehr sexy.« Ich hustete rhetorisch und starrte, als könnte sie mir wirklich direkt in die Augen sehen, auf den blau schimmernden Macmonitor. »Willst du das?«

Dann machte ich dieses Fernseh-Gesicht, für das ich in Deutschland bekannt war. Dabei sah ich aus wie ein Mann, der intensiv, aber unvollkommen nachdachte. Die Leute mochten das, so fürchteten sie mich und meine ewigen Naziverweise weniger. Meine untreue Internetgeliebte Lilly Schechter mochte es nicht. Sie schlug ihren geblümten Altweiber-Bademantel (Drohobycz, Frühjahrskollektion 1938) über ihren riesigen Brüsten und dem nackten Bauch zusammen und sagte: »Du kannst mich mal, du blöder deutscher Jude. Woher willst du wissen, was komisch ist? Ich hol mir lieber allein einen runter. Und das mit der Sauna, kleiner Jeckepotz, hättest du mir lieber nicht erzählt.« Danach unterbrach sie – diesmal für immer – die Bild-und-Tonverbindung zwischen uns. Ich beendete auch noch schnell, was ich begonnen hatte, und dann begann ich, mich vor ihrer Rache zu fürchten. Warum hatte ich ihr bloß von der Causa Elstar erzählt? Weil ich nicht allein mein einziger Mitwisser sein wollte. Und weil sie am anderen Ende der Welt lebte – dachte ich.

Ich versuchte jetzt eine neue Yogaübung. Ich nannte sie »Marterpfahl«. Es funktionierte ganz gut. Das Telefon hörte auf zu wiehern, dann fing es wieder an. Der »Marterpfahl« war eine Hommage an den gefangenen Noah (aber nur, wenn er wirklich gefangen war). Ich stellte mich, die Hände wie gefesselt hinter dem Rücken, im Flur an die Wand, presste die Stirn gegen die vielen kleinen sinnlosen Erhebungen der Rauhfasertapete (der einzige Schwachpunkt meines metrosexuellen Swinemünder-Schmuckkästchens) und verharrte so, bis ich das Gewicht meines ganzen Körpers nur noch zwischen Schläfen und Nase spürte. Von dort setzte sich das schöne Aua angenehm-unangenehm bis zu meinen verhornten und sonst so gefühllosen Sohlen fort. Dabei dachte ich darüber nach, wie viel Geld ich hatte.

Auf meinem Konto bei der Berliner Filiale der Stadtsparkasse Birkenau war nichts, bei der UBS Winterthur lagen ein paar vergessene Tausend, mit zwei Angsthasenprozent Zinszuwachs im Jahr, oder so. Nein, ein Shylock war ich nicht. Ich arbeitete ehrlich für mein Geld. Ich grub meine größten Lügen aus und verkaufte sie anderen als Wahrheit, ich konnte mir nicht erlauben, mit meinem Verdienst zu spielen, bei Typen wie mir (Chomsky, Kafka, Abi Ofarim) konnte die geheuchelte Weltteilnahme jederzeit rauskommen. Würde ich trotzdem – oder gerade deshalb – für Noah ein paar E-uros übrig haben, wenn Merav mich darum bitten würde? Die Frage stellte sich zum Glück nicht. Erstens: Diesen 152 Zentimetern Liebe und Wille zur Macht gehörte seit Noahs kalifornischem Pro-Ethel-Schwur alles, was vom automatischen Schloimel-Vermögen übrig geblieben war. Zweitens: Ich war auf einmal sicher, dass die Darfur-Entführung ein einziger großartiger Hoax war. Drittens: Konnte es eigentlich eine gelungene Noah-Forlani-Aktion geben? Nein, das war nicht vorgesehen.

Das Telefon hörte nicht auf zu wiehern, jemand rief zum vierten oder fünften Mal an. Wenn ein Telefon klingelt – ja, klingelt, was sonst –, werde ich altmodisch. Ich denke dann immer, ich sollte abheben, es könnte eine schlechte Nachricht sein. Einmal wollte ich mit der Zeit gehen, und ich hob einen ganzen Tag nicht ab. Das gab mir das gute Gefühl, so unverbindlich und solitär zu sein wie ein furchtloser Goj. Nachts um eins war dann der groiße Schloimel Forlani tot, und ich hatte nicht, wie Noah es sich gewünscht hatte, jeden seiner letzten Atemzüge live mitangehört.

Dabei war ich noch mittags, das machte ich oft, bei den Forlanis zum Essen gewesen. Schäferkampsallee, Ecke Kleiner Schäferkamp, sechs Spuren von Ost nach West, vier Spuren von Süd nach Nord, alle Fenster nach vorn raus. Der polnisch stillose Schloimel hatte dieses bedrückend rechteckige Gebäude Anfang der Siebzigerjahre bauen lassen. Es hatte die dunkelgraue Betonfassade eines westdeutschen Spuk-und-Spekulations-Objekts aus der Ölkrisenzeit. Die Forlanis, Thekla und ihr Bein lebten in zwei zusammengelegten Wohnungen im dritten Stock, eingerichtet in diesem universalen jüdischen Barock (hellgrüne Samtsofas und -sessel, Kommoden aus nussbraunem Holz, über denen dramatische Ölbilder von Rabbinern und Cheder-Einpeitschern hingen, ein riesiger Fernseher und altrosafarbene Frottee-Schonbezüge über den Badezimmerhockern und dem Toilettendeckel mit dem zu kleinen Loch). Die Stockwerke darunter waren zum dreifachen Quadratmeterpreis an den Eimsbütteler Turnverein vermietet, durch dessen doppelte Milchglastür kleine deutsche Nachkriegsmänner mit Brillantine im fadenscheinigen Haar, grünblauem Bartschatten, Leberflecken auf den Händen und morgendlicher Bierfahne raus- und reingingen.

Genau über den Forlanis lebte ein Polizist mit einer dünnen, ängstlich lächelnden Frau. Ich traf ihn nie, wenn ich zu Besuch kam, aber dafür sah ich im Treppenhaus oft Thekla beim Bohnern, so tief nach vorn gebeugt und schwankend wie ein Storch auf einem Schornstein während eines Sturms. Der Polizist hieß bei den Forlanis nur Frank der Polizjant. Das ewig verlegene Haar seiner Frau hatte die Farbe von vertrocknetem Gras, und ihre Stimme klang atemberaubend schön, wenn sie nach »Papi!« rief. Das machte sie oft, und es gab im dritten Stock viele Theorien darüber, warum. Auch an diesem Mittag – wenige Stunden, bevor Schloimel Forlani, der Überlebende des Gettos von Buczacz und der berühmten Cheschbon-Schießerei von München, 1968, sein siebtes Leben aufbrauchte und ich Noahs verzweifelte Anrufe zu ignorieren begann – wurde über die Schreie der Nachbarin diskutiert. Schloimel kriegte davon nichts mit. Er trug gerade den Todeskampf mit seiner Prostata im Schlafzimmer aus. Dann stand er plötzlich im Salon am langen Esstisch und blickte an uns allen vorbei auf den ihm zugeteilten Platz in der Gehenna. Er war nur noch das ausgehöhlte Nichts eines einst großen, humpelnden, aber galizisch-starken, braungesichtigen, jüdischen Supermanns, der sich dreiundachtzig Jahre lang nahm, was er nehmen konnte, aber auch großzügig gab.

Ich hatte noch nie vorher einen Toten gesehen. Schloimel – der mit halb geschlossenen Augen, weißen Lippen, weißen Wangen, langem weißen Nachthemd über den dünnen Beinen wie ein Schlafwandler seinen Stuhl suchte – war ein lebender Toter. Er sah uns nicht, er sagte nichts, und es war ein Wunder, dass er den Stuhl, auf dem er sein halbes Leben gesessen hatte, beim Hinsetzen nicht verfehlte. Ich sagte gerade: »Hör zu, Noah, ich denke, Frank der Polizjant schlägt sein dürres Majdele, was sonst.« Noah unterbrach mich und sagte: »Das sagst du nur, weil du ...« »Nein«, sagte ich, »nicht weil ich ... Außerdem, du wurdest auch« – ich überlegte, wie ich es vor Frau Forlani und Thekla sagen sollte, damit nur Noah mich verstand –, »du wurdest auch von deinen kaschubischen Amazonen flagelliert, oder nicht?« »No na«, sagte Noah auf Noah-Wienerisch, und dann sahen wir beide gleichzeitig zu Schloimel hinüber, der gerade anfing, mit dem leeren Löffel aus dem leeren Teller unsichtbare Hühnersuppe zu essen. Danach nahm er das Messer und die Gabel, begann das Fleisch zu schneiden, das es nicht gab, und schob es, wie an Fäden gezogen, in seinen hängenden Wachkoma-Mund. »Schloimele«, sagte Frau Forlani, und ihre »dümmlichen blauen Polackinnen-Augen« (O-Ton Noah) füllten sich mit noch mehr wässrigem Blau, »Schloimele, bitte, willst du nicht etwas Richtiges? Thekla hat auch Schnitzel gemacht.« »Lass ihn, Mama«, sagte Noah halb streng, halb ängstlich, er guckte mich an und fuhr sich mit dem ausgestreckten Daumen über die Gurgel. Der Satz, den er dachte, aber nicht sagte, lautete: »Seine Henkersmahlzeit, stimmst du mir zu, Karubinerchen?«

Das gab mir, dem alles wissenden und nie etwas vergessenden

Karubiner junior, kurz die Gelegenheit, mich an meine Beschneidung zu erinnern. Sie fand (die Henkersmahlzeit bestand aus zwei Valium am Abend davor) dreihundert Meter von der Schäferkampsallee entfernt im St.-Elisabeth-Krankenhaus statt, an einem sonnigen, windigen Hamburger Selbstmordtag. Ich war sechzehn und in Vollnarkose, und als ich aufwachte, hatte ich zwischen den Beinen eine riesige, blutige Mullbinde. Noah, du dämlicher Schtetl-Kacker, dachte ich wütend, warum hast du mich überredet, das zu tun? Und: Scheiß-Wowa, blöde Mamascha, warum habt ihr mich nicht schon in Prag zum hundertprozentigen Juden gemacht, ihr Feiglinge?! »Weil man«, sagten sie, wenn ich sie das sonst fragte, dumm und hörig wie ein Kind, das ich nicht mehr war, »im Bolschewismus nie wusste, wann der nächste Kosak oder Kommunist kommt, der einem feinen jüdischen Jungen wie dir die Hose runterzieht, damit er weiß, ob er den Richtigen abführt.« Okay, dachte ich, benommen von zu wenig oder zu viel Fentanyl, mit der Antwort muss ich leben. Ich nickte schwach, prüfte den Sitz meines Verbands und schlief wieder ein. Ich habe ihnen diese Version dann noch bis zum Erreichen meiner kabbalistischen Reife geglaubt – also bis ich fast vierzig wurde. Und warum danach nicht mehr? Weil es im Internet nicht nur die StB-Nummer von Wowa dem Schrecklichen gab, sondern auch seinen Artikel *Der Arbeiter ohne Vorhaut – ein antijüdisches Manifest* aus der Mladá Fronta, 30.10.1956 (zweiter Tag der Sinai-Kampagne), den ich dort bei einer meiner Anti-Agenten-Rescherchen fand. Oder war das auch nur ein besonders geschickter Maranen-Move von Karubiner senior?

»Petzkele«, sagte Frau Forlani, »willst du dich nicht wieder hinlegen?« Thekla meldete sich auf Bayerisch: »So, Herr Forlani, jetzt gemma. Ich mach Ihnen das Ehebett noch schön luftig, gell?« Und weil sie – das rote, schnurrbärtige Greisinnengesicht mit Angstschweiß bedeckt – nicht so schnell ihre Krücken fand, sprang sie auf ihrem Bein quer durchs Wohnzimmer davon. Noah sagte beleidigt: »Ich dachte, ich bin Petzkele.« Er sah unter den Augen und um die Nase sehr schlecht aus, grau, fast schwarz, wie nach einer ordentlichen Malgorzata-Packung, die ihm nichts gebracht hatte. Er presste die Faust in den offenen Mund, das heißt, er deutete es nur an. Grrrrrh? Plötzlich begann Schloimel zu reden. »Ehebett, was für ein …«, sagte er mit seiner normalen, gesunden, dunklen Mobster-Stimme, schaffte es aber nicht, den Satz zu Ende zu führen. »Thekla, du bayerische Newajle, bleib hier, ich halt's dort sowieso nicht mehr aus. Asoi a narischkeit! Mir ist es in diesem Schlafzimmer nur einmal gekommen, und das unbetamte Ergebnis sitzt hier … hier, unser Pupkale. Stimmt?«

Er meinte natürlich seinen geliebten, verhassten Sohn Noah, Karikatur und zugleich etwas feinere Variante seines groben, männlichen, ukrainischen Y-Chromosoms, und vielleicht sah er ihn darum nicht an. Er ignorierte aber auch seine ungeliebte, verhasste Frau, die als Nächste an die Reihe kommen würde: Batsheva »Fruma« Forlani, geborene Zirkelstajn, Tochter von Mordechai »Motke« Zirkelstajn, dem einzigen jüdischen Furzartisten in der ganzen K.-u.-k.-Monarchie, den sie in Buczacz »Motke der Tuches-Caruso« nannten. Wenn die jungen Männer aus dem abschüssigen schmutzigen Judenviertel unterhalb der Mühle des Grafen Potocki am Schabbes in ihren schwarzen engen Röcken und Pelzmützen von Feigl & Co im Topolki-Park an ihm vorbeiliefen, machten sie mit aufeinandergepressten Handflächen ein lautes Windgeräusch und guckten unbeteiligt in den tiefen, immer irgendwo anders rotorange verfärbten galizischen Himmel. Und im Café Marat bekam er immer nur einen Platz an dem Fenster, das sich auch im Winter nicht schließen ließ. Motke der Tuches-Caruso war ein gespaltener Mann. Im Zirkus Knie war er – neben den Tigern und Löwen – die wichtigste Nummer. Der Direktor sagte ihn mit den Worten an: »Damen und Herren, jetzt kommt was, das Sie noch nie gesehen und gehört haben, halten Sie sich während der Vorstellung bitte die Nasen zu. Wenn Sie demselben Glauben angehören wie Maurice, unser berühmter Pariser Pétomane, wird es Ihnen wegen der Größe Ihres Organs allerdings nicht möglich sein. In diesem Fall können Sie ja schneller mit dem Applaudieren anfangen. Allez, Motkele!« Dann betrat Motke die Arena, bückte sich und blies mithilfe seines unerschöpflichen Methanvorrats Walzer von Tschaikowski, Lehár und Strauss oder imitierte den Kanonendonner der Schlacht von Austerlitz. Er liebte das – denn er hatte ein sehr jüdisches Hobby zum Beruf. Unglücklich machte ihn aber die Heuchelei der Buczaczer. Hätten sie nicht auch gern mit ihren Ärschen Musik gemacht? Noch schlimmer als Motke traf es seine Tochter Fruma. Sie furzte auch viel, auch öffentlich, aber sie konnte überhaupt keine Melodien. Der unwählerische Schloimel hatte sie trotzdem nach dem Krieg geheiratet. Vor dem Krieg war er einer der jungen Männer gewesen, die im Topolki-Park ihren Vater nachmachten. Als 1945 ff. von den meisten jungen Buczaczerinnen nur noch Asche und Matsch übrig war, musste es aber Fruma sein (sie hatte unter einem Schuppen im Hof der Mühle des Grafen Potocki überlebt), denn Schloimel wollte echte Buczacz-Kinder haben, und das ging nur mit einer echten Buczaczerin. Dass er neben diesem kleinen, fetten, ewig schwitzenden Ungetüm mit Speckrollen in Nacken, Schenkeln und Gesicht und den farblosen Heulsusen-Augen nur ein einziges Mal einen Halben zustande bringen sollte und sonst nichts, hatte er vor der Hochzeit zwar geahnt, aber nicht wirklich geglaubt.

»Einmal in fünfzig Jahren!«, sagte Schloimel zu Fruma und sah sie immer noch nicht an. »Und dabei kommt so ein Nebbich wie unser Noah heraus … Aber weißt du, Frumski, egal ist egal. Ich hab so viele andere gehabt, ich kann mich überhaupt nicht erinnern, wie viele es waren. Ich weiß wirklich nicht, warum sie mich alle wollten. Gib a kik, wer hier redet, der schiefe Schloimel Forlani mit dem verwachsenen Fuß und den achtzehn Millionen … Ach, ich weiß, was ihr jetzt alle denkt! Aber es muss auch etwas anderes gewesen sein, nein? Du hässliche Kröte hast meinen Schmendrik noch nie gesehen, wie er wirklich ist! Der große Schloimel Forlani heißt nicht nur so, weil er von den Zehen bis zur Schädelspitze hundertfünfundachtzig Zentimeter misst, di verstajst?«

Während Schloimel – immer noch ins große Nichts zwischen mir und Noah stierend – vor sich hin redete, hüpfte Thekla an den Tisch zurück und setzte sich ächzend hin. In den Gläsern ihrer riesigen plastikgelben Krankenkassenbrille reflektierte der böhmische Kristalllüster über ihr, der jetzt leicht zitterte. Frau Forlani – ihr weißes Haar klebte an ihrem Hinterkopf, als wäre sie eben selbst aus dem Bett gestiegen – tat so, als hätte Schloimel nichts gesagt. Sie schmatzte, aber sonst war sie ganz still, und rollte zwischen Daumen und Mittelfinger ein Stück von dem grauen Edeka-Brot hin und her, das es bei den Forlanis immer gab. Als sie fertig war, ließ sie das kleine Brotkügelchen auf die weiße Tischdecke fallen und schnippte es mit dem dunkelrot lackierten Nagel ihres kurzen, kräftigen Zeigefingers vor und zurück. Dann lächelte sie, wie ich sie noch nie lächeln sah, wie ein Mensch, der weiß, dass er etwas Großes geleistet und nicht bloß ab und zu in der Mönckebergstraße im Schlussverkauf ein Paar günstige Schuhe gekauft hat. Schließlich sagte sie, ohne von ihrem Brotkügelchen aufzusehen: »Hör auf, Schloimel. Ich weiß sowieso alles. Glaubst du, die Überwachungskameras in deinem Büro am Klosterstern waren nur an, wenn das rote Lämpchen leuchtete? Ich hab auf dich genauso gut aufgepasst wie auf Noahle.«

Noah steckte sich wieder die Faust in den Mund, und diesmal biss er wirklich drauf. »Grrrrh ...« Schloimel, von dem er diese Wutgeste gelernt hatte, machte das nicht. Er sagte (dabei stand er so langsam und leicht auf, als würde er, die Hülle, die er nur noch war, davongeweht werden): »Ich weiß, dass du alles gesehen hast. Genau dus hat majne majdelach asoi scharfgemacht!« Sofort war es aus mit Fruma Forlanis kurzer Periode der ehelichen Überlegenheit. Sie ließ den schweren Kopf auf ihre riesigen, weichen Brüste sinken, und die sanken gleich noch mehr mit. »Rabbi Schi'mon bar Zazik sagt«, flüsterte Schloimel in bösartigem Moll, »oder war es unser Rabbi Balaban mit dem gefälschten Rabbinerzertifikat, jedenfalls sagt der Rabbi: Wer es nicht in seinem Hause macht, sollte es trotzdem tun.« Er setzte sich wieder in Bewegung, zurück in Richtung Schlafzimmer, und Thekla sprang auf, fasste ihn am Ellbogen und stützte ihn. »Und darum hatte ich«, fuhr Schloimel fort und drehte sich plötzlich zu seiner Frau um und sah sie sehr direkt und diesseitig an, »ab und zu so viel naches dort oben, wenn Frank der Polizjant nicht da war. ›Papi, Papi ...‹ Genau, du blöde Gans, Papi, das war manchmal ich.« Als dann zwölf Stunden später Schloimels Herz für immer stehen blieb, saß Fruma neben ihm, hielt leidenschaftslos seine weiße rissige, riesige Hand – und weinte nicht.

Beim fünften oder sechsten Klingeln verließ ich den »Marterpfahl«, das schöne Aua verließ langsam mich, ich taumelte – auf leicht prickelnden Yogasohlen, die Stirn noch rau und heiß – hinter dem Wiehern des Telefons her ins Schlafzimmer, warf mich wie ein Fünfzehnjähriger aufs Bett und hob ab. Im Display stand: »Noahvilla«. Es war Merav, Noahs Fruma. Sie und ich hatten schon vor ein paar Tagen telefoniert, morgens um vier, sie hatte mich dafür beschimpft, dass alles meine Schuld sei, Noahs Reise nach Afrika, die Entführung, die Ethel-Affäre, und sie erwähnte auch die kaputte Wasserreinigungsanlage ihres Swimmingpools, den toten Gecko, den ihre beiden Mädchen im Gartenhaus gefunden, gebraten und aufgegessen hatten, den syrisch-deutschen Nichtangriffspakt, den blöden Dax, der sie und ihren verrückten Finanzberater Nadav Orenfels verrückt machte. »Und für deine 152 Zentimeter kann ich auch etwas?«, hatte ich gesagt, und sie legte nicht auf, sondern schrie, nein, sehr witzig, natürlich nicht, im Kibbuz Kfar Nabokov seien eineinhalb Meter Körpergröße sogar das historische Maximum gewesen. »Stell dir vor«, hatte sie zum Schluss gesagt, »ich war immer die Beste im Basketball!« Dann legte sie wirklich auf.

Was wollte sie jetzt? Sollte ich mich am Lösegeld beteiligen? Würde sie mir weiter Vorwürfe machen? Hatte sie Neuigkeiten von Noah? WAR NOAH TOT?

»Alan, Soli, wie geht's?«

»Merav?«

»Nein, ich bin's, die fette Ethel Urmacher, die den lieben, dummen Noah Forlani überredet hat, auf sein ganzes Geld zu verzichten. Aber ich hab mir die Stimmbänder umoperieren lassen, und darum klinge ich heute Morgen wie Merav, seine kleine Affen-Frau, der jetzt die ganze Kohle gehört.«

»Merav, was soll das?«

»Das ist Humor. Das ist kranker Noah-und-Soli-Humor. Keine Tabus und eine Tonne Menschlichkeit, nachon? Das hab ich von euch.«

»Das ist nicht sein Humor.« Ich versuchte, meinen Bruder und Freund wie ein Mann zu verteidigen. »Wenn überhaupt, dann hat er das von mir.«

»War das schon wieder so ein Witz, du Schmock?«

So aggressiv hatte ich Merav noch nie erlebt. Ich stellte sie mir in Herzlia Pituach in dem davidsterngelben Womb Chair von Saarinen vor, den Noah ihr einmal zum Hochzeitstag geschenkt hatte. Sie verschwand – vor Wut hin und her schaukelnd – immer wieder mit ihrem kurzen, männlich flachen Oberkörper und ihrem kleinen Hintern in dem riesigen Sessel. Das schwere, uralte Motorola-Telefon in ihrer Kinderhand, das Noah aus der Schäferkampsallee gerettet hatte, zog seitlich an ihr wie ein Stein, die kurzen Beine baumelten arhythmisch über dem Sitzrand und berührten nicht den Boden. Merav, hatte mir Noah einmal gelangweilt erzählt, fand den Womb Chair »ganz okay«, aber der Tank Chair von Aalto wäre ihr lieber gewesen. »Nächstes Mal, Liebling«, hatte er sie getröstet, und sie sagte: »Nein, lieber ein Lucien-Freud-Ölporträt von dir und mir, bubile. Und nimmst du mich jetzt kurz mal auf die Schultern und trägst mich wie ein Leierkastenmann sein Äffchen in unserem schönen Haus herum?« Noah hatte, seit er unter der Chuppa im Joan-Rivers-Festsaal des Tel Aviver Hiltons zuerst dreimal das Glas *nicht* zertreten und sich beim vierten Versuch in den Knöchel geschnitten hatte, Merav zu jedem Hochzeitstag etwas geschenkt. Das war nicht die Schule des cleveren Schloimel, das hatte er in *Geld ist alles,* dem *Eheratgeber für den klugen Juden* von Rabbi Balaban gelesen, von ihm persönlich nach seinem Hamburger Sexskandal-Rausschmiss in einem ungenannten Liechtensteiner Sanatorium verfasst. Schloimel selbst hatte sich mit seiner Ehefrau nicht so viel Mühe gegeben. Fruma Forlani besaß kein eigenes Konto, keine Kreditkarte, keine EC-Karte, dafür warf er sie manchmal nachts aus dem Bett, wenn sie ihn nervte, und sagte: »Das Bett gehört mir. Ich habe es bezahlt.« Merav Forlani kriegte dagegen mal eine Herren-Rolex mit Diamantenzifferblatt, mal einen schwarzen VW-Touareg mit erhöhtem Gaspedal und Teleskop-Schaltknüppel – und in diesem Jahr schließlich sein ganzes Geld, seine Pinke, Schloimels Blut und das Blut der Gojim, die er seit dem 8. Mai 1945 so ungern, aber effektiv gemolken hatte.

»Fick meine Frau, Goldmann!«, sagte Merav.

»Was?«

»Ich hab einen von seinen Zetteln gefunden. Unter dem Bett, in seiner alten Y3-Jogginghose, und auf diesem kleinen, fettigen, zerrissenen Stückchen Papier stand die Inhaltsangabe deines nächsten Romans. So was Perverses kannst nur du dir ausdenken! Machst du vielleicht gemeinsame Sache mit Rami, dem flutschigen Mädchenhändler, du Raffarsch?« Die kleine, aber kernige Merav machte mit dem Kiefer ein Geräusch, als hätte sie die Wirbelsäule eines Geckos durchgebissen. Dann wiederholte sie das Geräusch, etwas leiser, und das erinnerte mich daran, wie sie mir mal am Gordon-Beach, wo wir mit ihr und Noah und ihrem Mädchen No. 1 waren, oritelehaft-israelisch befahl, ich solle mich kurz so hinstellen, dass Mädchen No. 1 Schatten kriegte. Ich sagte, ich sei kein Sonnenschirm, sie solle sich ficken. Worauf diese kleine, kräftige, männliche, zionistische Pionierin der zweiten Generation einen kurzen, seltsamen Laut machte und dann zu heulen anfing. Es war, glaube ich, der Unabhängigkeitstag 2001, über dem Häuschen des Bademeisters flatterte eine schwarze Flagge, aber das unruhige Mittelmeer war voll mit lachenden, badenden Sabres. Am gleichen Abend hatten Noah und Merav in ihrem Ehebett Autostopp gespielt, aber diesmal war sie der brutale Lkw-Fahrer und er die zarte Anhalterin.

»Du hättest nachdenken sollen«, sagte ich mit gepresster Stimme und bekam Bauchschmerzen.

»Was?«

»Du hättest deinen Kopf kräftig schütteln und auf einen Einfall warten sollen. Sein Haus, sein Bett, seine Hose – sein Zettel. Bist du blöd, Merav? Oder nur verwirrt, weil Al-Qaida Afrika gerade das übrig gebliebene Ei deines Ehemanns grillt?«

»Ich sag dir, worum es darin geht, und du sagst mir, wer sich so was ausdenkt: mein Noah oder du.«

Nein, sie weinte nicht. Sie war in Kampfstimmung. Sie wäre allein die Golanhöhen hinaufgerannt und hätte aus Kuneitra einen blutigen Haufen Steine gemacht.

»Entschuldige, ich muss mal. Darf ich … während du es mir erzählst?«

»Nein«, fauchte sie, »vergiss es.« Dann erzählte sie mir – während ich stumm, kleine Stresstränchen in den Augen, mit meinen Magenkrämpfen rang – Noahs Zettel-Geschichte: Ein Mann und eine Frau. Sie leben in Herzlia-Pituach in einer Villa, die Millionen von E-uros gekostet hat. Der Mann ist ein märchenhaft reicher deutsch-polnischer Erbe, die Frau die römische Hündin in Menschengestalt. Er will, dass die Deutschen ihre historische Schuld begleichen, indem sie allen Armen der Welt helfen, eine GmbH oder KG zu gründen. Sie hätte gern sieben Brüste – und an jeder ein Kind von ihm. Er kann und will nicht, weil er sich von iranischen Satelliten, von den Videokameras seiner Mutter und sich selbst beobachtet fühlt, und er sucht jemanden, der es für ihn macht. Er findet ihn, er heißt Pessach Goldmann und hat einen ungewöhnlich kleinen Penis.

»Aua … aua«, sagte ich, als sie fertig war. Ich hielt mir wie ein

Sechsjähriger den Bauch, dann legte ich mich mit dem Bauch nach unten auf meine kostbare 2000-Euro-Matratze, weil Mamascha, als ich noch ihr Sohn war, mir das so beigebracht hatte. Sie – die scheinheilige Wowa-Kollaborateurin – hatte immer gewusst, dass meine Gastroenteritis nur psycho war. Es half auch jetzt wieder nicht. »Fuck.«

»Was?«

»Nichts. Hast du schon mal was von mir gelesen, Merav Forlani? *Post aus dem Holocaust, Die Rubiners,* meinen Kleist-Essay in der New Republic?«

»Nein.«

»*Fick meine Frau, Goldmann!* ist nicht von mir.«

»Mein Noah hätte nie so eine Idee gehabt. Das hast du dir ausgedacht, du perverser Deutscher! Du hast es auf irgendeinen Wisch aus deinem Mülleimer gekritzelt und ihn in seine Hose gesteckt.«

»Kann ich jetzt auflegen, Merav? Mir geht's nicht gut. Mein bester Freund ist in Lebensgefahr, und ich habe wegen meiner schweren Kindheit im Bolschewismus ein ziemlich übles Magenproblem.«

»Beweis mir, dass das seine Notizen sind!«

»Steht auch auf der Rückseite etwas?«

»Warte ... ja. ›Merav in den Arsch treten, ihr das Haus und den Rest überschreiben und zu Ethel ziehen.‹«

»Okay, kann ich jetzt endlich auflegen?«

Es wurde still. Sehr still. Ich schob mich, erschöpft wie Noah F. nach zwei Monaten Geiselhaft, zum Rand meines Oritele-Kingsize-Betts, zählte bis zehn, stand auf und ging, das Telefon in der leicht zitternden Hand, in Richtung Bad. Dabei vertiefte ich mich mal wieder freudlos, aber interessiert in die Vergangenheit. Wenn ich in der Hartungstraße nachts nach Hause kam, musste ich im langen Sanduhr-Flur dicht an der Wand entlangschleichen, damit der alte Parkettboden nicht im Takt des *Gefangenenchors* aus *Nabucco* knackte und Wowa weckte. Wowa wusste zwar, dass ich immer sehr spät aus dem Vienna oder dem Nach acht nach Hause kam, und am liebsten hätte er mich gar nicht erst gehen lassen – aber verhindern konnte er es nicht mehr, seit er einmal zu oft die Tür von innen abgeschlossen hatte. Das war an einem extrem verregneten schwarzen Hamburger Mörderabend gewesen. Ich hatte die Tür, überrascht vom eigenen Mut, wieder aufgesperrt, er griff mich von hinten wie ein betrunkener Schejgez an, ich drehte mich erschrocken herum, gab ihm unabsichtlich mit dem Ellbogen einen Schlag gegen die Egon-Bahr-Brille und das massive graue Gesicht, und seitdem prügelte Wowa der Schreckliche mich nicht mehr. Trotzdem hätte ich ihn nachts ungern in unserem Flur getroffen. Der beleidigte Ausdruck in seinen untreuen Eulenaugen hätte mir schon gereicht. Oder der Anblick seines Schmocks, der ihm vielleicht, wie so oft, aus seinem englischen Pyjama raushing, nachdem er eben noch mit Mamascha gespielt hatte. Bin ich eigentlich der Einzige, der ständig an »damals« und Sex in der eigenen Familie denken muss?

Auch jetzt drückte ich mich wieder bei jedem Schritt an die kalte Wand, ich strich angewidert über die verhasste Raufasertapete und wartete darauf, dass Papascha vor mir auftauchte. Merav – da und doch nicht da, dreitausend Kilometer entfernt in Israel – schwieg noch immer. Dann murmelte sie: »Merav in den Arsch treten? Soso, bubile ... Ich bringe ihn um! Nein – ich bringe mich um. Und dann die Mädchen. Nein, ich meine, andersrum. Was rede ich.«

»Hast du Nachrichten aus Darfur?«, sagte ich. Ich fragte mich plötzlich sehr ernsthaft, ob man im Kibbuz Kfar Nabokov als Kind gelernt hatte, stark zu sein – oder eher hysterisch, so wie in der Italská und in der Hartungstraße. Ich war das erste Mal auf eine Antwort von Noahs Ehefrau gespannt.

»Hast du?«

»Nein. Nichts.«

»Eine Million und ein Dollar fünfzig.«

»Was?«

»Gestern Abend waren zwei Typen vom Mossad da«, sagte sie. »Ein kleiner Dicker und ein großer Dicker, beide im superteuren

Outdoorlook. Sie haben gesagt, der Außenminister sagt, Israel hat kein Geld für einen reichen Jecke, der seit Jahren hier lebt, aber mit seiner schmutzigen Schoah-Dividende nur zweitklassige Dritte-Welt-Projekte unterstützt. Warum waren die so dick? Früher wären sie nicht so dick gewesen. Kein Wunder, dass wir einen Krieg nach dem anderen verlieren. Der Große hat, bevor sie gingen, gesagt: ›Dein Mann hätte uns einmal einen Panzer oder eine Raketenabschussrampe kaufen sollen. Dann hätten ihn unsere Jungs in zwei Stunden rausgeholt.‹«

So wie Tal, ihr zionistischen Blödmänner?, dachte ich sauer. Ich sagte: »Und was hat der kleine Dicke gesagt?«

»›Wenn du uns einen bläst, sehen wir, ob wir trotzdem etwas für ihn tun können.‹«

»Nein!«

»Wieso nicht? Weil ich so klein und hässlich bin? Er war's doch auch, du Schmock.«

Ich war jetzt endlich im Bad. Ich setzte mich – nachdem ich den Wasserhahn und die Dusche so fest zugedreht hatte, dass Merav sie nicht tropfen hören würde – auf meinen warmen finnischen Birkenthron. Ich war happy in einem sehr körperlichen, ursprünglichen Sinn. Aber ich machte noch nichts, dafür war das Mikrofon meines neuen drahtlosen Panasonic zu gut. Wowa, dachte ich leicht seitlich gekrümmt, legte sich in solchen Situationen schon lange keine Zurückhaltung auf. Seit Mamascha weg war, nahm er das Telefon überall mit, wahrscheinlich, um nicht zu verpassen, wenn sie sich endlich mal wieder bei ihm meldete. Der Klang der Hartungstraßen-Toilette war übrigens dumpf, hallig und familiär. Ich traute mich trotzdem nie, Wowa zu fragen, wo er gerade war, wenn er dort abhob. Das war zu intim. Da hätte ich ihm lieber noch mal mit dem Ellbogen eine verpasst.

»Weißt du«, sagte Merav, nachdem sie der Eidechse in ihrem Mund den Schwanz abgebissen hatte, weinerlich, »weißt du, als er nur noch ein Ei hatte, hab ich trotzdem mit ihm ein zweites Kind gemacht. Als sein Vater starb, hab ich mit seiner Mutter und Thekla wochenlang Canasta gespielt und bin mit ihnen in diesem ewig nebligen Hamburger Park, wie heißt er noch mal, immer im Kreis rumgelaufen, damit sie zu müde sind, um deprimiert zu sein.« Sie seufzte larmoyant, ersterbend, unisraelisch. »Als er sagte, er kann nur, wenn er sich in einem dreckigen Hemd aufs Bett setzt und so tut, als sei er ein ekliger Lkw-Fahrer, hatte ich trotzdem meinen Orgasmus, obwohl ich wusste, dass er etwas ganz anderes will. Als er mich an das Arschloch Rami verkaufen wollte, hab ich so getan, als sei es deine Idee, das tue ich bis heute. Und als er mich« – sie machte das lächerliche, winselnde Geräusch eines weinenden Vorschulmädchens –, »als er mich aus L. A. anrief und sagte, er will zurück zu mir, habe ich gesagt, klar, kein Problem, und bring deine schmutzige Wäsche mit.«

Und als er dir – dachte ich so eindringlich, dass man es von Berlin bis nach Herzlia Pituach hören konnte – ein paar Wochen vorher aus L. A. geschrieben hatte, dass er dir sein ganzes Schloimel-Vermögen überschreiben will, kam dein Ja genauso schnell.

»Ich weiß, was du jetzt denkst, du Schmock«, sagte sie. »Na und, es waren lange Jahre der Unterwerfung. Manches holt man sich manchmal zurück, mit Sejchel und Glück. Ich war sogar mit seiner kindischen Trennung-light-Idee einverstanden, das weißt du doch auch, du lächerlicher Noah-Freund. Vielleicht war dieser Einfall von dir! Weißt du, wie traurig ich war? Ich … ich bin sogar einmal heimlich in seine Singlewohnung in der Zlatopolsky gefahren, ich hab mich auf sein Nakashima-Egoistenbett gelegt, hab mich mit seiner Simpsons-Decke zugedeckt, hab mich einen ganzen Tag ungeduldig gewälzt, hab wie eine vergessene hungrige Katze abwechselnd auf die Tür gestarrt und auf die Garderobe mit seiner kalifornischen Bondage-Sammlung – und hab gehofft, dass er kommt. Aber als er kam, hab ich geschlafen, oder so halb, und er ging wieder weg, ohne mich zu wecken.«

Komm zum Punkt, dachte ich. Die heiße, schmerzende Stelle –

genau einen Fingerbreit unter meinem Bauchnabel – wurde immer größer, mein Körpergedächtnis sprach so laut mit mir wie lange nicht mehr.

»Ich sag dir jetzt, was ich zu den beiden Typen vom Mossad gesagt habe, und mir ist egal, was du dazu sagst. Ich hab gesagt, beseder, ich zahl das Lösegeld, fick die Regierung, aber sie sollen mir von Noah eine schriftliche Erklärung besorgen, beglaubigt vom teuersten Notar von Al-Faschir, in der steht, dass er mich nie mehr verlässt. Er darf« – sie kicherte – »nicht mal mehr nachts allein nach Tel Aviv und sich im Nanuchka nach einer von seinen riesigen Ringerfrauen umschauen. Ab jetzt« – das Kichern wurde leiser und wahnsinniger –, »ab jetzt ist Noah Forlani, wenn er es will, mein Gefangener. La-la-la-la-la … Aber er kann natürlich auch in Darfur bleiben. Für immer. Bis sie ihm den Kopf abhacken.«

Es wurde wieder still, sehr still. Dann fing der Wasserhahn doch zu tropfen an.

»Merav?«
»Was?«
»Bist du okay?«
»Nein, bin ich nicht.«
»War das alles dein Ernst?«
»Wer weiß.«
»Was ist los?«

Sie fing an zu heulen. »Hast du nicht diesen schrecklichen Gumminebel in dem Video auf Youtube gesehen? Was heißt das, was bedeutet es? Betrügt er mich jetzt schon mit einer fetten, brutalen Dschandschawid-Frau?«

Ich sagte so was wie »Nein-nein, was denkst du, das wäre sogar für ihn zu irre«, dachte aber »zu schön« – und dann redeten wir kurz über ihre Kindheit im Kibbuz Kfar Nabokov. Das ergab sich nicht zufällig, es ging darum, einem größeren emotionalen Ärgernis aus dem Weg zu gehen. Die kleine kleinwüchsige Merav – erzählte die große, kleinwüchsige Merav mit leiser, ernster Das-war-so-bitter-Stimme – war ohne ihre hart arbeitenden, selbstgerechten Mini-Eltern aufgewachsen, die sie nur am Schabbat und beim Abendessen sah. Das Kinderhaus von Kfar Nabokov war groß, hell, einsam und lag am anderen Ende des dunklen Kibbuzhügels. Es war voll mit kleinen, weißen Betten. Auf den Betten lagen jede Nacht kleine, frühreife Kinder, wegen der Hitze wie Leichname nur mit weißen Laken zugedeckt. Wenn die Kinder nachts schrien, wenn sie schlecht träumten oder Angst vor arabischen Angriffen hatten, kamen nicht ihre Eltern angelaufen, sondern die kleinwüchsigen Erzieherinnen und winzigen Krankenschwestern. Sie konnten gar nicht lieb zu den Kindern sein, denn sie hatten sie nie gestillt. Darum lautete ihr Standardsatz, mit dem sie die Kinder narkotisierten: »Wein nicht, vergiss Papa und Mama, du wirst auch einmal ein Papa, eine Mama ohne Kinder sein. Sei stark. Tihije' chasak!«

Ich sagte nichts, Merav sagte nichts, und ich dachte, ach so, so klingt also die Stille nach einer Explosion.

»Weißt du, du Schmock, was ich in den Grabstein meines Vaters meißeln ließ?«

Vielleicht: Ich bin zu Fuß von Bessarabien nach Palästina gelaufen und hab im Land der Väter hundert Dollar im Monat verdient, und nicht einmal die haben mir wirklich gehört. Oder: Ich war 152 Zentimeter groß, und mein Potz passte in ein Federmäppchen. Oder: Ich hab zwölf Palis gekillt und es zwölf Mal bereut. »Was?«

»Ruhe in Frieden, du harter, fanatischer, naiver Mann.«

»Er war traurig. Er wollte ein guter Zionist und Kommunist sein. So wie deine Mutter auch. Er hat es nicht so gemeint.« Ich redete von jemandem, den ich nicht kannte, und meinte Wowa den Schrecklichen. Ich war – Hilfe, mein Bauch! – auch in einem Kinderhaus aufgewachsen, es lag am anderen Ende des engen Hartungstraßenflurs, und wenn ich einen schlechten Traum hatte, hörte nur meine Schwester mich nachts in der anderen Hälfte des Kinderhauses stöhnen. »Hör zu, Merav ...«

»Nein, hör du zu! Ich wollte, dass du weißt, warum ich so an Noah hänge – und an seinem Geld, genau! Willst du wissen, wann ich mir das erste Mal selbst ein paar Ohrringe gekauft habe? Nach einem halben Jahr Tel Aviv, ich hatte gerade bei dem Saftstand Allenby, Ecke Schenkin angefangen, und es kam einer vorbei, der sagte, du bist so ein hübsches haariges Murmeltier, warum rasierst du deinen Schnurrbart nicht und trägst keinen Schmuck? Weil ich nicht weiß, dass das geht, und weil ich kein eigenes Geld habe, hab ich gesagt, und er hat mir 300 Schekel gegeben und meinte, weiter oben in der Schenkin gibt's einen schönen Laden, kauf dir was, vielleicht steht es dir, und er wollte nichts dafür. Das waren die Leute, vor denen uns die Erzieherinnen immer gewarnt hatten.«

Der Schmerz in meinem Bauch, mein vergessener, verlassener Geliebter, war wieder so stark geworden, dass ich ihr kaum noch zuhören konnte.

»Darum ist unsere Bindung so ... fundamental. Weißt du, du blöder Idiot, ich kann Noahs Herzschlag hören, wenn er nachts in Tel Aviv unterwegs ist und es für ihn nicht läuft. Oder wenn er auf der Makrobiotischen Konferenz in Helsingfors aufgeregt ans Rednerpult tritt und dann doch nichts sagt. Und seit ein paar Tagen höre ich gar nichts mehr. Vielleicht hat ihm diese fette Dschandschawid-Ethel schon wirklich seinen ... seinen kleinen, süßen, haarigen Chasarenkopf abgesägt.«

Mein gutes, mamaschiges Herz erhöhte seine Schlagfrequenz. Und ich entschied mich, nachdem ich eilig alle Für und Wider durch die Relais meines wowahaften Megaschmockhirns gejagt hatte, für den Kürzestprozess. Ohne mich mit einem psychologisch behutsamen Vorspiel aufzuhalten, erzählte ich Merav von meinen Entführungszweifeln, von meinem *Supernerd*-Verdacht, von dem falschen Groucho-Marx-Schnurrbart des Dolch schwingenden Kidnappers, vom geheimnisvollen Peaceforthemiddleeast69. Nur dass ich Noah im Gershwin geraten hatte, sich in Nichts aufzulösen, verriet ich ihr nicht.

»Das kann nicht sein. Das gibt es nicht«, sagte sie, als ich fertig war.

»Was gibt es, was nicht sein kann, was es nicht gibt, Merav Forlani?«

»Ist das der Versuch, mich zu beruhigen? Oder ist das der Versuch einer persönlichen Beleidigung?«

»Es ist der Versuch, endlich aufzulegen.«

»Na gut. Tov. Danke. Und sag Adolf Hitler Hallo von mir.«

»Ich danke dir.«

»Wofür?«

»Dass du ihn liebst – egal warum.«

»Ja, ich liebe ihn« – war das wieder dieses böse Knacken in ihrem eisernen Sabra-Gebiss? –, »und das Ecstasy, mit dem ich ihn in Ras Muhammad rumgekriegt habe, war gar kein Ecstasy, es waren ein paar homöopathische Pillen gegen Atemnot und Schluckauf.«

»Schalom, Merav, ruf mich wieder an, wenn du Neuigkeiten aus Al-Faschir hast.«

Ich machte das Telefon aus, legte es auf den Wäscheständer und griff nicht unmeditativ nach der FAZ. Und während ich – so psychokatalytisch wie noch nie – endlich das tat, was ich die ganze Zeit tun musste, entdeckte ich im Wirtschaftsteil, den ich sonst nie las, eine wie im Film spothaft angeleuchtete Meldung: »Tel Aviv/ Berlin, 12. November. Der israelische Dissident und Filmregisseur Tal Shmelnyk plant eine neue Reality-Doku über die israelischen Kriegsverbrechen im besetzten Palästina. Das Projekt – Arbeitstitel *In Gaza ohne Gatkes* – ist bis jetzt aber noch nicht gesichert, weil das Weltjudentum von Hollywood dem berühmten Dissidenten die Finanzierung verweigert. Shmelnyk erklärte gestern auf einer Pressekonferenz im Beverly Wilshire Hotel in Los Angeles: ›Ich werde, wenn mich die Schabak-Leute reinlassen und nicht gleich am Flughafen verhaften, mein Glück in Israel versuchen. Vielleicht gibt es in der alten Heimat inzwischen ein paar Leute mit Geld, die so den-

ken wie ich. Ach so, und während ich weg bin, vermiete ich mein Haus in Brentwood. VB 5000 Dollar monatlich.‹«
Ein Haus in L. A.? Vorne der mexikanische Hacienda-Teil, hinten, mit Blick auf die Hollywood Hills, der futuristische John-Lautner-Trakt. Draußen dann ein großer Pool, natürlich in Herzform, das Wasser mal grün, mal blau, in dem ich auf einer Luftmatratze treiben und mit Oritele telefonieren könnte, froh, dass sie wieder mit mir redete, aber nicht zu sehr und allzu bedrohlich in meiner Nähe war. Wäre das was für mich? Ich versuchte aufzustehen und wartete darauf, dass meine eingeschlafenen Beine unter mir wegsackten. Nein, diesmal nicht. Sei stark? Tihije' chasak? Ja, warum nicht. L. A., ich bin im Prinzip und praktisch schon da! Nur weg hier, raus aus diesem Leben, das aus einem einzigen Vorurteil meiner selbst gegen mich bestand. Wenigstens musste ich nicht mehr jeden Morgen zum Briefkasten, um nachzusehen, ob der Deportationsbefehl von Staatsanwalt Dr. Albért le Speer gekommen war. Und wenn er es sich doch noch anders überlegen würde? Meine Adresse in L. A. hätte er sicherlich nicht.

Meine Beine funktionierten 1 a. Ich stieg in die Badewanne, ging in die Ganges-Hocke und war auf der Stelle glücklich. Bevor ich aber das Wasser andrehen und den Brausekopf auf mein Allerheiligstes richten konnte, warm und kräftig wie Oriteles Hand, hörte ich hinter der Badezimmertür jemanden schreien. Es war Wowa der Schreckliche. »Warum sitzt er immer so lange auf der Toilette herum?! Der Bastard! Ich bring ihn um, wenn er rauskommt.« Mama schrie zurück: »Nein! Nein! Dann töte lieber mich!« »Bist du verrückt? Wer kocht dann für mich?« »Oh, Wowa, ich liebe dich!« »Lass mich in Ruhe. Jetzt nicht. Ich glaube, ich kann gerade! Soli, Soli« – rüttelte es jetzt wirklich an der Tür? –, »komm da raus! Komm raus, mein Sohn. Papa muss endlich mal wieder scheißen.«

4
Vicodin

Nein, das war echt nicht okay von mir, dachte Noah, während Gerrys große, dümmliche Alter-Junge-Gestalt unten in der Tür des Sara-Beinstein-Auditoriums verschwand und im sonnendurchfluteten Glas-Beton-Gang dahinter wie in einem japanischen Trickfilm ruckartig immer kleiner wurde, nein, das war echt nicht okay, ihn so fertigzumachen. Die Leute im Saal klatschten immer noch, die meisten im Stehen. Standing Ovations? Ja. Für Noah und seine Schlagfertigkeit? Eher nein. Sie standen mit dem Rücken zu ihm und sahen versonnen Gerry »El Dick« Harper hinterher, sie liebten ihn und seine große amerikanische Tragödie – vom Helden zur Null, vom Star zum drogenabhängigen Halbtoten –, deren neueste Wendung sie vor ein paar Minuten live miterlebt hatten, und Noah liebten sie nicht.

Okay, dachte Noah, kein Problem, aber war es wirklich okay, deep down where it counts? Gerry hatte mal wieder nur an sich selbst gedacht, als er den besten Posten, den man beim California Consensus Center haben konnte, abgelehnt hatte. Er war, narzisstisch wie ein ewiger Traumapatient, hinter seinem berühmten Namen in Deckung gegangen, statt ihn CCC, also der Welt zu schenken. Und das war gar nicht okay, obwohl es okay war (»Wer will das Glück des Einzelnen über das Wohl der Gruppe stellen?‹, fragt Raw Awraimele Kotzenstein«, sagte Schloimel oft und antwortete selbst: »Wenn es sein muss, ich!«), okay war was anderes, aber wer wusste schon, w-w-was wirklich okay war?

Der Applaus wurde kurz noch lauter und um weitere 20 bis 30 Prozent unabgebrühter, bevor Gerry definitiv am Ende des Gangs im Nichts seiner Totaldepression verschwand, und dann war der Abend so abrupt vorbei wie eine abgedrehte Spielfilmszene. Das große Nachdenklichsein und Sichstillverziehen begann, sogar bei Noah.

Scheiße, dachte er, während er die Zettel mit den Anti-Gerry-Fragen in seine von anderen Zetteln aufgeplusterten Hosentaschen zurückstopfte, er hatte diesen Okay-Tick einfach zu oft, diesen »guten Verwandten einer üblen Entscheidungsneurose«, wie Dr. Savionoli das nannte, »aber« – kurzes, feines Herrenmenschenräuspern – »machen Sie sich keine Sorgen, Jud Süß, den hab ich auch, und übrigens muss ich Sie heute um Vorkasse bitten, okay?« Okay-okay, murmelte Noah und stolperte rat- und orientierungslos zwischen den Leuten zum Ausgang des Saals, in dem langsam die große Beleuchtung anging. Im riesigen runden Richard-Meier-Glasfenster sah man jetzt kein Draußen mehr, dahinter war Nacht, und drinnen sah Noah sein dünnes, nervöses, taumelndes Spiegelbild, wie es die flachen Stufen des Beinstein-Auditoriums hinunterhüpfte.

Was war gut, was war schlecht, was hatte Gerry neuerdings gegen ihn, und warum konnte er nicht ein Mal beim Thema bleiben? Ach, es gab so viele verschiedene Arten von Okay! Es gab u. a. das Schon-gut-Okay. Es gab das simple Okay-Okay. Es gab das Ich-hoffe-das-Gute-siegt-mit-mir-an-seiner-Seite-Okay. Es gab das kalte, liebe Schloimel-Okay, wenn man Freitagabend beim Essen in der Schäferkampsallee sagte, dass man endlich das Psychologiediplom haben musste, was immer es kostete, und der Tate fast unsichtbar nickte. Oder es gab das Merav-Okay, diese ein, zwei knappen Sätze auf Hebräisch, in dieser harten, sentimentalen, für Neu-Israelis wie ihn undurchschaubaren Cowboysprache. »Ken, lama lo, bubile«, hatte die Zwergwüchsige gesagt, als er vor der Berlinreise zu ihr meinte, er wolle, wenn es für sie »okay« sei, nach seiner Rückkehr ein Weilchen allein wohnen, das sei nur ein Versuch, nichts Schlimmes, bitte keine Aufregung, sonst müsse er wie neulich, als sie dagegen war, dass er noch mal nachts in der Cantina und im Nanuchka nachschaute, was gerade so lief, den halben Kleiderschrank nach ihr werfen. Also bitte, Ruhe, es werde sich bestimmt schnell zeigen, was für eine Schnapsidee das sei, aber jetzt, nachdem er schon diese süße, kleine Wohnung in der Zlatopolsky gekauft hatte, wäre es nicht okay, sie nicht auszuprobieren, allein aus Respekt vor Schloimels hart ergaunerten Markski und Dollarski, von denen sie auch sehr gut lebe, and by the way, Ehe light sei immer noch besser als keine Ehe und Kinder im Jugendheim, einverstanden, okay? Und wie sie einverstanden war! »Ken, lama lo. Beseder, mein Herz. Okay.« Denn niemand verstand so gut wie die ewige Strohwitwe von Herzlia Pituach, dass der Okay-Way der einzige war, auf dem man gut fuhr, in jeder Welt, in jedem System.

»Aua! Bsssss! Sie sind mir gerade auf meinen linken Flügel getreten«, zischte eine insektenhaft tiefe, tuntige Walt-Disney-Stimme den strauchelnden Noah von der Seite an. Es war nicht Jeff – Jeff »Die Fliege« Goldblum –, sondern der kleine, dicke George Costanza, der Jeff nachmachte. »Das ist echt nicht okay von Ihnen, Sie Grobian. Nächstes Mal steche ich Sie! Bsssss ...«

Gerry – zweihundert Meter südöstlich von Noah und zwei Stockwerke tiefer – wusste gerade auch nicht mehr, was okay war und was nicht. Nachdem er, von Noah öffentlich beleidigt, im noblen, kalten, funkelnden Waschraum des Getty-Museums die rettende Vicodinpille mit dem lauwarmen, faulig schmeckenden Waschraumwasser runtergespült hatte, sah er sich lange im Spiegel an und wartete auf den Flash.

Der V-Flash war meist eine schöne, herzliche Sache. Die panisch hervorstehenden Augen rutschten von selbst in die Augenhöhlen zurück. Die verkrampften zangenartigen Hände wurden wieder zu Händen. Die Finger ließen sich so bewegen, wie man sie bewegen wollte, zum Beispiel indem man sich mit ihnen obergelenkig durch die halblangen, melierten Geniehaare fuhr, die man für die Doppelrolle in *The Bullet 7* trug, einmal als El Bronco, einmal als Oberschwein Ludwig Van, der beinamputierte deutsche Nazikomponist, dessen sogenannte *Berghain-Symphonie* jeden Zuhörer, der kein arischer Arsch war, nach zweiunddreißig Takten von den Beinen aufwärts lähmte. Und während man sein verfilztes, verschwitztes Haar sortierte, Strähne für Strähne, Haar für Haar, aber ganz, ganz geduldig und cool, kamen die Gedanken – und gingen nicht weg. Sie türmten sich, als wären sie Trümmer, übereinander, sie wuchsen einer aus dem andern, es morphte sich rostiges, verbogenes, durchlöchertes Kriegs- und Zerstörungsgerümpel zu riesigen Porridgehaufen, Scheißhaufen, zu wolkenkratzerhohen Sandburgen (alles im knalligen *Yellow-Submarine*-Stil), dann ging es surreal weiter in Richtung Rieseninsekten und so, aus den großen, lieben Echsen und Reptosauriern wurden rote, bunte platzende Herzen und schnell hingekritzelte Monty-Python-Heißluftballons, der Gedankenberg wurde immer höher und größer, und plötzlich waren es zwei Berge, zwischen denen die eigene kleine, albtraumhaft verwirrte, verirrte Gestalt hin und her rannte, und die Berge waren die Riesenbrüste von Schwester Cummings, aber vor der Amputation, was sonst.

Gerry riss die Augen weit auf, denn dies war nicht der Moment für den Palo-Alto-Express, letzter Halt Entzugsklinik. Cummings Megatitten verschwanden zum Glück sofort, so wie die ganze gespenstische, dalíhafte Gedankenlandschaft. Dafür sah er im riesigen Getty-Klospiegel umso deutlicher sein nass geschwitztes weißes Crocodile-Dundee-was-here-Gesicht, im erstaunlichen Normalmaßstab 1:1, und das gefiel ihm noch weniger. Du bist der Sohn eines Arschlochs und einer Fotze, Gerry, dachte er. Noah »Fucking« Forlani hatte recht, du wirst nie etwas Gutes, Außergewöhnliches, Uneitles schaffen, dafür musst du nicht extra nach Afrika fahren und das Leid der Darfur-Menschen filmen, du bist die Abwesenheit des Lichts in der Schechina, für immer, du bist auch nur genetischer Abfall wie jeder, der Vorfahren hat, also alle. Stimmt, dachte Gerry, alles klar, super, okay. Er dachte es – vorübergehendes Absacken des Hydrocodon-Spiegels in seinen ausgeleierten Junkie-Venen – schnell, traurig, ernst, während sich seine verschwimmenden Gesichtszüge im art-déco-mäßig stahlumrahmten Riesenspiegel des Getty-Center-Scheißhauses kurz normalisierten. Und dann dachte er, ja, fuck, er sollte den Sudan-Film einfach vergessen, verdammtes Luxusboy-Alibi, auch da hatte Noah recht. Wenn schon heucheln, dann richtig, lieber immer nur Party machen, noch mehr ficken und noch deprimierter jeden Tag um 2 p. m. aus dem Bett klettern, bis es nicht weiterging, und dann wieder unter den Kittel von Oberschwester Cummings kriechen. »Nichts wird so sein, wie es nie war«, hatte Mama »de Sade« zu ihm gesagt, als er sie vor seiner Flucht nach L. A. fragte, warum sie ihm nie wieder aus Avignon eine Orchidee mitgebracht hatte. Genau. Niemals, nicht, nichts, nie! Er sollte vergessen, dass es Gutes gab, dass man Gutes tun konnte, auch und vor allem als CEO von CCC, Noahs Weltrettungsfirma (verdammtes Luxusboy-Alibi, hahaha!).

California Consensus Center? Er sah sich im Spiegel wie einen Fremden an, der etwas sehr Interessantes gesagt hat, schüchtern und halb klug. Ja, er fand Noahs Idee besser, als er eben noch vor dem Getty-Publikum zugegeben hatte, aus Neid, so wie er auch sonst von Anfang an auf den kleinen deutschen Geldscheißer sauer war, weil der wenigstens an die Macht des Geldes glaubte, das er angeblich ablehnte und immer so hirnlos verschenkte. Er, El Dick, nicht. Er hatte nur Dr. Selgados Rezepte und diesen schönen terracottafarbenen Riesenschwanz zwischen den Beinen. Jetzt guckte Gerry, der halb gelungene Sohn von Lou, kurz richtig klug. Wie viele »Dollarinos« müsste CCC eigentlich investieren, um all die engleisten, verirrten, dahintreibenden Prominentenkinder dieser Welt zu retten? Dollarinos? Höchstens ein paar Cent. Er griff in die Hintertaschen seiner pointillistisch ausgebleichten 500-Dollar-Jeans, in der er plus/minus dreißigmal Oralsex gehabt hatte, er fand einen Quarter und warf ihn ins Waschbecken, wo die Münze eine lange, langsame Spirale wie eine Kugel beim Roulette zog und mit einem traurigen Pling im Abfluss verschwand. So stand er da – El Dick, Bronco, New Casanova –, Gesicht und Kopf verbeult im Zerrspiegel seines Lebens respektive des Sara-Beinstein-Klos, und lächelte glücklich und halb erlöst, während die warme, schützende Hand des Morphinderivats Vicodin sich tröstend auf sein Herz, sein Gehirn und alle seine bis dato gelebten Tage legte.

Plötzlich tauchte Noah neben ihm im Spiegel auf. Er sagte: »Ich hab in der South Tremaine ein bisschen in dem ekligen Walnussholzschränkchen deines Vaters im Flur gestöbert, El Dick. Gute Fotos. Schönes Siebzigerjahre-Gelb. Kodak? W-w-wir hatten immer Sony. Es war eine Videokamera, eine der ersten. Papa hatte auch eine im Laden. Hör mal, d-d-der Schmock von deinem Vater ist aber viel größer als deiner ... Findest du das OKAY?«

»Mein Gott, du schon wieder.«

»Wer denn sonst? Groucho Marx?« Noah lachte, stolz, dass er einen Witz gemacht hatte, unsicher, ob Gerry ihn gut fand.

»Bitte, Noey, lass mich in Frieden. Ich hab kein Interesse.«

»Natürlich, Gerry, klar, Gerry, glaubst du, das merke ich nicht? Was darf ich noch für dich tun, außer unsichtbar zu sein? Noch eine Million auf dein Darfur-Budget drauflegen? Ich mag's, wenn du mich Noey nennst, ehrlich. Ich mag's aber nicht so gern, dass du mich ignorierst, seit ich in L.A. bin. Also, wie kann ich dir helfen, Big G?«

»Wühl nicht in den Schränken meines Vaters. Und behalt dein Geld, wenn du willst.«

»Ich will, und ich will nicht. Kennst du das?«

»Kennst du was?«

»Etwas okay finden und nicht okay finden. Und sich nicht entscheiden können. Und sich fragen, warum es so viele verschiedene Arten von Okay gibt.«

Gerry fixierte Noah im Spiegel. Die kleine deutsche Kanalratte hatte ein interessantes, lächerliches Gesicht, fand er. Es war jung, aber alt, es gehörte einem Mann, der noch ein Junge war, aber ein Mann sein wollte, und es war, vom Kinn abwärts, sehr schlecht rasiert. »Okay«, sagte Gerry, »was willst du?«

»Ich will – und ich will nicht –, dass dein Papi für die falschen Dinge berühmt wird.«

»Du hast da noch ein paar Stellen übersehen«, sagte Gerry und zeigte im Spiegel auf ein Haarbüschel in der Falte zwischen Noahs Ohr und Hals. »Und da auch.«

Noah wich tänzelnd Gerrys ausgestrecktem Zeigefinger aus.
»Und hier!«
»D-d-danke, Gerry. So, wir reden jetzt über den Preis für die Pornpics von deinem alten Herrn. Okay?«
»Okay.«
»Hab ich RICHTIG gehört? War das ein Okay-Okay oder war das mehr ein Ich-hab-Angst-darum-kooperiere-ich-Okay?«
»Es war ein Leck-mich-Okay, wenn du mich fragst«, sagte Gerry so gelangweilt wie jemand, der nicht aufgeregt klingen will. »Stell dir vor, mir ist egal, was die Leute über meinen Dad reden. Er hat mich verlassen und verraten, er hat mich bei Mama wie einen alten Koffer abgestellt, und als ich mit sechzehn aus Frankreich abgehauen bin, hat er mich zur Begrüßung nicht umarmt oder so, er hat mir die verfickte Hand geschüttelt, als wäre ich ein verfickter Olympiasieger. Nein, er ist nicht besser als sie! Es ist alles immer nur er-er-er, bestimmt hatte er darum nie Lust, mich grün und blau zu schlagen wie sie – zu viel Arbeit. Dafür spielt sich Mr. Self-Centered als Therapeut auf, seit ich in der South Tremaine Avenue wohne. Wir sitzen oben bei ihm, er schwebt nullkommanullzwei Millimeter über dem Teppich, in seinem krass buddhistischen Schneidersitz, ich lieg zusammengerollt auf dem Sofa und erzähl ihm, dass ich ihn nicht mag, und dann weine ich. Manchmal reicht er mir gnädig ein Taschentuch. Scheiße, ich finde alles so scheiße.«
»Ich weiß, Gerry, bleib ruhig« – Noahs Tonfall wurde so herablassend wie zuletzt an Simchat Thora 5745, als er Rabbi Balaban in der Männerdusche des Kellinghusenbads beim Onanieren erwischt und ihm ›Mach a lejben, Rebbe!‹ zugezischt hatte –, »ja, ich weiß, das hast du uns schon in Berlin in Solis Wohnung erzählt, kurz bevor du dort alles kaputt gemacht hast. Die Szene hat mich by the way stark an *The Roman Bullet* erinnert, wo du die Villa von Kaiser Pornoficus mit dieser Riesenblechmenora aus dem Zweiten Tempel pulverisiert hast. Und wer hat am Ende alles ersetzt? Die Warner

Brothers? Die Universal Studios? Nein. Schloimel Forlanis gutmütiger, dummer, unkonzentrierter Sohn und Weltenretter.«

»Das war nicht ich, der in Berlin durchgedreht ist, das war deine fette, untreue deutsche« – Gerry zeichnete mit den Fingern Anführungsstriche in der Luft – »Freundin.«

»Wollen wir wirklich über mein Privatleben reden, El Dick« – Noah machte dies gleiche Geste –, »oder sollen wir uns lieber mit Dingen beschäftigen, die übermorgen wichtig sein werden?« Er klang immer noch überheblich, aber das würde er gleich nicht mehr sein, das war so sicher wie ein brennender Anogenitaltrakt nach einem Topf Chili con Carne in der Taqueria Versailles, das spürte er.

»Dinge von übermorgen?«, sagte Gerry tastend. »Cool. Dazu wollte ich sowieso noch was sagen.«

»Und was?«

»Was« – Gerry machte Noahs vor Neugierde wimmerndes Stimmchen nach – »Persönliches.« Er beugte sich tief zum Wasserhahn vor, der Sensor klickte, das Wasser spritzte ins Waschbecken und in sein Gesicht, und er schnappte durstig nach den herumfliegenden Tropfen. »Als mein Vater auf den Berg zu seinem Mönch verschwunden ist, hat er mir nicht mal die Schlüssel vom ersten Stock dagelassen«, sagte er zwischen zwei Schlucken, »verstehst du? Er war fünf Jahre weg. FÜNF JAHRE. Die Post holten die Mönche ab, die Stromrechnung wurde abgebucht, eine unsichtbare Putzfrau rumpelte einmal im Monat durch seine Wohnung. Und als Hurricane Melinda das Dach wegwehte, kamen ein paar von den Voodootypen in ihren hautengen roten Saris angeschlurft und haben wie die sieben Zwerge eine Woche lang gehämmert und gesägt. Sie sagten nicht Hallo und Auf Wiedersehen, und ich musste im Erdgeschoss mit der Überschwemmung ganz allein klarkommen. D-d-das« – wieder eine kleine Noah-Parodie – »war natürlich vor der A-Picture-Zeit.«

»Gähn.«

»Ich hab mich damals von Cheerios, Kaffee und japanischen Fertignudeln ernährt. Dann kriegte ich zum Glück den Telefonsexjob.«

»Schluchz.«

»Hast du schon mal einsam und allein wie eine Waise in deiner Wohnung gestanden, Millionenerbe, und der Teppichboden schmatzte, wenn du drübergelaufen bist, und in den Schränken sah es aus wie in den Tropfsteinhöhlen von Avend Armand, und die Wand mit deiner Flohmarktbildersammlung, auf die du immer so stolz warst, weil jedes zweite Bild fast wie von Matisse aussah, war so feucht, dass sie sich wölbte? Ich hab die Fäuste geballt und mir geschworen, dass was anders werden muss. Das sollte mir nie mehr passieren, so schwach und überfordert durfte ich nie mehr sein. Es hat lange funktioniert. Aber dann hast du mich vor allen fertiggemacht. Du. Mich.«

»Sorry, Gerry. Du hättest mich nicht ignorieren sollen«, sagte Noah fistelig. Er redete gerade gar nicht mit ihm, sondern mit Awi Blumenschwein, beide waren acht und auf Machane in Sobernheim, natürlich ohne mich, weil ich damals noch in Prag war und Mamascha und Wowa mich und Serafina jeden Sommer in ein sozialistisches Wehrertüchtigungslager abschoben, damit sie auch tagsüber Sex haben konnten. Awi hatte Heimweh und wollte zu Noah ins Bett klettern, und Noah schlug ihm auf die Finger, mit denen sich der kleine Fettsack an die Kante von Noahs Hochbett krallte. »Tja, Pech gehabt. Du hättest eben Ethel und mich vom Flughafen abholen sollen, als wir in L. A. angekommen sind. Du hättest frische Bettwäsche für uns hinlegen sollen. DU HÄTTEST NETTER SEIN SOLLEN, ALS DU MICH NICHT GEBRAUCHT HAST.«

»Es tut mir leid.«

»W-w-wirklich?«

»W-w-wirklich.«

»Dann nimm mein Angebot an, du wehleidiges Egoschweinchen. Mach mir das CCC-Gesicht. Tu was für die Menschheit.«

Gerry richtete sich verdächtig langsam auf. Er holte einen ganzen Stoß Papierhandtücher aus dem leise summenden elektrischen Handtuchhalter, versenkte kurz sein nasses Gesicht in dem knisternden Stapel – und dann drehte er sich so schnell zu Noah um, dass der vor Schreck nach hinten stolperte, weil Gerry, die Handtücher über sich in die Luft schleudernd, auf einmal dieselbe Killermiene im Gesicht hatte wie in *Megaman's Diaries,* kurz bevor er dem Mörder seiner taubstummen Zwillinge die Nase abbiss. »So sehr tut's mir auch wieder nicht leid, du kranker Weltverbesserer!«

»Hä?«

»Kannst du aufhören, immer nur ›Hä‹ zu sagen?«

»Hä?« Noah grinste.

»Lach nur, gleich wirst du weinen.«

»O-oh« – Noah war wieder acht und verhöhnte Awi, der ihm damit drohte, dass er ihn nie mehr von seiner XXL-Toblerone abbeißen lassen würde – »o-oh, muss ich dich jetzt aus meinem Goebbels-Streifen rausschneiden? Darf ich nicht mit nach Darfur? Krieg ich in deiner mexikanischen Fliegenfalle keine Prozente mehr?«

»Es geht um Liebesdinge.«

»Wie bitte?«

»Deine untreue, dicke, deutsche Geliebte hat mir etwas erzählt. Etwas sehr Wichtiges. Sie macht sich« – kleiner, dramatischer Break – »Gedanken über ihre Zukunft in Deutschland. Dich hat sie dabei komischerweise nicht erwähnt, Fragezeichen, Ausrufezeichen. Lust, mehr zu erfahren?«

Noah verstummte und überlegte, ob es ein guter Move in ihrem kleinen rhetorischen Schachspiel wäre, wenn er Gerry erlaubte, ihm etwas über Ethels Pläne zu erzählen, von denen er selbst noch nichts wusste. Ethel auf g7, ach so, aha, er auf g2, Gerry auf h1, er jetzt auf h2 – und schon würde Gerry anfangen, statt der Papiertaschentücher seine Figuren durch die Luft zu werfen. Ja, perfekt, auf die Art könnte es funktionieren, o-kay. Er lehnte sich mit der Schulter gegen die kalte, leicht marmorierte Fliesenwand, drehte sich langsam um und drückte die Stirn dagegen. So sah man den großen ADS-Kombinator selten: reif, aber nicht ängstlich, involviert in einen geheimen, komplizierten Plan, das dichte galizische Haar weniger wirr als sonst, kein Stieren,

kein Tänzeln. »Klar«, sagte er, mit dem Rücken zu Gerry. »Aber keine lahmen Antifa-Geschichten! Und keine Super-Dick-Lügen mehr, in Ordnung? Und danach reden wir darüber, wann du Chef von CCC wirst. WIR RECHNEN BESSER, Bronco!«
»Sie wird dich mit diesem deutschen Grafen verlassen. Bei meinem Leben!«

Jetzt sprang Noah zum Wasserhahn und wusch sich hektisch das Gesicht. Als er hochguckte, sah er das Schlierenmuster der Marmorwand als Abdruck rot auf seiner Stirn leuchten.

»Was, das wusstest du nicht? Das hat sie dir nicht erzählt?«

»Mir hat nur dein Vater erzählt, dass du einen kleinen Schwanz hast, Mr. Riesenschmock«, sagte Noah trotzig.

Gerry wusste, dass das nicht stimmte. Trotzdem taumelte er ein bisschen, weil jeder Mann taumelt, wenn es über ihn heißt, dass er unterkalibriert sein könnte. »Ich weiß natürlich noch mehr«, sagte er, während ihn die starken Arme des verschreibungspflichtigen Morphinderivats wieder auffingen. »Lust, es zu hören?«

Noah schwieg und wartete auf Gerrys nächsten Zug.

»Sie will mit dem Grafen die Burgruine seiner Vorfahren kaufen und sich von ihm drei bis vier Kinder machen lassen, darauf freut sie sich wie früher auf Chanukka. Und sie überlegt, katholisch zu werden und sich in der Sixtinischen Kapelle trauen zu lassen. Seine Familie, sagt sie, könnte vielleicht einen kleinen Papstbesuch organisieren. Dafür müsste sie sich vor der Hochzeit auf Schloss Dunckenberg in der Schönheitsklinik von Dr. Mengele jr. das Jungfernhäutchen wieder zunähen lassen – hat sie mir erzählt. Wusstest du das, Weltverbesserer?«

»Ich bin nicht Spinoza der Jüngere. Nur der wusste alles.«

»Und« – Gerry bückte sich mit einem leichten Seufzer, er sammelte die Papierhandtücher auf und stopfte sie in das kreisrunde Loch zwischen den beiden Waschbecken –, »und sie hat auch ein Problem mit ihrem Papi. Aber das wusstest du?«

Noah zuckte harpohaft entspannt – also zu entspannt – mit den

Schultern und dachte, wir haben doch alle ein Problem mit unserem Papi. Ich, du, Schloimel, Schloimels Papi, dein Papi, deines Papis Papi und vor allem Soli der Überempfindliche, Sohn von Wowa dem Schrecklichen. Wie gut, dass wir im therapeutischen Jahrhundert leben, so haben wir ab und zu jemanden zum Reden, und wenn es nur Dr. Savionoli ist, der ungarische Nazitherapeut. e2? Vielleicht war h2 doch nicht so clever.

»Ich hab einmal in einem Hotel in Thailand die Bibel gelesen«, sagte Gerry. »Es war eine Kinderbibel, für Gojim, praktisch alle Juden gestrichen. Nur die Patriarchen spielten noch mit. Isaak zum Beispiel, der Abrahams Opferscheiß zum Schein mitgemacht hat, auf dem Mount Moria, du weißt schon. Er hat sogar das Holz für seine eigene Verbrennung gesammelt, weil er wusste, dass Ja-Sagen die beste Verteidigung ist. Du weißt, worauf der beschränkte Bronco hinauswill?«

Genervtes Zucken, Blinzeln, Kopfschütteln auf Noahles Seite.

»Ethel hat auch immer Ja gesagt, wenn Papi ihr einen neuen Burberry-Mantel oder eine kleine, süße Patek kaufte, damit sie gar nicht erst anfing, ihn so zu hassen wie die jungen Deutschen ihre Eltern. Das war damals bei euch so Mode, sagt sie.«

Ach, diese Geschichten. (El Dick auf h2? Harmlos!)

»Gewehrt hat sie sich erst gegen das ganze Bestechungs-Bling-Bling, als sie aus den Zeitungen erfahren hat, dass Papi, wie sie sagt, jemanden auf dem Gewissen hatte. Hat dein Vater jemanden auf dem Gewissen, Kanalratte? Meiner hat Dreizehnjährige gefickt, du kennst ja die Pornpics aus seinem Schrank. Hast du vielleicht« – neuerlicher Tempo- und Stimmlagenwechsel gerryseits, jetzt sehr nüchtern und sehr by the wayish –, »hast du vielleicht die Village Voice vom Oktober oder November 77 in der Hand gehabt, könnte auch 78 gewesen sein, auf jeden Fall grillte ich schon in der Hölle von Avignon. Da hat er es selbst erzählt. ›Was‹, hat er gesagt, ›sie war fünfzehn? Ich dachte, sie wäre erst dreizehn.‹ Titelgeschichte, es war die Titelgeschichte, Noah, die Welt ist so scheiße.«

»1977 war ich noch die Solostimme im Hamburger Synagogenchor und hab Walt Disney's Lustige Taschenbücher gelesen, Gerry.« Der große Kombinator versuchte zu lächeln. Es war aber kein Lächeln, es waren zwei weit aufgerissene, starre, graublaue Augen eines Menschen, der denkt, Angriff ist nicht immer die beste Verteidigung, aber was soll ich machen. »Ja, mein Vater hat jemanden auf dem Gewissen. Er hat seinen eigenen Vater gekillt, er hat ihn, weil er im Judenrat für die Auflösung des Gettos von Buczacz zuständig war, an seiner Stelle auf die Belzec-Top-100 gesetzt. Aber ich verurteile ihn nicht, Gerry. Du? Mein Großvater Fejge fand es auch superokay. ›Damit die Familie Forlani nicht ausstirbt, Jingele, und ich will nicht, dass du zum Zug zum Winken kommst!‹ Das waren Fejges letzte Worte. Was sagst du? War das ein Okay-Okay oder eher ein Ich-hoffe-Belzec-ist-doch-nur-ein-Arbeitslager-Okay? Sorry, Gerry, die Schoah war kein *Bullet*-Sequel. Da kam nicht schnell ein Skriptdoctor aus den Autorenbaracken der Universal Studios herüber und schrieb deine Familie aus dem Getto von Utschimutschi raus und aufs Deck der MS General Custer, mit Kurs auf die Dominikanische Republik, fünfundzwanzig Grad Celsius jeden Tag, süße, runde Negerinnen rauf und runter und kein einziges öffentliches Gebäude über einem jüdischen Friedhof. Wie sagte Rabbi Balaban vom Grindelhof: ›Du kommst in eine Notlage erst, wenn du fast tot bist, also handle vorher danach. Und näh sicherheitshalber ein paar Zwölfkaräter ins Futter deines Dries-van-Noten-Jäckchens ein!‹ Vorher danach. V-v-verstehst du?«

»Wer? Was hat er gesagt?«

»Kennst du nicht den großen Balaban?«

»Kennst du Voman, die Superfrau vom Planeten Vibratorfon, mit der ich in *Die Rückkehr der Sexroboter* ein halbstündiges Laserstrahlduell hatte?«

»Du langweilst mich so, Kalifornier.«

»Ethel und ich haben die Szene nachgespielt. Nackt. Und es ging noch zweieinhalb Stunden länger.«

Fuck, doch h2. Noah wedelte überrumpelt mit den nassen Händen vor dem Handtuchspender, aber der Sensor war mit einem weißen Pulver verschmiert und reagierte nicht. Er schlug wütend dagegen, dann schob er die Faust zwischen die Zähne und machte kurz den Schloimel-Beruhigungsbiss. »Wo hast du sie getroffen? Wann hat sie dir die Sache mit Fritz erzählt? Ist das Koks auf dem Handtuchding von dir? Auf die letzte Frage musst du nicht antworten.«

»Du willst es nicht wissen.«

»Doch, und wie! Ich liebe Realityshows. Sie machen T-t-träumern wie mir das T-t-träumen leichter.«

»Koks, Kleiner, nehm ich seit meiner zweiten Überdosis nicht mehr. Das stand überall. Liest du nie?«

»Ich schreib lieber. Kennst du nicht meinen Blog? *Alles, was auch dir wehtun würde.* Soll ich mal ein paar schmerzhafte Zeilen über dich posten?«

»Deine Ethel und ich haben gequatscht, als du mit Tal im Schneideraum warst und« – Gerry machte wieder Anführungsstriche in der Luft, riesige Anführungsstriche – »das Goebbels-Video geschnitten hast. Schade, dass ihr mich dringelassen habt, es ist noch idiotischer, als ich's mir vorgestellt hatte. Tanzende Kartoffeln auf Streichholzfüßchen! Handtücher mit Hakenkreuzmuster! Eine übergewichtige Magda Goebbels, die heult, während sie ihre Kinder mit ihren Riesentitten erstickt! Warum machst du so was?«

»Ich liebe Experimentalfilme, Mr. Hollywood. M-m-machen f-f-fast so viel Spaß wie freie Liebe. Findest du nicht?«

»Es geht. Obwohl ich, das muss ich zugeben, als Albért le Speer keine schlechte Figur mache. Es gefällt mir, Nazis zu spielen. Sie haben mehr Selbstbewusstsein als ich. Kannten die schon –«

»Nein, als ich!«

»– Benzedrin?«

Sie lächelten beide, Noah erst Richtung Wand, weil er den Anflug von Menschlichkeit, Selbstgefälligkeit und Appeasement in

Gerrys Zwei-Augen-die-etwas-zu-nah-zusammenstehen-Blick kaum aushielt. Dann sah er Gerry doch wieder an und sagte: »Dawaj, fang schon an, Gerry Louwowitsch Harperman! Ich halte es aus, denn ich hatte heute einen sehr guten Tag. Ich hab den großen El Dick vor dreihundert Hollywoodtypen zur Schnecke gemacht.« Pause. »Der Zweck blabla heiligt blabla ...« Pause. »Hast du sie echt gefickt?«

»Brrr.« Gerry schüttelte sich, als hätte ihm Schwester Cummings beim abendlichen Magenauspumpen ohne Vorwarnung den Schlauch in die Speiseröhre geschoben. »Nicht doch. Sie ist mir zu fett. Und zu hässlich. Das verstehst du doch, oder? Aber wir haben uns gut unterhalten. Auf eurem Bett. Auf meinem Bett! Ich wollte, weil Dr. Salgado gerade ein kleines Drogenproblem hat, meine eiserne Reserve auflösen, darum bin ich vorbeigekommen. Der Doktor verschreibt mir sonst alles, falls es dich interessiert. Er sagt, es ist immer noch besser als die alten, bösen, verbotenen Sachen, die Kliniktypen sollen cool bleiben. Als mein Vater drauf war, hat er es genauso gemacht. Wo war ich, Noey?«

»Auf deinem Bett in der 45 South Tremaine Avenue mit meiner zukünftigen Ex.«

»Ich hab die kleine Pille leider nicht gefunden.«

»Warum hast du nicht Ethel gefragt, nachdem du sie gefickt hast?«

»Interessant. Jemand, der sich noch schlechter konzentrieren kann als ich.«

»Hä? Was hab ich verpasst?«

»Ich hab sie NICHT GEFICKT. Wir haben uns NUR UNTERHALTEN.«

»Wo bleiben deine ausgestreckten Finger, El Dick? Was ist mit den Anführungszeichen?«

»Wie bitte?«

»Na gut, worum ging's?«

»Um dich, um ihn und um ihren Papi. Sagte ich das nicht?«

»Kann mich nicht erinnern.«

»Du darfst es noch mal versuchen. Du darfst selbst eins und eins zusammenzählen. Alles hängt mit allem zusammen, sagt Lou, sagt sein Mönch.«

»Lieber such ich die Pilulke für dich, Big G. Und geb sie dir, sobald ich sie hab – aber natürlich nur, wenn du das California Consensus Center übernimmst. Hmmh, ja, perfekt – 100 000 CCC-Dollar für deinen Entzug, das würde sich lohnen! Dann hättest du den Kopf frei für meine beste Weltrettungsidee. Platz 1 der Dringlichkeitsliste: El Dicks Entzug. Wo ist dein Doktor zurzeit? In Sing-Sing?«

»Palo Alto war ausgebucht«, sagte Gerry ernst – sehr, sehr ernst, wie ein Comedian kurz vor der Pointe. »Er ist in der Mayo-Klinik. Aber seit gestern hat er den Schlüssel für den Raum mit dem Fax. Es regnet wieder Rezepte, bemüh dich nicht.«

»Raboinu scheloinu! Ist in diesem Scheißland nie einer clean?«

Gerry machte langsam den Mund auf, seine angeschwollene, irisierende, bläuliche Chow-Chow-Zunge rollte über seine Unterlippe, und er spürte, wie die besänftigende Wirkung des Morphinderivats erneut nachzulassen begann. Das fühlte sich gar nicht so schlecht an – aber das kannte er leider schon. Die Fata Morgana des instanten Entzugs. Das blaue Wunder des jähen Cleanseins.

Was, dachte er, würde passieren, wenn ich der Kanalratte jetzt eine einschenken würde? Würde mich das vor dem Cold turkey retten? Würde es mir helfen? Und hatten wir das nicht schon mal? Richtig: Berlin, Neujahr 2006, die lahme Walhalla-Party. Unten eine kalte, nasse, schwarze Straße, auf der sich ein paar schaulustige Filmdeutsche und andere Bio-Hunnen um drei jüdische Streithähne zusammenrotteten, oben erhellten die bunten, schnell verglühenden Lichter einer üppigen Friedensflak den nordischen Silvesterhimmel. Die Erinnerung überflutete Gerrys linke Hirnhälfte mit immer neuen Bildern. Bäh, was war das für ein hohler, aasiger Mund plus Mundgeruch drei Inch vor seiner Nase! Wow, wie schnell 8 Millionen E-uro aus ihm rauspurzelten! Wusch, trotzdem musste er diesem ausgemergelten Pseudo-Yogi hinterm Wasabicanapé-Buffet eine überbraten, und der fand es auch noch gut! Los, kleiner Faustschlag, mehr nicht, dachte Gerry, vielleicht hält das die fliehenden Opiate wieder auf.

»*Der Spekulant und der tote Graf*«, sagte Gerry jetzt kalt. Er berührte à la E. T. mit dem ausgestreckten Mittelfinger leicht den Lichtsensor, und sofort fuhr ein frisches Handtuch raus.»Ethel hat mir den Film, den ihr Graf über seinen Großvater drehen will, noch schnell erzählt, als ich schon fast in der Tür war. Interessiert?«

»Geht so.«

»Okay, gern, pass auf. Tag/Innen. Frankfurt, Deutschland, irgendwann in den Sechzigerjahren. Halbtotale, Totale und wieder zurück. Alles grau, zwanzig verschiedene Grautöne, von Wehrmachtsgrau über Toilettenpapiergrau bis Trümmergrau. Ein alter, kranker Mann, Typ: Hermann Göring, nach seiner Nürnberg-Diät, liegt in einem halb bezogenen Doppelbett und stöhnt. Im Fenster, das man hinter ihm sieht – hörst du mir überhaupt zu, Kanalratte? –, im Fenster hinter ihm fliegen Gegenstände nach unten, Möbel, Bücher and so on. Die Fensterscheiben sind kaputt, die Scherben, die im Rahmen stecken, bewegen sich im Wind, ab und zu löst sich eine und fällt klirrend aufs Parkett. Draußen schneit es, und als ein besonders starker Windzug kommt, dreht sich der Alte um und sieht einen grauen Fetzen Stoff am Fenster vorbeiflattern. ›Meine Uniform‹, stöhnt er, ›meine geliebte Uniform mit den russischen Einschusslöchern. Martha, Martha! Was macht meine Uniform auf dem Dachboden?!‹ Die Tür geht auf, und eine große, hagere Frau, Typ: Gräfin Niemals-auf-Abwegen, steht da. ›Martha‹, sagt der Alte bibbernd und vorwurfsvoll, die Nennung ihres Namens genügt. ›Jetzt ist sie nicht mehr auf dem Dachboden‹, sagt sie, ›und wir haben auch keinen Dachboden mehr.‹ Er stöhnt wieder. ›Wie viel Grad sind es?‹ ›Draußen minus sieben, drinnen null. Der Jude hat letzte Woche die Heizungen ausgebaut. Und gestern hat er den Keller fluten lassen.

Die Eishockeymannschaft von Makkabi Frankfurt trainiert ab sofort unten, zweimal am Tag. Was ist? Ist dir kalt? Du musst durchhalten. Ein Dunckenberg gibt nicht auf!‹ Der Alte beginnt epileptisch zu zittern, er richtet sich in seinem Bett wie getroffen auf, dann ist er tot. ›Mörder‹, sagt die Gräfin Niemals-auf-Abwegen leise, ›Mörder ... Jetzt könnt ihr hier euer Hochhaus hinstellen und zehnmal so viel Miete nehmen. Armes Westend! Ich hau ab nach Südamerika.‹«

»Ja – und?«, sagte Noah.

»Der Jude, das soll der Papi von Ethel sein«, sagte Gerry triumphierend.

»Das hat sie dir erzählt?«

»Interessant wäre, zu wissen, warum. Sie sagte, sie wolle mich pitchen. Ich hasse es, wenn Leute in Filmsprache mit einem reden. Meinst du, der Graf will, dass ich koproduziere? Hat sie darum für mich ihre Beine breitgemacht?«

»Du hast es wirklich geglaubt?«

»Warum nicht? Warum sollte ich ihr nicht glauben?«

»Könnte genauso mein Papi gewesen sein«, sagte Noah so leise und unironisch wie möglich. »Der hatte in der entscheidenden Zeit halb Sachsenhausen im Griff.«

»Das KZ?« Gerry machte wieder den Mund zu weit auf.

»Nein, leider nicht. Das Viertel. Es liegt auch in Frankfurt. Wer dort nach dem Krieg nicht investiert hat, war entweder dumm oder ein G-g-goj. Oder er hat sich 33 bis 45 in Miami die Eier gewärmt und hatte mit den Deutschen keine offenen Rechnungen.«

»Okay.«

»Ein Ich-glaub-dir-kein-Wort-Okay?«

»Ein Keine-Ahnung-wovon-du-redest-Okay.« Gerry legte die Hand hinters Ohr wie ein Fußballspieler, der nach einem Tor den Applaus des Publikums hören will. »Wieso hat sie mir das alles erzählt, Kanalratte? Schon mal darüber nachgedacht? Warum nicht dir?«

»Weil ich nie zuhöre, wenn es ihr selbsthassmäßig kommt.«

»Die seltene Gabe von Attention Deficit Disorder.«

»Außerdem ist sie Kommunistin.«

»Und du? Was bist du?«

»Utopist. Und wenn es sein muss, R-r-realist. Wenn es sonst keine Wahrheit gibt. Die rote Ethel und ihre jüdischen Schuldgefühle – wie langweilig.« Noah legte ebenfalls die Hand maradonnahaft hinters Ohr. »Haben wir vielleicht den Krieg angefangen?‹, hat der große Schloimel Forlani immer gesagt, ›wurden unsere Chemie-Bosse reich?‹ Mir genügt's, Gerrylein, mich blöd zu fühlen, weil ich nie wieder arbeiten muss. Bei mir spielt sich das ganze Schuldding eher auf der persönlichen Ebene ab.« Er klappte das Ohr nach vorn.

»Was hast du gesagt?«

»Ich weiß, warum sie's dir nicht erzählt hat. Du hättest sie ausgelacht. Oder du wärst neidisch gewesen. Bei uns« – Schnitt wegen hormonell bedingter, unkontrollierbarer Gedankenverschiebung – »wär so ein Film noch vor dem alten Nazi tot.«

»In Germany sowieso«, sagte Noah, dem Gerrys hyperaktiv rasanter Themawechsel natürlich nichts ausmachte. »Aber ein Dunckenberg gibt nicht auf.« Er lachte, so überlegen, wie an bestimmten Stellen nur das Kind eines Überlebenden lachen kann, er dachte: h2, ich will auch auf h2!, und sagte: »Mir hat sie erzählt, dass Fritz eine Art *Feivel, der Mauswanderer* aus der Sicht der Amish produzieren will. Vielleicht geben die ihm für seine beiden Filme Geld. Pensylvannia-Deutsche kennen den Teufel der Vergangenheitsbewältigung nicht.«

»Ist es denn wahr? Ist so was wirklich passiert?«

»Was?«

»Lynchjustiz und so. Dass ihr mit ihnen abgerechnet habt – und so. Also eure Väter mit ihren.«

»Das Leben ist kein Film, Bronco.« Noah guckte den aufrichtig interessierten Gerry aufrichtig kalt an. »Also gut, pass auf. Was Ethels Papi gemacht hat, weiß ich nicht. Mein Vater hat die deutschen Mieter, die ihm im Weg waren, nachts auf der Straße von Izzi

Kantorowicz, dem Boxer von Auschwitz, verprügeln lassen. Dafür sind die beiden immer mit seinem 600er für einen Tag nach Frankfurt gefahren. Schloimel hat dann zu ihm gesagt, dieser da war im SD, der gab seiner jüdischen Frau 1935 einen Tritt. Ich hab den starken, dummen Izzi geliebt. Er hat mir oft vorgelesen – Befehl von Forlani dem Älteren –, vor allem Feuchtwanger, die Geschichte von Flavius Josephus, dem cleversten jüdischen Mitläufer, den es gab. Schon mal was von dem gehört?«

»Ich hab sie doch gefickt«, sagte Gerry schnell. Das hier war ein verdammtes Schachspiel, endlich merkte auch er es. »Ich hab's jedenfalls versucht. Ich war total konfus, weil ich mein Vicodin nicht finden konnte, und ich brauchte was Starkes zum Runterkommen, aber es funktionierte nicht. El Dicks Dick war einfach zu groß. Komisch. So eine riesige, fette Frau, aber die Muschi so klein wie ein Floh. Ich dachte, ich hätte die Tablette in den Reißverschluss meiner Futonmatratze gesteckt. Ich will sie zurückhaben, wenn ihr sie findet. Es ist mein Zimmer, in dem ihr übergangsweise wohnt, meine Matratze, mein Stoff!«

Noah sah zur Seite und pfiff ein paar zufällige Töne wie jemand, der nicht auffallen will. Also gut, er denkt, ich denke h2, damit er nicht auf h2 geht, damit er doch auf h2 geht, und darum: e2!

»El Dicks Dick war einfach zu groß«, wiederholte Gerry nachdenklich.

»Ich glaub dir nicht, Kalifornier, ich glaub dir nicht mal die Pausen z-z-zwischen den Sätzen.« Noah stierte ihn an wie Frau Albus, als die ihn einmal in der Pause dabei erwischt hatte, wie er den deutschen Kindern Schinkenbrote aus den Ranzen stahl und danach reinspuckte. »Ich kenne ihre Muschi nicht so gut, Gerry. Wir machen es meistens auf die etwas andere Art.«

»Ja« – Gerry hängte seine von diesem Endlosgelaber klatschnasse Zunge ein wenig zum Trocknen raus –, »ja, das hat sie mir auch erzählt. Und dass dieser deutsche Graf und sie anatomisch perfekt matchen.« Er ließ die Zunge kurz im rechten Mundwinkel hängen,

dann schob er sie in den linken und schmatzte leise. »Er hat, meinte sie, einen Schmock, so groß wie ein Pinienzapfen im März.« Er schmatzte wieder. »Hast du das gehört?«
»Was?«
»So klingt es, wenn man El Dicks Dick rauszieht.«

Noah, immer noch leicht geschockt, aber auf die gute, masochistische Art und längst wieder in seinen geheimen, vertrackten inneren Plan involviert, löste sich von der beruhigenden, kühlenden Marmorwand, er durchmaß die Getty-Waschräume einmal waagrecht, einmal senkrecht – wie ein überlebensgroßes, eher weißes als schwarzes Schachpferd – und setzte sich entspannt-unentspannt auf einen der beiden roten Plastiksessel, die vor den tempelartigen Getty-Waschbecken standen. Gerry setzte sich auf den anderen Sessel, und sie sahen einander lange stumm, fragend und High-Noon-mäßig in dem riesigen Von-Wand-zu-Wand-Art-déco-Spiegel an. In der Gedankenblase über Noah stand: Danke, Gott, den es nicht gibt, alles funktioniert nach Plan – auch da, gerade da, wo ich keinen gemacht habe, ist das der Gottesbeweis? Über Gerry konnte man lesen: Ich halte dieses Gerede keine Minute länger aus. Wie soll das erst werden, wenn wir mit ihm in Darfur sind und jeden Tag drehen müssen? Vielleicht schlag ich ihn doch einfach k. o. – oder tot.

»Na schön«, sagte Noah, »jetzt erzähl ich dir w-w-was. Mit Ethel ist es vorbei, es hat eigentlich nie angefangen. Es war ein Experiment, der Versuch des kleinen Scheißers N., auch mal von Mensch zu Mensch utopisch zu sein. Sie hasst ihr Volk, weil ihr Papi einem sterbenden Goj die Heizung abgedreht hat? Masel tov! Sie wird das Burgfötzchen von Fritz, dem Pinienzapfen? Kol ha kavod, wie wir in Erez Israel sagen, alewaj, wie wir in Jiddlstan sagen – hoffentlich! Sorry, Gerry, es ist dir nicht gelungen, mich zu verletzen. Du weißt, wie wir Boys seit dem Mittelspätfrühpa-pa-paläolithikum sind: Ist die Frau erst mal in unserer Felsspalte eingezogen, warten wir, bis sie von selbst wieder auszieht, aber solange sie da ist, sagen wir ›Ja, Libeling!‹ und ›Danke, Darlinky!‹ und laufen, wann immer es geht, heimlich eine Schlucht weiter, zu diesem viel hübscheren und lieberen Neandertalermädchen. Ja, wir alle lieben ein Girl, das wir nicht haben können. Meins heißt« – er machte überrascht eine Pause, denn dies war der Moment, in dem es ihm selbst das erste Mal wirklich klar wurde –, »meins h-h-heißt Nataschale Rubinstein, verrat's niemandem, sie ist die gojischste, dünnste, unwehleidigste Jüdin zwischen Elbe und Hudson River, und ich hab das obergeniale Gefühl, ich, Noah ›Nichtsnutz‹ Forlani, werde der erste Typ sein, der sein unerreichbares Neander-Schmeander-Majdele kriegt.« Er rutschte auf seinem ethelgeplagten Hintern hin und her und machte zum Spaß – aber nicht nur – das Schloimel-Wowa-Eulengesicht. »Hallo, wo bist du, El Superdick? Hast du vielleicht gerade einen leichten Botenstoffstau? Wirst du mir gleich eine verpassen, Bronco? Tut mir leid, zurzeit steh ich nicht so drauf, null Schuldgefühle, du wirst sofort hören, warum. Hallo? Wo bist du?«

»Wo bist du?«, sagte Gerry apathisch, aber auch glücklich, weil der Restspiegel des Zeugs in ihm wieder zu wirken begann und seine Zunge von selbst in seinem Mund verschwand.

»Beim Großen und Ganzen. In der Zwischenwelt zwischen dem Nichtsogut und Sehrsehrgut. Ich mach jetzt die letzte große Abrechnung, und du wirst mir helfen, das weißt du doch. Hast du eine Kreditkarte, Gerry? Wie gibst du dein Geld aus?«

»Ich lasse es«, sagte Gerry cool, mit abrupten Themawechseln genauso wie Noah vertraut – »ich lasse es ... von meiner Cessna aus über den brennenden Dörfern der Tutsi, der Kurden und der blutenden Provinz Darfur regnen. Was soll das? Was willst du von mir?«

»Was willst *du* von mir? Ich hab nur noch eine Kreditkarte, Gerry, na ja, vielleicht noch zwei oder drei, und ein geheimes UBS-Konto mit – summa summalorum – acht Restmilliönchen, das sind genau die, die ich Shmelnyk und dir in Berlin angeboten habe. Alles andere gehört bald meiner Napoleonfrau Merav F., Ethels Wunsch ist mir Befehl. Wie erleichtert Schloimels Söhnchen dann sein wird!

Kannst du dir das vorstellen? Kein peinlicher Erbe mehr, sondern ein Schnorrer mit Würde und Lebensziel. Wenn ich mir ein Eis kaufen will, ein klitzekleines Eis, muss ich mich auf meine Hinterbeine stellen und bitte-bitte bellen. SM auf höchstem Niveau.«

Noah griff in sein blau-weiß gestreiftes Dries-Jäckchen – Sommersaison 2002, Modell Le Capitaine, die Hose dazu hatte er leider beim Schlammcatchen mit der berühmten Bunny Glamazon während ihrer Deutschlandtour in einem Abwasserkanal in Hamburg-Harburg ruiniert –, er zog den silbernen Siebzigerjahre-Vierfarbstift raus, den ich ihm nach seiner großen Schreibkrise in Punta del Giorno geschenkt hatte, und dann hatte er auch schon die achatblaue VISA Card in der Hand. Er drückte sie ein paarmal mit einem leisen Schnalzen zwischen Daumen und Zeigefinger zusammen, er suchte und wühlte in den Hosentaschen nach einem Stück Papier, einer Ecke, die nicht beschrieben war, er fand schließlich eine rausgerissene Filofaxseite – und las sich fest.

»Hallo?«, sagte Gerry.

»Hier«, sagte Noah, »hör zu, was ich mir einmal notiert habe, wie findest du meinen Stil? ›Merav in den Arsch treten, ihr das Haus und den Rest überschreiben und zu Ethel ziehen.‹ Vielleicht war es doch mehr als ein Experiment?« Er strich Ethels Namen durch und schrieb Nataschas Namen darüber. Dann fiel ihm ein, dass er keine Ahnung hatte, wie er das alles anstellen sollte – die Flucht aus Herzlia Pituach, Meravs traurigen E-Mails widerstehen, die Mädchen nicht vermissen –, und das ließ das schöne, alte Losergefühl in ihm aufsteigen, und wohliges Heimweh bekam er auch. Er steckte den Zettel wieder ein, zog einen anderen raus und notierte mit Blau, Rot und Grün seine Visanummer, das Ablaufdatum, den Sicherheitscode. Dann schob er ihn über die Marmorplatte des Waschraumtischs (Stil: Los-Angeles-Barock mit einem Hauch Louis XIV.) Gerry zu. »Für dich, Baby«, sagte er und sah Gerry wieder im Spiegel an, »und deinen Sudan-Film! Onkel Noah legt gerade ein bisschen was auf dein Darfur-Budget drauf. Du willst ja auch nur das

Gute, wie ich, das weiß ich. Bikicur, wie wir in Sabra-Land sagen, sollte meiner Wenigkeit etwas passieren, heb ab, was du brauchst. Aber nicht mit meiner Penjonse den *Toten Grafen* koproduzieren, okay?« (Das alles, wie immer, in diesem übertriebenen New-Jersey-Englisch, mit süßem deutschem Provinzakzent.)
»Warum tust du das?«
»Weil du auch was für mich tun wirst.«
»Und wenn nicht?«
»Sperr ich meine Kreditkarten bis 2030! Rabbi Geldzahler von Prochnow sagt: ›Zieh dein großzügiges Angebot gleich wieder zurück – und schon ist dein Gegenüber windelweich.‹«

Das war der Moment, als die sage und schreibe dritte Hydrocodonwelle kam und Gerry so fest und warm umhüllte wie das General-Lab-Chemikat jeden einzelnen seiner Gehirnrezeptoren. Das war auch nötig. Denn Noah beschloss jetzt – im Namen des Guten – einen schlechten, amoralischen Schachzug, kein kleinliches h2-e2-Gefeilsche mehr, er zog auf ein Feld jenseits des Bretts, er nahm sozusagen Gerrys Figuren und warf sie dicht an ihm vorbei einzeln aus dem Fenster hinaus. »Hör zu«, sagte er zum innerlich davonrauschenden Exjunkie, dessen Haut sich bereits vicodingelb zu verfärben begann, »ohne dich wird die genialste Idee, die ich je hatte, nur Gekritzel auf einem meiner tausend Zetelach bleiben.« Er schob geistesabwesend die Hände in die prallen Hosentaschen und ließ seine Zettelsammlung knistern. »CCC ist die beste meiner Utopien. Es muss sein! Es muss passieren! Damit ich nicht umsonst gelebt habe, verstehst du? Damit Schloimel, mein Vater, nicht umsonst ein groißer Ganef und Talmudist war, damit Fejge, mein Opa, nicht umsonst aus dem Zug nach Belzec gesprungen ist und sich kurz darauf an den Schaufeln und Dachlatten der Bewohner eines stinkenden westukrainischen Dorfs den Hals gebrochen hat. Warum guckst du wieder so jenseitig, als hättest du nichts kapiert? CCC soll so tun, als hätten wir das ganze Geld dieser Welt von den Reichen dieser Welt bekommen und müssten es nur noch verteilen. Mehr nicht. MEHR NICHT. Ich will mich nicht wiederholen, Kalifornier, ich hab das gerade so schön – und langsam – oben im Auditorium ausgeführt, Jeff, George Costanza und die hübsche Schwarze mit dem glänzenden Dekolleté sind meine Zeugen. Aber jede Idee braucht ein Gesicht. Das verstehst du doch, oder nicht? NSDAP? Adi H.! Bebob? Dizzy Gillespie und seine kranken Dudelsackbacken. CCC? Gerry ›El Dick‹ Harper, der Star ohne Launen, die Weltfigur, der menschelnde Süchtige, der ewige Sohn wie jeder von uns. Und wenn nicht –«

»Wenn nicht?«

»Dann kommen die Pornpics, die Fickfotos, die Schwanzlutschbilder und Fotzenleckimages von deinem Hydra-Papi und seinen haarlosen Teenagern noch heute ins Netz. *Alles, was auch dir wehtun würde* – mein ultraberühmter Blog. Eine weltweite Rufmord-Campaign der International Virgin Society wäre danach eine Frage von Stunden. Man nennt es Shitstorm, p-p-pal.«

»Das wäre nicht gut«, sagte Gerry ernst, »nein, das wäre gar nicht gut.« Er legte die Hände auf den kalten Marmortisch, der Tisch wellte sich, der Raum wellte sich, der Boden unter ihm wellte sich bald auch, aber zum Glück saß er auf diesem tollen harten italienischen Plexiglasstuhl, und während plötzlich ein scharfer Nordwestwind aufzog und durch die ordentlichen, menschenleeren Getty-Waschräume zu pfeifen begann, klammerte er sich daran fest wie an einem abgebrochenen Ruder und schaukelte mit den Wellen mit. Die Wellen wurden immer höher und schoben ihn fast bis zur Decke hinauf, weg von der Kanalratte und ihrem kokosnussgroßen Kopf, und am liebsten hätte er ihn genommen und gegen die Marmortischplatte geschlagen, aber dann wäre er ja vom Stuhl gerutscht. Glück im Unglück, dachte er, und: Warum? Wegen Lou, dem Raben-Dad? Das machte doch gar keinen Sinn, dachte er weiter, horrortripmäßig vorsichtig. Er sprang vom schwankenden Plastikstuhl – ja, er traute sich – und stürzte davon und merkte nicht, wie Noahs Kreditkartenzettel hinter ihm durch die Luft wirbelte

wie ein Playstation-Schmetterling, und dass er dabei fast den mürrischen, kleinen, hässlichen George Costanza umgerannt hätte, der, die Hand am Hosenschlitz und »Scheißprostata« murmelnd, gerade das Klo betrat, merkte er auch nicht sofort. Erst als er draußen war, drehte er sich um und sagte: »Vorsicht, starker Wellengang!«
»Ich will trotzdem mit nach Afrika!«, rief Noah ihm hinterher.
»Aber natürlich«, rief Gerry zurück. »Wir benutzen dich als menschlichen Schutzschild, Millionär, dürfen wir das?« Dann war er weg, und man hörte noch lange seine immer leiser werdenden Schritte im Treppenhaus.

Der große Kombinator riss erstaunt die Augen auf. Okay, dachte er, so fühlte es sich also an, das Ende einer ausgeglichenen Partie. Es war ein warmes Ich-hab's-versucht-Okay, er spürte ihm nach und wartete interessiert, welches Okay sich als Nächstes in ihm melden würde, aber es kam nichts. Okay, dachte er noch mal, der Herr des Okays steht jetzt langsam auf, er geht raus und fährt, weil er schon a bissele müde ist, mit dem Fahrstuhl zwei Stockwerke hoch. Er läuft durch den weiten, hellen, superedlen Getty-Center-Innenhof, über dem ein Himmel hängt, den ihm kein Nichtkalifornier glauben würde (eine norddeutschgraue, flache, triefende Soße aus Nichts), er steigt in den vollautomatischen, subleisen Getty-Center-Luftkissenzug zum Ausgang, wo er hoffentlich sofort ein Taxi kriegt, er setzt sich erschöpft rein, macht die Augen zu und denkt weiter an seinen Fast-Sieg über El Dick und seinen neuen Natascha-Plan (unbekannte, weil noch ungelöste Variable: das Untertauchen an sich). So fährt er, ohne sich umzuschauen, von den Santa Monica Mountains nach Midtown zurück, in das Haus von Gerry und Lou (kind of alpin hell, mit aztekischen Elementen an Gartentor, Fenstergriffen und Dachgauben), und teilt, kaputt, aber glücklich der fetten Kuh Ethel mit, was er, der Herr des Okays, erkannt und beschlossen hat, u. a. dass er nicht mehr auf Knebelinos, zentnerschwere Frauenschenkel und jüdischen Selbsthass steht. Wie schade, wird sie ironisch und leicht von oben herab sagen, klappt denn wenigstens deine neueste NGO-Fantasmagorie? Eine Erpressung ist keine Erpressung, sagt der Rebbe von Entebbe, wird er ihr antworten, solange sie einem guten Zweck dient oder den Erpresser persönlich wahnsinnig weiterbringt.

»Was?«, sagte George Costanza und lehnte sich ächzend über das Pissoir.

»Ich hab nichts gesagt.«

»Wirklich nicht?« George sah Noah mit dem unanständig entspannten Gesichtsausdruck eines Menschen an, der es in letzter Sekunde ins Bad geschafft hat. »Sie sind doch der Typ, der gerade Gerry Harper fertiggemacht hat. Ich fand's gut. Ich konnte ihn nie leiden. Diese Clooney-Typen machen sogar noch aus ihrer persönlichen Tragödie eine Show.« George zog, wieder ächzend, den Reißverschluss hoch, die Spülung zischte futuristisch leise, und er sagte: »Was immer Sie vorhaben – ich würde es mir genau überlegen.«

»Wie bitte?«

»Ich hab nichts gesagt.«

George Costanza (die Zuschauer haben ihn vor seinem misslungenen Türklinken-Selbstmord in der Mel-Brooks-Suite im Chateau Marmont zuletzt in einem erstklassigen Cameo-Auftritt bei *Seinfeld Reloaded* gesehen) sorgte sich umsonst. Noah, wie immer konsequent bis zum Gehtnichtmehr, war nicht Claus die Canaille – Erpressung war nicht sein Geschäft. Dass Lous Pornpics trotzdem ein paar Monate später überall auftauchten, sehr untranszendent auf Youtube, Wefuckonlyjews, Arier-Blick und Paschastress, war eine Knute-Noah-Geschichte, die auch noch schnell hierhergehört, denn indirekt hatte sie mit dem unfreiwilligen Exhibitionisten Solomon K. zu tun, also mit mir, wie man gleich sehen wird, jedenfalls fast.

Noah hatte – »Fürs Goodlife-Metasearch-Archiv, Knutele, man weiß ja nie!« – die Bilder vom teniefickenden Siebzigerjahre-Lou seiner strengen, schlanken Geschäftsführerin nach Berlin in die Chausseestraße geschickt. Er wollte die CCC-Sache in Afrika zu Ende führen, wenn er Gerry das nächste Mal sah – vielleicht, je nachdem, wenn überhaupt. Aber kaum verbrachte er im Rahmen seines ehelichen Scheincomebacks ein paar Abende mit Meravs schönen, lahmen israelischen gojhaften Vorortfreunden am langen, mit Sushi vollgestellten Mogensen-Tisch in dem von Schloimels Geld erbauten Herzlia-Pituach-Villale, hatte er seine CCC-Idee und die Fotos vergessen, und auch sonst war in seinem Kopf viel dicke Luft.

Ach, Noah, mein Noah! Er war – wir sind im April 2006 – nun schon seit ein paar Wochen zurück aus Los Angeles in Tel Aviv, ohne Ethel, ohne eigenes Geld, ohne schlechtes Erben-Gewissen. Er rannte, wenn er nicht als Teil des großen Plans den perfekten Merav-Ehemann gab (exklusive einer abgerutschten Ohrfeige in ihrem gemeinsamen begehbaren Kleiderschrank, wo sie eines Morgens vor ihm stand und immer nur »Die Mädchen, die Mädchen!« sagte), semi-ambivalent durch die Cantina und das nächtliche Florentin, im Dries-Sommerhöschen, in Mad-Max-Sommersandalen aus der neuen Marc-Jacobs-Kollektion und einem T-Shirt mit der Aufschrift »What would Isaiah Berlin do?«, und dachte, wenn nicht gerade an *Fick meine Frau, Goldmann!*, darüber nach, warum er ihm praktisch nie stand, außer ein 90-Kilo-Tittenmonster kniete auf seiner Brust oder Nataschale R. erwiderte im Indochine entzückt seinen triefenden Verliebtenblick, also bis jetzt nur ein Mal, Klammer auf, hoffentlich würde sie ihn wieder so angucken, wenn alles mit ihm und ihr und dem 1. Psychokatalytischen Institut so klappte, wie er es plante, Klammer zu. So dissoziierte sich Noah mal wieder seine intime, spärlich beleuchtete Big-Brother-Welt zurecht, kaum gestört von den elterlichen Überwachungskameras, deren Anwesenheit – seien wir ehrlich, Dr. Savionoli – zugleich etwas Beruhigendes hatte.

Knute kriegte Noah in dieser hochnarzisstischen Tel-Aviv-Phase natürlich nie ans Telefon. Nur einmal verließ er aus Unaufmerksamkeit den Orbit und nahm ab, während er gleichzeitig am Banana Beach im schrägen Schatten des Dan-Hotels eine französische

Touri-Maus fragte, ob sie Sport mache, er hätte Lust auf Armdrücken, außerdem gäb's in der Nähe in der Zlatopolsky-Straße ein kleines, gemütliches Junggesellencompound, wo sie zusammen ein paar Ringergriffe ausprobieren könnten. Die Französin hatte ein perfektes Kampfgewicht, eine Stimme wie ein sechsjähriges Vögelchen, und abgeneigt war sie auch nicht. Leider hatte Noahle nicht aufgelegt, nachdem er zu Knute ins Telefon gesagt hatte, jaja, okay, sie solle ruhig die Kampagne für die Uiguren von Guantanamo damit anfangen, dass sie sich an der Pekinger Botschaft in Teheran ankettet und den Schlüssel wegwirft. Knute (in dauernder Missbrauchstrauma-Panik wie viele sexy Westfrauen der Nuller Jahre zwischen zwanzig und fünfzig) hörte Noahs erotomanes Säuseln, sie hörte das submissive Kinderstimmchen der Französin, sie bekam einen »krassen Kindheitsflash« (obwohl ihre Papa-Pipi-Geschichte pure Einbildung war) – und haute noch am selben Tag aus Wut die Bilder von Molesting-Lou und seinen glatten Hydra-Mädchen ins Netz. »Und warum«, sagte Noah ein verrücktes, langes, endloses Jahr später in Buczcacz im Café Celan zu mir, »warum, Karubinerchen? Um sich an den Männern zu rächen, an Vati, an mir, Noah, Hauptsache: Schmock.«

Knute hatte sich, altes Erpresserschicksal, natürlich total verrechnet, und so erfuhr auch ich von der Pornpicaffäre. Durch ihren medialen Eingriff – Juni 2006 – wurde Lous Comeback zur Boulevard-Eroica des Jahres. Die neuen alten Sexfotos, die plötzlich überall zu sehen waren (sogar der New Yorker druckte eins der softeren ab), machten das öffentliche Gespräch über den vergessenen »Gentleman des Rock« wieder attraktiv. Überhaupt der New Yorker. Hier legte Lou, die Gunst der Stunde nutzend, ein paar Wochen später los. Haimele, der Mob, die Beschneidungsszene mit Conny, Gerrys Drogensucht, alles hing mit allem zusammen, diktierte er David Remnick, dem jüdischen Judenfreund, in dessen uralten MP3-Player. Wir sind alle nur Opfer, sagte er. Hier, seht mein verwundetes Herz, seht meinen roten jüdischen Schwanz, der aus

Schmerz jungen Frauen Schmerz zufügte! Dann summte er, scheinbar selbstvergessen, die erste Strophe eines neuen Songs: »And if I want to I'll even look between your mama's legs ...« Der zwölfseitige New-Yorker-Artikel war, lange vor seinem Soundtrack für Gerrys Sudan-Film, der Anfang von Lous Comeback. Die Bewohner des therapeutischen Zeitalters liebten den schlanken, alten Lou für seinen jugendlichen Exihibitionismus, für seine robuste Selbstironie, für sein Immer-noch-da-Sein. Sie schrieben auf seine neue Myspace-Seite: »Wann gehst du wieder auf Tour?« und »Fick mich auch, Lou!«

Als ich – Cameo-Auftritt des alleswissenden, nichtsverstehenden Solomon K. – im März 2007 in Berlin, im 103, an einem warmen, hellen Tag wie im Mai Lous Geschichte zufällig in dieser alten, zerlesenen, fleckenübersäten New-Yorker-Nummer las, fragte ich mich, begleitet von metaphysischen Übelkeitsgefühlen, natürlich sofort: Was wäre, wenn ich, Soli Karubiner, die reine Hand der schmutzigen Germanskis, öffentlich gestehen würde, dass ich in der Elstar-Sauna ziemlich übel an mir herumgespielt habe – aus Einsamkeit, aus Entwurzelung und wegen der bösen, bösen Emigration? Würde ich danach endlich von ihnen als der verwundete, verwundende, undeportierbare Autor von *Post aus dem Holocaust* erkannt werden? Würden sie meine Offenheit lieben? Nur mit Video, flüsterte der Rebbe von Entebbe in mein Ohr, nur wenn die Welt durch dein geschwelltes Schmeckl in dein Herz sehen kann! Hahahaaa, wieherte Knute in das andere Ohr, du also auch! Nein, ich nicht, erwiderte ich still, ich verzichte liebe auf diese Art von Fame. Drei Monate später stand Lou mit dem Song *Mama's Legs* zwanzig Wochen lang auf dem ersten Platz der kanadischen Top Ten.

»Ich verrat Ihnen was, Kumpel«, sagte George Costanza zu Noah, der jetzt langsam aufstand, auf die Uhr guckte, dachte, was, ich bin schon seit einer Stunde hier, wie krieg ich bloß den Geruch dieses scheußlichen Cranberry-Maiglöckchen-Raumsprays aus den Kleidern raus, schnell zurück in die 45 South Tremaine Avenue, du-

schen, kuscheln und danach Ethel mit ihren 115 IQ-Punkten die Wahrheit auf dem silbernen Tablett präsentieren. »Laufen Sie ihm hinterher. Vertragen Sie sich mit ihm. Er ist ein Star. Sie nicht.«
»Wer? Ich?«
»Aber Sie wären's gern.«
»Wer nicht.«
»Sie werden ihn brauchen.«
»Wofür?«
»Um berühmt zu werden. Ich wollte nie berühmt sein«, sagte George traurig. »Ich wollte nur, dass es Papa und Mama und Tante Flora ein bisschen weniger peinlich ist, dass ich wie eine eingetretene Mülltonne aussehe.«

5
Schwimmen mit Serafina

Das Hotel Olšanka war das hässlichste Gebäude von Žižkov, dem geisterhaften, auch an strahlenden Hochsommertagen asphaltgrauen Prager Arbeiterviertel. Es wurde in den Siebzigern gebaut, als die tschechoslowakischen Kommunisten keine Kommunisten mehr waren, sondern nur noch die hochmütigen, sittenstrengen Priester einer untergehenden Religion. Wie aus der Luft von einer riesigen, bösartigen Hand an die sechsspurige Táboritská geschleudert, stand es da: deprimierend rechteckig, verkleidet mit großen braunroten Betonplatten, die Fenster metallicbraun verspiegelt und so staubig und ungeputzt, als hätte es die Samtene Revolution und die Rückkehr zur Kultiviertheit des masarykschen Vorkriegs-Prag nie gegeben. Hinter diesen Fenstern hatten in den freudlosen Normalisierungszeiten geheime, alkoholselige, extrem unpuritanische COMECON-Konferenzen stattgefunden. Heute schliefen hier auf sechs immer noch sehr sozialistisch stinkenden Stockwerken todmüde Italiener, Finnen, Israelis und Spanier, die glaubten, Prag sei die Filmkulisse von Steven Soderbergs *Kafka*-Film. Darunter, in der verrauchten Lobby, standen große Sessel aus rissigem schwarzem Leder, umstellt von einer traurigen Armee überquellender Stehaschenbecher aus angelaufenem Messing, in die man ungenau und in hohem Bogen hineinaschen konnte, ohne sich vor den bösen Blicken des verunsicherten Hotelpersonals fürchten zu müssen. Und noch tiefer, auf der anderen Seite eines erschreckend sauberen Betoninnenhofs, am Ende eines langen, schlecht beleuchteten Flurs führte eine Treppe zu einem Kellerschwimmbad, dessen ewiger Schwefelgeruch, niedrige Styropordecke und die Grundfarben Gelb und Braun auch den fröhlichsten Menschen kurz am Sinn des Lebens zweifeln ließen.

Das mit der Olšanka war Serafinas Idee gewesen. Ich protestierte und erinnerte sie an mein Sauna-Trauma. Aber sie sagte: »Gerade deshalb, Karotte.« Sie hatte, kaum war sie am Vormittag von ihrem nächtlichen Kostja-Treffen zurückgekommen, in der Italská unsere Schwimmsachen gepackt: ihren riesigen schwarzen No-Name-Badeanzug, der wie eine von diesen Plastikdecken glitzerte, die man im Flugzeug bekam, ein leicht anerotisiertes Kenvelo-Männerhöschen in Neongrün, das sie noch schnell für mich auf dem Wenzelsplatz besorgt hatte, unsere alten Prager Handtücher und Flipflops. Das alles hatte sie etwas zu gut gelaunt – während ich sie mir immer wieder abwechselnd nackt auf Kostja oder Valja vorstellte – in ihren Knitterlook-Trekking-Rucksack geschoben, der gar nicht so klein war, wie er auf ihrem riesigen, massiven Rücken wirkte. Jetzt marschierte sie hektisch vor mir den Žižkover Berg hinunter, immer einen oder zwei Schritte voraus, und atmete viel zu schwer und schnell.

Seit wir in der Italská losgegangen waren, redeten wir kaum. In der Tram hatte sie, als wäre sie noch nie nördlich der Plečnik-Kirche gewesen, neugierig lächelnd aus dem Fenster geguckt. Und ich lag in Gedanken immer noch in der Italská in meinem alten Zimmer, in meinem alten Bett und las in meinem geliebten alten blau-weißen Agnon-Buch die Geschichte von dem jüdischen Hausierer und der männeressenden Schickse, die ihn als einzigen ihrer Liebhaber verschont. Plötzlich, Zoom zurück auf den Žižkover Berg, zog Serafina surreal schnell ihr Blackberry aus der Seitentasche des Rucksacks (mit nach hinten verdrehtem Arm, als wäre er aus Schaumstoff, wow) und begann, mit jemandem zu texten. Was spielte es für eine Rolle, wer ihr schrieb? War es Valja, der sie gar nicht vergewaltigt hatte (wie ich inzwischen aus Mamaschas Enthüllungsmail wusste) und ihr nun aus Miami wegen ihres missglückten sexuellen Übergriffs Vorwürfe machte? War es einer ihrer SMS-Sex-Kunden? Oder war es Mamascha, die fragte, wie viele Dollars sie ihr für wie viele heruntergehungerte Kilos schuldete, respektive umgekehrt? Ich, das böse, braungraue Hotel Olšanka vor Augen und darum meine übliche Sozialismus-Depression in der Magengrube, konnte wiederum nicht aufhören, an die vollgestellten Bücherregale in meinem alten, verbotenen Zimmer zu denken, das mir Big Sister für die Nacht überlassen hatte. Sie selbst war nach einem späten Borschtsch-und-Piroggen-Soupé mit mir (und einer nicht ganz unernsten Diskussion darüber, ob Mánička auch etwas mit Spejbl hatte) wegen einer »kleinen« Recherche für *Die bulimische Enkelin* noch mal »kurz« weggegangen – und ich hatte danach in meinem Bettchen gelegen und geweint.

Ich kannte das alles, was ich im stummen Schimmer meiner blauen Ferda-Mr.avenec-Nachttischlampe sah, seit über vierzig Jahren. Vierzig Jahre! War das viel oder wenig? Als der Vater von Awi Blumenschwein starb, fiel mir zwischen zwei Schluchzern ein, stand der fette und damals noch relativ arme Awi an Jom Kippur nach dem Schofarblasen am offenen Betpult seines toten Vaters in der Synagoge in der Hohen Weide und lutschte einen pseudofruchtig riechenden Nimm 2-Bonbon. »Gib mir auch einen«, sagte ich. »Nein«, sagte Awi, »die sind von meinem Taten. Die waren noch in seinem Fach. Die Tüte ist bestimmt zehn Jahre alt.« »Woher weißt du das?« »In jeder Tüte sind vierzig Bonbons. Er hat mir jedes Jahr einen gegeben, am Ende von Jom Kippur, und einen selbst genommen. Jetzt sind es nur noch zwanzig. Ich hab das nach Jiskor nachgezählt. Eine Tüte in zwanzig Jahren, zwei in vierzig Jahren, und vorher drei Jahre KZ.« »Ohne Nimm 2?« »Und nun ist er tot, und du willst, dass ich dir einen von seinen Bonbons gebe, Karubiner?« »Nope, ich will keinen«, sagte Rabbi Balaban, der gerade vorbeiging, auf dem Weg von der Bima aufs Klo, umwölkt von heftigem Jom-Kippur-Mundgeruch, »ich mache Diät.« Vierzig Jahre?, dachte ich noch mal, während ich mir in der Italská links und rechts eine Miniträne wegwischte. Nein, das war noch kein ganzes Leben, aber mehr als eine Generation. Ich schob mir ein zweites Kissen hinter den Rücken und richtete mich auf.

Die meisten der russischen Bücher (vor allem viel Tschechow) in dem Zwei-Meter-zwanzig-Regal gegenüber von meinem alten Kinderbett hatten keinen Umschlag, sie waren grau oder dunkelrot, mit Einbänden aus Plastik wie Schulbücher. Die tschechischen Bücher (Kundera, Poláček, Lustig, Weil, Čapek) wirkten kultivierter. Schöne Schriften, slawisch-plakative Illustrationen, aber die Umschläge waren vergilbt und oft angerissen. Das sah alles so traurig aus! Vielleicht aber auch nicht und es sponn sich wieder mal etwas Wahres in mir in etwas Unwahres ein. Exakt! Diesmal war es das Bild von Mamascha, wie sie vor unserem Hamburg-Umzug im Auftrag des StB alle diese Bücher in Kisten verstaute. Und wie sie alle, nach der Trennung von Papascha, in der Hartungstraße wieder in Dutzende Kartons packte und, statt sie nach Miami mitzunehmen, lieber in die Italská zurückschickte, wo sie in den goldenen Sechzigern – jeden Abend ein anderes – neben ihrem hohen cremefarbengoldenen Barock-Ehebett gelegen hatten.

Im Schwimmbad in der Olšanka wählten Serafina und ich getrennte Umkleideräume, natürlich. So natürlich war es gar nicht, das wird man gleich sehen. Während ich im krankenhausweißen Vorraum meine Schuhe aufschnürte, so langsam, als hätte ich einen Hexenschuss, dachte ich, es ist das erste Mal seit Monaten, dass ich mich gleich vor anderen Leuten ausziehen muss. Aber zum Glück war niemand da. Zwölf Uhr mittags, die netten, dummen Tschechen saßen schon beim Essen und Bier.

Ich verschwand im hintersten Gang rechts, und auch dort ging ich ganz nach hinten, ich hängte den Mantel im zerkratzten, dunkelbraunen Spind auf, ich stellte die Schuhe rein, knöpfte Hemd und Hose auf – und bekam, wie Noah es sehnsüchtig nennen würde, sofort einen doppelten Halben. OMG. Artikel *Exhibitionismus* in der *Encyclopedia Judaica:* »Wer sich im öffentlichen Raum entblößt und dabei erregt ist, muss froh sein, dass er ihm noch steht. Komma. Dass er einsam ist und darum so verzweifelt körperliche Nähe sucht, sollte ihn nicht verzweifeln lassen. Komma. Mit einer Ehefrau ginge es ihm nach zwei bis drei Jahren ebenso. Punkt. Bist du sicher, Solomon K., dass es hier keine Kameras gibt?« Ich schüttelte entsetzt den Kopf, warf die Schranktür zu, ohne sie abzuschließen, und rannte zu den Duschen. Zum Glück war das kalte Wasser in der postsozialistischen Olšanka eiskalt.

»Hier, Kleiner, hier!«, rief Serafina mir aus dem Wasser zu, als ich, von meiner Duschtherapie noch leicht frierend, in meiner neongrünen Badehose an den Beckenrand trat. Ohne Brille hatte ich sie nicht erkannt. Meine neue bernsteinfarbene Marc Jacobs hatte ich im Schrank gelassen, und in der alten schwarzen US-Sportbrille mit den ursuppendicken Acht-Dioptrie-Plastikgläsern wollte ich mich nicht mehr zeigen. Wer mich darin sah – das wusste ich seit dem ersten spitzen Schrei von Madame Weißarsch in der Elstar-Sauna –, musste mich automatisch für einen Perversen halten.

»Hier! Hier!« Etwas Riesiges, Schwarzes näherte sich mir im wabernden Blau des Pools, es streckte mir den gewaltigen Arm entgegen, ich machte einen Schritt zurück, rutschte fast aus und machte mit ausgebreiteten Armen eine sympathische Harold-Llyod-Bewegung. »Hier bin ich! Hast du Angst?«, schrie das Etwas von unten und begann, mich mit Wasser vollzuspritzen, als wäre seine Riesenhand eine von den gelben Plastikschaufeln, mit denen ich damals am schönen Schwarzmeerstrand (1969, Bulgarien, Varna, mein erster Auslandsaufenthalt) diesen kleinen Suezkanal gegraben hatte, der bis zu den halb geöffneten Beinen einer schlafenden, erstaunlich fetten Bulgarin ging. Aber das war noch nicht alles. Als sie mich, das alte, faltige, in Sonnencreme getränkte Gesicht hochreißend, plötzlich entdeckte, fing sie so an zu schreien, dass ich mit meiner hellen Kinderstimme zurückschrie und wie unter Zwang aus meinem Suezkanal Wasser auf ihren dicken, dicken Bauch schaufelte. Ich denke, nein, ich weiß, das war meine sexuelle Initiation, Dr. Savionoli, und die hätte ich, der allwissende, übersensible Sohn der eisernen Karubiners, mir natürlich gern etwas weniger traumatisch vorgestellt, Sie überbezahlter, hartherziger

Anti-Philosemit. Darum musste ich auch, als die ersten Spritzer aus dem Olšanka-Pool auf meinen Knöcheln landeten, nicht nur an Varna an sich denken, also an den flachen braungelben Sand, an das flache, graugraue Meer, an die beiden einzigen Gerichte, die wir in unserem Hotel zwei Wochen lang bekamen, Pile pečeno und Pile vareno, Huhn gebraten und Huhn, gekocht. Ich dachte vor allem an die Damen-Umkleidekabinen, in die ich, während Mamascha und Klein-Serafina irgendwo unsichtbar ihre Badeanzüge abstreiften, von unten, wo der Strohparavent nicht ganz den Boden berührte, hineinguckte (raffiniert in der Hocke sitzend) und wo ich zu meinem Schrecken die gigantische bulgarische Alte wiedersah, jetzt völlig nackt und sehr behaart. Sie bemerkte mich auch diesmal sofort, und schon wieder schrie sie, und dann schrie ich. Habe ich vielleicht seitdem ein Problem mit korpulenten Frauen? Mit ALLEN Frauen? »Hier, Karotte, hier! Mami ist hier!«

Ich machte wieder einen Schritt nach vorn, setzte mich auf den nassen Beckenrand und glitt ins Wasser. Ohne auf das riesige schwarze Etwas neben mir zu achten, stieß ich mich mit den Beinen ab und schwamm Serafina-Mami davon. Etwas war gerade ungewöhnlich sublim oder subtil. Das wollte ich nicht. Das ging mir zu tief. Als ich wieder zurück war – zwanzig Züge auf fünfundzwanzig Metern, noch eine Million mal, Awi, und ich bin tot! –, hielt Serafina sich am Startblock fest und tat so, als mache sie zum Aufwärmen Klimmzüge. Ich schwamm nicht zu dicht an sie heran, krallte mich mit den Fingern in dem geriffelten, gelben Plastikbelag der Beckenkante fest – und rutschte an einem dünnen Dreckfilm fast wieder ab.

Ich dachte sofort an Fußpilz, der zu Handpilz, zu Dudekpilz wurde, das alles in einer halben Sekunde. Und ich dachte daran, wie ich mit dreizehn – drei Jahre vor dem ersten Sex –, Fungus genitalis bekam und der Dermatologe vom UKE (ein großer Deutscher mit langem, grauem Müllfahrer-Gesicht) mich nach der Untersuchung fragte, ob ich »häufig wechselnden Geschlechtsverkehr« habe. Ich schob erschrocken den linken Fuß ins rechte Bein meiner heruntergelassenen Hose und sagte: »Wie bitte? Ich hab mir vor zwei Monaten das erste Mal meinen Pubsiflaum wegrasiert.« Er schlug nach einer grünen, angenehm surrenden Fliege, die auf seinem weißen Schreibtisch saß, und verfehlte sie, als sei er blind, fast um einen halben Meter. »Dann haben Sie sich diesen Unrat auf einer Toilette geholt, min Jung. Wirklich, ganz schön ekelhaft.« Scheiße, wie konnte das sein? In dreizehn Jahren Schule hatte ich, von Mamascha instruiert, aus hygienischer Übervorsicht alles im Stehen oder Hocken gemacht, ich setzte mich nur zu Hause, das aber richtig, ich erinnere hier an die ungezählten Masada-Light-Sessions. Ich zog, vom UKE-Desinfektionsgeruch schwer benommen, das Bein aus der Hose raus, schob es wieder rein und verhedderte mich im Gürtel. Wer hatte mich angesteckt? Bestimmt einer der Gäste, die eine Weile in der Hartungstraße fast jeden Abend unangemeldet vorbeikamen, hungrig nach Mamas Borschtsch, Papaschas Anti-Kommunisten-Märchen und Serafinas zweideutigen Blicken und Bemerkungen. War jetzt die halbe Pilzsekunde vorbei? Fast. Denn ich schaffte es – während ich meine Fingerkuppen und Nägel in den Olšanka-Bodenfilm stieß –, auch noch zu denken: Nein, stopp, in Wahrheit stammte der großartige Ausschlag auf meinem roten Kinderschmock damals natürlich von Papascha, und der hatte ihn von seiner depressiven deutschen Zahnärztin gekriegt, klar, und Mamascha hatte ihn auch und Serafina sowieso und darum am Ende sogar der Rabbi Balaban, ich sage nur: Großer Hamburger Sexskandal. Und dann – ticktacktick – dachte ich auch noch, wieso fällt mir bei A immer gleich B bis Z und Aleph bis Gimmel ein? Habe ich wie Noah und El Dick auch ADS? An den schwulen, warmen Händedruck des UKE-Dermatologen erinnerte ich mich ebenfalls. Tick, tick, tick.

»Du bist gut in Form«, sagte Serafina in der schönsten Tonlage, die sie hatte, irgendwo zwischen Altjungfer-Alt und hellstem Terrorsopran. Sie versuchte noch einen Klimmzug, rutschte am Startblock ab und klatschte ins Wasser. »Hilfe, Hilfe!« Sie schlug mit den Händen um sich, ging kurz unter, kam hoch, ging unter, kam direkt neben mir wieder hoch. Die Serafina, die ich kannte, konnte schwimmen. War sie es vielleicht gar nicht? Schnell, meine Brille! »Jetzt hilf mir schon, Kleiner! So ein guter Schwimmer und sieht seiner Schwester dabei zu, wie sie ertrinkt. Halbschwester, na gut.« Das Wasser spritzte aus ihrem Mund, es lief über ihr Kinn auf ihren wuchtigen Hals und die mütterlichen Mammae, die sich ultragroß und sehnsüchtig unter dem dünnen, billigen, schwarzen Badeanzug abzeichneten, so viel konnte ich sogar ohne meine erstklassigen Marc-Jacobs-Gläser sehen. Super-Serafina warf noch einmal die Arme in die Luft, keuchte, hechelte, spuckte – und dann packte ich sie und zog sie zum Beckenrand. Was ist das Gegenteil von einem doppelten Halben? Das, was ich gerade hatte, und zwar so stark wie noch nie.

»Danke.«

»Kannst du nicht mehr schwimmen?«

»Vielleicht hab ich es verlernt. Was glaubst du?«

»Letzte Woche hast du gesagt, du gehst jeden Tag in die Olšanka, ich bin nicht blöd. Also – was macht die Mamascha-Diät? Wie viel, sagtest du, kriegst du von ihr für jedes verlorene Kilo? Wie viel hast du inzwischen verdient?«

»Ich hatte einen Rückfall. Zwischen Weihnachten und Silvester, was erwartest du? Am besten war der Karpfen mit Knödeln und Dill im Weinkeller in der Czernin-Villa.«

»500 Dollar für 1000 verlorene Gramm, jetzt erinnere ich mich. Du hast aber zugenommen, stimmt's, und musst ihr das Geld zurückzahlen!«

»Es gibt Leute, denen das gefällt, Karotte.«

Plötzlich hielt Serafina eine blaue, phosphoreszierende Nasenklammer und knallrote Silikonohrstöpsel in der Hand. Sie machte die Klammer an ihrer nicht unsympathischen, kürbisförmigen Nase fest, schob die Stöpsel mit einem leichten, genießerischen Seufzer tief in ihre großen Ohren und grinste süß und komplexlos wie früher, als sie noch meine ganze Schwester war. Sie sah wie Trumvirum aus, der außerirdische, einköpfige Dreifüßler aus unserem alten tschechischen Große-Fragezeichen-Buch, oder wie eine von diesen Totem-Puppen, die man im Amazonas zwischen die Hütten in den Boden rammt, damit kein böser Prüderie-Gott die Männer und Frauen mitten im Verkehr auseinanderreißt. »Ich bekomme oft sehr, sehr nette Sachen zu hören. Das letzte Mal zum Beispiel heute Nacht, stell dir vor«, sagte sie kokett. Dann setzte sie sich eine graugetönte Schwimmbrille auf und paddelte davon.

Die kinderlose, kindische Serafina und die Männer! Es mussten nicht unbedingt die nackt von der Decke hängenden deutschen Riefenstahl-Typen sein, die interessierten sich ohnehin nicht für sie. Sie war bescheiden, aber nicht wahllos und bekam fast immer, was sie wollte. Die »kleine« Recherche, wegen der sie gestern »kurz« weggegangen war, war also gar keine Recherche gewesen? Natürlich nicht. Ich hatte mir das schon gedacht. Nach dem dritten Teller Borschtsch hatte Serafina Maxima leise gerülpst und gesagt, Kostja Kostos habe ihr, als sie ohne mich auf Kampa über Djeduschkas tragisches Ende und Wowas Verrat geredet hatten, absurd wichtige Unterlagen versprochen, aufregende, nach Staub und Geschichte riechende Dokumente. Sie sei konfus und außer sich, fuhr sie auf ihre in Miami Beach neu erworbene, weinerliche Wechslberg-Art fort, sie leckte letzte Piroggenkrümel von ihrer Oberlippe und zupfte durch die Bluse ihren 95-F-BH zurecht, ja, konfus und außer sich, weil Kostja in seinem StB-Archiv u.a. einen Brief von Chaim Weizmann an ihren Großvater Mel Wechslberg gefunden habe – »Die Sache mit den vergessenen Schweizer Nummernkonten, davon hast du bestimmt gehört, ja?« –, und den wolle er ihr so schnell wie möglich geben. Als ich gefragt hatte, warum das nachts um zwölf im geschlossenen Café im Kampa-Museum sein müsse, hatte sie gesagt: »Ein bisschen Konspiration darf bei der bulimischen Enkelin des Meisterspions schon sein, oder nicht?«

Zum Treffen ging sie dann wegen der schlankeren Optik wie immer in Schwarz. Schwarzer Blazer, am Bauch so weit und großzügig geschnitten, als sei sie ein lebenslustiger, alkoholabhängiger englischer Konsul in Tijuana in den Dreißigern, schwarzer, langer, struppiger, tierähnlicher Schal, so lang, dass sie sich darin, sollte sie den Schlüssel vergessen, notfalls einwickeln und im Riegerpark auf einer feuchten Bank übernachten konnte. Und die Hose? Zum Platzen eng, glänzend und pantherschwarz, hatte fast einen Marlene-Dietrich-Touch, allerdings in XXL. Nachdem sie prä-ogasmisch laut die Tür hinter sich zugeschlagen hatte, roch es in der Italská noch lange nach einer Überdosis Libido von Karl Lagerfeld. Es muss eine tolle Nacht auf Kampa gewesen sein.

Der Film, den ich jetzt – mich vom Beckenrand abstoßend und langsam auf dem Rücken neben Serafina meine Bahnen ziehend – sah, trug den Titel: *Liebe ist kein Wort.* Er fing in manierierten 70er-Jahre-Kodak-Farben an, grünlich, gelblich, so wie damals alles war. Zuerst sah man im Zeitraffer zwischen zwei Mädchenbeinen schwarze Schamhaare wachsen. Dann stand eine junge Frau, die Serafina mit 18 ähnlich sah, auf den Zehenspitzen im Hof des Helene-Lange-Gymnasiums (HLG) und guckte durch das gesplitterte Betonglas-Oberlicht in die Duschräume der Jungs. Ein Junge, der so aussah wie ich mit 12, kam vorbei und sagte: »Serafina, was machst du da?« »Was machst du hier, du kleines Monster«, sagte das Mädchen, »solltest du nicht im Unterricht sein? Ihr habt doch heute sieben Stunden Nationalsozialismus, oder nicht?« »Wie, ich auch?«, sagte der Junge, der so aussah wie ich mit zwölf. »Los, hau ab, Soli«, sagte sie. »Aber Serafinchen, ich wollte gerade zu Rabbi Balaban, zum Religionsunterricht, wegen meiner Bar-Mizwa!« »Vergiss es«, sagte das Mädchen, »der Rabbi gehört mir. Heute Abend sagst du Papa und Mama, dass du es dir anders überlegt hast, du sagst, du pfeifst auf Gott, aus der Thora können Gettotypen wie Awi Blumenschwein oder dein bescheuerter Noah vorlesen, nicht du. Papa wird stolz auf dich sein. Hast du verstanden?« »Und was ist mit meinen Bar-Mizwa-Geschenken?«»Und was ist damit, dass du noch gar nicht beschnitten bist, du Goj!« Sie machte ein Geräusch wie ein weinendes Baby, und der Junge, der tatsächlich am liebsten losgeheult hätte, straffte mannhaft seine Gesichtszüge und humpelte davon. Wieso humpelte er? Hatten seine deutschen Klassenkameraden in der ersten Doppelstunde Nationalsozialismus an ihm Kristallnacht geübt? Oder hatte er wieder vor lauter Lebensangst und Kindheitsdepression Bauchkrämpfe? Natürlich beides.

Schnitt und Rückblende, elegantes, körniges 16-mm-Schwarz--Weiß. Das Mädchen, das wie Serafina aussah, mit 15. Sie und ein Rabbiner, der wie Rabbi Balaban aussah – hager, weiblich schön, sich immer wieder die nussbraunen Pajes aus dem Gesicht streichend –, rückten in der artzpraxishaft leeren Rabbiner-Wohnung in der Hohen Weide auf einem sehr langen schwarzen Ledersofa zusammen und arbeiteten sich durch die Thora. Das machten sie so: Das Mädchen lag auf dem Sofa, den Kopf auf dem Schoß des Rabbiners, auf dem Teaktisch vor ihnen lag das Buch der Juden. Beide guckten sich verliebt an. Rabbi:»Welchen Abschnitt wollen wir heute diskutieren, Majdele?« Das Mädchen, das wie Serafina aussah:»Ich dachte an die Stelle, als der Papi von Schmalke und Salke seine beiden Töchter den Schwulis von Sodom anbot, damit die nicht die Engel ficken, auf die sie eigentlich scharf waren.«»Gut. Sehr gut. Worum geht es in dieser Parascha?« Das Mädchen, das eine Stimme wie Serafina hatte, mit einem erregten, komischen, grausigen Grummeln:»Um Sex, Rebbe, worum sonst?« Rabbi:»Und ist das gesund?« Serafina:»Wer anderen körperliche Lust nicht zugesteht, hat sie selbst nicht verdient, Karotte – du Heuchler, du armer, ekliger, einsamer Saunaspanner!«

Ich schlug vor Schreck mit dem Kopf gegen den Beckenrand. Die sich im Wasser über mich beugende Serafina zog sich lachend die Stöpsel aus den Ohren und riss die insektengraue Schwimmbrille vom Gesicht. Sie vergaß, die Nasenklemme abzunehmen, darum hatte ihr Terrorsopran während des folgenden Kurzdialogs etwas Trompetiges.

»Willst du wissen, worum es gestern Nacht noch ging, außer um gewisse Dinge, die du mir offenbar nicht gönnst?«

»Ich will überhaupt nichts von gestern Nacht wissen.«

»Das ist ja typisch.«

»Typisch Karubiner?«

»Jaja, ich weiß …« Sie beugte sich so weit über mich, dass ich auch ohne Brille die dunkle Falte zwischen ihren Super-Mammae erkannte. »Glaubst du, ich merk's nicht? So behindert sind wir Wechslbergs auch wieder nicht. Seit du weißt, dass wir nur die Hälfte der Gene gemeinsam haben, bist du aufsässig und siehst auf mich herab. Aber hat mein Vater seinem Vater wegen 40 000 Dollar den Strick um den Hals gelegt? Nein, hat er nicht. Es war deiner! Das weiß ich natürlich von Kostja. Er hat eine schöne Art, zu erzählen – man vergisst sofort, dass er mitgemacht hat. Aber dann hat Wowa der Schreckliche ihn auch noch ausgetrickst. Darum ist er heute so mitteilsam, glaubst du nicht?«

Das war eine harte Frage, sehr intelligent, von wem hatte sie plötzlich diese Beharrlichkeit?

»Ich weiß es nicht«, sagte ich genervt.

»Aber ich weiß es – und dass vom großen Verrat bis zu Djeduschkas Hinrichtung nur zwei kalte russische Wochen vergingen. Der Prozess war geheim und dauerte gerade so lange, bis das Teewasser der blauhaarigen alten Richterin kochte, länger nicht. Hmm… was noch? Es war eine Hinrichtung made in USSR, ihre Raketen knatterten ja auch wie Motorräder und kamen trotzdem ins Ziel. Dein armer Djeduschka ist zweimal wieder halb ohnmächtig aus der Falltür rausgeklettert, das Seil um den Hals wie ein Hund. Dann ging es wieder los, und erst beim dritten Mal brach sein kräftiges Buczacz-Genick. Einmal mehr, und er wäre begnadigt worden. Sadé! Und er hätte seine 40 000, die in der Schweiz lagen, selbst abgeholt. Schuldest du nicht Papascha haargenau 40 000? Ist das nicht irgendsoeine heilige Zahl mit Tikkun-Olam-Garantie für die nächste Generation?«

»Lass mich in Ruhe mit deiner Pseudo-Kabbala. Mir ist kalt!«

Ja, mir war wirklich kalt, kälter als vorhin. Ich wollte noch ein-, zweimal hin und her schwimmen, dann schnell raus und mich stundenlang unter die heiße Dusche stellen. Aber jetzt wurde ich sie, die KZ-Aufseherin meiner Kindheit, einfach nicht los! Wowa der Schreckliche war schrecklich, ja, aber dass er an Djeduschkas Tod schuld war, glaubte ich nicht. Das war die Kostja-Version. Plötzlich war es aber auch die Serafina-Version, natürlich nur, damit sie mich konfus machen konnte. Ihr war schon immer jedes Mittel recht, um mich zu deprimieren, zu manipulieren, in anderen Worten, um mit mir so umzuspringen wie Wowa und Mamascha es mit ihr getan hatten an jenem neblig-sonnigen Lügen-Morgen im Juni 1961 in Prag-Ruzyně.

»Hab ich dir schon erzählt« – mit Sexklatsch lenkte man die blutige Serafina immer am schnellsten ab –, »was ich an Weihnachten gemacht habe, dem Fest der christlichen Hiebe und Liebe? Während du dich einsam und allein im Hotel Imperial oder wo auch immer mit Schnitzel, Kartoffelsalat und Rosinenstollen vollgefressen hast, war ich bei der Familie meiner slowakischen Stammnutte auf dem Dorf, in Kabáty. Oh Gott, war das anstrengend! Zum Schluss sah ich aus wie Großonkel Pupik, kurz bevor er aus dem Getto von Chelm von den Russen befreit wurde.«

»Solche Witze kannst du in deutschen Talkshows machen. Mich beeindruckst du nicht, du kleine, traurige, deutsche Woody-Allen-Kopie!«

»Du bist neidisch. Das war ja klar.«

»Ja. Jaja ... Und von deinen Bettsachen will ich auch nichts mehr hören.«

»Aber ich von deinen, oder was?«

»Du musst, Karotte!«

Ich flog, wenn ich schon nicht weiterschwimmen durfte, in Gedanken davon. Ich überlegte, ob ich genauso bösartig sein konnte wie Wowa (und Serafina). Ich schwärmte vom Leben eines traurigen, freien Einzelgängers, der mit der Familie nur telefonierte, wenn einer seiner verhassten Angehörigen krank war, verstarb oder ihm geliehenes Geld zurückzahlen wollte. Ich stellte mir vor, wie ich für drei Tage Überleben in Treblinka meine Geliebte an einen Kapo verlieh. Ich fragte mich, ob ich Isaak Babels verschwundenes Romanmanuskript als mein eigenes herausgeben würde, wenn ich es fände. Und dann flog ich noch weiter, bis in Julčas Bett, meine Zunge bohrte sich in Kabáty-Neustadt in einem feuchten Plattenbau tief in ihr bitteres Ohr, und sie wand sich unter mir, als liebte ich sie wie sie mich. Jetzt zitterte ich regelrecht vor Kälte. Oder war es die Angst vor Julča und ihrer von innen abgesperrten Wohnungstür?

»Wieso muss ich?«, sagte ich zu Serafina. So defensiv hatte ich zuletzt mit 12 geklungen. Mein kleiner innerlicher Fluchtversuch war zu Ende.

»Weil du bis jetzt immer gemacht hast, was ich wollte, Karotte«, sagte Serafina so herrisch und ungebrochen wie mit 18.

»Serafinchen ...«

»Ja, mein Liebling?«

»Ich möchte schon lange was von dir wissen.«

»Ob ich dich in Miami vermisst habe? Ob Valja so klug ist wie Wowa? Ob ich dir glaube, dass du in der Sauna nicht an dir rumgespielt hast?«

»Ja. Auch.« Ich schob – ein weiterer Fluchtversuch – von hinten die Hand in Julčas tief sitzende, knappe Jeans. Auf ihrem kleinen, aber nicht zu kleinen Roma-Hintern war Gänsehaut. Ja, ich hatte Angst. »Warum sagst du immer ›Karotte‹ zu mir?«

»Ich bin fünf Jahre älter als du. Was ist? Alzheimer?«

»Und?«

»Ich bin deine zweite Mami. Ich hab dir Essen gemacht, wenn Migräne-Mamascha tagelang tot war. Ich hab dir vor dem Einschlafen bescheuerte Märchen ohne Happy End erzählt. Ich hab dich gewickelt. Gott, war das süß, wenn dein kleiner, unbeschnittener Schmock ganz steif wurde. Er war dann so lang und dünn –«

»– wie eine Karotte?«

Der Ausflug nach Kabáty hatte nur eine halbe Nacht gedauert, nichts, was ich weiterempfehlen würde. Mein dummes, verwirrtes Zigeunermädchen hatte gedacht, sie könne mein Liebesgeflüster aus den letzten beiden Jahren wörtlich nehmen. Als sie dann am Weihnachtsabend 2005 an der Tür meines Zimmers im Hotel U Dvou koček klopfte – tussihaft schön, in einer engen, ausgebleichten Hüftjeans, einer weißen Lederjacke mit goldenen Nonsense-Stickereien und einem von diesen universalen Lederkorsetts darunter –, sagte ich leise, gepresst, hitzig: »Warte in der Lobby und komm in fünf Minuten wieder zurück.« Ihr spitzer, roter Mund zuckte. Die Augen, ganz anders schwarz als Fatsos schwarze Gewänder, gingen auf und zu, als schickte sie mir Morsezeichen. Dreimal lang, einmal kurz, einmal lang und so weiter. Das hieß: »Ich freue mich auf dich, ich bin die einzige Nutte von Prag, die ihren Kunden liebt, ich mach's jetzt auch griechisch.« »Ich hab noch Besuch«, hatte ich zurückgeflüstert. Wieder dieses verwirrende Geklimper. »Von meiner impertinenten Schwester – aber die bin ich bald los.« Klimper, klimper, was heißt impertinent, magst du mich noch, also gut, ich warte unten.

Kaum war Serafina aus dem Zimmer, rannte ich zu Fuß die vier Stockwerke in die Lobby runter. Aber Julča war weg. Ich rannte wieder hoch. Sie saß, wie ein Kind, das Bier holen sollte und unterwegs den halben Krug verschüttet hat, vor meiner Tür und heulte. »Ich dachte«, sagte sie, »du versetzt mich.« »Warum sollte ich?« Ich bekam, seit der Elstar-Sache total untrainiert, von dem Gerenne keine Luft mehr. »Weil ich dir meine Gefühle gezeigt habe.« »Ich zeig dir gleich meine, wenn du willst« – ich atmete immer noch schwer –, »und danach singst du mir etwas auf Romanes vor, in Ordnung?« Sie schüttelte stumm den Kopf. Sie war ohnehin sehr jung, aber jetzt war sie – wenn man sich ihre sexy Arbeitskleidung wegdachte und nur auf die kauernde Kinderhaltung konzentrierte – auch für einen passionierten Sauna-Lover wie mich eine zu verbotene Frucht. »Heute ist Weihnachten«, sagte sie, »und ich muss arbeiten!« Und noch mehr Tränen …

Ich bekam Mitleid. Ein Goj, der Weihnachten feiern muss, tut mir leid, weil er weiß, dass es daheim bloß Streit und implodierende gojische Gefühle geben wird. Ein Goj, der Weihnachten nicht feiern darf, ist noch schlechter dran. Denn nur wenn er sich mit seinen Nächsten raufen kann, fühlt er sein und ihr kaltes Herz schlagen. Ich kannte keinen einzigen von »unseren« Feiertagen, an denen »wir« miteinander Stress hatten. Weil »wir« Juden sowieso immer Stress hatten? Es gab aber auch bei uns Kontraste, die schmerzten. Ich denke hier – z. B. – an Tisch b'Aw 5763, als Noah und Merav das allerletzte Mal Autostopp spielten, weil Noah die ersten Seiten von *Fick meine Frau, Goldmann!* im Puff in der Frischmanstraße liegen ließ und darum nur an das verlorene Manuskript dachte und noch schlechter performte als sonst. Und was war mit Pessach 5757 bei den Forlanis? Als Noah vor Wut in die bunte bucharische Familien-Haggadah biss, weil Schloimel ihm verboten hatte, sich an einer ugandischen Bambusschrauben-Manufaktur zu beteiligen? Eine Ausnahme, sagt Rabbi Schmock von Potzlow, ist für jeden Beweis gut, den man braucht, oder umgekehrt, je nachdem. »Komm, Julča, wir gehen erst mal rein.« »Nein«, sagte sie, »ich will nach Hause, sie warten auf mich. Warum kommst du nicht mit? Du musst auch nichts zahlen. Bist du ganz allein an Weihnachten? Armer kleiner Jude.« Und so kam es, dass ich an diesem Abend in Kabáty landete.

Wir fuhren, das ist wichtig, im Taxi hin, für postrevolutionäre 2000 Kronen. Das war natürlich viel zu teuer und unbequem (durchgesessener, verrauchter Lada ohne Federung und Klimaanlage und mit zu wenig Luft in mindestens einem Reifen) und brachte mich dazu, alte Dinge im neuen Licht zu betrachten. Denn Prag war am Weihnachtsabend um halb zehn so bedrückend wie Hamburg den ganzen Winter lang, von Oktober bis April, vierundzwanzig Stunden am Tag. Ich guckte, Julčas Kopf so schwer auf meiner Schulter wie ein Milchkübel auf Tewjes Rücken, durchs grüngelbschwarze Taxifenster in die Nacht und wunderte mich, warum es mich, wie so oft, extrem unangenehm fröstelte. Alle Fenster waren geschlossen, im Wagen zog es nicht, draußen waren zehn Grad plus, praktisch Frühling. Aber ich zitterte. Woran dachte ich? Mal wieder an die Karubiners natürlich. Daran, dass sie – damals noch zu viert – im Frühjahr 1970 eine Stadt gegen eine andere Stadt eingetauscht hatten, Schatten gegen Schatten, fremde Gewohnheiten gegen noch fremdere, und leider war auch Wowa der Schreckliche mitgekommen. Plötzlich stieg in mir der Verdacht auf, dass es keinen Sinn hatte, das eigene rätselhafte metaphysische Aua auf äußere Umstände zu schieben. Ich hörte testweise auf, mich über die unerklärbare Kälte in mir zu wundern, und betrachtete interessantere Zusammenhänge. Das Nationalmuseum – schwarz, idiotisch groß, wie leer geräumt – sah von hinten wie das HLG bei Nacht aus. Die Vinohradská hatte kurz vor der Stadtautobahn den tristen Appeal der peripheriehaft breiten, ewig dämmrigen Grindelallee mit ihren flachen Nachkriegshäusern. Und die Nusle-Brücke war jetzt die Kennedy-Brücke: links die Außenalster, rechts die Binnenalster und dazwischen ich, immer und ewig Wowas geprügelter Welpe, der sich fragte, warum die Hündin ihn nie gegen die Bisse und Kratzer des Rüden verteidigte.

Noch auf der Nusle-Brücke schlief ich ein. Ich hatte genug gesehen und begriffen. Außerdem bekam ich Angst, ich kannte Julča doch gar nicht. Würden ihre Romabrüder mich töten? Würde ihre Sintimutter Rattengift ins Weihnachtsgebäck tun? Das eisige Hamburg war auf einmal Swedenborgs Paradies, voller fröhlicher, vertrauter Engel. Als ich aufwachte, hielten wir vor einem fünfstöckigen Plattenbau an einem von ein paar alten Ostblock-Straßenlaternen orangerot angestrahlten Kiesweg. Im nächtlichen Landhimmel darüber sammelten sich die Seufzer von Bauernkindern, die schon mit sieben Jahren arbeiten mussten, und die tolle, nasse Landluft roch wie die Hamburger Luft am Tag von Schloimels Beerdigung. Ich dachte: Gut, das war's, die Sauna-Sache war nichts gegen die Kabáty-Sache, die jetzt auf mich zukam, aber vielleicht würde mein sinnloser Tod einen Sinn haben. Wenn morgen mit Clausis Hilfe herauskäme, dass gegen mich eine Anzeige wegen sexueller Belästigung lief, wären sogar meine größten Feinde zum Schweigen verdammt. Statt sich in ihren langweiligen Zeitungen über den Zusammenhang zwischen meiner »pornografischen Schreibe« und meinem üblen, judäo-sexuellen Elstar-Auftritt auszulassen, müssten die armen Philosemiten Nachrufe auf mich schreiben und retrospektiv froh sein, dass es mich – Imperfekt Irrealis – gub. Auch eine Art, die Wahrheit zu verkaufen.

Ich ging hinter Julča die drei flachen, auch mit Kies bestreuten Stufen zum Haus hoch, und ich dachte: So war es, als »wir« damals freiwillig in die Züge nach Polen stiegen. »Komm rein«, sagte Julča leise und schloss die dünne braune Sperrholztür im Erdgeschoss auf. Sie war – wie ging das? – jetzt eine Frau, meine Frau, sogar ihr kleiner, aber nicht zu kleiner Arsch in der engen Jeans strahlte weibliche Strenge, Fürsorge und baldige Fettsucht aus. Sie machte im kalten Flur das Licht an, gab mir Hausschuhe und hängte meinen – neuen, kurzen, engen – Dior-Mantel auf einem Bügel auf. Pass mit dem hübschen, kuscheligen Teddy-Fellkragen auf, dachte ich, er darf nicht knicken! Die Wohnung – ihre Wohnung? – war fast leer. Keine Mutter, keine Brüder, keine ungewaschene, schielende Zigeunersippe mit einer seltenen Augenkrankheit, jeder eine verstaubte Weinflasche an den nassen, zu roten Lippen. Hier eine Matratze, dort ein angerosteter runder Stahlrohrtisch und zwei Stühle, da, neben dem schiefen Weihnachtsbaum, eine Fünfzigerjahre-Blütenlampe mit durchlöchertem hautfarbenem Schirm und einer 25-Watt-Glühbirne, mehr nicht. Die Ermordung von Soli Karubiner war eine Geiselnahme. »Setz dich, bitte«, sagte Julča. »Wo ist deine Familie?«, sagte ich. »Du bist meine Familie«, sagte sie, »oder willst du es nicht sein?«

Ich hatte schon immer angenommen, ein echter Mann müsse Angst davor haben, für immer zwischen den Beinen einer Frau zu verschwinden. Genauso fühlte ich mich jetzt. Statt Todesangst hatte ich Bindungsangst, auch kein Vergnügen, vor allem wenn die

Frau, die einen gefangen nimmt, eine irre zwanzigjährige Nutte ist. Julča brachte Kuttelsuppe, Sauerbraten mit Knödeln, süßen Karottensalat, Pudding und Kekse. Das Essen war so konfus wie sie. Die Speisen lagen auf den Tellern, als hätte sie sie aus drei Metern Entfernung draufgeworfen, das Fleisch schmeckte nach Fisch, der Nachtisch war salzig. Dann gab es Geschenke (ich bekam ein gerahmtes Karlsbrücken-Plakat, sich selbst überraschte sie mit einem Ein-Viertel-Spitzen-BH von Agent Provocateur und dankte mir mit einem Griff in meine Hose dafür), dann ging es auf die Matratze. Das, dachte ich, nehme ich noch mit, und schob meine Zunge in Julčas bitteres Ohr.

Während sich Julča unter mir wand, fiel mir ein, dass heute, am 24. Dezember, wie jedes Jahr seit sechsundsiebzig Jahren Mamaschas Geburtstag war. Mama, Mama – wieder assoziierte ich mich wild durch Hirn und Raum –, warum bist du weggelaufen? Und warum zu Valja, der Null? Wowa der Schreckliche ist mein Papá, außer mir darf nur er zu dir unter die Decke! Als Julča endlich schlief, beide Hände unter dem seitlich liegenden Kopf wie eine gottverdammte Madonna, beschloss ich, Mamascha gleich vom Hotel aus, von diesem alten grauen, abgegriffenen, pfeifenden PC in der Lobby, eine Mail zu schreiben. Erster Satz: »Glückwunsch, Mami, ich hasse dich!« Und weiter: »Ich hasse deine Patiencen, deine gezuckerten Erdbeeren und deine klugen Ratschläge, die du für andere hast, aber selbst nie befolgen würdest, du dickköpfige, narzisstische Steinbock-Lady! Du hast damals Serafina den Vater gestohlen, weil du ein bequemeres Leben haben wolltest, und darum verliere ich jetzt dich, meine Mutter. Macht man so was? Aber so warst du immer, zuckersüß und egoistisch. Und wie konntest du mich als halbes Baby ein Jahr lang allein in Moskau bei Djeduschka lassen? Hast du dich das ein Mal gefragt? Darum bin ich so verrückt und überempfindlich und dauergeil, das habe ich neulich erst begriffen, als ich Verstopfung und Durchfall gleichzeitig hatte (joking!). Du wirst alles wie immer abstreiten, das weiß ich, aber damit beeindruckst du mich nicht mehr. Ich hasse dich so, Mami, dass ich manchmal glaube, dass ich dich nie lieb hatte!«

Ich entwarf schnell noch den Rest der Mail im Kopf, dann zog ich mein Bein unter Julčas Bein weg, nahm mit einem Griff meine Kleider vom Stuhl und rannte raus. Die Wohnungstür war zwar abgeschlossen, aber meine Entführerin – typisches Julča-Chaos – hatte den Schlüssel stecken lassen. Und ich hatte gleich wieder Glück: Das Taxi stand immer noch vor der Tür. Der Fahrer, ein blonder, kräftiger Mittfünfziger mit rauen StB-Manieren, sagte, zurück in die Stadt koste es das Doppelte, in Euros. Ich schüttelte ihm die Hand.»Dann gehe ich lieber zu Fuß ... Das war ein Witz, Genosse. Los. Fahren wir.«

Und wie ging es in der Olšanka weiter?»Du warst ja gar nicht an Mamaschas Geburtstag in Miami, Zwiebel«, sagte ich nach einer längeren Schweigepause zu Serafina, die seit zehn Minuten ihren Pfefferminztee umrührte, wahrscheinlich, weil sie dachte, dass fürs Abnehmen jede Art von Bewegung gut sei. Wir saßen, angezogen und müde, oben in der Schwimmbadcafeteria.»Warum nicht?«

»Soli ...«

»Was ist? Willst du mal wieder eine Frage mit einer Frage beantworten?«

»Ja. Jaja ... Ich möchte wirklich etwas wissen.«

»Ob ich es schaffe, die ungeschriebene *Bulimische Enkelin* meinem Verlag anzudrehen? Ob es mir was ausmacht, dass ich immer wieder einer neuen Frau mein Leben erzählen muss, von vorn bis hinten, wie einen Tschechow-Roman?«

»Ja, das auch.« Sie rührte wieder um, langsam und zart, mit dem Löffel dieselbe süßliche russische Schlittenglöckchen-Melodie klappernd wie einst Djeduschka (obwohl er doch gar nicht ihr Großvater war). Sie trank einen winzigen Schluck und schüttelte sich mit einem Wohlgefallen, das, wie ich fand, zu sexuell war.»Warum«, sagte sie an- und abwesend zugleich,»sagst du ›Zwiebel‹ zu mir?«

»Das willst du nicht wissen!« Ich sträubte mich, jedenfalls tat ich so, indem ich nach unten sah und wie Wowa in seinen larmoyanten Eulen-Momenten die Stirn runzelte. Dann sagte ich langsam: »Weil ich dich einmal, das ist lange her, das weißt du doch, in Hamburg durchs Schlüsselloch im Bad nackt gesehen habe, Bauch, Bein, Po, Schicht für Schicht. Ach, Blödsinn! Du bringst mich oft zum Heulen, Zwiebel, verstehst du, darum, aber ich hab's dir nie gezeigt. Hallo, hörst du mir zu? Wie merkt man überhaupt, dass du zuhörst?«

Sie nickte mit dem Kopf, als würde sie ihn schütteln. Ihr gut genährtes Gesicht schimmerte rot und rosa wie ein davonschwimmender Koi-Karpfen. Dann nickte sie noch mal, und jetzt sah sie mich kurz wie *a mensch* an. (Das ist Jiddisch und bedeutet »Homo sapiens, aber mit Herz«.) Ich guckte trotzdem weg. »Ich bring dich zum Heulen?«, sagte sie. »Wie? Sag doch!«

»Ich habe gerade gesagt, dass ich es dir nie gezeigt habe – und jetzt willst du, dass ich mit dir darüber rede. Merkst du was? Warum schneidest du mir nicht gleich in den Arm, hältst ein Glas unter das heraussprudelnde Blut und trinkst es?«

»Natürlich, so warst du schon immer, ein pathetischer Russe wie dein Vater!«

»Und wie ist deiner so, wenn er sich gerade an dich heranmacht – angeblich?«

Plötzlich war die ständig davontreibende Serafina (ja, Noah und Gerry, auch sie kann ihre Tagträume anhalten, wenn es ernst wird) mit all ihren fünf Sinnen da. »Angeblich, angeblich, wieso angeblich? Muss die Vergewaltigte zum Richter rennen, solange der Vergewaltiger in ihr steckt, damit man ihr glaubt? Ich hab keine Lust, darüber zu reden. Was soll das?«

»Vorhin klang das anders.« Ich spürte, dass der Augenblick näherkam, ihr von Mamas Endlos-Mail zu erzählen. Ich fühlte das Fieber des Jägers auf dem Hochstand, sechs, sieben Uhr früh, es wird hell, und der große braune Hirsch steht zwischen den Bäumen und schaut neugierig in seinen Gewehrlauf. »Du hast sogar Andeutungen gemacht.«

Serafina hob die Untertasse zum Mund und schlürfte laut die Reste des übergeschwappten Tees aus. Auch das eine alte Djeduschka-Methode. »Scheiße, Karotte, wer bringt hier wen zum Heulen? Merkst du was? Merkst DU was? Ich habe doch immer – immer! – die sich hin und her schiebenden tektonischen Platten unter mir gespürt. Das, für die Blöden unter uns, war Bild eins. Bild zwei: Und wann immer Wowa der Grausame etwas gesagt oder gemacht hat, kam es mir so vor, als wären wir unter Wasser, so weit weg, jedes Wort verzerrt und undeutlich. Und ja – das ist jetzt kein Bild, sondern die absolute Realität –, als Valja, mein richtiger Vater, nach drei Wochen Miami die Decke vom Rattansofa auf unserer Veranda runterzog und mit seiner leisen, süßen, rauen Fred-Feuerstein-Stimme wisperte, komm, wir verstecken uns darunter und holen die Spiele nach, die wir früher nicht spielen durften, habe ich ihm vertraut. Natürlich, habe ich freudig gesagt.«

Arme Serafina, so war das, wenn man log und nur Fast-Schriftstellerin war. Man erzählte Geschichten in immer neuen Varianten, die sich nie deckten, wie Noah und Gerry. Darum übersprang ich lieber das Thema, das sie jetzt mit mir diskutieren wollte. »Wowas Unter-Wasser-Schläge taten dir darum weniger weh als mir, meinst du?«

»Was für Schläge?«, sagte sie ernsthaft überrascht.

»Zwei-, dreimal die Woche. Auf den Kopf, auf den Rücken, beim Essen, quer durch den langen Hartungstraßenflur bis in dein Zimmer. Und später hat er dir Tee gemacht und hat sich bei dir entschuldigt, als wärst du seine Geliebte.«

»Ein- oder zweimal in all den Jahren. Nicht öfter. Du hast eine Fantasie wie ein manischer Pathologiker. Du denkst dir Dinge aus, auf die andere Leute nicht im Entferntesten kommen. Bist du vielleicht verrückt, Solomon ben Wowa?«

Wir saßen immer noch in der weißgrellen kahlen, ur-sozialistischen Olšanka-Cafeteria, wo wir auf unser Taxi warteten. Hier gab es Brötchen mit Mayonnaise, Kunstlachs und winzigen Salzgurkenscheiben, nur zwei oder drei Kaugummisorten, zusammengefallene Windbeutel, graue Resopaltische und -stühle, eine stehengebliebene Uhr über der Tür und auf der Tür ein welliges Bratislava-Poster. Und hinter der Kasse stand eine hagere Frau, deren weiten, schmutzigen Kittel und kesses Häubchen ich zuletzt bei der Krankenschwester gesehen hatte, die mir als Vierjährigem im Bulovka-Krankenhaus Blut abnehmen sollte und so lange die Vene verfehlte, bis sie den anderen Arm nehmen musste, und auch dann noch erduldete ich stumm und unhypochondrisch (kein Wunder, als Mini-Soli wurde ich von Wowas Schlägen verschont) viele ihrer schmerzhaften Versuche.

Dies war eine meiner ersten Erinnerungen (hören Sie gut zu, Savionoli!) und eine der Heldengeschichten, die in der Karubinerfamilie immer wieder erzählt wurden. Die anderen, noch früheren Erinnerungen, die sich jetzt ins Bild drängten, waren 1. Winter 1966/67, Moskau, ich und Djeduschka Karubiner im Schnee, 2. Djeduschka und ich im Frühjahr 1967 am Ostberliner Flughafen, beim Umsteigen von der Aeroflot- in die ČSA-Maschine, auf dem Weg von Moskau zurück nach Prag, und 3. ich am selben Tag abends in meinem Zimmer in der Italská, ich spiele auf dem Boden mit diesen bemalten Holzwürfeln, die richtig zusammengelegt ein Bild ergeben, ich drehe sie herum, nicht zu schnell, nicht zu langsam, es gibt bestimmt flinkere kleine Brüder auf der Welt als mich, aber keine, die so systematisch vorgehen, und die neunjährige Klein-Serafina, die neben mir hockt, hält es nach ein, zwei Minuten nicht aus und schreit mich auf Tschechisch an, aber ich verstehe kein Wort, denn ich war ein Jahr allein in Moskau bei Djeduschka Karubiner und kann nur noch Russisch, und dass mich, das muss ich jetzt auch noch sagen, diese zwölf Monate mehr schmerzten als die verfehlten Nadelstiche in der Bulovka, haben alle Karubiners immer beharrlich geleugnet – auch Mamascha, die Superverdrängerin, meine verloren gegangene Mutter, in ihrer langen, sehr langen Blut-und-Schweiß-Mail, die sie mir nach meiner giftigen Prager Geburtstagsgratulation aus Miami schickte. Wer so viele Worte macht, dachte ich, als ich sie las, hat nie die ganze Wahrheit auf seiner Seite, und manchmal auch nicht die halbe.

Ich hatte Serafina von Mamas Mail zuerst nichts gesagt, weil nicht sein durfte, was nicht sein konnte, da war ich, der perverse Freigeist, ganz konventionell. Und ich konnte sowieso kaum glauben, was sie mir über Serafina schrieb, so viel sadistischen Spaß konnte ich nicht einmal als ihr sadistischer Halbbruder wollen. Ich habe diese absolut historische (und hysterische, weil schon fast novellenhafte) Mail natürlich nicht gelöscht, und damit ich sie nicht zu oft lese, musste ich sie in den Steuer-2002-Ordner schieben – dort ist sie sehr gut versteckt, aber trotzdem kann ich sie jederzeit öffnen. So wie jetzt.

»Mein lieber, sehr geliebter Junge«, fing Mamascha so ausholend an, wie man es auch als älterer Mensch nur in Briefen macht, die man höchstens drei- oder viermal im Leben schreibt, »danke, dass du an mich an diesem wichtigen Tag gedacht hast. Danke für deine sarkastischen Geburtstagswünsche, ich weiß, das ist deine Art von Humor. Auch als deine Mutter musste ich mich daran gewöhnen, dass du oft das Gegenteil von dem sagst, was du meinst (deine Nerven!), aber nach 42 Jahren habe ich gelernt, deine Witze zu verstehen und mit dir über sie zu lachen. Außerdem, bin ich wirklich so anders als du? Wir überempfindlichen Leute können härter sein als der Stein, der uns trifft, wenn ihn andere werfen. Denk nur an unsere schwache Konstitution – und wie viel wir trotzdem auf Dauer aushalten. Falls es dich interessiert, ich habe zurzeit kaum Migräne. Wie schön! So gut ging es mir das letzte Mal mit 20 in Moskau, vor Prag und Hamburg, bevor ich deinen Vater traf, nicht den von Serafinchen. Ist es dir eigentlich peinlich, wenn ich das erwähne? Ein Künstler wie du muss so was aushalten, finde ich. Findest du nicht auch?

Und wie ist es bei dir? Was machen die thereostatischen (und anderen) Werte? Regst du dich immer noch über alles und jeden auf und vergisst, dass es an deiner gemeinen Schilddrüse und ein paar Hormonen zu viel liegen könnte? Hier in den Staaten, das wollte ich dir schon lange schreiben, gibt es eine neue Methode, die Schilddrüse für immer loszuwerden: Du trinkst einen Liter radioaktive Limonade, kommst für ein paar Tage in Quarantäne in einen riesigen Metallschrank, und danach hast du nie mehr mit jemandem Streit. Ich würde es, wenn ich du wäre, trotzdem nicht machen. Was wissen wir heute über die Spätfolgen? Du könntest dich gleich neben einen iranischen Atombombentest stellen! Und überleg mal, wie wären deine Bücher ohne deine böse, gemeine Hormonschleuder geworden? Stell dir vor, *Post aus dem Holocaust* in lieb? Oder *Ihr wollt nur unsere goldenen Eier* den Ausgleich predigend? (Das war jetzt typischer Soli-Humor, richtig?)

Hier in Miami ist es nicht so schön, wie du glaubst, aber es geht mir trotzdem besser als vorher. Ich bin viel zu Hause und schreibe jetzt auch ein bisschen, es ist aber alles natürlich noch nicht so perfekt wie bei dir oder deinem Vater oder deiner Schwester. Ich bin meistens allein, wie oft in meinem Leben, vor allem, seit deine Schwester so überstürzt nach Prag gefahren ist. Ihr Vater ist den ganzen Tag in dem wunderbaren Holocaust Memorial Park mit den riesigen, eindrucksvollen Skulpturen, Gärten und Tempeln, wo er seit seiner Pensionierung als Freiwilliger am berühmten Pay-off-Schalter steht und Besuchern die Namen ihrer vermissten und getöteten Verwandten verkauft. Sie können sie für 36 Dollar in die Memorial Wall im Garden of Contemplation eingravieren lassen. Schön, nicht? Er ist ein sehr lieber Mann, wahrscheinlich zu lieb, darum sagt er ihnen immer, sie sollen es sich gut überlegen und sich schnell entscheiden, nächstes Jahr würden die Preise erhöht werden. Dann steckt er ihnen noch ein paar von den Memory-Kerzen und Recognitioncards umsonst zu. Ja, er ist wirklich ein selbstloser Mensch, nicht so wie gewisse andere Leute. Sonst hätte er sich damals in Moskau nicht damit abgefunden, dass ich mit deiner

Schwester nach Prag zu deinem Vater umziehe und er sie nie mehr wiedersehen darf. Nicht einmal meine Adresse wollte er damals haben. Ein Heiliger! Es war trotzdem – um gleich auf eine von deinen bösen Fragen einzugehen – das Beste für sie, glaube mir. Stell dir vor, sie hätte gewusst, dass dein Vater nicht ihr Vater ist, und das bei seinem aufbrausenden Wesen. Er schreit ja immer gleich los, und spätestens in der Pubertät hätte sie angefangen, ihn abzulehnen und zu sagen, sie wolle zurück zu ihrem richtigen Vater. Ja, genau, Mami – das hat sie kurz vor ihrer Abreise nach Prag zu mir gemeint –, genau das hätte ich gemacht! Und weißt du, was ich darauf erwidert habe? Was beschwerst du dich, habe ich zu ihr gesagt, jetzt hast du deinen richtigen Papa wieder, dem gemeinen Denunzianten Kostja Kostos sei Dank, und im eisgrauen Russland von Breschnew musstest du auch nicht aufwachsen. Man muss eben immer das Gute im Schlechten sehen, nicht umgekehrt, Kinder!

Serafinchen ist mehr nach mir geraten als du, Soli, zum Glück, das weißt du, und sie hat schnell eingesehen, dass ich recht habe. Sie hat mir darum sogar noch vor ihrem Abflug ein teures Geschenk gemacht, für meine Parfumflaschensammlung, einen alten Guerlain-200-cl-Flacon, im Karton, ungeöffnet, mit einer Quittung von Barneys New York vom 23. April 1936! Damals waren es 8,95 Dollar, heute muss das kleine Fläschchen ein Vermögen gekostet haben. Unser Serafinchen hatte aber auch wirklich was zu bereuen. Hat sie dir erzählt, was passiert ist? Habt ihr euch überhaupt schon gesehen? Es war schrecklich! Ich kann verstehen, dass sie überglücklich ist, ihren richtigen Papa wiederzuhaben. Aber muss sie deshalb, wenn ich morgens mit den Damen von Wizo bei meiner Strandgymnastik am South Beach bin, nackt zu ihm ins Bett kriechen? Ihr Papa ist so ein lieber Mensch. Als ich reinkam, hat er gerade verzweifelt versucht, sie wegzuschieben, und sie haben mich zuerst gar nicht bemerkt, so sehr waren sie ineinander verschlungen. Er war nicht böse auf sie, er hat immer nur gesagt, sie solle es sein lassen, er habe sie auch sehr, sehr lieb, er habe sie immer lieb gehabt, auch als er nicht ihr Papi sein konnte, und ob sie denn sein kleines Baby sei. Und als ich anfing, laut zu weinen, zu schreien und gegen das Bett zu treten, hat er sich nicht erschrocken und hat mich gleich mit ein paar sehr schönen Worten getröstet. Kannst du dir vorstellen, was DEIN Vater an seiner Stelle gemacht hätte? Sein Wutanfall wäre nicht unter 90 dB geblieben, und irgendjemand hätte danach einen Eisbeutel gebraucht.

Ich rüttelte also am Bett, sie lag auf ihm, und Valjas immer noch sehr jugendliches, hübsches Komsomolzen-Gesicht war ganz rot vor Anstrengung. Er drückte und presste, aber er wurde sie nicht los, sie ist ja auch sehr schwer, unsere Serafina. Seltsam, ich kann mich noch genau an das Licht im Schlafzimmer erinnern, es war rötlich, aber auch grün, gar nicht unangenehm, dafür rochen beide auf eine Art, die ich hier lieber nicht beschreiben möchte. Sie hielt wie eine Ringerin seine schwachen, dünnen Ärmchen fest, und am Ende hat er sich nicht selbst befreit, sie hat ihn einfach losgelassen. Sie sprang mit einem seligen, fast frechen Grinsen auf und wickelte sich in die karierte Verandadecke ein – ihre Lieblingsdecke, von Missoni, so was Übertriebenes können wir uns jetzt von Mels Agentengeld leisten –, aber sie hat sich auch sehr geschämt, das habe ich genau gesehen. Und wie sie sich geschämt hat! Vor allem wegen ihrer Figur, denke ich, so nackt, wie sie war, sie hat in Miami noch mehr zugenommen, zum Schluss sah sie wie eine richtige Amerikanerin aus! Das alles war am 6. Dezember, am Nikolaustag, wir waren noch abends zu einer Party bei unseren kubanischen Nachbarn eingeladen, und jetzt weißt du, mein kluger Sohn, warum sie eine Woche später nach Prag geflogen ist – weil sie sich so geschämt hat! Nachdem ich zwei Adumbran und noch eine halbe Tavor von Valja genommen hatte, schlief ich mich ein bisschen aus und beruhigte mich, und danach hat sie mir natürlich nur leidgetan. Solche Dinge macht man bloß, wenn man sehr verzweifelt ist, dachte ich, und ich wurde sehr böse auf deinen Vater. Dieser verrückte Vatertausch war damals seine Idee gewesen, nicht meine, er wollte Valja mit diesem

Trick für immer loswerden. Als ob ich das nicht gewusst hätte! Nun, sie wird schon damit fertigwerden, ganz bestimmt, sie ist ja inzwischen kein kleines, wehrloses Mädchen mehr – hoffentlich.

Ich glaube, mein lieber Sohn, in Wahrheit quälen deine Schwester vor allem ihre 30, 40 Kilo Übergewicht, scheiß auf Wowa den Schrecklichen (Vorsicht, Solis sarkastischer Humor)! Das ist doch nicht normal, von wem hat sie das nur, denke ich oft, es war doch sonst nie jemand in der Familie übergewichtig. Und darum habe ich – aber auch, um Serafina von ihren Schuldgefühlen abzulenken – einen Diätplan für sie gemacht. Ich habe mir, wie bei einer Geschichte, sogar einen Titel dafür ausgedacht, *Prag light,* und ich habe ihr versprochen, dass sie für jedes Kilo, das sie abnimmt, von mir 500 Dollar bekommt. (Das kann ich mir jetzt ohne Probleme leisten, ich habe ein eigenes Konto bei der United Trust Bank in Miami, das hat mir Valja gleich nach meiner Ankunft eingerichtet, denn mit Geld ist er nicht so wie dein Vater, von dem ich noch mit über 70 nur ein kleines Taschengeld bekommen habe, mehr nicht, ach, dieser galizische Geizkragen!) Vor ein paar Tagen schickte mir Serafinchen aus Prag ein sehr lustiges Telegramm: ›Mama, 6 Kilo in einer Woche. Schick sofort 3 Riesen. Sonst fresse ich eine Weihnachtsgans.‹ Stimmt das? Sieht sie schon ein bisschen hübscher aus? Drehen sich die Männer am Wenzelsplatz nach ihr um? Bitte, mein Lieber, schreib mir das alles (solltest du mir antworten), und schreib mir auch, wie oft ihr euch seht und ob ihr euch versteht. Das würde mich sehr freuen. Du darfst sie natürlich, so oft du willst, in der Italská besuchen, und wenn du dort schläfst, ist es auch kein Drama, obwohl es gegen die Trennungsabmachung wäre. Vielleicht erzählt sie dir bald selbst, was hier los war. Wie ich sie kenne, wird sie die Sache aber für sich behalten wollen – ich fand trotzdem, du solltest wissen, was passiert ist. Du willst ja immer die Wahrheit wissen, mein geliebter, fanatischer Sohn.

Apropos Wahrheit, zu deiner zweiten Frage kann ich dir nicht mehr sagen, als du schon immer gewusst hast: Du warst deshalb so lange bei Djeduschka Karubiner in Moskau – und nur deshalb! –, weil ich wegen meiner Gallenblasen-OP sechs Wochen auf Kur nach Marienbad musste und mich nicht um dich kümmern konnte. Das schwöre ich dir bei Valjas Leben! Danach sollte Kostja, der beim Innenministerium in Moskau einen Lehrgang hatte, dich wieder nach Prag mitnehmen, aber die sowjetischen Behörden haben es nicht erlaubt, du weißt, wie das damals war, obwohl sie es uns am Anfang versprochen hatten. Plötzlich hieß es, du darfst nur mit einem Familienmitglied ausreisen, und bis Djeduschka alle bestochen und die Papiere zusammenhatte, vergingen der Herbst, der Winter und der halbe Frühling. Ich weiß, was du jetzt fragen willst, warum dein Vater oder ich dich nicht geholt haben? Ich weiß es nicht mehr, ehrlich, wenn Papascha in der Nähe wäre (was er zum Glück nicht ist), würde ich ihn fragen, er könnte sich erinnern. Wahrscheinlich, weil wir wie Djeduschka von Abteilung zu Abteilung hätten laufen müssen, um ein Visum zu bekommen, aber wir mussten beide sehr viel arbeiten, nicht so wie der stinkreiche Djeduschka mit seinen schwarzen Geschäften (die er ja am Ende mit dem Leben bezahlt hat, man bekommt eben nie etwas umsonst). Jedenfalls gibt es kein dunkles Familiengeheimnis – ich weiß, dass du das gerade denkst –, das uns daran gehindert hat, dich in Moskau abzuholen. Es gab keine große Ehekrise, und Papa hat auch nicht plötzlich gedacht, dass du gar nicht von ihm bist. Von wem sonst, bitte? Etwa auch von Valja, der Null? (Das war witzig, Söhnchen, oder?)

Mein lieber, geliebter, vermisster Soli, du willst doch immer die Wahrheit wissen. Und darum verrate ich dir jetzt, warum ich deinen Vater wirklich verlassen habe. Das wollte ich schon lange tun. Nein, es war nicht wegen dieser gojischen Selbstmörderin aus Bergedorf! Denkst du das wirklich, mein kluger Junge? Glaubst du, ich habe nichts von ihr gewusst? Ich war doch jahrelang froh, dass ich zumindest an einem Tag in der Woche (Freitag, oder?) im Bett Ruhe von deinem Vater hatte! Nein, ich brauchte einen Anlass – keinen Vorwand! – um Deutschland zu verlassen. Das wundert dich, stimmt's? Das hättest du von deiner assimilierten Russenmama nicht erwartet! Ich erzähle dir jetzt etwas, das ich dir noch nie erzählt habe: 1944, im Sommer, nachdem die Deutschen die Wolga verloren hatten, zog ich mit deinen Großeltern nach Stalingrad. Anordnung der Behörden! Wir lebten in einem unzerstörten Haus in der Nähe des Gorki-Theaters, und ich saß jeden Nachmittag, ein sorgloses, hübsches Mädchen im weißen Kleid, auf der Fensterbank und kaute Sonnenblumenkerne. Einmal zogen ein paar deutsche Kriegsgefangene vorbei, sie sahen braun gebrannt und hungrig aus, und als einer von ihnen zu mir hochsah und mit der Zunge eine obszöne Geste machte, ließ ich vor Schreck alle meine kostbaren Sonnenblumenkerne auf ihn fallen. Er sammelte sie auf, sah hoch und flüsterte leise: ›Danke, du kleines gemeines jüdisches Miststück.‹ Und ausgerechnet in das Land dieser Leute hat mich dein Vater verschleppt, verstehst du? Ich war immer dagegen! Aber am Anfang glaubte ich, dass es unsere einzige Möglichkeit wäre, dem Kommunismus zu entkommen. Du kannst dir vorstellen, wie traurig ich war, als ich herausfand, dass er, ein StB-Agent aus Leidenschaft, dem Kommunismus im Westen weiter diente. Das war es, was schlimm war – und nicht diese Sexaffäre mit der depressiven Ingrid. Und als Valja wieder auftauchte, als Kostja deiner Schwester nachts um drei am Telefon alles erzählte, da ergriff ich die Chance meines Lebens! Ja, ich weiß, dich habe ich, um glücklich zu werden, verraten. Aber du bist kein Junge mehr, du errätst früher oder später immer, was du zu tun hast, damit das Leben dich nicht auffrisst. Ich habe mir darum nie Sorgen um dich gemacht – und darum war ich sehr überrascht, als du mir nach so langer Zeit geschrieben hast, wie traurig du bist, dass ich nicht mehr da bin. Oder war das nur einer von deinen Witzen, Soltschik? Du hättest doch auch mal nach Miami kommen können! Warum bist du nicht gekommen? Warst du zu sehr mit deiner Arbeit und deinen schönen Frauen beschäftigt? Komm doch – und wir gehen gleich am ersten Tag im Holocaust Park spazieren. Vorbei an den großen Skulpturen von Mr. Kenneth Treister, den Müttern mit ihren sterbenden Kindern, den Stacheldraht-Rosen, der riesigen, in den Himmel gestreckten Hand, auf der nur ein Wort steht: ›Warum?‹. Dann wirst du verstehen, warum ich weggehen musste.

Ich höre jetzt auf. Ich will, bevor Valja nach Hause kommt, noch an meiner neuen Geschichte weiterarbeiten. Sie heißt: *Das Mädchen mit den Sonnenblumenkernen,* du weißt ja jetzt ungefähr, worum es darin geht. Pass auf dich und deine große Schwester auf! Ihr habt nur euch, und vergesst nicht, wir, eure Eltern, und damit meine ich uns alle drei, sind irgendwann tot, und dann denkt ihr nur noch gut über uns. Warum also nicht gleich damit anfangen? Joking! Kuss, Mama. PS: Liest du bitte das *Agentenmärchen,* meine letzte Geschichte, die ich dir als Anhang mitgeschickt habe? Ich bin unsicher, ob das Ende gut ist.«

Im Taxi redeten Serafina und ich kein Wort. Wir fuhren lange die Seifertova runter (ein lächerlicher Umweg, aber ich hatte nicht einmal Lust auf eine kleine antikapitalistische Geografie-Diskussion mit dem Fahrer, Typ ehemaliger KP-Sekretär), bogen links in die Italská ein, und als wir an der Ecke Mánesova hielten, stieg zuerst Serafina mit der quirligen, falschen Energie dicker Leute aus, dann ich, langsam und scheinbar verträumt, aber in Wahrheit die nächsten Stunden meines Lebens genau planend und fürchtend. Der Wagen fuhr langsam davon, er ließ eine altmodische stinkende Gaswolke zurück, und ich stand jetzt mitten auf der Straße und guckte ins weiße Januar-Nichts zwischen den beiden hohen, hellen, widerlich ordentlich renovierten Jugendstileckhäusern in der Mánesova. In dem linken war seit der Wende die tschechische Filiale von BBDO, im rechten hatten die Prager Polizisten ihre Duschen, einen Sport- und einen Freizeitraum. Man sah manchmal die Polizisten in ihren schwarzen Nazi-Overalls und die Agenturleute in den zu breit gestreiften Anzügen stumm auf der Straße stehen und rauchen, und natürlich grüßten sie nie einander. Jetzt war niemand zu sehen.

»Was ist, kommst du nicht mehr mit?«, sagte Serafina. Sie schwitzte und hatte immer noch nasse Haare. Damit du gleich auch noch über mich herfällst, dachte ich, so wie über Kostja, Valja, Rabbi Balaban und deine tausend perversen Telefonsex-Freunde?
»Ich weiß, was du jetzt denkst, Karotte.«
»Was?«
»Dass ich dich auch noch ficken will. So wie Valja – angeblich.«
»Hast du ihn gefickt?«
»Angeblich verkaufen Kambodschaner ihre Babymädchen an Europäer. Angeblich gibt es Leben auf Cassiopeia 143. Angeblich waren es keine sechs Millionen. Den Rabbi habe ich gefickt – ja. Und Kostja habe ich gefickt, aber den nicht nur aus Spaß, sondern auch, um an ein paar heiße Dokumente heranzukommen. Wen noch? Das sage ich dir nicht. Ich kann aber ohne Sex nicht leben, das sage ich dir, kleiner Bruder, und Frauen wie mir fällt es besonders leicht, dafür immer jemanden zu finden, auch wenn du das nicht glaubst. Möchtest du wissen, was Männer an uns lieben? Unsere riesigen, schweren, faltigen Brüste! Sie machen die irrsten Sachen damit, wusstest du das? Dass sie sich danach vor uns ekeln, stört uns nicht. Wir wissen, dass sie wiederkommen werden. So wie mein Vater wiedergekommen ist. Der hat mich auch erst geliebt, und dann hat er sich vor mir geekelt und hat mich alleingelassen, bei meiner egoistischen Mutter und deinem egoistischen Vater – und dann ist er trotzdem wiedergekommen. Ich hasse ihn so! Ich könnte sterben, so sehr hasse ich ihn!«

Warum gibt es in der *Encyclopedia Judaica* zu dem Stichwort *Böse jüdische Frauenmiene* keinen Eintrag? Serafinas gutmütiges, herrisches Mondgesicht wurde kantig, die Augen gingen weit auf, die Haut wurde irrisierend grau. Das mit der Haut sagt man oft nur so, aber ihre sah jetzt wirklich so aus: grau wie der Schlamm von Auschwitz, wie acht Tage altes Tschulent, wie das Pflaster am Kikar-Rabin-Platz, nachdem Jitzchak Rabins Blut weggewischt wurde.

Dann öffnete Serafina, die Böse, stumm den Mund, und die große Zunge rutschte raus und blieb auf der farblosen, dicken Unterlippe wie der letzte halb tote Karpfen im Bottich eines Fischhändlers am Ende des Tages liegen.

»Nein. Damit beeindruckst du mich nicht.« (Das war ich, mit unsicherer, zu hoher Stimme.)

»Womit?« (Das war sie, streng, aber ängstlich.)

»Mit diesem jüdischen Scheißgesicht. Ich weiß genau, wie es wirklich war. Mama hat mir vor ein paar Tagen eine lange Mail geschrieben.« So, jetzt hatte ich also endlich den tödlichen Schuss abgegeben.

»Es stimmt nicht, dass Valja was von dir wollte. Du wolltest etwas von ihm. Warum eigentlich? Und was? Das ist doch so gestört.«

Serafina dachte nach, kurz, ernst und wahrhaftig betroffen. Ihre Zunge verschwand langsam wieder in ihrem Mund, Serafina schwitzte noch mehr, und ihre dunkelblonden Haare wurden vom Schweiß am Ansatz noch dunkler. »Immer dasselbe mit dir, Kleiner! Wenn du nicht weiterweißt, wirst du persönlich. Was kann ich dafür, dass dein Vater deinen Großvater gekillt hat?«

»Eine Projektion, rabotai ve rabotei'nu! Danke. Und weiter? Wie wirst du dich rausreden? Ich bin gespannt.«

»Du bist es, der unglücklich ist. Nicht ich. Aber ich soll mich schuldig fühlen. Das nennt man jüdisches Jiu-Jitsu, wusstest du das? *Seinfeld*, die Folge, in der George im Massagesalon seinen Therapeuten trifft.«

Ich versuchte, mich am Taxi abzustützen, das gar nicht mehr da war, und taumelte mit wedelndem Arm nach hinten.

»Hohoho!«, brummte Serafina.

»Fühlst du dich wirklich niemals schuldig, Serafinchen? Oder gibst du einfach nie etwas zu? Vielleicht bist du ja doch von Wowa!«

»Was? Warum sollte ich etwas zugeben, das ihr euch ausgedacht habt? Mamascha hat dich schon immer mehr geliebt als mich, die sentimentale, untreue Kuh. Und jetzt hält sie zu dir. Wolltest du nicht als kleiner Junge immer, dass sie dich heiratet?«

»*Seinfeld,* die Folge, in der Elaine versucht, ihrer Mutter ihren neuen Freund auszuspannen, einen riesigen schwarzen hochintelligenten Basketballtrainer ... Du hast das Gleiche gemacht wie die Töchter von Lot, Serafina! Du warst pervers und rücksichtslos. Du warst liebestoll. Du hast bei der Dicke-Frauen-Olympiade eine Medaille aus Blech geholt. Du hast dich zu deinem Vater gelegt.« Ich machte unsicher einen weiteren Schritt zurück, und ein schwarzer BMW fuhr so dicht an uns vorbei, dass ich den Fahrtwind spürte. Serafina zuckte nicht einmal, verzog aber enttäuscht das Gesicht.

»Du hast mich schon mal reingelegt – und darum glaube ich Mamascha, nicht dir«, sagte ich. »Und du hast beim Großen Hamburger Sexskandal nicht zu Balaban gehalten, obwohl du damals ganz freiwillig mit ihm in der Hohen Weide die Sodom-Parascha nachgespielt hast. Das war bestimmt inspirierend, nachon? Und darum bin ich mir sicher, dass sie die Wahrheit sagt, nicht du. Nein, das amerikanische Volk glaubt Ihnen nicht mehr, Mrs. Nixon!«

»Ich habe dich noch nie reingelegt, Karotte – noch nie. Und lass bitte den Rabbi aus dem Spiel. Ich allein darf seinen Namen in dem Mund nehmen – und nicht nur den Namen. LASS DEN RABBI AUS DEM SPIEL!«

»Liebst du ihn eigentlich noch?«

Die aschgrauen Umrandungen von Serafinas Augen, ihrer Nase und ihrem Mund wurden schwarz wie bei Matisse. Sie guckte kurz ungestresst und glücklich. Bestimmt dachte sie an Balabans drei Zitzes, eine links, eine rechts, eine in der Mitte. »Wann habe ich dich noch reingelegt?«

Ich lächelte überlegen, sagte aber nicht »Na siehst du!«. Ich sagte: »Als du mit Mamascha nach Miami gegangen bist. Du warst einfach weg und hast mich mit Wowa alleingelassen. Mit Stalin persönlich! Und du hast mir vorher noch nicht mal Bescheid gesagt.«

»Das hast du vergessen.« Sie hob ihren zerknitterten Tatonka-Rucksack hoch und hängte ihn sich über die Schulter. Er rutschte vor und zurück und pendelte langsam aus. »Ja, das hast du vergessen.« Sie sagte es ruhig und ernst, mehr zu sich selbst als zu mir. »Das kann passieren, na klar, dass man etwas vergisst, das gibt es oft. Du hast es eben vergessen, Kleiner. Also, was ist? Kommst du mit? Kommst du mit hoch?« Sie sah zu den Fenstern der ersten Casa Karubiner hinauf, zweiter Stock rechts, ehemalige Wohnung des ersten Prager AEG-Direktors. Drei lange, hohe, schwarze stucklose Bauhaus-Fenster, hinter denen in den betörend schönen Tagen des Prager Frühlings eine neurotische, aber perfekt funktionierende, leicht politisierte und stark erotisierte, sehr besondere Familie gelebt hatte. »Was ist jetzt? Kommst du mit hoch? Ich schwöre dir, ich werde dich nicht anfassen. Warum sollte ich so was Krankes machen wollen? Das macht doch bestimmt keinen Spaß.«

»Ja«, sagte ich leise wie ein zum Tode Verurteilter, der sterben will, oder wie Noah, nachdem der kleine fette Dschandschawid in dem Entführungsvideo auf Youtube ihn fragte, ob er bereue, Jahudi zu sein. »Ja, klar.«

Tel Aviv, achtzehn Monate später, kurz nach meiner unfreiwilligen Alija.

»Hallo, Soli, hier ist Awi, wie geht's?«

»Awi? Awi Blumenschwein? Der Typ, dem inzwischen die halbe Lower East Side gehört? Bist du noch in New York, du dämlicher Fettsack?«

»Ja.«

»Woher hast du meine Tel Aviver Nummer?«

»Ich hab sie eben. Ich hab mit deinem lustigen Vater telefoniert. Wir haben ewig geredet. Was für ein Schmock! Er sagt, du hättest dich stellen und etwas von Notwehr erzählen sollen. Er sagt, du bist undankbar, du wärst abgehauen und hättest aufgehört, dich um ihn zu kümmern. Dabei hat er dich doch immer so schön mit seinem Gürtel verwöhnt! Was für ein Schmock.«

»Was gibt's, Fettsack? Warum rufst du mich an? Brauchst du einen Strohmann für ein dreckiges, geniales neues Business in Israel?«

»Den hab ich schon, danke.« Awi räusperte sich so dämlich verlegen wie in einem Film. »Hör zu, Soli, etwas Seltsames ist gestern passiert. Etwas sehr Seltsames.«

»Was? Hast du nach vierzig Jahren plötzlich keinen Dauerständer mehr gehabt?«

»Ich hab gestern Noah mit Nataschale Rubinstein im Indochine gesehen. Sie sahen sehr verknallt aus. Ich hab mich so erschrocken, ich bin sofort abgehauen. Ist er nicht tot? Oder Geisel in Afghanistan ... oder im Sudan, oder so?«

6
Soli Karubinsex

Der kurze, effektvolle Film mit mir, meiner amerikanischen Sportbrille und meinem erigierten Penis in der Hauptrolle tauchte zuerst auf der Wefuckonlyjews-Seite auf, das war Anfang Dezember 2006. Ich war noch in Berlin, es gab noch die Swinemünder – inzwischen wieder renoviert –, und ich war noch nicht auf der Flucht vor den deutschen Behörden, i. e. Hauptkommissar Focko von Bormann, Mordkommission Berlin Mitte/Tiergarten.

Ich erfuhr es von Knute. Sie rief mich – warum konnten die Leute nicht wie früher vorbeikommen, wenn sie einem etwas Wichtiges zu erzählen hatten? – morgens um acht an und sagte: »Du bist bestimmt schon wach und feilst an einer von deinen tollen Selbsthassgeschichten, oder?« Dann, ihre Sätze überschnitten sich wie diese indischen Trancetracks auf Radio Schalom Berlin, sagte sie atemlos: »Etwas Merkwürdiges ist passiert! Gestern Abend hat mich ein Typ aus der Onlineabteilung des BKA im Büro von Goodlife angerufen. Noah hatte mal wieder einen Auftritt im Internet.«

Noah oder sein abgehackter Chasarenkopf?, dachte ich erschrocken, sehr erschrocken, dabei ging es noch gar nicht um mich.

»Nein, ich hab nicht mehr geschlafen«, sagte ich und stieg vorsichtig in meine weißen Margiela-Sandalen, die auch diese Nacht wieder meinen Schlaf bewacht hatten, »aber nett, dass du fragst. Erzähl! Und bitte mit etwas mehr Gefühl als sonst, wenn es geht.«

»Das neue Video ist noch entsetzlicher als das davor«, sprudelte es aus Knute heraus. »Der BKA-Typ meinte, wenn ich wolle, könne ich den Israelis davon erzählen, damit sie die Sache aus der Welt schaffen. Er habe von seinem Abteilungsleiter, einem Exmaoisten, den Auftrag bekommen, die Sache medial aufzuwirbeln, das nenne man Desinformation. Aber er selbst habe nichts gegen Juden, darum die Warnung. Seine Großmutter sei die Stillamme von Graf Stauffenberg gewesen. Magst du eigentlich korrekte Konjunktivsätze im sicheren Hafen des Indirekten, Solomon? Oder findest du sie irgendwie – zu deutsch?« Was war passiert? Noah hatte sich mit seiner neunzig Kilo schweren Lift-and-Carry-Sudanesin beim Ringen auf den weißen Laken des Burj Al-Fateh Hotels gefilmt und danach – offenbar kurz vor seinem Verschwinden – den Film von Khartum aus als wrestler45 ins Netz gestellt. Dafür gab es fünf Sterne von der Wefuckonlyjews-Community, so viel wie noch nie. Für den Bette-Middler-Dauerhalben kriegte er vor zwei Jahren vier Sterne, drei davon hatte er beim Uigurischen Computer Club für 1000 Dollar gekauft, einer war umsonst und von mir. Und jetzt der Ringerfilm. Er machte einen authentischeren Eindruck als das Dschandschawid-Entführungsvideo: Zuerst kam der große, unrasierte, weibliche Muhammad Ali ins afrikanisch leere, halbdunkle Hotelzimmer, dann Noahle. Während sich die Zwei-Tonnen-Frau verschlafen, aber nicht genervt auszog – bis auf ihren schwarzen Bikini, der ihre Brüste und Hüften so knapp umspannte wie ein Bondageseil, trug sie nur ausgeleierte, goldfarbene, abgeblätterte Flipflops –, rief ADS-Forlani noch schnell jemanden an.»Alles bei euch okay, Kakuschki? Bubi! Schnulki!« Wahrscheinlich – nein, sicher – war die arme Merav am anderen Ende der Leitung, in Herzlia Pituach, sie saß wie immer beim Telefonieren in ihrem kostbaren Saarinen Whomb Chair, und ihre kurzen Beine baumelten unkontrolliert über den Rand des Sessels und zuckten wie bei einem hospitalisierenden Kind. »Hm. Ja. Ich dich auch. Ich muss noch ein bisschen schreiben, dann geh ich ins Bettchen. Nein, nicht die Hilton-Geschichte, das schwör ich dir! Ein neuer Roman, den Titel weiß ich schon, *Moby Dichter und seine Fälle und Unfälle, von ihm selbst erlebt, überlebt und erzählt* – glaube ich. Und morgen früh fliegen Tal, Gerry und ich endlich nach Al-Faschir weiter und drehen dort den anderen Film.« Welchen anderen Film, Noah? Gerrys lächerliches Dokudrama – oder ein weiteres Entführungsvideo, auch diesmal wieder mit den fünf falschen AU-Soldaten besetzt, wie sie zum Beispiel an Noahs abgeschnittenen Fingern nagen und kauen, als wären sie gegrillte Pavian-Zehen? »Jeff? Welcher Jeff? Nein, er ist nicht so gestört, wie der gestörte Gerry immer erzählt. Wir verstehen uns sehr gut. Wenn er etwas sagt, hör ich nicht zu – und umgekehrt. Wie bei uns beiden, Kakuschkele. Liebe dich!« Dann zog Noah sich aus, er behielt nur den Silbertanga an, den die wenigen Noah-Fans, die es gab, schon aus seinem ersten Goebbels-Video kannten. Die schwarze Neunzig-Kilo-Frau setzte sich auf seinen Rücken, er winselte: »Uh, bist du aber kräftig!«, und dann rieb er sich so lange an der Matratze, bis jemand an der Tür kratzte. Ein kleiner Schwarzer mit Silberblick kam rein, er stolperte über Noahs Computertasche und sagte in weltfremdem Pidgin-Englisch: »Freitagabend. Erev Schabbat. Waren Sie schon auf dem Klo, Chef? Soll ich für Sie spülen? Ich mach den Fernseher an, okay? Tee?«

»Aber das ist noch nicht alles, Solomon«, sagte Ute. Ihre Stimme veränderte sich. Das Piepsige, Aufgeregte, Kleinmädchenhafte, das deutsche Mannfrauen immer dann haben, wenn sie es nicht mehr schaffen, Männer zu sein, also praktisch immer, verschwand. Jetzt redete sie mit mir wie ein Mensch, der eigene Sorgen hat und vor Lebensangst dreimal täglich vergeht – und anderen trotzdem nichts Böses wünscht oder andichtet. »Und dann, weil ich schon mal dort war, hab ich mich flüchtig auf eurer sehr interessanten Datingseite umgesehen. Hör jetzt zu. Sag nichts. Frag mich nicht, was ich mit ›eurer Seite‹ meine. Sie heißt ja nicht ›Christenpussis‹ oder ›Germanische Hähne‹, oder? Sie heißt –«

»Ich weiß, wie sie heißt. Und? Hast du dich beim Umschauen angefasst, Knutele? Hast du überlegt, zum Judentum zu konvertieren, weil wir beim Sex unseren Frauen in die Augen gucken?«

»Du hast mir in die Augen geguckt.«

In mir stieg etwas auf, wovon ich nicht wusste, dass es in mir war. Es war groß, heiß, lila, es füllte erst meine Brust, dann meinen

Kopf, dann nahm es von meiner ganzen Zukunft Besitz. Hier war der Moment, auf den ich so lange gewartet hatte, aber es traf mich trotzdem unvorbereitet. Und während ich langsam die Augen schloss und mich wieder aufs Bett setzte, auf mein gerade gemachtes, weißes, geheimnisvolles Junggesellenbett, während ich die Augen noch einmal öffnete und versuchte, mich wie einen unbeteiligten Fremden in Mamaschas und Papaschas Spiegelschrank anzusehen, dachte ich an den einzigen wiederkehrenden Albtraum, den ich hatte: ich als Verbrecher gegen eigenen Willen, ich als ein anderer, der einem Unbekannten das Leben nimmt – und dann drehe ich den Toten um, und er hat mein eigenes spitzes Mort-Sahl-Gesicht.

»Ich habe dir in die Augen geguckt?«

»Du hattest eine dicke schwarze Magic-Johnson-Brille auf, du warst nackt, und du hast dir einen runtergeholt. Es muss in einem Schwimmbad gewesen sein. Oder in einer Sauna. Und plötzlich hörte man eine Frau schreien, und dann kamen ganz viele andere Nackte angelaufen, und du wurdest ohnmächtig.«

An die Ohnmacht konnte ich mich nicht erinnern, an alles andere natürlich schon. Als ich mir später am Vormittag den Saunafilm auf meinem Mac selbst anschaute, war es ein – entsetzliches – Vergnügen zu erkennen, wie groß mein Dudek sein konnte. Von oben, über meinen kleinen, haarigen Einsamkeitsbauch hinweg betrachtet, hatte er sonst immer etwas von einem zu kurzen, traurigen Fahnenmast, an dem schon lange keine Fahne mehr flatterte. Die Elstar-Kamera fing ihn, im Süden das pfirsichrosa schimmernde, heftig pendelnde Skrotum, im Norden die düstere Nerd-Brille, aus der besten Perspektive ein, en face und leicht schräg, und plötzlich verstand ich, warum die Einwohner von Athen und Mykonos beim Dionysosfest menschengroße Phallusse vor sich hergetragen hatten. Nichts sah so gut und Furcht einflößend aus wie ein Schwanz, der stand.

Die Zeit: »Herr Karubiner, wie kommt es, dass ein Moralist wie

Sie gegen alle Regeln des gesellschaftlichen Zusammenlebens verstößt?« FAZ: »Herr Karubiner, glauben Sie wirklich, dass man Sie nach diesem Vorfall in Deutschland noch drucken wird?« Heute Journal: »Herr Karubiner, womit wollen Sie im Gefängnis die Zeit herumbringen – mit Selbstbefriedigung?« Roger Willemsen: »Herr Karubiner, haben Sie daran gedacht, Ihre Erinnerungen zu schreiben, möglicher Titel: *Es waren Saunas und keine Gaskammern?*«

Ich hatte es nicht anders verdient. So wie der Tod der Pfeil ist, der bei unserer Geburt abgeschossen wird und uns in unserer letzten Sekunde trifft – wer hatte das gesagt, Jean Paul, Louis CK, Schloimel Forlani selig? –, so war mir vorherbestimmt, als öffentlich verdammter Sexualverbrecher zu enden. Als Neugeborener – ich konnte noch nicht richtig sehen, die Menschen waren blaue und graue Schatten und blieben es leider nicht lange genug – hatte ich bereits kleine, stramme, sportliche Erektionen. Das hatte mir die geschwätzige Serafina erzählt, nicht die diskrete Mamascha. Von Serafina wusste ich auch, dass Wowa damals ab und zu nachts stumm vor meinem Kinderbett stand, ohne Pyjamahose, nur in der aufgeknöpften, gestreiften Tuzex-Pyjamajacke, und mit seiner kräftigen galizischen Faust wütend gegen die weißen Holzstäbe schlug, damit ich aufhörte, laut glucksend an meinem Babyständer herumzuspielen, und er endlich in Ruhe meine Mami ficken konnte. Wie gesagt, eine Serafina-Geschichte, aber trotzdem absolut glaubwürdig.

Später, als die richtigen Schläge kamen, nahmen auch meine sexuellen Verfehlungen zu. Bulgarien hatte ich schon erwähnt – und vergessen zu sagen, dass die fette Alte vom Strand wegen mir halb Varna zusammengeschrien hatte. Natürlich zu Recht. Denn während ich sie und ihren haarigen Seeigel durch den Fußbodenspalt des Paravents in der Umkleidekabine anstarrte, hatte ich meinen Dudek in der Hand, noch nicht so groß wie in der Elstar-Sauna, aber auch nicht mehr so niedlich und klein wie in den frühen Tagen meines Lebens im Babybett. Ich war aber klüger als heute. Dudek und Hand blieben in der Badehose, und als Mamascha panisch angelaufen kam – sie dachte, die Bulgarin schreie, weil ihrem Soltschik etwas ganz Schreckliches passiert sei – und mich auf dem Boden hocken sah, weinend, entsetzt, trotzig, die kleinen schuldigen Hände wie Hiob vors Gesicht geschlagen, fragte sie nichts, sagte sie nichts, schimpfte sie nicht – denn es gab keine Beweise. Dann nahm sie mich an die Hand, und wir gingen ruhig und langsam wie Bankräuber, die nicht auffallen wollten, zurück ins Hotel. Es hieß, das weiß ich noch, Černo slunce – schwarze Sonne –, ausgerechnet! An ihrer anderen Hand war Serafina, schlank, leichtfüßig und dunkel wie die Königin von Saba mit zwölf, und als Serafina später, ein typischer narzisstischer Teenager, stundenlang den grauen bulgarischen Strandsand von ihrer damaligen Topfigur duschte und Mamascha ihren von mir verschuldeten Migränerausch ausschlief – zwei Analgin, eine Valium, lauter schlechte Wowa-Träume –, stand ich schon wieder an der Badezimmertür, das rechte Auge ans Schlüsselloch gepresst, den Dudek in der Linken.

Nein, ich wusste nicht, was ich tat. Ich wusste es nie, wenn meine Hand mal wieder von selbst Dinge anstellte, über die mir kein Erwachsener etwas erzählt hatte. Aber die Hand selbst, die war offenbar allwissend. Wieso? Vielleicht, weil eine andere, fremde Hand mindestens einmal in der Woche auf mich herabsauste, auf mein Gesicht, meine Schultern, meinen Rücken. Darum, das vermute ich heute, schleiche ich mich immer wieder mit meinen weichen, ungalizischen Fingern aus dem Leben davon, verlasse ich, zumindest sexuell, für ein paar Augenblicke meinen Körper und diese böse, böse Welt. Ist es möglich, Dr. Savionoli, dass ich an der sexuellen Variante des Aufmerksamkeitsdefizitsyndroms leide? »Nun, das ist offensichtlich, Herr Karubiner, im Übrigen eine typisch jüdische Neurose.« Und kann Onanieren so was wie Dissoziieren bei Frühtraumatisierten sein? »Kann, kann, Wasserhahn. Alles kann sein.« Und war mein Papa nicht noch viel grausamer als Noahs böse, böse polnische Kinderfrauen? »Isaak, Jakob etcetera. Was erwarten Sie von solchen Leuten?« Und noch eine Frage, Doc: Bin ich genau darum Schriftsteller geworden, ein jüdischer St. Sebastian, der Vernichter der schlechten, der Errichter der schönen Welt?»Ob Sie das sind, kann ich nicht beurteilen. Das wird uns die Literaturgeschichte früh genug zeigen, Sie naiver, untherapierbarer Klugscheißer. Aber lassen Sie hier unsere Heiligen raus!«

Als wir aus Varna nach Prag zurückkamen – wir fuhren zwei Tage und zwei Nächte mit dem Zug, und mein nackter Onanistenhintern lernte den schmutzigen Zugtoilettensitz fast so gut kennen wie die kratzigen Couchette-Laken –, holte uns der Familienmensch Wowa natürlich vom Bahnhof ab. Der gute alte Masaryk-Bahnhof. Hohe schwarze verrußte Stahlträger, ein Licht wie in der Dreißigerjahren, der Geruch von geschmolzenem Asphalt, Bratwürstchen, starkem tschechischem Kaffee. »Papa, Papa, Noah hat in Varna gespannt!« Das waren Serafinas erste Worte, als sie ihn sah – Ruzyně revisited, diesmal mit mir als Opfer. Ich zog, noch bevor sie zu Ende geredet hatte, die Arme hoch. Aber ich war kein Boxer, meine Deckung war miserabel, und Wowa Mendelewitsch Karubiner, genannt »die rote Faust«, erwischte mich erst am Kinn, dann am Mund. Mit geschwollener, heißer Oberlippe ging ich später hinter den dreien durch die hohe, heiße Wandelhalle zum Wagen (es war noch der nachkriegsbeige Škoda Octavia), und am selben Abend stand ich so lange in meiner kurzen Pionierhose am Küchenfenster, bis sich meine neue, junge Russischlehrerin im Eckhaus gegenüber auszuziehen begann. Gleichzeitig kam Mamascha rein und sagte: »Mein lieber Junge, hör auf damit, solange es noch nicht zu spät ist.« Dann nahm sie die Schale mit den Nüssen und dem Salzgebäck aus dem Schrank und ging zurück ins Wohnzimmer, wo sie und Wowa die Eröffnungsfeier der Spartakiade in Nowosibirsk anschauten. Also konnte ich ungestört weitermachen und hören, wie sie – stumm, tiergleich, friedlich – in einem geheimnisvollen vorderasiatischen Rhythmus ihre selbst gerösteten Kürbiskerne knackten.

»Solange es noch nicht zu spät ist.« Das hatte Mama im August 1966 zu mir gesagt. Jetzt war es zu spät. Diesmal hatte mich keine alte, schreiende, hilflose Bulgarin erwischt, keine freundliche Russischlehrerin aus der Italská (Frau Kupková sagte am nächsten Tag zu mir in der Schule, sie ginge meist gegen elf ins Bett, ich müsse also nicht den ganzen Abend auf den großen Moment warten) – gekriegt hatten mich die Deutschen. Sie würden, happy wie die Einwohner von Worms vor dem nächsten Ritualmordprozess, zu Hunderten, dann zu Tausenden, in Kettenmails den Link meines WFOJ-Auftritts durch die Welt schicken. Ich und mein Superschmock würden bald auf Youtube zu sehen sein, auf Facebook würde einer die Gruppe »Masturbieren mit Solomon Karubiner gegen den Holocaust in Gaza« gründen, und dann würde ein ungewöhnlich grauer, leise knisternder Briefumschlag in meinem Briefkasten liegen, Absender Dr. Dr. Gundolf Freiherr von Rommel, Staatsanwaltschaft Wedding VII. »Sehr geehrter Herr Karubiner, ich habe mit sofortiger Wirkung gegen Sie das Ermittlungsverfahren wegen exhibitionistischer Handlungen wieder aufgenommen. Es liegen neue Beweise vor, diesmal auf Video. Sollten Sie fliehen wollen, können Sie das vergessen. Das Deutsche Reich hat mit jedem Land dieser Welt ein Auslieferungsabkommen, auch mit Palästina. Hochachtungsvoll. Haman, König der Perser.«

»Bist du noch da, Solomon?«, sagte Knute.

»Nein«, sagte ich. Und dann: »Natürlich bin ich noch da! Wo soll ich sein? Im Zug nach Polen?«

»Das war jetzt aber überhaupt nicht witzig.« Utes eben noch weiche Stimme zog sich zusammen und verspannte sich wie der Rücken einer Katze, die böse wird. »Das war respektlos. Und sag nicht, dass ›ihr‹ das dürft – aber ›wir‹ nicht.«

»Nein, sage ich nicht, bestimmt nicht. Ich denke es nicht einmal. In meiner Lage? Weißt du, Ute, ich hab nachgedacht. Und ich hab plötzlich etwas verstanden. Wir sind alle nur Menschen, ihr auch, und ich sollte nicht immer so grob zu euch sein, wenn ich um meine Vorfahren trauere.«

»Ich dachte, ihr seid Russen, und Mama und Papa haben während des Kriegs in der warmen Sonne von Taschkent Dreidl, Domino und Arzt und Krankenschwester gespielt.«

»Nein, glaub mir, ich meine es so. Und deshalb, liebe Ute, entschuldige ich mich, lieber später als nie, bei dir und deinen Freunden und Angehörigen. Ihr habt so viel durchgemacht zwischen 1945 und 1989! Ich will es wiedergutmachen, ich, der Stellvertreter der Juden. Kann ich, darf ich? Sag mir nur, wie! Soll ich einen autobiografischen Roman schreiben, der mit dem Tod von Tucholskys Enkel beginnt? Und sag mir, weil wir jetzt endlich Freunde sind, was ich tun soll, damit diese Scheißsache nicht rauskommt. Sonst häng ich in zwei Wochen wie Jud Süß in einem Käfig an einem Baukran in der Friedrichstraße.«

Knute seufzte – leise, hilflos, lieb. Ich stellte sie mir im Goodlife-Büro vor, acht Uhr früh, der graue Berliner Morgen und mein Winseln machten ihre harten Gesichtszüge weicher und reicher. Sie hatte, als ich mit Noah bei unserem letzten Treffen vor seiner Sudanreise im Herbst in der Chausseestraße war, ewig auf der Fensterbank gesessen. Ihre langen Beine steckten in langen grünen Lederstiefeln, ein Aktenstapel lag auf ihren außergewöhnlichen, pseudozüchtig zusammengedrückten Oberschenkeln, und sie fuhr mit einem umgedrehten schwarzen dicken Montblanc-Federhalter mit Goldprägung über jedes Wort, das sie las, als ob sie es nur so verstehen könnte. Was für ein sanfter Ernst, den ich von einer Oritele oder einer Natascha nicht kannte! Nein, ich hatte zu lange die Menschen in diesem Land unterschätzt, sie waren keine Teufel.

Als Ute endlich zu Noah und mir aufblickte, machte sie, weil noch in Gedanken, einen unerwartet menschlichen Eindruck. Dann, das war der Fluch der historisch Determinierten, fing sie an, die Strenge zu geben. Das war wieder die Hahahaaa-Ute. Die Ute, deren Großvater Nummer 1 in Leitmeritz Juden und Tschechen auf dem Marktplatz wie geschlachtete Hühner an ihren Füßen aufgehängt hatte und sich am 9. Mai 1945 am selben Baum wiederfand. Und deren Großvater Nummer 2 der einzige Sozialdemokrat war, der im alten Reichstag gegen die Arisierung jüdischer Rotlichteinrichtungen gestimmt hatte und in seinen drei kurzen Bonner Nachkriegsmonaten so oft von der CDU als »Bordellverräter« und »Fremdenfreund« beschimpft wurde, bis er sich in der Bundestagskantine ein fettiges Buttermesser in den Hals bohrte. Das – und ergiebige Details über Utes ruhende Mitgliedschaft bei den Kreuzberger Revolutionären Zellen, die seit November 1989 in Berlin, Potsdam und Gleiwitz amerikanische Autos anzündeten – wusste ich von Abigail, Awis Zwei-Tonnen-Schwester. Es musste natürlich nicht stimmen, klang aber so gut und interessant wie kein einziger mir bekannter deutscher Nachkriegsroman. Abigail, so viel Zeit muss sein, hatte übrigens ihre eigene Agenda. Sie wollte, dass die Welt – die jüdische Welt – über Knute schlecht dachte. Sie und die drahtige Deutsche waren Noah-Konkurrentinnen, glaubte sie, ohne zu ahnen, dass Knute für Noah fünfzig Kilo zu wenig hatte.

»Was soll ich tun, Ute?«

»Mir auch mal so schöne Augen machen wie der Kamera in deinem peinlichen Sexfilm. Das war nur ein Witz. Macht ›ihr‹ nicht immer solche Witze? Vergiss es, nein – verdräng es! Der Typ, der ihn hochgeladen hat, nennt sich Litzenrache. Eine Ahnung, wer das sein könnte?«

»Absolut nicht. Aber ich könnte den stinkenden Awi fragen, dem gehören 51 Prozent der Seite – und mich dann ein Leben lang von ihm als Wichser von Mitte auslachen lassen. Warum willst du das wissen?«

»Das Ende vom Film fehlt. Ich würde gern sehen, wie du kommst.«

»War das wieder ein Witz?«

»Ja – und nein.«

»Salam aleikum, Knute. Danke für deine Hilfe.«

»Ich weiß, was du willst. Aber Noah braucht meine Hilfe. Nicht du. Meinst du, er lebt noch?«

»Was will ich?«

»Ich werd niemandem etwas sagen – und du musst Awi anrufen und ihn bitten, dass sie das Sauna-Video von der Seite entfernen. Noah lebt noch, stimmt's? Du fühlst es doch auch.«

»Meine liebe Ute« – ich versuchte, Balabans lächerlichen polackischen Mezzotenor zu imitieren –, »der Rebbe von Krakow sagt: Wenn dein Bruder dein Freund ist, hast du Grund zur Freude und zur Sorge. Ist dein Freund dein Bruder, dann klage Tag und Nacht. Denn du wirst ihn, wenn er vor dir geht, mehr als deinen eigenen Schmock vermissen.«

Und dann legte sie endlich, ohne sich zu verabschieden, auf. Vorher sagte sie noch: »Du bist mir eine Hilfe! Ich ruf lieber die Israelis an, die Botschaftstypen. Ich kenn diesen großen, schiefen, hässlichen Kerl mit dem nassen Vogelmund, Kulturattaché – angeblich. Wir waren mal im Literaturhaus, nach der Darfur-Konferenz im Jüdischen Museum. Er hat die ganze Zeit über Broder, Buber und Rosenzweig geredet – und dabei an seiner Teetasse vorbei auf meine Muschi gestarrt. Ich bin sicher, er kennt die richtigen Leute.«

»Ute, was steht eigentlich auf deinem Montblanc-Füller?«

Sie holte erstaunt Luft, aber schon beim Ausatmen sagte sie: »Der Name von meinem Naziopa. Oder was dachtest du? Mosche Dajans Geburtsdatum? Ich könnte aber auch Jeff eine E-Mail schreiben«, sagte sie noch, immer leiser werdend, zu sich selbst, und dann war sie weg, und das Nächste, was ich von ihr hörte, war, dass sie Pressesprecherin von Sabra-Gas in Israel wurde. Ich sah sie, um genau zu sein, zwei Monate nach meiner Ankunft in Tel Aviv auf Kanal 10, meinem neuen Lieblingssender, vor der Übertragung des Federballspiels Israel–Eritrea. Sie saß – keine Knute mehr, sondern ein blasses, vor Ehrgeiz glänzendes, slawophiles Etwas à la Julia Timoschenko, inklusive Nutten-Make-up und zur Heiligenkrone hochgesteckten Zöpfen – in einem kleinen, sehr hell und sehr elektrisch beleuchteten Raum im Azrieli-Tower an einem schwarzen Bürotisch mit sehr glänzenden Metallbeinen. Neben ihr saß der vom

Mossad aus Krasnokamensk befreite Michail Chodorkowski.ȇSabra-Gasȃ, sagte Ute auf Englisch, während der hübsche, spitznäsige Ölmagnat sie verliebt, aber misstrauisch von der Seite scannte, ȇwill gegen Russlands Regierung einen Prozess wegen Volksverhetzung in Den Haag anstrengen. Michail Borissowitsch Chodorkowski saß acht Jahre in Sibirien in Haft. Acht Jahre! Und warum? Weil er Jude ist. Und jetzt bitte Ihre Fragen.ȃ ȇHalbjude, Utjetschkaȃ, sagte Chodorkowski milde lächelnd und legte die Hand auf ihren Arm, der in einem weißen weiten traurigen Pulloverärmel steckte.

In Tel Aviv waren Ute und ich uns bis zu diesem Tag nie begegnet, sie rief mich kein einziges Mal an, und wir sahen uns auch nicht zufällig in der Cantina oder im alten bunten, heruntergekommenen Gordon-Schwimmbad mit seinen staubigen Palmen, verrosteten Wasserrutschen und den im Salzwasser des nahen Mittelmeers planschenden Teenagern, wo ich regelmäßig schwimmen ging. Schwimmen – nichts anderes.

7
Mord am Werbellinsee

Ich verlasse die Stadt, in der ich lebe, nur, wenn ich in eine andere Stadt muss. Die Frage, die ich mir nie stelle, ist: Warum ich das Land – die Landschaft! – als eine einzige langweilige, beunruhigende Linie von Bäumen, Wolken und schwer durchhängenden elektrischen Leitungen im Zug- oder Autofenster wahrnehme. Dafür gibt es viele Erklärungen. Die mit dem Getto überspringe ich lieber. Denn sie könnte so falsch sein wie, sagen wir, die jahrelange Vermutung von Ärzten, Rückenkranke sollten hart wie Fakire schlafen. Inzwischen behaupten sie das Gegenteil, zumindest die israelischen, so wie Dr. Czupcik, der alte Naturopath der Forlanis aus Hamburg, längst selbst arthritisch und cialissüchtig, der wegen einer 25-jährigen Kosmetikerin aus Bat Jam mit Ende 60 noch schnell nach Israel auswanderte und dort auch der Ingenieur meines Körpers wurde, Tel Aviv, Boulevard Rothschild 43, 1. Stock links, weiße Ledersofas, guter, unmedizinischer Kiehl's-Geruch, die junge, böse Frau Czupcik als Sprechstundenhilfe.

Für meine Seele (ich schweife nicht wirklich ab) blieb aber weiter der ungarische Unmensch und Noah-Hasser Savionoli zuständig. Am Anfang meiner unfreiwilligen Alija haben wir immer telefoniert, wenn ich mal wieder schlecht von meiner Killing-Fields-Familie oder dem Werbellinsee-Incident träumte. Irgendwann skypten wir nur noch, und allein der Anblick des Horthy-Plakats über seinem Schreibtisch in Berlin-Mitte, das dort eines Tages plötzlich hing, machte mich glücklich. Ein solches Plakat, dachte ich, würde ich in Israel – und Palästina – in keiner einzigen Klinik finden. Im Gegenteil! Bei Dr. Czupcik im Sprechzimmer gab es einen verwischten MoMa-Druck von R. B. Kitaj und einen Cartoon aus dem New Yorker (Sie: »Du magst mich nicht.« Er: »Das sagte ich doch schon, oder?«), bei Oriteles Therapie-Berija Tissa Ehrenstein das Foto von Lacan im Café de Flore, wie er sich selbst überrascht und traurig im Klospiegel betrachtet.

Ich kann, da wollte ich eigentlich hin, mit Natur vor allem deshalb nichts anfangen, weil ich einmal zu viel von ihr hatte. Das war, zurück in die tollen, traurigen Sechzigerjahre, in einem der endlosen Prager Sommer, als alle tschechischen Eltern mal wieder ihre Kinder in die süd-, nord- und ostböhmischen Ferienlager schickten, um für drei Wochen Ruhe von ihnen zu haben. Wowa und Mama schoben uns (weil Wowa gerade nichts mit einer der Sekretärinnen aus dem Schriftstellerverband oder der StB-Filiale in der Bartolomějská hatte) sogar in zwei Lager ab. Dann stopften sie den beigen Octavia bis zum Dach mit Fischkonserven, Marmeladengläsern, Nüssen und Milchpulver voll und fuhren zum Baden nach Südfrankreich. Zweimal drei Wochen – das waren sechs Wochen, waren zweiundvierzig Tage, waren über tausend Stunden, in denen sich der kleine, lockige Soli nur noch mit einer Frage beschäftigte: Wann kann ich wieder nach Hause? Und: Wann hört es auf, in meinem Körper vor Heimweh zu ächzen, als würde ich wie ein altes Auto in einer Blechpresse zerquetscht werden? Und warum, Mamascha, hab ich Kolja, meinen schwarzbraunen Stoffhund, zu Hause gelassen? Die anderen Kinder haben doch auch ihre Kuscheltiere dabei – und schämen die sich?

Wowas Sohn sollte schon mit sechs Jahren ein Mann sein. Das war die harte Buczacz-Akademie: Nicht weinen, nicht niesen, Gojim immer nur böse angucken – und auswärts keine Kuscheltiere. Am ersten Morgen meiner ersten Solo-für-Soli-Ferien wachte ich auf dem harten, kalten Holztisch auf, der in der Mitte unseres kahlen, kalten Zwölf-Bett-Zimmers stand. Ich hatte keine Decke, ich fror, und ich verstand nicht, welche übermenschliche Kraft mich in der Nacht aus meinem Bett gehoben und auf den Tisch geworfen hatte. Die anderen Jungen schliefen noch, Arm in Arm mit ihren Teddybären und Puppen, es wurde hell, und dieses überraschend grelle Morgenlicht eines sommerlichen Regentags, das durch die kleinen Fenster unserer Blockhütte leuchtete, werde ich nie vergessen. Ich kletterte verängstigt, erstaunt, verlassen vom Tisch runter – aber statt mich wieder ins Bett zu legen, lief ich barfuß und im Pyjama raus. Machte schon wieder eine unbekannte Kraft mit mir, was sie wollte? Draußen, zwischen den anderen Hütten, war nichts und niemand. Vielleicht hörte man Vögel singen, das kann ich nicht mehr sagen. Ich weiß nur, dass an dem Mast, an dem wir drei Wochen lang jeden Morgen die tschechoslowakische Fahne hochziehen würden, das nackte Drahtseil in der Metallwinde klapperte. Ich blieb kurz stehen, und dann lief ich über den Fußballplatz zum Wald hoch. Was wollte ich dort? Traurig sein, weinen.

Auf einer winzigen, dunklen, von drei zitternden Sonnenstrahlen beschienenen Lichtung fanden sie mich ein paar Stunden später. Ich war noch einmal eingeschlafen, die Hände unterm Kopf, den Kopf auf einen Baumstumpf gebettet wie vor einer Enthauptung. Genauso lag der junge Dalimír aus Tabor vor einem katholischen Kreuzritter am Ende von *Žižkas letzte Rache,* dem Hussiten-Film, den wir vor den Sommerferien mit der Schule im Flora-Kino gesehen und hinterher tagelang in fast jeder großen Pause nachgespielt hatten. Als ich aufwachte, hörte ich unten im Lager zweihundert Jungen- und Mädchenstimmen die Nationalhymne singen, zuerst den längeren tschechischen Teil, dann den kurzen, slowakischen, den ich schon immer lieber mochte. Darin kamen Blitze und Krieg und Brüder vor, die sich gegen ihre ungarischen Todfeinde erhoben, und die Melodie hatte Schwung und südländische Klasse, sie berührte mein kleines Orientalenherz mehr als die süße böhmische Wo-ist-meine-Heimat-Klage. Das alles weiß ich natürlich erst heute. Damals fühlte ich mich einfach nur gut, wenn ich die Worte »Tatra« und »Donner« vernahm und sich mein Kopf im Rhythmus der Musik mitbewegte. »Soli, Soli!« Jetzt hörte ich die Rufe, weit weg, dann immer näher. »Soli! Wo bist du? Bist du hier? Soli!« Sie suchten mich, inzwischen auch die Kinder. Ich rührte mich nicht.

Ich konnte nicht antworten, und ich fühlte mich wie in einem Traum, wenn man vor Angst wie tot ist. Dann sauste die Hellebarde des deutschen Landsknechts auf mein schwindelndes Hussitenhaupt hinab, und ich starb gleich noch mal. So schrecklich, dachte ich später, viel später, hatte sich Noah, der angeblich Entführte, nicht gefühlt, als der kleine Dschandschawid das Messer gegen seinen Hals drückte. Wahrscheinlich kitzelte es ganz leicht, und er musste ein gemeines Motke-der-Ganef-Lachen unterdrücken.

Seitdem – Sázava, August 1969, fünf kleine graue Häuser an einem flachen, dreckigen Fluss, ein tiefer, kalter Wald, Latrinen wie bei der Armee, drei Wochen Verstopfung – kann ich Natur nicht leiden. Und seitdem sehe ich immer, wenn es mir gut geht, also eigentlich nur, wenn ich nach dem Sex müde und entspannt die Augen schließe, vertraute Häuser, Plätze, Straßenzüge. Natascha Rubinstein, mit der ich früher oft darüber sprach, sagte, das sei sehr interessant, sie sehe nach dem Orgasmus immer nur ihren Vater, der sie so wütend anschaue, als habe sie ihn betrogen – aber zum Glück komme sie nicht so häufig. Und Oritele, der ich auch mal davon erzählt hatte, meinte, das bedeute, dass ich mich nach Ruhe und Heimat sehnte, nach Menschengemachtem. »Das kannst du genauso in Israel haben. Komm, zieh mit mir nach Tel Aviv, in die Rehov Zlatopolsky 11, und werd mein Sklave! Das war übrigens kein Witz.« Kurz darauf spürte ich mal wieder ihren knorrigen Malerinnenfinger zwischen den Beinen, aber diesmal presste ich sie fest zusammen.

Ich habe noch mehr Anti-Natur-Geschichten. Einmal verlief ich mich, allein, draußen. Es schlug die Stunde der allgemeinen Weltentrücktheit, der Asphalt unter meinen Füßen war so schwarz wie der Arsch eines Negers (wie Tal sagen würde), und ich fühlte das erste Mal im Leben die Unendlichkeit des Universums. Das war in Sobernheim, Machane (d.h. Jugendreise), mit Awi, Noah, den beiden riesigen, stinkenden Gartenstein-Schwestern, Ethel Urmacher, Frida Pinkes, Kamila Gotthelfer und den anderen depressiven Jung-

Abrahamiten. Wir waren alle noch nicht achtzehn, redeten aber, weil wir gerade am HLG den *Jungen Werther* lesen mussten, fast nur vom Sterben. Am vorletzten Abend, als mein Heimweh und die Todesangst endlich abzunehmen begannen, beschloss ich, unten im Dorf den Gib-mir-mehr-Luft-Brief an Serafina einzuwerfen, den ich noch in Hamburg angefangen und in Sobernheim zu Ende geschrieben hatte. Ich ging – es dämmerte auf diese sympathische, durchscheinende Hochsommerart – abends um halb zehn von unserem eiskalten ZJD-Landschulheim los, allein, aber nicht einsam, immer weiter, immer neugieriger die gewundene, enge Landstraße hinunter. Ich kam mir – das Quietschen meiner ersten Clark's in den Ohren, die harten Worte meiner Unabhängigkeitserklärung an Serafina im Kopf – so selbstständig vor wie nie. Aber als ich mich nach zehn Minuten das erste Mal umdrehte, wusste ich nicht mehr, wo ich war, und plötzlich fühlte ich, dass der Tod nicht bloß eine Option für kalte, melodramatische deutsche Teenager aus dem 18. Jahrhundert oder Leute über siebzig sein musste. Ich taumelte unelegant, rannte zurück und schickte den Brief an Serafina nie mehr ab.

Dann fällt mir noch ein, wie ich – hello again, Sechzigerjahre! – an dem Morgen, als Papaschas sowjetische Freunde mit ihren pfeifenden, rasselnden, petrolgrünen T-34-Panzern in die tschechische Diskussion über die Vor- und Nachteile des Sozialismus eingriffen, in einem nass geschwitzten Federbett in einem ehemaligen Bauernhaus in Hrádeček aufwachte. Serafina war schon wach. Sie saß in der Küche an einem riesigen alten Radio, das eine imponierende, grüngelb leuchtende Senderskala hatte, und sie heulte. Wir waren ausnahmsweise nicht allein auf dem Land. Wir besuchten mit den Eltern (bzw. Halbeltern) Havel und seine Frau Olga, aber die Erwachsenen waren alle noch in ihren Betten, wahrscheinlich ähnlich gut gemischt wie die Karten, die sie abends beim Wein und Sliwowitz gespielt hatten. Ich konnte darum nur die weinende Serafina fragen, was los war. »Der Krieg gegen das tschechoslowakische Volk hat begonnen«, sagte sie. Und: »Wir sind ab heute keine

Juden mehr, Soli, wir sind Tschechen! Kapiert?« Nein, ich kapierte nichts. Aber während ich über ihre Schulter in den eisblauen nordböhmischen Morgen sah, fühlte ich, lange vor den unendlichen Masada-Sitzungen in der Hartungstraße, dieses blöde idiosynkratische Durchfall-Ziehen in meinem Bauch. Vielleicht ist mein Naturtrauma nur eine Sache zwischen mir und dem unfairen Genossen Leonid Breschnew.

Und jetzt also, fast vierzig Jahre später, sechzig Kilometer nördlich von Berlin und fast zweitausend westlich von Moskau, guckte ich, obwohl Sommer war, wieder einmal in einen deprimierenden eisblauen Naturhimmel. Er verdüsterte sich von Minute zu Minute, so schnell wie die Gedanken einer verzweifelten Gogol-Figur, und ich wollte nur noch in die Stadt zurück, auf mein graues Wohnzimmersofa, lesen und schlafen, schlafen und lesen. Neben mir saß Claus die Canaille – roter Kopf, neue, noch engere Popstar-Jeans, noch schnelleres Schnüffeln durch die flache, puderweiße, schweißbedeckte Nase – und trat so müde wie ich in die Pedale des roten Plastiktretboots, das wir uns, um nicht die ganze Zeit reden zu müssen, beim Werbelliner S. V. für vier Euro ausgeliehen hatten. Ich hatte gezahlt, so wie ich seit Tagen alles zahlte, und dabei gedacht, das ist die triviale Routine, wenn man erpresst wird. Der einzige Ausweg, den man hat, ist der Tod, der des Erpressers oder der eigene – oder die Alija, die man seit dreißig Jahren vor sich herschiebt.

Claus und ich waren die Letzten an diesem Tag gewesen, die ein Boot wollten. Die dünne, zu früh gealterte junge Frau vom Werbelliner S. V., die in ihrem hängenden weißen Sommerkleid und den zu hellen Kaufhaus-Timberlands unglücklich, aber nicht verzweifelt aussah, hatte uns gebeten, das Boot später am Steg festzubinden, sie habe endlich Schluss für heute. Dann pfiff sie nach ihrem Hund – einem hektischen, grauen, arthritischen Tier, dessen schlaffe Hinterbeine an einer selbst gebastelten Prothese aus zwei alten Kinderwagenrädern befestigt waren –, und die beiden verschwanden, wie für immer, hinter dem großen, dunkelbraunen Bootshaus. Ich fühlte mich sofort wieder so allein wie auf der Landstraße nach Sobernheim. Der scharfe Schmerz in meinem Bauch war wieder da, die Frage ›Wofür das alles?‹ und die Einsicht, dass nie mehr jemand auf mich einsamen Onanisten aufpassen würde, keine sadistische Oritele, keine egozentrische Nataschale Rubinstein, dass ich endlich aufhören konnte, nach der weiblichen Entsprechung meiner Selbst auf dem Soli-Kuchenstück des Samsara-Lebensrads zu suchen. Der einzige Mensch, dem ich es, im Prinzip, zutraute, war meine jüdische Mutter – aber die hatte mich immer wieder verraten, und jetzt war sie in Miami, diese dämliche, opportunistische Kuh. Meine Sorgen waren noch nie ihre Sorgen gewesen, sie hatte mich geboren, um mich zu vergessen, sie interessierte mich nicht mehr.

Mit diesen Gedanken war ich in das rote, gefährlich schaukelnde Tretboot eingestiegen. Claus saß schon auf seinem Platz und sah mich aus seinen schwarz unterlaufenen Augen gut gelaunt und herablassend an. Wir fuhren, schweigend und mühsam tretend, mit erstaunlichem Tempo los, zur anderen Seite des flachen grauen Sees, dessen strandloses Ufer überall von einem dunklen, undurchdringbaren Wald zugewachsen war. Nur westlich von uns – westlich, dachte ich, weil dort einige letzte Fetzen der blassen Sonnenscheibe im brandenburgischen Dunst zu sehen waren – gab es eine kleine, noch dunklere, von noch mehr bedrohlich schaukelnden und wallenden Kiefern gesäumte Bucht.

Am Abend davor hatten sich Clausi-Mausi und Häuptling Schnelle Hand (also ich) im Strandkiosk der ehemaligen Pionierrepublik Wilhelm Pieck vorsichtig mit dünnem, bitteren Köstritzer Pils betrunken. Die Pionierrepublik war 1952 gegründet worden. Jetzt hießen diese hundert klammen Hektar Wald und See (inklusive nachts spukender Alt- und Anti-Kommunisten-Seelen in den Häusern 1a bis 20c) Europäische Jugenderholungs- und Begegnungsstätte Werbellinsee. Ich hatte die EJB im Lonely-Planet-Führer *Viertes Reich* entdeckt, den Oritele 2005 bei ihrer Flucht aus Berlin zusammen mit ihrem löcherigen Diaphragma absichtlich bei mir liegen gelassen hatte, und ich hatte sofort gewusst, das ist der Ort, wohin ich den Feigling Claus entführen muss, damit er nicht vor mir weglaufen kann. An meine Landparanoia dachte ich dabei nicht, es waren erstaunlich kriminelle Gedanken, die mich angetrieben hatten. Außerdem – das alles stand in einer humorlosen, ostdeutschen, gezackten Schreibschrift auf der EJB-Website – kostete die Nacht in einem der grauen Sázava-Häuschen der ehemaligen Pionierrepublik weniger als 30 Euro. Frühstück und Mittagessen waren umsonst und schmeckten auch so. Und für eine Flasche Köstritzer musste man 1,80 Euro anlegen, mit oder ohne Pfand, das weiß ich nicht mehr.

Claus und ich hatten im Strandkiosk Liane die ganze Zeit auf meine Rechnung getrunken, o. t. h. sozusagen, und dabei, wenn wir nicht schwiegen, lange, stockende Verhandlungen darüber geführt, ob und wann er mir alle, aber auch wirklich alle Kopien meines Elstar-Videos geben würde – und was er dafür bekäme. Davor hatten wir in meinem Zimmer im kleinsten grauesten der EJB-Häuser (13c) die neueste Version *Die Litze der Hammerbachs* durchgesehen, die nicht mehr so hieß. Ich zeigte, übertrieben freundlich, die jüdische Countertenor-Stimme noch eine Oktave höher als sonst, Claus die Stellen, die ich vorsichtig mit dem Bleistift an der Seite markiert hatte, und sagte immer nur: »So kann man es machen. Aber wenn Sie es nicht verbessern wollen, ist es für mich auch okay, Claus.« Er hatte, so wie ich es ihm vor über einem Jahr am Telefon in der Friedrichstraße aus Sadismus geraten hatte, das Buch völlig neu geschrieben – und es war leider ausgezeichnet. Der Held: Ein guter Deutscher, der schlecht sein will, aber keinen Mut dazu hat. Die Handlung: Er beschließt, das Holocaustdenkmal in Berlin in die Luft zu sprengen, das misslingt ihm natürlich, und im letzten Kapitel, das im 22. Jahrhundert spielt, hält seine Ururenkelin und europäische Reichskanzlerin Litze von Hammerbach eine Rede in der früheren Cora-Berliner-Straße, die inzwischen Adolf-Hitler-Allee heißt. Sie steht, ähnlich wie Jeff Goldblum bei der Goodlife-Darfur-

Feier, am Rand des Stelenfelds, auf einem hohen, hellen Holzpodest, und sagt mit rauer Kanzlerinnenstimme: »Wie sehr ist unser Volk für unsere Methoden bei der Lösung der Judenfrage kritisiert worden – und wie dankbar ist uns die Welt, dass wir es endlich geschafft haben! Hiermit weihe ich das Denkmal der endgültigen Auslöschung der Juden ein! Im Anschluss gibt es drüben im Adlon für jeden Berliner einen rearisierten Kuchenteller der KPM umsonst. Abtreten!«

In den Tagen, in denen ich *Die Hammerbachs* las – Claus hatte die »Litze« im Titel eliminiert –, hatte ich ständig den Rhythmus seiner Sätze im Kopf und beim Gehen auch in den Füßen. Das war nicht angenehm. Das behinderte mich. Ich versuchte gerade wegen Noah, dem Dieb, das dritte Kapitel von *Shylock war hier* zu rekonstruieren, in dem Itai Korenzecher seinem Vater Gad Korenzecher vorwirft, dass er einen viel größeren Schmock habe als er, aber plötzlich sagt Korenzecher Worte wie »allenthalben«, »ungehörig«, »auf dem Schlachtfeld der Ehrlosigkeit«. Ich löschte nach ein paar hässlichen Selbstzweifel-Attacken alles, schob die *Hammerbachs* in die Kammer hinter die glänzende, dunkelblaue Prada-Schuhkiste mit den Peitschen und Knebeln, die ich so lange nicht mehr benutzt hatte, und versenkte mich für den Rest das Tages in Bellows *Abenteuer des Augie March*. Nachts wachte ich aber davon auf, dass ich redete. Ich sagte: »Ach, Tate, Tate, Sie jüdischer Schweinehund!«

Der dunkle, bewegliche Himmel über dem Werbellinsee senkte sich auf Claus und mich und unser kleines rotes Tretboot, und ich dachte, hoffentlich kann ich den Himmel, wenn ich aufstehe, nicht berühren, das hätte mir noch gefehlt. Die Wolken waren wie aus Silberpapier, die Strahlen, die ihn durchbrachen, bohrten sich in meine Pupillen und mein Gehirn wie Tageslicht bei Migräne, und Claus' roter großer Kopf davor sah aus wie die Köpfe, die Verrückte malen: zu rund, zu große Augen, kleine, scharfe Tierzähne.

»Wie haben Sie das gemacht, Claus? Was für ein Buch!«
»Schreibblockade.«
»Schreibblockade?«

»Sie können sich nicht mehr erinnern, Sie eingebildeter Affe, oder?«

»Nicht so gut wie an meine Entjungferung.«

»Wie witzig! Soll das einer von diesen Einzeilern sein, für die man Sie in diesem Land nicht mag, Herr Karubiner?«

Claus hatte nach dem Friedrichstraßen-Massaker – natürlich erinnerte ich mich an alles, an meine Euphorie, an die schnellen, gemeinen Sätze, die ich für ihn gehabt hatte, an seine nibelungenhaft dramatische Kapitulation – sehr ernsthaft, aber auch freudig an Selbstmord gedacht. Das erzählte er mir, obwohl wir so wenig wie möglich reden wollten, bei unserer absurd intimen Bootsfahrt so offen, als wäre ich nicht sein schlimmster Feind. Er aß wochenlang nichts und nahm noch mehr ab, er trank nur das Wasser, das beim Duschen in seinen Mund spritzte, er ging nicht mehr in die Agentur, er ging nicht zum Bankautomaten, denn der gab ihm sowieso kein Geld. Was für eine Agentur, Clausi? Ach, eine von diesen Galeeren, in denen sie stundenlang mit gekrümmten Oberkörpern über ihren Laptops sitzen, Tisch hinter Tisch hinter Tisch, die meisten haben Kopfhörer auf und hören deprimierende englische Musik. Keiner weiß, was der andere macht, und manchmal wird abends um 9 fünf von ihnen gesagt, sie müssten nicht wiederkommen, und manchmal sitzen am Morgen fünf Neue da, unrasiert, unverzagt, ahnungslos und schauen stumm auf die gerade von den Gekündigten verlassenen Computer. Wie heißt diese Agentur, Claus, Goodlife vielleicht? Genau, woher wussten Sie das, Sie eingebildeter Affe, aber die gibt es sowieso nicht mehr. Und kannten Sie den Besitzer, Claus? Von ihm, einem Israeli oder so, hat uns oft die nicht unscharfe, superstrenge Geschäftsführerin erzählt, ein kindischer, manischer Typ, sagte sie, sucht euch schon mal was Stabileres!

Claus die Canaille verfügte über die Offenheit eines Borderliners. Wahrscheinlich hatte ihn das zum Erpresser gemacht. Mal dieser sein, mal jener sein und hoffentlich nie herausfinden, wer der richtige Claus ist. Wenn er tagelang auf der oberen Pritsche seines alten

Kinderzimmer-Etagenbetts in der Eberswalder Straße lag – auf der unteren Matratze stapelten sich die zerknitterten Versionen des von mir mehrmals totgeredeten Romans – und aus dem Fenster auf die lautlos vorbeifahrenden gelben BVG-Wagen guckte, dann fühlte er sich immer am besten und leichtesten, wenn seine Augen vor Erschöpfung und Lebensverdruss so weit zugingen, dass seine Seele im Hier zu wandern begann und er sich jäh unten in einem der Hochbahnzüge wiederfand, unterwegs in ein anderes, besseres Leben. Oder Clausi-Mausi guckte von morgens bis abends die Wand an und dachte, ich gucke wie ein Verrückter die Wand an. Oder er starrte auf den Fernseher, der immer und ohne Ton lief, das vor allem und meistens und am liebsten.

So ging es wochenlang, und dann kam *Wer wird Millionär?*, und Claus verließ wieder das Tal seiner Depressionen. Das Gesicht kannte er! Das war sein kleiner, verlogener, zarter Ex F., in dessen arabisch-jüdische Tapas-Bar im neu sanierten Turm der Gedächtniskirche er damals sein ganzes Vorerbe investiert hatte, und natürlich machte F. pleite, weil diese Art von Fusion-Küche seit ca. 1948 out war, aber auch weil der Architekt beim Umbau den Fahrstuhl vergessen hatte. Das Geld (aber nicht die eingelösten Liebesversprechen), das ihm F. seitdem schuldete, sah Claus fast jede Nacht in seinen unruhigen Halb-hier-halb-dort-Träumen, große, hohe, gelb- und rosafarbene 200er- und 500er-Stapel, die, wenn er nach ihnen griff, Füßchen bekamen und wegrannten. Und jetzt war das kleine Miststück F. bei *Wer wird Millionär?* und beantwortete, ohne zu zögern, die Eine-Million-Frage. »A, Bismarck«, sagte er, während Claus ungläubig und aufgeregt den Ton laut machte, »Otto Fürst von Bismarck war es – A! –, der den Juden, Frauen und Homosexuellen das Wahlrecht schenkte.«

Genau eine Woche später stand Claus die Canaille vor F.s Haus, vor seiner Tür, in seiner Küche, und kurz darauf tanzte er mit ausgebeulten Hosen- und Manteltaschen voller gelb- und rosafarbener Banknoten über die Kastanienallee. Auf Wiedersehen, Dauerpanikattacke! Adieu, Schreibblockade! Plötzlich wollte er wieder alles, gelang ihm wieder alles, und dass F. wieder in sein Etagenbettchen drängte, bedeutete ihm nichts. Dafür kamen der Hunger zurück, morgendliche Erektionen, die er ignorierte, er räumte wieder die Wohnung auf, er zupfte sich die Augenbrauen und rasierte seine spitze Kanarienvogelbrust, er rief seine Eltern in Lüneburg an und sagte, er werde sie nie mehr besuchen und mit ihnen im Regen auf der Veranda schweigend Kaffee trinken und R1 rauchen, er machte jeden Tag Nordic Walking im Mauerpark und jagte zweimal dieselben angetrunkenen Halbnazis, die ihn als magersüchtige Schwuchtel beschimpft hatten. Und dann, kaum hatte er wieder eine gute Gesichtsfarbe und schwere, traumlose Nächte, erledigte er innerhalb von sechs leichten, unmanischen Monaten den Anti-Karubiner-Job, wie er seinen Roman für sich nannte.

»Zuerst wollte ich die Sache mit F. erzählen, bloß nichts Politisches, nur fünfzigtausend schöne, schmutzige, ungefährliche Worte«, sagte Claus und sah an mir vorbei in den plötzlich drohenden Brandenburger Tintenfass-Himmel. Er fuhr mit der Hand durch das am Bug gefährlich vorbeiziehende, sich kräuselnde Wasser des Werbellinsees, und ich dachte sofort an die Wassermänner in den alten tschechischen Märchen, die auf dem Seegrund saßen und mit ihren Dreizacken Wirbel machten und so den Ertrinkenden beim Ertrinken halfen. Dann zog Claus die Hand raus, er machte seine Wangen nass und trocknete die durchgestreckten knochigen Finger an meiner Hose ab, und ich, das demütige Erpressungsopfer, lächelte böse, aber ich lächelte. »Und eine Weile dachte ich, ich mache aus Großvater Müllers öffentlicher Selbstverbrennung auf dem Nürnberger Märzfeld irgendwas Hübsches, aber auch leicht Kontroverses. Aber dann fiel mir ein, dass unsere Chefin bei Goodlife oft zu uns sagte, unser israelischer Oberchef Noah oder Dr. No oder so hätte Goodlife in Deutschland darum aufgemacht, weil er glaubte, die Deutschen allein würden und müssten die Welt retten. Bäm! Das war's! Verstehen Sie? Jetzt wusste ich, wohin ich musste, wenn ich losfahren und auch ankommen wollte. Ich saß im ICE Heidegger, und ich musste nur noch auf den Startknopf drücken. Der gute Deutsche. Wahnsinn. Wie naheliegend. Wie mutig.«

Ich tupfte mit meinem alten Hermés-Taschentuch die nasse Stelle auf meiner Hose ab und spürte die Übelkeit kommen. Dann sagte ich gepresst wie ein Catcher, auf dessen Brustkorb ein anderer Catcher sitzt: »Warum haben Sie das gemacht, Claus?« Und gleichzeitig fragte ich mich, ob Noah nicht auch schon dieselbe Idee gehabt hatte. Ja, hatte er! *Jankel Stachelschweins Weg zum Glück* sollte das Buch heißen, das er nach *Moby Dichter* anfangen wollte, Untertitel: *Eine Utopie.*

»Was – gemacht?«, sagte Claus.

»Warum haben Sie das Wichsvideo hochgeladen? Und sich Litzenrache genannt. Und mich in Gefahr gebracht …«

»Ach, das ist doch passé, Meister. Das wird Ihr Glaubensgenosse Blumenstein löschen lassen, wenn Sie ihn ganz lieb bitten, und dann passiert es nie wieder, wenn es nicht sein muss, versprochen. Mögen Sie eigentlich Wortspiele? Passé, passiert – kapiert? Ich meine, wenn Sie nicht das Subjekt sind, sondern der Gegenstand?«

»Sie hatten Ihren Roman, aber ich habe Ihnen gesagt, was Sie zu tun haben. Darum waren Sie sauer auf mich.« Einatmen, ausatmen, Angriff. »Sie sind nicht zufällig Antisemit, Clausi-Mausi?«

Pause. Stille. Leichenhaftes Nichts wie in Berlin am Morgen des 9. Mai 1945. »Wie bitte?«

Ich konnte es noch. Ja, es funktionierte, sogar beim Enkel des Autors der *Kleinen Anleitung,* der im Weltbürgerkrieg more or less auf der richtigen Seite der Front gestanden hatte. Dies war die übliche Anklage – das notorische A-Wort –, mit dem ich bis jetzt jeden Deutschen zum Schweigen gebracht hatte. Mein moralischer Ben Gurion sozusagen (siehe auch: Ephraim Kishon, *Jüdisches Poker,* in: *Der Blaumilchkanal,* S. 125). Meine rhetorische A-Bombe.

»Ich bin doch nicht verrückt, ja?! Mein Großvater war in Dachau!«

»Beweisen Sie es. Geben Sie mir alle Elstar-Dateien, auch die, auf denen ich komme. Stellen Sie keine Bedingungen. Suchen Sie sich selbst einen Verlag.«
»Ihre Nachricht auf meiner Mailbox wollen Sie bestimmt auch zurück.«
»Was?«
»Stellen Sie sich vor, Clausi'«, sagte Claus die Canaille mit einer lächerlich hohen, leiernden Stimme, die wie meine eigene Stimme klingen sollte, aber jüdischer, peinlicher,»stellen Sie sich vor, diese dämliche Hysterikerin mit ihrem weißen deutschen Riesenarsch ist einfach verschwunden. Stellen Sie sich das vor! Kann man mit einem solchen Arsch überhaupt verschwinden? Wie schade … Dabei stand mein Schwanz bei ihrem Anblick so schön – so schön und lange wie seit 1987 nicht mehr! Und jetzt ist sie weg, diese Antisemitin! Nu, egal'« – das sollte Jiddisch sein –,»keine Aussage, keine Anklage.'«

Er hörte auf zu treten, und wir drehten nach rechts ab, auf meine Seite, in Richtung Zauberwaldbucht.

»Wäre ein hübscher, amüsanter Podcast auf der Goodlife-Seite, finde ich. Finden Sie nicht, Sie eingebildeter Affe?«, sagte er. »Das Goodlife-Passwort hab ich natürlich nicht vergessen, wie könnte ich! Holocaust. Sehr witzig. Eine MP4 ist übrigens in zehn Sekunden hochgeladen, noch schneller als ein Video.«

Plötzlich war ich woanders. Ich war jetzt in Moskau – of all places, wie Tal sagen würde –, es war Winter, und die wolgabreite Straße vor mir war weiß vor Schnee, der Bürgersteig auch. Nirgendwo niemand. Nur ein paar Autos fuhren geräuschlos vorbei, weiter vorne, hinter einem Vorhang aus Schnee, beim Eingang zur Metrostation Dynamo (ja, das musste sie sein, ich habe es auf Google Maps nachgesehen, die nächste Haltestelle zur Straße des 8. März, wo Djeduschka seit Kriegsende gelebt hatte) – ganz vorne also, vor der breiten, steilen, dunklen Metro-Treppe sah man ab und zu ein paar schwarze Strichmännchen, die wie Geister im Schneetreiben auftauchten und wieder verschwanden, sonst nichts. Ich war allein auf der Welt und an Djeduschkas Hand. »Djeduschka«, piepste ich auf Russisch, »warum müssen wir bei diesem schlimmen Wetter raus?« Djeduschka – unkarubinerhaft lang, hager, mild – antwortete mir, zwar von oben nach unten blickend, aber wie einem Erwachsenen: »Tausend Schachteln Penizillin aus Belgien, kleiner Mann. Ich soll sie am Hinterausgang des Gesundheitsministeriums abholen. Eine Schachtel bringt 40 Dollar, di verstajst? Davon kannst du später drei Jahre in Oxford studieren und einen Abschluss in Jewish Studies machen, gesegnet sei der Allmächtige, Baruch Haschem! Der Schneesturm ist Sein Geschenk an uns, obwohl es Ihn seit 1917 in Russland nicht geben darf, die perfekte Tarnung. Sei stark! Ich musste es auch sein.« Ich nickte und ließ meinen Kopf zwischen die Schultern rutschen. Kleiner Mann? Ich wollte kein kleiner Mann sein, nicht einmal »großer Junge« war mein Lebensziel. Ich wollte in Mamaschas Arme, sofort, ich wollte, dass sie mich an ihre Brust drückte und so tat, als würde sie nicht merken, wie mein Dudele hart wurde, keine Ahnung, warum. Das wurde es fast immer, wenn sie mich umarmte, aber wenn Serafina mich, ihre große menschliche Puppe, auf ihren Schoß zog und Luft in meine Ohren blies und jeden meiner kleinen Finger in den Mund nahm und an ihnen lutschte, wollte ich nur schnell weglaufen. »Lass dich nicht gehen, Soltschick«, sagte Djeduschka, »sie fehlt dir, ich weiß, sechs Monate ohne Mama sind eine lange Zeit. Ich hab heute Morgen ein Gespräch nach Prag angemeldet.«

Als wir drei Stunden später nach Hause kamen, hatten wir einen ganzen Roman erlebt, und ich hatte Mama fast vergessen. Bis zur Penizillin-Übergabe gab es keine Probleme. Djeduschka ließ sich von einem dürren, graugesichtigen Mann in einem grauen Hausmeisterkittel einen großen Pappkoffer geben, dafür bekam der andere einen festen, dicken braunen Briefumschlag von ihm. »Iwan Iwanytschs NKWD-Akte«, sagte Djeduschka leise zu mir, »jetzt ist seine Weste weißer als deine, und er muss nicht mehr die Lager von

Magadan fürchten«. Ich nickte, obwohl ich kein Wort verstand, dann eilten wir durch den Schneesturm zur Metro zurück. An der letzten Bordsteinkante rutschte der lange, steife Djeduschka aus. Zuerst fiel er hin, danach ich, weil ich in dem schlimmen Gestöber seine Hand nicht loslassen wollte, danach der Koffer, der sich beim Aufprall öffnete und kurz den Blick auf unsere kostbare Schmuggelware freigab. Das Wetter war aber so fürchterlich – die elfte Plage? –, dass zum Glück keiner stehen blieb, Baruch Haschem!

Aber wo war Haschem, als an der Kusnezki Brücke zwei Männer in Jeans, das gegelte Elvis-Presley-Haar so blond wie Timur der Pionier, dazustiegen, sich vor Djeduschka und mich stellten und sagten: »Dawaj, Judenpack, aufstehen, macht der russischen Jugend Platz«? Djeduschka, dessen Bruder Jechiel in Buczacz gleich bei der ersten deutschen Aktion umkam, senkte den Blick, er nahm den Koffer in die eine Hand, mich an die andere, wir standen stumm und schnell auf und gingen weg, zur anderen Seite des Waggons. Kaum saßen wir, waren die beiden Tschernossotniki wieder da. Wieder erhoben wir uns ohne einen Ton, und an der nächsten Haltestelle stiegen wir aus, aber sie schlenderten hinter uns her, und als wir den nächsten Zug nehmen wollten, versperrten sie uns den Weg. Darum mussten wir – minus zehn Grad, Schnee bis zu den Knien, der Wind scharf wie Feuer in unseren Gesichtern – zu Fuß nach Hause gehen.

Als wir dort ankamen, nass, zitternd, traurig, läutete das Telefon. Ich nahm es mit meiner feinen, kleinen Hand ab – ja, auch das sehe ich plötzlich genau –, und eine kalte, unverschämte Telefonstinnenstimme sagte: »Ihr Gespräch, los, reden Sie, Sie haben fünf Minuten.« Und so hörte ich, nach einem halben Jahr, das erste Mal wieder Wowa den Schrecklichen. Er sagte: »Gib mir Djeduschka!«, und dann sprachen sie – nicht besonders verschlüsselt – über die 40 000 Dollar, die Djeduschka mit dem Penizillin machen und in meiner Unterhose via Prag in die Schweiz schaffen wollte. Über mich als Menschen, Kind, Sohn: kein Wort. Ich war nur der vierjährige Komplize; ich war der lebende Pappkoffer. Mama, Mama, dachte ich, während ich wartete und von einem Bein aufs andere trat, als müsste ich aufs Klo, dabei wollte ich nur Djeduschka und mich selbst davon ablenken, dass mein Dudele groß wurde, Mama, Mamotschka, wo ist deine weiche, heiße Brust? Endlich gab mir Djeduschka das Telefon, Wowa brummte: »Hier, dein Sohn!«, und Mama sagte mit ihrer tiefen, flatternden Bratschenstimme: »Solinki, mein Kleiner, bald kannst du nach Hause, Mama und Papa vertragen sich wieder, ich liebe dich.« Und klack! Ja – klack. Das Gespräch wurde tatsächlich mit diesem guillotineartigen Geräusch unterbrochen, mein Dudek wurde wieder normal, ich starrte auf das alte schwarze sowjetische Telefon und fragte mich, ob er jemals wieder so hart werden würde wie eben.

»Sie haben mich zum Erpresser gemacht, ich bin sonst gar nicht so«, sagte Claus beleidigt und fing wieder an, langsam in die Pedale zu treten. »Wohin fahren wir?«

»In die Bucht«, sagte ich und drehte am Steuerrad, los, in die Bucht, und dort lass ich dich dann verschwinden, du Schande Germaniens! Und gleichzeitig fragte ich mich, wieso ich immer gedacht hatte, dass ich wegen Mamas Gallenblasen-OP in Moskau gestrandet war. Sie wollten sich 1966 trennen, natürlich!, darum war ich so lange allein bei Djeduschka gewesen, und 1973 auch, im dritten Jahr der Emigration, als Wowa in der Bartolomějská bei Major Sekora festsaß, und später bestimmt auch, aber das hatte ich nicht bemerkt. Alle sieben Jahre, das war das Minimum, der große Scheidungskrieg, und warum nicht gleich sieben Mal im Jahr und warum nicht vor meiner Geburt? Als sie es 2003 endlich taten, als Mamascha in Valjas kraftlose Arme nach Miami Beach floh, war ich leider schon auf der Welt und wäre lieber tot gewesen – als ein lächerliches vierzigjähriges Scheidungskind zu sein.

»Ich habe Sie zum Erpresser gemacht?«

»Sie und Ihr Schmock – Schmock ist doch richtig, Sie Schmock? –

waren zum richtigen Zeitpunkt am richtigen Ort. Der Big Point meines Lebens! Sie waren, wo ich war. Sie hätten sich nicht so gehen lassen sollen. Dann wäre ich auch cool geblieben.«

»Und wie geht's jetzt weiter, Claus? Was wollen Sie als Nächstes? Meine nicht vorhandene Impressionistensammlung? Die Nummer des geheimen Nummernkontos meines toten Großvaters in der Schweiz? Das Diaphragma meiner Ex?«

»Ich behalte die Dateien und die MP4 mit Ihrem Geständnis. Bis *Die Hammerbachs* bei Weidenfeld & Weidenstein erschienen sind. Und bis ich den Großen Romanpreis der Frankfurter Buchmesse von Anne Franks Tochter überreicht bekommen habe. Die Enkelin von Mosche Dajan geht auch.« Sadistisches, raffgieriges Arisierergrinsen. »Ihr habt noch Geld in der Schweiz?«

»Ich bin nicht in der Jury«, sagte ich ernst, aber nicht zu ernst. »Und ich hab selbst noch nie einen Preis gekriegt. Einen Preis bekommt man nur, wenn man auf der falschen Spur ist. Wenn man fremde Gesetze befolgt, ohne zu wissen, dass es sie überhaupt gibt. Sind Sie auf der falschen Spur, Litzenrache?«

»Jetzt wollen Sie mir weh tun, stimmt's? Jetzt spielen Sie sich auf«, sagte er. »Aber nicht mit mir. Dagegen bin ich immun, Sie überheblicher Linkshänder. Bestimmt sind Sie Linkshänder, ja, was sonst – damit die Tinte nicht verschmiert, wenn Sie Hebräisch schreiben.« Das alles sagte er nachdenklich und mit einem neu einsetzenden hektischen Schnuppern seiner flachen, schweißbedeckten Nase, er sagte es nicht mehr so frech, er setzte die Worte immer leiser hintereinander. Plötzlich schlug er wütend mit der Faust ins Wasser und ließ den Arm über den Bootsrand hängen. »Sie wollen mich verletzen! Sie sagen etwas, das ich nicht verstehen soll!« Und noch ein Schlag. »Das macht ihr immer! Immer tut ihr so, als wüsstet ihr mit euren fünftausend Jahren Welterfahrung etwas, was wir nicht einmal ahnen. Wie dieser widerliche, herablassende Gehirnwäscher Savionoli, der immer nur Roulette mit einem spielt. Rot oder schwarz, sagt er in jeder Sitzung zu mir, fünfzig Prozent Heilungschancen, mehr nicht.« Dann zog er die Hand aus dem Wasser, und diesmal trocknete er sie an seiner eigenen Hose ab. »Nardil, doppelte Tagesdosis. Und eine halbe Tavor vor dem Schlafengehen. Das war sein letzter beschissener Tipp.«

Ich sah an ihm vorbei auf die Kiefern der Zauberwaldbucht. Naturschilderungen sind absolut nicht mein Fall. Damals in der Judengasse gab es keinen einzigen Baum, wahrscheinlich deshalb. Die Kiefern vom Werbellinsee würde ich, wenn ich trotzdem müsste, so beschreiben: dicht, hoch, schwarz, gemein. In der Zauberwaldbucht – vorne eng, hinten supereng – waren sie noch dichter, noch höher, noch schwärzer, und über ihnen war nichts mehr, das ein Stadtmensch wie ich als Himmel erkennen würde. Die Wolken aus Silberpapier waren schon lange verschwunden; was eben noch wie die Einstellung aus einem alten tschechischen Zeichentrickfilm aussah, war zur Kulisse aus *War Of The Worlds* geworden. Dort oben hing jetzt eine beschissene schwere, dunkle, undichte, riesige Eisenplatte, die Claus und mir gleich auf den Kopf fallen und uns zusammen mit unserem kleinen roten Tretboot zerquetschen würde. Der erste große Riss war schon zu sehen. Er war hell, goldhell, explosionsgrell, und je mehr er sich öffnete, desto mehr sehnte ich mich nach dem faden San-Nicci-Dämmerlicht nachts um halb eins. So, ich hoffe, das reicht.

»Dr. Savionoli?«, sagte ich. »Der Dr. Savionoli mit dem Foto der Hadamar-Volksklinik auf dem Klo?« Zuerst Goodlife, jetzt das. In Berlin spiegelte sich die Welt noch mehr in sich selbst als anderswo. Vielleicht wohnte Clausi auch in der Swinemünder 14, wie ich, ein Stockwerk über mir, und ich hatte es nie bemerkt. Vielleicht hörte er mich, wenn ich versuchte, Mama ganz nah zu sein, oder wenn ich mir beim Schreiben laut meine eigenen Sätze vorlas, um zu kontrollieren, ob die Syntax nicht zu sehr nach k. u. k. klang. Vielleicht war er vor Jahren eingezogen, nach der Geschichte über mich und mein Viertel in Vanity Fair. Vielleicht war ich schon lange Teil seines Plans.

»Ja, Dr. Endre Savionoli. Grauer, wirrer Haarkranz auf der jüdi-

schen Eggheadglatze, Nase wie ein Ameisenbär und Nasenhaare wie ein alter Terrier, doppelte und dreifache Rechnungen für dieselben Sitzungen, wenn man nicht aufpasst. Früher Hamburg, Harvestehude oder so, jetzt Berlin, Monbijoupark 1, lässt immer den Juden raushängen, damit man vor Ehrfurcht vor ihm erstarrt. Mein Großvater war in Dachau! Nicht mit mir, dagegen bin ich immun!«
»Das sagten Sie schon.«
»Darüber bin ich hinweg.«
»Claus, Claus! Savionoli ist keiner von uns, Sie Idiot, er ist einer von euch. Und der einzige Mensch, den ich kenne, der offen und gern zugibt, dass er ungern Judengeruch in der Nase hat. Darum bin ich sein Patient. Ich hab keine Lust auf Protektion, wenn es um medizinische Fragen geht.« Ich ließ das Steuer los und rieb mir mit leisem Schmatzen die Hände, und einen Buckel machte ich auch.
»Sie hätten damals den Ledermantel von Selbsthilfe e. V. behalten sollen, mit dem Sie Ihre Mutter zum Weinen gebracht hatten. Er stand Ihnen gut.«

Claus reagierte ähnlich euphorisch auf meinen Witz, als hätte ich gesagt, dass es Dollars und Matzes hageln würde, wenn er konvertiert – also gar nicht. Ihn interessierte etwas anderes. »Und warum sind Sie bei ihm?«

»Das wissen wir beide noch nicht so genau.«
»Wenn Sie es mir sagen, sag ich Ihnen auch alles.«
»Ich weiß noch nicht alles? Es steht noch nicht alles in Ihrem angenehm unvulgären Roman?«

Der depressive Zug um Clausis Mund und Augen nahm zu, und zwischen seinen millimeterkurzen blonden Haaren schossen kleine Schweißbäche hervor und flossen über seine rote Stirn in das hochtrabend hochgezogene Stressgesicht. Ein Vogel (Krähe? Schwalbe? Adler?) flog über uns hinweg, kam wieder, stieg auf, ließ sich fallen und flog mit einem leisen, gequälten Schrei davon. Ein Savionoli-Vogel. Savionoli persönlich. Hier waren gleich zwei seiner verhassten Patienten, verzweifelt wie nie, und der dritte – Dr. psychokat.

Noah Forlani, inzwischen sein Rivale und nicht mehr Klient – war zum Glück tot. War er eben nicht, Doc! Und er hatte gerade die Räume für sein 1. Psychokatalytisches Institut in der 1323 Madison Avenue angemietet, fünf Blocks südlich vom Mount Sinai Hospital und zehn Blocks nördlich von Nataschas Workout-Compound, wie sie und er ihre Wohnung in der 93. Straße nannten. (Das wusste ich in diesem Moment aber noch nicht, das stand in der E-Mail, die ein paar Monate später von Blumenschwein kam.)

»Erstens«, sagte ich zu Claus cool, »bin ich früher von meinem Vater verprügelt worden. Zweitens: Ich bin früher von meinem Vater verprügelt worden. Drittens: Ich bin von Papi einmal im Monat halb tot geprügelt worden. Viertens: Ich würde Papi am liebsten totschlagen, aber das geht nicht – fünftes und sechstes Gebot! –, und darum prügel ich ständig auf alle und alles ein. Weiße Frauenärsche, das Land des neuen Pharaos, den jiddischen Vaudeville-Akt *Die Rückkehr ins Land des Pharaos*. Letzteres in Stanford, Princeton und Vassar immer ein Hit.«

»Gott, Scheiße, Meister«, sagte Claus, »Sie reden ja wie gedruckt! Karubiner at his best! Müssen Sie eigentlich was nehmen, damit es Ihnen verbal so gut und präzise kommt? Ich versteh kein Wort! Ich müsste sogar was schlucken, um Sie zu verstehen. Mann, sind Sie schnell!« Es gab ein leises, zartes Klatschen, und auf Clausis Arm landete ein weißer Klumpen Vogelkot. »Sind Sie auch verrückt?«

»Alewaj. Das ist jiddisch. Es heißt –«

»– ›hoffentlich‹, ich weiß. Ich hab schon bei Ihnen ein paar Brocken Jiddisch gelernt. *Die Rubiners* sind voll davon.« Er tupfte mit dem Zeigefinger auf seinen beschmutzten Ärmel und sagte lächelnd: »Und far di gojim singen sie, stimmt's?«

Ich nickte. Ich liebte diesen Witz. Cohn und Levi gehen im Prater spazieren, eine Taube scheißt Cohn auf den Kopf, und er beschwert sich bei Levi darüber, dass man als Jude sogar von Vögeln schlecht behandelt wird. »Woher kennen Sie den? Auch aus einem Buch von mir?«

Auf seiner Stirn erschien eine einzige waagerechte Falte, ein Minus, ein Nein. »Aber sind Sie so verrückt wie ich? Brauchen Sie zum Schreiben Pillen wie ich? Versuchen Sie, von ihnen loszukommen – wie ich? Wollen Sie, wenn Sie keine nehmen, sterben wie ich?«
»Ich dachte, das war wegen der Schreibblockade.«
»Die hab ich, seit ich sechzehn bin, Sie Superchef! Sie sind doch nicht so ein Alleswisser, wie ich dachte. Nur auf Nardil kann ich schreiben, und auch das nicht immer, wie man sieht. Auf Nardil kotz ich jede zweite Mahlzeit aus, ich hab Atembeschwerden am Tag und im Schlaf, mein Blutdruck ist der eines Siebzigjährigen, die Lebenserwartung auch. Früher als Teenager hatte ich immer ein Handtuch in der Tasche, um mich nach meinen Panikattacken abzutrocknen, und ich hatte immer einen Tennisschläger dabei, damit die Leute nicht fragten, warum ich immer ein Handtuch dabeihatte. Ich hab mir morgens ein Kopftuch umgebunden, denn nur so ist tagsüber mein Kopf nicht explodiert, nachts legte ich ihn zwischen zwei Bände *Meyers Konversations-Lexikon*. Gott, ich war so unglücklich, dass ich sogar bei der *Muppet Show* und *Klimbim* geweint habe! Ich brauchte menschliche Nähe, aber es gab nur sonntags ein Tischgebet und Schaufenstershoppen in der Fußgängerzone von Lüneburg und zum Abitur einen kurzen Händedruck von Eltern mit steifen Frisuren und Mienen wie aus dem 19. Jahrhundert. Wie gern hätte ich ab und zu eine Ohrfeige gekriegt! Dann kam die Pillenzeit, dann kamen Savionolis doppelte Rechnungen und Drogencocktails. Erst ging es mir gut, dann schlecht, später noch schlechter.« Er fuhr sich mit den kotverschmierten Fingern übers Gesicht, und die drei grauweißen Streifen auf seinen Wangen sahen aus wie Kriegsbemalung. Würde er sich gleich einen *Taxidriver*-Irokesen schneiden? »Ich bin seit November auf Entzug, Meister! Ich will *Die Rückkehr der Hammerbachs* clean schreiben – oder gar nicht. Aber ich hab seit Fronleichnam nicht einmal einen Einkaufszettel hingekriegt. Wie macht das dieser verrückte Houellebecq, wie Ihr versauter Glaubensgenosse aus Newark, der immer noch keinen Nobelpreis hat, wie hieß er

noch mal? Jedes Jahr ein neues Buch! Bitte, töten Sie mich, das wird das Beste für uns beide sein.«

Wir waren nur noch ein paar Meter vom Ufer entfernt. Die Kiefern – schwarz, im Wind schaukelnd, gemein – riefen: Kommt herein, kommt und verirrt euch! Das Wasser unter uns rief: Taucht ein! Ertrinkt! Ich könnte Claus, dachte ich, wenn er es auf die Dignitas-Tour will, in den Wald locken, ihm einen seltenen Pilz, eine riesige Baumwurzel, eine Fuchsfährte zeigen, und wenn er sich bückt, einen Holzstamm über den Kopf ziehen. Einen Pilz würde ich bestimmt erkennen, eine Baumwurzel auch, die Fuchsfährte könnte ich mit meinem Schuhabsatz selbst machen. Ich ließ meine Gedanken weiter schweifen, noch drei Sekunden, beschloss ich, mehr nicht, und auf einmal war ich bei dem interessanten Thema »Die Deutschen und der Wald«.

Im Wald – bevor es den Limes gab und danach – versteckten sie sich, machten es sich bei gegartem Römerhirn, Hasseröder und *Wünsch Dir was* in Schwarz-Weiß bequem. Das Feuerchen brannte und beleuchtete dramatisch flackernd ihre Clausi-Mausi-Gesichter, und später malte Caspar David Friedrich sie so, aber noch lieber ließ er sie weg und malte nur die Bäume, das Rauschen, das Moos, das Gestrüpp, das ungeheime Geheimnis, den verwaisten Grundig-Fernsehapparat, umkleidet mit Fichtenfurnier. Mir fiel – was für ein seltener Anfall von Natur- und Fernweh! – plötzlich die offene, klare Negev-Wüste ein, perfektes Merkava-Panzer-Aufmarschgebiet, eine endlose, glühende, orientalische Ebene am Rand der Erdscheibe, die sich der berühmte Malerfürst nicht einmal hätte vorstellen können, und dann waren die drei Sekunden vorbei, und ich dachte: Nein, Litzenrache hat es nicht verdient, in einem Wald zu sterben, ins Wasser mit dir!

»Warum, Claus, haben Sie die Sache mit dem Video gemacht? Hat Ihnen Ihre eigene kleine Depression nicht genügt? Warum macht ihr Limesmenschen alles immer so groß und grob? Ist das eure Art – andere mit in den Untergang zu ziehen?«

»Kleine Depression?«
»Wie eine große ist, wollen Sie gar nicht wissen!«
»Zu viel Nardil. Oder zu wenig. Zu viel gute oder zu viel schlechte Laune. Das weiß ich nicht mehr. Zu viel Vergangenheit, zu wenig Präsens. Zu viel Zuwenig, zu wenig Zuviel. Die alte, notorisch historische Malaise meiner unvernünftigen Nation. Mögen Sie es, wie ich Ihr Juden-Stakkato nachmache?«
»Und das ist wahr?«
»So wahr, wie ich gar nicht weiß, warum mir immer so elend ist. Mit den Pillen ist es zwar warm, schön, gemütlich – aber der Planet, auf dem man mit ihnen lebt, ist nicht die Erde. Nicht Europa. Nicht Deutschland. Nicht Berlin!«
»Hören Sie nie auf, zu politisieren?«
»Psychologie und Politik gehörten in diesem Land schon immer zusammen. Wie Beethoven und die Comedian Harmonists.«
»Ja, genau.« Ich hustete ironisch, verschluckte mich und hustete noch mal. »Ich hatte eine Tante, Sie blöder, deprimierter Waldschrat, die war schon in der Gaskammer, und dann hat man sie wieder rausgeholt, weil sie so schön malen konnte und Rudolf Höß zum Geburtstag seiner Frau noch ein Porträt brauchte.«
»Ach, ficken Sie sich, Karubiner! Dagegen bin ich immun. Das sagte ich doch schon.«

Claus tauchte mit gleichgültiger Miene die Hand mit dem Vogeldreck ins Wasser. Der Savionoli-Vogel kam aus der schwarzen Wolkenplatte auf uns zugeschossen, krähte etwas, das wie die ersten Takte der *Eroica* klang, und verschwand. Das blaugraue Werbellinseewasser färbte sich kurz weiß, dann weißgrau marmoriert, dann war es noch dunkler als vorher, und dann kam aus dem Zauberwald eine riesige Böe und dann noch eine, das Wasser hob und senkte sich, unser Tretboot auch, und wir fingen beide an, hektisch und ängstlich zu treten. Das Boot kippte trotzdem immer mehr auf die Seite, auf Clausis Seite, obwohl er nur halb so schwer war wie ich.

Dagegen bin ich immun …

»Dagegen auch?« Ich sah ihn erschrocken an, er sah mich erschrocken an, und dann passierte es. »Schauen Sie, Claus, ich bin noch viel verrückter als Sie«, sagte ich und stieß ihn ins Wasser. Es war gar nicht so schwer. Er fiel hinein wie ein voller Müllsack. Dabei stieß er mit der Schulter gegen den Bootsrand, seine weißen schmalen Hände klammerten sich kurz am abgenutzten roten Plastik fest, ich stand auf, das schaukelnde Boot wackelte noch mehr, und fast wäre ich selbst rausgefallen. Ich trat auf seine Fingerspitzen, als wollte ich eine Zigarette ausdrücken, und er ließ sofort das Boot los.

Da war er wieder, der einzige wiederkehrende Albtraum, den ich hatte, mitten am Tag: Ich beging ein Verbrechen und fühlte mich noch schlechter als mein eigenes Opfer. Das kannte ich nur aus dem *Ring des Nibelungen,* und da war der blonde, bleiche, gierige Hagen der Täter, aber er wollte es so. Und ich konnte nicht einmal etwas dagegen tun. Ich sah nach unten, ich sah in Claus' schnell davontreibendes Gesicht und zuckte entschuldigend mit den Schultern.

»Jetzt sagen Sie bloß nicht, dass Sie nicht schwimmen können, Sie deutscher Naturbursche.«

»Ich konnte früher Brust«, rief er, »aber davon hab ich Knieschmerzen gekriegt. Dann hab ich's verlernt. Zum Glück!« Sein Kopf schraubte sich kurz über die graue wabernde Wasseroberfläche. »Danke, Meister, und auf Wiedersehen! Endlich fällt alle Last von mir ab. Nie wieder Lüneburg! Nie wieder Dr. Savionoli! Nie wieder Schuldgefühle! Nie wieder literarische Selbstzweifel! Danke, ich werde Ihnen immer dankbar sein.« Der große rote Kopf verschwand in einem Strudel aus Wasserschaum, Blättern und Seerosen. »Herrlich« – es machte gluck-gluck-gluck, was sonst, und er tauchte ein letztes Mal aus einem Wirbel winziger, weißer Bläschen auf –, »herrlich diese Dunkelheit hier unten.«

Ich setzte mich vorsichtig hin, umfasste mit ausgebreiteten Armen das kleine, überall nasse Steuer wie ein übermüdeter Lkw-Fahrer das riesige Lenkrad seines Zwölftonners und fing an zu treten.

Meine Beine schienen voll offener Nerven zu sein, sie zuckten und schmerzten. In welcher gesetzlosen Sphäre befand ich mich gerade? Betrat ich das erste Mal im Leben Gebiete, die Mitteleuropäer sonst nur aus Weltkriegen und Inzestkellern kannten? War ich dafür bereit? Würde ich als Schriftsteller davon profitieren? Dies hier, so viel war klar, war das Ende der *Hammerbachs,* sie würden nie erscheinen; und ich würde sie natürlich auch nicht unter meinem Namen an Weidenfeld & Weidenstein schicken, egal wie groß die Versuchung war. Was noch? Nichts. In meinem Kopf war kurz eine unangenehme Leere, dann musste ich sofort wieder an Claus' großartiges Scheißbuch denken.

Das Beste daran: Durch die *Hammerbachs* schwebten unentwegt Kameradrohnen. Sie zischten und pfiffen leise, und wenn Quex Hammerbach, der gute Deutsche, sich umdrehte, waren sie längst wieder verschwunden. So war er aufgewachsen. Allein, unsicher, ängstlich, größenwahnsinnig, onanierend, dabei noch einsamer, sodass ihn die Vorstellung, unter Beobachtung zu stehen, beruhigte. Nachdem ihm – von IHNEN gefilmt – die Sprengung des Holocaust-Mahnmals und das Projekt *Being A Bad German* natürlich misslungen waren, drehte er die Sache um, ein Galilei der Moral, und er entwickelte seinen GVP, den großen Videoplan. Alle Milliardäre der Welt sollten Geld geben, damit in jedem Zimmer, auf jedem Platz, über jedem Bett Kameras aufgestellt werden konnten. Und die Menschen wollten Quex' Kameras. Denn sie wussten: Wenn sie gefilmt wurden, sprachen sie freundlich miteinander und töteten einander nur in Notfällen. Alles genau wie in Noahs Utopie. Komisch. Alles wie in *Jankel Stachelscheins Weg zum Glück.* Seltsam. Alles wie in Noahs Leben. Logisch! Es war wie bei der Erfindung des Telefons. Zwei müssen auf dieselbe Idee kommen, Bell und Smith, damit sie sich anrufen und darüber streiten können, wer Erster war.

Ich wurde auch gefilmt. Erst in der Elstar-Sauna, jetzt hier draußen, in der ehemaligen Pionierrepublik Wilhelm Pieck, auf dem schönen Werbellinsee, beim ersten Mord meines Lebens. Ich trat schneller und schneller, aber ich wusste, es war vergeblich. SIE mussten bestimmt nicht einmal scharf stellen, in der Karubiner-Show ging alles automatisch. Ich hörte irgendwo ein Zischen, ein Pfeifen, und als ich mich umdrehte, sah ich natürlich nichts, keine Kameradrohne, nicht einmal einen Savionoli-Vogel. Ein perfektes SM-Gefühl, wenn man weiß, das da was ist, aber nur SIE sehen dich.

Plötzlich tauchte Claus' Kopf wieder dicht neben dem Boot auf. »Das war doch nur ein Witz, eine Metapher! Holen Sie mich hier raus. Bitte! Ich will an den druckfrischen Exemplaren der *Hammerbachs* riechen! Glauben Sie, ich möchte tatsächlich sterben?« Gluckgluck-gluck. »Und ich will ganz viele dünne Buchhandelslehrlinge ficken!« Gluck. »Mögen Sie es, wenn ich wie Portnoy rede, Meister?«

Ich trat noch schneller in die Pedale, machte ein, zwei Schlenker, und bald hörte ich ihn nicht mehr. Nachdem ich die düstere, enge Zauberwaldbucht hinter mir gelassen und den halben See überquert hatte, klarte der Himmel schnell, aber undramatisch auf, es wurde sonnig, die Luft war plötzlich so warm, wie sie im August sein sollte, das Wasser beruhigend ruhig. Nein, hier, in diesem wunderbaren Land Oz, waren SIE machtlos. Ich legte den Kopf zurück und sah in einen wolken- und kameralosen Sommerhimmel. Tja, Clausi-Mausi, dachte ich, Verbrechen lohnt sich nicht, so sagt ihr doch immer, aber ich meinte nur ihn. Und schöne Grüße dort unten an Hermann den Cherusker, Dr. Mengele und Franz Josef Strauß!

Wenig später band ich das rote Tretboot am Steg des Werbelliner S. V. stolz und gewissenhaft mit einem Knoten fest, den ich damals an der Sázava gelernt hatte. Gute Natur! Ich war immer noch euphorisch, fast glücklich, ein menschliches Leben ausgelöscht zu haben, nur meine Hände zitterten, aber das konnte die Schilddrüse sein, die würde ich bald wieder kontrollieren lassen. Doch auf dem Weg zurück ins Haus 13c, durch eine hohe, grelldunkle, wie mit

Lametta geschmückte Waldkathedrale, begann ich mich so mies zu fühlen wie ein Goj vor der Beichte. Zisch machte es hinter mir, surr! Die Euphorie schwand, und das sechste Gebot sagte Hallo, obwohl ich es ignoriert hatte. Raboinu scheloinu, jetzt war ich also auch ein paranoider Waldschrat, die böse Natur hatte auch mich zum Verbrecher gemacht. Wen würde ich als Nächsten töten, wenn ich in D. bliebe? Sloterdijk? Helmut oder Harald Schmidt? Den neuen, schwulen Chef der NPD? Und wie viele Male lebenslänglich würde mir Richter Freisler geben? Ja, ich musste endlich verschwinden von hier. Schalom, fünfunddreißig Jahre Limesleben! Oritele, ich komme! Und wasch dir schon mal den Tuches – ab jetzt machen wir es immer andersherum.

Drittes Buch

1
Der falsche Mönch und seine Methoden

Die kleine weiße Vicodinkapsel in der angerissenen Silberfolie lag unter El Dicks Bett auf Noahs Seite. Noah hatte sie erst sehr spät entdeckt, an seinem letzten oder vorletzten Los-Angeles-Abend, als er von Ethel im Erdgeschoss der South Tremaine Avenue mal wieder Schlag für Schlag kopfüber in die Lücke zwischen Futon und Wand geprügelt wurde, die schwarze Plastikkugel tief zwischen Ober- und Unterkiefer gerammt.

»Gib a kik, Ethelein«, sagte Noah, nachdem sie vorsichtig den Klettverschluss seines Knebels gelöst hatte. Er hob die Hand mit dem Blister wie den abgeschlagenen Kopf eines Feindes hoch. Dann drehte er ihr langsam das Gesicht zu, in seinem verspannten Nacken knackte es, und er suchte im neongrünen nächtlichen Schlafzimmer-Zwielicht hinter sich Ethels kleine schwarze funkelnde Klassenkampf-Augen. »Vicodin! Darüber hab ich schon viel gehört. Das ist ein äußerst angenehmes Schmerzmittel, vor allem die schwachen Kinder der Gojim lieben es – aber nicht nur. Vielleicht sollte ich die nette kleine Pilulke jetzt auch schlucken. Weißt du, 18 Millionen haben oder plötzlich nicht mehr haben, das ist auch für den kleinen Sohn des großen Schloimel Forlani ein Unterschied. Das tut weh. Und von deinem tollen Sexknebel wackeln und ziehen meine Zähne so, als hätte ich wie mein seliger Tate vor Wut eine Stunde lang in meine Faust gebissen. Grrr ... Ach, würdest du bitte meine Handschellen aufschließen? Nein? W-w-wieso nicht?!«

»Die nehmen wir, wenn wir sie beide brauchen«, sagte Ethel und griff nach der Tablette. Dabei rutschte sie von hinten mit ihrem riesigen weißen Bauch über Noahs nackten, sehnigen Yogirücken, und ihr Schweiß vermischte sich leise klatschend mit seinem. »Und hör auf, Jiddisch mit mir zu reden! Du weißt, wie sehr ich das hasse. Du

klingst dann genauso nasal und geizig wie mein Tate« – sie betonte das Wort mit größtmöglicher Ironie und Bösartigkeit –, »du riechst dann sogar nach diesen Mottenkugeln, die er 1946 aus Polen mitgebracht hat, zehn oder zwölf Kisten, die haben uns bis zum Pessachputz 1978 gereicht.«
»Wenn wir sie BEIDE brauchen?«, sagte Noah. »Wann soll das sein? Deine Glückssträhne hat doch gerade erst begonnen, Prinzessin von und zu Dunckenberg! DU hast jetzt alles – und ich nichts. Los, gib sie wieder her!«
»Nein.«
»Nu!«
»Schon gar nicht, wenn du jüdelst.«
»Bitte, Ethelchen. Schatzi! Mausi! Hasenzahn!«
Statt zu antworten, weinte Ethel kurz lautlos in sich hinein, aber Noah bekam davon nichts mit. Er dachte, sie übt wahrscheinlich gerade für Schloss Kopfab das zurückhaltende Aristokratenschweigen. Nur als Ethel zum Schluss durch die viel zu engen Löcher ihrer kräftigen Nase den Schleim hochzog – »Trauerschleim«, das wäre das korrekte Fritzwort dafür, dachte sie – und schnaubend ihre Atemwege freilegte, bemerkte Noah, dass vielleicht doch etwas mit ihr nicht stimmte. Das war, für seine Verhältnisse, wirklich sehr feinfühlig. Gedanken konnte der große Psychokatalytiker trotzdem nicht lesen. Sonst hätte er gewusst, welche kleine Rechtfertigungsrede die verwirrte Ethel als Nächstes durch ihre ebenfalls verstopften Gehirnwindungen presste: In Ordnung, dachte sie gequält, es ist in Ordnung, er musste auf alles verzichten, was er selbst nicht verdient hatte, wenn er menschlich weiterkommen wollte, dieser kleine verwöhnte, versaute, verträumte Millionenerbe und Gangstersohn, das hatte er selbst oft gesagt. Wie nannte ihn Fritz immer so treffend in seinem unnachahmlichem Retrodeutsch? »Ein pomadiger Wegelagerer mit eher zu viel als zu wenig Shylock-Blut.« Sie lächelte, natürlich auch wieder nur versteckt, und schob die Kapsel schnell unter die Matratze. »Willst du noch ein paar Schläge, kleiner Mann?«

»Sag mal, Ethelein«, sagte Noah superlieb und eine Oktave höher, als es sein Getto-Tenor normalerweise erlaubte. Auch er täuschte jetzt eine Nähe vor, die es zwischen ihnen seit Malibu, seit ihrer großen, alles verändernden Aussprache am Zuma Beach, nicht mehr gab. »Sug mir, warum machen wir nie Armdrücken? Damit fing es zwischen uns an, weißt du noch? Oder warum hebst du mich nicht a bissele hoch? So wie die superkräftige Bunny Glamazon aus Austin, Texas, zum Beispiel. Sie war, f-f-falls es dich interessiert, während der letzten Gladiatoren-WM auf Lift-and-Carry-Tour in Deutschland, und ich hab sie in Papas altem Junggesellen-Compound am Hallerplatz getroffen, h-h-hab ich dir das schon erzählt? Willst du« – forlanihaftes Sexwinseln getarnt als standesamtliche Trauungsformel –, »willst du, Ethel Sara Urmacher, es nicht einmal zum Abschied tun? Aj! Hast du das gehört? Das war schon wieder mein armes, wackliges Masochistengebiss!«

Nein, Ethel hatte nichts gehört. Sie war überhaupt nicht da, jedenfalls nicht mit ihren Sinnen und Gedanken. Sie sah nicht, wie die Neonröhre im Hof mit einem leisen Sirren immer wieder an- und ausging, sie hörte nicht Lou oben auf und ab gehen und den Titelsong für Gerrys noch immer erst halbfertigen Darfur-Film üben. Sie wusste nicht einmal, wie viele Schläge sie Noah eben verpasst hatte, die sie, als pedantische Virgo, sonst immer genau abzählte. In ihrem Kopf fand gerade eine paradigmatische Verschiebung statt – hoffentlich die letzte in meinem kurzen, langen Leben, dachte sie –, denn sie hatte plötzlich angefangen, über diesen Satz nachzudenken, der seit Malibu und ihrem Mount-Toruhu-Besuch in heavy rotation in ihrem Gehirn lief: »Einmal Getto und zurück. Einmal Getto und zurück. Einmal Getto ... und nie wieder zurück!«

Ja, endlich ging also das wenig erhellende Noah-Abenteuer zu Ende – und das vielleicht nur, weil zwei Wochen vorher der schiefe, traurige, herzensgute Fritz an diesem stinkenden israelischen Restaurant vorbeigegangen war, in dem sie stundenlang über einem zerkochten weißen Hühnchen mit Kartoffelpürree und Karotten gesessen, auf Noah gewartet und, so wie jetzt auch, so wie eigentlich immer, an ihren Vater gedacht hatte – an Karol »Kapitan« Urmacher, den netten, korpulenten, lispelnden, großzügigen Universalunternehmer, der noch nie einen Bittsteller ohne Spende weggeschickt hatte, außer er war nicht amchu. Schon in Birkenau hatte er, der spätere Hamburger Rothschild und Getto-König, einen kleinen Verleih für Schuhe aufgemacht. Woher er die wohl hatte? Man konnte bei ihm jede Größe bestellen und bezahlte mit scheinbar wertlosen Schuldscheinen, einzulösen nach dem großen Pogrom. Keiner war weitsichtiger als der Kapitan! Die Gefangenen von Treblinka versprachen ihm ihre arisierten Häuser, Bilder, Fabriken, die sie am Ende des Kriegs zurückbekommen würden, wenn sie dann noch lebten, womit sie nicht rechneten, und obwohl die Trefferchancen des Kapitans darum subjektiv gleich null waren, lag der Gewinn objektiv bei 100 Prozent. Das war ähnlich clever und unsentimental wie Schloimel Forlanis Umgang mit Gabor Krickelbaums goldener Buczcacz-Uhr respektive dessen entsetzter, harter Mutter in Queens, NY, nur dass der Kapitan im Gegensatz zu Schloimel nie so tat, als wäre er etwas Besseres, als wäre er ein verhinderter Mischnagelehrter oder Wunderrabbi, der nur wegen A. Hitler nicht die Jeschiwa von Buczacz zu Ende machen konnte.

»Ich kann einfach alles, ALLES tun, was ich will, weil man auch mit mir ALLES machen wollte! Versteht ihr?«, schrie der Kapitan einmal im Jahr lispelnd und spuckend durch den eiskalten, dunklen Gemeindesaal in der Hohen Weide, wenn er sich an Purim mit Balaban, Schloimel Forlani, Awi Blumenschweins Vater Garik und den anderen (aber niemals mit Wowa, dem bolschewistischen Schtetl-Verächter) betrank. Sie wussten genau, wovon er redete. Und sie waren froh, dass er das große jüdische Nachkriegsgeheimnis an anderen Tagen für sich behielt. Die kleine, schon damals eindrucksvoll fette Ethel hörte bei den Purim-Gesprächen immer genau und angewidert zu. Die alten Gangster saßen nervös wie giftende, gurrende Großstadttauben um sie herum am ersten und längsten Tisch vor der

Bühne, wo unter einer Girlande aus blau-weißen israelischen Fahnen abwechselnd eine apathische Russenband Hits aus den ersten, noch leichtsinnigen Jischuw-Tagen spielte oder der Mädchenchor von Rabbi Balaban holprig Daliah-Lavi-Hits nachsang. Am Anfang redeten sie immer nur darüber, dass ihre Geschäfte jedes Jahr besser gingen, und stießen alle paar Minuten darauf an. »Gott allein weiß, womit wir eines Tages dafür bezahlen werden«, sagte irgendwann leise Blumenschweins sparsamer Vater Garik, der mit dem einen Nimm 2-Bonbon pro Jom Kippur, alle lachten, und dann war der Kapitan wieder dran. Er musste die Mausgeschichte erzählen – wie er kurz nach dem Krieg ein Paket mit 10 000 Mark versicherte, weil es angeblich Rohdiamanten für Antwerpen enthielt. Aber in Wahrheit hatte er nur eine vor Hunger verrückte Spitzmaus in den Karton gesteckt, und die fraß auf dem Weg nach Belgien ein Loch rein und fiel mit den Steinen raus, die es nie gab. So bekam der Kapitan ausgerechnet von der Allianz, die noch ein paar Jahre vorher die Baracken und Wachleute von Auschwitz versichert hatte, genug Geld, um in St. Pauli den Pony-Club aufzumachen, Hamburgs erste und erfolgreichste Unten-ohne-Bar. »Oh – oh-oh, wann kommst du?«, sang Balabans Mädchenchor (damals noch mit der pfeilschlanken Serafina als schwankender Zweitstimme), und der Kapitan sagte: »Und woher wusste ich immer, bei welcher Bank es gerade die besten Zinsen gab?« Alle taten so, als würden sie die Antwort nicht kennen. »Weil ich jedes Mal, wenn wir im Atlantic in der Sauna waren, hinterher einem von euch Verbrechern nachgegangen bin, um zu sehen, zu welcher Bank er läuft.« Großes Gelächter. »Und wie hab ich meine erste Million gemacht?« Gespielte Ahnungslosigkeit. »Das war in Berlin, ihr Hunde, die halbe Siemens-Bande verzog sich nach Bayern, und pinkt ich, Mojsche Kacker, bekam vom russischen Stadtkommandanten ihre leer stehenden Immobilien für ein paar Perserteppiche und Pelzmäntel geschenkt, die ich nachts aus Kaltenbrunners Sommerhaus rausgetragen habe.«

An dieser Stelle der Kapitangeschichte begann Ethels Haut jedes Mal vor Ekel überall zu jucken, und ihr wurde schlecht. Aber das merkte niemand, schon gar nicht der Kapitan. »Jerusalem, du goldene Stadt, nie werden wir dich vergessen«, sang der Russenchor, und er, Forlani, Blumenstein und Balaban sangen natürlich mit. Danach tranken sie zusammen reihum aus der Flasche, und der Kapitan – die glänzenden, schwarzen Haare nicht mehr glatt nach hinten gekämmt wie der junge Bernstein, sondern durcheinander wie bei einem Herbertstraßenbesuch – kam auf seine großen Frankfurter Erfolge zu sprechen, auf die Bruchbuden, die er in der roten Hauptstadt der Spekulation aufkaufte und zerfallen ließ, egal ob mit oder ohne Mieter. Jetzt waren alle still vor Bewunderung, aber neidisch auf seinen Mut waren sie auch. »Deutsche«, sagte der Kapitan mit Goebbels-Vibrato, »es waren doch nur Deutsche.« Dann wieder normal: »Den Spaniern und Jugos hab ich schöne kleine Wohnungen im Nordend besorgt, dort leben sie noch heute. Die Deutschen hab ich aber am liebsten in die Nordweststadt-Hölle deportiert – oder gleich dort, wo sie waren, in ihren verrotteten, zerbombten Löchern verrecken lassen. Le chaim, Freunde! Auf die Wiedergutmachung, die wir uns selbst spendiert haben!« Wieder Gelächter, aber mit einem langsamen, tragischen Fade-out. Der Kapitan kniff Ethel abwesend in die Wange, nahm einen kurzen, hektischen, ungeübten Schluck aus der Flasche, und zum Schluss erzählte er stolz, wie er es geschafft hatte, mitten im Frieden, mitten in Frankfurt, in der Eppsteiner Straße, einen alten Nazioffizier umzubringen. »Indem ich ihm einfach die Heizung abgestellt habe, versteht ihr?!« Extremes Gelächter, Applaus, gallopierendes Füßestampfen – und Ethel, die sich leise unter den Tisch übergab.

»Heb mich doch bitte ein einziges Mal hoch«, sagte Noah, »bitte, Ethele! Rachmunes! Einmal.«

Ethel sagte kein Wort. Sie lag so schwer wie ein Emigrantenkoffer in der Holzklasse der MS Columbia auf dem nackten, noch immer gefesselten Noah und bewegte sich nicht, nur der Schweiß rann schnell und kühl von ihren auf seine Hüften und weiter aufs Laken. Es war Stress-Schweiß, Furcht-Schweiß, Schlechtes-Gewissen-Schweiß, Ich-freu-mich-so-Schweiß, Heimweh-Schweiß, Sich-tot-stell-Schweiß etc., aber das alles entging dem großen Psychokatalytiker Dr. F.

»Sei doch nicht so«, winselte er. »Bitte, ich hab's wirklich verdient! F-f-findest du nicht? Ich hab alles gemacht, was du wolltest. Ich hab Wort gehalten, im Gegensatz zu dir, aber als Sohn der wachsweichen Fruma Forlani kann ich dir trotzdem nicht böse sein. Außerdem« – er kicherte unwürdig – »bist du ja immer noch die Stärkere! Sug mir, dein Fritz, mag der einseitige sexuelle Gewalt auch so gern wie ich?«

Nichts. Kein Wort, kein Schlag, kein raffinierter Ringergriff. Noah hörte bloß Ethel weiterschnaufen, aber jetzt leiser und angenehm regelmäßig. »Ach so«, sagte er, »jetzt verstehe ich. Du hast die kleine weiße Pilulke ohne mich geschluckt. Böse Ethel! Früher – noch vor zehn oder elf Tagen –, da hätte ich von Schloimels Nachlass die ganze Vicodinfabrik kaufen können. Dann hätte ich hier das Glücksmonopol! Und jetzt muss ich winseln? Na gut. Auuuh!« – er machte wegen des besseren Wachmacheffekts die traurigen karpatischen Wölfe nach, die am Morgen des Schweineplatz-Massakers um die Besten der besten Buczaczer wie Menschen geweint hatten, jedenfalls hatte Schloimel das ihm (und mir) so kurz vor seinem Tod erzählt –, »auuuh! Bitte! Bitte, Ethel, wach auf!«

Und immer noch keine Reaktion. Noah drehte kontrolliert seinen Oberkörper nach rechts, nach links und wieder zurück. Er hob die Schultern und den Kopf, die leblose Ethel rutschte nach unten, und er kroch unter ihrem verschwitzten, jetzt sogar ihm zu schweren Leib langsam hervor. Eigentlich, dachte er, während er im Halbdunkel interessiert ihr ruhiges, haariges Riesenkiwi-Gesicht mit den geschlossenen Augen betrachtete, lief alles nach Plan: Ethel und er würden sich am Sonntag um 5 p. m. am Flughafen von Los Angeles für immer Auf Wiedersehen sagen und Teil 2 seines bisher so unerfreulich schmutzigen Sexlebens wäre damit s. G. w. (so Gott will) für immer abgehakt. New York, ich komme! Nataschale, wir schreiben zusammen Teil 3! Mit dir, selbstbestimmte Rubinstein-Tochter, will ich nur ultranormalen Sex, Umarmen, Küssen, tief in die rumänischen Guckies gucken und das Schwänzchen so lange hin und her bewegen, bis auch du abspritzst!

Er nieste leise und sah Ethel fragend an, aber sie war weiter wie tot. Dass sie geglaubt hatte, die ganze Trennungssache sei ihre Idee gewesen, zeigte, was für ein Gentleman Schloimels kleiner Pischer inzwischen geworden war, dachte er stolz. Und was lief sonst noch nach Plan? Die Sache mit der großen Utopie natürlich! Er, Noah »Neogandhi« Forlani, war gar nicht so erfolg-, ziel- und willenlos, wie ich, der klugscheißende jeckische Kulturschmock, ihm immer vorgeworfen hatte. Er grinste überlegen, kokett, drachenfischhaft und blickte nach links und rechts oben, wo er die elterliche Sony-Kamera vermutete. Siehst du mich, Mama? Ich seh dich nicht, Papa. Ach so, ihr seid ja schon tot.

Ja, ja und noch mal ja – seine weinerliche Steinbock-Beharrlichkeit hatte sich ausgezahlt! Er war moralisch gesehen fast am Ziel, er besaß praktisch nichts mehr, nur noch ein klitzekleines UBS-Geheimkonto, während ich, das »preußische Putzelchen« (his way, mir zu sagen, dass er mich für einen »von uns« zu fleißig fand), kurz davorstand, öffentlich als wichsender Saunajude ans Kreuz genagelt zu werden und GEGEN MEINEN WILLEN alles zu verlieren. »Und dann, mein lieber Karubiner, wären alle medialen Deutschenbeleidigungen durch den zartharten Autor von *Post aus dem Holocaust* umsonst gewesen und summa summalorum zwanzig Jahre freiwilliger Schreibtischsklaverei ein einziger sinnloser wowanoider Selbstbetrug!« Tatsächlich, Noah redete, während er mit den Zähnen an den zusammengebundenen, romantischroten Liaison-Dangereuse-Handfesseln nestelte, nun plötzlich halblaut mit mir – zischend bis flüsternd, sprunghaft, aktiv-aggressiv –, und es war ihm egal, dass nicht ich es war, der nackt und schweißnass neben ihm auf Gerrys fleckenübersätem Futon lag, sondern Ethel. Es war ihm sogar lieber. Denn wenn sie ihn schon nicht zum Abschied a bissele durch die Luft schleudern wollte, dann sollte sie zumindest mitbekommen, dass ihm diese Art von Sex in Wahrheit längst superegal war.

»Und Natascha kriege ich auch, nicht du, Solomon Karubiner!«, raunte Noah »mir« jetzt demonstrativ zu. »Das wird zwar noch ein paar Monate dauern, ein Jahr oder so, und ich werde vorher wieder in die Gruft von Herzlia Pituach hinabsteigen müssen – Epilog Noahs Sexleben, Teil 1! –, und danach kommt leider noch ein winziger Umweg über den Scheißsudan, aber dann, aber dann! Ich hab mir das alles, Soltschik, letzte Woche in Malibu genau überlegt, während die Irren weg waren, Ethel, die kommunistische Kalorienbombe, der süchtige Gerry, der paranoide Tal und der jeckische Amateurhistoriker und T-t-tatsachenverdreher Fritz, während sie mit Lou auf den Mount Tofu oder so kletterten und sich dort von Zenmeister Schmock in was auch immer unterweisen ließen. Mir kam die Erleuchtung einfach so bei einem kleinen Strandschläfchen, Wowasohn!« Hm-hm, räusperte ich mich fragend in seinem Kopf. »Ja, Soli?« Du sagst, du wirst nur so tun, als wärst du von den Dschandschawid entführt worden, Noahle? Du willst die alte Tom-Sawyer-Sache durchziehen, dich tot stellen, um zu sehen, wer dich vermisst? »Nein. Um zu sehen, ob ich mich neu e-e-erfinden kann. Als Mensch, als Forlani, als Nataschas Ehemann.« Ich dachte, raunte ich, wir wollten später kind- und kegellos auf dem Karmel ins Altersheim und langsam den Möwen beim Vollscheißen des farblosen Mittelmeers zusehen. »Der Mann von Welt schweigt und plant!« Schon gut, reg dich nicht auf, Noahle, du schaffst es sowieso nicht. Aber eine letzte Frage habe ich noch: Woher weißt du, dass ich in einen gewissen Zwischenfall in der Elstar-Sauna verwickelt war? »Von Lilly Schechter, dem roten Tittenpferd, wir chatten ab und zu auf der BDSM-Line von Wefuckonlyjews.«

Hilfe, dachte Ethel, ADS total! Sie verstand nur die Hälfte des

Viertels von Noahs abgehacktem Gemurmel, und schon das war ihr zu viel. Sein postkoitales Selbstgespräch vertrieb Wort für Wort jedes Mitleid aus ihrem großen, schweren, aber auch zarten polnischen Herz. Gerade noch hatte sie um ihn und seinen Besitz geweint. Sie hatte sich sogar – als Mizwe zum Abschied – für ihn eine kleine Lift-and-Carry-Aktion überlegt. Aber nicht einmal das hatte er verdient. Soso – Fritz war ein Geschichtsonanist und verfälschte die Tatsachen? Und sie war eine kommunistische Kalorienbombe, und er, Noah, wollte lieber mit der kalten Bohnenstange Natascha Rubinstein zusammen sein? Nichts lieber als das.

Das Licht in Gerry Harpers kaltem, kahlem Zimmer in der South Tremaine Avenue färbte sich in ein Grau, das Ethel, reziprok zur draußen aufziehenden Morgendämmerung, immer bekannter vorkam, und das unerwartete Wiedererkennen machte sie wacher, wachsamer, aber auch trauriger. Sie seufzte unruhig, als habe sie einen schlimmen Traum, und machte den Augen-zu-aber-geöffnet-Trick. Noahs schmaler, leptosomer Pilates-Body neben ihr auf dem Bett schimmerte in dem opaken metallic grey (durch die langsam ausgehende Gartenbeleuchtung seidig veredelt) wie ein abgeschnittener Arm auf einem Goya-Stich. Wo hatte sie dieses Licht schon mal gesehen? Im Refektorium des Tempels der Guten Strenge letzte Woche natürlich! Dort war fast das gleiche Licht gewesen, ja, genau, ein verwirrendes Hin und Her zwischen altmeisterlichem Umbragrau und dem stählernen Funkeln eines frisch polierten Chanukkaleuchters. Es hatte jeden und alles in eine fragezeichenhafte Stimmung getaucht: Lou, der sie in den Tempel geführt hatte. Gerry, der eigentlich am Set von *The Bullet 7* sein sollte und/oder in der Drogenklinik in Palo Alto. Tal, in Gedanken und Rage wie immer. Fritz, steif, höflich, das Gesicht alkoholrot, fast wie entflammt, in Anzug und Krawatte und voller Vorurteile gegen Ethels verlotterte L.-A.-Freunde – die er aber so herrisch kontrollierte wie ein deutsches Aristokratenkind schon mit drei Monaten seinen natürlichen Harndrang.

Sie waren, nachdem Lou ihnen den wahren Grund für den

Zuma-Beach-Ausflug verraten hatte, nachdem er u. a. streng, aber freundlich erklärt hatte, der Mönch tue gerade denen gut, die auf keinen Fall mit ihm sprechen wollten, zu fünft vom Strand schnell und relativ neugierig rübermarschiert. Erst liefen sie über die heiße Küstenstraße, wie wandernde Frösche, danach den steinigen und noch viel heißeren Berg Toruhu hinauf, zu dem kleinen schwarzen, kaaba-artigen Kubus des Tempels, der hoch oben im Sonnenlicht fatamorganamäßig zitterte. Sie schwiegen unterwegs, hatten ernste, angestrengte Bergwanderermienen, und die kleinen und großen Steinchen, die ihnen in die Schuhe rutschten, bohrten sich von Schritt eins an pädagogisch in ihre Sohlen. Den schlafenden Noah hatten sie grinsend und flüsternd zurückgelassen. Er werde während der Konsultation bestimmt nur dazwischenreden, hatte Lou gesagt. Außerdem, für seine eigene Rettung sorge er, der Utopist, seit Jahren selbst, und alle nickten sofort, denn das war unausgesprochener Common Sense in den Liegestühlen von Zuma Beach an diesem warmkalten pazifischen Märztag. Dann saßen sie auch schon ungeduldig und zu jeder Enttäuschung bereit im leichten Lotussitz um Lous winzigen Meister Shaki »7« Inch herum, aus dessen Lendenschurz ein Dingdong raushing, der höchstens drei Inch hatte, und da er bereits ziemlich steif war, würden es sicher nicht mehr werden.

»Ihr müsst nichts«, sagte Shaki »7« Inch, nachdem er eine halbe Stunde lang schweigend zwischen seine Beine geguckt hatte, mit der leisen, drängenden, überzeugten Stimme eines Mannes, der alles wusste, nur nicht, dass sein Dingdong zu klein war, »aber ihr könnt etwas wollen, das Mehr von euch und in euch, die Überschreitung des Möglichen. Autogenes Autofokustraining! Sehen, was noch gar nicht da ist! Das mache ich täglich mit meinem Tulpenstengel, wie ich euch gerade demonstriert habe. Glaubt ihr, er war vor zwanzig Jahren auch schon so lang?«

So lang wie kurz, dachte Ethel.

»Bestimmt denken gerade einige von euch ›So lang wie kurz‹«, sagte der Mönch. Auf seine rote, entzündete, sonnenverbrannte

Glatze legte sich der schmale Schatten des riesigen Terrassen-Fensterrahmens, der die Welt draußen – Himmel, Hügel, Sonne, Meer – wie bei einem Altarbild in lauter Einzelteile zerschnitt. Der Schatten auf dem Kopf des Mönchs sah dagegen wie ein Fadenkreuz aus, dachte Ethel, es fehlte nur der markierende Kreis, und dann sah sie plötzlich, wie Gerry – im Meditationsrund auf drei Uhr sitzend – das linke Auge zukniff. Zielte er? Spielte er, der ewige Actionheld, die Exekution von Lous Lieblingsmönch? Wollte er gar nicht hier sein? Niemand von ihnen wollte hier sein. Und trotzdem hatte Lou, der ewige Beatnik in Maßanzug und Krawatte, der sogar zum Baden in dunkelblauer Brionihose, engem Seventieshemd und Chelseaboots gekommen war, es problemlos geschafft, sie zum Mitkommen zu überreden. Was nicht gut aussieht, hatte er zu ihnen unten am Strand gesagt, sei nicht gut und umgekehrt, und dann hatte er auch noch den Mönch mit sich selbst bei seinem historischen Gig auf der Isle of White verglichen, Frühjahr 1973, 20 000 Leute, davon ein paar Dutzend ohnmächtig und der Rest selig vor Glück. Popstar müsste man sein, dachte Ethel, egal ob jung, alt oder vergessen, dann finden sich immer ein paar Idioten, die einem hinterherlaufen.

»Autogenes Autofokustraining«, wiederholte Shaki »7« Inch. »Du, Gerry – ich fange mit dir an, denn ich weiß von deinem Vater Lou, wie kritisch dein Zustand ist, und du weißt wiederum, dass der Tempel der Guten Strenge nichts ist gegen die Psychiatrie, also bitte, etwas mehr Aufmerksamkeit –, du, Gerry, wirst also ›sehen‹ und ›erkennen‹, wenn du willst, dass es genügt, nicht mehr die verpasste Orchidee deiner Kindheit zurückhaben zu wollen, die du, wie mir Lou erzählt hat, ohnehin nur aus den Büchern eines gewissen Roald Dahl kennst. Dann hörst du auf, ihn zu hassen und ihn ständig mit deiner Privatkrankenschwester zu verwechseln. Dann wirst du nicht mehr sexuell aktiver sein wollen als er im Griechenland der Nach-Junta-Ära oder schlagfertiger als dein großer Rivale Clooney – übrigens auch einer meiner Schüler, kein guter, aber der großzügigste.« Shakis rundes, steinernes Gesicht bewegte sich nicht, er zog nur kurz die dicken Mundwinkel hoch und ließ sie gleich wieder fallen. »Und dann wirst du mich, statt ans Kloster zu spenden, direkt mit 2,5 Prozent an *The Bullet 7* beteiligen, und ich will auch die DVD-Rechte.« An dieser Stelle ging seine hohe, noah- und solihaft weibische Stimme um mindestens zweieinhalb Oktaven runter. »Du mögest siebenmal im Monat Adar das Yak-Hirschkuhrezept aus dem tibetanischen Totenbuch nachkochen, aber bring dabei das milchige und fleischige Geschirr nicht durcheinander!« Fast alle lächelten, beeindruckt von den jüdischen Kenntnissen des buddhistischen Mönchs, und der große, hellrote, nacktschneckengleiche Buddha hinter Shaki lächelte milde, aber raffgierig mit.

Dann kam eine kurze Zigarettenpause, im Sitzen, es gab japanisches Kyoto- und chinesisches Tiger-Bier, man durfte auf den abwaschbaren Linoleumboden aschen, und hinterher stand Gerry langsam – sehr langsam – auf. Es war, als wäre er plötzlich zwei Gerrys, als trüge der eine, der echte, der junge, der liebe Gerry der Prä-Avignon-Ära nun den durchtrainierten Junkiekörper des Los-Angeles-Gerry von seinem Platz zum Platz seines Vater herüber, dessen steife Lotussitzhaltung von beeindruckender Willensstärke kündete, aber zugleich wie ein stummer Hilferuf des so drahtigen wie brechbaren Greises wirkte, der jetzt, sofort, am Ende seines Rock-'n'-Roll-Lebens noch mal zehn oder zwanzig Jahre Normalo-Zugabe haben wollte, inklusive Top-Ten-Hit.

Krass, dachte Ethel, es wird ernst in Lous pseudobuddhistischem Irrenhaus, und: Körper können ja sprechen. Sie war jetzt wieder zum Verschnaufen kurz in der 45 South Tremaine Avenue, in Gerrys Schlafzimmer, neben ihr führte Noah, im Nebel ihrer Bilder und Gedanken, seine unverfrorenen Selbstgespräche, oben sang Lou mit seinem zitternden galizischen Bass zum hundertsten Mal den Titelsong von *Ihr branntet wie Coyoten* (»Don't come begging to my office / I wanna be your african guest / Don't be disappointed / first I'll take a rest between your mama's legs«), den er auf dem Mount Toruhu geschrieben hatte, und doch war die nächtliche

Stille um sie herum fast vollkommen, Ethel hörte ab und zu sogar einen Falter mit seinen pelzigen, staubigen Flügeln gegen den braunen Schirm von Gerrys deprimierender Vierzigerjahre-Stehlampe kratzen und schlagen. Sie blinzelte ein paarmal gestresst, aber der nackte, geile, brabbelnde Noah war zu sehr mit seinen komplizierten Sexideen und kindischen Zukunftsplänen beschäftigt – einmal 8b, immer 8b –, um zu kapieren, dass sie ihn durch ihre halb geschlossenen Augen abcheckte. Sie blinzelte noch mal, jetzt nicht mehr so hektisch und fordernd, und dachte kurz traurig, so long, Getto-Boy, und dann bewegte sie, gespannt auf den Film, in dem sie selbst eine tragende Rolle spielte, ihre Gedanken wieder zurück auf den steinigen, heißen, baum- und pflanzenlosen Berg Toruhu zurück, the place to be, wie Lou bei seinem Buddhismus-für-alle-Vortrag am Strand von Malibu gesagt hatte.

Im Refektorium des Tempels der Guten Strenge war es inzwischen noch heißer als draußen – und in Ethel auch. Sie hasste ihre übertriebene Fähigkeit zur analen Lubrikation, obwohl das manchmal ganz praktisch war. War es das geheimnisvolle, elegante Schwarzgrau des Tempels, das sie nass werden ließ? Konnte der befremdliche Sexmönch, dessen nölige, ölige Stimme sie halb ekelte, halb entsetzte, telepathisch erregen? Oder lag es an den entblößten Oberkörpern von Gerry und Lou? Sohn und Vater waren bereits halbnackt vom Strand auf den Berg gekommen, kein Valentino-Hemd, kein Muscle-Shirt. Sie hatten beide diese hundert kleinen, zuckenden Muskeln am Rücken, auf der rasierten Brust, sogar über dem Schulterblatt, zwei kräftige kalifornische Körperkult-Anakondas, eine junge, eine alte, mit langen, sehnigen Armen, die sie jederzeit, wenn sie wollten, um einen kräftigen polnischen Stamm wickeln konnten, so wie Gerry neulich um ihren, als er, während Noah mit Tal im Schneideraum in den Paramount Studios war, in der Harper-Villa vorbeikam und sich von ihr einfach nicht abweisen lassen wollte. Die Hitze in Ethel und im Refektorium – jetzt schon fast vierzig Grad Wut, Mut und Ambivalenz – stieg immer schneller, die durstigen Zikaden auf dem Mount Toruhu zirpten und jammerten im Stil panischer Katzen, und als sich Gerry jetzt zärtlich zu seinem aufstehenden Vater herunterbeugte, um ihm etwas zuzuflüstern, vereinten sich kurz ihre beiden Körper mit einem kleinen Bumbum, sie kollidierten unglücklich mit den Köpfen – und Gerry küsste seinen Vater unabsichtlich wie einen Sohn auf die Stirn.

Niemand lachte, nur der Buddha vielleicht, und Ethel vergoss ein paar stumme, stoische Tränen und dachte an die tausend falschen Vielen-Dank-Küsse, die sie dem Kapitan in ihrem Leben geben musste, für jedes seiner teuren Geschenke mindestens einen. Das gab der Situation sofort einen ernsthaften, übertriebenen moralischen Touch. An den Toten aus der Eppsteiner Straße dachte sie auch, denn das tat sie immer, wenn sie an ihren Vater dachte. Das könnte ich nicht, nein, das könnte ich niemals, was Gerry konnte, dachte sie weiter und ballte vor Wut die Zehen ihrer Füße zusammen, aber ich musste es.

»Denkt das Unmögliche, tut das Mögliche«, ölte Shaki »7« Inch die heiße Luft mit seiner magnetisierenden Schleimstimme – und dann war wieder Zigarettenpause, in der er Ethel minutenlang auf die Brüste starrte. »Und ihr, Ethel und Fritz«, sagte er schließlich, »was lernt ihr daraus? Was ›seht‹ und ›erkennt‹ ihr, wenn ihr euch heimlich tief in die Augen guckt – obwohl ihr, soviel ich weiß, kein Paar seid?«

Dass Fritz der Richtigste von allen Falschen ist, dachte Ethel. Aber das wäre sogar ihr als Antwort zu ernst gewesen. Darum antwortete sie, ganz die Tochter des Kapitans, mit einer Gegenfrage. »Versuchen Sie gerade durch Blickmeditation meine Zitzkales zu vergrößern, Meister?«

Fritz – rot, sehr cranberryhaft und vor lauter Verlegenheit kaum atmend – sagte natürlich gar nichts und guckte bloß weg.

»Ich wette, das geht nicht«, murmelte Tal leise und träge, als wäre er kurz aufgewacht, »105 F. Wer soll das toppen?«

»Ich will noch etwas sagen – und ich will, dass ihr es alle hört«, sagte Gerry, plötzlich ganz zart und ernst, und rutschte neben Lou auf den Boden. Lou setzte sich auch wieder hin und nahm vorsichtig Gerrys Hand in seine beiden Hände. »Papa« – es klang wie Schluchzen, konnte aber auch nach Oxazepam schreiendes Entzugsschmatzen sein –, »ich verzeihe dir. Ich kann nicht mehr. Ich kann diesen Kampf gegen dich nicht mehr führen. Der Swami hat recht.«

»Swami, Rami – wo ist der Unterschied«, murmelte Shaki. Er lächelte geschmeichelt, machte mit dem Mund das Geräusch einer aufgehenden Champagnerflasche, und den Einschenk-Sound imitierte er auch sehr schön. »Hast du das alles auf dem Berg Toruhu verstanden, Gerry, Sohn von Lou, Enkel von Haimele?«, sagte er, nachdem er akustisch vier Gläser gefüllt hatte.

Gerrys jungaltes Crocodile-Dundee-Gesicht wurde steinern und glatt wie die großen Eier des Buddhas hinter ihm, und plötzlich klang er genau wie der Mönch, aber ferngesteuert, mechanisch, abwesend. »Palo Alto«, sagte er, »letzten Freitag, das große Morgengespräch vor dem Wochenende, Tag/Innen. Erst lief es gut, denn ich hatte mir heimlich eine halbe Ambien erlaubt, und alles war weich und leicht. Dann« – er schmatzte wie eine verdurstende Zikade oder wie ein halb trockener Junkie auf Entzug – »machte mich die Ambien ein bisschen zu geil, und ich rannte aufs Klo und behandelte mich selbst mit flüssigem Vicodin aus meinem Muji-Reiseflakon. Und gegen die Müdigkeit nahm ich eine halbe Stunde später eine Prise Oxycontin. Ich war also wirklich gut vorbereitet. Aber dann, als ich an die Reihe kam, hat mich die arme, kalte, dumme Schwester Cummings gefragt, warum ich immer die Fäuste und die Zehen meiner Füße so zusammenballe, wenn ich« – er sah Lou traurig wie ein angekränkeltes Kind seine Mutter an – »über dich rede, Papa. Ich habe gesagt, weil ich manchmal denke, dass ich entweder mich selbst töten muss oder jemanden andern. Meistens bist du es, Papa, warum?«

Lou guckte unschuldig auf den Boden.

»Jedenfalls, wenn ich nichts einnehme ...«

Lou ließ Gerrys Hand los, spürte aber Shakis tadelnden Blick und nahm sie gleich wieder, und Ethel fragte sich, welche kalifornische Verschreibungsdroge Gerry jetzt Mund, Gehirn und Herz öffnete. Er könnte aber auch naturstoned sein, dachte sie, Dopamin, die Queen der ADS-Botenstoffe, tausend Milligramm mindestens, Noah wäre sauneidisch.

»Natürlich würde ich es nie tun. Ich will doch nicht auf dem Friedhof hinter der Mauer bei den Hunden liegen! Das ist so bei uns Juden, Meister Shaki, Selbstmörder sind für uns auch Mörder.«

»Nachon, was sonst«, sagte der Meister viel zu schnell, und er zog die letzte Silbe verdächtig semitisch hoch. Das war ihm aber selbst sehr unangenehm, denn er schob sofort einen fast unhörbaren, kehligen Fluch hinterher und guckte wie die leicht unterkomplexe Comicfigur, die er war, unauffällig zur Seite.

»Ups« – Ethel rutschte mit ihrem Hintern auf dem viel zu kleinen roten Daunenkissen wie eine brütende Berggans hin und her –, »waren Sie mal länger in Israel, Meister Schmock katan? Das war doch Hebräisch!« Sie suchte mit den Augen Tals bestätigenden Blick, aber Tal – einmal undercover, immer undercover – war schon wieder auf einer seiner streng geheimen, inneren Missionen und hatte von Shakis Ausrutscher nichts mitbekommen.

»Staat, Herkunft, Grammatik, Fasson, das sind doch nur die Fetische des nationalistischen Jahrhunderts«, murmelte der Mönch und versteckte schnell seinen beschnittenen Dingdong in den Falten seiner lilafarbenen Batikshorts. »Wünscht noch jemand ein Bier?«

»Gern. Sehr gern. Waaahnsinnig gern ... Hätten Sie auch ein helles Dunckenberg?« Das war jetzt Fritz, Friedrich Heinrich Odilo Graf von Dunckenberg, der harte Filmemacher mit der historischen Leistenschwäche, der endlich beschlossen hatte, auch was zu sagen. »Hmmm« – er bog seinen unsicheren Adelsbass kurz ironisch hin und her – »genau, Sie haben richtig gehört. Unsere seit 1245 Forstwirtschaft treibende Familie hat auch eine kleine Brauerei. Wir mussten sie 1929 wegen einer kleinen, unverdienten Finanzschwäche unter Wert an einen gewissen Jezechiel Israel Finkelkraut verkaufen, aber wir haben sie uns schon 1935 wieder zurückgeholt. Dafür, dass es eine so schwierige Zeit war, haben wir einen sehr fairen Preis bezahlt. Das hat uns sogar später der amerikanische Entnazifizierungsoffizier bestätigt.« Fritz lächelte Ethel vom Gipfel seiner blütenweißen Familiengeschichte liebevoll zu, sie lächelte zurück und wurde auch vorne feucht.

»Neulich hätte ich wirklich fast jemanden getötet.« Das war nun wieder Gerry. Und wieder dieses Cold-Turkey-Schmatzen. »Im Getty Center, im Sara-Beinstein-Auditorium … Kannst du mich bitte am Unterarm streicheln, Papa, hier, ja, das liebe ich so …« Er wischte mit dem kleinen Finger eine unsichtbare Träne weg. »Die arme, kranke, herzlose Schwester Cummings! Sie hat gedacht, ich geh auf sie los, und ist aus dem Zimmer gerannt. Dabei hat sie sowieso nur noch ein paar Monate, keine Ahnung, was der Stress sollte.«

»Wen?«, sagte der Meister zu Gerry.

»Wen was?«, sagte Gerry.

»Wen wolltest du im Getty Center aus dem Verkehr ziehen, Bronco?«

»Einen kleinen, nervigen Erbenpinscher, der immer so tut, als wüsste er alles besser.« Gerry spannte zornig die Halsmuskeln an, sie wurden rot, dann rosa, dann fast weiß. »Einen schmierigenen Heuchler, der es nicht mag, dass sein Vater ein Gangster war, aber von seinem Geld lebt und die liebende Waise vortäuscht. Er ist clever, sehr clever, Meister, seien Sie froh, dass er nicht hier ist, mit ihm würden sie nicht so easy fertigwerden wie mit uns. Sie« – er zeigte plötzlich auf Ethel, Tal und seinen Vater – »kennen ihn auch! Sie finden ihn süß. Sie bemitleiden ihn. Sie glauben ihm, dass er die Millionen seines Vaters hasst, sie finden nur, dass er zu viel redet. Ich finde, er redet immer das Falsche.«

»Warum ist er so wichtig?«

»Weil er mich nervt.«

»Du nervst mich auch. Trotzdem würde ich dich nicht –«

»– aus dem Verkehr ziehen?«

»Genau. *Walla* ... Du lernst schnell, Gerry ben Lou.«

Gerry zögerte wie jemand, der zu müde ist, weiterzusprechen. Dann sagte er: »Der Erbenpinscher hat eine Firma, die Goodlife heißt, aber er bezahlt die Leute wie ein böser, chinesischer Sweatshopbesitzer. Und in der Welt der NGOs macht er sich immer so lächerlich, als wäre ihm das Ganze egal. Er will in seiner Heimat die Enkel und Urenkel von Naziverbrechern in den Schulpausen mit Matze-Sandwiches füttern, die Eltern palästinensischer Kinder-Fedajin spenden sollen. Er will die natürlichen, menschlichen Treibgase sammeln und für die Gewinnung von Elektrizität nutzen.«

»Keine schlechte Idee«, sagte der Mönch und ließ einen fahren. Gleichzeitig kam ihm ein schlimmer Verdacht, und er erleichterte sich vor Schreck sofort noch mal.

Und er will auf sein ganzes Geld verzichten, dachte Ethel. Na ja, er will es nicht wirklich, aber er wird es trotzdem tun, soll ich das den anderen sagen? Nein, lieber nicht, sonst bemitleiden sie ihn noch mehr. Sie zuckte – als sei sie nach wie vor für Noah verantwortlich – entschuldigend mit den Schultern und warf Fritz ein verstecktes Gretel-will-Hänsel-Lächeln zu. Aber Fritz lächelte nicht zurück, er nahm sie gar nicht wahr, denn er war gerade woanders. Er dachte, so wie minimum zehnmal am Tag, seit er in Los Angeles war und so dicht vor den Toren der Studios stand wie noch nie, an seinen großen Kinderfilm – *Beim Bart des Mormonen,* eine Art *Feivel, der Mauswanderer,* aber unter den Amish-People, mit einem Massenselbstmord à la Jonestown –, den er hier endlich drehen wollte. Als Nächstes fiel ihm dann eine sehr interessante Zeichentrickproduktion der UFA ein, Winter 1934, *Die Juden sind unser Unglück,* deren herrliches Agfa-Schwarz-Weiß er kopieren würde, »selbstredend« ohne es zu imitieren, denn seit Quentin J. Tarantino war zum Glück jede Art von Filmzitat ein cineastischer Ritterschlag, den man sich selbst erteilen durfte. Die Juden als grauschwarze Heuschrecken, die sich tausendfach auf die Landkarte des Deutschen Reichs setzen und mit ihren zitternden Flügeln verdecken! Danach umschwirren sie schwankende Münztürme und Banknotenstapel und stoßen sie um, sie machen sich platt und verschwinden zwischen den Seiten deutscher Romane, sie machen sich noch platter und fliegen in einen großen, grauen, deutschen Frauenschoß. Ja, das war wirklich stark und sehr, sehr suggestiv, damit konnte die eiskalte Schneckentempo-Ästhetik des Autorenfilms nicht konkurrieren. Wer konnte sich gegen solche Bilder wehren? Wir hatten Angst vor ihnen und ihren unrasierten Heuschreckenmienen, hörte er seine große, harte, immer nur Schwarz tragende Großmutter murmeln, Großvaters Erfrierungstod in der Eppsteiner Straße war der Beweis, dass der Führer nicht gelogen hatte. Entweder sie – die Großmutter schüttelte sich, und der aus ihren Kleidern rieselnde Bombennachtstaub machte ihr im schrägen, argentinischen Spätsommerlicht eine kukluxklanhafte Gloriole – oder wir! Darf ich trotzdem mit der Tochter des Spekulanten ins Schloss Kopfab ziehen, Großmutter? Na gut – aber nur, wenn sie Diät macht, unseren Glauben annimmt und eine Mitgift mitbringt, von der ich unsere Sommerresidenz an der Weichsel zurückkaufen kann. Jawohl, Omama, danke! Fritz nickte, erst in Gedanken, dann wirklich, und endlich erwiderte er Ethels Lächeln, aber zu spät, denn sie senkte genau in diesem Moment die Augen.

»Und er hat sich an mich und meinen Freund Tal herangemacht«, sagte Gerry. »Wissen Sie, er schlug uns eins von seinen infantilen Geschäften vor –«

»– und wir Idioten konnten nicht Nein sagen«, sagte Tal leise, grinsend, streng, die kalten, blauen, rücksichtslosen Augen schmal wie Panzersehschlitze. »Wegen deines Sudanfilms, Gerry – hast du das vergessen?« (Und wegen meiner Gaza-Sache, dachte er, und weil mich mein Aman-Offizier sowieso in den Osten Sudans schicken wollte, zu viele Hamas-Waffentransporte in letzter Zeit, und weil es Gott gibt, verflucht seien sein Name und seine Rachsucht, und weil wir ohne den bekloppten Utopisten aus Herzlia Pituach immer noch in der Taqueria Versailles herumsitzen, stinkenden mexikanischen Zwiebelrostbraten essen und schöne, sinnlose Pläne machen würden.)

»Richtig, wegen des Films«, sagte Gerry, »aber uns ist es ernst. Das war doch kein Fehler, Tal, oder?«

»Nein, es war kein Fehler, Gerry«, sagte Tal. »Denn ohne sein Geld würden wir den Coyoten-Film nie machen. Die Studiostreber und ihre gestrafften Blondinen aus der Chateaux-Marmont-Bar mögen keine Drehbücher, die mit einem Massaker beginnen und einer Revolution enden. Eigeninitiative ist alles. Nachon?«

»Das hab ich den Leuten im Getty Center auch gesagt«, sagte Gerry. »Ich hab gesagt, seht mich an, ich bin ein schwacher, pillensüchtiger, freudloser Mann, aber ich mache es einfach, denn ich hab mehr zu bieten als ein paar miese Box-Office-Hits und den längsten Schmock von Los Angeles County! Es war eine gute Rede. Vielleicht etwas zu ernst für Amerika.«

An dieser Stelle machte Shaki »7« Inch – mit dem Mund – ein Geräusch, als habe er seine Zunge verschluckt. Unter den yamamotohaften Streifen seines lilafarbenen Judokajäckchens begannen sich zwei spitze Schultern abzuzeichnen, die nicht mehr sanken. Es wurde ernst auf dem Mount Toruhu.

»Und was hat der kleine Erbenpinscher gemacht, als ich fertig war und viele immer noch gerührt klatschten? Er ist aufgestanden, er hat wie ein Streber in der Schule den Arm gehoben und nicht mehr runtergenommen, er hat ›Freund‹ und ›Mister Harper jr.‹ zu mir gesagt, und dann hat er mir den Vorsitz seiner neuesten NGO angeboten. Er hat genau gesehen, wie schlecht es mir an diesem Tag ging. Aber er wollte, dass ich vor allen Leuten Nein sage. Was« – Gerry klang wieder einmal wie ein weinerlicher Fünfjähriger – »konnte ich denn sonst tun, als einfach nur wegrennen und schnell was zur Beruhigung einwerfen? Aber er lief mir trotzdem hinterher.«

Als Nächstes – das hatte Ethel nicht anders erwartet – kam dann die Waschraumgeschichte, die sie von Noah auch schon gehört hatte. Gerry erzählte sie im Tempel der Guten Strenge etwas anders als Noah im Harper-Horrorhaus und weniger durcheinander, aber ebenfalls viel zu schnell. Ethel hörte kaum zu, sie beobachtete, mürrisch und abwesend Fritz, den Buddha, die gleißenden, weißen Fenstervierecke, durch die man, wenn man wollte, bereits »das Leben danach« sah, und erst als Gerry zu der Stelle mit ihrer Muschi kam, wachte sie auf. »Sorry, Ethel«, sagte er, »aber das gehört leider auch hierher. Du sollst, hat der Erbenpinscher auf dem Getty-Klo zu mir gesagt, eine krass kleine Möse haben. Ich weiß es nicht, denn wir beide hatten ja nie das Vergnügen.« Ethel zuckte erst unsichtbar und dann ziemlich heftig zusammen. Sie wusste nicht, was sie mehr ärgerte: dass er das allen erzählte, oder dass er, der große Hollywood-Star, aus Takt (oder warum auch immer) so tat, als würden sie sich nicht auch intim ganz gut kennen. »Aber der Graf hat es schon ausprobiert, oder?«, sagte Gerry. »Und mit ihm klappte es immer, right? Und warum? Sein Schwanz – auch das hat mir der israelische Depressivling erzählt – soll so groß sein wie ein Pinienzapfen im März. Hab ich euch nicht gesagt, dass Noah Forlani, dieser verlogene Vatersohn, ein großer Versager und kleines Arschloch ist?«

Auf den Hängen des Mount Toruhu wurde es so still, als wären alle Zikaden gleichzeitig verdurstet. Auch die Rasensprenkler, die draußen vor dem kleinen schwarzen Tempelwürfel von morgens bis abends ihre leise, langweilige, endlose John-Cage-Symphonie spielten, hörten plötzlich auf, tuck-tuck-tuck zu machen. Alle, also auch Fritz, sahen Ethel an, dann sahen alle, also auch Ethel, Fritz an. Und dann sagte der Mönch (hoffnungslos unreflektiert): »Reicht auf Dauer wirklich ein Pinienzapfen, Schwester? Hast du die Sache wirklich gut genug ›angesehen‹? Moment mal ...« Wieder diese spitzen, scharfen Schultern unter dem lilafarbenen Cross-Dresser-Jäckchen. »Bevor du antwortest, schließen wir alle die Augen und denken an den schönsten Augenblick der letzten Woche. Das ist mein Ernst. Wer die lustige Richard-Gere-Tibet-Tour durchziehen will, soll aufstehen und gehen. Ich mache das hier aus Idealismus.« Ethel nickte, dann schüttelte sie den Kopf, dann nickte sie wieder. Die Sache mit Fritz' kleinem Sexapparat war allerdings ein Problem. Und kein Problem. Und doch eins. Ja, er, das preußische Häschen, der sublimierende Feingeist, der geschichtsgeschädigte Sensibling, der sich die Kampfnarben aus den Tagen seiner Mitgliedschaft im Corps Borussia Berlin vor seiner L.A.-Reise hatte weglasern lassen, litt mehr unter seinen drei Inch, als er zugeben würde – aber weitaus weniger als unter seinem Großvatertrauma. Schließlich war Opas tödliche Entmietung – neben der Geschichte von Heinrich dem Franzosen, wie man den einzigen Bischof in der Familie nannte, weil er trotz Syphilis neun Kinder gezeugt hatte – der andere große Dunckenberg-Mythos. Und trotzdem hatte sich Fritz, genauso wie der Mönch, nie mit seinem körperlichen Defizit abgefunden. Das wusste Ethel besser als jeder andere: Als sie, in der ersten Phase ihrer Beziehung, also im windigen Sommer 1996, bei ihm in seiner großen Charlottenburger Wohnung – Wittenbergplatz, Beletage, Blick auf die Toiletten des KaDeWe, acht Zimmer, in jedem ein Doppelbett, zwei Sessel, eine Louis-VI.-Kommode, ein Raum für Bücher, einer nur für den Carambolagetisch –, als sie auf der Suche nach verstecktem Naschkram die Tür zu diesem Tapetenzimmer geöffnet hatte, in dem sie nie vorher gewesen war, konnte sie es nicht glauben. Auf ungefähr acht Quadratmetern, in hohen, tiefen, picobello aufgeräumten Regalen, sah sie Penispumpen aus Glas, Edelstahl, Plexi, mit Stromanschluss und Batteriebetrieb, penisvergrößernde Salben, Penisringe, Penisattrappen, Dildos nach den Penissen von Pornostars geformt. Armer Fritz, dachte sie und sagte ihm in derselben Nacht, dass Größe keine Rolle spiele, Penetration sei überbewertet. Lieb von dir, sagte Fritz, und er begann so laut zu schluchzen wie jemand, der das sonst nie tat. In Los Angeles, fast zehn Jahre später, Phase Nummer zwei, sie und er saßen in seinem geleasten waldgrünen Nissan auf dem Parkplatz vor dem Magnolia House, griff sie vorsichtig in seine Hose und hoffte, in einem ganzen Jahrzehnt hätten die Pumpen und Salben etwas gebracht – aber Fritz bekam sofort wieder einen verzweifelten Weinkrampf. Dann ergoss er sich vorzeitig in ihre Hand. Und dann sagte er: »Könnte dein Vater vielleicht meinen Kinderfilm finanzieren?« Ausgerechnet. War der feinfühlige Fritz vielleicht doch nicht hinter ihrer Seele her, sondern dem Geld des Kapitans? Von Lenin stammte der Satz: »Am Ende setzt sich immer das Schlechte im Menschen durch.« Von Fritz: »Vergleiche sind unstatthaft bis demagogisch.« Wie cool war dagegen Klein-Noahle! Wegen ihr hatte er vor einer Woche seiner Frau sein ganzes Geld geschenkt, seine letzten 18 Millionen. Und seit zwei Wochen wusste er von Gerry, dass sie mit Fritz abhauen würde. Aber er ließ sich weiter, ohne zu heulen, ohne zu prostestieren, wie ein Mann, jede Nacht den schwarzen Plastikball in den Mund schieben. Und hinterher übte er mit ihr stundenlang Lavinias Monolog aus *Mourning Becomes Electra,* den sie bei der Aufnahmeprüfung an der Ron Burrus Academy vortragen sollte. Es waren wahrscheinlich ihre schönsten gemeinsamen Momente. »Was seht ihr mich so an«, stotterte sie, »gab es denn eine andere Möglichkeit, euer Geheimnis zu bewahren? Ich bin Mutters Tochter – keine von euch! Euch zum Trotz werde ich loben.« Leben, sagte Noah jedes Mal wieder geduldig, wenn sie sich versprach und stumm ihre Papi-sei-mir-bitte-nicht-böse-Tränen vergoss, leben, nicht loben, aber du schaffst es, Baby, so eine abgründige, vollschlanke, präsente Lavinia wie dich hat L. A. noch nicht gesehen! Du warst doch schon als Magda in meinem Goebbels-Video prä-Oscar! Du hast Starpotenzial! War er, der sexkranke Getto-Boy und windelweiche Sohn des knallharten Oberbosses Forlani, vielleicht doch der maskuline Beschützer, den sie immer gesucht hatte? War es ein Fehler, mit dem Grafen – »ein flatternder Windhund, der aufrecht gehen konnte«, wie Tal sagte – auf seine zerfallene Burg zu ziehen, um sie für ihn und seine hüftsteife Großmutter mit dem trejfen Geld des Kapitans zu renovieren?

Ethel lächelte tief nach innen und drang ausnahmsweise bis zu ihrem balbatischen Kern vor – und wusste schon wieder nicht, wo sie war. Auf dem Berg Toruhu, in diesem verfickten, unbequemen Pseudo-Hippie-Schneidersitz? Oder zwanzig Meilen östlicher in Mid City, in der 45 South Tremaine Avenue, nackt und fett wie Papi sie schuf, im Bett, verzweifelt, entscheidungsschwach, postkoital melancholisch? Sie machte, wie der Mönch gesagt hatte, die Augen fest zu, dann machte sie sie wieder einen Minispalt auf und sah – Noah. Sein entblößter, drahtiger Körper mit den zusammengebundenen Händen auf dem Bauch schimmerte grau und freundlich in dem dämonenlosen, nächtlichen L.A.-Licht neben ihr auf den zerwühlten Laken, sein knochiger, kazettnikhafter Hüftknochen guckte wie ein privates Holocaust-Mahnmal aus ihm heraus. Hilfe, Papi, was soll ich tun? Warum darf ich dich und Noahle nicht lieben? Augen zu, Augen auf, und nun war sie wieder im Tempel der beschissenen Guten Strenge.

»Darf ich jetzt bitte die Waschraum-Story zu Ende erzählen?«, sagte Gerry »El Dick« Harper wieder mit dieser beleidigten Kleinjungenstimme. »Das Beste kommt noch. Der Mord, der nicht geschah. Die Tat, für die nicht bezahlt werden muss. Bronco, der im letzten *Bullet*-Teil vor den Augen der LAPD-Cops in den Kugelhagel der haitianischen Straßenbande marschieren wird, damit es endlich Zeugen für einen ihrer Morde gibt.«

»Den Film gibt's schon, Sohn – vom alten Faltenarsch Eastwood«, sagte Lou. Er redete extra langsam und ohne Betonung, damit keiner merkte, wie neidisch er auf den anderen Show-Greis war, aber jedem fiel trotzdem auf, wie unfein er, der inzwischen 73-jährige »Gentleman des Rock« (NME, April 1982), sich ausdrückte. »Manche Leute wissen einfach nicht, wann es Zeit ist, aufzuhören«, brummte er. Er begann wieder Gerrys Arm zu streicheln, zuerst unten, dann oben, immer an der Innenseite entlang, und dazu summte er leise – »bam-baba-bam« –, eine neue traurige östliche Melodie, ganz in der Nähe von *Shejn wi di levone,* aber doch so weit weg davon wie Coney Island von Buczacz.

»Mit Augen zu oder auf, Mönch? Ich kann mich nicht mehr erinnern«, sagte Tal.

»Was?«

»Der schönste Augenblick der letzten Woche. Wie materialisiert er sich?«

»Was würden wir ›sehen‹, wenn wir die Augen offen ließen, du Schmock?«, rutschte es dem Mönch auf Hebräisch raus. »Scheiße, was war das denn«, sagte er dann schnell auf Englisch und schlug sich mit einem lauten Klatschen gegen die Stirn. »Nein, ihr dürft euch jetzt bitte nicht wundern! Ich bin auf dem Weg in die siebte Dekarnation. Ab der achten spricht man in Zungen. Keine Ahnung, was das soll.«

»Jetzt weiß ich!« Tal streckte seinen dünnen, ypsilonartigen Oberkörper durch, er streckte den Arm und den Zeigefinger aus und zeigte auf Shaki. »Achschaw ani jode'a! Du kommst mir schon die ganze Zeit so bekannt vor, Mönch. Du Schmock siehst aus wie unser Kommandant Rami von der Sajeret-Matkal-Einheit, mit der wir in den Achtzigern in der Bekaa-Ebene schlafenden Hisbollah-Raketenbauern nachts die Kehlen durchgeschnitten haben. Sein dickes Gesicht hat auch immer wie eine Schabbesnudel geglänzt. Weißt du noch, als wir ›Den Ingenieur‹ erwischt und ihm den Arsch von oben nach unten aufgeschlitzt hatten, Rami?«

Der Mönch legte die Hände, mit den Handflächen nach oben, auf die Knie und machte lange »Hmmmmm …« Dann sagte er, ohne die Augen zu öffnen, auf Hebräisch: »Halt die Klappe, du Esel.«

»Bist du's, Rami?«

»Hmmm.«

»Ich hab von Asaf aus der Internetabteilung gehört, dass du lange in Thailand warst. Und dass du dort ein paar schöne, fette Buddhas und Lingas abgebaut hast.«

»Hmmm…«

»Schon gut«, sagte Tal und guckte auf den beruhigend dicken, rosaroten, steinig schimmernden Bauch des riesigen Buddhas hinter dem Mönch, »entspann dich. Kein Mensch hier kann Iwrit. Wir reden später weiter. Aber sag mir, den Buddha hier – hast du den auch geklaut?«

Der Mönch machte wütend den Mund auf, eine kleine grüne Fliege flog rein, und er bekam einen Hustenanfall.

»Das sollte keine Kritik sein«, sagte Tal. »Ich wäre gern so clever wie du. Äh … ich meine, wie er.«

Gerry musste jetzt schnell machen. Keiner wollte ihm noch richtig zuhören, das merkte er, Schauspieler, der er war, sofort. Tal und der Mönch flüsterten hektisch miteinander, es klang wie Hebräisch, konnte aber auch Nordtibetisch oder sonst was sein, Ethel hatte rote verheulte, verzweifelte Augen, ohne dass sie geweint hätte, und war entsprechend getillt, Fritz, beleidigt wie ein abgewiesener Viper-Room-Gast, nahm seine Krawatte ab und band sie um, er nahm sie wieder ab, zog sie noch fester zu, und sein Hals und sein Gesicht wurden immer violetter. »Der Mord, der nicht geschah«, sagte Gerry leise, »fiel nicht deshalb aus, weil dann die Ehre meines Vaters noch mehr gelitten hätte … natürlich nicht.«

Alle – auch Fritz – sahen ihn müde an.

»Ich sollte erpresst werden«, stieß Gerry aus. »Der kleine Erbenpinscher hat sich im Haus meines Vaters, wo ich ihm und Ethel mein eigenes Zimmer überlassen habe, wie eine eifersüchtige Ehefrau durch jede Schublade gekramt.«

»Krass«, sagte Ethel.

»Und hat er was gefunden?«, sagte Lou. »Ist in Ordnung, ich kann mir denken, was es war. Und dann? Sagst du uns, was er wollte?«

»Nichts. Fast nichts. Nur meinen Namen, für seine NGO, meine Seele … Das habe ich doch schon erzählt.«

»Krass.«

»Krass!«

»Superkrass.«

»Ja, das hast du erzählt«, sagte Lou. »Aber was hat das eine mit dem anderen zu tun?«

Gerry räusperte sich bedeutungsvoll. »Willst du es wirklich wissen?«

Lou nickte. Auch Tal nickte. Fritz nickte nicht und warf Ethel einen trüben Opferblick zu, worauf die ebenfalls nickte, aber dann sofort wieder hektisch den Kopf schüttelte. Ihre dichten, langen, fettigen Haare flogen ein bisschen herum und senkten sich erneut schwer.

»Ich weiß noch fast wörtlich, was er gesagt hat«, sagte Gerry. »›Wenn du nicht mitspielst, Harper jr.‹, hat er gesagt, ›kommen die Pornpics, die Fickfotos, die Schwanzlutschbilder und Fotzenleckimages von deinem Hydra-Papi und seinen haarlosen Teenagern ins Netz.‹« Gerry würgte kurz und heftig an der kleinen grünen Fliege, die sich jetzt in seinen Mund verirrt hatte, und verschluckte sie. »Und der will ein Utopist sein, dieser kleine Erpresser, dieses Arschloch!«

»Und dann«, sagte Lou Harper im Tempel der Guten Strenge leise und schnarrend, als schlage er zum tausendsten Mal die tiefe E-Saite seiner blitzschwarzen Gibson an, die am Anfang von *Conny* etwas zu beatleshaft den Ton angab. »Was hast du dann gemacht, Sohn? Bist du auf ihn losgegangen? Hast du mit Händen und Füßen die Biografie deines Vaters verteidigt?«

»Nein, Papa. Die besten Medikamente der Nullerjahre haben mich weichgemacht, und ich trieb immer weiter davon. Ich und mein megazartes Nervensystem« – Gerry drehte den Arm so, dass Lou ihn noch besser an seiner zweitempfindlichsten Stelle streicheln konnte – »hatten in den poshen Waschräumen des Getty eine sehr gute Zeit. Ich habe plötzlich wieder alles gefühlt, den Schmerz, das Früher, das Danach, aber mein Herz lag auf einem schwimmenden Lotuskissen von Vicodin …«

Der Mönch nickte anerkennend und machte den Okay-Daumen.

»… ich war dein Sohn, und du warst der Sohn von Haimele ›Kischke‹ Rotgast, und er war der Sohn von ich weiß nicht wem, einem superberühmten Wunderrabbi oder so, der heimlich Voltaire und Marquis de Sade in der polnischen Übersetzung las. Wann fängt es an, dachte ich, wer tut als Erster seinem Kind so weh, dass es später seinem Kind wehtun wird?« Anlauf, Spurt, Sprung.

»Glaubst du, Papa, ich hab bei meiner Beschneidung nicht gehört, was der kalte Haimele sagte, als er sich über mich beugte?«

»Sag nicht, Bronco«, sagte Tal, »dass du auch diesen Dialog auswendig kannst.«

»Doch.« Er ballte die Rechte zur Faust und schob den Arm siegerhaft hin und her. »Texte lernen war immer eine Stärke von mir, obwohl ihr mir alle keine geistige Arbeit zutraut.«

»Nu.«

»›Pfeift auf ihn, Conny‹, hat Haimele zu Mama gesagt, ›er wird schwach und bleibt dumm.‹ Stimmt's, Papa, das hat er gesagt? Und dann sagte er noch leiser: ›Man könnte ihn wie einen jungen Kater ertränken, das wäre besser für ihn und für euch. Aber was für einen riesigen Potz er jetzt schon hat! So wie ich. Vielleicht hilft ihm das später aus der Patsche. Gibt's bei euch Gojim auch solche Riesenschwengel wie bei uns Juden, Schwiegertochter? Das weißt DU bestimmt!‹ Und er zwinkerte Mama über mich und mein blutendes, beschnittenes Dreidele hinweg zu und machte mit seiner Zunge schlimme Sachen.«

»Das hast du nicht gesehen. Das hast du nicht gehört«, sagte Lou. »Du warst sechs Tage alt!«

»Hat er es gesagt?«

»Stand ich daneben?«

»Ja, Papa.«

Klärender, scharfer Neuro-Zoom in Lous Gehirn: Die Kamera fliegt auf seine hohe, dunkle, manische Stirn zu, das Bild besteht nur noch aus Haut, sie bohrt sich in eine der Hautporen, sie fliegt vorbei an staubgrauer, zugleich rötlicher blutiger Hirnmasse, hinein in

Zellen, die für das Auge normaler Menschen und gewöhnlicher Poeten unsichtbar sind. Dann öffnet sich langsam die niedrige Gartenpforte in der South Tremaine Avenue, kurz darauf geht noch langsamer die Tür im ersten Stock auf, die dunkle, schwere, lukenlose Tür der Wohnung, in der er seit siebzehn Jahren über Gerry thront und wohnt, die Kamera fährt durch den Flur, vorbei an niedrigen grauen Wänden, geschmückt mit Goldenen Schallplatten, mit Lous alten Konzertplakaten, mit einem Servietten-Picasso, der den handgeschriebenen Titel *Lou, der Stier von Hydra* trägt, und dann sieht man sie beide, im Wohnzimmer, Lou, fünfzehn Jahre jünger, Gerry, fünfzehn Jahre jünger, es ist das rocktechnisch total uninteressante Jahr 1991, Gerry ist am Tag vorher heimlich aus Südfrankreich abgehauen, er hatte genug von seinem Sündenbockdasein, von Mamas Schlägen und Vorwürfen, und sie reden darüber, ob er bleiben darf.

»Okay, mal sehen, wie gut du wirklich bist«, sagte Lou jetzt zu Gerry. »Was hab ich damals zu dir gesagt, als du aus Frankreich zu mir gekommen bist? Was war mein erster Satz?«

»›Wir sind alle allein, du dahergelaufener, kleiner, unehelicher Hurensohn‹, hast du gesagt, Papa. Das weiß ich genau – und dass ich das Erdgeschoss haben kann. Und dass ich die Hälfte der Miete zahlen muss.«

Mal wieder interessante Stille auf dem Mount Toruhu.

Lou schob sich die linke Faust in den Mund und biss lautlos drauf. Sie sind alle gleich, dachte Ethel, das macht der Kapitan auch, wenn er wütend ist, und Noahs Vater hat es einmal in der Aula des HLG gemacht, bei der Abiturfeier, als Noah die Direktorin fragte, ob er zum Abschied *Unser schtetl brent* singen darf.

»Ja, Gerry, das stimmt, du bist wirklich sehr textsicher.« Lou zog die nasse große Faust aus dem Mund, sie war weiß wie ein Kohlkopf, nur die Abdrücke seiner Zähne umrandeten rot die gettoblassen Knöchel. »Es tut mir leid … es tut mir so leid. Du bist doch nicht der, für den dich die ganze Welt hält, mein armer, trauriger Schatz!« Lou lächelte anerkennend, gerührt, zart, willenlos, seine coolen Seventies-Gesichtszüge lösten sich lawinenmäßig von oben nach unten, er drückte, als wäre er der Sohn, seinen alten, glatten, halbnackten Anakonda-Oberkörper gegen Gerrys jungen Athletenleib – und fing an zu weinen. Gerry weinte sofort auch. Der Mönch weinte. Ethel weinte. Sogar Tal, der so tat, als weine er nicht, weinte heimlich ein bisschen, aber nur, weil er von so viel beschissenem, fremdem Leid immer sofort getriggert wurde (das Wort hatte er von seinem Armeepsychologen im Ichilov-Krankenhaus gelernt), und das hatte selten etwas mit Mitleid oder Empathie zu tun. Plötzlich war er wieder zu Hause in Tel Aviv in der Arlosoroffstraße, Minuten nach dem Einschlag der Saddam-Rakete. Dann war er das erste Mal mit der einäugigen, lieben, dummen Siwan Anilewitsch im Bett und wusste nicht, wie es ging. Und dann war er in Gaza auf der Salah al-Din Road, ein letzter, einsamer Checkpoint vor der Grenze, und vor ihm, dem Soldaten 2, lag der verkohlte Soldat 1 und rief nach Wasser, bevor er für immer zu Asche zerfiel. »Wäre eine Diet Coke auch okay?«, hatte er zu dem Sterbenden gesagt. »Also ich krieg von Diet Coke immer Migräne.«

Gerry – die Augen rot und klein vom Weinen, die Wangen feucht von den Tränen – zog heroisch den Rotz hoch. Für ihn war die große Lou-Aussprache noch nicht zu Ende. Noch nicht einmal fast. »Glaubst du, Papa, ich weiß nicht, dass Mama mit mir nach Frankreich ging, weil du Opa Haimele nie daran gehindert hast, es auch bei ihr zu versuchen? Du hattest Angst, dass dein eigener Vater dich in die Brooklyn Bridge einbetonieren könnte, stimmt's?«

»Was war mit Noah?«

»Was war mit Haimele?«

»Ja, ich hatte Angst vor meinem eigenen Vater.«

»Und mich trieb es noch weiter davon. Zum Glück. Denn sonst hätte ich den kleinen, dummen Utopisten wirklich erschlagen. Ist das das Haimele-Rotgast-Gen in mir, Papa? Ich hab schon gesehen, wie ich es mache, als ich während seiner ultragemeinen Erpressungsattacke kurz die Augen schloss. ›Uga-uga, Gerry‹« – er machte Noahs Wimmerstimme nach –, »du musst CCC-Chef werden, bitte, ohne dich geht die Welt unter, Gerry ... uga-uga.‹ Ich hätte mich – Scheiße, das hab ich mir wirklich vorgestellt! – leicht zu ihm vorgebeugt, ich hätte über den Tisch nach seinem kleinen, haarigen Kopf gegriffen und ihn wie eine Nuss ein paarmal gegen das Marmorbecken gehauen. Tock-tock-tock, und Schluss mit Noah, dem brabbelnden Messias! Darum bin ich aufgesprungen, so schnell es ging, und davongerannt. Lou, ich will keine Todesfantasien mehr, ich will keinen Vaterhass mehr, ich verzeihe dir auch! Ich verzeihe dir, dass du allen erzählst, ich wäre ein impotenter Lügner, der sich heimlich über seine Fans und die Menschen von Darfuristan auskotzt. Wärst du berühmter als ich, würde ich dasselbe tun. Verzeihst du mir auch – bitte? Willst du mein Freund sein? Wollen wir mit dem Abraham-Isaak-Scheiß aufhören?«

Der Mönch sagte leise: »Ihr möget eine Woche lang sechs mal vier Stunden täglich vor der chinesischen Botschaft in Washington, D. C., für die Unabhängigkeit Tibets demonstrieren und, wenn ihr schon dabei seid, für die Freilassung von Ron Arad ...«

»Hättest du vielleicht Lust, Papa, den Soundtrack für meinen Sudan-Film zu komponieren?« Gerry lächelte schüchtern. »Das Geld dafür hab ich endlich zusammen, es wartet auf dem Konto des nervigen Utopisten aus Tel Aviv. Bitte, mach's, tu was für dein Comeback! Du wieder in der Top Ten? Wow ... das wäre für mich so schön, wie morgens aufzuwachen und in die rote Blüte der Orchidee von Avignon zu sehen.« Er lächelte sein liebstes, dümmlichstes Crocodile-Dundee-Lächeln und drückte sich an Lou. »Hab ich diesen ganzen Blumentraumascheiß wirklich nur aus einem Buch?«

Pause.

Noch längere Pause als vorhin – und große, berührende, fast schon toskanische Stille.

Die Rasensprenkler begannen langsam wieder zu tuckern, die Zikaden begannen in einem ungewöhnlich genauen, unnatürlichen

Vierviertteltakt ihren Alles-ist-easy-Song zu zirpen, Tal wippte mit dem Kopf, Ethel wippte mit dem Kopf, der Mönch Shaki »7« Inch wippte mit dem Kopf und klatschte – so leise, zart, beschwörend wie ein herumprobierender Novize, der seine erste Schnabelfelltrommel nicht kaputt machen will – auf seinem nackten Bauch einen hübschen, pseudotibetischen Rhythmus. Lou machte wieder »bam-baba-bam«, und wieder und wieder, und plötzlich reihte er wie früher, als er noch nicht so verspannt von seinem One-Hit-Wonder-Weltruhm war, als er allein, brennend, haimellos im Chelsea Hotel saß (die Gitarre auf den Knien, die Hermes-Baby vor sich auf dem zerwühlten Bett), ein Wort der Coyoten-Lyrics ans andere: »Don't ... come ... begging to my office. I wanna be ... your ... african guest. Don't ... be ... disappointed ... first I'll take a rest between your mama's legs.«

Es war, als würde sich der Boden unter den Sechs langsam heben. Sie sangen, klopften, klatschten, das helle Flirren in den weißen Fensterviereckenwölbte und senkte sich wie trocknende Laken im Wind, die leeren Bierflaschen vor ihnen begannen zu zittern und zu tanzen, es waren ein paar Millimeter, mehr nicht, um die sich ihre Hintern hoben, und vielleicht war alles Einbildung, aber es war trotzdem gut, sehr gut und tief und quasi-chemisch, und Ethel – vor allem Ethel – hatte von der ersten Levitation ihres Lebens Assoziationen, die sie weit davontrugen. Sie saß – es war November, vielleicht auch Dezember 1984 – im großen, schlecht beleuchteten Audimax der Universität in Hamburg, dessen graue schmutzige Fenster das Hamburger Winterlicht noch grauer machten. Vorne stand der große Theodor H. Querido, dunkle jüdische Stirn, schöne Nase, jahrtausendaltes, weises, weißes Haar, und wann immer er etwas sagen wollte, begannen Ethels Freunde und Kommilitonen (links bis linksextrem, hässlich, todernst, geil wie Rebhühner in der Paarungszeit) mit den Fäusten auf ihre Tische und Bänke zu schlagen, so laut, dass er sich die alten Elefantenohren zuhalten musste, während die entsetzte Ethel überlegte, ob es wirklich besonders clever und erstrebenswert war, aus dem Getto des Kapitans in die Arme dieser deutschen Bestien zu rennen. Bam-baba-bam!

Und wie erlebten die anderen die Levitation? Gerry versetzte sich, während sie klatschend und klopfend und singend zusammen in die siebte Dekarnation aufstiegen, nach Darfur, in ein noch unmassakriertes Christendorf, in eine Hütte aus Lehm, Stroh und Kamelscheiße, er feierte seinen dritten oder vierten Überdosis-Geburtstag, und das ganze Dorf sang und trommelte für ihn *For He's A Jolly Good Fellow* auf Kordofanisch-Darfu. Bam-baba-bam ... Tal tanzte in der Pacha-Bar in Goa vier Tage und Nächte lang zusammen mit anderen Zahal-Untoten, mit schwitzenden, schreienden, holländischen Mannfrauen, mit verhinderten amerikanischen College-Amokläufern seine pathologisierte Erinnerung aus dem Hier nach Dort. Bam ... Und Fritz überlegte, ob er nicht eine Weile heimlich auf Schloss Kopfab die autogene Autofokusmethode des Mönchs an seinem Radieschen ausprobieren sollte, und gleichzeitig sah er die SS-Stiefel seines Großvaters, hoch, schwarz, glänzend wie die Hinterbeine von Rebecca, der ersten Dogge des Reichskanzlers Bismarck, im Volksmund auch Reichshund genannt, und die Stiefel inklusive Opa Dunckenberg marschierten aus der Eppsteinerstraße über den Opernplatz bis nach Bonn über die A3, natürlich immer nur Standspur, sie machten klack, klack, klack bis zum Theodor-Dolchstoß-Platz, bis zum scheußlichen, flachen Bundeskanzler-Bungalow mit dem Judenfreund Adenauer drin, und plötzlich stand Adenauer vor der Tür, und Opa trat ihm im Takt viermal in den Arsch. Bam-baba-bam ...

Der Mönch assoziierte besonders komplex. Er »schaute« in sich hinein und fragte sich, sozusagen im Off, während im On sein heutiger Basic-Kurs »Leichte Depression/mittelschwerer Drogenmissbrauch« langsam abhob und davonschwebte, ob er nicht doch endlich den Scheißbuddha hinter sich, dieses Denkmal seiner größten erotischen Niederlage, mit falschen Papieren zur TEFAF, der Superkunstmesse in Maastricht, shippen lassen sollte, denn dort würde er sofort einen Käufer dafür finden, bei den vielen neureichen Sammlern und Kretins, die schon morgens betrunken und nur auf Raubkunst scharf waren. Wieso war ihm das nicht früher eingefallen? Hmmm… Und das ganze Geld würde er dann auch behalten, als Entschädigung, das Geld dieses reichen Schwachkopfs und seines eingebildeten, ahnungslosen Schriftstellerfreunds, 200 000 Euro Gewinn, summa summalorum, huhuhu!, denn der Schwachkopf hatte nicht Wort gehalten. Naja, hatte er schon, aber leider wollte SIE, seine süße, kleine, flaumige, flauschige, subdominante, geliebte zionistische Prinzessin mit der Haut eines sonnenverbrannten Gekkos und einer Muschi, so haarig wie eine Kiwi vom Karmel, »am Ende des Tags« doch nicht so, wie es mit dem Schwachkopf verabredet war. Wusste sie, wie weh sie ihm, dem unerschrockenen Hisbollahkiller und stoischen Zenmeister, damit tat? Ja, und noch mal ja! Sie stand – sie hatten sich zu ihrer letzten Aussprache getroffen – neben ihm in den eiskalten Räumen des Tel-Aviv-Museums vor einem besonders großen, deprimierenden, hässlichen Nan-Goldin-Foto (»So will ich auch fotografieren, Ramile!«), freundlich wie eine überlegene Siegerin, sie nahm, nachdem sie zweimal so leise, zart und süß wie ein verschnupfter Chihuahua-Welpe geniest hatte, seine große, kalte Hand in ihre ganz kleine, noch kältere und sagte: »Du bist gut im Bett, mein schöner, öliger Neve-Zedek-Prinz, besser als er, und rasiert bist du auch. Aber ich sehe am Ende des Tags Sex nur als Mittel zum Zweck, wie jede gut erzogene Sabra-Frau. Zwei kleine Mädchen habe ich schon, und das dritte soll auf keinen Fall von einem anderen Papi sein, verstehst du das?« Und dann, weil er vor Schreck den Mund auf-, aber nicht mehr zumachte und schwieg und dachte, wann geht endlich hier die verdammte Klimaanlage aus, sagte sie: »Geh am besten noch mal für ein paar Monate weg, motek, danach hast du mich wie jede andere vor mir vergessen. Hast du mir nicht erzählt, dass es in Kalifornien diesen tollen neobuddhistischen Tempel gibt, wo sie dich schon jetzt vermissen?«

Die pragmatische Merav behielt recht. Nach einem Monat auf dem Mount Toruhu wachte er nicht mehr morgens um fünf mit einer Herzlia-Pituach-Phantom-Latte auf. Nach zwei Monaten konnte er ihr Foto in seinem Telefon »ansehen«, ohne zu weinen. Und nach drei Monaten dachte er nicht mehr hundertmal am Tag: Noah Forlani, ich töte dich! Noah? Noah Forlani? War das derselbe Noah, der den berühmten Gerry Harper mit der Geschichte seines etwas weniger berühmten Vaters medial kreuzigen wollte? Die Welt war schön, aber verrückt.

»Und die Pornpics? Die Erpressung? Wie endete die Sache mit dem verschlagenen Moralisten … wie hieß er noch mal gleich?«, fragte der Mönch, genannt Shaki »7« Inch, genannt Rashwnala Pranjabba, genannt Rami Bar-On, mitten in den nächsten Break des neuen Lou-Harper-Welthits hinein. »Nu.«

Das Klatschen, Klopfen und Schnarren hörte schlagartig auf.

»Forlani«, sagte Gerry, »Noah Forlani. Ist das wichtig?«

»Ja. Irgendwie schon. Also – eher mehr als weniger.« Akrobatisches, süffisantes Bewegen der glänzenden Hochstaplerlippen, aus einem tristen Strich wurde erst ein fröhliches U, dann ein triumphierendes V. Vom traurigen, schleimigen Rami, dem entmannten Neureichenkönig von Neve Zedek, keine Spur. »Zufällig kenne ich auch einen Noah. Er hat so viel Geld wie Buddha Güte, meine lieben Freunde, und er denkt wirklich, Glück könne man kaufen. Er hat mir einmal ein sehr ungewöhnliches und dunkles Angebot gemacht, aber ich habe natürlich abgelehnt. Eigentlich war es Erpressung, je mehr ich darüber nachdenke. Ein irrer Typ! Man merkt es schon an seiner Kleidung. Alles an ihm ist kariert oder gestreift, er sieht aus, als könne er sich morgens in seinem begehbaren Kleiderschrank nicht entscheiden, was er anziehen soll, und auch sonst ist alles in seinem Leben immer nur ja!, ja!, ja! Ich hab noch nie so viele Schattierungen von Safrangelb und Dhotilila gesehen, nicht einmal bei der Tibetiade 2002. Noah … Noah Forlani, genau, das ist bestimmt derselbe naive, unersättliche Kerl! Seine noch reicheren Nachbarn nennen ihn den Bob Geldof von Herzlia Pituach. Hab ich gehört. Klingelt's bei dir, Ethelein?«

In der Ferne drehte ein Mönch an seiner Gebetsmühle, es machte ding-ding, und Ethel nickte.

»Und traust du ihm eine Erpressung im höheren moralischen Auftrag zu?«

Ethel nickte wieder und dachte an die in Hamburger Gemeindekreisen berühmte Innocentiapark-Story. Noah hatte zwei Wochen nach der Führerscheinprüfung nachts um drei bekifft Schloimels 280er auf der regennassen Parkwiese versenkt, und schon eine Stunde später zitterte er Anne-Frank-mäßig in dem riesigen Kleiderschrank im Flur seiner Eltern, eingeklemmt zwischen den nach Parfum, Achselschweiß und übermäßiger Schwefelproduktion stinkenden Pelzen seiner Mutter, während sie einem erschrockenen Polizisten erklärte, wenn er seinen Sohn mitnähme, würde sie ihn wegen versuchter Vergewaltigung anzeigen. Das Schlechte für das Gute ins Feld führen – das hatte Noah von der sonst so verwirrten Fruma gelernt.

»Na ja, die Pornpicsache ist mir natürlich egal«, sagte der sogenannte Mönch und landete wieder sanft auf seinem großen, heuschreckengrünen Sitzkissen. »Es geht mir um das Prinzip. Wem noch?«

Fritz meldete sich, und dass er, die flache Hand auf Höhe seiner kreisrunden, leicht hervortretenden Hermann-Göring-Augen, den rechten Arm hochriss, machte die Sache auch nicht uneindeutiger.

»Wie sagte mein weiser Lehrer Khamtrül Rinpoche«, fuhr Shaki alias Rami alias Rashnwala fort, »wenn wir in Pol-Pot-City mit den übelsten Khmerchefs der Provinz pokerten? Wer droht, liebt den eigenen Tod. Und, liebst du den nervigen Noah wirklich, Ethel Urmacher?«

Ethel, immer noch einen halben Millimeter über dem Boden, öffnete den Mund und fing an, schnell zu reden und sich für ihre leicht unterkomplexe Noah-Geschichte zu rechtfertigen, aber Rami hörte sie nicht. Er assoziierte schon wieder, ohne Lous »bababam«, er machte den großen Leben-Check, mal wieder, und mal wieder kamen 3 Punkte von 10 heraus. Gutes Gewissen: 0, guter Sex: 0, immer die Wahrheit sagen: 0, dem greisen Khamtrül ab und zu eine Mail und 100 Dollar schicken: 0, seine Raffgier kontrollieren und Ware nicht doppelt und dreifach verdealen: Doppel-0, die alten Eltern besuchen: 0, nie lügen: 0. Punkte gab es nur für saubere Bettwäsche, einen langsam, aber sicher wachsenden Dingdong (im Kloster sprachen sie schon davon, ihn bei der nächsten Mondfeier in Shaki »10« Inch umzutaufen) und für seine ungewöhnlich idealistische, verbissene Haltung gegenüber allen seinen Schülern und Spendern. »Eigentlich interessiert es mich doch: Hat dieser verkackte Neo-Spinozist Lous private Urlaubsfotos durchs Internet gejagt? Hat er des singenden Rebbes Schiwatschi zerstört? Ist ja auch egal ...«

Ethel verstummte sofort wieder und schloss schnell und tonlos ihren riesigen Mund.

»Wenn Schiwatschi das ist, was ich glaube, was es sein könnte, Meister«, sagte Gerry, »dann sage ich nicht Nein. Obwohl das Gegenteil noch richtiger wäre.«

»Du hast ja mein Tempelgequatsche schon ganz gut drauf, Bronco.«

Wieder klingelte die Gebetsglocke. Zuerst klang die Melodie fremd, wirr und asiatisch, dann schälte sich so was wie *Jingle Bells* raus.

»Der verdammte Kardinal Lustiger. Seit er hier ist, ist der Buddhismus nicht mehr das, was er war. Das war ein Witz, Kinder. So, schließt jetzt bitte noch mal die Augen, damit der kleine Mönch in Ruhe eure Taschen nach Geld und Viagra durchsuchen kann. Das war auch ein Witz ... Ethel, hörst du mich? Wir kommen jetzt zu dir, Mäuschen. Wie fing es an?«

Ethel sagte etwas, aber sie verstand selbst den Sinn ihrer Worte nicht.

»Bitte, noch mal!«

»Was?«, sagte sie jetzt etwas deutlicher. »Wie fing was an?«

»Du bist …« Er drehte sich, statt sie anzusehen, zum überraschend säuerlich schauenden Buddha, als wolle er ihn und sie vergleichen, ihre Menge an Intensität, Spiritualität, Kilogramm, und dachte: Wie schön schlank, handlich, braun und drahtig war dagegen seine geliebte Merav! »Du bist«, fing er noch mal an, »eine stattliche, hochgestimmte, elektrisierende Frau. Das spüre ich. Das sehe ich. Und ich habe dich, wie jeden anderen, vor der heutigen Belehrung gegoogelt. Ich habe Fotos von dir gesehen – ajajaj! –, auf denen du noch nicht so stattlich, so raumgreifend wirkst, es müssten die Achtziger sein. Dass du auf einem der Bilder nackt bist und von drei dünnen, glatzköpfigen Männern mit Fingerfarbe bestrichen wirst, zeigt mir, dass du noch nicht weißt, wer du bist, es aber unbedingt rausfinden willst.«

Ethel nickte brav – und schüttelte dann mit geschlossenen Augen den Kopf. Sie waren zu, eine Sekunde, mehr nicht, doch das genügte ihr. Sie sah, weil sie es wollte, sich selbst in den kahlen Räumen der AAO-Kommune in der Fettstraße, über dem späteren Café Vienna, und nachdem die drei AAO-Nackten mit den rasierten Kommunardenglatzen sie mit dem Blut eines frisch geschlachteten Kalbs bemalt hatten, begann im Hamburger Nachmittagszwielicht die langweiligste Orgie ihres Lebens. Verdammt, verdammt, verdammt. Was hatte sie nicht alles versucht, um aus dem Getto rauszukommen! Einmal hatte sie mit ihren Freunden aus dem Schanzenviertel eine Nacht lang eins von Papas Abrissobjekten am Schulterblatt besetzt, aber die Heizung in dem nach feuchtem Bauschutt stinkenden Mietblock ging nicht, es gab kein Wasser, und in ihrer Matratze faulte eine Rattenfamilie vor sich hin. Am nächsten Morgen lag sie wieder erleichtert in ihrem Mary-Poppins-Bett am Klosterstern 1. Sie schlief, döste, schlief, ihr Kopf schwebte auf dem bauschigen Gänsedaunenkissen ihrer ewigen Kindheit, aber dann kam der Kapitän herein und schrie: »Du wagst es, mit diesen kleinen Nazis mein Haus zu besetzen?! Ein Jahr kein Taschengeld!« Und er schlug sie mit jeder Faust einmal auf ihren eben noch so leichten, schwebenden Kopf. Ein paar Wochen später verließ die rote Ethel für immer die weiße Stadtvilla am Klosterstern 1 und wurde unterbezahlte Erzieherin im Pippi-Langstrumpf-Kinderhaus in Neuengamme-Süd, drei Kilometer von der KZ-Gedenkstätte entfernt. Manchmal, wenn der jüdische Selbsthass nachließ, hätte sie die schreienden kleinen Deutschen am liebsten dort abgegeben – aber von dieser kitschigen Fantasie hatte sie noch nie jemandem erzählt.

»Ich habe den Namen deines Vaters zum Spaß auch eingetippt«, sagte der Mönch. »Karol Urmacher, genannt der Kapitan, bei Google über fünfzigtausend Hits. Den Trümmern des Kriegs entstieg er, wie mein Lehrer Khamtrül Rinpoche sagen würde, äußerst hitzig und unentspannt, aber das wäre ich an seiner Stelle auch gewesen. Zwei Jahre Belzec, ein Jahr Majdanek, drei Monate Todesmarsch nach Traunstein in Bayern – und dort hat er gleich mit den Goldzähnen seiner dahingegangenen Lieben die halbe Innenstadt aufgekauft. Er war oft vor Gericht, heißt es, Frankfurt, Hamburg, Berlin, Bestechung, verschwundene Wiedergutmachungsgelder, Steuern, die nicht gezahlt wurden. Was hast du von ihm gelernt? Dass nur Gott die Welt richtig sieht und der Mensch, der machen kann, was er will, glauben muss? Ah, du lächelst.«

Ethel lächelte gar nicht.

»Bist du mir böse?«

Schweigen.

»Bist du ihm böse? Klar – was sonst.«

Ethel begann, sich heftig hinterm rechten Ohr zu kratzen, als hätte sie dort gerade die Wahrheit oder einen neuen Pickel entdeckt.

»Noch mal, wie fing es an? Du und der Noah-Kretin. Wie konnte das passieren?«

»Ich liebe ihn nicht«, sagte Ethel.

»Liebe? Was ist schon Liebe? Sex mit oder ohne Happy Ending, mehr nicht. Hat der gute alte Shaki recht?«

Allgemeines Nicken.

»Zwischen Eltern und Kindern ist die Sache a bissele komplizierter. Man kann nicht einfach Schluss machen – obwohl man das die Hälfte des Lebens unbedingt will. Right? Korrekt?«

Alle applaudierten, der Mönch selbst auch. Er sah jeden im Refektorium kurz und tief an und sagte: »So, und jetzt ein paar Worte zu mir, eurem nahezu perfekt ausbalanciertem Kursleiter. Mein Vater hat nicht Majdanek und Belzec überlebt. Er war *betach* kein Shylock, kein Adolf, kein Ariel ›Arik‹ Scharon, kein Bugsy Malone, kein Billy The Kid. Er war nur ein halb berühmter Landschaftsarchitekt ohne Geschmack, und meine Mami war HNO-Ärztin mit Tinnitus, das war ganz witzig, aber nie mein Problem. Mein Problem war, wo das war – in Petach Tikwa, östlich von Tel Aviv, in der totalen Geomitte eines gewissen Gelobten Lands. Jetzt guckt ihr, hmmm…«

Tal schüttelte den Kopf und zeigte dem Mönch scherzhaft die Faust. Der Mönch sah wie ein junges Mädchen auf einem alten Holländerbild nach unten und sagte leise und schnell auf Iwrit zu ihm: »Ja, ich bin's, Tal, dein alter Kommandant. Ich dachte, du Schmock, du warst nach dem Libanon Jahre in der psychiatrischen Abteilung der Hadassah-Klinik in Jeruschalajim und hast mit zitternden Händen Holzspielzeug angemalt. Oder hab ich dich auf Kanal 10 als Redner bei diesen schlecht besuchten Peace-Now-Demos gesehen, mit Oz und der lispelnden Friedensziege Rita Gurkenstein? Wirklich nicht schlecht, deine zweite Identität als Peacenik, mamasch achla. Und nachts dann immer nach Ramallah und Gaza und Jobs erledigen, über die du nicht reden darfst, ja? Red lieber, chamud, sonst erstickst du noch an deinen Schin-Bet-Geheimnissen, so wie ich fast, lass los, ›sieh‹ mich an. Ich wollte mich nicht mehr über die Betten schlafender Araber beugen und sie mit ihren Kissen ersticken. Ich wollte nur noch wissen, ob es richtig oder falsch ist, was wir machen, weiß oder schwarz, und wer unsere Rente zahlen wird, nachdem die Araber uns ins Meer gejagt haben.«

Der Mönch alias Rami Bar-On begann langsam wieder den Kopf zu heben. Tal senkte langsam die Faust. Ethel suchte jetzt ihren rechten Oberschenkel nach Hautunreinheiten ab. Fritz zog seine Krawatte so eng zu, dass beim Ausatmen seiner Nase jedes Mal ein langes, pfeifendes Geräusch entfuhr. Lou notierte sich die Akkorde und Lyrics von *Mama's Legs* auf die Rückseite eines triefnassen, losen Tigerbeer-Etiketts. Gerry tastete seine Hosentaschen nach einem nichtexistierenden Vicodinblister ab.

»Die Geschichte meines Landes« – der kleine, runde, glänzende Kopf des Mönchs war wieder auf der normalen Gesprächs- und Meditationshöhe, die Stimme aber noch introvertiert gesenkt – »lässt sich in drei Epochen unterteilen: Krieg, Schonwiederkrieg, Geradekeinkrieg, ein ewiger Kreis. Hat man mit dem Geburtsjahr halbwegs Glück, wird einem davon wenigstens nicht gleich am Anfang schwindelig.«

Die berühmte 3-Uhr-Mount-Toruhu-Sonne fabrizierte von hinten ein Dutzend sich langsam drehender, konvexer braungelber Strahlen auf seinen Schädel, und eine fette Aureole aus warmem kalifornischem Nachmittagslicht und polackischer Besserwisserei stieg über ihm auf. Er ließ ein kleines Muskelspiel in der nackten, öligen Halsgegend um den Kragen des halb offenen Judoka-Jäckchens folgen, dann ein tiefes jenseitiges Seufzen, und dann hmmmte der Quartalsmönch Rami B. mit normaler Lautstärke wieder allen auf Englisch zu: »Hat man aber Pech – Stichwort: Born On The Eve Of Yom Kippur War, 1973ff. –, kommt man aus dem Taumeln und Grübeln gar nicht mehr raus. Philosophie? Sowieso. Seinsfragen stellen und erleichtert denken, ich weiß, dass ich nichts weiß? Das betäubende Alltagsgrau suchen, statt Schwarz oder Weiß zu verstehen? Oder sich lieber den Lehren des großen, dicken, abgeklärten Buddhale hinter mir anvertrauen? Alles und nichts und noch viel mehr. Hier auf dem Berg wird keiner verurteilt, gib Gott, dass es hilft.«

Der Mönch schob sich die Hand in den lockeren Lendenschurz

und kratzte sich machohaft. »Also gut, ich sag euch jetzt allen, wer ich wirklich bin: Rami Bar-On, der halbwegs stabile Kriegsveteran mit dem Charme und dem Teint eines freundlichen Maulesels, der zehn Jahre in einem Kellerraum des Trapeang-Chhuk-Tempels im Nordosten Kambodschas verbracht hat, ohne zu liegen oder sich an eine Wand anzulehnen. Ich schlief, ihr Lieben, jede Nacht sitzend in meiner Meditationsbox und hab aus Langeweile meine Wünsche visualisiert: Frieden, Entsagung, universelle Ruhe, das Ende des Lebens als Neuanfang, ein paar hübsche Buddhas und Lingas aus Angkor Wat, irgendwann ein eigenes Kloster und einen längeren Schwanz. Ich habe« – Tal, Gerry, Lou, Ethel und Fritz guckten schnell weg, weil sie wussten, was Shaki »7« Inch ihnen gleich wieder zeigen würde – »praktisch alles gekriegt, was ich beim Meditieren ›gesehen‹ habe, ich lebte eine Weile in äußerst strahlendem Weiß. Ein schönes, großes, unangeberhaftes Penthouse in Neve Zedek war auch dabei, an der Klingel stand ›Rashnawala Pranjabba‹, mein Nome de Guerre für die Klimakteriumsweiber von Tel Aviv. Aber dann habe ich mich in die Frau eines Klienten verliebt, und in meinem Leben wurde es wieder so schwarz wie in der Kanalisation von Herzlia Pituach« – Tal nickte beifällig –, »und das war leider ein Scheißgefühl. Das hat mich fast wieder zerstört. Darum bin ich hier. Das, liebe Freunde, war schlimmer als der Libanon.«

2
Agentenmärchen

»Als Mojsche der Grebser sechs Jahre alt war«, begann Mamaschas *Agentenmärchen*, das sie mir nach Prag gemailt hatte und das ich erst später in Tel Aviv las, »spielte er am liebsten mit Geld. Andere Kinder spielten mit Puppen, Bällen, mit Katzen und Goldfischen, er interessierte sich aber nur für Münzen und Banknoten. Die meisten Erwachsenen mochten Mojsche nicht. Er war genauso ernst wie sie, seine Wangen waren fast so dunkel wie die Wangen eines Mannes, der sich zwei, drei Tage lang nicht rasiert hatte, und er hatte immer auf alles eine Antwort.

›Mojschele, kommst du mit zur großen Geburtstagsparade des Königs?‹

›Nein, ich mag den König nicht.‹

›Sag das nicht so laut, Mojschele, wir auch nicht, aber wir werden trotzdem hingehen und für ihn *Happy Birthday* singen.‹

›Ich bin eben nicht so ein Feigling wie ihr, die Erwachsenen!‹

›Mojschele, warum rülpst du immer so viel?‹

›Weil ihr mich Mojsche den Grebser nennt.‹

›So nennen wir dich, weil du immer so viel rülpst.‹

›Vielleicht hör ich ja auf damit, wenn ihr damit aufhört. Vielleicht aber auch nicht.‹

›Mojschele, was möchtest du später werden – ein Dichter, ein Seemann oder ein Zuhälter?‹

›Ist mir egal, Hauptsache, ich werde reicher als mein Vater!‹

Das Land, in dem Mojschele und die Erwachsenen lebten, hieß Rotland. Es war ein sehr armes Land. Nur der König und die Referenten des Königs waren reich, denn nur sie durften Handel treiben und stehlen, und wenn sie jemanden dabei erwischten, dass er Dinge kaufte und teurer weiterverkaufte, steckten sie ihn ins Gefängnis. Dort brachten die Referenten den Häftling schnell dazu, ihnen zu verraten, wo sein ganzes Geld war, und wenn er dann dachte, es würde alles wieder gut werden, hängten sie ihn nackt vor dem Roten Schloss in einem Käfig auf, dessen Gitterstäbe so weit auseinander waren, dass Raben hineinfliegen und aus den Schenkeln und Backen des langsam Verhungernden und Verdurstenden kleine Fleischstückchen rauspicken konnten.

Der Vater von Mojsche dem Grebser gehörte zu den wenigen in Rotland, die sich trauten, heimlich Geschäfte zu machen. Er wollte nicht, dass seine Familie hungerte und im Winter in der großen Wohnung am Referentenplatz fror, und er wollte ab und zu seiner Frau Chawa der Dunklen einen Blumenstrauß oder ein durchsichtiges Höschen aus schwarzer Spitze kaufen. Doch Arik der Löwe liebte das Geld nicht nur, weil man dafür etwas bekam. Der Gedanke, dass man aus ein paar Rubeln – so hieß auch schon damals die Währung von Rotland – Hunderttausende von Rubeln machen konnte, versetzte ihn in große Aufregung. Ein ähnliches tiefes, vibrierendes Gefühl hatte früher immer seinen Großvater überwältigt, seinen Urgroßvater und seinen Ururgroßvater, wenn sie beim Lernen bemerkten, dass sie aus einem einzigen Satz, den sie in einem heiligen Buch lasen, selbst ein Buch machen konnten, indem sie noch mehr Sätze darüber schrieben. Gott musste sich genauso gefühlt haben, als er aus dem Nichts die Welt erschuf, dachten sie. Und Arik der Löwe dachte dasselbe, wenn er wieder einmal einen dicken Umschlag mit Rubeln nach Hause trug und unter der Türschwelle zwischen Küche und Kammer versteckte.

Ja, Mojsche der Grebser war der Ast an einem jahrhundertealten Stamm. Er selbst wusste das schon als Kind, und weil er jeden Tag in der Schule lernte, dass nur der König Handel treiben durfte, wollte er erst recht ein Händler sein. In der Schule machte er auch sein erstes großes Geschäft. Eines Tages, es war gegen Ende des Lichterfests, bat er Chawa die Dunkle, mehr Latkes zu braten, als er in einem ganzen Jahr essen konnte. In den großen Pausen tauschte er die Kartoffelpuffer mit den Kindern gegen Limonade und Kwas, und die Limonade und den Kwas verkaufte er am Sonntag vor dem Roten Stadion. Den dicken Umschlag, den er an diesem Abend nach Hause trug, durfte er auch unter der Türschwelle in der Küche verstecken. Nachdem sein Vater – ein harter, aber freundlicher Mann – das schwere Brett wieder zurückgeschoben hatte, kniff er den Sohn in die Wange und sagte: ›Eines Tages wirst du für die Familie sorgen, Mojschele.‹

›Und wenn ich keine Lust habe?‹

›Sag das noch mal und ich brech dir alle Knochen.‹

›Trau dich und ich brech dir deine.‹

Nachts, wenn alle schliefen, hockte sich Mojschele oft auf die kalten Küchenfliesen, er holte sein Geld aus dem Versteck, betrachtete jede einzelne Banknote und rülpste dabei leise und glücklich. Doch eines Tages war der Geldstapel aus dem Versteck verschwunden. Dafür war der Stapel von Arik dem Löwen sehr viel höher als das letzte Mal. Obwohl Mojsches Mut sonst oft an Leichtsinn grenzte, war er diesmal vorsichtig, und er holte sich seine Scheine nicht einfach zurück. Als alle am nächsten Morgen beim Frühstück saßen, sagte er zu seinem Vater: ›Guten Morgen, Papa, wie hast du geschlafen?‹

›Seit wann interessiert dich das? Guck ihn dir an, Mojsche der Grebser wird erwachsen!‹

›Ich selbst habe nicht gut geschlafen.‹

›Das ist in deinem Alter normal, Kleiner. Wie soll man schlafen, wenn man die halbe Nacht auf seinem Ständer liegt? Aber dagegen kann man etwas tun. Auch mit vierzehn. Auch allein.‹

›Danke für den Rat, Papa. Ach, sag mal, wie gehen deine schwarzen Geschäfte zurzeit?‹

Arik sah sich erschrocken um und gab Mojsche eine Kopfnuss. Dann schrieb er etwas auf den Rand des Roten Morgens, der einzigen Zeitung, die es in Rotland gab, und schob sie auf Mojsches Seite des Tischs. ›Bist du verrückt geworden?‹ stand dort. ›Weißt du nicht, dass die Referenten des Königs ihre Ohren überall haben? Wenn sie hören, worüber wir reden, hast du morgen keinen Vater mehr, und der König schnappt sich alles, was ich für euch verdient habe.‹

›Meine Geschäfte gehen nicht so gut‹, kritzelte Mojsche auf die Seite. ›Letzte Woche hatte ich zweitausend Rubel. Und heute habe ich nichts mehr. Du weißt nicht zufällig, was aus meinem Geld geworden ist?‹

›Ich habe es mit Erfolg investiert‹, schrieb Arik schnell, aber gut leserlich neben die Fotografien der zwölf Ärzte, die der König am Tag davor exekutieren ließ, weil sie ihn vergiften wollten. ›Ich konnte eine große Partie Penizillin aus Belgien von einem Referenten des Gesundheitsministeriums kaufen und sofort wieder loswerden. Und was heißt hier dein Geld? Es gibt nur unser Geld. Wenn du etwas brauchst, frag mich. Ich mache bald wieder Kassensturz. Vielleicht springen ein paar Kopeken für dich als Taschengeld raus.‹ Und er gab – nun scherzhaft – Mojsche noch eine Kopfnuss und knurrte wie ein Löwe.

›Danke, Papa‹, schrieb Mojsche – ebenfalls scherzhaft –, ›wie freundlich von dir.‹ Dabei fiel sein Blick auf einen Artikel, in dem vor den demokratischen Politikern des Braunlands gewarnt wurde, die mal wieder einen Krieg gegen Rotland planten. Das war ein merkwürdiger und vielleicht auch ein Unglück bringender Zufall. Würde es zwischen ihm und seinem Vater bald ebenfalls Streit geben? Seit Mojsche denken konnte, waren Braunland und Rotland miteinander verfeindet. Das lag daran, dass in Braunland die Sonne immer zwei Stunden länger schien und dass es dort Hunderte von Brotsorten gab, während in Rotland nur das graue, feuchte Referentenbrot verkauft wurde. Vor allem aber war es in Braunland erlaubt, Geld zu besitzen, und zwar so viel, wie man wollte. Jeder durfte Handel treiben und seinen Gewinn den Banken geben, damit die daraus noch mehr Geld machten. Ich hasse das Braunland, dachte Mojsche plötzlich, während er Arik dem Löwen die von oben bis unten beschriebene Zeitung hinschob, und ich hasse meinen gierigen Vater. Und ich liebe den König von Rotland, der uns lehrt, auf Geld zu verzichten, da es nur Unglück und Streit bringt, und der darum selbst so viel Handel treibt, damit wir es nicht tun und uns die Hände schmutzig machen müssen.

Seit diesem Morgen interessierte sich Mojsche der Grebser nicht mehr für Geld und dessen Vermehrung. Aber in seinen Adern floss immer noch das Blut von Moses und Joseph Oppenheimer. Doch wie sollte er weiter aus dem Nichts etwas Neues erschaffen, wenn nicht durch Geschäfte? Mit Worten natürlich! Zuerst schrieb Mojsche ab und zu für die schönen und unnahbaren Mädchen in seiner Schule kleine Geschichten und Gedichte, die er ihnen abends auf der Bank des Roten Parks am Lauf des Roten Flusses vorlas. Während er vom Duft ihres Einheitsparfums immer unruhiger wurde, wurden sie durch seine Sätze und Reime immer willenloser, und wenn es ganz dunkel war, so dunkel, dass nicht einmal die Parkreferenten etwas sehen konnten, verwandelten die Mädchen mit ihren Händen und Mündern Mojsches ewigen Ständer in einen Springbrunnen. So lernte Mojsche alles über die Macht der Worte, die aus dem Nichts kamen und alles erreichten. Und als er im ersten Semester an der Universität von seinem Professor gefragt wurde, ob er zum nächsten Geburtstag des Königs ein Gedicht schreiben wolle, sagte er, er werde es gern versuchen. Das Gedicht schrieb sich wie von selbst. Es hieß *König der Könige*, und Mojschele trug es im Auditorium Maximum vor. Als er fertig war und der vom tosenden Applaus der Studenten und Professoren erzeugte Wind die damals noch langen, schwarzen Locken auf Mojsches Stirn kräuselte, dachte Mojsche: Was für ein dummes Kind bin ich gewesen, als ich den König aus Trotz nicht mochte. Wie viel einfacher ist es, auf seiner Seite und der Seite aller Menschen zu stehen!

Mehrere Jahre vergingen. Es waren für die meisten Bewohner von Rotland noch schlechtere Jahre als davor, und für viele waren sie so schlecht, dass sie sie in den Gefängnissen und Lagern des Königs verbrachten, aus denen sie nicht mehr zurückkamen. Trotzdem liebten und fürchteten immer noch fast alle den König wie einen Vater. Manche dachten, er müsse so streng sein, damit Rotland stark bliebe im Kampf gegen das Braunland. Andere waren der Meinung, der König, inzwischen müde und melancholisch von seinen Geschäften, wisse nichts vom Blutrausch seiner Referenten. Mojsche und Arik ging es immer noch sehr gut. Mojsche dichtete seit seinem Auftritt im Audimax fast jeden Tag, er machte einen Doktor in Ideologie und veröffentlichte mehrere Bücher mit Staatsgedichten, die so günstig und in so großer Auflage verkauft wurden, dass sogar Fischverkäufer von ihnen erfuhren und sie lesen wollten. Und als der alte Präsident des Dichterverbands in einem Lager im eisigen Norden von Rotland über den ausgestreckten Fuß eines Referenten stolperte und so unglücklich auf den Kopf fiel, dass er danach nur noch ›ja‹ und ›danke‹ schreiben konnte, wurde Mojschele der neue Präsident, und bei der Inaugurationsfeier verführte er gleich zwei hoffnungsvolle Nachwuchsdichterinnen. Arik der Löwe war inzwischen Rubelmillionär geworden und besaß so hohe Geldstapel, dass sie nicht mehr in das Versteck unter der Türschwelle passten. Darum begann er, den Gewinn auf dem Schwarzmarkt in die Währung des Braunlands zu wechseln, denn sie war sicherer und nahm auch sehr viel weniger Platz ein, und einige der grünen Dollarscheine nähte Chawa die Dunkle für den Notfall im Futter seines Jacketts ein. Den größten Teil schickte er aber mit Diplomatenpost auf sein geheimes Konto in Käseland, wo er seinen dritten Frühling mit Chawa plante.

Eines Tages begann Mojsche der Grebser an seinem Talent zu zweifeln. Es war zuerst nur ein fades Gefühl, der Überdruss eines gelangweilten Staatsdichters und Literaturreferenten. Er schlief schlecht, er hatte fast nie mehr einen Ständer, sogar dann nicht, wenn seine junge Ehefrau Golda die Unrasierte mit ihm zusammen sein wollte, und er rülpste kaum noch, was ihn am meisten irritierte. An einem schönen, klaren, kalten Frühlingstag – er war viel zu früh neben der ebenfalls unruhig schlafenden Golda aufgewacht – ging er lange allein am Ufer des Roten Flusses spazieren. Die Vögel zwitscherten, die Parkreferenten waren noch alle in ihrer Kaserne, und die Sonne stieg so eilig über dem Roten Schloss auf, dass Mojsche sofort gute Laune bekam. Jetzt ein Gedicht auf diesen Morgen singen, dachte er, auf die schöne Sinnlosigkeit des Daseins! Jetzt die Wahrheit schreiben! Aber ihm fiel nichts Gutes oder Schönes ein, kein gelungenes, tiefes Wort, nur die Unwahrheit fiel ihm ein, wie immer in den vergangenen Jahren, ein schäbiger Reim mit ›Sonne‹ und ›Wonne‹ und einer mit ›König‹ und ›Honig‹. Auf dem Heimweg dachte Mojsche daran, dass er als Kind nie um eine Antwort verlegen war und dafür zwar von allen gehasst, aber auch geachtet wurde. Damals war er nicht glücklicher gewesen, aber zumindest war er cool. Ich will wieder cool sein, dachte er, und plötzlich kamen ihm ganz andere Reime in den Sinn, es ging in ihnen auch um den König, aber sie waren lebensgefährlich.

Eine Woche später – es war an einem Freitag oder Samstag – gab es im Haus der Poeten eine große Party. Mojsche, der seit Tagen an nichts anderes als an sein neues Gedicht gedacht und es sich aus Angst vor den Referenten lieber nicht aufgeschrieben hatte, wollte nicht hingehen. Er wusste, dass er nach ein paar Gläsern Wodka auf einen Tisch steigen und das Gedicht vortragen würde, denn er war ein Dichter, und ein Dichter konnte nicht auf Dauer den Leuten sein Talent und seinen Mut verheimlichen.

›Goldale, was soll ich tun?‹

›Mich zuerst lecken, und dann lecke ich dich, und dann bindest du mich am Bett fest, und wir machen es wie die Affen.‹

›Nein, das meine ich nicht. Ich habe etwas gedichtet, und das ist so gut, dass davon die Welt untergehen könnte.‹

›O Mojsche, ich habe immer an dich geglaubt!‹

›Aber du und ich gehen mit der Welt unter, wenn mein Gedicht bekannt wird.‹

›Dann darfst du es natürlich nicht veröffentlichen. Küss mich lieber – dabei fühle ich mich auch immer so, als wäre nichts mehr, wie es war.‹

Natürlich ging Mojsche zu der Party. Er nahm Golda und seine Eltern Arik und Chawa mit, weil er hoffte, dass er wegen ihnen vernünftig bleiben würde – aber am Ende kletterte er im Haus der Poeten doch auf den Tisch und rezitierte das neue Gedicht. Als er fertig war, stieg kein Sturm der Begeisterung auf, der seine Haarlocken gekräuselt hätte. Die Partygäste erbleichten, sie hielten sich, als würde ein heulendes Feuerwehrauto durch den Saal fahren, die Ohren zu und verschwanden sofort nach Hause, denn sie wussten, dass es den Referenten des Königs gleichgültig war, ob jemand etwas gegen den König gesagt und unternommen hatte oder ob er nur zufällig fünf Kilometer weiter auf derselben Straße stand wie einer seiner Feinde.

›Ich habe gehört, Grebser, du magst den König nicht.‹
›Wie bitte?‹
›Du bist ein Agent des Braunlands und planst die Ermordung des Königs!‹
›Was?‹
›Wer hat dich angestiftet? Wer sind deine Komplizen? Wie viele Dollar ist dir dein Leben wert?‹
›Entschuldigung, ich kann mich gerade nicht konzentrieren. Ich habe seit zwanzig Tagen nicht geschlafen, ich muss in meiner Zelle ständig mit zusammengebundenen Armen hin und her laufen, und der tägliche Teller Suppe wird mir vom Wachreferenten immer auf den Boden geknallt, damit ich ihn wie ein Hund auslecke.‹
›Das hättest du dir vorher überlegen sollen. Bevor du beschlossen hast, cool zu sein.‹

Der Raum im Keller des Roten Schlosses, in dem Mojsche verhört wurde, war groß und dunkel, und an der Decke hing eine kleine, schwache Glühbirne. Der Referent war ein empfindsamer, südländisch wirkender Mann mit einem langen Kopf, und er sah im Profil wie ein griechischer Sportler oder Krieger auf einer alten ionischen Vase aus. Meist saß er in leichter, heller Sommerhose und einem offenen Leinenhemd da, und manchmal wedelte er sich, weil er schwitzte, mit einem Fächer kühle Luft zu. Auf Mojsches Seite des Tischs war es dagegen so kalt wie in einem Kühlschrank. Außerdem stand sein Stuhl in einer tiefen, stinkenden Schlammpfütze, ein Stuhlbein war locker, die Lehne auch, und nachdem der Stuhl eines Nachts unter ihm zusammengebrochen war, musste er immer stehen.

›Hunderttausend Dollar‹, sagte Mojsche am einundzwanzigsten Tag des Verhörs und rülpste. Er war jetzt wieder der Mojsche, dem immer eine Antwort einfiel, und er fand es sogar cool, ein gewissenloser Verräter zu sein. ›So viel ist mir mein Leben wert. Vielleicht auch zweihunderttausend. Macht durch zwei immer noch so viel, Genosse Referent, dass du dir davon eine Datscha in Peredelkino kaufen kannst.‹

›Was, Grebser, du willst mit mir handeln? Ihr Typen seid wirklich chuzpe. So heißt es doch in eurer Sprache, oder?‹

›Hunderttausend du, hunderttausend ich. Ich sage dir, wo das Geld ist, aber vorher musst du mich rauslassen. Ich kann dir jetzt schon verraten, dass es nicht in Rotland liegt und dass nur ich, also fast nur ich, die Nummer des Nummernkontos der Bank in Käseland weiß. Glaub aber nicht, dass ich sie ausplaudern werde, solange ich hier drin bin. Da könntest du sogar mit mir in dieser stinkenden Schlammpfütze Waterboarding machen, keine Chance. Darf ich mich wenigstens auf die Tischkante setzen?‹

Der Referent sah Mojsche freundlich an und sagte: ›Klar. Ich bin übrigens Platon der Grieche. Und du und ich, Grebser, wir haben jetzt einen Deal.‹

Während Mojsche im Gefängnis saß, war Golda die Unrasierte unendlich traurig und meist in Gedanken versunken. Um wie viel trauriger und abwesender wäre sie gewesen, hätte sie gewusst, dass sie seit

Kurzem ein Kind – das später übrigens eine sehr dicke Frau werden sollte – von Mojsche erwartete. So dachte sie aber immer nur verzweifelt darüber nach, wie sie Mojsche helfen könnte, und als ihr einfiel, dass sie mit dem Sohn des Hauptsicherheitsreferenten Ernährungskunde studiert hatte, beschloss sie, sich mit ihm zu treffen.

›Du bist immer noch sehr schön, Golda, weißt du das?‹

›Und du bist immer noch sehr lieb, Viktor.‹

›Man nennt mich nicht zufällig seit meinem dritten Lebensjahr Viktor den Weichen, Golda. Wie kann ich dir helfen?‹

›Mein Mann sitzt zu Unrecht im Roten Gefängnis – na ja, vielleicht nicht ganz zu Unrecht. Und ich dachte, dein Vater könnte nachfragen, was da los ist.‹

›Schade, Golda, aber mein Vater redet seit dem XIX. Parteitag nicht mehr mit mir. Ich glaube, er hasst mich mehr als die Politiker von Braunland. Du Null, hat er das letzte Mal zu mir gesagt, hättest es nie geschafft, wie ich Spion in Braunland und danach Hauptsicherheitsreferent zu werden! Und welcher Idiot außer dir kommt auf die Idee, in einem Land, in dem es nichts zu fressen gibt, ein Restaurant aufzumachen?! Aber, Papa, habe ich geantwortet, du warst es doch, der mich zum Studium der Kulinaristik …‹

Golda begann zu weinen.

›Warte, Golda. Vielleicht kann ich dir doch helfen. Ich kenne Platon den Griechen – er verhört zur Zeit deinen Mojsche. Das hat mir Platon vor ein paar Tagen erzählt. Platon und ich‹ – Viktor kreuzte Zeige- und Mittelfinger – ›sind nämlich so.‹ Dann formte er Daumen und Zeigefinger zu einem Kreis und fuhr mit dem Zeigefinger der anderen Hand immer wieder rein und raus und sagte: ›Wenn du willst, könnten wir uns, solange sich Platon um Mojsches Freilassung kümmert, gemeinsam ein bisschen die Zeit vertreiben.‹

Kurz nachdem Mojsche der Grebser aus dem Gefängnis entlassen wurde, holten morgens um sieben genau sieben Referenten seinen Vater Arik den Löwen ab. Er schaffte es gerade noch, das Jackett mit dem eingenähten Geld anzuziehen und Chawa der Dunklen einen letzten Klaps auf ihren großen, alten Hintern zu geben, dann stießen sie ihn aus der Wohnung, und während der ungeheizte Referenten-Wolga auf der leeren dunklen morgendlichen Gorkistraße schnell auf das Rote Schloss zufuhr, versuchte Arik mehrmals wie ein Löwe zu knurren, aber es kamen nur traurige Seufzer aus seiner Kehle.

Ungefähr zur selben Zeit rollte sich Viktor der Weiche, der eben noch ziemlich hart war, von Golda der Unrasierten herunter und sagte: ›Lass uns zusammenbleiben, Golda. Mit mir wird es dir viel besser gehen als mit diesem frechen Poeten, der eigentlich gar nicht so frech ist. Und ich bringe dir bei, wie man sich rasiert.‹ Worauf Golda fast unsichtbar und nachdenklich nickte, aber nicht, weil sie einverstanden war oder Viktor als Mann mochte, sondern weil sie nicht wusste, wie sie jemals wieder Mojsche küssen sollte, denn sie hatte ihn, den sie so liebte, betrogen, und es spielte keine Rolle, dass sie das für ihn getan hatte, im Gegenteil, es machte die Sache nur noch komplizierter. Sie nickte wieder, und Viktor nickte auch, zufrieden und eingebildet, obwohl er in Wahrheit nie mit Platon dem Griechen über Mojsche gesprochen und sich für ihn eingesetzt hatte.

Und ebenfalls zur selben Zeit saß Mojsche der Grebser im leeren Speisesaal im Haus der Poeten, wo er seit seiner Entlassung inkognito die Tschechow-Suite bewohnte, um in Ruhe über alles nachzudenken, er rauchte eine Zigarette nach der anderen und weinte um seinen Vater, den Rubelmillionär, der nun keiner mehr war und wegen seiner Schwarzmarktgeschäfte bald hängen würde. Ich bin schuld, dachte Mojsche, ich habe meinen Vater an Platon den Griechen ausgeliefert, und er schluchzte wieder, aber dann fiel ihm der riesige Dollarstapel ein, der in Käseland auf ihn wartete, und er wischte sich die Tränen ab, steckte sich wieder eine Zigarette an und dachte: Nie im Leben werde ich meine Kohle mit Platon teilen! Es ist Zeit, dass ich endlich nach Hause gehe und Golda sage, dass wir bald in den Westen abhauen können, denn Geld ist ab jetzt nicht das Problem!

Am Tag der Hinrichtung rief Arik der Löwe den Wachreferenten zu sich, der am wenigsten grausam war, und erzählte ihm von dem Geld in seinem Jackett. Er wollte keinen letzten Teller Borschtsch dafür oder eine Zigarre aus Kuba, er bat nur um ein letztes Telefonat mit seinem Sohn. Der Wachreferent nickte, nahm das Geld und brachte Arik ein paar Minuten später in seine Todeszelle ein drei Kilo schweres, knallrotes Telefon, auf dessen Hörer ›Made in Rotland‹ stand.

›Ich weiß, dass du es warst, der mich verraten hat, Mojschele‹, sagte Arik, nachdem Mojsche abgehoben hatte. ›Ich will nur noch wissen, warum du etwas so Böses getan hast, das sich nicht einmal die Leute von Sodom hätten ausdenken können.‹

Mojschele, der gerade mit Golda zu Hause in der Badewanne in einem heißen Pfirsichschaumbad lag und auf ihr gemeinsames Wiedersehen und den Rausschmiss von Viktor dem Weichen mit Krimsekt anstieß, schwieg kurz. Dann sagte er: ›Ich hab mir nur zurückgeholt, was du mir gestohlen hast, Papa. Der Penizillin-Deal, weißt du noch?‹

›Ja, das weiß ich noch.‹

›Außerdem, ich brauche das Geld.‹

›Wofür, mein Sohn? Du kannst es doch bei uns gar nicht ausgeben. Und das meiste ist sowieso im Safe in Käseland.‹

Mojsche schwieg wieder und betrachtete die hübsche, lächelnde, schwangere Golda und ihre plötzlich so riesigen Brüste mit den dunklen Warzen, die wie Kleckse von Himbeerkompott aussahen. Er sagte: ›Es geht um die Zukunft meiner Kinder. Es geht immer um die Zukunft der Kinder! Wer sagt, dass wir ewig die Sklaven des Königs bleiben werden? Vielleicht grabe ich bald einen Tunnel nach New York. Oder ich entführe ein Flugzeug nach Zürich, Papa …‹

›Ich bezahle also für das Harvardstudium meiner Enkel mit meinem Leben, Mojschele? Ist das wirklich so?‹

›Du bist eben ein guter Mensch, Papa. Ich bin es wahrscheinlich nicht.‹

›Nein, das bist du wirklich nicht, mein Sohn‹, sagte Arik der Löwe, ›aber ich liebe dich trotzdem. Auf Wiedersehen.‹

Nachdem sie beide gleichzeitig aufgelegt hatten, klammerte sich Arik ans Gitter seiner Zelle, rüttelte daran und brüllte das letzte Mal in seinem Leben wie ein Löwe. Mojschele blieb aber ganz ruhig und rülpste nur einmal leise. Dann sah er Golda freundlich an und sagte: ›Und du bist sicher, es ist von mir?‹

›Ja, natürlich, mein Liebling‹, sagte sie, und sie dachte: ›Ich hoffe, es ist von ihm, denn er ist ein Scheusal, aber ich liebe ihn trotzdem.‹«

3
L. A. – T. A. – N. Y. C.

South Tremaine Avenue, fünf Uhr früh, Erdgeschoss.

Noah – gefesselt und geschnürt wie das Weihnachtsgeschenk eines Konvertiten an den Pfarrer seines Vertrauens – spürte eine neue Erektion kommen, jedenfalls fast, es war so eine Art Halber, der vielleicht bleiben, vielleicht aber auch gleich wieder verschwinden würde. Er brabbelte, nachdem er sich kurz ausgeruht hatte, extra noch einen Tick lauter (jetzt war das Viral-Video meines würdelosen Sauna-Auftritts das Thema seines frühmorgendlichen Gestammels), aber Ethel ließ sich nicht stören und schlief seelenruhig weiter, wenigstens kam Noah das so vor. Sie schnaufte und schmatzte gleichmäßig, mit diesem leicht angesexten Unterton, und komischer-, aber auch logischerweise musste er plötzlich wie sie an Malibu und Zuma Beach und die Folgen denken.

Als Ethel sich nach ihrer Rückkehr vom Mount Tofu viel zu tief über seinen Strandkorb gebeugt und ihm vom »schönen, seltsamen Tempelbesuch« erzählt hatte, vergaß sie nicht zu erwähnen, dass der krasse Mönch dort oben ein durchgeknallter Israeli sei, der gesagt habe, er kenne ihn. »Er ist ein warmer, weiser Mann, aber wenn er deinen Namen hört, werden seine Augen so rot wie die eines Kampfhunds nach drei Stunden Fight.« Das hatte Noah nur mäßig interessiert. »Was war sonst noch da oben los«, hatte er gesagt, »hab ich was verpasst? Warum habt ihr mich nicht geweckt, als ihr losgegangen seid?« Statt ihm zu antworten, beschrieb sie, ein noch abgedrehteres Leuchten als sonst in den strahlenden Selbsthassaugen, wie sie im Refektorium des Tempels der Guten Strenge alles »gesehen« habe, was man »sehen« müsse, um zu wissen, was man noch nicht gewusst habe, und dabei machte sie mit den Mittel- und Zeigefingern jedes Mal in der Luft die passenden Anführungsstriche. »Hä? Was ist das für eine Kinderkacke, Ethelein? Ich will nur wissen, warum ihr mich nicht mitgenommen habt.« »Du hast so süß geschlafen, Kleiner.« »Als hätte dich das je interessiert!« Er machte sich selbst nach, wie er erschrocken nach Luft schnappte, wenn sie ihn mitten in der Nacht weckte und ihm befahl, ihr Fencheltee oder eine Wärmflasche zu bringen. »Aber immer doch, Kleiner! Das Glück des andern ist das eigene Glück, sagt Khamtrül Rinpoche.« »Der Mönch?« »Der Mönch des Mönchs.«

»Ich war vorhin mein eigener Mönch«, sagte Noah stolz und richtete sich so ruckartig im Strandkorb auf, dass er mit der Stirn fast Ethels männlich vorstehendes Kinn gerammt hätte, aber sie wich überraschend flink zurück. »Ja – ich hab auch ein paar Problemchen gelöst, w-w-während ihr weg wart, ihr kleinen egoistischen Schweinchen!«

Er lehnte sich wieder zurück, schob Tals Gaza-Drehbuch unauffällig unters Handtuch, ließ den Arm über die Lehne des Strandkorbs hängen, und als er mit der Spitze seines Zeigefingers den feuchtkalten pazifischen Märzsand berührte, begann er, ohne hinzusehen, darin zu kritzeln. »Ein paar große kleine Problemchen ...« Ja, das stimmte. Und wie es stimmte! Noah hatte, nachdem die Vier ohne ihn klammheimlich zu der von Lou eingefädelten Kollektiv-Belehrung verschwunden waren, zuerst sehr lange und sehr sinnlos am Strand gelegen und gedrimmt, rundum angeödet und deprimiert wie die meiste Zeit seines Erbenlebens. Dann hatte er relativ ewig auf den silbergrauen alten, kalten Pazifik mit den winzigen, eleganten Surferschatten geglotzt und sich gefragt, ob ein guter oder ein schlechter Surfer aus ihm geworden wäre, hätte er beschlossen, einer zu werden (»wahrscheinlich gar keiner, Forlanicus Minimus«, flüsterte ich ihm aus der dunkelsten Ecke seines Hypotholamus zu). Und als er kaum noch weiterwusste vor Langeweile, Selbstverneinung und Melancholie, als sich, wie immer in solchen Momenten, der brennende Geschmack von Reflux in den galizischen Untiefen seines Magens auszubreiten begann, hatte er zum Glück auf der leeren Nachbarliege Tals Gaza-Skript entdeckt und angefangen, es widerwillig zu lesen – und mit jeder Szene, jedem Dialog gedacht, dass er, Vieux-Riche-Phlegma hin oder her, so nicht enden könne, wolle, dürfe, mochte, werde wie Tal.

So schlecht war die Lage eigentlich gar nicht. Schritt eins des großen Noah-Plans war schon gemacht, Schloimels böses, böses Geld war für immer weg, Besrat haschem, mit G'ttes Hilfe. Aber Schritt zwei! Was sollte Schritt zwei sein? Vier Wochen Durchfall und Impetigo contagiosa in Darfur und vierzig weitere Jahre Kampf mit Ute der Knute ums Sagen bei Goodlife? Tal saß in der herzergreifenden Schlussszene des unverfilmten Drehbuchs von *In Gaza ohne Gatkes* vor dem Panoramafenster des Kahn Mushroom Buildings in Los Angeles, er sah auf die fremde blinkende amerikanische Ufo-Stadt hinunter und verbrannte weinend das irre Klagemauerfoto seines besten Freunds Avishai Glick-Apfelbaum, der neben ihm an der Kreuzung Salah al-Din Road und Erwin-Rommel-Gasse wie ein beschissener Feuerwerkskörper verglüht war. Wie seltsam, was bedeutete das?, dachte Noah am sonnigen, windigen Strand von Malibu unnoahhaft ruhig, während die vier gerade in der dünnen Luft der Santa Monica Mountains von Rami Bar-On ein paar Buddhaweisheiten à la Carlos Castaneda empfingen. Was – bedeutete – das? Dass das Leben keinen Sinn hatte? Ja. Dass das Leben Sinn hatte, wenn man glücklich war? Auch ja. Dass man nur glücklich wurde, wenn man nur an sich selbst dachte und nicht aus schlechtem Millionärssohngewissen ständig an andere Leute, die einem in Wahrheit so egal waren wie seinem Taten selig seine Nachbarn im Getto von Buczacz? Dreimal ja, dachte er, und ihm fielen kurz (aber nur ganz kurz) die ersten Flüchtlinge aus Darfur ein, die sich seit dem vergangenen Herbst am alten Busbahnhof in Tel Aviv wie *trickene merder* (Schloimels Lieblingsausdruck für finstere Gestalten) herumdrückten und ihn mit ihren ewig ausgestreckten Bettlerarmen nervten. Und dann dachte er, dass er genug hatte von sich selbst, diesem von Papa und Mama ständig gefilmten Klein-Noah, der alles immer nur so machte, wie er dachte, dass sie es von ihm wollten, Schloimel und seine Mutter, aber auch Thekla, ich, Savionoli, Merav, das Weltgewissen, Gott, den es nicht gab, und dass ihm deshalb alles totalmente misslang. Lieber will ich allein sein und perfetto, dachte er streng, und zwar FÜR IMMER, oder vielleicht nicht ganz allein, sondern mit der end-enstpannten Nataschale und ihren zart hängenden, poetisch hellen Diaspora-Titten, ihrem ewigen Babyarsch und der kalten, agnostischen Das-Leben-ist-sinnlos-Attitüde. Es muss auch nicht Oxford sein, Nataschale, das habe ich schon vor Wochen kapiert und innerlich beschlossen, ich komm zu dir nach New York, das wird a mechaje, wieso stottere ich eigentlich nicht, wenn ich logisch nachdenke. Morgens joggen wir zusammen im Central Park, mittags essen wir im Carnegie Deli Pastrami-Sandwiches und stoßen lachend Meerrettich auf, abends quatschen wir wie alte Emigranten bei einer Shirley Temple in der Algonquin Bar über die Lage in Israel, und nachts haben wir Ultranormalsex oder ich hol mir wie ein Mann mit der Hand einen runter. Und wenn du willst, Nataschale, wirst du Chefanästhesistin in der Hypnoseabteilung meines neuen Psychokatalytischen Instituts auf der Madison Avenue! Oder sollen wir unsere kleine Goldgrube lieber in einem Loft in Brooklyn aufziehen, wegen der niedrigeren Mieten, Tochter des kargen Chaikel Rubinstein?

An dieser Stelle seines für ihn selbst hochinteressanten inneren Monologs – wir sind immer noch am Zuma Beach in Malibu – kam der riesige Schatten von Ethels Kinn wieder zurück, und Ethels leicht angelesbte Stimme sagte: »Ich werde doch mit Fritz gehen, Kleiner. Tut mir leid. Das da oben war unglaublich. Zuerst gut, dann superscheiße, dann radikal bis genial. Das solltest du auch mal machen.« Neben ihr erschien ein zweiter Schatten, dünn und schief wie der Schatten eines unterernährten Windhunds. Das war Fritz. Er sagte nichts, wurde aber wahnsinnig rot und fing an, asthmatisch zu husten. Und noch weiter hinter ihm – im blitzenden Gegenlicht der über den trägen, silbrigen Pazifikwellen schnell sinkenden Sonne – spielten zwei kleine Gerry- und Lou-Schatten zusammen Frisbee, und man erkannte, wer wer war, nur daran, dass einer der Schatten ab und zu wie ein X hysterisch vor Glück in die Luft hüpfte. Der verlorene Vater, dachte Noah, hat keine Angst mehr, allein alt zu sein, und er merkte, wie er einen abwesend lächelnden Smiley in den Sand zeichnete.

»Glaubst du«, sagte Ethel, »Merav gibt dir dein Geld, also Schloimels Geld, wieder zurück?« Gott behüte, nein, dachte Noah. »Was? Warum? Was soll ich damit?« Jetzt schrieb er eine Ziffer in den Sand – ›18 000 000‹ – und strich sie gleich wieder durch. Ethel tat so, als hätte sie nichts gesehen, und fing an, ihm wieder von Lous Mönch zu erzählen, leiser, fieser als davor, von diesem »Rash- oder Hashnawala«, der früher Rami Bar-On hieß und sich Shaki »7« Inch nannte. Aber Noah – der neue Noah – ließ sich nicht provozieren. Er machte nicht nur auf lässig und bored, er war es auch, denn verrückte Zufälle fand er noch langweiliger als Schloimels penjonse, weil sie null utopisches Potenzial hatten. »Wahnsinn, Kleiner, wie klein doch die Welt ist, oder nicht?! Der Mönch sagt, dass er dich kennt und dir Geld schuldet, das er dir nie zurückgeben wird, weil du und deine kleine Scheißfrau ihm das Herz rausgerissen habt. Bist du nicht neugierig auf ihn?« »Nope«, schrieb Noahs Finger in den Sand. Eigentlich wollte er nur wissen, ob irgendwo in der Nähe des Mönchs, der ziemlich sicher der bescheuerte Rami war, ein auffallend schöner, menschengroßer 200 000-Euro-Buddha herumstand. »Hast du da oben eine riesige Buddhastatue mit einem unglaublich süßen, dämlichen Gesichtsausdruck gesehen?«, sagte er. »Jaaagenau«, erwiderte der große Ethelschatten leise und superbetont, »woher weißt du das? Er sah wirklich so aus, als wäre er gar nicht da. Das war total transzendent, weißt du.«

Jaagenau, sagte Noah langsam zu sich selbst, und dann noch mal schneller: JAAAGENAU!, ich werde auch so tun, als wäre ich nicht da, als wäre ich ... zum Beispiel ... entführt worden, Schritt zwei meines großen Noah-Plans! Aber bevor ich verschwinde, müssen Soli und ich das Scheiß-Buddhale loswerden, denn ich brauche für New York Startkapital, epes was für die Portokasse sozusagen, Geld, das ich ganz allein verdient habe. Er malte einen zweiten, viel fröhlicheren Smiley in den grauen Sand. Und keine Kameras mehr, nie mehr, keine kleine, gemeine, hinterhältige Überwachungs-Sony, nur noch ein einziges Mal eine große, professionelle 35-mm-Arriflex, wenn wir in Khartum das gefälschte Entführungsvideo drehen, ich bin der Regisseur, ich bin der Chef.

»Ich bin der Regisseur, ich bin der Chef«, brabbelte Noah jetzt wieder in der South Tremaine Avenue leise – sehr leise – und zog vergeblich mit den Zähnen am dünnen, roten Ledergurt, der ihm allmählich die Hände abschnürte. Aus dem Halben wurde ein Ganzer, also fast, 70 bis 80 Grad, und während er sich noch darüber freute, wurde ihm klar, dass das die falsche Ansage seines irren Yogibodys war, aber zum Glück schlief Ethel ja immer noch fest und hatte nichts gehört, nichts bemerkt. Ja, er wollte jetzt schon weg, sofort, weg aus L. A., er konnte nicht mehr bis Sonntag 5 p. m. warten, no way. Er hatte genug von seiner babylonischen Ethel-Gefangenschaft, so interessant ihre sexuellen Aspekte waren, Schluss, aus, Ende Gelände, wie Thekla sagen würde. Er war kein gefügiger Getto-Boy mehr, er war der neue Noah, das literarische Vorbild für Jankel Stachelschwein aus seiner geplanten Utopie *Jankel Stachelscheins Weg zum Glück.*

Noahle verzog, berauscht von seiner allerersten jüdischen Selbsthassattacke, kurz und amüsiert das galizische Kronprinzengesicht, dann wagte er einen kleinen historischen Vergleich. Wie gefügig und gutgläubig waren die besten Buczaczer gewesen, als der Gestapochef von Stanislau sie zum zweiten Mal aufforderte, morgens um 7 Uhr auf dem Schweineplatz anzutreten? Sehr. Und warum? Weil sie sich – so hatte Schloimel es ihm (und mir) kurz vor seinem Tod mit dem üblichen Alles-ist-anders-Blick erzählt – von ihrem jüdischen Getto-Kadavergehorsam einen Vorteil erwarteten. Hatte Ethel doch recht? War es inzwischen eine Schande, Jude zu sein? »Je nachdem«, brabbelte Noah, »je nachdem, wer das Sagen hat. Und was SIE zu sagen hat.« Grinsen und gieriges Lippenschürzen in Richtung schnarchendes Ethel-Walross. »Na ja, zwei, drei Peitschenhiebe und einen anständigen Würgegriff nehm ich noch mit, bevor ich nach Hause fliege, wenn es nicht anders geht. So hart war meine Brezel das letzte Mal im Mai 1995, als ich in den Gemeindetoiletten die beiden riesigen, stinkenden Gartenstein-Schwestern dabei beobachtet habe, wie sie sich gegenseitig mit Toilettenpapier ihre BHs ausstopften.«

Die letzten Minuten im Refektorium des Tempels der Guten Strenge waren – daran dachte im selben Moment die sich perfekt tot stellende Ethel – von sehr viel Licht, Schatten, Widerspruch und sakralem Einverständnis zugleich erfüllt gewesen. »Kinderlach«, hatte der Mönch, Antiquitätenhändler und ehemalige Terroristenkiller nach ca. 2,5 Stunden gesagt, leise und brummend wie ein sich selbst huldigender ZK-Chef, der nach der eigenen Rede klatschen wird, »Kinderlach, ich war früher Tibeter. Hatte ich das schon erwähnt?« Sämtliche Teilnehmer des Basic-Kurses »Leichte Depression/Mittelschwerer Drogenmissbrauch« guckten gelangweilt irgendwohin. Nur Ethel fühlte sich angesprochen, wusste aber nicht, warum. Sie hörte auf, ihre Schienbeine nach Furunkeln, Krampfadern und sonstigem kosmetischem Horrorzeug abzusuchen und wurde auf einmal so müde wie ein Ex-Drogi nach zehn Stunden Einzeltherapie, Psycholyse, Joggen im Klinikpark, Osteopathie sowie dem abschließendem Wunsch des Klinikchefs, ein gutes Wochenende zu haben und es auch bitte unbedingt zu überleben.

»Ja, genau«, wiederholte der Mönch, »ich war früher Tibeter. Hatte ich das nicht erwähnt? Tsss« – er zischte schlangengleich –, »wie sonst hätte ich wohl die zehn Jahre im Keller des Trapeang-Chhuk-Tempels geschafft oder die verlorene Liebesschlacht von

Herzlia Pituach kein zweites Mal verloren? Ich weiß es natürlich schon länger. Ich mag zum Beispiel Fisch nicht, mochte ich nie, Fischgeruch auch nicht, wenn ihr wisst, was ich meine. Wenn ich nur an den kalten Karpfen denke, den wir jeden Schabbat von Tante Klara in Haifa vorgesetzt bekamen, wird mir sofort übel. Und die echten Tibeter? Die fischen nicht, weil sie glauben, das mache die Drachen unter der Erde brojges, und dann kämen Epidemien übers Land. Außerdem, find mal ein gutes Fanggebiet oben im Himalaja! Du, Ethel« – ironischer, aggressiver, müder Blick zur wegdriftenden, einnickenden Ethel, die sich sofort aufrichtete –, »du, große, stattliche, elektrisierende Ethel, warst im Leben vor diesem Leben wohl auch Tibeterin. Du hast so was ...«

Ethel lächelte abwesend, aber auch mädchenhaft. Wie schön eine hässliche Frau sein kann, dachten Rami, Tal und Fritz gleichzeitig, wenn sie mit einem Kompliment rechnet. Ethel lächelte noch mal, dann strich sie sich die fettigen, welligen Magda-Goebbels-Locken aus dem Gesicht und hauchte: »Ja?«

»Du hast so was Entsagendes.«

»Wirklich? Wieso?«

»Bist du blöd? Wieso verstehst du das nicht?« Die spitzen Schultern des Mönchs schoben sich unter dem schweren, lilafarbenen Stoff seines Jäckchens wie das Geweih eines kampflustigen Yak-Bullen hoch. Er keuchte fast lautlos und trommelte mit seinen beiden großen, nachlässig epilierten Fäusten wütend auf den Boden.

Bei wem, fragte sich Gerry, gingen eigentlich Therapeuten in Therapie? Wer erleuchtete die Erleuchteten, wenn bei ihnen die Lichter ausgingen?

»Aber um mich ging es doch gerade gar nicht«, sagte Ethel erschrocken. »Wie kannst du mir böse sein, Meister? Wie kannst du überhaupt jemandem böse sein?« Dann sackte sie sicherheitshalber gleich wieder weg.

»Du mögest dich selbst siebenmal lecken«, brummte der Mönch so leise, dass es zum Glück keiner hörte.

»Ich glaube«, sagte Lou und dachte wütend, aber auch wehmütig an die beiden englischen Sex-Teenager, die ihn damals auf Hydra bei ihren Eltern gleich zweimal verpetzt hatten, »sie hat recht.«

»Ja, hat sie«, sagte Fritz, »und überhaupt, redet man so mit einer Dame?«

Nur Tal sagte als Einziger gar nichts. Gerüche, Licht, Töne, alles um ihn herum war plötzlich so stark, als säße er in Avishais Blut neben der brennenden Hamas-Vespa, und der Schmerz, der seit Gaza in seiner Brust war, dieser metallisch kalte, schwere Druck zwischen Herz und Schlüsselbein – Globusgefühl?, nahender Herzinfarkt?, Wucht der Explosionswelle? –, wurde stechend und heiß.

»Tut mir leid«, sagte der Mönch wieder laut in Richtung Ethel, »ich habe dich überschätzt, Venus von Kilo! Der IQ verhält sich nicht immer proportional zur Gehirn- und Arschmasse.«

»Also bitte«, sagte Fritz.

»Ist doch lustig, lass ihn, Hans«, sagte Tal.

»Fritz.«

»Aber Hans wäre besser.«

»Findest du?«

»Findest du nicht?«

Keiner im Refektorium verstand den jähen Stimmungswechsel, der alle ergriffen hatte – außer Rami alias Shaki »7« Inch alias Rashnawala. Warum war er nur so wütend? Und wieso bekam die arme, dicke, hilflose Ethel seinen Hass ab? Er musste sie bloß kurz »ansehen«, und schon fiel ihm der verdammte Utopist und Erbenpinscher ein – darum. Noah, Noah Forlani, ich hasse dich! Ich hasse den Augenblick, als du das erste Mal in der Cantina vor mir aufgetaucht bist, als du meintest, fick meine Frau, Fremder!, worauf ich chamor sagte, dein kleines Äffchen ficken, klar, nichts lieber als das! Ich kam mir so kalt und vorausschauend vor. Aber woher sollte ich wissen, du kleine, intrigante Ratte, wie schön sich der Flaum in Meravs warmem Nacken anfühlt, wie es klingt, wenn sie beim Duschen und Epilieren alte Kibbuzniklieder singt, wie es ist, von ihr, der Nan Goldin von Tel Aviv, a tergo mit Selbstauslöser fotografiert und im Tel-Aviv-Museum auf zwei mal drei Meter ausgestellt zu werden? Ba'ssah – hab ich sie geliebt! Nur für sie hab ich in Neve Zedek Katznelsons alte Bruchbude saniert und jedes Fenster und jeden Balkon mit mild riechenden Galilblumen schmücken lassen, bis es wie ein einziger, riesiger Hochzeitsstrauß aussah, nur für sie. Aber sie kam bloß zur Housewarmingparty, zusammen mit zweihundert anderen Leuten, die ich fast alle nicht kannte (Madame hatte mir ja vorher gemailt, wen ich einladen soll und wen nicht), lauter in Schwarz und Grau herumlaufende Cantina-Intellektuelle, lahme, zahme, hochnäsige Als-obs, die sich für mich gar nicht und für meine kleine illegale Antiquitätensammlung erst interessierten, als ich ihnen zu jedem Stück die dazugehörige Räuberpistole erzählt habe. Scheiße, was für ein deprimierender Abend! Drei Tage später kam sie noch mal vorbei, so what, wir haben kurz auf der Küchenbar etwas gemacht, das nicht einmal im Kamasutra steht. Und als sie den Kopf wieder oben und die Füße unten hatte, sagte sie kalt, sie wäre fertig mit mir, sie habe in Noahs Notizbuch gelesen, dass ich ihr nur 200 000 wert sei, wie chuzpe von mir, und sie würde nicht mal für zehn Millionen von ihrem kleinen, scharfen Erben weggehen, dem Vater ihrer jetzigen und zukünftigen Kinder. Verdammter, beschisssener Noah Forlani – was hast du, was ich nicht hab? Ein Ei mehr kann es nicht sein.

Das alles dachte Rami so schnell, wie ein verdächtiger Al-Aksa-Jugendlicher von einer Drohne gescannt und eliminiert wird, und gleichzeitig rasselte er stumm die Namen der Spieler der legendären 98er-Mannschaft von Makkabi Tel Aviv herunter, vielleicht half es ja gegen seine unbuddhistische Wut. Aber dann sagte er laut, sehr laut, zu den Teilnehmern des Basic-Kurses »Leichte Depression/Mittelschwerer Drogenmissbrauch«: »Ihr geht mir langsam so auf die Nerven, wisst ihr das, obwohl ich keine mehr haben sollte, so knapp vor der achten Dekarnation! Wollt ihr nicht endlich wieder nach Hause? Müsst ihr nicht eurem kleinen verzogenen Forlani-

Freund erzählen, dass nichts mehr ist, wie es war?« Die ganze Welt des Mönchs war jetzt eine kleine, schwarze Meteoritenwolke, die über seinem kokosnussgroßen Kopf hing, und aus der Wolke guckte Noahs bucharisches Spitzgesicht ironisch raus, und das machte Rami noch wütender. »Am Ausgang steht eine große Mingschale, für Geld, Wertpapiere, Testamentsänderungen. Zurzeit ist sie ganz leer, vielleicht werde ich sogar meinen Hausbuddha verkaufen müssen. Was – fuck! – ist das für ein Lärm?«

Vor den Fenstern erschien ein schwerer, langer Schatten. Ein Kran schob sich ins Bild, am Kran hing eine riesige Lilienblüte aus Messing, ihre Blätter waren im kalifornischen Neo-Art-Deco gehalten, in der Mitte strahlte ein großer Davidstern, natürlich aus Gold.

»Mist, das hab ich vollkommen vergessen, das Shakra des Jambhala!«

»So was ... Entsagendes?«, sagte Ethel. Plötzlich war sie wieder da. Sie richtete sich auf, sie schien kampfbereit zu sein. »Ich möchte das bitte genauer wissen. Es könnte wichtig sein.«

»Bist du wirklich so blöd?« Ramis scharfe, kleine Eckzähne bohrten sich in seine Unterlippe, und als er zum Weiterreden den Mund wieder leicht öffnete, sah man links und rechts Bluttropfen. »Du willst das Geld deines Vaters nicht. Du willst nicht, dass Noah das Geld seines Vaters behält. Und was mir Lou immer so erzählt, wenn er dich und den Erben bei euren KZ-Spielen im Bett seines Sohns hört ... ajajaj, da stöhnt immer nur einer vor Freude, und das bist nicht du, oder bin ich falsch informiert? Ethel, du bist die geborene Buddhistin! Verstehst du das nicht? Die Ruhe in Person. Die fleischgewordene Askese. Allein schon diese Figur, Sister Siddhartha!«

Aus dem schimmernden, gemütlichen, melancholischen, braunen Gesicht des trudelnden Idealisten vom Tempel der Guten Strenge ließ sich nicht herauslesen, ob er das alles ernst meinte oder ob er wie ein übermüdeter Sechsjähriger rhetorisch hyperventilierte. Plötzlich sagte er mit lauerndem, weltlichem Unterton: »Das Feuerrad des Jambhala soll angeblich vor materiellen Hindernissen, vor echtem Unglück und falschem Glück schützen. Schade, dass mein bester Schüler Clooney erst jetzt auf die Idee gekommen ist, mir eins zu schenken. Ich hätte es schon viel früher gebraucht, nicht nur als Elitesoldat, Teilzeit-Buddhist und Grabräuber, wenn ihr wisst, was ich meine.« Dann machte er sein Judojäckchen zu, band den bordellhaft bunten Gürtel zusammen, fest, ganz fest, und während die anderen – Lou alterserschöpft, Gerry entzugsgaga, Ethel entsetzt, Fritz genervt von Shakis Insiderwissen über Ethels Intimleben und trotzdem voller Vorfreude auf seinen ersten »Ethel-Ritt« seit sieben Jahren –, während alle dachten, nichts wie raus hier, dachte Tal »The Selfhater« Shmelnyk das erste Mal im Leben: Ich kann nicht mehr. Tal hatte so etwas noch nie gedacht. Er hatte es nicht einmal in den Wochen und Monaten nach Avishais scheußlichem Feuertod in Gaza gedacht, als er sonntags, dienstags und donnerstags jeweils zwei Stunden lang im Ichilov in der Psychiatrie bei Zwika, dem netten, dummen, neurotischen Armeepsychologen herumsaß, der ihm meist von sich selbst erzählte, von seiner Frau, seiner Freundin No. 1 und seiner Freundin No. 2, der besten Freundin von No. 1, und Tal immer nur den Rat gab, die ganze Scheiße einfach zu ignorieren –»alle in Israel ignorieren die ganze Scheiße, so überleben wir, mach es doch auch so«. Er hatte es nicht gedacht, als er von Gerry »El Dick« Harper, dem kalifornischen Wiedergänger Avishais, den er beim Drogenkauf auf einem verlassenen Parkplatz in South Central L. A. in einer echten Tod-oder-Leben-Situation kennen- und schätzengelernt hatte, Jahre später angefleht wurde, sein krasses, beschissenes Gaza-Drehbuch in den Mülleimer zu stopfen, denn so viel Selbstmitleid halte nicht einmal er, der ewig geprügelte Sohn von Lou Harper aus. Und jetzt plötzlich war er Suicide Tal! Wow. Wie angenehm befreiend war es, zu denken, dass es auch eine andere Möglichkeit gab, aus dem Hamsterrad seines üblen Raketen- und-Gaza-Traumas rauszuspringen. Warum war ihm das nie vorher eingefallen?

Tag/Innen. Kleines Hotel, Schären, Helsingfors oder Kristiansund, ein Zimmer mit Blick aufs trübe, raue, nordische Meer, eine

Flasche Wein, halb voll, halb leer, einen Stuhl nehmen, Stuhl auf den Tisch stellen, auf den Tisch und den Stuhl klettern, den Gürtel des Bademantels rausziehen (hoffentlich kratzt er und ist nicht so weich wie Ramis schwule Yogamatten), ihn sich um den Hals und an die Lampe über dem Tisch binden, springen, fallen, sterben – und danach nie mehr ein deprimierter, vulgärer, jähzorniger Halbtagsspion sein, kein Selbsthasser, kein Friedensaktivist, kein gleichgültiger Palästinensermörder, kein Regisseur ohne Film. »Hol mir die iranischen Reaktorpläne, Tal, und ich sag dem Minister, dass er beim Israelfonds Geld für dein unpatriotisches Filmchen klarmachen soll«, hatte sein Führungsoffizier am Ende ihrer letzten Unterhaltung in Raum 45/7 in der Kirya gesagt. »Wäre, als israelischer Antizionist, ja auch eine Top-Tarnlegende für dich! Oder find zumindest die neue Route für die Fadjr-3-Transporte aus Abidjan durch Ägypten nach Gaza-Stadt raus. Die Frage ist: Wie kommen die Raketen durch den Sudan? Und: Wo? Und: Wie ziehen wir die sudanesischen Rebellen auf unsere Seite?« Das ist mir so egal, Yoli, du marokkanischer Scheißkopf, und: Übrigens hab ich deine Mutter gefickt!

»Wie ich schon sagte«, sagte der Mönch noch einmal, »soll das Feuerrad schützen. Das ist klar. Unklar ist nur: Hätte ich früher eins gehabt, sagen wir, auf dem Dach meines kleinen, nicht ganz unbescheidenen Townhauses in Neve Zedek, hätte mich das bunte Riesenchakra des Mr.. Clooney vor dem größten Kummer meines Lebens bewahren können?« Ramis schmale Yogischultern gingen wieder rauf und runter, diesmal wie bei einem Boxer, der um seinen stärkeren, dümmeren Herausforderer tänzelt und wartet, bis der müde oder debil wird. »Und? Hätte es? Wer weiß es?« Und wieder schauten die anderen fünf auf den Boden, in die Luft, zur Seite. »Ich sag's mal anders: Will keiner von euch endlich wissen, wie Noah Forlanis freches Angebot lautete? WAS ER VON MIR WOLLTE?« Kühle, gelangweilte Stille im Refektorium und der spitze Schrei eines Mönchs in der Ferne, der seine Finger in der großen Gebetsmühle im Klosterhof eingeklemmt hat. »Fick meine Frau, Rami«, hat er ohne Hallo oder Guten Tag beim Anti-Phimose-Bankett 2000 zu mir gesagt, dem besten übrigens, bei dem ich je war, versteht ihr, ›fick sie, und du bist ein reicher Mann!‹ Und dann hab ich mit ihr geschlafen, ve'chen hallah, aber sie wollte trotzdem bei ihm bleiben, ich frag mich lieber nicht, warum. Haben die beiden mich nach Plan A oder B reingelegt? Ethel, sag mir« – der Pseudo-Mönch entwirrte seine Beine und löste sich langsam vom Boden wie die Seele des sterbenden Yeti in *Rintintin und der Berg des Todes*, »sind alle von euch so berechnend?«

»Wer – alle?«, sagte sie. »Wie – von euch?«

»Das weißt du genau.«

Ethels Haut begann – im Tempel, in der 45 South Tremaine Avenue – sofort wieder vor Ekel überall zu jucken. Sie spürte, wie der feine, unsichtbare Ausschlag sich über die Oberschenkel und den Rücken ausbreitete, er kroch wie eine milligrammleichte Spinne über ihren Nacken in ihr Gehirn. Dann sah sie den Kapitan frühmorgens im Alsterpavillon, Frühjahr 1970 oder 1971. Er war glatt rasiert, hatte trotzdem wie immer diesen superdunklen Stürmer-Bartschatten, und er redete vor der Männertoilette, die hängende Unterlippe überheblich glänzend und noch viel größer als sonst, ruhig mit einem großen, dünnen, glatzköpfigen Mann, der mit dem Kopf fast den Türrahmen berührte. Der Fremde stand schief, schwankend da, wie ein Matrose, der nur auf hoher See einen sicheren Gang hat. Er hatte Schweiß im Gesicht und auf dem dünnen, rot gefleckten Hals, und nach ein paar Sätzen zog er aus der Hosentasche lauter doppelt und dreifach gefaltete Geldscheine, aber der Kapitan spuckte nur lachend vor ihm aus. Also zog der Lange seine Uhr vom Handgelenk und den Ehering vom Finger, gab sie ihm und ging, ohne sich umzusehen, absurd langsam weg, und als er draußen war, zwinkerte der Kapitan Ethel zu. Sie rannte aufgeregt zu ihm, er riss sie hoch und küsste sie und sagte lachend: »Das hat sich wirklich gelohnt, Pupkale, fünfhundert hatte ich ihm geliehen, allein die Uhr ist das Zehnfache wert, so, und jetzt bring ich dich in die Schule, und wenn du magst, darfst du vom Dammtor bis zur Hoheluftbrücke das Steuerrad halten!« Die Spinne in Ethels Gehirn streckte ihre haarigen Beine, sie spürte sie in den Schläfen, unter der Schädeldecke, in der Stirn.

»Sind«, sagte der Mönch noch mal leise, »alle von euch so berechnend? Glaubt ihr alle, dass Geld jedes Mittel heiligt? Die Sache ist natürlich komplizierter, als man denkt. Wer aus Prinzip sagt, Geld sei die Wurzel allen Übels, liegt falsch, ich weiß, wovon ich rede, denn ich liebe es. Ohne eine schützende Decke aus Dollars etc. würde ich nachts immer noch schlecht schlafen und das Röcheln sterbender Hisbollah-Kader hören, Geld beruhigt, ja. Aber sich für Geld mit alten Nazis ins Bett legen wie ein gewisser Karol ›Kapitan‹ Urmacher?« Kokettes Augenklimpern in einem Radius von insgesamt 180 Grad, von Ethel über Fritz und zu ihr zurück. »Oder, umgekehrt, mit Geld eine immaterielle Schuld begleichen und seine Frau loswerden wollen? Wer Wiedergutmachung für den Spaß rausrückt, den er in Auschwitz hatte, unterscheidet sich nicht vom berechnenden Klein-Rothschild, der seine Frau verkaufen und trotzdem behalten will. Na, jetzt bin ich aber wirklich ins Philosophieren gekommen! Yala, los, gehen wir noch ein bisschen aufs Dach, bevor ihr Auf Wiedersehen sagt, es ist nicht mehr so heiß. Legen wir ein Blümchen oder ein unzerreißbares Kondom vor das Chakra des Jambhala, vielleicht beschützt es uns wirklich, wenn wir lieb zu ihm sind. So, wir schließen jetzt alle die Augen und stellen uns eine Million in kleinen Scheinen vor. Hmmm…«

Statt es selbst zu tun, sprang er aber kobrahaft grinsend auf, band den hypnotischrosa strahlenden Gürtel seiner Jacke auf und noch fester zu, zog flink das lila Batikhöschen hoch, und für eine Sekunde guckten, wie bei einem alten Hund, seine beiden riesigen Eier hinten raus und schlugen gegen seine dünnen, haarlosen Beine. »Wo, Graf« – er zeigte auf Fritz wie ein Lehrer auf einen Schüler, der an die Tafel muss –, »wo war eigentlich Saba Dunckenberg während des großen Kriegs? Solche Sachen fragen wir hier auf dem Berg alle Deutschen, die ihr Karma upgraden wollen. Alles klar?!«

»Wenn ›Saba‹ auf deutsch ›Opa‹ heißt«, sagte Fritz so langsam und routiniert, als habe er schon hundertmal auf diese Frage antworten müssen, »dann war er zuerst zwei Jahre im RSHA. Dann in der Ukraine, in Rumänien, in der Dnejstr-Region, und danach achtzehn Monate in Festungshaft im Militärgefängnis Altmoabit. Man konnte ihm nur deshalb seine Verbindung zum 20. Juli nicht nachweisen, weil er ein Alibi hatte.«

»Ein Alibi?«

»Ja. Opa hat bei der Schlacht an der Strypa beide Beine und Arme verloren, und gesehen hat er danach auch nicht mehr so gut.«

»Ich hätte ihn gern auf dem Berg Toruhu begrüßt – wenn ich damals schon hier gewesen wäre. Er hätte Hilfe gebraucht.«

»Das war nur ein Witz, Meister.«

»Ich habe kaum gelacht.«

»Das kann aber nicht am Witz liegen. Alles klar?«

Ethel staunte. Alle staunten. So hatten sie den Deutschen noch nie gesehen. Humorvoll, ohne ironisch zu sein, mutig, aber nicht brutal, euphorisch, aber nicht übermütig. Und er wurde nicht einmal rot.

Aber wie sah es in Fritz wirklich aus? Nicht so gut – denn bei ihm kam nach Euphorie immer Melancholie, die Folge eines verregneten, schmutzigen Polospiels, das er bei einer Familienfeier mit seinen Brüdern zweistellig gegen seinen Vater und drei halbwüchsige Onkel mütterlicherseits gewonnen hatte, wofür sie danach alle zur Strafe in ein irisches Militärinternat geschickt wurden, also die Onkel. Wenn die Melancholie nicht von selbst kam, musste er nachhelfen, so wie jetzt. Darum dachte er erst an die Absage der Warner Bros. Studios, mit denen er *Beim Bart des Mormonen* koproduzieren wollte. »Dear Mr. von Dunckenberg, danke für Ihren Brief vom 30. Januar 1933. Nein, wir wollen nicht bei Ihrem Projekt einsteigen, wir wollen, dass Sie aussteigen. Und wenn Sie das nicht tun, dann geht es Ihnen bald wie Roman Polanski, aber der hatte zumindest vor seiner Verhaftung Spaß. Heil Hagana!« Und weil das nicht deprimierend genug war, erinnerte er sich nun an die ersten zwei Jahre mit Ethel in Berlin, in der Ansbacherstraße, am Wittenbergplatz, 1996–1999. Morgens ging er um 7 ins Büro – damals war er noch Anwalt in einer überwiegend bürgerlichen Kanzlei –, und wenn er abends um 8 nach Hause kam, war Ethel fast nie da. Während er auf sie wartete, telefonierte er mit anderen Anwälten, Psychologen, alle aus guten Familien, und mit seinen lieben Eltern in der Holsteinischen Schweiz. Alle gaben ihm denselben Rat: Vergiss sie, sie wird sich dir immer überlegen fühlen, sie wird immer denken, SIE seien noch mal dreieinhalbtausend Jahre älter als WIR! Wenn sie dann spätnachts nach Hause kam, tat er so, als schliefe er. Das dachte er aber nur. Er schlief wirklich, und er träumte, er wäre wach und beschuldige sie – nackt im Bett sitzend und hektisch rauchend – der Untreue.

Fritz täuschte sich nur halb. Ethel war bloß – dafür aber heimlich –, in die KPD/ML eingetreten, und so viel Stress-on-Demand hatte sie zuletzt im Pippi-Langstrumpf-Haus gehabt, als die kleinen verwöhnten blonden Bestien Tag für Tag an ihr wie Hyänen an einem Stück Aas zerrten. Plakate drucken, kleben, Theoriegruppe 1 und 2, konspirative Treffen im Kumpelnest 3000 – kein Wunder, dass Ethel »Krupskaja« Urmacher, wenn sie um 3 Uhr früh neben Fritz ins Bett fiel, keine Lust auf Beziehungssport hatte, da hätte auch Long Dong Silver neben ihr liegen können. Nach ein paar Monaten redeten sie endlich darüber. Er sagte, du bist immer so abwesend, hat das damit zu tun, dass ich keiner von euch bin? Sie, randvoll mit Kropotkin, Bakunin und Fritz Teufel, sagte, nein, was denkst du, und dachte an die 50 Hektar Wald, die drei Seen und das schneeweiße Mini-Versailles seiner Eltern im Schatten des schönen, mächtigen Bungsbergs. Ist es, weil dein Vater gegen unsere Liebe ist?, sagte er. Woher weißt du das?, sagte sie und dachte, ach, darum liebe ich ihn, aber was ist das für eine Liebe?! Was ist das für eine Liebe, sagte er, wenn sie aus Trotz gelebt wird? Ja, du hast recht, sagte sie, und sie trennten sich zwei Wochen später mit einem langen, nicht enden wollenden Händedruck an einer überfüllten Bushaltestelle vor dem Bahnhof Zoo.

Verflixt, war das deprimierend! Jesus, Maria und Josef, war das gut! Aber wie könnte er es diesmal schaffen, sie für immer an sich zu binden? Ethel ein zweites Mal verlieren? Gott behüte, nein! Das Haus Kopfab, die abgelegene sauerländische Burgruine, in der ein Dunckenberg zuletzt in den ersten Tagen des Dreißigjährigen Kriegs ein Wochenende verbracht hatte, war eigentlich genau der richtige Ort für ein modernes Ehekidnapping, fernab von der bösen, verwirrenden Zivilisation, eine Art überirdisches Verlies oder Kellerloch für seine heiß geliebte Gefangene, tief im Herzen der Natur, wie der Herr allein sie schuf. Ich werde meine kleine, dicke Jüdin schon noch zähmen, dachte Fritz weder euphorisch noch depressiv, Fritz Graf Dunckenberg, in dessen Moleskine-Notizbüchern seit Ethels Flucht das handgeschriebene Motto stand: »Zeig deinem Feind deine wahre Absicht, aber nie deinem Freund oder Verbündeten« (Carl von Clausewitz, *Ausgewählte Strategien, Briefe und Text-Messages*). Ich muss sie nur dazu bringen, mit mir aufs Land zu ziehen!

»Und was hast du noch für tolle Storys aus dem Krieg, Graf?«

»Geht auch was aus Friedenszeiten?«

Der Mönch nickte und drehte ihm den Rücken zu und ging langsam in Richtung Tür.

»Ethels Vater, genannt der Kapitan, hat meinen Großvater umgebracht.«

»Unmöglich, wie soll das gehen, es gab doch gar keinen jüdischen Widerstand.«

»Nach dem Krieg, Meister, das hab ich doch schon gesagt. Der alte Urmacher war sein Vermieter, in Frankfurt, in der Eppsteinerstraße, keine Ahnung, warum eine deutsche Straße zu der Zeit noch so hieß. Er hat ihm mitten im Winter den Strom und die Heizung abgestellt, draußen war es gerade kälter als in Stalingrad.«

»Und dann?«

»Dann kroch Opa mit letzter Kraft aufs Fensterbrett und sagte, bevor er erfror, Goethes *Für die Seele aller Seelenlosen* auf. Im Frankfurter Westend spricht man immer noch davon.«

»Wie? Ohne Beine?«

»Das war doch ein Scherz. Es könnte allerdings sein, dass es am Hauseingang der Eppsteinerstraße bald eine Gedenkplakette für meinen Großvater geben wird. Und das war keiner.«

»Oder einen S-s-stolperstein«, sagte jemand.

»Echt – ausgerechnet Ethels Vater?« Das war jetzt eindeutig Lou.

»Zufälle gibt's …«, murmelte Gerry.

»Also, ich glaub nur an historische Ungerechtigkeit«, sagte Ethel.

»Und ich an meinen Kontostand«, sagte Tal.

»Wer hat das gesagt?«, stieß der Mönch scheinbar erschrocken aus. »Ist der Erbenpinscher hier?«

»Ich«, sagte Gerry mit übertrieben verstellter Kastratenstimme, »i-i-i-ich!«

Alle lachten. Die Stimmung war wieder sehr schön, leicht und gut. Die milde Frühabendsonne guckte kurz ins Refektorium rein und lachte mit. Ethel wurde erneut ein bisschen feucht, hinten, vorn und im gesamten Augenbereich. Gerry und Lou nickten, relativ unschwul lächelnd, einander zu, Tal und Rami auch, und als nun irgendwo über ihnen Clooneys Feuerrad mit einem lauten Rumpeln auf dem Tempeldach abgestellt wurde, applaudierten alle spontan.

»Ich hab noch eine ernste Frage, Meister«, sagte Ethel langsam. Die Spinne war weg, aber ihre Kopfhaut hörte nicht auf zu jucken. Der kleine, kugelschreiberschlanke Mönch stand immer noch o-beinig und mit dem Rücken zu ihr und den anderen in der hohen, schmalen, sonnendurchfluteten Tür des Refektoriums. Der Schatten seiner Eier vor den Füßen des Buddhas hatte die Form von

Großisrael (mit Golanhöhen). »Soll ich mit Fritz gehen? Oder bei Noah bleiben?«

Der Mönch zuckte, er schlug erschrocken die Beine zusammen, und Großisrael verschwand vom blauen Kachelboden des Refektoriums. Tick, tack, tick, tack, noch drei Sekunden, noch zwei, noch eine bis zur Explosion.

»Und das wollte ich auch noch wissen: Welche Übung empfiehlst du mir?«

»Du bist doch die Inkarnation von Prawhashna Rabanda Ethili, der Göttin des Verzichts«, sagte die lichtumkränzte Gestalt mit Ramis Stimme genervt, »und da fragst du noch? Du bleibst natürlich bei Noah und bringst ihm echte Liebe und materielle Entsagung bei. Hmmm... Wenn du willst, back mir hundert Laugenstangen, die die Form eines Pinienzapfens haben.« Er drehte sich zu ihr um und grinste total unmystisch. »Dein Mantra für den Monat Adar soll der heutige Diamantenkurs sein, Antwerpen, Joodse Buurt, 18 Uhr MEZ, du verstehen?«

Fritz – nach außen immer noch cool – bekam natürlich sofort wieder die Kleinschwanzkrise und stellte sich heimlich, aber dafür in 3-D- und Dolby-Surround-Sound vor, wie er bei der angekündigten Chakra-Einweihung den jüdischen Mönch hinterrücks vom Dach runterstoßen und wie der immer schneller fallen und straucheln würde, auf der Nordseite des Bergs Toruhu, wo kein Weg, keine Straße war, nur ein kilometertiefer Abhang voller winziger grauer spitzer Steine. »Es gibt kleine, aber es gibt auch recht große Pinienzapfen«, sagte er schließlich, so nasal und eingebildet es ging.

»Ja, ich verstehen«, sagte Ethel an ihm vorbei zum Mönch, »aber auch nicht. Warum soll ich bei Noah bleiben? Er ist doch so ... unseriös.«

»Weil es jemand tun muss«, sagte Rami.

»Wieso ich?«

»Weil ich es nicht kann. Und weil ich, wenn Noah F. bei dir bleibt, Merav F. vielleicht doch noch herumkriegen werde, Schatzili!« Er guckte auf die fette Rolex Daytona, die an seinem dünnen Handgelenk baumelte und die er vor ein paar Jahren mit dem Dalai Lama gegen eine kostenlose Mitgliedschaft im Soho House eingetauscht hatte. »Und jetzt aber los, schnell, aufs Dach mit euch, ihr habt noch genau sechs Minuten und zweiundzwanzig Sekunden, bis ihr geht. Ach so, Graf, bevor ich's vergesse: Du kriegst als einziger Kursteilnehmer keine Hausaufgaben von mir auf. Bleib einfach nur Single, das reicht. Glaub mir, das ist besser, als es jetzt klingt. Hmmm ...«

Ethel dachte den ganzen Weg zurück an den Strand – via Südseite, im Schatten neu gepflanzter, uralter alexandrinischer Baobabs, auf flach abfallenden, frisch asphaltierten Spazierwegen – über Ramis irre Antwort nach. Wie ehrlich war sie gemeint? Wollte er wirklich, dass sie bei Noah blieb, damit er Merav vom Noah-Baum pflücken konnte? Keine Frage, er, dieser schlecht getarnte Amateurdialektiker und Jeschiwaschüler in lilafarbenen Dhoti-Shorts, wusste, dass sie wusste, dass wenn er sagte, sie solle beim unseriösen Erb-Noah bleiben, damit er selbst dessen Frau abkriege – dass sie dann natürlich Fritz wählen würde, um am Ende doch für Noah zu sein, gegen ihren Willen. Oh nein, Mönch, nicht mit mir, Trotz ist kein guter Ratgeber, das weiß ich spätestens, seit ich die Grünen verließ, bevor sie es doch noch nach Bonn schafften, mich trickst du nicht aus!

Der warme Asphalt streichelte so zärtlich wie ein überbezahlter Fußmasseur Ethels nackte kräftige, luftkissenartige Sohlen, wodurch der Abstieg von Ramis Berg etwas überwiegend Erhebendes bekam, und als sie und Tal und Gerry und Lou und Fritz jetzt endlich wieder unten an der Straße nebeneinander an der Ampel standen – ähnlich steif und heroisch in eine Richtung blickend wie Marx, Engels, Lenin –, den silbernen Schleier des sich links und rechts rundenden Pazifischen Ozeans im Blick, nahm Ethel stumm Fritz' schwielige Jäger-und-Förster-Hand, die sie ab jetzt nie mehr loslassen wollte.

Fühlte es sich gut an, diese Hand zu halten? Ja, und wie! Es war eine große, kalte, knochige, fast klauenartige Hand, eine Hand, aus der Pferde und Hunde gefressen hatten, eine Hand, die Drehbücher und Filmverträge schrieb, aber niemals Exposés für heiße Bauvorhaben und eiskalte Abrisse ganzer christlicher Stadtviertel. Und bestimmt hatte diese Hand auch die Hand von Opa Dunckenberg gehalten, bevor er starb.

Die Ampel war schon so lange rot, als würde es nie mehr grün werden. Ethel sah kurz nach unten, sie schob – kleines autogenes Training à la Shaki »7« Inch – die nackten Zehen ein paarmal auseinander und wieder zusammen und betrachtete selig ihre dicken, weißen, kräftigen Finger in Fritz' riesiger Faust. Was für eine kalte, warme, beseelte, lebenserfahrene Pranke! Ihr würde sie sich anvertrauen, ihr würde sie erlauben, im Bett den Spieß umzudrehen, keine alttestamentarischen Judith-killt-Holofernes-Sessions à la Noah Forlani mehr, oh nein, keine Rache an Papi in Noah-Gestalt, auf Haus Kopfab würde es genau andersrum laufen. Fritz würde SIE am Bett festmachen und das, was immer er gerade zur Hand hätte, nehmen und ihr damit eins überbraten, jeder Schlag eine Art Elektroschock, der sie von der Erinnerung an Papis Geld und sein peinliches, süßliches Polendeutsch befreien würde, aua, ja, und jetzt ins Gesicht, du musst wegen des Pinienzapfens nicht traurig sein, Fritzele, den brauchen wir gar nicht, und danach würde sie ihm was kochen, seine feinen Streifenhemden bügeln, seine englischen Schuhe putzen, nach zwanzig Jahren immer noch tiptop, putzen und wienern, kniend im kalten Flur, ja, ja, und jetzt auf den Arsch, sie würde endlich aufhören, die verwöhnte, gemeine, verbitterte Tochter des Kapitans zu sein, klar, kein Problem, du kannst auch meine Brüste quetschen, Schatz, nein, das tut mir nicht weh.

Die Ampel – komisch, die Ampeln in Amerika brauchten immer viel länger als in Europa – dimmte träge von Rot auf Grün, und noch bevor Ethel, Fritz, Gerry, Lou und Tal losgehen konnten, meldete sich mit großem, multiplem Ernst Ethels schlechtes Gewissen zurück. Na gut, dachte sie, ich geb dir eine halbe Sekunde, Über-Ich. Als Noah – 21, 22 – vor zehn Tagen von der Podiumsdiskussion im Getty Center nach Hause gekommen war und zu ihr leise, traurig, konzentriert, aber auch rätselhaft schmunzelnd gesagt hatte, er wisse Bescheid, ein berühmter, drogensüchtiger Filmstar, dessen Namen er nicht nennen könne, habe ihm erzählt, sie wolle in eine halb fertige Burgruine far out in New Germany ziehen, da hatte sie sofort erleichtert alles zugegeben und gedacht, jetzt sei es endlich raus und okay. Aber dann kam es leider zu einem überraschenden Turningpoint-Dialog zwischen ihr und ihm, und seitdem war sie sich selbst ein noch größeres Rätsel als davor.

Noah (übertrieben verzweifelt, mit hinterhältigem Unterton): Ethel, wie kann ich dich davon überzeugen, dass du bei mir bleibst? Du willst es doch auch.

Sie selbst (kühl): Bestimmt nicht. Ich hab damals das Getto nicht verlassen, um wieder zurückzukommen. Ich hab's mir anders überlegt. Und du bist das Getto, Forlani junior!

Noah: Aber Ethel, Ethelein, du hast es mir in Berlin versprochen. Du hast gesagt, dass du mich nie wieder verlässt und dass du für mich jedes Jahr ein paar Kilo zulegen wirst. Weißt du das nicht mehr? Wir lagen nach dem witzigen Brand in Solis Wohnung bei dir in der Wörther Straße auf dem Bett, ich hatte deinen Elefantendildo im Mund, und du hast gesagt, du hättest seit der 8. Klasse auf mich gewartet, auf einen jüdischen Jungen, der weiß, wie man Kinder erzieht und selbst Kind bleibt.

Sie selbst: Scheiße, ja, das stimmt. Dann beweis mir aber, dass du es wert bist. Und dass du mich wirklich liebst.

Noah: Wie kannst du an meinen Gefühlen zweifeln, bobbe schmejne?! Nur bei dir steht er mir und bei Merav nie. 80 Grad! Das ist fast schon ein rechter Winkel! Das kenn ich nur aus der Zeit, als ich mich mit 15 dreimal am Tag in der Schäferkampsallee an meiner Matratze gerieben hab.

Sie selbst: Du unreifer Idiot. Sex ist nicht Liebe. Sex ist Reproduktion.

Noah (deprimiert, weil ihm an dieser Stelle seine beiden Töchter einfallen, verwöhnt, lieb, nicht besonders hübsch und die totalen Herzlia-Pituach-Wracks): Ja? Ach so ...

Sie selbst: Verzichte auf dein Erbe! Das sag ich dir, seit wir in Los Angeles sind. Überschreib deiner raffgierigen israelischen Kröte dein ganzes blutgetränktes Kapitalistengeld. Zieh mit mir nach Neuengamme. Wir werden zusammen deutsche Kinder zu noch besseren Menschen erziehen, als es ihre Eltern schon sind. Und abends im Bett lesen wir Gramsci und Marx.

Noah: Ich soll auf meine Kohle verzichten, und du behältst die Millionen vom Kapitan?

Sie selbst (gähnend): Ich wusste, dass das jetzt kommt. Wie langweilig ...

Noah (wieder rätselhaft überlegen und triumphierend lächelnd): Na gut, Fettklops, mal sehen, was ich für dich tun kann. Und wenn du mich ganz lieb bittest, verzeihe ich dir auch, dass du mich mit meinem anonymen Informanten in unserem – ich meine, in seinem – Bettchen betrogen hast.

Die Ampel – gerade noch grün – sprang unerwartet schnell wieder auf Rot um. 21, 22. Gerry, Lou und Tal standen schon auf der anderen Seite des Pacific Coast Highways, dort, wo der scheußliche, mit Menschen, Grafitti und Billboards zugemüllte Teil der Ocean Front Promenade anfing, vor der bunten Blechfassade von Michelangelo's Pizza. Fritz, der wegen Ethel nicht weitergelaufen war, weil er nach ein paar Schritten gemerkt hatte, dass ihre warme, gehorsame Hand nicht mehr in seiner lag, blieb in der Mitte der Straße stehen und winkte mit beiden Armen hektisch in ihre Richtung. Wahrscheinlich kriegte er gerade den Bahnhof-Zoo-Abschiedsflash, dachte sie, der Arme, wie uncool von ihm. Seine langen, dünnen Hundebeine zitterten, und er hatte rote, quasi-verweinte Augen. Krass, war das wirklich der Mann, dessen große, kalte Klauen sie nach Bedarf vermöbeln und durchs Leben tragen sollten? Wie cool – 21, 22 – war dagegen die kleine, unkonzentrierte jüdische Kanalratte Noah neulich in Zürich gewesen. Sie hatten dort auf dem Flug von Berlin nach L. A. einen längeren Zwischenaufenthalt gehabt und trennten sich für ein paar Stunden zum Shoppen. Was Noah vorhatte, wusste sie nicht, sie konnte es sich denken. Sie selbst hatte sich schon bald ins Café Sprüngli gesetzt, oben, in den ersten Stock, in eine ruhige, dunkle Ecke, und fing an, sich durch die Speisekarte zu arbeiten. Zuerst bestellte sie einen Toast mit Poulardenbrust, dann einen kleinen Ceasar's Salad, dann noch einen, und danach zwei Portionen Zürcher Geschnetzeltes. Dabei las sie in ihrem neuen Fritz-Teufel-Buch *(Klau mich!)*, das sie kurz vorher im Antiquariat Pinkus in Niederdorf »konfisziert« hatte, und träumte abwechselnd vom bargeldlosen Matriarchat, von ihrer neuen amerikanischen Schauspielkarriere oder von einem Sitz im Bundestag.

Sie schob sich gerade das vierte oder fünfte Luxemburgerli mit Mandarinengeschmack in den viel zu weit geöffneten Mund (diese Untermenschen-Angewohnheit hatte sie vom Kapitan, aber wirklich nur die), als sie unten, auf der anderen Straßenseite, Noah aus der UBS-Zentrale rauskommen sah. Sie war so überrascht, dass sie zuerst den Mund noch weiter aufriss. Revolution! Alles an der Kanalaratte stimmte! Noah sah – als er in seinem graugrünen Old-School-Dries-Trenchcoat und diesem grob gestrickten Kriegsschal von Martin Margiela vor der verwitterten Sandsteinfassade der Bank stand – wie ein raffinierter schicker Straßenjunge in einem Spielberg- oder Wajda-Film aus. Warschau, Getto, Winter 42/43, fast alle sind tot, nur die Stärksten, Schlauesten, Gemeinsten stehen noch auf den Beinen, der Kapitan, Blumenschwein sen., der junge Forlani, Marek Edelmann. Er guckte, bevor er weiterging, checkermäßig nach links und rechts, nein, niemand hatte ihn gesehen, wow, echt wie im Film, er warf einen zweiten und dritten Blick in seine pralle UBS-Tüte mit dem Schwarzgeld, das er für L. A. besorgt hatte, er machte dasselbe Gesicht wie der Kapitan nach einem guten Deal – Unterlippe vor Oberlippe, dazu zart bebende Nasenflügel –, und er wollte gerade losgehen, als von der Seeseite ein kleiner, klappriger Junkie in Jeans und Hoodie angerannt kam, nach Noahs Tüte griff und damit abhaute. Und was machte Noah? Lieber gar nichts. Er sah ihm nur anerkennend hinterher, machte mit Daumen und Zeigefinger ein Perfektzeichen, schob die Faust in den Mund, biss kurz und männlich drauf – und dann ging er wieder in die Bank zurück, um ein paar neue Dollars abzuheben. Fritz, der sparsame Goj, hätte nie so pragmatisch reagiert, er wäre wegen der zehntausend Kröten erst so weiß geworden wie ein implodierender Fernseher, und danach hätte er bestimmt Mami auf Schloss Raubgut angerufen und sich bei ihr ausgeheult.

Noah: Hast du gerade ein bisschen Zeit, Putzkale?

Sie selbst: Bitte, nenn mich nicht so. Ich mag deine jüdischen Namensspiele nicht.

Noah: Ja oder nein?

Sie selbst: Ja, aber beeil dich. Ich will noch duschen und mich extra superschön machen, ich geh heute Abend mit meinem Zukünftigen in die Taqueria Versailles Zwiebelrostbraten essen.

Noah: Wie – sind wir verabredet?

Sie selbst: Mit Fritz, du Idiot, Gerry hat dir doch im Getty alles erzählt. Fritz sagt, er hat was für mich. (Sie lächelt selig.) Es ist rund, hat ein Loch, ist aus Gold, und er hat es diesmal bei Cartier gekauft, nicht bei Hertie, sagt er.

Noah: Darüber wollte ich gerade mit dir reden, Putzkale.

Sie selbst (drohend, streng): Du!

Noah: Also, ich hab alles klargemacht. Ich hab nichts mehr. Alles gehört ihr! Na gut, es gibt da noch ein minikleines Sicherheitskonto bei der UBS, aber das sind nur Peanuts. Ab jetzt muss ich selbst verdienen. G-g-genial! Ich hab überlegt, ich könnte für den Anfang Goodlife verkaufen, ich meine, den Namen. Soll ich zuerst Naturata oder Al Gore fragen? Was meinst du? Danke, Ethelein, vielen Dank! Ohne deine g-g-geniale Erpressungsstrategie hätte ich's nie geschafft, auf Schloimels schmutzige Penjonse zu verzichten. Herrlich, nie wieder schlechtes Gewissen! Und ich muss auch nie mehr den neidischen Blicken verarmter Gojim in der Hamburger Fußgängerzone ausweichen! Und vor allem, ich hab dir endlich bewiesen, wie sehr ich dich lieb habe. (Pause.) Ich weiß natürlich nicht, was der Verlobungsring kostet, den dir Fritz nachher geben will. Ich ... (er zieht einen rosafarbenen Penisring raus) ... hätte nur das hier im Angebot. (Unterlippe über Oberlippe, abrahamitisches Schmatzen mit Zunge im Mundwinkel.) Möchtest du vielleicht Fritz absagen? Nein? Warum nicht?

Sie selbst (geschockt): Wir wollten das Pitchen seines neuen Drehbuchs üben. Du weißt schon, *Der Spekulant und der tote Graf*. Er hat morgen einen Termin bei Fox, alle anderen Studios haben abgesagt. (Pause.) Was?! Wirklich? Du hast es echt getan?

Noah: L-l-logisch. Na klar. Jetzt gehört der ganze Schloimel-Plunder Merav. Ich hab's dir doch versprochen! (Er nickt gönnerhaft, öffnet seine Hose und präsentiert auf der Stelle ca. 80 Grad.) Hier – siehst du, wie sehr ich dich liebe?

Sie selbst: Und ich liebe dich, Noah Forlani. Du bist so ein mutiger, bescheidener Mann. Du klebst nicht an deiner Kohle. Los, setz den Penisring auf, schnell!

Fritz hörte plötzlich auf, mit den Armen zu wedeln, er zitterte auch nicht mehr, er stand jetzt mit gesenktem Kopf zwischen den vorbeifahrenden Autos, hinter ihm bewegten sich zwei abgefressene Palmen schlaff im Wind, die braunen trockenen Palmenblätter hingen an ihnen wie ungekämmte Haare herab, genauso wie die traurigen Gedanken an Ethel. Hello, Getto, dachte sie sad, Goodbye, Haus Kopfab, Bergenrück, Sauerland, wo es – wie Fritz mit diesem rührend weißen, reglosen Vampirgesicht einmal erzählt hatte – meistens regnete, wo es über den Wäldern im Sommer schwül dampfte und nie sonnig war, wo im Winter der Himmel so hoch stand, dass die Gegenwart einer höheren Kraft, die alles erschuf und erhielt, mehr war als nur ein Gedanke. Die Gegenwart einer höheren Kraft, das hatte Fritz schön formuliert. Das hätte Noah ganz anders gesagt. Gib a kik, Ethel, hätte er gesagt, dort oben, Elohenu, der albernde Clown, Adonai, die eiskalte Lücke, G'tt, sein Tuches, das Nichts! Ach, immer musste er, der ewige Schuljunge und Scholom-Alejchem-Fan, alles ironisieren, aber wer nichts ernst nahm, konnte auch keine ernsten Absichten haben, nicht wahr, schon gar nicht, wenn er angeblich mit seiner Vergangenheit brach. Glaubte sie wirklich im Ernst, Noah ben Schloimel ben Shylock würde dem böse grinsenden jüdischen Kapitalisten in sich Auf Wiedersehen sagen, nur weil er Merav seine ganze Kohle geschenkt hatte? Er hatte doch längst wieder neue Deals im Kopf – den Verkauf des Namens seiner kindischen NGO, Merchandising von McDiet, seiner megadebilen Aktion gegen Fettsucht an Hamburger Schulen, Ölprobebohrungen in den Killing Fields von Ruanda, etc. –, die Buczacz-Gene in ihm schliefen nie, so viel schlechtes Vieux-Riche-Gewissen konnte er gar nicht haben.

21, 22. Die Ampel dimmte – jetzt wieder zeitlupig – von Rot auf Grün, Fritz hob wie in Zeitlupe das Kinn, hob die Arme, öffnete sie ungefähr in Richtung Äquator, setzte, ebenfalls extrem slow, einen Fuß vor den anderen, und sie selbst rannte auch los, schnell, aber auch langsam – was war denn das für ein Film, *Marx Brothers in Preußen* oder *Love Story?* –, die Musik, die sie hörte, während sie, immer leichter, dünner, gojischer auf ihn zuschwebte, war bombastisch, aber unsentimental. Und dann endlich landete sie, 48 Bilder pro Sekunde, in seinen Armen, seine kalten Hände umschlossen ihr heißes Gesicht, sie hob den Kopf, er senkte seinen – aber ihre Lippen trafen sich nicht, weil sie zurückzuckte. Wenn ich ihn jetzt küsse, küsse ich ihn, weil ich es will? Oder küsse ich ihn aus Trotz, weil der Mönch es nicht will, denn er will, dass ich bei Noah bleibe, damit er Merav doch noch kriegt? Hahaha, und wie ich es will! Ja, Fritz Dunckenberg (ohne »von«, na klar, so sagen »wir«, wenn »wir« unter uns sind), ich will, denn ich will, davon bringt mich kein polnisches Über-Ich mehr ab, ab jetzt nur noch dein uncooles, unironisches, uneigentliches Gesicht um mich herum haben. Ich will es morgens behind myself im Spiegel sehen, wenn ich auf Haus Kopfab meine hüftlangen Gräfinnenhaare bürste, ich will es am anderen Ende unseres meterlangen Esstischs sehen, an dem wir jeden Abend stumm zusammensitzen, ich will es bei der missratenen Salt-Lake-City-Premiere von *Beim Bart des Mormonen* sehen, ich will es sehen, wenn dein Anti-Kapitan-Film in Cannes, Memel und Hollywood abräumt, *Der Spekulant und der tote Graf,* guter Titel, ein bisschen polemisch vielleicht, aber egal, danach wird der Kapitan nie mehr der alte sein. Tja, Papi, tut mir leid, ich kann nichts dafür, dass du wegen des schlechten Essens in Treblinka eines Morgens deine Zähne in deinem Blechnapf wiedergefunden hast. Guck dir, bitte, trotzdem beizeiten Fritz' filmische Abrechnung mit Typen wie dir im Kino an, oder zumindest auf DVD, wenn du Geld sparen willst, das wird dich – ich sag nur: Aristoteles! Katharsis! – vielleicht doch zu einem besseren Menschen machen, wir sehen uns dann auf deiner Beerdigung.

Kuss.

Noch ein Kuss. Lang, reglos, die Lippen kalt aufeinander wie Hepburn & Stacey in *African Queen,* so standen Ethel und Fritz in der Mitte des Pacific Coast Highways, aus den vorbeirasenden Autos wurde gepfiffen, es gab kleine Hupkaskaden, auf der anderen Seite, zwischen den Kiosken, Postkarten- und T-Shirt-Ständen der Ocean Front Promenade und fast schon hinter dem Blechpalast von Michelangelo's Pizza, drehten sich Tal, Gerry und Lou gleichzeitig um, alle drei applaudierten, und Tal rief: »Mezujan! So tritt man den Wunsch des Mönchs würdevoll in die Tonne. Real love rules! Nieder mit der Kanalratte! Du mögest das Chakra von Sister Siddharta siebenmal stündlich lecken, Fritz katan!« Und dann, jäher Aggregat- und Tempowechsel, waren es nicht mehr 48 Bilder pro Sekunde, sondern nur eins, die Zeitlupe wurde zum Zeitraffer, Ethel und Fritz schossen im wilden Tom-und-Jerry-Zickzack zwischen den Autos auf die touristische Straßenseite, vorbei an Tal,

Lou und Gerry und Hunderten träge herumirrender Spaziergänger Richtung Noah im Strandkorb und Meer, über die große, kahl asphaltierte Skaterfläche hinaus, Lou und Gerry machten wie aufgezogene Duracell-Häschen einen rasanten Halbkreis zu Jimbo's Beach Wear, dort griffen sie sich, das Geld aufs Verkaufspult knallend, eine fluoreszierend grüne Frisbeescheibe in XXL und begannen noch vor dem Laden ihr zartfüßiges Versöhnungsspiel, tschak-tschak-tschak, immer weiter bis zum elegant blassen Pazifik-Strand, während Ethel und Fritz zum drimmenden Noah vorsausten, ein Bildchen pro Sekündchen, aber doppelt so schnell abgespielt, sie beugten sich – njiiiek! wusch! – über ihn, erst Ethel, dann Fritz, und Ethel sagte zu Noah mit ihrer angelesbten Stimme hoch und fix wie Micky Mouse auf Helium: »Ich werd doch mit Fritz gehen, Kleiner, tut mir leid, das da oben war unglaublich, das solltest du auch machen.« Zack! Yiiiak! Fritz – mit seinem Windhundkopf knapp hinter ihr – schwieg ausdruckslos, dachte aber entsetzt und extraschnell: Heiliger Strohsack, das hab ich ja ganz vergessen, ich muss meine kleine Jüdin doch noch Mami und Papi vorstellen. Wum!

Zehn Tage später, 45 South Tremaine Avenue, zurück in Gerrys Schlafzimmer, auf Gerrys Bett, in Ethels frühmorgendliche Tagträumereien und Noahs wie immer leicht angesexte Utopistenfantasien. Die Nacht verzog sich schneckenartig aus dem kleinen, niedrigen, kahlen Raum. Sie färbte sich, erst an den Gardinenkanten, dann an der Decke, dann in der Lücke zwischen Boden und Tür, grau, hellgrau, dosenmilchweiß. Ethel drehte den Kopf ein bisschen hierhin, ein bisschen dorthin und betrachtete wieder versteckt Noahs graue, dünne, gefesselte Gestalt neben sich auf dem Bett. Das war also ihre letzte gemeinsame Nacht. Gar nicht so schlecht. »Don't come begging to my office ... I wanna be your african guest«, fing Lou oben wieder an, weniger tief als vorhin, dafür unsentimentaler. Wieso schlief er nicht? War er genauso aufgeregt wie sie, freute er sich auch auf ein neues Leben, wie sie, auf sein Comeback als er selbst? Etwas polterte und fiel unendlich lange und laut hin. Wahrscheinlich seine Gitarre oder die dritten Zähne, dachte Ethel grinsend, oder beides – aber dann machte es gleich wieder auf der hohen E-Seite pling-pling. Ein verdammter Hit, dachte sie, dieses *Mama's Legs*, oder hab ich's zu oft gehört?

Der gefesselte Noah (das Gebiss vom LD-Knebel immer noch zermanscht und steif) dachte logischerweise auch wieder an Lous Coyoten-Song, d. h., er dachte sich ungewöhnlich vorsichtig, dann aber doch immer schneller, ruppiger ins Thema rein. Er dachte, vielleicht das Einzige, was von Gerrys Film übrig bleiben wird, wenn es keine Dschandschawid mehr gibt, keine SLA, keine geköpften Ausländer, keine abgefackelten Darfuri, blablabla, wenn nicht mal mehr eine Flugverbotszone über dem Westsudan nötig sein wird, weil die Bosse von BP, Shell und Zion Oil schnell und unkompliziert zu ihren neuen, fetten Ölfeldern eo ipso sudanesischen Zweitfrauen müssen, dann, ja, dann, wo war ich noch mal, ach so, wenn also Filme wie *Ihr branntet wie Coyoten* vergessen/überflüssig sind, dann werden die Menschen immer noch *Mama's Legs* hören, so wie *Yesterday, Havanagila* und *The Message* von Grandmaster Flash.

Noah guckte die so angenehm dicht neben ihm liegende, regelmäßig schaufende Ethel sehr direkt und fast schon herausfordernd an, und sie guckte heimlich und auch nicht gerade frigide zurück. Den Augen-zu-aber-geöffnet-Trick hatte sie von Old Shatterhand (gespielt vom süßen, blonden, zum Glück nicht allzu athletischen Lex Barker), in den sie zwischen 12 und 14 (ihr erster ernster Selbsthassanfall) sehr verliebt gewesen war. Samstags, wenn der Kapitan und Mama zum Bridge bei den Blumensteins oder Forlanis waren, guckte sie trotz Supertotalverbot im Nachmittagsprogramm *Der Schatz am Silbersee, Der Jäger der Kristallnacht* oder *Bücherverbrennung am Kilimandscharo*. Vor allem der Judentöter, Old Shatterhands großes, langes silbernes Gewehr, beschäftigte ihre adoleszente Lonely-Heart-Fantasie, aber noch mehr sein klares, eurasisches, ver-

schärftes SS-Profil. Er saß – kühle, gojische No-Go-Frucht – im Dunkeln am Lagerfeuer und hatte tausend indianische Untermenschen im Visier, die ihn im Schutz der ewigen jüdischen Nacht umzingelt hatten. Er hatte die Augen zugemacht, aber nur fast, sodass sie von außen geschlossen aussahen, und durch den schmalen, flimmernden Spalt beobachtete er wie durch eine angelehnte Tür die hinterhältigen, feigen Rothäute. Genauso schaute Ethel im nächtlichen kalifornischen Zwielicht ein letztes Mal Noah an, der sie auch anguckte und – ADS at it's best! – plötzlich wieder anfing, mal mit ihr, mal mit sich selbst zu reden, von einem Satz in den andern stolpernd wie ein von Old Shatterhand angeschossener Siouxjew. Hatte er heimlich die kleine Vicodinkapsel geschluckt? Oder vor dem Schlafengehen sein Novo-Ritalin vergessen? Ethel tastete unauffällig mit der Hand unter der Matratze herum und fand sofort den vermissten Vicodinblister wieder. »Der Mann von Welt schweigt und plant«, brabbelte Noah. »Ich bin der größte Utopist seit Thoreau und Reb Isaak Schmulewitsch Ozon!« Und: »Ende Gelände, El-Houdini-Sex, ich mach's nur noch auf die alte Hutschikutschitour!« Mein Gott, dachte sie herablassend, aber auch geil, er war ja immer noch der kleine, süße, verwirrte, schlecht rasierte Kerl aus der 8b, der nichts raffte. Was dachte er – dass sie tot war? Dass er selbst es gewesen war, der in L. A. beschlossen hatte, Schluss zu machen? Armer, verarmter, verlassener, jetzt schon vergessener Forlani-Sohn …
»Bitte« – Noah schraubte sich plötzlich schlangengleich mit seinem Yogikörper Ethel entgegen und ging mit dem Mund dicht an ihr Ohr heran –, »bitte, Ethelein, heb mich doch einmal, ein einziges Mal, hoch.« Die schwarze Plastikkugel baumelte am schwarzen Latexband leger um seinen Hals, seine hängenden braunen Augenlider hingen noch mehr als sonst, und er streichelte mit den gefesselten Händen scherzhaft, flehend, geil Ethels Gesicht. »Hab ich Mundgeruch? Soli nannte mich früher Mr. Halitosis, wusstest du das?« Sie reagierte nicht. »Glaubst du, ich weiß nicht, dass du mich anguckst? Guck mal, ich kann es auch.« Er schloss die Augen, Ethel

machte ihre Augen auf, und er sagte: »Jetzt hast du sie aufgemacht.« Sie zwinkerte dreimal, und er sagte: »Jetzt hast du dreimal gezwinkert.« Sie fing an zu weinen – warum, kleine große Ethel, weißt du immer noch nicht, was richtig ist? –, die Tränen liefen links und rechts an ihrem Gesicht entlang zum Mund, und er sagte: »Jetzt heulst du, Ethelein. Heul nicht. Hör auf. Es war eine gute Zeit, am Ende dachte ich s-s-sogar kurz, ich liebe dich, du Glückliche. Und du hast endlich einen Film gedreht. Ich fand dich als Magda G. so einschüchternd schön, dass ich am liebsten in die Zeitmaschine gesprungen wäre, um mich mit Tick, Trick und Track Goebbels von ihr vergiften zu lassen! Meinst du, wenigstens in Adolfinos eigenem Selbstmordpunsch war ein bisschen Vicodin?«

»Gefesselt oder ungefesselt?«, sagte Ethel.

»Wie du meinst, Große«, sagte Noah.

Sie prüfte seine Lederhandschellen mit dem roten, gefährlich geschwungenen Liaison-Dangereuse-Schriftzug, zog ihn an sich, stellte sich im Bett auf, hob ihn hoch, noch mal und noch mal, und dachte: fein, nie wieder Liaison Dangereuse, keine jüdischen Schweinereien mehr im Bett.

Und was dachte Noah? Er hat es mir – wie alles andere – zwei Jahre später im Café Celan in Buczacz selbst stolz erzählt. »Nachruf«, dachte er. »Nein: NACHRUF. Der im Sudan entführte und nach einem jahrelangen Impotenz-Martyrium enthauptete jüdische Philanthrop Noah Forlani hinterlässt mit nur 41 Jahren ein eindrucksvolles Lebenswerk. Schon als Jugendlicher machte sich Forlani einen Namen als verlachter Weltverbesser. Seine Idee, an hohen jüdischen Feiertagen in jeder Synagoge mehrere Plätze für PLO- und Al-Qaida-Anhänger freizuhalten, wurde lange vom jüdischen Mainstream zurückgewiesen. Inzwischen sind die sogenannten Islam-Slots Standard. Er finanzierte die Hamburger Tofu-Stiftung, den Pro-Cellulite-Kongress und die Organisation gegen den Abriss eindeutiger Spekulationsobjekte, die sich mit seiner eigenen, von seinem Vater S. Forlani geerbten Immobilienfirma jahrelange juristische Auseinandersetzungen lieferte. Sein größter Erfolg war CCC, die finanzkräftigste und ineffektivste NGO der Welt. Er schrieb mehrere Romane und Erzählungen, die meisten blieben unvollendet, aber das war besser so. Dafür wurde *Fick meine Frau, Goldmann!* in 165 Ländern Bestseller. Nicht anerkannt wurde er nur von seinem besten Freund, dem Asphaltliteraten Solomon Karubiner, wahrscheinlich aus Neid und/oder wegen einer Frau, einer gewissen Natascha Rubinstein – Karubiner holte einmal sogar die Polizei, um die beiden aus dem Haus werfen zu lassen. Herr Forlani hat sich außerdem einen Namen als Produzent von *Ihr branntet wie die Coyoten* gemacht, für den er posthum den Ehren-Oscar bekam. Er war ein großartiger und witziger Gesprächspartner. Am leichtesten kam er, wenn er von einer superfetten Ringerin hochgehoben und in einem Moment, in dem er es nicht erwartete, gegen die Zimmerdecke geschleudert wurde.«

Später, als Lou endlich aufgehört hatte, über ihnen singend und pfeifend auf und ab zu gehen, lagen Ethel und Noah noch lange und glücklich wach nebeneinander, und die guten, warmen, langen Schlingen von Gerrys letzter Vicodintablette hielten sie so zart und kräftig fest, wie sie sich im letzten halben Jahr kein einziges Mal umarmt hatten.

4
»*Warum, Tal?*« – »*Warum nicht?*«

»Ganz schön uninspiriert eingerichtet, Schriftsteller«, sagte Tal »The Selfhater« Shmelnyk, nachdem er einmal kreuz und quer durch meine helle, leere, traurige Scheißwohnung in der Rehov Arnon gelaufen war. »Uninspiriert und uninspirierend. Hast du hier schon mal was geschrieben? Kann ich mir gar nicht vorstellen.«
Er hatte recht. Das war nicht mehr das metrosexuelle Schmuckkästchen wie in Berlin in der Swinemünder, das er seit Noahs fatalem Goebbels-Video-Dreh kannte. Kein kastanienrot schimmernder Zwei-Meter-Tisch von O. Borsani, keine anmutigen, melancholischen Stilnovo-Lampen mit altdamenhaften Messinggelenken und gelben, grünen, milchweißen Muranoglasschirmen, kein langes, berlingraues Flirt-und-Kontakt-Sofa. Der Container mit meinen Möbeln war leider immer noch auf der MS Che Cazzo – Bari, Limassol, Haifa –, die, versteckt hinter Rotwein- und Cantuccini-Kisten, dreihundert Tonnen Waffen und Munition für die Al-Aksa-Brigaden-Filiale Nordgaliläa geladen hatte. Die hatten Aman-Spezialeinheiten schon in Limassol entdeckt und den alten, knarrenden Frachter im *Exodus*-Style zusammen mit meiner exquisiten Designsammlung in den Hafen von Aschdod umgeleitet, wo sie seit Wochen jeden Tag ausländische Journalisten zwischen Scud- und Kalschnikowtürmen herumführten. An meine Sachen, sagte mir ein Typ vom Verteidigungsministerium in einem dreiminütigen Telefonat in diesem widerlichen, süßlichen Israeli-Englisch (das Tal nicht sprach), käme ich also frühestens im Sommer ran, vielleicht auch erst nach den Feiertagen, also Yom Kippur, oder spätestens Sukkot, woraufhin ich sagte: »Bis dahin bin ich vielleicht gar nicht mehr hier.« »Und wo willst du sein? Wieder in Naziland?« »Ich werd schon einen Platz finden«, sagte ich, »wo es weder solche noch solche Nazis gibt, wenn du weißt, was ich

meine, du eingebildeter Scheißsabrahurensohn.« Er war nicht beleidigt. Er hatte nur bitter und quäkend aufgelacht und aufgelegt.

Ich sah Tals kleine, durchtrainierte Gestalt in den ersten Minuten seines Überraschungsbesuchs meist nur von hinten. Während er wie ein irrer Abel-Ferrara-Cop einen Raum nach dem anderen untersuchte, Stühle verrückte, Lichtschalter an- und ausmachte, ging ich betont unaufgeregt hinter ihm her und überlegte mir die Antworten auf die Fragen, die er mir gleich stellen würde. Warum wohnst du nicht mehr in Berlin, Schriftsteller? Ich musste abhauen. Hast du jemanden umgebracht? Ja, klar, was denn sonst. Wen? Einen Erpresser, ich hab ihn wie einen jungen Hund in einem See ertränkt. Womit hat er dich erpresst? Mit Videoaufnahmen von meinem spät beschnittenen, hübschen Schmock und einem Knaller von Schicksenarsch. Uhuhuhuuu, und jetzt willst du wieder zurück, kannst aber nicht? Genau.

Am Ende seiner Inspektion ließ sich Tal mit einem leicht traurigen bis unmännlichen Seufzer in mein neues achtfarbiges Marshmallowsofa von G. Nelson fallen. Das war das einzige Stück, das ich mir in Tel Aviv geleistet hatte, 15 000 Schekel, in einem Mid-Century-Laden in Jaffa, den ich so zufällig entdeckt hatte wie Marie Curie die Radioaktivität. Plötzlich stand ich davor, hinter mir die wackeligen, chaotischen, stets mit diesem ewigen, gräulichen Mittelmeersandfilm überzogenen Flohmarktstände der Rehov Beit Eshel, links ein Loch von einem Kiosk, in dem ein nordafrikanischer Massenmörder gelangweilt frischen Orangensaft in alte, nachlässig ausgewaschene Plastikbecher presste, rechts eine dunkle, zerkratzte Vitrine, hinter der man Siebdrucke von Chagall, Herzl-Porträts und die rauen, billigen Messingleuchter aus den Vorkriegswerkstätten von Bezalel erahnte. Im Schaufenster von The New Gallery blitzte dagegen schwarzes dänisches Leder, finnisches Birkenholz, italienisches Veniniglas der besten Designtage. Das waren die Verheißungen der westlichen Zivilisation aus der Perspektive der Sechzigerjahre, als wir – Wowa, Mamascha, Serafina und ich, aber auch Kostja – auf der anderen, der dunklen Seite des Eisernen Vorhangs lebten, wohnten, einkauften, träumten. Dass sie mich immer noch elektrisierten, war mir insgeheim peinlich – denn es hieß, dass auch ich, der halbintellektuelle literarische Allesverächter, in Wahrheit genauso ein sentimentaler Kindheitsanbeter war wie jeder Normalo. Wow, was war das für ein geniales Teil? Es stammte aus der ersten Produktionsserie, Herman Miller, 1956 bis 1961, und war so perfekt erhalten wie der Burberry-Trenchcoat eines Züricher Rentners. Ich ging rein und kaufte in drei Minuten das nahöstlich überteuerte Sofa. Es bestand aus ein paar schwarzen Metallstreben und diesen bunten runden, hübsch gealterten Lederkissen, zwischen denen man ständig durchrutschte.

»Scheiße, ist das unbequem«, sagte Tal. »Wo ist das verschärfte, graue Ficksofa, das in deiner Wohnung in Berlin stand?«

»In Aschdod, im Hafen. Ich hab's leider der falschen Reederei anvertraut.«

»Probleme mit der Jewish Agency?«

»So ähnlich.«

»Du hast Alija gemacht, Schriftsteller, du bist echt mit deinem ganzen Scheiß umgezogen? Du bist ein beschissener, lächerlicher, altmodischer Zionist!«

»Nein. Ich wollte nur mal was anderes sehen als die traurigen Gesichter von Leuten, die sich ständig für irgendwas schämen.«

»Du redest jetzt aber nicht von den Germanskis?«

»Wusstest du, dass ihre Gehirnströme bei bestimmten Themen so krass ausschlagen, dass man sie nicht anfassen darf, sonst kriegt man einen Schlag wie von einer kaputten Steckdose?«

»Schwachsinn. Wer hat das rausgefunden? Dr. Frankenstein?«

»Die neurologische Abteilung des CCC im Auftrag von Noah Forlani – als er noch lebte. Oder hast du andere Informationen?«

Er grinste dreckig und eingeweiht. »Und wusstest du, dass man zur Zeit aus Israel abhaut, statt herzuziehen? Du fährst allein auf einer Einbahnstraße in Richtung Gehenna, mein Freund. Der Prez von Iran meint es so ernst wie Haman im Sommer 470 vor Jesus Fucking Christ. Kann man hier rauchen?«

»Und warum bist du zurückgekommen?«

»Ein Arbeitsbesuch, keine große Sache. Ich würde auch nach Nordkorea fahren, wenn es sein müsste. Oder« – wieder dieses starre Smiley-Lächeln – »in den Sudan. Ich brauch Geld für meinen Gaza-Film. Ich schaue, was dieses Land für mich tun kann, bevor es in die Luft fliegt.«

»Entschuldige«, sagte ich und sah auf mein verzögert elegant aufleuchtendes neues iPhone. Eine SMS von Serafina aus Prag, wo sie seit über einem Jahr – natürlich in der Italská, in ihrer alten Kammer neben der Küche – festsaß. »Karotte«, schrieb sie, »es gibt Neuigkeiten. Letzte Woche ist Mama aus Miami gekommen, das weißt du ja schon. Fünf Tage später stieg der humpelnde Papascha in Holešovice aus dem Hamburgzug. Ich glaube, sie sind wieder zusammen. Er geht jede Nacht aufs Klo, kurz nachdem sie im Schlafzimmer das Licht ausgemacht haben. 77 und 78! Sie sollten sich schämen. Ruf mich an, ich brauch einen von deinen smarten Tipps. PS: Ich hab fast 5 Kilo abgenommen, hättest du jetzt mehr Lust?«

Ich lächelte ein bisschen, aber nicht zu sehr. Meine dicke, alte, große Schwester konnte, wenn sie nicht unwitzig war, sehr witzig sein. Das Problem war nur, dass hinter ihrem Humor immer eine Absicht oder einer ihrer tausend Komplexe steckte. Wahrscheinlich war sie immer noch scharf auf mich; wahrscheinlich war sie wirklich neidisch auf Mama und Wowa, weil sie Sex hatten, sie selbst aber weiter von den behaarten, breiten, rumänischen Schenkeln von Rabbi Balaban träumen und ersatzweise für eine tschechische Sexline am Telefon künstlich stöhnen musste; und wahrscheinlich würde sie, wie sie mir in einer ihrer letzten SMS geschrieben hatte, tatsächlich Mamascha das Manuskript von *Agentenmärchen* klauen und es in den nächsten Borschtschtopf werfen, wenn Mama es nicht bald freiwillig rausrückte. »Das ist mein Stoff, Karotte«, hatte in der klaren, schönen Apple-Myriad auf meinem iPhone gestanden, »ich erlaube ihr nicht, dass sie über Djeduschkas Hinrichtung und Valjas Intrigen schreibt. Ich bin die bulimische Enkelin des Meisterspions, nicht sie!«

Die labile Serafina hatte mir immer wieder eine Therapie empfohlen, zuletzt nach meiner Prager Sauna-Beichte – »Dreimal die Woche, Kleiner, auf dem Rücken, mit dem Gesicht zur Decke!« –, aber wenn jemand mit jemandem für Geld über sich selbst reden musste, dann war sie es, und genau darum wollte sie es natürlich nicht. Jetzt war ich, aus sicheren dreitausend Kilometern Entfernung, ihr Savionoli. Ja, richtig gelesen: Seit meiner Flucht vor den Greifern des Morddezernats Berlin II, Generalstaatsanwalt Focko Graf von Bismarck, hatten die traurigen Kinder von Vinohrady wieder ein bisschen mehr miteinander zu tun. Serafina war allein, ich war allein, sie, das ewige Scheidungskind, das sie war, saß in der leeren Italská und wartete auf Mamaschas und Wowas Rückkehr, ich saß in der leeren Arnon und wartete auf die israelische Polizei mit einem Auslieferungsbefehl auf Grundlage der neuen Lex Karubiner, und manchmal hoffte ich, dass es zwar klingeln, jedoch Oritele vor der Tür stehen und zur Begrüßung sofort einen ihrer langen, scharfen, frisch gefeilten Fingernägel an der richtigen Stelle meines ausgehungerten Bodys platzieren würde.

Serafina teilte mir fast jeden Tag per SMS oder am Telefon mit, wie viel sie abnahm, was sie schreiben wollte, aber nicht konnte und was ihr mal wieder der rachsüchtige, geile, großzügige Kostja über unsere Eltern (inklusive Valja Wechslberg) erzählt hatte. Ich spielte den Coolen. Ich schrieb: »Wie geht's?«, oder ich sagte: »Ich bin müde« – und machte mir insgeheim meine Was-soll-das-überhaupt-alles-Gedanken. Warum hatte ich Noah und sie eigentlich nie zusammengebracht? WAR ICH EIFERSÜCHTIG? Ihre plusminus 100 Kilo, ihre dominahafte Wärme und Würde, ihre mütterlichen Schraubstockarme hätten sehr gut zum submissiven Nullsummenspiel Noah Forlani gepasst. Heiratspolitik im 21. Jahrhundert,

warum eigentlich nicht. Er und Serafina? Merav und Rami? Ich und einhunderttausend Buddha-Dollar? Perfekt! Jetzt musste nur noch Noah aus seinem Anti-Merav-Versteck endlich wieder rauskommen, und der Rest wäre für den Amateur-Heiratsvermittler Solomon »Schadchen« Karubiner ein Kinderspiel.
»Was für smarte Tipps?«, tippte ich jetzt. »Von mir? Ich bin heute extrem müde.« »In der Mánesova hat ein Institut für Traumabewältigung aufgemacht. Sie machen für tausend Kronen pro Session EMDR, das ist saubillig.« »Go for it«, schrieb ich, »ich zahl dir deine erste Sitzung. Was ist das eigentlich?«

Tal aschte wie ein halb bewusstloser Alki in seine Hand und zog vor Schmerz stumm die dünnen Sajeret-Matkal-Lippen hoch. Ich hatte kurz das semineurotische Gefühl, dass es um ihn herum nach verbranntem Fleisch roch. Das versetzte mich gedanklich gleich wieder an einen anderen Ort, in eine andere Zeit. Ich war, wie so oft (und immer öfter) für Sekunden mit Nataschale in Polen, in Treblinka, in dieser überraschend hellen, pseudo-realen, basketballkorbhohen Gaskammer, in der es allerdings nach gar nichts roch (außer nach Hundekot, den einer aus unserer ZJD-Reisegruppe an seinen Schuhen hereingebracht hatte, bestimmt der fette, dumme, fahrige Awi oder Abigail, seine genauso ungeschickte und noch dickere Schwester). Natascha – ungebräuntes, wie aus der Art gefallenes Prä-Palästina-Gesicht, schon große, aber noch sportliche Brüste, lange, sehr lange und dünne Arme – lehnte sich an mich und weinte. Ich hatte aber bloß einen kräftigen Halben.
»Hast du keinen Aschenbecher, Schriftsteller?«
»Ich rauch nur noch auf der Terrasse und asch durch die Gegend. Abends. Eine oder zwei. Mein ungarischer Therapeut sagt, das ist gesund.«
»Quatsch.«
»Außerdem, mein Aschenbecher steckt auch auf diesem Geisterkahn im Hafen von Aschdod fest. So ein giopontimäßiges Messing-

Stehding aus der Mitte des letzten Jahrhunderts. Es hängt ein Zettel vom Bahnhof Mailand dran – und einer von Christie's in London.«

»Nicht zufällig die Che Cazzo?«

»Ja, woher weißt du das? Ist das nicht ein komischer Name? Ich glaube, das heißt ›MS Schwanz‹. Oder heißt es ›MS Was für ein Schwanz‹?«

Er sagte nichts, aschte wieder in seine Hand, doch bevor er gleich die Zigarette in seiner Handfläche ausdrücken würde (dann, erschrak ich mich, würde es hier wirklich wie in einer Schaschlikbude oder im Treblinka-Grill stinken), ging ich schnell in die Küche und brachte ihm eine von den kitschigen, russischen, mamaschigen Untertassen, die ich nach einer besonders turbulenten Einsamkeitsattacke in Jaffa gekauft hatte. Noch mal so ein Depressionsschub, hatte ich gedacht, während ich sie zu Hause abwusch, und ich mache mir Erdbeeren mit Puderzucker und kippe sie wie eine Überdosis Prozac in meine trockene, eingeschnürte Strohwaisen-Kehle.

Tal nahm die Untertasse, drehte sie so misstrauisch herum, wie er vorhin meine Wohnung durchsucht hatte. »Ich könnte dir vielleicht helfen. Ich weiß, mit wem man reden müsste, damit du deine Sachen schneller wiederbekommst. Sukkot ist ein bisschen spät, das finde ich auch.«

»Sukkot? Wann hab ich was von Sukkot gesagt?«

»Also was, ja oder nein?«

»Ja. Logisch. Mit wem wirst du reden?«

»Überleg mal. A – mit dem Scheich von Fickistan. B – mit Ariel Sharon, dritter Koma-Monat, aber immer noch gut bei der Sache. C – mit Noah ›Kopf ab‹ Forlani. D – mit meinem Chef aus der Aman-Auslandsabteilung.«

»Mit deinem Chef aus der Aman-Auslandsabteilung? Ich dachte, du bist die Nummer drei bei Peace Now, Tal. Jedenfalls lange gewesen. Gleich nach Amos Oz und Rita Gurkenstein.«

»Keine Ahnung, wovon du redest.« Er sprang wieder auf, stellte sich mit dem Rücken zu mir aufs Sofa, drehte das kleine erotische

Ölbild um, das darüberhing (Polen, 19. Jahrhundert, ein Jeschiwa-Student und eine Rabbinertochter, halb angezogen, Doggystyle, Rehov Beit Eshel, 800 Schekel), tastete es wie bei einer Hausdurchsuchung mit einer schnellen, streichelnden, routinierten Bewegung ab, sprang wieder runter, prüfte die Rückseite und Unterkante des Sofas, und dann starrte er mich – genauer: meinen Brustkorb – so an, als würde er mir gleich sopranomäßig das Hemd aufreißen, auf der Suche nach einem aufgeklebten Mikrofon.

Genauso hatte ich mir Tal »The Selfhater« Shmelnyk immer vorgestellt, wenn Noah, der Unselige, mir von ihm erzählt hatte oder ihn kaum verschlüsselt als Shal »The Selfsucker« Talnik in den *Moby Dichter*-Fragmenten auftreten ließ: paranoid, seltsam, anti-intellektuell intelligent, verzweifelt, engagiert, immer kurz vor einem Nervenzusammenbruch, mit epileptischem Charakter, unsympathisch, herzzerreißend, sabrahaft, aber auch jüdisch. Was würde als Nächstes passieren? Würde er die Augen nach hinten klappen, weiß durch die Gegend glotzen, sich auf den Boden werfen und – mit weißgrauem Schaum in den Mundwinkeln – sich wie der Zeiger einer Horrorfilmuhr immer schneller im Kreis drehen? So hatte es Shal Talnik in *Moby und die Klimakteriumskonferenz* gemacht, nachdem Moby Dichter ihm in letzter Sekunde erklärt hatte, er könne seinen Antikriegsporno *Gaza Lues* (FSK 40) nun doch nicht »pornuzieren«. Pornuzieren! Was für ein geniales Noah-Wort! Im literarischen Klein-Klein war der nie vollendende Unvollendete aus Schloimels Lenden viel besser und erfindungsreicher als ich.

»Ich komme nicht weiter. Ich komme einfach nicht weiter, Schriftsteller. Es ist alles so kompliziert.«

Diese Tonlage überraschte mich bei Tal. Das war das weltliche Kol Nidre auf einer Tewje-der-Milchmann-Klarinette gewinselt, gejammert, »geluest«. Ich betrachtete periskopisch Tals kurze, dünne, bumerangartig gebeugte, kräftige Gestalt – Gesicht, Beine, Arme, klare, flimmernde 20-Zentimeter-Aureole, ähnlich wie heiße Luft, die wirbelnd einem aufgeheizten Herd entsteigt – und fragte mich, wie viele Male dieser israelische Gnom mit einem Schlagstock Palästinenserköpfe eingeschlagen, wie oft er mit einem leisen Knacken der Sehnen Hamasnikkehlen durchgeschnitten, wie viele Liter Tränen er über vorgetäuschte orientalische Friedensverhandlungen beiderseits vergossen hatte, während er seine Wutaureole aktivierte. Soso, Tal hatte einen Chef beim Aman, der auf Schiffe mit Al-Aksa-Waffen spazieren konnte? Und wenn er die Namen Oz und Gurkenstein hörte, geriet er – getriggert wie eine Handgranate nach dem Ziehen der Zündschnur – in einen präparanoiden Make-war-not-love-Zustand, der bei Schalom Achschaw genauso verpönt war wie Hemden von Valentino oder halbschwule Dries-Höschen? Dieser geknickte, doppelt und dreifach traumatisierte, jederzeit zum Amoklauf bereite Isi-Kampfroboter hatte offenbar gerade ein Riesenproblem, und ausgerechnet ich, der verängstigte, verzweifelte, diasporale Saunawichser und Clausimörder, sollte es lösen.

Ich hatte es mit meinem weiblichen Prosa-Gen vorhin schon ansatzweise gespürt, als er vor mir in der Tür stand, frech, schwierig, ängstlich (»Ich bin Tal, du hast bestimmt schon von mir gehört, und ich werde meine Schuhe NICHT ausziehen«), wie ein reuiger Polygamist Sekunden vor einer unfreiwilligen Vasektomie. Jetzt war ich absolut sicher: Er war gekommen, weil er etwas von mir wollte – und nicht, weil er Neuigkeiten von meinem allmählich wiederauferstehendem Freund hatte.

»Ich weiß nicht«, sagte er noch schleimiger, aber mit drohendem Unterton, und steckte sich eine neue Zigarette an, »ich weiß einfach nicht, ob ich mit dem Anschlag auf der Salah al-Din Road anfangen soll, ob das wirklich die erste Szene wird. Ich rede hier von meinem kontroversen Filmskript, du weißt schon, sogar Variety hat darüber geschrieben. Soll ich den Leuten im Kino gleich in den ersten Minuten mit dem Bild eines brennenden Zahal-Soldaten die Laune versauen, Schriftsteller, was sagst du? Wäre eigentlich super, eine Art *Kettensägenmassaker* im Geist von Godards *Weekend*. Aber wer wird mir in Zeiten, in denen ein polnischer Kinderficker für seine Holocaust-Limonade den Oscar kassiert, für einen Film Geld geben, der mit einer Judenverbrennung beginnt und mit der atomaren Vernichtung des Gazastreifens endet? Dein Freund Noah ja wohl nicht mehr. Was würdest du machen? Scheiße, ich könnte heulen. Ich glaube, ich hab eine echte Entscheidungspsychose!«

»Ich würde eher Schreibblockade dazu sagen.«

»Ich hab acht verfickte Fassungen geschrieben!«

»Na und? Erzähl mir lieber was über den Brandanschlag«, sagte ich neugierig. »Gab es ihn wirklich?«

»Ist das wichtig?«

»Kann schon sein, dass es wichtig ist. Kann sein, dass du etwas zu verbergen hast, weil du dabei warst. Kann sein, dass du beim Schreiben lügst und darum nicht weiterkommst.«

»Du redest von Literatur, Schriftsteller. Seit Irving Thalberg ...«

»Ich weiß, wer das ist.«

» ... funktionieren gute Filme wie MGs. Wir vom Film wollen uns nicht verwirklichen – so wie ihr Schreibheinis. Wir wollen, dass die Leute von der ersten Sekunde an weggeschossen werden. Das reicht!«

»Wie viele solcher Filme hast du selbst gemacht? Wie viele Filme hast du überhaupt gemacht?«

»Wenn ich an das Video mit deinem gefesselten Freund in seinem niedlichen orangen Plastikmüllsack denke – sieben. Der Darfur-Film ist auch bald fertig. Es fehlt nur noch der Soundtrack. Wir verhandeln gerade mit einem echten Weltstar. Ich kann nicht sagen, mit wem, aber ich kann sagen, darum kümmert sich mein Partner und Hauptdarsteller Gerry Harper. Gerry ben Lou.«

Ich musste plötzlich wahnsinnig scheißen. »Ich muss wahnsinnig scheißen«, sagte ich.

»Später. Wir reden jetzt noch über mein Drehbuch.«

»Darf ich wenigstens hier schon ein bisschen den Druck ablassen?«

»Ich mag es, wenn Leute so ekelhaft sind wie du, Schriftsteller. Dein Freund hat mir viel von dir erzählt. Das letzte Mal in Khartum, als er mit uns in der Oper war, weil Mrs. Muhammad Ali einen anderen Kunden hatte.« Er grinste, obszön und insiderhaft, als wüsste er, was ich über Noahs sudanesische Lift-and-Carry-Aktionen wusste. »*Die Entführung aus dem Serail*, Afrika-Premiere, mit zweihundert Jahren Verpätung.« Er grinste wieder, diesmal komplexer, d. h. dreckig, rassistisch, sympathisch. »Al-Baschirs Leute saßen in der ersten Reihe und wedelten wegen der Hitze mit ihren Programmen. Wir konnten hinter ihnen praktisch nichts sehen. Wir hörten nur etwas, das wie Mozart auf Eintonflöte und Kuduhorn klang, reine Katzenmusik, sag ich dir, es war zum Fürchten. Also unterhielten wir uns lieber. Er hat viel und durcheinander geredet, übers Schreiben und darüber, dass er nicht genug schreiben würde. So kam er auf dich. Du scheinst eine krasse Arbeitsbiene zu sein, Schriftsteller, und ein nützlicher Klugscheißer. Er liebt dich, kann dich aber nicht ausstehen, weil du ihm seine Geschichten klaust. Er hält dich für einen schlimmeren Egoisten als sich selbst. Und für eine verdammte Edelfeder.« Tals ambivalentes Grinsen wurde flacher. »Darum, dachte ich, will ich, dass du mir bei meinem Skript hilfst. Das nennt man: gegen den Typ besetzen.«

Ich hatte, seit ich in Israel war, noch kein einziges Mal das Masada-Gefühl gehabt. Jetzt zerriss es mich fast, körperlich, aber auch seelisch. Während Tal weiterredete – monoton, egoman, wie auf Quaaluds –, sah ich Noah bei seinem letzten großen Internetauftritt. Links von ihm die kichernden, traurigen AU-Soldaten, rechts die unmaskierten Dschandschawid, alle noch ganz verschwitzt von der lächerlichen Kasatschok-Einlage, das kleine Schielauge mit dem Krummdolch und dem aufgemalten Groucho-Schnurrbart murmelte etwas, das wie eine Koransure klingen sollte, mich aber an eine Passage aus *Revolution No. 9* von den Beatles erinnerte, die rückwärts abgespielt (das machte ich hinten in meinem Zimmer in der Hartungstraße immer so, wenn ich Wowas Küchengeschrei übertönen wollte) wie eine Frau klang, die seit Jahren das erste Mal wieder Sex hatte. Schielauges Murmeln wurde lauter und spiritistischer, er küsste den Dolch, Noah in seinem orangen Sack spuckte den schwarzen Gummiknebel aus, befreite sich aus der Liaison-Dangereuse-Handfessel, Schielauge holte aus, der Film brach mit dramatischem Störflimmern ab, und ich dachte zum hundertsten Mal, jetzt sägen sie im Off Noah den Kopf ab – aua, mein Bauch! –, jetzt schießt das Blut aus seinem Halsstumpf – Hilfe, mein Darm hat sich verdreht! –, und danach bin ich wieder ganz allein auf der Welt, denn wer sind schon Mama, Wowa, Serafina oder Oritele gegen meinen Freund, meinen Bruder, meinen ungeschickten, aber treuen Beschützer! Er war, liebe Trauergemeinde, der Einzige, der je etwas für mich getan hat, statt mir im Karubiner-Style läppische SMS zu schicken oder mein Dichterschicksal am Telefon operettenhaft zu beweinen, und wenn er mir nur versprach, dass er (inkl. Bestechung des Direktors des Prager Jüdischen Museums) meine Beerdigung neben Rabbi Löw möglich machen würde ... Das metaphysische Ziehen in meinem Unterleib wurde jetzt immer realer und drängender, aber dann fiel mir glücklicherweise ein, dass Noah eigentlich (wahrscheinlich, hoffentlich!) gar nicht tot war, dass ich also langsam wieder aufhören konnte, im Kopf das gestellte Entführungsvideo abzuspielen, und schon beruhigte sich mein überempfindlicher jüdischer Metabolismus.

»Ich kann dir leider für deinen Script-Doctor-Job nichts zahlen«, sagte Tal, während er sich vorbeugte und kurz mit seiner kleinen strengen Nase misstrauisch an mir schnüffelte. »Aber ich beteilige dich natürlich, wenn wir was eingespielt haben. Schon gut, ich weiß, das ist die übliche Ausbeuternummer. Wäre dein Kumpel Noah noch HIER, würde ich ihn nur wegen dir noch mal anhauen. Glaubst du, mir macht es Spaß, im Vierten Reich einen Koproduzenten zu suchen?«

»Viertes Reich? Du meinst ...«

»Israel, genau. Siehst du das anders, Siedlerfreund?«

»Wo – HIER?« Ich wischte mir den kalten Masada-Schweiß von der Stirn. »Im Diesseits? In Israel? In New York?«

Tal sprang wieder auf und begann, im Zimmer auf und ab zu gehen. Immer, wenn er eine Wand erreichte, legte er das Ohr dran, machte mir mit abgespreiztem Zeigefinger ein »Pst«-Zeichen und lauschte. Dann riss er mein neues Telefon (Bang & Olufsen, eBay Kuwait, 128 Dollar) aus der Ladestation und fing an, es mit einem kleinen Teleskop-Schraubenzieher, den er plötzlich in der Hand hatte, aufzuschrauben.

Soso, er wollte also, dass ich sein Gaza-Skript umschrieb, und das auch noch umsonst! Ich fand, das war keine gute Idee, obwohl ich gerade Ablenkung gebraucht hätte. Seit meiner Flucht hatte ich üble Probleme mit der neuen *Shylock war hier*-Version, und ich musste nicht lange überlegen, warum. Vor dem Einschlafen sah ich oft Clausis großen, roten, kahlen Schädel im grünen Wasser des Werbellinsees untergehen, und wenn ich morgens aufwachte, tauchte er wieder auf, er war nicht mehr rot, sondern grün wie das Wasser, und der Enkel von Carl Müller, dem teutonischen Sprachingenieur, der für die *Kleine Anleitung* posthum den Büchner-Preis gekriegt hatte, bewegte seine dünnen, weißen Wasserleichenlippen zu einem Aggro-Rap: »Draußen im See / bin ich allein / nichts tut weh / wollte auch ein Opfer sein / kein deutsches Schwein / jetzt hast du mich gekillt / war's wirklich für lau / Judensau, Judensau, Judensau ...« Den Rest des Morgens verbrachte ich dann damit, zu vergessen, dass ich ein Mörder war. Wer sollte in einem solchen Zustand schreiben? Marquis de Sade? Jean Genet?

Zumindest war Noah noch HIER. Hoffentlich, wahrscheinlich, eigentlich. Noah, den ich auch fast um die Ecke gebracht hätte, der kleine, dumme, eingebildete, unsichere, verwöhnte, sinnlose Noah, zu dem ich jahrelang gesagt hatte, los, Mr. Goodlife, fahr doch mal nach Afrika! Iss Würmer! Trink Wasser mit Kolibakterien! Befrei laotische Kindersexsklavinnen! Wäre er wirklich tot, könnte ich nie mehr irgendwas schreiben, nicht einmal ein paar lobende Zeilen über mich selbst auf Wikipedia. Aber wahrscheinlich – hoffentlich! – saß er inzwischen 9 to 5 im 1. Psychokatalytischen Institut an der Madison Avenue Ecke East 93rd, und den Rest der Zeit kuschelte er mit Natascha oder suchte Babykleider aus. Was für ein beruhigender, belebender, lustiger, zerstreuender Gedanke für einen trickenen Mörder wie mich! Leider fiel er mir in meinen Nachtmahr-Depressionen immer erst viel zu spät ein, nachmittags, wenn ich im Café Mersand saß, mit hängendem Kopf staubigen Käsekuchen aß und dachte, ich bin müde, so müde, ich ruhe mich aus, morgen geht es vielleicht wieder besser, morgen schreibe ich weiter, morgen fange ich an.

»Ja oder nein?«, sagte Tal.

»Nein«, sagte ich, »ich habe zu tun.«

»Ich weiß, was du den ganzen Tag machst, Schriftsteller. Du suchst im Internet bescheuerte Designmöbel, von denen man blaue Flecken kriegt, oder stalkst deine Exfreundinnen.«

»Ich schreibe auch, wenn ich nicht schreibe.«

»Du kneifst. Du bist gar nicht so gut, wie Noah sagt.«

»Sagt?«

»Sagte.«

Ja, ich zierte mich, obwohl ich froh sein musste, nach sechs Jahren beim Schreiben auch mal an etwas anderes denken zu können als an Itai Korenzechers aka Noah Forlanis abstruse Weltrettungsabenteuer und submissive Ringkämpfe. Manchmal, wenn der ertrinkende Claus meiner Albträume blutige Käsekuchenreste in den Mundwinkeln hatte und ich schon beim Gedanken an das Surren meines Macs merkte, wie meine thereostatischen Werte explodierten, fragte ich mich, ob nicht die erste, verschwundene *Shylock*-Version doch die bessere war – aber die hatte ja Noah. Auch darum brauchte ich endlich ein Lebenszeichen von ihm, und zwar von ihm selbst.

»Ja«, sagte Tal, »es gab diesen Brandanschlag wirklich.«

»Was?«

»Er hieß Avishai. Er war mein bester Freund. Schon vor der Armee. Wir waren als Kinder jeden Tag vor der Iriya und spielten dort Fußball. Später waren wir die ersten Skater in Israel. Dort, wo jetzt die Blumen für Rabin liegen, haben wir uns immer nachmittags getroffen. Dann gingen wir auf den großen Platz vor dem Rathaus, kletterten über die Polizeiabsperrung und fuhren am Treppengeländer entlang runter bis zur Ibn Gvirol. Die Polizisten haben uns bewundert, sie haben uns nie verjagt, und einer wollte wissen, wo wir unsere Etnies und die Zoo-York-Shirts gekauft haben. Und als ich einmal unten gegen einen Bank-Leumi-Geldtransporter geknallt bin und minutenlang wie tot herumlag, fuhren sie mich ins Ichilov. Avishai saß im Polizeiwagen neben mir und hielt mir die Hand. Wir waren 16. Mit 16 hält man seinem Kumpel nicht die Hand. Außer man liebt ihn sehr.«

»Ja und weiter?«

»Als er an der Salah al-Din Road nach meiner Hand griff, zuckte ich zurück. Ich zog mir die Decke, mit der ich ihn löschen sollte, übers Gesicht.«

»Was war los an der Salah al-Din Road?«

»Wir zwei waren an dem Tag allein am Kontrollpunkt Gimel 8/2. Als die beiden Jungs auf dem Motorrad angerauscht kamen, spielten wir gerade Scharade. Er war Brian aus *Das Leben des Brian*. Als Erstes brannte der Zettel auf seiner Stirn. Dann brannte seine Mütze, dann seine Uniform. Als ich zu mir kam, lag nur noch etwas neben mir, das wie ein Spanferkel aussah. Hast du das gehört? War das mein Magen oder deiner?«

»Deiner. Meiner ist wieder okay.«

»Hast du im zweiten Golfkrieg die gegrillten Amerikaner auf der Brücke von Falludscha gesehen?«

Ja, hatte ich. Sie sahen auch aus wie Spanferkel. Sie hingen am Metallgeländer, und unter ihnen tanzten und brüllten tausend Araber.

»Ich hatte einen Anfall. Ich konnte ihm nicht helfen. Ich bin Gelegenheitsepileptiker« – ich nickte fast unsichtbar – »seit Oktober 1991, seit eine Scud wie die Faust Gottes die Wand unseres Wohnzimmers in der Arlosoroffstraße durchbohrt hatte. Den Armeeärzten habe ich das natürlich nie gesagt. Ich wollte keine Pussy sein.«

»Das ist also die Erklärung! Wer soll nach so einer Geschichte vernünftig schreiben«, sagte ich. »Marquis de Sade? Jean Genet?«
»Den ersten Namen hab ich schon mal gehört«, sagte er, »den zweiten noch nie. Wer …« Er schloss die Augen, lehnte sich auf dem metallisch quietschenden Nelsonsofa zurück und dämmerte wie ein zu Tode erschöpfter Neunzigjähriger mitten im Satz weg. Ich hörte nur noch, wie sein Magen tiefe, gefährliche, norovirale Pumpbewegungen machte, dann öffnete er wieder genauso überraschend die Augen und sagte: »Du meinst, ich hab keine Chance, du nützlicher Klugscheißer, ani mevin. Du denkst, auch hundert Fassungen bringen es nicht, wenn man selbst ins Thema so verstrickt ist wie ich.«
»Sorry«, sagte ich, »eine SMS von meinem Therapeuten.«
Das stimmte nicht, wäre aber möglich gewesen. Seit ich in Israel war, hatte ich via Internet und Telefon nicht nur mit meiner lüsternen Schwester wieder zu tun. Savionoli und ich hatten ebenfalls gleich zu Beginn meiner unfreiwilligen Alija – 21. März 2007, Air Kabbala, einfaches Ticket, achtundsechzig Kilo Übergepäck – eine neue, festere Verbindung zueinander aufgebaut, vielleicht auch, weil Noah und Clausi nicht mehr da waren, an denen er seinen gesunden Patientenhass hätte abreagieren können. Wenn er auf Skype in die Kamera lachte, seine Kádár-, Mussolini- und Brandauer-Parodien für mich abzog oder mir auf der alten Horthy-Karte, die neuerdings hinter seinem Schreibtisch hing, mit ausladender Despotenbewegung das Königreich Ungarn in den Grenzen von 1699 zeigte, spürte ich, dass er sich Sorgen um mich machte und dachte, wenn ich ihn nicht therapieren kann, will ich ihn für sein Geld zumindest auf andere Gedanken bringen. Ein bisschen Ungaro-Faschismus hier, ein bisschen Antisemitismus dort, schon wird der wehleidige, aber zähe Verfasser von *Post aus dem Holocaust* quicklebendig. Er hatte recht. Statt mich aber über ihn aufzuregen, antwortete ich mit einem geflüsterten Zerstört-Sabra-und-Schatila-Befehl in Arik-Scharon-Englisch, oder ich zitierte den Hauptankläger von Nürnberg, Robert H. Jackson. So brachten wir uns gegenseitig zum Lachen. Mittendrin

begann ich mich – eine warme Pfütze des Selbstmitleids in der medizinisch interessanten Trichterbrust – zu fragen, warum ich überhaupt lebte. Um zu essen, zu schlafen etc.? Oder gab es bei einem wie mir einen tieferen Grund? Und während Savionoli wie Charlie Chaplin mit einer imaginären Weltkugel durch sein Kabinett tanzte, dachte ich, natürlich gab es ihn, diesen ganz besonderen Grund. Ich hab schließlich Sachen geschrieben, die man nicht vergisst, Sätze, die schon bei der Schöpfung der Welt vorgesehen waren, und die muss man unbedingt auf der nächsten Giotto-Sonde unterbringen, damit die Bewohner der Galaxien nicht nur Beethoven, Philip K. Dick und Lou Harper kennenlernen, sondern auch Solomon Karubiner, den einzigen Second-Generation-Sohn, der über KZs so schrieb, als hätte er sie von innen gesehen. Wie heiß die Trichterbrust von diesem Eigenlob wurde! Wie selig mein Gesichtsausdruck plötzlich war! Savionoli warf die imaginäre Weltkugel aus dem Fenster und bellte im Hitler-Bariton, schön, dass es Ihnen besser geht, Jud Sauer, die fünfzig Minuten sind leider um, bis nächste Woche, selbe Zeit, selber Ort, ich schick Ihnen mal eine SMS, um zu fragen, ob Sie noch leben und mit Ihrer Neufassung von den Protokollen der Weisen von Zion gut vorankommen.

Die SMS war aber leider nur – mal wieder – von der neuen Königin von Vinohrady. »Kleiner«, schrieb Serafina, »ich weiß, was du denkst. Dass ich Mama und Wowa nur zusammengebracht habe und mich um sie kümmern will, weil ich auf ihr Geld scharf bin.«

»Korrekt«, schrieb ich zurück.

»Und was ist mit dir und den 40 000 für deinen kindischen Buddha-Deal, Karotte? Papa« – so nannte sie Wowa den Schrecklichen jetzt also wieder – »hat mir alles erzählt. Dein Gettofreund Noah musste am Ende deine Schulden bei deinem eigenen Vater begleichen.«

»Zumindest ist es mein eigener.«

»Du bist mir immer noch böse. Weil ich dich ficken wollte? Oder weil ich es nicht geschafft habe?«

»Das«, tippte ich so schnell wie ein Teenager, »ist sogar mir jetzt zu witzig.«

Ich machte das Telefon aus, sah Tal lange stumm an und schüttelte nebulös-väterlich den Kopf. Ich stellte mir vor, dass hochintelligente Verhörbeamte des Schabak so einen abgefangenen Selbstmordattentäter anguckten, bevor sie ihm den Kopf einschlugen oder mit ihm Waterboarding und elektrischen Stuhl spielten. Komm, Ali, gib mir kurz deine Hand, ja, so ist gut, das sind nur 220 Volt, ich schwör dir, mehr nicht, das ist nichts gegen die zwölf Stangen Dynamit, die du heute morgen um 4 im Nanuchka zünden wolltest. Ups, tat's weh? Ich glaube, auf deinem Daumen wird eine kleine Brandnarbe bleiben, tut mir echt leid, du mutterfickender Hamasscheißdreck.

»Sag mir, Tal«, sagte ich, »wann hast du Noah das letzte Mal gesehen? In Khartum in der Oper? Oder wart ihr danach noch mit dem ganzen Filmteam in Al-Faschir?«

»Ich hab ihn umgebracht. Ich hätte ihn retten können.«

»Noah?«

»Avishai.«

»Habt ihr, du und Gerry und Jeff, mit ihm in den Scharija-1-Studios das Entführungsvideo gedreht? Habt ihr seinen Goodlife-Ausweis und die blutigen Dschallabas in der Garderobe liegen lassen, damit es wie eine Entführung aussieht? Gib mir mal kurz deine Hand, mein Freund, und komm mit zur nächsten Steckdose. Das war nur ein Witz. Mir kannst du es wirklich sagen, Tal – lebt er noch?«

Stummes Stieren aus der vielfarbigen Hölle meines Designsofas.

»Warum saßen alle anderen, die im Sudan waren, drei Tage später wieder zu Hause, nur er nicht? Wieso wurdest du in den Zeitungsberichten nie erwähnt? Wie habt ihr die Statisten bezahlt? Mit Dollars, mit Glasperlen oder durften alle auf Schloimel Forlanis Rechnung einmal bei Ms. Muhammad Ali ran?«

Tal rutschte auf die Seite, legte sich auf das viel zu kurze G.-

Nelson-Meisterstück, rollte sich wie ein trauriges – sehr trauriges – Kind zusammen, bettete den kleinen braunen martialischen, rasierten Israeli-Kopf auf die Hände und schwieg.

»Ich hab ihn nicht gerettet«, sagte er gefühlte drei Jahre später. »Ich hab meinen besten Freund nicht gerettet. Und diese ganze Friedensscheiße war auch umsonst, und jetzt häng ich auf der anderen Seite fest! Ich, die Nr. 3 von Schalom Achschaw, arbeite für die Nazischweine des Aman. Imale, was war das? Noch eine Scud?« Er guckte sich erschrocken um, legte dann wieder den Kopf müde hin und rülpste und furzte gleichzeitig. »Ach so. Mein Bauch.«

Es gab viele solche Typen wie Tal »The Selfhater« Shmelnyk in Eretz Israel. Ich sah sie – apathisch, aber geladen – in den grellen Pfefferminztee-Cafés auf der Schenkin Street und auf dem eleganten, aber noch lauteren Rothschild Boulevard. Sie saßen breitbeinig neben mir im eiskalten Scherut-Taxi nach Jerusalem, in präparanoide brabbelnde Selbstgespräche vertieft. Sie lagen hinter mir am Frischman-Strand bei 35 Grad plus und drängten mich wegen der wandernden Sonne mit ihren panzermäßig vorrückenden Liegestühlen immer näher ans Wasser. Sie schwammen stumm, athletisch, rücksichtslos neben mir im Gordon Pool, wo ich drei- bis viermal die Woche im schlierigen Meerwasser meine Überlebensbahnen zog und hinterher (keine Sauna!) so schnell wie ein Dieb duschte, damit ich nicht in die gleichen Schwierigkeiten geriet wie im Berliner Elstar Club – und sei es mit einem Homo, von denen es in T. A. inzwischen mehr gab als alte, knorrige Max-Brod-Originale, Herzl sei Dank.

Ich nannte die Tal-Typen Post-Israelis. Rami – ja, genau, der Rami! –, den ich einmal von Weitem in der Brasserie hinter einer Magnumflasche Taittinger und einem weißen Lilienstrauß mit Merav knutschen gesehen hatte, war auch so einer, gut zu erkennen an diesem vergeistigten, übertriebenen Goa-Touch seiner Garderobe, die sogar in Downtown Tel Aviv auffiel: lange, wallende, perfekt gebügelte, halb offene rote und lilafarbene Tücher, zwischen denen vor allem morgens sein Dudek rausguckte. Die Tal-Typen waren, so wie er, so wie Tal selbst, fast immer gettoartig klein, drahtig, sie hatten winzige, gemeine Augen, ein gerades, männliches Kreuz, weibliche Lippen, vor jedem Satz wie zum Weinen geschürzt, und auf den unsichtbaren Scharadezetteln, die auf ihrer Stirn klebten, standen Sätze wie »Ich hab mit meiner Luft-Boden-Rakete eine Großfamilie in Sidon ausgelöscht« oder »Ich foltere ungern, aber gut«. Ein besonders krasser Fall hatte mit mir ein paar Wochen vor Tals Überraschungsbesuch in der iPhone-weißen Praxis von Dr. Czupcik auf dem Rothschild Boulevard gesessen. Er zuckte mit dem rechten Auge, als hätte er die Zerstörung von Dresden hinter sich, er zog den Mundwinkel in einem rätselhaften, stroboskopisch verwirrenden Rhythmus hoch, sein Telefon läutete ständig – er hatte natürlich einen Luftalarmsirenenklingelton –, und ich fragte mich bei seinem entsetzlich beunruhigenden Anblick, wie lange ich selbst beim Häuserkampf von Beirut oder Gaza die Nerven behalten und Unschuldige verschont hätte, und dann dachte ich an die Haftbefehle, die englische Richter gerade gegen ein paar geniale Zahal-Generäle ausgestellt hatten. Auf meiner Stirn klebte längst auch ein Zettel: »Ich hab Claus die Canaille ertränkt«. Wer konnte ihn lesen? Und wann kämen die englischen Richter auch mir auf die Spur? Sollte es, was ich nicht hoffte, doch einen Auslieferungsvertrag zwischen D. und I. geben, wäre ich, der perverse, killende, lügende Post-Jude sowieso bald dran, und mit etwas Glück endete ich vor dem Internationalen Gerichtshof in Den Haag – und nicht in der Speicheldusche des schreienden Dr. Freisler oder im Tower of London.

Das und noch mehr (liebte ich Natascha oder Oritele, wie ging es den wiedervereinigten Karubiners in Prag ohne mich, sollte ich es nicht auch mal mit einer Übergewichtigen probieren?) hatte ich durch meine angstdurchweichte Kleinhirnrinde hin und her gewälzt, während der krasse Post-Israeli in Dr. Czupciks Warteraum auf seinem Nintendo DS *Operation Walküre* spielte. Dann rief mich

Dr. Czupcik mit seiner samtenen Scheißstimme rein, und als ich ihm mit matter Versagerstimme erklärte, dass ich unter sieben psychosomatischen Erkrankungen gleichzeitig litt (das Neueste waren Pilzkulturen, die aus den Ohren auf die Ohrläppchen rauswuchsen), guckte er ein paar Zentimeter an meinen Augen vorbei auf meine Stirn. Er bewegte stumm den Mund, als entziffere er, was dort stand, und flüsterte: »Sie sind doch Schriftsteller, Herr Karubiner. Ich kann Ihnen nur ein Rezept schreiben – aber Sie können sich den ganzen Schmerz von der Seele dichten.« Das will ich doch, Doktor, aber es geht einfach nicht.

Die Geräusche in Tals Bauch wurden lauter, wässriger. Sein Gesicht machte ebenfalls interessante Sachen. Es wurde kleiner, grüner, aber auch blasser, dafür traten die assyrischen Augen, die Nase, der Mund stärker hervor, wie von einem sehr groben Matisse-Epigonen mit Filzstift dunkel nachgezogen. Ich wollte nicht wissen, wie ich selbst gerade aussah.

Ich sagte, während ich darüber nachdachte, warum mein Gehirn bei der kleinsten Bewegung in meinem Kopf wie Suppe hin und her schwappte, zu ihm: »Vor Jahren gab es in meinem Land einen Comic mit einem kleinen Jungen, Tal, der der verzweifelte Jirka genannt wurde. Das war, als ich noch kein Wort Deutsch konnte. Hör auf, den verzweifelten Jirka zu spielen! Geh endlich, ich kann dir nicht helfen, wende dich an einen Seelenarzt oder an den Oberrabiner von Judäa und Samaria. Aber vorher wüsste ich noch gern, wie du mich gefunden hast. Und ob mein bester Freund noch lebt. Am besten in der umgekehrten Reihenfolge.«

»Zum Teufel mit deinem besten Freund«, sagte er so leise, dass ich ihn kaum hörte. »Meiner lebt wirklich nicht mehr.«

»Ach so?«

»Ach so.« Er stand unsicher, aber bestimmt auf – machte es in seinem Schädel auch schwippschwapp? – und ging ins Bad. Das machte er auf eine Art, als habe er schon immer in der Rehov Arnon gewohnt, als wäre ich nur sein nerviger Untermieter für die drei Monate, die er auf der erfolgreichen Suche nach seinem schlechteren Ich in Asien verbracht hatte, als wäre er tausendmal diesen Weg gegangen, vorbei am riesigen, alten Grundig-Fernseher und meinem improvisierten Mamascha-Altar (Fifties-Stehvase vom Kikar-Dizengoff-Flohmarkt mit picassoisierendem Faungesicht und staubenden Strohblumen), dann eine kurze, ausweichende Drehung des Oberkörpers beim Abbiegen in den kleinen Flur neben der Küche, an dessen Ende das Badezimmer lag, dann der sanfte Doppelknall, den die Badezimmertür machte, dann das krachende routinierte Herumdrehen des Schlüssels.

Nach einer halben Minute totaler, wie arrangiert klingender Stille machte Tal die Tür wieder auf und sagte: »Ich lasse die Tür lieber angelehnt. Damit ich mich nicht so fürchte.« Seine letzten Worte wurden von einem viehischen Würgen verschluckt. Dann wurde es wieder fast friedlich still in der Arnon, und ich hörte nur von draußen das musikalische T. A.-Rauschen. Dann spülte er zweimal nacheinander, er hustete, machte laut gurgelnd seine Nase und seinen Mund unter laufendem Wasser sauber und rief: »Es war der teuerste Kurzfilm der Filmgeschichte. 8 Millionen hat die Kanalratte an uns gezahlt, damit wir ihm helfen. Hörst du, Schriftsteller? Gerry und ich haben uns die Regie geteilt, best of two worlds, wie man sagt, aber er hat trotzdem ständig dazwischengebrabbelt. Ich hab noch nie jemanden getroffen, der am Ende eines Satzes nicht gewusst hat, was er am Anfang sagen wollte – so wie dein Liebling. Er wollte, dass die Dschandschawid den Dolch, den sie geküsst hatten, desinfizieren, bevor sie zum Enthauptungsshot ausholen. Er wollte, dass in dem fertigen Entführungsclip unten eine Newsleiste mit den aktuellen Zahlen der Hungertoten in Kongo, Sudan, Beverly Hills läuft. Er versuchte, den armen Gerry, der seit Khartum nur an dieses lasche Kath-Stroh herankam, zu einem Cameo-Auftritt auf cold turkey zu überreden. Er machte die ganze Zeit Kopfstand und Prostataübungen. Gott, ist mir schlecht.«

»Das interessiert mich nicht. Ich will wissen, wo er jetzt ist«, rief ich.
»Ich hab ihn danach noch mal bei Katz's in New York gesehen. Er trug eine Yankeesmütze und einen Schnurrbart.«
Wusste ich's doch, Forlani.
»Es ging um die letzte Rate. Aber er sagte, er hätte nichts mehr, ein Hacker hätte auch noch sein UBS-Konto und die letzte Puffreserve von seinem Papi geplündert. Ich musste sogar sein Pastrami-Sandwich und seinen Roibuschtee mit Vanille-Ingwer-Geschmack bezahlen!«
»Gibt's bei Katz's Roibuschtee?«
»Ich war auch sehr erstaunt.«
»Wann war das?«
»Vor zwei Monaten, drei Tagen, vier Stunden und 32 Minuten. Was weiß denn ich?!« Er knallte die Tür zu, und ich hörte, wie er leise murmelte: »Scheiße, jetzt hab ich auch noch Durchfall.«
Das Suppengefühl in meinem Kopf hörte schlagartig auf. Das kannte ich schon. Nach drei Tagen Migräne war es genauso. Die Schmerzen gingen, die Euphorie kam, und ich fragte mich in angenehmer, meditativer Endlosschleife, ob ich die übliche osmotische Künstlernatur war oder ein manisch Depressiver. Auf dem Höhepunkt der jetzigen Glückshormonausschüttung stellte ich mir Noah und mich selbst an der Salah al-Din Road vor. Ich sah, wie er von den Füßen bis zu seinem neuen Schnurrbart brannte, wie er Hilfe suchend die Hand nach mir ausstreckte. Aber ich sagte: »Ach nö. Tut mir leid, Forlanikus. Wer seinem besten Freund seinen eigenen Tod vorschwindelt, hat es nicht verdient, gerettet zu werden.«
Die Geräusche, die jetzt aus dem Bad kamen, wurden immer rätselhafter. Ich konnte zuerst nichts mit ihnen anfangen, es klang ein bisschen wie früher in der Swinemünder, wenn meine viel zu alte, geistig stark herausgeforderte ukrainische Putzfrau Irina in Gummistiefeln in die Badewanne stieg, um die Duschkabinenwand

von innen zu putzen, dabei ausrutschte und den Duschschlauch fallen ließ, worauf der sich wie eine hungrige Boa constrictor um sie wickelte, klappernd und zappelnd die Badezimmerwände vollspritzte und sie am Ende k. o. schlug.

Als Nächstes hörte ich ein Rumpeln, einen noch lauteren Knall, nun klang es so, als würde ein Stück Metall aus der Wand gerissen werden, und meine Fantasie trug mich kurz vor das imaginäre Grab der im Dienst erschlagenen Irina: Ihre ganze Familie war da, mindestens drei Generationen, sie sangen Tschastuschkas, dann sangen sie *I Will Survive,* dann teilten sie mir mit, dass ich sie als Wiedergutmachung alle bei mir wohnen lassen müsse, und dann machte ich die Augen wieder auf, und Tal – ziegenkäseweiß, verschwitzt, ohne die Matisse-Konturen – stand vor mir. Er hielt den Wasserhahn (inkl. Wand-Innenleben) in der Hand und flüsterte: »Sie sind hier. Ich hab die ganze Zeit so was gespürt. Ja, sie sind längst hier. Sie hören uns ab, aber nicht nur. Die Raketen auf Aschkelon und Haifa sind bloß ein verdammtes Ablenkungsmanöver der Hamas und der Hisbollah. Sie kriechen durch die Kanalisation, verstehst du, durch die Telefonleitungen, durch unser Essen in unser Leben. Fällt dir nichts auf? Wir töten inzwischen leichter als sie! Das Leben von einem von denen zählt nichts, aber auch nicht das unserer eigenen Leute. Wir sollen so werden wie sie, verstehst du, Schriftsteller, dann müssen sie Palästina gar nicht mehr zurückfordern, dann bewohnen sie es sowieso – in unseren Körpern. Schau mal.« Er drehte den Wasserhahn um und zeigte mir ein schmutziges, schwarzes, ziemlich gefährlich aussehendes scharfkantiges Rohr. »Das ist ein Mikrofon. Primitiv, aber es funktioniert, man kennt das von ihren Kassam-Raketen. Durch dieses Mikrofon soufflieren sie uns nachts, wenn wir schlafen, was wir tun sollen. Die gibt es inzwischen in jedem Haus. Ich war im Hilton, in der Sheraton-Asbestbude und in unserer alten Wohnung in der Arlosoroff. Überall dasselbe. Überall haben sie ihre Einflüsterungssysteme. Wo ich konnte, hab ich sie natürlich entfernt. Darf ich das hier als Beweismittel mitnehmen? Danke! Mein fauler Aman-Chef und Zwika, der Armeepsychologe aus dem Ichilov, der mir nie etwas glaubt, müssen sich das unbedingt ansehen.«

Ich nickte ängstlich, er nickte erschöpft zurück und stöhnte altersweise, mit einem Touch sympathischer Selbstzufriedenheit in den fanatischen Knopfaugen, und torkelte aus der Wohnung. Durch die offene Balkontür hörte ich, wie er auf der Straße das Rohr fallen ließ, fluchend wieder aufhob und mit schnellen, fast weiblichen Schritten weglief.

Drei Tage später kettete sich Tal vor der Knesset an ein Straßengeländer. Er trug eine Groucho-Marx-Maske, Clogs und einen KZ-Pyjama (der aber, wie ich sofort erkannte, von Bonsoir Of London stammte, Wintersaison 2002/2003, Gastdesigner John Demjanjuk jr., einen ähnlichen hatte mir Noah nach dem Totalreinfall von *Post aus dem Holocaust* geschenkt, aber mit noch breiteren, schöneren Streifen). Niemand wusste zuerst genau, was die ehemalige Nr. 3 der Friedensbewegung wollte, obwohl er Interviews wie Bonbons verteilte. Auch Rita Gurkenstein (hager, haarig, flachbrüstig, oritelesk), die seit drei Jahren ein paar Meter weiter auf einem Walnussbaum saß und, um den Rückzug der Zahal aus den Stachim zu erzwingen, ihren eigenen Urin trank, konnte Tals Motive nicht erklären.»Wir haben ihn bei der letzten Peace-Now-Sitzung exkommuniziert, weil er ständig in amerikanischen Siedlermagazinen behauptete, dass wir es, statt über Frieden und Koexistenz zu quatschen, mit der kollektiven Kastration der männlichen israelischen Araber versuchen sollten. Das fanden Amos und ich natürlich indiskutabel.« Dann hob sie den Rock, schob sich eine leere Evian-Flasche zwischen die Beine und ließ eine neue Ladung hineinprasseln.

Tal gab wirrere, aber interessantere Interviews – mit besorgter, leidender, aufrichtiger Mussolini-Miene der frühen idealistischen Phase –, in denen er zunächst viel über Ariel Scharon, dessen Koma und die darin inbegriffenen, wohlverdienten Daueralbträume redete und das Leben und den Tod an sich. Danach improvisierte er gern. Das Leben sei, sagte er z. B. dem bekifften Kanal-10-Team, wie die Basketballmannschaft von Makkabi Tel Aviv, die jedes Jahr im Euroleague-Finale Sekunden vor dem Triumph einen Drei-Punkte-Matchdreher von Panathinaikos Athen kassierte, aber Panathinaikos sei nicht der Tod, sondern eine Bande netter griechischer Antisemiten. Die Kanal-10-Hippies, die seit Jahren ihre Sommer in der politisch unaufgeladenen Atmosphäre der Ägäis verbrachten, nickten grinsend und happy. Danach kam er endlich auf seinen Film und das Geld zu sprechen, das ihm fehlte. »*In Gaza ohne Gatkes*«, sagte er, »muss gemacht werden! Das ist kein Film, das ist ein Aufruf zum Weiterleben, zum Bessermachen! Oder wollt ihr, schlaffe Jugend Israels, wie unbefriedigte Getto-Schafe abgemurkst werden? Mein Freund Avishai könnte euch erzählen, wie sich das anfühlt, wenn er noch sprechen könnte. Ihr könnt aber auch Anne Frank fragen. Kann ich mal ziehen, bitte?«

Ich las täglich alles über Tals verzweifelte, abwegige, aber auch unterhaltsame Finanzierungsaktion in der englischen Ausgabe von Ha'aretz in meinem neuen Stammcafé an der europäischsten Ecke Tel Avivs, Ben Jehuda/Frischman. Er war mit Foto und roter Riesenüberschrift eine Weile regelmäßig auf der ersten Seite, dann rutschten die Tal-Meldungen immer weiter nach hinten, ungefähr ab dem Moment, als klar war, dass kein einziger Isi Lust hatte, Tals blutiges filmisches Friedensoratorium mit seinem Geld zu unterstützen. Die fatalistische Brut von Bialik, Ben Gurion und Ruppin fuhr lieber nach Sri Lanka (Südküste) oder Las Vegas (Zentrum) oder kaufte sich einen neuen Computer (Apple), statt in Tal und den Friedensprozess zu investieren. Das zu erkennen machte wiederum mich, den flüchtigen Mörder von Claus der Canaille und knapp davongekommenen Sauna-Exhibitionisten, nicht gerade zukunftsfroh. Ich fragte mich jeden Nachmittag, nachdem ich die Ha'aretz zur Seite und den Kopf auf den niedrigen, hochsommerlich aufgeheizten Mersand-Tisch gelegt hatte, ob es wirklich so klug gewesen war, sich vor den deutschen Behörden ausgerechnet in einem Land zu verstecken, das es wegen der soziopathischen Konsumwut seiner Bewohner in ca. fünf bis zehn Jahren gar nicht mehr geben würde. Die Tal-Typen waren dem Untergang geweiht, da hatte Tal himself absolut recht. Aber ihnen machte es nichts aus.

Ich nahm eine kleine, verbogene Gabel, mit der schon Gerschom Scholem und Max Brod zwischen ihren Zähnen gestochert hatten, brach ein Stück von dem trockenen, bröckelnden Käsekuchen ab und schob es mir (»Junge, du musst regelmäßig essen, auch wenn du kotzen musst, sonst gibt's Migräne«, sagte Mamascha, als sie mich noch liebte) in den hängenden, leicht geöffneten Mundwinkel. Dabei fiel mein hin und her schweifender Blick auf eine UPI-Meldung neben dem Porträt von Tals Mutter Abulafia Shmelnyk, die sich – nachdem sie orthodox wurde und nach Bnei Brak in eine Kommune lesbischer Chosrot-Be'tschuwa-Frauen gezogen war – ebenfalls mamaschamäßig von ihrem Sohn distanziert hatte und nun dem bohrenden Ha'aretz-Redakteur erklärte, sie sei nicht wegen, sondern trotz der Scud, die sie vor fünfzehn Jahren fast getötet hätte, wieder in den Jordan gestiegen. Und was meldete UPI? Eine Verletzung des sudanesischen Luftraums durch drei Kfir-Bomber vor ein paar Wochen, die statt der üblichen nationalen Hoheitszeichen auf den Heckflügeln die Bilder böse grinsender Hello Kittys mit Mosche-Dajan-Augenklappen trugen. Sie hatten einen kilometerlangen Nahrungsmittelkonvoi für die Darfur-Flüchtlinge im Westsudan bombardiert und zerstört und einen Kollateralschaden von 153 Zivilopfern produziert. »Der sudanesische Verkehrsminister hat erklärt, man wisse nicht, wer den Treck beschossen habe und warum, aber er wolle darauf hinweisen, dass er sein Sommerhaus in Gstaad im Frühling und Herbst für 300 Franken am Tag an jeden vermiete, der zahlen kann, auch an Juden.«

Den geistigen, aber auch praktischen Zusammenhang zwischen Tals Selbstmord (zwei Wochen später in Beit Benjamin, einer koptisch-christlichen Pension in Jaffa, dreißig Ibuprofen 800 und eine halbe Viagra) und der rätselhaften Sudansache enthüllte indirekt der Afrikakorrespondent von Kanal 10 am 1. Juli 2007. Das Datum weiß ich deshalb so genau, weil an diesem Tag auf meinem neuen israelischen Konto, dessen Nummer nur ich und die Bank Hapoel kannten, 40 000 Euro gutgeschrieben wurden, Absender Noah Forlani, New York, Arvest Bank Group, Inc. Der Kanal-10-Typ hatte bei einem Nilstrand-Rave in Khartum zufällig mit einem hübschen, großen, afrikanisch entschleunigten Verbindungsmann des Aman im Sudan so viele Joints geraucht und Ecstasypillen geschluckt, bis der, mit Blick auf seinen riesigen goldenen Chai-Anhänger, ihm auf Hebräisch gestand, dass er zu den Naftali gehöre, einem der zehn verlorenen Stämme, obwohl er nicht sehr jüdisch, sondern eher wie ein Leni-Riefenstahl-Nuba aussehe, außer dort, wo es zählt. Dann, während er sich tanzend bis auf die Socken auszog, verriet er dem Israeli, dass der – natürlich von israelischen Flugzeugen – bei Port Sudan zerstörte Nahrungsmittelkonvoi in Wahrheit Waffen und tausend Flaschen Wodka Moskovskaya für die Hamas transportiert hatte. Vom Sudan, fuhr er keuchend fort, laufe der konspirative Ameisenweg nach Ägypten und durch die Tunnel von Rafah nach Gaza. Aha, erwiderte der Kanal-10-Typ, und weiter? Dass die – längst auch schon total verweichlichten – Luftwaffen-Cracks ausnahmsweise auf die alte biblische Begin-Tour 3000 Kilometer von Israel entfernt zugeschlagen hatten, konnte nur damit zusammenhängen, dass der Konvoi für Gaza besonders gefährliches Kriegsgerät geladen hatte, dachte er. Er hatte keine Kamera dabei, nur sein Handy, und so waren die Bilder, die er von dem bekifften sudanesischen V-Mann drehte, genauso unscharf und zerbröselt wie der Ton, der von den preußischen Beats von *The Question Is What Is The Question* zerhackt wurde. Zum Glück hatte Kanal 10 den Bericht, der tagelang in Heavy Rotation kam, hebräisch, englisch und russisch untertitelt.

»Das ... das konnten ... natürlich waren es ...«, schrie der verlorene Naftali-Sohn in dem Dance-Lärm.

»Was war in den Lkws?«, schrie der Kanal-10-Typ. »Was total Supergefährliches?«
»Ja, jaaa, genau ... Iranische Raketen. 500 Kilometer Reichweite ... Gaza-Tel Aviv. Das wär euer Ende! I love you ...«
»Und woher wusstet ihr davon?«
»The question is ... Dadada ...«
»Wer hat dem Generalstab den Tipp gegeben? Du?«
»Ich? No, Sir! Einer von euch. Er ist oft in der ...«
»Was?!«
»... Gegend. So ein kleiner ... mit rasiertem Kopf ... immer kurz vorm Durchdrehen. Deckname ...«
»Was ...?«
»... Arlosoroff. Oder so. I love you ...«

Am nächsten Tag – ich konnte schon wieder nicht schreiben, denn ich hatte in der Nacht mehrmals gedacht, dass jemand in meiner Wohnung wäre und mich abführen wollte, was nicht bloß daran lag, dass ich seit Tagen versuchte, meinen *Shylock*-Stoff mit Sätzen aus Kafkas *Prozess* aufzupeppen – saß ich nachmittags um 3 deprimiert wie Kain nach Abels Tod vor dem Mersand und las Ha'aretz. Suicide Tal hatte es wieder auf die erste Seite geschafft. Der gelangweilte, ironische, höhnische Nachruf auf ihn, seine Drei-Staaten-Utopie und sein unrealisiertes *In Gaza ohne Gatkes*-Projekt endete (Isi-Rache ist hart!) mit einem Zitat aus den chaotischen Abschiedsnotizen, die er in der Pension Beit Benjamin auf einen der Ibuprofen-Beipackzettel gekritzelt hatte: »Nie mehr Raketen auf Tel Aviv, das war mein Auftrag ... Aber was war der Preis? 153 unschuldige Afrikaner? Scheiße ... Ima, Imale, ich kann nicht mehr ... Ima, hörst du's im Wohnzimmer zischen? Nein. Das hast du nur mir zu verdanken! Bitte, begrabt mich nicht wie einen Hund an der Friedhofsmauer. Ich bin kein Hund, ich bin nur ein armer, trauriger Ex-Agent mit einem blau angelaufenen Ständer, mit dem er euch zum Abschied winkt ...«

Ich drückte mir mit Max Brods Kuchengabel ein Stück Käsekuchen in den Mundwinkel, legte den Kopf auf den Tisch und schloss, glücklich vor Unglück, die Augen. Aber nicht Tal tat mir leid, sondern (ach, wir egomanen Karubiners!) ich mir selbst. Tals Depression war fast wie Grippe, man konnte sich ganz schlimm anstecken. Alle hatten diese Grippe, manche nur selten, manche starben daran. Ich fand aber, dass es endlich genug war, dass ich mich nicht immer weiter der Routine des Horrors, des Normalo-Nichts, der persönlichen Willfährigkeit ergeben durfte (wie Tal, wie Noah, wie Mamascha, wie Oritele, wie fast jeder, den ich kannte, außer Wowa dem Schrecklichen). Ja, ich musste damit aufhören, mich ständig als Opfer zu fühlen und zu denken, dass alles anders gekommen wäre, wenn alles anders gekommen wäre – Djeduschka, Ruzyně, Deutschland, Noahs Silvester in Berlin etc.

Ich hob den Kopf, schürzte die großen, papaschigen Karubinerlippen und spürte in mich hinein, um genau zu sein, tief in den Gastrointestinaltrakt. Alles ruhig. Eigentlich. Hoffentlich. Ich wartete noch ein bisschen, dann rief ich laut nach der Rechnung, gleichzeitig sprang ich auf und checkte mein iPhone. Das hatte mir noch gefehlt! Im Ben-Jehuda-Frischman-Lärm hatte ich überhört, dass eine SMS von der ungefickten Königin von Vinohrady gekommen war. »Jetzt ist auch noch Rabbi Balaban in Prag aufgetaucht, Kleiner. Er sagt, er liebt mich. Ich bin ja so happy! Wir sind fast wieder vollzählig. Und wann kommst du? Ich schwör dir, Karotte, ich geh dir nie mehr an die Wäsche.«

Bevor ich's vergesse: Ich habe mich in meinem israelischen Exil oft gefragt, wie sich wohl Adolf Eichmann gefühlt hat, als er eines Morgens in den Glaskasten im Jerusalemer Bezirksgericht hineingestoßen wurde und sich danach monatelang für alles, was er in seinem Leben gedacht, gesagt und getan hatte, rechtfertigen musste. Wären ihm deutsche Richter und Staatsanwälte lieber gewesen, von denen er nur lebenslänglich gekriegt hätte? Oder bevorzugte er selbst die orientalische Todesstrafe? Und fast genauso oft fragte ich mich – während ich in der Arnon auf dem Balkon stand, meine ärztlich verschriebene Tageszigarette rauchte und die in der feuchten Mittelmeerluft langsam dahinrottenden Fassaden und Dächer Tel Avivs betrachtete –, was gewesen wäre, wenn Noahle wirklich nach Oxford gegangen wäre, Jewish Studies studiert und eine jüdische Prinzessin aus Golders Green kennengelernt hätte. Hätte das auch mein Leben besser und unkomplizierter gemacht?

Wahrscheinlich. Bestimmt. Ganz sicher.

5
EMDR

Nach ihrer ersten – von mir bezahlten – EMDR-Sitzung bei der Kohn-Prokopova in der Mánesova schlief Serafina zwei Nächte und einen Tag. Als sie aufwachte, war Frühling, und der Morgen war so hell, blau und klar wie noch nie in ihrem Leben. Wann war sie das letzte Mal so fröhlich aufgewacht? Sie hatte nichts Schlechtes geträumt, sie fühlte sich um zwanzig Kilo leichter, und sie dachte nicht wie sonst zuerst an Mamaschas Intrigen und ihr eigenes ungeschriebenes Buch. Sie stand schnell auf, tippelte auf ihren kleinen, dicken Füßen zum Fenster und sah lächelnd hinaus – und aus dem weiten böhmischen Himmel sagte plötzlich die freundliche Stimme von Prinz Bajaja zu ihr: »Ich würde trotzdem an deiner Stelle einen Gentest machen, du leichtgläubige Gans!« Sie nickte überrascht, rollte die glänzende Unterlippe wie eine beleidigte Fünfjährige zusammen und dachte: Ja, klar, gute Idee. Dann setzte sie sich an den Schreibtisch und klappte den Laptop auf. Was sie mir zu erzählen hatte, war für eine SMS zu lang.

Die Kohn-Prokopova bot die EMDR-Methode erst seit ein paar Monaten an, als »erste in der Republik«, wie sie Serafina am Telefon vorher erklärt hatte. Obwohl sie wie eine Wiener Emigrantin und Psychotherapeutin aus einem US-Nachkriegsfilm hieß, hatte sie, eine ernste, kantige, sexuell desinteressierte Tschechin um die vierzig, diesen matten Nullerjahre-Look einer Versicherungsangestellten, Politikerin, Kunstlehrerin. Mimikryblondes halblanges Haar, so unauffällig geschnitten, dass Serafina hinterher nie wusste, wie ihre Frisur wirklich aussah; eine randlose Brille, weder groß, noch klein; die nicht allzu üppigen, farblosen Lippen immer mit einem Labello eingefettet. So saß sie relativ entspannt in der halb verdunkelten Praxis in der Nähe des Riegerparks, auf einem alten

Breuer-Rattanstuhl, die Beine überkreuzt, einen A4-Block auf dem Schoß, und stellte Serafina kurze, klare, unmetaphysische Fragen, die sie in überraschenden Dreierschritten jedes Mal zum Kern des Problems führten. »Seit wann haben Sie Übergewicht? Sind Sie die Einzige in der Familie? Wurden Sie als Kind oft mit Süßigkeiten zum Verstummen gebracht?« Oder: »Ihr Vater ist nicht Ihr Vater? Sie hatten schon immer diesen Verdacht? Oder hat Ihnen jemand anders suggeriert, er könnte es gar nicht sein?« Oder: »Waren Sie erregt, als Sie sich in Miami auf Ihren ›neuen‹ Vater stürzten? Fanden Sie das Heavy Petting mit Ihrem Schriftstellerbruder in Prag aufregender? Mögen Sie Inzest an sich – oder geht's Ihnen einfach nur um den Sex?«

Während sich die Kohn-Prokopova Serafinas Antworten notierte, überlegte meine stets auf Überlegenheit und Distanz versessene große Schwester, ob sie schon mit einem Bein in einer mehrjährigen Therapie steckte und darum lieber den Mund halten sollte – und ob nicht eventuell der korrupte, nutzlose antisemitische Dr. Savionoli, mit dem ich und Noah seit Jahren zu tun hatten, eher was für sie wäre, weil sie als Hardcore-Traumapatientin alles wollte, nur nicht herausfinden, was mit ihr wirklich los war. Aber Serafinas Skepsis verwandelte sich bald in einen schrillen Ego-Triumphzug.

Das erste Gespräch in der Mánesova war (wie die Begründerin der EMDR-Therapie, Francine Shapiro, in ihren Lehrbüchern und Seminaren empfahl) umsonst. Das zweite – hier ging es um die symbolische Summe von 250 Kronen – bezahlte Serafina genervt von dem Mel-Wechslberg-Geld, das sie von Mama für ihre Prag Light-Diät kassiert hatte. Dann erst kam die eigentliche EMDR-Session, 3000 Kronen in bar, die Serafina beim Reinkommen in einem Umschlag auf der schwarz glänzenden Art-déco-Kommode in Kohn-Prokopovas Praxisflur kommentarlos ablegen sollte – »ein bisschen wie im Puff oder wie bei der Mafia, Kleiner«. Diese Summe hatte ich ihr aus Tel Aviv mit Western Union geschickt. Danach durfte sie die EMDR-Kopfhörer aufsetzen, aus denen ein ewiges Tack-

tack-tack – immer abwechselnd links und rechts – so lange über ihre Ohren in ihre linke Gehirnhälfte drang, bis ihr eingeschlafenes Sprachzentrum wach wurde und sie mit irre hin und her springenden Augen über Dinge zu reden begann, die sie sich selbst seit Jahrzehnten verschwieg.

»Ich weiß, 3000 sind eine Menge, Karotte, gerade für einen verarmten Emigranten wie dich, der wegen gewisser Sexeskapaden auf der Schwarzen Liste steht und mit seinen ewigen Nieder-mit-den-Deutschen-Artikeln zurzeit nichts verdient. Die Investition hat sich trotzdem gelohnt! Ich werde bald noch mehr Kohle von dir brauchen, und es ist mir egal, woher du sie nimmst. Oder möchtest du, dass ich Papa und Mama dein Wichsvideo vorführe? Ja, ich will unbedingt noch ein paar Sessions machen. Dass Papascha doch mein Vater ist und nicht Valja, macht mich natürlich wahnsinnig happy, gut, dass ich das gleich beim ersten Mal rausgefunden habe – aber das kann nicht mein einziges tiefenpsycholgisches Geheimnis sein! Wer ständig so abwesend ist wie ich, sagt meine Therapeutin, wer so apathisch und gleichzeitig so begabt ist, wer seinen Bruder vernaschen will, wer beim Anblick eines Brathuhns oder eines dampfenden Tellers Borschtsch so feucht wird wie ich, der … DIE muss als Kind etwas Entsetzliches erlebt und gesehen und dabei minutenlang vor Schreck die linke Gehirnhälfte abgeschaltet haben, um das Ganze gleich wieder zu vergessen. Ich meine etwas, das mindestens so unangenehm ist wie Mamaschas Papa-wechsel-dich-Spiel. Außerdem komme ich zurzeit mit der *Bulimischen Enkelin des Meisterspions* nicht weiter. Die dumme Kuh hat so viel von unserer Familienstory in ihrem bescheuerten *Agentenmärchen* versenkt, dass ich neuen, sensationellen, unverbrauchten Stoff brauche. Ich dachte z. B. an Ruzyně, 1958, an deine Lieblingsszene in meinem unterbeleuchteten Leben, die wir nur in Mamas Version kennen. Wie war's wirklich? Es stimmt, was sie erzählt, ich hab das während der EMDR-Sitzung auch gesehen: Wowa (unrasiert und jung war er ja ziemlich scharf), wie er nervös, aber cool hinter der gesprungenen gläsernen Flughafentür steht und so tut, als würde er sich freuen, mich das erste Mal im Leben zu sehen. Aber als sie und ich drei Stunden vorher in Moskau ins Flugzeug stiegen, passierte etwas viel Heftigeres, und das hat sie uns nie erzählt. Mama – sie war weiß wie Papier – begann plötzlich zu zittern. Sie zog mich panisch zu sich auf den Schoß, umklammerte mich, als hätte ich eben Buchenwald überlebt, und sagte, es tue ihr leid, dass sie so viel Chaos angerichtet hat. ›Was ist Chaos, Mami?‹, sagte ich, und sie sagte, das sei jetzt zu kompliziert, sie hoffe, dass bald endlich alles in Ordnung kommt, denn der Papa, der in Prag auf uns wartet, sei wirklich mein Papa, obwohl er denkt, dass er's nicht ist, ich sei aber zu klein, um das zu verstehen, egal, ich würde diesen Tag sowieso bald vergessen. Dann weinte sie wieder und sagte, oh-Gott-oh-Gott-oh-Gott, sie wisse immer noch nicht, ob sie Wowa die ganze Wahrheit sagen soll. Sie zitterte noch mehr, wie ein kleiner, verlassener lächerlicher Hund, und sie drückte mich wieder an sich, und ich legte meinen Kopf auf ihre Schulter und sah ganz aus der Nähe, wie der riesige rote Granatohrring an ihrem Ohr hin und her schaukelte. Und genau an den soll ich jetzt immer denken, hat die Kohn-Prokopova gesagt, wenn ich mich vollfressen oder den Falschen ins Bett zerren will. Und dann hat sie das Tack-tack-tack in meinen Kopfhörern leiser gedreht, und plötzlich hörte ich mich selbst, wie ich zu Mamascha sagte: ›Lüg weiter, Mami, wenn dir nichts Besseres einfällt, das mach ich auch immer so!‹«

Serafina hörte kurz auf zu schreiben, sie merkte, wie laut sie vor Aufregung auf ihren alten Mac eingedroschen hatte – viel zu laut, denn sie durfte niemanden wecken –, und dann schaute sie wieder lächelnd aus dem Fenster, und zum Glück hielt Prinz Bajaja diesmal den Mund.

»›Lüg weiter, Mami, das mach ich auch immer so.‹ Verstehst du, Kleiner? Das hab ich als Dreijährige gesagt! Als ich mich dabei selbst wie in einem Film gesehen und gehört habe, war ich natürlich ganz schön ergriffen und traurig – aber gleichzeitig fand ich's genial, dass wir alle noch ein zweites Leben haben, neben dem Leben, das wir kennen und erinnern, in der EMDR-Terminologie nennt man das ›verdrängtes Da-Sein‹. Da-Sein, verstehst du? Scheiße, Karotte, wer noch nie EMDR gemacht hat, der hat überhaupt nicht gelebt, der war bei den großen emotionalen Sensationen seines Lebens gar nicht richtig dabei! Ich weiß aber nicht, ob das was für dich wäre. Die Kohn-Prokopova sagt: ›Wenn es nicht hilft, kann es schaden!‹ Und du bist ja eine ziemliche Pussy, wie wir alle wissen, außen weich und innen auch. Stell dir vor, du würdest dich selbst wie im Kino dabei sehen, wie du damals in Bulgarien neben der Umkleidekabine deine kleine Karotte rausgeholt und daran rumgespielt hast und wie die Polizei kam und wir deinetwegen stundenlang auf der Wache sitzen mussten, bis einer von Papaschas Freunden vom Innenministerium aus Prag anrief! Du hast fast acht Stunden durchgeheult, und gekotzt hast du auch, bis es grün und braun aus dir rauskam. Würdest du das noch mal erleben wollen?« Sie tippte ein Semikolon, einen Gedankenstrich und eine Klammer, und in der E-Mail ploppte ein Smiley auf. »Ach so, hast du ja, neulich, in deiner schicken Sauna in Berlin-Mitte.« Und noch ein Smiley. »Vielleicht solltest du es doch ausprobieren, wenn du hier bist. Ein paar traumalösende EMDR-Sitzungen bei der Kohn-Prokopova – und du würdest nie wieder öffentlich wichsen. Ich werde z. B. nie mehr lügen, seit ich mich selbst beim Lügen gesehen habe. Und ich werde Wowa wie meinen Vater und nur wie meinen Vater lieben – seit ich gesehen habe, dass er es doch ist. Und« – sie hielt inne, drehte sich um und sah die schlafende Gestalt hinter sich im Bett zärtlich und ängstlich an –»die anderen großen Geheimnisse meines Lebens erfahre ich auch bald, in einem Monat hab ich den nächsten Termin. Ja, ich weiß ... Aber man darf sich dem magischen Tack-tack-tack von Francine Shapiros Maschine nicht zu oft aussetzen, sagt die Kohn-Prokopova, sonst wird man süchtig danach. Ahoi.«

Sie löschte das letzte Wort und schrieb: »Bis bald.« Dann löschte sie den Punkt und schrieb »Bis bald in Prag, Kleiner.« Dann, ohne die E-Mail abzuschicken, klappte sie den Laptop zu, stand auf und begann, sich langsam anzuziehen.

»Bist du schon lange wach, Serafinale?« Die Gestalt hinter Serafina rekelte sich im Bett, schüttelte den großen, haarigen Kopf und setzte sich auf. Es war ein hübscher, ältlicher Hebräer mit weiblichen Gesichtszügen, einem kalifornischen Fünftagebart und den fettigen Ansätzen zweier hipper Matisyahu-Schläfenlocken. Er trug ein weißes, langärmliges Unterhemd von Schiesser, sonst nichts, und als er die Bettdecke zurückschlug, sah man, dass nicht nur sein großer, langer Schwanz und seine Eier rasiert waren, sondern auch seine kurzen, dünnen, sehnigen Triathlon-Beine. »Masel tov! Du hast schon wieder abgenommen, Serafinale. Jetzt bist du perfekt. Aber wenn du noch dünner wirst, fahr ich sofort zurück nach Hamburg, und du siehst mich nie wieder. Oder ich geh gleich in die Klinik in Liechtenstein – denn ohne dich würde ich verrückt werden. Knie dich jetzt sofort hin.«

Balaban, der Sexrabbi und berühmte Eheratgeber! Seit er in Prag aufgetaucht und in Serafinas altem Kinderzimmer in der Italská eingezogen war, hatten er und meine gefräßige Superschwester täglich zwei- bis dreimal »Verkehr«, wie er, der Hobby-Sexologe, es nannte, und weil Serafina 36 Stunden ohne Pause geschlafen hatte, musste er jetzt ein paar besonders eilige Unterdrückungsfantasien nachholen. Sie machte das übliche geschockte, lüsterne Submissiv-Gesicht – aber dann fielen ihr Mamas Granatohrringe ein, sie schaukelten riesengroß und blutrot durchs Zimmer, sie blitzten in dem netten Prager Endlich-fängt-das-Leben-wirklich-an-Morgenlicht, sie klirrten wie Ketten, die sich vom geschundenen Körper eines Gefangenen lösen, und Serafina sagte: »Rabbi, Baby, tut mir leid, jetzt nicht.« Der Opferblick verwandelte sich in einen undurchschaubaren Krankenschwester-Mama-Mix. »Später, ja? Was ich auf dem EMDR-Trip erfahren hab, stellt mein Leben gerade wieder vom Kopf zurück auf die Füße, das muss ich erst verarbeiten, dafür brauche ich jede Kalorie. Keine Angst, an unseren Spielen ändert das nichts!« Sie machte einen Kussmund und schickte ihm drei, vier Luftschmatzer. »Es wird dich übrigens auch sehr interessieren und vielleicht deine Rachsucht dämpfen. Alewaj, wie du sagen würdest. Das wissen wir aber erst, wenn ich dir alles erzählt habe. Und« – sie zog eine skandalös enge, schwarze Jogginghose über ihren nicht mehr ganz so monströsen Diätbauch bis zu den immer noch riesigen Brüsten hoch – »und wenn wir die Alten mit der Wahrheit konfrontiert haben. Ich freu mich auf Mamaschas süßliches Matrjoschka-Gesicht, wenn es böse wird!«

»Meine Rachsucht, wie du das nennst, Majdele«, sagte der hübsche Balaban tuckig, »ist ziemlich gedämpft. Sonst würde ich mich kaum mit deinem seelisch unterentwickelten Papi und seiner infantilen Gattin in dieser winzigen Wohnung herumdrücken – statt mit dir allein in einem kleinen Barockpalast auf der Kleinseite alle von der Thora gewährten Freiheiten zu genießen! Das könnte ich mir allein von den spanischen Audiobookrechten leisten, nachon? Rat mal, wie viele Bücher ich bisher verkauft habe?«

»Wie lange hab ich eigentlich geschlafen, Rabbilein?«

»Hör doch zu! Paperbacks zählen auch.«

Sie guckte – leicht dissoziativ – auf ihr iPhone. »Was? Zwei Tage?! Hier sind sieben ungelesene SMS von meinem Bruder aus Tel Aviv. Es ist was passiert!« Sie fing sofort an, meine Nachrichten zu lesen und zu beantworten, und dabei murmelte sie: »Waren die Alten im Rudolfinum, während ich geschlafen hab? Wie war das Konzert? Hoffentlich grauenhaft! Hoffentlich hört jetzt der kindische Lou-Harper-Kult in der Italská wieder auf. Ich kann den Typen nicht ausstehen. Der ist mir zu – weich. Zu schamlos.«

»37 Länder, 2,8 Millionen, im August kommt eine polynesische Ausgabe von *Geld ist alles* raus. Ich muss mich nicht an deinem Vater rächen, weil er in ganz Hamburg herumerzählt hat, ich sei ein Kinderficker im Galizierkaftan. Ich bin ihm sogar …«

»… dankbar?«

Balaban machte beleidigt »Pffft!«. Dann stopfte er sich das Kissen unter den Kopf und deckte sich wieder zu, und bald bewegte sich die Decke in einem eindeutigen Rhythmus auf und ab. »So weit gehen wir jetzt nicht, Serafinale«, sagte er, während er sich, leicht schielend, einen runterholte. »Ich hatte das ganze Wissen ja in mir drin, ich musste es nur aufschreiben, und wegen der KGB-Tricks deines Vaters tat ich es eben bei den Chabadniks in Liechtenstein. Zu Beziehungen, Family und Sex fällt mir schon seit meiner Bar-Mizwa kluges Zeug ein. Frag mich mal was. Heut Nacht, als du im Schlaf ›Papa, Papascha!‹ gerufen und dabei wie Jane Birkin gestöhnt hast, dachte ich zum Beispiel: ›Jeder wächst mit dem Vater auf, den er nicht hat.‹ Wie klug und hilfreich findest du das?«

»Ich hab dich nicht gehört.«

»Knie dich einfach nur hin, das wird mir reichen, du musst nicht mal deine Arme hinter dem Rücken verschränken – yala, allez, sonst komm ich nicht!«

Serafina, die immer noch mit ihrem Telefon beschäftigt war, ging auf die Knie und sagte: »Gebt mir ein Zeichen, Sire, wenn ich wieder aufstehen darf.« Dann sagte sie: »Armer Soli, der Junge ist über vierzig – und JETZT macht er den Alten Vorwürfe, sie hätten ihn als kleines Kind vernachlässigt? Was soll ICH sagen?«

Was ich Serafina, während sie ihren EMDR-Rausch ausschlief, aus Tel Aviv geschrieben hatte, klang wehleidiger, als es gemeint war. Es war – in ein paar eilige Kurznachrichten gepresst – der ganz große, historisierende Rundumgedanke, der mir in meiner israelischen, oritelelosen, noahlosen, mamalosen Einsamkeit und Dauerpanik plötzlich so schmerzhaft gekommen war. Mein Ansatz war intellektuell, die Ausführung weniger. Wenn man, dachte ich, davon ausgeht, dass früher der Mensch nichts war und die Umstände alles, und wenn man sagen konnte, dass seit Voltaires »Écrasez l'infâme!« allein das Ich herrschte, ordnete, zerstörte, organisierte (ja, auch das Über-Ich der letzten Feudalisten in bolschewistischer, zionistischer, ökologischer Montur, bla-bla-bla), dann waren Eltern wie Wowa und Mamascha, die auf ihren dreijährigen Sohn schissen und ihn schon mal ein ganzes verficktes Jahr lang allein bei seinem Großvater in Moskau ließen, doppelt aus dem Rahmen gefallen – als Instinktwesen und als besonders rücksichtslose Bewohner der Ich-Epoche.

Löste, so dachte ich weiter, das therapeutische Zeitalter unmerklich die Ich-Epoche ab, damit sich Typen wie sie nicht schuldig fühlen mussten und stattdessen selbst als Opfer der Umstände, d. h. anderer Ichs sehen konnten? Oder war ihnen einfach alles zu viel? Diesen Gedanken teilte ich nicht nach Prag per SMS mit, er war zu kompliziert. Außerdem, Wowa und Mamascha würden sowieso nie zu einem Therapeuten gehen, dafür waren sie zu sehr Bolschewiken an Seele und Leib. Also textete ich: »Sie haben Forderungen gestellt, die sie selbst nie erfüllt haben. Und jetzt heulen sie rum, weil ich nicht nach Prag kommen und koschere Familie spielen will.« Und: »Wer hat mir geholfen, wer stand mir bei, als ich mich um den verlassenen Wowa in Hamburg kümmerte? Mama, während Valja zwischen ihren cellulitischen Schenkeln lag? Oder du, die Inzest-Göttin von Miami Beach?« Und: »Neulich hab ich eine halbe Tavor genommen. Danach hatte ich nicht mal mehr Angst vor dem Brummen meiner idiotischen israelischen Klimaanlage, die nachts immer von selbst angeht, verstehst du?« Und: »Scheiße, Serafina, warum antwortest du mir nicht? Du bist genauso wie sie!«

Während Serafina meine SMS las und innerlich seufzte: Gott, ist der irre und süß!, während sie dachte, die E-Mail, die sie an mich geschrieben und noch nicht abgeschickt hatte, sei ein Glanzstück geschwisterlicher Telepathie gewesen, während sie mit ihren kurzen Fingern flink zurücktextete: »Cool down, Karotte, ich war kurz posttherapeutisch ausgeknockt, aber jetzt ist alles super, so gut war es noch nie, ich schick dir gleich eine ausführliche E-Mail, in der steht, wie du da auch rauskommen kannst«, kam Balaban mit einem leisen, stakkatohaften Grunzen. »Hm … hm … hm.« Es wurde still, nur irgendwo hinter der Wand lief leise *Conny* von Lou Harper, in der Liveversion von seinem Comeback-Album, London, Royal Albert Hall, mit dem improvisierten *Havanagila*-Refrain am Schluss. »Du kannst wieder aufstehen, Majdele«, sagte Balaban mit brüchiger, versagender, glücklicher Stimme. Und dann sagte er strenger: »Yala, steh auf, ich kann dich nicht so herumkriechen sehen, wenn ich nicht mehr geil bin.«

»Armer Soli«, wiederholte Serafina und schob sich das iPhone in die Jogginghose. Sie stand mit einem langen, selbstzufriedenen Löwinnengähnen auf, setzte sich aufs Bett und begann, Balabans himmlisch weiche Fußsohlen zu massieren. »Und dann will er auch noch, dass ich was mit Noah anfange, dem kindischen, unkonzentrierten, verwöhnten, dauergeilen Noah, der nicht mal mehr Geld hat und angeblich sogar schon tot ist. Was soll das? Warum? Ich hab ihm doch geschrieben, dass du und ich endlich zusammen sind, Rabbilein. War's schön ohne mich?«

»Was ist schon schön, wenn der Schwiegervater lauscht?«

»Oh, là, là, mon amour, hättest du das gern?«

Die Tür ging auf, der Lou-Harper-Song wurde lauter, und in der Tür stand Wowa der Schreckliche, gekrümmt und klein wie eine tausend Jahre alte sibirische Birke. Er stützte sich widerwillig auf seinen neuesten Stock und sagte auf Russisch: »Kinder, wir frühstücken jetzt, und Mama erzählt euch, wie's ist, wenn man sich in Lou Harpers berühmten Hut übergibt.« Und mit Blick auf Balaban: »Übersetz ihm das nicht!«

»Na und?«, rief Mamascha von hinten aus der Wohnung. »Hab ich was gesagt, als auf deinem Hosenbein Sekretflecken von deiner deutschen Zahnärztin waren? Das war mindestens genauso eklig.«

Serafina ließ erschrocken Balabans Fuß los. »Krass«, flüsterte sie, »sie haben den Gentleman des Rock kennengelernt.«

»Den jüdischen Sexbarden«, erwiderte Balaban noch leiser, »den Humbert Humbert von Hydra. Ich kann viel besser Russisch als dein Papi Deutsch. Viereinhalb Jahre Ronald-Lauder-Mädchenjeschiwa in Jekatarinburg. Und dort hat mich keiner bei der örtlichen Presse denunziert.«

»Sekretflecken«, rief Wowa in Richtung Küche, »ist ein hässliches Wort, Herzchen!«

»Kommt darauf an, wessen«, rief Mama zurück.

»Ich will nicht mehr darüber reden.«

»Du – willst – nicht mehr – darüber reden?!«

Wowa der Schreckliche schenkte Serafina und Balaban, die ihn kalt, aber freundlich anstarrten, ein hilfloses Lächeln, und hinter seiner stellenweise weiß angelaufenen, uralten Egon-Bahr-Brille (er sparte, wo er konnte) wurden seine Augen klein und rot, obwohl er aus Prinzip nie heulte. Der große Agent, Schriftsteller und Entrepreneur wusste genau, was jetzt kommen würde. Er hatte es schon tausendmal gehört, und seit er aus Hamburg nach Prag gefahren war, sich vor Mamascha auf den Bahnsteig gekniet und sie um Vergebung gebeten hatte und dann nicht mehr allein hochgekommen war, seit sie beide jeden Tag ihre Runden im Riegerpark drehten, wie früher in Hamburg im Inno, über Mandelstam, Zwetajewa, Babel diskutierend wie verklemmte Gymnasiasten, seit sie von morgens bis spätabends wie hypnotisiert im russischen Satellitenfernsehen hysterische Schlagershows und Politdiskussionen guckten, seit einer von ihnen nachts, wenn alle schon schliefen, immer noch mal aufs Klo rannte – nun ja, seitdem hörte er Mamaschas Invektiven und Tiefenanalysen auch nicht seltener. »Wer fünfzehn Jahre jeden Mittwoch und Freitag zwischen zwei und drei in Bergedorf wie ein Hund eine wildfremde Schickse besteigt«, brüllte Mama und warf in der Küche mit lautem Klirren Besteck auf den Tisch, »und danach nicht einmal duscht und auch noch denkt, ich würde nichts riechen, der darf mir nicht widersprechen. Der hat nie recht! Der ist der dümmste Mensch auf der Welt.«

»Ich bin nicht dumm, ich bin vielleicht – ungeschickt.«

»Woher weiß sie das alles so genau, Papa?« (Das war jetzt Serafina, unerwartet mädchenhaft und verschwörerisch.)

»Ich Esel hab's ihr erzählt. Ich dachte, wenn sie denkt, es wäre nur um Sex gegangen, fände sie es weniger beunruhigend.« (Und das war Wowa, papahaft lieb und gerührt.)

»Und fang jetzt nicht wieder damit an«, kreischte Mama, »es wäre nur was Sexuelles gewesen. Fünfzehn Jahre lang geht keiner zur selben Nutte! Nicht einmal du, du galizischer Potenzprotz! Los, kommt alle essen, die Armen Ritter brennen an.«

Das Frühstück fand in der fensterlosen Küche statt, in der von morgens bis nachts über dem schweren Birkenholztisch eine billige Tesco-Plastiklampe brannte, deren schwachen, gelblichen Schein ich immer schon so stimmungstötend fand, dass ich, wäre sie Charons Fackel gewesen, lieber ganz im Dunkeln die Fahrt auf dem Styx fortgesetzt hätte. Eigentlich gab es ein Fenster – aber das hatte Mama nach dem Russeneinmarsch 1968 zumauern lassen, aus Angst vor marodierenden Soldaten, die es zwar überhaupt nicht gab und die es vom Balkon des schräg gegenüberliegenden Hauses zur Casa Karubiner ca. zehn Meter weit gehabt hätten, doch seit unter Mamaschas Kinderbett in der Evakuation in Sterlitamak eine halbe Nacht lang ein betrunkener Einbrecher geschnarcht hatte, konnte sie nicht vorsichtig genug sein.

Geredet wurde an dem chaotisch gedeckten Birkenholztisch kaum. Nur Wowa lobte einmal kurz Mamaschas Kochkunst – es gab auch noch Piroggen, selbst gemachte Quitten- und Kirschmarmelade, israelischen Salat, Blintschiki, heißen und kalten Borschtsch, Kwas –, worauf sie ihn wieder anbrüllte. »Und deine Ingrid, was hat die gekocht? Rühreier?« Mit zuckersüßem Golda-die-Unrasierte-Grinsen in Richtung Balaban sagte sie dann zu Serafina: »Übersetz das deinem Rebbe ruhig, Täubchen. Er ist, scheint mir, auch so ein untreuer Vogel.«

Dann wurde es, wie sonst nur an einem gojischen Tisch, still, man hörte höchstens das Klappern von Besteck und dritten Zähnen. Und dann entdeckte Serafina, die Mamas Bemerkung mit großer Mühe und einer von der Kohn-Prokopova erlernten autogenen Übung übergangen hatte, das Plakat aus der Titanic über Wowas Kopf: »DER WICHSENDE HEINE«. So stand es dort in verlaufenen blutroten Horrorfilm-Buchstaben, und darunter sah man mich – schiefes, paparazzohaftes, stark gepixeltes Standbild aus Clausis Erpresserfilmchen – in Action in der Elstar-Sauna. Die Zunge hing mir leicht aus dem Mund, die Augen waren zu. Ich hatte wollüstige Falten um Lippen und Nase wie eine französische Bulldogge, die sich an einem Chihuahua vergreift, und über meinem Schwanz war KEIN schwarzer Balken. »Deutschland, ein Tittenmärchen?« stand dort auch noch, und als Serafina das las, machte sie sich ausnahmsweise ein paar ernste, empathische, ergebnisorientierte Gedanken. Wer hatte das Titanic-Plakat besorgt und aufgehängt? Warum hatte er oder sie es getan? War nur Mama oder war nur Wowa unzurechnungsfähig bis grenzdebil, oder waren es beide – und wenn, wer hatte wen mit seinem Wahnsinn angesteckt? Und hatte ich, der wehleidige Mittvierziger, vielleicht doch recht, wenn ich ihr aus Tel Aviv textete: »Wer solche Eltern hat, braucht keine Feinde«?

»Mama«, sagte Serafina auf Deutsch, »warum hängt dieses schreckliche Plakat hier?«

»Ich finde es nicht schrecklich«, sagte Balaban.

»Ich auch nicht«, sagte Wowa. »Er hat doch einen großen, hübschen Schmock. Fast so wie ich.«

»Weil im Flur kein Platz mehr war«, sagte Mamascha. »Du und dein Bruder, ihr habt einfach zu viele Bücher geschrieben. Und bald, Täubchen, kommt mein Roman raus, und für das wunderbare *Agentenmärchen*-Werbeposter musste ich noch im Flur Platz lassen. Das verstehst du doch, oder? Das ist ja gewissermaßen unsere Familiengalerie. Schade, wirklich schade, dass du gestern Abend nicht mit uns im Rudolfinum warst. Ich hab's« – eisiger Blick zu Wowa und dann zum Sexrabbi – »deinem Vater diesmal so richtig gezeigt. Du hättest von mir lernen können, was es heißt, als Frau im Sozialismus, im Kapitalismus und im jüdischen Fundamentalismus zu bestehen!«

Ja, es war – Swedenborg würde schreiben auf »engelhafte, weltüberbrückende, erhellende Art« – Mamaschas Abend gewesen. Er hatte schon am späten Nachmittag begonnen, als sie Wowa bei seinem wöchentlichen Jour fixe mit Kostja, Major Sekora und ein paar anderen StB-Veteranen im Café Slavia abholte und dort für jeden Mann bis auf Wowa Luftfellatio machte. Luftfellatio hieß bei Mamascha: Mund spitzen, Mund öffnen, mit den Kindchenaugen im zugeschminkten Omagesicht klimpern (fast faltenlos, weil sie es, alter Komsomolzentrick, am Morgen mit Wowas Hämorrhoidensalbe eingerieben hatte), Kopf hochreißen, lächeln, noch mal lächeln, weggucken, zurückgucken, Blick blockieren – und dann etwas zu lang triumphierend auf den imaginären, benetzten Schwengel vor sich schielen. Sie hatte fürs Lou-Harper-Konzert *(Kiddush Tour 2007)* das rote Abendkleid angezogen, das Wowa ihr als Versöhnungsgeschenk aus Hamburg mitgebracht hatte (Mega-Sale bei Peek & Cloppenburg, 70 % off), dazu billige, aber wirkungsvolle, schwarz glänzende Görtz-17-Pumps, auf denen sie wie ein junges Mädchen schwankte. Sie hatte ihren Mund im starken Rot eines lockenden Pavianweibchens angemalt und die dünnen, schwarz gefärbten Haare zu Hause so lange toupiert und eingesprayt, bis sie wirkten, als wäre sie eben aus dem Bett gestiegen, wo sie nicht gerade *Krieg und Frieden* gelesen hatte, und als Lou Harper die überraschte Mamascha zwei Stunden später im Rudolfinum zu *Mama's Legs* aus dem Publikum auf die Bühne holte, guckte sie ihn so an, als würde sie sich am liebsten gleich wieder ins Bett legen, und diesmal mit ihm.

Es war, das sagten alle, die dabei waren, bestimmt einer der glücklichsten Momente ihres 78-jährigen Kriegskind-und-Emigrantinnen-Lebens. Auch deshalb, weil sie kurz vorher den 15-minütigen Fußweg vom Slavia zum Rudolfinum am Moldauufer fast nicht überlebt hätte? Ihr selbst war es jedenfalls so vorgekommen. Sie ging – nein, schwankte – im heftigen, ständig drehenden Herbstwind immer ein paar Schritte hinter Wowa, Kostja und Major Sekora, mit nach unten gesenktem Kopf, entrückt in eine trübe, manische Gegenwelt, wo es kein Café Slavia gab und keine Männer, mit deren hirnloser Geilheit sie hirnlos Jojo spielen konnte, wo immer alles vorbei war, bevor es begonnen hatte, wo das »Da-Sein« keinen Sinn hatte, schon gar nicht das »Da-Sein« derer, die man liebte. An wen dachte sie genau? An Valja den Freundlichen, der nun schon zum zweiten Mal sein Kind – Serafina – verloren hatte und damit auch sie, die launische Lenotschka, genannt Mama, Mamascha, Mamotschka, den menschlichen Herbstwind sozusagen. Sie dachte an diesen lieben, sanften, allerdings auch berechnenden Mann, der die Besucher des Miami Holocaust Memorials vor Preiserhöhungen für Namensgravuren in die Memorial Wall warnte, weil er es gut mit ihnen meinte – aber auch, weil er nach dem dankbaren Lächeln eines Fremden wie ein ungeliebtes Kind nach Lob gierte. Der zu allem, was sie tat, Ja sagte, damit sie ihn liebte. Der nicht mehr war als der völlig untalentierte Sohn des Meisterspions Mel Wechslberg, der erst lange nach Trotzki aus der Sowjet-Enzyklopädie gestrichen worden war, eine menschgewordene Fußnote, ein dynastischer Profiteur, zufrieden, wenn er sich auf den bedeutenden Vater berufen konnte. Sie sah ihn in Miami am Flughafen stehen, vor dreieinhalb Monaten, der unermüdliche Jasager hatte sie auch noch hingefahren, er hatte Blumen für sie dabei und einen überflüssigen Rat. »Dein Wowa ist kein netter Mann. Darum liebst du ihn, und darum solltest du lieber mich lieben. Mach trotzdem, was du für richtig hältst, und flieg nach Prag. Danke, Lenotschka, dass ich dich kennenlernen durfte!«

Als sie, das pompöse, verschlafene Rudolfinum-Gebäude bereits vor Augen, daran dachte, bekam sie plötzlich höllische Schmerzen in der Brust. Liebte sie ihn doch? War ein doppelzüngiges Schätzchen wie er besser als ein falscher Teufel wie Wowa? Sie drehte den Kopf, schaute aufs gegenüberliegende, dramatisch ansteigende Moldauufer und die Burg und die chaotischen Dächer der Kleinseite. Alles war schwarz und silbergrau wie auf einer traurigen, alten Schwarz-Weiß-Fotografie, dann jagten weiter oben die langen, dünnen, schlierigen Wolken im Herbstwind davon, der Abendhimmel war plötzlich nackt, leer und tot, und sie musste sich schnell auf die nächste Parkbank retten, bevor sie mitten auf der sandigen, matschigen, pfützenübersäten Flusspromenade kollabiert wäre. Natürlich blieben die drei Männer vor ihr – Wowa, Kostja, der Ex-Major – in derselben Sekunde stehen. Natürlich fragten sie sie besorgt, ob alles in Ordnung sei. Sie nickte, rappelte sich auf und ging gleich wieder weiter – und natürlich tat ihr das Herz immer noch weh, als sie dann, zwei Stunden später, neben dem Gentleman des Rock auf der Bühne des Rudolfinums stand, oben, vor zweitausend Leuten, er im Scheinwerferspot, sie halb, und als er sich auch noch, singend und geheimnisvoll lächelnd, vor sie kniete, die Gitarre ablegte und die Hände faltete, fing sie an zu weinen – und machte gleichzeitig mit dem ganzen Saal Luftfellatio.

Die *Kiddush Tour 2007* war Lou Harpers geglückter Versuch, die Sechzigerjahre mit dem wesentlich strengeren Jahrtausendbeginn zu versöhnen. Nein, die *Kiddush Tour* sollte die Pornpics von Hydra, die über Noah und Knute ins Internet und in den New Yorker gelangt waren, als Dokument einer besseren, aber gefährlicheren Epoche erscheinen lassen. Nein, auch nicht. Diese sauschwere 11-Monate-Tournee, die er als durchtrainierter, aber von ewigen Vatersorgen und Kreativblocks innerlich ausgehöhlter Siebzigjähriger unternahm, war die letzte Möglichkeit, die er hatte, um wieder zu Geld zu kommen – nachdem er von seiner Managerin um Songrechte, Merchandisingrechte, karibische Geheimkonten, Aktienbeteiligungen etc. gebracht worden war, während er auf dem Mount Toruhu von Rami Bar-On alias Shaki »7« Inch in Autosuggestion unterrichtet wurde, die der falsche Mönch selbst gar nicht beherrschte. »Wahrscheinlich«, hatte Lou ein paar Wochen vor dem Pragkonzert im Wochenendmagazin der Mladá fronta gesagt, »ist es von allem etwas. Aber wieso hat mich noch keiner gefragt, warum die *Kiddush Tour* so heißt? Ist wirklich keinem aufgefallen, dass alle meine Songs wie alte chassidische Tunes mit englischen Texten klingen?«

Die Mladá fronta lag in der Italská täglich im Postkasten, dort hatte Mamascha das Gespräch mit Lou, von dem sie vorher nie gehört hatte, entdeckt und gelesen. Dieser Lou Harper sah so aus, wie sie damals in Moskau geglaubt hatte, dass später Wowa und Valja aussehen würden: blasses, unverfressenes, ausdrucksstarkes Gesicht, bei dem Alter keine Rolle spielte trotz Falten, Altersflecken und hängender Lider, weil man durch die gierigen Augen dieses ostjüdischen Beaus direkt in sein Herz schauen konnte, das angesichts von zweitausend Jahren Diaspora lächerlich jung war. Außerdem gefielen Mama die Pornpics von Lou mit den minderjährigen Hydra-Engländerinnen an sich sehr gut. Sie fand es seit den wilden Tagen des Prager Frühlings, der ja nicht nur im ZK-Plenum und in der Viola-Bar stattgefunden hatte, falsch und langweilig, wenn alle immer so taten, als hätten sie zu Hause keinen Sex. Darum hatte sie auch mein Wichsender-Heine-Plakat in der Küche in der Italská aufgehängt oder in ihrem Buch ein ganzes Kapitel darüber geschrieben, was Golda die Unrasierte heimlich unter der Bettdecke machte, während Mojsche der Grebser nachts auf dem Klo sein Kondom abstreifte und (aus Sparsamkeit mit kaltem Wasser) im Handwaschbecken seine Intimwäsche erledigte.

Glückliche, unglückliche Mamascha! An all das (und komischerweise auch an die Leiche von Ingrid, wie sie am Tag ihres Selbstmords gefunden worden war, verdreht wie eine vom Himmel gestürzte Taube) dachte sie, als Lou seine Gibson vor ihr auf den schwarzen zerkratzten Bühnenboden des Rudolfinums legte, die Hände priesterhaft faltete und zu ihr aufsah. Es wurde sofort still im hohen, engen, barocken, frisch renovierten Dvořák-Saal, so still, wie es nur sein kann, wenn zweitausend Leute darauf warten, dass etwas Unerhörtes passiert. Aber es passierte nichts. Die Pause wurde bald für manche so schwierig, dass sie wegschauen oder rausgehen mussten. Wowa, Kostja und der Ex-Major, die schon aufgestanden waren, setzten sich wieder hin, und Wowa und Kostja sahen einander so an wie früher in der Bartolomějská kurz vor Kostjas finaler Übrigens-was-schreibt-eigentlich-gerade-der-und-der-Frage, es war dieser tief intellektuelle, aufrichtige Tscheka-Blick, wie ihn Kostjas bürokratischer Nachfolger Sekora nicht mehr kannte und konnte. Oben auf der Bühne passierte immer noch nichts. Und als schon alle dachten, Lou habe in dreißig Jahren Sex, Drugs und Extrem-Meditation das Gespür fürs Timing verloren, sagte er leise, tief, langsam zu Mamascha: »Mother, will you light the shabbes candles for me tonight?« Die erstaunte Mamascha schob wie ein Boxer, den man in Zeitlupe einen kräftigen Schlag seines Gegners kassieren sieht, die Schultern hoch. Der Kopf mit den hochtoupierten Fick-mich-Haaren rutschte nach hinten und klappte danach unendlich langsam vornüber, und während ein vorsichtiger, anti-antisemitischer Applaus des in der jüdischen Frage eher unentschiedenen Prager Publikums aufbrandete, sagte sie, die atheistische russische Jüdin, in Lous Mikrofon das einzige hebräische Wort, das sie kannte: »Schalom.« Und das war immer noch besser als »Klar würde ich sofort mit Ihnen ins Hotelzimmer verschwinden, Mr. Harper, wenn Sie es wollen, aber bin ich Ihnen nicht zu alt?«

Später beim Kiddusch in Lous Garderobe stand sie so nah und schutzbedürftig neben ihm wie seine Gefährtin. Er führte ihre Hand, als sie die Kerzen anzündete, er sagte ihr auf Hebräisch den Weinsegen mit seinem lustigen englischen Akzent vor, sie sprach ihn mit ihrem lustigen russischen Akzent nach: »Baruch ata adonai elohenu, usw.« Wowa der Schreckliche saß die ganze Zeit beleidigt auf einem weißen, fleckigen, zerkratzten Lederriesensofa, wie sie in allen Künstlergarderoben der Welt stehen, den verhassten neuen Krückstock zwischen den Beinen, links von ihm Kostja, rechts Sekora, beide von so großer Prominentennähe angenehm geschockt –und als Lou, der den ewigen Fedorahut auch während der Zeremonie frech nach hinten geschoben hatte, den dreien die Becher mit dem Kidduschwein reichte, kippte Wowa sofort seinen heimlich hinters Sofa und flüsterte dem Ex-Leutant zu: »Scheißreligion.« Danach hatte Lou noch eine kleine Ansprache auf Englisch gehalten, Thema: *Kiddush Tour* warum und wieso, und Kostja, der als Einziger Englisch konnte, hatte übersetzt.

»Gerechtigkeit kommt nie, wenn man sie braucht«, sagte Wowa jetzt. Er war sehr sanft. Er aß seinen dritten Blintschik mit Crème fraîche und Kirschmarmelade, und die Marmelade klebte an seinen Wangen und an seinem schweren Karubiner-Kinn. »Lou kann seinen vollgekotzten Hut natürlich vergessen.«

»Der hat hundert davon«, sagte Rabbi Balaban. »Kann ich die Schüssel mit dem israelischen Salat haben?«

»Darum hat er also nichts gesagt.«

»Warum soll er was sagen?«, sagte Mamascha. »Er hat ihn mir selbst hingehalten. Ein Gentleman!«

»Aber vorher hat er dich mit Ritualwein besoffen gemacht und auf die Herrentoilette entführt. Macht man das, wenn man gut erzogen ist?«

»Wenn es Gerechtigkeit gäbe, wär nicht nur deine Ingrid tot – du wärst es auch, du Teufel! Gib zu, sie hat es gemacht, weil du sie nicht geheiratet hast.«

Es wurde wieder still in der Küche in der Italská, noch viel stiller als im Rudolfinum am Abend davor. Diese Art von Stille, steht bei Swedenborg, tritt immer dann ein, bevor die Seele des in der geistigen Welt Angekommenen geschätzt wird. Was tat dieser Mensch, als er eine irdische Gestalt hatte? Wen betrog er? Wen verführte er? Wen brachte er um Leben oder Geld? Und dann kommt der Augenblick, in dem laut aus den Tagebüchern des Hinüberwandernden vorgelesen wird oder seine geheimen Gedanken in LED-Schrift auf eine große Wolkentafel projiziert werden. Bei den Karubiners in der Küche war es ähnlich. Nur dass der, der jetzt gleich geprüft werden sollte, gar nicht da war: ich.

»Schön – nicht?«, sagte Wowa.

»Was soll schön sein, bitte?«, sagte Mamascha.
»Dass wir alle zusammen sind.«
»Ja, das ist schön. Das ist wahr.«
Auch Balaban sagte, dass er das schön finde, und Wowa und Mamascha sahen den alten, bärtigen Kerl mit den kajalschwarzen Lidern, der sich in ihr Haus und in ihre Familie eingeschlichen hatte, von oben herab, aber nicht unfreundlich an.
»Wenn Soli hier wäre, wäre es noch schöner«, sagte Wowa.
»Und warum ist er nicht hier?«, sagte Mama.
»Weil er beim Onanieren in einem Fitnessclub erwischt wurde.« Er hob den Stock hoch und deutete mit dem Knauf auf das Wichsender-Heine-Plakat. »Und weil er denkt, dass wir das nicht wissen.« Alle lachten.
»Und weil er glaubt, dass er jemanden umgebracht hat.«
»Nein!«
»Echt?«
Die Werbellinsee-Sache war Mama und Serafina neu, davon hatten sie in Miami und in Prag nichts gehört. Wowa, als ehemaliger Sekretär des Schriftstellerverbands gewohnt, die Tagesordnung zu bestimmen, nickte auffordernd Balaban zu, doch der hatte keine Lust, eine Geschichte zu erzählen, in der er nicht selbst als Hauptfigur auftrat.
Also erzählte Wowa, nachdem er mit lautem Gluckern noch schnell ein halbes Glas Kwas geleert hatte, vom großen Claus-Müller-Porträt im Hamburger Abendblatt. Müller, der neue literarische Superstar, der deutsche Pasternak, wie er jetzt überall hieß, berichtete, wie er das Tausend-Seiten-Werk *Die Litze* nur unter der Anleitung von Solomon Karubiner schreiben konnte, von ihm entmutigt, ermutigt, ignoriert. Einmal habe ihn der beherzte Deutschenhasser sogar in einen See gestoßen, so wie man sein Kind ins kalte Wasser wirft, weil er ihm zeigen wollte, wie es ist, wenn aus der düsteren romantischen Welttheorie Wirklichkeit wird, worauf er, Müller, wiederum so getan habe, als wäre er ertrunken, und das

tue ihm natürlich sehr leid, weil seit diesem Tag Solomon Karubiner verschwunden sei.»Und darum hat unser kleiner wichsender Schwachkopf mit 43 Alija gemacht. Wie überflüssig. Das ist so, als würde er sich erst jetzt beschneiden lassen.«

»Beschnitten kommt niemand auf die Welt«, sagte Mamascha mit lolitahaftem Klingeling in der brüchigen Seniorinnenstimme. Dieser Tonfall war ihre Spezialität, wenn sie andere mit Gedanken überraschen wollte, die fast nichts mit dem vorher Gesagten zu tun hatten.»Unser Soli war schon 16, als wir ihn im Israelitischen Krankenhaus abholten und sein Pipi in einem blutigen Verband steckte. Das war deine Schuld, Wowtschik! Du hast mir 1963 verboten, mit ihm nach Budapest zu fahren und es dort vom besten ungarischen Mohel machen zu lassen. Weißt du das nicht mehr? Ich bin stolz auf ihn.«

»Du? Seit wann ist dir die Tradition wichtig?«

»Schon immer.«

»Nicht erst seit gestern Abend, Herzchen?«

Mama hob den Finger und schrieb den Namen der toten Zahnärztin in die Luft.

»Nein, natürlich nicht. Entschuldige«, sagte Wowa der Schreckliche sanft. Und dann erinnerten sich beide gleichzeitig an Lous Garderoben-Ansprache, die zwar ein paar Längen gehabt hatte, aber vor allem Mamascha wegen ihres ausgesprochen privaten und bekenntnishaften Charakters sogar noch besser gefallen hatte als das Konzert.

Lou, blass und müde von seinem Dreistundenauftritt, mit Schweiß in den jugendlich schwarzen, dünnen Augenbrauen, hatte seine Worte leise und vorsichtig wie ein Träumender gewählt. Erst sprach er davon, wie er, der Sohn eines gottlosen Gangsters, Gott in der Musik gesucht habe, wie eines Tages eine Akkordfolge, die es hunderttausendmal gab, von ihm selbst gespielt eine überraschende melodische Wendung bekam. So hatte er *Conny* komponiert, G, D, A, C, und als Refrain eine von den Beatles gestohlene Mollkombination. Als Prophet Elija den großen König als Baalheiden und Hypochonder beschimpfte, konnte er sich Elohim nicht näher gefühlt haben als Lou, wenn er in der Hollywood Bowl vor zehntausend Leuten *Conny* sang. Aber wie lange konnte das funktionieren mit einem einzigen Hit? Also hatte er begonnen, den Sinn des Großen Unsinns – und sich selbst – zwischen den Beinen seiner Groupies zu suchen, je jünger, rosiger, haarloser, desto größer der Transzendenzeffekt. Als das nicht mehr half, kamen die Drogen, dann die Gin Tonics und dann das totale Cold-turkey-Nichts. So landete er, wie er heute sagen würde, schließlich bei den lauwarmen Ideen von Siddharta Gautama (alles einsehen, wie es ist; nicht mehr wollen als angebracht) und in einem neobuddhistischen Tempel in den Hügeln von Malibu. Und dort, hatte Lou noch leiser, aber auch artikulierter erklärt, würde er wahrscheinlich bis heute die Zeit und sein Talent totschlagen, wäre nicht eines Tages ein Mensch im Erdgeschoss seines Mid-City-Hauses aufgetaucht, ein Freund, Geschäftspartner und Untermieter seines Sohns, der ihm wie ein komischer, Schrägstrich, missratener Zwilling seines Großvaters Haimele »IQ« Rotgast vorkam, des Gründers der Westküstenmafia. Dasselbe olivfarbene, ernste, ausdrucksstarke, notgeile Gesicht; ebenfalls mindestens drei jiddische Worte pro Satz; und eine todesverachtende Geringschätzung von Geld, wenn es darum ging, es für Luxusgüter rauszuwerfen.

Dieser wie aus der Zeit gefallene Mensch hieß, so Lou mit einem plötzlich leicht angewiderten Ausdruck in seinem Sexy-Ponem, Noah Fantabile oder Cantabile oder so ähnlich, und obwohl er wie ein Clown angezogen war und auch so gestikulierte, aß, dachte und sprach, überraschte er Lou irgendwann mit einem goldrichtigen Old-School-Statement. Es ging um zwei kleine, noch nicht mal besonders hässliche Bnei-Akiwa-Mädchen, die eines Morgens an seiner Tür klingelten und selbstgebackene koschere Brownies verkauften, angeblich, um das eingenommene Geld für den Bau des Dritten Tempels zu spenden. »Ich hab ihnen natürlich sofort die Tür vor der Nase zugeknallt«, hatte Lou in der Rudolfinum-Garderobe seinen ehrfürchtigen Zuhörern erzählt. »Aber plötzlich stand der galizische Clown halb nackt vor mir, er spuckte prustend einen riesigen roten Sexknebel aus und sagte: ›W-w-was ist los, Mr. Lou? Keine Lust auf eine Mizwe, auf die vom Talmud vorgeschriebene gute, heilige Tat? Nu schojn, auch okay. Immer noch besser a schlechter Jid als ein f-f-falscher Goj!‹ Nein«, schloss Lou und hob im Neonlicht seines kahlen, überheizten Umkleideraums schon leicht angeschickert den Weinbecher, »mehr hat Haimeles stotternder Wiedergänger nicht gesagt. Aber mir hat es trotzdem gereicht, um auf den richtigen Weg zurückzufinden, Ladies und Gentlemen. Darum die *Kiddush Tour!* Darum wieder der Glaube an den Glauben der Väter, darum mosaischer Lieber-Jericho-als-nichts-Pragmatismus mitten in den fatalistischen Nullerjahren, darum am Ende jedes Konzerts ein Ständchen für die jiddische Mame per se, die bisher immer im Publikum saß.«

Und dann rief er in den leise einsetzenden, vorsichtigen, schleppenden Applaus seiner Garderobenclaque hinein aus: »Wer Wurzeln hat, wird auch beim stärksten Wind nicht weggeweht. Le chajim, Frau Karubiner!«

Mamascha war mit der Erinnerung an den gestrigen Abend vor Wowa fertig. Während der alte, traurige Romeo noch daran dachte, wie pathetisch und halb-intelligent er Lous Gerede fand und wie er später die betrunkene Mamascha überall gesucht und schließlich schief wie einen zerbrochenen Besenstiel auf dem Stuhl vor den Herrenklos wiedergefunden hatte, sagte sie: »Du hast recht, Wowaleben, das war kein Abend wie jeder andere. Lou hat mich überzeugt.«

»Wowaleben? Seit wann kannst du Jiddisch? Hat er dir das auch noch beigebracht, dieser alte Potz? Unsere Renegaten hatten anspruchsvollere Saulus-Erlebnisse als er. Koestler war praktisch tot, bevor er uns verriet. So einfach wird man Choseret Be'tschuwa?«

»Hör auf, ich rede über unseren Sohn, nicht über die Parteilinie. Er ist kein schlechter Junge, ich kenne üblere Typen. Noch Tee, Rabbi?«

»Ein Junge, der Leute, die ihm nicht passen, ins Wasser schmeißt.

Der sich, wenn ihm danach ist, mitten auf der Straße in den Schritt greift. Der seinem armen, alten Vater 40 000 Euro schuldet – und einfach nicht wiedergibt.«

»Ich dachte, Papa«, sagte Serafina, »Noah hat dir das Geld schon gegeben. Das hast du mir selbst erzählt.«

»Nein, wie kommst du darauf«, log Wowa. Dann sagte er zu Mamascha: »Kann es sein, dass Solis Noah derselbe Idiot ist wie der, von dem uns dein Lou gestern erzählt hat? Warum ist unser Sohn mit diesem nutzlosen, verwöhnten Schwachkopf so« – er kreuzte Zeige- und Mittelfinger, beide haarig und krumm – »als wären sie Brüder! Ist er auch eine Null?«

»Nein, er ist keine Null«, sagte Mamascha. »Er ist zu empfindlich, er hat oft übertriebene Ansichten und onaniert zu viel. Na und? Er ist unser einziges Kind, ich hab lieber ihn statt Kreisky als Sohn. Ist es gut für Soltschik im Heiligen Land, muss es so sein. Damit sollten sich auch die unter uns abfinden, die 49 schon die Papiere für Birobidschan beantragt hatten. Und in der Mladá Fronta seltsame Manifeste veröffentlichen.«

»Woher willst du das wissen? Du liest Zeitungen?«

»Wer fragt das? Der dümmste Mensch der Welt?«

»Papa«, sagte Serafina in die kurze Pause hinein, in der beide nach neuen Beleidigungen suchten, »warum hast du Soli bis jetzt nicht gesagt, dass Müller lebt?« Wie immer folgten bei ihr Gedanken Gefühlen, nicht umgekehrt. Erst donnerte es in Serafinas extrem-emotionaler Welt – Soli, das einzige 100-prozentige Karubinerkind? wie gemein! –, der Blitz der Erleuchtung kam lange danach, wenn überhaupt.

»Vergessen«, sagte Wowa.

»Vergessen?«

»Kann man nicht einmal etwas vergessen?«, sagte der alte Romeo wütend und schlug nicht allzu kräftig mit der Faust auf den Tisch. »In meinem Alter? Mit meiner Geschichte? Mit Rückenschmerzen wie die Inquisition?«

»Nein, kann man nicht«, erwiderte Serafina, endlich erleuchtet, und jetzt wurde das Frühstück in der Italská zu einer unschönen Psychoschlacht. Serafina schlug ebenfalls auf den Tisch, natürlich stärker, und hob den Arm in Richtung Papascha, aber der Rabbi hielt sie zurück. So sagte sie nur leise und traurig: »Warum habt ihr mich immer noch nicht gefragt, wie meine EMDR-Sitzung war? Meine erste EMDR-Sitzung!« Mehrere unterschiedlich große rote Flecken erschienen auf ihren kräftigen Wangen und verschwanden nicht. Zwei winzige Tränen rannen links und rechts an ihnen herunter. Und Balaban, der Sexrabbi, bekam einen Ständer, weil ihn nichts mehr anmachte als Serafina, die litt, aber das sah natürlich keiner am Tisch. »Wie konntet ihr das vergessen? Weil ihr immer nur miteinander beschäftigt seid. Soli hat recht. In der Liebe seid ihr Teenager. Diese Familie, von der ihr redet, gibt es nicht. Uns habt ihr nur gemacht, weil ihr nicht aufgepasst habt.«

»Euch?«, sagte Wowa.

»Aber, Djewotschka«, sagte Mamascha, »reg dich nicht auf. Oder doch, reg dich auf, verbrenn Kalorien. Also, wie war deine Hypnose? War's ... interessant?«

»Das ist keine Hypnose, Mama, und interessant ist auch nicht das richtige Wort«, sagte Serafina. Dann sagte sie: »Warum gibt es in diesem Haus immer so viel zu fressen?« – und schob ihren Teller weg. Und dann erklärte sie arrogant, ohne eigenes tieferes Verständnis der Materie, den Unterschied zwischen traditioneller Hypnose und Francine-Shapiros-Traumatherapie, sie sagte, jeder habe zwei Leben, eins, das er kennt, und eins, das er vergessen hat oder vergessen soll – und schließlich machte sie diese beiden sturen, archaischen Wesen, von denen sie leider abstammte und deren Genome bestimmt nur Altägyptologen entziffern konnten, mit der von der Kohn-Prokopova beglaubigten Zweitversion ihrer Lebensgeschichte vertraut.

Wowa und Mama hatten offenbar schon schockierendere Eröffnungen gehört. Als es um Mamaschas große, dunkelrote Granatohrringe ging, fasste sich Mamascha an die Ohren und murmelte:

»Die hab ich lange nicht mehr getragen. Wo sind sie überhaupt?« Als Serafina sagte, endlich wisse sie, warum sie Angst vor Flughäfen habe und schlecht von Flugzeugverspätungen träume, statt wie jeder andere von Abstürzen, sagten Wowa, Mamascha und der Sexrabbi gleichzeitig: »Sei doch froh.« Als Serafina Wowa fragte, ob Djeduschkas Leben wirklich 40 000 Dollar wert gewesen sei, machte Wowa sein Stein-in-Stein-Agentengesicht und sagte: »Das war das Startkapital für die Emigration«, während Mama sich schnell eine neue Idee für das *Agentenmärchen* in ihren ewigen Küchenblock notierte. Und nachdem Serafina im Drei-Satz-Stil ihrer Therapeutin den Schlussakord gesetzt hatte – »Hab ich mich als Kind auf dem Schoß meines Vaters fremd gefühlt? War ich froh, als ich erfuhr, dass offensichtlich alles nur fake war? Spür ich heute, dass er doch mein Papascha ist?« –, sagte Papascha zu Mamascha: »Na, dann ist ja alles gut, Herzchen. Eins zu eins. Ich verzeih dir Miami und du redest nie wieder über Ingrid mit mir.«

Ich war nicht an diesem Morgen in der schwach beleuchteten Italská-Küche – obwohl sie es alle wollten –, aber wäre ich da gewesen, hätte ich spätestens an dieser Stelle einen Auftritt gehabt, wie man ihn von mir aus deutschen Fernsehtalkshows kennt (als ich noch eingeladen wurde). Von einem intellektuellen Jähzorn übermannt, mit dem nur die besten Schüler im Cheder von Buczacz ausgestattet waren, hätte ich gesagt: »Rabbonu scheloinu, das erinnert mich doch an was! Das ist wie die Geschichte vom toten Hund auf dem Balkon. Serafina, warum fällt dir das nicht ein? Weil du eine Frau bist? Wenn die Karubiners eine Nation wären, müsste ein solcher Tag in die Geschichtsbücher. Brennen sollen Leute, die so was ihren Nächsten antun!« Und dann hätte ich meine Lippen zu einem stummen, bösen Klugscheißerlächeln verlängert.

Also, das war so: Mamascha, die Natur nur von Van-Gogh-Drucken und Tiere aus dem Zoo kannte, hatte ein paar Jahre einen Hund, einen lahmen, langweiligen Dalmatiner mit einem Thomas-

Bernhard-Gesicht und dem lächerlichen jüdischen Namen Pessach, der eines Tages vor der Talmud-Thora-Schule am Grindelhof von einem Schneeräumwagen überfahren wurde, weil er nicht schnell genug aus dem Weg gegangen war. Den Hund hatte sich Mama besorgt, weil Wowa sich Ingrid besorgt hatte, aber das wusste Mama nicht, solange der Hund lebte – und Ingrid. Arme, unbewusste Icherzähl-mir-meine-Märchen-selbst-Mama! Wie oft saß sie auf dem Boden neben dem Hundekorb, säuselte auf Russisch Babyzeug und streichelte Pessachs Bauch bis knapp vor die Hoden. Pessachs Erektionen ignorierte sie, und wenn Serafina und ich sagten: »Mama, das ist ekelhaft«, sagte sie: »Das ist sein Charakter, dafür kann er nichts, und mit mir hat das auch nichts zu tun. So ein kluges, liebes Tierchen! Guck mal, wie es sich schämt und die Ohren hängen lässt! In dieser Familie hat mich lange keiner so angeschaut.«

Dann passierte der Slapstick mit dem Schneewagen. Wowa war gerade bei mir in Berlin, in der Swinemünder, Deutsch-Russischer Erdgaskongress; alle anderen Teilnehmer schliefen im Adlon oder im Hotel de Rome, nur er sparte und machte Schweißflecken in mein damastbezogenes Bett. Kaum war er da, kriegte ich schreckliche Sehnsucht nach der Hartungstraße und erfand einen Grund für einen überraschenden Hamburgbesuch: Jemand aus dem Warburg-Clan wolle den Buddha kaufen und käme ohne mich bei Darius Mann nicht ins Atelier, er solle mir nicht böse sein, vielleicht bekomme er jetzt endlich sein Geld zurück. Im Zug kam eine SMS von Serafina: »Gut, dass du kommst, Karotte. Wowa der Schreckliche ist nicht mein Vater! Ein tschechischer Grieche aus Düsseldorf hat mich nachts um drei angerufen und mir alles gesagt. Oder war es ein griechischer Tscheche? Wenn es wahr ist, springe ich.« Ich schrieb: »Was sagt Mamascha? Stimmt es? (Spring!)« Sie schrieb: »Sie kann jetzt nicht mit mir reden, sagt sie, weil der geile Pessach überfahren wurde und sie ein Grab für ihn sucht. Sie ist froh, dass es raus ist.«

Als ich in die überheizte Hartungstraße reinkam, lag Serafina halb tot im Bett, auf dem Rücken wie ein angeschwemmter Wal, und sagte kein Wort. Der tote Pessach lag, eingewickelt in die Decke, in der Mamascha sonst den Topf mit dem Buchweizengries warm hielt, auf dem Balkon. Und Mamascha saß in der Küche und legte Patiencen und redete nicht. »Mama«, sagte ich, »ist es wahr?« »Ja«, sagte sie nach einer langen Pause, während auf dem Küchenfester eine riesige Frostblume aufblühte, »Pessach ist tot.« »Mama, das meine ich nicht. Was sagt Papa?« »Er hat vorhin angerufen. Alles in Ordnung. Er kann ja sonst auf Reisen nie, aber bei dir – kein Problem!« »Mama« – ich wechselte taktvoll das Thema –, »warum liegt der tote Hund auf dem Balkon?« »In Pinneberg ist ein hübscher Dalmatinerfriedhof, aber die Friedhofsgärtner haben alle mexikanische Grippe. Und in der Wohnung würde der Hund schlecht werden.«

So war das, als Serafina erfuhr, dass sie angeblich einen falschen Vater hatte. Und jetzt, nachdem sie erfahren hatte, dass er doch der richtige war, wurden ihre Gefühle genauso ignoriert. Es war Wowas und Mamas sowjetische Schule: Worüber man schweigt, das gibt es nicht.

»Papa«, sagte Serafina endlich und steckte sich, um nicht gegen den Tisch zu schlagen, irgendwas zum Essen in den Mund, »freust du dich gar nicht, dass du mein Papa bist?«

»Doch. Doch, doch.«

»Willst du nicht wissen, warum Mama mir und dir den peinlichen Valja als genetischen Strohmann angedreht hat?«

»Ja. Ja, natürlich. Nu, warum, Herzchen?«

Exkurs: In Wowas StB-Papieren, auf die ich, damals noch in Berlin, im Internet wegen des falsch geschriebenen Vornamens gestoßen war, gab es nicht nur die Operationsakten von IM Quido. Jemand – Kostja? Sekora? Mr. X? – hatte an Wladimir »Wowa« Karubiners Verpflichtungserklärung handgeschriebene Seiten mit seinem Lebenslauf geheftet. Die unsanften Revolutionäre vom Südböhmischen StB-Archiv hatten jedes Blatt gescannt, hochgeladen, transkribiert. Ein Lebenslauf mit Poesie-Potenzial? Vielleicht. Vor allem aber wusste ich das meiste nicht. Die Familie hieß eigentlich Rubinersztein und stammte tatsächlich aus Buczacz, ehemals k. u. k. Der Name wurde 1919 geändert. Der Vater von Wowa – Djeduschka! – marschierte mitten im Bürgerkrieg ins Rathaus von Stanislawów und schlug dem Standesbeamten das slawische »Kamenew« vor. Der Beamte, seit 1897 auf demselben Stuhl, war gut informiert und wusste, dass dieser Name an einen anderen, prominenteren Juden vergeben war, einen berühmten Oktoberrevolutionär. Aber er ließ sich auf einen Kompromiss ein: Karubiner. Wahrscheinlich waren die Karubiners trotzdem mit der Familie des Stalin-Freunds und -feinds Leo Kamenew verwandt, aber nur indirekt, über einen angeheirateten Onkel, der in Baden-Baden an Syphilis starb, und spätestens seit 1940 verloren sie darüber kein Wort mehr.

Der künftige IM Quido wuchs als Wladimir »Wowa« Karubiner in der elitären Datschensiedlung Pokrowka bei Moskau auf. Er kam in die Grundschule in Pokrowka, später aufs Gymnasium in Moskau. Sein sechstes Lebensjahr verbrachte er in der Kinderstation einer Tuberkuloseklinik. Er las tagsüber Pionierliteratur und die ganze Nacht *Marx für Kinder* aus der Krankenhausbibliothek. Und er bekam fast nie Besuch, weil die Eltern ständig durchs Land trampten und Schwarzmarktware organisierten. Irgendwann fuhr die harte Mutter Karubiner – eine frühe neue Russin – bei minus 20 Grad hundert Kilometer auf einer offenen Lkw-Laderampe nach Kapustowo, um ein paar Kanister mit Salzgurken zu holen, und eine Woche später war Wowa Halbwaise. Er schluckte das runter. Er hatte Schlimmeres hinter sich: zehn Monate Krankenhauskleidung, in der Hand immer ein altes Marmeladenglas, in das er seinen grauen Auswurf spucken musste. Im Auswurf schwammen die großen, langen Kochstäbchen wie Fische. Um sich von ihrem Anblick nicht zu übergeben, sagte der kleine Wowa leise: »Macht, was ihr wollt. Und ich mach, was ich will.« Das dachte er auch, wenn Kinder in der Nacht Blutstürze hatten, an ihrem Blut erstickten und von flüsternden Schwestern weggetragen wurden.

»Und seitdem, Serafinchen«, sagte Mama, die jetzt in der Italská-Küche fast wörtlich die Geschichte erzählt hatte, die in Wowas Geheimdienst-CV stand, »seitdem hat dein Vater dieses unwiderstehliche Lasst-mich-in-Ruhe-Leuchten im Gesicht. Und er ist außerdem so ein schöner Mann. Und er hat so große …« Sie wurde rot. »Also verliebte ich mich in ihn!« Sie sah zu ihrem inzwischen 77-jährigen Meister und Quälgeist hinüber. »Ja, ja, guck mich an! Seitdem liebe ich dich, du Aas.«

»Na und?«, sagte Serafina. »Ich hab hier nicht nach Papas Charakter gefragt.« Ihre Dankbarkeit für über vierzig Jahre warme Kleidung, zu viel Figurkritik und eine tief im Psychologismus des frühen 20. Jahrhunderts verankerte geistige Indoktrination hielt sich noch mehr in Grenzen als sonst. Sie war so genervt, so unsubmissiv, so rebellisch, dass Balaban auf das von Mama zugemauerte Küchenfenster zu starren begann und sich andere, wehrlosere Frauen vorstellte, etwa die minderjährige Tochter von Rabbi Singer, dem Leiter des Liechtensteiner Chabad-Sanatoriums. »Scheiße, Mama, wie meinst du das?«

»Das ist doch ganz einfach, wieso verstehst du das nicht? Sie versteht es nicht, weil sie das Leben nicht kennt! Du guckst nur fern, chattest, surfst« – die beiden letzten Worte sprach sie mit starkem russischem Akzent aus – »und telefonierst so viel wie eine Telefonistin. Eine Zeit lang, Serafinchen«, sagte Mamascha dann milder, »dachte ich: Ich kann, ich darf, ich will so ein Scheusal nicht lieben! Verstehst du jetzt? Hast du so eine Frau schon mal in einem Film gesehen? Das war in dem Jahr, als ich es mit Valja versucht habe. 1956.«

»In dem Jahr, Herzchen«, sagte Wowa, »in dem du fast jede Woche wie eine Katze an meiner Studentenwohnheimtür gekratzt hast.«

»Hätte es dir nicht gefallen, hättest du nicht aufgemacht!«

»Wir haben, liebe Kinder«, sagte Wowa, als säße ich neben Serafina und nicht der böse, fremde Sexrabbi, »immer nur armenischen Cognac getrunken, alte Tangoplatten von Zadkin gehört und uns gegenseitig leise Puschkin-Gedichte vorgelesen. Und als wir das Licht ausmachten, schliefen wir praktisch sofort. Vorher gab's manchmal nur ein bisschen Geschrei und Streit mit meinem Zimmergenossen Umur, dem usbekischen Agronomiestudenten, der den ganzen Tag depressiv im Bett lag und mein Bett anstarrte. Viel lauter wurde es danach aber nicht.« Er grinste stolz wie ein Sechzehnjähriger nach seiner ersten Nacht.

»Bist du mir böse, Wowtschik?«, sagte Mamascha. »Valja war mein Ehemann, als ich sie mit dir gemacht habe.« Sie guckte zu Serafina herüber. »Das konnte ich doch damals niemandem sagen. Schon gar nicht dir.«

»Mein Herz! Wir können uns nicht die Zeit und die Moral aussuchen, in der wir leben«, sagte Wowa. »Es gab mal einen Mann in Buczacz, der hatte mit drei verschiedenen Frauen drei Kinder, und jede Frau erzählte ihrem Ehemann, es wäre von ihm. Alle in Buczacz wussten es, die Ehemänner auch. Die Geschichte hat mir Djeduschka erzählt, als ich noch klein war, um mir zu zeigen ... ich weiß gar nicht mehr was. Du hättest aber nicht nach Miami fahren sollen! Das war schlimm. Das war kein Leben ohne dich. Och, was für schreckliche vier Jahre! Blutdruck, Verdauung, Träume, alles im Arsch.« (Da er russisch sprach, klang »Arsch« nicht so schlimm.) »Und manchmal ist Soli aus Berlin gekommen und hat ein Gesicht wie Ödipus gemacht.« (Das klang bösartiger.)

Mama sagte nichts und stand mühsam auf. Es war das erste Mal in ihrem Leben, dass sie sich wie eine Greisin bewegte. Serafina begann autistisch mit einem Bein zu wippen und gegen das Tischbein zu treten. Und Balaban stand wortlos auf und ging raus. Er kam sofort zurück, machte in Richtung Wowa ein Zeichen – er hob jesajahaft die Hand gegen ihn, streckte den Zeigefinger aus – und ging endgültig raus.

»Und wie ging es dir? Warst du in dieser Zeit auch nur eine Fremde in deiner eigenen Haut?«, sagte Wowa zu Mamascha.

»Ja, ich auch.«

»Du hast mich also in Miami ... vermisst?«

»Ich vermisse dich schon, Wowtschik, wenn du eine Zeitung kaufen gehst. Oder« – sie machte in der Luft zwei Anführungsstriche – »im Vier Jahreszeiten einen Tee trinkst. Oder wenn du nach Bergedorf fährst. Warst du bei ihrer Beerdigung?«
»Das«, sagte Wowa mit der Würde eines heiligen Heuchlers, »würde ich dir niemals antun, mein Herz. Das wäre Betrug. Das wäre nichts Sexuelles mehr.«
»Hör auf, auf den Tisch zu hauen«, sagte Mama zu Serafina. »Du bist nicht mehr acht.« Sie stand auf und begann, die Teller einzusammeln. Jedes Mal, wenn sie sich zur anderen Seite des Tischs vorbeugte, drohte sie, nach vorn umzukippen, fiel aber doch nicht.
»Ich wusste immer, von wem du bist, Serafina. Dein Vater war immer dein Vater. Also, was beschwerst du dich?«
Wowa nickte.
»Und gib mir deinen Teller.«
»Guck mich nicht so an, Mädchen, ich bin unschuldig, du hast es gehört«, sagte Wowa. »Ich sagte, guck nicht so, sonst fängst du dir eine!« Er fing an zu lachen. »Das war witzig, oder? Und ihr sagt immer, dass ich nie Witze mache, du und dein bekloppter Bruder.«
In diesem Augenblick wurde der unverdrahteten, unbenebelten Serafina auch ohne EMDR-Kopfhörer klar, dass sie aus einer Familie von Irren stammte. Sie selbst fand sich nicht irre. Sie fand, dass sie ein paar Probleme hatte – ungewöhnliche, berührende Probleme –, die sie mithilfe der Kohn-Prokopova und einiger weiterer EMDR-Sessions beheben und in der *Bulimischen Enkelin des Meisterspions* einbauen würde – mehr nicht. Aber sie musste jetzt aufpassen. Sie durfte sich nicht, wie fast immer in den letzten 46 Jahren, von Mamas und Papas russischem Irrsinn anstecken lassen, sie musste ruhig bleiben und am besten den Alten eine Frage stellen, auf die sie sich wie Hunde auf einen Knochen stürzen würden, um nicht weiter auf ihr selbst herumzukauen. Aber ihr fiel keine Frage ein. Darum dachte sie an etwas ganz anderes, Notfallplan B, so hatte es ihr die Therapeutin beigebracht.

»Ich habe also an Wiedergeburt gedacht, Karotte, verstehst du das? Ich dachte, wer glaubt, dass er wiedergeboren wird, ist generell vorsichtig und genauso ein angenehmer Typ wie ich.« So endete auch schon fast ihre E-Mail an mich, die sie gleich nach dem Frühstück und einem – »falls es dich interessiert, schnellen, experimentierfreudigen und absolut uninzestuösen GV« – fertig schrieb. »Wer nämlich auf Inkarnation und Seelenwanderung steht, der macht keine Gemeinheiten. Der weiß, er könnte sein Opfer im nächsten Leben wiedersehen. Nach diesem Prinzip lebe ich, sicher ist sicher, und das einzige Opfer, das ich je hatte, warst du, das tut mir leid, ich entschuldige mich. Wir waren Kinder, wir sind es immer noch, und die Alten haben nie richtig auf uns aufgepasst, weil sie immer nur aufeinander aufpassten. Du hast recht. Mir hat das immer sehr wehgetan, viel mehr als dir, du narzisstischer Eisklotz! Darum gab ich wie alle Misshandelten die Misshandlung weiter – an dich. Also, tut mir leid, dass ich dir in Prag an die Wäsche gegangen bin, aber du hast es irgendwie provoziert. Und dass du mir früher vor dem Einschlafen die Füße massieren musstest, war auch scheiße von mir. Having said that, fällt mir deine komische Israelin ein. Hast du nicht erzählt, dass du mal nachts aufgewacht bist und sie hatte ein Messer in der ausgestreckten Hand, und die Hand war über dir? Und mit der willst du wieder zusammen sein? Lieber als mit uns?

Kleiner – ich will dir nicht erst bei meiner Nobelpreisverleihung wiederbegegnen. Komm endlich nach Prag. Rette mich, rette dich. Rette diese Familie! Wir haben nur die. Und zu erben gibt's auch etwas. Wowa der gar nicht so Schreckliche sagt, dass du keine Angst wegen der Schulden haben musst, er stundet sie dir einfach bis nach seinem Tod. Komisch, ich dachte, der geköpfte Noah hätte ihm längst die 40 000 zurückgezahlt.«

Nachdem Serafina die Mail weggeschickt hatte, guckte sie lange aus dem Fenster. Der Rabbi lag wieder hinter ihr auf dem Bett und las die australischen Rezensionen seines Buchs. Der Himmel über den roten und braunen Dächern von Vinohrady war bis zum grün bewachsenen Petřínhügel immer noch so hell, blau, klar wie vorhin, und sie dachte: sieht wie eine riesige Titte aus. Und: Bajaja, den Gentest spar ich mir lieber, zu viel Information, was ist, wenn doch Valja mein Vater ist? Dabei fing sie an zu weinen, kurz, still, für sich. Dann schickte sie mir noch schnell eine zweite E-Mail. »Übrigens, mir fiel doch noch eine Frage ein, um die Irren abzulenken. Ich sagte: ›Mama, warum hast du in Lou Harpers Hut gekotzt?‹ Sie sagte: ›Weil er mich abgewiesen hat.‹«

Viertes Buch

1
Good morning, Über-Ich!

»Nataschale, Bubusch, Kukilein – ich hab heute Nacht gar nicht gut geschlafen.«

»Hast du die fette Ethel vermisst, Baby? Oder deine haarige Exfrau?« Ich hab mein Geld vermisst.

»Du lagst so weit weg von mir, dass ich einmal gedacht habe, du wärst gar nicht mehr da. Aus, vorbei, dachte ich, als hätte es dich und mich nie gegeben. Als wäre immer nur mein Papi da gewesen, der gestörte Ex-Kapo.«

Und Bunny Glamazon hab ich vermisst. Und Ms. Muhammad Ali aus Khartum! Aber die nur ein bisschen, die nur in der Theorie. Und meine Mädchen. D-d-die ganz praktisch.

»Und du hast dich gar nicht an mich gedrückt mit deinem Du-weißt-schon-was.«

»Wirklich? Du weißt ja, mein Liebeling, meine Darlinky, das mach ich immer nur unbewusst.«

»Oder unbewusst NICHT.«

Wie soll ich meinen Schmock gegen deinen viel zu dünnen, ausgemergelten Yogaarsch pressen, wenn er mir seit Wochen nicht steht, kannst du mir das verraten? »Kakuschki, bitte nicht böse sein. Es ist wegen der Arbeit. So ein Genetikprogramm ist sehr kompliziert. Auch für den ersten Direktor des 1. Psychokatalytischen Instituts!«

»Immer noch die Genix-Sache?«

»Ja, Bubilein.«

»Muss das sein?«

»Was?«

»Dieses Gejiddel. Immer nur Bubi und Schmubi. Ich bin nicht dein stressiges Äffchen aus Herzlia Pituach, das du ständig beruhigen musst.«

»Entschuldige, Nataschale, natürlich nicht – d-d-du bist viel mehr. Du bist meine einzige Nicht-Niederlage, du bist mein Eins-zu-null gegen den melancholischen und viel zu gut aussehenden Karubinerling!«

»Vermisst du sie?«

»Vermisst du deinen küssenden und schlagenden KZ-Papi?«

»Und was machst du mit deinem Genetikprogramm, Noah, wenn es endlich funktioniert?«

»Geld verdienen.« Hoffentlich. Eigentlich. »B-b-beweisen, dass du und ich von König David abstammen. Oder dass der bepotzte Soli nur ein erbärmlicher Slawen-Schejgez ist, dessen Ur-Oma sich beim Pogrom von Tarnopol freiwillig für die Kosaken hinlegte.«

»Wirklich? Du hattest schon blödere Ideen.«

»Ja, das finde ich auch. Darum sitze ich Tag und Nacht im Institut an meinem alten, pfeifenden Mac. Darum ist mein Nacken schon ganz steif.«

Aber leider wirklich nur der verdammte Nacken.

Drei Tage später hatte Noah seinen ersten Lift-and-Carry-Rückfall seit seiner Ankunft in New York vor einem halben Jahr, an jenem eiskalten weißen Maitag 2007, als er gedacht hatte, dass endlich sein Leben als Supernormalo beginnen konnte, siehe: letzte, krönende Phase seines großartigen Zuma-Beach-Plans. Die Seite hieß Tallwives. Es war eine ganz harmlose Seite. Große Frauen hoben kleine, schmächtige Männer hoch und trugen sie durch unbewohnte Terence-Conran-Wohnungen. Sie hielten sie in ihren großen, dicken, nackten Armen und guckten sie lieb an. Die Männer saßen auf ihnen wie kleine Vögel in Mamas Nest, sie lachten wie glückliche Babys oder klimperten mit mädchenartigen Wimpern ihren traurigen Determinierungsblues. Was danach geschah, wurde nicht mehr gezeigt, so durfte auch das U-18-Publikum mitgucken.

Die erste Tallwife, auf die Noah stieß – eigentlich wollte er nur schnell das verlorene UBS-Passwort suchen –, kannte er nicht, sie sah aber jemandem sehr ähnlich – auf eine äußerst erhebende Art. Sie war dunkler, jünger, versonnener als Malgorzata die Große in der Zeit, als er noch ein kleiner Pischer und sie sein Kindermädchen war, darum konnte sie es nicht sein. Natürlich konnte sie es nicht sein! Malgorzata war seit den Neunzigern tot, Herzinfarkt wegen Übergewicht. Zu ihrer Beerdigung kam aus der Forlani-Familie niemand – das war schon in ihrer besten Herbertstraßenzeit –, aber Schloimel, damals selbst noch im Besitz des letzten seiner sieben Leben, schickte ihren greisen Eltern in Wroclaw einen eingeschriebenen Brief mit 1000 Mark und einer Beileidskarte mit aufgedrucktem Dahlienmuster (»Wir trauern um unsere feine, kräftige Pani Malgorzata, die aus Taktgefühl nur bei laufendem Wasser ihren Metabolismus lüftete im Gegensatz zu meiner bescheuerten Frau. Danke, Malke!«).

Die zweite Tallwife auf Noahs Bildschirm war ausgerechnet die harte, große, depressive Mara aus dem Billigpuff in der Ben Jehuda, 1999 bis 2002, die er das letzte Mal auf dem Weg nach L. A. in Zürich im Flughafen-Radisson getroffen hatte – als Ethel dachte, er wäre nur ein bisschen zu lange im Duty-Free-Shop versackt. Mara hieß da schon Sweet Strong Sue, lebte im Londoner Osten und annoncierte vor jeder ihrer Kontinentaltouren auf Tallwives. com, der einzigen konfessionsübergreifenden Wrestlingseite. Zürich war wahrscheinlich der Höhepunkt von Noahs Kleiner-Mann-große-Frau-Erfahrungen gewesen. »*Alan*, kleines Schweinchen, wie geht's?«, hatte Mara überrascht und doch ganz down to earth zu ihm zur Begrüßung gesagt. »Hast du's immer noch gern, wenn man so tut, als würde man dich aus dem Fenster schmeißen?« Danach machte sie mit ihm praktisch alles, was auf ihrer Speisekarte stand, bis auf die Fenstertour. »Als ich kam, fühlte es sich zwischen meinen dünnen Strampelbeinchen genauso nass und ungewollt an wie meine erste Pollution, Karubinerling!«, hatte Noah mir begeistert vor dem Weiterflug nach L. A. aus der Toblerone-Platin-Lounge des ZRH gemailt.

Der arme Noah dachte, das alles hätte er für immer hinter sich.

Aber leider gefiel ihm, was er jetzt, an diesem hudsonrivergrauen Novembernachmittag in seinem Psychokatalytischen Institut auf dem krächzenden Uralt-Mac sah (für einen neuen Computer war leider kein Geld da). Er warf – war Rettung noch möglich? – einen hündischen, schweifenden, tausendfach geübten Heimwehblick aus dem Fenster in den kilometerhohen New-York-Himmel, der sich plötzlich, als wäre es acht Uhr morgens, orange und dann blutrot färbte. Er dachte, masel tov, gleich kommen die Al-Qaida-Boys in ihren Flugzeugen und krachen genau in mein Fenster rein. Und dann checkte er lieber noch mal den altersschwach flackernden Monitor.

Mara alias Sweet Strong Sue hatte ein schmatzendes Latexkleid mit Spaghettiträgern an, das ihre fetten Beine bis zu den Knien ihrer glänzenden 5-Kilo-Pulkes bedeckte. Und ihre Brüste waren noch schöner, größer, schwabbeliger als im Zürcher Radisson. Der Typ im Video hieß Little John und war 5 Fuß 2 groß. Neben Maras Show- und Kampfnamen stand »6 Fuß 4«, und als Noah diese herrliche Zahl sah und sie in einem zweiten Safari-Fenster schnell umrechnete – 1 Meter 93! –, schossen die letzten Reste seines an Eisen armen Blutes in sein Dudele. Sofort glitt Noahs raue Mongolenhand unter den Schreibtisch – und dann rutschte Noah, weil er es mit der Hand noch immer nicht konnte, mit dem Laptop auf seinen extraharten Futon aus Seegras, den er am zweiten Tag seines endgültigen Verschwindens aus der alten Welt in New York bei Macy's gekauft und sorglos wie immer mit der goldenen UBS-Kreditkarte bezahlt hatte, überzeugt, dass Schloimels heimliches Nuttenkonto mindestens hundert Jahre reichen würde. Er hatte es, wie er fand, nach seinem raffinierten, aber auch sehr anstrengenden Spurenverwisch-Zickzack durch die halbe Welt, nach dieser entropischen West-Ost-Odyssee durch die durchgelegenen Hotelbetten von Al-Faschir, Khartum, Kairo, Singapur, Wladiwostok und Tijuana verdient, endlich mal wieder auf einer perfekten Unterlage zu schlafen. Doch Natascha, die nicht erwartet hätte, dass er Wort halten und ihr die silberne Jaffa-Chamsa zurückbringen würde, geläutert von seinem ewigen »Merav-und-Ethel-Unterwerfungs-Brimborium« (O-Ton Nataschale), war die »Sushimatte« (ebenfalls O-Ton sie) bei aller Liebe zu hart. Also flog sie nach ein paar Tagen und mehreren »erstklassigen Normalo-Sexsessions« (O-Ton Neo-Noah) aus Nataschas Workout-Compound in der 93. Straße wieder raus und kam ins Institut. Für den kurzen kräftigenden Nachmittagsnap, mehr nicht, sagte sich Noah, zwischen zwei Patienten oder nach einem langen, intensiven, ertragreichen Investorengespräch. Und daran hatte er sich gehalten – bis heute –, obwohl er noch keinen einzigen Patienten gehabt hatte und nie einen Kollegen oder Geldgeber zu Besuch. Jetzt lag der senil wimmernde und flackernde Laptop plötzlich aber doch vor ihm auf dem Kissen, er selbst lag mit dem Bauch und einem erstaunlich kräftigen Halben auf seiner Matte und rieb sich daran, als wäre er wieder fünfzehneinhalb. Kaum war er gekommen, fing er sofort wieder an. Und dann gleich noch mal. Inzwischen war er auf Tallwives bei dem Fünf-Sterne-Video *Sweet Strong Sue Takes Two Japs* angelangt, einer echten Lift-and-Carry-Rarität, und die durfte er, wenn er schon dabei war, nicht auslassen.

»Übel, übel, kleiner Mann.«

Was?! Wieso?

»Du wolltest es doch nie wieder tun.«

Einmal noch, mehr nicht, das ist kein Problem.

»Wer sich einmal wie früher an seiner Matratze reibt, der wird wie früher auf Ritalin gesetzt!«

Mama, bist du das?

»Wer sonst, Dummerchen? Natürlich bin ich's, dein welkes, ängstliches, kaltes Mamilein. Und weil wir gerade so schön miteinander reden, will ich dir noch etwas Wichtiges sagen.«

Was, Mami?

»Verzeih mir, mein Pupkale, dass ich nie so zu dir war, wie du es dir gewünscht hast! Aber du hast auch was von mir gelernt.«

Was denn?

»*Di grine kusine* zu furzen. Soll ich die Kamera ausmachen?«

Nachdem Sweet Strong Sue die beiden kleinen, schmächtigen Japsen in Gummihöschen links und rechts hochgehoben und Noah das dritte Mal hintereinander aus seiner schlaffen Nudel (O-Ton Ur-Noah) ein paar letzte Tropfen rausgequetscht hatte, machte er sich – eine kleine Verschnaufpause musste vorher natürlich sein – wieder auf die Suche nach dem verlorenen UBS-Passwort, aber diesmal etwas entschlossener, konzentrierter, schloimeliger als davor. Er tippte ein bisschen hier und dort was ein, er prüfte, ob nicht die Access Card einfach nur falsch herum in seinen kleinen grauen agentenmäßigen UBS-Dekoder steckte, aber egal, wie er sie reinschob, auf dem Display erschienen in Roboterschrift die Worte: »W-R-O-N-G« und »UF WIEDERLUEGE«.

Holy maccaroni, was war denn hier los? Wieso kam er nicht rein? Und warum hatte er gerade das Gefühl, als würde sich die Erde unter ihm öffnen, ihn verschlucken und danach mit einem lauten Grollen und Röcheln gleich wieder ausspucken? Genauso hatte er sich schon mal gefühlt, in den Tagen und Wochen vor dem Abflug in den Sudan, als er gewusst hatte, dass er Merav und die Mädchen nie mehr wiedersehen würde – und vor allem das Villale. Eines Nachts konnte er vor Reisefieber und Verlustangst überhaupt nicht mehr schlafen, darum war er am frühen Morgen auf seinen zittrigen Lügnerbeinchen durchs Haus geirrt und hatte sich von den teuren Designmöbeln, von der matt funkelnden Bulthaupküche und den zwei kleinen Picassos im Wohnzimmer verabschiedet, die Merav einmal bei einer hitzigen Telefonauktion bei Sotheby's London erlegt hatte, und zwischendurch steckte er kurz die Nase ins Kinderzimmer, wo seine beiden Mädchen schliefen, und winkte stumm. Danach warf er einen längeren, melancholischen Blick in den Playstationraum, den Merav gerade erst für die beiden im Keller eingerichtet hatte, inklusive der in sämtliche Wände eingelassenen Fischaugen-Webkameras, die sie für ihre täglich live übertragenen Schmink-Tutorials auf ihrem neuen Youtube-Channel benötigten, und als er sich dann an den Pool setzte, seine Gummibeinchen zur Beruhigung in das klare, limonadenblaue Wasser hineinhängte und von draußen wie ein misstrauisches Rieseninsekt das bauhaushaft elegante, bescheiden-unbescheidene Villale langsam zu scannen begann, dachte er verzweifelt, er wolle und könne das alles nicht aufgeben. Zum Glück hatte er kurz darauf, an diesem grauen rauen Herzlia-Pituach-Morgen, einen solchen hammermäßigen Gesichtsfeldausfall bekommen, dass er die Dinge (und natürlich auch ein bisschen die Menschen), die er aufgeben wollte, innerlich und äußerlich bald nur noch in einem einzigen wattigen Migränenebel sah. Jetzt, in New York, in der Madison Avenue, beim panischen Versuch, sein eigenes Konto zu knacken, sah er leider wesentlich klarer, dass der Verzicht auf Verzichtbares bei einem verzärtelten Typen wie ihm leicht den Gedanken an einen rettenden Sprung von der Brooklyn Bridge in den Hudson River und in die postmortale materielle Sorglosigkeit auslöste, und sein Glück war nur, dass an beiden Seiten der Brooklyn Bridge das Schild »Selbstmord für Juden verboten!« hing, und außerdem war es der East River.

Schojn, git – und jetzt? Früher, also vor circa circulorum einem halben Jahr oder so, hatte er lieber arm als reich sein wollen, darum die ganze Sudan-und-Dschandschawid-Majße. Er wollte einfach nicht mehr Schloimels ewig unfertiger, dünnhäutiger, megalomaner Sohn sein, der Junge, der im Restaurant drei Gerichte bestellt, weil er sich nicht entscheiden kann, und dann nicht aufisst, der nervös wird, wenn in seinem Portemonnaie nicht mindestens die Bündel von drei Währungen stecken – D-Mark, Dollar, Jetons aus dem Casino Baden-Baden –, der auf Machane in Sobernheim (Pessach 1976) von allen reichen Jungen das meiste Geld dabeihat, noch viel mehr als Awi, und weil alle immer sofort verstummen, wenn er in ihre Nähe kommt und keiner ihn in seiner Matkot-Mannschaft haben will, verschenkt er sein Geld, er kauft den anderen heimlich Walkmen, Fiorucci-T-Shirts, Penisringe (wir waren damals dreizehn, Noah!) und schiebt sie ihnen unters Kopfkissen. Und als er überhaupt nichts mehr hat, kriegt er Angst um sein Leben, denkt, ich bin eine Robbe, die zum Atmen nicht auftauchen darf, ein Architekt ohne Bleistift, Malgorzata ohne Hygieneschein, und so geht er am vorletzten Machane-Tag zu den Machane-Stars und ihrem Hofstaat (mich eingeschlossen), die auf der Wiese vor dem Landschulheim rauchen und über Oralverkehr und die sinnlose Rachemordtaktik von Golda Meir quatschen, und sagt: »Für zehn Mark ess ich Hundescheiße, Leute. Wer will Noahs Shit-Show sehen? W-w-wer will dafür bezahlen?« (Ich, der Sohn Wowas, des kommunistischen Exkommunisten, kotzte natürlich, als ich das hörte. Ich lebte erst seit sechs Jahren im kapitalistischen Westen, ich war immer noch auf Filzstifte und Micky-Maus-Hefte scharf und hatte keine Ahnung von der metaphysischen Macht von Cartier-Uhren und frühreifen Block-House-Gelagen, und am liebsten hörte ich sowieso immer nur unter der Bettdecke Radio Luxemburg und träumte vom dunklen dünnen Hals meiner Klassenkameradin Steffi, einer dreizehnjährigen White-Trash-Schickse aus Hamburg-Barmbek.)

Shit-Show-Fortsetzung und -Schluss: Als Noah mit dem ausgestreckten mongolisch verwachsenen Zeigefinger aus der Tupperwaredose, in die ihm die einbeinige Thekla vor der Abfahrt am Dammtor fünf Duplo und drei Päckchen Tempo-Taschentücher hineingelegt hatte, ein großes, feuchtes Stück Hundescheiße auslöffelt und es sich vor den geöffneten Mund hält, machen alle »Aaah!« und »Iiih!«. Nur der auch damals schon superfette Awi mit den übermarkanten Gesichtszügen eines dümmlichen Ölprinzensohns zieht abseitig an seiner roten Benson & Hedges ohne Filter (5 Mark die rote Blechschachtel), seine megafette Schwester Abigail hyperventiliert geil, und Awi murmelt: »In Ordnung, Stotterer. Wenn du dich traust, bekommst du dreißig Zloty von mir. Dann werden wir sogar Freunde!« Noah isst, kassiert, aber Freunde werden erst einmal nur er und ich, auf der Rückfahrt, im Zug, in dem von außen mit Tennisschlägern blockierten Abteil, an dessen Fenster die anderen mit Zahnpasta »Pussys« und »Reiber« geschrieben haben, er, der stammelnde Outcast, ins Leben geprügelt von ständig neuen polnischen Kindermädchen, ich, arrogant, penetrant, schon als flaumbedeckter Teenie so entwurzelt wie Ahasverus, beide von der Herde abwechselnd ignoriert und sekkiert, allen voran von Awi, dem semi-sympathischen Geizhals, der Noah den Verlust der dreißig Steine erst an dem Tag verzeihen wird, als er seine erste eigene Million auf dem Konto hat.

Machen Dinge, macht Geld Menschen vielleicht doch glücklich, selbstbewusst, fokussiert?, fragte Noah sich jetzt auf seinem Super-Sushifuton mit einem traurigen Kapitulations-Lächeln. Mein kleines, gieriges Exäffchen ganz bestimmt! Und Awi Blumenschwein sowieso! Und mich selbst? Na ja, kommt darauf an – er versuchte vergeblich, das Gesicht zu unserer geliebten Reicher-Jude-Grimasse zu verziehen, aber er kriegte die Trauerkloßmiene einfach nicht weg –, kommt darauf an, wie viel ich davon noch habe, und leider habe ich offenbar gar nichts mehr.

»Armes Pupkale, selber schuld.«

Hallo, Mama, bist du das schon wieder?

»Ja, natürlich, mein kleiner dummer, verarmter Sohn.«

Ach, wie schön, danke, ein Glück! Ich hab nämlich noch eine klitzekleine Frage an dich, aber du darfst mich bitte nicht auslachen.

»HAHAHA!«

Wie macht man Geld, Mama, wenn man keins hat? Wie wird man Profi, wenn man sein Leben lang Amateur war? Wie kriegt man, wenn das Existenzminimum und die Totaldepression drohen, in kürzester Zeit wieder supergute Millionärssohnlaune?

»Das ist doch ganz einfach, Baby. Indem man sich zum Beispiel von Awi die Scheine zurückholt, die man in seinen erfundenen Nacho Inn gesteckt hat. Oder endlich den hübschen, aber geklauten Buddha verkauft!«

Noah schluckte laut, die Refluxsäuernis (das war was Neues!) schoss aus seinem Magen bis hoch hinauf in seine Nase, gleichzeitig wurde ihm vor Existenz- und Todesangst so übel wie Jossel Rakover am Tag 27 des Warschauer Gettoaufstands und ihm selbst 1976 in Sobernheim. Dann ging er schnell wieder auf die UBS-Seite und klickte panisch ein paar weitere Fenster an, hinter denen er seine letzte Million vermutete, und checkte zwischendurch zum Beruhigen mehrmals das Rating für sein Uralt-Video mit dem Bette-Midler-Dauerhalben auf der Wefuckonlyjews-Seite. Nix, niente, n-n-null! War es vielleicht doch ›Holocaust‹? Oder ›Wrestler45‹? Nein, es musste ›Schloimel‹ sein, ganz bestimmt, das war immer und überall sein Kennwort, bei Tallwives, Wefuckonlyjews und Goodlife und auch bei seinem Spind im Besudelfass in der Großen Freiheit, warum plötzlich nicht mehr bei UBS?!

Verdammt, verdammt, verdammt! Wenn er in das hellblaue Kennwortfeld »Schloimel« eingab, blinkte sofort die ganze UBS-Seite wild und rot, riesige Schweizer Kreuze schwammen über den Monitor und wurden zu Swastikas. »Vorsicht! Sie versuchen gerade, sich unzulässig Zugang zu einem fremden Privatkonto zu erschleichen. Beim nächsten Mal werden Sie von der Kantonspolizei verhaftet und im Zürichsee ertränkt.« War er verrückt? Gehörten zu ADS auch Halluzinationen und Alzheimer? Bediente sich das angeschlagene Geldinstitut inzwischen bei den eigenen Kunden? HATTE JEMAND SEIN KONTO GEHACKT?! Jetzt hatte Schloimels Sohn also gur nischt mehr. Jetzt war er King Noah Lackmoney. Und die rote Ethel war wirklich am Ziel.

»Haalloo …«
»Hallo.«
»Was machst du?«
»Hä?«
»Was du machst …«
»Genix. Mein DNA-Programm … Ich spiel gerade noch einen interessanten Fall durch. Es ist eine Art Selbstversuch. Ich liebe Feldforschung, Nataschale.«
»Und ich liebe die Mai Tais im Indochine. Und die glibberigen Springrolls, die so groß sind, dass sie nicht in jeden Mund reinpassen. Gehen wir nachher hin?«

Supergern. Was wär mein neues, k-k-konspiratives New-York-Leben ohne das gute alte Indochine! Dort hat alles angefangen. Mein Sieg über den schriftstellernden Charmebolzen aus der Hartungstraße, meine erste große Lovestory, mein finanzielles Waterloo. Und womit zahle ich?«Klar, aber…«

»Wenn du nicht willst, Noah, dann müssen wir nicht. Ich kann auch im Krankenhaus bleiben, wenn du noch Arbeit hast. Fitch macht heute seine Abschiedsorgie. Alle sollen in Leder kommen. Oder in diesen orangenen Guantanamo-Müllsäcken. Und er will die Cocktails selbst mixen. Das kann er besser als operieren.«

»Fitch – Lulinky?«

»Mein Chef. Er wechselt ins Betty Ford Center nach Kalifornien. Das hab ich dir doch erzählt. Endlich!«

Wo er nicht mehr die Schwestern und Ärztinnen belästigen muss, weil seine Patientinnen für eine Flasche Rolling Rock alles mitmachen?»Hm-m. Endlich…«

»Selbstversuch?«

»Ich will« – was sag ich jetzt? –, »ich will rausfinden, ob es da jemanden gibt, mit dem ich verwandt bin.«

»Klar. Deine dämliche Mutter, deinen toten Vater, die übervorsichtige Thekla. Geehrt sei sein Name. Der deines Vaters. Tut mir leid, hab ich vergessen.«

»Ich meine jemanden, von dem ich es noch nicht weiß. Den ich liebe, obwohl ich ihn nicht lieben muss.«

»Mich?« Natascha schwieg wie jemand, der überlegt, ob es besser ist, wenn er ruhig bleibt. »Wie aufmerksam von dir, wie ungewöhnlich. Stell dir vor, wir wären verwandt. Ich fände das toll. Bestimmt würde das unseren Sex…«

Wieder aufregend machen?, dachte er.

»Du glaubst mir nicht, Noah.«

»Was, Nataschale?«

»Du glaubst mir nicht, dass er mich nicht mehr nachts im Pferdegeschirr durchs Krankenhaus jagt. Das ist doch Jahre her!«

Alewaj würde Fitch auf dir durchs Mount-Sinai-Krankenhaus reiten, du ausgemergelte, überarbeitete, rumänische Bohnenstange!
»Doch, doch, natürlich glaube ich dir.«
»Du bist eifersüchtig.«
Pleite bin ich, Dr. Rubinstein!
»Wie süß! Der kalte Sohn des eisigen Schloimel Forlani zeigt Gefühle, auch wenn es mal nicht darum geht, ob auf der anderen Seite der Welt ein Indiostamm an Schnupfen krepiert. Hallo?«
»Sorry, ich hab nicht zugehört.«
»Wieso kannst du keine Cocktails mixen? Du hast mir noch nie einen Cocktail gemixt, seit du hier bist.«

Na gut, Awi, der dumme, reiche, weinerliche Awi, den er schon zweimal dabei beobachtet hatte, wie er ihn und Natascha heimlich im Indochine hinter dem kleinen, umoperierten Ladyman-Arsch eines Kellners oder einer von diesen Wassermelonenskulpturen anstarrte, war wirklich seine letzte Chance – die bescheuerte Mama hatte recht.

»Masel tov, Dummerchen! Jetzt hast du's endlich erfasst!«

Dafür gab es ein paar gute und sehr gute Gründe, und er sollte sie jetzt unbedingt alle der Reihe nach durchgehen, so kühl und konzentriert, wie der selige Schloimel es immer tat, bevor er einen größeren Deal einfädelte. 1. Awis fünfzig IBM-Aktien, die er bei seiner Brit Mila geschenkt bekommen hatte. 2. Die Dividende, die seitdem jährlich auf Awis Minderjährigenkonto sickerte, ein kleiner, aber psychologisch bedeutender Grundstein seines minütlich wachsenden Drecksackimperiums. 3. Awis Dauerständer, seit seine Eltern ihm von Dr. Czupcik die falsche Hormonspritze verpassen ließen, mit dem Awi den ersten eigenen Tausender machen wollte. Alle in Hamburg (nur ich, der Kommunistensohn, nicht) hatten damals schon ihre Bar- und Bat-Mizwa und wollten endlich wissen, wie es aussah, wenn aus einem Schmock etwas anderes als Pipi rauskam, eine Idee von Abigail »Überdruck« Blumenschwein beim Durchnehmen der Lot-Parascha in Rabbi Balabans Hohe-Weide-

Verlies. Awi nahm zehn Mark pro Auftritt, und als er und Noah später »Freunde« wurden, gab er zu, dass ihn die Shit-Show von Sobernheim dazu inspiriert hatte und er ihm darum noch einen Gefallen schuldete.

»Gut, richtig, mein Kleiner, gar nicht so unclever, weiter so!«

Noah erhob sich – immer noch erschöpft und bedrückt von den drei überflüssigen Tallwives-Attacken – langsam von der fleckigen Sushimatte und ging mit melodramatisch eingesunkenen Schultern zum Fenster und sah für seine Verhältnisse relativ nachdenklich auf die blinkende New Yorker Scheißsilhoutte hinaus.

»Und 4., Pupkale?«

Ist doch to-to-total klar: Awis Raffgier, die sogar für deutsche Gettoverhältnisse abolut überzogen und darum eine indirekte Einladung war, sich bei ihm selbst zu bedienen. Schon als Teenager nahm und sammelte er, was er konnte, Broschüren vom Einwohnermeldeamt in den Grindelhochhäusern, Schulbücher, Pfandflaschen, Partei- und Burger-King-Fähnchen. »Weißt du, Stotti«, hatte er einmal gesagt, als sie einen halben Tag lang am Isebekkanal gegenüber vom Bismarck-Gymnasium mit ihren Angeln saßen und nichts fingen, »etwas, das dir nicht gehört, gehört dir trotzdem, solange es nicht jemand anderem gehört. Die Kunst ist, es in deinen Besitz zu überführen. Jetzt, jetzt! Ich glaub, etwas hat angebissen! Ist das nicht geil? So ein kleines, glitschiges, kaltes Fischleben, das ab sofort mir gehört! Und ich hab nichts dafür bezahlt.« 5. Die Hundertachttausend, von Mama gerade erwähnt, mit denen sich Schloimels naiver Sohn an Los Parvos beteiligt hatte, dem virtuellen Nacho Inn, der kalifornischen Fata Morgana in der Fairfax Avenue, dem makrobiotischen Hoax von Garik Blumenschweins gierigem Sohn. Sowie – 6. – Awis Geldtheorie an sich, Mami! »Money«, philosophierte der ehrgeizige Fettsack schon sehr früh im englischsprachigen HLG-Sozialkundeunterricht schmatzend, »ist das Blut, das in den Adern der Society fließt.« Frau Albus – an diesem Tag war ihr langes, gelbes, ungeficktes Nolde-Gesicht von noch mehr

Warzen und Muttermalen übersät als sonst – nickte mit dem büstenartigen, römisch-badischen Kopf. »Und du meinst also, Awigdor, dass ihr das Herz der Gesellschaft seid? Und dass ihr allein dieses Blut kursieren lasst? Denk nach! Dann wär die nationalsoziale Finanzphilosophie mehr als das Orchideenfach eines mutierten humanistischen Ideologiestrangs? What do you think?« »Keine Ahnung, was Sie meinen, Frau Albus, aber please sagen Sie Awi zu mir. Blumenschwein wär natürlich noch cooler. Ich mag meinen Spitznamen. Er betont meine ethnische Entschlossenheit, obwohl ich gleichzeitig so ein superlieber Normalo bin.« Fünfundzwanzig Jahre später, Awi war in der Top Hundred der reichsten New Yorker Immobilienmakler bereits auf dem siebenundachtzigsten Platz, gab er Newsweek ein Interview, das Noah kurz nach seiner Ankunft in New York City gelesen hatte. Man solle die höhere Bedeutung des Geldes ernst nehmen, sagte er, das neue Real-Estate-Wunderkind, eingebildet, aber aufrichtig, und er kaute dabei röchelnd Luft wie eine hungrige französische Bulldogge, aber das hörte Noah beim Lesen nicht. »Stellen Sie sich vor – das ist jetzt natürlich nur Adam Smith für Arme –, das Wir ist ein Ich, das aus Millionen von Ichs besteht. Wie sollen die miteinander kommunizieren? Durch Reden? Durch den gemeinsamen Besuch der Met, eines Yankeesspiels oder der Oriental-Unshaved-Sauna in Little Mekka an einem gemischten Tag? Natürlich nicht. Geld ist, was uns alle immer zusammenhält, mit Geld zeigen wir den andern, was wir wollen und was nicht. Wenn ich für einen doppelten Hot Dog mit extra viel Zwiebeln acht Dollar ausgebe, sag ich Ja. Wenn ich keinen Hunger habe, bleibt das Geld in meiner Tasche, und das heißt nein, und der kleine, traurige, halb intelligente Russe mit dem Hotdog-Stand vor meinem Büro kapiert das spätestens, wenn er am Ende des Tages acht Dollar weniger hat.«

Noah morphte seine Schultern und das Kreuz zu einem relativ athletischen T, er drückte die Brust raus und machte das Fenster auf. Draußen war es noch kälter, als er erwartet hatte, und der widerliche Lärm der nordamerikanischen Psychometropole (Sirenen, Hupen und noch mehr Sirenen) schnitt ihm das zähe, schwere ritalinlose Gehirn in dünne Pastramischeibchen. Er sackte sofort wieder zusammen. Dort drüben, hinter dieser bunten abgefressenen, blumenschweinhaften Wer-hat-den-Längsten-Hochhaus-Silhouette, musste der Central Park sein, dahinter das Empire State Building, dann der Unionsquare, das Village, die Houston Street und das Katz's. Möglich, dass er die Himmelsrichtung verwechselte, so what, warum sollte er sich in einer Gegend auskennen, wo er gar nicht mehr sein wollte? Apropos Pastrami: Im Katz's hatte er neulich einen ganz ausgezeichneten, aber schwer verdaulichen Hot-Open-Faced-Sandwich gegessen. Das war ungefähr vor zwei Wochen gewesen – oder waren es schon zwei Jahre oder zwei Jahrhunderte? –, und er hatte sich sicherheitshalber einen Platz mit dem Rücken zur Straße gesucht, damit ihn keiner von draußen sehen konnte, schon gar nicht die ständig in Rudeln durch die Welt fliegenden Freizeit-Nudniks aus Herzlia Pituach, denn die hätten ihn sofort bei Merav verpetzt. So saß er da, zusammengekrümmt wie ein verängstigtes Faultier, auf einem dieser scheißkalten Edward-Hopper-Hocker am Fenster, mit der viel zu kleinen, hohen Lakers-Mütze auf dem Kopf und dem falschen Ausgehschnurrbart, und nahm nach jedem Pastramibissen einen ayurvedisch winzigen Schluck Roibuschtee mit Vanille-Ingwer-Geschmack, den es zum Glück seit Neuestem im Katz's gab. Neben ihm saß Tal »The Selfhater« Shmelnyk. Tal mit den leeren Amokläuferaugen, mit dem militärisch kurzen Bürstenhaarschnitt, mit den eingefallenen Wangen eines Mannes, der im Schlaf, beim Nachdenken, beim Shoppen (also immer) von innen auf seinen Wangen kaut und die abgebissenen Stückchen runterschluckt. »Ata mevin, Noah«, sagte er, prächolerisch wie immer, auf Englisch, mit diesem aufbrausenden Orientalensingsang, nachdem er Noah zuerst herzlich umarmt hatte, »wir sind mit Gerrys Sudan-Film schon ziemlich weit! Die Postproduction wird aber noch mal eine Million kosten. So ungefähr!

Du hast nicht zufällig noch ein paar Krümel in deiner knochigen Hinterhand, du verzogener Diasporaschmock?« Noah machte, um Zeit zu gewinnen, »hmm…?!«, dann noch mal und noch schläfriger, und guckte an Tal vorbei ins Nichts. »Soll ich es lieber auf Jiddisch sagen, damit du mich verstehst?«, sagte Tal und schob Noahs Tablett zur Seite. Dann beugte er sich weit – wirklich sehr weit – zu ihm vor. »Ja, bitte«, sagte Noah, »das wäre toll.« Er lächelte ängstlich, aber auch ironisch, und dachte, so hat sich der Selfhater früher bestimmt immer vor den Palis aufgebaut, bevor er ihnen beim Verhör jeden einzelnen Finger brach. Dann dachte er: Wer solche Freunde hat, braucht keine Feinde.

Tal und Gerry – seine beiden überbezahlten Sudan-Komplizen – waren die einzigen Typen aus Noahles Erbe-wider-Willen-Show, die wussten, dass er noch lebte und wo er jetzt war – nicht einmal ich, sein Bruder, sein Herz und diszipliniertes Anti-Ich, war informiert. Das Katz's-Date sollte eigentlich seine letzte Begegnung mit der Vergangenheit sein, der Epilog so to say. Der Selfhater musste ihm nur noch das acht-Mio-teure Masterband vom Goebbels-Video geben, dann wären sie quitt und würden einander nie mehr wiedersehen. Die Schnorrer-Wendung kam darum extrem ungeplant. »Also, was ist? Kriegen wir noch eine Million, oder nicht?«, sagte Tal. »T-t-tut mir leid, Tal«, sagte Noah und rutschte immer schneller und verlegener auf dem eisigen Hocker hin und her, aber der wurde davon auch nicht viel wärmer, »ich hab selbst nichts mehr.« »Aha. Wie kann das sein? Guck mal, du Schmock« – in Tals schwarzen Punktaugen zuckten kleine, gefährliche weiße Blendgranatenblitze –, »das hab ich dir mitgebracht.« Die Schnorrer, die früher zu Schloimel kamen, hatten auch immer kleine Geschenke dabei – Tefillin von der Third Temple Society, Baruch-Goldstein-Locken, Madonna-T-Shirts –, und dann hielten sie beide Hände auf, die Taschen, den Hut, das Portemonnaie, und wenn sie nichts kriegten, fielen sie auf den Boden und klammerten sich an Schloimels staubigen Hosenbeinen und Billigschuhen fest. Und was war Tals troja-

nisches Präsentele? Es war der Krummdolch aus dem Souvenirshop im Burj Al-Fateh Hotel in Khartum, mit dem sie beim angeblichen Entführungsvideo seine Enthauptung simuliert hatten. Tal zog den Dolch vorsichtig aus einer Tasche seines faltigen, staubigen Armeeparkas und legte ihn vor Noah auf den hellen Holztresen mit den Kaffeetassenringen, von denen manche noch von den Rosenbergs und Danny Kaye stammten. »Keine Angst. Al tidag. Magst du dein Geschenk, Erbenpinscher? Wir haben dir auch was eingraviert.«
»Danke, Tal, n-n-nett von euch! Aber ich hab wirklich nichts mehr. Ich dachte, ich hätte. Es ist alles weg, ich wurde das Opfer von Internetkriminalität. Zahlst du nachher bitte meinen Sandwich und den Tee?« »Willst du nicht nachsehen, was dort steht?« »Sehr gern, Talski.« »Lies vor.« »Eine Million bis Ende Juni. Sonst erzählen wir überall herum, dass du noch lebst.'«

Awi, der schwafelnde Newsweek-Dummkopf, hatte also doch recht!

»Hast du vielleicht etwas anderes gedacht, Babyle?«

Geld war Kommunikation, war das Blut, das den Le-le-leviathan Gesellschaft am Laufen hielt. Es war die direkteste Art, die Menschen hatten, mit Ja oder Nein zu antworten oder vielleicht auch zu sagen: Ich bin der Stärkere, nicht du.

»Und das fällt dir ausgerechnet in Nef Jork ein, Pupkale, das die weißen Ganefs den roiten Kindsköpfen für ein paar blinkende Ketten und Ohrringe abgenommen haben? Ein bisschen spät, findest du nicht?«

Zu spät, Mami?

»Kommt darauf an, ob du es schaffst, rechtzeitig von hier wieder zu verschwinden. Oder gefällt es dir hier vielleicht, Mamele?«

Verfluchte, hässliche, blinkende, eingebildete Psycho- und Machtmetropole! Noah machte das Fenster wieder zu und drückte auf den Knopf der elektrischen Jalousie, die er, ein Geschenk des Direktors des 1. Psychokatalytischen Instituts an sich selbst, einbauen ließ, als er noch dachte, er sei heimlicher UBS-Millionär, und mit mindestens zehn bis zwanzig zahlenden Patienten am Tag rechnete. Die grauen Lamellen hinter den spiegelnden Riesenfenstern fuhren mit einem leisen, Rolls-Royce-haften Luxussurren herunter, und Noah – seine Schultern und sein Kreuz so verspannt wie die von Mark Spitz nach der fünften Goldmedaille – musste plötzlich daran denken, wie Nataschale ihn damals in Tel Aviv, auf der heißen, windigen, mit Möwenkot übersäten Pluto-Hotel-Terrasse, überreden wollte, Merav doch nicht zu heiraten, und wie er, der Jeled, nicht kapiert hatte, dass sie am liebsten selbst mit ihm durchgebrannt wäre. Unsinn, natürlich hatte er es kapiert, aber er wusste auch, dass Schloimel ihn tschick-tschack enterben würde, wenn er in letzter Sekunde die Hochzeit absagte, und das war nach Sobernheim summa-summalorum bereits das zweite Mal, dass er diese metaphysische Angst vor dem materiellen Nichts gespürt hatte – genauso wie jetzt. Super, prima, dachte er, die Existenzpanikattacke Nummer drei fühlt sich aber besonders scheiße an! Ist es das Alter? Oder ist es die rote Null, die mir das erste Mal im Leben wirklich droht? Er sank theatralisch, aber nicht unattraktiv auf seine Sushimatratze und hoffte, dass irgendwo oben in einer der grauen Ecken des 1. Psychokatalytischen Instituts eine Kamera installiert war, die seinen dramatischen Untergang aufzeichnete. Wenn es schon keine Romane von Schloimels Sohn gab, dann sollte ihn die Menschheit zumindest als Protagonist von ein paar unvergesslichen, authentischen, hochemotionalen Homevideos in Erinnerung behalten! Seine Stirn, seine beiden sonst so babytrockenen Achseln, die haarigen Suburbs um seinen wunden und erschöpften Tallwife-Schmendrik herum – alles war nass, kalt, widerlich. Wow. Das war ja schlimmer als Liebeskummer. Das war Liebeskummer! O Geld, begann er plötzlich zu beten, bitte, verlass mich nicht! Geld, Geld, Geld, hörst du mich, ich kann ohne dich nicht leben, nicht sein, nicht schmecken, nichts fühlen, nichts tun, nichts träumen, nichts wollen etc.

»Aha ...«

7.! Was sprach 7. dafür, dass Awi, der Angeber, der Dieb, seine

letzte Chance war? Dass es sich – 8. – bald herumsprechen würde, dass Noah F. in New York untergetaucht war und den verschwundenen Psychopascha und Schriftsteller spielte, denn Tal würde nie schweigen, auch nicht, wenn er ihm die gewünschte Million in seinen dreckigen Urogenitaltrakt stopfte?
»Genau, Baby.«
Und darum sollte – 9. – der clevere Awi für ihn die Sache mit dem Buddha klarmachen und ihm vorher seine veruntreuten hundertachttausend Nacho-Inn-Dollarinos zurückgeben?
»Li-la-logissimo, Kleiner. Mamis Kamera läuft.«
Aber, Mami, was ist mit Merav? Was ist, wenn sie hört, dass ich doch noch am Leben bin und in Nataschas Pitschkele stecke?
»Was soll mit ihr sein? Hat sie die angebliche Lösegeldforderung nach deiner angeblichen Entführung bezahlt? Die scheißt doch auf dich. Die hat keine Lust mehr darauf, dass du weiter im Villale spukst. Die wird dir lieber den Buddha abkoifen, bevor sie dir erlaubt, wieder einzuziehen.«

Noah legte sich langsam und vorsichtig hin, mit dem Bauch und dem schmerzenden, aber immer noch allzeit bereiten Schmendrik sicherheitshalber nach oben. Er klappte den Mac, der wie ein Stroboskop flimmerte und bestimmt bald von seiner schleifenden Harddisc von innen aufgeschlitzt werden würde, noch weiter auf und ging auf die verfickte UBS-Seite. Aber statt die Funktion »Passwort vergessen« zu suchen oder an den Webmaster der kriminellen Schweizer Banker eine wütende E-Mail in geschliffenem, überbordendem Forlani-Style zu verfassen, stierte er ein paar Minuten noahhaft durch den Monitor hindurch, dann machte er ein neues Googlefenster auf und gab – Dissoziation pur – erneut die Adresse von Wefuckonlyjews ein.
Auf der Startseite war gerade viel los. Es gab einen Paparazzo-Movie mit Adam Sandler und Ben Stiller beim Knutschen, Awi – dem 51 Prozent der Firma gehörten – gratulierte in einer Videoan-

sprache allen glücklichen Ehepaaren, die sich mithilfe von WFOJ so sehr auseinandergelebt hatten, dass die örtlichen Rabbiner mit dem Schreiben von Gets nicht mehr nachkamen. Und dann war da noch mein Sauna-Wichsvideo, Pt. 1 & 2, das er vorhin – weil zu sehr mit den eigenen Spilkes beschäftigt – einfach übersehen hatte.

Noah klappten, nachdem er sich konzentriert, aber einigermaßen unerregt beide Teile angeschaut hatte, wie einer Comicfigur die Augen aus dem schwitzenden, eiskalten Schädel. Lilly hatte also doch recht gehabt! Lilly Schechter, die rothaarige Tittenpferdkuh aus den verschmutzten und totally überbewerteten Boheme-Distrikten von Tel Aviv, mit der er vom Sudan aus und später von seiner entropischen Weltreise über die exklusive BDSM-Line von WFOJ ab und an cumhalber skypte, hatte ihm schon letztes Jahr von ihrer irren Netz-Affäre mit diesem deutsch-jüdischen Schreiberling erzählt, der beim Cybersex ein Kondom aufsetzte. »Wieso das denn, Lilly?« »Er meinte, er würde immer so viel und so weit spritzen, dass er seinen Mac vor seinen fruchtbaren, extrem ätzenden Premium-Spermien schützen müsste.« »Hat er wirklich ›Premium-Spermien‹ gesagt?« »Ja. Gut, oder? Ich fand das auch originell. Ich hab's gleich in mein Comedyprogramm eingebaut.« Noah war sofort klar gewesen, von wem sie redete. Aber er schwieg, obwohl die Premium-Spermien-Sache eigentlich seine Wortschöpfung war und er Lilly gern selbst damit beeindruckt hätte. Soso, dachte er, der scheinheilige Wowasohn bedient sich bei mir, er benutzt nicht nur meine Familienstorys, sondern auch meine Formulierungen. Nu, besser als nichts, besser als die ungeschriebenen zwanzig Novellinos von *Moby Dichter* bis *Fick meine Frau, Goldmann!*, ich sag kein Wort, soll mir das ahnungslose Tel Aviver Tittenmonster weiter ab und zu erzählen, was der Karubinerling in der grellen Dunkelheit des Internets asoi redet und macht. Dann fehlt er mir in New York vielleicht ein bisschen weniger, der blöde Hund!

Und genau das tat Lilly dann auch. Einmal beschwerte sie sich bei ihm darüber, dass ich sie mit einer Przewalski-Stute verglichen hätte, was sie zugleich wütend gemacht und in die Nähe ihres ersten multiplen Orgasmus gebracht hatte. Einmal bemerkte sie kopfschüttelnd, ich hätte sie gebeten, lieber ihren »hübschen, oritelehaft verlausten Bademantel« anzubehalten und mit mir zu überlegen, wie mein nächstes Buch heißen soll. Und dann meinte sie eines Tages – Noah war für eine Woche in Tijuana untergetaucht, seiner letzten U-Boot-Station vor New York, und hatte gerade ganz andere Sorgen –, dass es von mir auf Wefuckonlyjews ein 1:1-Wichsvideo gebe, das sie so wahnsinnig komisch und deep fände (»Die nackten, volltätowierten Göring-Enkel, das kalte, helle Licht in dieser deutschen Edelsauna, das rassistische Geschrei der Naziblondine, als sie merkt, dass er sich auf sie einen runterholt!«), dass sie es spontan mit fünf Sternen bewertet habe, obwohl sie Blogratings sonst so hasse, und sie sei sich sicher, sie werde nicht die Einzige bleiben.

Ja, Lilly hatte recht – und wie. Der Wowasohn (ich, ich, ich!) führte die WFOJ-Charts schon seit Monaten mit seinem Exhibitionistenauftritt an. Titel: *Marx Brother in der Sauna*. Tags: Sex, Nazis, Riesenschwanz, Trauer, Second Generation, Holocaust. Zahl der Gesamtklicks: 344 550! Noah hatte mit seinem Bette-Midler-Dauerhalben gerade zweihundert, und die meisten Klicks waren von ihm selbst. War der Karubinerling schon wieder besser als er? Oj, weh is' mir! Oj, gewalt! Sogar die Diskussion, die von der WFOJ-Community über die Elstar-Wichsshow geführt wurde, war beneidenswert kurzweilig und auf allerhöchstem intellektuellen Niveau. Niemand verurteilte den »Marx Brother« oder machte unterirdische Bemerkungen. Es war von seelischen Beschädigungen der Kinder und Kindeskinder der Surviver die Rede, vom inneren Hin und Her dieses erstaunlich attraktiven jüdischen Oberchochems, der sich nicht zwischen Exil und Heimkehr entscheiden kann und darum absichtlich coram publico an den Schmock greift, damit ihn der neopreußische Staatsanwalt ebenfalls bei diesem nicht ungroßen Ding packt und aus Deutschland hinausschleudert. »Weiß jemand, was aus ihm geworden ist?«, schrieb Sixdaywarrior. »Angeblich hängt er jetzt bei einer Crack-Sex-Thorasekte auf Jamaika herum, das sind diese schwarzen Dreadlocktypen, die behaupten, dass sie Juden sind«, antwortete Peaceforthemiddleast69 innerhalb von Sekunden.»Quatsch«, kommentierte Wowajunior (das war natürlich ich) genauso schnell,»er hasst Drogen!« Noch jemand zitierte C. G. Jung, und einer verglich den Anblick des Onanisten in der Elstar-Sauna mit dem des brennenden Warschauer Gettos. Schließlich wurde der »Marx Brother« von Tucholskysenkel35 als der bekannteste ungelesene deutsche Schriftsteller S. Karubiner identifiziert. Das interessierte aber niemanden. Nur einer fragte, ob die Bücher von »unserem Jingele« so witzig seien wie die letzte Show von Louis CK, und weil keiner aus der Community etwas von S. Karubiner gelesen hatte, schrieb wieder Wowajunior:»Ich finde Louis CK überhaupt nicht komisch, ihr Blödmänner.«»Also, wo ist er denn jetzt? In Stammheim oder in St. Quentin?«, schrieb Sixdaywarrior.»Tel Aviv. Rehov Arnon, Ecke Ben Gurion. Es gibt keinen Auslieferungsvertrag zwischen denen und uns.«»Doch.«»Ach, wirklich? Verdammt.«

Und plötzlich fing mein Noah an zu lachen. Zuerst leise, dann laut, dann verschluckte er sich und hustete wie krebskrank. Telepathie! Empathie! Idiotie? Sie waren also BEIDE auf der Flucht und beide freiwillig. Was für ein genialer Saukerl dieser Karubinerling war, dachte er. Während er selbst für die Umsetzung seines Sudan-New-York-Plans zwei endlose, stimmungsverzerrende Mitläufer-Jahre gebraucht hatte, stellte ich mich, mutig wie ein Makkabäer und omnipotent wie Stalin der glorious Jalta-Days für drei Minuten nackt vor eine Kamera, und schon war ich dort, wo ich sein wollte. Rehov Arnon, Ecke Ben Gurion? Noah hörte auf zu lachen und machte ein trauriges Heimweh-Gesicht. Diese Gegend kannte er gut, wirklich gut. Sein früherer Junggesellen-Compound in der Zlatopolsky war nur fünfzehn ruhige Spazier- und sieben hektische Ich-muss-noch-schnell-was-erledigen-Bubile-Minuten entfernt gewesen, und er hatte manchmal am Fruchtsaftstand in der Ben Gurion vor einer Mara-Bodycheck-Aktion ein paar Gläschen Karotte-Ginseng getankt, in den deprimierenden Wochen und Monaten nach seiner Rückkehr aus L. A. sogar jeden Tag.

Einmal, er wollte schon gehen, war plötzlich Oritele bei Benny's Juice aufgetaucht, Telefon am Ohr, Sporttasche über der Schulter, karrieristischer Silberblick im orientalischen Ponem, die legendär dünnen Lippen stierkampfrot geschminkt. Ja, genau, die Oritele Cohen, die er nur aus Zeitungen kannte, aus meinen Erzählungen und von den haarigen und später etwas rasierteren Beine-breit-Fotos, die ich ihm früher immer stolz gemailt hatte. Er grinste ein überlegenes, verstecktes Stalkerlächeln und leckte zufrieden den karottenroten Rand seines weißen Plastikbechers ab. Zu dieser Zeit wurde Oritele gerade sehr bekannt zwischen Jordan und Mittelmeer. Sie hatte einige Wochen vorher den Israel Art Prize gekriegt, aber dann wurde er ihr sofort wieder aberkannt, weil die Jurysekretärin ein falsches Fax rausgeschickt hatte. Das erzählte Oritele, in der Saftschlange ungeduldig herumtänzelnd, in ihrem rollenden, grollenden Nahost-Englisch jemandem auf eine Art ins Telefon, als wäre er allein daran und an jedem anderen Unglück schuld, das sie erlebt hatte und noch erleben würde. »Das war so schrecklich, so erniedrigend, so kunstfeindlich, verstehst du?«, fauchte sie. »Sie wissen genau, wie gut ich bin, aber sie würden sich lieber kopfüber vom Hermon stürzen, bevor sie es zugeben!« Sie beugte sich zum ausgemergelten, aber nicht unagressiven Benny von Benny's Juice in seine winzige Saftküche vor und bestellte auf Hebräisch einen Karotten-Ginseng-Saft, und dann schrie sie, vor Wut den strammen vierzigjährigen Yoga-Körper hin und her schaukelnd, auf Englisch noch lauter ins Telefon: »Sei still! Du bist doch genauso! Du hast auch immer nur Schiss vor meiner Stärke und meinem Talent gehabt, du geltungssüchtiger Schreiberling!«

Aha, dachte der lauschende Noah, ein Du-liebst-mich-nicht-Telefonat, b-b-bestimmt mit dem bis zur emotionalen Kernspaltung romantischen Karubinermann, der so wahnsinnig beziehungsgestört ist, dass man schon wieder denkt, er verdeckt so nur eine manische Beziehungssucht.«»Weißt du, du blöder Galut-Arsch, ich wollte alles! Aber du hast mich mit meinem Koffer die Treppe runtergeschmissen, als wär ich auch nur Gepäck!« Sie lächelte Benny kokett an. »Nein, Solomon, ist ja gut, ich wusste nicht, dass das Diaphragma löchrig ist. Aber ich wusste, dass du Angst davor hast, ich könnte schwanger sein. Und genau darum wurde ich es nicht! Oder doch? Hab ich vielleicht abgetrieben und dir nichts gesagt? Oder ist das Solomon-Baby vielleicht schon zwei Jahre alt und guckt genauso mies in die Welt wie sein egomaner Schriftstellerpapi? Du wirst es nie erfahren, K.!«

Noah wusste aus unseren Schabbat-Telefonaten, dass Oritele den Kampf liebte und sie und ich uns früher jeden Tag so oft gestritten hatten, wie der Tag Stunden hatte. Jetzt war er endlich einmal live dabei. Mich hörte er natürlich nicht, aber je wütender Oritele die Worte in die mittelmeerfeuchte Tel Aviver Smogluft spuckte (»wie zerkaute, nasse, glänzende Sonnenblumenkerne«, notierte er innerlich für das erste Kapitel von *Fick meine Frau, Goldmann!*), desto besser konnte er sich vorstellen, was ich am anderen Ende in Berlin von mir gab. Und wie ich es sagte. Und warum. Wahrscheinlich, dachte er, ließ ich, wie Wowa senior in Bedrängnis, meine weibische Prophetenstimme hochfrequent aufheulen und benannte gleichzeitig die Schwachpunkte des Gegners, die alte NKWD-Technik. Neinnein, Oritele, das Problem ist nicht, dass ich nie ein Kind wollte, du wolltest keins, weil du malen wolltest, aber sogar wenn du malen könntest, hätte ich dich nicht geheiratet, ich wurde lange genug von meiner eigenen Meschpoche unterdrückt.»Wie? Ich kann nicht malen? Das ist ja typisch! Das sagst du nur, weil du Frauen hasst, alle Frauen, ja, sogar deine süße, tolle, unverwüstliche Mutter. Und warum? Weil« – Trommelwirbel, Tusch, extremes Triumphtranspirieren am Ben Gurion Boulevard –, »weil du dich ihnen unterlegen fühlst!« Interessante Argumentation, dachte Noah, könnte ich eventuell in *Scheidung im Hilton* einbauen.

Er trat, unwillkürlich schnüffelnd wie ein Hund, an die schwitzende und schreiende Oritele einen weiteren indiskreten Schritt heran, und sie guckte ihm sofort entsetzt und angewidert ins glasknochenhaft runzelige Bucharagesicht. Dann schaute sie Hilfe suchend zum totenblassen Aggro-Benny herüber, der an seiner Orangenpresse zwei, drei wurschtige Aikido-Kombinationen aufblitzen ließ, worauf Noah erschrocken einen Schritt zurückmachte, dann noch einen und noch einen, und plötzlich merkte er, dass er wie ein Kind davonrannte, in Richtung Ben Jehuda.

Oh, wie es ihn vor Angst schüttelte! Uh, wie herrlich das war! Im Villale in Herzlia Pituach wurde selten so offenherzig gehasst, geschimpft und diskutiert, dachte er, als er genau sieben Minuten später vor der zerkratzten Metalltür seines Lieblingspuffs stand. Die aus Berechnung und Liebe folgsame Merav zeigte nie, dass sie sauer war, sie war nie böse auf ihn, sie schimpfte nicht, sie bestrafte nicht – suboptimal für einen Masojüngling wie ihn. »Menschen können sich ändern«, sagte der Rabbi von Abu Dhabi, bevor er in der letzten Pokerrunde seines Lebens sein Haus verspielte, »aber sie wollen nicht.«

»Soll ich jetzt losgehen?«
»Was?«
»Du hast mir vorhin nicht zugehört, Noah. Wir haben uns im Indochine verabredet, weißt du noch? Ich hab gesagt, ich muss nicht zu Fitchs OP-Orgie, wirklich nicht, und du hast gesagt, warum nicht, es gibt so wenig Orgien, eigentlich gibt es gar keine, man hört und liest nur über sie, warum gehst du nicht nicht hin, Kukile? Und ich hab gesagt, genug mit diesem Kubili, Schmubili, das ist doch nicht dein Ernst, willst du mich vielleicht loswerden, willst du zurück zu deiner israelischen Primatenfrau, oder was? Und du hast gesagt, nein, nein, das schwör ich dir!«
»Das hab ich gesagt, Kukile?«
»Ja, und dann hab ich gesagt, dass ich dich immer noch liebe, jeden Tag mehr, ich blejde Katschke, und dass ich dich anrufen werde, bevor ich losgehe.«

Blejde Katschke? Man red' wieder Jiddisch daheim? Wie süß von dir, Nataschale, aber bemüh dich nicht, du liebst mich sowieso nicht. Mich hat noch nie jemand geliebt! Vielleicht liebt Soli mich, aber er ist der Einzige, ein Schmock, ein Verrückter und total auf Antikontakt, wir haben uns nie länger als ein paar Stunden gesehen, darum ist ihm jetzt auch egal, dass ich weg bin. Glaub mir, auf die übliche Art kann man mich nicht lieben. Ich bin ein Nichts, und am liebsten vertiefe ich mich in Einfälle, die immer einen Millimeter an der Wahrheit vorbeigedacht sind. Damit verwirre ich die anderen und mich, und dann ist ganz schnell jeder Plan o-o-obsolet, SS-Savionoli nannte das triumphierend meine Angst vor dem Gelingen. Hmm ... lass mich mal nachdenken ... was kann ich wirklich? Tolle E-Mails vielleicht. Soli, der Klugibär, meinte, im Wortwirrwarr des Internets käme mein überkandidelter Hochdruckstil super zur Geltung, und früher, als ich noch besser sein wollte als er, habe ich mir auf tausend Zettalechs meine Einfälle notiert, die waren auch interessant formuliert, aber das mach ich leider schon lange nicht mehr, seit Sudan, warum eigentlich nicht? Neulich hab ich einen wiedergefunden, in meinem Uralt-Dries-Dress vom ersten Ein-Ei-Sommer 1997, das hat mich traurig gemacht. Auf ihm stand: »Merav in den Arsch treten, ihr das Haus und den Rest von allem überschreiben und zu Ethel ziehen.« Ethels Name war durchgestrichen und darüber stand deiner, und ich dachte, wie wär's, wenn ich den jetzt auch durchstreichen und wieder Meravs Namen hinschreiben würde? »Wärst du dann traurig oder erleichtert, du blejde Katschke?«
»Was hast du gesagt?«
»Nichts. Wieso?«
»Ich fahr dann jetzt los. Stell dich an die Madison, Ecke 92. Straße, ich sammel dich dort mit dem Taxi auf.«
»Was?«
»Jesus, hast du mir wieder nicht zugehört? Nein, du hast mir nicht zugehört. Du hast mir noch nie zugehört! Doch, ein Mal, ganz am Anfang, als ich dich am JFK abgeholt und gesagt habe,

dass ich hoffe, dass du für immer bleibst, aber dass ich mir das kaum vorstellen kann.«
»Das hast du gesagt?«
»Noah!«
»Und was hab ich gesagt?«
»Du müsstest dringend pischen.«
Auf dem Weg zur Tür streifte Noah – von seinem dreifachen Tallwives-O und dem Pleiteschock erschöpft wie ich nach ca. zwei Jahren Romanschreiben – mit dem Mantel den Stapel mit den Prospekten, die er vor der Eröffnung des 1. Psychokatalytischen Instituts hatte drucken lassen. Sie flatterten auf den Boden wie tote Schmetterlinge. Die Schrift auf dem Umschlag war antroposophisch bis hebraisierend kantig und in schreiendem Roy-Lichtenstein-Kawumm!-Rot, der Hintergrund hellhellblau wie der Himmel über L. A. oder T. A. an einem beliebigen, leichten, nataschalosen Frühlingstag. Auf dem Coverfoto sah man Dr. psychokat. Forlani himself an seinem leeren mahagonibraunen staub- und auftragsfreien George-Nelson-Tisch sitzen. Er wirkte – konnte es eine bessere Werbung für die parodoxen psychokatalytischen Lehren und Methoden geben? – selbst wie jemand, der ein paar intensive und hochpreisige Sitzungen bei einem PKI-Therapeuten gut gebrauchen könnte, und das hatte nicht nur damit zu tun, dass er so welpenhaft traurig aus seinen wie immer »schwarz unterhackten Oigen« (S. Forlani) guckte. Er hielt die Hände flehend in die Luft, wenigstens sah es so aus, dabei hatte er eigentlich nur beim Fotografieren immer wieder versucht, eine durchs Zimmer schwirrende riesige, fette grüne Fliege totzuklatschen.

Das Foto hatte er ganz allein gemacht, mit Selbstauslöser, und zwar an einem dieser langen, leeren New Yorker Tage, als er morgens wie so oft zur eilig frühstückenden, von ihrem täglichen Mount-Sinai-Lampenfieber absorbierten Natascha gesagt hatte, er werde auf dem Weg ins Institut im Central Park einen kleinen Indianerlauf einlegen, aber stattdessen für ein paar unbeschwerte

Momente im letzten Peepshow-Loch am gesäuberten Times Square abtauchte. Kaum war er drin, in der engen weißen Kabine, in der es genauso nach Putzmitteln und abgestandenen Low-Fi-Spermien roch wie früher in vergleichbaren Reeperbahn-Institutionen, checkte er die Taschentuchlage – für die Tränen, nur für die Tränen, die er inzwischen fast täglich vergoss –, er warf einen Dollar ein und guckte an dem sich schnell drehenden, viel zu dünnen, zu dunklen, zu mexikanischen Majdele vorbei zu den anderen Fenstern mit den anderen geknickten Typen im Halbdunkel des Peepshowkarussels, in der Hoffnung, dass gleich noch eins herunterfahren und mein rattiges russisches Gesicht darin auftauchen würde, so wie damals, vor Ewigkeiten, in seinem goldigen Uralt-Leben, als er und ich zusammen in New York waren. Nichts, kein Soli nirgendwo. Stattdessen erschien in der Kabine gegenüber das Gesicht eines beinah unanständig alten glubschäugigen Mannes mit zitterndem Kinn und fast durchsichtiger, violett geäderter Haut, der genauso wie der selige Schloimel aussah – nachdem er ein paar Jahre im Grab gelegen hatte. Noah winkte ihm erschrocken zu, der Alte winkte zurück, und dann schloss sich zum Glück Noahs Ein-Dollar-Fensterle, und er konnte in Ruhe und ungestört wieder ein bisschen weinen.

Ja, Noah weinte viel in den letzten Tagen und Wochen. Er weinte sogar – deep down where it counts – auf dem Foto, das er mit Nataschas alter HLG-Fotokurs-Minox von sich selbst für die PKI-Prospekte gemacht hatte. Während er jetzt den umgefallenen Stapel schnell und hektisch vom Boden aufhob, damit Natascha nicht unten im Taxi zu lange auf ihn warten musste, fing es wieder an: Seine Wangen glühten, die Augen brannten und füllten sich sofort mit kleinen, heißen Panik-Tränchen.

»Was ist denn jetzt schon wieder los, Petzkele?«

Ach, nichts, Mami, ich musste nur kurz an Papa und Soli denken. Und an dich natürlich.

»Und an was noch?«

Na ja, um ehrlich zu sein, an einen gewissen kleinen Gedankenfehler, wegen dem ich die letzten zwanzig Jahre meines überflüssigen Lebens noch überflüssiger gemacht habe.

»Schon wieder die Geldsache?«

Mm-hm ...

»Immer noch der Meinung, dass Geld stinkt, dass es schlecht ist, schlecht macht usw.?«

Im Gegenteil, Mami, genau das ist ja das Problem. V-v-vergiss die hohlen, idealistischen, falschen Jahre von Goodlife! Geld ist gut. Vergiss meine Esst-euch-mager-Aktion an den Hamburger Schulen, den Schwur fur Darfur, das Klackklackklack meiner Regenwaldinstallation, die Jajajahwe-Anti-Wallstreet-Hymne, meinen gojischistischen *Alles was dir auch wehtun würde*-Blog. Hab ich je was erreicht? Hat es jemandem was genützt, dass ich meine Erben-Penjonse in lauter Ein-Millimeter-daneben-Projekten versenkt oder einfach verschenkt habe? Geht es mir besser, seit ich als Noah Bargeldlos durch Manhattan irre, die glückliche dunkle Kapitale des Kapitalismus?

»Sag du's mir.«

Natürlich nicht. Seit wann scheint die Sonne in g-g-geschlossenen Räumen? Der große, böse Geldrebbe Schloimel Forlani – der dich niemals fickende Ehemann, remember? –, der hat mit seinem Geld mehr für die Welt getan als ich. Hat er es gespendet? Nope. Never. Er hat es investiert! I-n-v-e-s-t-i-e-r-t. Er schuf Arbeit, glückliche Angestellte, gut gefickte Geliebte, eine stets vollgefressene Ehefrau sowie einen Sohn mit bester Ausbildung, der, wenn er Mega-Glück hatte, nur einmal in der Woche geschlagen wurde.

»Conclusio, Baby?«

Hab ich doch gerade gesagt: Geld ist gut. Geld macht gut! Leider – sonore Stimmlage, joviales Krächzen des usually eher unmännlichen inneren Stimmchens –, leider hat dein geniales Petzkele selbst nichts mehr, alles verschenkt und verklimpert, du hast nicht zufällig noch eine halbe Million oder so übrig? Damit käm ich durch, ich bin nicht unbescheiden. Damit könnte ich das Institut zum Laufen bringen, Plakate, Radiospots, Tage der offenen Tür, bis das Geschäft brummt wie früher Schloimels Pluto GmbH, bis es in der Welt der Wissenschaft anerkannt ist – und nicht bloß in den unverrauchten, von Hühnersuppenduft erfüllten Schwarzmarkthinterzimmern der First Generation. Bitte, nur 500 000!

»Wie denn, Baby, ich bin doch tot, einen Tag nach Schloimels Schloschim am Grindelhof kurz aus dem 102er gestiegen, um ungestört ein paar Winde abzulassen, und dabei von einem polnischen Reisebus in Stücke gerissen. Schoin vergessen?«

Irgendwie ja, Mami, entschuldige, die Hälfte meiner Erinnerungen rutscht neuerdings durchs hyperaktive Sieb meines leer geriebenen Hypothalamus. Weißt du, ich dachte, ich käme in New York mit einer halben Portion Methylphenidat zurecht, vor allem aus Kostengründen, aber das war natürlich ein Fehler. Wenn du nur wüsstest, wie es wehtut, nichts mehr auf dem Konto zu haben!

»Stopp. Was ist mit dem Buddhale, Baby?«

Der bringt höchstens 200 000.

»Und Merav, die Allesverschlingende?«

Die gibt mir bestimmt nichts zurück.

»Auch nicht, wenn du ihr sagst, dass du NICHT wiederkommst?«

Nicht schlecht, Mami. Danke, Mami! Ach, wie ich deinen ewigen Methangeruch vermisse! Wie ich mich nach deiner gespielten Dämlichkeit sehne! Kann es sein, dass das Leben leichter ist, wenn man sich wie du immer nur blöd stellt? Danke. Verstanden. Byebyetschik. Und vergiss, dass dein Sohn der erste jüdische Franziskanermönch ever werden wollte!

»Und du vergiss nicht, dass Natascha unten an der Madison, Ecke 92. im Taxi auf dich wartet. Trödel nicht!«

2
Aufruhr am Gordon Pool

Der Gordon Pool war so alt wie die Strandpromenade von Tel Aviv, die aus den späten Sechzigern stammte, damals auf Wunsch der Stadtverwaltung dem palästinensischen Sand entrissen von Männern wie Schloimel Forlani, Kapitan Urmacher oder dem alten Blumenstein, ein kilometerlanger und längst wieder verwitterter Straßen-und-Tunnel-Komplex aus den besten Tagen des New Brutalism. Ich kam drei-, viermal in der Woche hierher, um zu schwimmen – nur um zu schwimmen! – und um dabei über das Buch meines Lebens nachzudenken.

Schon unter der Dusche – ich benutzte meist die von allen Seiten einsehbare Außendusche neben dem Pool, damit ich gar nicht erst auf die Idee kam, mir in der Nähe von so vielen jungen, halb nackten Frauen an den Dudek zu fassen – dachte ich, es geht sowieso schlecht aus. Auch die ersten zehn Minuten in dem kalten, salzigen Meerwasser waren voller Skepsis und unerklärlicher Todesangst und gleichzeitig so langweilig wie die Suche nach dem vorderen Loch der jüngeren Gartenstein-Schwester bei unserem ersten Mal unter Mamaschas Zebramusterdecke am Ende des Hartungstraßenflurs. Darum dachte ich, ich sollte erst mal versuchen, an gar nichts zu denken, auch nicht an das schüchterne, ungeschickte Esthilein G. Vielleicht würden dann wie von selbst ein paar nützlichere Gedanken aus dem Kreativpart meines dunklen Karubinergehirns hochgespült werden, Mission »gute Laune« und *Shylock war hier*, Version 2, an der ich seit dem Werbellinsee und meiner Flucht nach Tel Aviv wie ein alternder Hund an einem zu großen Knochen ratlos herumkaute.

Nein, nichts. Keine Idee, kein Glücksgefühl oder wenigstens dessen narzisstische Imitation. Stattdessen dachte ich, den Kopf beim

Brustschwimmen eintauchend und hochreißend wie ein lächerlicher Frosch mit Glatze und Schwimmbrille, an den introvertierten Dr. Focko von Goering, Staatsanwaltschaft II, Berlin Mitte-Tiergarten, der gerade stumm lächelnd auf seinem Tisch ein Fax aus Jerusalem glatt strich, in dem die Behörden von Juda und Israel meine Auslieferung an den deutschen Staat versprachen, denn Mord wäre natürlich ganz was anderes als öffentliche Selbstbefriedigung, auch wenn der von mir ertränkte Claus Müller nur ein Erpresser und charakterschwacher Möchtegernautor gewesen sei. Oder mir fiel auf den ersten fünfzig Metern der tote Tal ein. Ich sah ihn meist in einem abgedunkelten Zimmer der Pension Beit Benjamin in Jaffa (hohe, wackelpuddinghafte Kingsize-Matratze, italienisch blaue Fußbodenfliesen, überall leere, aufgerissene Ibuprofenschachteln), wie er plötzlich über seinen sinnlosen Selbstmordversuch erschrak und auf den Knien zum Badezimmer kroch, um die Tabletten sofort wieder auszukotzen. Aber er schaffte es nur bis zum Fenster, und als er versuchte, sich aufzurichten, um nach Hilfe zu rufen, brach er »Gerry, Gerry ...« murmelnd zusammen und fiel auf die Fernbedienung, der Fernseher ging an, und es kam *Exodus*, die Szene, in der Paul Newman von einem Engländer eine Ohrfeige bekommt.

In diesem Augenblick, vielleicht auch schon vorher, überholte ich auf der Schnellschwimmerbahn des Gordon Pools wie so oft diese oktopushaft runzlige Greisin, die noch langsamer schwamm als ich und auf deren Unterarm bei jedem ihrer ausladenden Schwimmzüge in der morgendlichen Nahostsonne ein Auschwitznummer lila aufblitzte. Dann tauchte auf der Leinwand meiner Einbildung auch schon Oritele auf, nicht schöner als sonst, wirklich nicht, aber wieder sehr viel mehr sie selbst, also ohne diesen entsetzten Gesichtsausdruck einer unfreiwillig entwöhnten Abhängigen und weinenden Tyrannin, mit dem sie nach ihrem verdienten Rauswurf aus meiner Wohnung in der Swinemünder ihren schweren Koffer heruntergetragen hatte und ihm, als er ihr aus der Hand rutschte, hinterhergestrauchelt war. Jetzt, zweieinhalb Jahre später, guckte ich ihr dabei etwas interessierter zu als damals und dachte: Liebe ich sie eigentlich noch? Habe ich sie jemals geliebt? Oder will ich nur einmal meinen Arm tief in ihrem kleinen, strengen Tuches versenken, um sagen zu können, ich, der menschelnde Sohn von Wowa dem Schrecklichen, habe diese irakische Sexhexe besiegt?

An dem Tag, von dem hier die Rede ist, hatte ich die neue alte Oritele auf einem Foto in der Partykolumne von Drorik Mendel gesehen, in der englischen Ausgabe von Ha'aretz, die ich auf dem Weg zum Schwimmbad im Kiosk des meist halb leeren Pluto-Hotels gekauft hatte. Oritele war nicht allein. Neben ihr sah man den Maghreb-Caruso Zoar Turgeman, groß, wüstensohnhaft, schwarzhaarig bis zum Hals, mit dem fürchterlichen Feuermal auf der halben Stirn und der Nasenwurzel. Dass er trotzdem sehr gefragt war bei den Damen in der Cantina, im Nanuchka oder in Tony Bursal's Night Bar, hatte mit der untröstlichen Melancholie zu tun, die seine zu hohe, gequetschte, marokkanische Hitstimme verbreitete. Die knirschenden Synthesizer-Arrangements seiner großen Erfolge *Elenor*, *Sababa* oder *Am Israel Chai* (abgemischt in den Tonstudios das alten Busbahnhofs) taten ihr Übriges – sie konnten der Soundtrack zu einem sehr haarigen Sexfilm der Kodachrome-Zeit sein oder das Endlosgedudel bei einer ausgelassenen sephardischen Dreihundert-Gäste-Hochzeit. Oder aber, dachte ich, es war alles ganz anders und Zoars überirdisch anmutendes Feuermal (siehe die engelgleiche symmetrische Flügelform) beschützte die Frauen in seiner Nähe wie eine Chamsa vor Liliths bösem Blick, und dafür liebten sie ihn. Aber was, wenn eine von ihnen Lilith war?

Zoar Ahnungslos und Oritele »Lilith« Cohen hielten auf dem Ha'aretz-Bild Händchen. Sie standen vor dem Rolex-Laden in der Ibn Gvirol, Ecke Eliezer Kaplan, und meine Fast-Ex guckte so umständlich auf die neue Uhr an ihrem anderen Handgelenk, als hätte der Fotograf das von ihr verlangt. »Giveret Cohen, die diesjährige Verliererin des Israel Art Prize und Zoar Turgeman, ›Die schwarze Perle von Tachana Merkazit‹, beim Shopping erwischt.

Er hat ihr eine goldene Oyster Perpetual geschenkt – was gab sie ihm dafür?«

Seit ich das gesehen und den Rest der Kolumne gelesen hatte, musste ich an Liliths Streit mit dem Ur-Mann Adam denken. Sie wollte gleich beim ersten Mal oben liegen, und nachdem Adam sich bei Elohim über sie beschwert hatte, warf der Herr aller Herren sie aus dem Gan Eden raus. Nach ihr kam das scheinbar unterwürfige Evchen ins Spiel, und das machte die verjagte Lilith noch tyrannischer und wütender. Seitdem irrte sie durch Neben- und Unterwelt, einen Geheimvertrag mit dem Satan im Safe, sie durfte Neugeborene entführen und sich mit ihrem entblößten Allerheiligsten auf die Gesichter schlafender Männer setzen, aber was sie ihm dafür schuldig war, wusste auch nicht der Rambam. Nur den großen Rotlichtphilosophen Schloimel Forlani habe ich einmal sagen gehört: »A schlechts wajb is schlimer als der tajfel« (das war bei Noahs und Meravs Hochzeit), und bestimmt war er damit näher an der Wahrheit als alle Talmudgelehrten zusammen.

Das Patriarchat als permanenter Aufstand gegen das Matriarchat, gegen Lilith, die oben liegen will? Korrekt. Ich, Soli Karubiner, auch noch mit 43 allein auf der Welt, in meinem Bett, vor meinem aufgeklappten Laptop mit den WFOJ-Seiten, weil ich mich nicht Teuflinnen und Gebärmüttern unterwerfen konnte und wollte? Genau!

Mir fiel ein – ich war jetzt schon am Ende von Bahn sechs oder sieben –, dass Oriteles umbragraue Schläfen auf dem Zeitungsfoto ungewohnt glatt und edel ausgesehen hatten. Wo war der Stirnpelz des reißenden Homo-Rudolfensis-Weibchens geblieben? Ich wendete relativ elegant und knapp, und während ich schräg durchs Wasser glitt, hob Oritele auf dem Foto den Blick und sagte: »Fünf vor zwölf, Solomon!«, und in ihren schwarzen irakischen Augen waren diese kleinen Blitze, die man sonst nur von Filmvampiren kennt. Ich fing sofort an zu kraulen. Kraulen ist anstrengend, und dabei denke ich meistens an nichts. Jetzt dachte ich aber, noch drei, vier Bahnen und dann sprinte ich zu meinen Sachen und sehe mir das Bild in Drorik Mendels Kolumne noch mal an. Konnte es wirklich sein, dass sich Oritele für ihren kitschigen marokkanischen Hengst den unästhetischen, aber scharfen Atavismus wegoperiert hatte? War sie ein cleveres, nachgebendes Evchen geworden? Was für ein beschissener Epilog in meinem Lebensbuch! Diesmal duschte ich natürlich nicht nach dem Schwimmen, weder draußen noch drinnen. Ich ging – wegen der überflüssigen Varicozelen-Narbe auf meinem Bauch mal wieder so schief wie eine umgeknickte sibirische Birke – zu meiner Tasche, nickte dem jungen blonden russischen Pärchen zu, das auf sie aufgepasst hatte, und legte mich müde, aber glücklich aufs Handtuch. Ein Blick aufs Telefon: keine Anrufe, keine Nachrichten, auch nicht aus Prag. Ein Blick in die Zeitung: Ja, Oritele hatte sich einem kosmetischen Chirurgen anvertraut, nein, ich liebte sie deshalb jetzt nicht wieder mehr. Seltsam, ohne die kleine äffische haarige Stelle auf ihrer linken Schläfe – oder war es die rechte gewesen? – war sie total uninteressant, nur ein weiteres Menschenweibchen, das sich zähmen ließ, um zähmen zu können. Ich stopfte die Zeitung beruhigt in den zerkratzten grünen Abfalleimer neben mir, auf dem zehn goldene böse, laute, mutige Nahostfliegen saßen und in den bestimmt schon Achad Ha'am seine Kürbiskerne reingespuckt hatte, ich nickte wieder den beiden Russen zu und wunderte mich kurz, warum der extrem dünne gorgonzolaweiße Junge (Typ Edward Limonow in seiner New Yorker Zeit) mit verrutschter Badehose zwischen den noch weißeren, noch dünneren Beinen seiner Freundin schlief. Dann zog ich *Geld ist alles* aus der Tasche, Balabans *Eheratgeber für den klugen Juden*.

Ich hatte mir den Weltbestseller erst vor Kurzem bei Amazon Palästina bestellt, Username Dr. Magnus Hirschfeld, sicherheitshalber, denn kein Mensch wusste, mit welchen Webfiltern die Strafverfolger von Mitte-Tiergarten arbeiteten. Warum ich das Buch endlich lesen wollte? Weil Serafina – das hatte ich von ihr erst vor einigen Wochen erfahren – inzwischen mit Balaban zusammenlebte. Wo? In der Italská, in ihrem und meinem Zimmer! Warum nicht in einer kahlen, superhellen Riesenmaisonettewohnung auf der Kleinseite oder direkt am ewig duftenden Riegerpark, die sich Rabbi Sex (O-Ton Wowa) inzwischen bestimmt leisten konnte?»Weil sich jemand um Mamascha und Wowa kümmern muss, Solomon, du ewiger Solospieler«, hatte mir Serafina auf diese Frage geantwortet und sofort eine zweite SMS hinterhergeschickt:»Machst du es dir eigentlich immer noch so oft selbst, Narzissimus?«»Was kann ich dafür, dass ich mich so gern habe?«, schrieb ich eilig zurück. Sie: »Ich finde mich auch sehr toll, und trotzdem hab ich mich dreißig Jahre für den schönen Rabbi aufgespart, Küssen und Fummeln mit Großvatertypen und Halbbrüdern gilt nicht.« Ich:»Ja, du hast recht, er sieht wie ein Mädchen mit Bart aus.« Sie:»Du auch, aber ohne.« Ich:»Liebst du ihn, weil er mir ähnlich ist?« Sie:»Nein – trotzdem.«

Ja, mehr als dreißig Jahre hatte Big Sister darauf gewartet, dass Balaban zurückkommt. Niemand wusste genau, was damals in Balabans Hohe-Weide-Compound zwischen den beiden passiert war. Nachdem er sie zuerst im Bat-Mizwa-Unterricht durchfallen ließ, erklärte er einen Monat später, alles okay, er habe sich am dritten Fastentag von Gimel Arba'im ausführlich mit Elohim beraten und ein klares Zeichen gekriegt. Der arme Scheiß-Wowa. Er, der ewige Kommunist, war so happy gewesen, als er gehört hatte, dass seine Fast-Tochter doch keinen Bund mit Gott schließen würde. So glücklich sah man ihn sonst nur, wenn er aus Bergedorf von seiner submissiven Ingrid nach Hause kam und bei einem Campari Orange das vergangene Prügelstündchen innerlich noch mal durchging.»Sehr gut«, murmelte er eines Abends, während die entsetzte Serafina mal wieder wie ein gestrandeter Wal auf dem braunen Seventies-Schaumstoffsofa im Wohnzimmer lag, einen Bahlsen-Schokokeks nach dem anderen in ihren Mund schob, die Schokolade ableckte und den feuchten Rest auf die abgerissene Keksverpackung legte (wahrscheinlich der Anfang ihrer Kaloritis).»Kein Schein vom Schein-Rabbiner, kein Ritualtheater in der Synagoge für die fetten Chanel-Weiber und ihre Ganef-Typen, keine rausgeschmissenen Zwanzigtausend für eine Party im Plaza Hotel«, sagte Wowa etwas lauter, er warf mit hochgezogenen Wowa-Riesenlippen einen relativ empathischen Blick in Richtung Serafina und machte den Fernseher an, weil in der Hartungstraße in den Siebzigern fast jeden Abend *Tatort, Derrick* oder *Kommissar Beria* geguckt wurden. Dann klingelte es an der Tür – während der stumpfe Discovorspann der neuesten *Kommissar Beria*-Folge lief –, und wer stand da? Rabbi Sex. Mattes Kate-Moss-Gesicht, schon damals Dutzende Furchen im schütteren Pädophilenbart, enger, schwarzer Anzug aus der Dati-Linie von Isaak Mizrahi. Er sagte: »Ich habe gute Nachrichten für Sie, Monsieur Karubiner. Ich habe Ihre Tochter gefickt, während wir die Lot-Parascha wiederholt haben. Sie ist eine bessere Schülerin, als ich dachte. Alles in Ordnung, die Bat Mizwa kann steigen! Und machen Sie sich bitte keine Mühe, im Jüdischen Lexikon nachzuschauen, wann Gimel Arba'im ist. Nie. Oder nur, wenn ich will. Diesen Feiertag gibt es nämlich gar nicht.« Nein, das hatte er nicht gesagt. Er sagte, er würde gern mit Serafina sprechen, es tue ihm leid wegen der späten Störung, aber es gehe um ihre Zukunft als Jüdin und Mensch, und kurz darauf verzogen er und Serafina sich in Papaschas Kabinett, côte à côte mit dem Wohnzimmer.

Während sie drin waren – kein Ton drang nach draußen, kein Seufzer, kein berückendes, salomonisches Buch-der-Lieder-Lied –, ließ sich Wowa, der sofort die neue Lage erkannt hatte, von *Kommissar Beria und der Pelmenimörder* ablenken und inspirieren. In den riesigen Gläsern seiner KGB-Brille spiegelten sich die spitzen, pseudo-jüdischen, auf clever getrimmten Schauspielergesichter von Beria und seinen Assistenten, die immer nur durch Zufall und Sadismus ihre Fälle lösten, und hinter den Gläsern ratterten Wowas schwarze Agentenaugen im REM-Phasen-Rhythmus, und hinter den Augen ersann das in der Bartolomějská geschulte Agentenhirn eine kleine Desinformationsfinte.

Balaban verschwand eine halbe Stunde später wieder, ohne sich zu verabschieden. Serafina knallte sich aufs Mammut-Sofa und lächelte gefickt und insiderhaft. Und Wowa presste die Lippen zusammen und schwieg und dachte an die Zwanzigtausend, die er nun vielleicht doch für Serafinas Bat Mizwa ausgeben müsste, und später käme ja auch noch ich mit meiner frühreifen Synagogen-Show. Niemals, upassji bog! Er stand ruckartig auf und gab Serafina links und rechts eine Ohrfeige, und dann sagte er zu mir: »Was ist? Was glotzt du so? Willst du auch eine?«

Eine Woche später hatte Serafinas Religionslehrer den Großen Hamburger Sexskandal am Hals. Im Hamburger Abendblatt erschien etwas über die ungesunden Neigungen von Ezekhia y José y Balaban und seinen gekauften Rabbinerschein, Quellen wurden nicht genannt. Lange, hieß es, hätten die Mitglieder der Jüdischen Gemeinde geschwiegen, aus Angst vor einem neuen Antijudaismus, aber die Unversehrtheit ihrer Kinder käme für sie noch vor der Abwehr mittelalterlicher Vorurteile. Balabans letzte Opfer: Die Schwestern Esther (13) und Harmony G. (14), Töchter des Geschäftsmanns Janek G. Überschrift: *Hat sich Rabbi Sex im Landschulheim Sobernheim bedient?*

Ich drückte die soften Einbandklappen von Balabans Eheratgeber *Geld ist alles* (Erfolgsausgabe) auseinander und fing nun schon zum zweiten oder dritten Mal an, das Vorwort zu lesen. Kein Wort über den Großen Hamburger Sexskandal, kein Satz dazu, dass Balaban damals als Rabbi rausgeflogen war, sich aber ein paar Jahre später wegen widersprüchlicher Zeugenaussagen in seinen alten Job wieder eingeklagt hatte und als Entschädigung den lukrativen Telefonseelsorgedienst der Gemeinde dazubekam. Und natürlich nichts über Serafina und ihn und die »Vorkommnisse«. Ich war mir immer sicher gewesen, es sei so einiges auf seinem langen Ledersofa in der Hohen Weide beim Studieren des Lot-Abschnitts passiert, und dass seitdem Serafina ihrem gelehrten Vergewaltiger hörig war, war Basic-Wissen im Misshandlungszeitalter. Aber stimmte es wirklich? Eine Ameise – sie hatte den schnellen, hektischen Gang von Oritele und dieselbe rostbraune Körperfarbe – rannte über die Seiten und rutschte in den Falz. Ich drehte das Buch um, schüttelte es, und sie fiel raus. Dann schickte ich eine SMS nach Prag. »Habt ihr damals oder habt ihr nicht?« Serafina antwortete wie immer sofort. »Balabantschik und ich? Morgen hab ich die zweite EMDR-Sitzung. Dann erinnere ich mich bestimmt. Cross your fingers, Karotte.«

Die Unterhose von Edward Limonow war inzwischen noch weiter heruntergerutscht, und ich sah den Beginn einer dunklen, beinah kindlichen Falte. War ihm zu heiß? Ich selbst fand es für einen israelischen Ferragosto-Tag fast schon zu perfekt, aber wo war der Haken? 31 Grad im Schatten und im Herzen, es wehte ein ungefährlicher, leichter Achille-Lauro-Wind aus Südsüdwest, und der Schweiß auf meiner salzverkrusteten Mamasohnhaut brachte Abkühlung und kaum panische Erkältungsfantasien. Warum, dachte ich plötzlich und zerquetschte mit Balabans Buch drei weitere Oritele-Ameisen, die über mein neues flauschiges Handtuch aus dem Dizengoff-Center krochen, habe ich eigentlich noch nie mit dem geschickten Nazidoktor ein paar gute Gedanken über meine Hypochondrie getauscht und gewälzt? Ich hatte es bei unserer letzten Skype-Sitzung versucht, aber kaum sagte ich leise, mit singender, eiernder, femininer Noah-und-Soli-Stimme zu ihm, ich würde gern wissen, ob ich ohne Papaschas Schläge ein besserer Mensch und schlechterer écrivain geworden wäre, begann Savionoli ekstatisch zu niesen. Fünf Minuten später brach er die Therapie für immer ab, jedenfalls drohte er damit, sollte ich, perfide und indirekt wie alle Hebräer, ihn noch ein Mal an seine eigenen unmännlichen, unungarischen Unzulänglichkeiten und Verletzungen erinnern, über die er nie mit mir sprechen würde, und übrigens müsse er für die heutige Sitzung den doppelten Satz berechnen, Schadenersatz. »Bis nächste Woche, Sie unleidiger Schriftsteller«, sagte er zwischen zwei letzten Niesattacken, »Sie glauben natürlich, Sie sind der Einzige, der mit rätselhaften Somatisierungen von der eigenen existenziellen

Rat- und Hiflosigkeit ablenken kann, darf, muss. Sie denken, nur Sie hätten Ärger mit der Psyche und dem Gesetz! So seid ihr alle, ihr Juden, ihr denkt, nur euch geht es mies. Es lebe die völkische Homöopathie! Es lebe die Jobbik-Partei! Das Geld ziehe ich wie immer über Ihre Kreditkarte ein.« Ich nickte in die Kamera meines Macs, er nickte zurück, dann erstarrte sein viel zu langes, dürres, geniales Therapeutengesicht in dem schnell erlöschenden, braunen Skype-Halbdunkel, und ich wusste, der verrät mich nie an Staatsanwalt Frodo zu Bormann, dafür wird er von uns allen zu gut bezahlt.

Bewegte sich der kleine blonde Russe wirklich nur im Schlaf? Seine Freundin (Mondgesicht, gezupfte Brauen und böse, strichdünne Tatarenaugen) hatte die Hand in seinen sehnigen Gänsenacken gelegt. Sein verschwitztes Haar lockte sich wie bei einem Kind, die Spitzen fransig, dunkel, poetisch, und während ich überlegte, ob mein eigener ausrasierter Mittvierziger-Glatzkopfnacken auch so sexy aussah, hörte ich plötzlich dieses laute, schöne Mädchengeschnatter hinter mir.

Ich drehte mich um. Unter der dunklen Krone eines gebeugten alten Baums, der auch in Berlin im Tiergarten neben einem trotzigen Schinkel-Tempel hätte stehen und jeden Spaziergänger zu Tode deprimieren können, saßen auf einer rotgelben Manchester-United-Decke zwei hübsche, unbeaufsichtigte, extrovertierte Zwölfjährige. Die eine war sogar erst zehn oder elf, und weil beide, nicht mehr ganz flachbrüstige Mini-Amazonen, knappe Bikinis in Leuchtfarben trugen und schulterlange Frisuren wie kleine Frauen, schien in den Blicken, mit denen sie auf meine Blicke reagierten, etwas zu liegen, das zum Glück in allen Kulturen und Ländern gesetzlich verboten ist. Sie sprachen Englisch, sehr Englisch (kehliger Nordlondon-Dialekt!), sie redeten so schnell, dass ich kein Wort verstand, aber der kindliche und zugleich tiefe Klang ihrer Stimmen und das reife Glucksen und Luftschnappen, das sie brauchten, um von einem Satz zum nächsten zu kommen, kam sexueller Belästigung gleich, aber vielleicht war das auch nur meine von

Savioneli verordnete tägliche Entlastungsprojektion – und natürlich trotzdem saugefährlich. Ich drehte mich sofort wieder zu den Russen um. Mondgesicht massierte inzwischen mit einer Hand den Nacken ihres großen Babys, die andere Hand war irgendwo, und sie guckte mich dabei so hart und herablassend an, wie nur Russen es können. Riesenbaby bewegte sich noch mehr, kleine, nette, exhibitionistische Wellen ließen die Muskeln in seinen Schultern, seinem Rücken zucken, und als ich das sah, glitt ich mit dem Blick weiter nach Süden, natürlich nur widerwillig, im Interesse der Wissenschaft. Ich hatte es geahnt: Sein weißer Hühnerhintern bewegte sich auch, leicht, sehr leicht, damit kein anderer Badegast Verdacht schöpfte, und plötzlich hatte ich, wieder gegen meine Absicht, eine heftige, schmerzhafte Realitätsverschiebung, über die der Doc sagen würde: »Immer noch besser als in Minsk 1902 von einem Kosakenbajonett vergewaltigt zu werden, Reb K.!«

Ja, ich dachte, begleitet von leichten Übelkeits- und Geilheitsattacken, wieder einmal an die Ereignisse in der Elstar-Sauna, die ich nach guter alter Traumatisiertengewohnheit nie verdrängt hatte. Ich erinnerte mich an den Geruch von Fichte und Menthol beim letzten Aufguss, an das hohe, panische Zimtzickengeschrei meines duschenden Opfers, an die herbeigelaufenen, schaulustigen, total enthaarten Deutschen, die am liebsten mich, meinen jäh schrumpfenden, beschnittenen Schmock und meine unrasierte Aramäervisage in der Saunakabine eingesperrt und dort ein bisschen gegart hätten, und ich dachte an Madames unglaublichen Arsch. Oh, Madames Arsch! An ihm war ich – das ist leider die Wahrheit und nichts als die Wahrheit, Herr Staatsanwalt – immer noch sehr interessiert. Gab es das Stockholm-Syndrom vielleicht auch umgekehrt? Konnten Täter von ihren Opfern so abhängig werden, dass ihnen ein Leben ohne sie sinnlos erschien?

Dazu fällt mir Folgendes ein: Als ich den schrecklichen Wowa vor meiner Flucht ins Unheilige Land noch einmal in Hamburg besuchte, die Speisekammer mit Osem-Keksen, Osem-Dosensuppen,

Osem-Matzes vollmachte, seinen Medikamentenvorrat checkte und überlegte, ihm statt seiner Betablocker Traubenzucker-Tabletten unterzujubeln, damit sich sein Einsamkeits- und mein Ödipusproblem von selbst erledigten, als ich ihm bei der letzten Tee- und-Konfitüre-Session im orangeblauen Schimmer der russischen Satelliten-TV-Nachrichten sagte, er würde mich eine Weile nicht mehr sehen und solle sich bei Problemen Balabans Nottelefon anvertrauen oder Mamascha in Miami anrufen und beten, dass sie nicht gerade mit Valja herummachte, da sagte der 162 cm große, messingdunkle Herr des Hamburger Grindelviertels und Erfinder des umgekehrten Stockholm-Syndroms: »Jaja. Scheiße. Ich brauch dich aber trotzdem, du kleiner Idiot. Leider. Wär mir auch lieber, du wärst alt und schlecht auf den Beinen, und ich hätte so viel Kraft wie du, um mir jeden Tag eine neue Krankheit einzubilden! Komm her, damit ich dir zum Abschied noch ein paar Ohrfeigen geben kann. Im Ernst, wann krieg ich meine 40 000 zurück, wenn wir uns so lange nicht sehen?«

Inzwischen war Wowa nicht mehr allein und gehbehindert und deprimiert, sondern vögelte jede Nacht Mamascha in Prag und lief sogar zu Fuß von Vinohrady runter ins Slavia, wo er mit Kostja und Major Sekora jeden Freitag einen Veteranen-Jour-fixe hatte, nur fünfhundert Meter Luftlinie von den Verliesen der Bartolomějská entfernt. Ja, alles war immer ganz anders, als es eben noch gewesen war, und meinen Saunafilm gab es auf den WFOJ-Seiten auch nicht mehr, Awi Blumenschwein und seinen 51 Prozent sei Dank. Eigentlich schade. Man hatte – Kompliment an die Ingenieure der stecknadelkopfkleinen Elstar-Geheimkameras – Madame und ihr Arrière-main in jeder Einstellung absolut perfekt gesehen, vor allem bei den Gegenschnitten, die der selige Claus selbst auf seinem Laptop reinmontiert hatte, und man konnte, wenn man kein Heuchler war, egal ob Mann oder Frau, darum auch sehr gut verstehen, warum ich mir, solange der Film im Netz war, immer wieder die digitale Rückkehr an den Tatort erlaubte, fast ohne schlechtes Gewissen. Nachdem aber Awi als CEO von wefuckonlyjews.com die Entfernung des Videos organisiert hatte –»Für die halbe Stunde, in der ich damals deiner Mutti beim Epilieren durchs Schlüsselloch zusehen durfte, Karubiner, und außerdem wirst du mir bald einen kleinen Gefallen tun!« –, musste ich mir in Fällen von schicksennarrischer Geilheit Madames herrlichen Arschmammut vorstellen. So wie jetzt. SO WIE JETZT? Warum nicht gleich mittags um eins auf dem Dizengoff-Platz?

Ich schloss, erschrocken über mich selbst und lächelnd wie ein Verliebter vor dem nächsten Kuss, die Augen. Ich vergaß die Russen, die beiden Klein-Amazonen, Oritele und Zoar Turgeman und das von meinem besten Freund gestohlene Manuskript meines Lebens – und scannte mit dem inneren Auge ausführlich Madames babyglatten Urogenitaltrakt. Es war mir egal, dass ich gerade von Hunderten von Badegästen umgeben war, die meisten von ihnen nette, ruhige, sozial und intellektuell depravierte Jemeniten mit riesigen Picknickkörben, alte deutsche Juden und ein paar hübsche, traurige, ältere Schwule, die in Wahrheit jünger (und glücklicher) waren als ich. Ich dachte nicht daran, dass ich nach dem Schwimmen meine Badehose ausgezogen, mich liebevoll wie eine Mutter abgerubbelt und das Handtuch einfach nur Jesus-am-kreuz-mäßig um meine Hüften drapiert hatte. Ich umkreiste innerlich immer weiter den prallen, nackten Elstar-Arsch wie Apollo 10 den Mond, während unter dem lockeren Handtuch alles in Bewegung geriet, ich war wieder acht, ich stand in Prag mit runtergezogener Hose am Fenster und hörte, wie Mamascha und Wowa im Wohnzimmer ihre Kürbiskernorgie veranstalteten, und dann rutschte auch noch meine Hand nach unten.

Was war das? Das Spiel mit dem selbst entfachten Kleinfegefeuer, auf dem ich mich manchmal gern grillte? Oder meine ganz spezielle Art, der Einsamkeit zu trotzen? Beides wahrscheinlich. Von Mama verlassen, von Papa verachtet, von Oritele vergessen, von Lilly, dem Pferd, ignoriert, von Noah verraten, von Dr. Savionoli durchschaut, hatte ich, bis auf mich selbst, niemanden mehr. Ich hatte, wenn es mir schlecht ging, zum Trösten höchstens noch meinen Schmock, ein paar warme Gedanken an die unstete Liebesaffäre der Deutschen mit meiner öffentlichen Person – und ab und zu von Serafina eine SMS. Überhaupt, was tat sich gerade in der Italská?

Ich machte die Augen auf, benommen, aber nicht dissonant mit der Welt da draußen, und guckte, eine halbe Sekunde lang die Blicke der dummen Russin gelangweilt erwidernd, auf meinem zerkratzten iPhone nach, ob ich in dem Schwimmbadlärm (drei Radiosender gleichzeitig, Bademeistergeschrei, endloses Brummen der über uns patrouillierenden Armeehubschrauber) eine Nachricht von Serafina überhört hatte. Nein, nichts. Seit der Rabbi in Prag war, schrieb sie mir seltener, allerdings auch zarter und persönlicher, und das war okay, eigentlich, und dann fiel mir ein, EMDR, morgen hat sie die nächste EMDR-Sitzung, und danach wird sie mir bestimmt wieder in ihren SMS-Haikus weitere flutartige Erinnerungen an den D-Day ihres Lebens (Juni 1961, Prag, Flughafen Ruzyně) mitteilen oder serafinistische Durchhalteparolen morsen. Letzte Woche hatte sie z. B. getextet: »Ich tue wieder so, als wär Wowa mein Vater, Karotte. Wie findest du das? Aber verrat mich bitte nicht!« Ich machte schnell wieder die Augen zu und schob in Gedanken meinen Mittelfinger in Madames hinteres Loch.

Und dann ging alles ganz schnell. Zuerst hörte ich die Rufe des Eisverkäufers, dessen böse Louis-Armstrong-Stimme ich kannte, seit ich, kurz nach unserer Emigration, das erste Mal mit Mamascha, Papascha und Serafina Israel besucht hatte. »Artik! Artik! A-aartik!«, rief er immer so wütend, als würde er gleich anfangen zu weinen oder drei Menschen töten. Er schleifte seine angeschlagene Styropor-Kühlkiste hinter sich durch den Sand wie Papillon einen Sack Steinbruchgeröll, und wenn man ihn zu sich winkte, kam er trotzdem oft nicht. Ich hatte nur eine konkrete Erinnerung an ihn: Als ich an dem leidvollen Tag vor Noahs Hochzeit für Natascha ein Zitroneneis kaufen wollte, unten, am teuren, stillen Hilton-Strand, wo Natascha und ich lange stumm auf unseren Liegen nebeneinandergelegen und skeptisch ins orangerote Sonnenuntergangsungeheuer vor Zypern geguckt hatten, zog er zuerst langsam und angewidert die festgefrorene Verpackung vom Eis und leckte sich die klebrigen, sandigen Finger ab. Dann gab er es ihr, ohne sie anzusehen, und sagte zu mir in diesem unterirdischen israelischen Second-Generation-Jiddisch: »Sie ist nischt git far dich. Sie ist a varlorene neschume!« Seine alte, rote, sonnenverbrannte Visage hielt er mir dabei so dicht hin, als wollte er eine Ohrfeige, damit er einen unwiderlegbaren Grund hätte, auf mich loszugehen.

Jetzt, er war noch irgendwo hinten am Eingang des Gordon Pools, rief er auch wieder »Artik! A-aartik!«, so wie immer, so wie seit dem Auszug der Juden aus Ägypten. Ich zählte bis zwölf, er krächzte erneut seinen Trompeten-vor-Jericho-Ruf, und nun war er fast schon neben mir. Ich zählte noch mal bis zwölf und observierte weiter in Gedanken den prallen, weißen Elstar-Arsch, und wieder löste sich aus dem sephardisch dominierten Schwimmbadlärm das schöne Cockney-Mädchengeschnatter, dann verstummte es kurz, und dann schob sich ein kleiner Schatten über mich, und eine der beiden Engländerinnen sagte schleimig und eingebildet wie eine Mick-Jagger-Tochter: »Excuse me, have you got some change? Please!« Und noch bevor ich die Augen aufmachen, ihr antworten und meine Hand von meinem Schmock wegziehen konnte, fing sie an zu schreien.

Diese Art von Geschrei kannte ich schon. Es war laut, sehr laut, in einer für Männer unerreichbaren Frequenz, es klang immer wie ein echter und wie ein gespielter Erstickungsanfall zugleich. Ich machte langsam – sehr langsam, in einem für Frauen unbekannten Zeitlupentempo – die Augen auf. Alles umsonst, dachte ich, die Ermordung von Claus der Canaille, die Flucht aus D., das Antichambrieren bei Awi, dem ich am Ende unserer Verhandlungen fürs Löschen des Elstar-Videos schriftlich zusagen musste, seine Memoiren zu schreiben, Titel: *Fett, aber nett*. Hier lag ich und konnte nicht anders und fummelte an mir herum, und wieder waren es nur noch ein, zwei Schritte bis zum Abgrund meiner russisch-jüdischen Hysteriker-Existenz. Schade, wirklich, ich würde das Buch meines Lebens also nicht mehr zu Ende schreiben, das alles war für meine schlechten Mamascha-Nerven zu viel, außerdem war ich nicht Fürst Kropotkin oder AH, die im Gefängnis am besten arbeiteten. Und Noah, meinen armen, geliebten, gehassten Noah, der mir die erste *Shylock*-Datei gestohlen hatte, würde ich auch nicht mehr wiedersehen, obwohl er gar nicht tot war und mir schon wieder Geld schickte, die erste Rate meines Buddha-Gewinns zum Beispiel, und dabei hätte ich so gern gewusst, woher er die Nummer meines geheimen, neuen Bank-Hapoalim-Kontos hatte. Bestimmt von Awi, dachte ich plötzlich, von Awi, der Plaudertasche, dem Klugscheißer, dem vielseitigsten Superchecker von Hamburg, der immer mit allen über alles redete, Hauptsache, am Ende hatte er selbst schloimelmäßig etwas davon. Ja, genau, und vielleicht hatte er sogar schon mit dem Oberboss des Aman geklärt, wo mich die Isis im Fall eines Rückfalls (also jetzt) einsperren würden. Im gefürchteten Ketzi'ot-Knast in der Negevwüste, zusammen mit ein paar besonders perversen, fistelstimmigen Hamas-Bossen? »Aber nein, General, das wär zu hart! Übrigens, braucht ihr Jungs nicht einen neuen, eleganten, abhörsicheren Sitz für eure Zentrale? Ich hab zufällig Pläne und ein Angebot dabei!« Oder würde ich nur Hausarrest bekommen, wenn Awi den Auftrag kriegte? Nein, sie würden mich natürlich an den Internationalen Gerichtshof in Den Haag ausliefern! »Gute Entscheidung, General, besser als ein Kanterhaken in Plötzensee. Wollt ihr auch einen Swimmingpool?«

Ich machte, noch bevor ich meine Hand in Sicherheit bringen konnte, die Augen ganz auf und blickte ruhig und überrascht wie ein unverletztes Unfallopfer nach einem Totalschaden in die kleinen, schwarzen, glasigen Lolita-Äuglein über mir, die das, was sie sahen (männliches Körperteil, dessen Verfärbung und Ausmaße nichts Menschliches mehr hatten), höchstens mal heimlich auf der WFOJ-Seite gecheckt hatten, als die Eltern gerade nicht da waren.

Was war das für ein dumpfes Grollen in der Ferne? Ich stand langsam – sehr langsam – auf, zog das rutschende Jesus-Handtuch fester um meine Hüften, die Kleine zuckte und kreischte noch lauter und rannte zurück zu ihrer Freundin und dem alligatorgesichtigen Artik-Mann, den ich noch nie so glücklich gesehen hatte wie jetzt, weil er endlich einen Grund für eine Schlägerei hatte.

Ja, die Lawine rollte heran, aber ich lag noch nicht unter ihr. Ich wechselte mit Mondgesicht cool einen noch böseren Blick als vorhin, Edward Limonow alias Riesenbaby gab ihr, ohne sich umzudrehen oder mich anzusehen, das Telefon, ich dachte, entweder ruft sie die Polizei oder fotografiert mich damit oder beides, aber dass sie mit der anderen Hand weiter unter ihrem vanillegelben hoppelnden Russenlover herummachte, beruhigte mich wieder leicht.

Ich zog – Poker-Solis letzte Chance – die Lippen zum starren Joker-Grinsen hoch und ließ sie stur oben, und dann begann ich mit der gelangweilten Selbstverständlichkeit eines Langschläfers, meine neueste Dries-Hose anzuziehen (Kikar Hamedina, Boutique de la Métèque, 2000 Schekel und eine »Egoiste«-Probe umsonst). Als ich fertig war, schob ich das Telefon, die verklebte Sonnencremetube und Balabans Buch in die Tasche. Ich nahm die tolle, perverse, dicke schwarze amerikanische Schwimmbrille ab, in der ich schon meinen Elstar-Auftritt gehabt hatte, und setzte mir das bernsteinfarbene Marc-Jacobs-Gestell auf, das man sonst nur bei Homostylisten oder Marc Jacobs himself sah, und ging einfach weg. Mafialeute gingen auch immer einfach vom Tatort weg, dachte ich, während ich über die Liegewiese schritt, vorbei an gelangweilten, dösenden, vor sich hin redenden Leuten, die das Interesse an dem Zwischenfall mit dem alten Glatzkopf und den Klein-Barbies aus Golders Green längst wieder verloren hatten, aber vielleicht hatten sie uns in der Samstagnachmittag-Kakofonie sowieso überhört.

Wie auch immer, Poker-Soli hatte sich nicht verschätzt – das Grummeln in der Ferne wurde leiser, und nach ein paar Schritten verstummte es ganz. Keine Ahnung, warum sie mich gehen ließen.

Sogar der Eismann rief jetzt wieder wütend »Artik! A-aartik!«, niemand hielt mich fest oder versperrte mir mit seinem metallischen Zahal-Body den Weg, und als ich endlich draußen auf der glühenden, endlosen Betontreppe stand, die zum Kikar Atarim führt, bereute ich sogar – chuzpe geworden von meinem Triumph –, dass ich nicht geduscht hatte. Meine Haut spannte vom Salzwasser, die Ohren waren klebrig und voller Sand, und wenn ich mir mit der Zunge über die Lippen fuhr, schmeckten sie bitter und salzig. Ich stellte mir vor, dass ich gleich zu Hause das lauwarme, süße Wasser aus dem Duschkopf auf sie herabprasseln lassen und wie ein kleiner netter Hund danach mit dem offenen Mund schnappen würde, und ich lächelte wieder, aber diesmal aufrichtig.

Oben am Kikar Atarim – 50 Grad in der Sonne, dünne, stinkende, orientalische Müllkippenluft – blieb ich kurz stehen. Die riesigen Betonpilze links und rechts, in deren Schatten seit über dreißig Jahren alle paar Monate ein anderes Café oder Restaurant bankrottging, sahen immer noch wie neu aus. Noah, Schloimel und ich hatten hier einmal – es war eine halbe Generationenlänge her – zu dritt gesessen und Tee und Kinley Orange getrunken, am Ende von Schloimels letztem Israeltrip, als er schon halb tot war, aber noch dachte, Gott, an den er nicht glaubte, hake erst das achte seiner neun Leben ab. Schloimel, der Gangster-Raschi, hielt uns einen interessanten, unmoralischen Vortrag. »Hier war mal gur nischt, wusstet ihr das? Danach wuchsen tschick-tschack ein paar kleine, zweistöckige Häuschen aus dem palästinensischen Boden, wie sie sich in Polen nur Kretschmer und Viehjuden leisten konnten. Nebbich, die bescheidenen Fantasien der ersten und zweiten Alija! Und dann begannen die Typen von der Irija von New York und Chicago zu träumen, aber sie kamen nur auf uns, die verhassten Baujuden von Hamburg, Frankfurt und München. Sie schrieben uns lange schleimige Telexe, es kamen Kisten mit Karmel-Wein, und dann luden sie Gartenstein, Blumenstein, Urmacher und mich zur Jaffa-Regatta ein und flüsterten uns am letzten Abend in der Galil Bar ins Ohr, zieht hier eine Art Klein-Germania für Touristen auf, ihr cleveren Nazihuren, ihr kriegt unverzinste Kredite in Schekeln, tilgen könnt ihr sie, wann es euch passt. Und wir haben es natürlich gemacht! Jeder, der keine Skrupel kennt, hätte es gemacht.« Er sah mich von der Seite so lange und auffällig an, damit ich merkte, dass er mich ansah und dabei dachte: Ich weiß, Noahs Kommunistenfreund mit der Trotzki-Visage, du hasst mich und meine Shylock-Theorien! Aber er täuschte sich. Ich mochte ihn mit der Zeit mehr und mehr. Er war jetzt alt, und die lieblosen Kräfte der K-krankheit begannen, sein Gesicht in einen verzogenen, verschrumpelten Beutel zu verwandeln, aber er hatte noch eine frische Farbe, und er war immer noch der Kapital-Radikalinsky, der einst auf dem Schwarzmarkt grinsend und hakenschlagend vor den amerikanischen MPs davongerannt war. »Der Rabbi von Abu Dhabi sagte mal: ›Nehmt euch, was ihr könnt, und immer noch etwas mehr!‹ Und als ein Schüler fragte: ›Ist man dann noch ein Gerechter, Meister?‹, antwortete er: ›Abgerechnet wird, wenn der Meschiach kommt, das wird grässlich genug. Bis dahin sollten alle ihren Spaß haben.‹« Noah lachte knatternd und hilflos, ihm war sein geliebter, kluger, primitiver Vater immer peinlich vor mir, aber ich machte ein interessiertes, untrotzkistisches Gesicht. »Und so haben wir an die süße Westküste des Gelobten Landes dieses kilometerlange und -breite Stahl-und-Beton-Monster hingebaut. Hotels wie Plattenbauten in Tirana. Eine Strandpromenade, auf der Merkava-Panzer leichter und schneller vorankommen als Menschen. Schnellstraßen, Tunnel und Fußgängerübergänge wie aus dem Skizzenbuch von diesem M.C. Escher-Goj. Kain aine hore, es hat sich für uns gelohnt, schlechte Menschen mit schlechtem Geschmack zu sein! Unser Kapital waren unsere Geistesgegenwart und die Schlechtigkeit der Deutschen, nicht billige israelische Kredite. Wer mit dem Blut seiner Leute Verträge« – er sah mich jetzt direkt und mild triumphierend aus seinen matten blauen Kreuzfahreraugen an – »oder Romane schreibt, kann nicht Schönheit und Glück anderer im Sinn haben. Mir war es immer egal. Und Ihnen, Leo Davidowitsch Bronstein?«

Ja, mir war es auch egal – meistens. Ich selbst war mir immer der Wichtigste, beim Schreiben sowieso, aber auch, wenn es um Frauen oder um meine verrückte russische Familie ging, und das hatte ich, den Blick in Schloimels Blick versenkt, damals im Café Bensona sofort zugegeben, unter dem dritten Betonschirm von rechts, den ich so hässlich und sinnlos wie einen Brückenpfeiler an einer deutschen Autobahn fand – und der mir jetzt, fünfzehn Jahre später, besonders modern, elegant, brutal und angenehm größenwahnsinnig erschien. Inwischen hieß das Bensona (drei Tische, zehn Stühle und eine nordafrikanische Buster-Keaton-Variante als Kellner) Café Banana und war fast genauso leer. Ich überlegte, ob ich hier noch schnell einen Schloimel-Forlani-Gedenktee trinken sollte, aber dann fielen mir die Blintzes mit Quark und Zimt im Pluto Hotel ein, die Noahle und ich uns früher nachts um zwölf o. t. h. bestellt hatten, und ich ging sofort weiter, quer über den heißen Kikar-Atarim-Ufo-Landeplatz zu Schloimels altem Hotel (die Gewinne kassierte längst 100-Prozent-Merav), und dabei dachte ich an den zu süßen, polnischen Blintzesteig und sonst nichts. Aber als ich dort ankam, verschob sich meine innere Interessenlage erneut, und mir fiel – warum, Doktor? – die Stelle in Mamaschas *Agentenmärchen* ein, in der Arik der Löwe mit Mojsche dem Grebser ein letztes Mal aus der Todeszelle auf einem drei Kilo schweren sowjetischen Urzeit-Handy telefoniert und ihn fragt, warum er ihn an Platon den Griechen und das Geheimreferat verraten hat.›»Ich brauchte das Geld, Papa‹, sagt Mojschele. ›Aber du konntest die Dollar hier gar nicht ausgeben, Junge. Alles war in Käseland.‹ ›Es ging um die Zukunft meiner Kinder. Wer sagt, dass wir immer die Sklaven des Königs bleiben? Vielleicht grab ich bald einen Tunnel nach Paris, schon mal darüber nachgedacht?‹ ›Ich bezahl also für die zukünftige West-Ausbildung meiner Enkel mit meinem Leben?‹ ›Du bist ein guter Mensch, Papa. Ich nicht.‹«

War das alles wirklich genauso passiert?, fragte ich mich, während ich in die Pluto-Drehtür eintrat. Was hatte sich Mamascha beim Schreiben ausgedacht? Hatte es die 40 000 Dollar gegeben? Waren die 40 000 Buddha-Euro heute genauso viel wert? Und was wäre, wenn Wowa und ich uns in Prag wiedersehen würden – würde er zugeben, dass er sie von Noah längst gekriegt hatte, noch vor seinem verrückten Sudantrip? Oder würde er, der exkommunistische Spätkapitalist, versuchen, bei mir die Schuld ein zweites Mal einzutreiben? Das alles war sehr interessant und kompliziert und total psycho, und während ich nach vernünftigen Anworten suchte, vergaß ich kurz, wo ich war, und so drehte ich grübelnd und spitzgesichtig noch ein paar Runden in der gläsernen Hoteltür.

Die helle, pseudofeine Lobby des asbestdurchdrungenen 70er-Jahre-Kastens war, wie sonst nur am Anfang einer neuen Intifada, so leer wie der Buczaczer Bahnhof morgens um fünf, und wie immer, wenn im jüdischen Übertreibungsland eine Klimaanlage lief, spürte ich innerhalb von Sekunden tödliche Erkältungspanik. Ich setzte mich vor das sehr lange, bunkerartige Panoramafenster mit Westblick aufs Meer (und manchmal sogar, via Zypern und Alpen, bis nach Berlin) in einen der extrem weichen, gemütlichen, gut riechenden Miami-Beach-Polstersessel, ich bestellte Blintzes und Tee und bat die dünne Kellnerin mit dem dunkelhellen aschkenasisch-sephardischen Teint, die Aircondition wärmer zu drehen. Sie lächelte nett und machte es sogar.

Dann sah ich, den Kopf auf die Faust gestützt, romantisch bis leicht angesext durchs Fenster auf das grellblaue Meer mit den lautlos hin und her fahrenden Booten raus (Berlin konnte man heute leider nicht sehen), in der Hoffnung, dass irgendwo in der Lobby eine Frau saß, die genauso traurig und scharf war wie ich und sich von meinem versonnenen, aber zielbewussten Mienenspiel ansprechen ließ. Aber nichts passierte. Es kam nur eine SMS von Big Sister, in der es darum ging, dass sie sich von ihrer nächsten EMDR-Session nun doch nicht so viel versprach, weil sie inzwischen genau wusste, dass der Rabbi und sie sich damals in seinem Hohe-Weide-Compound beim Thorastudium höchstens ein- oder zweimal etwas zu tief in die Augen geschaut hatten, mehr nicht. »Balabantschik würde sich nie an einer Dreizehnjährigen vergehen«, schrieb sie. Ich schickte ein Fragezeichen zurück. Darauf antwortete sie: »An einer Fünfzigjährigen schon« – und machte ein Smiley dahinter. Ich überlegte, ob ich mit einem LOL reagieren sollte, aber endlich kamen die Blintzes. Der Geruch von Zimt und lauwarmem Quark umhüllte mich sofort wie früher eine von Mamaschas selbst gesteppten, russischen Daunendecken, wenn ich Grippe hatte. Ich wurde noch trauriger, aber nicht schärfer, ich war jetzt ein Kind, das nicht weiß, wie es auf sich selbst aufpassen soll, und schon gar nicht versteht, warum die Leute, die über seine Witze lachen und von seinen frühreifen Bemerkungen beeindruckt sind, es nicht ewig aushalten, sein Publikum zu sein.

Und dann, als ich mir – unglücklich, aber auch glücklich – den dritten oder vierten balbatischen Blintzes-Bissen in den Mund schieben wollte, hörte ich plötzlich eine tiefe Stimme hinter mir in diesem widerlichen Israeli-Englisch sagen: »Du bist doch dieser deutsche Schriftsteller und jüdische Selbsthasser, der Ex von der Neuen von Zoar Turgeman. Oder?« Es war – Drorik Mendel. Ich kannte sein Foto aus seiner Ha'aretz-Kolumne, lange blonde Mozartlocken, Lippen dicker als eine Schlagzeile, Nase wie Ben Hur nach einem Kampf. Das geschmeichelte Wunderkind in mir nickte. Er nickte nicht. »Heil Hinkel, Herr Karubiner! Eine von unseren Leserreporterinnen hat mir gerade per MMS ein Foto von dir und von deinem Schlong geschickt. Gordon Pool, richtig? Das wird eine Supergeschichte. Du wirst bald auch bei uns sehr berühmt!«

3
Der große Awi-Blumenschwein-Trick

Als Noah zu Natascha ins Taxi stieg, war es mehr eine Art Fallen als Setzen. Das entsprach und entsprach nicht seiner Laune, und er wusste, bald würde er genauer wissen, wie er drauf war, er zählte auf die Intuition des versierten Therapeuten in sich.

Natascha sah mit ihren schwarzen Superkuckies trübselig auf den Stapel zerknitterter PKI-Prospekte in seiner Hand – aber sie sagte nichts. Er legte die Blätter vorsichtig zwischen sie beide aufs grobe graue fadenscheinige Yellow-Cab-Sitzpolster und dachte, ich hab gar nicht gemerkt, dass ich sie eingesteckt habe. Das Taxi fuhr an, Manhattans abendliche Häuser und Lichter bewegten sich routiniert und nicht unelegant nach hinten, die Prospekte mit seinem Freud-junior-Ponem wirbelten durch den Wagen, und für eine Sekunde war das Draußen drinnen und andersrum, und ihm wurde schlecht, so wie immer, wenn er durch die engen, holprigen Endlosstraßen der armseligen Geldmetropole fuhr und sich nach seinem Geld und seinem Zuhause (in dieser Reihenfolge) sehnte.

Er stützte sich links und rechts ab – wie das kribbelte, bis ins Rückenmark und hinauf in die Rübe! – und beugte sich zu seiner überflüssigen New Yorker Lebensgefährtin herüber, um sie zu küssen. Aber plötzlich fühlte er sich selbst so rau wie der Sitz unter seinen Händen, raue Buchara-Fingerchen, -Lippen, -Zunge, und wich gleich wieder beschämt zurück, und dass die vom Leben so nachhaltig durchgenudelte, überraschend hängetittige Nah-fern-Rumänin mit geschlossenen Augen und halb geöffnetem Mund seinen Kuss erwartete, fiel ihm gar nicht auf. Dafür, speaking of durchgenudelt, etwas ganz anderes: Ihre Wangen und Lippen sahen wie angemalt aus, obwohl sie es nicht waren. Komisch, komisch. Auch sonst wirkte sie überall im Gesicht extrem gut durchblutet, und er konnte sich natürlich denken, warum.

Schoin gepoilt, Nataschale, so selten waren Orgien gar nicht! Sogar er, Mamis Petzkele, hatte einmal das Vergnügen gehabt, im viel zu schwülen nahöstlichen Juni 1993, sie hatte auch mitgemacht und sein Karubinerbrider (also ich) sowieso. Das war, um genau zu sein, 48 Stunden nach seiner Hochzeit gewesen, am Tag, als der kleine, gemeine, halbschwule Arabtschik ihm und mir in der menschenleeren David Street in Ost-Jerusalem »We suffer, you live!« zurief und ich geschockt dachte, wir sind nur hier, um bald nicht hier zu sein. Noah verlor die innere Fassung aber erst später, im 16. Stock des Pluto Hotels, als Merav abends gegen halb sieben – draußen schob sich der Schatten der Abenddämmerung über den eben noch grellweißen Gordon-Beach-Sand – die Tür von Zimmer 1603 aufstieß und, statt »Hellou« zu sagen oder »Brauchst du mich so wie ich dich?«, ins gardinenhafte Zwielicht der im kräftigen Siebziger-Braun gehaltenen Schloimel-Chefsuite rief: »Wir werden das schönste Haus von Herzlia Pituach haben, Bubile! Der Architekt sagt, alles hängt von den Farben ab. Und von den Fliesen. Schachbrettmuster ist gerade gefragt, aber weil es bald out ist, wird es bald wieder in sein, darum hab ich mich dagegen entschieden. Bubile, war das kompliziert! Wie war's in Jeruschalajim? Habt ihr beiden Spinner Kafkas verlorenes Sexbuch gefunden? Hellou, wo bist du? Und wer sind diese anderen Leute neben dir im Bett? Ieeeh!«

In der noch dunkleren Schlafnische lümmelten sich das »Bubile«, Natascha und der Karubinerbrider auf dem Bett, und als das vom Höhlenbau berauschte Vorort-Klammeräffchen hereinkam, waren die infernalischen Drei gerade dabei, zusammen angezogen die auf Kosten des seligen Schloimel F. servierten Minischnitzel auf Hummus, den veganen Ceasar Salad, die legendären Pluto-Blintzes mit Cream Cheese etc. wegzuputzen. Mehr wollte keiner. Mehr konnte keiner. Dafür kannten sich alle zu lange oder waren zu homophob. Dass es dennoch zu diesem dümmlichen Dreier-Versuch kam, hatte mit dem Jeruschalajim-Blues zu tun, der die beiden männlichen, nach der rhetorischen Intifada-Attacke von der David Street äußerst zartbesaiteten Orgienteilnehmer erst allein in ihre Zimmer getrieben und dann wieder mit der ebenfalls missgestimmten Natascha zusammengebracht hatte, die beim Ein-Gedi-Schlammausflug der restlichen Hochzeitsgesellschaft erleben musste, wie sich während des lustigen Gruppenringens der ewig steife Awi mit seinem Hormonpotz zuerst an Kamilla Gotthelfer, dann an den Gartenstein-Sisters, dann an Ethel Urmacher rieb, aber sie selbst (»Du bist mir zu schlank und zu gojisch!«) ignorierte, was sie nach der Rückkehr aus Ein Gedi umso anlehnungsbedürftiger machte. Und das war Merav jetzt auch. Sie setzte sich auf die Bettkante, nahm dem erschrockenen Noahle die Gabel aus der Hand, spießte unglaublich langsam und präzise (Claus die Roman-Canaille würde in der verbesserten Fassung der *Hammerbachs* schreiben: wütend-unwütend) eins von den leckeren Schnitzelchen auf – und schob es sich lasziv in den Mund. Jede andere wäre schreiend weggerannt oder hätte Noah oder Natascha mit ihrer neuen Kelly Bag aus schwarzem Baby-Krokoleder (Noahs Verlobungsgeschenk) verprügelt. Aber sie streifte auch noch ihre goldenen Marc-Jacobs-Plastiksandalen ab und kletterte zu den infernalischen Drei unter die Decke.

»Ieeh!« Das war diesmal Natascha.

»Kukile, bitte!« Das war Noahle.

»*Scheidung im Hilton,* Forlanikus, notier dir das schnell, das wird die Schlussszene!«, sagte ich, der kalte Literatur-Karubiner, hitzig.

Merav schätzte, trotz der allgemeinen Rühr-mich-nicht-an-Stimmung, die Lage komplett richtig ein – und entschied sich für frühzionistische Selbstdisziplin. »Nuni, Schmeki, Lulinky«, sagte sie, »reg dich nicht auf, das macht doch nichts! Ich weiß, dass du mich nur geheiratet hast, damit dein Abale sieht, dass du eine Familie gründen kannst, wenn schon keine Firma. Kilu, ich mach mir keine Sorgen, wenn du dir keine Sorgen machst, kilu. Liebe kommt und geht. Die Kinder, die wir bald machen sollten, werden aber nie wieder ausziehen. Sie werden der Mörtel sein zwischen den Ziegeln unserer Ehe!« Die Sache mit dem Mörtel und den Ziegeln hatte sie offenbar aus der israelischen Ausgabe von Rabbi Balabans Eheratgeber, aber sie hatte leider nicht weitergelesen: »Wenn dein Ehemann unter der Chuppe Ja sagt, aber sonst nur davonrennt, quetsch seinen Dudek so lange zwischen den Ziegeln eurer Ehe, bis er nicht weiß, wie man ›nein‹ buchstabiert.«

Im Villale wurde natürlich gar nicht gequetscht. Wie ungeschickt von der sonst so zielstrebigen Herrin des Hauses! Stattdessen immer nur: Ja, Noah, natürlich, Noah, ich bin ja wieder so traurig, Noah, dreizehn Jahre lang, und manchmal brachte sie ihn sogar dazu, so wütend und brutal wie ein betrunkener Kosake zu werden, ausgerechnet ihn, so wie an ihrem zehnten Hochzeitstag, als er sie mit allen zwölf Aalto-Zebra-Kissen bewarf, die sie in Herzform auf der neuen LC-4-Liege drapiert hatte. Erst als er auf der vorletzten Geheimstation seiner West-Ost-Odyssee in Wladiwostok auf der Webseite von VICE Israel las, sie wolle, ungenannten Neve-Zedek-Quellen zufolge, kein Lösegeld für ihn zahlen und habe beim Treffen mit den Geheimdienstfasanen des Mossad herumgebrüllt, keinen schlaffen Schekel werde sie für ihn ausgeben, es gebe potentere Lkw-Fahrer als ihn, zum Beispiel einen gewissen Rami Bar-On aus Neve Zedek, darum solle und könne er in der sudanesischen Wüste verrotten wie ein altes Gnu-Skelett –, da hatte er das erste Mal für das Klammeräffchen, das keins mehr war, so was wie heiße, harte Männergefühle gespürt. Zu spät, zu spät. Er konnte nicht mehr zurück, einmal im Leben hatte er einen realistischen, aufrichtig egoistischen Plan gemacht und halbwegs geduldig durchgezogen – von Darfur nach New York, von damals nach morgen –, und er musste ihn unbedingt zu Ende führen, sonst würde Schloimel in der Gehenna so laut lachen, dass die anderen Leichen in Panik wieder auf die Erde zurückrennen würden.

»Masel tov, Baby«, rief ihm Mama jetzt von genau dort zu, »und nun bist du hier und weißt nicht, warum. Magst du deine Neue? Gefällt dir, dass sie dich mit ihrem Chefarzt betrügt? Ist sie dir nicht ZU DÜNN?«

Natascha rutschte, so weit es ging, von Noah weg (ostwärts sozusagen) und schaute ihn aus ihren Superkuckies tieftraurig an, und bevor sie fast ganz im Zwielicht des geräumigen Yellow Cabs und der Aureole der hinter ihr changierenden Straßenbeleuchtung verschwand, sah er, wie sie mit schmerzverzerrtem Gesicht die Beine übereinander kreuzte. Wie toll sich jemand verstellen konnte, der gerade noch nackt durchs Mount Sinai gejagt wurde! Aber nicht mit ihm, dem empathischen Dr. F., blinde Kuh konnte sie gern (und nackt) mit ihrem perversen US-Chirurgen spielen!

Mamasch interessant: Bei ihm hatte sie hinterher nie diese charakteristische brennnesselrote Verfärbung der Wangen und Lippen, und er wollte nicht wissen, wie sehr gerade ihr Pitschkale brannte. Nach einer Fünf-Minuten-Normalo-Nummer im ehemäßig perfekt durchgewischten Workout-Compound in der 93. Straße sah die stolze Tochter des anhänglichen Chaikel Rubinstein immer genauso aus wie vorher, und sie bewegte sich auch nicht anders. Sie steckte sich aber fast immer post orgasmum – statt Noahs Rücken zu killern oder ihm zu sagen, wie unglaublich groß sein verbliebenes Ei sei – stumm eine Marlboro Ultra an, und wenn er ironisch bemerkte, schadeschade, dass sie noch Luft bekäme, er verspreche ihr, nächstes Mal würde er sich mit drei Minuten begnügen, lächelte sie müde, sad und noch stummer und blies den Rauch so knapp an ihm vorbei aus, als würde sie ihm am liebsten eine runterhauen. Kein Problem, Natuskale, die Langeweile beruht auf Gegenseitigkeit! Er rutschte nun selbst so weit wie möglich westwärts und versuchte, ihren pseudodepressiven Durchgefickten-Blick nachzumachen – fahle Stirn, hängende Lider, beide Pupillen auf zwölf –, und dabei glitt er mit den Augen und Gedanken an ihr vorbei auf die schier endlose Park Avenue, auf der sie kriegsschiffmäßig downtown rollten, Richtung glibberige Indochine-Springrolls, 30 Dollar und mehr das Tellerchen.

Danke, Manhattan! Du bist zum Glück nicht mehr die Stadt, die ich kannte, darum kann ich bald wieder gehen. Er hatte es schon gemerkt, als er und ich das letzte Mal da waren. Kaum noch polackisierte Schloimel-Doppelgänger in billigen, engen Lagerverkaufanzügen auf den Straßen. Keine Geschäfte mehr, in denen die schöne, längst verstaubte, melancholiefarbene Ware der 70er angeboten wurde. Keine ständige Furcht vor verängstigten Straßenräubern auf Speed, die zwar nicht wirklich angenehm war, dafür aber etwas Vertrautes, Altmodisches, Existenzielles hatte, in einem schön-schaurigen, pogromhaften Sinn, Stichwort »Schweineplatz« und »Fedorhügel«. Allein wenn er an die blank geputzten New Yorker U-Bahn-Waggons dachte, die früher mit ihren Graffiti wie stolze Hopi in Kriegsbemalung aussahen, starb er den soliesken Sentimentaltod. Ja, verflucht, auch seine egomane Kälte hatte Grenzen! Es gab Gegenwart, es gab Geschichte. Es gab das Exil und die Heimat. Es gab die gefühlvolle Nataschale vom Flohmarkt in Jaffa und die New Yorker Fuck-it-Nat, in anderen Worten: die junge Frau mit dem klaren Blick einer Hoffenden – und das ältliche, kraushaarige, schwarzäugige Karriereweib, das an gar nichts mehr glaubte und wie jeder andere Bewohner dieser kaputten Nimm-oder-stirb-Stadt das Psychokatalytische Institut mit all seinen revolutionären Heilmethoden einfach ignorierte. Nette sechs Monate, Natascha Rubinstein, danke und null Punkte! Und dafür habe ich – wer redet hier von Merav – meine beiden Mädchen verlassen? O Gott, dass ihm die jetzt auch noch einfallen mussten! Sein Herz hämmerte immer lauter zu einer einzigen traurigen, sentimentalen Melodie, er konnte es hören, und jeder Schlag tat ihm weh. Er wollte und musste sofort woanders hin – da-da-da, da-da-da, da-da-da –, nur wie sollte das gehen, darum zog er sich wenigstens noch deeper ins Dunkel seiner Taxiecke zurück.

»Kein Kuss? Nicht einmal ein ganz kleiner zur Begrüßung auf die Wange?« Natascha beugte sich aus der Dunkelheit langsam, fast bedrohlich wieder zu Noah vor, das Gesicht so kalt und schön und starr, dass er sie kaum wiedererkannte, und gleichzeitig fragte er sich verwirrt, warum es ihm so bekannt vorkam. »Ekel ich dich inzwischen so sehr, Noah Forlani? Oder war das schon immer so und es ging dir nie um mich und dich? Nein – sag nichts!« Sie hielt sich den gestreckten Zeigefinger vor die fest zusammengepressten Lippen. Dann sagte sie leise: »Ich weiß genau, wie es war. Du hast gedacht, du würdest ihnen allen entkommen. Das dachte ich damals in Auschwitz auch, als ich Soli küsste. Und als ich mit dir im Café Mersand Ilse Hoffe und Max Brod gespielt habe.« Hä? Noah schüttelte, ohne ein Wort zu sagen, den Kopf. S-s-sug mir lieber, geschwätzige Chaikel-Tochter, wo ist die schützende Hand, die ich dir im Dr. Schakschuka geschenkt habe? »Und dann war ich plötzlich allein in New York, und keiner war da, und ich fing an, im Schlaf zu reden. So wie du.« Die bekannte Unbekannte neben ihm im Taxi riss die kalt glänzenden Augen noch weiter auf und hielt stumm inne, und wäre sie eine Statue gewesen, hätte er gedacht, gut gemacht, Bildhauer, man glaubt sogar die Tränen, die man nicht sieht, aber wo ist die verräterische Dirty-Fitch-Rötung der treulosen rumänischen Wangen geblieben? »Ja, so wie du. Mich hat aber keiner während meiner Albträume festgehalten und getröstet. Mich hörten nur die Nachbarn, und sie haben sich bei mir beschwert. Sie sagten, sie könnten nicht schlafen, wenn sie nachts meine Schreie hörten. Ich hab ihnen natürlich nicht geglaubt.« Langsames Schließen und Öffnen der versteinerten Superkuckies mit statuarischem Ernst und der Versuch, seine raue Chasarenhand zu ergreifen. »Trotzdem hab ich mir bei den Elektronik-Chassiden in der 9. Avenue ein Diktiergerät gekauft, Sony, 200 Dollar, das Ding nimmt nur auf, wenn es was aufnehmen soll, und ich habe es vor dem Schlafengehen neben das Bett gestellt. Hallo? Hörst du mir überhaupt zu? Es war schrecklich! Ich redete nur mit IHM. Dazwischen kreischte und fauchte ich wie eine Katze, die im nächtlichen Hinterhof von einem Kater erst verprügelt und dann gevögelt wird. Und als ich mir das alles am nächsten Morgen beim Duschen angehört habe, hatte ich das Gefühl, dass sich meine ganze Haut zusammenzieht, dass ich wieder zu einem kleinen Mädchen schrumpfe. Aber wenn ich panisch in den Spiegel guckte, sah ich das Gegenteil: eine faltige, traurige, einsame New-York-Frau. Glauben Sie, Dr. Forlani, Amerika war vielleicht doch nicht richtig für mich?« Er nickte und dachte, ist mir doch egal, was sind das für Gedanken, und sah schnell an ihr vorbei aus dem Taxi. Jedes Haus da draußen, jedes Geschäft, jede Straßenecke, jedes Schild, jede Kaffeetasse in einem Diner, jede Hand, die sie hielt, jede Locke, die fiel und federte, wirbelte im Vorbeifahren wie ein loses Irgendwas abendlich blitzend herum. Was für ein gruseliges, langweiliges, rasendes Durcheinander von Gegenden und Gegenständen, die sich zwischen Hudson und East River zu einem einzigen riesigen Müllhaufen türmten, von Dingen UND Menschen, die rückwärtsgingen, je schneller sie vorwärtsliefen! »Warum nickst du? Was soll das?« Ach ja, richtig, Entschuldigung. Er schüttelte superschief und -steif den Kopf. »Und auf dem Weg ins Krankenhaus versuchte ich darum immer, zur Ablenkung an andere, noch schlimmere Sachen zu denken als an mein nächtliches Papageschrei, zum Beispiel an Fitchs Lieblingspatienten, diesen hydrocephalitischen Mafiatypen, dem schon die Gehirnflüssigkeit aus der Nase lief. Oder – lach nicht – an die armen Kinder von Theresienstadt.« Herzergreifendes Schniefen und Schnauzen und Bibbern. »Das ging so fast ein Jahr lang, jeden Morgen das Abhören meines cleveren Diktiergeräts und danach zur Beruhigung eine weitere pathologische Fantasie! Aber zum Glück hast du dann angerufen und gesagt, dass du mich liebst, und ich dachte, was muss ich machen, damit ADS-Noah wirklich kommt? Sag ich Ja, kommst du nicht, sag ich Nein, kommst du auch nicht, darum schwieg ich und hoffte, vielleicht setz ich so deinen galizischen Trotz außer Kraft ... Ich weiß genau, Noah Forlani, was du jetzt denkst!« Da-da-da. Da-da-da. »Nein, ich war IHM nicht böse, obwohl er mich nicht gehen lassen wollte, obwohl er mich aus dem Fenster geworfen und mit dem Telefonbuch verprügelt hat. Sonst hätte ich mich doch wenigstens

ein einziges Mal darüber im Schlaf beschwert! Sonst hätte ich morgens einmal etwas Justiziables auf Band gehabt! Aber ich sagte immer nur: ZU VIEL DRUCK, PAPI!«
Und plötzlich konnte Noah nicht mehr. Sein Herz raste, ihr Geplapper drückte ihn immer weiter aus dem Wagen raus – wohin, Noahle, wohin? –, und er presste den gestressten Kopf mit der verschwitzten Haartolle gegen das eiskalte Taxifenster. Aber er hörte sie immer noch. »Willst du wissen, was DU von dir gibst im Schlaf, du herzloses, ewig kaputtes Muttersöhnchen?« Da-da-da. »Du fragst immer nur: ›Ist die Kamera an, Mami?‹ und ›Warum hast du das Lösegeld nicht bezahlt, Merav?‹« Merav? »Ja – Merav. Du willst doch schon lange wieder zu ihr zurück, glaubst du, ich weiß das nicht?« Sie beugte sich noch weiter zu ihm vor und legte traurig die Hand auf seine fast schon katholisch verschränkten, verkrampften Hände. Ihr Gesicht, noch klarer, klassischer, härter, aber auch menschlicher, war wie aus Stein, aus Marmor, aus kampucheischem Sandstein (wenn es den gab). Und endlich verstand er, an wen sie ihn die ganze Zeit erinnerte. Sie sah ja genau wie das Buddhale aus! Die gleichen warmen, fast slawischen Chruschtschow-Konturen, große graue nackte Augenbrauen, wulstiger, aber asexueller Mund. Das war natürlich völlig unmöglich – aber sehr interessant. Jemand, der eventuell er selbst war, brachte ihn gerade mit einer ganz einfachen, aber nicht unraffinierten Assoziationskette auf den Boden der Tatsachen zurück, und das war um einiges besser, als sich stundenlang im Chatroom der Tallwives den Zeigefinger wund zu klicken. Und was sollte er auf diesem Boden der Tatsachen? Erstens erkennen – mit dem Kopf und nicht bloß mit der vollen Windel –, dass er nur noch für ein paar Wochen Geld hatte. Danach würde er entweder in den leeren Räumen des Instituts auf Otto-Weininger-Art abtreten müssen (Tür zu, Loch in die Brust und ein paar Jahre später ewiger psychokatalytischer Ruhm) oder dazu verdammt sein, Tag für Tag in der Grand Central Station, vor der Drehtür der Oyster Bar, a cappella die Jajahwe-Versionen alter jidischer Lieder vorzu-

tragen, für ein paar abgerissene Knöpfe und Cent, dauererkältet von der ewigen Zugluft. Zweitens – und dus ist gewejn di gite najes – stand auf dem Boden der Tatsachen, ungefähr neuntausend Kilometer von hier, im Garten eines gewissen Villales in Herzlia Pituach eine ca. 150 cm hohe, graue, weiche, ernste, menschenartige Buddhastatue, die ihm und dem Karubinerling (also mir) gehörte und inzwischen minimum eine halbe Million Dollarinos wert war, und man musste sie sich einfach nur holen.

»Ja, genau, Babyli, so gefällst du Mamili, und jetzt? Wie willst du an sie und deine Penjonse rankommen? Und woher weißt du überhaupt, dass das Buddhale inzwischen im Heiligen Land gelandet ist? Haben wir's nicht eben noch bei diesem halbschwulen Perser- oder Engländerkünstler in Hamburg in seinem Atelier gesehen und betatscht? Tauchte es nicht danach in einem kühlen, dunklen Riesensaal über den Dächern von Los Angeles auf, der komischerweise so aussah wie das Refektorium in *Buddhas Rache – The Bullet 9*? Und, sug mir, wie willst du an der geheimen Merav-Fick-Klausel vorbeikommen, die du mit Rami, dem toughen Buddhamakler, damals verabredet hast?«

Langsam, Mami, eins nach dem anderen. Erst muss ich dir etwas Verrücktes erzählen.

»Dass du es dir inzwischen auch mit der Hand machst, mein kleiner Matratzenreiber?«

Ja, so ungefähr. Ich hatte neulich mit Lilly, dem Internetpferd, virtuellen Körperkontakt – und es war a mechaje!

»Was? Du auch?!«

Wer nicht, Mami! Ich hab's nicht mehr ausgehalten, weißt du, immer nur diese Videos, in denen Männer herumgetragen werden wie Säuglinge, immer nur Natascha, immer nur Haut und Knochen, so submissiv ist nicht mal dein Petzkele. Ich brauchte was richtig Fettes, Schmutziges, halbwegs Reales hier in meinem amerikanischen Underground, und dafür, dass die Action mit der Orientstute über die Webcam lief, war es gar nicht so schlecht. Bikicur, kurz bevor die ejakulierende Lilly wiehernd in die obere Klappe ihres Laptops biss, hat sie mir von dieser matzetrockenen Verlobungs-Gartenparty in einer schicken Tel Aviver Neureichen-Villa erzählt, für die sie mit ihrer *Lilly the Pilly*-Show gebucht wurde. Ihr war noch nie so langweilig! Zwanzig (oder so) lahme, leise, europäisierte Vorort-Typen in Chanel und Dior, die sich am längsten Prouvé-Tisch von Judäa und Samaria die Trüffel-Sushi-Rollen vorne und hinten reinschoben und danach um eine beeindruckend schöne, fast schwebende, unmiesepetrig-ironisch lächelnde Buddhastatue im Garten herumstanden und über den bösen, aber schönen Militärdienst und die folgenden posttraumatischen Wiedergeburterlebnisse in Indien und Thailand redeten. Die, sagte Lilly, während sie sich hektisch das Höschen runterschob, hätten ja wohl eher die Westbank- und Gaza-Palis gebraucht, die sie auf dem Gewissen hatten, und als sie sich erlaubte, in ihrem letzten Set darüber ein paar Witze zu machen, wurde sie sofort rausgeschmissen. Vor allem der Verlobte der Gastgeberin – ein kleiner, kahl geschorener, wie einmal in Öl getauchter und nie wieder abgewischter Typ, dem ab und zu ein nicht besonders großer Schmock aus seiner weiten Pseudo-Guru-Hose raushing – habe viel über seine Zeit in Asien gequatscht. Angeblich hatte er acht Jahre in einer dunklen, leeren Klosterzelle verbracht, um alles zu vergessen und ein neuer, noch besserer, azionistischer Mensch mit einem noch längeren »Liebesapparat« zu werden. Aber das wurde er erst danach – ca. vierzig Buddha-Coups, zehn Top-Immobilien und fünf Millionen Dollar später –, als er die Frau seines Lebens getroffen habe, die wunderschöne, kluge, praktische Hausherrin und superversaute Witwe Merav, deren Mann, wie alle wüssten, »leider, leider« von einem sudanesischen Terroristenanfänger vor laufenden Kameras der Kopf abgesägt wurde. Und da habe sie, stöhnte Lilly schon ziemlich erregt, eins und eins zusammengezählt und kapiert, dass sie gerade mit dem wiederauferstandenen Noah Forlani Cybersex hatte.

»Und dann, Petzkele?«

Dann kam sie – leiser als ein Pferd, aber lauter als eine Frau –, und

dabei brabbelte sie, sie hätten mich in Abwesenheit beerdigt, in Bat Jam, auf einem vollgestopften, drei- bis vierstöckigen Polackenfriedhof, und in meinem Sarg lägen alle meine angefangenen Romane und der Schlüssel meines Tel Aviver Junggesellen-Compounds und meine Lieblingshose von Dries, und sie sei wirklich froh, dass das alles nur eine Tom-Sawyer-Nummer gewesen sei von mir und sie mich nun auf der Chatline von WFOJ kennengelernt habe.
»In Bat Jam? Wirklich? Igitt.«
Na ja, vielleicht hat sie sich DAS nur ausgedacht.
»Alewaj.«
Alewaj.

Plötzlich, während er sich noch über sein neuestes Selbstgespräch mit seiner bescheuerten, toten, klugscheißenden Mamme wunderte, spürte Noahle Nataschas kalte, aber verschwitzte Hand auf seinen rauen, ineinander verkrallten Patschehändchen. Gleichzeitig wurde es im Taxi genauso eis- und nasskalt wie auf der Straße, und er schloss sicherheitshalber di oigelach, eine Bindehautentzündung hatte man (diese Weisheit stammte von der alten Ein-Bein-Jungfer Thekla) schneller als ein ungeplantes Kind.

Was hatte Natascha vorhin zu ihm gesagt? Ah, wie gut, er konnte sich sofort erinnern. Dass er zu Merav zurückwollte. Dass er zurückwollte? Oh nein, wirklich nicht, dann schon lieber zu Mami. »Nein, Natascha – Natascha Rubinstein! –, nein, du täuschst dich«, sagte er leise und freundlich und mit einem gewissen melancholischen Auf-Wiedersehen-Unterton, »ich will NICHT zu Merav Forlani zurück.« »Und du täuschst dich auch, mein kleiner fauler Ex-Geliebter. Glaubst du, ich weiß nicht, was du über mich denkst, seit du ins Taxi gestiegen bist?« Ganz ruhig, Konzentration: Das war jetzt wieder Nataschale, nicht wahr, nicht Mami, aber auch sie antwortete von weit weg, als wäre sie woanders, die Stimme einigermaßen fest, die Hintergedanken labil bis zum Gehtnichtmehr, das merkte sogar der Egoprinz von der Schäferkampsallee. »Was, denkst du, denke ich?«, sagte Noah unnoahhaft streng. »Dass du doch nicht die nette, normale Rumänin bist, der man nach dreißig Ehejahren verliebt und geil in die Kuckies guckt? Korrekt! Dass du so irre abgearbeitet bist wie alle andern hier und ich dich darum so sympatico und sexy finde wie Mr. Bloomberg? Claro! Dass ich wegen deiner Albträume kaum schlafe und mein Melotonindefizit tagsüber im Institut aufhole und dir darum meine lächerlichen Genix-Märchen erzählen muss? Dass du mir wahrscheinlich keine neuen, kleinen süßen Forlanis machen wirst, als Ersatz für meine verlorenen Mädchen, dass du eine Orgie immer einer netten, normalen, ergebnisorientierten Ehenummer vorziehst? Und dass du wie jedes andere Neandertalerweibchen depressiv-aggressiv wirst, wenn du merkst, dass Schloimels Sohn pleite ist? Ja, yes, nachon und arrividerci! Read – my – lips: Ich kann nachher im Indochine deine beschissenen laotischen Krabben-Springrolls mit Kaviar und Trüffelradicchio nicht be-be-bezahlen. Ich hoffe, du hast deine eigene Kreditkartensammlung dabei!«

Keine Antwort. Dafür ganz viel Straßenlärm, Kälte und Nässe.

Wie lange sollen wir noch an dieser roten toten Ampel herumstehen, dachte Noah plötzlich unangemessen gelangweilt. Bis das Leben zu Ende ist? »Und jetzt«, sagte er, »noch mal für die ganz langsamen Kryptogojim unter uns, Natuske: Ich will NICHT zu ihr zurück. Ich sag NEIN, verstehst du? Als ich in Todesgefahr war, angeblich, aber immerhin, hat sie das Lösegeld für mich nicht bezahlt, auch nicht, nachdem ich in Khartum mein falsches, aber ziemlich blutiges Erpresservideo hochgeladen habe, verflucht soll sie sein, a schlak soll sie trefn! Das war in der Welt von Geld ein klares NEIN, wie Awi sagen würde, und darum konnten wir uns den Gang zum korrupten Scheidungsrabbiner locker sparen. Ob mir das wehgetan hat? No na. Aber nicht wegen der Kohle, damals jedenfalls nicht. Das Sudan-Lösegeld war nur ein nettes Symbol, keine Ahnung für was, ich wollte sowieso nichts davon haben, das hätten Gerry und Tal und Jeff als Schweigesümmchen für die Post-Production ihres moralisch wertvollen Coyotenstreifens bekommen. Aber Giveret Forlani hat ja beschlossen, nicht zu zahlen! Keinen einzigen Schekelino von Schloimels hart ergaunertem Vermögen wollte sie für Schloimels armen, verarmten Sohn abzwacken. Und jetzt, Z-z-zeiten ändern sich, dreht der die Sache um. Jetzt MUSS sie zahlen, damit ich nicht wieder auftauche. Sonst steht der tot geglaubte Forlani jr. eines Morgens extremst happy und ausgeruht am Ben-Gurion-Airport, feierlich begrüßt vom Generalstab, vom Premier und der verdatterten, superversauten Witwe herself – und 10-Inch-Rami muss nach Neve Zedek zurückkriechen. Was tun, Merav? Rabbi Noah meint, sie sollte clever sein – sehr clever sein –, und unbedingt Ja sagen. Und ihm darum das Buddhale für, sagen wir, 600 000 Dollarinos abkaufen. Dann kann sie es für immer im Garten des Villales stehen lassen, als Denkmal ihrer eigenen Kälte und Blödheit. Und er kann endlich wieder ein relativ sorgloses Leben führen – und dem in Eretz Israel festhängenden Karubinerchen seinen Anteil auszahlen. Natürlich nach Abzug des 40 000-Kröten-Wowa-Kredits. Amen.«

»Mach's gut, Noah«, sagte Natascha traurig, ernst, mit billigem, schepperndem Hall wie aus dem Off eines alten Ed-Wood-Films. »Ich wusste, was du über mich denkst, aber ich wusste nicht alles. Kann es sein, dass deine ADS-Nummer einstudiert ist? Dass du deshalb so ein Wirrkopf bist, weil du dich bis heute von Mami und Papi beobachtet fühlst und nicht willst, wenn man sieht und hört, was du tust und sagst?«

»Wie bitte?«

»Dass du wie ein Tarnkappenbomber permanent die Radare deiner Familie unterfliegst?«

»Was?«

»Wer soll es mit so einem falschen Hund aushalten?«

Merav? Ethel? Malgorzata? Mami? »Ich gebe zu, Nat Baby, es gab eine gewisse Wichstechnik, die ich unbedingt für mich behalten wollte. Nein, es war andersrum!«

»Schon wieder. Schon wieder machst du einen auf Blinder mit Stock.«

Noah – mein ertappter, aber wenig bis gar nicht entsetzter Noah – machte jetzt endlich wieder die Augen auf, ganz langsam, nur ein bisschen, und dann klappte er sie schnell wieder zu. OMG, sie saß gar nicht mehr neben ihm im Wagen! Wo war sie? Nur noch in seinem Kopf? Hörte er Stimmen? Das hatten Savionoli und er noch nie durchgekaut.

»Du würdest also wirklich zu Merav zurückgehen«, hallte es ihm seitwärts entgegen, »nur um sie zu erpressen? Nur weil du das Geld brauchst?«

»D-d-das hab ich nicht gesagt.«

»Wer hat es denn sonst gesagt? Ich? Oder mein angeblich so perverser Chefarzt?«

»Okay. Mal im Ernst. Hab ich das take von mir gegeben?«

»Ach, Noah. Noahle! Was willst du eigentlich?«

Wenn ich das so genau wüsste … Er machte die Augen wieder auf, und diesmal ließ er sie geöffnet.

Natascha saß nicht mehr neben ihm auf dem Taxirücksitz. Sie stand auf der Straße und guckte durchs Fenster ins Auto, und über ihre reglosen, versteinerten Buddhawangen krochen Tränen erdwärts, die wie zerknittertes Zellophan aussahen. Dann klopfte sie gegen die Plastik-Kühlerhaube, was extrem hohl und gefährlich klang, und das Taxi fuhr jaulend los, aber blieb gleich wieder stehen, weil Noah den apathischen, spazierstockdürren Fahrer mit dem Telefon-Headset und der Wolke aus endlosem, leisem Urdu-Gebrabbel wie ein Irrer – ein sehr authentischer Irrer – anschrie. Natascha schrie auch. Er verstand ihre Worte nicht, er hörte nur Autolärm, ratternde Polizei- und Feuerwehrsirenen, von irgendwoher kam irgendwas, das wie Chopin klang, aber vielleicht war es Solis (also meine) pompöse Schwester Serafina, wie sie zehn Jahre lang jeden Tag *Für Elise* übte und ganz Harvestehude und Rotherbaum bei ihren holpernden Etüden mithören ließ, jemand zersägte mit einer Metallsäge Metall, aber möglicherweise auch mit einer Boeing das World Trade Center, aus Lautsprechern vor zwanzig Chinaläden kamen zwanzig verschiedene Chinafiedel-Litaneien, und Noahs Angst, das erste Mal im Leben allein auf der Welt zu sein, unbehütet, ungefilmt, unbeobachtet, soli- und schloimellos, war unerträglich, aber auch schön, und er schrie weiter und liebte es.

Das alles dauerte vier, fünf Sekunden, für einen vom Therapeuten selbst verordneten psychokatalytischen Urschrei ungewöhnlich kurz. Vier, fünf Sekunden, in denen er sich fragte, ob er davon einen Gehirnschlag bekommen würde; und ob er doch zu Merav zurücksollte, freiwillig; und ob sie ihn dazu sogar zwingen würde, wenn er ihr s-s-sagte, 600 000 Dollar fürs Buddhale, in bar, sonst komm ich zurück. Was, wenn das Äffchen antworten würde, beseder, warum nicht, beweis mir aber, dass du es ernst meinst, schmeiß den öligen Rami raus, und fick mich danach so gut, lang und dominant wie er, Djangoleben?

New York Post, 23. November 2007. Auf einer der hinteren Seiten der schwabbeligen, seeluftfeuchten Zeitung, wo er sonst nie hinblätterte, ging es in einer Wall-Street-Klatschkolumne um Awi Blumenschwein. *Der Mann, der die Schoah verkaufte.* Awi sah auf dem Foto wie immer aus, aber auch anders. Er war ein fetter, mittelalter Mann mit dünnem, hellbraunem Haar und gelblichem Gesicht geworden. Die klinisch motivierte Geilheit saß immer noch in seinem Blick. Die braunen Locken, die modisch das Genick bedeckten, machten keinen angenehmen Eindruck, und etwas an seinen Wangen erinnerte an Arschbacken. Er trug einen engen schwarzen Rollkragenpullover; darüber, auf einer weiblich gewölbten Brust, baumelten ein afrikanisches Amulett, ein Chai, ein Magen David im polnischen Stacheldraht-Gedenkstil. Der Pagenschnitt verlieh ihm vollends das Aussehen eines Schweins mit Perücke. So weit, dachte Noah, alles wie erwartet. Und was sagte Awi? »Ich hab dunkle Geschäfte gemacht, ja, geb ich zu, denn meine Seele ist dunkel. Ich komm schließlich aus Germany, mein

Pa hat halb Sachsenhausen eingerissen und wieder aufgebaut, das Frankfurter Stadtviertel, aber trotzdem. Ich akzeptiere jedes Urteil! 1 Million Dollar Kaution? Gern. Sofort. Kein Problem!« Awi, las Noah weiter, hatte letztes Jahr 10 Hektar Auschwitz gekauft. Die Parzellierung war in vollem Gang. Die Polen, die behind the scenes auf ihn schimpften, kauften bei ihm gleichzeitig Anteile an dem Projekt, aber Awi legte sie rein, indem er die Verträge mit Tinte unterschrieb, die sich nach ein paar Wochen wieder auflöste. Er bekam in der polnischen Botschaft in Washington das Marschall-Pilsudski-Kreuz. Er wurde von Radio Maryja interviewt. Er besorgte sich eine Audienz beim Papst, und als er nach dem Handkuss und »Ringleck« (NY Post) feststellte, dass der gar kein Pole war, sondern Bayer, Deutscher, ausgezeichneter HJ-Junge, sagte er laut: »Ich verzeih Ihnen, heiliger Tate, wenn Sie die Birkenauer Höfe mit einem Erstbesuch einweihen!«

Die Birkenauer Höfe waren eine Idee, die nach Noah roch, aber von Awi »Scrooge« Blumenschwein selbst stammte (mehr oder weniger). Er wollte auf den 10 Hektar Ferienwohnungen für Polen, Ukrainer, Litauer etc. bauen, die zum richterlich verordneten Bereu-Urlaub nach Auschwitz fahren sollten, um nicht wie gewisse andere Osteuropäer in einem Rollstuhl im Landgericht München II zu enden. Am Ende hieß es in der NY Post, Awi hätte mit den hundert ungezogensten Geld-People von Manhattan im Russian Tea Room den Börsengang der Birkenauer Höfe gefeiert und sich in seiner »super witty« Tischrede über die polnischen Bauerntölpel lustig gemacht, die ihn vor dem Distriktgericht New York, Queens und Little Warszaw verklagt hatten. Die Bildunterschrift war fast so lang wie der ganze Artikel: »Locker und lässig überschreitet ein deutscher Survivor-Sohn alle ästhetischen und moralischen Barrieren. Darf er das? Mr.. Blumenstein sagt: ›Wer, wenn nicht ich? Ich trage zum Beispiel die knallengen Pullis von Dolce & Gabbana in Untergröße. Das macht sie erst schön. Und ich werde, bevor ich wegen angeblicher Urkundenfälschung dem Haftrichter Hello and Goodbye sage, 1 Million für die U-Bahn-Reinigung spenden. 1 plus 1 macht 2. Mach ich gern. Sofort. This land is my castle!‹«

Und was, dachte Noah, der schreiende Noah, der nun die Hand, den Arm, den halben Oberkörper aus dem Taxi der ebenfalls schreienden, weinenden, sich windenden Natascha entgegenstreckte, was müsste in Ha'aretz nach einer von Meravs Penelope-Partys im Villale stehen? »Ab heute gibt die Witwe des geköpften Millionenerben allein die Befehle im Haus. ›Wo sonst?‹, sagt sie, pustet ihre frisch blondierten Locken zur Seite und reicht dem Reporter jemenitisches Ziegenhodengebäck. Giveret Forlani ist eine perfekte Gastgeberin, die unauffällig für den permanenten Nachschub von persischem Granatapfelprosecco sorgt und ab und zu im versiegelten Raum im Keller der Villa verschwindet, um mit ihren Brokern in Tokio und Birobidschan zu chatten. ›Money Bunny‹ wird sie darum nicht nur von ihrem neuen Verlobten Rami Bar-On genannt, einem hübschen, aber überall zu klein geratenen Antiquitätenhändler und Freizeitguru mit Hang zum Post-Post-Buddhismus. ›Money Bunny‹ ist eine vielseitige Frau. Sie hat die Familienvilla im Neo-Bauhausstil entworfen. Sie hat sie mit exquisiten Möbeln der Vor- und Nach-Holocaust-Ära eingerichtet. Sie lichtet jeden Mittwoch im Studio am Schuk Ha-Carmel à la Nan Goldin die traurige Tel Aviver Partyjugend ab und verkauft die wandgroßen Abzüge auf dem jährlichen WIZO-Ball in der deutschen Heimatstadt ihres seligen Ehemanns. Und vor allem weiß sie, wie man aus Geld noch mehr Geld macht.«

Aaaaahgh ... aaaaghg! Aaaaaaghg! Ja, das wusste das Klammeräffchen genau. Schon vor der Annexion des kompletten Forlani-Vermögens hatte sie Noah Vorschläge gemacht, gegen die er nichts einwenden konnte, weil er selbst jeden Monat Zehntausende mit seinem Goodlife-Schmarrn verdattelte (O-Ton Thekla). Hotelbeteiligung in Panama? »Klar, Bubusch, von Hotels verstehen wir etwas, auch in Schloimels extended family!« 25,1 Prozent von einem mexikanischen Radiosender erwerben, der around the clock alte Trini-

Lopez-Songs sendet?«»Logile, Bubile, aber ohne *If I Had a Hammer* auf der Playlist! Das schreib Ihnen unbedingeling in den Vertrag!« Einmal beschloss sie, in die Ölförderpläne der neuen Regierung in Äthiopien zu investieren – und sie fuhren zusammen hin. Die langen, dünnen, erstaunlich gesunden drei Menschen, die sie in Addis Abeba am Flughafen abholten, lächelten anfangs das warmkalte, aber freundliche Golf-von-Aden-Lächeln. Dann lächelten sie überlegen. Und dann lächelten sie, weil ihnen gar nichts mehr übrig blieb. Das war nach dem Essen gewesen, als einer der drei Schwartzes (O-Ton Fruma F.) sein zebragestreiftes Primark-Jackett zu weit nach hinten rutschen ließ. Im Gürtel steckte eine Pistole. Aua, hatte Schloimels verzärtelter 5-Sterne-Prinz gedacht, wir werden entführt, und mit erhöhter Pulsfrequenz und einem dezenten Shart (shit and fart, O-Ton Jeff) reagiert. Und Merav? Hatte sie Angst, als sie die Waffe hinter dem Gürtel des drahtigen Öl-Äthiopiers sah? Produzierte sie auch eine zarte Luft-und-Partikel-Kombination? Sie rutschte zu ihm hin und griff an sein Halfter.»Eine Magnum?«, sagte sie.»Toll. Ich hab in der Grundausbildung mit so was unserem Offizier das Ohrläppchen weggeknallt. Danach war es vorbei mit dem Befingern in den Frauenduschräumen.« Der Pistolenmann machte das Jackett zu und entschuldigte sich kompliziert. Er schwebe in Gefahr, sagte er. Die Bande des Kommunisten Mengistu wolle ihn immer noch beseitigen, ein Putsch sei keine Ex-und-hopp-Aktion.»Ich sehe«, fuhr er fort,»Sie haben sich erschrocken, Madam. Wie mach ich das wieder gut? Ich geb Ihnen bessere Konditionen als BP. Madam, kann Sie das besänftigen? Was halten Sie davon?« Merav guckte nach unten und rollte beleidigt den Mund.»Noch mal fünfzehn Prozent weniger. Und« – Pause – »freie Nutzung aller öffentlichen Verkehrsmittel für mich und meine Familie!« Der Schwartze nickte. Sie lächelte. Er lächelte. Und dann lachten alle erleichtert und laut.

Aaaaaagh! Uuuuughg! Er, Noah »Schloimel« Forlani, wollte auch so sein: ehrgeizig, gewinnorientiert, bemitleidenswert. Aber er war es nicht, nope, wie man in Indianerland sagte, und wahr-

scheinlich schrie er deshalb gerade halb Midtown zusammen. Raboinu scheloinu, was für eine Panik! Das hatte nichts mehr mit dem schönschaurigen Super-Feeling zu tun, das er kannte, wenn Bunny Glamazon mit ihren kürbisgroßen Knien auf seinem Brustkorb Lambada tanzte und ihm die Luft abdrückte. Dies hier war die stinknormale kindliche moire, allein auf der Welt zu sein, ohne Geld und bald auch ohne die trickene Natascha, Null minus Eins sozusagen. Mami, halt drauf, dein heißkaltes Petzkele zeigt ausnahmsweise echtes Gefühl!
»Ich weiß, Baby. Ich seh's.«
Noch zwei Sekunden, noch eine Sekunde ...
Natascha schrie auch immer weiter. Und plötzlich fiel ihm ein, was Schloimel über sie nach ihrem ersten und letzten Höflichkeitsbesuch während der Fußball-WM 1990 in der Schäferkampsallee gesagt hatte: eine echte Schönheit, aber nicht ganz menschlich. Jetzt auch? Jetzt auch. Noah – immer noch außer sich – scannte weiter sein brüllendes Gegenbild: schwarzer, voller Fickmund, wie immer. Dazu kam die riesige, hochgeschobene Sonnenbrille, die sie nur wie einen Motorradhelm herunterzuschieben brauchte, um wieder allein und gefährlich durch die gefährliche Gojwelt zu kurven und abzuhauen. Und, vor allem, diese viel zu schlanke Figur einer unabhängigen, minimalst balbatischen Vagabundin, die aus Protest gegen ihren Helikopter-Papi noch nie einen BH getragen hatte, was sie sich inzwischen aber nullissimo leisten konnte.

Was für ein Anblick! Hier, mitten auf der befahrenen Park Avenue, über der sich plötzlich ein rötlicher schwüler Abenddunst in Cinemascope senkte, stand diese einst so beeindruckend abgeklärte und federnde Frau, mit der er alles anders machen wollte, weil sie, halb Schickse, halb Jüdin, von beidem keins war – und schrie wie jede andere herrschsüchtige Hysterikerin. »Du kannst es nicht! Du kannst es einfach nicht! Du – kannst – es – nicht!« »Was? Sorry, Schnubili, ich versteh dich so schlecht.« »Jemanden lieben, der nicht du selbst bist!« Ihr Fickmund machte Bewegungen wie bei der Yogaübung »Weißer Hai«, die sonst kein Mensch konnte, Noah schraubte sich immer weiter und gefährlicher aus dem Taxifenster raus, ihr entgegen, und dann ergriff er ihre Hand. Er hatte schon bessere Ideen gehabt. Die Hand war immer noch feucht und kalt und fühlte sich wie die einer nicht mehr ganz taufrischen Toiten an. Hatte nicht der sadistische Savionoli einmal zu ihm gesagt, es könne sein, er sei auch noch Handphobiker? Jetzt stellte er sich vor, was Nataschales unkoscheres Patschehändchen in ihrem Leben alles angefasst hatte – Spritzen, Kanülen, Geldscheine, Münzen, seinen Potz, den von Filthy Fitch, meinen sowieso, klebrige U-Bahngriffe und noch mehr Geld, noch mehr Geld, noch mehr Geld –, und ihm wurde wie auf Bestellung schlecht.

NOCH MEHR GELD? Ja, yes, latürnich, er hatte es, lange vor Genix, einmal selbst als Entrepreneur versucht. Er hatte es wegen mir, dem melancholischen Salonkommunisten aus der Hartungstraße, versucht, um mir zu zeigen, was ein richtiger Jid ist, aber auch, weil er sehen wollte, wie es sich anfühlte, aus ein bisschen Penjonse viel Penjonse zu machen, ob es glücklicher, stärker, dominanter machte. »Jag den Geschäftsmann in dich rein und aus dir wieder raus, Karubinerchen«, hatte er, ganz der Erfinder der Psychokatalyse, gesäuselt, während wir uns via Skype zwischen Berlin und T. A. die schicken Buddhale-Pics zuschoben und die noch nicht eingenommene Kohle aufteilten, »damit sich die Verachtung für die Mörder deines Großvaters, des netten, schachernden Djeduschka, potenziert! Handel! Wandel auf den Spuren der raffinierten Diasporiden! Verurteile nicht, profitiere von deiner zweitausendjährigen Geninformation!« Daraufhin hatte ich, das wusste er noch wie heute, nur höhnisch grinsend in die Kamera des Macs geguckt, ihm einen brüderlichen Luftkuss geschickt und ihn einfach weggeklickt. Und jetzt? Jetzt war also endlich der große Moment gekommen – Zeit der Ernte, Zeit der Rendite, Zeit des neo- und altliberalen Triumphs! Jetzt würde ich, der antikapitalistische Wowa-Sohn, schon bald von ihm eine kleine Überweisung auf mein geheimes Israel-Konto be-

kommen – und das hübsche Sümmchen garantiert nicht wieder zurückschicken.
»Masel tov, Petzkele. Gut gemacht! Aber was ist, wenn Merav für euren Buddha nicht zahlt, gehst du dann wirklich zu ihr zurück?« Was? Wer hat das gesagt? Zwei Sekunden, eine Sekunde ... Aaaaarghg! Mami, bist du das? »Noah! Noah Forlani, was willst du eigentlich?« Natascha beugte sich zu ihm vor, er verstummte und sackte ins Auto zurück, und sie folgte ihm wie ein großer, kalter, geiler Fisch und küsste ihn, leicht und ungeil abrutschend, mit ihrem nassen Riesenmund. Er hielt immer noch ihre Hand, aber endlich ließ er sie los, und dabei merkte er, wie anders und unprinzessinnenhaft sie heute aussah. Die Haare zerdrückt und ungesund glänzend, unter dem schlecht zugebundenen Trenchcoat ein eher grauer fleckiger Arztkittel, an dem die unteren zwei, drei Knöpfe fehlten. »Du willst sowieso zu ihr zurück, stimmt's? Darum schläfst du seit Monaten nicht mit mir, und wenn, dann bist du jedes Mal schneller fertig als ich.« Im Ernst? »Idiot. Darum willst du mir eine neue Affäre mit Fitch anhängen. Darum bist du so viel im Institut und surfst auf diesen krassen Ringerinnenseiten herum und rechnest alles über meine Kreditkarte ab.« Fuck! Woher wusste sie das? Ach so. »Gib zu, dass Merav dir fehlt!« Mami – Mami! –, kannst du ihr bitte, bitte sagen, dass sie die Klappe halten soll? »Oder ist es die wehleidige Riesenfettkuh vom Klosterstern, wie hieß sie noch mal, die mit diesem verlogenen, steifen, adligen Potz durchgebrannt ist?« »Mann, Natascha, hör auf! Ich kann nicht mehr zu Merav zurück. Nie mehr. Auch wenn ich es wollte. Wegen der Merav-Fick-Klausel!« »Was?« »Eine äußerst geheime Passage im Buddhavertrag. So, jetzt weißt du's! Wenn der ölige Rami sie verliebt macht, bekommt er sie – und das ganze Geld. Und genau das ist ja wohl passiert! Bikicur, jetzt müsste ich sie wieder verliebt machen. Wie soll das gehen? Sie hasst mich, sie wollte sogar, dass ich in Afrika geköpft werde!« »Du könntest sie freikaufen.«

»Mit ihrem Geld?« »Es ist dein Geld.« »Das jetzt aber ihr gehört.« »Ich versteh überhaupt nichts mehr. Das hast du extra gemacht, du ADS-Simulant!« »Erwischt ...« »Aaah, ich hatte recht. Wenn es ginge, würdest du es also tun, ja?« »Mal was anderes, Natuske. Wenn du nicht ins Indochine mitfährst, gib mir wenigstens ein bisschen Geld, hundert Dollarinos oder so, damit ich das Taxi und das Essen bezahlen kann. Okay?«
Und jetzt – endlich – ohrfeigte sie ihn. »Du bist wie sie«, zischte sie, »du bist genauso ein unmoralisches Dreckschwein wie die Alten!« Echt? Er lächelte stolz. »No ja, es könnte take sein, dass ich mit Genix noch supergroß rauskomme. Es ist der größte Blödsinn seit JewPay, ich weiß, aber die Leute glauben daran. Jeder hofft – wirklich jeder, Tochter des gettoiden Chaikel Rubinstein! – irgendwo auf der Welt einen Verwandten zu finden, mit dem er noch keine miesen Erfahrungen gemacht hat.« »Quatsch. Noah-Gewäsch.« »Ich brauch nur noch zwei, drei Inder, die sich mit dem Programmieren auf Zero-Income-Basis auskennen, nie schlafen und nach der Arbeit mit mir über die Othmarscher Mischna diskutieren wollen, natürlich im litauischen Jiddisch. Willst du« – frecher Noahblick mit leichter Reicher-Jude-Anleihe von unten nach oben –, »willst du m-m-mir bitte rechts auch noch eine verpassen? Eigentlich mag ich das. Immer noch. Immer mehr.« »Noah, Noah! Ich schlafe bis Sonntag im Mount Sinai im Arztzimmer. Allein. Und du bist bis Sonntag weg.« »Dein Papi will sich nicht zufällig an der Genix KG beteiligen, hä?« »Vielleicht aber auch nicht allein.«

So ging es noch eine Weile weiter, ein Streit auf relativ hohem Niveau, aber ohne die Wut und den unvergeistigten Hass von Leuten, die sich einmal geliebt haben. Sogar die zweite Ohrfeige, die Natascha Noahle gab, nachdem er eine Bemerkung über ihre »hängenden Seesäcke« gemacht hatte, war unentschieden und leidenschaftslos und brannte kaum nach. »Bitte, mein Freund, wir können längst weiter. M-m-merken Sie das nicht?«, sagte er mit gespielter Heulsusenstimme zum Taxifahrer und hielt sich die kaum schmerzende

Wange. Der Pakistani hörte auf zu telefonieren, drehte das Radio lauter und drückte mit dem Gewicht seines dünnen Talibankörpers wütend aufs Gaspedal. Das Taxi fuhr – noch jaulender und schneller als vorhin – an, und weil alle Fenster offen waren, wirbelten die PKI-Prospekte mit Noahs depressivem Dr.-Freud-Ponem erst durch den Wagen und dann durch das schwarzgoldorange New Yorker Abendlicht. Im Radio kam gerade *Rhapsody In Blue*. Die Prospekte senkten sich musicalhaft wie Herbstblätter auf den Asphalt und Bürgersteig, und Natascha, Arme und Schultern beleidigt gesenkt, folgte ihnen mit leerem, traurigem, agnostischem Menschenfresserblick. Dann ging sie in die Hocke und hob eins auf und zerriss es langsam und gelangweilt, aber das machte Noah fast gar nichts aus. Schlimmer war, was er im Wegfahren gerade noch sehen konnte: dass sie unter ihrem schmutzigen Arztkittel nichts anhatte. Fitch, du Mamser, habt ihr's doch gemacht! Bitte, danke, warum nicht, ist okay. Ihre Muschi war viel schöner, als er sie in Erinnerung hatte, relativ unrunzlig, nicht zu lang, nicht zu kurz, die dunklen Falten zart wie Striche auf einer Egon-Schiele-Skizze, ihre Muschi, die mal seine Muschi war.

»Hallo, alles okay, Petzkele?«

Ja, Mami, nein, Mami – aber eher ja.

Auf dem Weg downtown dachte Noah eine Weile an gar nichts mehr. Die Stadt flog an ihm vorbei wie Abfall, den im Land Brobdingnag die besonders großen Riesen wegschmeißen, und dann kam es ihm so vor, als morphe jemand für ihn die Häuser, die Dunkelheit, die Menschen zurecht. Aus dem unruhigen nächtlichen rasenden Manhattan wurde das nachmittägliche sonnige Oxford, Oxfordshire, England, ca. 1988, Juli oder August, man roch bereits den Herbst, unlyrisch, nordatlantisch, feuchtwarm.

Er war noch nie in Oxford gewesen, schi-scha-schadele, aber bestimmt sah es dort genauso aus: lange, schattige Wasserkanäle. Ruhige, klare, in Bierdunst und im Hund-von-Baskerville-Nebel versinkende Seitenstraßen. Jedes Collegegebäude dreimal so groß und gotisch wie das Westminster Baby. Debile, rotwangige, alkoholisierte englische Professoren, die die Balfour-Deklaration für eine Erfindung der Weisen von Zion hielten. Und hier konnte man Jewish Studies studieren? Im Gehirn von John Lacklands antisemitischem Reich? Oh nein, das war bestimmt eine von diesen gojischen Fallen nach dem Prinzip Auschwitz I bis III! Bitte, Herr und Frau Seligman, lassen Sie Ihre Impressionistensammlung zu Hause, Ihre Harry-Heine-Ausgabe und die Familienpackung Gleitgel, packen Sie einen Koffer, das reicht, Sie werden in Polen so viel arbeiten, dass Sie sich bald wieder alles neu kaufen können. Wahrscheinlich wurde jeder jüdische Student in seiner ersten Oxfordwoche zum Rudern auf einem der ruhigen, langen, kalten, idyllischen Kanäle eingeladen und von seinen gentilen Kommilitonen lachend hinter der ersten Biegung ertränkt. Was für ein Masel, dass es bei Schloimels faulem Junior mit den Jewish Studies nie geklappt hatte! Manchmal war es gut, der hektisch-apathische Noah zu sein, der niente zu Ende brachte, der auf einem Felsen in einem reißenden Fluss saß und hoffte, eines Tages würden seine Feinde vorbeitreiben, so Gott will! Aber noch besser wäre es na-na-natürlich, wenn ihm ein einziges verfluchtes Scheißmal etwas ganz Großes gelänge, ein Geschäft, eine Liebe, ein Ro-ro-roman – und wenn ganz Hamburg das mitkriegte!

Will ich zu viel, Mami?

Stille.

Gibt es einen Trick, die Noah-Blockade zu überwinden, Dr. Savionoli, ich meine, so was wie autogenes Training, Willenskraft, oder ein klitzekleines Telefonat mit Ihnen, obwohl Sie gerade in Ihrer geliebten Puszta urlauben?

Lange, bösartige Stille.

Ähm, was würdest du tun, Papilein?

»Jingele, wie alt bist du, immer noch zwölf?«

Und plötzlich hatte er, ganz allein, eine Idee, besser als alle Ideen davor. Sie hatte mit Awi und seinem ewig stehendem Hormonding zu tun, mit der Merav-Fick-Klausel und natürlich mit dem Buddha im Garten des Villale. Was, dachte er konzentriert und kühl, musste er machen, damit die ausgekochte Merav gegen ihn keine Chance hätte? Damit sie nicht sagen konnte, toll, du lebst noch, komm schnell ha baita – nur um ihm nichts von Schloimels Nachkriegsgral abgeben zu müssen, nicht einmal 600 000 lächerliche Kopeken? Richtig! Genau! Wie schenial von Schoimels kleinem Pischele! Er lächelte zart und sinister, aber auch nicht zu sehr, denn er durfte, als Sohn der abergläubischen Königin von Galizien, nicht zu früh seinen Sieg übers Klammeräffchen bejubeln, sonst ginge die Sache noch schief. Und dann stellte er sich – warum jetzt, Noahle? – seine beiden Mädchen vor, wie sie im Garten um den Buddha herumrannten, wie sie der eingebildet guckenden und osterinselhaft melancholischen Statue Schloimels alten israelischen Synagogenhut aufsetzten, der seit seinem Tod im Flur des Villales hing. Er sah, wie sie mit dem steingrauen, stockernsten Thai-Gott redeten, ihn klammheimlich anspuckten, kitzelten, ihm *A winu malkinu* vorsangen, während ihr nebbichdiker Vati (also er selbst) wie jeden Samstag halb tot danebenstand (elender israelischer Schabbat-Familienterror!), und dachte, wann werden sie endlich so müde, dass sie schlafen gehen und Merav auch, dann fahr ich in die Stadt ins Nanuchka und jamme mit den Jajahwes herum oder guck nach, ob es in der Ben Jehuda Frischfleisch gibt!

Schnitt. Manhattan, Yellow Cab Nr. 56454, Fahrgast: mein verlorener Bruder und Freund und der uneinsichtige Dieb meines letzten Romans, Noah F. Er legte langsam den Kopf in den Nacken und guckte zufrieden durchs Heckfenster in den vorbeirauschenden Wolkenkratzerhimmel. Genug gedacht, genug gesiegt, genug vermisst. Er hatte jetzt langsam wieder Lust auf die totale, entspannende Leere im Kopf, aber li-la-leider, wie sollte das gehen, das medikamentendurchlöcherte Hirn eines ADSlings war ständig aktiv. Wahrscheinlich, dachte er – dachte ES in ihm – wütend, ängstlich, mild, hatte die trickene Natascha recht, wenn sie sagte, dass er niemanden auf der

Welt so gern hatte wie sich selbst; dass er wie alle Reichen nur sich selbst super fand und andere, solange sie ihn glücklich machten; dass sogar die Mädchen ihm scheißegal waren, from the entertaining point of view. Und was war mit dem quartalspessimistischen Exkommunistensohn Soli F., also mit mir? Mich hatte er komischerweise aufrichtig gern. Warum? Es war wohl etwas Galizisches.

»Ich wusste, dass du heute Abend hier sein würdest, Noah.«
»S-s-same here, Blumenschwein. Ich hab's gehofft.«
»Ich hab dich schon ein paarmal im Indochine gesehen. Mit ihr!«
»Glaubst du, ich dich nicht?«
»Und warum hast du nichts gesagt?«
»Und du?«
»Zuerst hab ich's nicht geglaubt. Dann fand ich's merkwürdig. Und einmal bekam ich Panik. Ja, ich – echt. Man denkt, Noah Forlani ist tot, und dann sieht man ihn, und er ist immer noch derselbe lustige, kranke Typ, aber er sieht viel besser aus als man selbst, und neben ihm sitzt die dürre Natascha Rubinstein mit den megafesten Schicksentitten, die nie einen von uns rangelassen hat, weil wir ihr zu jüdisch waren, und guckt ihn an, als wär er Robert Redford.«
»Reg dich nicht auf, Mamele. Die hängen inzwischen auch.«
»Jedenfalls, mir ging's in letzter Zeit nicht gut. Ich hatte Probleme mit der amerikanischen Justiz. Und mit den schleimigen polnischen Antisemiten. Stell dir vor, die wollten alle Geld von mir. Von mir!«
»Ich hab's in der Post gelesen.«
»Aber jetzt ist wieder alles in Ordnung. Tfu, tfu, tfu.«
»Dann kannst du jetzt was für mich tun, Awilein.«
»Ich? Für dich? Sollen wir noch ein krankes Video im Bad meiner Eltern drehen? Hast du wieder Lust, öffentlich zu urinieren? Die WFOJ-Community wartet auf deine neue Show. Und auf die von deinem —«

»Ja, genau. So ungefähr.«
»Ich war neulich auf deiner Beerdigung, Noah. Das reicht als Mizwe für die nächsten drajssig jur.«
»W-w-wie war's?«
»Ich geb zu, ich steh auf israelische Friedhöfe. Das Licht ist warm, die Grabsteine sind hell, und die Frauen, die kommen, sehen entweder wie unsere Mütter aus oder haben eine bessere Figur. Oder beides. Leider hab ich mir diesmal trotzdem keine Sabra-Muschi gechapt. Ich war traurig, weil du tot warst und so, und dann hab ich beim Schiwesitzen immer nur wegen der Sache mit den Birkenauer Höfen herumtelefoniert. Stell dir vor, es wurden mehr Aktien gezeichnet als ausgegeben. Welcher kluge Kopf steckt dahinter, nu, was glaubt Schloimels Sohn?«
»Ich hab eine Sabra-Muschi für dich.«
»Wie kommst du darauf, dass sie mir gefallen wird?«
»Sie wird dir nicht gefallen.«
»Aber trenen soll ich sie? Warum?«
»Weil ich dich darum bitten werde. Weil du vor Mitleid in Tränen ausbrichst, wenn ich dir alles erzähle. Ja, sogar du. Echt. Und weil du und dein Schmock seit deinem sechsten Lebensjahr auf Viagra seid.«
»Wer?«
»Meine Witwe – Merav.«
»Das kleine, stinkende, berechnende Klammeräffchen, das auch in Prada und Jil Sander wie eine ungeduschte Siedlerin aussieht?«
»Das musst du gar nicht so verächtlich sagen ... Stimmt, vor allem in Prada!«
»Keine Lust. Die ist sogar mir und meinem Dudele, wie sug ich, zu unattraktiv.«
»Und wenn ich ganz lieb Bitte sage?«
»Sag mal, wachsen ihr immer noch Haare aus der Bikinihose? Nein, sag's nicht. Sag mir lieber, warum du abgehauen bist. Warum tust du so, als wärst du tot? Wie irre kann a Mensch sein?«
»Das ist eine lange Geschichte.«

»Schon gut. Awi Blumenschwein ist nicht blöd. Platz 87 der Real Estate Top 100, capisce? Aber deine Merav fick ich trotzdem nicht.«

»Es muss sein! Wenn du sie fickst, krieg ich mein Geld zurück, also einen Teil davon. 600 000 Dollarkes. Ist nicht viel, liegt aber auch nicht auf der Straße, wie mein Tate gesagt hätte.«

»Meiner auch.«

»Genug für ein kleines Start-up, für einen neuen Beginn. Ich hab auch schon eine Idee. Mamasch einfach. Diesmal, mein lieber netter Fettsack, soll es nur um Geld gehen! Soll ich dich schnell pitchen?«

»Hast du einen Namen dafür?«

»Ge-ge-genix. Man kann damit rausfinden, ob man von Spinoza abstammt.«

»Gibt's seit 2003, heißt JRoot und gehört mir. Und wus gibt's sonst najes? Was macht dein Goodlife-Irrenhaus?«

Stille.

»Hallo?«

»Gegenfrage, Awigdor Blumenschwein: Was macht das Geld, das du von mir für den Nacho-Inn in L. A. bekommen hast, den es nie gab? Und was hältst du davon, wenn d-d-du es mir endlich wieder zurückgibst? Minus 5000 Golddukaten, sag ich mal. Die überweist du direkt an eine gewisse Person aus meinem engsten Umfeld in Tel Aviv! Diese Person ist auch untergetaucht, und sie braucht die Kohle so dringend wie ich. Verwendungszweck: Reisespesen Tel Aviv–Kiew etc. Der Rest geht an mich.«

»Ich überleg's mir, schon gut. Warum soll ich mit ihr schlafen, du Idiot?«

»Merav-Fick-Klausel. Ihr neuer Typ fickt sie, weil ich's mit ihm vertraglich so verabredet hab. Komplizierte Geschichte. Scheidung auf Jüdisch, wenn du's genau wissen willst. Aber wenn er sie nicht mehr fickt, bricht er den Vertrag und muss alles zurückzahlen.«

»Schon klar.«

»Du machst es also?«

»Nö.«

»Und wenn ich dich ganz brutal erpresse?«

»Womit? Jeder weiß, was für ein Arschloch ich bin.«

»Awi, bitte! Wir kennen uns seit 1972. München, Olympische Spiele. Weißt du n-n-noch? Die Erwachsenen haben im Fernsehen die Geiselnahme geguckt, und du hast mir in der Küche gezeigt, dass du mit deinem Superschwanz Milchshakes mixen kannst.«

»Frag den Schreiberling, deinen Bruder, deinen besten Freund.«

»Nein, zu empfindlich. Und außerdem steht er ihm nur, wenn er sich verliebt.«

»Und wenn ich mich in sie verliebe?«

»Mach a leben! Heirate sie! Sie hat zwei süße, stinkreiche Töchter, die sind genauso nervig wie ich.«

»Ich hab ihm übrigens neulich geschrieben, dass ich dich gesehen hab – dem Schreiberling.«

»›Schreiberling‹ sagt man nicht, Awi. Man sagt ›Schriftsteller‹.«

»War das okay? Nichts dagegen? Er hat sich gefreut.«

Keine Reaktion.

»Bist du brojges? Hab ich dein Inkognito zerstört?«

»Nein. Egal. Nein, wirklich, ich freu mich auch.«

»Und warum sagst du nichts mehr? Gott, dafür haben wir dich alle immer gehasst. Aber wir mochten dich trotzdem, wegen deiner Kohle. Das war ein Witz. Vielleicht tue ich's doch für dich, Petzkele. Wenn ich mal wieder den Nahen Osten bereise und Druck ablassen muss.«

»Oh. Danke. Toll. Aber viel Zeit hab ich nicht. Schloimels verhaltensauffälliger Sohn ist nämlich richtig pleite. Irgendjemand hat sein Schweizer Notkonto geknackt.«

»Aha, jetzt hörst du mich wieder! Wie ist eigentlich ihre Kondition? Die meisten von unseren Diaspora-Girls machen nach einer Stunde oder so schlapp. Die Sabra-Girls auch.«

»Sie nicht. Sie kann die ganze Nacht – und die Siedlung bewa-

chen, israelischen Salat schnippeln und die Relativitätstheorie überarbeiten. Gutes, altes Kibbuznikmaterial.«
»Bis wann?«
Stille.
Bis wann?!«
Stille.
»Warum sagst du schon wieder nichts?«
»A schlak soll mich trefn! Kik a mul, wer in der Tür steht?«
»Natascha. Stimmt – ja, sie hängen.«
»Ich hab gerade erst mit ihr Schluss gemacht. Nein, sie mit mir.«
»Ich bestell jetzt.«
»Ich möchte nur Tee. Nein, nur Leitungswasser. Und sie will bestimmt wieder diese dicken, glibberigen Springrolls mit fast nichts drin.«

4
Oritele revisited

Ich stand in Noahs Wintermantel in der lieblichen schattigen, stinkenden Rehov Zlatopolsky vor Oriteles Haus, abgefüllt mit Dr. Czupciks Schalom-Globuli (»garantiert antiantisemitisch, Herr Karubiner«) und seinen guten Ratschlägen, und traute mich nicht hochzugehen. Seit das Foto von mir und meinem unbelehrbaren Superschmock in Drorik Mendels Leute-Kolumne in Ha'aretz erschienen war, hatte mein Leben eine noch existenziellere Tiefe als üblich, und ich verbrachte jeden Tag viele Stunden im Bad, in der Masada-Poleposition, lesend, wartend, tröpfchenweise urinierend, stierend. Das machte mich müde und unruhig und ließ mich wieder häufiger an die Hartungstraße denken, an Wowas Schläge, an Serafinas Dauersextelefonate mit dem »Seelsorgedienst« der Gemeinde und ihren 0900er-Kunden – und an Mamaschas nettes, süßes, eiskaltes Lächeln, das sie einmal in der Woche aufsetzte, bevor sie sich bei mir dafür entschuldigte, dass sie schon wieder nicht für mich da sein könne, leider, wegen ihrer Migräne, aber es gebe noch Borschtsch von Silvester 1984 oder 1985 im Eisfach, den müsse ich mir allein aufwärmen, und sollte ich Magenprobleme kriegen, hätte sie alte sowjetische MCP-Tropfen, die hielten ewig.

Vielleicht dachte ich aber auch nur darum so viel an die Hartungstraße, um nicht an die Italská denken zu müssen. Die Hartungstraße war Geschichte, die Italská, wenn ich nicht aufpasste, meine Zukunft. Serafina hatte sie mir nach ihrer zweiten ereignisreichen EMDR-Sitzung in einer Endlos-SMS schon ziemlich genau beschrieben: »Du bist jetzt bestimmt sauer, Karotte, dass Wowa doch mein Vater ist. Komm trotzdem nach Hause, die Karubiners sind wieder eine Familie, hier ist keiner böse auf dich wegen deiner öffentlichen Sexspielchen. PS: Papa hat dich nie geschlagen, wie du immer in deinen Büchern schreibst, das hast du erfunden, du Heulsuse!«

Dr. Czupcik, dem ich in den letzten Wochen alles erzählt hatte, weil Savionoli eine paramilitärische Ausbildung im ungarisch-slowakischen Grenzgebiet machte und danach mit den Jobbik-Oberen Urlaub am Balaton, hatte zu der neuesten Welle meiner meschpochalen Paranoia gesagt: »Was passiert ist, ist passiert, Herr Karubiner, das kann man nicht rückgängig machen. Die Welt, in der wir leben, betet aber ihre alten Wunden an und nennt sie ehrfürchtig Traumata. Ich dachte, wenigstens Sie wären zu clever dafür. Nein? Wie schade!« Dass ich nicht gesund wurde, warf er mir nicht vor, happy machte es ihn aber auch nicht. Die besten medizinischen Labors von Tel Aviv konnten bei mir nichts finden, und das nervte ihn, den euphorischen Neueinwanderer. Bei meinem letzten Besuch in seiner iPod-weißen Praxis am gentrifizierten Rothschild-Boulevard hatte er übertrieben unfreundlich gesagt: »Haben Sie eigentlich schon damit angefangen, sich alles von der Seele zu schreiben, Herr Karubiner, so wie ich es Ihnen geraten habe?« Er schüttelte, meine Antwort vorwegnehmend, seinen kleinen, kahlen Kopf wie eine Rumbarassel. Ich glaube, ich hörte sogar das Klappern seines Gehirns, aber wahrscheinlich war das nur eine lockere Schraube im Scharnier seiner goldenen Pilotenbrille.

Als ich meinen großen, kahlen Kopf ebenfalls schüttelte – natürlich lautlos –, sagte er: »Vielleicht sind Sie, der angebliche Wahrheitsfanatiker, einfach noch nicht ehrlich genug. Oder Sie sind zu ehrlich! Dagegen gibt's leider keine Medikamente. Wir sollten trotzdem Ihre tägliche Dosis erhöhen. Ich möchte, dass Sie sich den Wecker stellen und nachts jede Stunde fünf Kügelchen unter die Zunge schieben. Was glauben Sie, wie gut es Ihnen gehen wird, wenn wir die Therapie wieder absetzen und sie nach Monaten einmal richtig durchschlafen können!« Diesmal nickte ich. »Im Ernst«, sagte er ernst, »gehen Sie endlich Ihre irakische Bitch besuchen und sehen Sie nach, ob sie sich wirklich für den großen Schnulzenmann Zoar Turgeman ihr haariges Muttermal von der Stirn weglasern ließ. Danach müssen sie zwar immer noch ständig aufs Klo, aber es wird ihnen egal sein.« Er machte eine kurze, bedeutungslose Pause. »Was Ihren Exhibitionismus angeht, habe ich keine gute Idee. Sterilisation halte ich für die schlechteste Lösung.«

Ich guckte durch die Lücke zwischen Oriteles Haus und einem noch kaputteren Nachbargebäude im Sabra-und-Schatila-Stil auf das glatte, graue, in der Sonne weinende Mittelmeer und bekam sofort Heimweh, ohne zu wissen, nach welchem Ort. Davon wurde ich wahnsinnig müde und setzte mich aufs niedrige, staubige Mäuerchen neben dem Hauseingang, hinter dem in den undurchsichtigen Tagen der deutschen Alija wahrscheinlich Rosen und Buchsbäume geblüht hatten und wo jetzt ein Haufen Bauschutt, leere Coladosen, eine Pizza-Goj-Schachtel und eine tote Taube lagen, und ich fragte mich, warum sich meine Beine schon wieder so anfühlten, als hätte ich seit der Ermordung Bar Kochbas Durchblutungsstörungen.

Dann entdeckte ich in dem Müllhaufen ein paar alte, verwelkte Zeitungsseiten. Auf einer sah man ein Foto von Chawa Alberstein, der »israelischen Piaf«, bei ihrer Geburtstagsparty in der Cantina, daneben das berühmte Bild von Bibi Netanyahu und seiner Frau Sarah bei ihrer silbernen Hochzeit, die beide so guckten wie Mordechai Vanunu, als er verhaftet wurde, und darunter supergroß mein eigenes entsetztes Gesicht etc. vor den verrosteten Rutschen des Gordon Pools und der sonnenverbrannten Fratze des Eisverkäufers. Ha'aretz, 22. August 2007, ich kannte die Ausgabe. Dass sie hier lag, war kein Zufall. Das Samsara-Rad drehte sich, aber immer nur um die eigene Achse. Ich stellte mir vor, dass Oritele die Zeitung auf dem Weg von ihrem Atelier in Jaffa im Taxi nach Hause gelesen hatte, bevor sie sie würgend vor Ekel wegwarf. Oder sie hatte sie nach dem Frühstück aus dem Fenster geschmissen, und wenn ich jetzt zu ihr hochginge, würde sie mit mir das Gleiche machen.

Ich starrte die Zeitung und den schwarzen Balken über meiner Erektion an und wusste nicht weiter. Warum stand ich nicht einfach auf und ging schnell wieder zurück in die Rehov Arnon und buchte über die neue Exodus-Reise-App ein One-Way-Ticket nach Prag? Wahrscheinlich, dachte ich, weil ich keine Lust hatte, den Rest meines Lebens in meinem Kinderzimmer in der Italská zu verbringen. Nein, schon eher, weil ich seit fast sechs Monaten in Tel Aviv in einer leeren Wohnung herumsaß und auf meine Möbel wartete und dabei an nichts anderes als an Oriteles kleines, feines, faltiges Hintertürchen dachte, statt die von Noah gestohlene *Shylock*-Datei zu rekonstruieren; und weil ich, der SM-Junge vom Riegerpark, endlich – endlich! – die Kraft aufgebracht hatte, hierherzukommen, um der O. zu zeigen, dass ich es auch umgekehrt konnte und mochte; und weil ich schon wieder ein Magenproblem hatte, das in den nächsten zwanzig Sekunden gelöst werden musste.

Ich sprang auf, mein Blick streifte verächtlich das Haus gegenüber, in dem Noah früher seinen unnützen Junggesellen-Compound hatte, und rannte panisch die Treppe zu Oriteles Wohnung hinauf. Die Tür war wie immer nicht abgesperrt – eine alte pseudokommunistische Zionistengewohnheit, die allmählich ausstarb. Ich drückte die Klinke herunter, und schon war ich drin, schon roch ich Oriteles altmeisterliches Odeur, diesen bei Frauen über 30 üblichen »Mix aus Muschi und Suschi«, wie Tal selig gesagt hätte, der mich früher von einer Sekunde auf die andere willenlos gemacht hätte, aber heute meinen armen Körper nur noch mehr in Angst und Unruhe versetzte. Zwei Schritte nach links, drei nach rechts, und dort, am Ende des engen, unbeleuchteten Gangs mit den randvollen, weißen unaufgeräumten Bücherregalen war immer noch das Bad. Ich ging rein, machte gar nicht erst das Licht an und vergaß vor Erleichterung kurz, wo ich war. Dann – während ich mich setzte – fiel es mir wieder ein. Gleichzeitig galoppierten ein paar lange Frauennägel über die Badezimmertür, und ich hörte das erste Mal seit zweieinhalb Jahren, seit ich Oritele und ihren Koffer mit meinem kalten Hypochonderblick die steile Haustreppe in der Swinemünder hinuntergetrieben hatte, ihre Stimme. Ja, sie klang anders als früher. Da waren zwar immer noch die Subtöne der wimmernden Säge, mit denen sie, die weinende Tyrannin, ihre Unzufriedenheit mit den rebellierenden Untertanen ankündigte – aber insgesamt wirkte ihr kindischer Mezzosopran fester, weiblicher, undebiler. Oritele sagte leise etwas auf Hebräisch, das ich nicht verstand. Dann wiederholte sie es fragender und lauter, und sie sagte am Ende jedes Satzes entweder »Zoartschik«, »Metuka« oder »Baby«. Und jetzt?, dachte ich und drückte vorsichtig auf die Spülung. Ich räusperte mich in einer Tonlage, von der ich hoffte, dass der große Zoar Turgeman sie auch im Repertoire hatte, und fragte mich, wie ich hier unerkannt rauskommen könnte. Vorher musste ich aber noch etwas anderes, sehr Wichtiges erledigen. Ich hockte mich bidethaft über den Badewannenrand und vergaß sofort wieder Zeit, Ort, Katastrophe. »Ach nein. Ach so. Ach wie witzig«, miaute es von draußen auf Englisch, »das bist ja du, Solomon! Ich erkenn dich an dem rhythmischen Wasserplätschern und an den zarten Waschgeräuschen. Du bist der einzige Mann, den ich kenne, der rund um die Uhr auf Hygiene achtet. Wie geht's dir? Hast du immer noch Probleme mit deinem Trompetenarsch?«

Nein, dachte ich, das letzte Mal hatte ich diese Stimme nicht in meinem Berliner Treppenhaus gehört, sondern am Telefon. Das war kurz vor meiner unfreiwilligen Alija gewesen. Ich hatte, wegen der Causa Claus ohnehin schon leicht selbstzerstörerisch, mitten im Februar in der Swinemünder auf dem eiskalten Parkett vor der geöffneten Balkontür gesessen und genauso gefroren wie Djeduschka in seinen sibirischen Jahren, gleichzeitig begannen draußen die Glocken der Zionskirche zum nächsten Sturm aufs Scheunenviertel zu läuten – aber ich schaffte es trotzdem nicht, aufzustehen und die Balkontür zuzumachen, weil das, was mir gerade meine aufgebrachte Ex ex machina am Telefon mitteilte, am bekanntesten männlichen Urtrauma rührte. Ja, genau, es ging ums Kinderkriegen. Es ging um Familienplanung und Nestschutzerpressung in einem sehr ambivalenten, hinterhältigen Sinn. Es ging um die hunderttausend Jahre alte, dysfunktionale Geschlechteraffäre, kurzum um den genetischen Terror an sich, den Frauen aller Kulturen und Religionen ihren Männern früher oder später machten – und vielleicht ging es auch um etwas ganz anderes.

Als Oritele mich an diesem trabantgrauen Ostberliner Februarnachmittag überraschend angerufen und quasi-weinend gesagt hatte, sie habe gerade versucht, bei PPP den Pilateskurs »40 minus« zu machen, sie sei aber nach zehn Minuten wie eine ungegossene Scheißgeranie eingegangen, hatte ich zuerst gedacht, gut, sehr gut, sie vermisst mich, dadurch werde ich sie zwar auch nicht wieder mehr lieben, aber vielleicht weniger fürchten. Erstens. Und zweitens – dass ich es bin, bei dem sie sich anlehnt, und nicht Gad »Gadi« Sasson, ihr irakischer Supervati, bedeutet evtl. einen netten kleinen Paradigmenwechsel, aus dem sich familientechnisch bestimmt etwas machen ließe, wenn ich es wollte. Das alles hatte ich relativ von oben herab gedacht, während es von unten schon wieder hochromantisch in meinen »riesengroßen Eiern« (Nataschale R.) rumorte – und genau darum legte ich nicht auf und verließ das genetische Schlachtfeld nicht, solange noch Zeit war. »Aber dann fiel mir ein, du süßes, metrosexuelles Galut-Stück«, sagte die O. in ihr zerkratztes, dumpf klingendes, weil mehrfach ins Wasser gefallenes Uralt-Nokia, »dass mir seit sechs oder sieben Wochen fast jeden Morgen schlecht ist. Meinst du, ich bin schwanger? Komisch – ich hatte seit Berlin keinen Sex mehr.« Schwupp, da war er, der Moment, um den ich so gern noch ein paar Jahrzehnte herumgelebt hätte! Ich dachte, fuck, das kann doch nicht sein, das darf nicht sein, ich will das nicht, schon gar nicht mit ihr, und in Wahrheit mit keiner, wenn das passiert, ist mein Leben zu Ende, dann ist es so, als hätte ich auch davor kaum gelebt, geschrieben, mit Noah paranoide Witze gerissen.«»Wo bist du gerade?«, brüllte ich, wegen des Zionskirchglockengebimmels so laut, dass ich meine eigene Stimme hörte. Sie klang ängstlich, aber auch eingebildet wie die von Mamascha, wenn sie Wowas Vergehen vor Serafina und mir verteidigen musste.»Jetzt sag schon, wo bist du? Und was ist das für ein Lärm? Nein, nicht bei mir, bei dir ... Aah, ich weiß! Du lässt dir in dieser Sekunde unser Baby absaugen. Du hättest mich vorher ruhig fragen können.« Sie lachte. Ich dachte, was ist das für ein Lachen, was ist das für ein Leben, und sie sagte:»Vielleicht lache ich ja, weil es nicht wahr ist. Das wolltest du doch wissen, oder? Das ist eine Saftpresse, Angsthase. Benny's Juice, Ben Gurion, Ecke Ben Jehuda. Am Ende der Straße fällt gerade ein arabischer Arbeiter vom Baukran, und zwischen den Häusern flimmert die blutrote 6-Uhr-30-Sonne. Es stinkt nach Benzin, Ben-&-Jerry's-Eis und meinen haarigen Achseln. Du würdest es hier lieben!« Sie sagte zu jemandem auf Hebräisch, dass sie gern einen Karotten-Ginseng-Saft mit einem Spritzer Olivenöl hätte, und dann kam sie offenbar auf das eigentliche Thema unseres überraschenden Telefonats zu sprechen.»Stell dir vor, sie haben mir den Israel Art Prize schon wieder nicht gegeben – und abgenommen haben sie ihn mir auch noch! Das ist wie schlechter Kafka. Ich will so nicht mehr weiterleben, Solomon. Ich bin erfolglos, einsam, niemand ist für mich da, auch wenn ich nicht schreie. Tissa ist im Mai zur Kur nach Altaussee gefahren und nicht wiedergekommen, du hast bestimmt längst eine Neue, und Aba ignoriert mich seit ich zwölf bin, seit ich nicht mehr zu allem Ja und Halleluja sage.« Sie atmete laut durch die Nase ein, vielleicht weinte sie, vielleicht war das ein Sportlerschnupfen.»Sag mal, wollte ich eigentlich schon mal nicht weiterleben, kannst du dich erinnern?« Nein, kein Schnupfen.»Wann hört endlich dieses verfickte, hysterische Gojimgebimmel bei dir am Zionskirchplatz auf?«»Er wurde in Hitlerplatz umbenannt, aber das hast du nicht mehr mitbekommen.«»Tatsächlich?«»Nein«, sagte ich in die plötzliche Stille hinein. Und dann:»Im Ernst, Oritele, bist du schwanger? Weinst du deshalb? Willst du es bekommen?«»Aber das ist noch nicht alles«, sagte sie, als hätte ich sie nichts gefragt,»dann ist auch noch die Sache mit diesem irren Ami, mit diesem Plüschtier-Psycho passiert. Er sagte, er wäre von der New York Times und müsse mit mir in seiner Hilton-Suite über die gemeinen Tricks der israelischen Kunstszene reden, aber er wollte mich nur ficken. In einem riesigen Bugs-Bunny-Kostüm.« Ich überlegte, ob ich genauer nachfragen sollte, aber dann musste ich wieder sehr intensiv daran denken, wie es wäre, wenn ich Vater sein müsste, der Vater eines Kindes, das auf der Stirn einen kleinen Oritele-Pelz hätte, und mir wurde übel.»Ich hab dann den ganzen Herbst und Winter gearbeitet«, sagte sie.»Um zu vergessen. Ich hab wieder viel gezeichnet, Schwänze, Wachtürme, Osama bin Laden, alles, was modern ist. Magst du meine Zeichnungen eigentlich? Oder sind dir meine Videoarbeiten lieber? Warte …« Sie putzte sich die Nase und flüsterte:»Hör mal, Solomon, hier ist gerade ein sehr komischer Typ am Saftstand aufgetaucht. Sieht aus wie ein Bonobo, aber ohne Borsten, riesige schwarze Augenringe, charmantes Versöhnungsgrinsen, Typ: ungefährlich-gefährlich. Erinnert mich an deinen besten Freund. Wie hieß er noch mal? Noah Ravioli?«

An diesem Punkt unseres allerletzten Berlin-Tel-Aviv-Telefonats war ich auf Mamaschas russische Art plötzlich tieftraurig geworden, und zwar noch trauriger, als ich es wegen der Elstar-Sache seit Monaten war. Zur Ablenkung stellte ich dem Psychologischen Weltkongress (also mir selbst) einige provozierende Fragen: Wollen wir erfolgreich sein, weil wir als Kinder zu viel oder zu wenig gelobt wurden? Kann es sein, dass fast jede hübsche Frau, die wir kennen, als Kind von jemandem in der Familie zu sehr geliebt wurde? Sollte nicht jeder Mann, der gegen seinen Willen Vater wurde, am Ende trotzdem froh sein, zumindest evolutionsgeschichtlich betrachtet? Während ich mich selbst interviewte, hörte Oritele auf zu weinen. Sie schimpfte wieder kurz auf die Israelpreis-Mafia und den Hilton-Plusher, aber obszöner und erregter, und fragte jeden am Saftstand nach einer Zigarette, und noch besser, sagte sie, wäre ein doppelter Wodka. »Aha. Ach so. Also, du bist gar nicht schwanger, ja?«, sagte ich zögerlich, und mein mamaschahafter Weltschmerz kannte nun keine Grenzen. »Nein, wie kommst du darauf, Solomon?«, sagte sie. »Ach, wie schade«, sagte ich noch leiser, noch trauriger, noch weinerlicher, »ja, wie schade. Du wärst bestimmt eine First-Class-Ima geworden!« Und jetzt verlor sie endgültig die Nerven. »Weißt du, du blöder Galut-Arsch«, brüllte die O. in Tel Aviv so laut in den Hörer, dass wahrscheinlich noch mehr Araber vor Schreck vom Baukran fielen, »ich wollte immer alles! ALLES! Aber du wolltest nur schreiben und dich nach dem Sex bei mir über deinen Schreibzwang auskotzen – oder mich zum Abreagieren vor anderen Leuten herabsetzen, so wie damals bei Tissa. Und dann hast du mich auch noch mit meinem Koffer die Treppe runtergeschmissen! Hör zu, du ... darum hab ich mir mein Diaphragma quasi einnähen lassen! Ich hatte es immer drin, auch wenn wir nicht rumgemacht haben, weil ich nie wusste, ob du Dauerspritzer nicht gleich wieder um die Ecke kommst. Von dir schwanger werden? Hohoho, nein, danke! Oder« – sie machte eine sadistische Bad-Cop-Sad-Cop-Pause – »war Oriteles Diaphragma vielleicht löchrig, Bubi, und ich wurde schwanger und musste schon letztes Jahr dein Kind in der Toilette runterspülen? Das wirst du nie erfahren!«

Die ganze Anti-Soli-Suada hatte ungefähr zwei bis drei Minuten gedauert und endete damit, dass Oritele mitten im Satz verstummte. Dann schrie sie noch lauter: »Igitt, iieeh! Der Bonobo schnüffelt an mir wie an seinem Weibchen! Benny, Benny, mach was! Hau ihm eine runter!«

Ich schnappte mir – wir sind jetzt wieder in Oriteles aromatischem Zlatopolsky-Appartement im Bad – im Dunkeln ein besonders weiches, dickes Handtuch und trocknete mich hastig ab. Dann zog ich mich schnell an, setzte mich schwer atmend auf den nassen Rand der Wanne und dachte: Das Leben ist eine Eisscholle in der Beringsee, die langsam unter meinen Füßen wegschmilzt, und diese kleine Hilfsdichter-Metapher war mir noch nicht einmal peinlich.

Was für ein trauriges, verdammtes biografisches Chaos! Ich war ein Mörder, ein Spanner, ein Exhibitionist wider Willen. Ich schrieb zum zweiten Mal hintereinander denselben schlechten Roman. Mein Vater hatte wegen ein paar Dollar seinen Vater verraten; meine Schwester war zuerst meine Schwester gewesen, dann nicht, dann wieder doch und hätte mich deshalb fast vergewaltigt. Und mein bester Freund hatte mich verlassen, ohne sich von mir zu verabschieden, und jetzt, da wir uns wiedergefunden hatten, da er mir fast jeden Tag eine Mail, ein Foto oder »a vergessenes schtetl-lidl« als MP3 aus der nahfernen Ukraine schickte, tat er so, als wäre überhaupt nichts passiert. Aber es war was passiert, bei mir war etwas passiert, ich war kalt, ohne kalt zu sein, und er merkte es dennoch, usw., usw., und außerdem – das tat vielleicht weh! – wollte ich nicht dort sein, wo ich sein konnte: Prag. Und wo ich sein wollte, konnte ich nicht mehr sein: in Berlin, in Darmstadt (Akademie für Dichtung, Richtung und Sprache), Oriteles Arsch.

Plötzlich ging das Licht im Bad an, und die schwierige, einsame, verkannte Oritele Cohen rief von draußen in hinterhältig-mildem Ton: »Du siehst doch da drin gar nichts, mein armer kleiner Einbrecher!« Sie rüttelte ein paarmal sanft an der Klinke, die Eisscholle zerfiel unter meinen Füßen in tausend Stücke, und Oritele flüsterte so leise, dass ich es nicht hören sollte: »Mein armer kleiner Verbrecher ...« Armer Verbrecher?! Was wusste sie noch über mich, außer dass ich neulich im Gordon Pool, wie Drorik Mendel schrieb, meinen »unterbeschäftigten, spät beschnittenen Schmock« nicht unter Kontrolle bekommen hatte? Gut, sie war also auch über das Elstar-Desaster informiert, natürlich von Lilly, der rothaarigen, rachsüchtigen Comedy-Stute, die ich gestern nun schon zum zweiten Mal abgewiesen hatte, und dass ich Claus wie einen Hund an den Gestaden der Pionierrepublik Wilhelm Pieck ertränkt hatte, hatte ihr bestimmt auch jemand erzählt, der mich nicht ausstehen konnte

(Knute? Kostja? Savionoli?) – warum sonst sprach sie das Wort »Verbrecher« so vorsichtig und angewidert aus, wie ein Ermittler die Tatwaffe aus einer Leiche rauszog? Sie rüttelte noch einmal an der Türklinke, ich rüttelte metaphorisch an mir selbst und meinem vergeudeten Hiob-Leben, und dann hörte ich plötzlich das Weinen eines Babys hinter der Badezimmertür. Eines Babys? Wirklich? Ja, wirklich! Es klang süß, episch und absolut unanstrengend. Es war anders als die Mischung aus Klingonengebrüll und manischer Depression, mit der mich früher die Kinder meiner Nachbarn vom Arkona- und Hitlerplatz in antideutsche Stimmung versetzten. Es war – ich erinnerte mich plötzlich an eine WIZO-Broschüre über Kindererziehung, die Serafina einmal aus der Gemeinde nach Hause mitgebracht hatte – der freundliche Versuch eines lieben Menschen, der noch nicht sprechen konnte, etwas zu sagen. »Ich habe Durst« zum Beispiel. Oder: »Der unterste Knopf von meinem Strampelanzug kratzt, Mama.« Oder: »Ich weiß, dass du kein Mörder bist, Papa, wie schön, dass du endlich da bist!« Raboinu scheloinu! Oritele war also doch schwanger gewesen, als wir das letzte Mal miteinander telefoniert hatten, und natürlich war sie schwanger von mir! Schalom, Zoar, danke, dass du auf sie, ihre drei Löcher und mein Kind aufgepasst hast, als ich nicht konnte, deine Zeit ist jetzt wieder vorbei. Jemand drehte in meinem Kopf laut ein Phil-Spector-Stück auf, fünfzig Gitarren und Geigen spielten gleichzeitig die richtige blaue, warme Notenfolge hoch und runter, und statt vor Schreck ohnmächtig zu werden, begann ich, die Monate seit dem Berlin-Tel-Aviv-Telefonat bis heute abzuzählen, damit ich so ungefähr wusste, wie alt unser Baby war. Wieso bekam ich keinen Genschlachtschock? Mir schossen – mechanischer Sieg der Evolution! – sogar ein paar Tränen der Rührung in die sonst immer zu trockenen Jeschiwe-Bocher-Augen, und dann stand ich endlich auf. Ich checkte den Boden unter mir – alles in Ordnung, nichts schaukelte mehr oder bröckelte –, ich überprüfte im Spiegel mein plötzlich entspanntes, gut aussehendes, durch die frohe Botschaft verjüngtes Karubinerponem, ich strich mir, als hätte ich noch immer die wallende Cat-Stevens-Matte wie in den dunkelsten Hartungstraßenjahren 1979 bis 1981, links und rechts über meine Vier-Millimeter-Fastglatze – und machte dann laut und entschlossen die Badezimmertür auf, nervös, aber aufrichtig lächelnd, bereit zu dem ganz großen Lebensumschwung und fünfzig Jahren Oritele-Herrschaft, mindestens.

Oritele sah aus wie immer – nur besser. Das war mir schon auf dem Foto in Drorik Mendels Leute-Kolumne vor ein paar Wochen aufgefallen, wo sie und Zoar Ahnungslos mit den hitzigen Gesichtern und müde herunterhängenden Augenlidern zweier sehr aktiver sexueller Nimmersatte vor dem sechzigerjahrehaft verstaubten Rolex-Laden in der Ibn Gvirol nebeneinandergestanden hatten. Das hatte mir nicht gefallen, natürlich nicht, ich verspürte oberflächlichen Sexneid, aber möglicherweise auch noch etwas ganz anderes. »Wer viel Verkehr hat«, hatte Savionoli vor der Abreise ins ungarisch-slowakische Grenzgebiet via Skype zu mir gesagt, nachdem ich mich bei ihm über das Foto und Oriteles fehlenden Schläfenpelz beschwert hatte, »wer viel Verkehr hat, will es dem Rest der Welt unbedingt zeigen. Der kommt sich unsterblich vor. Genauer gesagt: Der denkt nicht ans Sterben, wird es aber wie alle Ungefickten auch bald wieder müssen. Zufrieden?« Ich zuckte in Tel Aviv mit den halbwegs trainierten Schwimmerschultern, er ging in Berlin mit seinem langen Senioren-Triathlon-Oberkörper nach vorn, die Bildübertragung stockte, und drei Sekunden später klebte er fast mit seiner langen grauen scharfen Horthy-Nase an der Kamera seines Rechners. »Noch was. Dort, wo ich morgen hinfahre, Herr Karubinerstein, gibt es kein Skype, kein Netz, keine Computer. Dort ist alles noch so, wie es war, bevor Ihre Leute – Einstein, Teller, Zuckerberg – die Diktatur der Zivilisation errichteten. Sie werden also ein paar Wochen lang allein mit der Frage fertigwerden müssen, warum Sie eine Frau begehren, die Sie nicht ausstehen können – wirklich nur, weil sie mit einem anderen kopuliert? Und warum sie sich für ihn operativ verbessern ließ, aber nicht schon vor Jahren für Sie. Und wieso inzwischen sogar so ein unreifer Untermensch wie Forlani jr. mehr Sex hat als Sie eingebildeter, gut aussehender Nicht-Bestsellerautor!« Er ging offline, ich sah eine schnelle, kleine Noah- und-Soli-Diashow in Schwarz-Weiß vor meinem inneren Auge und sagte leise zu mir selbst: »Was hat denn das damit zu tun?«, und sofort tauchte Savionolis Dunkelmanngesicht wieder auf meinem kristallklaren Mac-Monitor auf. »Ich hab Sie gehört«, sagte er. »Sehr viel! Denn die Frau, die Sie wirklich begehren, diese traurige, kurzweilige Anästhesistin mit dem kleinkriminellen Vater, der ihr schon als Kind einredete, sie müsste später minimum drei Doktortitel und zwei Nobelpreise holen, diese sogenannte Nataschale Rubinstein, haben Sie schon nach zwei Jahren wieder weggeschickt, weil sie Ihnen zu traurig und zu langweilig war, weil Ihnen ja jede Frau irgendwann irgendwas ›zu sehr‹ ist, und darum hat jetzt Ihr bester, schlechtester Freund sie am Hals. Ja, Forlanistein und ich haben vor ein paar Tagen nach langer Zeit mal wieder geskypt und auch darüber geredet. Tun Sie nicht so überrascht! Ich weiß, dass Sie wissen, dass er nicht tot ist und in New York praktiziert, selbstverständlich nur in Anführungsstrichen. Aber das ist ein anderes Thema.« Er ging jetzt so nah an die Kamera, dass ich direkt in seine unepilierten, nackten, gojischen Nasenlöcher hineingucken konnte. »Ja – natürlich hat er ein schlechtes Gewissen, weil er Ihnen nicht gesagt hat, dass er seine Hinrichtung nur fürs Internet inszeniert hat. Nein – ich darf Ihnen nicht verraten, dass er New York bald wieder verlässt. Ärztliches Sie-wissen-schon-was. Das Ziel seiner Reise ist übrigens auch geheim. Es könnte allerdings sein, dass es sich um eine heruntergekommene ukrainische Kleinstadt handelt, die mit dem Buchstaben B anfängt. Aber wahrscheinlich wissen Sie das auch schon. Gute Zeit noch! Happy Inquisition!«

Die Frau, die ich nicht begehrt, aber geschwängert hatte, stand jetzt also im hellen, engen, augustheißen Flur ihrer Tel Aviver Wohnung vor mir und gefiel mir viel besser als sonst. Die Katzenaugen ungewöhnlich groß, blitzend, kaum böse; die stämmige Figur *quite* unstämmig; statt Oma Sassons schwerem altrosafarbenem Humana-Tonnen-Morgenmantel ein schwarzes Negligé à la Liaison Dangereuse, nur nicht so versaut. Wäre sie immer im Besitz dieser Easy-coming-easy-going-Aura gewesen, hätte ich sie nicht vor zwei Jahren in der Swinemünder die Treppe hinunterstoßen müssen, dachte ich, während ich sie erstaunt betrachtete, nein, wirklich nicht. Und plötzlich hatte ich eine mikroskopisch kleine, nicht unangenehme, aber auch nicht allzu angenehme Verlustdepression. Die neue, verbesserte, mütterliche, hochattraktive O. sah mich ebenfalls sehr überrascht an. Sie telefonierte mit jemandem auf Hebräisch, und nachdem sie den Hörer geküsst und das Telefon ausgemacht hatte, sagte ich nervös: »Schalom! Ist es ein Junge oder ein Mädchen? Ich hoffe, du hast mit dem Namen gewartet. Bestimmt! Also, ich bin für etwas Altmodisches, lass uns später im Bett zusammen in einem Schalom-Alejchem-Buch blättern. Hättest du etwas gegen Herschel oder Sara-Schajnke? Sag nichts, ich muss es am Ende sowieso allein entscheiden. Ab heute bin ich der Rosch ha mischpacha, das Familienoberhaupt, und deine Schokospielchen kannst du auch vergessen, zumindest, wenn die Richtung nicht stimmt. Ach, Baby, Baby, ich hab dich so vermisst!«

Sie antwortete nicht, jedenfalls nicht, indem sie etwas sagte. Sie guckte wieder so undeutlich und prä-amokhaft, wie sie früher geguckt hatte, wenn ich in der Paartherapie bei Tissa Ehrenstein nicht die richtigen Worte gefunden oder an Chanukka im koscheren Erotikshop im Dizengoff-Center zu wenig Kerzen gekauft hatte. Dann hörte ich wieder das Weinen des Babys – aber es war gar kein Baby, es war der völlig idiotische, lächerliche, wahnsinnige Klingelton ihres Telefons. Wie bitte?! Sie ging ran, und während sie telefonierte, kam mein geradezu wurmlochhaftes Verlustgefühl zurück, und diesmal verschwand es nicht. Es saß direkt unter dem Bauchnabel in meinem wieder schwerer arbeitenden Dünndarm, und auf meinem Kopf saß auch noch dieser nicht unfreundliche Gorilla, der so stank wie das ganze Affenhaus in Hagenbecks Tierpark, er wedelte mit Kleists grüner Brille herum und gab sie mir nicht zurück. Ja, dieses süße Untergangsfeeling kannte ich schon! Das letzte Mal hatte ich es gehabt, als Mamascha zu mir vor ihrem Abflug nach Miami gesagt hatte: »Sei nicht traurig, Kleiner. Nichts wird wieder so sein, wie es war.« Und das erste Mal im Leben hätte es mich fast tödlich durchbohrt, als Serafinissima und ich an einem grellen, kalten – eiskalten – Hamburger Frühlingstag von den Alten darüber informiert wurden, dass Prag für immer vorbei war und wir bloß nicht anfangen sollten, zu heulen, für sie sei die Emigration mit 40 schwieriger.

Ich suchte, um vor Enttäuschung nicht zusammenzusacken, Halt am Türrahmen, dann, weil das kaum half, in meiner Erinnerung, bei Szenen und Sätzen, die ich schon mal gehört, gelesen oder auch selbst erfunden hatte. Erst fiel mir nichts ein. Dann dachte ich, Kind gegeben, Kind genommen, das war wie der Titel eines vergessenen Daliah-Lavi-Hits. Dann dachte ich an die noch ungeschriebene Szene aus *Shylock war hier,* in der Itai Korenzecher von seiner großen Liebe und Lieblingsurologin Melody Mühsam erfährt, dass er unfruchtbar ist, weil er als Kind ein Bonanzarad mit Bananensattel hatte, und meine Ober- und Unterschenkel wurden heißer, fremder, noch diarrhöischer. Ich glotzte immer verwirrter und stummer (wenn so was möglich war) die telefonierende Oritele an, ich fand sie immer noch umwerfend, aber auch ungewohnt bis unangenehm unterwürfig, und endlich stieß ich in meinem Gedächtnis auf ein relativ nützliches Zitat. Was hatte der große Thoragelehrte Schloimel »Rambam« Forlani kurz vor seinem Tod geflüstert, nachdem er Noah und mir die Geschichte vom selbstmörderischen Optimismus der geliebten Buczaczer erzählt hatte? »›Nichts ist, wie es scheint, und alles, was scheint, ist mindestens einen Dollar wert.‹ Kohelet 7, 22.« Nein, vielleicht passte das jetzt doch nicht so gut.

»Das war Zoar«, sagte Oritele, nachdem sie wieder das Telefon

geküsst und aufgelegt hatte.»Er holt mich in einer halben Stunde ab. Wir gehen zu einer Vernissage in der Galerie Frisirer. Zu meiner Vernissage. Willst du mitkommen? Ich hoffe, nicht.«
»Es gibt kein Baby?«, sagte ich.
»Was für ein Baby? Nein.« Sie wurde rotkreuzrot – und ich bestimmt auch.
»Wie? Hast du es damals doch wegsaugen lassen?«, sagte ich.
»Und wo ist die kleine, hässliche, haarige Stelle, die früher aus deinem Gehirn auf der Höhe deiner linken Schläfe rauswuchs? Warum hast du die weggemacht?« Ich versuchte, wieder etwas mehr ich selbst zu sein,»coolschwul« sozusagen, wie Noah das immer bewundernd nannte.
»Wieso interessiert dich das?«
»Als wir zusammen waren, hat sie dich nicht gestört.«
»Hat sie dich gestört?«
»Natürlich!«
»Und warum hast du damals nichts gesagt?«
»Weil man dir nie etwas sagen konnte. Weil du immer, wenn ich was sagte, gesagt hast, so, mein braver Galutjunge, dann zieh dich schon mal aus und mach mit deinen großen, weichen Autorenhänden die Flasche mit der Gleitcreme warm!«
»Das ist nicht wahr, Solomon! Das ist aus deinem unfertigen Roman. Oder hast du ihn endlich fertig geschrieben? Wie hieß er noch mal?«
»Jemand hat mir die Datei geklaut.«
»Das war nicht der Titel.«
»*Nach Buczacz*«, sagte ich nach kurzem Zögern, obwohl das nicht stimmte. Und dann dachte ich, ja, warum nicht.»Oder vielleicht *Einmal Buczacz und nicht wieder zurück*. Das weiß ich noch nicht genau, kommt aufs Ende an.«
»Keine gute Idee, wenn du mich fragst«, sagte Oritele.»Wer soll das lesen, verstehen? Wer soll das buchstabieren? Denk nach, du bist Schriftsteller in Deutschland. Wie hießen deine anderen erfolg-

losen Bücher? *Post aus dem Holocaust? Jüdisches Jüdeln? Die eiskalte Sauna am Antisemitenmarkt?* Da könntest du gleich anfangen, in Ägypten Matzes zu verkaufen.«

Die eiskalte Sauna am Antisemitenmarkt? Also doch, also doch, also doch! »Das sag ich dir gleich. Vielleicht. Aber sag du mir zuerst, warum du so unherzlich zu mir bist. Weil ich ein kleiner, armer Verbrecher bin? WAS WEISST DU? Was soll diese Anspielung?«
»Du beschwerst dich jetzt nicht im Ernst bei mir über Herzenskälte, oder?«, sagte sie. »Wie kannst du erwarten, dass ich zu dir freundlich bin! Du hast einmal gesagt, Solomon, ich will der weibliche Bill Viola sein, weil ich wie fast jeder Videokünstler nicht malen kann, und du hast behauptet, dass ich immer noch auf die vieldeutigen Komplimente meines Vaters scharf bin. Du wolltest, dass ich von ihm nie wieder Geld nehme und dass er mir nur einmal im Jahr an Jom Kippur auf dem leeren Kikar Rabin vor seinem Bewährungshelfer Hallo sagen darf, dabei ist Aba der liebste, zärtlichste Mensch auf der Welt und wurde nie für etwas verurteilt. Und als wir 2002 oder 2003 in Berlin auf dem Weihnachtsmarkt in der Sophienstraße waren und uns plötzlich der echte Bill Viola mit seinem grauen Ziegenbockbart und diesem peinlichen Studentenrucksack entgegenkam, sagtest du zu ihm: Hey, Mr. Viola, kennen Sie meine israelische Fiancée Oritele Cohen? Sie ist auch Videokünstlerin. Sie hat gerade ein Video auf der WFOJ-Seite gepostet, wo sie mit einem Leuchtdildo im Dunkeln I LOVE LACAN ANAL schreibt, Sie müssen auf die Kategorie ›Amateure‹ gehen. Und danach« – sie sah verliebt aufs Telefon, obwohl es nicht geklingelt hatte –, »und danach hast du mir diese witzlose deutsche Sanduhr zum Zähneputzen gekauft, um mich zu trösten, weil ich angeblich so traurig war. Ich war aber nicht traurig, du Schmock. Ich fand sogar, dass du selten so witzig warst, und seine Visitenkarte hat mir Mr. Viola auch heimlich zugesteckt. Warum hast du mir die hässliche Sanduhr wirklich gekauft? Darüber denke ich bis heute noch nach. Was

wolltest du mir damit sagen? Dass ich mir nicht lange genug die Zähne putze? Guck mal« – sie bleckte die spitzen Katzenzähne –, »wie weiß sie sind! Oder wolltest du mir sagen, dass ich nur noch fünf Minuten hätte, um aus deinem Leben und aus Berlin zu verschwinden? Das wusste ich auch so.«
»Und trotzdem bist du noch ein ganzes Jahr geblieben!«
»Das war die Rache für Bill Viola.« Sie lächelte falsch, aber auch etwas netter als unnett. »Sag mal, in einer Sauna, ja, wenn dir alle zusehen, kommst du da auch zu schnell?«
»Was?«
»Was?« Sie machte mich nach, aber es klang fast gar nicht gemein.
»Wer hat dir das erzählt?!«
»Niemand ... Lilly natürlich! Ach, vergiss es, ich hab ihr sowieso nicht geglaubt. Wir wissen alle, wie unglücklich, vertratscht, nachtragend, stupide, unkomisch sie ist. Das wär ich auch, mit dieser Figur und dieser Show! Außerdem, das würdest du nie wagen. Dabei würde es so gut zu dir passen, du kamerageiler Schriftstellerarsch – du Exhibitionist!«
»Sagte die Frau, die den Israelpreis annehmen wollte, obwohl sie ihn gar nicht bekommen hat.«
»Das war ein Versehen«, sagte sie. »Bürokratie noch wie in der Mandatszeit, jeckischer Wahnsinn, Sysiphus now. Das gibt es überall in Europa. Das hab ich dir schon im Winter am Telefon gesagt. Das war so gemein und existenziell, dass es schon wieder ein Ansporn war.« Sie guckte mich so herablassend wie einer von den toten glubschäugigen Prager Karpfen an. »Sonst wäre ich heute auch gar nicht bei Frisirer mit meinem Penisbildern.«
»Wer sagt das?«
»Das sagt mein Freund.«
Ich machte mich von der Tür los und ging einen Schritt auf sie zu. Dann noch einen. »Der Schlagersänger? Der Typ mit dem Blutschwamm auf dem halben Gesicht? Der Ma-rok-ka-ner?« Ich

hoffte, dass es ein wenig gefährlich aussah, aber Oritele wich nicht zurück und machte auch einen kleinen Aggroschritt vor. »Der Vater des Kindes«, flüsterte sie, »das ich in sechs Monaten bekommen werde. Das keinen Blutschwamm im Gesicht haben wird – das haben wir schon mit Ultraschall gecheckt.« Sie strich sich links und rechts über das Negligé, als wäre es ein neues Cocktailkleid, in dem sie gleich auf die Bühne des Kodak-Theatre springen und den Oscar für die beste weibliche Hauptrolle in *Vom Winde verweht 2* entgegennehmen würde. »Das ich NICHT weggemacht habe.«

Danke, Gott, den es nicht gibt, für diese grausame Punchline. Ich schwankte – ja, ich schwankte –, der ganze Soli Karubiner schwankte, sprichwörtlich und metaphorisch, und dann, ohne noch mal etwas halb oder ganz Giftiges zu sagen, ging ich stumm und mit brodelndem Magen an ihr vorbei ins Wohnzimmer, dabei stützte ich mich an den weißen Wänden des Flurs ab und hinterließ unsympathische Abdrücke mit meinen feuchten, schwitzenden Panikhändchen. Ich war schon lange nicht mehr in Oriteles Wohnung gewesen, drei oder sogar vier Jahre, aber es war noch alles wie früher. Da war immer noch dasselbe harte, zu kurze, postmenstruationsrostbraune Sofa, aus dem es staubte, wenn man sich setzte, links und rechts umrahmt von zwei traurigen Stehlampen aus dem nächstbesten Einrichtungsgeschäft um die Ecke. Vor der schönen, großen, bauhaushaften Balkonfensterfront, die meistens mit einem wandfüllenden, graubeigen Vorhang zugehängt war – so wie auch jetzt –, standen immer noch dieselben beiden mannshohen Lautsprecher, die zu Oriteles Videokünstlerinnen-Cockpit führten, zwei Computer, drei Bildschirme, sehr viel Kabelsalat unter und neben einem hässlichen, peinlichen Habitat-Tisch. Neu war nur ein sehr blaues Bild mit zwei Engeln, das über dem Cockpit hing. Ich ließ mich auf Oriteles staubenden Diwan fallen (Flohmarkt Jaffa, 500 Schekel, ich war damals dagegen), und fragte mich, warum es mir so bekannt vorkam.

Die beiden Engel, rosarot und unsterblich wie kleine französische Bocuse-Schweinchen, die gleich im Backofen landen werden, hingen früher in Baden-Baden im Hotel Kleiner Prinz – über dem Bett, in dem O. das erste Mal halb öffentlich Hand an ihre Punani gelegt hatte, mit dem Arsch zu mir, damit ich ihr dabei nicht ins Gesicht sehen konnte. Als sie kam, stieß sie mich weg und rief: »Ich kann vaginal nur kommen, wenn niemand und nichts in mir drin ist. Ich weiß, das klingt unlogisch, aber was ist schon logisch. Los, hau ab!« Dann kam sie noch mal, wieder wie ein Mann, und ich spritzte auch, aber ohne denselben Genuss, an ihr vorbei übers Bett neben dem Engelbildchen. Hinterher zeigte sie mir auf ihrem iPhone stundenlang Fotos von ihrem hübschen, schlanken, depressiven irakischen Supervati. Ich musste sie dabei von hinten umarmen, durfte ihr aber nicht in den Nacken atmen, und wenn ich es doch tat, lachte sie, statt mich wie sonst anzuschreien. Dann löschte sie plötzlich alle Aba-Fotos, drehte sich zu mir um und weinte leise.

Und wie war Baden-Baden sonst gewesen? Es war, könnte man sagen, ein guter Ort, um nicht auf selbstzerstörerische, hechelnde Bohemien-Art an Dinge zu denken, die wirklich wichtig waren. Einmal fuhren wir mit der lauten, aber nicht unangenehm knarrenden Zugseilbahn auf den verschachtelten Merkurberg, es war ein sonniger, kaum nebliger, eiskalter Wintertag, und während wir zu Fuß vom Berg wieder runtergingen, über Eis, Schnee, Matsch, liegengebliebene Äste und halberfrorene Hunde ohne Besitzer, hatten wir, ich kann das für uns beide sagen, das kurze Gefühl, dass alles nicht so schlimm sei. Als wir unten aufs Taxi warteten, sagte Oritele: »Du darfst mir nicht böse sein, wenn ich manchmal so lange verträumt bin und dann plötzlich so aggro. Das kommt daher, weil ich als Kind ...« Ich legte ihr die Hand auf den Mund. Das wollte ich nicht hören. Das fand ich in diesem Moment unromantisch und unappetitlich. Sie bekam keine Luft, und ich nahm die Hand wieder weg. »Ich kann mich natürlich an nichts erinnern. Und genau das ist der Beweis. Soll ich Aba verklagen? Nein, lach nicht!«, sagte sie hustend und lachend, und ich lachte auch und dachte, du bist die schönste und größte Katze meines Lebens!

Ja, so lieb, süß, teilnahmsvoll, unapathisch wie Oritele in Baden-Baden gewesen war, war sie nie wieder. Als wir im Zug back to Berlin saßen, boxte sie mich auf einmal schlimm auf den Arm, weil ich ihr den Kaffee mit zu wenig oder zu viel Zucker gebracht hatte, und sagte obertraurig: »Sorry, ich hab's echt nicht länger ausgehalten, freundlich zu dir zu sein. Beschwer dich bei meinem Vater. Nein, es ist nicht meine Schuld, dass ich euch manchmal verwechsle!«

»Ist das das Bild aus dem *Kleinen Prinzen?*«, rief ich von Oriteles staubendem Sofa aus in Richtung Flur, also Norden, also Jaffa. Und: »Hast du das damals geklaut? Hab ich gar nicht gemerkt.« Und: »Hast du die Aircondition angemacht? Ich friere.« Und dann auch noch, mit schwächer werdender Stimme: »Warum verteidigst du Gadi den Molester plötzlich gegen mich? Es gab Zeiten, als du überlegt hast, ihn vor Gericht zu zerren.«

»Ich weiß nicht, wovon du redest«, sagte Oritele. Sie saß (kurzes rotes Kleid, hochgesteckter Burmakatzenschwanz über dem modischen Schwarzhaarpony, piekfeine Fick-mich-Pumps) an ihrem Video-Schnittplatz, der 21-Zoll-Laptop im oliven Hummer-Look war aufgeklappt, und sie checkte, während sie mit mir redete, ihre E-Mails. Wie und wann war sie dort hingekommen? Wann hatte sie sich umgezogen? »Und hör auf, meinen Vater Gadi den Molester zu nennen. Das ist sehr unhöflich ... Aha«, sagte sie leiser, sachlicher, fröhlicher und sah mich kurz und streng von der Seite an, »Drorik Mendel, der People-Kolumnist von Ha'aretz, wird zu meiner Eröffnung kommen. Frisirer hat mir geschrieben. Drorik will mich interviewen und mit meinem Umschnalldildo fotografieren, und er will natürlich nur Fragen nach meinem Privatleben stellen. Ich denke, du und dein ungehobelter Schmendrik solltet heute Abend einen Bogen um die Galerie machen. Ja, ich hab die Aircondition angemacht, nimm dir eine Decke, du Hypochonder, wenn dir kalt ist.«

Um Oriteles strengem, aber auch ziemlich mitleidigem Kommando-Blick standzuhalten, dachte ich an Rachel Yould, die genialste Studentin Amerikas in den Neunzigern, die wegen einer Prüfungspsychose nie einen Abschluss schaffte. Als alle ihre Stipendien verbraucht waren, kam sie auf die Idee, eine zweite Sozialversicherungsnummer zu beantragen. Die kriegten nur die Kinder besonders übler Missbrauchseltern und Pornoringlieferanten, damit die bösen Alten sie nicht vor einem Prozess über die alte Nummer wiederfinden und mit familiären SM-Tricks einwickeln konnten. Die geniale Betrügerin Rachel Yould – brünett, ernst und hinter ihrer dicken, hässlichen Elvis-Costello-Brille auch nicht hübscher – sponn die Geschichte ihres Missbrauchs wie ein gut bezahlter HBO-Autor immer weiter. Als kleines Kind sei sie von einer in die andere Vaginalinfektion geschlittert. Der Vater habe ihr Fleischstücke von den Hüften geschnitten und an Kellerwände genagelt. Zur Feier ihres Collegeabschlusses habe er sie zuerst in Alkohol fast ertränkt und dann in ihrem Studentenwohnheim vergewaltigt. Bis rauskam, dass die helle, dumme Rachel log, kassierte sie noch mal 214 000 Dollar – und danach von Richter Sedwick viereinhalb Jahre.

»Hat Gadi der Molester dich nun gefickt oder nicht, Orit?«, sagte ich plötzlich ganz schnell und mutig. »Ja oder nein? Und von welcher Version profitierst du gerade?«

»Heute ist meine Eröffnung, Soli. Bitte.«

»Bekommst du immer noch Geld von ihm?«

»Nein – von Zoar.«

»Sind das seine Penisse, die du heute Abend ausstellst?«

»Ach, Soli ...«

Letzte Frage, dachte ich, dann gehe ich keine-Ahnung-wohin, aber für immer. »Was verbindet dich mit diesem primitiven, sentimentalen, neureichen Tschachtschach?«, sagte ich. »Ich frag das nicht, weil ich zu dir zurückmöchte, so Gott will, Gott behüte! Ich bin, als Schriftsteller, insgesamt nur sehr neugierig. Sind deine

Gründe a) praktischer Art, Oritele Cohen? Oder hat die Verbindung b) auch so was wie ultimative Tiefe?«

Sie klappte den Laptop zu und sagte kurz nichts. Und dann erzählte sie mir, statt nur mit a) oder b) zu antworten, Zoars ganze Lebens- und Leidensgeschichte. Ja, auch er hatte eine, denn wer hatte keine. Zoar, das nordafrikanische Menschentier, wie sie ihn nannte, war in Wahrheit ein überempfindliches Muttersöhnchen, das sich nur darum zum Klang billiger 80er-Synthesizer die Seele aus dem Leib sang, damit er keine mehr hatte. Gezeugt wurde »Die schwarze Perle von Tachana Merkazit« von Mami und Papi in der Hochzeitsnacht. Mami hatte als Kind in den Zügen der Jewish Agency gesessen, in denen nach 1948 die nordafrikanischen Pseudo-Hebräer (im Austausch gegen Geld, falschen Frieden und Palis, die keiner haben wollte) zu Hunderttausenden nach Israel strömten und mit ihrem Heimweh nach Fez, Casablanca und der klaren, kalten Nachtluft des Kif-Gebirges die nett aufgeheizte Aufbauatmosphäre des aschkenasisch dominierten Judenstaats versauten. Papi dagegen war der Sohn eines strengen, drahtigen, jeckischen Hagana-Generals – in Figur, Haltung und Körpergröße blöderweise aber das alte Getto-Modell: rothaarig, oberschlau, heiß vor Eigenliebe, auch ohne Buckel irgendwie bucklig.

Warum Mami das alles erst im Moment der Empfängnis bemerkt hatte, wusste Oritele nicht, vielleicht war sie allzu sehr darauf aus gewesen, dem neuen zionistischen Adel anzugehören. Sie verließ den fast genozidal aus dem Mund stinkenden Getto-Kid kurzentschlossen am nächsten Morgen und zog wieder zu ihren Eltern in die Bruchbude am quasi-antiken Tel Aviver Busbahnhof, wo sie Zoar und sein explodierendes musikalisches Trashtalent, untermalt von den kurzatmigen Motorengeräuschen der im Dreiminutentakt startenden Linien 4 und 5, praktisch allein großzog. Papi tippelte aber in den Fußspuren des drahtigen Hagana-Generals zurück nach Deutschland, nach Frankfurt, Rive Gauche natürlich, wo er nach einem Blitzstudium als jüngster Psychotherapeut der Nach-Hitlerzeit eine Praxis aufmachte.

»Kilu«, sagte Oritele, »der Getto-Kid hat nie von seinem One-Night-Stand-Sohn erfahren, und als eines Tages ein trauriger, hübscher, junger Israeli mit vorwurfsvollem Blick und einem riesigen blutroten Fleck auf der Stirn und der halben Nase vor ihm in seiner Praxis saß, schöpfte er keinen Verdacht. Der Israeli war natürlich Zoar. Er war nach dem Militärdienst nach Frankfurt geflogen, hat sich ein Zimmer im Hotel Nizza am Hauptbahnhof genommen und beim rothaarigen zwergwüchsigen Pseudo-Freud als gewöhnlicher Patient vorgesprochen. Nachdem er ihm gleich in der ersten Sitzung das meiste unwichtige Wichtige aus einem vergeudeten, vaterlosen, alkoholisierten Busbahnhof-Slumleben erzählt hatte, sagte er: ›Zumindest hab ich jetzt meinen Vater wiedergefunden. Schalom, Papi!‹ Aber Papi hat ihn rausgeschmissen und geschrien, er hätte keine Lust, mit 50 noch mal Vater von einem bekloppten, missgestalteten 23-Jährigen zu werden, der wahrscheinlich auch noch ein Dutzend Araber auf dem Gewissen hätte. Daraufhin verzog sich Zoar für die zwei schlimmsten Wochen seines Lebens ins Hotel, wo er auf knisterndem Hotelbriefpapier seinen ersten Hit schrieb, *Aba she'li be germania*. Ein Jahr später hörte man sein herzbewegendes marokkanisches Gewinsel aus jedem zweiten israelischen Taxi-, Bus- und Gefängnisradio. Und wenn es je eine Frau in Israel gab, die von ihm nicht gemouthraped werden wollte, dann war das nicht Oma Sasson!«

»Na und?«, sagte ich.

»Jemand, der so traurig ist, versteht jemanden, der auch traurig ist, du Schmock. Der kann noch so ein Super-VIP sein.«

»Ich bin auch traurig«, sagte ich. »Und ich schreibe sehr traurige Bücher. Und ich mache oft Dinge, die mich wahnsinnig deprimieren. Und ich bin auch berühmt. Relativ. Warum hat dir das nicht gereicht?«

»Du warst es, der mich nicht mehr wollte.«

»Jetzt will ich dich.« Vielleicht. Eventuell. Aber wirklich nur möglicherweise.

»Weißt du, was die ultimative Tiefe, wie du es nennst, zwischen Zoar und mir ausmacht, Solomon? Dass wir uns unser Unglück nicht vorhalten«, sagte die O. nun wieder mild, überheblich, distanziert, insiderhaft lächelnd und ohne mich anzusehen. Dann stieß sie sich vom Tisch ab, fuhr auf dem schweren Bürostuhl mit dem comme-de-garçonhaften Tarnfarbenbezug in meine Richtung, beugte sich tief zu mir vor und sagte: »Zoar und ich sind so zart wie junge Perlhühner, die wissen, dass man sie vielleicht schon am nächsten Morgen schlachten wird. Du nicht. Du tust nur so, als würdest du leiden. Du bist ein Russe. Du würdest, wenn die Toilette besetzt ist, auch in die Ecke des Wohnzimmers scheißen.«

Falsches Bild, dachte ich, richtiges Timing.

»Du« – sie guckte wieder extrem verliebt auf das Telefon, das gar nichts machte, dann auf die diamantbesetzte Lady-Rolex, die ich aus Drorik Mendels Kolumne kannte –, »du hast dich nie dafür interessiert, wie empfindlich ich bin und ob ich Geschenke brauche. Du hast immer nur gesagt, dass ich mir alles einbilde, sogar meine Konsumsucht. Und du wolltest, dass ich wie deine russische Mutter jeden Abend warme Gerichte für dich koche! Und du hast« – diesen mitleidigen Du-armer-Irrer-Blick hätte Serafina geliebt –, »du hast die Chuzpe gehabt, deutsche TV-Nachrichten zu gucken, obwohl ich nicht Deutsch konnte. Und ... und du wolltest ständig in mir kommen, ja, obwohl du mich damit um meinen Spaß brachtest. Ich sag's, wie es ist, Solomon, du bist nicht besser als Gadi der Molester!«

»Jetzt versteh ich gar nichts mehr, Oritele – ehrlich.«

Sie fuhr auf ihrem Stuhl in die Mitte des Raums, durch den sich ein paar goldbraune, unisraelische Abendsonnenstrahlen langsam wie ein Kinderkarussel drehten, faltete die Hände, sah nach oben und sagte: »*Maria, die um Gnade für ihren dämlichen Sohn bittet*, Giuseppe Canvarro, frühes 16. Jahrhundert. Kennst du das Bild?« Bevor ich antworten konnte, fuhr sie fort: »Siehst du, das meine ich. Du verstehst Menschen wie Aba, Zoar und mich nicht. Für dich ist alles nur diorschwarz oder krankenhausweiß, wie für deinen bösartigen Russenvater, diesen Heuchler, der zu dir gesagt hat, ich wäre nichts für dich, mich aber immer hinter deinem Rücken angemacht hat.«

Ich seufzte. »Dafür konnte er nichts. Das waren die Buczacz-Gene. Wir Buczacz-Boys wollen alle ständig, auch wenn wir nicht wollen.« Oder nicht können, wie Noah. »Also nimm das bitte nicht persönlich.« Und übrigens, fuhr ich stumm für mich fort, können wir es nicht zum Abschied noch mal, bevor ich hier für immer verschwinde, andersrum machen? Damit ich wenigstens irgendwas habe, womit ich angeben kann, wenn Noah und ich uns in B. wiedersehen und er mich fragt, ob es bei mir in der Zwischenzeit genauso gut lief wie bei ihm.

»Was war das Schrecklichste, Solomon, das du je gemacht hast? Was dich am meisten deprimiert hat?«, sagte Oritele plötzlich ernst. »Und komm jetzt nicht mit deinen Saunaspielchen. So was ist harmlos. So was macht jeder, und wenn man erwischt wird, ist der Spaß doch am größten, oder?«

»Ich dachte, du glaubst Lilly nicht.«

»Das dachte ich auch. Aber jetzt denke ich, es würde gut zu dir passen. Hast du nicht manchmal nachts neben dem Bett in deinem haarigen Dänen-Sessel gesessen und dir einen runtergeholt, während ich schlief?«

»Nein. Im Arbeitszimmer. Während der Laptop sanft brummte.« Ich bekam wieder Darmkrämpfe, und der Schmerz erzeugte 10-Grad-kalte Schweißtropfen auf meiner sonnenverbrannten Gershom-Scholem-Glatze, aber vielleicht war das auch die Angst – diese ungute alte Hartungstraßen-Emigranten-Angst, for good den Boden unter den Füßen zu verlieren. »Der haarige Sessel ist ein Flag Chair von Hans Wegner«, sagte ich, um mich und die O. abzulenken, scheinbar angewidert von ihrer israelischen Unwissenheit. »Superseltenes Vintageteil von 1950. 7000 Euro. Djeduschkas praktischer Enkel hat ihn für 1200 gekriegt. Erinnert mich NICHT an meine Prager Kindheit. Nur so zur Info.«

»Hör zu«, sagte Oritele. »Zoar hat bei seinem letzten Reservedienst einen alten Araber an seinen struppigen weißen Haaren durch Downtown Dschenin geschleift, weil der bei der Hausdurchsuchung zu ihm gesagt hat, sein Enkel wäre kein Terrorist, sondern ein Einserschüler und Freiheitskämpfer, und wenn er nicht gerade vor Schmerz schrie, brüllte er, wer einmal die große, traurige Umm Kulthum singen gehört hätte, könne Zoars lächerliche jüdische Schlagerliedchen nicht ernst nehmen – und ausgespuckt hat er vor ihm auch noch. Das mit dem Alten und seinen Rippenbrüchen und Hämatomen tut Zoar natürlich bis heute leid, auch weil der ein bisschen wie sein Vater aussah. Davon hat er sich bis jetzt nicht erholt. Das macht ihn ja so sympathisch.« Oritele stand abrupt auf, als wäre sie für immer fertig mit mir, und setzte sich gleich wieder. »Und jetzt etwas langsamer für Marias dummen, unsensiblen, selbstsüchtigen Sohn: Das hat in ihm seinen ganzen Vaterhass getriggert, verstehst du, diese Sache mit der Ur-Ablehnung, die er damals in Frankfurt und davor und danach als belogene Halbwaise erlebt hat. Er und ich gehen mittlerweile immer zusammen zu Tissa, wenn sie nicht gerade in Bad Aussee rumhängt – und er macht mir im Gegensatz zu anderen Leuten bei ihr keinen Ärger. Tissa sagt, im Trauma verbunden zu sein, sei das Größte. Auch beim Ficken. Ja, sie sagt ›ficken‹.«

»Und mein Vater ist nicht der Vater meiner Schwester! Und er hat seinen Vater auf dem Gewissen! Und ich hab auch jemanden umgebracht!«

Oritele sah wieder fischig – sehr fischig – an mir vorbei und sagte: »Dieses Bild mit den Engeln, ich denke gerade, ich sollte es endlich abhängen. Es erinnert mich doch nur an sehr schlechte Zeiten.«

»Ich hab einen kleinen blonden Deutschen in einem großen deutschen See ertränkt, hörst du?« Seltsame Art, auf sich aufmerksam zu machen, dachte ich, aber ich redete trotzdem weiter. »Er dachte zuerst, ich mach Witze, weil man in unseren Kreisen so was nicht tut, und er hat sogar ein bisschen mitgespielt. Aber du hättest hören sollen, wie überrascht und verzweifelt er nach Hilfe gerufen hat, als ich ihn nicht mehr rausfischen wollte. Ich werde nie, nie, nie vergessen, wie er sich an diesem kleinen roten Tretboot festhielt, in dem ich saß, weinend, bettelnd, spuckend, aber ich hab ihm nur kurz einen Fußtritt gegeben und bin einfach davongefahren. Das nenn ich Trauma! Das ist um einiges krasser als das Semi-Lynchen eines alten Palästinensers oder ein bisschen Petting mit Papi. Und tu jetzt bitte nicht so, als ob du das alles nicht wüsstest. Wer hat dir überhaupt erzählt, dass ich ein Verbrecher bin? Knute? Kostja? Savionoli jr.?«

An dieser Stelle unserer schmerzhaften, aber nicht unnötigen Reunion bekam ich von Oritele den Du-armer-Irrer-Blick Nummer zwei. Ich fühlte mich sofort wie damals, als Serafina mich gefragt hatte, warum ich in der Schule immer so schlecht bin, und nachdem ich gesagt hatte, ich übte schon mal für den Rest meines Lebens, hatte sie ähnlich geguckt. »Du willst doch nur, dass ich dich bemitleide«, sagte Oritele. »Ich glaub dir kein Wort.« Und: »Wer sind überhaupt diese Leute? Knute? Kostja? Savio… wer? Gibt es sie wirklich? Oder sind sie auch nur aus deinem Buczacz-Buch?«

Ich sagte: »Gibt es ein Leben vor dem Tod, Oritele? Darf man Rinderfilet mit Fischbesteck essen? Konnte der Mann, der als Erster dachte, ich denke, also bin ich, besser lügen als andere? Wieso werden manche Ärzte Proktologen und wieso die meisten nicht? Und warum glaubst du mir nicht, dass ich ein Mörder bin?«

»Weil du ein Worttyp bist, Soltschik«, sagte sie ohne Zögern und stand wieder auf, und ihr rotes, auffällig billiges Schenkin-Style-Kleidchen warf dort nette, traurige Falten, wo sie, die Bekaa-Ebene unter meinen Exfreundinnen, eigentlich Brüste haben sollte. »Wenn du jemanden hasst, baust du ein paar lange, dornige Sätze und windest sie ihm um den Hals und hoffst, dass er an ihnen erstickt. Du würdest dich nie mit dem Gesetz anlegen. Du bist ein Feigling. Du hast es früher mit mir genauso gemacht. Und im Bett warst du die

Frau. Deine armen Eltern! Wenn sie wüssten, was für einen hartherzigen Schwächling sie gezeugt haben.«

»Ich werde im Vierten Reich polizeilich gesucht, Oritele, ist das nichts? Darum bin ich in Israel, nicht wegen dir oder Scheißherzl.« Ich guckte lieb. »Unsere Jungs werden mich doch nicht an die Nazis ausliefern?« Dann guckte ich böse, stand viel zu schnell auf, drehte mich um, nahm das Engelbild von der Wand und holte damit aus. »Komm her.« Sie gehorchte sofort, und alles wurde hell vor meinen Augen, wie im Film, wenn zuerst die weiße Abblende kommt und der Held dann eine andere Welt betritt. »Knie dich aufs Sofa. Zieh deinen Rock hoch, zieh das Höschen herunter. Aber nur halb. Halb genügt. Danke!«

Dann stellte ich das Bild neben das Sofa, öffnete den Gürtel und zog ihn mit einer einzigen schnellen, schnalzenden Bewegung aus allen sechs Schlaufen meiner Hose raus.

Es war nicht unangenehm – es fühlte sich an wie Heimkehr. Früher, mit acht, als ich mir vorstellte, wie ich in meiner neuen Old-Surehand-Jacke durch die Büsche des Vinohrader Riegerparks streifte, auf der erfolglosen, aufregenden, mir selbst unverständlichen Suche nach halb toten, nackten Frauen, hatte ich das gleiche Gefühl der totalen Sorglosigkeit gehabt wie jetzt, beim Anblick von Oriteles schönem braunem Arsch mit dem weißen Fleck am Rückgratende, also dort, wo sie einst den Lilithschwanz gehabt hatte, und dem neuerdings gebleichten Allerheiligsten darunter. Nichts tat mir weh, und nichts würde mir wehtun, wenn ich zuschlagen würde, dachte ich, this way gab ich meine eigenen Schmerzen an jemanden, der es verdiente, weiter. Und eine Erektion hätte ich dabei auch noch.

»Was war das Schlimmste, was du je gemacht hast, Oritele Cohen?«, sagte ich, ihren gefügigen Derrière triumphierend betrachtend. Ich fasste mir aber nicht in die Hose, obwohl ich einen ziemlich heftigen Elstar-Flash hatte. »Was deprimiert dich am meisten?«

»Dass ich nicht Nein gesagt habe, als Papi unpapihafte Sachen wollte. Und dass er sich nicht mehr für mich interessiert, seit ich unten Haare habe. Wirst du mich jetzt dafür bestrafen?«

»Ich hör dich nicht, wenn du mich beim Sprechen nicht anguckst.«

»So besser?« Sie drehte den Kopf zu mir, irgendwas knackte, und wenn es nicht ihr Nacken war, dann war es mein Iliosakralgelenk, das sich leider oft in meinen besten, entspanntesten Momenten verhakte.

»Ja«, sagte ich, »aber guck trotzdem wieder nach vorn. Dein Blick ist mir gerade zu unterwürfig.«

»Natürlich. Entschuldige. Und danke für den Hinweis. Hast du gesehen, dass ich mir die Rosette heller gemacht habe? Der arme Zoar glaubt, das sei ein Geschenk für ihn. Wie findest du den babyfarbenen Hautton? Darüber haben wir noch gar nicht gesprochen ...«

Wenn Leben und Theorie in seltenen Momenten der Transzendenz zusammenkommen, wie Blitz und Donner über dem eigenen Dach, merke ich, dass ich tatsächlich der Wort-und-Ideentyp bin. Mein Interesse am Leben selbst verblasst – in diesem Fall das Interesse an Oriteles Flagellationswunsch etc. –, und meine Gier und Neugier gelten der Daseinsdeutung.

Aah, dachte ich beim Anblick von Oriteles entblößtem Tuches, wir alle leben bis zum Schluss in den übergroßen Schatten derer, die uns gegen unseren Willen in diese Welt deportiert und dann gezwungen haben, sie Papa und Mama zu nennen und ihnen Gutenachtküsse zu geben. Aber sind die Väter und die Mütter wirklich an allem schuld? Abyssus abyssum invocat! Ich dachte – wie immer interessiert an den großen Zusammenhängen – an Noah, von den polnischen Kindermädchen verprügelt, von Schloimels Kameras überwacht, von Schloimels Geld in ein kreatives Nichts verwandelt. Ich dachte an Serafina, die zuerst einen Vater, der nicht ihr Vater war, verloren hatte, dann wiederbekam und wieder verlor und für nichts etwas konnte. Ich dachte an mich selbst im Allgemeinen und daran, dass ich, das sadistische Leichtgewicht, kurz davor war, finally meine Ex zu spanken, keine Ahnung, was mir das bringen würde. Ich dachte an den seligen, von mir ertränkten Clausi-Mausi und seinen komischen nazistischen Anti-Nazi-Clan. Ich dachte an Ethel, an Natascha, an Gerry und Tal, an diesen ganzen verwirrten, verirrten, traumatisierten, geschundenen Kinderhaufen. Ich dachte wieder – traurig, gerührt – an mich selbst, ich überlegte, ob ich zum Mörder geworden wäre, hätte Mamascha Papascha zumindest manchmal das allwöchentliche Soli-Verprügeln verboten, ich dachte an Oritele, von Aba zu dem Monster gemacht, das er hinterher nicht mehr lieben konnte, und an ihr von Tissa Dreckschwein und Monsieur Lacan zertrümmertes Spiegelbild.

Und dann fragte ich mich, was können »wir armen Menschen-Schweine« (Clausi-Mausi) gegen das Übel Determination tun? Wir, die Bewohner des therapeutischen Jahrhunderts, sind einfallslos wie Ameisen, die lieber ein Leben lang Grashalme schleppen, statt in der Sonne zu liegen, Camus zu lesen, Gainsbourg zu hören, sich die Eier zu kratzen. Wir rennen einmal, zweimal, dreimal die Woche zu unserem untherapierbaren Therapeuten, machen ihn, als hätten wir nicht genug komplizierte Beziehungen, zu unserer Seelengeisel und wundern uns, dass trotzdem nichts besser wird – außer dass wir nach einem Jahr in treatment dem Kindheitsleid nicht mal mehr metaphysische Bedeutung abgewinnen können. Dann stehen wir an einem herrlichen Sommermorgen am Grabmal des unbekannten Missbrauchsopfers, das wir selbst sind, und fühlen nichts, was von Bedeutung wäre ...

So gingen meine halb originellen Gedanken hin und her zwischen Einsicht und Absicht, Kindheit und Nirgendwo, Ursache und Wirkungslosigkeit, während Oritele geduldig auf ihre Strafe wartete, und plötzlich bremste draußen auf der kleinen, feinen, stillen Zlatopolsky dramatisch ein Auto. Eine Hupe hupte ein paarmal hintereinander die ersten süßsauren Takte von Zoars neuem Hit

Ani bensonna marokai, und ich dachte, eine weitere Wahrheit spendende Gedankengirlande windend, am krassesten hat den tiefen Sinnverlust durch zu viel Seelenklempnerei mein Bruder, Freund und Verderben Noah erlebt, wir nannten es das große Koteletten-Desaster, das war 1998 oder so.

Damals lebte N. schon mit M. im Herzlia-Pituach-Vilalle in I. und kam, für einen Nebbich wie ihn ungewöhnlich regelmäßig, jeden Monat nach Hamburg, um in der Schäferkampsallee der inzwischen völlig vereinsamten Thekla anstands- und zuneigungshalber dreimal am Tag Kamilletee zu kochen und um ein paar »Power Sessions« (Noah) bei Savionoli einzulegen, mit dem er bis dahin schon mindestens fünf Mal Schluss gemacht hatte. Savionoli, der raffinierte Sadist, hatte in Hamburg seine Praxis im Grindelviertel gehabt, am Grindelhof, Ecke Bornstraße, in dem Haus, wo früher vis-à-vis der großen, dunklen, vieltürmigen portugiesischen Synagoge im Wilhelm-Zwei-Maurenstil die Gemeindebüros waren; er hatte eine schmale, tiefe, schwere, durchgelegene, stinkende Freudliege mit Perserteppich, zehn Kissen und noch mehr Mottenlöchern; und dann waren da noch seine mächtigen, scheußlichen gelbgrau melierten Koteletten, so groß und fadenscheinig wie alte Kuscheltiere, mit denen er seine labileren Patienten schon vor Beginn der Show einschüchterte. Sie rochen wie der Perserteppich nach Rauch, Mottenspray und dem Schweiß und den Tränen anderer, noch ängstlicherer Patienten, und einmal hielt Noah es nicht mehr aus und sagte, an diesem Tag besonders bequem liegend und untherapierbar, nach hinten zu Savionoli auf seinem grünen Ohrensessel: »Do-do-doktorchen, wir haben 1998 oder so, Heilen durch Strafen funktioniert nicht mehr, seit Dr. Torquemada in Rente ist. Wann rasieren sie endlich Wim und Wum ab?«

Savionoli sagte nichts. Noah dachte, wow, das war gut formuliert, das muss ich in *Fick meine Frau, Goldmann!* einbauen, damit komm ich endlich mit der ersten Hälfte des zweiten Drittels des ersten Kapitels weiter. Aber dann sagte der ungarische Psychonationalsozialist laut und genervt: »Hier geht's doch nicht um mich, Sie reicher Versager! Wo waren wir, Sie jüdischer Klugscheißer? Bestimmt bei Ihrer Schreibblockade, Sie talent- und willenloser Judenjunge!« Ein paar Monate und Powersessions später fiel Noah auf, dass etwas anders geworden war. Hob Savionoli bei der Begrüßung und beim Abschied nicht mehr den Arm zum römischen Gruß? Hatte er aufgehört, jede Stunde doppelt abzurechnen? Nein – die Folterkoteletten waren weg! »Merken Sie was, mein lieber Forlani?«, sagte der Doc unangemessen herzlich, noch bevor Noah die Veränderung kommentieren konnte, und dann sagte er schnell: »Nein, nicht gleich hinlegen!« Er führte Noah ans Fenster. »Sehen Sie«, sagte er, »dort unten stand ein riesiges jüdisches Gotteshaus, eine sogenannte Synagoge. Jetzt ist sie weg. Einfach verschwunden, im schönen November 1938. Wollen Sie, dass es Ihnen auch so ergeht? So, jetzt können Sie sich hinlegen, aber heute rede erst einmal ich, nicht Sie.«

Im Liegen hörte Noah folgende Ansprache: »Ich möchte nicht wissen, wie viel ich schon an Ihnen verdient habe«, sagte Savionoli, ein Mann, der, auch wenn er gut aufgelegt war, Gehorsam forderte. »Ich will aber nicht maßlos sein, dafür fehlen mir naturgemäß die entsprechenden Gene. Machen wir's kurz: Fangen Sie endlich an, etwas richtig zu machen, Sie verweichlichter Kanaananiter, sonst sind Sie bald genauso platt wie das protzige Gotteshaus Ihrer Vorfahren da unten. Vergessen Sie die kindische Goodlife-Idee, die Welt weiß nicht einmal, dass es Sie gibt. Vergessen Sie Ihre Band, die Jajahwes, Sie können nicht singen. Und mehr als einen Halben werden Sie auch nie haben – das ist so und bleibt so, wenn man schon vor dem Verkehr an nach dem Verkehr denkt. Figyelj rám most pontosan, Sie sollten nur noch schreiben! Arbeiten Sie zwölf Stunden am Tag, gehen Sie spazieren oder zu Nutten, aber lassen Sie alles andere sein.« Er beugte sich mit seinem Gesicht über Noahs Gesicht, Nase an Nase, Auge an Auge, und fuhr mit den weichen, warmen, alten Wangen über Noahs Wangen. »Merken Sie

was? Ja, genau, die Koteletten sind weg. Ich hab auf Sie gehört, und nun seh ich tausend Jahre jünger und noch viel netter aus. Das haben Sie gemacht, Forlanilein. Das war Ihre Idee, Ihr Wort. Hören Sie auch auf mich! Und hören Sie auf, ein verdammter sturer Steinbock zu sein!«»Aus dem Weg, Doktorchen«, sagte Noah, »ich muss vor Rührung niesen!«
Den Rest der Sitzung verbrachten die beiden in der fensterlosen Teeküche. Sie tranken entkoffeinierten Nescafé, rauchten Savionolis zollfreie Camel ohne und redeten weiter Tacheles. Seitdem schrieb Noah zwar auch nicht mehr als einen Satz oder zwei am Tag – aber er hatte endlich die praktische Seite künstlerischer Erleuchtung kapiert. Was das hieß noahseits? Zuerst alles – und später, wie jeder gute Gedanke, den er hatte, absolut nichts. Und als ich ihm zwei, drei Monate darauf am Telefon (er: Thai-Massagestudio Lotus Lust in der Jehuda Halevi, ich: LPG, Käsestandschlange) vorschlug, dass wir »zwei losen Schräubchen« mal wieder einen kleinen justierenden Schreiburlaub in Italien riskieren sollten, sagte er: »Gern. Obergern. Obersalzberggern. Aber nur, wenn die englische Riesin Guinevere auch da ist und mir am blauen, glitzernden Süßwasserpool von Punta del Giorno den Tuches so versohlt, dass ich wieder den tiefen, alten, metaphysischen Malgorzata-Schmerz spüre. Ohne geht's nicht. Mit geht's allerdings auch nicht, wenn man sich nicht wenigstens ab und zu an seinen Laptop hockt und bei Word einklinkt, ich weiß. Zum Lottospielen brauchen Sie ja auch ein Los, Herr Forlani, sagt immer der Doktor. Ziemlich witzig für einen Goj, oder?« Pause und angenehmes Old-school-Telefonrauschen. »Hab ich dir schon erzählt, dass er keine Koteletten mehr hat? Er wird noch A-a-antifaschist!«

Was wäre ein Künstler ohne ein saftiges Kindheitstrauma? Müssen wir (Hemingway, Bacon, Noahle, ich) nicht sogar unseren Vätern und Müttern für ihre großen und kleinen Verbrechen dankbar sein? War es wirklich Noah, der ewige Schtetl-Bewohner, der damals im

Café Balzac die Idee hatte, nach Buczacz zu fahren, oder war ich es, der unbelehrbare Kommunistensohn? Soll ich jetzt doch meinen Halben rausholen, während ich die O. zum Abschied versohle? Das alles und noch einiges mehr (inkl. unserer alten Prager Telefonnummer und des Geburtsdatums von Nataschale R.) dachte ich, meanwhile draußen die Autohupe erneut Zoars letzten vorderasiatischen Mini-Hit *Ich bin ein marokkanischer Hurensohn* spielte.

Ich dachte es schnell, flashig und immer wieder von diesen weißen Abblenden unterbrochen wie vorhin, und dann sagte jemand mit Oriteles Stimme hinter mir: »Häng das Bild bitte wieder auf, Solomon. Danke, dass du mir helfen willst. Aber wenn ich es wirklich nicht mehr sehen möchte, kümmer ich mich selbst darum, wie schon seit zwei Jahren um alles andere auch.« Sie schluckte laut und gurgelnd, aber natürlich nur ihren Speichel, also ganz unsexuell. »Ich hoffe, Zoar, dieser Hurensohn, strengt sich nicht nur am Anfang so an. Neulich hat er mit einem Stuhl nach mir geworfen, weil ich mir alte Fotos von dir beim Schreiben und beim Nachdenken angeschaut habe. Na ja. Das kann passieren. Er liebt mich eben. Aber warum erzähle ich dir das überhaupt?«

Ich machte die Augen auf und sah, dass Oritele gar nicht vor mir auf dem Sofa kniete. Wer dort kniete, war ich, ich allein. Ich hielt in beiden Händen das schwere und staubige Engelbild – nicht den Gürtel! – und meine offene Hose, aus der der Halbe halb raushing, war auf die haarigen weißen galizischen Oberschenkel gerutscht. Die klassische Elstar-Situation. Das Leben schlug die Theorie, aber diesmal fiel mir dazu nichts ein.

»Träum ich«, sagte ich zu Oritele, mit nach hinten verdrehtem Kopf, »oder träumst du?«

»Ach, Solomon.«

»Bist du wirklich schwanger von ihm?«

»Von dir jedenfalls nicht. Besrat haschem!«

»Ist das mein Bauch oder deiner, der gerade diese Geräusche macht?«, sagte ich.

»Wenn es deiner ist, dann ist meiner noch lauter. Ich bin schrecklich nervös – dieses verdammte Opening! Was glaubst du, warum ich seit einem Jahr nur noch Zoars Schwanz male?«
»Weil du nicht mehr weißt, wie meiner aussieht? Weil dich die Erinnerung an meinen traurig macht?«
»Ya bensonna! Damit Aba nicht zur Eröffnung kommt.«
Und jetzt, Portnoy? Ich meditierte das Bauchgrummeln weg, indem ich an einen alten Bruno-Mathsson-Sessel dachte (schwarze Ledergurte, sanft gebogenes, cognacfarbenes Värnamo-Holz), aber dann fiel mir ein, was er kostete, und sofort kamen die Krämpfe zurück. Dann lieber ganz aufwachen, dachte ich.

Ich kniff die Augen zu, alles um mich herum wurde filmweiß, und ich dachte, gleich bin ich in Sicherheit. Als ich sie – langsam und ängstlich wie ein Sechsjähriger allein nachts um drei in seinem zerwühlten Bett – schließlich wieder öffnete, saß ich unten vor Oriteles Haus auf der Gartenmauer, in der lieblichen schattigen stinkenden Rehov Zlatopolsky. Es roch nach Oleander und gerösteten Sonnenblumenkernen, nach Müll, Straßenkatzenkadavern und Autoabgasen, ich hatte einen dicken Wintermantel an und hielt eine alte Ausgabe der Ha'aretz in der Hand. DIE alte Ausgabe der Ha'aretz.

Das Foto von mir und meinem Dudek am Gordon Pool konnte ich leider nicht wegwinkern. Ich knüllte die unhandliche, feuchte, widerspenstige Zeitung zusammen und warf sie auf den Müllhaufen vor Oriteles Haus. Dann guckte ich, weil ich nicht wusste, was ich sonst machen sollte, hektisch und semiverrückt auf meinem iPhone nach. Nichts, keine neue SMS. Unter den alten Nachrichten fand ich eine von Merav, die ganz witzig war. Sie hatte mich vor ein paar Wochen gefragt, wann ich im Villale in Herzlia Pituach vorbeikommen und Noahs alten Dries-Mantel abholen wolle. Noah, der wiederauferstandene Noah, hatte mich darum in seiner letzten Auf-nach-Buczacz-Mail gebeten – ohne sein »schickes, blaurotgrauschwul kariertes Gettomäntelchen aus Harris Tweed«, meinte er, würde er in der ukrainischen Eishölle keine drei Stunden überstehen, da könnten wir in der »alten Welt unserer Alten« zusammen noch so viel »Spaß und Erkenntnisgewinn« haben. Für Merav, die lustige Witwe, die von Awi längst alles über den Sudan-Hoax wusste, kein Problem. »Beseder, ein be'aja«, hatte sie zurückgeschrieben, kaum hatte ich ihr, während die Johanniskrautinfusion durchlief, von Czupciks Praxis aus Noahs exzentrischen Wunsch durchgegeben. »Schließlich gehört mir jetzt euer Buddha. Ein nettes kleines Liebesgeschenk von Awi der Superlatte an mich! Noah kann gern seinen belgischen Clownsmantel wiederhaben, Hauptsache, ich hör nie mehr von ihm.« Ein paar Tage später ging Noahles Getto-Überzieher leihweise in meinen Besitz über, und damit ich ihn nicht im Unheiligen Land vergaß, zog ich ihn seitdem nicht mehr aus.

Das iPhone vibrierte plötzlich, und Bart Simpsons abgehacktes Gelächter durchstieß die himmlische Ruhe über der Rehov Zlatopolsky. Eine neue Nachricht von der Kommunikationsfaschistin Serafina aus Prag, für die ich diesen besonderen Klingelton eingerichtet hatte! Statt eines ihrer sarkastischen Quatsch-Haikus schickte sie mir diesmal ein Video. Ich drückte – willenlos, wie kleine Brüder es meistens sind – auf Start, und da saßen sie alle (auch die Halbtranse Balaban, kajalumrandete Augen, gestutzter Bart, Damenhalbschuhe) in der böhmisch dunklen Küche in der Italská vor Mamaschas hundertköpfiger Matrjoschka-Sammlung und sagten leicht abgehackt im Chor: »Wir vermissen dich, Kleiner! Komm bitte zurück! Es lebe die Sowjetunion! Das meinen wir nicht so! Hm – was wohl genau, Klugscheißer?«

Das Bild wackelte, es knackte, und dann kam Wowa mit seinem Eulengesicht ganz dicht an die Kamera heran. Er sagte auf Russisch: »Ich hab gehört, Soltschik, du bist brojges mit mir, weil ich dich früher geschlagen haben soll. Du Teufel! Du hast es nicht anders verdient. Das war ein Witz. Es tut mir leid, wirklich, ich entschuldige mich bei dir. Obwohl ein paar Ohrfeigen noch nie jemandem geschadet haben. Übrigens hab ich ein paar interessante Neuigkeiten über Djeduschkas Tod für dich und für deine Mutter, die Schriftstellerin. Jetzt muss sie leider ihr *Agentenmärchen* ganz neu schreiben – und du wirst deinen Familienroman, über den keiner was wissen darf, auch wieder von vorn anfangen müssen. Sorry! Melde dich! Küsschen!«

Ich machte erschrocken das Telefon aus, das mir dabei fast aus der Hand gerutscht wäre, und drehte mich langsam um, weil ich seit dem Gordon-Pool-Zwischenfall fast immer das Gefühl hatte, dass mich in Tel Aviv jemand beobachtete. Direkt neben mir, in der zweiten Reihe, sodass kein anderes Auto auf der engen Zlatopolsky vorbeikommen konnte, parkte ein großer schwarzer SUV mit getönten Idiotenfensterscheiben. Ich kniff meine müden, brennenden Kurzsichtigen-Augen zusammen – und erkannte mit einer Hass-Wahrscheinlichkeit von 100:1 Zoars kantiges, naives Täter-Opfer-Gesicht hinter dem metallgrauen Glas. Er rauchte recht sexy und wippte noch sexier mit dem Kopf, wahrscheinlich zu einem von seinen eigenen maghrebinischen Douchebag-Songs. Dann drückte er ungeduldig, cholerisch auf die Hupe, auf eine ganz normale Hupe, und eine halbe Minute später kam, leicht außer Atem und wahnsinnig hübsch und nett und liebevoll, Oritele aus dem Haus Nummer 11 gerannt. Sie hatte ein fick-mich-kurzes rotes Donna-Karan-Kleid an, das sich demonstrativ über ihrem großen, schwangeren Bauch spannte. Sechster oder siebter Monat, dachte ich, es ist also wahr, verdammte Schriftstellerintuition.

Ich stampfte vor Wut auf, drückte mich von der brüchigen Gartenmauer ab, strauchelte, fiel aber nicht hin und rannte in großen, expressiven Schlangenlinien davon.

5
Die Braut, ihr Vater und Rabbi Balaban

Als Wowa und Balaban aus dem Riegerpark zurückkamen, sahen sie wie zwei Männer aus, die sich geprügelt hatten, obwohl beide keine Schrammen, keine blutunterlaufenen Augen oder angerissenen Hemdkragen hatten. Sie hatten noch in der Blanická angefangen zu streiten, dort, wo es an der Südseite das Parks so steil hinaufgeht, dass Balaban kurz Wowa am Ellbogen stützen musste, um ihn sofort wieder mit angeekeltem Gesicht loszulassen, und sie hörten erst auf, als sie eine Stunde später im ewig dunklen Vierzigerjahre-Hausflur in der Italská auf den Fahrstuhl warteten.

Der Spaziergang war Wowas Idee gewesen. Der alte Fuchs wartete seit Wochen auf den richtigen Moment, um mit Serafinas abscheulichem Lover abzurechnen. Dann hatte er vor zwei Tagen Balaban dabei beobachtet, wie er sich im matten Schimmer seines aufgeklappten Laptops einen runterholte, während Serafina gerade bei ihrer Therapie war. Auf dem Bildschirm sah Wowa eine thailändische oder japanische Lolita, halb nackt, mit zwei dicken Kleinmädchenzöpfen, die mit einem Teddybären spielte, und er selbst bekam davon ebenfalls einen relativ anständigen Steifen.

»Wenn der Rabbi kein Rabbi ist, sollte er auch sonst vorsichtig sein«, sagte Wowa, während sie die Polská überquerten und auf den noch steileren Parkweg kamen. Er stützte sich an einem Container mit Bauschutt, alten, schäbigen, zerbrochenen Möbeln, zerrissenen Zeitschriften und gewellten Büchern ab. Zwei Bücher stammten von ihm – *Die Kinder der Arbeiter* und *Die Zukunft der Arbeiter*, erschienen 1959 und 1962 –, aber der große Verdränger tat so, als hätte er nichts gesehen, und humpelte schnell weiter. Balaban hetzte hinterher, und die Schöße seines neuen Christian-Dior-Kaftans wehten im lauen Frühlingswind. »Wie meinen Sie das, Papa?«, rief er.

»Sag nicht Papa zu mir«, sagte Wowa. Er drehte sich um und versuchte, mit seinem Stock die Beine des Rabbis zu erwischen. »Ich werde nie dein Schwiegervater sein. Ich hab was gegen dich.« »Keinen Menschen interessiert, ob ein Rabbinerschein echt ist oder nicht, Papa«, sagte Balaban und wich Wowas Schlag aus. »Darum ging es auch nicht vor dreißig Jahren, als Sie mich beim Hamburger Abendblatt verpfiffen haben. Jede Gemeinde will ihren Rebbe loswerden. Immer, sofort. So sind die Juden, das ist ihre widerspenstige Natur. Von wem wussten Sie das damals überhaupt?«

»Von deiner Frau, Balabantschik. Sie war auch so freundlich, mir die Briefe zu geben, in denen du den Gartensteins versprochen hast, dass du nie wieder mit deiner Wünschelrute in die Nähe ihrer beiden Töchter kommen wirst. Weißt du, was ich dort noch gelesen habe? Dass du der ganzen Mischpoche G. die Reise nach Amsterdam bezahlt hast – eine Woche Hilton an der Apollolaan, Doppelabtreibung in der Oosterparkkliniek und beliebig viele Stadtrundfahrten. Brief Nummer drei, 15. Dezember 1972. Schuld gehabt, Schuld zugegeben. Bedank dich bei deiner Exfrau für den Großen Hamburger Sexskandal.«

»Bitch.«

»Das war Englisch, oder?«, sagte Wowa. »Und du meintest hoffentlich nicht mich. Aber ich wollte über was anderes mit dir reden. Also, hör zu ...« Und dann erzählte Wowa dem Rabbi, wie er ihn neulich beim Geheimwichsen beobachtet hatte. Dass er beweisen konnte, dass Balaban seit Jahren die Gemeinde um die Hälfte der Einkünfte betrog, die er mit dem telefonischen Seelsorgedienst »Hamburger Judenhilfe« machte, sagte er ihm auch. »Zeit, abzureisen, Schwiegersohn. Komm, da oben ist eine Bank frei. Der beste Hradschinblick von ganz Prag. Den will ich dir vorher noch zeigen.«

»Können Sie immer nur erpressen und drohen und schlagen, Papa? Wo haben Sie das bloß gelernt?«

»Nicht in einer Jeschiwa, mein lieber Maltschik, und auch nicht im wissenschaftlichen Kommunismus.«

Vom Hügel des Riegerparks sah die Burg immer lila aus, egal welches Licht vom Prager Himmel gerade herunterkam. Sie wirkte klein, kantig, ernst, sie schien weit weg zu sein und war doch so gut sichtbar, als betrachte man sie durch ein umgedrehtes Fernrohr, und jeder, der bei ihrem Anblick an Kafkas Schloss dachte, hatte recht und musste trotzdem zehn Kronen in die Kasse des Vereins wider den Missbrauch des Wortes ›kafkaesk‹ einzahlen. Zwischen hier und dort lag halb Prag – die staubigen, terrassenartig abfallenden Wiesen des Riegerparks, auf denen verwöhnte Prager Hunde herumrannten, der rote Klinkerbau des in den 70er Jahren umgebauten Hauptbahnhofs, die Gleise nach Norden und Süden, die Stadtautobahn, die seit den Jahren der Normalisierung die Stadt zerschnitt, das Sparta-Stadion, das riesige, leere Letná-Feld davor.

Die beiden Männer saßen stumm nebeneinander, atmeten staunend den Duft von blühenden Kirschbäumen, Flieder und Linden ein und dachten nach.

Wowa kannte das alles, was sie von hier oben sahen, seit einem halben Jahrhundert, und er bekam einen Mein-Leben-in-60-Sekunden-Flash, wie ihn Sterbende angeblich haben. Aber er starb nicht. Als das Filmchen zu Ende war, dachte er, dass er nicht mehr viel Zeit hatte, und er fragte sich, wer zuerst gehen sollte, er oder Mamascha, und er entschied sich schweren Herzens für sie. Aber wer würde sich danach um ihn kümmern? Ich war auf der Flucht und ohnehin ziemlich unsympathisch. Ich wollte nicht einmal wegen des großen NDR-Features über die schreibenden Karubiners wenigstens für ein paar Tage nach Prag kommen – also blieb nur Serafina. Allein darum durfte sie nicht mit dem falschen Rabbi durchbrennen, sein Plan musste funktionieren.

Balaban hatte an diesem Morgen auch einen Plan. Den ersten Teil hatte er schon letzte Woche erledigt, in der Pařížská, bei Cartier, die Sache hatte ihn fast 1000 Euro gekostet. Ist gewej'n gur nischt! Der Trinity-Ring für Serafina (Gold, Weißgold, Rotgold) und ihren süßen, fetten Finger musste nun mal in Extragröße in

Paris gemacht werden, dafür war die Gravur –»Ich schlag dich, bevor du mich schlägst, Bubale« – inklusive.

Nachdem er den Ring abgeholt und zum Spaß selbst übergestreift hatte, hatte er sich in die Spanische Synagoge gesetzt, um im Kopf Notizen für die Fortsetzung seines Weltbestsellers zu machen, der *Geld ist NICHT alles* heißen sollte. Woher, dachte er, während er mit unermüdlichem Testosteronblick die halb leere Frauengalerie absuchte, wusste er eigentlich so viel über Männer und – vor allem – Frauen? Das fragte er sich ja schon seit Liechtenstein, seit er die ersten Seiten des Ratgebers, den es inzwischen in 38 Sprachen gab, aufs dünne Briefpapier der Klinik zu kritzeln begann, weil der Oberarzt zu ihm gemeint hatte: »Versuchen Sie es mit einem längeren Brief an Gott, Rabbi, geschriebene Worte finden immer ganz von selbst den Weg zum Schuldigen. Und schreiben Sie sicherheitshalber ›Mit ergebenem Gruß‹ darunter. Danach werden Sie nie mehr auf kleine Mädchen stehen – zumindest nicht, solange sie klein sind.«

Weil Balaban schon immer ein großer Unterhaltungskünstler mit Hang zu Empathie und dem Wahnsinn anderer war, ging ihm das Schreiben wie nichts von der Hand. Aber da war noch etwas anderes, das ihn inspiriert hatte. Es waren die vier Schwestern, mit denen er aufgewachsen war, im einzigen ultraorthodoxen Haushalt von Othmarschen, in den 50er und 60er Jahren des vergangenen, noch unfundamentalistischen Jahrhunderts, als sie alle beim Schabbatspaziergang am Elbufer von den netten, ängstlichen Hamburgern zwar überrascht, aber längst nicht so feindselig angestarrt wurden wie später die Vier-Jahreszeiten- und UKE-Scheichs mit ihren Pinguinharems.

Bei seinen Schwestern Golda, Tilda, Flora und Dora beobachtete Balaban früh das Tierhafte der menschlichen Natur. Immer nur in Grau und Weiß, die Haare fettig, die Röcke knielang, die Strümpfe so dick wie im 17. Jahrhundert, erkannten sie trotzdem gleich mit dem ersten Schamhaar, das ihnen wuchs, dass wir alle nur hier waren, um die nächste Generation zu zeugen, und von diesem göttlichen Steinzeit-Prinzip leitete sich alles andere ab: die Rechnung im Restaurant, die der Mann zu zahlen hatte, die Frau, die sich immer den Mann aussuchte, Balabans eigene untunte Sehnsucht danach, selbst eine Frau und mächtig zu sein. Von dieser Kanzel seiner ganz persönlichen Empirie und halbschweren hormonellen Verwirrung herab hatte er in *Geld ist alles* in immer neuen, fabelhaft unkomplizierten Sätzen erklärt, was Frauen tun mussten, um die Männer zu bekommen, die sie wollten. Und was Männer tun mussten, um dennoch an eine Frau zu geraten, die Tussisex beherrschte und auch sonst im Alltag relativ unterwürfig war. So wurde er der strahlende Mittelpunkt des therapeuthischen Zeitalters, der konfessionsübergreifende Rabbi Sex. Aber als er am großen Cartier-Tag morgens um halb 10 in der Spanischen Synagoge saß, meditierend an Serafinas Verlobungsring drehte und das Geschnatter von zwei marranenartigen, spanischen Touristinnen im besten Entjungferungsalter auf der Frauenempore zu ignorieren versuchte, fiel ihm kein einziger neuer Beziehungs-Move ein, mit dem er in *Geld ist NICHT alles*, dem geplanten Sequel seines Eheratgebers, die Leser und Leserinnen überraschen konnte. Er dachte immer nur an Wladimir Mendelewitsch Karubiner, den großen Intriganten und Desinformanten, wegen dem er im Winter 1972 den angenehmen Hamburger Rabbinerjob gegen den nicht so angenehmen Aufenthalt in der Menachem-Schneerson-Psychoklinik in Liechtenstein eintauschen musste. So kam ihm die Idee für den zweiten Teil seines Serafina-Racheplans.

»Schön hier, nicht?«, sagte Wowa der Schreckliche. »Genieß deine letzten Prager Höhepunkte, Rabbi.«

Balaban antwortete nicht. Er guckte stumm auf den Hradschin und dachte, ja, ganz interessant – »kafkaesk« –, aber von der Innenstadt sahen die Kleinseite und die potenziellen Wohnmöglichkeiten links und rechts von der Nerudova für ihn und seine Zukünftige posher aus. Natürlich würde er lieber mit Finchen nach ihrer EMDR-Behandlung ganz aus Prag verschwinden, aber ihre

Familienneurose machte ihn auch irgendwie heiß. Seine Lieblingsparascha war schon immer die knallige Sidra Wajera gewesen – Lot bietet den Sodomitern seine beiden Töchter an, damit die Meute nicht die zwei hübschen Engel fickt, auf die sie eigentlich scharf ist, und am Ende wird er selbst von seinen Töchtern in der mannlosen Einsamkeit der Wüste Juda vergewaltigt –, und er fragte sich oft, war er pervers geboren oder erst pervers geworden? Und: Wäre alles anders gekommen, hätte er nicht jahrelang, solange sie noch unbehaart waren, Golda, Tilda, Flora und Dora durchs Badezimmerschlüsselloch beim Duschen zugeschaut? Oder hatte er nur das Pech, dass er nicht Abraham war und Serafina nicht Sara, deren Altersdifferenz laut Thora sechshundert Jahre betrug? In Gottes kalten Augen machte das alles null Unterschied. Dem gefiel es, seit Abel und Kain aus Opfern Täter zu machen, egal wie, und dann mit dem Beelzebub dagegen zu wetten, dass der Mensch jemals diesen sadistischen Teufelskreis durchbrach, und vielleicht war der Bestsellerautor in ihm hier dem Schlüsselthema von *Geld ist NICHT alles* auf der Spur.

Ja, richtig, dachte er plötzlich, Männer und Frauen müssen endlich lernen, einander nicht beherrschen zu wollen, mit oder ohne Gottes Hilfe, und Punkt. Wessen Opfer war z. B. Serafina gewesen, bevor sie ihm wehtat? Ihre EMDR-Offenbarung – »Zuerst war mein Vater mein Vater, dann wieder nicht, dann wieder doch, Balabantschik, da wird jeder verrückt« –, erschien ihm so vage und einleuchtend wie ein kabbalistisches Geheimtraktat. Wie passte das alles zusammen? Als er kurz vor dem Großen Hamburger Sexskandal sie und die anderen Hamburg-Girls auf die Bat-Mizwa vorbereitet hatte, war dieses jungenhaft schlanke Mädchen mit den großen klugen Augen und der dümmlichen Knollennase gleichzeitig seine beste, aufmerksamste, süßeste Schülerin. Sie liebte aber auch die kranke Lot-Story, sie wollte, dass ihre Bat-Mizwa mit dem Verlesen der Sidra Wajera zusammenfiel. Und als er und sie eines grausam grauen Hamburger Wintertages endlich allein auf dem langen schwarzen Ledersofa in seinem Hohe-Weide-Compound saßen, zierte sie sich. So machte die Arme ihn an diesem Tag zum Täter, das erste Mal in seinem Leben überhaupt, die Sache mit den Gartenstein-Sisters galt nicht, das war der Sabra-Likör aus der Sobernheim-Bar. Ja, sie war schuld, aber er auch, und danach hatten sie nie wieder darüber geredet, zwei Liebende mit einem Geheimnis, das nur ihnen selbst nicht peinlich war. Balaban rückte von Wowa weg und sah ihn so böse und hilflos an wie eine zurückgewiesene Schwuchtel. Der zukünftige Schwiegervater tat seit Minuten so, als sei er im Park allein. Er versuchte, mit dem gelben Fingernagel seines platten Riesendaumens etwas vom Stockknauf wegzukratzen, das wie eingetrocknete Tomatensoße oder Blut aussah, und ab und zu schob er seine über den Rand der Bank hängenden großen Eier wieder hoch. Wie, dachte Balaban, während er sich die Welt auf der anderen Seite von Wowas Hosenschlitz vorstellte, lautete das Motto von *Geld ist alles*, seinem berühmten Erstling? »Und Lots Töchter zogen den Vater unter ihre Decke, weil er es war, der sie gelehrt hatte, ihn übermäßig zu lieben.« Er selbst hatte das einmal gesagt, in seiner letzten oder vorletzten Jom-Kippur-Rede in der Hohe-Weide-Synagoge, kurz bevor sie ihn wegen Wowas Denunziation rausschmissen – aber er hatte, obwohl zwei Jahre nach dem Großen Hamburger Sexskandal von einem Jerusalemer Beth Din total rehabilitiert, lieber so getan, als stamme das Zitat von seinem Vati, von Rabbi Alberto y José ben Balaban, der der letzte große sephardische Zaddik von Norddeutschland gewesen war und nie im modischen Pädo-Verdacht gestanden hatte wie der Junior. Im Gegenteil! Balaban sr., der gelehrte Scheinheilige, der fast zwanzig Jahre in Zfad studiert und an der Jeschiwa von Brindisi einen echten Rabbinerschein gemacht hatte, erlag mit Gottes Hilfe zwei Monate vor dem Großen Hamburger Sexskandal auf dem Bauch einer 48-jährigen deutschen Luxusnutte einem kombinierten Herz- und Hirnschlag.

Und was konnte man sonst über ihn sagen, das ihn von Wowa dem Schrecklichen als liebesbedürftigen Normalo abhob? Nicht viel. Wenn er früher mit der täglichen Talmudexegese seines Sohns unzufrieden war, sperrte er ihn über Nacht in die Besenkammer oder ließ ihn in der Ecke auf ungekochten Erbsen knien. Und obwohl er seit 1959 der extrem gut bezahlte Vergangenheitsbewältigungsreferent der Freien und Hansestadt Hamburg im Senatorenrang auf Lebenszeit war, redete er jahrelang nicht mit dem Sohn, weil der nicht in Judäa und Samaria lebte und wirkte. Trotzdem weinte Balaban jr. – Stichwort Familienneurose – an seinem Grab. Und fickte ein paar Tage später Vatis Nutte in einem Fünf-Sterne-Puff in Pöseldorf mit Blick auf die schwarze stille Alster.

»Die Kopien deiner Schweizer und Liechtensteiner Bankauszüge liegen im Safe einer Bank in Vršovice, Rabbi«, sagte Wowa, ohne Balaban anzusehen. »Oder vielleicht auch in Smíchov. Sie liegen, das ist sicher, bei den Kopien der manipulierten Abrechnungen der ›Prager Judenhilfe‹. Und eine eidesstattliche Erklärung des drogensüchtigen Telekom-Technikers, den du erpresst hast, die Hälfte der eingezogenen Telefongebühren auf dein Konto umzuleiten, hab ich auch.«

»Und bestimmt haben Sie mich beim Geheimwichsen mit der Kamera fotografiert, die in Ihrer sowjetischen Armbanduhr eingebaut ist, Monsieur«, sagte Balaban. »Asoj a narischkajt! Das wird alles nichts ändern. Glauben Sie, Eva Braun hielt ihren Verlobten für einen Heiligen?« Dann, Teil zwei des Racheplans, holte Balaban das rote Cartier-Kästchen aus der Brusttasche seines Kaftans, klappte es auf und hielt es unhöflich dicht vor Wowas bulliges, hängendes, buczaczgraues Gesicht. Er sagte, er wolle es kurz machen, er und Serafina hätten schon darüber gesprochen, sie wisse, dass er sie im schönen Monat Siwan mit einem Heiratsantrag überraschen werde, was sage Wowa dazu.

Wowa – das Kinn immer noch starr in Richtung Nordwest – sagte nichts dazu. Er dachte, während Reb Gierig ihm ausführlich die Tiefe seiner Serafina-Gefühle schilderte, fieberhaft darüber nach, warum er diesen weibischen, sexsüchtigen, diebischen, verlogenen

Multimillionär, Bestsellerautor und Päderasten nicht in die Familie hereinlassen wollte. War er mal wieder zu apo... apo... wie war noch mal das Wort? War es nur das religiöse Etwas-und-Bisschen, mit dem der scheinlose Scheinrabbi sich umgab, das ihn so nervte? Schon morgens um 7 stand Balaban in der dunkelsten Ecke von Mamaschas dunkler Küche, den linken Arm von seinen Tefillingurten umwickelt wie ein umtriebiger Masochist, auf der Stirn das Kästchen mit einem lächerlichen Thoraslogan (»Gott, du bist der Größte, ich bin ein Nichts, und zwar sehr gern« oder so ähnlich), und während er mit seinem dünnen, weibischen, sexgestählten Körper hin und her schaukelte, als wäre er Moses, der auf einem Kamel durch die Sinaiwüste reitet, stieg in Wowa – dem einstigen Kopf der Parteikampagne »Wider den neuen Kosmopolitismus« – die alte Wut gegen das Schtetl in uns allen auf, das die klugen Buczaczer 1918 auf den Pferden und Sätzen der Roten Armee verlassen hatten.

Nein, lieber würde er (seit Begins Wahlsieg 1977 klammheimlicher Likudnik und Siedlerfreund, denn auch ein Ex-Bolschewik musste an etwas glauben) diese beharrliche israelische Raubkatze Oritele Cohen in die Familie aufnehmen, die mich, seine verunglückte melancholische Kopie, wie ein verlorenes Totenkopfäffchen seit Jahren von Baum zu Baum jagte, diese unglückliche Videokünstlerin, die inzwischen wegen ihres Soli-Liebeskummers von einem anderen Mann schwanger war, von diesem israelischen Schlagersänger mit dem riesigen Gorbatschow-Fleck auf der Stirn, wie hieß er noch mal. Kein Problem – Wowas Hirntemperatur stieg immer schneller –, dieses Spiel kannte er selbst, man konnte der Vater eines fremden Kindes sein, solange das Kind nicht Bescheid wusste, man war dann sogar ein besonders guter Vater, denn man durfte nicht losschreien und zuschlagen, wie man wollte, so wie er früher beim berühmten Herrn Schriftsteller, als der noch diese kleine, böse, traurige Bestie im Kinderzimmer hinten rechts war. Das Kuckuckskind blieb dagegen immer fremdes Eigentum, wie Serafinale, früher und immer noch hinten links, Gott sei Dank.

Zoar Turgeman, genau.»Elenor, o Elenor, mach mir auf dein großes Tor.« Der Schnulzenmann hatte einmal einen Hit in Deutschland gehabt, komischer Zufall, er sang ihn auf Deutsch, es war dieses harte, aber charmante Esther-und-Abi-Ofarim-Deutsch, und die bis in die letzte Falte ihrer feinen gojischen Möse philosemitische Ingrid hatte das Lied sehr gemocht, sie hörten es oft in Bergedorf, hinterher – und nachdem er sich angezogen hatte. Sie saßen in ihrer leeren deutschen sauberen Küche und rauchten und schwiegen, und er wusste, dass sie wusste, dass er Mamascha nie verlassen würde, und trotzdem ließ sie ihn auch am nächsten Donnerstag in ihre Wohnung und in ihr Bett. Nein, nein, nein – jetzt kochte sein Gehirn in seinem Schädel wie Gulasch in einem Topf –, das mit Balaban ging nicht, er war ihm zu balbatisch. Er war viel zu direkt, auf diese uralte, pseudofreundliche Nomadenart, er erinnerte ihn mit seinen schwarzen netten, warmen, raffinierten Knopfaugen zu sehr an Djeduschka mit seinen ewigen Gettotricks – und an sich selbst auch.

»Wenn Sie jetzt Nein sagen, Papa«, hörte Wowa genau in diesem Moment den Sexrabbi sagen,»dann wird das auch nichts ändern. Doch! Sie wird kein Wort mehr mit Ihnen reden. Ich bitte Sie offiziell um die Hand Ihrer herrlichen, fetten Tochter. Okay? Wir heiraten übrigens in Hebron, in der Machpela-Höhle, und es spielen die Klezmofanatics. Ich hoffe, Sie können das mit Ihrem jüdischen Selbsthass vereinbaren.«

Und endlich spürte Wowa den Schmerz, den ihm der Rabbi zufügen wollte. Es war derselbe trübe, blubberige Schwindel, der ihm die Beine weggerissen hatte, als Mama, die Hände in diesen minzgrünen Gummihandschuhen, in denen sie immer Rote Bete für ihren Jahrhundertborschtsch schälte und schnitt, zu ihm gesagt hatte, jemand, den sie nicht kenne, habe gerade angerufen und ins Telefon geschrien, eine Ingeborg oder Ingrid oder so sei tot, er wisse angeblich genau, wer das sei. Wer sei das, verdammt noch mal, wer?!, schrie sie noch lauter, und dabei tropfte der Rote-Bete-Saft von den

Handschuhen aufs Parkett vor seinem Schreibtisch wie Blut. Jetzt war dieser Horrorschwindel wieder da, und dann kam auch schon seine zweite Scheiß-Erinnerung, und auch die drückte er nicht schnell genug weg.

Bukarest, Frühling 1971: Als ihn die cleveren rumänischen Grenzpolizisten am Flughafen nicht durch die Passkontrolle lassen wollten, hatte er denselben Kurz-vor-Hirnschlag-Hitzeschlag in der linken Schläfe gespürt, während er gleichzeitig zur Beruhigung zu sich selbst sagte, gut, sehr gut, wenn ich hier und heute nicht ins rettende Flugzeug nach Kopenhagen komme, werden mir die BND-Leute endgültig glauben, dass sie mich abziehen müssen. Die Frage ist nur, gegen wen oder was werden sie mich eintauschen, Anthony Blunt oder die Asche der Rosenbergs, Major Sekora, der pragmatische StB-Bolschewik, lässt mich bestimmt gehen. Damals in Bukarest war er 41 gewesen, und er hatte natürlich noch keine lächerliche Gehhilfe gehabt, an der er sich hätte abstützen können, und er kippte wie ein Mädchen um. Aber er hatte auch noch keine dritten Zähne, keine wüstentrockene Nasenschleimhaut, keine 24-Stunden-Rückenschmerzen, kein falsches Leben vor und hinter sich. Alles Gute hat auch sein Schlechtes, nicht umgekehrt, dachte er jetzt wieder ruhiger, und er nahm vorsichtig den Stock, der wie eine schussbereite Jagdflinte auf seinem Schoß lag (senegalesisches Jojobaholz, Hoerning & Co, 450 Euro, Hamburger Abschiedsgeschenk von mir), er bohrte die glänzende Stahlspitze fast zärtlich in den knirschenden Parkwegkies, und dann stand er langsam, steif und einigermaßen schwankend auf.

»Keine Antwort ist auch eine Antwort«, sagte Balaban. Er stand auch auf, auch langsam, aber federnd und triumphierend, und sie gingen wieder, zwei, drei Schritte voneinander entfernt, durch den Riegerpark, diesmal bergab, steil bergab, zurück in die Italská. Erst als sie auf die Blanická kamen, hörte es endgültig auf, in Wowas Schläfe zu pochen und zu brummen. Sein Kopf war nun einer dieser großen, kalten, luftigen Säle auf dem Hradschin, in die die alten

Herrscher, wenn ihnen langweilig war, auf ihren Pferden hineinreiten konnten, und er, der Superverdränger, verstand endlich, was er gegen den schwuchteligen Rabbi hatte – er war einfach der Falsche für sein Serafinale! Er selbst wusste, was es hieß, der Falsche für sie zu sein. Schon als er sie im Juni 1961 das allererste Mal in Ruzyně hinter der zerkratzten Flughafentür gesehen hatte – strenge, lange, russische Zöpfe, niedrige Stirn, die opalschwarzen Augen fast so groß wie bei einer erwachsenen Frau –, hatte er gedacht, du bist ein verfluchtes, verlorenes Kind, Serafina Karubiner alias Wechslberg, denn wir werden dich ab jetzt jede Sekunde belügen, du Arme! Wir werden so tun, als wäre ich dein Vater, und du wirst so tun, als glaubtest du uns, denn sonst könntest du als Dreijährige gleich wieder Schluss machen mit deiner kurzen Ich-bin-nur-zufällig-hier-Existenz.

Wie oft hatte er dieses Bild schon gesehen und gelöscht?! Sie und Mamascha gingen sehr schnell über das brüchige Rollfeld von Ruzyně auf ihn zu, Serafina rechts, Mamascha links, fast sah es so aus, als hielte sich die Große an der Hand der Kleinen fest. Hinter ihnen glänzte der metallische Rumpf der Tupolev, mit der sie aus Moskau gekommen waren, in der orangeroten Sommersonne, ein paar Vögel umkreisten das Flugzeug, sie umkreisten kurz und erstaunlich tief Mamascha und Serafina, und plötzlich schossen sie – wie erschrocken – davon. Wowa riss, das Gesicht so starr wie ein Soldat beim Appell, die Glastür auf und eilte auf sie zu, und noch bevor er Mamascha in ihrem neuen Prager Leben begrüßte, stellte er sich vor die winzige Serafina, um ihr Hallo zu sagen. »Schau mal, Serafinchen«, sagte Mamascha, »das ist dein Papascha!« Serafina lächelte wie auf Befehl und spitzte den Mund zum Kuss. Aber er reagierte nicht, und nach einem kurzen Zögern fing sie an, wie ein nervöser, verzweifelter Bologneser an ihm hochzuspringen, so lange, bis er sich zu ihr runterbeugte und dieses fremde Kind (das in Wahrheit seins war, was er damals nicht wusste, Scheiß-Weiber mit ihren Scheiß-Schwangerschaftstricks!), bis er dieses zitternde, mechanisch grinsende 15-Kilo-Seelchen hochzog, steif an sich drückte und wie ein ungeschickter Idiot auf den Mund küsste. Guten Tag, Zukunft, sagte die Gegenwart und verwandelte sich in Vergangenheit! Wäre Serafina ohne die große Flughafenshow ein besserer Mensch geworden, ein Mensch fähig zu Selbstkritik, Tatkraft und produktivem Hass? Auch das hatte er sich schon tausendmal gefragt und danach die Frage gleich wieder vergessen. Später, als Erwachsene, lächelte sie genauso wie in Ruzyně jede Katastrophe weg – ihre 90-Kilo-Figur, ihren ungeschriebenen Enkelinnenroman, der nichts als Gerede war, ihr lethargisches Festkleben an Mamas Rock und Papas Altbauwohnungen in Hamburg und Prag –, sie lächelte immer nur oder lachte explosionsartig bei der kleinsten Kleinigkeit, sie kämpfte nie, sie überwand keine Schwierigkeit und fügte sich lieber jedes Mal wie ein ägyptischer Fallashe in ihr Schicksal.

Die größte Serafina-Katastrophe in Serafinas katastrophalem Serafina-Leben war aber ihre Liebe zu diesem Psychopathen im glänzenden 2000-Euro-Kaftan, der jetzt auf seinen dünnen Flamingobeinen hinter ihm durch den Riegerpark stakste, ein überlegenes, autistisches Schwarzrock-Grinsen auf den feuchten Sittenstrolchlippen. Wowa drehte sich kurz nach ihm um, er wischte, leider ohne ihn zu treffen, mit dem schweren Jojoba-Stock in seine Richtung und hinkte hektisch weiter. Und gleich würde der Scheißrebbe auch noch mit ihm im Fahrstuhl in die Casa Karubiner hochfahren! Er würde, chuzpe wie er war, selbst mit Serafinas Schlüssel die Wohnungstür aufschließen, er würde sich im Vorbeigehen in der Küche ein Stück von Mamaschas frischem, warmem Pflaumenkuchen nehmen und dann, hastig wie ein Schammes kurz vor Schabbat, hinten links in Serafinas Zimmer verschwinden. Und wenn alles vollkommen schiefliefe, würden Wowa und Mamascha nur ein paar Minuten später von dort Serafinas lauten Schrei hören. Ja, ja, Reb Potz, ich will!, würde sie ausrufen, genauso überrascht und verwirrt – warum fiel ihm das ausgerechnet jetzt ein? – wie damals Djeduschka, als die verängstigte, abgemagerte, blauhaarige Richterin am Meschanskij-Gericht in diesem abstellkammerkleinen Prozessraum sein Urteil zu verlesen begann. »Nein, nein, ich will nicht sterben! Wowa, mein Lieblingssohn, warum?!«

Im Hausflur in der Italská hingen immer noch dieselben Lampen wie früher, große grauweiße Kugeln, die seit über vierzig Jahren keiner geputzt hatte. Wenn man das Licht anmachte, wurde es trotzdem kaum heller in der niedrigen, langen Eingangshalle. Nur die braunen Kacheln an den Wänden und auf dem Boden schimmerten verführerisch, und die dunkelbraune Verkleidung des Fahrstuhlschachts bekam einen altmodischen Honigton, genauso wie die Tür der hotelartigen Haus-Telefonzelle, in der auch schon sehr lange niemand mehr telefoniert hatte. »Verlogene Patina des Stalinismus«, nannte Kostja das immer, wenn er zu Besuch kam oder Wowa zum Agenten-Jour-fixe abholte. Der Scheißgrieche wusste genau, wovon er redete, job twoju matj! Sie hatten früher in der Bartolomějská die gleichen Lampen und Kacheln gehabt, sogar dieses trügerisch gemütliche K.-u.-k.-Zwielicht erinnerte Wowa, wann immer er in der Italská auf den Fahrstuhl wartete, an sein früheres Doppelleben, an seine monatlichen Gespräche mit Kostja und Sekora, an sein Hiersein und Dasein als ewiger Lügner, als schlechter Mensch, der das Richtige tat, oder umgekehrt, das wusste er auch nicht mehr, als galizischer Dickkopf, als notgeiler Buczacz-Geck, als rachsüchtiges Familienoberhaupt und hilfloses Frauenopfer, als schizophrener Ost-West-Agent, als Wowa der Dumme und Nette und Schreckliche.

»Ich werde ihr ein guter Ehemann sein«, sagte Balaban weinerlich, aber eingebildet. Er drückte den alten schwarzen Fahrstuhlknopf aus Bakelit, und der Fahrstuhl setzte sich irgendwo ganz oben wie immer mit einem doppelten Ruck – einmal laut, einmal noch lauter – in Bewegung. Das Rumpeln erinnerte Wowa leider auch an etwas: an den nach Erbrochenem und getrocknetem Blut stinkenden Lastenlift in der Lubjanka, mit dem sie in den letzten Monaten ihrer Moskauer Ausbildung immer in die Verhörkeller gefahren waren. »Sollte ihr Majdele mir aber eine schlechte Frau sein, bekomm ich den Get vom Oberrabiner von Israel in 24 Stunden! Raw Shasmataz liebt mein Buch. Es half ihm, seine Frau rauszuwerfen und sich eine Zwanzigjährige zu chappen. Sie wissen, was ein Get ist, Papa?«

»Ja, ich weiß, was ein Get ist, Rabbi.« Wowa senkte wie ein Bulle den riesigen Huzulen-Kopf und hob ihn gleich wieder, und die schwer patinierte Brille rutschte ihm fast von der haarigen Old-School-Nase. Bei aller unterdrückten Erregung sah er aber nicht unterlegen aus. »Wie kommst du darauf, dass ich kein guter Jude bin? Warum glaubst du, du bist ein guter Jude?«

»Das kann ich Ihnen gern sagen, Monsieur. Mich schwindelt es zum Beispiel, wenn ich an den größten, an den herrlichsten Herrn denke. Wie ist es bei Ihnen? Mir dreht sich der Kopf, wenn ich mir vorstelle, wie er uns immer mit allem allein lässt. Und stellen Sie sich Folgendes vor, wenn Sie können: Meine Gedanken an Ihn lassen mich nicht schlafen! Wenn ich bete, Papa, kribbeln meine Beine, meine Arme, mein Brustbein, mein Arsch. Wenn ich die Schul betrete, fühle ich mich einsam und glücklich. Wenn er mir steht, wenn ich komme, danke ich ihm. Und Sie? An wen oder was glauben Sie?«

Keine Ahnung, dachte Wowa, der seit dem Gurken-und-Grippe-Tod seiner geschäftstüchtigen Mutter daran gewöhnt war, bei Angst, Schmerzen und Schlaflosigkeit eine Tablette zu nehmen, statt sich wie andere Atheisten plötzlich mit Gott zu unterhalten. Und dann dachte er: Was will dieser Dieb, dieser bigotte Päderast und Sexscharlatan, von meiner kleinen unglücklichen Serafina? Wird sie ihn weglächeln können wie alles andere? »Ich glaube«, sagte er, wieder mit gesenktem Kopf, aber ganz und gar nicht von unten nach oben, »dass jeder Mensch, der jemanden zu etwas zwingen will, ein Arschloch ist. Ein mieser Mensch. Ein scheußlicher Jude. Ein Gottloser. So sagt ihr Mittelaltertypen doch, oder?«

»Hä-hä! Heucheln, Papa, gehört bei uns beiden zum Programm,

was?« Der Rabbi lachte hoch und ziegenhaft. Dann kam der Fahrstuhl, es rumpelte wieder zweimal, und er drückte den alten Mann zur Seite und stieg vor ihm ein.

Als Balaban und Wowa die Wohnung betraten, hörten sie sofort das ambitionierte, vorwurfsvoll leise Wimmern, das vom anderen Ende des riesigen, fast quadratischen dunklen Flurs kam. Balaban streckte die Hand nach dem Lichtschalter aus, aber Wowa hob drohend den Zeigefinger. Es roch nach Pflaumenkuchen, nach Migräne, nach Ärger, nach rätselhaften Pasternak-Gedichten, die außer Mamascha keiner in der Casa Karubiner jemals gelesen hatte, nach Schmerz, den Mamascha nur loswerden würde, wenn sie ihn wowahaft weitergäbe, was sie aber nie konnte. Die bodenlangen grauen Satinvorhänge im Wohnzimmer waren zugezogen, und die Küche verschwand ohnehin wie immer in Mamaschas paranoidem August-68-Dämmer. Nur das kleine Verlorener-Sohn-Licht über der Arbeitsplatte brannte und beleuchtete eine große, noch warme Backform. Balaban stöckelte auf seinen Pumps in die Küche, machte »Hmmm...« und steckte sich ein Stück Kuchen in den Mund. »Hören Sie das auch, Papa?«, sagte er. »Ist das Ihre Frau oder meine, was glauben Sie?«

»Zieh deine Schuhe aus«, sagte Wowa. »Du bist in deinem Leben schon in eine Menge Dreck getreten.«

»Hohoho. Entschuldigung. Entschuldigung! Ich hab ganz die Landessitten vergessen. Es ist ja ein bisschen wie in Japan hier. Aber dort darf man in einem fremden Haus barfuß bleiben und muss nicht diese stinkenden, alten Pantoffeln anziehen, die schon der Soldat Schwejk anhatte.« Noch ein Stück Kuchen verschwand in seinem Mund, er wischte sich mit dem Handrücken über die Lippen, und seine verschmierte, hübsche, volle Lippenstiftschnute fand sogar Wowa für einen Moment ganz ansehnlich. Dann stöckelte Balaban davon, in seinen Schuhen, und kurz darauf hörte Wowa ihn sagen: »Finchen – endlich wach? Wie war die Hypnose?

Hast du dich an ein paar schöne Sachen erinnert? Ich hab News für dich.« Und er knallte die Glastür von Serafinas Zimmer so heftig zu, dass die Scheibe mehrere Sekunden lang klirrend zitterte.

Und jetzt ein paar Worte zu Mamaschas Migräne. Wir hassten sie schon immer alle dafür! Wenn diese kleine, dunkle, charmante, harte Frau Kopfschmerzen bekam, stockte das Familienleben. Es durfte keinen Streit geben, Fernseher und Musik wurden ausgemacht, man aß in Kaufhauskantinen und türkischen Schnellrestaurants, weil während der Migränetage nicht gekocht wurde. Und schon als Kinder mussten Serafina und ich, die Sinne geschärft wie Jäger auf dem Hochstand, darauf achten, ob Mama rief, weil sie entweder eine weitere Migrexa-Ladung brauchte oder eine neue Schüssel mit kaltem Wasser für das scheußliche, alte russische Küchenhandtuch – angeblich ihr Glücksbringer! –, das sie seit fast fünfzig Jahren ohne großen Effekt auf ihre Stirn legte. Ihr Trick war, dass sie nicht besonders laut rief, sondern wimmernd, winselnd, flüsternd nach uns verlangte, und das gab jedem, der sie hörte, das Gefühl, er sei an ihrem Zustand schuld, er habe sie mit einem Blick oder einer Bemerkung so getroffen, dass sie jetzt nur noch ein bisschen Körper und Geist und sehr viel Aua sei. Absicht? Um den großen Gangsterphilosophen Schloimel Forlani zu zitieren: »Wann macht ein Mensch etwas zufällig, außer er ist ein Araber?«

Wenn Wowa ab und zu auf Mamaschas Ankündigung, sie spüre eine Migräne kommen, mit einem enttäuschtem Babygesichtsausdruck reagierte, sagte sie: »Glaubst du, Wowtschik, ich kann was dafür? Glaubst du, ich mache das extra?« Aber genau das tat sie, und ich, Soli, ihr einsamer Migräne-Erbe, wusste, wie das ging: zu viel Welt, zu viel Gefühl, zu viele Wünsche, die man sich als neurasthenischer Maximalist nicht erfüllen konnte, und schon zog sich jede Faszie des armen Sensibelchenbodys zusammen, dies war das Alpha und Omega jeder robusten Osteopathenausbildung. Erstens. Zweitens: Wie lange hält man als Sensibelchen den Druck von tausend Kilobar auf Nacken- und Brustmuskulatur aus? Genau, genau. Ihr alle, aus denen meine tonnenschwere Welt besteht, denkt es bald in einem, seid an meinem totalen Superdauerstress schuld, genug, lasst mich in Ruhe, ich löse die Spannung, jetzt! Was folgt, ist zunächst eine erstklassige Relaxation, die, as we are speaking, die Schönheit des ohnehin sehr attraktiven Schöngeistgesichts unterstreicht. Dann kommen die pochenden Schläfen, die überempfindliche heißkalte Haut, ein krasses dreißigminütiges Flimmerskotom, Übelkeit mit dem Geschmack der letzten drei Mahlzeiten, Durchfall, Magenwände, die so undurchlässig sind, dass nur noch ein Liter MCP-Tropfen hilft oder eine fette mysteriöse Notarztspritze – und endlich die von der Agonie erzwungene, ersehnte Isolation.

»Schlimm? Sehr schlimm? Nicht so schlimm wie das letzte Mal, hoffe ich«, sagte Wowa, während er sich über die leidende Mamascha beugte. »Soll ich den Fernseher ausmachen?«

Mamascha sah wie immer, wenn sie krank war, ganz leise fern. Sie schüttelte den Kopf und sagte: »Das ist der berühmte Hollywoodsohn von Lou. Auch ganz attraktiv! Er verzichtet, sagt er, auf alle weichen und harten Drogen und auf Gelegenheitssex, solange dieser schreckliche Präsident des Sudan nicht dem Internationalen Menschenrechtsdingsbums in Rotterdam vorgeführt wird. Bald kommt sein neuer Film heraus – der erste, den er selbst gemacht hat.« Ein hohes, kurzes, fast unhörbares Winseln löste sich aus ihrer Kehle und flatterte wie eine eingesperrte Fledermaus durchs abgedunkelte Schlafzimmer. »Irgendwas mit Coyoten im Titel, Lou selbst hat die Musik dazu geschrieben. War das nicht dieses jüdisch klingende Lied, das er gesungen hat, als ich mit ihm im Dvořák-Saal auf der Bühne stand? Mich hat es ja sofort an *Du majn schajn majdele* erinnert. Dich auch?« Sie lächelte in sich hinein – aber gerade noch so unintrovertiert, dass Wowa das Lächeln bemerkte.

»Du meinst nicht Rotterdam, Lenotschka, sondern Den Haag«, sagte er, »und nicht *Du majn schajn majdele*, sondern *Tumbalalaika*. Nicht so schlimm.« Er küsste sie auf die kalte, alte graue Schläfe, und als er sich wieder aufrichtete, versetzte ihm die beschissene Me-

tallplatte in seiner Wirbelsäule einen Stich wie ein Bajonett. Danach hörten sie zusammen noch ein bisschen apathisch Gerry »El Dick« Harper dabei zu, wie er bei BBC-Hardtalk dem aggressiven Moderator mit dem Kolonialoffiziers-Schnurrbart seinen Plan zur Weltraumüberwachung von Darfur erklärte – »Chinesische Satelliten, James! Wir drohen den Chinesen einfach mit Cialis-Boykott!« –, und dann machte Mamascha den riesigen, alten, schwarzen Grundig aus und sagte: »Ich will auch ins Fernsehen! Aber ich komme nicht ins Fernsehen, weil unser Sohn eine Diva ist.«
»Das war er nicht immer.«
»Nein«, sagte Mamascha, »das war er nicht immer. So haben wir ihn erst 67 von deinem Vater aus Moskau zurückgekriegt.«
»Nicht schon wieder, Djewotschka, bitte, nicht schon wieder! Alle russischen Großeltern haben ihre Enkel mit Butter und Kwas wie Gänse gestopft und jede Woche mit einem Zentimetermaß den Durchmesser ihres Halses kontrolliert, das weißt du. Alle Großeltern behandeln ihre Enkel ohne Respekt und pädagogisches Augenmaß, besonders die alten Huzulen. Also, kein schlechtes Wort über Djeduschka. Denk auch an sein Ende.«
»Das tue ich sowieso«, sagte Mamascha kalt, »das tue ich zehnmal am Tag, seit du gesagt hast, alles wäre noch mal ganz anders gewesen und ich müsste jetzt mein *Agentenmärchen* umschreiben. Aua. Aua ...«
»Siehst du, du sprichst zu viel! Soll ich das Tuch unter den kalten Wasserhahn halten?«
Sie gab ihm den feuchten Lappen und sah ihn dabei aus ihren stumpfen, blaugrauen Greisinnenaugen so lieb an wie eine Zwölfjährige. »Warst du zu ihr auch immer so schrecklich nett?«
»Nein«, sagte Wowa. Er sagte es nicht zu schnell, aber schnell genug, nicht zu kühl und auch nicht zu hitzig. Er wusste, worum es ihr eigentlich ging, und das Abwehren von Fangfragen hatten er und Kostja vor fünfzig Jahren in den Klassenzimmern der Lubjanka fast täglich trainiert. »Nein, natürlich nicht. Mit ihr ging es immer

nur um Sex. Dich liebe ich.« Dann sagte er:»Also, was hat er wieder gemacht? Warum kommt dieser kleine Bastard nicht endlich nach Prag? Hast du ihm gesagt, dass der Schriftsteller, den er angeblich ertränkt hat, lebt und ihm seinen Roman gewidmet hat?« Er setzte sich zu Mama aufs zerwühlte Bett und nahm ihre Hand, die genauso kalt und klebrig vom Migräneschweiß war wie ihre Stirn. »Versteht er überhaupt, dass der Film über euch drei nur gemacht wird, wenn er sich mit dir und Serafina von den NDR-Trotteln in Prag interviewen lässt? Dass er endlich den Arsch herbewegen und für die beschissenen Fernsehkameras ein bisschen mit seiner Mama und Schwester durch Vinohrady spazieren gehen soll, damit du für dein Büchlein Werbung bekommst? Hast du ihm erklärt, dass eine Familie zusammengehört?!«

»Nein, so ein Mensch bin ich nicht.« Sie begann, kurze, leise Seufzer auszustoßen und vor Schmerz die Augen zu verdrehen.

Ich weiß, dachte Wowa, aber was für ein Mensch bist du dann? Er guckte sie direkt und abschätzend an wie seit Jahren nicht mehr. Bestimmt nicht die großzügige Herz-und-Bett-Schlampe, als die du in den Stories und Romanen, die du seit Miami schreibst, herumparadierst. Soli ist eine Diva geworden, weil du eine Primadonna bist, du böses, egoistisches, untreues Valjamädchen! Von mir hat er nur seine galizische Selbstdisziplin, mit der er Tag für Tag seine überzarte Mamascha-Gesundheit zerstört, aber warum nicht, wenn er Karriere macht. »Schade, dass du nicht ›so‹ ein Mensch bist«, sagte Wowa und ließ Mamas Hand los, »dann hättest du seltener Kopfschmerzen.«

Das stimmte natürlich nicht. Mamascha hatte die Migräne von ihrem Vater geerbt, einem netten, selbstlosen, offenen, direkten, unstolzen, armenischen Goj aus Sumgait am Kaspischen Meer, der zuerst für den Zaren gegen die Perser und dann für die Bolschewiken gegen die Nazis gekämpft hatte. Als Kavallerist kannte er die Welt immer nur als ein einziges Auf und Ab und nahm deshalb jede Beleidigung und jeden Schicksalsschlag mit Humor. Er war sportlich und hatte keine geheimen, idiosynkratischen Bohemeträume, er liebte Kartenspiele, Schach, Backgammon und dachte meist nur darüber nach, wie er in einem Spiel oder in einem Mann-zu-Mann-Gefecht seinen Gegner besiegen könnte, mehr nicht. Trotzdem hatte dieser große, schlanke, glatzköpfige Mann, Typ kaukasischer Gigolo in den besten Jahren, oft Migräne. Doch wenn er Migräne hatte, tat er immer so, als hätte er keine, als wäre alles in bester Ordnung. Als er und sein Regiment im Mai 1945 in Potsdam einritten (das war in der Hartungstraße und in der Italská die berühmteste Familienanekdote mütterlicherseits), fiel er auf der Kaiser-Friedrich-Straße einfach von seinem starken Budjonny-Pferd, weil er ohnmächtig vor Kopfschmerzen wurde – und nicht etwa, weil ihn eine deutsche Kugel getroffen hätte.

Der armenisch-orthodox getaufte Aram Chatschadorian aus Sumgait sollte ein wichtiger Dreh- und Anklagepunkt in dem nicht ganz koscheren NDR-Feature werden. Über ihn, den einzigen Nicht-Hebräer in der Karubinerfamilie, wollten die antiphilosemitischen Fernsehleute mit uns besonders viel reden – eine christliche Heldengeschichte gefiel ihnen tausendmal mehr als die ewigen Juden- und Holocauststorys – und ihn dann gegen uns, also vor allem gegen mich, den wichsenden Heine, ausspielen, jedenfalls hatte Serafina mir das so in ihrer letzten E-Mail nach Tel Aviv erklärt. Trotzdem war sie auf die Karubiner-Family-Doku mindestens so scharf wie Mamascha und kümmerte sich nicht um die hinterhältigen Absichten der NDR-Redaktion. Das hatte einen einfachen Grund: Über ihr Balladenbuch *Kavallerie des Guten* (1997) hatte bis heute keiner etwas geschrieben, kein gutes, aber auch kein schlechtes Wort, und hier war endlich ihre Chance, das erste Drittel ihrer tollen Großvatertrilogie – 1. Teil: *Aram*, 2. Teil: *Mel*, 3. Teil: *Djeduschka*, hahaha – zu promoten. Und Mamascha wollte sowieso immer und überall traurige Familienbegebenheiten erzählen, am Küchentisch, in ihren Büchern, im Fernsehen. Sie hatte ihren armenischen Kopfweh-Vater seit unserer undurchschaubaren Flucht in den Westen nicht wiedergesehen, er starb kurz danach, angeblich vor Kummer, weil er uns nicht mehr in der Hartungstraße besuchen durfte, und seitdem dachte sie, sie hätte ihn mit ihrer One-Way-Westreise umgebracht. Auch eine Art Djeduschka-Geschichte. »Gib mir deine Hand, Wowtschik«, sagte Mamascha traurig. »Ja, so. Ja, bitte, halt meine alte, trockene Hand. Fühlst du dich auf einmal auch so allein? Wenn ich allein bin, bist du auch allein, verstehst du? Weißt du, wie allein ich in Miami war, mit Valja, aber ohne dich? Wir dürfen nicht mehr allein sein. Keiner von uns. Nie mehr. Aber jetzt sind wir ja nicht mehr allein.« Sie weinte kurz, und als sie fertig war, sagte sie: »Dann gibt es eben keinen Film, wenn Soli nicht kommen will. Dann wird mein Büchlein eben nicht so bekannt werden. Glaubst du, es ist wirklich nur ein Büchlein? Bestimmt hast du recht ...« Sie drückte Wowas Hand so fest, dass es ihm wehtat. »Tut es dir leid, dass du nicht mehr schreibst, Wowtschik? Wir haben nie darüber gesprochen. Und dass jetzt alle anderen in der Familie schreiben – ich meine, vor allem ER?«

Damit hatte Mamascha einen Punkt berührt, der Wowa schon lange nicht mehr interessierte. Das letzte Mal hatte er über sich und mich und die Literatur vor über zwanzig Jahren in seinem alten Sexkino am Steindamm nachgedacht, nachdem er mich zufällig vor dem Eingang getroffen und sich sehr unwowahaft erschrocken hatte. Er war sowieso schon seit Wochen nicht mehr er selbst gewesen, er ging jeden Montag in den persischen Zeitungskiosk am Grindelhof, kaufte für zehn Pfennige eine große dunkelblaue nach Phosphor stinkende Schachtel Streichhölzer, die er gleich wieder wegwarf, und beim Rausgehen guckte er immer im neuen Spiegel nach, auf welchem Platz der Bestsellerliste das *Schwönzchen*-Debüt seines Scheißsohns gerade stand. Zweimal hatte ich schon den vierzehnten Platz gemacht, und als ich auf den siebten kletterte, hörte er auf, mit mir zu reden, er wusste auch nicht, wieso, es war wie eine biologische Reaktion.

Und auf einmal stand ich also – dünn, frech und unrasiert wie er selbst früher, aber um 20 Zentimeter größer – beim Glory Hole-Kino vor ihm, und eine Stimme, die nicht seine Stimme war, sagte Sätze zu mir, die nicht seine waren: »Du hast mich hier nicht gesehen, Kleiner, verstanden? Oder soll ich im Exil-PEN herumerzählen, dass du aus meinen Notizbüchern abschreibst und einen Stil hast wie Trotzki, nachdem ihm der Schädel gespalten wurde?« Dann humpelte er hektisch rein, und während der Film lief, dachte er nicht an die Mösen und Arschlöcher, die er sah, sondern an den ersten, »poetischen« Teil seines Lebens. Fast ein Dutzend Bücher gingen auf sein Konto – aber wenn die Partei nicht hinter ihm und er nicht hinter der Partei gestanden hätte, wäre keins davon erschienen. Das wusste er besser als jeder andere, aber es war ihm egal, denn wer seinen Vater an den Galgen gebracht hatte, konnte einiges runterschlucken, gerade ein Mamaliga-Sturkopf wie er. Dann, in Deutschland, passierte Folgendes: Von seinem letzten Roman *(Der Arbeiter im Juden – Eine Rückkehr)*, bekam der Verlag nach einem halben Jahr mehr Bücher von den Buchläden zurück, als jemals gedruckt worden waren. Dass ich, vom Leben desorientierter, oblomovhaft fauler Student, gleich mit meinem ersten Roman richtiges Geld verdiente, echtes, hartes, kapitalistisches Geld, war so gesehen eine sehr laute Antwort auf seine heimliche Laios-Schmaios-Frage gewesen, wer von uns beiden ein Schriftsteller war und wer bloß ein Agitator.

Ja, na und?! Er wollte mit seinen *Arbeiter*-Romanen die Welt immer nur besser machen, mehr nicht. Ich, das frühreife Muttersöhnchen mit dem bösen Blick, arbeitete mich dagegen beharrlich durch den Lebensdreck wie ein Fötus bei der Geburt durch die blutige Plazentasoße, und das schien die erfolgreichere Methode zu sein. Die Gesetze der Kunst und der Ästhetik waren brutal, jeder akzeptable Leser war ein Scheißmasochist ohne Klassenbewusstsein. Und als er das an diesem peinlichen Glory Hole-Tag kapiert hatte, konnte er mit dem Schreiben von Büchern, die nur noch in der einzigen verschließbaren Schublade seines Sperrmüllschreibtischs landeten, so schnell und kalt Schluss machen wie mit einer unnötigen, hysterischen Geliebten, und er warf sie am nächsten Morgen in der Hartungstraße quasi-öffentlich in die Mülltonne. Dass er danach auch noch mit mir, seinem geliebten Scheißsohn, wieder normal reden konnte, war ein angenehmer Nebeneffekt.

»Ja, Lenotschka«, sagte Wowa zu Mamascha und drückte nun selbst ihre Hand so fest, dass sie vor Schmerz tief ein- und ausatmete und dann wieder ein paar Fledermausseufzer durchs düstere Schlafzimmer schickte, »ja, du schreibst nur Büchlein. Und ich habe auch nur Büchlein geschrieben, darum habe ich aufgehört. Hoffentlich erlebst du noch den glücklichen Tag, an dem du beschließt, die Welt nicht mehr mit deiner Therapie-Prosa zu belästigen. Aber dein *Agentenmärchen* solltest du trotzdem umschreiben. Du hast dir damit so viel Arbeit in Miami gemacht! Wenn etwas nicht wahr ist, merken das sogar die Buchstaben und werden von der Lüge ganz krumm. Ich helf dir dabei. Ich erzähl dir die wahre Geschichte von Wowa dem Schrecklichen alias Mojsche dem Grebser – aber erst, wenn dir dein Köpfchen nicht mehr so wehtut. Nein, du bist nicht allein, mein Herz!«

Er sah sie wieder sehr direkt an, aber diesmal nicht wie durchs Mikroskop, sondern mit der Unbeirrbarkeit eines relativ zufriedenen Goldene-Hochzeit-Kandidaten. Dann dachte er: Ist Liebe wirklich nur Chemie? Und dann erinnerte er sich – wie konnte er diesen Abend, diese Nacht vergessen haben? – das erste Mal seit einem halben Jahrhundert wieder an die Nacht in der KGB-Kantine, in der sie sich kennengelernt hatten.

Er und Kostja und die anderen aus dem Jahrgang 1955/56 hatten nach einem letzten, harten dreimonatigen GULAG-Praktikum in Magadan endlich ihr Diplom gemacht, und bevor die Sauferei beginnen konnte, überreichte ihnen ein alter KGB-General ihre Urkunden. Es war der populäre Mel Wechslberg, der sowjetische James Bond, von dem man wusste, dass er in den 30ern in Washington etwas sehr Geniales, aber Unvollendetes versucht hatte. Er war es gewesen, der ein paar Jahre später mit dem ersten israelischen Präsidenten Chaim »The Brain« Weizmann die Aufteilung aller jüdischen Totenkonten in der Schweiz nach 1945 verabredet hatte, wofür die Sowjetunion ein paar Jahre lang via ČSSR heimlich Waffen an die neu gegründete Zahal lieferte. Ein gutes, sauberes, sozialistisches Geschäft. Und dann war da noch die Sache mit Raoul Wallenberg, den er zuerst fast gerettet und dann fast selbst beseitigt hätte, das wusste keiner genau, dies war der berühmteste, dunkelste Teil seiner Agentenlegende.

Dieser große, schlanke, grauhaarige, arrogante Hagestolz mit einer Knollennase wie Mussolini und übertrieben zarten Manieren wie ein Romanow hatte zur Diplomfeier seinen Sohn Valja mitgebracht, einen blonden, krausköpfigen Jungen von der Art, wie es sie früher im Ansiedlungsrayon fast noch häufiger gegeben hatte als die schwarzen semitischen Typen, die später die Iswestija- und Prawda-Karikaturen bevölkerten. Wahrscheinlich wollte Mel dem schwächlichen Valja in der Lubjanka zeigen, dass auch sehr junge Männer schon Männer sein konnten, wenn sie es sein wollten und wenn sie ein paar richtige Männer – Hoover, Tito, Trotzki – hassten. Oder vielleicht war Valja von selbst mitgekommen, weil er auf jemanden Eindruck machen wollte. Er hatte eine Kommilitonin dabei, mit der er Geschichte an der Lomonossow-Universität studierte, ein Mädchen wie Stein, wie ein Edelstein, das er den ganzen Abend bediente, ohne dass sie nur einmal Danke oder Bitte gesagt hätte.

Ganz schön harte Seele, dachte Wowa, als sie so klein und fest in ihrem übertriebenen weißen Ballkleid zwischen Mel und Valja auf dem Podium stand und jedem Diplomaten vorsichtig lächelnd einen weißen Fliederstrauch übergab. Und tanzende Augen, dachte er, und tausend Funken im schwarzen, kaspischen Haar, und herrliche, große, garantiert noch ungeküsste Titten! Plötzlich sahen sie sich kurz an, über Mels Schulter, und Wowa wurde sofort schlecht davon. Ihr auch, wie sie ihm später erzählte – und drei Tage darauf klopfte die 19-jährige Mamascha an Wowas dünner Studentenwohnheimtür, und das große, unendliche Karubinerdrama begann. Zwei Mal hatte sie ihn seitdem wegen Valja – ausgerechnet! – verlassen, zwei Mal war sie wiedergekommen, und wenn sie es noch ein einziges Mal tun würde, würde er hingehen und sie umbringen. Die paar Jahre, die er noch zu leben hatte, konnte er auch im Gefängnis absitzen.

»Hörst du, Djewotschka? Nein, du bist nicht allein«, sagte Wowa leise zu Mama, »aber lass du mich auch nie mehr allein. Verstehst du? Sonst bring ich dich um. Dann ihn. Aber mich selbst nicht.«

»Und die Kinder?«, sagte Mamascha lächelnd.

»Die Kinder lasse ich natürlich auch leben«, sagte er und lachte.

»Natürlich«, sagte sie und lachte auch. »Aua. Aua ...«

»Du sollst doch nicht lachen, mein Liebling.« Er ließ ihre Hand los und stand auf, um endlich mit ihrem Migränetuch ins Bad zu gehen, und im selben Moment ging die Schlafzimmertür auf, und die kleine, große Serafina – 49 Jahre, 92 Kilo, Faltengesicht, Faltenbauch, Faltenblick – stand lachend da und rief: »Mama, Papa, ich werde heiraten! Der Rabbi hat mir einen Antrag gemacht, und er sagt, dass du, Papa, schon Bescheid weißt und einverstanden bist. Danke, Papa! Mama, ist das nicht schön? Der Mann, der mein erster Mann war, wird nun endlich mein Ehemann. Es ist genau wie bei euch.«

»Wie – dein erster Mann?«, sagten Mamascha und Wowa fast gleichzeitig.

»Kommt! Los! Wir kuscheln wie früher, wie an einem Sonntagvormittag, und ich erzähl euch alles und zeig euch meinen Verlobungsring.«

Sie stampfte an Wowa vorbei zum Bett und legte sich zu Mama, dann griff sie Wowas Hand und zog ihn herunter, und er musste sich dazulegen. Sie deckte sie alle mit der riesigen, siebzigerjahrehaft-braunen Bettdecke zu und sagte: »Also, ich hab's genau gesehen, als ich das letzte Mal bei der Kohn-Prokopova war. Es war in seiner Wohnung in der Hohen Weide. Ich war so ungefähr vierzehn. So alt wie Sara, als sie Abraham ehelichte, hat er damals gesagt. Wir waren auf dem langen, schwarzen Ledersofa, wo wir immer für meine Bat-Mizwa lernten und über die Thora sprachen, und ich hab angefangen. Es war, als hätte ich in eine andere Welt gesehen, und danach fragte ich ihn, ob ich es euch erzählen darf, und er sagte, natürlich, so was Schönes muss kein Geheimnis sein, wenn ich nicht will, aber besser wär's schon, dann hätten nur wir beide eine Erinnerung daran. Ist das nicht romantisch? Wie konnte ich das alles vergessen? Dumme, verträumte Serafina! Aber jetzt hab ich mich ja wieder erinnert. Ach, ich liebe meine EMDR-Trips! Rabbi, Rabbilein, komm her, ich seh dich doch. Komm, genier dich nicht. Leg dich auch zu uns – wir sind doch jetzt alle eine Familie!«

Mama und Wowa blickten entsetzt auf. In der Tür stand Balaban in einem offenen, schwarz-weiß gestreiften Seidenhemd aus der Tallit-Kollektion von Ralph Lauren und schürzte den dunkelrot geschminkten Mund. Er warf stolz den riesigen Kopf zurück, seine Pajes flogen hin und her wie beim ersten Tagesgebet, und er legte die Hand auf seine rasierte Brust. »Gott ist der Größte. Gott ist der Wahrste. Gott ist unser Herr und Freund und Feind. Mama! Papa!«, sagte er. Dann stöckelte er schwankend auf Mamaschas und Wowas altes tschechisches Ehebett zu, und bevor er zu ihnen unter die Decke kroch, setzte er sich auf den Bettrand und schleuderte mit zwei eleganten Tritten seine Pumps davon.

Fünftes Buch

1
Nach Buczacz

Es war ein kalter, feuchter, sonnenloser Tag im Oktober 1943, als sich die besten Buczaczer Juden morgens um 7 vor dem Alten Rathaus versammelten. Ihre Namen hatte Schloimel dem Gestapo-Chef von Stanislau, der 60 Kilometer entfernten Kreishauptstadt, bereits zwei Wochen vorher übergeben.

Schloimel, der Sohn von Fejge, der den Namen seines Vaters zwei Jahre später auch auf eine Gestapoliste setzen würde, war beim Buczaczer Judenrat von Anfang an der Mann für komplizierte Situationen. Alle wussten: Der raffinierte, junge Jid mit dem fünf Kilo schweren Klumpfuß, der vor dem Einmarsch der Russen jeden dritten Donnerstag im Monat im Kulturhaus Lobreden auf den Kommunismus gehalten hatte und dann, als die Deutschen kamen, trotzdem nicht mit der Roten Armee über die Strypa in Richtung Odessa und Taschkent verschwand, würde immer die Waage finden zwischen Hoffnung und Wirklichkeit, Gut und Böse, zwischen der erhofften Rettung der Buczaczer Kehillah und dem bitteren, unvermeidlichen Opfer Einzelner.

Bis auf Dr. Carla Gross, die Bibliothekarin, die eines nicht allzu fernen Tages ihrem Mörder ins Gesicht spucken würde, standen an diesem Kriegsmorgen vor dem Alten Rathaus nur Männer, ängstliche Männer – der Apotheker Huciner, der Redakteur des Jiddischen Wecker Goldstein, die Vorsitzenden des Shomer Hatzair und Hechaluz, Wajs und Weiss, der Leiter der Sprachschule Safa Brura, Jechiel Karubiner, der Bruder von Mendele Wechsler Karubiner, wohnhaft in Moskau, von seiner Familie Djeduschka genannt, die stiernackigen Aktivisten von Poalei Zion, Mizrachi und Hashmonaim sowie Dr. Geldzaler-Lewin, der perverse, aber beliebte Direktor des Gymnasiums. Die Lehrer der Talmud-Thora-Schule hatten sich auch eingefunden, alle jüdischen Ärzte der Stadt und alle Händler und Geschäftsleute, die bis zur Errichtung des Gettos in der schäbigen, düsteren Podhajetzka-Straße oben bei der Burgruine in ihren modernen weißen Villen gewohnt hatten. Und als Letzter erschien Motke Zirkelstajn, der berühmte Furzartist und Vater der trägen Fruma Zirkelstajn, die nach dem Krieg Schloimels Frau und Noahs Mutter werden würde, und weil ihn auch heute eine starke Schwefelwolke umgab, stand er die meiste Zeit allein auf dem Schweineplatz, wie die ukrainischen und polnischen Bewohner von Buczacz den Rathausmarkt seit diesem Tag nannten.

Wer dem Befehl aus Stanislau nicht folgte und am Morgen des 23. Oktober 1943 nicht zum Schweineplatz kam, war jetzt schon praktisch tot. Wer kam – davon waren der Apotheker Huciner und die anderen überzeugt –, auch. Doch nur zwei Stunden später durften sie alle wieder nach Hause gehen, und seitdem herrschte Hoffnung unter den besten Buczaczer Juden. Die Deutschen haben uns nur registriert, um uns zu schützen, wenn die anderen ins Arbeitslager abkommandiert werden, sagten sie auf dem Heimweg zueinander, und sie vergaßen dabei die weißen Binden mit den blauen Davidsternen auf ihren Ärmeln, es fiel ihnen nicht mehr auf, dass sie seit Monaten nicht auf dem Bürgersteig gehen durften, und wann immer ihnen ein Goj entgegenkam, grüßten sie ihn mit einem zackigen Kopfnicken. Sechs Wochen später befahl der Gestapochef von Stanislau dieselben Männer noch einmal zum Alten Rathaus. Diesmal fürchteten sie nicht um ihr Leben – und diesmal ging Schloimel in der Nacht davor von Tür zu Tür und warnte die besten der Besten von Buczacz. Aber keiner hörte auf ihn, weil ihm seit seinen Kommunistenreden keiner mehr glaubte, und kaum standen sie alle erneut morgens um 7 vor dem Alten Rathaus, umstellten Gestapoleute und ukrainische Milizionäre den Schweineplatz. Danach führten sie sie in Grüppchen nach oben auf den dunklen, zugewachsenen Fedorhügel, und die Maschinengewehrschüsse, die man von dort den ganzen Tag vernahm, klangen wie die Paukenschläge aus dem Walkürenritt.

Noah sah von seinem Laptop auf und trank einen Schluck von dem Nesseltee, den er im Café Schewtschenko immer trank. Er nahm noch einen Schluck, spülte den Mund links und rechts mit der weichen, fast ayurvedisch sämigen Flüssigkeit und dachte dabei automatisch an den öligen Glatzkopf Rami Bar-On. Wusch der sich mit Nesseltee vielleicht sogar den gezupften Arsch aus? Wahrscheinlich, ganz sicher, bestimmt! Dann fiel ihm ein, dass Rami, seit Awi »Die Superlatte« Blumenschwein dreimal am Tag Merav bestieg und jeden Morgen und Abend im Garten des Villale neben Meravs neuem Buddhale seine nutzlosen Bauch-und-Po-Übungen machte, sowieso kein Thema mehr war, und er gurgelte mit nach hinten gekipptem Kopf und einem jokerhaften Grinsen die leicht kratzige Kehle durch.

Süßer, unterhaltsamer Stream of Consciousness, es war noch lange nicht vorbei! Als Nächstes dachte er, wie immer, wenn er an Awi dachte, an die 600 000 von Rami, die auf seinem neuen Konto bei der Bank of Kiew lagen und die ihm der Sexmönch überwiesen hatte, weil die Merav-Fickklausel seit Awis Merav-Eroberung nicht mehr galt, gepriesen seien der einigermaßen Allmächtige und Awis übertriebene Hormonbehandlung als Kind! Er dachte an Awis Nacho-Inn-Rückzahlung (eine fette Viertelmillion plus 25 000 *Shylock*-Zinsen und noch mal so viel Schadenersatz, mindestens) und fragte sich, ob das Glück war, was er gerade tief drin in seiner »harten, haarlosen Erbenbrust« (O-Ton ich) fühlte. Dann fiel ihm ein, dass ich mich immer noch weigerte, Tel Aviv zu verlassen und ihm in die Ukraine zu folgen, und sofort ging es ihm schlechter, aber nicht lange, denn er wusste, dass es nur eine Frage der Zeit war, bis ich, der ewig jammernde Wowa-Flagellant und doch nicht so clevere Exhibitionist nach Iwano-Frankiwsk (wie die ehemalige österreichisch-ungarische Kreismetropole Stanislau inzwischen hieß) käme, wo er seit Wochen ein Zimmer für mich im Pid Templem bezahlte, dem einzigen koscheren Hotel Podoliens. Sein Plan – besser, tiefer, weitsichtiger als die Sache mit der gespielten Entführung und Hinrichtung – sah vor, dass er mir nur ein paar Tage zum Ausruhen geben würde.

Wir würden zusammen ins Lady House in der Uschgorod-Straße gehen und/oder im Lermontov-Park lustwandeln und noch viel länger und weibischer als via Skype über Serafinas neu aufgetauchte Missbrauchszeichnung, über seine und meine verpasste Nataschale-Chance und unseren gelungenen Buddha-Deal reden, um dann, an einem besonders grauen, feuchten, deprimierenden, mörderischen Quasi-Kriegsmorgen, endlich von Iwano-Frankiwsk nach Buczacz aufzubrechen, wo seit mehr als siebzig Jahren die erlösende, erniedrigende, entmündigende Dunkelheit der Podhajetzka-Getto-Unterwelt auf uns zwei Halb-Überlebende wartete.

Wieder grinste Noah das triumphierende Jack-Nicholson-Grinsen, dann hörte er auf zu grinsen und zu gurgeln, und er spuckte – mit einem röchelnden Alte-Männer-Laut – den Tee in die Tasse. Er guckte vorsichtig nach links und rechts, tippte einen tollen, blumigen *Moby-Dichter*-Satz in sein noch immer fast leeres *Moby-Dichter*-Word-Dokument, checkte aus alter Gewohnheit die Wände des Cafés wegen Mamas Kameras und spuckte zum zweiten Mal in die Tasse. Niemand beachtete ihn, keiner war entsetzt über seine polnischen Manieren, so wie sich auch sonst nie einer in Iwano-Frankiwsk alias Stanislau für seine tuntige Catwalk-Garderobe interessierte, für sein rosafarbenes Dries-Strandhöschen, das weiß-blau gestreifte Thom-Browne-Jackett, den dünnen Galliano-Hakenkreuz-Seidenschal mitten im ziependen westukrainischen Herbst. Die Kellnerinnen, die hinter dem dunkelbraunen K.-u.-k.-Tresen des Café Schewtschenko wie kleine, dicke Ponys im Stehen dösten, sahen kurz auf, und irgendwann kam eine von ihnen – von der 12-Stunden-Schicht totenweiß im Gesicht, mit Augenringen so groß wie 70er-Jahre-Brillengläser und roten, müden Zehen in den birkenstockartigen Ostblocksandalen – an seinen Tisch und sagte abwesend etwas auf Ukrainisch.»Tak, tak, dziękuję«, antwortete Noah in seinem Kindermädchenpolnisch, und sie brachte ihm noch einen Tee zum Gurgeln. Dann schrieb er wieder ein bisschen – es ging um Moby Dichters neues Projekt, eine Make-sexnot-love-Akademie in Darfur –, und dann dachte er wieder an seinen lieben, bösen Taten.

Schloimel hatte früher auch, so oft es ging, mit Tee seine Mundhöhle desinfiziert. »Wie sagt der Raw aus dem letzten Chassiden-Kaff? Besser einen sauberen Mund als schmutzige Gedanken, wenn man schon keine hat.« Bei Schloimel war es lauwarmer Kamillentee gewesen, den Thekla für ihn in der Küche in der Schäferkampsallee (wo darum Tag und Nacht das Neonlicht brannte) immer bereithalten musste. Denn Kamillentee – und nichts anderes – hatte er nach seiner Flucht aus Buczacz und den endlosen sechs Monaten in den Erdlöchern von Liesnowo und Umgebung von seinen russischen Krankenschwestern bekommen, weil es für ekzemübersäte jüdische Waldschrate wie ihn im Feldlazarett der Roten Armee aus Prinzip keine anderen Medikamente gab. Und als er Noah (und mir) an einem der letzten Tage seines siebten Lebens die Schweineplatzgeschichte erzählt hatte – »als Warnung, Tarnung und pädagogische Kopfnuss, jingelach!« –, hatte er ebenfalls immer wieder panisch und ungelenk nach dem Glas mit dem Kamillentee gegriffen, das etwas zu hoch für ihn auf dem Nachttisch stand. Als er fertig war, als alle Buczaczer bis auf ihn und Fruma und ca. 60 andere tot waren, schloss er die Augen, legte pharaonenhaft die Hand auf die halb nackte grau behaarte Brust und bewegte sich nicht mehr.

»Papa, was ist?«, sagte Noah leise und ängstlich.

»Wer bist du?«, erwiderte Schloimel mit schwacher, fast weiblich klingender Stimme.

»Noah, dein Sohn.«

»Ich weiß. Das war nur ein Witz«, sagte Schloimel jetzt wieder lauter, der große, alte sterbende Schloimel, und er versuchte, sich aufzurichten.

Noah hielt ihn zuerst zurück, aber Schloimel war stärker, er setzte sich auf und stützte sich mit seinen langen Armen links und rechts ab, nun half ihm Noah, und Schloimel legte einen Arm um den dünnen Yogihals seines Sohns und stand auf. So drehten sie im

Schlafzimmer eine Runde – ein Soldat und sein verwundeter Kamerad –, dann noch eine und noch eine. Und dann, während ich dachte, dass ich Wowa dem Schrecklichen in seinen letzten Stunden niemals so innig und körperbetont beistehen könnte (warum wohl, Stalinissimus?), ließ sich Schloimel zurück aufs Bett fallen und sagte: »Optimismus ist der Mangel an Informationen. Warum bin ich noch hier, wenn auch nicht mehr lange? Nu?«

»Warum, Papa?«

»Weil ich kein einziges Mal wie die anderen Lejmachs dachte, das Schlimmste wäre endlich vorbei. Man sagt, ich hätte sieben Leben. Ich sage, ich hatte gesunden Verfolgungswahn.«

»Das versteh ich nicht, Papa.«

»Wenn es um Leben und Tod geht, Petzkele, merk dir das, sind die Gojim cleverer als wir! Nach dem Massaker vom Fedorhügel passierte lange nichts, gar nichts! Das Rattenleben in der Podhajetzka-Straße gewann schnell wieder den Charme des Alltags zurück. Bald fragte sich keiner mehr am Abend, wie der nächste Tag sein würde, denn man wusste es sowieso: kalt, kalorienarm, aber nicht lebensgefährlich. Die ersten fingen sogar an, Pläne für die Zeit nach dem Krieg zu machen, Geschäfte, Liebe, Universität, Emigration. Und dann – ich wusste auch diesmal Bescheid und warnte sie wieder umsonst – begann am letzten Schabbat vor Jom Kippur die nächste große Aktion. Sie kamen wie podolische Waldgeister nachts um drei, die Ukrainer, die Deutschen und unsere Leute vom Ordnungsdienst. Sie schleppten die Jidden zwei Tage lang aus ihren Häusern, sie trieben sie über die Straße des 3. Mai und die Kolejowa zum Bahnhof hoch und setzten sie in die leeren Züge nach Belzec, ins Lager. Wer sich wehrte – hört ihr mir noch überhaupt zu?! –, wer sich hinter einer Küchentür oder seiner alten Tante versteckte, wurde erschossen und erschlagen, denn Gott, den es nicht gibt, hatte sich seiner erbarmt. 48 Stunden später gab es zweitausend Buczaczer weniger. Die Häuser und Straßen waren voll mit Leichen, die die Lebenden wegbringen und auf dem Fedorhügel begraben mussten, das Trink-

wasser war rot von ihrem Blut. Und dann? Wieder nichts. Ein kalter, nicht unangenehmer Frieden – monatelang. Und wieder dachten die meisten, das Schlimmste sei vorbei. Gib endlich zu, Solomon« – er drehte sich plötzlich zu mir, guckte mich aus seinen weißgelben riesigen, wässrigen Augen an –, »dass du dich nachts mit einer roten Fahne zudeckst, du verfluchter Kommunist!«
Danach dämmerte er jäh weg, als hätte man ihm auf den Kopf geschlagen, und als er nach ein paar Minuten zu sich kam, flüsterte er: »Nur ein paar ganz Kluge fingen an, unter ihren Häusern Verstecke zu bauen, und bald war der Untergrund von Buczacz ein einziger Fuchsbau.«

Und nun kurz etwas über Noahs endgültigen, tränenreichen, verlogenen Abschied von Nataschale Rubinstein. Es gab keinen! Nach dem Essen mit Awi im Indochine gingen sie zusammen nach Hause in die 93. Straße, obwohl Natascha im Mount Sinai schlafen und Noah nie mehr wiedersehen wollte, und während sie im Bad war und wie eine Schickse bei offener Tür pinkelte, sich abschminkte, die Zähne putzte, noch mal pinkelte, dabei *Bridge Over Troubled Water*, *Yesterday* und *La Cucaracha* summte, ging er heimlich an ihren iPad und suchte auf der Goodlife-Seite das Goebbels-Video. Er wusste nicht, warum er das machte, aber als er sich selbst dabei sah, wie er als kleines geiles Doktor-Joseph-Männchen über die riesigen Ethel-Fleischberge kletterte, und zwar vor und nach der tödlichen Vergiftung der aus Kartoffeln und Streichhölzern zusammengeschusterten Goebbels-Brut, als Gerry alias Albért le Speer ins Zimmer stürzte und rief: »Oh, mon Général, Sie machen es auch oral? Kolossal!«, als er die überraschend vielen positiven Kommentare der User las, wurde Schloimels und Frumas eiskalter Sohn noch kälter, als er es sowieso schon den ganzen Tag war, und einen Fette-Frau-Flash kriegte er auch noch.

Was gefiel ihm nicht? Es gefiel ihm nicht, dass ihm sein kleines Meisterwerk gefiel! Diese kranken, kurzweiligen 4 Minuten 50 waren dramatisch, übertrieben, sexy, die Handlung, ganz nach seinem Geschmack, vollkommen sinn- und tabulos, der Tal-Schnitt elegant, und dass ihn dieser geniale Mist via Coyoten-Finanzierung sagenhafte 8 Millionen gekostet hatte, war auch ein Erfolg gewesen, zu-zu-zumindest damals, als sein Lebensziel Nummer 1 es war, den Mühlstein von Schloimel-Erbe, der ihn jahrelang immer tiefer in den psychokatalytischen Ur-Strudel hinabzog, abzustreifen.

»Meinst du wirklich, Natuske«, rief Noah in Richtung Badezimmer, um sich von dem überraschend starken Ausbruch seiner Mirdarf-nichts-gelingen-Störung abzulenken, »meinst du, es hat take Sinn, dass wir es noch a mul versuchen? Glaubst du nicht, dass du und der sadistische Soli viel besser zusammenpassen würdet, so wie Sara und Abraham, nachdem er Hagar auf Saras W-w-wunsch verjagt hatte? Du und ich, das war doch nichts, oder?«

Natascha steckte stumm das lange, melancholische sommersprossige Leidensgesicht mit den schwarzen Superkuckies durch die Badezimmertür ins dunkle Schlafzimmer, wo nur der iPad-Bildschirm blaugelb schimmerte und riesige Ethel- und Doktor-Joseph-Schatten über die niedrigen Loftwände wanderten. Noah, der mit dem iPad auf dem nackten Bauch im Bett lag, die müden Augen halb geschlossen, hörte sie, drehte sich aber nicht um. Sie guckte ihn von hinten eine Weile schweigend an, dann zog sie den Kopf wieder zurück, und kurz darauf pfiff sie leise – sehr leise und immer leiser – *I Will Survive*.

»Du willst doch nicht mit jemandem meschpochial werden, der gerade erst von seiner Familie beerdigt wurde?«, rief Noah, ohne die Augen aufzumachen. »Du hast gehört, was Awi im Indochine über mein Begräbnis erzählt hat. Kein Mensch auf dem ganzen Achad-Ha'am-Friedhof hat um mich geweint! Mit gatkes in di latkes, verstehst du? Keiner vermisst Schloimel Forlanis halb hübschen, halb intelligenten Sohn, dessen Vierteltalent darin bestand, Geld zu haben und es zu verschenken. Nicht einmal die Mädchen waren traurig, hat Awi gesagt, hast du das auch gehört? Sie standen genervt und gelangweilt an meinem Grab, in ihren neuesten Flittchenkleidchen von Princesse Tam-Tam, mit rausgedrückten Prä-Pubertätstitties und riesigen schwarzen Gettokopfhörern, und hörten auf ihren iPhones extrem basshaltigen, einlullenden Erwachsenen-Rap. Nennt man das Respekt? Vor dem Leben, ja, aber nicht vor ihrem ›seligen‹ Taten. Und Merav, ihre Mutter, meine sogenannte Witwe? Die Merav, zu der ich angeblich zurückwill, Nataschale? Die auf mich gekackt hat, als ich entführt wurde, und Nullkommanull Schekel für meine Freilassung rausgerückt hat? Die hat sich während der Trauerfeier zweimal in ihren Lexus verpisst – einmal, als der aus Prag eingeflogene Balaban-Rebbe meine Grabrede hielt, einmal, als der Sarg mit meinen alten Dries-Höschen, circa circulorum zehn Romananfängen und dem ganzen pubertären SM-Mist aus meinem Junggesellenstudio in der Zlatopolsky bereits zwei Meter tief in der Erde lag und kleine Erdbrocken auf ihn niederprasselten. Sie saß auf den kalten, weichen Ledersitzen, die sie sich von Schloimel Forlanis Millionenvermögen gegönnt hat, und checkte die v-v-verfickten Börsenkurse oder telefonierte mit ihren Geschäftspartnern in Äthiopien! Ist dir Awis hinterhältiges Lächeln aufgefallen, als er uns das erzählt hat?« Noah verstummte kurz. Universale Kälte strömte aus seinem Herzen in seine Brust, in seine Kopfhaut, in seine Zehen. »Ja, ich weiß, dass ich nicht entführt wurde. Genau das meint doch dein ewig wählerischer Ex-Noah! Willst du einen Mann heiraten, der der ganzen Welt eine Entführung vorspielt, um untertauchen zu können? Könntest du so einem eiskalten Typen vertrauen?« Er verstummte wieder und guckte – Internet-Automatismus pur – kurz auf Skype nach, ob Savionioli zufällig online war, was er natürlich nicht war, war er nie, seit er im ungarisch-slowakischen Grenzgebiet die unblutige Vertreibung von Sinti, Roma und Juden trainierte und mit den Jobbik-Bossen Urlaub am Balaton machte. Und plötzlich bemerkte Noah die lange dunkle verdächtige Stille in Nataschas luftigem Loftikus. Ging der Kühlschrank nicht mehr? Hatte die 8-Millionen-Stadt da draußen zu atmen, zu hupen, zu trenen aufgehört? Er stand auf und ging in die Küche, machte den riesigen wimmernden silbernen GE-Cooler auf und wieder zu, dann hängte er den Kopf aus dem Fenster, aber auf der 93. Straße war natürlich wie immer die Hölle los.

»Und was wäre, Petzkele, wenn sie sich für immer verabschieden würde?«

Ach, Mama, du schon wieder.

»Würde dir dann heißer werden, jetzt und ganz allgemein? Ich wette, nein.«

Hör auf, Mama, solche Witze macht man nicht.

»Warum nicht? Und vielleicht war es auch gar kein Witz. Geh doch mal kurz ins Bad und guck nach, warum es dort so still ist, warum sie keine Evergreens mehr pfeift. Vielleicht ist der neue Noah kein Eis- und Kotzbrocken mehr, so wie es der alte war. Wär doch schön ...«

Noah (mein Noah) stellte sich, das iPad gegen die Brust gedrückt, mit gesenkten Schultern und gesenktem Blick, in die Badezimmertür und sagte mehr zu sich selbst als zu jemand anderem: »Stell dir vor, Natuske, Soli wurde neulich in Berlin in einer Sauna beim Wichsen erwischt. Und dann hat er versucht, jemanden umzubringen, einen Deutschen, der ihn erpresst hat, und darum musste er endlich Alija machen. Kol ha kavod! Der Deutschenhasser und Diaspora-Dichterfürst lässt sich dazu herab, ins Land der Väter und Täter auszuwandern. Und was« – er hob den Blick, sah aber fast nichts, denn im Badezimmer war nur die nach Lavendel oder ähnlichem Schwuchtelkram stinkende, funzelige Fickkerze an, die Natascha meist umsonst angezündet hatte, wenn sie zusammen badeten –, »was macht er als Erstes in Tel Aviv? Geht in den Gordon Pool und belästigt unten ohne englische Teenager! So als bräuchte er, genau wie Schloimels frigider Sohn, ab und zu eine Extremaktion!«

Er grinste, blinzelte, fokussierte – und erkannte endlich im flackernden Kerzenzwielicht seine zukünftige Ex. Sie lag, Kopf unter Wasser, leblos in der vollen Badewanne, ihr langer, schmaler, totalrasierter Körper schimmerte goldbraun, und überall in der schaumigen Badebrühe war Blut. Noah brauchte keine halbe Sekunde, um die komplexe Idiotie dieses Moments zu verstehen. Danke, dachte er wütend, ab jetzt wird mein Leben nur noch aus der Zeit vor und nach Nataschales Selbstmord bestehen. Hab ich nicht Stress genug mit der UBS-Pleite, mit der Awi-Rami-Merav-Aktion, mit den Reisevorbereitungen für die Ukraine? Und jetzt so ein krasses, überflüssiges Scheißtrauma! Warum bin ich Joine-Boine noch mal mit ihr nach Hause gegangen?! Wir hatten doch so schön auf der Park Avenue Schluss gemacht. Die universale Kälte war nun überall, sogar Noahs Augen fühlten sich hart und spitz wie Eiszapfen an, und während er Nataschas toten Körper betrachtete und an die tausend Formalitäten dachte, die erledigt werden müssten, bis er unter der Erde lag, fühlte er – deep down where it counts – NICHTS.

»Der neue Noah ist also der alte Noah, Petzkele, ja? Schi-scha-schadele.«

Ja, find ich auch, Mama, aber kann ich was dafür? Es ist deine Schuld!

»Erklär.«

Nach den zehn Grund-Grundsätzen der Psychokatalyse, von denen mir leider immer nur sieben einfallen, hast du, Mama, bevor sich Elohim meiner erbarmte und den polnischen Reisebus vorbeischickte, der dich und deinen fünfzehn Meter langen Dickdarm in die Ewigen Jagdgründe katapultierte ... Du hast mich früher immer nur auf den Schoß genommen, mir Gutenachtgeschichten erzählt, mich bei großem und kleinem Aua gekost und gekischt, wenn du selbst Seelenwärme brauchtest, also nie! Ist doch klar, dass ich später so kalt wurde wie der Arsch eines Pinguins, verstehst du?

Er sah auf das iPad, wo plötzlich Dr. Savionolis langes, trauriges Therapeutengesicht im Skype-Fenster erschien, aber als der Doktor ihn auch sah, duckte er sich schnell hinter einer riesigen Horthy-küsst-Hitler-Statue.

VERSTEHST DU?, wiederholte Noah jetzt laut.

»Ja, ich verstehe. Ich verstehe ...«, sagte Natascha, während sie langsam wieder aus dem Wasser auftauchte. Sie fuhr sich wie Scheiß-

Cindy Crawford mit den Händen durchs nasse, glatte, geile, rumänische Kastanienhaar, ihre gestern noch hängenden Brüste wölbten sich sexy und fest, der kleine Venusbauch machte einen verführerisch fruchtbaren Eindruck. »Ja, Noah, ich verstehe, dass auch ich gegen deine Kälte nichts machen kann. Du hast deine Töchter aus deinem Leben gestrichen, weil du deine Frau und dein überkandideltes Herzlia-Pituach-Leben nicht ausgehalten hast, und ich fand das normal, weil ich dachte, ach, was weiß ich, was ich dachte. Und jetzt stehst du gelangweilt über meiner Leiche, und statt zu heulen, statt einen Arzt zu rufen oder wenigstens die verhaltensgestörten Typen von der Chewra Kadischa, machst du online eine Instant-Therapie mit deinem ungarischen Nazipsychologen. Na klar.«

»Er wollte doch gar nicht mit mir reden, Baby!«

»Aber du mit ihm.«

»Und außerdem bist du gar nicht tot. Sug mir, wolltest du wirklich sterben? Das ist doch gojim naches, findest du nicht? Hattest du wenigstens ein paar schöne Nahtoderfahrungen?«

Natascha stieg aus der Wanne, kreuzte die Hände über den nackten Brüsten, als hätte ein SD-Erschießungskommando auf sie angelegt, und sagte: »Logo. Da war ein weißer Tunnel, und am Ende des Tunnels stand eine riesige Hochzeitstorte, und auf der Torte standen eine Braut und ein Bräutigam und küssten sich, und er sah aus wie du, und sie sah aus wie Merav. Gib mir das Handtuch. Dreh dich um. Ich will nie mehr, dass du mich nackt siehst!«

Er gab ihr mit abgewandtem Gesicht das Handtuch, ging raus und zog sich langsam wieder an. »Alles nur Show?«, rief er.

»So wie dein Sudan-Video«, antwortete sie.

»Warum?«

»Warum nicht.«

»Und das Blut?« Er wusste, dass er ein bisschen beleidigt klang, und er war über diese unerwartete, wenn auch winzige Gefühlsregung froh; man wollte doch auch als halber Überlebender und gelehriger Schloimel-Sohn kein Unmensch sein.

»Granatapfelbadeschaum von Marc Jacobs.«

»Quatsch, echt?«

»Natürlich Quatsch. Ich hab meine Tage gekriegt, und ich dachte, das kommt gut, wenn man so tut, als würde man für immer abdampfen.«

»Warum w-w-wolltest so tun als ob, Nataschalein?«

Sie schwieg, und Noah dachte, jetzt wird sie sagen, dass sie es gemacht hat, damit ich bleibe.

»Weil ich ... weil ich nur glücklich bin, wenn ich daran denke, wie es sein wird, weg zu sein, nicht mehr da zu sein, mich nicht mehr an mich selbst zu erinnern, nie mehr, nicht an die schlimmsten Momente meines Lebens – und auch nicht an die noch schlimmeren! Das ist, als würde man aus einer Vollnarkose nicht mehr aufwachen. Wäre das nicht schön? Sorry, Noahle, ich bin nicht die, für die du mich hältst. Wer das Getto verlässt, ist genauso glücklich wie jemand, der sich ein Bein abschneidet, weil er sehen will, ob Hinken besser ist als normales Gehen. Verstehst du?«

»Nein.« Er schüttelte stumm den Kopf, während er den Gürtel zumachte.

»Er ist einfach immer noch da«, sagte sie. »Wenn ich eine Kanüle lege, wenn ich mich anziehe oder mit jemandem ins Bett gehe, frage ich mich immer, was Papa dazu sagen würde. Damals in Tel Aviv, bei der Geburtstagsfeier von Awi im Lunapark, dachte ich noch, mit dir brauche ich ihn nicht mehr.«

»Und jetzt weißt du, dass du dich geirrt hast, j-j-ja? Dass dir seine starke rumänische Hand fehlt?«

Sie antwortete nicht.

»Soll ich dir nächstes Mal, wenn wir ficken, mit dem New Yorker Telefonbuch eine verpassen, Natuskale?«

Sie lachte. »Es wird kein nächstes Mal geben«, rief sie. Dann fragte sie leise: »Red ich immer noch im Schlaf? Ehrlich, ja oder nein?«

Ja, dachte Noah, es sind ganze Hörspiele, die du erzählst, lange, tolle Hörspiele, und zuerst denk ich immer, ein Nachbar guckt nachts um vier fern, aber dann geht's direkt neben mir im luftigen Loftikus so zu wie im dritten Akt von Salomon Anskis »Dibbuk«. »Nein«, sagte er, »neinnein. Alles super, toll, tollissimo! Du schläfst fest wie ein Baby, du bist praktisch geheilt. Bald spürst du auch wieder das Getto-Bein, wenn du es willst. Ich schlaf heute aber trotzdem im Sofitel. Und du musst nicht ins Krankenhaus. Schischa-schalömchen, Natascha Rubinstein, Tochter des Mannes, der nie verstand, dass du ein Mädchen bist und nicht sein Sohn, mir reicht es auch!«

Sie sagte nichts, und es beunruhigte ihn, dass es ihn beunruhigte.

»Ich liebe dich, Natascha«, sagte er leise, während er noch leiser die Wohnungstür öffnete, »obwohl ich dich nicht liebe, und das ist bei jemandem wie mir besser als nichts!« Und endlich spürte er das erste Mal an diesem Abend, wie ihm warm wurde. Er dachte, zu viel, zu viel, nicht, dass sie plötzlich sagt, ich soll bleiben, und er legte die Hand auf seine Stirn. Circa circulorum siebenunddreißig Grad, leicht erhöhte Temperatur, immerhin.

Als Noah das Café Schewtschenko verließ, stand ich gerade in Tel Aviv auf dem Achad-Ha'am-Friedhof und versuchte, die hebräische Schrift auf Tals Grabstein zu entziffern. Es war der 4. Oktober 2007, ukrainische und israelische Zeit 13 Uhr 13.

Noah ging schnell und konzentriert in Richtung Philharmonie, wo früher das Hauptquartier der Gestapo gewesen war – »auch nur sehr viel Papierkram und Kantinenklatsch wie in jeder anderen Behörde« (S. Forlani). Der Rucksack mit dem Laptop, der Wasserflasche und den acht verschiedenen Vitamindosen war so schwer, dass Noah davon ein leichtes, warmes, angenehmes Sklaven- und Ichfall-gleich-tot-um-Herr-Offizier-Feeling bekam, und weil er ohnehin die meiste Zeit in Gedanken beim jungen Schloimel war (statt sich mit Moby Dichters Schicksal nach seiner Flucht aus dem Sudan zu beschäftigen, die er am Ende des Kapitels von der Mittelafrikanischen Nuttengewerkschaft erzwingen lassen wollte), passte das sehr gut.

Schloimel musste – das hatte er uns in seinen letzten ehrlichen Stunden auch erzählt – jede neue Deportationsliste selbst von Buczacz nach Stanislau bringen. Der Gestapochef, ein dünner, kleiner Glatzkopf mit einer verschlafenen Heinz-Rühmann-Stimme, der immer nur seitlich zu ihm stand, lud ihn jedes Mal in sein großes, helles, kaltes Büro auf einen Tee ein. Er sagte, Schloimel solle seinen Mantel ausziehen, damit ihm nicht vom Politisieren heiß werde und er sich später erkälte, aber in Wahrheit wollte er Schloimels Stern nicht sehen. Dann diskutierten sie zwei Stunden lang über Kropotkin, Marx, den Matrosenaufstand von Kronstadt, die Münchener Räterepublik und die Frage, ob die Ermordung von Rosa Luxemburg dem Bolschewismus in der Weimarer Zeit eine Weile sogar gedient hatte. Der Gestapochef – er hielt aus nationalsozialistischer Sicht die Tötung der Luxemburg für richtig, denn dadurch sei Deutschland schneller radikalisiert worden – war früher in Berlin selbst Kommunist gewesen, ein gläubiger Theoretiker und geschickter Schläger. Jetzt war er es natürlich nicht mehr, aber seit er diesen jungen jüdischen Bolschewiken aus Buczacz getroffen hatte, der so wild und schön und klug und eitel aussah wie Lenin in seiner Schuschenskoje-Zeit (trotz Klumpfuß und verwahrlostem Gettolook), erinnerte er sich gern an seine eigenen verrückten Jugendtage im Spartakusbund und auf den Straßen Weddings. Kommunismus, das war seine Leidenschaft gewesen, Nationalsozialismus Ratio.

»Ich hätte ihn töten können«, sagte Schloimel zu Noah (und mir). »Jedes Mal, wenn ich vor einer Aktion bei ihm war, hätte ich ihn mit der Schere, die auf dem Tisch lag, erstechen können, aber dann hätten mich die Wachen, die vor der Tür standen, getötet, und die Aktion hätte genauso stattgefunden. Und dennoch schämte ich mich, wenn ich hinterher die lange, weiße Treppe der Philharmonie zum Mickiewicz-Platz runterging, ich stieg deprimiert in den Zug nach Buzcacz, und nachts ging ich wütend von Haus zu Haus in der Pod-

hajetzka- und Kościelnastraße und warnte die Leute vor dem nächsten Pogrom. Aber fast keiner hörte auf mich – auch nicht Fejge, mein Vater, dein Großvater, Noahle! Was denkst du, warum?«
Noah schwieg.
»Und was denkst du, Noahs bester Freund?«, sagte er in meine Richtung und griff zitternd nach seiner Kamillenteetasse.
Ich schüttelte, innerlich angewidert von den Dutzend uringelben Teeflecken auf seinem Nachthemd, pietätvoll den Kopf.
»Weil ich der trickene merder vom Judenrat war? Oder weil die Juden keine Lust hatten, wie Hamster und Wildschweine im Wald zu leben? Nur wer unter seinem Haus ein Rattenloch gegraben hatte, versteckte sich dort und kam drei Tage und 2000 Tote später wieder raus. So ging das vier Mal, vier Mal fegte der Antisemitensturm durch das Buczaczer Getto, und hinterher hängten die Deutschen ein Schild an die messingbeschlagene Tür des Rathauses, durch die fast dreißig Jahre Duvidl Rosenstajn gegangen war, Buczaczs berühmtester Bürgermeister. ›Ab heute ist der Bezirk Buczacz judenrein!‹, stand dort. Die Polen waren witziger. Vor jeder Aktion schrieb die Gazeta Buczaczska: ›Die Juden sagen, alles wird gut.‹«

Noah stand jetzt selbst auf der langen weißen Treppe der Philharmonie. Drinnen probte das Ukrainische Befreiungsorchester ein erstaunlich unnerviges Stück von Schönberg, das der grobe Schöngeist Schloimel früher fast jeden Schabbat gehört hatte, und während Noah sich fragte, warum er nun nicht wenigstens ein kurzes sentimentales Herzrasen verspürte, blickte er auf die hübsche, kleine Parkanlage mit den jungen Liebespaaren auf den Bänken und der zierlichen, aber unübersehbaren Mickiewicz-Statue, und er stellte sich vor, wie er, nachdem er lautlos den glatzköpfigen Gestapo-Drecksack erwürgt hätte, wieder den Zug nach Buczacz nähme, statt zu Fuß ostwärts zu fliehen und sich durch die Front zu den Russen durchzuschlagen.

Dann, erfüllt von einer fast gojischen Todessehnsucht, stellte er sich auch noch vor, wie er und ich – und die herrliche Riesin Ethel, an die er seit L. A. nicht mehr gedacht hatte – die nächsten drei Nächte und Tage in einem von diesen langen, dunklen, selbstgegrabenen Bunkern zwischen Gymnasiumstraße und Eiserner Brücke verbrachten. Ich hatte dort unten ständig Migräne und sah darum besonders gut und entspannt und balbatisch aus. Ethel war wegen der unregelmäßigen Kriegsernährung nicht so fett wie sonst, dafür hübscher, auf eine süßlich slawische Matrjoschka-Art – aber stark war sie natürlich immer noch. So stark, dass sie ihn, während oben die Juden wie Hühner hin und her gejagt wurden, zum gemeinsamen Zeitvertreib auf den Schultern herumtragen, gegen die glitschige Bunkerwand knallen oder ganz leicht sein Gesicht daran entlangschleifen konnte.

Bei dieser ungewöhnlich komplexen Verfolgungsvision bekam Noah (der Malgorzata-Noah) plötzlich einen erstklassigen Awi-Blumenschwein-Dauerständer, und er dachte: Danke, Gott, den es nicht gibt, dass ich endlich weiß, wie es ist, ein unneurotischer Muschik zu sein. Doch bevor er sich noch mehr darüber freuen konnte, klingelte sein ukrainisches Telefon.

»Forlanikus«, sagte ich, während ich in Tel Aviv hinter Tals Grabstein sprang, wobei mein seit Wochen untrainierter Literaten-Knöchel ein Geräusch wie ein überfahrener Kolibri machte, »wenn ich will, kann ich gleich deinem alten Hollywoodfreund Gerry ein paar Takte flüstern. Soll ich? Gibt's etwas, das ich ihm von dir ausrichten muss?«

»Kann ›er‹ nicht anklopfen?«, sagte Noah, »Schloimels schwächelnder Sohn hat gerade das erste Mal seit 1976 eine richtige Erektion. Wo bist du, Soltschik?«

»Auf dem Achad-Ha'am-Friedhof. Deinem anderen Sudan-Kumpel Auf Wiedersehen sagen. Wie du weißt, hat er vor ein paar Wochen den Kampf gegen sein PTSD verloren. Süß und sinnvoll war sein Ibuprofentod. Amen.«

»Hast du schon bei unseren letzten sieben Telefonaten erwähnt. Sug mir lieber, majn brider, für wann ich dein Flugticket nach Iwano-Frankiwsk buchen soll. Ich brauch dich! Und ich brauch meinen verfickten, hübschen, grellen Wintermantel! Damit mich

mal wieder ein paar Leute mehr blejd angucken. Hast du ihn endlich bei Merav abgeholt? Und ha-ha-hast du die Mädchen gesehen?«
»Ich hab Awi gesehen«, flüsterte ich. Ich duckte mich, denn Gerry, in einer Hand einen Strauß blauer Vergissmeinnicht, in der anderen einen Büschel lasches, graugrünes, angefressenes Kath, kam immer näher. Er taumelte, und seine Augen waren so rot und glasig wie nach drei Monaten Lidrand-Ekzem, und ich dachte, o nein, ich hab an diesem Tag schon zu viele Schattenboxkämpfe mit echten und falschen Zombies gehabt. Dann flüsterte ich wieder: »Der blöde Fettsack stand vor deinem ehemaligen Villale, er lehnte an einem krummen Hibiskusbaum und guckte mit seinen koscheren Schweinsaugen selig in die orientalische Morgensonne. Ach so, und dabei hat er mit dem Verwalter der Birkenauer Höfe telefoniert und dann noch mit irgendwem von seiner Berliner Anti-Anti-Restitutions-GmbH. Ich glaube, sie haben endlich die Umbaugenehmigung fürs Liebermann-Karree gekriegt. Das könnte ich Gerry eigentlich auch erzählen. Was meinst du, soll ich den Hollywoodstar ein bisschen mit seinem verlorenen Haimele-Rotgast-Erbe nerven? Wiederholen Sie sofort meine Frage, Sie elender ADS-Nudnik!«

»Hast du Achad-Ha'am-Friedhof gesagt, du Schmock?«, sagte Noah. »Dort lieg ich doch auch! Geh zu meinem Grabstein, yalla, und leg ein Steinchen drauf. Und wünsch dir was, das ich mir auch wünschen würde.« Er machte eine kurze, intensive Pause, die viel mit Nachdenken zu tun hatte und nichts mit seinem Kanalrattensyndrom. »Warst du eigentlich sehr traurig, als ich tot war?«

»Ich war traurig, als ich von Awi erfahren hab, dass du lebst. Ich muss jetzt auflegen, Forlanikus.«

»Warte! Glaubst du, mir hat es Spaß gemacht, als ich deinen Marx-Brother-in-der-Sauna-Clip gesehen hab? Du hattest mehr Clicks an einem Tag als ich seit der Erfindung von Internetsex. Nu, wann kommst du? Buczacz ruft! Wir müssen endlich in den historischen Mutterkuchen zurück. Wir müssen rausfinden, warum wir die zwei Seiten einer Medaille sind.«

»Sind wir das wirklich?«, sagte ich, der alleswissende, nichtsverstehende Solomon K. Dann legte ich, lächelnd und von einem leichten sadistischen Schauer geschüttelt, einfach auf.

Das Liebermann-Karree. Noah setzte sich auf die kalten Stufen der Philharmonie, er hörte, wie drinnen das Ukrainische Befreiungsorchester seine Instrumente stimmte, und dann dachte er das erste Mal seit Monaten wieder an die Silvesterparty 2005 bei Walhalla Film, sprich: an das naive, überhebliche, süße Dritte-Welt-Gequatsche von Gerry, an seine eigene K. o.-Ohnmacht, an Ethels afrodisidierenden Krankenschwester-Touch. Er hatte Gerry und Tal schon am Tag vorher zufällig kennengelernt, in der Nähe des Weinbergsparks, wo er von einem verdächtig sanften, nach Kürbiskernextrakt und Dior Femme riechenden Riesenmarokkaner für 50 Euro ein Piece gekauft hatte, das gar keins war, aber das merkte er erst später, als er ein paar Brocken von diesem mikrowellengetrockneten Schuhcreme-Knejdel geraucht und sich mehrfach unkontrolliert auf das blank gewienerte Parkett meines Swinemünder-Ersatzuterus übergeben hatte. Noch ging es ihm gut, sehr gut, kajn ajn hore sogar wahnsinnig gut! Berauscht von der Aussicht auf den kommenden Rausch und von der totalen Berliner Merav-Abwesenheit, fühlte er auf eine Art das schriftstellerische Es in sich wachsen, wie das nur ewig Unvollendete kennen – drängend, beglückend und begleitet von heftigen Wellen der Erregung im überempathischen Brust- und Leistenbereich. Dazu kam, dass er seit Tagen meine geilen, schwarzen Smythson-Notizbücher (die ich nicht alle nach Prag mitnehmen konnte) heimlich durcharbeitete und dabei ein paar sehr gute Ideen für sein aktuelles Projekt *(XY und seine Fälle und Unfälle, von ihm selbst erlebt, überlebt und erzählt)* generiert hatte, und auf die *Shylock war hier*-Datei war er in meinem Mac auch schon gestoßen.

So stand er, eingebildet wie Schabbatai Zwi am ersten Tag seiner Ich-tu-so-als-wär-ich-der-Messias-Tour, an der Ampel in der Veteranenstraße und sah sich schon in Stockholm und in der Frankfurter Paulskirche stehende Ovationen entgegennehmen – als er vor dem heruntergekommenen, seit Jahren ungenutzten Liebermann-Karree Gerry Harper erblickte. DEN Gerry Harper. Den El Dick der El-Dick-Trilogie und neunteiligen *The Bullet*-Saga. Den ehemaligen (oder jetzigen) Mann von Jennifer Aniston (oder Cameron Diaz). Den »bumsvollen Philantropen von Beverly Hills« (Variety oder Bunte). Warum nicht gleich George Clooney oder Robert de N.?, dachte Noah. Und dann dachte er, er und ich, wir spielen Hall-of-Fame-mäßig schon more or less in derselben Liga, aber wer von uns beiden wird in ein paar Jahren vergessen sein, wenn nicht i-i-ich es sein werde? Neben Gerry ruhte der fette, reiche Awi wie immer äußerst zufrieden in sich, ausgerechnet, die beiden baumstammdicken Beine wie eingewachsen ins zerklüftete Ostberliner Pflasterstein-Trottoir. Ein paar Schritte daneben tänzelte ein kleiner, zäher Sabra-Typ wie ein einsamer, gefallener Salsagott hin und her, er rauchte Kette und drehte sich dreimal in der Minute paranoid um.

In der weißgrauen Berliner Wintersuppe, vor der alten pseudogotischen zerschossenen Kaufhausfassade, sahen die Drei wie Schwarzmarkthändler auf einer unscharfen Fotografie im Ostberliner Schupo-Archiv aus – und um relativ schwarze Geschäfte ging es ja auch. Das Liebermann-Karree war, bevor Monsieur Göring daraus sein privates Kunstmuseum gemacht hatte, das beste, billigste und bei den neuen Nazis von Wedding und Prenzlauer Berg beliebteste Kaufhaus des alten Berliner Ostens gewesen. 1928, in den besten Weimarer Tagen, verkaufte es der Firmengründer und fränkische Viehjudensohn Gustav Liebermann an einen gewissen Abimelech Blumenstein aus Breslau (mit den Awi-Blumenschwein-Blumensteins ungefähr genau so verwandt wie mit König David), der es nach dem Krieg von den Kommunisten zwar nicht zurückbekam, aber trotzdem 1952 bei einem längeren Aufenthalt in Las Vegas an Gerrys Opa Haimele »Kischke« Rotgast beim Pokern verspielte. Später waren im Liebermann-Karree ein Logopädie-Institut für Stasioffiziere, dann die Modeschule Rotes Moskau und ganz am Ende die Zentralbibliothek der Berliner Müllabfuhr.

Als sich im Herbst 2005 die Jewish Claims Conference endlich auf die Suche nach Verwandten der alten Besitzer machte und u. a. Awi Blumenschwein in New York anrief, sagte der große Trickser und Lügner der strengen JCC-Sachbearbeiterin sofort weinend, er habe seit Jahren auf diesen Anruf gewartet und sei bereit, für das verfallene Eigentum seiner ermordeten Vorfahren Verantwortung zu übernehmen, Sanierung, Filetierung, Gentrifizierung eingeschlossen, worauf die JCC-Ziege weinend entgegnete, sie maile ihm gleich alle Dokumente. Ungefähr zur selben Zeit erfuhr aber auch Gerry von Lou, dass der selige Haimele früher ein Haus – »ein ganzes Kaufhaus!« – in Deutschland gehabt hatte. Das war, als Lou meist im Schneidersitz auf dem Berg Toruhu saß, auf den kurzen Schmock des öligen Mönchs starrte und höchstens mal heimlich beim Meditieren an sein eigenes Geld dachte (das er aber nicht mehr hatte). »Gerry«, hatte er bei einem seiner seltenen Ausgänge zu seinem bedrückten Sohn auf einer Bank im Park der Palo-Alto-Entzugsklinik gesagt, »wenn du überhaupt nicht weißt, wovon du deinen Sudan-Film bezahlen sollst, fahr nach Naziland und hol dir Haimeles Kaufhaus. Dann verkaufst du es gleich wieder, und wenn du nur halb so clever bist wie dein Mafia-Sejde, bleibt dir nach dem Dreh ein halbes Leben lang Geld für Drogen übrig, die man in diesem Teil der Welt die leichten nennt. Von mir kriegst du keinen Cent für diesen Schwachsinn!«

Und nun also standen Gerry und Tal, die erst am Morgen in Tegel gelandet waren, aufgeregt wie Roulettespieler am Anfang einer Gewinnserie vor Haimeles Kaufhaus – und Awi, der supertotalzufällig auch da war, um eine mögliche heiße Sanierung des Liebermann-Karrees zu recherchieren, erklärte ihnen, dass der große Gründer der Murder Inc. beim Kartenspiel ein Potemkinsches Dorf gewonnen hatte.

»Potemkinsches Dorf«, sagte Gerry, »was soll das sein?«

»Mann, Gerry«, zischte Tal ihn von der Seite an, »etwas, das nur so aussieht, als würde es existieren.«

»Kann ich das bitte genauer haben?«

»Stell dir vor, du kaufst bei Sam's Delicatessen einen New York Cheese Cake, und dann kommst du nach Hause und machst die Schachtel auf, aber es ist nichts drin. Nur ein Zettel, auf dem steht: Fuck you, stupid!«

»Echt?«, sagte Gerry, und er klang genauso kindlich und enttäuscht wie am Ende seiner letzten Kur, als Schwester Cummings ihm eines Morgens keine Vicodinkapsel mehr in seinen Pillenbecher geschnipst hatte.

»Ja, so ähnlich«, sagte Awi, »es tut mir leid. Na ja, nicht wirklich.«

»Und wie soll ich jetzt den Sudan-Film machen? Wie soll ich ihn NICHT machen? Die armen Darfuri – Tal! Jetzt sag doch was. Ohne uns geht's ihnen noch schneller an die Eier.«

»Fragt ihn«, sagte Awi und drehte sich langsam zu Noah um, der gerade die Straße überquerte und leicht somnambul auf sie zulief. »Das ist der berühmteste Erbe von Hamburg-Harvestehude, Lebensmotto: ›Wenn ich dir noch kein Geld gegeben habe, dude, musst du mich nur darum bitten‹. Hallo, Noah, wie geht's? Was machst du in Berlin? Ich werd euch jetzt erst mal alle vorstellen.«

Das Schönberg-Stück, das die Ukrainer an diesem weißen kühlen, regnerischen Oktobertag im ehemaligen Gestapo-HQ probten, bei verschlossenen Türen und weit aufgerissenen Fenstern, hieß *Verklärte Nacht*. Warum Schloimel, der sonst nur die Berry Sisters, Joseph Schmidt und Rudi Carrell mochte, früher ausgerechnet diese komplizierte Post-Schtetl-Musik so oft gehört hatte, hatte Noah nie verstanden. Bis Big Schloimel es ihm an einem viel zu sonnigen Hamburger Samstagmorgen, dessen Strahlen sogar den violetten Plastikdeckel des alten Grundig-Plattenspielers im trüben Forlani-Wohnzimmer erreichten, erklärte: »Wusstest du, Kleiner, dass dieser Schönberg sich schmaten ließ, aber später wieder zum Glauben der Väter und Mütter bekannte, und zwar nach 1933? Ein bisschen wie dein Tate in seiner Buczaczer Zeit. War der Kerl mutig? Oder dämlich? Oder wusste er, wie der Rebbe von Entebbe sagt, dass das Le-

ben nur schejn ist, wenn es gerade schejn ist?«»Aber warum, Papi, magst du pinkt dieses Stück so gern?«»Hab ich gesagt, dass ich es mag? Das war die einzige Schönberg-Platte, die es bei Karstadt Eppendorf im Sonderangebot gab.«
Als Noah jetzt, im Zentrum der friedlichen, freundlichen, judenreinen Stadt Stanislau resp. Iwano-Frankiwsk, nach langer Zeit wieder die langsam anschwellenden, zitternden Schönberg-Geigen hörte; als sich nach einem eher unangenehmen, süßsauren Part, dessen unwiderstehlicher Reiz darin bestand, dass er genauso klang wie das Flehen, Jammern und Fluchen eines gefangenen Tyrannen, ein riesiger Wattebausch aus Horn- und Trompetengewimmer auf seine Ohren legte; als eine Weile das pure Knarren von Geigenbogen und Bratschensaiten ertönte, dann kurz nichts, dann ein atonales Aufheulen des ganzen verdammten ukrainischen Antisemitenorchesters; und als schließlich eine helle, fast schon gojisch sorglose Melodie, so ehrlich, unkitschig und natürlich wie beschissenes Vogelgezwitscher, diesen deprimierenden, violettgrauen Schleier aus Ober- und Untertönen und nichts durchbrach, da spürte Noah, wie sich das erste Mal seit Jahren die universale Kälte vollständig aus seinem dünnen, zähen, perfekt ernährten Bio-Körper verzog – und wie seine immer drängendere Sehnsucht nach der schwülen Dunkelheit des Buczacz-Bunkers viele Tausend kleine Vorfreudenfeuer in ihm entzündete. Noch saß er auf den kalten Treppen der Podolischen Bezirksphilharmonie, noch zauste ein herrischer Karpatenwind aus allen vier Himmelsrichtungen an seinem halblangen, drahtigen Chasarenhaar, aber er merkte jetzt schon diese erstklassige mütterliche Wärme irgendwo zwischen Pipi und Bauchnabel, die ihn, wie einen griechischen Sagenkerl, unempfindlich gegen die Dummheit, Irr-Ratio und Frigidität der Menschen machte. Und ficken – nicht bloß herumgetragen werden wie ein li-la-lächerlicher Baby-Mann – wollte er auf einmal auch noch.
»Und darum: Zeit fürs Lady House, Petzkele!«

Ja, Mama, ich weiß, aber kannst du bitte Noah zu mir sagen, ich bin 42!
»Natürlich.«
Glaubst du, die haben heute überhaupt auf? Sonst waren doch jedes Mal die Rollläden zu, wenn ich mich nach den Preisen und Diensten erkundigen wollte, und d-d-die riesige, angerostete Leuchtreklame war auch immer aus.
»Hör auf zu stottern, Noah. Denk nach, konzentrier dich! Du warst immer nur nachts da, richtig? Und das Lady House ist bestimmt ein Tagesbetrieb. Du weißt doch, wie faul die ehemaligen Sowjetkreaturen sind. 13 Uhr 53, genau die perfekte Zeit für den notgeilen Ex-Bolschewiken! Los, lauf schon, geh hin und entspann dich! Okay, Petzkele?«
Okay.

Während sich Noah erst langsam, dann immer schneller vom ehemaligen Gestapo-HQ entfernte – er ging scharf rechts um die Ecke, in die enge, dunkle, barock kahle Straschenych-Straße, an der örtlichen Synagogenattrappe und dem winzigen Pid-Templem-Hotel vorbei, in Richtung Marktplatz, dann die laute, stinkende, wie immer übervölkerte Gratschewska herunter, bis zum Busbahnhof –, hörte er weiter Schönbergs *Verklärte Nacht*. Wie konnte das sein? Die krassen Geigen, die weinenden Bratschen, der aufs Dirigentenpult niedersausende Stock des Dirigenten – alles war immer noch da und genauso laut wie vorhin, als er unter den offenen Fenstern der Philharmonie gesessen und einen existenziellen Schlussstrich nach dem anderen gezogen hatte. Er blieb ruckartig vor der einzigen KFC-Filiale Galiziens stehen, drehte sich wie ein Dieb nach einem heimlichen Verfolger um, sah aber das weiße modernistische Konzertgebäude im Stil eines gekenterter Dreißigerjahre-Dampfers natürlich nicht mehr – und dachte, cholera!, ich bin längst viel zu weit weg vom Mickiewicz-Platz, das ist doch nur eine akustische Halluzination! Und dann dachte er, im Spaß, aber auch im Ernst, das schlecht rasierte Kinn kraulend wie der Rabbi von Abu Dhabi, in ordeling, mein Leben ist eine Art Film mit mir, dem erfolgreichen Loser, und Soli, dem verlogenen Moralisten, in den Hauptrollen, und diese herzzerreißende Schönberg-Musik ist der Soundtrack dazu.

»Wie heißt der Film, Petzkele?«

Nach Buczacz. Oder nein: *Wer bleibt Millionär?* Nein, er heißt, im Sinn der neuesten psychokatalytischen Erkenntnisse, genauso: *Verklärte Nacht.* Denn er handelt davon, dass jeder Mensch, Mama, ich wiederhole, jeder!, mindestens ein viehisches Maximal-Trauma hat – Hausnummer: Krieg, Stalin, Bankrott, Ehebruch, totale schriftstellerische Talentlosigkeit, Kindesmissbrauch aktiv oder passiv etc. pp. – und dass er es lieben muss, sonst kann er gleich wieder wie Tal, das arme Schwein, die Fliege machen.

An dieser Stelle seines inneren Dialogs bemerkte Noah überrascht, wie klar und ergebnisorientiert er plötzlich denken konnte. ADS, goodbye? Nie mehr stammeln und stottern? Ja, warum nicht, dachte er und hängte den kiloschweren Rucksack von einer Schulter auf die andere und machte leise-genießerisch »ojojoj!«. Er lief wieder ein paar Schritte, er war nun schon auf dem Chmielnicky-Boulevard, zwei oder drei Blocks vom Lady House entfernt, und er wusste nicht, was ihn geiler machte: die Vorstellung, gleich von einer huzulischen Zwei-Meter-Riesin wie eine Mücke zerquetscht zu werden, oder diese jähe, tripartige Klarheit über das Leben an sich in seinem Kopf. Links und rechts auf der allenbymäßig heruntergekommenen, lebendigen, aber vollkommen ungefährlichen Einkaufsstraße kamen zuerst lauter billige Juweliere (»Wir kaufen auch Zahngold von Muslimen!«) und Touristenläden mit Hüten, Stühlen, Brotkörben und lebensgroßen Judenpuppen aus Stroh zum Selbstverbrennen. Dann kamen Zopfkäse-, Yoga- und Kwas-Stände. Und dann kam ein riesiges altes Kino, in dem gerade – laut Billboard – Fritz Dunckenbergs neuer Kindertrickfilm *Der Spekulant und der tote Graf* mit einem UFA-Kurzfilm im Vorprogramm (*Die Juden sind unser Unglück*) lief, was Noah aber nicht bemerkte, so versunken war er in seine persönliche Zukunftsvision.

Und dann stand er endlich vor dem Lady House. Die schmutzigen weißen Plastikrollläden waren hochgezogen, die frisch geputzte Glastür war halb offen, und in seiner Unterhose (Schiesser-Retrokollektion Herbst/Winter 1999, Modell Adolf, für den Mann mit dem flachen Teddybär-Po und dem schlangenartig zusammengerollten Schlong) kam es sofort zu einer historischen Reaktion. Er hob den Blick, lieber langsam als schnell, so wie jemand, der den ganzen Spaß nicht gleich am Anfang verbrauchen will, so wie z. B. Thekla früher, wenn sie morgens ihre fleischfarbene Beinprothese stundenlang ölte, putzte, checkte, bis sie sie endlich anlegte und festschnallte. Er dachte, gut, Mama, noch eine kleine Lift-and-Carry-Session, und dann ist take Schluss, beim Leben von Rami Bar-On und den Frieden-Jetzt-Typen, die den armen Tal auf dem Gewissen haben, und vielleicht werde ich mich heute sogar von einer der ukrainischen Gorilladamen leicht k. o. schlagen lassen, kannst du das bitte NICHT filmen? Er machte die Reicher-Jude-Grimasse, hob das flaumige Chasarenkinn und die zusammenstehenden, aber nicht unintelligenten Oigelach noch etwas mehr – und guckte in die Auslage eines verfickten Knopf-und-Unterwäsche-Geschäfts.

Verflucht, was war denn das?! War das Lady House gar kein Puff? War es nur ein ganz normaler Kurzwarenladen, wie man in den goldenen Zeiten der Judenemanzipation und Frühindustrialisierung gesagt hätte? Süßer, schwerer, schwarzer Schmerz der Enttäuschung! Glück des Unglücks! Deprimierender Quasi-Orgasmus des Misserfolgs! Das war ja noch besser als eine Stunde mit einer hiesigen Bunny Glamazon, als der vorzeitige, laulauwarme Samenerguss im Schwitzkasten eines hochprofessionellen – und nur zum Schein vaginal bestückten – Muskelpakets! Er drehte sich mit dem selbstironischen Gesichtsausdruck eines ca. 200 Jahre alten Engländers um, lehnte sich gegen die herbstlich kalte Schaufensterscheibe und machte die Schönberg-Geigen in seinem Kopf ganz laut.

»Und wann seh ich meine Enkelinnen wieder, Petzkele?«

Nie, Mama, du bist doch tot.

»Alewaj.«
Ja, alewaj – zum Glück.
Drüben, auf der anderen Straßenseite, stand ein altes, kaputtes Gründerzeithaus. Die Blechsimse waren schwarz und verbogen, die graubraune Fassade war so löchrig, dass das weiße Mauerwerk darunter wie das Sehnengeflecht in einer tiefen Fleischwunde aussah, und auf dem langen, schmucklosen Belle-Etage-Balkon stand, leicht schief, ein trauriger, roter, ausgebleichter Sonnenschirm. Schade, dass er jetzt nicht, statt mit seiner bescheuerten Mutter, mit Dr. Savionoli reden konnte, dachte Noah. Der hatte im Gegensatz zur tembeligen Fruma immer recht. Der hatte ihm zwar schon immer vorgeworfen, dass er es hasste, zu siegen, dass er das Gelingen nicht ertrug, dass er sich im Scheitern wie ein Schwein in seinem Futter suhlte – aber von Kälte, Gefühllosigkeit etc., die ihm fast alle Frauen von Merav bis Mama, von den nervig frühreifen HLG-Mädchen bis Natascha einreden wollten, war in Savionolis arisierter Hamburger Rotherbaum-Praxis nie die Rede gewesen. Fuck, der Nazitherapeut hatte wirklich recht! Aber hatte er ihm auch gesagt, warum es so war? Das behielt dieser Antisemit und zukünftige Kastrationsbeauftragte der ungarischen Jobbik-Partei natürlich für sich. Doch Neo-Noah, der Klare, der Selbstlosselbstsichere, der Hochkonzentrierte, begriff es plötzlich selbst.

Das Zimmer, in dem Schloimel seine letzten Wochen und Monate verbracht hatte, war groß, hell und leer. Kein jüdisches Barock weit und breit, keine dunklen Rabbiner-und-Seder-Szenen an den Wänden, keine Familienbilder in Silberrahmen auf einer teutonisierenden Eichenanrichte. Es war seit über dreißig Jahren das sexlose Eheschlafzimmer der Forlanis, das Fruma nach Ausbruch der K-Sache räumen musste, weil Schloimel in seinem Zustand ihre ewigen Blähsymphonien nicht mehr ertrug. Links vom Bett stand ein Heimtrainer, den Schloimel das erste und letzte Mal irgendwann Ende der Achtziger benutzt hatte. Das Gestell mit der Infusion stand rechts daneben und sah eher wie ein Galgen aus als etwas, das ihm sein siebtes und letztes Leben retten würde. Noah und ich saßen in diesen Tagen meist am Fußende und guckten in Schloimels riesiges weißes Sterbendengesicht wie auf die Seiten eines Buchs, von dessen Schrift und Sprache wir noch nie gehört hatten.

»Es ist kein Tee mehr da«, sagte Schloimel nach der letzten Runde, die er mit Noah ums Bett gedreht hatte.

Noah stand auf, setzte sich wieder hin und rief wütend nach Thekla.

»Wollt ihr jetzt noch wissen, was ein paar Buczaczer in eurem Alter zum Schluss immer sagten?«, flüsterte Schloimel. »›Alle Wege führen auf den Fedorhügel‹, sagten sie, ›aber nicht für uns!‹ Darum schlichen sie sich nachts durch den Tunnel der Karubiner-Meschpoche aus dem Getto und besorgten sich Waffen – und feierten an jedem Tag, den sie erlebten, in ihren Schabbesanzügen und alten Ballkleidern laute Geburtstagfeste. Und hinterher betasteten sie sich gegenseitig stumm unter der Schwarzen Brücke, um sicher zu sein, dass sie alle noch da waren. Sie waren so viel klüger und realistischer als die Alten! Sie waren die Einzigen, die meine Warnungen vor jeder Aktion ernst nahmen, sie waren sogar noch jünger als ich, und sie waren meine Rettung.«

»Wieso, Papi?«, sagte Noah.

»Ganz einfach, Jingele. Auf der letzten Liste, die ich dem Gestapochef von Stanislau brachte, war auch mein eigener Name. Aber ich fuhr trotzdem wieder nach Buczacz zurück und setzte mich nicht unterwegs in den Wäldern ab. Und weißt du, warum? Weiß es die eingebildete Brillenschlange neben dir?«

Wir schwiegen beide.

»Weil ich nur noch nach Hause wollte. Weil ich nicht mehr konnte. Weil ich an diesem Tag, aus ganz anderen Gründen als die Lejmachs aus unserem Schtetl, dachte, es ist vorbei, ich will nicht mehr kämpfen, ich will nicht mehr jeden Tag mein Leben gegen den Tod meiner Leute eintauschen.« Er atmete, genau ein Mal, mit einem lauten Greisenröcheln ein und aus. »Aber dann kam ich, müde von der Reise und dem ewigen Politikgerede des Gestapo-Schejgez', ins Ring-Café, und die tollen Jungen und Mädchen gaben mir einen Wodka und sagten:

›Die Stunde des Kampfes ist angebrochen, Schloimtschikl. Machst du mit? Ab heute bist du kein Gettopolizist mehr, wenn du willst.‹«

»Das hast du mir noch nie erzählt, Tate.«

»Ich hab dir eine Menge noch nicht erzählt, Kleiner. Danach versteckten wir uns, vier Mädchen, vier Jungen, monatelang beim Bauern Gruber in einem winzigen Anbau ohne Fenster und Türen, den er für uns gemacht hatte. Es gab zwei Pritschen, kein Dach, nur Bretter, auf denen Strohballen lagen, und wenn wir nicht wie Grubers Hasen kreuz und quer trenten, wenn wir uns nicht in der Dunkelheit die Bücher erzählten, die wir früher gelesen hatten, oder den Wochenabschnitt durchnahmen, machten wir nachts draußen Jagd auf die Polen, die nach der letzten Aktion auch noch die letzten lebenden Juden verrieten.«

»Schloimtschikl«, sagte Noah lachend, »so nannten sie dich?«

Und ich sagte so ernst und interessiert, als würde ich für die NYT ein Interview mit einem bösen deutschen Philosophen machen: »Sie waren wirklich ein Partisan, Herr Forlani?«

»Der Herr Bolschewik kann sich das bei einem Gettojuden wie mir nicht vorstellen, oder?«

»Ich bin kein Bolschewik, Reb Forlani, ich bin pinkt amchu asoj wie ihr!«

Er sah mich kurz erstaunt an, legte die linke Hand an seine Gurgel, die rechte neben sich, seine Augen klappten zu, und er bewegte sich nicht mehr.

»Papi«, sagte Noah, »hör auf! Hör auf, schon wieder so zu tun, als wärst du tot. Das ist nicht witzig.«

Aber Schloimels Augen blieben geschlossen, das weiße Gesicht vergilbte wie Zeitungspapier im Zeitraffer, und seine nackte, grau behaarte, riesige Brust bewegte sich plötzlich auch nicht mehr.

Wieder rief Noah wütend nach Thekla, und als sie mit der dampfenden Teekanne reingehumpelt kam, sagte er: »Den brauchen wir nicht mehr. Papa ist tot.« Weinte er? Ja. War ihm dieser erste existenzielle Verlust seines Lebens egal? Nein. Die Tränen liefen an seinem unbewegten, schlecht rasierten Krötengesicht wie Regen an einer Fensterscheibe herunter, er stand langsam auf und setzte sich zu seinem Vater aufs Bett und drückte die nasse Wange gegen Schloimels reglose Rechte.

»Einmal haben wir nur den Vater eines dieser verfluchten Schmalzowniki erwischt«, sagte Schloimel und machte wieder die Augen auf, »aber bei seiner Beerdigung kriegten wir dann auch den Sohn. Und einmal mussten wir einer alten – sehr alten – Frau, die schrie und sich wehrte, den Kopf abhacken. Danach haben die Polen und Ukrainer keinen einzigen Juden mehr verraten, und fast 600 von uns überlebten.«

Noah lächelte und wischte sich mit Schloimels Bettdecke die Wangen ab. »Und dann?«, sagte er.

»Dann«, sagte Schloimel, »kam die Rote Armee, und die lebenden Toten krochen aus ihren nassen Erdlöchern, aus eiskalten, zugemauerten Kellern und luftlosen Schränken. Sie waren glücklich, glücklich, glücklich, und wir, ihre Retter, auch. Aber Gott hatte noch eine Überraschung für die Jidden! Die Deutschen vertrieben die Russen wieder und erwischten auch sie, bis auf die letzten 60.«

»Fuck«, sagte Noah.

Ich sagte: »Es gibt keinen Gott.«

Und Schloimel sagte: »Danach war ich sechs Monate allein in den Erdlöchern von Liesnowo – denn Gruber und meine Freunde haben sie auch gekriegt.« Die Teetasse in seinen Händen zitterte, der Infusionsgalgen zitterte, der ganze Schloimel zitterte. »Sugt mir«, sagte er, »was sag ich, der krepierende Rebbe von der Schäferkampsallee, wenn mich mein hochbegabter, aber konfuser Sohn gleich fragt, ob er, wenn ich weg bin, an irgendwas glauben soll? Ich glaube, ich sage ihm, dass ich selbst nie an nichts geglaubt habe, höchstens an eine Million Mark. Denn jedes Leben endet, als hätte es nicht existiert, jede Liebe stirbt, jeder Erfolg wendet sich in Misserfolg, aber er soll natürlich machen, was er will. Hast du gehört, Kleintschik? Du bist frei.« Noah nickte unglücklich, aber auch mit dem hinterhältigen

Blick eines Hinterbliebenen, der froh ist, dass ein unsterblich Kranker nicht mehr die ganze Familie tyrannisieren kann. »Tu mir nur eine einzige Tojwe, wenn ich gegangen bin: Hör endlich auf, mit diesem Schriftsteller hier Bruder und Bruder zu spielen. Er hat keine Neschume! Er ist nicht so sensibel, wie er tut, er ist egoistisch und kalt, und du bist viel zu warm und zu lieb für ihn. Er ist ja nicht mal ein echter Kommunist! Amen.« Drei Tage später, nachts um eins, war Schloimel der Große tot – »Ende Gelände«, sagte Thekla, bevor sie die Chewra Kadischa anrief –, diesmal für immer. Noah und ich blieben trotzdem Brüder, Schloimels Vermächtnis hin oder her, aber Noah glaubte seitdem nie wieder daran, dass man als Jude und Noah und Mensch glücklich sein kann.

»Haben Sie das gehört, Dr. Savionoli? Nur die Angst vor der Enttäuschung hat ihn so hart gemacht – aber leider nicht auch zwischen den Beinen, hahaha.«

Mama, geh wieder raus, eine Therapie ist privat!

»Sicher – sicher, Petzkele.«

Der rote Sonnenschirm auf dem toten Balkon gegenüber bewegte sich leicht im Wind, die Schönberg-Geigen quietschten und wimmerten wie elektrische Messer und schnitten Noahs kleines großes Herz in pastramiartige Scheiben. Wohin nun?, dachte er. Und: Wenn Schloimel neun Leben gehabt hätte, wäre er dann immer noch hier?

Er löste sich gekonnt wie ein Gecko von der kalten – eiskalten – Vitrine des Wäschegeschäfts, das zum Glück doch kein Puff war, überquerte die Straße und stellte sich in die Eingangstür des dunklen, kaputten, sechsstöckigen Gründerzeitkastens. Dann nahm er den Rucksack mit seinem neuen, viel zu schweren, überflüssigen Riesen-MacBook ab, auf dem er bis jetzt nur einen einzigen Satz geschrieben hatte (»Als Moby Dichter seine Frau verließ, war sie leider schon tot«), machte erleichtert »Och!«, fuhr mit dem Zeigefinger übers Klingelschild, buchstabierte langsam und laut die Namen, die dort in Kyrillisch standen – und als er endlich »Fam. Forlani« las, klingelte er.

Nein, natürlich stand dort nicht »Fam. Forlani«. Er hatte trotzdem irgendwo geklingelt, und als ihn, weil er nicht gleich antwortete, eine tiefe, böse, krähende Frauenstimme aus der Gegensprechanlage auf Ukrainisch anschrie, schrie er noch lauter auf Deutsch zurück: »Genug, ich hab genug! Hört alle auf, mich zu beschimpfen! Ich hab keine Lust mehr! Ich weiß, dass ich nichts kann. Ich kann nicht schreiben, ich mach kindische Videos, mein Therapeut ist ein Nazi, und meine furzende Mutter hat mich aus ihrem Arschloch rausgepresst. Na und?! Seid ihr besser? Weiß ich, wie viele sinnlose Ideen ihr hattet? Goodlife – gefällt euch nicht? CCC – hakol chara? Die *Stoned To Death*-Tour mit den Jajahwes – so erfolgreich wie *Mein Kampf* in Israel? So what! Hier kommen noch mehr Noah-Katastrophen: 18 Millionen im Eimer! Onanieren nur auf dem Bauch! Der Buddha im Garten meiner Exfrau, der mir nicht mehr gehört! Die zehn Bücher, die ich schreiben wollte, und die zehn Anfangssätze, über die ich nicht hinauskam! I love it, ihr blöden Arschlöcher! Es macht mir Spaß, keinen Spaß zu haben, kapiert? Und am schönsten find ich es, ohne meine verwöhnten, lethargischen Töchter zu leben! Das tut richtig genial weh! Denn ich, der Sohn des praktisch einzigen Überlebenden von Buczacz und damit selbst ein halber Survivor, liebe die Niederlage, den Tod, solange man noch lebt, die ungelebte Liebe. Ja, verflucht, der Doc hat recht, ich mag nur den unfinished Almost-Semi-Fuck! Und kommt mir jetzt BITTE nicht mit Pilatus Pilates Pilati, meinem tollen Streckbankstudio in Neve Zedek, ihr Fucker, kapiert? Ich hab's verkauft! Ich hab's sofort verkauft, als es anfing, Geld abzuwerfen! Ouuh« – er stöhnte so laut, dass die ersten Passanten stehen blieben – »ouuh, ging mir davon einer ab!«

Die Krähe in der Gegensprechanlage, die am Anfang versuchte, ihn zu überschreien, war längst verstummt. Die Passanten – alte kleine Frauen mit bunten Huzulen-Kopftüchern, drahtige Pseudogangster, junge Leute in gefälschten American-Apparel-Hoodies – gingen, nachdem sie gesehen hatten, dass der schreiende Bekloppte wie ein entlaufener Jeschiwa-Schüler aussah, weiter. Aber das war

Noah völlig egal, er brauchte heute keine Rachmones und kein Publikum. Er rutschte an der brüchigen Fassade des Mietshauses entlang in die Hocke, schluchzte, ohne zu weinen, hörte immer lauter das plötzlich so helle, herrliche, fast überirdische Zwitschern der Schönberg-Streicher, und dann, statt weiter zu brüllen, sagte er zu sich selbst: Ich will nicht mehr beschimpft werden. Keine Vorwürfe mehr, bitte. Liebe! Keine Schläge, keine Kameras! Ich will nach Hause, Mami, nach Buczacz, in den dunklen, feuchten Keller der Karubinerfamilie, in dem Soli, Ethel und ich uns ein paar Jahre unsere Lieblingswitze erzählen werden, bis wir verfault sind oder von der Roten Armee befreit werden. Das wäre mehr als genug für mich.

»Schwör, Petzkele!«

Ich schwöre!

»Mmmh, du bist vielleicht doch nicht so ein Eisklotz, wie ich dachte. Masel tov. Und du hast damals wirklich um Papa geweint? Um mich auch?«

Jedenfalls mehr als um Natascha, als sie so tat, als würde sie über den Jordan gehen. Zufrieden? Mama, was war das für ein Geräusch? Hast du gerade ... Bei Spinozas rasiertem Ponem, ist das peinlich! Bitte, geh weiter. Sofort. Und mach dir keine Sorgen. Ich werd bald auch aufstehen und ins Hotel zurückgehen und vor dem Nachmittagsschlaf ein paar Sätzchen in dem Agnon-Buch lesen, das Soli mir empfohlen hat. Und wenn sie gut sind, web ich sie in die *Moby-Dichter*-Story ein, ganz unauffällig, mal sehen, mal sehen.

»Wie heißt es, Petzkele?«

Nur wie ein Gast zur Nacht, Mami. Tschüs. Tschü-üs!

»Wieso ›tschüs‹, Noah, wir haben noch fast gar nicht geredet«, flüsterte ich. Noah hielt verwundert das iPhone an sein Ohr und wusste kurz nicht, wo er war und mit wem er sprach. »Und mach dein Skype an, Mäuschen«, sagte ich noch leiser, damit Gerry mich nicht hörte. »Ich vermisse deine süße Chasarenvisage, du geköpftes Entführungsopfer!«

Noah tippte auf die Skype-App, und als er sah, dass ich es war, und zwar wieder einmal voll auf meinem Schilddrüsen-Stress-Trip, dünn und blass und uneinsichtig wie zuletzt während der *Post aus dem Holocaust*-Prozesse, sagte er: »Was ist denn noch, Reb Savonarola? Ich rede erst wieder mit dir, wenn du in Stanislau aus dem Flugzeug steigst!«

»Ich hab dir vorhin etwas nicht erzählt. Etwas Superwichtiges, Superverrücktes!«

»Wie verrückt? So verrückt wie Schloimels Affäre mit der Frau des Polizjanten im Stockwerk über uns? Oder so verrückt wie die Den-Haag-Anklage gegen al-Baschir, noch bevor er eine halbe Million Untermenschen liquidieren konnte? Nu red!«

»Serafina heiratet!«, stieß ich aus. »Die arme, fette Serafina heiratet den widerlichen, dünnen, angeschwulten Porno-Balaban! Balaban wird mein Schwager – verstehst du? Sie meint, er wird, um Wowa zu ärgern, sogar seinen Namen ablegen und Karubiner heißen. Raw Karubiner! Wie klingt das, Forlanikus?«

»Besser als Oritele Turgeman«, sagte Noah. »Glaubst du, Schriftsteller, deine Ex und der Schnulzensänger haben schon einen Namen für ihr Ungeborenes ausgesucht?«

Ich antwortete nicht. Dann hielt ich die Faust in die iPhone-Kamera. »Oder besser als Merav Blumenschwein«, sagte ich.

»Echt? Will das kleine Äffchen den fetten Go-go-gorilla heiraten? Mezujan!«

»Ja.«

»Sagt wer?«

»Awi himself, der neue Herr von Herzlia Pituach, der mir deinen Mantel erst gegeben hat, nachdem ich geschworen hab, dass ich seine Memoiren bis Purim fertig hab. Warum, Forlanilein, müssen die Menschen einander immer erpressen?«

»Womit droht er dir, schreibt er sie sonst etwa selbst?«

»Sonst postet er wieder mein Wichsvideo!«

»Und wo ist mein Mantel?«

»Ich hab deinen verfickten Mantel in dieser Scheißhitze an, siehst

du das nicht?« Ich hielt das iPhone von mir weg und stützte mich an Tals Grabstein ab, hinter dem ich mich die ganze Zeit vor Gerry versteckt hatte. Dabei guckte ich über das weite, weiße, in Richtung Taborhügel ansteigende Gräberfeld, über dem die nahöstliche Oktoberluft in der nahöstlichen Oktobersonne pastoral flirrte, und setzte den Winnetou-sieht-sein-Ende-nicht-kommen-Spähblick auf. Gerry war verschwunden, und auch sonst war ich auf dem Achad-Ha'am-Friedhof ganz allein. »Scheiße, mein Knöchel«, sagte ich laut und kauerte mich wieder hin. »Aua, aua ...«
»Bist du gar nicht happy, dass Serafina heiratet?«, sagte Noah. »Dann bist du sie endlich los. Dann wird sie dich nie wieder belästigen.«
»Wann hab ich dir das erzählt?«
»Weißt du das echt nicht mehr?«
Jetzt machte ich ein erstauntes Träumergesicht in die Telefonkamera.
»Du hast mir noch viel mehr erzählt«, sagte Noah. »Wowa, der Doppelagent! Djeduschka, der vom eigenen Sohn verraten wurde ...«
»Hör mal, wer da spricht«, unterbrach ich ihn.
»... die Kinderzeichnung, auf der Wowa dich und Serafina mit seinem Schmock würgt. Auch schon vergessen? Hast jetzt du ADS?«
»Doch, ich erinnere mich«, sagte ich, »es ist ja nur zwölf Minuten her!« Ich schwieg wieder lange und drückte genießerisch an meinem geschwollenen, roten Knöchel herum, und plötzlich sagte ich, ohne aufzuschauen: »Ich glaube, Noah, Wowa der Schreckliche hat Serafina doch nicht gefickt!«
»Sababa, Soltschik, du kommst zur Vernunft. Ich hab dir schon immer gesagt, dass nicht jede hübsche, gestörte Frau, auf die du scharf bist, von ihrem Papi missbraucht wurde.«
»Ich war nicht auf Serafina scharf. Und hübsch ist in ihrem Zusammenhang auch nicht das richtige Wort.«
Er lachte süß und dreckig.

»Und was mach ich jetzt?«, sagte ich. »Sie wollen, dass ich nach Prag komme. Sie sagen, sie werden sich um mich kümmern, so wie früher, aber noch besser. Ich kann mich ausschlafen und in meinem alten Kinderzimmer schreiben und rummachen, so viel ich will. Nur wenn die Fernsehleute aus Hamburg kommen, soll ich lieb sein und ganz lange über Mamascha und ihr neues Buch reden. Ich will das nicht, Noah! Ich bin immer noch böse auf sie, weil sie mich als Dreijährigen bei Djeduschka in Moskau zurückgelassen haben. Und ich hab keinen einzigen Schlag vergessen, den ich von Wowa kassiert habe. Nein, ich will es nicht.«

»Und was willst du?«

»Ich will ... wirklich nach Hause.«

»Dann komm endlich her, du Newajle, und nerv nicht. Du hast hier ein hübsches großes Doppelzimmer, direkt neben meinem, in einem hübschen kleinen Gettohotel. Und wenn du dich mal nicht im städtischen Schwimmbad rajben willst, suchen wir dir eine liebe, unterwürfige 16-jährige Chonte. Ich hab jetzt wieder genug Geld für so was! Und wir machen ein Wettschreiben wie in Punta del Giorno: Ich schreib den *Moby-Dichter*-Roman zu Ende und du dein *Shylock*-Buch. Oder ist es schon fertig, du süßes kleines Schriftstellerschweinchen?« Er grinste verliebt und neidisch. »Und danach machen wir eine Buczacz-Memory-Tour. Mit überraschendem Ende. Okay?«

Ich nickte – stumm – in die Telefonkamera.

»Oder glaubst du immer noch«, sagte Noah, und dabei standen wir – er in der Ukraine, ich in Israel – gleichzeitig auf, »dass ich nicht schreiben kann? Du hast doch nur Angst, dass ich besser sein könnte als du, du tiefgefrorene Bestie. Schloimel hatte recht.«

2
Jewlysses

Von Oriteles Wohnung zum Achad-Ha'am-Friedhof hatte ich fast einen halben Tag gebraucht. Ich wusste nicht mehr genau, wie ich dorthin gefunden hatte, und ich wusste nicht, warum ich plötzlich zu Tals Grab wollte. Kurz nach seinem Tod war der Friedhof ein- oder zweimal in den englischen Kanal-10-Nachrichten nicht besonders freundlich erwähnt worden. Eine Stimme wie aus *South Park* sagte: »Die Nummer 3 der Peace-Now-Bewegung war ein ehrgeiziger Aman-Agent, auf dessen Konto ein halbes sudanesisches Dorf geht. Jetzt ist Nummer 3, genauso wie die armen Afroafrikaner, nur noch ein Haufen toter hohler Knochen, gut genug zum Schnitzen von abessinischen Hirtenflöten. Er liegt auf dem Achad-Ha'am-Friedhof in Bat Jam und wird nicht einmal von seiner eigenen Mutter besucht. Hähähä.«

Der einzige Friedhof, den ich kannte, war der Jüdische Friedhof in Prag, wo der angeblich so witzige Erfinder von Josef K. seit achtzig Jahren lag und neben sich ein Plätzchen für mich warmhielt. Aber der Achad-Ha'am-Friedhof in Bat Jam? Nie gehört. Die Leute, die ich am alten Busbahnhof danach gefragt hatte, hatten mich in ein falsches Scherut-Taxi gesetzt. Oder war es der neue Busbahnhof gewesen? Und war vielleicht nur mein eigenes Fremdarbeiter-Hebräisch daran schuld, dass ich erst kurz vor Aschkelon, als links und rechts von uns die ersten Hamas-Raketen explodierten, merkte, dass ich hier nicht ganz richtig war?

Am Ende – ich glaube, ich lehnte schon eine Weile benommen am Ortsschild von Aschkelon – nahm mich ein junger, trauriger Druse zurück nach Norden mit, der ständig über seine geschwollenen Testikel redete, die er aus Scham seit drei Wochen keinem Arzt gezeigt hatte. Als im Autoradio *Mama's Legs* von Lou Harper kam, sagte er, selbst überrascht davon, mit weit aufgerissenen roten Beduinenaugen: »Scheiße, ich hab Karten für das Lou-Harper-Konzert in Caesarea, das erste in Israel seit dem Litani-Krieg. Und jetzt das! Dieser alte, scharfe Amerikaner macht mit seinem Wuschi-Muschi-Sound immer noch alle Frauen verrückt, ich dachte, ich könnte in seinem Fahrwasser eine von ihnen abschleppen. Was soll ich zu ihr sagen, wenn wir im Bett liegen? Kühl mir die Eier?«

Er kratzte sich zwischen den Beinen, lange, ausführlich, mit schmerzverzerrtem Gesicht, und dabei fuhr er in leichten, aber einigermaßen ungefährlichen Schlangenlinien. Ich kratzte mich auch zwischen den Beinen, weil man das unter Männern so macht. Er sagte, er müsse in Ruhe darüber nachdenken, wem er die Karten schenken könnte, aber bestimmt nicht mir, ich solle mir bloß keine Hoffnungen machen. Ich sagte: »Ei'n baja, motek, danke fürs freundliche Angebot«, und dann dachte ich, apropos »unter Männern«, wo war ich eigentlich, als ich noch glaubte, dass Noah in den Händen dieser sudanesischen Untermenschen war, die ihn in Kürze enthaupten würden? Warum fuhr ich damals nicht sofort nach Darfur, um ihn zu suchen und mit seinen Entführern zu verhandeln? Warum war ich nicht von Berlin nach Israel geflogen und hatte im Herzl-Stil ein paar unsichtbare, schleimige Besuche bei den dicken Safari-Look-Typen vom Schin Bet gemacht? Weil – Männerfreundschaft hin oder her – mein Leben ohnehin schon kompliziert genug war, und Komplikationen hasste Mamaschas überempfindlicher Sohn mehr als Wowa den Schrecklichen. Dass Noah den Dschandschawid-Krimi erfunden hatte, machte die Sache nicht einfacher. Ich konnte sauer auf ihn sein, durfte aber nicht auf ihn sauer sein, weil ICH es war, der NICHT OKAY gehandelt hatte. Darum war ich noch wütender, und dieses herrliche schmutzige Gefühl musste ich verstecken, denn wen hatte ich sonst auf der Welt außer ihm – und das machte mich umso wütender, einsamer, neurasthenischer.

Ich kratzte mich wieder, jetzt fast genauso gequält wie der hektische, panische Druse neben mir, und plötzlich wurde mir klar, dass ich seit Tagen schwitzte, jede Stunde, jede Minute, und kalt war mir auch. Der Schweiß sammelte sich in meiner legendären Trichterbrust, die Dr. Czupcik einmal so lange erstaunt abgetastet hatte, bis er ausrief: »Das sieht nicht gut aus, Schriftsteller, wo ist hier noch Platz für ein Herz?!« Von dort floss ein kleiner Schweißbach links und rechts an meinem Bauchnabel vorbei, und das kühle Rinnsal sammelte sich am Hosenbund, wo es mich fürchterlich kitzelte. Ich machte, um mich besser kratzen zu können, den Gürtel auf, kratzte mich noch heftiger – und sah gedankenverloren an mir herab. Was war denn das? Tweed, mitten in der israelischen Hitze ein Quadratmeter dickes, haariges, rotblaugraues Harris-Tweed, aus dem Dries van N. persönlich einen Wintermantel geschneidert hatte! Wieso hatte ich Noahs Getto-Überzieher an? Warum nicht auch noch Djeduschkas Rote-Armee-Fußlappen und Wowas Winterfellmütze? Ich hatte keine Ahnung. Ich machte die Augen zu und wieder auf, ich grinste ein paarmal künstlich, so wie bei meiner neuen Anti-Migräne-Kopfhaut-Übung, ich wiederholte das Ganze und dachte, hoffentlich funktioniert an diesem schweren, chaotischen Tag wenigstens mein Langzeitgedächtnis!

Und dann sah ich endlich den Mann, der mir den Mantel – nach einer unfeinen Drohung – ein, zwei Tage vorher gegeben hatte: Er hatte immer noch etwas von dem dicken, armen, wildgelockten, zwölfjährigen Awi Blumenstein der Machane-Zeit, dieser hysterischen, aber harmlosen Sobernheimtage, als er den Gartenstein-Schwestern und anderen Mädchen einen Ritt auf seinem Dauerständer für einen Zehner oder das Versprechen ewiger Freundschaft anbot. Und gleichzeitig war er der zu früh gealterte 43-jährige Upper-East-Side-Fettsack (gelbe, durchscheinende Haut auf dem Arschbackengesicht, billig glänzendes Toupet aus braunem Kunsthaar, ein goldenes Chai auf der Brust, so groß wie eine Latke), der mit klinisch bedingt geilem Blick in die Welt guckt, immer die Fragen auf den Lippen: »Wen kann ich ficken? Was kann ich kaufen oder verkaufen?« Aber was war das? Diese Traurigkeit, dieser Ernst, die waren neu.

Awi hatte ein Bein auf die tausendknotige Wurzel eines uralten indonesischen Gummibaums gestellt, Noahs letztes Merav-Ablass-Geschenk im Sinne der Balabanschen *Geld ist alles*-Doktrin. Er stützte den schweren, schinkenkeulenartigen Arm auf dem noch fetteren Oberschenkel ab, er telefonierte konzentriert, aber genervt mit jemandem in Deutschland in diesem hektischen Extrajiddisch, mit dem sein Vater Garik und Schloimel und die anderen Hamburger, Frankfurter und Berliner Gangster seit dem Krieg ihre deutschen Geschäftspartner bewusst einschüchterten, und als er mich vor dem Gartentor des Villales auftauchen sah, winkte er mich sofort mit sorgenvoll gerunzeltem Mopsgesicht herein. Dann legte er auf und sagte, während ich ihm auf der steilen Gartentreppe entgegenkam, mit seiner völlig normalen, netten, hormonell unzerstörten Stimme in seidigem Hochdeutsch:»Geschafft. Das erste 100-Mio-Geschäft meines Lebens, kurz vor dem Abschluss. Das Liebermann-Karree in Berlin, ich reiß es ab und stell einen Wohn- und Geschäftsblock hin, bei dessen Anblick sogar Chinesen Depressionen kriegen würden. Und du, Soli? Bist du endlich fertig mit meinem Buch? Was machst du, wenn du etwas Großes geschafft hast und vor dem schwarzen Loch stehst?«

Ach, immer nur diese Komplikationen! Awis Memoiren, die ich schreiben sollte, gehörten auch dazu. Ich antwortete nicht und wartete, und er sagte nichts, und ich sagte: »Wie siehst du das, Blumenschwein, sollen wir Juden auch von der Arisierung profitieren?«

»Wie meinst du das, Soli? Und wie sieht das dein Vater, der Ex-Kommunist? Man hört, im Zeitalter der totalen Verstaatlichung ging es ihm am besten.«

Ich sagte wieder nichts, und plötzlich lachte er und gab mir recht.»Ja, korrekt, das ist ja auch mein Problem. Aber denk an die Gestapozentrale am Neuen Wall, wo später das Bauamt war und mein Tate jeden Monat mit zehn Flaschen Wodka und zehn prallen Geldkuverts vorbeischneite. Ich hab's im Blut.«

Noch während er redete, wich die Melancholie im Zeitraffer aus Awis verblühender Schwerenötervisage, dann war sie noch schneller wieder da. Hinter seinem großen, mopsäugigen Kopf eines leidenden Allesfressers erkannte ich in der orangebraunen Nachmittagssonne allmählich das Villale, Noahs Villale, das jetzt Meravs und Awis Villale war, diesen millionenteuren Nachweis von Noahs Erbenschlamassel. Nicht schlecht, so ein Haus zu haben, dachte ich.

Das dramatisch schräg fallende Nachmittagssonnenlicht verwandelte die Zaha-Hadid-Gedächtnisfassade in ein Feuerwerk rautenhaft explodierender Schatten von Fenstersimsen, Ballustraden und kahlen Zypressenzweigen. Halb heruntergezogene Jalousien sandten die Botschaft aus, wer hier wohnt, ist total sicher, der lacht, liest und schläft viel. Zwei Riesengeckos jagten einander auf dem sandfarbenen Jerusalemstein, und das leise Kratzen ihrer Schwänze über den unverputzten Fugen vermischte sich mit dem Tack-tack-tack der Rasensprenkler. Ich lächelte neidisch und dachte, der Buddha steht bestimmt hinten am Pool, am Kopf des von Merav verlängerten Beckens, und hält Wache über dieses glückliche Haus.

»Schön, nicht?«, sagte Awi, nachdem er meinen Blick entziffert hatte.

Ich nickte stumm.

»SIE ist nicht da, falls du zu ihr wolltest. Und weißt du was, Soli? Scheiße, bin ich froh, dass sie nicht da ist, obwohl sie genau die ist, die ich seit meiner verfehlten Hormonbehandlung gesucht habe! Fickt wie ein Karnickel, macht Geschäfte wie Soros und weint nur, wenn sie wütend ist.«

»Schwarzes Loch Nummer 2?«, sagte ich.

»Genau«, sagte Awi, »aber reden wir von was anderem. Du musst Papas Schmiergeldbesuche am Neuen Wall in *Fett, aber nett* reinschreiben. Du musst schreiben, wie ich mich mit meinem verbrecherischen Erbe herumplage. Aber das hast du bestimmt sowieso schon gemacht, du beschissener Wahrheitsfanatiker. Gibt es eigentlich auch ein Kapitel mit meinen geldphilosophischen Betrachtungen? Nicht zu sehr von oben herab, bitte.«

Ich überlegte kurz, ob ich ihm endlich die Wahrheit über den

Stand meiner Arbeit an seinen Memoiren sagen sollte, entschied mich aber natürlich dagegen. »Reden wir«, sagte ich, »lieber zuerst von dem Buddha. Kann ich ihn sehen? Darf ich ihn sehen? Ich weiß, er gehört Noah und mir nicht mehr, aber ich war immer so glücklich in seiner Nähe.«

»Unmöglich«, sagte Awi, »er ist auch weg. SIE hat ihn Rami geschenkt, bevor sie nach Polen fuhr, und Rami hat mit ihm Jerida gemacht. Seine dritte oder vierte. Wie oft, glaubst du, kann man Israel in einem Leben verlassen? Kommst du trotzdem mit rein? Was willst du hier eigentlich? Das Manuskript hättest du mir auch mailen können.«

Nichts als Komplikationen! Während der Druse neben mir bei 130 Kilometern pro Stunde anfing, seinen Kopf gegen das Lenkrad zu schlagen (glaube ich) und danach etwas unter seinem Sitz zu suchen (das weiß ich genau), während sein Subaru immer wieder nach links oder rechts ausscherte und einmal fast einen anderen Subaru (wahrscheinlich) gestreift hätte, sah ich, erstaunt von der fotomechanischen Extraklasse meines langsam erwachenden Gedächtnisses, mein eigenes dummes, erschrockenes Gesicht vor mir, als ich von Awi erfuhr, dass der Buddha weg war.

Das war aber noch nicht alles: Gleichzeitig wurde mir – und hier wurde meine Erinnerung fast physisch – regelrecht übel vor Angst bei der Idee, dass ich mich nie mehr in der Nähe des tausend Kilo schweren Fettklopses aus muschirotem kampucheischem Sandstein aufhalten würde, und das überraschte mich, den fanatischen Rationalisten und notorischen Nicht-Mystiker, ganz besonders. Dabei hatten der Buddha und ich bislang nur einmal das Vergnügen gehabt, damals, im Atelier von Darius Mann in Hamburg, als Noah und ich uns davon überzeugen wollten, dass er überhaupt existierte. Und wie er existierte! Ich stand, saß und ging auf und ab vor ihm an jenem weißen Hamburger Nachmittag wie ein Verliebter – auch das sah ich jetzt mit meinem dritten Auge einigermaßen deutlich. Ich rauchte eine R 1 nach der anderen, trank Wodka und schaute in seine gütigen, blinden Äuglein, und als ich später im

Zug zurück nach Berlin stand – ja, stand! –, fühlte ich mich derart unneurotisch, dass ich schon wieder Angst vor einer besonders schlimmen Neuroseattacke hatte. Aber sie war nicht gekommen. Und auch noch viele Tage später fühlte ich zum Glück – nichts.

Wie hatte der armlose, harmlose Buddha in seinem steinernen, dreihundert Kilo schweren Lendenschurz, Gesicht wie Chrutschtschow, aber Piercing wie Lady Gaga, das gemacht? Ich kann es nicht sagen, und wenn ich es könnte, dann wäre sein Zauber wirkungslos. Wie auch immer, an diesen weißen Hamburger Nachmittagszauber dachte ich später noch oft – wenn ich nicht schlafen konnte, wenn ich mit einem neuen verrückten Hautausschlag bei Dr. Czupcik in der Praxis saß, wenn mich eine Geliebte länger als zehn Minuten nicht zurückrief –, und sofort wurde ich ruhiger. Als Noah mir dann die 40 000 auf mein Tel Aviver Konto überwies und als Verwendungszweck reinschrieb: »Erste Rate Buddha-Deal, Rest folgt, B. bleibt in Herzliah P. und N. nicht im Jenseits, hahaha«, reagierte ich, panisch wegen des drohenden Buddhaverlusts, mit einer maximal unbuddhistischen Panikattacke: Statt mich über das Geld und Noahs Wiederauferstehung zu freuen, irrte ich zuerst stundenlang mit einem großen schwarzen Karma-Loch in meiner ohnehin schon porösen Künstlerseele durch Nord-Tel Aviv.

Und jetzt stand der Buddha also nicht einmal mehr im Garten des Villales! Jetzt war er für immer weg – jetzt ließ er mich ganz allein in diesem verfluchten, heißen, noahlosen Orient. Ich sah den traurigen Awi, der wieder telefonierte, traurig an, und plötzlich war ich drei Jahre alt und lebte ohne Mamascha in Moskau, und Awi war Djeduschka und telefonierte mit ihr in Prag. Er sagte, dass er mich auch noch bis zur Perestroika behalten würde, wenn sie und Wowa es wollten, worauf ich Djeduschka (alias Awi) den Hörer aus der Hand riss und weinend schrie: »Mami, Mami, ich will endlich zurück!« – und dann hörte ich Awis Stimme, und er murmelte: »Kenn ich, das Gefühl kenn ich, Soli, echt. Jetzt hör aber auf mit dem Balagan, also, was willst du hier?«

An diesem relativ unterhaltsamen, überraschend einfachen Punkt meines Versuchs, mich an die Vorkommnisse der letzten Tage zu erinnern, sagte auch der Druse neben mir etwas. Er sagte (so ungefähr):»Ich glaube, dein Kumpel liegt auf dem Ephraim-Kishon-Friedhof. Da kommen alle mit einem gewissen Showhintergrund hin.« Dann beugte er sich wieder vor und kramte immer nervöser unter dem Fahrersitz und fuhr in noch schlimmerem Zickzack. Ich glaube, ich sagte daraufhin zu ihm, nein, nein, es sei garantiert der Achad-Ha'am-Friedhof, das hätte ich deutlich im Radio gehört. Außerdem sei Tal nicht gerade ein Showtyp gewesen, vielleicht habe er den Skandal geliebt, ja, aber um eines höheren Ziels willen, und dass er sich selbst wegen des Mordes an 153 unschuldigen Afroafrikanern zum Tode verurteilt und exekutiert habe, sei wirklich alles andere als Show gewesen. Show, sagte ich (glaube ich), ist was ganz anderes, Show ist, wenn zum Beispiel dieser quäkende Tschatschach von Tachana Merkazit, wie heißt er noch mal, Zoar Turgeman?, danke, genau, wenn der sich mit einer Frau, die nicht seine Frau ist, vor dem Rolex-Laden in der Ibn Gvirol aufbaut und damit angibt, dass er ihr eine Oyster Prince gekauft hat, der männliche Teil des Jischuws wisse schon, wofür, und der weibliche auch. Oder wenn er allen Leuten erzählt, sie sei schwanger von ihm, obwohl sie vielleicht von einem ganz anderen schwanger ist, ich will hier keine Namen nennen. Ich kann nur so viel sagen, es könnte sein, dass es verdammtnochmal jemand ist, der in diesem kleinen, lauten, klappernden, verfickten Subaru sitzt, allerdings ist es nicht derjenige von den beiden, der gerade von seinem Reservedienst in Gaza zurück nach Nordgaliläa fährt – und übrigens wüsste ich gern, was DERJENIGE die ganze Zeit da unten sucht, seine Knarre oder was, denn wenn er weiter so unkonzentriert fährt, wird er uns noch umbringen.

»Stimmt genau«, sagte der Druse – langer, fast eiförmiger Kopf übrigens, Tausende schwarz glänzender Bartstoppeln, durchsichtiger Baschar-al-Assad-Schnurrbart –, und ab da hielt ich lieber wieder die Klappe.

Awi hatte seine Frage noch zweimal wiederholt. »Was willst du hier?«, sagte er zuerst leise. Dann etwas lauter: »Halli-hallo, Soli – was willst du hier? Nur den Buddha besuchen?« Und dann gedehnt und theatralisch: »Qua-atsch.«

»Ich will den Mantel«, sagte ich. »Ich will Noahs schönen, dicken, warmen Wintermantel abholen. Merav hat gesagt, es wäre okay, wenn er ihn braucht. 18 Millionen für einen Mantel? Sie hätte schon schlechtere Geschäfte gemacht.«

»Da meine VERLOBTE nicht da ist, weil sie gerade in irgendeinem Scheißwald in Scheißpolen irgendwelche fünfhundert Jahre alten Bäume fotografieren muss, wirst du wiederkommen müssen. Was den Buddha angeht ...«

»Blumenschwein«, sagte ich, »ich hab's gehört.«

»Was?«

»Als du ›Scheißwald‹ gesagt hast, hast du gedacht, hoffentlich verirrt sie sich und kommt nicht zurück.«

»Nein, ich hab gedacht, hoffentlich wird sie dort von einer Scheißwisentherde totgetrampelt.«

»Echt, wirklich? Du hast sie doch gerade erst dem bekloppten Antiquitätenhändler mit dem kleinen Schwanz ausgespannt. Fuck – ich liebe meine Intuition!«, stieß ich ein bisschen affektiert aus, im klassischen metrosexuellen Soli-Noah-Singsang, und ich meinte das nicht nur witzig. »Aber manchmal ist sie natürlich auch ein Fluch.«

Er stellte wieder einen Fuß auf die Gummibaumwurzel, machte ächzend ein paar Dehnübungen, dann stellte er den anderen Fuß drauf, ächzte und dehnte sich wieder. Dann sagte er so ergeben wie früher, wenn er wollte, dass sich jemand im Schulbus neben ihn setzte: »Jetzt fällt es mir wieder ein. Sie hat extra noch mal vom Flughafen in Warschau angerufen und gesagt, dass du den Mantel holen wirst. Ich glaube, ich weiß sogar, wo er hängt. Yoga, wo immer man steht und geht, ist fürs Abnehmen fast so gut wie chinesische Abführmittel.«

»Was sind Wisente, Blumenschwein?«
»Intuition, Soli. Ich dachte, ihr Schriftsteller kennt jedes Wort. So was wie europäische Bisone. Sie fressen den ganzen Tag Eicheln, die den ganzen Tag von fünfhundert Jahre alten polackischen Eichen runterregnen, oder reiben sich nach dem Scheißen an den hochhaushohen Methusalem-Bäumen glücklich die Ärsche. In diesem riesigen, ekligen, grünen Scheißdschungel da unten haben sich ab 1941 ff. auch ein paar von unseren Brüdern in Pyjamas versteckt, aber es ist nie wieder einer von ihnen rausgekommen. Merav will, dass man auf ihren Fotos sieht, dass man sie nicht sieht, oder umgekehrt, ich hab's nie kapiert. Es soll ihr Comeback werden als Fotografin, nach fünfzehn Jahren als Mutter und Noah-Sklavin. Und immer nur Geschäftsfrau sein, sagt sie, ist für einen spirituell veranlagten Menschen wie sie zu wenig.« Er grinste illoyal, aber auch traurig. »Ich hab ihr trotzdem gesagt, sie soll fragen, wenn sie sich schon dort herumtreibt, was ein Hektar Urwald kostet. Vielleicht könnte unsere neue MERAWI-Gruppe im Białowieża-Nationalpark etwas Schönes aufziehen.«

»So was wie die Birkenauer Höfe in Auschwitz II?«

»Woher weißt du das?!«

»*Der Mann, der die Schoah verkaufte*, Awi. Das wäre eigentlich auch ein guter Buchtitel. Es ist alles auf den Bändern, die du mir für deine Autobiografie diktiert hast. Leider hast du vergessen zu erzählen, dass die Idee von mir stammt. Weißt du noch, Frühjahr 1988, du und ich auf den Gleisen von Auschwitz I, ich sagte, man müsste hier eine Art Fünfsternekasten hinstellen, Name: Grandhotel Umerziehung, mit Jakuzzi, American Grill und permanenter Direktübertragung aus der Halle der Erinnerung in Jad Vaschem, und du hast dein Gesicht angewidert verzogen. Genauso wie jetzt, du Schmock.«

»Das ist kein Ekel, falls du das denkst, du Mekanik – ja, du bist take ein Mekanik, Noahs Mum hatte recht –, das ist die Angst, dass ich gerade meine neue Diamantenplombe verschluckt haben könnte.«

»Aber ich werd's trotzdem noch in dein Buch reinschreiben, ich Wahrheitsfanatiker.«

»Das heißt, du bist fertig?«

»Sobald die Posaunen ertönen und der Meschiach gelandet ist. Ja.«

So plänkelten Awi und ich noch eine Weile herum. Über uns färbte sich der fremde orientalische Himmel rosa, dann rot, dann violett, und gleich würde es von einer Sekunde auf die andere Abend werden, als hätte jemand das große Licht ausgemacht. Es war kein schlechtes Gespräch, das wir führten, fast auf Noah-Soli-Niveau, ich vermisste solche Gespräche seit Noahs »Entführung« und meiner Flucht. Das konnten nur wir, die deutschen Second-Generation-Typen: schnell und gemein sein, aber immer auch ein Stück *mensch*, immer auf der Suche nach einer tollen Gettogeschichte, die nicht nur gut klang, sondern auch einen verborgenen Sinn hatte, einen fast schon mythischen Kern. Warum? Später, viel später, als ich bereits in Kiew am Flughafen saß, im verrauchten, zugigen Wareniki-Restaurant Swoboda, wurde es mir plötzlich klar: weil die First Generation Hunderte großer und kleiner Überlebens- und Sterbegeschichten hatte, und in jeder steckte ein ganzer Roman. Und nur weil die Alten noch da waren und sie uns erzählen konnten, bekam ihr Geisterleben wieder ein bisschen Bedeutung zurück, und irgendwie machten wir es wie sie. Wollte ich deshalb mit Noah nach Buczacz? Wollte ich auch eine solche Geschichte erleben? Ja, darum auch.

Awis Telefon klingelte wieder – es war der helle, optimistische Sound von klimpernden Münzen –, aber er ging nicht ran und legte mir den tonnenschweren Arm, unter dem es selbstmörderisch nach Schweiß stank, bedrohlich auf die Schulter. Dann drückte er mich mit einer rüden, stupiden, verklemmten Zärtlichkeit an sich, die mich an Wowas seltene Umarmungen erinnerte. »Was den Buddha angeht«, sagte er, »kann ich nur sagen, dass ich froh bin, dass ich ihn wieder los bin. Hast du deinen Anteil von den 600 000 gekriegt?«

Ich schwieg und nickte stumm – ich glaube, ich nickte –, und weil ich dem heute so anlehnungsbedürftigen, ungewöhnlich komplexen Blumenschwein sowieso kaum folgen konnte, versuchte ich lieber, mich an ein paar besonders schöne Gettogeschichten zu erinnern. Ich dachte z. B. an Benny Piscator, den Riesenschmock, dessen Frau beim Purimball im Atlantic 1998 oder 1999 drei Stunden lang mit dem israelischen Zauberkünstler verschwand, und als sie auftauchte, sagte Benny, der Riesenschmock, zu ihr: »Und beim nächsten Mal zersägt er dich, und ich krieg nur die Hälfte von dir zurück? Nein, es ist vorbei, du verlogene Tochter eines lügenden Vaters, du Katze im Sack!« Ich dachte an die winzige, blasse, leicht entflammbare Frau Allujewicz, die berühmt dafür war, dass sie bei jedem Wetterumschwung eine Tourette-Attacke bekam, und darum wurde sie bei gleich zwei Treblinka-Prozessen als Zeugin wieder ausgeladen, obwohl sie in Treblinka mehr Verwandte als Zähne verloren hatte. Und dann dachte ich, wie so oft, an die letzten Jom-Kippur-Bonbons in der zerknitterten, fettigen Nimm 2-Tüte im Synagogenpult von Awis Vater, die sein verfressener Sohn nach seinem Tod vor Kummer sofort aufgegessen hatte, und ich dachte, das ist noch immer die beste Story von allen.

»Hör doch zu«, sagte Awi und presste mich noch mehr an sich.

»Sie behandelt mich nicht gut.«

»Sie schlägt dich«, sagte ich abwesend.

»Sie hat sich 65 Prozent an allen MERAWI-Gewinnen gesichert. Sie hat mich gezwungen, auf die Bühne des Mann-Auditoriums zu klettern und einen Dirigenten aus Deutschland zu ohrfeigen, der Wagner spielen wollte. Wenn sie abends nach Tel Aviv fährt, sperrt sie mich im Haus ein, angeblich immer aus Versehen. Und ich muss oft im Fernsehzimmer schlafen. Das ist dieser lächerliche Raum, wo es keine Stühle und keine Sessel gibt, nur dicke, flauschige Flokatiteppiche von Missoni und einen Flachbildschirm, so groß wie eine Wand. Dort liegen ihre und Noahs Mädchen zwischen Schulschluss und Mitternacht herum, und wenn sie mich bestiegen hat, tritt sie mich manchmal einfach aus dem Bett, und ich muss mich zwischen 1 und 2 auf den Teppich legen und mit ihnen die Funny-Golan-Show auf Kanal 10 gucken und meine Dauererektion verstecken.«

»1 und 2?«

»Glaubst du, ich merk mir ihre Namen?«

»Ach so.«

»Du weißt nie«, sagte Awi, »was sich die kleine Königin von Saba als Nächstes ausdenkt. ›Kauf mir den Buddha‹, hat sie gesagt, als wir mit Asti und liberianischen Riesencrevetten unseren ersten gemeinsamen Chinadeal in der Cantina gefeiert haben, 2000 Wohneinheiten in Tibet, auf dem Gelände des Ramoche-Klosters, das wir auch abreißen werden, ›dann gehör ich dir ganz!‹«

Er ließ mich plötzlich los, mit einer wilden, erstaunlich flüssigen Bewegung, verschwand im Haus, und keine 30 Sekunden später kam er mit Noahs Wintermantel zurück, den er mir zärtlich auf die Schultern legte. Er tätschelte meine Wangen wie ein Mafioso und sagte: »Du und Noah, ihr seid so bekloppt.« Seine riesigen braun- und faltenumrandeten Menschenfresseraugen wurden feucht, und dann sagte er: »Ihr seid echte Freunde, oder? Ich wollte auch immer so einen Freund haben und nicht bloß diese Marathon-Fickgeschichten. Sex und Geld ist nicht alles, oder?« Und dann sagte er: »Wo war ich? Ach so, beim Buddha, genau. Eine Stunde später kam Scheiß-Rami in die Cantina rein, eingeklemmt wie eine Aktentasche unter dem Arm dieser riesigen, rothaarigen Komikerin, die in ganz Herzlstadt dafür bekannt ist, dass sie noch nie eine Show zu Ende spielen durfte und als schlechte, launische Internetnutte arbeiten muss. Ramis Schwanz, der wie immer aus seiner Hose raushing, war trotzdem größer als sonst. Ich hab zu ihm gesagt: ›Rami, hör zu, tut mir leid, dass ich dich aus Meravs Bett verdrängt hab, aber es scheint dir wieder ganz gut zu gehen. Und das wird dich noch mehr freuen: Ich übernehm jetzt auch den Buddha von dir, und für den zahl ich.‹ Er sagte: ›Ich häng am Buddhale, Nazi, er hat aus mir, einem kleinen Kriegsverbrecher, einen großen Buddhisten gemacht. Du bekommst ihn nur, wenn du mir sagst, ob du Merav mit deiner ganzen Seele liebst, ob du sie ‚siehst', oder ob der tote Erbenpinscher dahintersteckt.‹ Ich sagte: ›Beides.‹ Er sagte: ›Alles wegen der Merav-Fickklausel, oder? Das war seine Idee, stimmt's?‹ Ich: ›Nicht so laut.‹ Die Komikerin sagte: ›Der Erbenpinscher ist gar nicht tot, wir chatten wöchentlich.‹ Rami und ich sagten im Chor: ›Natürlich nicht.‹ Am Ende haben wir auf einer Serviette den Kaufvertrag gemacht, und dann haben wir alle zusammen noch eine Flasche Asti gesoffen, und Merav hat mich in dieser Nacht nicht ins Fernsehzimmer geschickt. Und jetzt die kluge Schriftstellerfrage.«

Ich sagte: »Woher kennt der Mönch die Komikerin?«

Er lachte eingeweiht und umarmte mich noch fester als vorhin. »Sie ist bei seiner und Meravs Verlobungsparty im Villale aufgetreten und wurde aufgrund eines unangebrachten Witzes über die Peace-Now-Bewegung rausgeworfen. Nein, das war nicht die richtige Frage.«

Ich schwieg, atmete wegen seines Schweißgeruchs so selten wie möglich ein und dachte wieder an Garik Blumensteins fruchtige Nimm 2-Bonbons.

»Nu? Genau! Die Frage ist: Wieso wollte Merav den Scheißbuddha überhaupt haben?« Awi machte eine hysterische Frauenstimme nach: »›Weil er mich an Noah und auch ein bisschen an den öligen Pseudomönch erinnert. Weil ich beide irgendwie immer noch liebe, weißt du, Bubile, also Noah vielleicht noch mehr als Rami, der hat mir, kilu, der hat mir einfach immer zu viel über den Kreislauf des Lebens gequatscht, auch beim Sex, gerade beim Sex, aber das alles hat wirklich gar nichts mit uns beiden zu tun, A-wi-lein!‹« Dann sagte er wieder normal, aber bedrückt: »Und kaum hatte ich mich damit abgefunden, dass sie fast jede Nacht mit verheultem Gesicht vor dem Buddha saß, auch im Schneidersitz, auch halb nackt, sagte sie: ›Ich hab's mir anders überlegt. Wir geben ihn Rami, ich kann ihn nicht mehr sehen, er erinnert mich zu sehr an den hyperaktiven Vater mei-

ner beiden superhyperaktiven Kinder.« Awi drückte den Arm so fest um mich zusammen, dass ich husten musste, und sagte: »600 000, du Schmock, einfach weg, das ist das Gegenteil eines guten Geschäfts. Nu, sag schon, was hast du mit deiner Hälfte gemacht?«
»Was ist eigentlich ein Mekanik, Awi?«
»Ein Neidhammel.«
»Und das hat Noahs Mutter über mich gesagt – dass ich ein Neidhammel bin?«
»Wusstest du das nicht? Das hat doch jeder gewusst.« Der bescheidene Selfmademan in ihm schüttelte aufrichtig überrascht den Kopf, und sein helles künstliches Haar rutschte hin und her wie überschwappendes Cereal. »Das war Grindelhof- und Klosterstern-Folklore. Der kommunistische Sohn des Ex-Kommunisten, der Shylocks Sohn die Freundin und die Storys klaut und sich von ihm immer nach Israel und New York einladen lässt.«

Und hier, nicht mehr ganz so verwirrt wie eben noch am Straßenschild von Aschkelon, beschleunigte ich im Subaru des nervösen Drusen den Motor meiner Erinnerung. Ich sah links im Autofenster die graue, blaue, endlose Fläche des Mittelmeers – uninteressant! –, dafür zogen rechts Kilometer für Kilometer Strommasten und Stromkabel, lange, sinnlose Sand- und Betonwälle an uns vorbei und ein hoher, dichter, dorniger Stacheldrahtzaun. Dahinter sah man den riesigen schwarzen Würfel eines Heizkraftwerks mit zwei wunderschönen, strengen, dampfenden Schloten, und ich bekam kurz das unqualifizierte KZ-Gefühl, das jedes Überlebendenkind irrtümlicherweise genau zu kennen glaubt. Ich wusste schon immer, dass die Forlanis mich nicht mochten. Aber wenn Schloimel mich einen bebrillten Trotzkisten nannte, dachte ich, macht das nichts, seine Verachtung ist auch Respekt. Und was die teigige Fruma Forlani sagte, die Königin der rosafarbenen Morgenmäntel, in deren Falten vierzig Jahre Parfum- und Schwefelgeruch steckten, war mir sowieso völlig egal, denn sie dachte ja sowieso nie etwas. Ich hatte mich offenbar getäuscht.

Ich ein Mekanik? Wirklich? Nur Gesunde machten mich neidisch – nicht Reiche, Erfolgreiche, echte oder intellektuelle Muskelpakete. Kaum hatte ich einen Rosazea-Rückfall, ging ich tieftraurig durch die Stadt, ich sah in jedes Gesicht und dachte, warum hast du und du und DU nicht wie ich ein rotes Clowngesicht? Wo sind deine kleinen und großen Eiterpickel zwischen Nasenwurzel und Stirn, warum trägst du nicht Sorgen mit dir herum, die sich durch die Poren deiner Haut den unappetitlichen Weg nach außen bahnen? Warum – verdammt! – bist du und du und DU so wahnsinnig happy und ahnungslos, aber ich bin es nicht? Manchmal wollte ich dann wie ein aufgebrachter Slapstickfilmheld einen Passanten am Kragen ergreifen, schütteln, anschreien: »Was macht dich glücklich? Sag es mir. Ich will auch glücklich sein, aber ich weiß nicht, wie man es macht, und wenn ich zufällig doch glücklich bin, frage ich mich, wann die nächste Katastrophe kommt.« Nein, natürlich wollte ich das nicht wirklich tun. Aber dass ich es gar nicht hätte tun wollen, wäre eine Lüge à la Schabbatai Zwi, als er zum Islam übertrat.

»Müssten 300 000 sein, die für dich abfallen. Damit kann man eine Menge anfangen«, sagte Awi. »Zum Beispiel endlich die Schulden zurückzahlen, die man bei seinem eigenen Vater hat. 40 000, nicht wahr? Ich hoffe, das Geld ist inzwischen auf seinem Konto, Wahrheitsfanatiker. Ex-Kommunisten sind auch nur Menschen, sie können nicht nur von ihrem Selbsthass und ihrer heimlichen Putin-Liebe leben. Hast du gedacht, das sitz ich aus, ich warte, bis der Alte in der Holzkiste liegt, dann hab ich auch genug Geld für einen Schabbesjuden, der für ihn an meiner Stelle das Kaddisch sagen wird?«

»Ja, warum nicht«, sagte ich. Und dann ernster: »Wowa hat dir also alles erzählt, Blumenschwein?«

»Ich hab ihn zufällig im Vier Jahreszeiten getroffen, bevor er nach Prag umgezogen ist. Ja. Ich war geschäftlich in HH und hatte ein Doppelzimmer zum Preis einer Juniorsuite, er wollte in der Lobby den letzten anständigen Ostfriesentee seines Lebens trinken. Er lässt dir ausrichten, dass er dir nichts auszurichten hat. Oder doch: Du hast ihn in seinem zweitschwersten Moment alleingelassen, sagt er, und wenn er dich zu fassen kriegt, schlägt er dich mit dem Spazierstock k. o., den du für ihn im Flur hingestellt hast, bevor du kommentarlos abgehauen bist. Und dass der berühmte Schriftstellersohn von der Polizei gesucht wird, findet er fast so lächerlich wie die Vorstellung, dass seine geliebte Frau wegen eines anderen alten Kackers nach Miami abhauen konnte. Er hat dich immer nur *sukin syn* oder so ähnlich genannt. Heißt das Huren- oder Hundesohn? Ach so, und noch was: So eingebildet und geizig wie du, sagte er, wär er schon lange.«

»Das stimmt alles nicht, oder?«, sagte ich. Ich atmete plötzlich schnell und laut durch die Nase ein und aus und fragte mich, wie es wohl wäre, wenn ich für immer die Luft anhielte. »Außerdem, du bist nicht auf dem neuesten Stand ...«

Ja, ich war ein Mekanik, die furzende Fruma hatte recht gehabt. Aber der einzige Mensch, den ich nie abgleichend betrachtete, war Noah. Ihr Noah, mein Noah. Wenn ich an ihn dachte, fand ich, die Swedenborg-Engel hatten alles sehr gut eingerichtet. Ohne Schloimels Millionen wäre der verträumte N. genauso verloren gewesen wie ich ohne Wowas Zorn, Schläge und Leistungsdruckexzess; ohne die zärtliche, egoistische Liebe seiner rauen Schtetl-Eltern hätte er noch mehr und noch viel ernstere Probleme gehabt als ein jahrmarkthaftes Verhältnis zu Sex und diesen süßen Don-Quijote-Komplex. Ja, ich gönnte ihm sogar die perfekte Zeit mit Nataschale R. in New York, die er gehabt haben musste – warum sonst wäre der auf Niederlagen abfahrende Noah aus seinem Upper-West-Side-Versteck wieder geflohen? Und wenn mich etwas störte, dann nur, dass die langen, schlangenschmalen, expressiv gemusterten Dries- und Dior-Sächelchen auf seinem schmächtigen Gettojudenleib so gut saßen wie auf den Schneiderpuppen in den heiligen romanischen Prêt-à-porter-Ateliers. An mir sahen sie immer so – undelikat aus.

»Du bist nicht auf dem neuesten Stand, Blumenschwein«, wiederholte ich.

»Der neueste Stand?«, sagte Awi. »Wie soll der sein?«
»Noah hat meinem Vater die 40 000 längst überwiesen.«
»Na klar, was sonst. Noch was?«
»Es gibt schon lange keinen anderen alten Kacker mehr, mit dem meine Mami Miamis Strände und Betten durchpflügt«, sagte ich.
»Sie ist wieder in Prag, und sie war es, die Wowa überredet hat, auch nach Prag zu kommen. Man nennt es Remigration.«
»Deine Alten lieben sich, was?«
»Ich glaube nicht«, sagte ich. »Ich glaube, sie haben seit 50 Jahren guten Sex, aber nur, weil er so ein Arschloch ist und sie so eine eingebildete masochistische Kuh.«
»Genau wie bei Merav und bei mir. Nur umgekehrt.«
»Dann habt ihr also noch mindestens 49,5 zweisame Jahre vor euch.«

So wenig ich mich selbst für einen ödipalen Typen hielt, merkte ich trotzdem, dass mich das Gerede über die Bettgewohnheiten von Mamascha und Wowa am ganzen Körper verspannte. Oder hatte ich noch, wie ein langsam wirkendes Indiogift, den Besuch in der Rehov Zlatopolsky in meinen Adern und Faszien, den Streit mit Oritele, den Anblick ihres Babybauchs, Turgemans selbstbewusstes Ich-hab-es-ihr-gemacht-Ponem hinter den dunklen Gangsterscheiben seines Jeeps? Der Druck kam von den Schultern, zog in den Nacken, und eine mittelschwere Migräne-Attacke war vorprogrammiert. Oder war mir einfach nur Noahs Mantel – der yogaschlanke Prinz aus der Schäferkampsallee hatte natürlich Größe XS – zu eng?

»Du bist auch nicht auf dem neuesten Stand, Soli«, sagte Awi, »aber mach dir nichts daraus. Wir sind alle nicht auf dem neuesten Stand, wenn es um uns selbst geht. Die Welt dreht sich, und wir stehen schwankend auf ihr, und unsere Haare flattern gefährlich im Fahrtwind. Ich wundere mich bis heute, warum wir nicht davonfliegen und im Weltall verloren gehen. Und warum ich manchmal so interessante Gedanken habe.«

»Soll das auch in deine Autobiografie?«, sagte ich. Und dann sagte ich: »Es gibt leider noch keine einzige Zeile – slicha, wie man in Jigal Amirs Heimat sagt. Schlimm?« Dann, bei dem Wort »schlimm«, fiel mir etwas ganz anderes ein, und ich holte mein iPhone raus. Ich entriegelte es elegant mit dem linken Daumen, es machte auf lächerliche, aber nette Art klack wie Djeduschkas alte sowjetische Zenit. Ich hängte drei weitere schnelle Bewegungen dran – und da war sie, im Ordner »Stress«, Serafinas gefälschte Kindheitszeichnung. Ich hoffte, dass sie gefälscht war – dass Serafina mich damit nur dazu bringen wollte, nach Prag zu kommen und sie zu retten, vor Wowa dem Schrecklichen, Mama der Mitmachenden, Balaban dem ... ach, das machte doch gar keinen Sinn! Dieses süße, untalentierte, prätherapeutische Kinderbildchen – abgebrochener, stumpfer Bleistift auf fettigem Butterbrotpapier –, das sie, wie sie sagte, neulich hinter ihrem Bett in der Italská gefunden hatte, war bestimmt echt. Man sah Wowa, der sie als Zehn- oder Zwölfjährige mit seinem langen, haarigen Schwanz würgte, und ein kleiner, schmächtiger Prinzensohn mit dicker Hornbrille hockte im Schneidersitz daneben und las ein sehr dickes Buch und tat so, als wären die beiden nicht da. Okay, dachte ich, es ist gar nicht der Mantel, der mich so fertigmacht, der den Schweiß durch meine empathischen Poren treibt, und die Erde drehte sich noch schneller mit mir, und ich wünschte mir, dass ich weggeschleudert werden würde, mindestens bis zum Uranus.

»Das wird dich interessieren«, sagte Awi. Ich blinzelte abwesend und genervt, und sofort ging in meiner linken Gehirnhälfte eine neue Erinnerungstür auf. Das Bild, das ich sah, verzog sich schnell zu einer 8, konkave Linien, weiße Strichelstriche und elektronisches Schneegestöber in der 8 ließen mich an eine altmodische TV-Störung denken; die TV-Störung ließ mich wiederum an unser Prager Wohnzimmer denken, wo ich abends, wenn Mama und Papa ausgegangen waren und Serafina schlief, heimlich tschechoslowakische Nouvelle-Vague-Filme guckte, wegen der Musik und der vielen nackten Frauen; und die nackten Frauen ließen mich an

die Elstar-Sauna und an den Gordon Pool denken. »Hör doch zu«, sagte Awi. »Hörst du zu? Du und dein alberner Mord – es gibt keinen. Ich hätte es dir sowieso nicht zugetraut.«
Die Erde blieb stehen.
»Was hast du gedacht – dass man in einem See ertrinken kann, der nur einen Meter tief ist?«
Endlich löste ich mich aus Awis zärtlichem Griff. Ich ging ein paar Schritte nach links, nach rechts, zum Haus, die Treppe hinunter und wieder hinauf.
»Was? Sag das noch mal.«
Er lächelte – traurig und zart, dabei warf er seine fetten Schultern entschuldigend zwei-, dreimal hoch –, und er sagte: »Sie suchen dich nicht. Du kannst ruhig wieder nach Deutschland zurück.« Gleichzeitig zeigte er, ohne sich umzudrehen, wegwerfend hinter sich aufs funkelnde Villale. »Ich nicht.«
Im Subaru war es jetzt so heiß wie in der Hölle. Während wir an der Diamantenbörse zum Ayalon-Highway runterfuhren, immer weiter und weiter gegen die niedrige, wabernde israelische Terrorsonne, die sich aus Dafke mitzubewegen schien, erinnerte ich mich, wie sich vor dem Villale meine Stimme immer schneller nach oben geschraubt hatte. Die Geckos klapperten zufrieden mit ihren Schwänzen, die Rosen- und Tamariskenbüsche (zwei maniküremäßig gestutzte Dreiecke, einer rot, einer grün, zusammen ein blutender Davidstern) wuchsen in Superzeitlupe lautlos vor sich hin, und ich schrie: »Was? Was weißt du, Blumenschwein? Was heißt einen Meter tief? Was heißt, er ist nicht ertrunken? WAS MACHE ICH DANN ÜBERHAUPT HIER?« Und: »Wer sagt das?«
»Sein Name fällt mir nicht ein«, sagte Awi, »Schneider, Müller, Schröder, so ungefähr. Die Volksgenossen sagen, er hätte zwar Feuer im Arsch, aber nicht in der Birne, dort wäre er ganz kalt. Sie sagen, er ist so kalt wie Leutnant Jünger und so leidend wie du. Ich kenn nichts von diesem Leutnant Jünger« – er grinste geheimnisvoll, seine großen braunen Augen tränten unterlegen –, »scheint ein

richtiger Auflagenmillionär zu sein, und von dir hab ich nur *Post aus dem Holocaust* angelesen. Mir fehlten aber die schweinischen Stellen, mit denen du die Gojim angeblich immer so nervst, darum hab ich gleich wieder aufgehört. Schneider ...«

»Müller! MÜLLER! Claus Müller. Claus die Canaille. Enkel von Carl Müller, dem fanatischen Autor der *Kleinen Anleitung,* der in Dachau kein Kapo sein wollte, die einzige Tunte, die auf Nazis schießen ließ.«

»Also gut, Müller. Müller, das hat mir dein Tate erzählt, hat in der Mopo oder im Abendblatt gesagt, viel hätte nicht gefehlt, und er hätte sich zwischen Berlin und Lutherstadt Wittenberg von einem ICE in dünne Mettwurstscheiben schneiden lassen. Diese Deutschen, sind sie nicht süß? Aber dann war da irgendwas mit *Wer wird Millionär?* Das Geld, das er gewonnen hat ...«

»Nicht er. Nicht er! Hast du Alzheimer, Awi? Sein schwuler Freund.«

»... hat ihn gerettet. Und du. Keiner hat ihm vorher die Wahrheit über sein Buch gesagt. Und über ihn selbst. Und über die aufregende deutsche Schuld. Immer noch besser und interessanter, hättest du zu ihm gesagt, der Enkel eines RSHA-Abteilungsleiters zu sein als der Sohn eines Postboten in San Marino.« Awis Fettsack-Aussprache wurde feuchter, er schnaufte wie Pessach, der Dalmatiner, wenn Mamascha früher seinen Bauch und seine Leisten etwas zu verliebt streichelte. »Keiner. Nur du. Ohne dich, ohne deine fantasievollen Gemeinheiten und deinen beherzten Wake-up-Schlag mit dem Ruder hätte er weiter ans Märchen vom guten Deutschen geglaubt. Und kein Wort mehr geändert. Du warst der Vater der dritten Version.«

»Wir haben in einem Tretboot gesessen, Awi. Tretboote haben keine Ruder. Der dritten Version von was?«

»Er sucht dich. Er will sich entschuldigen. Er will Danke sagen. Sagt Wowa. Meinst du, er lügt, so wie mit dem Ruder? Sug mir ... kann es sein, dass ich, der Player von New York, Berlin und Herzlia

Pituach, wirklich falsch zugehört habe? Der dritten Version seines Bestsellers, Soli. Der Held ist ein Antisemit, der keiner sein will. Und statt Xanax ...«
»Nardil. NARDIL!«
»... raucht er ab und zu einen Joint. Was noch?« Awis Schmatzen sexualisierte sich immer mehr, und ich zwang mich, ihm nicht in den Schritt zu gucken, wo sich seine weite, aristokratisch weinrote Cordhose bestimmt noch höher aufrichtete als sonst, denn mir war schon schlecht genug.»Und er onaniert wie sein großes Idol, ein bösartiger, aber sportlicher jüdischer Schriftsteller, dreimal am Tag, am liebsten in der Öffentlichkeit.«

»Awi«, sagte ich und guckte plötzlich doch auf seinen Hosenschlitz,»was macht dich eigentlich AUTOMATISCH scharf? Nur eine Muschi? Oder steht er dir auch, wenn Leute, die dich als Kind indiskutabel fanden, ratlos sind?« Das Zelt, das sich zwischen seinen Beinen aufrichtete, ließ in meinem Kopf sofort das nächste Erinnerungsfenster aufgehen. Ich sah – leider nur für eine Viertelsekunde, nicht länger – das Sommerlager an der Sázava, wir Kleinen hier, in den ehemaligen grauen Kasernenhäusern, die Größeren drüben am Fluss, in diesen schönen, hohen, dunkelgrünen Zelten, die bei jedem Windstoß davonzufliegen schienen wie das Haus dieses Mädchens aus dem Zauberer von Oz. Nicht schlecht, dachte ich, auch mal eine Postkarte aus der Vergangenheit zu kriegen, auf der nicht jemand geschlagen, belogen, betrogen, zu Unrecht gelobt, getadelt oder vergewaltigt wird. Aber dann sah ich leider gleich wieder etwas, was meinen Metabolismus aktivierte und eine neue Schweißwelle aus mir heraustrieb: ein Foto von Serafina, DAS Foto von Serafina. Sie ist ungefähr zwölf und noch schmal und hübsch und süß, sie hält einen großen Bären mit Hundeschnauze und Menschenaugen im Arm und guckt ihn verliebt an. Das Foto steht in einem Art-déco-Rahmen auf Wowas Schreibtisch, zuerst in Prag, dann in Hamburg, und später gibt es zwei davon, in jeder Wohnung eins, und sogar die Rahmen sehen fast gleich aus. Von mir hatte Wowa

nie ein Bild aufgestellt oder aufgehängt. Aber auf mich war er ja auch nie ... ja, was?!
»Geld macht mich scharf«, sagte Awi. Schmatzschmatzschmatz. »Familienglück.« Schmatz. »Das Maunzen der arktischen Kraniche, wenn ich an Jurzajt am Grab meines Vaters in Ohlsdorf einen leicht angejazzten August-Kaddisch sage, meine Spezialität! Und wenn ich ein Buch lese, für das ich gewissen Leuten zufolge zu dumm bin, tut mir mein Hormondudele weh, so hart wird es. Kafkas *Tagebuch einer traurigen Motte* hab ich schon dreimal gelesen. Hättest du mir das zugetraut? Seit ich bei Christie's das Original ersteigert hab, frag ich mich, ob du und Noah damals take in Jeruschalajim wart, um es zu suchen, als wir alle ans Tote Meer gefahren sind – oder ob ihr nicht heimlich in den Al-Quds-Puff wolltet.«

Was ich darauf erwiderte, machte nicht mehr viel Sinn. Ich trat einen Schritt zurück, dann noch einen. Ich salutierte – ja, ich salutierte –, und ich sagte: »Fragen Sie bitte Ihren Schmock, Leutnant Blumenschwein, was ich als Nächstes tun soll. Soll ich wieder nach Deutschland zurückfliegen und Jerida machen? Soll ich Claus treffen, am besten gleich mit den Typen vom NDR, die einen Film über die schreibenden Karubiners machen wollen, wie man sich in der Italská seit Monaten aufgeregt erzählt, und mit ihm live im Berliner Dom eine deutsch-jüdische Versöhnungsshow abziehen? Soll ich mir nach meinen beiden letzten Superjachnes im Prenzlauer Berg eine nette Schickse suchen? Soll ich mit ihr ein unkoscheres Kind machen? Und, Awigdor, was sagt das Dudele? Ist es schlaff, heißt das nein. Steht es? Dann überleg ich es mir trotzdem noch mal.«

Was antwortete mir Awi darauf? Daran habe ich später noch sehr oft gedacht, vor allem, wenn ich einen Schuss gute Laune brauchte, wie zum Beispiel in Kiew, auf dem Flughafen Julia Timoschenko, als ich bereits zum zweiten oder dritten Mal auf den Anschlussflug nach Iwano-Frankiwsk wartete. Im heißen, lauten, stickigen Subaru des Drusen fiel es mir aber partout nicht ein, wahrscheinlich weil mich das ständige Hin und Her zwischen Lang- und Kurzzeitgedächtnis zu sehr verwirrte. Ich sah mich nur noch rückwärts die von höhnisch nickenden Oleanderbüschen relativ zugewucherte Gartentreppe zur Straße runterstolpern. Ich sah mich selbst, von oben, als hätte ich in meinem Kopf eine Kamera und einen Kamerakran, so ähnlich wie in einem verdammten Gerry-Harper-Blockbuster, aber ohne Aussicht auf ein sedierendes Happy End. Ich sah mich in Noahs nullerjahre-engem Wintermantel und wunderte mich, wie groß und schmalschultrig und alt und glatzköpfig und schief ich war. Ich sah Awi, wieder an die greisengesichtige Wurzel des Gummibaums gelehnt – und nun hörte ich ihn doch etwas sagen. Der Dollarkönig von Manhattan und Sexsklave von Herzlia Pituach rief weinerlich: »Wir hatten einen Deal: Du schreibst mir die Memoiren, ich sperr das Wichsvideo auf allen WFOJ-Plattformen. Und jetzt? Gur nischt! Jobs und Zuckerberg veröffentlichen jedes Jahr ein Scheißbuch. Du hast zwei Monate, dann lieferst du *Fett, aber nett*, sonst lad ich das Wichsvideo wieder hoch. Das kostet mich einen Furz und einen Spritz, Solomon K.!«

Ich erschreckte mich und stolperte wieder, denn auf Erpressungen reagierte ich seit meinem ersten Telefonat mit Claus der Canaille nicht gut. Ich hörte mich rufen: »Das würdest du niemals tun.« Ich hörte Awi rufen: »Natürlich nicht. Das war nur ein Witz. Ich hab ja auch praktisch keinem erzählt, dass Noah lebt. Außerdem hat sowieso jeder das Saunavideo gesehen. Du bist der wichsende Heine. Der deutsche Polanski. Du bist berühmter als Ron Jeremy. Die Jeckes lieben dich für deine zwanghafte Zwanglosigkeit ... nur deine Bücher kaufen sie nicht.«

»Du lügst«, schrie ich, »du willst, dass ich genauso im Arsch bin wie du!«

»Ich bin nicht im Arsch!«

»Doch, in Meravs Arsch.«

»Na gut. Na und? Dann hau doch ab. Verschwinde, du unbrauchbarer Ghostwriter. Aber sag mir vorher, wofür Meravs Ex-Ex seinen alten Wintermantel braucht. Soll er doch zu Marc Jacobs in

Williamsburg gehen, die haben auch Kaftane! Nu, wohin will er damit? Wo ist er überhaupt?«
»Wer weiß es genau? Pazifik? Lamu in Kenia? Buczacz in der Ukraine – wo, Awi, rat mal, ist es gerade eiskalt und wird im süßlichen Babi-Jar-Idiom gequatscht?«
»Ihr verdammten zwei kleinen, cleveren Schweinchen ... ich will mit! Der andere Ex ist in dieselbe Richtung unterwegs, jetzt verstehe ich. Darum lief neulich was zwischen IHR und der Niederpodolischen Kunst- und Hostessenspedition, Iwano-Frankiwsk.«
Ich sagte leise: »Vergiss es, Blumenschwein, du bleibst hier. Wir wollen nicht mit dir spielen. Wir wollten noch nie mit dir spielen. Spiel mit Merav.«
»Nein.«
»Doch.«
»Nein!«
Und dann sah ich – die Kamera flog fast davon – Awi langsam an der glänzenden, glatten, schwarzen Wurzel entlang auf den Boden rutschen, sein immer kleiner werdender runder, schwarzer Körper zuckte, so als weinte er – ja, er weinte und hielt sich die dicken Fäuste vors Gesicht wie früher, als wir im Kellinghusenbad Knoten in seine Hosenbeine und Strümpfe machten –, ich sah das L des Villale, wie es immer kleiner wurde, die Gärten, Terrassen, den Pool mit dem wabernden Davidstern auf dem Beckengrund, und nur den Buddha sah ich nicht.

Der Druse hielt vor einer langen weißen Mauer und machte ein Geräusch wie ein aufgeschlitzter Reifen. Seine Augen waren rot und matschig und erinnerten an zertretene Weintrauben; die eingefallenen, unrasierten Wangen hatten den Touch von drei Monaten Abu Ghraib. Er müsse schnell weiter, Richtung Golan, sagte er in seinem schönen englischen Englisch, und er würde ab jetzt nur über die kleinen Straßen fahren, denn auf dem Ayalon und auf der alten Küstenstraße Tel Aviv–Haifa werde zu viel kontrolliert.

Ich machte die Autotür auf, aber er hielt mich zurück. Der Griff seiner Hand auf meiner Hand war eisern und exzentrisch, und ich sehnte mich sofort nach Blumenschweins fleischigen Armen und warmem, riesigem Speckbauch zurück, aber das warf Fragen auf, auf die ich keine Antworten hatte und wollte.

»Hier, bitte, der Achad-Ha'am-Friedhof«, sagte er. »Sag deinem toten Kumpel Hallo von mir, wenn du im Geist mit ihm sprichst. Wir Drusen dürfen eher Ziegen ficken als uns umbringen, aber so ein Selbstmord eröffnet natürlich auch dem größten Idioten ein paar willkommene mystische Möglichkeiten.« Dann, immer noch die Hand auf meiner Hand, hielt er eine längere Ansprache, in der mehrmals seine geschwollenen Hoden vorkamen, die Wiedergeburt als das große Drusending schlechthin, seine Verwandten in Kuneitra, in Beirut, in Texas, die tausendjährige Abwesenheit des Kalifen al-Hakim (oder so ähnlich), die offenbar gerade zu Ende ging, der nachlassende Ehrgeiz der Jungen, sich dem Willen Gottes oder eines anderen höheren Wesens zu unterwerfen (dem Willen des Umhüllenden, wie die Drusen sagen, glaube ich). Außerdem wollte er wissen, ob ich nicht doch die Karten fürs Lou-Harper-Konzert in Caesarea kaufen wollte, mit diesen Eiern würde er wirklich nirgendwohin gehen, und wenn er beim nächsten Reservedienst den Pali erwischen würde, der ihm so übel reingetreten hatte, würde er zurücktreten. Punkt, Pause, nächster Redeschwall.

Ich glaube, meine Augen wurden auch langsam rot, während er filibusterte. Ich fragte mich, ob ich, bis auf die schicke, transparente, halb schwule Marc-Jacobs-Brille – Relikt meiner kühlen Berliner Ego-Orgie –, nicht genauso irre und unrasiert und unzivilisiert aussah wie er. Evtl. wurde mir auch immer heißer, und mein Bauch redete mal wieder mit mir, aber das weiß ich nicht mehr so genau. Ich weiß nur, dass ich mich schließlich dem Druck der rauen, warmen Hand meines Zufallsbekannten und seiner nicht enden wollenden Ansprache dadurch entzog, dass ich mich schnell wieder zum Villale zurückbeamte.

Dort war es, nach Awis und meinem filmreifen Wortgefecht, jetzt vollkommen still. Man hörte nur das sanfte Tuckern der Bewässerungsanlage und Awis leises, schluckaufartiges Schluchzen. Er lag immer noch wie gefällt da, mit dem riesigen Oberkörper gegen die harten, stacheligen Wurzeln des Gummibaums gelehnt. Ich guckte ihn mitleidig an, wie Ben Hur, der am Ende des Kampfes seinem besiegten Gegner das Leben schenkt, und sagte zum weinenden Multimillionär und allerneuesten Merav-Opfer: »In seinem zweitschwersten Moment habe ich ihn allein gelassen, hat Wowa gesagt, ja? Und der schwerste, gab es den auch?« Das wusste der arme Awi natürlich nicht – aber ich hatte längst selbst einen Verdacht.

Was hatte Wowa, mit Mamascha, Serafina und Balaban als griechischer Chor im Hintergrund, in sein iPhone geflüstert, als ich an diesem Morgen vor Oriteles Haus Wache gehalten hatte und nur mit Mühe Tagtraum und Albtraum unterscheiden konnte? Alles sei noch mal ganz anders gewesen, hatte er gesagt, Mama und ich könnten unsere Bücher neu schreiben, wenn er mit seiner Version seines Lebens fertig sei. Ja, er habe Djeduschka auf dem Gewissen, nein, leichtgefallen sei es ihm nicht. Aber wenn er zusammen mit diesem Hundesohn Kostja Kostos dem StB seinen Namen nicht geliefert hätte, hätte er selbst irgendwo in einem der Bartolomějská-Keller ein paar Kugeln in Brust und Kopf gekriegt – und Mama, Serafina und ich wären bald genauso hungrig, entrechtet und verloren gewesen wie die Verwandten von 20 Millionen Gulag-Häftlingen.

Kann etwas schwerer sein, als den eigenen Vater zu verraten? Naja, ich hätte kein Problem damit, dachte ich grinsend und suchte vergeblich Awis düsteren, von Tränen verschwommenen Mopsaugenblick. »Schon gut, Awi«, sagte ich, »ich glaube, ich weiß, was ich wissen muss. Hör auf zu heulen, das steht dir nicht. Fahr zur Bank, heb von deinem Konto eine Million in kleinen Scheinen an, kipp sie in Noahs alten Swimmingpool und nimm ein entspannendes Geizkragen-Bad. Und wenn Merav wiederkommt, gib ihr zur Begrüßung eine Ohrfeige. Sie mag klare Ansagen, das haben Noah und der Mönch nie kapiert.« Dabei streichelte ich ihm die kalte, nasse Wange und reflektierte leidenschaftslos die Allerweltsfrage, warum einem die, die man seit seiner Kindheit kennt, so nah sind, obwohl man sie nicht mag. Dann ging ich wieder die Gartentreppe von Noahs Ex-Villale hinunter, diesmal ohne zu straucheln wie ein fliehender Dieb, und bei jeder Stufe, die ich hinter mir ließ, dachte ich, die hat Noah mit Schloimels Penjonse bezahlt – und die, und die.

In diesem Moment – die Hand des Drusen presste meinen Arm wie eine Zange zusammen, die lange, weiße Mauer des Achad-Ha'am-Friedhofs wellte sich wie eine Purimschlange und war plötzlich rot, dann grün, dann gelb, dann wieder weiß – mischte sich so was wie Hyperrealismus und sehr viel Gefühl in meine Erinnerung. Ich schaute jetzt wieder in Herzlia Pituach nach oben, in den weiß glühenden Mittagshimmel, der sich an den Rändern bereits rötlich färbte und einen noch heißeren, stickigeren Nachmittag ankündigte. In den Ästen der beiden riesigen Paternosterbäume links und rechts vom Gartentor hockten reglos ein paar sehr schwarze faustgroße Vögel. Der strohige Hibiskusduft mischte sich mit dem heftigen Odeur von Oleander, Bougainvillea, Jakaranda, Ficus, Flammenbaum, die den Blick von der Straße zu Meravs inzwischen dreistöckigem Villale halbwegs verstellten – und ich dachte wieder und wieder, es bricht mir das Herz. Denn mir brach es immer das Herz, wenn ich mir vorstellte, was Noah sich alles selbst verdarb oder was er verloren gab – die 18 Millionen, seine beiden missratenen Töchter 1 und 2 (wo waren die eigentlich, auch an der polnisch-slowakischen Grenze, in einem Luxus-Sanatorium für demoralisierte JAPs in Jelenia Gora, während Merav auf ihrer Fotosafari war?), PPP, CCC, Genix, das Ja-ja-jahwe-Album, den Buddha-Deal (jedenfalls bis vor ein paar Wochen noch). Die Paternosterbaumvögel öffneten ihre Flügel und stiegen einer nach dem anderen wie Helikopter senkrecht auf. Auf Wiedersehen Noahs, Ramis, Awis Jammertal! Und nun endlich – so klar im Kopf wie noch kein einziges Mal an diesem schweren, verwirrenden Tag – begriff ich, was Noahs und meine ureigenste Gettogeschichte war, die Story, die nicht nur gut klang und sich zum Weitererzählen eignete, sondern echtes Mythenpotenzial hatte. Ich nannte sie damals und ich nenne sie heute – halb deutsch, halb jiddisch – die Lass-uns-Freunde-bleiben-Maße.

Erinnern Sie sich? Als mich Noah im April 1988, einen Tag nach Auschwitz, morgens um 8 vor dem Südeingang des Innocentiaparks, in seinem nach angefaulten Äpfeln und Gras stinkenden Ur-Saab angefleht hatte, ihn nicht zu verlassen, wenn ich schon meinen kräftigen galizischen Samen auf Nataschales Zitzkales verspritzen musste, schrieb der ewige Loser große Tanach-Geschichte. Das war das Gegenteil der Kain-und-Abel-Räuberpistole! Das gab es noch nicht, nicht in der Bibel, nicht im Leben! Der betrogene Bruder bittet den betrügenden Bruder, bei ihm zu bleiben und ihm seine Wut, Tränen und Schimpfworte zu verzeihen. »Ist das dein Ernst?«, hatte ich ihn gefragt. »Du fragst mich jetzt, ob wir Freunde bleiben?« »Wenn d-d-du es nicht machst, Karubinerchen«, sagte er leise und biss kurz wütend in seine geballte Faust, »dann muss ich es eben tun.« »Ja«, sagte ich, »das stimmt, da hast du auch wieder recht.« »I-i-ich habe immer recht«, sagte er, »außer ich irre mich.«

Oh, wie ich Noah liebte! Hätte ich ein Kind, würde ich es genauso lieben – selbstlos und unaufgeregt. Es reichte mir, ihn anzusehen, schon war ich mit etwas verbunden, das Abulafia die »Einheit des Schweins mit dem Sein« nennt. Die wirren, braunen, drahtigen Haare, in der klassischen Michoels-Geheimratsecken-Manier, die platte chasarische Nase, das Lächeln, das oft aus vielen kleinen, schnellen ironischen Zuckungen bestand, die muselmannmäßig tief sitzenden, grau umrandeten, quicklebendigen, teebraunen Augen, die emigrantisch karierten, gestreiften und rauen Dries-van-Noten-Jacken, -Hosen, -Hemden, -Pullover, -Mäntel – das war der Look der ewigen Buczacz-Jeschiwe, in der junge Männer wie wir lernten, dass der nervige, ewig abwesende monotheistische Gott, dessen Ruf angeblich der schwerhörige Abraham als Sechshundertjähriger gehört hatte, nichts anderes war als ein Synonym für die unangenehme Erkenntnis, dass es ihn gar nicht gab – so wie auch sonst den Menschen, in guten wie in schlechten Zeiten, keine höheren Wesen zur Verfügung standen.

Wir beiden ausgekochten Buczacz-Boys wussten natürlich schon als stammelnde Säuglinge Bescheid. Uns konnte man nicht reinlegen. Wir waren mehr als nur spirituell füreinander da, weil sonst keiner für uns da war, weder oben noch unten, aber ohne menschengemachten Psychoterrror und durchsexualisierten Versöhnungskitsch.

Und deshalb war ich auch nicht böse auf Noah gewesen, als mir ein paar Wochen zuvor klar geworden war, dass er seine sudanesische Entführung und Hinrichtung nur erfunden hatte, um neu beginnen zu können – wenn das gut ist für ihn, dachte ich, dann ist es gut. Und darum störte mich jetzt nicht, dass der Rest meines Buddha-Anteils immer noch nicht auf meinen israelischem Konto war.

»Übergebe ich dir in einer kleinen ledernen MCM-Tasche, wenn du mir auf dem schweinestallartigen Aeroport von Iwano-Frankiwsk entgegenkommst, aber die Tasche will ich zurück«, schrieb er auf meine WFOJ-Timeline, und ich war sogar froh, dass er zur Peitsche griff – wenn es gut für mich war. (Schloimel der Große war übrigens auch ein zynischer Buczacz-Boy gewesen, allerdings ohne einen besten Freund; und Wowa war es sowieso, aber leider hatte er dort, wo andere Menschen einen Charakter haben, eine paar gesunde Überlebensinstinkte zu viel. Vielleicht konnten Kostja und er darum nie so füreinander da sein wie Noah und ich, dafür hatte er von Mamascha bis Ingrid alle seine Frauen halb bewusstlos gefickt.)

Noah, dachte ich, während der Druse mit einem ephemeren Gurgeln seine Ansprache unterbrach, sich mit der Hand gegen die Stirn schlug und an mir vorbei ins volle Handschuhfach des Subarus griff, machte als Noah himself alles falsch und als Soli-Freund alles richtig. Er kam sogar meinetwegen aus dem Jenseits wieder zurück, weil er es ohne mich dort nicht aushielt. Und ich? Ich hatte – apropos Jenseits – wenigstens einmal alles absolut richtig gemacht, und das war eigentlich auch eine ziemlich deepe Noah-und-Soli-Gettogeschichte. Es muss so ungefähr im Juli oder August 1997 gewesen sein. Wir hatten, das kam hier schon mal vor, mit Schloimel am Ende sein er Israel-Abschiedstour einen Nachmittag lang im Café Bensona unter diesen riesigen Seventies-Betonpilzen gesessen und über Raschi, Ilf und Petrow, Sombart, Kirk Douglas, den frühen und späten Ben-Gurion geredet, über Schloimels Geschäfte und meine Bücher, und er versuchte ein letztes Mal, Noahs Sinn für pragmatische Schlechtigkeit zu verbessern, denn er wusste – besser als wir –, dass er nur noch wenige Monate zu leben hatte. Am Ende strich sich Schloimel der Große über seinen weißen Siebentagebart, den er seit Kurzem trug, so als sitze er bereits für sich selbst Schiwe, es machte ratsch-ratsch, und er bat uns zu gehen. »Kinder«, sagte er gut gelaunt, »hier, im Herzen des jüdischen Brasilia, im Schatten von unzerstörbarem Sichtbeton« – er zeigte auf die Pilze und auf den weißgrauen Pluto-Hotelturm – »und beschützt von unseren Jungs« – in diesem Augenblick überflogen drei Kfir-Jets von Norden nach Süden den heruntergekommenen Hajarkon-Strand –, »möchte ich mich allein vom Land unserer Vorfahren verabschieden. Und lasst mir den Wagen hier, ich kann heute keinen Meter mehr laufen. So schwach hab ich mich zuletzt in den Wäldern von Liesnowo gefühlt.« So marschierten wir zwanzig Minuten später in der israelischen 50-Grad-Killerhitze herunter zur Ben Jehuda und schwiegen depressiv vor uns hin, und weil ewig kein Taxi kam, nahmen wir genervt den 5er, der zum neuen Busbahnhof fuhr. Als ich an der King George ausstieg – ich wollte mal wieder bei Polak nach Kafkas *Motten*-Tagebuch fragen –, sah ich im letzten Moment auf dem Sitz hinter dem Fahrer einen riesigen Araber in einer weißen Kefia, dessen Augen im präzisen Rhythmus einer tickenden Uhr auf- und zugingen. Ich sprang sofort wieder in den Bus, um Noah rauszuholen und vor dem sicheren Tod zu retten, aber die Tür ging hinter mir zu, und wir fuhren los. Ich zerrte ihn stumm zum Ausgang, rollte die Augen, drückte selbst erfundene SOS-Morsezeichen in seine Hand, und an der nächsten Haltestelle zog ich ihn raus, und da standen wir – ich zitternd, ADS-Noah damit beschäftigt, in seiner Hose nach einem Zettel zu suchen, auf dem er eine neue Romanidee notieren wollte, Arbeitstitel *Mit Zinsen in die Binsen* –, und wir lebten! Als wir im halb fertigen Villale ankamen, machte ich gleich den Fernseher an und schaltete von einem Programm aufs andere, aber nirgends war von einem Busattentat die Rede. Ich war trotzdem stolz auf mich. Stolz, dass ich, um Schloimel Forlanis einzigen und süßesten Sohn zu retten, mit ihm fast gestorben wäre.

»Da ist sie auch nicht«, schrie der Druse und knallte das Handschuhfach zu, »diese verdammte Glock!« Die Klappe sprang wieder auf, er schlug mehrmals dagegen, bis das Fach endlich zu war, und sagte viel leiser: »Warum hast du in der Hitze einen Wintermantel an?« Dann wurde er wieder lauter. »Was willst du noch von deinem toten Peace-Now-Kumpel? Er ist weg! Er kommt nie wieder zurück, nicht als Kakerlake, Tiger oder Neugeborenes. Diese ganze Wiedergeburtscheiße ist eine einzige verfickte Lüge, verstehst du, an die sich meine Leuten krallen, damit sie ihr Scheißleben weniger bedrückt. Ver-stehst-du? Beim nächsten Mal, denken sie, wird alles besser. Beim nächsten Mal geht Syrien bis Jerusalem, und sie müssen sich nicht mehr mit ihren Verwandten am Stacheldrahtzaun von Kuneitra den letzten Familienklatsch zurufen.« Er beugte sich so weit zu mir vor, dass ich kurz dachte, er versetzt mir einen Kopfstoß. Mit seiner Aggressivität, mit seiner inneren Aufregung, panisch bis zur Selbstzerstörung, erinnerte er mich an einen Menschen, der, ein paar Hundert Meter von unserem parkenden Wagen entfernt, hinter der nun wieder weiß leuchtenden stabilen Friedhofsmauer lag – Tal »The Selfhater« Shmelnyk. »Was nützt es mir, darauf zu hoffen, dass ich später angeblich wiederkomme, wenn mich heute Nachmittag die Militärpolizei ohne meine Dienstpistole erwischt und ins Gefängnis steckt und mit alten osmanischen

Telefonbüchern verdrischt? Für die sind wir Drusen immer noch unzuverlässige, verlogene Araber, sogar immer mehr. Da können wir noch so viele Scheißpalis für sie verprügeln.« Er lehnte sich, endlich erschöpft vom Reden, zurück. »Warum konnten die Israelis 1973 unser Dorf nicht zuerst räumen, bevor sie es bombardiert haben? Warum hab ich immer so irre Kopfschmerzen? Und diese weißen flirrenden Löcher vor meinen Augen! Und diese Lücken in meiner Erinnerung!« Und als ich jetzt langsam und vorsichtig die Autotür aufmachte, flüsterte er: »Glaubst du auch an Wiedergeburt? Bist du auch so ein Trottel?«

»Vielen Dank fürs Mitnehmen«, sagte ich. »Es war sehr hilfreich« – ich sagte das englische Wort »helpful«, das ich vorher noch nie benutzt hatte – »und interessant. Ich habe mir« – jetzt zeigte ich mit dem Zeigefinger auf meine Schläfe – »alles notiert.«

Er legte wieder seine Hand auf meine, aber kraftlos, und sah mich mit seinen blutunterlaufenen, glasigen, blauen Kreuzfahreraugen an. »Du hast gesagt, du bist Schriftsteller«, sagte er. »Ja?«

Ich glaube, ich nickte. Jetzt wollte ich wirklich gehen, alles drehte sich, das Auto, die Welt, sein ausgemergeltes Assad-Gesicht, und ich glaube, ich fragte mich plötzlich selbst, was ich vom toten Tal wollte.

»Und was schreibst du gerade?«
»Nichts.«
»Wirklich?«
Ich schwieg.
»Und davon kann man leben in Deutschland – vom Nichts schreiben?«

Ein charmantes Lächeln – Mamascha sagte immer, wenn ich wolle, könne ich wie ein aserbaidschanischer Ölprinz lächeln – war meine Antwort.

»Warte«, rief er, während ich langsam ausstieg. »Warte!«

Und plötzlich war die Glock in seiner Hand. Er richtete sie auf mich, und ich dachte, das ist ja interessant, wieso spüre ich nichts, wenn mich jemand mit einer Waffe bedroht. Die Pistole sah elegant, technisch, kalt, heiß, gefährlich, beruhigend aus, und das Loch in ihrem Lauf war so schön eng und schwarz, dass ich am liebsten den kleinen Finger reingesteckt hätte und ihm dann mit meinem ganzen Körper hinterhergeklettert wäre.

»Da ist ja mein Baby, o mein Gott, danke. Danke! Ich bin zwar vergesslich, aber ich hab noch nie etwas verloren.«

Ich machte einen Schritt zur Seite.

»WARTE! Warte … Willst du gar nicht wissen, warum ich zum Lou-Harper-Konzert wollte? Hast du nicht gelesen, was dem Gentleman des Rock, was Mr. Music passiert ist? Seine Managerin hat ihm die Eier abgeschnitten, und er hat's nicht einmal gemerkt! Und er hat kleine Mädchen gefickt, und sie sind ihm dreißig Jahre später draufgekommen. Und was macht dieser alte, dünne Kerl, der in den Siebzigern so berühmt war wie Lennon und Shmulik Kraus? Was macht er?! Bricht er zusammen? Nimmt er wie dein toter Kumpel ein paar Tabletten zu viel und hofft auf ein nächstes, sorgloses Leben als siamesische Unterwasserschnecke? Nein! NEIN! Er tritt wieder auf. Er schreibt einen Hit. Er schenkt seinem berühmten, drogensüchtigen Hollywood-Sohn ein Film score, das die Leute wie die *Kleine Nachtmusik* nachpfeifen. Er ist glücklich. Er fickt nur noch Vierzigjährige. Er guckt bei Interviews, als hätte er für immer den Dreh raus. Und er macht wieder Geld, sehr viel Geld! Er-hat-ein-Comeback! Das nenn ich Wiedergeburt. Hast du gehört, Kalif al-Hakim, du Pisser?!«

Ich nickte sicherheitshalber.

»Bist du blöd, Deutscher? Was ist los mit dir?« Der Druse senkte die Glock. »Glaubst du, ich bin so irre, dass ich dich für den Kalifen halte?!«

Und da waren sie auf einmal, die schlimmsten Bauchschmerzen meines Lebens. Ich glaube, ich bekam auch noch eine Blitzmigräne, jedenfalls sah ich kurz nichts, und dann sah ich das weiche, liebevolle, geduldige, überlegene Chruschtschow-Gesicht des Buddhas und hätte am liebsten geweint. »Männer weinen nicht«, murmelte ich, »Wowas Sohn weint nicht …« Ich ging auf dem leeren Friedhofsparkplatz in die Hocke, atmete langsam und spannte alle Muskeln meines Körpers an, und wenn ich alle sage, meine ich alle, und als ich die Augen öffnete, war der Buddha wieder weg und der Subaru auch. Das tat weh, sage ich Ihnen. Das war fast so schlimm wie Mamaschas und Serafinas immer kleiner werdende Gestalten auf dem Laufband in Hamburg-Fuhlsbüttel, am Tag ihres Abflugs nach Miami. Ich machte die Augen schnell wieder zu – kein Buddha! Dafür sah ich jetzt Madames riesigen weißen Arsch, ich sah Oriteles zum Platzen schweren, schwangeren, glänzenden Bauch, ich sah den Affen auf meinem Kopf, ich sah Claus im grünen, kalten Wasser des Werbellinsees treiben, ich sah ihn in der Paulskirche, sie gaben ihm den Friedenspreis, und er hielt eine Rede, in der er mich mit Siegfried Kracauer und Jud Süß verglich. Ich sah Lillys großes rotes Pferdegesicht, ihren Mund und meinen Dudek in ihrem Mund, der einfach nicht hart werden wollte, und ich dachte, Realität ist, wenn man aus einem Traum in einen anderen erwacht, wer will die letzten 72 Stunden meines Lebens haben? Ich nicht!

Und dann dachte ich: Bitte, bitte, lieber Gott, den es hoffentlich gibt, ich will gleich wieder die Augen aufmachen, es soll der 15. Dezember 2005 sein, ich bin zu Hause in Berlin und nichts ist passiert.

3
Jour fixe im Café Slavia

Und jetzt, dachte Wowa, nachdem Kostja ihm alles gesagt hatte, was er ihm seit dreißig Jahren sagen wollte, jetzt sollte ich endlich den Mund aufmachen! Er umfasste – langsam, vorsichtig, genervt – mit allen fünf Fingern den Messingkopf seines Luxusspazierstocks aus Jojobaholz, den ich ihm geschenkt hatte, als ich das letzte Mal vor meiner Flucht bei ihm in Hamburg war. Dabei versuchte er, sich nicht darüber aufzuregen, dass ich bei Hoerning & Co fast 500 Euro dafür bezahlt hatte, aber er regte sich auf, denn ein Stock war nur ein Stock. Einer für 50 Euro hätte genauso gereicht, mein Gott, 500 Euro, wie lange kann ein Mensch davon leben, wie lange hätte Djeduschka davon leben können, gerade er, und wieso konnte ich überhaupt so viel Geld ausgeben, obwohl ich ihm immer noch diese verdammten 40 000 Euro schuldete! Schlechtes Gewissen, dachte er, was sonst –, und dann wusste er plötzlich nicht mehr, was er Kostja sagen wollte, und schlug mit dem Stock zwei-, dreimal gegen den kalten Marmortisch.

An dem Tisch – links davon die großen, schmutzigen Fenster, die zum Hradschin führten, rechts das Bild mit dem Absinthtrinker und der grünen Absinthfee – saßen Kostja, Major Sekora und noch ein paar andere von den alten Geheimdienst-Kadern, lauter Männer um die siebzig oder älter, schütteres Haar, kranke, tränende Augen, knappe, grimmige Sätze, die sie praktisch nur im Stundentakt fallen ließen. Kostja sah in dieser blassen Slawenrunde noch griechischer aus als sonst. Sein Schädel – vorn ägäisch breit, hinten anatolisch platt – wurde von einem kleinen Urwald grauer und weißer Haare überwuchert; er war nicht rasiert, so wie ein greiser Bauer oder Fischer, der die weißen Bartstoppeln als Ehrenabzeichen des Alters trägt; und seine Augen, seine kristallblauen Augen, ließen Wowa sofort ans Meer denken, in dem die styroporweißen ägäischen Inseln schwammen, wenn man sie auf dem Weg nach Israel überflog.

Sie sahen sich kurz hasserfüllt an, er und Kostja, Kostja hob das Glas mit dem Pfefferminztee, Wowa rülpste leise und griff nach seinem Glas, sie tranken beide einen Schluck, dann noch einen und noch einen, und stellten gleichzeitig knallend die Gläser wieder ab. Der Chor der alten Kader schwieg, draußen fuhr laut – sehr laut – eine rote Prager Straßenbahn vorbei, und Wowa wusste jetzt nicht einmal mehr, wo er war. Dafür hatte er den Geschmack der dicken, klebrigen, salzigen Graupensuppe im Mund, die sie früher immer in der KGB-Kantine zum Abendessen gekriegt hatten.

Als Wowa Kostja das erste Mal gesehen hatte, vor einem halben Jahrhundert, in Moskau, im riesigen, kirchenartig hohen, schlecht beleuchteten Audimax in der Lubjanka, wo Mel Wechslberg den Novizen des Jahrgangs 1955/56 in einer kurzen, schweren, einschüchternden, aber auch euphorisierenden Rede erklärt hatte, dass es für sie ab sofort kein Zurück mehr gebe auf dem Weg zur lichten Zukunft des Sozialismus und in die dunklen Verhörkeller des Ministeriums – als Wowa damals diesen feinen, kleinen, dünnen, dunkelhäutigen Jungen mit dem flachen Sadistenhinterkopf in der Reihe vor sich entdeckt hatte, kam ihm nicht in den Sinn, sich zu fragen, woher er kam und ob er ein echter Russe war. Er selbst – die Haut in der Farbe des Saftes schwarzer Oliven, die Nase assyrisch, dunkel, streng, die von der Kriegstuberkulose grafitgrau markierten Augen- und Mundfalten – sah auch nicht gerade wie Ilja Muromez aus. Erst später, wenn sie abends in der Berija-Kaserne nicht einschlafen konnten, sprachen sie über Kostjas erste Lebensjahre in Thessaloniki und über seinen Vater, einen kommunistischen Partisanen-General, der ein paar Monate lang sogar eine Art Präsident von Griechenland gewesen war, bis ihn die Engländer verjagten und er mit der Familie über Sofia nach Moskau floh. Danach redeten – und stritten – sie noch länger über Wowas Geschichten und Gedichte, über die Fragen von Gut und Böse, die er in ihnen stellte und beantwortete, über seine blinde Dekabristenliebe, über die hellen, optimistischen Farben der Peredwischniki, über Tolstojs Sanftmut und Gleichmut und gleichzeitig über Kostjas Verachtung für alle, die – wie sein Vater, wie Wowa – glaubten, man könnte die Welt besser machen. »Man kann nur dafür sorgen, dass sie funktioniert!«, sagte er.

Über die schwarzen Geschäfte von Wowas Vater, der damals noch nicht Djeduschka hieß, redeten sie leider auch und über die tschechoslowakischen Papiere, die er, der in Uschgorod geborene Buczaczer, nach Kriegsausbruch in London bei den ČSR-Exilbehörden für sich und seine acht Söhne beantragen ließ, gerissen, wie er war. Gerissen war aber auch Kostjas Vater gewesen, und so redeten sie oft über seine Kubistensammlung, die – gerade noch in Goerings Besitz, gerade noch in einem verplombten Waggon im Zug Prag–Moskau, gerade noch in der Asservatenkammer der Eremitage in Leningrad – plötzlich in der Wohnung der Familie Kostos an der Nabereschnaja hing, zu Kostjas Erstaunen das Schönste, was er in seinem Leben gesehen hatte. »Was wussten diese Maler, was kein anderer wusste? Dass nichts so ist, wie es aussieht – genau. Und dass auch die schönste Politik hässlicher ist als das hässlichste Leben«, sagte er flüsternd, um die anderen, zumeist unruhig schlafenden Rekruten nicht zu wecken. Man hörte tiefes Schnaufen in der Dunkelheit, im Schlaf ausgestoßene Mamarufe, das Kratzen langer, scharfer Nägel auf junger, noch unberührter Männerhaut, und dann sagte Kostja noch leiser: »Wirst du das ganze Geld deines Vaters erben, Wolodja? Ich beneide dich. Was für Bilder du dir davon kaufen könntest!« Wowa selbst, der Kostja einmal in der Nabereschnaja an einem ihrer wenigen freien Wochenenden besucht und vor allem die dicken goldenen Rahmen bestaunt hatte, in denen die verrückten, bunten, chaotischen Bilder der Kostos-Sammlung steckten, verstand nichts von moderner Kunst. Er nickte trotzdem in der Dunkelheit. Und dachte an einen Satz, den sein Vater, der später Djeduschka heißen und noch später an einem Strick im Butyrka-Gefängnis baumeln sollte, oft sagte: »Ein Grieche ist schlauer als zehn Juden – aber nur, wenn er wirklich schlau ist.«

Und wieder dieser ekelhafte Graupengeschmack. Immerhin bekamen sie während der Ausbildung genug zu essen; sie hatten morgens frisches, noch feuchtes Brot auf den Tellern, Butter, Früchte, Wurst, mittags gab es eine Suppe und ein Hauptgericht mit einem großen Stück Fleisch und abends wieder Suppe, dazu Piroggen mit Kohl oder Hackfleisch, oder ein Stück Kuchen und ein Glas Milch. Das waren zwar nicht die riesigen, oft leicht angebrannten Mövenpick-Steaks (mit Salat so grün wie angemalt, haardünnen Pommes Frites und Ketchup so viel man wollte), die er später bei seinen Treffen mit den BND-Leuten in Westberlin wie ein Hund verschlang. Aber es war an einem Tag mehr, als die meisten Russen in der Woche auf ihren Tellern hatten, und das verstand er nicht, er verstand es, um genau zu sein, immer weniger, und es brachte ihn gegen das Ministerium auf. Außerdem begriff er nicht, warum in der Lubjanka über Chruschtschows mutige Geheimrede gelacht wurde, warum Verdächtigen erst romanlange Geständnisse abgerungen wurden, die man gleich wieder vor ihren Augen zerriss – und vor allem fragte er sich immer öfter, warum er, der einzige Jude in seinem Jahrgang, in den Marxismus-Seminaren nur Referate über Birobidschan, den Einfluss der Juden auf die Weltökonomie oder die geheime Expansionspolitik Israels halten musste. Ja, wieso, dachte er jetzt auch, mehr als fünfzig Jahre später, im lichtdurchfluteten Café Slavia, wieso muss der Weg zum Guten von menschlicher Bösartigkeit und Ungeduld gepflastert sein, und er schlug wieder mit seinem Stock gegen den Marmortisch. Dann machte er den Mund auf – und machte ihn gleich wieder zu.

»Und jetzt«, sagte Kostja – der alte Kostja –, »sind wir quitt, fast quitt, Wladimir Mendelewitsch. Es fehlen nur noch die 20 000 Dollar, die du mir damals von eurem Schweizer Kuchen versprochen hast. Ich hab nachgesehen und nachgerechnet. Die Kaufkraft eines

Dollars im Jahr 1960 entspricht 7,37 Dollar heute. Macht 147 400. Ist das ein Problem?«

»Nein … natürlich nicht … nicht, wenn du mir meinen Sohn zurückbringst«, sagte Wowa, erstaunt über sich selbst. Er setzte die Worte so langsam und vorsichtig hintereinander wie ein Hotelgast seine Schritte, wenn er nachts in einem fremden Zimmer aufwacht und die Toilette sucht. »Ist DAS ein Problem?«

Und endlich wusste er wieder, wo er war – aber froh machte es ihn trotzdem nicht. Denn seit er alles Mögliche vergaß, kam ihm das Leben wie ein angefangenes Buch vor, aus dem ständig das Lesezeichen rausfiel; und wenn er die Stelle fand, die er suchte, wusste er auf einmal zu viel, dachte er zu viel, fühlte er zu viel. Achtzig Jahre seines Lebens – plötzlich ein einziger kakofoner Akkord! Gott, dieser Teufel, hatte gewusst, was er tat, als er die Alterssenilität erfand.

»Ich hab mit dem Verschwinden deines dir zum Verwechseln ähnlich sehenden Sohns praktisch nichts zu tun«, sagte Kostja kichernd. »Hat er nicht schon lange einen Vorwand gesucht, um abzuhauen?« In seinen Nasenlöchern glänzte es grippal, und er wischte sich mit dem Ärmel seines dicken rostbraunen Tweedjacketts übers Gesicht. »Nein, malaka, ich bin wirklich unschuldig! Ich hab ihm und deiner Stieftochter nur ein bisschen von unserer alten Arbeit erzählt. Ich hab ihnen gesagt, ihr müsst euch unsere Gespräche oben im vierten Stock in der Bartolomějská so ähnlich wie platonische Dialoge vorstellen.«

Der Chor der alten Kader nickte beifällig.

»Und ich hab ihnen erklärt, dass du es in Prag nur noch nebenberuflich gemacht hast, Literatur statt Agentur hättest du beim Anwerbungsgespräch gesagt, sie sollen sich also nicht so aufregen. Ich weiß, ich hätte vielleicht nicht das Geschäft erwähnen sollen, das du und ich uns auf Kosten deines Vaters ausgedacht haben. Aber wer kann schon den süßen Früchten des schlechten Gewissens und der Rache widerstehen? Ich nicht, tut mir leid.« Er kicherte wieder, jetzt müde und traurig. »Vor allem dein exhibitionistischer Schriftstellersohn war sehr daran interessiert, alles genau zu erfahren. Ich glaube, er wird bald etwas über dich und mich und deinen Vater und vielleicht auch Valja schreiben. Du selbst schreibst gar nicht mehr, oder?«

Zeit, nachzutragen, wie Kostja zu Beginn dieses Jour fixe den armen Wowa durcheinandergebracht hatte – mit einem Geständnis, das eventuell keins war.

»Ich bitte euch alle um Ruhe«, hatte er gesagt, nachdem die übliche Veteranenrunde endlich vollzählig war, nachdem jeder sein kleines Bier, seinen Pfefferminztee oder Cappuccino mit viel Sahne bestellt hatte, nachdem die alten müden Agenten – für einen Moment gar nicht so müde – ihre neuen aufregenden Geschäfte besprochen hatten, u. a. Sicherheitsanlagen für die neuen Reichenviertel von Troja und Bubeneč, afrikanische Staatsanleihen, die Umwandlung ehemaliger Staatsbetriebe in internationale Aktiengesellschaften. »Ruhe, verflucht! Ich komme nun zum zweiten Punkt der Tagesordnung, zu meiner persönlichen Lustration, Debolschewisierung, moralischen Reinigung oder wie immer man das heutzutage nennt. Ich habe natürlich« – »natürlich« war Kostjas Lieblingswort – »Verständnis für jeden, der schweigt und wartet, bis sich seine Gewissensprobleme biologisch gelöst haben. Ich dachte immer, ich hätte mehr Glück gehabt als ihr. Ich musste nicht im November 89 in der Bartolomějská schwitzend am Reißwolf stehen und Akten vernichten. Ich war längst sauber und Millionär und klar im Kopf, als ihr noch immer nicht wusstet, wer die Schlacht ums 20. Jahrhundert gewinnt und ob ihr nicht vielleicht noch schnell die Seiten wechseln solltet. Das hab ich bereits im Sommer 68 getan! Und ein paar Monate vorher haben ich und Wolodja« – er zeigte mit durchgedrücktem Zeigefinger auf Wowa, der seine schwere Egon-Bahr-Brille abgenommen und sich mit beiden Händen die roten, alten Augenhöhlen wie ein im dichten Blattwerk raschelndes Faultier gerieben hatte – »ein paar Monate vorher, im Mai, haben er und ich uns gesagt, wir machen erst mal nicht weiter, wir warten, auf welche

Seite des Netzes der trudelnde Ball der Geschichte fällt. Zu spät!« Wowa setzte die Brille auf und sah Kostja an, die Augen aufgerissen, kein Blinzeln, kein nervöses Lidzucken, kein Gefühl. »Ich nahm also meine Familie, meine Bilder, mein operatives Wissen und zog so weit weg in den Westen, wie es ging. Und Wolodja? Der entschied sich, erst mal zu bleiben. Wie das? Warum ist er später doch gegangen? Und weshalb konnte ich ihn nicht vergessen? Und warum hab ich seitdem fast jede Nacht von ihm und von seinem Vater geträumt?« Gespieltes verlegenes Räuspern. »Will noch jemand schnell etwas bestellen? Ich erzähle es euch.«

Und dann hatte Kostja der ausgelaugten Slavia-Runde alles erzählt – wie er, kaum wurde er im September 1962 nach Prag abkommandiert, erfuhr, dass der tschechoslowakische Staatsbürger Wowa schon längst in der Tschechoslowakei war, nicht mehr im Auftrag des Ministeriums, oder nur noch ein bisschen, ein junger Journalist und Schriftsteller, der mehr Zeit bei den Sitzungen des Autorenverbands und der KPČ verbrachte als an seiner Remington. Kostja erzählte Sekora & Co, wie sie sich kurz darauf zufällig auf dem Wenzelsplatz wiedergetroffen hatten, ins nächste Automatenrestaurant gingen, zusammen schweigend Gulasch mit Knödeln aßen und Bier tranken und beide beim Abschied sicher waren, dass sie sich nie mehr wiedersehen würden; wie er Valja Wechslberg, seinem alten Schulfreund und Nachbarn aus der Nabereschnaja, nach Moskau schrieb, dass er Wowa getroffen habe, und wie Valja ihn sofort anrief und fragte, ob er auch seine kleine, süße, verlorene Tochter Serafina gesehen habe; und wie ein paar Wochen später ein Befehl von Mel Wechslberg persönlich kam, Valjas mächtigem KGB-Vater – »benannte Zielperson ausarbeiten, mit dem Entzug der Erziehungsvollmacht fürs Kind drohen und als IM in den Prager Künstlerkreisen einsetzen!« –, und wie er schon bald Wowa monatlich in der Bartolomějská auf dem zerkratzten, alten Thonetstuhl Platz nehmen und sich von ihm lauter unwichtigen Kram über die jungen Verrückten aus der Viola, aus dem Činoherní Klub und der

Nachtbar Narcis erzählen ließ, auf weitere Anordnungen aus Moskau wartend, die aber nicht kamen.

»Dann, als ich dachte, das können wir noch so bis zum Eintritt des Menschheit in die Phase des wissenschaftlichen Kommunismus machen«, hatte Kostja zu den alten StB-Halunken gesagt, die alle bei dem Wort »wissenschaftlicher Kommunismus« ironisch lächelten, »dann kam plötzlich Befehl Nummer 2 aus Moskau. ›Feindliche Spionagetätigkeit von IM Quido nachweisen oder sich etwas anderes Passendes überlegen und auf weitere Instruktionen warten.‹« Mehr, fuhr Kostja mit einem entsetzten, euphorischen Strahlen in den kristallklaren Griechenaugen fort, habe nicht in dem Telex gestanden – aber er habe genau verstanden, worum es Mel ging. Er habe das Telex mindestens noch zehn-, zwanzigmal gelesen, er habe panisch gedacht, ich habe nichts gegen ihn in der Hand, na ja, fast nichts, sein verdammter Alle-Menschen-werden-Brüder-Tick ist so ehrlich wie penetrant, Scheiße, gegen diesen jüdischen Parteistreber ist sogar das ZK ein Hort der trotzkistischen Konterrevolution – und dann habe er trotzdem einen Plan gemacht. Einen Plan, der mit Wowas Vater Mendel zu tun hatte, mit bulgarischen Zigaretten, belgischem Penizillin und amerikanischen Rechenmaschinen aus der Vorkriegszeit, die der große Moskauer Kombinator auf dem Gebiet der sozialistischen Bruderstaaten mit einer Leichtigkeit herumschob wie andere Steine auf einem Damebrett, es kamen Dollars und englische Pfund darin vor und das Schreckensbild eines bärtigen, schmatzenden, gierigen Juden, der Mendel Karubiner nicht war. »Wolodja, mein Lieber, einen Moment«, sagte Kostja sanft, fast weinerlich (es war der Ton eines Sadisten, der zur Steigerung seiner Lust Mitleid mit seinem Opfer verspürt), als Wowa das nächste Mal in seinem Büro Platz genommen hatte und anfangen wollte, von der Premierenfeier des neuen Suchý-und-Šlitr-Stücks im Theater Na Zábradlí zu erzählen, »heute geht's nicht um die anderen, es geht um dich. Ich habe Berichte aus Moskau, die ich nicht glauben kann. Du sollst« – er machte eine Pause, die dramatisch und bedrohlich klang, aber vor allem mit seiner eigenen Nervosität zu tun hatte – »du sollst regelmäßig aus Moskau von deinem Vater Devisen erhalten haben, geschmuggelt per Diplomatenpost und einmal sogar in der Unterwäsche deines dreijährigen Sohns. Ich kann mir nicht vorstellen, dass das stimmt! Aber was ist, wenn ich – was ich natürlich nicht hoffe – Beweise auftreiben könnte, gegen die du und ich machtlos wären? Wenn sich herausstellen sollte, dass du die Finanzen einer zionistisch-amerikanischen Verschwörung gegen unseren Staat kontrollierst? Weißt du, was das für dich bedeuten würde, für deine Frau und« – Pause – »für deine Kinder?«

Wowa, keine Sekunde überrascht oder erschrocken, nickte und sagte: »Kostja, mein Lieber, wie wäre es mit einem Gegenbeweis?«

»Kommt darauf an«, sagte Kostja, »die Lage ist sehr kompliziert. Du bist ja treu im Glauben, zuverlässig in der Arbeit, engagiert in der Partei. Aber meinst du wirklich, das wäre ein Beweis für deine Zuverlässigkeit? Nehmen wir deinen Lebensstil. Wirklich sehr verdächtig! Ja, wir wissen, was für ein bescheidenes Leben du führst. Aber da uns der Verbleib der erwähnten Devisen noch immer unklar ist, müssen wir im Gegenteil davon ausgehen, dass du sie längst in den Westen …« Er brach mitten im Satz ab, doch diese Andeutung hatte genügt. Wowa hatte endgültig verstanden. Er nickte wieder, nahm die – damals fast winzige, randlose – Intellektuellen-Brille ab, putzte mit einem riesigen karierten Taschentuch die Gläser, dann setzte er sie vorsichtig auf. Er schien ruhig zu sein, und überhaupt sah er ausgezeichnet aus an diesem Morgen, weder müde noch blass oder zu Tode verängstigt. Aber so ruhig konnte er gar nicht sein, wie er tat. Er sagte laut: »Der Gegenbeweis sind 40 000 Dollar. Sie liegen in der Schweiz, Credit Suisse, Zürich, Paradeplatz, und wir müssen sie uns nur noch holen.« Kostja blätterte schweigend von hinten nach vorn Wowas Akte durch, klappte sie zu und sah Wowa an. Dann sah er wieder nach unten und sagte langsam: »Wie soll das gehen – ich meine, rein theoretisch?« »Rein praktisch«, sagte Wowa, »schreib ich dir die Nummer des Kontos auf einen Zettel, den du mir gibst, wenn du willst – und wenn du mir die Hälfte von den 40 000 übrig lässt. Und ich unterschreibe ab jetzt alles, was du mich beim operativen Vorgang ›Djeduschka‹ unterschreiben lässt. Nein, nennen wir die Sache lieber ›Der Fall Kapustowo‹. Und wenn ich sage alles, Kostja, dann meine ich alles!« Das, so hatte Kostja mit gesenktem Blick, hängenden Schultern und unerklärlicher Servilität in der hohen Alter-Mann-Stimme zu seinen Agentenfreunden und -feinden im Slavia gesagt, sei der Anfang des Endes von Karubiner sr. gewesen. Was folgte, seien Djeduschkas schnelle Verhaftung durch die Moskauer Sicherheitskräfte gewesen, monatelange Verhöre und jeweils ein Lenin-Orden für Wowa und für ihn. Und Mel habe danach nie wieder einen Befehl geschickt. Ja, natürlich, hatte Kostja dann etwas weniger niedergeschlagen hinzugefügt, habe er selbst eine Rolle dabei gespielt, dass Wowas Vater ein Jahr später nicht mehr am Leben war – aber die wirkliche Schuld trage Wowa, sein Sohn. Denn er habe Valjas Tochter entführt, er habe seine Frau Lenotschka – Mamascha! – gezwungen, Valja zu sagen, dass er die arme kleine Serafina nie mehr wiedersehen dürfe, weil das besser sei für sie und für ihn, wer brauche zwei Väter, wenn schon einer anstrengend genug sei, etc. In Wahrheit habe Wowa auf diese Weise seinen Vorgänger für immer aus Lenotschkas Leben entfernen wollen, und als Valja endlich kapiert habe, dass er von Wowa reingelegt wurde, waren die Karubiners längst drüben in Prag, und Serafina hatte ihn vergessen.

Und so – an dieser Stelle seines undurchsichtigen Geständnisses bohrte sich der schlaue Grieche Kostja mit dem Blick tief in Wowas Blick – seien Valja nur noch seine Erinnerungen geblieben und monatelange Appetitlosigkeit und Dauermigräne und rätselhafter Haarausfall, und dass schließlich Mel ins Spiel kam, der große Mel Wechslberg, ein Typ, der zu Stalin und Chruschtschow sagen konnte, ihm sei egal, wer unter ihm das Ministerium führe, war natürlich auch Wowas Schuld. Bei wem sonst hätte Valja sich über den

Prager Kinderraub beschweren sollen, wenn nicht bei seinem Agentenvater?

»Ohne die Befehle aus Moskau, Genossen«, sagte Kostja dann so leise, dass sich alle am Slavia-Tisch zu ihm vorbeugen mussten, um ihn zu verstehen, »hätte ich Wowa nicht erpressen müssen.« Eingeweihtes Nicken und Brummen. »Und wenn ich Wowa nicht erpresst hätte, hätte er mir nicht das Leben und das Geld seines Vaters angeboten. Das versteht jeder, der die Tücken und Lücken unserer alten Arbeit kennt. Wie« – nun wurde er wieder so laut, dass alle erschraken und wie bei einer Vollbremsung die Köpfe nach hinten rissen – »sollte ich zu Wowas Angebot Nein sagen? Hätte ich's abgelehnt, hätte er mich in der Hand gehabt, hätte er nach Moskau ein Telex geschickt und gemeldet, dass ich einen Schädling und Wiedergänger Fagins und Slánskýs decke. Richtig, Wowa? Stimmt's, du raffinierter Hurensohn?! Ja, dein Djeduschka-Trick war wirklich erstklassig. So hatten Mel und Valja nichts mehr gegen dich in der Hand und mussten Serafina für immer aufgeben!« Er schlug mit der Faust gegen den Tisch, Teller und Gläser sprangen hoch und klirrten, und viele Gäste im Café guckten sich nach ihm und seiner merkwürdigen Runde um. Da sie fast alle Ausländer waren – liebe, reiche, ahnungslose Ausländer in Jacken mit Pelzkrägen, das Haar kräftig und glänzend wie auf einem Werbeplakat –, wussten sie nicht, warum ihnen der Anblick dieses halben Dutzends todernster, grau- und weißhaariger einheimischer Männer mit dem Appeal ehemaliger Postbeamter Angst machte. »Wer, verdammt, will heute beurteilen, was das für eine Zeit DAMALS war?«

Wowa hatte es geschafft, nicht wütend den Kopf zu schütteln, als Kostja fertig war. Er hatte gedacht, du hast doch keine Ahnung, was ich mit meinem Lenin-Orden gemacht habe, Grieche, in die Moldau habe ich ihn geworfen, gleich auf dem Weg vom Černín-Palast nach Hause, und geweint habe ich wie ein Kind. Und willst du wissen, wen es noch nie interessiert hat, warum wir DAMALS die waren, die wir nicht sein wollten? Meinen verlorenen, eingebildeten Scheißsohn, diesen ewigen Besserwisser, der immer so anständig tut, aber zu blöd ist, sich einen runterzuholen, ohne dass man ihn erwischt. Endlich verstehe ich ihn! Und dann hatte er langsam den Mund aufgemacht, bereit, Kostja die ganze Wahrheit zu sagen – aber es kam das erste Mal an diesem Tag nichts raus. Er zeigte Kostja seine großen, gelben Zähne, die wie die Zähne des verzweifelten Pferds in Picassos *Guernica* waren. Die langen Sehnen links und rechts von diesem schreienden, stummen Mund spannten sich an, wurden weiß, rot, wieder weiß, und plötzlich sah Wowa auf dem Tisch am Fenster, an dem eben noch zwei deutsche Touristinnen gesessen hatten – Typ: Chanel-Handtasche, hohe dunkelbraune Russlandfeldzug-Stiefel, totales Wagnerenkelinnenblond –, eine Ausgabe des Stern.

Westberlin, 1959. Einen Stern hielt damals auch im Café Kranzler Regierungsoberinspektor »Börne« – Börne in Anführungsstrichen, weil Wowa nie seinen richtigen Namen erfuhr – in der Hand, das war ihr Erkennungszeichen. Auf dem Umschlag war eine braunhaarige Schauspielerin oder Sängerin mit roten Wangen und einem dunkelrot geschminktem Mund, Wowa kannte sie nicht, aber er hätte sie gern gekannt, und bevor sie über Wowas Möglichkeiten und »Börnes« Wünsche redeten, wollte er wissen, wer sie war. »Börne« war für einen Deutschen ungewöhnlich direkt. Sonja Ziemann, sagte er, wer wolle nicht mit ihr schlafen! Bekommen habe sie am Ende ein Pole, ein junger Säufer und Schriftsteller, kein Jude, aber schlimm genug. Dann lachte er laut, sehr laut, es war das Lachen eines Mannes, dem egal ist, ob andere mitlachen – und für einen Moment übertönte sein Glucksen und Kichern sogar den Autolärm auf der Joachimstaler Straße. Wowa, den Blick an »Börnes« schönem langen, fast kahlen Offiziersschädel vorbei auf die deprimierenden Reste einer zerstörten Kirche gerichtet, überlegte, ob er nicht sofort wieder aufstehen und weggehen und mit der S-Bahn zurück zur Friedrichstraße fahren und den lebensgefährlichen Seitenwechsel für immer vergessen sollte. Er stellte sich »Börne« im Einsatz vor, er sah ihn, wie er mit einer Reitgerte durch Auschwitz oder Bergen-Belsen spazierte und Häftlingen, die vor ihm auf die Knie fielen, die Wangen blutig peitschte, bis sie so rot waren wie der Mund und die Wangen der Schauspielerin.

Jetzt mal im Ernst, sagte »Börne«, in Ton und Mimik eine zum Leben erwachte George-Grosz-Figur, er sei froh, dass Wowa bereit sei, für die gute Sache alles zu riskieren, er wisse, was das heißt. Als er während des Kriegs mit seinen Kommilitonen nachts durch die Leipziger Innenstadt lief und Anti-Hitler-Flugblätter durch die Luft wirbeln ließ, habe er auch nicht aus Naivität oder Abenteuerlust gehandelt. »Wir sind alle keine guten Menschen«, sagte »Börne«, »aber wir sollten die, die noch böser sind als wir, aufhalten. Oder?« Wowa, erleichtert und gleichzeitig panisch beim Gedanken, dass man in der Bartolomějská längst über seine Kontaktaufnahme mit dem BND Bescheid wusste, nickte. Jetzt gibt es keinen Weg mehr zurück, dachte er, was für ein Glück, was für ein Pech. »Es gibt für Sie immer noch einen Weg zurück, wenn Sie wollen«, sagte »Börne«. »Sie müssen nur aufstehen und weggehen, und Sie werden nie wieder von uns hören. Ehrenwort! Und ich zahle sogar Ihren Kaffee. Und böse wird ihnen auch keiner sein. Aber wenn nicht ...« Und dann erklärte »Börne« dem entsetzten Wowa, was der BND mit ihm vorhatte.

Es war ein interessanter, guter, schöner, fast jüdisch kluger Plan, den sie sich in Pullach (und wohl auch in Washington und Langley) ausgedacht hatten. »Wir wollen in die Köpfe unserer Gegner eindringen, verstehen Sie, nicht nur in ihre Fabriken und Kasernen«, sagte »Börne«, »und wer könnte uns dabei besser helfen als ein Schriftsteller?« Ging es um Wowa? Es ging um Franz Kafka – »auch so ein gescheiter, unzufriedener Jude wie Sie« –, dessen Name im Jahr 1959 noch so gefährlich und geheimnisvoll klang wie die Namen von Elvis Presley oder Jassir Arafat. Und es ging um die Angst der Kommunisten vor seiner überempfindlichen, schwarzen Art, die Welt zu sehen. Denn wer ihn einmal gelesen hatte, wollte nie wieder etwas mit ihnen zu tun haben, der wollte mit keinem Mächtigen etwas zu tun haben, der wollte am liebsten gar nicht mehr leben, dem war die Zukunft der Arbeiter und Bauern egal.

Wowa hatte auch schon ein Buch von ihm gelesen, den *Prozess,* der ein Jahr vorher auf Tschechisch erschienen war, am Zensor vorbei, keiner wusste, wie das passieren konnte. Und gleich der erste Satz – Wowa verstand ihn sogar ohne sein neues tschechisch-russisches Wörterbuch – schockierte ihn und erinnerte ihn an alles, was er selbst erlebt und getan hatte in den Kellern des Moskauer Innenministeriums. »Jemand musste Josef K. verleumdet haben, denn ohne dass er etwas Böses getan hätte, wurde er eines Morgens verhaftet.« Wie konnte er, der auf der Seite des Rechts gestanden hatte, sich in diesen Worten wiederfinden?, fragte er sich beim Lesen. Das konnte doch eigentlich gar nicht sein! Wenn er, gemeinsam mit Kostja Mel Wechslbergs bester Schüler, in der Lubjanka einen Verdächtigen verhört hatte, wenn er in die müden, traurigen, erloschenen Augen eines Mannes sah, der nicht begriff, warum sich so ein hübscher, kluger Judenjunge wie er wie ein Wolf auf ihn stürzte, dauerte es keine drei Minuten, bis er selbst das Gefühl hatte, dass auch er, der junge, idealistische Tschekist, geschlagen und zu Unrecht eines Verbrechens verdächtigt wurde. Noch mal, wie konnte das sein? Und dann – er hatte den *Prozess* längst zu Ende gelesen, das Buch stand versteckt in der sicheren zweiten Reihe seines Bücherregals – wurde es ihm plötzlich klar: Wir leben, dachte er, in einer Welt, die nicht die unsere ist, immer, alle, wir leben in einer Welt, die gegen uns ist, wir sind alle wie dieser Josef K. Ja, genau. Wenn wir Häftlinge sind, sind die, die keine Häftlinge sind, gegen uns; aber wir, die wir frei zu sein scheinen, sind es gar nicht, denn wir führen nur aus, was man uns sagt, und so sind wir genauso recht- und willenlos wie unsere Gefangenen. Was für eine deprimierende Vorstellung! Wenn wir Untergebene sind, sind die Chefs gegen uns. Ja! Wenn wir Kommunisten sind, sind die Kapitalisten gegen uns. Zweimal ja. Wenn wir Juden sind, sind die Nichtjuden gegen uns. Sowieso. Und wenn wir krank werden, stören wir die Gesunden so sehr, dass es sie krank macht – und unfrei.

Diesen letzten Gedanken – aus dem später sein von »Börne« angeregter Aufsatz für die Literaturzeitschrift Plamen wurde, Titel *Entfremdete Arbeiter und entfremdete Bauern auf dem Weg in eine gesunde Gesellschaft* – hatte er, als er im Prager Stadtarchiv einen von Professor Goldstücker wiedergefundenen Brief Franz Kafkas an seine Schwester Ottla las, und natürlich dachte er dabei auch an sich selbst, an seine zehn Monate in der TBC-Kinderstation im Krupskaja-Krankenhaus. Kafka schrieb Ottla begeistert, fast glücklich, wie er nachts um vier mit einem Blutsturz aufwachte, das erste Mal, dann ging es um die von ihm erhoffte Diagnose – »Schwindsucht!« – und dann um seine Neugier auf das eigene Sterben. Warum wollte er nicht weiterleben? Warum lehnte er jede Therapie ab? »Ich lasse meine Not Not bleiben«, erklärte er der Schwester, »ich lege die Sümpfe nicht trocken, sondern lebe in ihrem fiebrigen Dunst. Ich lasse den anderen ihr Glück!« Dass im Plamen zusammen mit Wowas Artikel auch der ganze schreckliche Brief abgedruckt wurde, war ebenfalls »Börnes« Idee gewesen. »Wir werden den Bolschewismus mit Franz Kafkas TBC-Bakterien zur Strecke bringen«, hatte »Börne« Wowa in einer seiner seltenen verschlüsselten Botschaften mitgeteilt, »und das ist kein Befehl – nur ein Wunsch!« Aber so weit waren sie im Juli 1959 im Café Kranzler noch nicht.

»Osteuropa ist nicht Mittelamerika«, sagte der BND-Mann laut lachend zu Wowa und bestellte für sie beide noch einen Kaffee. Wowa hatte kurz geträumt, er hatte die Augen halb geschlossen, und während er mit Abscheu an sein kleines, ferngesteuertes Ameisenleben im Dienst der Arbeiterklasse dachte, die ihm gestohlen bleiben konnte, seit er begriffen hatte, dass jeder Russe, Weißrusse, Ukrainer eher ein Bein oder ein Kind hergeben würde als seinen gesunden Judenhass, betrachtete er durch seine zitternden Wimpern die in der Abenddämmerung anspringenden Leuchtreklamen an den Häusern der Joachimstalerstraße und des Kurfürstendamms. Am besten gefiel ihm der riesige, grelle, bläulich-weiße Mercedesstern am Haus gegenüber, links vom Stummel des kaputten Gedächtniskirchenturms. Er lächelte und stellte sich eine neue sowjetische Fahne vor, rot, glühend rot, aber statt Hammer und Sichel links oben einen großen Mercedesstern in der Mitte. Und plötzlich hatte Wowa keine Angst mehr vor seinen alten russischen Ausbildern und neuen Prager StB-Genossen, im Gegenteil, er wollte, dass sie ihm aus dem Weg gingen, er wollte ihnen eine aufs Maul geben, sollten sie weiter ihn und »Börne« und Kafka daran hindern, den Osten in Westen, Diktatur in Freiheit, verlogenen Optimismus in süße Melancholie zu verwandeln. »Haben Sie gehört, was ich gesagt habe«, sagte »Börne«, »Osteuropa ist nicht Mittelamerika! Ich meine, wenn wir bei euch ein paar Verrückte mit Waffen ausrüsten würden, gäbe es gleich einen Weltkrieg. Und darum wollen wir in die Köpfe rein. Verstehen Sie das?!« Wowa nickte, nun fast ein wenig zu begeistert, und er dachte, wie würde Franz Kafka eine rote Daimler-Benz-Fahne gefallen? »Die Kommunisten hassen diesen Typen, diesen traurigen Schriftsteller, diesen genialen Juden, weil sie ihm egal waren, noch bevor es sie gab. Ein Nihilist, sagen sie – richtig? Ein Zweifler, ein pathologischer Individualist. Und jedes seiner Bücher ein tödliches Gift, das eine sozialistische Gesellschaft beim Aufbau zersetzt. Ja – genau!« Wieder eine Lachexplosion. »František Kafka, wie ihr ihn in Prag nennt, ist der winzige Riss im Thron des Tyrannen, der immer größer wird, bis der Thron unter dem Tyrannen zusammenkracht.« Wowa nickte erneut, nun nicht mehr lächelnd, sondern die Mundwinkel heruntergezogen wie jemand, dem man Dinge erzählt, die er selbst längst weiß. Er sagte leise: »Wussten Sie, Herr Börne – ›Börne‹ ist doch richtig, oder? –, wussten Sie, dass die Leute in Russland den *Prozess* für den Roman eines russischen Antikommunisten halten? In der Samisdat-Ausgabe steht kein Name drin und kein Jahr.« »Ach so?« Und dann, wie aus dem Nichts, hatte Wowa die Liblice-Idee. »Ich glaube, ich verstehe, was Sie möchten«, sagte er noch leiser. »Wie wäre es mit einer Kafka-Konferenz?«

Vier Jahre später, im Mai 1963, konnten »Börne« und die Pullach-Boys in jeder großen deutschen Zeitung lesen, dass in einem halb zerfallenen, barocken böhmischen Schloss eine Art Aufstand stattgefunden hatte. Der Aufstand bestand aus 27 Referaten zu Themen wie *Kafka und der Sozialismus, Kafka und die Juden, Kafka und Hašek, Kafkas geheimes erotisches Vokabular.* Nein, über die Sicherheitsapparate fiel in der Bibliothek der Herren Pachta von Rajov natürlich kein Wort. Aber sonst, stumm beobachtet von den weinenden Putten und halb nackten Dianas des Meisters Ignaz Platzer, redeten die Intellektuellen, die Wowas Einladung (unterschrieben vom eitlen, gutgläubigen Professor Goldstücker) gefolgt waren, über alles, was ihnen nach zwanzig Jahren selbst- und fremdauferlegten Schweigens in den Sinn kam. Sind wir bereit, mit den Schlechten das Gute zu vergessen? Können wir einen Sozialismus denken, der undenkbar ist? Und wollen wir nicht endlich alle Bücher Kafkas drucken und es den Menschen überlassen, die Antworten auf die Fragen zu suchen, die er stellt? Die Redner von Liblice sahen in ihren engen grauen Anzügen, mit ihren schweren Brillen und kecken Frisuren, die nicht mehr so militärisch kurz waren wie im vorangegangenen stalinistischen Jahrzehnt, genauso aus wie die KPČ-Funktionäre, die ein paar Jahre später Präsident Novotný absetzen, das freie Wort und das freie Reisen einführen und ein paar nicht sehr sozialistische Wirtschaftsreformen riskieren würden. Doch da – zum Glück! leider! – waren schon so viele Risse im Thron des Moskauer Tyrannen, dass der Tyrann seine Soldaten zusammenrief und allen Kafka-Profis und -Amateuren westlich von Uschgorod eine äußerst kafkaeske Lektion erteilte. Was war der andere Kafka-Satz, den sie DAMALS alle auswendig konnten? »Als Gregor Samsa eines Morgens aus unruhigen Träumen erwachte, fand er sich in seinem Bett zu einem ungeheuren Ungeziefer verwandelt.«

Als wir am Morgen des 21. August 1968 aufwachten, dachte Wowa – der alte Wowa –, während er immer noch Kostja stumm und wütend die Zähne zeigte, fanden wir uns in einem anderen Land wieder. Die Häuser, die Wälder, die Tiere und die Insekten hatten die Veränderung nicht bemerkt – aber jeder Mensch, auch Kinder, Zyniker und aufrichtige Dreckschweine. Wowa spannte seine Kiefermuskeln an, bis sie glühten, er drückte den eiskalten Messingkopf seines Spazierstocks in seiner Faust so lange zusammen, bis er jeden einzelnen Handknochen spürte – und dann fragte er sich, wo er war. Das war nicht mehr Westberlin. Das war nicht das Café Kranzler. Das war nicht das Jahr 1959, in dem er dem BND das Jawort gegeben und damit das spätere Todesurteil für seinen süßen, klugen, harten Papa unterschrieben hatte – und er war nicht mehr der bebende, kämpferische, im Namen der guten Sache hinterhältige Wowa. Das hier war das Slavia, es war das Jahr 2007, und er war der Wowa der Rückenschmerzen und Gedächtnislücken, der wiedergewonnenen Tochter und des verlorenen Sohns, und auf dem Tisch nebenan lag ein Stern mit einem Foto dieser blonden amerikanischen Sängerin, die immer nackt sein musste, oben und unten, wie hieß sie noch mal, und die Gardine, die vor dem offenen Fenster im Sommerwind flatterte, deckte die Zeitschrift immer wieder zu.

Nein, dachte er. Nein! Und dann fragte er sich zum tausendsten Mal: War Djeduschka wirklich umsonst gestorben? Und was spielte es noch für eine Rolle? Ich, der verlorene Sohn und ewige Klugscheißer, hatte es ihm bei unserem letzten Videotelefonat auch nicht vollends erklären können. »Papa«, hatte ich nur traurig gesagt, »jetzt verstehe ich, warum du mich und Serafina immer so viel geschlagen und angebrüllt hast. Wir mussten büßen. Wir mussten büßen für deine eigene Schuld.« Hatte ich wenigstens damit recht? Vielleicht – aber was war, das war! Als Kostja ihm in der Bartolomějská mit dem Schlimmsten gedroht hatte – Prozess, Rudé-Právo-Kampagne, Hinrichtung –, brauchte er keine halbe Sekunde, um zu verstehen, dass sein eigenes Ende das Ende der Operation Kafka bedeuten würde. Auch darum – sein altes, poröses Herz stotterte wie ein kaputter Motor – musste er etwas tun. Darum musste er Abraham sein, und Djeduschka war Isaak, und Kostjas helles, großes Büro mit den gepolsterten Türen und Möbeln aus der geplünderten Villa Müller war der Berg Morijah.

Speaking of me: Als ich, Sohn des trauernden Wowa und Enkel des von ihm verratenen und verkoiften Mendel, vor dem Weiterflug nach Iwano-Frankiwsk überraschend ein paar Tage in Kiew verbringen musste, im obersten Stockwerk des riesigen, tristen, nach siebzig Jahren Bolschewismus stinkenden Hotels Intercontinental, habe ich eines Nachts in der ukrainischen Hotelbibel diesen Satz gelesen: »Die Herrlichkeit Gottes ist der lebende Mensch, das Leben des Menschen aber ist es, Gott zu sehen.« (Levitikus, 31:24) Ja, ich kann etwas Ukrainisch. Und ja, die Flüge von Kiew nach Iwano-Frankiwsk waren wegen einer Tagung der NUF (Neue Ukrainische Faschisten) auf Wochen ausgebucht. Darum hatte ich mich im Interconti auf Noahs Kosten eingemietet, froh, in Ruhe weiterschreiben zu können, denn plötzlich klappte es mit dem *Shylock*-Roman, und ich war Noah inzwischen sogar dankbar dafür, dass er mir die erste Fassung geklaut hatte – denn die war nur eine Skizze gewesen, nur eine Ahnung von dem, was das Leben ist, das wir Juden und Nicht-Juden seit dem »Hi-Ha-Holocaust« (N. Forlani) führen, ohne es zu wollen.

Aber das wollte ich gar nicht sagen. Ich wollte sagen, was mir einfiel, während ich in meinem straff bezogenen 5-Sterne-Hotel-Bett lag und abwechselnd auf die tanzenden kyrillischen Buchstaben vor meinen müden Augen und die fünf (oder sieben oder neun) in der Morgendämmerung glühenden goldenen Zwiebelkirchentürme draußen in der Velyka Zhytomyrska guckte. Mir fiel ein: Die Herrlichkeit Gottes ist der freie Mensch, und das Leben des Menschen ist es, der Freiheit Opfer zu bringen. Das weiß natürlich nicht jeder. Aber als Kostja zu Wowa gesagt hatte, wir nehmen dir deinen Vater und deine Freiheit weg, wenn du uns nicht Valjas Tochter gibst, musste der Savonarola von Moskau und Prag genau das tun, was er tat. Er wollte Serafina behalten, klar. Er wollte am Leben bleiben, auch klar. Aber er wollte vor allem nicht als Westagent auffliegen, er wollte die verdammte Kafka-Konferenz, er wollte den Schuss aus der Aurora, er wollte, dass der Kreml fiel! Nein, Wowa, dachte ich, als ich morgens um vier in Kiew die gojische Bibel schloss und endlich das Licht löschte, Djeduschka ist nicht umsonst gestorben, hörst du mich? Die Rote Armee, die bulgarische Armee, die Nationale Volksarmee und die beschissenen Polen marschierten zwar bald danach im Kafka-Land ein und die Politruks, Staatsanwälte und KGB-Agenten in ihrem Tross machten euch allen auf einen Schlag den Prozess. Aber im Sommer 1990 zogen sie wieder ab – so verarmt, abgerissen, neidisch, bedrückt, wie ihr es nicht in den grauesten Tagen der Normalisierung wart –, und während ihre Panzer, Raketenwagen, Jeeps, Wolgas und Ehefrauen mit einem immer leiseren Brummen und Seufzen in Richtung Osten verschwanden, taten sie dem einen oder anderen Ex-Gedemütigten sogar leid. Ohne Liblice, Wowa, kein Prager Frühling, hörst du mich? Ohne Prager Frühling kein Gorbatschow, hörst du mich, ohne Gorbatschow kein neues Europa. Hättest du nicht Kostja Djeduschkas Geld und Leben angeboten – wer weiß, Papa, in was für einer Welt wir heute leben würden. Hörst du mich?!

»Was ist? Was willst du mir sagen, Wolodja?«, sagte Kostja zu Wowa, der ihn immer noch mit dem entsetzlich stummen, weit aufgerissenen Mund des Guernica-Pferds anstarrte. »Willst du mir endlich die richtige Nummer unseres gemeinsamen Schweizer Kontos verraten? Hier, bitte, ein Zettel. Siehst du, ich klebe ihn auf dem Tisch fest, damit er nicht wie alle deine Versprechen davonweht. Einen Stift hast du selbst? Aber verschreib dich diesmal nicht!«

Wowa bewegte sich nicht, und die anderen alten Männer unter der grünen (grün wie die Hölle, dachte Wowa) Absinthfee waren auch wie versteinert, fast so grau, verwittert und unduchschaubar wie die Heiligen von der nahen Karlsbrücke.

»Gut«, fuhr Kostja fort, »solange du nachdenkst, sag ich dir was. Ich habe deinen Sohn nachts um drei angerufen und ihm gesagt, dass du für uns gearbeitet hast. Ich habe deine Stieftochter nachts um drei angerufen und ihr gesagt, dass sie nicht deine Tochter ist. Und auch was deinen Vater angeht, das weißt du ja, blieb es nicht bei Andeutungen. Aber du tust immer noch so, als wüsstest du nicht, warum ich vierzig Jahre später so redselig bin. A denken, B zeigen, C sagen, D machen. Und so weiter. Das lernt man nur an der Mel-Wechslberg-Universität. Natürlich, wo sonst! Ich könnte es auch noch, wenn ich wollte, aber ich will es nicht.«

Wowa, kurz aus seiner Erstarrung erwachend, zuckte mit den Schultern – allerdings nicht wie jemand, der die Antwort nicht weiß, sondern gleichgültig. Dann zog er Kostjas kleinen, gelben Post-it-Zettel von der Tischplatte und fing an, in seinen Taschen nach einem Stift zu suchen. Endlich fand er in der zu weiten, sandfarbenen Rentnerwindjacke einen grauroten Kugelschreiber mit der Aufschrift »Plutohotel Tel-Aviv«, er schrieb langsam etwas auf den Zettel und klebte ihn sich auf die Stirn. Alle taten so, als hätten sie es nicht gesehen.

»Ich habe Solomon und Serafina zu mir ins Museum auf Kampa eingeladen«, fuhr Kostja im ruhigen, drohenden, weinerlichen Ministeriumston der alten Tage fort, »ich habe sie von Bild zu Bild geführt, ich habe ihnen erklärt, dass die Kunst niemandem hilft und niemandem schadet und dass ich darum Papas Bilder seit einem halben Jahrhundert mit mir herumschleppe. Ich habe vor Josef Čapeks blutrünstigem, zu Tode erschrockenem Fantomas gestanden und geweint.« Wieder ein Schlag gegen die Marmorplatte. »Aber sie dachten, ich mache Theater! Und dann dachten sie, es ginge um den armen Čapek, dem die Deutschen zum 58. Geburtstag eine große KZ-Tour ohne Rückfahrkarte geschenkt hatten. Sie hatten ja fast recht. Lässt man Robert Schumann in einer Baracke mit dreitausend Klappergestellen schlafen? Peitscht man Picasso aus? Bringt man Rembrandt um?«

Der Chor der alten Kader nickte unwillkürlich mit den Köpfen, elegant und synchron wie eine Flamingofamilie. Vor allem Major Sekoras großer Gustáv-Husák-Schädel ging noch eine ganze Weile schwebend auf und ab.

»Wir haben Shylock umgebracht, Wolodja!«, rief Kostja aus. »Du und ich haben deinen schachernden jüdischen Vater getötet, und seitdem habe ich fast jede Nacht von ihm geträumt. Du nicht! Du natürlich nicht. Ich hab dich schon in Moskau für deine Härte bewundert. Keiner konnte in Komsomol-Sitzungen so leidenschaftlich wie du auf den Zionismus schimpfen. Und einmal hast du uns erklärt, warum die Juden Glück hatten, dass die Verschwörung der jüdischen Ärzte rechtzeitig aufgedeckt wurde – sonst, hast du gesagt, hätte die Partei viel wahlloser und ungerechter durchgreifen müssen. Wowa, ausgerechnet du!«

»Ich verstehe nicht«, sagte Wowa. Die Worte kamen wie von selbst aus seiner Kehle und schmeckten nach der Graupensuppe aus der Kantine des KGB. Er hatte vergessen, dass auf seiner Stirn ein kleiner, gelber Zettel klebte. Er dachte an die hübschen, hellen Lederhandschuhe, die »Börne« immer trug, sogar im Sommer, und die er immer so sehnsüchtig angeschaut hatte, bis »Börne« ihm auch mal welche mitbrachte, aber wo waren sie jetzt bloß, in Hamburg, in Prag, in Kapustowo? Er fragte sich – unsicher, stockend –, ob er dieser Versammlung alter, böser, feiger, fertiger, sadistischer, masochistischer Veteranen wirklich sagen sollte, dass er nie zu ihnen gehört hatte. Er unterdrückte das vage, unangenehme Gefühl, Sekora & Co könnten inzwischen die Einzigen sein, die mit ihm ab und zu ins Café gingen. Er verstand nicht, woher dieser sündhaft teure Spazierstock kam, mit dem er wütend gegen den Tisch schlug. Er war fast so durcheinander wie bei unserem Abschiedstelefonat – er zum Schluss ganz allein an seinem Schreibtisch in der Italská, ich allein vor Oriteles Haus in Tel Aviv. »Ich verstehe nicht«, sagte Wowa noch mal, »was ist denn los?«

»Was los ist?« Kostja sah in die angewidert schweigende Runde. Er hatte, als er vorhin kam, einen Stapel Zeitungen und Papiere vor sich auf den kalten Marmortisch gelegt. Jetzt zog er das Právo-Wochenendmagazin heraus, dessen Titelgeschichte über die Depressionen ehemaliger StB-Leute alle gelesen hatten. Er legte es zurück auf den Stapel, strich die zerknitterten Ränder glatt und zündete sich mit zitternden Händen – sie waren noch hagerer, haariger, olivgrauer als sonst – eine Marlboro an. Dann fiel ihm ein, dass man nicht mehr überall dort rauchen konnte, wo man rauchen wollte, auch nicht als Millionär oder ehemaliger Geheimdienstmann, er warf die Zigarette ins halbvolle Teeglas, die Zigarette zischte, und die alten Kader zischten auch. »Was los ist, fragst du?«, sagte er zu Wowa. »Ich wollte, dass du so schlecht schläfst wie ich! Ich wollte, dass du auch deine Kinder verlierst. Ich wollte endlich Mels Befehl ausführen, obwohl er längst tot war, denn alte Kameraden verrät man nicht. Ich wollte, dass Valja seine Tochter wiederbekommt. Ich wollte mein Geld!«

Kostja atmete erleichtert den letzten Zigarettenrauch aus. Ein komplizierter Husten löste sich irgendwo in seiner schmalen Epikureerbrust, er fuhr sich durch das drahtige weiße Fischerhaar – und dann redete er plötzlich über seine Frau Mara, die Ex-Schlagersängerin »mit der Stimme eines zehnjährigen Chorknaben und dem Gesicht eines mährischen Kohlebauern, keine Ahnung, was ich an ihr fand«. Sie hatte im Jahr zwei der Emigration zu ihm gesagt, Saint-Germain-des-Prés sei ihr zu verrückt und zu schwarz, sie hätte es lieber etwas ruhiger, außerdem erinnerten sie die großen grauen Häuser entlang der Seine zu sehr an die Uferpromenade von Prag. Doch kaum waren sie von Paris nach Düsseldorf umgezogen, sagte Kostja bitter, kaum hatte er mit seinen ersten, noch leicht prähistorischen Software-Ideen finanziellen Erfolg – »Sachen wie Mitarbeiterüberwachung per Lochkarte oder EDV-Erfassung aller muslimischen Gastarbeiter, die alte Schule halt« –, kaum schliefen sie wieder miteinander, kaum lachte sie wieder mehr, als sie weinte, kaum war das Exil für sie beide zur besseren Version der Gegenwart geworden, schlug Mara ihm eine offene Beziehung vor. »Und ich sagte Ja, obwohl ich wusste, wohin so was führt.« Lebten da wenigstens ihre beiden hochbegabten Söhne noch? Eben nicht. Jirka und Petr waren im August 1972 – fast auf den Tag genau vier Jahre nach der Flucht aus Prag – in einem Steinbruch im Sauerland in Stücke gerissen worden, sie hatten versucht, eine alte englische Bombe auseinanderzubauen. »Aber hat nicht alles Schlechte auch eine gute Seite?«, sagte Kostja noch trübsinniger. »Das hat mein Vater immer gesagt, er meinte sogar, als die Obristen an die Macht kamen, kolossal, jetzt wird sich das griechische Volk noch mehr nach der Diktatur des Proletariats zurücksehnen!«

Und so hatte er ausgerechnet bei Jirkas und Petrs Beerdigung die Idee seines Lebens gehabt. Während er dunkle, feuchte deutsche Erde auf ihre Särge streute, dachte er: Wenn wir gehen, was bleibt von uns? Nichts. Aus Lebenden werden Ahnen, aus Gegenwart wird Erinnerung, aus Erinnerung Vergessen, und wer sich damit nicht abfinden will, dem muss man helfen, damit er wenigstens virtuell in die Vergangenheit schauen kann. So entstand Genix, das genetische Rechercheprogramm, eine täglich, stündlich, minütlich wachsende Datenbank, eine Art EDV-Welteinwohnermeldamt, zu dem jeder, der dafür bezahlte, Zugang bekam, wenn er rausfinden wollte, ob er von Goten, Juden oder Kreuzfahrern abstammte, von Bettlern oder von Königen. Genix machte Kostja zum Millionär, zum Kunstmäzen, zum Ehrenbürger von Düsseldorf, und das deutsche Bundesverdienstkreuz bekam er auch. »Eine Weile habe ich sogar eine Art Nazidetektor angeboten«, sagte Kostja. »Ihr wisst ja, früher hatten viele Deutsche die Hosen voll bei dem Gedanken, sie könnten mit Höß oder Borman usw. verwandt sein, dann hätten sie die ganze Entnazifizierungsarie umsonst gesungen. Was meint ihr, wie froh sie waren, als ich ihnen mitteilte, dass ich, im Gegenteil, in ihrer DNA eine direkte Verbindung zu König David oder dem ungetauften Zweig der Rothschild-Familie entdeckt hatte.«

Kostjas altes griechisches Fischergesicht und sein englischer Tweedlook passten plötzlich so wenig zusammen wie Wowas raubeinige Art und weiches Herz. »Ich selbst konnte aber gar nicht mehr glücklich werden«, sagte er. »Wie sollte ich auch – mit einer Frau, die nie zu Hause war, weil sie tagsüber auf der Königsallee ihren Arsch spazieren führte und nachts die Swinger-Clubs des Ruhrgebiets durchstreifte. Mit zwei Söhnen wie Einstein und Bor, die plötzlich weg waren, die nie mehr da sein würden, deren Stimmen, Körper und Ideen für immer verschwunden waren. Mit einem« – pistolenartig ausgestreckter Zeigefinger und hochgereckter Daumen in Richtung Wowa – »alten Genossen, der mir jeden Dezember eine Glückwunschkarte zum neuen Jahr schickte, und manchmal rief er mich an und wollte wissen, wie es so geht, und getroffen haben wir uns auch ein paarmal, aber nur, weil er darauf bestand, immer in Hamburg, im Teeraum des Vier Jahreszeiten, und er redete unentwegt über seinen genialen Sohn und seine ewig gut gelaunte Tochter. Oder er fragte mich, ob ich auch eine Geliebte hätte, die ich wie er seit Jahren im Ungewissen ließe, damit sie mir besonders hingebungsvoll einen blies. Und manchmal wollte er wissen« –, vielsagendes Hochziehen der weißen Augenbrauen – »ob ich mit einem von euch noch zu tun hätte. Über mein Geld sagte er nie ein Wort.«

Die empörten Blicke der versammelten Ex-Agenten gingen von Kostja zu Wowa, und weil Wowa jeden Einzelnen von ihnen grimmig anschaute – in dem Sinne: Guck nicht so blöd, ich will nicht wissen, welches arme Schwein du in deinem Leben verletzt, beschissen, belogen und hinterher auch noch vollgeheult hast –, guckten sie schnell wieder zu Kostja zurück.

»Nein – über mein Geld kein Wort«, wiederholte Kostja. Dabei, fuhr er fort, habe es ihn damals kaum interessiert, er hatte mit Genix genug Gewinn gemacht. Ihn interessierte, wo die Gerechtigkeit blieb. Er, der überzeugte Pragmatiker, wollte verstehen, warum ein ehrloser Scheißidealist wie Wowa, »allzeit bereit zum Verrat des eigenen Bluts«, offenbar immer noch gut schlief. Warum er eine Familie hatte, die noch eine Familie war. Warum er ihn seit den frühen Achtzigerjahren mit seinen Neujahrskarten bombardierte.

Warum er ihn im Ministeriumston über die alten Genossen ausfragte. Aber er hatte nie den richtigen Dreh gekriegt, um Wowa wie früher ins Kreuzverhör zu nehmen, denn er war – natürlich! – nicht mehr in Form, seit er sein Büro in der Bartolomějská im Mai 1968 für immer von außen abgesperrt hatte, und vielleicht wollte er das alles auch nicht so genau wissen. Als er dann trotzdem Wowa bei ihrem letzten Treffen im Winter 93 oder 94 im Vier Jahreszeiten gefragt hatte, wann er ihm endlich seinen Djeduschka-Anteil auszahlen würde, hatte der, die Augen rot, das Gesicht rot, die Mundwinkel weiß vor Wut, gebrüllt: »Nie! Du hast meinen Vater umgebracht, und jetzt willst du auch noch Geld dafür?!« Ja, genau. Ja, genau deshalb will ich mein Geld, hatte er ihm geantwortet und dabei aus dem Fenster auf die große, weiße, zugefrorene Alster geblickt. In der Mitte – »daran erinnere ich mich so gut wie an die langen, gelben Finger des deutschen Präsidenten, als er mir für Genix das Bundesverdienstkreuz anheftete« – war eine riesige Fontäne, allerdings war es so kalt, dass das Wasser in der Nacht zu einer riesigen weißen Blüte erstarrt war, und das Herz in seiner Brust fühlte sich genauso an.

»Und jetzt ist dein Sohn weg, Wolodja«, sagte Kostja zu Wowa. »Soso.« Der gelbe Post-it-Zettel auf Wowas Stirn zitterte leicht in der warmen Prager Sommerluft, von der Moldau stieg durch die hochgeschobenen Slavia-Fenster ein modriger Feriengeruch auf. »Meine Schuld? Das wäre schön, glaube ich aber nicht. Man hört ja so einiges über seine sexuellen Vorlieben. Jemand wie er musste früher oder später in Schwierigkeiten geraten! Oder nicht? Wenn du wüsstest, wie egal mir das ist.« Er lachte, und alle außer Wowa lachten mit. »Jetzt ist er also weg, für immer untergetaucht und auf der Flucht, und du kannst nie wieder mit ihm angeben! Es steht aber immer noch zwei zu eins für dich. Malaka! Jirka und Petr im Grab, Soli verschwunden – aber du und deine Stieftochter Serafina, ihr seid wieder ein Herz und eine Seele. Ich hab's genau gemerkt, als ich dich heute abgeholt habe. Sie stand, breit wie hoch, in der Italská in der Wohnungstür und sagte zu mir – ausgerechnet zu mir – mit der Stimme einer Fünfjährigen: ›Mein Papi kommt gleich, er ist noch nicht fertig, irgendwas stimmt nicht mit seinem Gebiss.‹ ›Er ist nicht dein Papi‹, habe ich gesagt, dann tauchte hinter ihr im Flur diese Rabbinertunte auf, dieser Bestsellerautor, wie heißt er noch mal? Er hat mir stumm zugenickt und über ihrem Kopf ein Victoryzeichen gemacht.«

»Balaban«, sagte Wowa ruhig und schlug noch lauter als vorhin mit dem Messingkopf seines Stocks gegen den Tisch. Dann sagte er: »Sie ist nicht meine Stieftochter!« Die Sätze, die er nun dachte, waren fast komplett, und er wunderte sich, dass sie anscheinend vollständig aus seinem Mund herauskamen. »Sie ist echt. So echt, Grieche, wie die Ohrfeigen, die du gleich von mir bekommst.«

»Ich weiß nicht, Wladimir Mendelewitsch«, sagte Kostja. »Ich hab hier – genau hier – letztes Jahr mit ihr gesessen, und dann hab ich mit ihr in meinem Museumscafé ein paar Drinks genommen, und mehr als das. Dieses breite Allerweltsgesicht, diese dicken, hellbraunen Locken, dieses Verschlafene, dieser vor Blödheit liebe Blick, das alles kann sie unmöglich von dir haben! Aber prima, dass du deine Sprache wiedergefunden hast. Jetzt können wir endlich über deine Schulden reden.«

Ach, Serafina, dachte Wowa, wirklich gelungen bist du nicht, der Scheißgrieche hat recht. Er stand auf – mit einer Leichtigkeit, die ihn selbst überraschte, mit so viel Energie in den verdammten alten Knochen wie zuletzt vielleicht mit 30 oder 40. Er stand auf, um endlich von hier zu verschwinden, um nach Hause zu humpeln, zu rennen, zu fahren, um Balaban, der bestimmt gerade in meinem und Serafinas altem Kinderzimmer nackt hinter der armen Serafina kniete und wie bei einer Purimparty johlte, aus dem Bett und der Wohnung zu schmeißen und um danach zu Mamascha ins Schlafzimmer zu stürzen, sie aus ihrer Migränetablettentrance zu reißen und ihr zu sagen, dass ich nicht nach Prag käme, jetzt nicht und auch später nicht, das hätte ich ihm schon vor Tagen am Telefon gesagt, gleich nachdem sie mit den anderen in der Küche verschwunden war, und dass er mich sehr gut verstehen könne, was sonst. Er selbst hielt diese Familie auch kaum noch aus, nur seine 40 000 hätte er gern von mir zurück, und in dem NDR-Film über sie würde er übrigens auch nicht auftreten, das könne sie vergessen. Er sei zwar ihr Mann, ihr Liebhaber, ihr Freund, aber ihre Bücher seien trotzdem ahnungsloser Unfug, vor allem das alberne *Agentenmärchen*. Voll mit Lügen sei es – seinen eigenen, denn er konnte uns nie sagen, auf welcher Seite er DAMALS stand – und voll mit ihren süßlichen, falschen Familienfantasien. Ich hau jetzt ab, ihr Halunken, sagte Wowa zu Kostja, Sekora und den anderen. Jedenfalls dachte er, dass er das gesagt hätte. Da stand er, stumm, mit halb geöffnetem Mund, happy über sein körperliches Comeback, happy über die plötzliche Klarheit in seinem Herzen und in seinem Kopf, mal wieder die überlegene Buczacz-Miene im alten grauen Gesicht – und plötzlich spürte er seine Beine nicht mehr und setzte sich ganz schnell wieder hin. Und jetzt? Würde er nie wieder von hier wegkommen? Müsste er bis zu seinem Tod (zwei bis fünf Jahre gab er sich selbst) seinen StB-Freunden dabei zuhören, wie sie miteinander Geschäfte machten und auf ihre wortkarge Art alte Feinde ein zweites Mal vernichteten? Zwei bis fünf Jahre? Mehr nicht?

Major Sekora – warum roch er wie ein altes, staubiges Buch? – stand auf, beugte sich vorsichtig zu Wowa vor und wedelte mit der Hand vor seinem Gesicht. Wowas Pupillen waren nach oben gerutscht, die Augen fast weiß. Der Post-it-Zettel flatterte wie ein Schmetterling auf den Boden. »Co je, vole?«, sagte Sekora im gleichgültigen Prager Singsang, und weil Wowa nicht reagierte, ließ Sekora sich wieder auf die lange Sitzbank zwischen einen Typen mit schiefergrauem Meckiehaarschnitt und einen sehr russisch und schwul aussehenden Gagarin-Lookalike fallen. »Co je …?« Dann sagte er: »Im Arsch, Leute, ich glaube, der ist hin! Oder er simuliert, weil er Kostja das Geld nicht zurückgeben will.« Jemand am äußersten Ende des langen Tisches bemerkte, es sei wirklich nicht schön, dass der ewige Nörgler ihnen mal wieder den schönen Nachmittag kaputt mache, ein anderer – von der Sorte gelbgesichtiger, ausgemergelter osteuropäischer Kettenraucher kurz vor dem Exitus – hustete lange, laut, beunruhigend. »Im Ernst. Meint ihr, er schämt sich? Wir waren auch unerbittlich gegen uns selbst und die Feinde der Partei. Aber hat einer von uns dem eigenen Papi den Strick um den Hals gelegt?« Die Pause, die entstand, war interessant. Nichts, gar nichts, keine Reaktion, sie guckten alle aneinander schweigend vorbei. Dann guckten sie wieder erwartungsvoll Kostja an, aber er schwieg immer noch.

Und Wowa? Der jagte weiter seinen fadenscheinigen Gedanken hinterher. Ach, Serafina, du armes Kind, dachte er wieder und wieder, ach, Serafinchen, immer ist etwas mit dir, wer soll dich retten, wenn ich nicht mehr da bin? Wer soll dir Geld geben, wer soll immer ein Zimmer und Essen für dich haben, wer soll dir sagen, dass du *Die Bulimische Enkelin des Meisterspions* noch schreiben wirst, obwohl ich weiß, dass das nie passieren wird? Arme, überforderte Serafina! Die Sätze, die Wowa nun dachte, waren endlose Perlenketten, an denen keine einzige Perle fehlte, sie schimmerten matt und angenehm im letzten Winkel seines Gehirns. Armes kleines übergewichtiges Baby! Als ich dich das erste Mal in Ruzyně sah, an Mamaschas Hand, wurde mir auch kurz weiß vor Augen, so wie jetzt, und ich konnte kein Wort herausbringen. Weißt du, warum? Ich dachte, ich kann es nicht! Ich dachte, ich werde doch nicht, bloß weil ich so eine Art russische Liz Taylor für Arme als Ehefrau will, ein Kind zu meinem Kind machen, das nicht von mir ist und das es weiß und das mich ein Leben lang so unerträglich verletzt anschauen wird wie jetzt. Ein wirklicher Scheißmoment! Ich stand hinter der zerkratzten Glastür im Flughafengebäude, ihr kamt mir langsam auf dem Rollfeld entgegen, es hatte geregnet, die großen grauen Betonplatten um euch herum waren dunkel und nass, und zum Wegrennen war es zu spät.

Du warst eine richtige kleine Pionierin, als du in Prag ankamst, Serafina, weißt du das? Eine Streberin, die, wenn es sein muss, ihre Eltern bei der Partei melden wird. Du hattest ein weißes Hemdchen an und ein rotes oder blaues Tuch um den Hals. Du hattest zwei dicke Zöpfe, einen Mittelscheitel, wie mit einem Rechen geharkt, dein Blick war neugierig und ziemlich blöd, und auf deinem Rücken war ein vollgestopfter Schulranzen. Was will sie mit dem Ranzen, habe ich Mamascha gefragt, nachdem wir uns wie Fremde geküsst hatten, sie ist doch erst drei. Sie hat Bücher drin, Hefte, Stifte, hat mir Mama geantwortet, sie will Bücher schreiben wie du, denn ich hab ihr erzählt, dass du, ihr Papa, den sie so lange nicht gesehen hat, ein Schriftsteller bist. Ich bin nicht ihr Papa, dachte ich, ist Liz Taylor verrückt? Oder stur? Oder ist das die berühmte weibliche Weitsicht, die ich nicht kenne, weil meine eigene Mutter mich wegen ein paar Dosen eingelegter Gurken aus Kapustowo zu früh verlassen hat?

Dann standen wir in Ruzyně auf dem Parkplatz neben dem neuen Auto, das ich gekauft hatte, um Mamascha zu zeigen, schau, der Mann, zu dem du von Moskau nach Prag gezogen bist, hat nicht nur was im Kopf und in der Hose, er kann für dich und deinen Bastard auch sorgen. Wir umarmten uns wieder und guckten uns überrascht in die Augen, und ich drückte ihr das Knie zwischen die Beine und stieß sie gegen die offene Wagentür. Aber dann hörte ich wieder auf. Soll ich dir sagen, warum? Ich wusste, dass ich mein Ding höchstens noch einmal in Mamaschas herrliches Loch stecken wollte, mehr nicht, und dass ich das nicht tun durfte. Denn wenn ich es täte, würde ich sie hinterher nie mehr in meiner Nähe haben wollen, und dann, was dann, schicke ich euch beide wieder zu Valja zurück? Geil war ich natürlich immer noch, als mir das klar wurde, und plötzlich hatte ich eine wirklich tolle Idee, Dialektik für Fortgeschrittene, mein alter Moskauer Marxismus-Leninismus-Lehrer hätte gestaunt. Wenn ich dieses kleine verschüchterte, armselige dreijährige Strebermädchen lieben kann, das gerade wie eine Ertrinkende ihre Arme nach uns beiden ausstreckt, dachte ich, kann ich mit ihrer Mutter so oft schlafen, wie ich will, ohne sie hinterher jedes Mal zu hassen. Und dann endlich hob ich dich, Serafinchen, hoch und setzte dich auf die Kühlerhaube unseres neuen Škoda Oktavia. Das Blech machte pling, du zucktest zusammen, weil du Angst hattest, du hättest etwas kaputt gemacht, aber ich lächelte freundlich und nun schon ein bisschen väterlich zurück.

»Was für ein Theater!«, sagte Wowa plötzlich laut in die langsam einschlafende Slavia-Runde und schüttelte schnaubend den Kopf wie ein Taucher, der aus zehn Meter Tiefe an die Wasseroberfläche hochgeschossen ist. Major Sekora zuckte vor Schreck zurück und schlug mit dem Kopf gegen die Wand. Alle lachten. Der dumpfe, anatomisch klar identifizierbare Schlag erinnerte sie an die gute alte Zeit; genauso klangen früher die Schädel von Leuten, über die sie die Oberhand hatten. »Hätte ich von Anfang an gewusst, dass sie von mir ist, wäre ich zu ihr immer so streng gewesen wie zu meinem Sohn«, sagte Wowa. Seine Pupillen rutschten wieder nach unten, er bekam einen strengen, gesunden, klaren Blick. »Aber so! Wer ein Kuckuckskind nicht um 100 Prozent mehr liebt als das eigene, sollte aus der menschlichen Gemeinschaft ausgeschlossen werden, stimmt's?«

Gelangweiltes Schulterzucken am Slavia-Tisch, verlegene Blicke zur Seite, echtes und falsches Räuspern rundum, kalte Verachtung für sein privates Geschwätz.

Aber Wowa war das egal. Er war froh, dass sich sein Mund nicht mehr wie zugenäht anfühlte, dass er seine Worte und Gedanken wieder unter Kontrolle bekam, und er fuhr seeelenruhig mit seiner Serafina-Konfession fort, die bis auf Kostja niemanden hier interessierte, und den vielleicht auch nicht, aber er musste endlich mal mit jemandem darüber reden. »Darum schimpfte ich nie mit ihr«, sagte er etwas ruhiger, »darum stand Valjas angebliches Mädchen bei mir unter Protektion. Ich schlug nur das Kind, das ich für mein echtes hielt, den störrischen, altklugen Solomon, und wenn ich von einer Dienstreise zu Hause anrief, wollte ich immer bloß mit Serafinchen

sprechen, nicht mit ihm. Und ich habe ihr jeden Abend geduldig vorgelesen, oft fast ein ganzes Buch, und danach betrachtete ich im Schein der Nachttischlampe – sie sah aus wie Mischka der Bär, toll, was? – ihr schlafendes Gesicht und hoffte, dass es bald so aussehen würde wie meins. Ich liebte sie mehr als mein eigenes Kind, und als dieser Gangsterrabbi, dieser Balaban, auftauchte und sie sich unter den Nagel riss ... Weißt du, was EMDR ist, Grieche?«
Kostja nickte, freundlich, ernst, wie zum Waffenstillstand bereit.
»Die Amerikaner«, sagte er, »behaupten, es sei ihre Erfindung. Aber die Sowjets haben mit dieser Methode schon in den Sechzigern westliche und titoistische Spione zum Singen gebracht. Wir haben damals in Prag nur davon gehört. Eine bis zwei Valium in den Tee, natürlich aus Westproduktion, ein Kopfhörer mit Sphärengeräuschen, im linken und rechten Arm eine Stromdiode – und schon erfuhren sie alles über amerikanische Mondpläne und die neueste NATO-Strategie. Richtig, Genossen?«
»Richtig ... Ja, genau. Richtig! Korrekt ...«
»Aber ging es auch ohne?«
»KLAR!«
»Wo Tschechen ein Gehirn haben, sitzt bei den Russkis – was?«
»DER ARSCH!«
Was mache ich hier?, dachte Wowa. Warum komme ich seit über einem Jahr jeden Mittwoch und Freitag hierher – wirklich nur, um ein paar Stunden aus dem Haus zu sein? Warum plaudere mit diesen Typen über die Titten von Jana Brejchová? Warum rede ich mit ihnen darüber, dass es ein strategischer Fehler war, die Plastic People zu verbieten, und dass es noch blöder gewesen ist, im November 1989 die Studenten von der DAMU und der UMPRUM mit Haschisch und Speed zu versorgen, bis sie wie Schlafwandler auf die Národní třída hinausströmten und die Havel-Clique an die Macht brachten, die sich später nicht an die in der Bartolomějská getroffenen Vereinbarungen halten wollte? Interessiert mich dieser Verschwörungsschwachsinn und ewige StB-Krimi? Interessiert das die

BND-Leute, die nach »Börne« gekommen sind? Und wann habe ich von denen eigentlich das letzte Mal etwas gehört?
»Haben wir den Sozialismus wie eine Wolfsmutter ihre Kleinen beschützt?«, rief Kostja.
»JA!«
»Haben wir uns etwas vorzuwerfen?«
»NEIN!«
Wowa guckte sich – für heute, dachte er, hoffentlich das letzte Mal – genervt in der Slavia-Runde um. Sie waren an diesem Tag vielleicht acht oder neun, und es war nicht das erste Mal, dass sie wie im Chor redeten. Sie hatten, das fiel ihm jetzt erst auf, fast alle eine gesunde Gesichtsfarbe – es war der zarte, aprikosenfarbene Teint von Männern, die seit einem halben Jahrhundert jedes Wochenende in ihrer Datscha verbrachten und Kisten mit überreifen kleinen Äpfeln, Tomaten, Quitten in ihren Škodas in die Stadt mitbrachten. Sie wirkten, in einem tieferen historischen Sinn, gefasst, aber auf die Art, wie jemand, der nach einem Autounfall aus dem zerquetschten Wagen klettert und noch ein paar Meter geht, bevor er umfällt. Und sie redeten nicht nur wie mit einer Stimme, sie hatten gerade tatsächlich denselben Gedanken – davon war Wowa überzeugt. Sie kamen doch früher auch ohne komplizierte neue Techniken aus, scheiß auf diesen anfälligen, modernen, elektromagnetischen Hypnosekram! Na und, dann saßen sie eben tagelang in ihren Autos vor den Häusern der Feinde der Arbeiterklasse, das funktionierte doch auch! Oder sie klopften morgens zwischen vier und fünf an einer fremden Wohnungstür, durchsuchten höflich die Schränke und Schubladen der Zielperson, platzierten ein im Interhotel heimlich geknipstes Sexfoto auf dem Küchentisch, ließen Wanzenattrappen hinter Kühlschränke und Betten fallen und hofften, dass sie entdeckt wurden, damit der Staatsfeind sich in die Hosen machte und nicht mehr den Aufbau des Sozialismus störte. Ja, sie waren wirklich gut in ihrem Job gewesen – schlau wie Schwejk, ausdauernd wie Zátopek –, und dass der Staat, den sie

mit ihren Ideen und bescheidenen Mitteln geschützt hatten, trotzdem untergegangen war, erfüllte sie mit dem Stolz, der Arroganz, der Beschwingtheit von Rechthabern, die ihre Niederlage als Bestätigung der Wahrheit ansahen. Und mit Typen wie ihnen, dachte Wowa, gehe ich zweimal in der Woche ins Café? Bin ich so einsam wie mein Sohn Soli, der sich in der Öffentlichkeit an den Schwanz fassen muss, damit er ein bisschen menschliche Aufmerksamkeit bekommt? Er zuckte mit den schweren, runden, wie immer höllisch verspannten Schultern, als hätte ihm ein anderer diese Fragen gestellt. Dann beugte er sich vor und hob ächzend einen gelben Zettel vom Boden auf, auf den jemand, komischerweise mit seiner eigenen Handschrift, geschrieben hatte: »Geld gegen Sohn.«

»Ich glaube, du meinst etwas anderes«, sagte Wowa und kam mit dem Gesicht dicht an Kostjas Gesicht heran. Von der schnellen Bewegung wurde ihm schwindelig, er musste sich mit der Hand am Tisch abstützen, und der Zettel blieb dabei an der Tischkante kleben. »Die EMDR-Methode, von der ich rede, wurde von Dr. Francine Shapiro in den 1980er-Jahren an der Universität von Palo Alto entwickelt, und sie diente der Erforschung der menschlichen Seele, nicht der Spionageabwehr. Meine Tochter Serafina hat gerade sehr gute Erfahrungen damit gemacht, falls es dich interessiert. Sie sagt, es sei wie Sex, den man noch mal hat, ohne ihn noch mal haben zu müssen. Sie sagt, sie hat dabei Sachen gesehen, die sie erlebt, aber vergessen hat, das wäre wie Chanukka. Zum Beispiel hat meine Frau zu ihr gesagt, als sie drei Jahre alt war, ich wäre ihr richtiger Vater, aber sie hat sich erst letzten Monat daran erinnert. Ja, sie ist meine Tochter, Grieche! Du hast richtig gehört. Tut mir leid. Nein, tut mir nicht leid. Zwei EMDR-Sitzungen, die mein verschwundener Sohn bezahlt hat, und schon war deine nächtliche Denunziation so effizient wie Lyssenkos Tomatentheorie. Steht es immer noch zwei zu eins für mich? Oder zwei zu null?«

»Lass mich überlegen.« Kostja, Zeige- und Mittelfinger in einer verunglückten Denkerpose an der Stirn, erstaunte offensichtlich, dass er in der Defensive war. Hatte er nicht gerade noch Friedfertigkeit signalisiert? »Sag du es mir.«

»Ich mag keinen Fußball«, sagte Wowa. »Aber ich weiß, dass manche Siege wie Niederlagen sind. Und andersrum.«

»Und andersrum? Vielleicht ist es eine Art Unentschieden, Wowa. Außerdem hab ich nach einem halben Jahrhundert keine Kraft mehr, mich mit dir zu herumprügeln.« Alles an Kostja war jetzt gespielte Gelassenheit, Nüchternheit, Objektivität. »Wie lange, sagtest du, hast du von keinem aus deiner Familie gehört? Ein Jahr? Zwei Jahre? Das hat wehgetan, oder?«

»Ich kann nicht klagen, Grieche. Mein viel beschäftigter Sohn war immer für mich da, solange er da war, verstehst du?«, sagte Wowa stolz. »Ja, mein Sohn, der seit Jahren einen großen Roman schreibt, ist trotzdem jedes Weekend zu mir nach Hamburg gekommen – während die beiden Weiber in Miami ihren Wechslberg-Anfall hatten.« Er sprach das Wort »Weekend« mit so starkem russischem Akzent aus, dass der Gagarin-Doppelgänger und Sekora angewidert weggguckten. »Er führte mich um die Alster«, sagte Wowa, »er holte mir vom Chinesen immer nur mein Lieblingsgericht, er diskutierte mit mir sehr intelligent über die Vorzüge und Nachteile von DAMALS, er versuchte mich zum Schreiben zu überreden. Kostja, es geht nichts über ein gutes Gespräch mit dem eigenen Fleisch und Blut! Du solltest es auch mal probieren. Oh, entschuldige.«

»Und wo ist er jetzt?«

»Weg, ich weiß«, sagte Wowa. »Aber ganz weg auch wieder nicht. Wir haben vor ein paar Tagen miteinander telefoniert, und wir haben uns dabei sogar gesehen. Er sieht gut aus. Dünner als sonst, nervöser, aber männlicher. Vielleicht ist er nur abgehauen, weil er in Ruhe das Buch schreiben will. Ich war selbst Schriftsteller. Ich weiß, wie es ist, wenn dich keiner arbeiten lässt.«

»Jetzt hör zu«, sagte Kostja. »Ich schlage vor, wir sind quitt. Ich will nur noch mein Geld. Und ins Slavia darfst du auch nicht mehr mit uns. Óla kalá?«

»Ich darf nicht mehr ins Slavia?«, sagte Wowa.
Alle nickten.
»Ich darf nie wieder mit euch die Vor- und Nachteile von DAMALS diskutieren?«
Alle schüttelten die Köpfe.
»Dabei wollte ich euch bald etwas sehr Wichtiges mitteilen. Ihr würdet kotzen, wenn ihr es hört. Es würde unserem Verhältnis einen ganz anderen Schliff geben.«
Noch während Wowa das sagte – vorsichtig, planend –, war von draußen leiser Donner zu vernehmen. Es waren die Motorengeräusche eines Flugzeugs oder auch mehrerer, das konnte er nicht unterscheiden. Dann zog es in Sekunden zu vor den Slavia-Fenstern, vereinzelte große, riesige Tropfen zerplatzten laut auf den blechernen Fenstersimsen, die rasenden Gewitterwolken verwandelten den Tag in Nacht, der Düsenlärm wurde lauter, und plötzlich hörte Wowa eine ganze Flugzeugarmada über Prag kreisen. Es war der Morgen des 21. August 1968, und die Sowjets ließen ihre halbe Luftwaffe – beladen mit Jeeps, Panzerfahrzeugen, Militärberatern – in Ruzyně aufsetzen. Er und Mamascha lagen seit Stunden wach im Bett in der Italská und sahen einander stumm, traurig an. Sie sind gekommen, sagte Mamascha schließlich. Ja, sagte Wowa. Müssen wir weggehen?, sagte sie. Wie stellst du dir das vor, sagte er, das Land verraten, das uns wie seine eigenen Kinder aufgenommen hat? Das sagst du, sagte sie, gerade du? Dann drehte sie sich weg und weinte.

Das, dachte Wowa jetzt, wäre der Moment gewesen, ihr alles über »Börne«, den Kafka-Kongress und die anderen Einsätze zu erzählen, die Gelegenheit, ihr zu beweisen, dass er nicht das süße Arschloch war, das sie widerwillig liebte, sondern ein guter Mann. Aber er schwieg, tapfer wie ein Soldat, und dass er ihr und Serafina und mir erst so spät die Wahrheit erzählt hatte, fast vierzig Jahre danach, war auch nicht ganz nach Vorschrift gewesen, aber was sollte er machen, es musste sein. Der Halunke, der Djeduschka verraten hatte, der verzweifelte Vatermörder, der er selbst war, der kleine

Nero von der Hartungstraße und der Italská wollte kurz vor seinem biologischen K. o. von seinen Nächsten für etwas Großes geliebt werden, warum nicht für seinen Beitrag zum Zusammenbruch des beschissenen Lenin-Reichs? Aber auch von Kostja, Sekora und den anderen StB-Lemuren? »Sohn gegen Geld«, sagte Wowa zu Kostja. »20 000 Dollar waren es damals. Heute, sagst du, sind es fast 150 000. Sagen wir, die Hälfte, sagen wir, 75 Riesen. Aber nur, wenn du Soli dazu bringst, zurückzukommen. Es gibt Leute in meiner Familie, die sagen, ohne ihn ginge ihre Romanautorinnen-Karriere kaputt, noch bevor sie begonnen hat.«

»Ich habe mit dem Verschwinden deines Sohns praktisch nichts zu tun«, sagte Kostja. »Erwähnte ich das nicht schon?«

»Und ich habe praktisch nichts mehr mit dem Mann zu tun, der dir vor ungefähr dreihunderttausend Jahren einen Anteil von seinem« – Wowa machte wie ein Teenager mit den Fingern Anführungsstriche in der Luft – »Judas-Lohn versprochen hat.«

»Wie wär's mit der Hälfte von der Hälfte?«

»Und dafür bringst du mir meinen halben Sohn zurück? Nein.«

Komisch, warum liebte er es, über Geld zu reden? Warum brachte es ihn, wie sonst nur die Vorstellung einer hübschen, gut riechenden Möse – Ingrids Möse, um genau zu sein –, sofort auf andere Gedanken? Das konnte nur der Djeduschka in ihm sein! Das war Mendels alter Nomadenglaube, Geld sei die beste Lebensversicherung, das war seine verfluchte Schwarzhändlermentalität und Abenteuerlust, und dass Djeduschka gerade diese Idee fixe und ein im Nachhinein überflüssiges 40 000-Dollar-Geschäft das Leben gekostet hatte, war kein Widerspruch, sondern einfach nur Pech. Zum Glück wusste er selbst gerade etwas, das Kostja nicht wusste: dass ich nie mehr zurückkommen würde. Ich hatte es ihm gestern oder vorgestern oder so sehr deutlich gesagt (»eher geben unsere Leute Jeruschalajim auf!«) und ihn dabei auf dem Telefondisplay so unerwartet zart und lieb angesehen, dass er die alten Arschbacken ganz fest anspannen musste, um nicht die Muskeln in seinem Gesicht hängen zu lassen und loszuflennen. »Auf Wiedersehen, Papa«, waren meine letzten Worte gewesen, »es tut mir leid, dass ich weg muss. Die Veränderungen der Psyche sind wie Erfrierungen – gerade bei einer zarten Blüte wie mir. Das kann man nicht wiedergutmachen! Schade, dass ich das alles nicht früher gewusst habe. Also gut, du hast Serafina nie angefasst, und mich hast du nur geschlagen, weil du am liebsten dich selbst wegen Djeduschka Tag und Nacht geohrfeigt hättest. Und du warst kein KGB-Bolschewik, sondern die unbekannte Anwort des Westens auf Kim Philby. Aber ich halte dich und deine beiden unterwürfigen Frauen trotzdem nicht mehr aus. Mit Serafina, Mamascha und dir fühle ich mich bis heute wie zwölf. Fick dich. Leb wohl. Schalom. Ich komme nie wieder zurück!« Fick dich, leb wohl, Schalom ...

»Ich weiß nicht einmal, wo er ist«, sagte Kostja.

»Und ich weiß nicht, wo ich 75 000 Dollar auftreiben soll.«

»50 000«, murmelte Kostja. »Und du kümmerst dich selbst um die Suche nach deinem verlorenen Sohn.«

»Nein.«

»40 000.«

»Das klingt besser – aber nicht gut genug.«

An dieser Stelle muss ich, Wowas Sohn, Djeduschkas Enkel und Serafinas Bruder, auch mal wieder etwas sagen: Ich habe, nach dem Prag-Tel-Aviv-Videotelefonat, selbst kurz geheult. Ich stand gerade vor Oriteles Haus in der Zlatopolsky, also nicht direkt, ich versteckte mich hinter einer großen, tarnfarbengrünen Mülltonne in der Hofeinfahrt. Ein paar Minuten vorher war Zoar Ahnungslos vorgefahren und drückte alle dreißig Sekunden wie ein nerviger Orientale (der er war) auf die Hupe, und als Oritele in ihrem roten Fick-mich-Kleidchen rauskam und er ihr von innen die Wagentür aufmachte, als sie ihm, noch halb im Stehen und relativ sexy vornübergebeugt, einen Kuss gab, den ich bis zu meiner Mülltonne hörte, als sie langsam, fast lautlos davonfuhren, zur Eröffnung von

Oriteles Ausstellung in der Galerie Frisirer, als ich an die Arbeiten dachte, die dort gezeigt wurden, Zoars langer, dünner, dunkler, marokkanischer Schwanz in Öl, Kohle, Pastell, als Video auf drei Simultanbildschirmen und bestimmt auch bei einer Mitternachtsperformance in echt – da hatte ich, believe it or not, das erste Mal seit Monaten das pittoreske Bedürfnis »zu Hause« anzurufen.

Das Videotelefonat, das ich wenig später mit den Irren in Prag führte, machte mich nicht glücklicher. Während alle vier auf mich einredeten – ja, alle vier, denn Balaban war auch immer im Bild, und einmal sagte er sogar etwas ziemlich Intelligentes (»In meinen nächsten Buch gibt's ein ganzes Kapitel über Exhibitionismus, von dir inspiriert, Schwager in spe, ich plädiere für die totale Legalisierung dieser harmlosen Sexpraktik, das wird dich freuen!«) –, während Mamascha, Papascha, Serafina und der Sexrabbi mir erklärten, warum ich unbedingt nach Prag kommen sollte, hörte ich, wie es in der Mülltonne neben mir laut knallte und klapperte. Dann sprang eine bis auf die Knochen dürre, graue Tel Aviver Straßenkatze raus. Sie hatte die schwarze Lederpeitsche mit blutrotem Griff von Liaison Dangereuse im Maul, die ich Oritele und mir selbst vor Ewigkeiten in Berlin gekauft und blöderweise nur einmal benutzt hatte, sie kaute hungrig an ihr herum und guckte mich mitleidig an.

Das hätte schon gereicht, um mich noch mehr zu deprimieren. Aber nun schrie Mamascha: »Der Apfelkuchen! Der altdeutsche Apfelkuchen nach Ingrids Rezept für mein Wowale! Riecht ihr das nicht, ihr Idioten, er ist angebrannt!« Und sie eilte davon, in Richtung Küche, soweit ich das auf dem iPhone erkennen konnte. Serafina, hungrig wie immer, ging schnell hinter ihr her, Balaban ging schnell hinter Serafina und ihrem großen Arsch her und tätschelte ihn dabei. Und ich blieb mit Wowa allein am Telefon. Warum, dachte ich, nachdem wir zehn Minuten später aufgelegt hatten, konnten wir über all das nicht zwanzig Jahre früher sprechen? Wäre ich dann weniger ich- und beziehungsgestört? Würde ich mir dann nie (oder fast nie) an jedem falschen und richtigen Ort einen runterholen? Das letzte Mal – ich hoffe, es war das letzte Mal – ist mir das übrigens im total verglasten Wellnessbereich des Intercontinental-Hotels in Kiew passiert, einsehbar auch vom Atrium, von der Golden Pony Bar und vom Grill-and-Chill-Restaurant. »Menschen ändern sich nie«, sagt Mamascha immer – und meint dabei vor allem sich selbst.

Im Café Slavia wurden – obwohl es früh am Nachmittag war – wegen der plötzlich einsetzenden Dunkelheit die langen, schmalen Wandlichter angemacht. Eins nach dem anderen gingen sie über den Tischen auf der Fluss- und Straßenseite an, und als es auch in einer Nische im hinteren Raum allmählich heller wurde, sah man dort einen dünnen, rotgesichtigen, wasserstoffblondgefärbten Mann in engen Rockstarjeans und einem zerschnittenen, schwarzen T-Shirt sitzen und wild in einem Manuskript herumstreichen. Claus die Canaille! Wie kam er nach Prag? Was machte er hier?

Wenn er sich nicht katzen- und streberartig über den hohen Papierstoß vor sich beugte, machte er gar nichts und starrte mit seinen weit auseinanderstehenden, graublauen Außerirdischenaugen Löcher in die Luft. Oder er schnüffelte in kurzen – und immer kürzeren – Abständen durch seine weiß gepuderte Schönlingnase tierhaft vor sich hin. Manchmal sah er ruckartig von seiner Arbeit auf, erhob sich halb vom Stuhl und spähte auf die Národní třída hinaus, weil er das Gefühl hatte, ich ginge gerade draußen vorbei durch den wilden, laut krachenden Regen. Dann setzte er sich enttäuscht hin und dachte, ich hätte diesem verfickten Forlani von Goodlife nicht glauben sollen, ich hätte wissen müssen, dass er mich auf die falsche Spur führen wird, was soll man von jemandem erwarten, der sich in einem gestellten Al-Qaida-Video köpfen lässt und Monate, Jahre später meine Gummihöschenposts auf G-Bitches kommentiert?! Der große Solomon Karubiner soll in Tschechien sein? Nie im Leben! Man weiß aus seinen Büchern, dass er sein notorisches Prager Heimweh noch kitschiger und peinlicher findet als das deutsche Tote-

Juden-Mitleid (wie ich seine Nazivergleiche schätze!), warum soll er sich ausgerechnet unter einer Moldaubrücke oder in der Wohnung seiner Alten verkriechen? Dann stellte sich Clausi-Mausi wie ein Verliebter meine kräftige Metrosexuellen-Visage à la Henry Miller, Picasso, Gustav Gründgens vor, er lächelte gerührt, aber auch ein wenig herablassend und korrigierte weiter die Fahnen seines neuen Buchs. Es hieß *Die Entstehung der Litze der Hammerbachs* und war eine Hommage an mich, seinen Erzieher. Nein, eigentlich war es eine einzige zweihundert Seiten lange Entschuldigung. Am liebsten hätte er mir das alles natürlich selbst gesagt, aber solange er mich nicht finden konnte, musste er wenigstens darüber schreiben, und mit dem Geld, das er mit diesem Buch verdienen würde, konnte er endlich das Loft am Oranienplatz anzahlen. »Ohne Karubiners Zuspruch und Kritik«, endete es, »gäbe es keinen Quex Hammerbach, keine Litze Hammerbach, keine Vision eines total guten deutschen Überwachungsstaats im 22. Jahrhundert. Der Schlag eines Ruders auf meinen wie immer zu langsam arbeitenden cheruskischen Hinterkopf bewirkte Wunder. Danke, Solomon ›Israel‹ Karubiner. Sorry, dass ich wochenlang den scheintoten Tom Sawyer spielte und nicht aus den dunklen Fluten des Werbellinsees aufgetaucht bin. Ich wollte Sie nicht verletzen. Ich war mir selbst und meiner Familiengeschichte auf der Spur. Der deutsche Fluch!«

Als auch das letzte und kleinste Lämpchen im Café Slavia angegangen und die Dunkelheit aus dem langen, schummrigen, riesigen Saal vertrieben war, stand Wowa auf, ohne sich an seinem Spazierstock abzustützen, und sagte laut: »Ruf mich nicht an, Kostos. Oder nein: Ruf mich an, wenn du Soli hast. Dann kratz ich gern meine letzten Tausender für dich zusammen!« Er drehte sich um und humpelte die zwei, drei Stufen zum hinteren Raum hoch, wo es auch zu den Toiletten ging, und jetzt klebte der gelbe Post-it-Zettel an seinem Arsch. Als er an Clausi vorbeikam, sahen sich beide kurz an. Wowa dachte eine halbe Sekunde lang: Wer ist das, woher kenne ich ihn, aus der Zeitung vielleicht? Und Clausi dachte: Was für ein netter, hochintelligenter, aber auch undurchschaubarer alter Jude. Sie vergaßen beide sofort wieder, was sie gedacht hatten, der Zettel löste sich von Wowas Arsch und flatterte nach unten. Gleichzeitig blies es von draußen kräftig ins Slavia hinein, die Böe hob den Zettel hoch, er tanzte sekundenlang über Clausis Tisch in der Luft. Clausi fing ihn auf, las drei-, viermal, was dort auf Tschechisch stand, und weil er es nicht verstand, riss er ihn mehrmals durch und warf die Schnipsel in den Aschenbecher vor sich auf dem Tisch.

»Papa, musstest du wirklich Djeduschka verraten? Konntest du Kostja nicht anders ablenken?« So hatte Wowas und mein einsames Abschiedstelefonat ein paar Tage vorher angefangen, nachdem Mama, Serafina und Balaban in die Küche gerannt waren, dem Duft des verbrannten Ingridkuchens hinterher. Bevor Wowa antworten konnte, sagte ich: »Noahs Vater Schloimel hat den eigenen Vater im Getto von Buczacz in den Transport nach Belzec gesteckt. Wusstest du das? Sonst wäre er selbst dran gewesen.«

»Mord.«

»Ja, Mord, Papa.«

»Du bist dir ja sehr sicher.«

»Ja.«

»Hast du DAMALS gelebt, Kleiner, oder wir? Du kannst dir nicht vorstellen, wie es ist, mit dem Rücken zur Wand zu stehen.«

»Mit dem Rücken zur Wand?«

»Tag und Nacht, Jahr für Jahr.«

Wir schwiegen beide, ich eingebildet in Tel Aviv, er schwer atmend, aber nichtssagend in Prag. Ich sah zu Oriteles Haus hoch, ich dachte, hab ich das geträumt, dass ich oben bei ihr in der Wohnung war, hab ich ihr wirklich mit meinem Gürtel ein paar schöne rote Striemen verpasst, bin ich auch so ein galizischer Django wie Wowa, hab ich das echt von ihm?! Dann guckte ich wieder aufs iPhone-Display. Wowa saß allein in seinem Arbeitszimmer in der Italská an dem Schreibtisch, an dem er, jeden Tag vergesslicher und müder, schon lange nicht mehr arbeitete. Hinter ihm im überfüllten Bücherregal sah man ein großes Foto von Serafina und Balaban, auf dem der Sexrabbi meiner glücklichen Schwester wie ein Hund die fettig glänzende Pfirsichwange ableckte und den Verlobungsring überstreifte, und in der Ferne hörte man Mama, Serafina und ihn ungezügelt lachen und mit Besteck und Teetassen klappern. Das Klappern war laut und heftig und erinnerte mich an die Agnon-Geschichte aus meinem blau-weißen Prager Agnon-Buch, in der die leidenschaftliche Schickse ihrem zögernden jüdischen Liebhaber ein Gulasch aus den Schenkeln und Brüsten seiner Ehefrau vorsetzt.

»Vielleicht mögt ihr euch deshalb so gern, du und dein bester Freund Noah Forlani«, sagte Wowa, »weil ihr beide Väter habt, die ihre Väter auf dem Gewissen haben.«

»Ich hab auch ein Jahr lang gedacht, ich hätte jemanden umgebracht, Papa«, sagte ich. »Ich kann mir vorstellen, wie du dich fühlst. Aber ich versuche, so wenig wie möglich Mitleid mit dir zu haben.«

»Du meinst den Schriftsteller? Ja, ich weiß.«

»Ich weiß, dass du es weißt. Warum hast du mir nicht früher gesagt, dass er nicht tot ist? Dem fetten Awi hast du es erzählt.«

»Und der hat es dir erzählt.«

»Ja, genau.«

»Dann ist doch alles gut.«

»Sag schon, warum hast du es mir nicht gesagt?«

»Was immer meine Gründe waren, mein Kleiner, du wirst es nie erfahren. Vielleicht quäle ich dich gern.«

Dann schwiegen wir wieder, und dann sagte Wowa, er habe schnell gemerkt, dass er die falsche Entscheidung getroffen habe. Als er Djeduscha verraten hatte?, fragte ich. Nein, sagte er, als er beschlossen hatte, die Welt zu retten. Wer das Gute wolle, mache nicht vor dem Bösen halt, das sei ziemlich unangenehm und unpraktisch und führe wegen der vielen Enttäuschungen zu einem übertriebenen Sexualtrieb. Aha, sagte ich ironisch und dachte, ap-

ropos »Welt retten«, an Noah und Goodlife, an seine dämliche Darfur-Hymne, an seine unschöne Abtauchaktion, an sein süßes Drecksacklächeln, an seine Ringervideos auf WFOJ, an Schloimels verschenkte 18 Millionen. Ja-a, sagte Wowa noch ironischer.
»Übertriebener Sexualtrieb«, sagte ich. »Das war jetzt ein Witz auf meine Kosten, Papa, oder? Schau, wie gelassen ich bin. Ich weiß, dass ihr längst über meinen Auftritt in einer gewissen Berliner Sauna Bescheid wisst.«
»Ganz Deutschland weiß Bescheid.«
»Ich würde es wieder tun. Es ist genauso gut wie normaler Sex. Es ist besser.«
»Du hast es natürlich absichtlich gemacht, du Hund!« Vaterstolz verlieh Wowas braunen Buczazcz-Augen kräftigen Karpatensandglanz. »Du wolltest noch berühmter sein, als du es bist, stimmt's? Der Beiname ›Deutschenhasser‹ hat dir nicht gereicht. Du wolltest auch noch ›Der wichsende Heine‹ sein.« Er grinste und ging in Prag mit seinem melancholischen Eulen-und-Tyrannen-Gesicht näher an die Kamera seines Telefons heran.
Ich grinste auch, aber es nervte mich, dass ich grinste. Ich war der galizische Django, mich konnte man nicht mit durchsichtigen Komplimenten besänftigen. »Reden wir noch einmal über DAMALS«, sagte ich. »Wie ist es, mit dem Rücken zur Wand zu stehen? Ich weiß es tatsächlich nicht, du hast recht. Aber ich sollte einmal genauer die arme Serafina fragen. Sie hat ja ihre ganze Kindheit und Jugend relativ unkomfortabel verbracht.«
»Was immer du damit meinst«, sagte er, »bestimmt sagst du es, um mich ärgern. Aber ich weiß nicht, was du meinst!«
Ich sagte: »Guck mal.« Dann schickte ich ihm über Skype die Kindheitszeichnung, die Serafina in der Italská hinter ihrem Bett gefunden und für mich abfotografiert hatte: ich als Achtjähriger, mit schwarzer Hornbrille, die Nase tief in Scholochows *Stillem Don*, sie als Zwölfjährige, mit dem sie würgenden Wowa-Schwanz um den Hals, Blut weinend.

Wowa betrachtete kurz das Bild auf seinem Telefon, dann sah er wieder in die Kamera und sagte: »Eine plumpe Fälschung. Das hat Serafina neulich gemalt, während sie am Telefon einen ihrer alten deutschen Kunden befriedigte. Und dann – willst du es wissen? –, dann hat sie es stolz Mama gezeigt, und die hat gesagt, toll, wie du zeichnen kannst, Kindchen, warum schickst du das Bildchen nicht Soli, vielleicht hat er Mitleid mit dir und kommt nach Prag, um dich vor Papa zu retten? Ich stand zum Glück daneben, und als ich sagte, das wirft aber ein schlechtes, ein sehr schlechtes Licht auf mich, sagte Mama, warte erst, wenn Soli hier ist, dann klären wir alles auf. Und dann sagte sie noch: Ich weiß doch, Wowale, wie lieb du immer zu ihr warst, weil du dachtest, sie wäre nicht von dir, du Armer, aber nicht auf die falsche Art lieb, natürlich nicht, dafür bist du viel zu anständig, oder? Ja, genau das waren Mamas Worte, Solomon. Schön, findest du nicht?«

»Du bist ein Heiliger, Papa, ich hab's mir schon immer gedacht«, sagte ich. Ich wollte, dass es ironisch klingt, aber es klang irgendwie anders. »Ein einsamer Heiliger, von den Zeitgenossen missverstanden wie Koestler, Don Quijotte, de Sade.«

»Meinst du wirklich? Weißt du, wer in deiner Aufzählung fehlt? Jánošík. Und Juda Makkabi. Und kennst du noch Melvin Lasky?«

»Ich komme trotzdem nicht nach Prag und spiel mit euch für den NDR ›Glückliche Schriftstellerfamilie‹. Und wenn du DAMALS als westlicher Superagent den Dritten Weltkrieg verhindert hättest – ich will nie wieder in deiner Nähe sein! Wenn ich dich sehe, Wladimir ben Mendel, krieg ich Panik, VERSTEHST DU? Ich schwitze und will nicht mehr der sein, der ich bin. Dann ist sofort alles wie früher, als du mir beim Mittagessen wegen eines Witzes über deine riesigen Eier oder das baldige Ende Israels eine verpasst und auch noch den Suppenteller hinterhergeworfen hast. Schade, dass ich deinen Selbsthass abgekriegt habe, ja, und zwar vor allem ich! Fick dich, leb wohl, Schalom, ich muss jetzt weiter nach Galizien, ein gewisser Noah F. wartet auf mich. Aber nicht weitersagen, sonst hält man den wichsenden Heine für komplett verrückt. Noah F. ist nämlich eigentlich tot.«

»Ja, schade«, sagte Wowa. Das leichte Zittern in seiner Stimme war mir unangenehm, das hatte fast schon einen ödipalen Touch. »Ich hätte mehr mit euch reden sollen. Ich hätte euch früher sagen sollen, wer ich bin und was ich getan habe. Dann hättet ihr mich viel mehr lieb gehabt. Habt ihr mich jetzt ein bisschen lieb? Ohne meine Kafka-Konferenz würde die Mauer vielleicht immer noch stehen.«

»Denkst du das wirklich?«

»Du nicht?«

»Du spinnst, Papa, wirklich, du spinnst.«

Ich glaube, das war der Moment, als ich anfing zu weinen. Dabei schaltete ich alle meine Sinne und Gedanken aus, genauso verzweifelt und rigoros wie ein paar Wochen später in der Kiewer Sauna, nachdem ich gemerkt hatte, was ich getan hatte, und halb nackt zum Fahrstuhl gerannt und erst zu mir gekommen war, als ich oben in meinem Zimmer auf dem Boden saß und das erste Mal im Leben betete bzw. Gott versprach, es nie wieder zu tun. »Du spinnst, Papa«, sagte ich leise schluchzend, aber jetzt wieder einigermaßen bei Sinnen, »du bist noch eingebildeter als ich.«

»Möglich ist alles.«

»Aber was ist, wenn das alles nicht stimmt«, sagte ich, »wenn du immer nur Mojsche der Grebser geblieben bist? In den Akten von IM Quido steht kein Wort über deine Auftraggeber in Pullach und diesen ›Börne‹ und so.«

»Das, mein Kleiner, wäre ja auch sehr unprofessionell.«

»Und deine Flucht aus Moskau und Prag, 1971, als du dich dem StB ein zweites Mal verschrieben hast?«

»Ein Spiel, Tarnung, der missglückte Versuch, meinem BND-Führungsoffizier zu beweisen, dass ich drüben bald auffliegen werde. Ich wollte, dass sie mich endlich abziehen. Und ich wollte, dass sie nicht denken, ich wäre schon wieder dabei, die Seiten zu wechseln.«

An diesem Punkt unseres allerletzten Gesprächs gab ich es auf, irgendwas zu verstehen. Ich dachte, was immer er mir sagt, ich glaube es nicht, ich will nie wieder mit ihm reden. Ich sagte: »Auf Wiedersehen, Papa, schade, dass ich das alles nicht vorher gewusst habe.« Dann legte ich in Tel Aviv das iPhone auf die Mülltonne neben mir, Kameraobjektiv nach oben, Lautsprecher an, und während ich zum fünften, sechsten Mal an diesem Tag die ständig aufgehenden Schnürsenkel meiner neuen Margiela-Bundeswehrturnschuhe zuband (Postwarstore, Kikar Hamedina, 4000 Schekel), bekam Wowa in Prag den israelischen Himmel zu sehen (tiefblau wie Glasreiniger) und kurz darauf das nasse Näschen der hungrigen, grauen Straßenkatze, die das Telefon wie einen Hühnerknochen ableckte. Er sagte: »Was willst du um Gottes willen in Galizien? Willst du Rabbi werden, Schächter, Schadchen, Shylock? Das Getto war die Hölle, Kleiner, zum Glück ist es tot. Reicht dir nicht, dass dein Großvater an seiner Schtetl-Raffgier erstickt ist? Was ist dein beschissenes Problem? Also gut, jetzt sag ich dir was: Dein Psychiater, wie heißt er noch mal, hat uns vor ein paar Tagen ernsthaft davor gewarnt, dass du schizoid werden könntest. Ja, wir haben uns solche Sorgen um dich gemacht, wir mussten ihn einfach anrufen, tut mir leid. Er meinte sogar, dass du anfangen könntest, dich für jemand anderen zu halten, eine Mischung aus Messianismus und Größenwahn wäre das, ähnlich wie das Jerusalem-Syndrom, aber streng galizisch orientiert. Er nennt es das Buczacz-Syndrom. Ein kluger Mann, dieser Goj – und witzig. Er ist wieder in Ungarn, wusstest du das? Macht Karriere als Chef einer liberalen Wehrsportgruppe, die mit friedlichen Mitteln das Zigeunerproblem lösen will, wirklich beeindruckend. Für das Telefonat hat er uns allerdings eine ganze Stunde berechnet, dabei waren es keine zwanzig Minuten, ich hab auf die Uhr geguckt.«

Ich machte ein Geräusch wie ein wütender Ziegenbock.
»Hast du gerade gelacht oder geweint?«
Ich sagte nichts.
»Ist es wegen der 40 000? Ist es wegen GELD? Ich will deine

40 000 nicht mehr, diese Zahl hat unserer Familie immer nur Unglück gebracht. Behalt's und kauf dir noch einen Buddha und komm endlich – endlich! – nach Hause.«
Ich sagte noch immer nichts. Ich dachte, Noah hat ihm doch das Geld längst geschickt, warum tut der alte Gangster jetzt so, als hätte er es vergessen? Ich bückte mich, löste meine losen Schnürsenkel wieder und band sie wieder, und das machte ich, weinend, noch ein paarmal. Dann beschloss ich, einen kleinen, wichtigen Ausflug zu machen, Ziel: Bat Jam, Achad-Ha'am-Friedhof. Ich richtete mich schnell auf und machte ohne ein Wort des Abschieds das iPhone aus.

Wowa verbrachte fast eine halbe Stunde auf der Slavia-Toilette. Nachdem er den letzten Tropfen seines alten, dunklen Urins aus sich herausgepresst hatte, verließ er das Kaffeehaus, ohne den alten StB-Halunken Auf Wiedersehen zu sagen, diesen Genies der Information und Desinformation, die so genial nicht sein konnten, sonst hätten sie spätestens heute kapiert, wer er DAMALS wirklich gewesen war.

Er ging aus dem Slavia auf die Národní třída raus und bog rechts zum Smetanovo nábřeží ein, zu einem großen grauen Fluss, dessen Name ihm gerade nicht einfiel. Eine 22 fuhr vorbei und verdeckte ihm kurz den Blick auf den hohen, giftiggelben Turm von Kostas' Kampa-Museum und die Burg. Dafür konnte er den Spruch auf dem Filmplakat lesen, das auf der Straßenbahn klebte: »*Der Spekulant und der tote Graf* – Vorsicht, SIE sind wieder überall, auch in Fritz Dunckenbergs neuem Film!«. Das stand dort in schiefen, gelben, hebräisch stilisierten Druckbuchstaben. Daneben sah man den im japanischen Comicstil gezeichneten Kopf eines Mannes, der genauso aussah wie Karol »Kapitan« Urmacher, einer der besonders primitiven und klugen Geschäftstypen aus der Hamburger Gemeinde.

Wowa dachte, das kann nicht sein, das bilde ich mir ein, aber die Tram war schon wieder weg. Er schüttelte den Kopf, und während er ihn schüttelte, wusste er plötzlich nicht mehr, warum er das tat. Nach ein paar Schritten war er so außer Atem, dass er stehen bleiben und sich an einem Straßenschild festhalten musste. Die Sonne war wieder da und strahlte in ein elegantes, dunkles, glitzerndes K.-u.-k.-Café hinein, das ihm bekannt vorkam, aber er hatte keine Ahnung, woher. Ein paar schöne bläuliche Strahlen beleuchteten ein riesiges Bild, das drinnen hing. Auf dem Bild saß ein bärtiger, altmodischer Mann mit Lenin-Bart, sehnsuchtsvollem Rosa-Luxemburg-Blick und einem grünen Absinthglas in der Hand an einem Kaffeehaustisch, auf dem Tisch saß vor ihm eine durchsichtige, grüne, nackte, giftige Schönheit. Zu viel Absinth, dachte Wowa, zu viel Hoffnung, zu viel Verbrechen, zu viel Politik, zu viel Schmerz. Dann berührte er unsicher seine Wangen, und obwohl in den letzten Minuten der Sommer zurückgekehrt war und es nicht mehr regnete, waren sie nass.

Er sah wieder in das Café rein und fragte sich, woher er die alten Männer kannte, die vor dem Bild saßen. Es waren acht, neun Typen, sie hatten vertrocknete, kalte, gemeine Taxifahrergesichter, die langen dünnen Schatten ihrer Köpfe verdeckten das halbe Bild. Einer von ihnen, der wie Anthony Quinn in *Zorbas der Grieche* aussah, winkte Wowa aufgeregt zu, Wowa reagierte nicht, der Typ winkte wilder, und Wowa bekam Angst und wechselte die Straßenseite. Dabei rutschte ihm der Stock aus der Hand, er hob ihn umständlich von der Fahrbahn auf und schrie einen Lkw-Fahrer an, der knapp vor seinem nach unten gebeugten Gesicht bremste. Dann ging er wieder ein paar Schritte an der Uferpromenade entlang – orientierungslos, aber happy –, blieb stehen, lehnte sich gegen ein hübsches altes Geländer und dachte, natürlich, das ist die Moskwa, während er zärtlich auf die Moldau schaute. Und dann dachte er noch: Ich will endlich meine 40 000 Rubel zurück, verdammt, man soll nie den eigenen Verwandten Geld leihen.

4
Erleuchtung auf dem Achad-Ha'am-Friedhof

»Komm«, sagte Gerry in seinem weichen, penetranten Westküstenenglisch, »ich helfe dir. Ich zeige dir jetzt trotzdem noch schnell, wo Noahs Grab ist ...«

»Das interessiert mich nicht«, antwortete ich. Mein Englisch klang an diesem komplizierten Tag wie ein Gemisch aus Russisch, Deutsch und dem Refrain von *Mr. Loba Loba* von Fanfare Ciocarlia. »Warum nicht? Er ist doch dein Freund, dein bester Freund. Das hast du selbst gesagt. Und das hat er uns in Darfur ständig erzählt, wenn er sich nicht gerade in den Drehplan eingemischt hat.«

»Er ist nicht tot, das hatten wir doch schon. Also was soll ich dort? Der Sarg ist leer.«

»Und warum bist du hier?«

»Wegen der schönen Oktoberluft und des schönen Lichts.«

»Echt?«

Gerry – die schmalen Sexyaugen nicht mehr ganz so rot, dafür liefen ihm spinnwebenfeine Schweißrinnsale über die niedrige Stirn und die eingefallenen Ex-Junkie-Wangen – spuckte ein klebriges Büschel Kath aus. Er hob die Hände, in der einen hatte er, trotz seiner Joggingeinlage von vorhin, noch den Strauß Vergissmeinnicht, in der anderen den gerupften, schlaffen Kath-Bund, er zuckte irritiert mit den Armen und seinem schmächtigen, aber sehnigen Oberkörper, er drehte den Kopf unentschieden hin und her – und dann biss er, wie aus Versehen, in den Vergissmeinnicht-Strauß.

»Du bist ja wirklich so blöd, wie Noah mir immer erzählt hat«, sagte ich.

Er spuckte lachend die hellblauen Blätter aus. »Echt?«, wiederholte er.

»Wegen Tal«, sagte ich. »Ich bin wegen Tal hier.«

»Ich auch ...«

»Ja, ich weiß. Natürlich.«

»Komm, ich helf dir, aufzustehen«, sagte er freundlich, fast familiär. »Du musst dich nicht mehr hinter seinem armseligen Selbstmörder-Hinkelstein ducken. Dein Fuß tut bestimmt sehr weh ...«

Ich hatte keine Ahnung, wie ich aus dem Subaru des verrückten Drusen zu Tals Grab gekommen war. Ich wusste nur noch, dass ich, so lange Gerry auf dem Taborhügel zwischen den im Sonnenuntergang rötlich schimmernden Grabsteinen hin und her gerannt war, wieder mit Noah in Iwano-Frankwisk telefoniert hatte. Er hatte mich, kaum hatten wir aufgelegt, gleich noch mal angerufen, weil er ein paar Minuten vorher auf dem Chmielnicky-Boulevard eine fast schon ramihaft autosuggestive Ethel-Erscheinung gehabt hatte. Was sonst soll es gewesen sein?

Er sagte – während ich immer noch auf Tals sonnengewärmter Grabplatte saß und an meinem geschwollenen Knöchel herumdrückte –, er habe sich gerade vorgestellt, wie er und Ethel und ich in der Unterwelt von Buczacz den Zweiten Weltkrieg nachspielten, als die leibhaftige Urmacherin plötzlich vor ihm in der Schlange an einem Kwas-Stand auftauchte. Riesig wie immer, ein bisschen zu fett wie immer, den Stoff des für Oktober viel zu dünnen, glänzenden, rosafarbenen, ukrainoiden Seidenkleidchens zwischen den kräftigen Arschbacken eingeklemmt. Er habe, fuhr Noah atemlos fort, sofort einen Halben bekommen, was ihm wirklich nicht jeden Tag passierte, schon gar nicht einfach nur vom Danebenstehen. Und dann habe er auch noch das charakteristische Ethel-Schnauben, dieses laute, nilpferdartige, zugleich beruhigende und beunruhigende »Atemholen und Atemgeben« vernommen, wie es nur Ethels eindrucksvolle Zucchininase zustande brachte, und als ich immer noch nicht reagierte, sagte er mit herrlichem Reicher-Jude-Schmatzen, in Lost Angeles sei er manchmal einzig und allein von ihrem Schnarchen gekommen, oj-joj-joj, wus is dus gewejn fur a erotisches lidale!

»Moby Dichter, der ewig suchende Millionärssohn, kurz davor, sich mit seiner Vergangenheit zu versöhnen – ja, Forlanikus?«, sagte ich endlich, während Gerrys kleine schwarze Gestalt begann, am Horizont auf und nieder zu hüpfen, dabei bewegte er die ausgestreckten Arme hoch und runter wie ich bei meiner Yogaübung »Der fahnenschwingende Expionier«. Dann lehnte er sich gegen eine (wohl der New Yorker Guggenheimschnecke nachempfundene) Familiengruft und machte Stretchübungen.

»Weißt du, warum ich weiß, dass sie es war?«, sagte Noah in Iwano-Frankiwsk ins Telefon.

»Du hast mit ihr geredet«, sagte ich, und jetzt trabte Gerry genau in meine Richtung und auf mich zu.

»Raboinu scheloinu, nein«, rief Noah aus, »das würde ich mich nicht trauen, so wie wir auseinandergegangen sind in Amerike!«

»Gut, dann sag's mir nächstes Mal. Ich muss jetzt auflegen. Jemand, den du kennst, wird sich gleich sehr darüber wundern, mich auf einem israelischen Friedhof zu treffen.«

»Weil ich p-p-plötzlich wieder nach M-m-monaten angefangen hab, zu stottern!«

»Masel tov! Und wie ich Schloimels originellen, aber lebensuntüchtigen Sohn kenne«, sagte ich, »am liebsten bei wabernden Selbstgesprächen. Korrekt?«

»Ja, genau, kennst du das etwa auch, blutleerer Blutsbruder? Der hakende innere Monolog! Die meschiggene Maße! N-n-nicht schlecht, oder?«

»Schi-scha-schalömchen, Noah ben Schloimel, heute scheint der Tag der erstaunlichen Begegnungen zu sein«, sagte ich und legte auf.

Gerry und ich hatten uns zuerst nur stumm angesehen, als er endlich vor mir stand. Er wusste, dass ich wusste, wer er war, weil jeder wusste, wer er war, aber je länger er mich ohne ein Wort ansah, desto mehr kam es mir so vor, als würde er mich auch kennen.

»Ich kenne dich, Fremder«, sagte er schließlich und lachte so abgehackt und mechanisch wie in *The Bullet 3*, bevor er den von ihm

arm- und beinamputierten Johnny Ungood vom Eiffelturm wirft.
»Yup, du hast es erfasst: Gerry Harper vergisst keine Gesichter! Und dein Gesicht hab ich vor zwei Jahren in Berlin gesehen, glaube ich, auf einem riesigen Plakat, du hattest eine andere Brille auf, dick, schwarz, sexuell, intellektuell. Du sahst wie der junge Kissinger aus. Du sahst besser aus!«

Ich nickte traurig. Wie immer, wenn mein Äußeres oder Inneres kritisiert wurde, war ich bemüht, sportlich zu bleiben, und ich dachte leicht sentimental: Anti-Büchner-Preis 1999 für den bösesten Deutschenhasser-Satz des Jahres. Das waren noch Zeiten! Ich hatte zum 227. Geburtstag von Novalis in Christ und Welt geschrieben, wer einmal aus der Gulaschkanone der Romantiker probiert habe, hätte für den Rest seines Lebens Gulasch im Kopf (oder so ähnlich), und ich ließ eine Liste von Namen folgen, von A wie Andersch bis Z wie Zwerenz. Ja, dachte ich jetzt, damals wurden noch Preisträgerposter von mir gedruckt und in deutschen Buchhandlungen aufgehängt, damals ging es mir richtig gut. Damals wurde ich nicht als Pornoamateur gefeiert oder gehasst, sondern als der erste jüdische Judenkritiker seit Tucholsky und Kraus.

»Das Plakat«, sagte der verschwitzte Gerry und setzte sich, immer noch atemlos, neben mich auf Tals warme, staubige Grabplatte, »hing im Flur einer sogar für meinen kalifornischen Geschmack zu geschmackvoll eingerichteten Wohnung. Das war in Berlin, irgendwo in der Nähe der berühmten alten Berliner Mauer, jedenfalls hat uns das der Typ erzählt, der dort ein paar Tage gewohnt hat. Noah Forlani. Ein interessanter Kerl. Hat mir mal sehr wehgetan, hat mir aber auch viel Geld geschenkt, obwohl es am Ende doch nicht gereicht hat. Kanntet ihr euch? Er ist auch hier begraben. Ich hab eben ein Steinchen auf sein Grab gelegt.«

»Das war meine Wohnung«, sagte ich. »Und ich warte immer noch darauf, dass ihr den Schaden bezahlt, den ihr dort alle zusammen bei eurem bescheuerten Goebbels-Dreh angerichtet habt.«

Was Gerry darauf geantwortet hat, weiß ich nicht mehr. Ich weiß nur noch, dass wir danach, unsere Glieder wie faule Echsen streckend, in der Sonne gesessen und abwechselnd über Tal und Noah, über Gerrys unvollendete Darfur-Dokusoap und über Lous kommendes Caesarea-Konzert geredet hatten. Gerry, der gerade in Mexiko *The Bullet 10 – Rache in Khartum* abgedreht hatte, war vor ein paar Tagen nach Israel gekommen, um sich von Tal zu verabschieden, dessen Selbstmord ihn aber eher nervte, als dass er ihn traurig machte, denn kaum hatte er davon erfahren, fing er sofort wieder mit dem ganzen Pillen-und-Drogen-Kram an. Dass Lou, seit über einem Jahr mit der *Kiddusch Tour* unterwegs, endlich mal wieder im »Land der jüdischen Väter und palästinensischen Fußabtreter« (O-Ton Tal in einem legendären Tweet) performen sollte, war Zufall. Und die beiden hatten sich hier auch noch gar nicht gesehen. Sie hatten sich, um genau zu sein, seit ihrer gemeinsamen Session im Tempel der Guten Strenge überhaupt nicht mehr gesehen, seit ihrer tränenreichen Versöhnung, von der mir Gerry so übergangslos und selbstverständlich erzählte, als wären wir alte Freunde oder als hätten wir gerade die erste Sitzung unserer gemeinsamen Gesprächs- und Gruppentherapie.

»FÜNF JAHRE«, sagte er, »hat der Alte oben auf dem Berg Toruhu gesessen und versucht, sich durch Meditation seine Vorliebe für Vierzehnjährige abzutrainieren. FÜNF JAHRE kam er nicht nach Hause. In der Zwischenzeit wurde ich immer schräger, träger, dürrer, dümmer, einsamer, trauriger, süchtiger, bis von mir fast nichts mehr übrig war, und sein Geld und seine Songrechte waren auch weg, als er endlich zurückkam. Aber kaum vertrugen wir uns – ich hab ihn sogar gefragt, ob er für meinen Darfur-Film den Soundtrack schreibt –, kaum hatte ich ihm seine ewige Kinderfickerei verziehen, machte dieser alte Idiot mit dem New Yorker ein Interview, in dem er sagte, nicht mit wem man's macht, ist wichtig, sondern nur, wie viel Liebe im Spiel ist – und dass man beim Suchen des G-Punkts keine Lupe benutzen muss. Und dann hat er ihnen auch noch erzählt, wer wie er in eine Mafiafamilie hineingeboren wird, wär beschissener dran als jeder von den Mobstern einbetonierte, unbeugsame Rugelach-Konditor, der müsste seinen Schmerz raussingen und rausficken, und dafür liebten ihn diese vertrockneten Scheißintellektuellen wie sonst nur Roman ›Manson‹ Polanski. So fing Lous Scheißcomeback doch überhaupt erst an! Seitdem hat er mich nur ein Mal angerufen, an meinem Geburtstag. Er sagte, er würde sich gleich wieder melden, jetzt ginge es schlecht, er hätte gerade eine ältere, aber wirklich sehr erfahrene Lady in Arbeit, und danach hab ich nie wieder von ihm gehört.« Gerry steckte sich ein paar lasche Kathblätter in den Mund, kaute wie ein echter Afrikaner mit leeren, geröteten, weit aufgerissenen Augen daran, dann schob er mit der Zunge den feuchten Klumpen in seine linken Backe und lächelte minderbemittelt, aber nicht unsympathisch. »Und wer war daran schuld, dass der New Yorker zwölf verfickte Seiten über den unsterblichen Ladyman von Mid City brachte? Noah Forlani, genau! Der Typ aus deiner Wohnung, der hinterhältige kleine Schmock, den du ja anscheinend auch sehr gut kennst, sonst hättest du sie ihm nicht anvertraut. Er hat in unserem Haus in L. A. Lous alte Hydra-Sexfotos geklaut und in Umlauf gebracht, weil ich nicht CEO von seiner komischen Weltrettungsfirma ...«

»CCC«, sagte ich.

»... werden wollte. Richtig. Nur er ist schuld an Lous verdammtem Comeback. Er hat mich um meinen Vater gebracht!«

Während Gerry redete, hörte ich meist stumm und ratlos zu. Das war nicht die Begegnung, die ich mir erhofft hatte, als ich nach dem schicksalhaften Prag-Wowa-Telefonat von der Zlatopolsky aus zum Achad-Ha'am-Friedhof aufgebrochen war. Ich erhoffte mir eher etwas Spirituelles. Ich erwartete, keine Ahnung, wie ich darauf kam, dass ich ausgerechnet an Tals Grab begreifen würde, wohin ich als Nächstes gehen sollte. Ukraine, Prag – oder vielleicht doch wieder Viertes Reich?

»Warum erzähl ich dir das alles?«, sagte Gerry.

»Wahrscheinlich«, sagte ich, »weil ich dich an diesen Noah Forlani erinnere. Es ist die Art, wie wir beide reden – melodisch, feminin, ohne unmännlich zu sein –, und unser Kleidergeschmack ist auch sehr symbiotisch. Immer noch. Obwohl wir uns schon lange nicht mehr gesehen haben.«

»Ihr werdet euch überhaupt nicht mehr wiedersehen«, sagte Gerry, »weißt du das nicht? Schon gut, ich verstehe, du bist jemand, der die Wahrheit nicht sehen will. Bist du vielleicht« – wieder dieses metallische, schadenfrohe Blockbuster-Lachen – »eine Pussy in Männergestalt?«

Endlich wurde es interessant – und genau darum, dachte ich, sollte ich lieber gehen. Ich versuchte aufzustehen, aber es ging nicht, weil mein Knöchel sich inzwischen wie das Gesicht von Joe Frazier nach seinem zweiten George-Foreman-Kampf anfühlte. Ich stieß einen kleinen, spitzen Schrei aus und setzte mich wieder auf den Boden. So, so, Gerry, der zusammen mit Tal und Jeff Goldblum als Letzter den »ungeköpften« Noah gesehen hatte, hielt immer noch an Noahles Tom-Sawyer-Legende fest, und das war entweder sehr anständig von ihm – oder wahnsinnig blöd. Und was sollte ich machen?

»Das war nicht Noah«, sagte ich, um Zeit zu gewinnen, »der die Sexfotos deines Vaters ins Netz geschossen hat. So was würde er nie tun. Ich meine, so was hätte er nie getan.«

»Nein? Wieso?«

»Er ist zu lieb, glaub mir.«

»Lieb, finde ich, ist das falsche Wort.«

»Sagen wir, er ist nicht berechnend genug. So gern er es manchmal wäre. Okay?«

»Und wer war es dann? Hugh Hefner?«

»Noahs frühere Bürochefin, wenn du's genau wissen willst. Eine strenge, schlanke, unbarmherzige Deutsche mit einer tätowierten Menora auf dem Arsch und einem relativ guten Herzen. Mehr Ambivalenz, als sie in ihrem kleinen metaphysischen Tatonka-Rucksack mit sich herumschleppt, kann man von einem Menschen nicht verlangen. Bei Deutschen ist so was keine Seltenheit …« Ich hole

Luft und spürte ein erinnerungswürdiges Stechen in der Lunge. »Das kommt davon, also bei ihr, dass der eine Großvater Nazi war und der andere Widerstandskämpfer.« Wieder dieses Stechen. »Sie heißt Ute, falls dich das interessiert«, sagte ich leise, um meine Atemwege zu schonen, »aber Noah und ich nennen sie, äh, nannten sie, Knute.« Nun hörte ich ganz auf zu atmen und ging im Kopf Dr. Czupciks Öffnungszeiten durch. Zum Glück hatte er heute schon zu, sonst hätte ich mich gleich noch mal in die Rothschild aufmachen müssen, und einen weiteren Termin an diesem vollen, chaotischen Tag hätte ich wahrscheinlich nicht überlebt. Ich fing – quasi spontan geheilt – wieder an zu atmen und sagte: »›Knute‹ ist auf Deutsch ein anderes Wort für ›Peitsche‹, witzig, nicht? Kannst du deinem neuen Friedhofsbekannten überhaupt noch folgen, El Dick?« Dann fiel mir mein verknackster Knöchel wieder ein, und ich dachte triumphierend, damit geh ich gleich in die Notaufnahme vom Ichilov!

Gerry lächelte klug und freundlich, als er seinen berühmten, aber irgendwie auch sehr intimen Spitznamen aus meinem Mund hörte. Er legte den Blumenstrauß und das Kath zwischen uns auf die Grabplatte und strich sich nachdenklich durch seine hübschen, verschwitzten Beethovenhaare. Ich dachte, vielleicht ist er doch nicht so blöd, wie Noah immer gesagt hat, vielleicht gehört er zu den Menschen, die sich dumm stellen, um nicht anderen Leuten auf Fragen antworten zu müssen, denen sie im dunklen Selbstgespräch ausweichen. Dann dachte ich, ich sollte mir auch so durch die Haare streichen, aber leider habe ich fast keine. Und dann erinnerte ich mich an meine einzige Knute-Begegnung in Tel Aviv vor ein paar Wochen im Supersol auf der Ben Jehuda, als ich, bei meinem ersten und ebenfalls erfolglosen Versuch, Oritele zu überraschen, um die Ecke von der Zlatopolsky in diesem 24-Stunden-Supermarkt mit angeschlossener Apotheke hängen geblieben war und mir – statt zu ihr zu gehen – lieber zur Beruhigung ein schockgefrorenes TV-Dinner und eine Schachtel Diazepam mega geholt hatte, ein Beruhigungsmittel, das man in Israel hochtourigen Elitekämpfern gibt, wenn sie am Schabbat nach Hause zu Mama und Papa fahren.

Knute – ich hatte sie in Israel vorher nur einmal auf Channel 10 gesehen, neben dem gerade freigelassenen Chodorkowski, blond, pseudoslawisch und keck wie Julia Timoschenko in ihrer Premierministerinnenphase – hatte inzwischen offenbar einen neuen Freund und einen neuen Look. Der Freund war der in Germanien geschätzte Israelkritiker Uri Avnery, weißhaarig vom Scheitel bis zum Bart, und ihr Look war »Konvertitin light«. Wo waren Knutes scharfe, grüne Stiefelchen geblieben, mit denen sie früher durchs Goodlife-Büro marschiert war, während sie Noahs neueste Vorschläge für den redaktionellen Content der Goodlife-Seite mit einem mähenden »Hahahaa!« abschmetterte? Wo war ihr Ledermantel aus der *Blutige Brigitte*-Linie von Dirk Schönberger, in dem sie den Ablauf der Save-Darfur-Veranstaltung am Holocaustmahnmal überwacht hatte? Sie hatte altmodische Kibbuzniksandalen an, um ihre leicht sonnengebräunten, fast kindlich wirkenden Beine schlenkerte der talesartige Stoff eines einigermaßen züchtigen (weil hochgeschlossenen) langärmeligen Kleids, und ihre Haare steckten unter einem orthodox anmutenden hellblauen Seidentuch. Nur eine kleine, korngelbe Strähne schaute heraus, die sie beim Reden zur Seite pustete, und jedes Mal, wenn das Löckchen auspendelte, schaute der legendäre Israelkritiker sie wissend, traurig und supergeil an.

»Lass uns mal vorbei, Solomon«, sagte Knute, als sie mich vor sich in der Schlange an der Kasse sah, dazu klimperte sie mit ihren farblosen Alemanninnen-Wimpern, »wir müssen schnell wieder zurück ins Bett. Sonst säbelt mich mein neuer jüdischer Lover an Ort und Stelle um!«

Kein Hallo, kein Wie geht's?, kein Was machst du denn in Tel Aviv? Ich ging natürlich nicht zur Seite, das hatte sie gar nicht erwartet, und so hatten wir Gelegenheit, uns kurz zu unterhalten.

Sie wollte erst wissen, ob mein Saunavideo noch online war oder ob Awi, so wie sie es damals vorgeschlagen hatte, mir den Gefallen getan und es gelöscht hatte. »Ach komm, Knute«, sagte ich, »jetzt tu nicht so. *Der Marx Brother in der Sauna* ist längst ein deutscher Mythos wie der Penisbruch von diesem DSDS-Typen oder Willy Brandts Warschauer Getto-Stolperer, das weißt du doch!« Sie nickte, pustete diesmal nicht besonders charmant die Locke zur Seite und fragte ein bisschen ernsthafter, ob mir »der arme Noah« sehr fehle. Ich sagte, no na, sie sagte, ihr auch, ich müsse gar nicht erst wieder mit meinem herablassenden jüdischen Idiom anfangen, und die Augen hinter ihren Nicht-Wimpern wurden kurz triefig und traurig. Aber als ich wenig später noch mal hinsah, strahlten sie so post- und präsexuell wie ein paar Minuten zuvor. »Ich hab ihn leider damals nicht retten können – nein, nicht einmal ich«, sagte sie, »dieser Botschaftsfritze mit dem Vogelmund, der halitosische Israeli, weißt du noch, der mich zu jedem Broder-und-Wolffsohn-Vortrag mitgeschleppt hat, ging nicht mehr ans Telefon, als ich zu ihm gesagt habe, er und seine Mossad-Kumpels sollten etwas für Noah tun, ihr Juden würdet auch sonst immer zueinanderhalten. Scheiße, Solomon, ich mache mir Vorwürfe! Das war wahrscheinlich der falsche Satz, aber wahrscheinlich war das mein Unterbewusstsein, und ich hab's absichtlich gemacht. Ja, ich weiß, ich war nie sehr nett zu ihm, aber er hat immer so schön meine sadistische Ader provoziert. Dabei bin ich meistens sehr lieb!« Sie blinzelte Uri Avnery an und griff ihm mitten in der Supermarktschlange an die Eier. »Na ja, so lieb vielleicht doch nicht. Als Noah Goodlife zumachen wollte, bin ich an sein geheimes UBS-Konto gegangen – hahahaa! – und hab mit dem Geld meine eigene NGO gegründet, Pro Chodorkowski, später wurde Pro Palästina daraus. Gelt, Uri?« Avnery nickte stumm und glücklich, das schmerzverzerrte Gesicht nach Knutes Hodengriff um zwanzig Jahre jünger. Ich dachte kurz an seine Memoiren, in denen er Israel als das neue Preußen und Sparta beschrieb, und ich fragte mich, ob er, der frühere Irgun-Terrorist mit dem Rasierklingendeutsch eines Hannoveraner Ex-Jeckes, es besonders aufregend fand, jetzt so ein halbjunges deutsches Ding wie Knute zu Hause sitzen zu haben. No na! Ihr wiederum hatte der halbe Jude Chodorkowski nicht gereicht – das wusste ich, Mamaschas superintuitiver Sohn, auch ohne sie zu fragen –, ein selbstkritischer Volljude wie Uri Avnery war im Sinne der maximalen Geschichtsverarbeitung zweifellos die bessere Wahl.

»Was hab ich den armen Noah immer angeschrien!«, stieß Knute aus. »Willst du wissen, was ich einmal gemacht habe?« Ich schüttelte den Kopf und legte meine Sachen aufs Band. »Das heißt, zuerst hat er was gemacht. Er hat, als er aus L. A. nach T. A. zurückgegangen ist, einmal extra sein Telefon angelassen, damit ich bis nach Berlin hören kann, wie er so einer kleinen Französin vom Gordon-Strand seine letzten Schekel-Reserven verspricht, wenn sie ihn in seiner Tel Aviver Junggesellenbude an die Küchentür hängt. Und Armdrücken wollte er vorher auch mit ihr, natürlich nur, um zu verlieren! Das hat mich so wütend gemacht – sein geiles Säuseln, ihr piepsiges, gieriges Emanuelle-Stimmchen –, ich hab selbst zuerst gar nicht kapiert, warum. Ich dachte, die arme kleine Touristin, die will das doch nicht, was völliger Quatsch war, und wie sie es wollte, Französin eben. In Wahrheit war ich total eifersüchtig! Bin ich verrückt, dachte ich, während dein bester Freund stöhnend an der Küchentür zappelte, bin ich vielleicht in den rachitischen jüdischen Prinzen von Eimsbüttel verliebt? Und wenn ja, warum? Weil er flüssig ist? Oder weil er einer verfolgten Minderheit angehört? Und warum hab ich selbst kein einziges Mal seinen sehnigen Körper als Fußabtreter benutzt, hahahaa?« Ich zahlte, machte zwei große Plastiktüten mit Tiefkühl-Hummus, Tiefkühl-Pork-Pie, Tiefkühl-Matzepizza voll und stellte mir vor, wie toll es wäre, wenn man bei Menschen, so wie bei Fernsehern, den Ton ausmachen könnte. »Tja, und dann hab ich blöde Kuh aus Wut so was Blödes gemacht! Ich hab am selben Tag Lou Harpers Pädophilie-Akte geleakt, mir ist nichts Besseres eingefallen, um mich zu rächen, dabei hatte Noah sie mir, seiner zuverlässigen deutschen Bürochefin, in Treu und Glauben anvertraut! Heute tut's mir natürlich leid. Aber wie sagte mein Opa, nachdem ihn die Tschechen in Leitmeritz nackt an den Füßen aufgehängt haben? Warum soll ich mich entschuldigen, wenn die Milch ohnehin schon vergossen ist?«

Ich drehte mich noch mal nach Knute und ihrem neuen Lover um und überlegte, ob ich ihr sagen sollte, dass Noah noch lebte und inzwischen wieder fast so flüssig war wie vor seiner angeblichen Entführung. Aber hätte sie das wirklich gewollt? Machte sie, die hin und her gerissene Täterenkelin, ein ermordeter Noah ben Schloimel ben Fejge nicht viel glücklicher? »Warst du bei seiner Beerdigung?«, sagte sie, während Avnery mit seinen zitternden fleckigen Methusalix-Händen ihre Sachen bezahlte. »Nicht direkt«, sagte ich. Ich ging, ohne mich zu verabschieden, auf die Ben Jehuda raus, und weil es draußen schon dunkel war, konnte ich, als ich mich ein letztes Mal umdrehte, durch die neonbeleuchtete Glasscheibe sehen, wie der alterssteife Israelkritiker sie fest und liebevoll in den Arm nahm und wie sie beide schweigend, lächelnd, träumend auf den Ausgang zuschritten. Einen Monat später brachte Spiegel Online einen Anti-Netanjahu-Artikel von Avnery mit der Überschrift: *Wir müssen die neuen Preußen um Hilfe bitten!* Weiterempfohlen wurde er mehr als zehntausend Mal.

»Na gut«, sagte der große Gerry »El Dick« Harper jetzt, »dann hat eben diese komische deutsche Frau Lou berühmt gemacht und nicht Noah Forlani.« Er warf – großzügig, sportlich, neurotisch – den Kopf zurück, und in seinem wirbelnden Beethoven-Haar leuchteten tausend winzige palästinensische Sonnen. Hinter ihm und dem sich düster, fantastisch erhebenden Taborhügel ging die echte Sonne unter, blutrot und schlierig wie verschütteter Flugzeug-Tomatensaft auf dem hellblauen Businesshemd des Sitznachbarn. »Warst du bei der Beerdigung deines besten Freunds?«, fragte er mich danach im gleichen bezaubernden Leck-mich-Tonfall, offenbar eine Folge des mechanischen Kathkonsums.

Ich schüttelte, erstaunt und hölzern, meinen armenischen Glatzkopf und dachte: Swedenborg was here! Was für ein mystischer Zufall! Dann sagte ich aufs Geratewohl: »Komm schon, hör auf mit dem Scheiß, Gerry, ich weiß alles. Und ich weiß, dass du alles weißt. Du und Tal, ihr wart doch Noahs Komplizen in Al-Faschir!«

»Du hast Jeff vergessen, Jeff ›Die Schmeißfliege‹ Goldblum«, sagte er wieder charmant und allwissend grinsend. Und danach nahm er mich auf die Sudanreise mit, von der »der arme« Noah nicht mehr wiederkehren sollte – eigentlich.

Bevor ich erzähle, was er mir erzählt hat, muss ich aber noch mal kurz auf meinen fragwürdigen seelischen Zustand zurückkommen, der nun schon seit mindestens zwölf Stunden andauerte, seit der misslungenen Oritele-Stippvisite und meiner Irrfahrt durch halb Israel im rumpelnden Drusen-Toyota. Ich, der pragmatische Sohn des Idealisten von der Bartolomějská, der mit seinem jiddischen Kopf und seinen stalinistischen Agitpropmethoden praktisch allein den Untergang des Sowjetreichs verursacht hatte – ich hatte genau jetzt das erste Mal im Leben ein ernstzunehmendes mystisches Bedürfnis, das auch sofort ansatzweise befriedigt wurde, weil – ja, weil – in derselben Sekunde eine viel zu lange SMS aus der Ukraine auf meinem iPhone ankam. »Karubiner«, schrieb Noah, verquatscht und grafoman wie immer, »du wirst nicht glauben, wen ich hier gerade auch noch entdeckt habe: den ayurvedischen Kurzschwanzmönch von Neve Zedek und Herzlia Pituach! Stell dir vor, er hat in Iwano-Frankiwsk eine Yogaschule aufgemacht. Und er macht schon den ganzen Tag vor dem Café Schewtschenko Werbung dafür, indem er Passanten anhält, sie überall massiert und zu einem ersten kostenlosen Schnupperbesuch seiner ›Schule der Guten Strenge und des sehr, sehr sanften Buddhas‹ einlädt. Rat mal, wen bzw. was man auf dem Werbeplakat von Ramis Yogaschule sieht? Ich sag nur so viel: Der Kerl ist aus kampucheischem Sandstein, er wiegt ungefähr drei

Tonnen, und sein unmysteriöses Love-Lächeln würde jeden Selbstmörder wieder davon abbringen, vom Rabbi-Schneerson-Tower zu springen ...« Das Buddhale, dachte ich aufgeregt, während ich Noahs Endlos-SMS zum dritten Mal las, unser Buddhale, nun fast wieder ganz in meiner Reichweite! Und sofort fühlte ich mich ein bisschen weniger verlassen, verpeilt und karmalos.

»Bis zu dem echten Überfall durch die echten Dschandschawid«, begann Gerry, nachdem ich endlich das iPhone weggesteckt und ihm mit einer kurzen Reicher-Jude-Parodie bewiesen hatte, dass ich wirklich eine Art Noah-Bruder und damit zu Geheimwissen berechtigt war, »bis zu dem echten Überfall gab es keine Probleme. Wir hatten meist jemanden vom sudanesischen Innenministerium dabei, einen riesigen, katzenartigen Typen in einer XXL-Djellaba, in deren Schößen er sich beim Gehen ständig verfing, und wenn er sich hinsetzte, warf er oft ein Bein so ungeschickt übers andere, dass er einen von uns trat oder das Tischtuch mit allen Tellern und Gläsern vom Tisch fegte.« Ich sah Gerry fragend und auch ein wenig gelangweilt an. »Wenn ich was zum Kauen brauchte, hat Mr. Cat es mir sofort besorgt, obwohl es immer dieses billige Balkonzeug aus Khartum war. Und als Tal an einem drehfreien Tag nach Al-Faschir flog, um Statisten für meine Sudan-Soap und für Noahs kleines Geheimprojekt zu suchen, begleitete er ihn, aber Tal kam komischerweise am nächsten Morgen ohne ihn zurück. Danach wurde es ein bisschen kompliziert. Jeden Tag kamen andere Typen vom Innenministerium, um uns zu verhören. Sie wollten wissen, wann wir Mr. Cat das letzte Mal gesehen hätten und ob wir ihnen später Brooks-Brothers-Hemden und Tom-Ford-Brillen aus Amerika schicken könnten.« Ich gähnte. »Okay, okay, ich verstehe«, sagte Gerry, »du willst lieber was darüber wissen, wie wir Noahs Tod inszeniert haben. Das Geheimprojekt! Habt ihr beiden Pussys gar nicht darüber geredet?«

Nein, hatten wir nicht. Seit Noah von den Toten wiederauferstanden war, ging es immer nur um seinen Wintermantel, um seine täglichen hundert Nicht-Erektionen, um seine – und leider auch meine – verdammt kindische Buczacz-Vision, um das Geld, das er für den Buddha von Awi eingenommen hatte, und um den Rest meines Anteils, den er mir erst auf dem Flughafen von Iwano-Frankiwsk übergeben wollte. Wirklich existenzielle Dinge sprach Noah, der nach Malgorzatas erstem Schlag konsequent dissoziierte und seit seiner Wiederauferstehung auch nicht viel aufmerksamer wirkte als davor, wie immer nicht an. Kein Wort über seine beiden Mädchen, die er bestimmt sehr vermisste, nichts über seine Zeit mit Nataschale oder seine Sudan-Manhattan-Ukraine-Odyssee. Ob Noahs lebenslanges, wirres, witziges Dauergeplapper damit zu tun hatte, dass er sich von den elterlichen Kameras beobachtet fühlte und darum schon immer jeden ernsten Gedanken für sich behielt, oder ob er insgeheim einfach nur ein kalter, narzisstischer Hund und glücklicher Extremverdränger nach dem Old-School-Prinzip der Schloimel-und-Wowa-Generation war, wusste ich nicht. Die Vorstellung aber, dass es so sein könnte, irritierte mich plötzlich, und ich empfand, das erste Mal, seit wir uns kannten und liebten, ihm gegenüber ein zermürbendes Unterlegenheitsgefühl. Sollten wir uns wiedersehen, dachte ich trotzig, würde ich ihn sofort danach fragen. Gleichzeitig dachte ich: Wieso tut mir der Bauch nicht mehr weh? Und schon spürte ich das ersehnte wilde, heiße, kribbelnde Reißen zwischen Bauchnabel und Schambein, worauf in meinem Kopf in großer gelber Neonleuchtschrift die Worte zu blinken begannen: WO SIEHST DU HIER EINE TOILETTE? HINTER TALS GRAB?

»Jeder Plan ist so gut wie die Dudes, die ihn verfolgen«, sagte Gerry. »Und wir waren wirklich nicht schlecht, Tal, Jeff, ich und sogar der Erbenpinscher, wie wir deinen besten Freund – am Anfang zumindest – hinter seinem Rücken genannt haben. Das Video, in dem er enthauptet wird, haben wir an einem einzigen Nachmittag auf dem Marktplatz von Al-Faschir abgedreht. Es war eine schöne, leichte Arbeit, im Vergleich zum chaotischen Coyotendreh. Wir bekamen ständig von den herumstehenden Einheimischen Szenenapplaus, diese Typen hätten am liebsten mitgespielt und wirklich einem von uns irgendwas abgehackt. Holy macaroni, was haben wir gelacht! Am meisten am Schluss, als der fette, kurzbeinige Afroafrikaner, der an Noahs Nacken herumsägen sollte, bis das Bild künstlich abbrechen würde, zum Warmwerden *I'm Against It* aus *Horse Feather's* gesungen hat. Mein Mann! Er war ein richtiger Witzbold und Marx-Brothers-Fan.«

Ich wollte lächeln, aber meine Bauchschmerzen waren zu stark. Für ein leichtes, anerkennendes Nicken reichte es allerdings.

»Hinterher«, fuhr Gerry fort, »musste alles sehr schnell gehen. Wir rasten nachts mit dem Auto von Al-Faschir zurück in die Hauptstadt, nachdem wir in den Scharija-1-Studios noch ein paar künstliche Kampfspuren hinterlassen hatten, was natürlich meine Idee war. Forlani lud in einem Internetcafé auf dem ehemaligen Sklavenplatz in der Innenstadt von Khartum das Entführungsvideo hoch und winkte uns traurig hinterher, während wir wegfuhren, das werde ich nie vergessen. Dabei schlug dein bester Freund einem Sudanesen den Turban vom Kopf, aber was danach passierte, weiß ich nicht, denn wir bogen gerade ab, und ich hab ihn seitdem nicht wiedergesehen. Wo war ich? Ach so.« Gerry kniff die geröteten Augen drei-, viermal zusammen, das Zucken, das dabei entstand, setzte sich über seine Wange und sein Kinn bis zu seinem dünnen, sehnigen Work-out-Hals fort.

»Ich und Jeff und Tal«, sagte er plötzlich viel leiser, als könnte uns jemand auf dem seit Stunden menschenleeren Achad-Ha'am-Friedhof belauschen, »mieteten uns in Khartum unter falschen Namen in der Twelve-Imam-Pension ein, die wir drei Tage lang nicht verließen. Als wir endlich zum Burj Al-Fateh Hotel aufbrechen wollten, um einen Typen von der New York Times zu treffen und ihm die Ballade von Noahs angeblicher Entführung und unserer Freilassung vorzusingen, merkten Jeff und ich, dass Tal nicht mehr da war. Bum! Einfach so! Kein Abschiedsbrief, keine E-Mail. Ich dachte, das hat bestimmt was mit Mr. Cats Verschwinden zu tun, Tal, dieser eiskalte Isi, musste ihn wahrscheinlich beseitigen, weil er kapiert hat, dass wir einen Pro-Darfur-Film drehen, und jetzt haben al-Baschirs Leute Tal beseitigt. Aber ein halbes Jahr später tauchte er in Los Angeles wieder auf, beim WIZO-Purimball im Chateau Marmont zugunsten der zehn Verlorenen Stämme. Er trug eine lange weiße Djellaba und lächelte wie ein satter Kater. Was für ein cooler Scheißkerl! Ich zu ihm: Tal, wo bist du gewesen, ohne dich kann ich den Coyotenfilm nicht schneiden! Aber er nur: Gerry, du kleiner Wichser, es gibt Dinge, die in deinen bescheidenen B-Movies besser aufgehoben sind als im richtigen Leben, mehr sag ich nicht. Aber solltest du einen Film angeboten bekommen, wo es um iranische Atomraketen geht, frag vorher mich, wie du die Rolle des guten jüdischen Übermenschen anlegen sollst, der sein Land retten und sich dabei wie ein Scheiß-Bösewicht aufführen muss.« Gerry schlug mir mit der Faust gegen den Brustkorb, und nun bekam ich wirklich kurz keine Luft. »Was hat er damit gemeint, verflucht? Ich werd's nie mehr erfahren!« Noch ein Schlag. »Übrigens, der Typ von der New York Times wollte 5000 Dollar, damit er die Meldung über Forlanis angebliche Entführung bringt, aber das hat Forlani geahnt und mir eine Woche vorher das Geld für ihn gegeben, und zwar auf den Cent genau. Wahnsinn, diese Polacken!«

Ich sprang erschrocken hoch, machte zwei, drei äußerst schmerzhafte Schritte zur Seite und duckte mich ängstlich hinter Tals Grabstein.

»Wenn du glaubst, Deutscher«, presste Gerry nicht mehr ganz so leise von der anderen Seite des Monuments zwischen seinen Zähnen hervor, »ich wär jetzt völlig weggeschossen von meinem afrikanischen Kraut und würde darum so viel irres Zeug reden, dann hast du recht. Absolutely!«

Ich guckte ihn über den Rand des pervers glatten Marmorsteins kurz an und tauchte sofort wieder weg. Dabei sah ich, wie er erneut grinste, aber nicht mehr so authentisch und locker wie eben.

»Ja-a«, rief er noch lauter, »Tal hat an diesen Atomscheiß geglaubt, so wie Colin Powell an Saddams C-Bomben. Bei seiner Scud-Geschichte, dachte ich noch, okay – aber was er mit diesem Good-guy-bad-guy-Zeug meinte? Keine Ahnung, nein, echt nicht.« Ich wusste natürlich wie jeder, der halbwegs manisch israelische Zeitungen las, was der selige Tal gemeint hatte, und ich dachte an seinen Abschiedsbrief, an dieses krakelige Ibuprofen-Beipackzettel-Epitaph auf 153 namenlose afrikanische Tote, geopfert für 8 Millionen Nahostjuden, das seinerzeit als Faksimile dem Peace-Now-Magazine mal wieder beigelegt war. Dann sah ich das abgedunkelte Zimmer in der Pension Beit Benjamin in Jaffa vor mir, wo er, der geheimste aller geheimen Aman-Geheimagenten, seine letzten Stunden erlebt hatte. Tal auf dem Fußboden, mit dem Rücken an die schwankende Kingsize-Matratze gelehnt, stumpf zwischen seinen Beinen auf die italienisch dunkelblauen Fliesen starrend. Tal, das dünne braune Haar verklebt und zerzaust, am Fenster, hektisch und ungeschickt eine Zigarette nach der anderen rauchend. Tal, der sich vor seiner unaufhaltbaren Selbstexekution noch mal einen runterholen will und keinen hochbekommt. Schade, wirklich sehr schade, dass ich nicht ein paar Wochen später in Kiew genauso ergriffen und verstört an den impotenten Suicide-Tal gedacht habe, im Chmielnicki Spa des Interconti-Hotels. Dann wäre ich vielleicht gar nicht erst auf die Idee gekommen, beim Anblick des ersten nackten Frauenarschs seit fast einem Jahr den falschesten aller falschen Moves zu riskieren. Tfu-tfu-tfu, zum Glück haben sie mich dort aber auch nicht gekriegt!

Ich rutschte noch weiter hinter Tals Grabstein – den ich viel lieber umarmt oder vielleicht sogar kurz gestreichelt hätte – auf die staubige, steinige Erde, und obwohl mich die Dornen eines alten, drahtigen, bösen Tamariskenstrauchs in die Unterschenkel und in den Rücken stachen, hatte ich keine Kraft, mich wieder aufzurichten. Da kauerte ich, von der Faust Gottes, an den ich nicht glaubte, umgeworfen und zerquetscht wie Tal auf den Fliesen der Pension Beit

Benjamin – und wusste trotz meines mystischen Zwischenhochs von vorhin nicht weiter. Mein Herz hämmerte zu einer einzigen Melodie: Ich bin Tal, ich will nicht Tal sein, ich werde wie Tal enden! Ich wollte, so nah an seinen staubigen, sterblichen Märtyrer-Überresten, dringend woanders sein, das war das Einzige, was ich jetzt wusste. Ich wollte Arm in Arm mit meinem Bruder und Freund Noah auf dem Korso von Buczacz flanieren, wir würden vor dem Geburtshaus des großen S. J. Agnon ein paar Lilien niederlegen, dann würden wir auf einer Bank an der Strypa sitzen und abwechselnd ins graue Wasser oder ins grüne Blättermeer über uns schauen – danke, Google Earth! – und nicht verstehen, ob das Rauschen vom Fluss oder von den Bäumen oder von den Motoren der heranrückenden SD-Truppen käme. Dann wäre das Rauschen plötzlich ein Brummen, das Brummen wäre ein Knattern und ein Brüllen, Wagentüren würden aufgerissen und zugeschlagen, Karabiner entsichert werden, man würde Frauen- und Kinderschreie hören, und Noah würde ungewöhnlich ruhig, fast gebieterisch zu mir sagen: »Wir sollen also mal wieder zum Appellstehen auf den Schweineplatz – und wie das endet, Karubinerchen, will ich nicht in fünfzig Jahren in d-d-deutschen Geschichtsbüchern nachlesen, du etwa? Nu, kim schojn, es ist alles vorbereitet. Im Haus meines Großvaters in der Gymnasiumsstraße ist eine Geheimtür, die führt direkt in die Unterwelt von Buczacz, Ethel wartet schon. Dort werden sie uns nicht finden!« Und dann würden wir aufspringen und im letzten Moment den über die Eisenbrücke heraneilenden deutschen Suchtrupps sowie meinem armseligen Vierzigjährigenleben entkommen.

»Der echte Dschandschawid-Überfall, den du vorhin erwähnt hast – was war das für eine Geschichte?«, rief ich, ohne mich zu bewegen, von meiner Seite des Grabsteins zu Gerry herüber. Natürlich wusste ich, was er meinte, Jeff Goldblum hatte Knutes Betroffenheitsjeckes bei der Save-Darfur-Rally am Holocaustmahnmal davon erzählt, aber nun dachte ich, vielleicht war es noch nicht die ganze Geschichte. Ich fasste mir an die Stirn, sie war kalt, aber darunter glühte es.

Schweigen, Stille, leises Schluchzen, wieder Stille und dann hörte ich Gerry fast unhörbar sagen: »Ich möchte nicht darüber reden.«
»War es so schlimm?«
Nichts.
»Gab es Tote – echte Tote?«
Wieder nichts.
»Was ist los? War es deine Schuld? Hättest du deine erste Doku-Soap in einem weniger gefährlichen Land drehen sollen?«
»Nein, auf keinen Fall«, sagte Gerry. »Es war Forlanis Schuld. Was sonst.« Er schwieg, und dann sagte er: »Es ist eine Woche vor der falschen Entführung passiert, in Al-Bachara, Jeff war mitten in der großen Hora-Szene und tanzte den Dorfbewohnern zum siebten oder achten Mal die Eroberung Ostjerusalems 1967 vor. Wir drei konnten gerade noch abhauen, bevor diese Irren loslegten.« Gerrys Telefon klingelte, er hob sofort ab, redete kurz mit jemandem sehr leise und sehr konzentriert, und nachdem er aufgelegt hatte, rief er mir zu: »Den Haag!« Dann sagte er: »Also gut, ich erzähl's dir ... Zuerst kamen al-Baschirs Armeehubschrauber und bombardierten das Dorf. Danach, das sah ich zum Glück nur noch im Rückspiegel meiner Crossmaschine, kamen diese verfickten, schwarz vermummten Kalaschnikow-Araber auf ihren Pferden angeritten, der Kreis, den sie ums Dorf machten, wurde immer enger, sie ... sie zündeten Hütten, Hunde und Menschen an, sie johlten wie kastrierte Indianer und lachten übers ganze Gesicht, und als wir am nächsten Tag zurückkamen, um unsere Kameras und iPods zu suchen, sah Al-Bachara wie Klein-Hiroshima aus. Du willst nicht dort gewesen sein, Deutscher.«
»Wieso war es Noahs Schuld?«
»Profilneurose.«
»Was meinst du?«
»Ein paar Tage vor dem Massaker hatte er ein Sexvideo von sich und einer riesigen schwarzen Nutte auf die Webseite des sudanesischen Verteidigungsministeriums gestellt. Dazu hat er geschrieben:

›Mein Name ist Noah ben Schloimel ben Fejge, und ich kann öfter als jeder islamistische Hurensohn. Fangt mich doch!‹«
»Warum hat er das gemacht?«
»Sag du es mir.«
»Er war klickgeil?«
»Sowieso.«
»Er wollte wirklich entführt werden?«
»Ja. Aber sie haben ihn nicht gekriegt.«
»Nein, niemand hat ihn gekriegt ...«
Gerry – unsichtbar und doch ganz nah hinter Tals Selbstmörder-Hinkelstein – begann plötzlich übertrieben leise zu pfeifen, wie ein Mörder, der seinem Opfer noch vor dem tödlichen Schlag Angst machen will. Ich erkannte die Melodie zuerst nicht. Dann kam sie mir ein bisschen bekannt vor, dann noch mehr, und schließlich fiel mir ein, dass ich diesen Song zuletzt irgendwo zwischen Aschdod und Bat Jam im Subaru des Drusen gehört hatte: *Mama's Legs,* Lou Harpers Superhit, der seit ein paar Wochen überall lief und mit seinen vielen Mollkadenzen jeden Zuhörer, auch den ungebildeten, mit allen Aspekten der galizischen Theorie des guten Bösen vertraut machte.
»Weißt du, wo Forlani jetzt ist?«, sagte Gerry.
»Warum willst du das wissen?«
»Weil auf der Scheiß-Visacard, deren Nummer er mir in L. A. gegeben hat, nichts drauf war! Weil seine Frau das Lösegeld für ihn nicht bezahlt hat. Weil sein zweitbester Freund, so ein Fettsack mit Engellöckchen und einem Gesicht wie ein plattgesessener Hintern, mich um eine fette Millionen-Immobilie in Berlin gebracht hat. Weil mir, verdammt ... weil mir immer noch die Summe X fehlt, um meinen Coyoten-Film fertig zu machen, und als Tal ihm deswegen in New York Beine machen wollte, hat er gesagt, scheiß drauf, ich hab gar nichts mehr, und Tal musste auch noch dem verarmten Erbenpinscher seinen verfickten Tee bezahlen. Willst du was von meinem Kath? Es macht einen so extrem philosophisch.«

»Ich dachte, Darfur ist over«, sagte ich, »und der Südsudan ist jetzt das Thema. Gerry – ich doch darf Gerry sagen, oder? –, bist du nicht seit der Zweiten Friedenskonferenz von Versailles damit beschäftigt, eine Satellitenüberwachung für Jubas Unabhängigkeitsreferendum zu organisieren? Ich hab dich neulich bei BBC-HardTalk gesehen. Du warst zwar ziemlich durcheinander, aber auch sehr unklar. Prima!«

»Gut, dass du mich erinnerst.« Ich hörte, wie er auf seinem Telefon eine unendlich lange Nummer tippte – die Touchtone-Kaskade klang wie die *The-Bullet*-Titelmelodie, aber noch viel melodramatischer –, er fragte jemanden, ohne Hallo zu sagen, ob die NASA mitmache, brummte zufrieden, aber irre: »Wie genial ist das denn!«, legte auf und rief zu mir herüber: »Ich bin gar nicht so blöd, wie du denkst. Ja, ich weiß, dass du das denkst. Alle denken es.« Und: »Juba ist bald frei! Na ja, irgendwas musste ja auch mal klappen!«

»Wie viel habt ihr eigentlich damals von Noah für die Entführung bekommen?«, sagte ich.

»Nicht genug, sag ich doch.«

»Und du selbst – du hast nichts für die gute Sache übrig?«

»Ich? Wie denn?« Jetzt war er richtig sauer. »Ich hafte mit meinem Vermögen für die Schulden, die Lous Ex-Managerin beim Zusammenbruch von Tish, Fish & Knish gemacht hat, bis ich sterbe! Da hilft mir auch nicht Lous erster Chart-Erfolg seit ungefähr fünftausend Jahren. Vielleicht ruft mich der alte Gangster und Mafiasohn deshalb nie an – weil er mit mir die Tantiemen nicht teilen will.«

Und er pfiff wieder kurz und diesmal absichtlich falsch *Mama's Legs*.

Ich setzte mich auf, zupfte mir die Dornen aus den Ärmeln von Noahs Wintermantel, dann lehnte ich mich mit dem Rücken an Tals Grabstein und fragte mich, warum die Reichen immer pleite waren. Als Nächstes dachte ich: wenn ich jetzt schon nicht in der Buczaczer Unterwelt sein kann, dann sollte ich wenigstens mit Gerry ein bisschen Kath kauen, das würde meinem Geist und meiner Seele sofort zur Reise in ganz andere Gegenden und Sphären verhelfen. Gleichzeitig erinnerte ich mich aber an die Hammermigräne, die ich nach meinem letzten Joint gehabt hatte, und ich dachte, ich brauche jetzt eine andere Exitstrategie – nur fiel mir absolut keine ein.

»Warum hast du nicht versucht, deinen besten Freund zu retten, als du von der Entführung gehört hast?«, sagte Gerry. Er stand plötzlich vor mir. Sein langer Schatten, der sich über mehrere andere Gräber zog, war noch dünner als er selbst. Er schwankte leicht, fast unsichtbar, und dieses Junkie-Zittern machte mich nun doch ein bisschen high.

»Weil ich wusste, dass es ein Trick war«, log ich. »Wir kennen uns, seit wir sechs sind, verstehst du? Er hat sich früher immer nach der Schule stundenlang im Park versteckt, damit seine Eltern ihn vermissen – und noch mehr lieb haben.«

»Du lügst«, sagte er.

»Und du«, sagte ich, »warum hast du Tal im Stich gelassen?«

»Weil ich nicht wusste, wie schlecht es ihm wirklich ging«, sagte Gerry, dabei wischte er mit der staubigen Schuhspitze gedankenverloren ein paar kleine Erdbrocken von Tals Grabplatte. »Ich hatte keine Ahnung, dass er so im Arsch war – echt.«

»Jetzt lügst du«, sagte ich, die vielen Gawker-Flashnews im Kopf, in denen es mindestens einmal pro Woche um Gerrys Drogenprobleme, Textaussetzer und zertrümmerte Hotelzimmer ging, und ich dachte: Du warst doch genauso im Arsch wie er! Dann sagte ich: »Nach Al-Bachara war nichts, wie es vorher war, stimmt's? Danach warst du froh, wenn du es geschafft hast, dir wenigstens zweimal am Tag die Zähne zu putzen. Mal wieder.«

Ich glaube, er nickte. Ich weiß es deshalb nicht so genau, weil ich mich gerade wieder zu fragen begann, wie hart mein weicher Noah in Wahrheit war – und ob mir das passte. Dass er mir, nach seinem absurden Sudan-New-York-Abenteuer, noch nicht einmal etwas über das Blutbad von Al-Bachara erzählt hatte, fügte sich in das Bild, das ich mir seit Kurzem von ihm machte. Klein-Hiroshima, Leichen und Blut überall und Frumas kalter Sohn mittendrin?

Schmonzes! »Sug mir lieber, majn tajrer frajnd«, würde er sagen, sollte ich ihn schon auf dem Flughafen von Iwano-Frankiwsk danach fragen, »willst du im Hotel lieber das Zimmer mit Jacuzzi oder das mit der runden Badewanne oder am liebstem mit beidem?« Ich erinnerte mich jetzt wieder, wie er in seiner letzten Herzlia-Pituach-Phase reagiert hatte, als ich wissen wollte, was der so engagierte Mr. Goodlife für die ersten Darfur-Flüchtlinge tun wolle, die am alten Tel Aviver Busbahnhof gestrandet waren, wo sie illegale Kath-Limonade verkauften, Israelinnen aller Alters- und Gewichtsklassen belästigten und dafür von der Urbevölkerung alle paar Wochen pogrommäßig durch die Straßen gejagt wurden. »Goodlife ist eine NGO«, hatte er mich angefahren, »nicht die israelische Polizei! Ich bin für den ganzen Planeten zuständig, nicht für ein paar oversexte schwarze Chajes und Drogendealer. Glaubst du, m-m-mir, dem gewissensgeplagten Sohn neureicher Ostjidden, geht es besser, wenn in Israel ein zweites, sicheres Darfuristan entsteht?« Und was hatte er gesagt, als wir vorhin am Telefon darauf kamen, dass er, offiziell seit einem Jahr tot, ausgerechnet auf dem Achad-Ha'am-Friedhof lag, zusammen mit seinen Lieblingshosen und zwölf Romanfragmenten? »Jetzt, wo du sowieso da bist, könntest du li-la-latürnich zu meinem Grab gehen, ein Steinchen drauflegen und gleich wieder wegschnippen! Aber du könntest es take sein lassen und mir lieber erklären, Rambam jr., was ich mit dieser ewig schlaffen Nudel zwischen meinen Beinen machen soll. Meinst du, ich sollte versuchen, Ethel in den dunklen Gassen von Iwano-Frankiwsk wiederzufinden? Bei ihr konnte ich immer!«

»Es hat mich überhaupt nicht gefreut, dich kennenzulernen, Forlanis bester Freund«, sagte Gerry. Ich betrachtete von unten sein weltberühmtes, dummes Gesicht – übertrieben breite Wangenknochen, kleine, schwarze Sexyaugen, die so eng zusammenstanden, dass man sie am liebsten wie die klemmenden Türen eines Fahrstuhls mit beiden Händen auseinandergeschoben hätte, unzählige Aknenarben auf Stirn und Wangen, die zugleich Verwundbarkeit und Männlichkeit signalisierten –, ich bewunderte angewidert Gerrys runde, kräftige Hängeschultern und seine blond behaarten, braunen, astartigen Arme, ich war wie immer erstaunt, wenn ich einen Extrem-Prominenten traf, wie sehr er den Fotos ähnelte, die ich von ihm kannte, und ich fragte mich, ob der vollgedröhnte Gerry mir jetzt gleich, aus Wut auf Noah, auf die Nase boxen würde, so wie er damals Noah auf die Nase geboxt hatte, in Berlin, bei der Walhalla-Film-Party, in der Nacht, als Noahs und meine lange Reise nach Buczacz begonnen hatte – natürlich, ohne dass wir es schon gewusst hätten.

»Also ich«, sagte ich himmel- und gerrywärts, »fand unser kleines Blind Date sehr angenehm und interessant. Danke noch mal für die vielen neuen Sudan-Infos!« Dann guckte ich weit an ihm vorbei, um ihn nicht zufällig mit einem falschen Blick oder Wimpernschlag zu reizen. Gerry antwortete nicht, er atmete nur ein paarmal sehr laut ein und aus, ich schloss ganz die Augen und dachte, wenn ich Glück habe, wird er mich gleich mit dem ersten Schlag erledigen.

»Soll ich dir«, sagte Gerry leise, »jetzt noch schnell Forlanis Grab zeigen? Komm, steh auf, ich helf dir ...«

»Das interessiert mich nicht«, antwortete ich und machte die Augen wieder auf.

»Warum nicht?«, sagte er. »Er war doch dein bester Freund.«

»Was soll ich an seinem Grab, wenn er nicht drinliegt? Das hatten wir doch schon.«

»Und warum bist du hier?«

»Ich bin wegen Tal hier. Ich wollte ihn etwas fragen.«

»Hast du eine Antwort bekommen?«

»Ich denke schon.«

»Ich nicht.«

»Du hattest auch eine Frage an ihn?«

»Nein.«

»Dann ist doch alles völlig in Ordnung.«

»Nichts … nichts ist in Ordnung«, sagte Gerry, »das macht man nicht mit Freunden. Das nicht!« Er biss wieder in den Vergissmeinnicht-Strauß, diesmal wirklich aus Versehen, und spuckte kraftlos, wütend, sabbernd die blauen Blätter aus. In seinem Gesicht tauchte ein kleiner Lichtring auf, der schnell immer größer wurde, bis er es ganz von seiner tiefen Stirn bis zu dem kantigen Legionärskinn bedeckte. So sah es also aus, wenn Gerry Harper – der »Einstein von Brentwood«, wie sie ihn im FHM Magazine nannten – eine Idee hatte. Er bückte sich, legte, statt der Blumen, den zerfransten Kathstrauch auf Tals Grab und brummte schnell und leise ein paar hebräische Worte. »Was wolltest du von ihm wissen?«, sagte er dann zu mir. Er klang so verheult wie Samson, nachdem er erfahren hatte, dass es seine geliebte Delilah war, die ihn an die Philister verraten hatte.

Ich antwortete nicht sofort. »Ob ich immer weitermachen soll«, sagte ich schließlich, »und vor allem: Wie?«

»Obwohl es überhaupt keinen Sinn hat, immer weiterzumachen, ja?«

»Sinn ist nicht das, worunter alle dasselbe verstehen.«

»Und wie soll er dir antworten, wenn er tot ist?«

»Siehst du, jetzt zum Beispiel. Du verstehst es nicht. Das ist etwas zwischen mir, Tal und Swedenborgs Engeln.«

Wahrscheinlich sah Gerry mich jetzt sehr verwundert und leicht überheblich an, das weiß ich nicht mehr genau. Er streckte mir – daran erinnere ich mich schon eher – beide Hände entgegen, aber ich reagierte nicht und versuchte, allein aufzustehen. Es ging besser, als ich gedacht hatte. Der Knöchel machte zwar Geräusche wie ein kaputter Wecker, den man wild schüttelt, in der unsinnigen Hoffnung, dass er dann wieder geht, aber ich knickte nicht ein. Ich lächelte, winkte ihm hektisch zum Abschied, obwohl Gerry so dicht vor mir stand, dass ich seinen angenehmen, warmen Atem riechen konnte, ich machte ein paar Schritte rückwärts – und bekam die schlimmsten Bauchschmerzen meines Lebens. Und jetzt, Papas verwirrter Mama-Liebling? Ich will nach Hause, dachte ich, deep down längst wieder unterwegs zu tieferen, grundsätzlicheren Fragen, ich will in die dunkle, ständig verregnete und windgepeitschte Hartungstraße, ich will mich in Wowas und meinem winzigen Klo einsperren (Mama und Serafina hatten ihr eigenes, wo es wie in Marie Antoinettes Schlafzimmer nach Parfum, Make up und Schweiß roch, während bei uns der Mix aus Wowas tschechischem Aftershave und dem abgestandenen Rauch seiner Rothmans vorherrschte), ich will Lateinvokabeln lernen, mir ein-, zweimal einen runterholen und so sicher wie Eleasar ben Ja'irs Leute in Masada von drinnen Golda der Unrasierten und Mojsche dem Grebser bei ihrem Russengeschrei zuhören, so lange, bis meine Bauchkrämpfe weg sind und die beiden unsterblichen Stalin-Überlebenden da draußen keine Kraft mehr haben, einander mit Worten zu verprügeln. Als ich mich später in Kiew, vor dem endgültigen Abflug nach Iwano-Frankiwsk, vor einem Dutzend groß gewachsener schwarzuniformierter Sicherheitskräfte auf der Flughafentoilette verstecken musste, war ich übrigens von meinem falschen Masada-Heimweh längst wieder geheilt. Da hockte ich, während die Polizisten langsam das Gate durchkämmten, und betete, dass öffentliches Onanieren in der Ukraine als Ausdruck tiefer Männlichkeit angesehen wurde – und sie nicht mich suchten. Gleichzeitig sagte ich aber zu mir selbst, unheilbar, deine Einsamkeit ist unheilbar, und deine selbst gewählte Einsamkeitssucht ist unheilbar, und dein Schwanz ist dein größter Feind, böser und nerviger als jeder Wowaschlag und Mamarat. Darum flehe zum Himmel, wichsender Heine, dass es in Buczacz keine Saunas gibt – und dass die Karubiners plus Balaban nicht bald aus Prag nachkommen!

Ich grinste jetzt Gerry mechanisch an – es sah nicht wie ein Grinsen aus, sondern wie die totale *Megaman und die Roboterfrauen*-Verarschung –, ich winkte noch mal, machte drei, vier, fünf Schritte zurück und versuchte ernsthaft, Noahs idiotischen Wintermantel abzuschütteln, der mich seit Tagen nervte und wie ein Wolle gewordenes Über-Ich immer mehr im Griff hatte. Dann wischte ich mir zum hundertsten Mal an diesem Tag mit beiden Ärmeln den Schweiß von der Stirn. Ich stieß mit meinem (wie Oritele immer sagte) unmöglich kleinen Diaspora-Tussik gegen etwas Hartes (Oritele, welche Oritele?), ich ertastete, die Arme hinterm Rücken, mit den Händen etwas Großes und Glattes und dachte, verflucht, schon wieder ein Grabstein! Dreißig Sekunden später hockte ich, das Gesicht vor Schmerz versteinert, dahinter. Ich richtete mich kurz auf, knöpfte mit fliegenden Bratschisten-Fingern die Hose auf, zog sie, um sie nicht schmutzig zu machen, nur bis zu den Knien herunter (alter Mamascha-Tipp, glaube ich), setzte mich erneut hin – und beschloss, während innerhalb von Sekunden der Druck, der auf meinem Herzen und meiner Seele lastete, mit einem leichten Brennen durch das verborgenste und dunkelste meiner Wiedergeburtstore entwich, nie wieder zu psychosomatisieren.

Hinterher zog ich die Hose noch schneller wieder hoch – aber gleichzeitig fiel Mamaschas im Zeichen der Jungfrau geborenem zwanghaftem Sohn ein, dass Hygiene alles ist, vor allem auf Reisen, und so machte ich sie noch mal auf und wischte mich liebevoll mit den beiden Karten für Lou Harpers Caesarea-Konzert ab, die mir der Amok-Druse vorhin, als ich seine Glock nicht haben wollte, in dem Abschiedschaos zugesteckt hatte. Dann stand ich endgültig auf, japste wegen des kaputten Knöchels vor Schmerz ein bisschen vor mich hin und sah vorsichtig über den Rand des riesigen Monuments mit modischem Zebramuster, hinter dem ich mich vor Gerry versteckt hatte. Die Friedhofswege, die sich schier endlos zwischen den Gräbern in Richtung Bat Jam, Taborhügel, Himmel und komplette Ewigkeit zogen, verloren genau in dieser Sekunde ihre purpurrote Farbe. Der Sand und die Steine waren in der hereinbrechenden Dämmerung so dunkel und braun, als hätte es geregnet, und irgendwo hinten, more or less am Horizont, sah ich Gerrys immer kleiner werdende, helle Gestalt in den tiefen palästinensischen Abendhimmel laufen.

Er telefonierte wieder. Ich konnte natürlich nicht wissen, mit wem, aber bestimmt war es nicht Tal, denn der war tot, und auf ihn war er sowieso nicht gut zu sprechen. Ich hoffte – von einer plötzlichen Welle des Gerry-Mitleids mitgerissen –, dass er mit Lou redete. Ich stellte mir vor, wie sich die beiden beschädigten Nachkommen von Haimele Rotgast endlich wieder vertrugen, wie sie ein paar schöne, verklemmte, herzerwärmende Vater-Sohn-Worte wechselten und wie Lou Gerry einen ganz neuen Song vorsummte oder ihm riet, den Coyotenfilm zu vergessen, weil er blöderweise kein Regisseur und darum ohne Tal völlig verloren sei und vor allem, bei allem Respekt, auch nicht George Clooney. Aber wahrscheinlich war nur jemand von der *Freedom Elections for South Sudan Initiative* dran. Oder einer von Gerrys sudanesischen Dealern vom alten Tel Aviver Busbahnhof.

Ich seufzte traurig, knöpfte, trotz der nahöstlichen Hitze plötzlich vor Kälte zitternd, Noahs Mantel zu, salutierte in Gerrys Richtung und wurde fast – aber nur fast – ohnmächtig. Dann bekam ich Lust auf eine schöne kalte Kath-Limonade und ein paar extrem philosophische Gedanken.

5
Das Ende des Goldenen Podolischen Zeitalters

Als der Film nach fast drei Stunden zu Ende war – *Der Spekulant und der tote Graf*, Fritz Dunckenbergs erste und letzte große Regiearbeit –, blieben Noah, Rami und ich noch lange im dunklen Saal des Stepan-Bandera-Kinos sitzen. Keiner von uns traute sich zu sprechen, jeder tat aus Verlegenheit so, als suche er etwas in seinen Taschen. Dann gingen wir stumm raus und liefen über den schlecht beleuchteten, aber belebten Chmielnicky-Boulevard zum Café Schewtschenko, wo wir in den letzten Wochen oft die Abende zusammen verbracht hatten.

Aber auch im Café sprachen wir kaum miteinander. Noah trank laut seinen Nesseltee – so laut und dabei immer wieder leise rülpsend wie einer von den Alten aus der Blumenstein- und Kapitan-Urmacher-Crew –, und weil der Kinobesuch und unser Buczaczer Streit ihn fast so mitgenommen hatten, als wäre Schloimel der Groiße ein zweites Mal gestorben, schaffte er es nicht einmal, ab und zu sein Telefon oder einen der vielen zerknitterten Zettel aus den Taschen seines Mantels rauszuholen, um die Klicks auf der WFOJ-Seite zu kontrollieren oder sich einen neuen Dialog für Moby Dichter und dessen Verlobte Fee Feinstein, die israelische Judomeisterin, zu notieren.

Mir ging es auch nicht gut, aber weil es mir ohnehin nie wirklich gut ging, bemerkte ich kaum einen Unterschied zu sonst. Ich hatte schon vor unserem Kinobesuch in meinem Zimmer im Hotel Pid Templem auf dem Laptop nachgesehen, wann genau ich am nächsten Morgen das Flugzeug von Iwano-Frankiwsk nach Kiew nehmen musste, um von dort noch am selben Tag nach Berlin weiterfliegen zu können. Jetzt strich ich immer wieder unruhig über meine linke Hosentasche, wo die Schlüssel von der Swinemünder steckten, und dachte daran, wie herrlich es sein würde, bald wieder zu Hause zu sein, an meinem großen, leeren weißen Tisch zu sitzen und die letzten Korrekturen im *Shylock*-Manuskript zu machen. Vielleicht, dachte ich, werde ich, wenn ich fertig bin, sogar Clausi anrufen und mich von ihm ins San Nicci zum Essen einladen lassen. Und vielleicht werde ich ihm, wenn er sich bei mir dafür entschuldigt, dass er aus mir für ein paar schreckliche, interessante Monate einen Mörder gemacht hatte, sogar verzeihen. »Wir Juden, Clausi-Mausi«, werde ich zum Abschied zu ihm sagen, »sind gar nicht so hart und unnachgiebig, wie ihr Gojim fürchtet. Zehn Prozent von Ihren zehn Prozent vom Verkaufspreis der *Litze*-Erfolgsausgabe wären trotzdem eine angemessene Entschädigung. Was meinen Sie?«

Rami saß etwas weiter weg von uns am anderen Ende des Tisches und massierte, mit den Händen in den Hosentaschen, heimlich seinen Penis, der, wie er behauptete, inzwischen über zwanzig Zentimeter lang war – »auch in unbedeutenden Situationen, chawerim!« –, was ihm aber offenbar noch immer nicht reichte. Er trug keine weiten Gewänder in Dhotilila und Safrangelb mehr, keine kurzen Guru-Höschen mit offenem Schlitz, sondern meist einen bequemen schwarzen Comme-de-Garçons-Anzug und darunter ein graues, bis oben zugeknöpftes Acne-Hemd aus der Mahatma-Gandhi-Kollektion, das seinen roten, dicken, follikulitischen Glatzkopf wie eine riesige Murmel aussehen ließ, die jeden Moment herunterzurollen und laut auf dem Boden zu zerschellen drohte.

War dies der Ausdruck einer großen inneren Unruhe und Unzufriedenheit? Wahrscheinlich schon. Leider musste man sich, wenn man an Rami auch nur einen Gedanken verschwendete, automatisch Sorgen um ihn machen. Seine Stimme klang noch öliger und nöliger als früher, die Worte – die inzwischen nicht mehr aus dem Baukasten für Guru-Dilettanten stammten, sondern eher der üblichen Männer-unter-sich-Straßensprache entlehnt waren – glitten oft viel zu feucht und ungenau aus seinem roten Daisy-Duck-Mund. Und er nannte sich in der Ukraine ganz im Ernst Dr. Samisdat, was – wie er den Leuten, die sich in seiner Yogaschule einschrieben oder an seinem Informationsstand am Mickiewiczplatz stehen blieben, erklärte – angeblich auf Tibetisch hieß: »Ich gebe jedem, was er braucht, und teuer bin ich auch nicht«. Genauso hätte es aber bedeuten können: »Ich hab so beschissene Nerven, Leute, das könnt ihr euch gar nicht vorstellen, und ich weiß nicht, was schlimmer war, die zehn Jahre im Schneidersitz in einer kambodschanischen Meditationsbox meinen Namen aufsagen, kleinen PLFP-Genies im Schlaf die Kehlen aufschlitzen, bis ihr Blut auf die Gesichter ihrer Ehefrauen spritzte, oder von einer gewissen Merav Forlani aus dem Gan Eden rausgeschmissen zu werden!« Und noch eine Bedeutung war möglich und am wahrscheinlichsten: »Ich will wie der Erbenpinscher sein, obwohl ich es gar nicht will, verdammter Mist!«

Nachdem wir alle drei mindestens zehn Minuten lang geschwiegen und aneinander vorbeigeschaut hatten, kam eine von den stämmigen, kleinen Kellnerinnen an unseren Tisch und lächelte jeden von uns freundlich an. Noah lächelte zurück – maskenhaft, die schwarz umrandeten Augen noch tiefer in den Augenhöhlen eingesunken als normalerweise –, aber er sagte nichts. Ich sagte auch nichts und schüttelte abwehrend den Kopf. Dr. Samisdat dagegen wachte sofort auf, er streckte sich und sagte in meine Richtung: »Frag sie auf Russisch, Schriftsteller, ob sie schon mal in Buczacz war! Und ob sie mich das nächste Mal mitnehmen würde, weil meine beiden Freunde hier heute leider ohne mich dort waren ...« Ich reagierte nicht, natürlich nicht, und tastete wieder nach meinem Berliner Wohnungsschlüssel. Dann ging die Kellnerin, immer noch lächelnd, wieder weg, und als sie sich an den Tresen stellte, zu den anderen im Stehen pferdeartig dösenden, kleinen, dicken Frauen in ihren viel zu kurzen weißen Schürzen, lächelte sie immer noch.

Noah und ich waren sehr früh an diesem Tag mit dem Taxi nach Buczacz gefahren. Der Weg führte siebzig Kilometer weit über eine gut asphaltierte Landstraße von Iwano-Frankiwsk (das unter den Deutschen Stanislau hieß und bis 1962 auf Ukrainisch Stanislaw) in Richtung Nordosten, auf Ternopil zu, durch sanft ansteigende hohe Hügel, vorbei an riesigen dunkelgrünen Wiesen, Feldern und Bäumen, die vor unseren Augen wie im Zeitraffer zu wachsen schienen. Vom bolschewistischen Niedergang keine Spur, keiner von den roten Dieben hatte dem Land seine fruchtbare, schwarze Erde rauben können. In Buczacz war es anders. In Buczacz – die Fassaden und Bürgersteige abgenagt wie Knochen – merkten wir sofort, dass hier ein halbes Jahrhundert lang raffgierige Männer ohne Geschmack das Sagen gehabt hatten, beherrscht von anderen, noch raffgierigeren und böseren Männern. Aber dass es noch eine Zeit davor gegeben hatte, sah und spürte man nicht – diese nicht enden wollenden Monate und Jahre, als der Apotheker Huciner jeden Morgen um sieben leise und vorsichtig den Rollladen seines Geschäfts hochzog, um niemanden zu wecken, als Goldstein, der Redakteur des Jiddischen Wecker, jede Nacht um eins betrunken aus der Redaktion nach Hause stolperte, als die Leute – Juden, Huzulen, Polen, Ukrainer, Erwachsene und Kinder – Tag für Tag vor dem Haus von Motke Zirkelstajn, dem Furzartisten, standen und ihn anflehten, beim Üben der Eroica leiser zu flatulieren oder wenigstens die Fenster zu schließen. Und auch das Blut, das am Ende dieses Goldenen Podolischen Zeitalters innerhalb von zwei Jahren viermal in dicken Strömen vom Fedorhügel durchs Getto in der Podhajetzka bis zum Alten Rathaus geflossen war, hatten längst Tausende Regenfälle weggewaschen.

Ich sah kurz Noah an, der links neben mir im Taxi saß und genauso gelangweilt und enttäuscht wie ich aus dem Fenster auf die Straßen von Buczacz blickte. Sein breites, fast gewalttätiges Schloimel-Kinn, die leicht platte, aber sehr schöne Chasarennase, die großen, gelbgrauen, tief liegenden Augen schienen mir plötzlich die Attribute eines nicht ganz dummen Menschen zu sein, der aber gern noch viel klüger wäre, und dieser falsche Ehrgeiz ließ ihn meist besonders verwirrt und dumm aus der Wäsche schauen. Noah unkonzentriert und ADS-gepeinigt? Noah bis zur charakterlichen Unkenntlichkeit verwöhnt und durch die jahrelange Kameraüberwachung seiner wahnsinnigen Eltern exogen paranoid? Unsinn, dachte ich, alles nur Ausreden, damit ich ihn liebte und als literarischen Widersacher respektierte, ich, der berühmte Autor des in Kürze erscheinenden Itai-Korenzecher-Riesenromans *Shylock war hier*, in Germanien inzwischen auch bekannt als der wichsende Heine. Noah bemerkte sofort, dass und wie ich ihn ansah. Er drehte wie ein müder, in der Sonne dösender Leguan den Kopf zu mir und schaute mich für eine Sekunde genauso kritisch, aber auch furchtbar gelangweilt und apathisch an. Dann grinste er sein süßestes Noah-Grinsen, und ich konnte nicht anders und grinste liebevoll zurück.

Buczacz mit seinen kleinen, meist ein- oder zweistöckigen alten Häusern und grauen Plattenbauten zog sich wie ein dünner Strich entlang der ins Tal hinabführenden Hauptstraße, der Kolejowa, die nach zwei, drei Kilometern wieder steil nach oben führte, zum Bahnhof, dem Fedorhügel und der Burgruine der Buczaczer Fürsten dahinter. Als ich zu unserem Taxifahrer – einem schweigsamen Mann um die vierzig mit verschnittenem Hitlerbart und einer randlosen 20-Griwna-Brille – sagte, er solle auf dem Schweineplatz halten und dort auf uns warten, wir würden nicht lange brauchen, drehte er sich im Fahren zu mir um und erwiderte leise, einen solchen Platz gäbe es in Buczacz nicht. Ich korrigierte mich schnell und sagte, er solle uns zum Alten Rathaus bringen. Dort stiegen wir aus, während er seinen Sitz nach hinten klappte und sofort einschlief, und gingen, nach einem kurzen Zögern, zum Fluss herunter.

Die Strypa, auf beiden Seiten gesäumt von zusammengetretenen Büschen, zerzausten Bäumen und halb zerstörten, verwitterten Betonbänken, das Wasser aber klar und schnell dahinfließend, machte ein Versprechen wie jeder andere Fluss: Wenn ihr das gegenüberliegende Ufer erreicht, ihr beiden seltsamen Freunde, geht's euch besser, ein paar Schritte nur, und ihr habt die Vergangenheit verlassen und seid in der Zukunft angekommen! Bei der Schwarzen Brücke – sie hieß immer noch so, wie ich auf einer rauchschwarzen Bronzeplatte lesen konnte – überquerten wir dann wirklich die Strypa, allerdings ohne etwas von der erhofften Aufbruchstimmung zu bemerken, und gingen direkt auf ein großes, in einem blassen Himbeerrot nachlässig getünchtes Gründerzeitgebäude zu – das heutige Gymnasium, das frühere Kulturhaus.

Während ich weiterging, blieb Noah plötzlich stehen. Er drehte sich um, ging zurück auf die Brücke, beugte sich tief über das niedrige Stahlgeländer, zeigte mit der Hand nach links in die Tiefe und rief: »Hier ungefähr muss der zweite Eingang zum Tunnel der Karubiner-Meschpoche gewesen sein, Soltschik, so hat es Schloimel beschrieben. Ich kann aber nichts sehen, gur nischt! Sie haben ihn zugeschüttet, die blöden Gojim, das können wir vergessen. Das haben sie b-b-bestimmt mit allen anderen Verstecken auch so gemacht ...« Dann kam er wieder auf mich zu, und als er mich einholte, zeigte er aufs Gymnasium und sagte übertrieben gut gelaunt: »Gehen wir rein? Komm, Enkel von Djeduschka, Sohn von Djeduschkas Henkershenker – gehen wir rein! Hier drin war mein Tate kurz Kommunist, hier hat er groiße Politik gemacht, bevor er ein noch groißerer Zaddik und Businessman wurde.«

»Du meinst, bevor er seinen eigenen Vater in den Transport nach Belzec schickte«, sagte ich.

Er kniff mir zärtlich in die Wange und erwiderte fröhlich: »Hör endlich auf, brojges zu sein, sonst werde ich auch sauer! Ja, okay, ich hab meine Darfur-und-Enthauptungs-Show abgezogen, ohne dir was zu sagen, eine clevere Sicherheitsmaßnahme noahseits. Und du? Du hast nichts dafür getan, um mich zu retten. Überzeug mich, was mi-ma-moralischer war! Sug mir, du kleines egoistisches Schweinchen, bist du nach Afrika geflogen? Hast du deinen einzigen Freund gesucht? Hast du eine einzige Kopejke Lösegeld für mich ausgegeben?«

Ich lächelte schief und dachte, da ist sie wieder, Noahs an Kälte grenzende Gleichgültigkeit gegenüber den wirklich wichtigen Themen, seine erstaunliche Old-school-Härte, die mich, Mamaschas reizbaren Sohn, neuerdings so nervte und deprimierte. Offenbar, dachte ich dann auch noch ziemlich wütend, waren die letzten beiden verrückten Jahre gut für ihn gewesen und hatten einen anderen, besseren Noah aus ihm gemacht – während ich in dieser Zeit einfach nur älter und verrückter geworden war.

Als wir kurz darauf in der Aula des Gymnasiums standen und durch die Fenster das Lachen der Kinder vom Pausenhof hörten, fing Noah der Coole aber plötzlich an zu zittern. Er schob sich – Methode Schloimel – die linke Faust in den Mund und biss darauf, um nicht völlig die Kontrolle über seine Gefühle oder was auch immer zu verlieren. Dann stolperte er nach vorn, zum Podium, auf dem links und rechts zwei riesige Vasen mit roten und gelben Strohblumen standen und weiter hinten ein paar große Kinderbilder mit angedeuteten Fellatio- und Revolutionsmotiven hingen. Er kletterte hinauf, stellte sich ans Rednerpult, nahm die Faust aus dem Mund, riss sie wie Lenin in die Höhe und rief auf Jiddisch: »Brüder, Genossen, vertraut der List des großen Heerführers der Roten Armee, Jossip Dschugaschwili S-s-stalin! Fürchtet euch nicht. Sorgt euch nicht um eure Nächsten in Warschau, Lublin und Goraj! Wenn Marschall S-s-stalin sagt, er kann nicht ganz Polen in einer Nacht von den Kapitalisten und Naziraubtieren befreien, dann glaubt ihm und schlaft ruhig, oder beglückt wenigstens eure Frauen, solange er euch noch steht. Brüder, es wird eine zweite Nacht kommen, in der er den Deutschen auch das Generalgouvernement entreißen wird, glaubt mir! Und die Besten von euch werden dann von der Partei ausgesucht werden, um Ordnung zu schaffen, auch unter unseren Leuten. Es lebe die V-v-vierte Internationale, so lange wir selbst noch leben!«

Während Noah oben stand, zitterte, redete, das linke Bein immer wieder, so wie früher der klumpfüßige Schloimel, schwerfällig und scharrend vor- und zurückschob, spürte ich, wie sich ein großes Gewicht auf meinen Kopf senkte. Das konnte nur der Anfang einer Migräne sein – oder der Affe, der meine Seele war, dieses stinkende, schwere Riesentier, das mir gleich an den Haaren ziehen, die Augen zuhalten und seinen feuchten Arsch an meiner pseudopotenten Armenierglatze reiben würde. »Komm runter«, rief ich zu Noah, »hör auf mit dem Scheiß und lass uns gehen! Lass uns aus Buczacz verschwinden, wir werden hier sowieso nichts finden.«

Aber Forlani jr. hatte noch nicht genug. Er schleppte mich, jetzt wieder übertrieben gut gelaunt und kaum aufgeregt, nach oben, zur Burgruine, wo wir zwei, drei Minuten auf einer großen, glatt gemähten, vom Morgenregen blau schimmernden Wiese standen, hinter uns die Reste einer alten Festungsmauer, vor uns ein kahler, steiniger Abhang, und schauten ratlos auf die uninteressante kleine Stadt unter uns. Der kalte Herbstwind ließ die Enden unserer Schals hin und her flattern und jagte kleine, weiße Wolken von links nach rechts über den Himmel, dessen plötzliche frühlingshafte Klarheit mir gefiel, aber den Affen auf meinem Kopf so sehr störte, dass er mir mit seinen rauen Pranken immer wieder die Augen zuhielt. Dann gingen wir ein paar Hundert Meter weiter hinauf, zum Jüdischen Friedhof, wo Noah von Grabstein zu Grabstein rannte und die Namen der Toten laut ausrief, während ich mir auf meinem iPhone die letzten Nachrichten von Serafina durchlas. Sie und Balaban waren jetzt in Liechtenstein, im Chabad-Sanatorium, weil er angeblich nur dort *Geld ist NICHT alles* zu Ende schreiben konnte. Dann guckte ich noch kurz auf Spiegel Online nach, ob irgendwo etwas passiert war. »Gerry spricht heute vor dem Senat in Washington«, rief ich, ohne vom Telefon aufzusehen, »ich glaube, er war wieder im Sudan. Es geht um Juba und irgendwelche Massaker in der neuen Erdölgegend, um die sich die Südsudanesen mit al-Baschir streiten. Meinst du, er schafft es, auch nur einen zusammenhängenden Satz rauszubringen? Die lassen ihn nie im Leben mit seinem afrikanischen Kraut ins Kapitol rein!« Aber Noah tat erst so, als hätte er mich nicht gehört, und dann, nachdem ich den letzten Satz wiederholt hatte, als hätte er mich nicht richtig verstanden. Er rief: »Oh no, my dear, bloß nicht zum Fedorhügel, von dort kämen wir wie die anderen Buczaczer nicht mehr zurück.« Und: »Hahaha!« Und: »Das Scheiß-Kulturhaus mit seiner depressiven Energie hat mir gereicht.«

Danach liefen wir wieder zur Stadt herunter, und als wir an Agnons Geburtshaus vorbeigingen, an dem eine kleine Messingplakette mit seinem Profil und ein paar erklärenden Sätzen hing, sagte ich, ohne stehen zu bleiben: »Agnon war schon in Palästina, aber dann ist er 1930 wiedergekommen, das hab ich nie kapiert. Die Stadt war nach dem Ersten Weltkrieg und den vielen Pogromen praktisch ein Schutthaufen, und abends saßen die Toten und die Lebenden in den Kneipen und erzählten sich Horrorstories um die Wette. Die letzten Juden, die da waren, haben ihm einfach den Schlüssel zur Alten Synagoge gegeben, bevor sie abgefahren sind. Dort hat er jeden Tag allein gesessen und gelernt und später sogar nachts wie ein Schames auf einer Synagogenbank geschlafen.«

»Ja, und dann?«, sagte Noah schnell und ungeduldig, fast wie ein Lehrer zu einem stammelnden Schüler.

»Was fragst du mich? Bin ich die *Encyclopedia Judaica*?«, sagte ich. »Ich hab den Roman, den er über seine Reise nach Buczacz geschrieben hat, schon wieder halb vergessen. Aber irgendwann reiste er wieder ab, rechtzeitig, bevor die Russen und die Deutschen kamen. Nicht so wie dein berechnender Tate, der Herr der Deportationslisten, der sich am Ende als Kollaborateur fast verspekuliert hätte!« Ich stieß ein kurzes, peinliches, bösartiges Lachen aus. Noah hakte sich bei mir ein, er drückte beim Gehen seinen Kopf gegen meinen Kopf und sagte: »Was mein Solilein nicht alles weiß … Wie sagt der Rambam von Surinam? Was du nicht im Kopf hast, kannst du nicht wirklich dein Eigen nennen. Nicht einmal deine Schweizer Goldreserven.« Und er fügte hinzu: »Ich hab das Buch von Agnon auch gelesen. C-c-crazy, was? Du hast mir neulich, im schönen Monat Adar, am Telefon davon erzählt, Soltschik, di dermanst dich noch? Er war noch einmal in Buczacz, weil Buczacz in ihm war.«

Bevor wir nach Iwano-Frankiwsk zurückfuhren, setzten wir uns noch kurz auf eine Bank an die Strypa. Jetzt holte Noah sein Telefon raus und schrieb etwas, während ich mich mit der Meditationsübung »Ein bisschen Frieden« abquälte. Er ist mein Bruder, und das ist gut so, und wenn er es nicht wäre, wäre es noch besser. Das war der Satz, den ich – für einen Hormongroßfabrikanten wie mich äußerst gleichmäßig atmend – im Kopf wiederholte. Wann immer sich meine Gedanken von dem Satz entfernten, zwang ich sie zu ihm zurück, indem ich ihn noch schneller und drängender aufsagte. Aber es funktionierte trotzdem nicht. Ich musste ständig an das Telefonat mit Noah denken, das wir noch in den Neunzigern geführt hatten, als ich in der Fünfjahresfalle *Post aus dem Holocaust* saß und nicht wusste, wovon ich bald meinen nächsten Dries-Pullover bezahlen sollte, von der Miete, der Kranken- und Nazi-Unrat-Versicherung nicht zu reden. »Wenn's dir so schlecht geht«, hatte Noah gesagt, »frag deine Alten. Die haben doch diese Wohnung in Prag, von der du immer so sentimental wie ein beschickerter Goj redest, die könnten sie verkaufen und dir die Hälfte der Rubelchen geben. Oder nein, Karubinerling, noch besser: Lass dir jetzt schon dein Erbe auszahlen! Das machen alle so.« Daraufhin beschimpfte ich ihn mit wowahaftem Kommunisteneifer als Nichtsnutz, als Null, als Luftmensch, der nur nehmen, aber nicht geben kann. Ich fragte ihn, ob er wirklich glaube, dass ich meine alten Eltern ausrauben würde, das wäre Leichenfledderei bei lebendigem Leib. Und ich nannte – wahrscheinlich, weil ich gerade drei Seiten Nietzsche gelesen und kaum verstanden hatte – seinen Plan eine eklige Getto-Dystopie und amoralische Fantasie eines Heuchlers und Totalamateurs auf allen Gebieten und Ebenen oder so ähnlich. »Und komm mir nicht mit Goodlife und deinem Messias-jetzt-Schmonzes! Dir sind die anderen egal, das waren sie schon immer, die falsch ernährten Hamburger Schüler, die anusgebleichten Bantumädchen, die leer gefischten Meere, die unübersetzten tamilischen Experimentalautoren. Du willst dich bloß nicht wegen Schloimels Gangstergeld schuldig fühlen. Du bist so verlogen wie eine Ehefrau, Noah ben Schloimel, die ihren Mann angeblich nur deshalb betrügt, weil er sie betrügt!« Und dabei hatte ich vor Aufregung sogar fast angefangen wie er zu stottern.

»Was hast du gesagt?«, murmelte Noah jetzt und steckte sein Telefon weg. Offenbar hatte ich zum Schluss, statt stumm zu meditieren, laut geredet. Ohne meine Antwort abzuwarten, sagte er: »Riechst du den Fluss, Soltschik? Riecht fast so süß und streng wie Ethels herrliche Riesenmuschi. Schi-scha-schadele, dass sie das neulich am Kwas-Stand vor dem Iwan-Franko-Museum nicht war, sondern nur ihr ukrainisches Arschdouble. Aber nach Hamburg ist es mir gerade a bissele zu weit.« Und drei asymmetrische Atemzüge meinerseits später legte er seine Hand auf meine Hand und sagte ernst: »Natürlich bin ich verlogen, mein Großer, und das ist sehr gesund! Als vorletzte Woche Wowas Sohn von Schloimels Sohn auf dem Flughafen von Iwano-Frankiwsk 260 000 E-uro in einer hübschen kleinen Ledertasche entgegennahm, handelte er auch nicht gerade wie Dr. Janusz Korczak, der selbstlose Menschenfreund.«

»Korczak hätte mir nicht meinen Roman geklaut!«, schrie ich ihn plötzlich wie ein Verrückter an, und eine Gruppe von vier, fünf vorbeigehenden alten Buczaczerinnen in schwarzen Kleidern und schwarzen Kopftüchern sah sich wie in Zeitlupe nach uns um. »Und er hätte mir nicht verschwiegen, dass er lebt! Und Nataschale hätte er auch nicht hinter meinem Rücken gefickt und danach gleich wieder gelangweilt in die Büsche gestoßen. Ich will nicht mehr, dass du mein Bruder bist, Noah, verstehst du? Ich hab genug von dir und deinem Erbenpinscherscheiß, du Nicht-Schriftsteller! Du … Nichtmusiker, du Nicht-Psychologe, du Nicht-Menschenfreund! Du weißt noch nicht mal, wie man sich anständig einen runterholt, du matratzenreibender Dilettant! Was glaubst du, warum du nur noch ein Ei hast?!«

Aber Noah – der neue Noah – blieb ruhig. Er drückte seine Hand wieder fester gegen meine, ich spürte, wie eine schöne, vertraute Wärme aus seinem Körper in meinen Körper floss, und er sagte: »Natürlich sind wir Brüder. Wir kommen beide aus Buczacz, Solilein, wir sind etwas ganz Besonderes.«

»Tinef«, sagte ich. »Ich komm aus der Italská und aus der Hartungstraße. Und du kommst aus der Schäferkampsallee.«

»Ich kann mich, im Gegensatz zu dir, mein lieber Marx Brother, an jede einzelne Zeile von Agnons Buczaczbichl erinnern«, sagte er.

»Mamasch – interessant! Und wenn der Marx Brother will, verrat ich ihm, was dort über die Buczaczer steht, und er sagt mir, ob ihn diese Beschreibung befremdet oder beglückt.«

Ich überlegte, ob ich auf seine Sauna-Provokation eingehen sollte, und entschied mich für eine unfreundliche, aber humorvolle Parade. »Befremdet oder beglückt?«, erwiderte ich mit überlegenem Ja-ba-bam in der Stimme. »Bist du das, der das gerade gesagt hat, Noah, oder Frau Albus, unsere alte Deutschlehrerin?«

Er lachte anerkennend. »Hör zu. Die ganze Gegend um Buczacz herum war früher voll mit Chassiden, die den Namen Gottes immer nur sieben Mal hintereinander aussprachen, an Wunder mehr als an ihren täglichen Morgenschiss glaubten, zwischen Askese und Ekstase wie bekloppte Hindu-Einsiedler taumelten und auch sonst ihr Normalleben nicht unter Kontrolle hatten. Die Buczaczer aber ...«

»Im Gegensatz zu uns, ja?«

»... die Buczaczer nannte man aber überall auf dem Land und auch in Czernowitz, Lemberg und sogar in Jehupez mit Abscheu und Respekt Misnagdim! Weißt du warum, Kommunistensohn?«

»Selber!«

»Weil sie äußerst harte, nüchterne Leute waren. Weil sie nur an die Zehn Gebote glaubten – der Talmud war für sie ein n-n-nerviges Konversationslexikon, das die Bibel erläutert, keine große Sensation also – und weil sie bei Erscheinungen zum Arzt gingen statt zum Rebbe von Entebbe. Verstehst du, was die von dir verachtete und ewig unterschätzte Kanalratte sagen will?«

»Ich verstehe, dass du mal wieder nichts verstanden hast. So sind wir nicht, Noah, wir beide nicht! So ist Wowa, so war Schloimel, Ehre seinem Namen, bla-bla-bla.«

»Genau, mein Süßer. Ganz genau das ist es, was dir dein Noahle zu sagen versucht. So sind unsere Väter, so waren sie, wie Zwillinge, die man ein paar Tage nach der Geburt auseinandergerissen hat. Und darum sind wir wie Brüder, die überempfindlichen, schwärmerischen, weltfremden, zerstörten, gestörten, verwöhnten und was noch immer Söhne von zwei Realitätsgiganten, also praktisch auch Zwillinge.«

»Kannst du – bitte, bitte! – wieder normal reden und nicht so geschwollen wie ein deutscher Klugscheißer und Jeckepotz?«

Statt zu antworten, holte Noah sein Telefon raus, das kurz wie eine erregte Frau geseufzt hatte. Er las mit klimpernden Wimpern (lang, aber struppig) und errötenden Wangen (heute eher geschoren als rasiert) die Mail, die er bekommen hatte, steckte das Telefon weg, zog es sofort wieder raus, tippte etwas, löschte es, schob das Telefon zurück in die eingerissene Tasche seines uralten Dries-Mäntelchens, in dem er schon mit den Ja-ja-jahwes beim 1. Jiddischen Open-Air-Festival 1997 in Wladiwostok aufgetreten war und wegen dem ich vor ein paar Wochen durch halb Israel irren musste. Dann war das Telefon plötzlich erneut in seiner Hand, und er schrieb mit seinen langen, dünnen, knochigen Fingern wieder etwas, und diesmal schickte er die Nachricht ab, denn das Telefon machte leise wusch und stöhnte wieder leicht sexuell.

»Ethel will, dass ich sie in Hamburg besuche«, sagte er. »Sie schreibt mir, dass sie den Tod von Fritz überwunden hat und dass sein meschiggenes Schuld-und-Sühne-Ding sie zum Schluss sowieso nicht mehr angemacht hat und dass sie sich w-w-wieder nach einem jüdischen Jungen sehnt – nach einem gefügigen, zarten, selbstsicheren, balbatischen Jingele.« Er lachte und machte ein Geräusch wie ein Hund, dem jemand auf die Pfoten getreten hat. »Sie geht jeden Tag zum Kapitan ins Büro, das musst du dir vorstellen. Und der alte Gangster erklärt ihr alles, damit sie, wenn er mit 85 Alija macht und in die Mayerbach Tower in Zfon-Tel Aviv zieht, ohne ihn die Häuser in Hamburg, Frankfurt und Offenbach verwalten und mit den Lejmachs von der Reichsdeutschen Bank jiddisches Poker spielen kann. Die rote Ethel, hättest du das gedacht? Meinst du, ich soll zu ihr fahren, bevor ich selbst wieder Alija mache? Lust hätte Meravs und Nataschas ungefickter Ex schon … Und er könnte bei der Gelegenheit Thekla in ihrem ökumenischen Obdachlosenheim in St. Georg besuchen und ihr ein neues Bein spendieren. Das alte, meint sie, wimmert inzwischen wie eine alte Tür. For your interest: Thekla fand meinen Sudan-Trick obergenial! Sie sagt aber jedes Mal, wenn wir telefonieren, dass ich selbst bestimmt viel zu narrisch wäre« – »narrisch« sprach er mit einem kräftigen bayerischen r aus –, »um mir das Ganze auszudenken, dass das bestimmt eine Geschichte aus einem Buch meines raffinierten Russenfreunds war.«

Während ich Noah zuhörte, versuchte ich es wieder mit der Übung »Ein bisschen Frieden«. Ich dachte: Er ist mein Bruder, und das ist gut so, und wenn er es nicht wäre, wäre es noch besser. Ich dachte es einmal, zweimal, dreimal, aber eigentlich dachte ich immer nur an seine idiotische, unlogische Zwillingstheorie. Ich dachte, viel gelassener und entschlossener als sonst, daran, dass alles keinen Sinn hatte, dass wahrscheinlich nicht einmal er mir wirklich nah war, Noah Forlani, der Erbe wider Willen, der inzwischen so gern seine ganze Penjonse zurückhätte, der von mir idealisierte, überhöhte, transzendierte Halbidiot von Schloimelsohn – weshalb ich ganz allein war auf der Welt, wie damals, als Mamascha und Papascha mich bei Djeduschka in Moskau vergessen hatten oder als ich mit meinem Schmock in der Hand, umringt von einem Haufen nackter, schreiender Gojim, in der Elstar-Sauna stand und dachte, ich träume, obwohl ich nie träume. Dann sagte ich: »Weißt du was, du verfickter Buczaczologe? Lass uns doch endlich mal auf JRoot checken, ob du und ich wirklich beide miteinander genetisch verbunden sind. Hast du schon die App? Ich war bis jetzt zu geizig dafür.«

Nein, Noah hatte die App nicht, und er wusste auch nicht, dass JRoot – so to say Awi Superblumenschwein – vor einer kybernetischen Ewigkeit Kostjas kleines Genix-Imperium geschluckt hatte – und dass damit auch sein eigener Genix-Traum für immer ausgeträumt war. Er nahm diese Information mit der üblichen

Noah-Gleichgültigkeit auf, dann kauften wir uns für 99 Cent die JRoot-App, gaben unsere Namen ein, die Namen unserer Eltern und Großeltern und unserer ehemaligen Haustiere und scannten mit meinem iPhone unsere Pupillen.

Wir mussten nicht lange aufs Ergebnis warten: Noah stammte vom nordskandinavischen Volk der Samen ab, von dem wir beide noch nie etwas gehört hatten, und ich gehörte einer unehelichen Linie der Habsburger an. Wir beide waren, genetisch betrachtet, so jüdisch wie die kalte, graue, bröckelnde, sowjetische Betonbank unter unseren zwei fröstelnden Ärschen.

»Siehst du«, sagte ich mit einer angedeuteten Reicher-Jude-Grimasse, die uns früher bei drohender Depressionsgefahr sofort wieder in den Zustand manischer Heiterkeit zurückkatapultierte, »alles Schwachsinn. Du und ich haben blutmäßig nichts miteinander zu tun. Gur nischt. Wir sollten froh sein, wenn wir überhaupt die Söhne unserer Väter sind und nicht zwei Seitensprung-Kuckuckseier. Oder im Gegenteil vielleicht?« Ich verstärkte den Jud-Süß-Ausdruck, indem ich die Unterlippe über die Oberlippe schob und damit die geschwungenen Umrisse meiner eigentlich eher unsemitischen Nase semitisch machte.

Aber Noah fand das alles nicht zum Lachen. Und egal war ihm auf einmal auch nichts mehr. »Du Schmock«, sagte er leise, ohne mich anzusehen, den Blick auf die Strypa und den hohen, gelben, kirchenartigen Turm des Alten Rathauses dahinter gerichtet, und mit jedem Wort, das er ab jetzt sagte, wurde er lauter, bedrückter, böser. »Du blöder Schriftsteller-Schmock ... Diese ganze Buczacz-sache war deine Idee, eine kranke Romanautor-Idee!, mit der du dein Leben und mein Leben noch ein bisschen aufpeppen wolltest, wie die Deutschen sagen, als wäre es nicht peppig genug. Du hast damals zu mir in Berlin im Café Balzac gesagt, als du mir die Bücher für diese geile Kuh Lilly gegeben hast, du hast gesagt, dass wir eines Tages hierherfahren sollten, damit wir sehen, warum wir uns mehr als echte Brüder lieben, und jetzt ... jetzt sind wir hier, weil ich, Schloimels gar nicht so unprofessioneller Sohn, Wort gehalten habe, und du kommst mir mit Blumenschweins Betrüger-App und sagst, dass wir beide nicht einmal Juden sind. ICH BIN JUDE! Verstehst du? Und mir ist egal, wer du bist, und wenn du der Urenkel von Josef Stalin wärst, ich würde dich trotzdem lieben, obwohl ich dich gerade nicht ausstehen kann. Warum schlägst du mich, Solomon Wladimirowitsch? Warum schlägst du mich, wie Wowa dich geschlagen hat? G-g-genau, kik nit asoj blejd! WEIL ER DICH GESCHLAGEN HAT! Aber ich will die Schläge deines komplizierten Scheißvaters nicht ...« Er sah mich von der Seite an, das ewig verwirrte Fruma-Gesicht war starr, bleich, hässlich, und in seinen »schwarz untergehackten Oigen« (S. Forlani) sammelten sich mit großer Geschwindigkeit Tränen.

»Mein Tate«, sagte er nun wieder leise und lieb, »mein Tate war Jude, und mein Sejde war Jude, und mein Sejde ist gestorben, weil er Jude war, egal ob er ein Jid war oder nicht, verstehst du – denn ob jemand a Jid ist, steht nicht in der DNA von so einem armen Teufel wie dir und mir, das bestimmen die Gojim allein!« Er wischte sich die nassen Wangen mit dem Ärmel ab und sagte schluchzend wie ein Fünfjähriger: »Hast du gesehen, Soltschik, dass man für 4 Euro 99 einen JRoot-Upgrade kaufen kann? Damit kann man seine Herkunft noch viel genauer scannen, mit 4 Euro 99 kommt man bis in die Antike, und dann findet man – Besrat haschem! – vielleicht sogar heraus, dass man di-di-direkt von König David abstammt.«

»Oder von Abraham«, sagte ich mit einem tiefen Papascha-Seufzer. Ich hoffte, ich könnte nun endlich auch losheulen, aber es ging nicht, es ging einfach nicht, denn ich hatte seit Jahren nicht mehr geweint, um genau zu sein, so lange, wie ich auf der Flucht vor Oberstaatsanwalt Focko von und zu Goering war.

»Oder von Abraham«, wiederholte Noah, und dann schwiegen wir beide, und wir schwiegen immer länger, und wir redeten erst wieder miteinander in Iwano-Frankiwsk.

»Ihr beiden Obergalizier hättet mich nach Buczacz mitnehmen sollen«, sagte Rami alias Dr. Samisdat alias Shaki »7« jetzt und nieste leise. Er ließ seinen Pimmel los, nahm die Hände aus den Hosentaschen, zog ein paar Geldscheine aus einem kleinen, braunen, skrotumhaft faltigen Lederbeutel, der um seinen ebenfalls faltigen Truthahnhals hing, und legte sie auf den Tisch. »Dann hättet ihr euch dort garantiert besser verstanden – denn wo ich bin, herrschen love and peace. Jedenfalls seit dem 1. Juni 1987, dem Tag meines Austritts aus dem aktiven militärischen Dienst.«

Er strich die zusammengeknüllten weinroten und orangen Griwna-Banknoten auf der weißen Tischdecke mehrmals glatt, nickte der kleinen ukrainischen Kellnerin zu, wobei er mit seiner dicken, roten Zunge ein paar cunnilingusmäßige Bewegungen und Geräusche machte, und dann sagte er wieder zu Noah und mir: »Die Rechnung geht auf mich, ihr beiden traurigen Nachkriegsgestalten. Ein Nesseltee, ein Mineralwasser und sieben Prozac, korrekt?« Er lachte, begeistert von seinem eigenen Witz, aber das Lachen klang falsch. »Und wenn ihr wollt, dürft ihr morgen, zur Beruhigung eurer Nerven, euren Ex-Buddha in meiner Yogaschule besuchen kommen, bevor ihr wieder abreist. Ich muss zugeben, er ist wirklich ein Motek. Man muss nur in sein steinernes Mondgesicht gucken oder die Hand auf sein kühles, rosarot schimmerndes Sandsteinbäuchlein legen, und schon geht es einem gut, schon fühlt man sich beschützt vor kosmischer Kälte und Gleichgültigkeit! Oder nein, ich will doch nicht, dass ihr ihn noch einmal seht, ich hab's mir gerade anders überlegt. Ihr könntet mit eurer hysterischen Galut-Energie sein Karma zerstören.« Er zählte das Geld nach, das auf dem Tisch lag, nahm zwei Scheine wieder weg und stopfte sie in seinen lächerlichen Brustbeutel zurück. »Ihr reist doch schon morgen ab, oder? Ich nicht! Ich habe beschlossen, dass ich für immer hier bleibe. Ich, seit acht Generationen im blutigen Schatten Zions zu Hause, fühle eine tiefe spirituelle Verbindung zu Podolien. Iwano-Frankiwsk, Gubnow und Ternopil! Schytomyr und Bila Zerkwa! Uman, Tlumacz und

Buczacz! Orte der Nähe zu Gott, als es Gott noch gab und Juden höchstens die Hand gegen ihre eigenen Frauen und Kinder erhoben, aber nicht gegen ein anderes Volk. No, Sir, ich könnte nie mehr woanders sein! Schon gar nicht in einer gewissen Villa in Herzlia Pituach, eingesperrt im Fernsehzimmer, während die extrem unausgeglichene Lebensgefährtin mit ihrem Porsche Cayenne in Downtown Tel Aviv von Geschäftstermin zu Geschäftstermin jagt.«

Noah und ich sahen uns genervt und traurig an. Wir wussten, was gleich noch kommen würde. Immer wenn Rami anfing, von seiner gescheiterten Merav-Beziehung zu sprechen, machte er uns früher oder später eine Szene. Er warf uns dann vor, dass wir ihn mit dem Buddha-Deal überhaupt erst zu einer Merav-Marionette gemacht hätten, er beschimpfte uns ebenfalls als Merav-Marionetten, ja, auch mich. Und wenn ich dann sagte, ich hätte genug eigene Dominas in meinem Leben gehabt und das harte Ego-Äffchen aus dem Villale zähle zum Glück nicht dazu, schrie er mich an, das sei nicht wahr, ich hätte damals, als er mir anbot, gemeinsam mit ihm den Buddha-Deal durchzuziehen, darauf bestanden, dass Noah bei Merav bleibt. Ich hätte zu ihm gesagt, sie sei gut für den Erbenpinscher, auch wenn der das nicht so sehe und vielleicht nie begreifen würde, und dabei hätte ich so merkwürdig insiderhaft und unterwürfig gelacht, und dieses Scheiß-Eunuchenlachen höre er noch heute, verdammt … Danach verfiel Rami meistens wieder in seinen alten Mönchslang, er sagte in etwa, er müsse nichts, aber er könne etwas wollen, zum Beispiel das Mehr von sich selbst in sich selbst, er werde darum das Unmögliche denken, aber das Mögliche wollen, und wenn er lange genug in der Ukraine ausharren würde, ganz am Rande der vom Tschernobylreaktor unverstrahlten Welt, werde Merav ihn schon wieder zu sich zurückholen und Awi wieder rausschmeißen, usw., usf.

Und genau das sagte Rami jetzt auch. Aber Noah und ich – wir blickten einander immer noch tief und ernst in die Augen wie ein Liebespaar, das sich gerade trennt, ohne zu wissen, warum – reagierten nicht und blieben stumm. Woran Noah jetzt wohl dachte? Ich wusste es nicht genau, aber ich ahnte es. Wahrscheinlich dachte er an Ethels riesige Schenkel, an den schweren, hängenden Bauch, den sie in Augenblicken größter Ekstase früher immer tief über sein Gesicht hängte, damit er nichts sah und keine Luft bekam. Oder er dachte an die Wochen und Monate, die Ethel mit Fritz Dunckenberg in der halb renovierten Ruine von Schloss Kopfab an der Eder verbracht hatte, ohne funktionierendes Bad, ohne Küche, mit fahrbarer Toilette im Hof, von morgens bis abends damit beschäftigt, zusammen mit dem albernen Schejgez die wie taubstumm wirkenden rumänischen Arbeiter von einem unerledigten Job zum anderen zu jagen, bis Fritz, der zarte, harte und fast immer angetrunkene Fritz, irgendwann selbst Hand anlegte und schon am dritten Tag vom Gerüst im großen Speisesaal herunterfiel, vier Meter tief, und sein Kopf auf den Steinplatten aus dem Dreißigjährigen Krieg wie ein Ei zerschlug. Und vielleicht dachte Noah vorher noch an Fritz' Film, den wir eben gesehen hatten, dieses überraschend menschliche, wirklich witzige Zeichentrickporträt eines jüdischen KZ-Überlebenden (eine Art *Maus III*), der nach dem Krieg seinen deutschen Mietern und Geschäftspartnern schadet, wo er kann, und der ganz am Ende zu seiner fetten kommunistischen Tochter sagt:»Majdale, lieber wäre ich immer noch der Geprügelte, glaub mir, aber es ist keiner mehr da, der Schläge für mich übrig hat.« Oder dachte Noah gerade an sein zweites Goebbels-Video, das immer als Vorfilm zu *Der Spekulant und der tote Graf* lief, sogar im Stepan-Bandera-Kino in Iwano-Frankiwsk, weil Fritz das so noch vor seinem Tod mit dem Verleih verabredet hatte, dachte Noahle an Ethel als Magda, an Gerry als Albért le Speer, an sich selbst als Dr. Joseph, dachte er an die tollen, verrückten zwei Jahre, die mit diesem Video begonnen hatten und in diesen Minuten für immer zu Ende gingen, dachte er an den letzten Rest unserer Jugend, glänzend, golden und rot wie Herbstblätter, kurz bevor sie vom Baum flattern? Nein – wahrscheinlich, hoffentlich! –, dachte Noah, mein geliebter, nerviger Noah, vor allem an 1 und 2, an seine beiden schrecklichen lethargischen, lebensunfähigen Mädchen, die er schon morgen Abend wiedersehen würde, zurück in Tel Aviv, zurück in seinem Junggesellen-Compound in der Rehov Zlatopolsky 12. Denn das war sein Plan, sein neuester Noah-macht-Pläne-Plan, den er mir vorhin auf dem Weg ins Kino mitgeteilt hatte, und wahrscheinlich war er sogar z-z-ziemlich realistisch und gut. Und während ich daran dachte, woran Noah gerade dachte, war ich ihm plötzlich wieder so nah wie seit dem Café Balzac nicht mehr, seit dem 23. Oktober 2006.

Ich lächelte Noah an, und er lächelte zurück, und dabei nickte ich, und er nickte – mit kurzer Verzögerung – auch. Wir waren gerade erwachsen geworden, das wussten wir beide, ich vielleicht ein bisschen mehr als er, aber sicher war ich mir nicht, und vielleicht hatte er wiederum etwas verstanden, was mir noch Jahrzehnte verborgen bleiben würde. Rami redete und schimpfte immer noch. Er war inzwischen aufgestanden und schlug ganz unkarmisch zwei-, dreimal mit der Faust gegen den Tisch, und endlich löste ich den Blick von Noah und sagte zu Rami: »Rami, warum bist du eigentlich in die Ukraine gegangen? Wolltest du dort sein, wo wir sind? Findest du uns wirklich so toll? Wärst du gern so ein harter Hund wie wir, du wehleidiger Pseudo-Buddhist?« Rami antwortete nicht, er schob die Hände in die Hosentaschen und suchte hektisch nach seinem Schwanz, aber er fand ihn nicht, wahrscheinlich, weil er gerade wieder aufs Prä-L. A.-Format zusammengeschrumpft war. Und während er nervös weitersuchte, standen Noah und ich wortlos auf, ich hakte mich bei ihm ein, und wir gingen aus dem Café Schewtschenko raus und spazierten durch die immer leerer werdenden nächtlichen Straßen einer vergessenen alten K.-u.-k.-Provinzhauptstadt zurück zum Hotel.

Später – es war schon fast zwölf und kein einziger Mensch war mehr auf den Straßen von Iwano-Frankiwsk – saßen Noah und ich noch lange auf der kalten Treppe der Podolischen Bezirksphilharmonie und warteten darauf, dass das Ukrainische Befreiungsorchester drinnen etwas Schönes, Trauriges für uns spielte, etwas, das so klang wie das Leben selbst. Aber wahrscheinlich schliefen die Musiker schon, denn man hörte von dort keinen Ton.

Inhalt

Erstes Buch

1. Party bei Walhalla Film   17
2. Noah macht sich Sorgen   39
3. Café Balzac   49
4. Wowa der Schreckliche   60
5. In der Sauna   69
6. Eine Frage an den Psychologischen Weltkongress   84
7. Der falsche Buddha   92
8. Und jetzt an die Arbeit!   103
9. O wie A   111
10. Die Litze der Hammerbachs   123
11. Feuer im Schatzkästchen   140
12. Solomon und seine Schwester   160
13. »Wir haben schon mehr gelacht!«   174
14. Ein Brief vom Staatsanwalt   194

Zweites Buch

1. Los Angeles macht arm   223
2. Der gefügige Deutsche   250
3. Zwischen Masada und Berlin   267
4. Vicodin   308
5. Schwimmen mit Serafina   339
6. Soli Karubinsex   375
7. Mord am Werbellinsee   387

Drittes Buch

1. Der falsche Mönch und seine Methoden   417
2. Agentenmärchen   460
3. L. A. – T. A. – N. Y. C.   473
4. »Warum, Tal?« – »Warum nicht?«   507
5. EMDR   538

Viertes Buch

1. Good morning, Über-Ich!   575
2. Aufruhr am Gordon Pool   605
3. Der große Awi-Blumenschwein-Trick   627
4. Oritele revisited   658
5. Die Braut, ihr Vater und Rabbi Balaban   696

Fünftes Buch

1. Nach Buczacz   725
2. Jewlysses   761
3. Jour fixe im Café Slavia   796
4. Erleuchtung auf dem Achad-Ha'am-Friedhof   845
5. Das Ende des Goldenen Podolischen Zeitalters   874

Sämtliche Figuren und Handlungen dieses Romans sind frei erfunden. Alle Ähnlichkeiten mit lebenden und Verstorbenen sind deshalb rein zufällig und nicht beabsichtigt.

Die Arbeit an diesem Roman wurde freundlicherweise vom Land Berlin unterstützt.

Verlag Kiepenheuer & Witsch, FSC® N001512

1. Auflage 2016
© 2016, Verlag Kiepenheuer & Witsch, Köln
Alle Rechte vorbehalten. Kein Teil des Werkes darf in irgendeiner Form (durch Fotografie, Mikrofilm oder ein anderes Verfahren) ohne schriftliche Genehmigung des Verlages reproduziert oder unter Verwendung elektronischer Systeme verarbeitet, vervielfältigt oder verbreitet werden.
Gestaltung und Umschlagmotiv: Walter Schönauer, Berlin
Autorenfoto: © Dudek Kohn
Gesetzt aus der Garamond
Satz: Buch-Werkstatt GmbH, Bad Aibling
Druck und Bindung: CPI books GmbH, Leck
ISBN 978-3-462-04898-5